名门闺香

MINGMEN GUIXIANG

｜上册｜ 天泠 著

青岛出版集团 ｜ 青岛出版社

**图书在版编目（CIP）数据**

名门闺香/天泠著.—青岛：青岛出版社,2024.2
ISBN 978-7-5736-1821-4

Ⅰ.①名… Ⅱ.①天… Ⅲ.①长篇小说－中国－当代 Ⅳ.①I247.5

中国国家版本馆CIP数据核字（2024）第016118号

MINGMEN GUIXIANG

| | | |
|---|---|---|
| 书　　名 | **名门闺香** | |
| 作　　者 | 天　泠 | |
| 出版发行 | 青岛出版社（青岛市崂山区海尔路182号） | |
| 本社网址 | http://www.qdpub.com | |
| 邮购电话 | 18613853563 | |
| 责任编辑 | 郭红霞 | |
| 校　　对 | 商芷宁 | |
| 装帧设计 | 梁　霞 | |
| 照　　排 | 梁　霞 | |
| 印　　刷 | 三河市良远印务有限公司 | |
| 出版日期 | 2024年2月第1版　2024年2月第1次印刷 | |
| 开　　本 | 16开（710mm×980mm） | |
| 印　　张 | 50.5 | |
| 字　　数 | 773千 | |
| 书　　号 | ISBN 978-7-5736-1821-4 | |
| 定　　价 | 89.80元（全3册） | |

编校印装质量、盗版监督服务电话 4006532017　0532-68068050

# 目录

# 目录

目录

下册

· 3 ·

# 第一章　新　生

云门寺中，烟气缭绕，春风习习。

大盛朝数一数二的名门望族楚家今日在云门寺做法事，于是，住持大师特意封闭了后寺。

四周静谧，清澈的湖水在微风中荡漾起阵阵涟漪。

八角凉亭中，一个十四五岁的蓝衣少女被身后的青衣丫鬟抱住腰，动弹不得，另一个碧衣少女用月白绢帕捂住了她的口鼻。

蓝衣少女难以置信地瞪大双目，那震惊的神情仿佛在质问碧衣少女：楚青语，你为什么要这么做？

"大姐姐，"楚青语微微一笑，笑容温婉，"只怪你命不好。"

楚青语眼睛一眨不眨地瞪着与她相距不到一尺的楚青辞，眼神阴毒，捂着帕子的手越发用力。

帕子上散发着一股刺鼻的香味，楚青辞的眼神渐渐迷离，她慢慢往后倒了下去，纤细的身子斜倚在亭子的扶栏长椅上，脑袋一歪，一动不动。

"翠生，你去让王牙婆赶紧过来。"楚青语随手把沾着迷魂香的月白帕子塞在腰际，嘴角多了一丝狠戾的笑容。

王牙婆是个人牙子，不是官牙，而是个臭名昭著的私牙，专给青楼采买姑娘。

到了王牙婆手里，楚青辞这辈子就完了。

"是，三姑娘。"翠生领命后匆匆走了。

周围只剩下她们姐妹俩，又一阵春风徐徐吹来，吹得四周的枝叶簌簌作响，春风扑面寒。

楚青语俯视着昏迷不醒的楚青辞，假装云淡风轻地低喃道："大姐姐，这都是命，没要了你的命，也是我看在多年的姐妹情分上。"

说着，楚青语的眼神变冷，状似温柔的声音透着刺骨的冷意。

她绝不能让楚青辞成为她的绊脚石！

楚青语眯眼盯着楚青辞安详的睡颜。楚青辞眉目如画，像是一朵含苞欲放的空谷幽兰，带着一种弱不禁风的清丽感，美丽得惊人。她的肌肤白皙如玉，吹弹可破。

"是不是因为这张脸，他才会……？"

楚青语近乎无声地呢喃着，指尖抚过楚青辞细腻的脸颊，眼神一点点变得阴毒暴戾。

她随手从地上捡起一块尖锐的石块，将尖角对准楚青辞的脸颊，又低声道："如果这张脸被毁了，他还会喜欢上一个丑八怪吗？"

她慢慢俯身，手里的石块离楚青辞越来越近，越来越近……

眼看着冰冷的石块就要碰到楚青辞娇嫩的肌肤，原本双目紧闭的楚青辞忽然睁开了眼，清亮的眼眸幽黑如墨，仿佛要把人给吸进去似的。

两个人四目对视之时，楚青语的心猛地沉了下去，她踉跄着退了好几步："你……你……你怎么会没事？"

楚青辞慢慢直起身，身姿优雅地坐在亭子的扶栏长椅上，如平日里那般优雅高贵，令人可望而不可即。

"三妹妹，你可是想问我为什么没有昏厥？"楚青辞定定地看着楚青语，嘴角像往常一样微微翘起，眉眼弯弯，那黑白分明的眸子如一泓清水，眼神却冰冷而锐利。

"你还是这样，做事不用脑子。难怪祖母总说你目光狭隘，心量太小，难成大器。"她的声音不疾不徐，清澈干净，带着一种说不出的温婉气息。

这一字字一句句如千万根针一样刺在楚青语的心上。

从小就是这样，她什么都不如楚青辞。

楚青辞就是死了，也是一座她永远越不过的高墙。

楚青语心中掀起一片惊涛骇浪，内心充满着妒忌、不甘、怨艾、敬畏、恐惧……脑子里闪过许许多多的画面，她脑子混乱如麻，还没反应过来，人已经朝楚青辞飞扑过去，眼睛一片血红。

楚青辞早晚要死的，但她不同，她的人生才刚刚开始，她知道今生的她将有无限可能。

只要没有楚青辞，所有的尊荣和富贵，就通通是自己的了。

这是楚青辞自找的！

楚青语奋力朝楚青辞推去，想把她推到后面的湖里。

然而，楚青辞身子一矮避了开去，下一瞬，楚青语就感觉到口鼻被什么东西捂住了，一股刺鼻的香味钻入鼻孔。

这是迷魂香！

这一刻，楚青语才注意到自己的那方月白帕子不知何时到了楚青辞的手中，对方笑盈盈地看着自己，形如狡狐。

糟糕。

楚青语暗道不妙，然而，一种虚软的感觉急速地传遍全身，黑暗将她笼罩，她还是闭上了眼，软软地倒了下去。

楚青辞看着倒在自己脚边的楚青语，眉头微蹙，一手捂住胸口。

"怦怦怦……"

她的心脏跳得很快，仿佛快要从胸腔里跳出来了。

她自幼患有心疾，本来今日一路颠簸就有些不舒服，方才虽没有被楚青语迷晕，但到底还是受了些刺激，心疾又犯了。

她其实只是在楚青语面前强撑着。

因为，她若不立刻把楚青语制服，等到翠生和那个王牙婆一来，这件事就再没转圜的余地了。

她还是得先离开这里。

风一吹，远处传来一阵粗哑的声音："翠生姑娘，人到底在哪儿啊？"

"人就在前面。王牙婆，我家主子说了，你一定要把人卖到青楼去。"

"放心吧，翠生姑娘。我都联系好临川镇的牡丹楼了，那里的老鸨最会调教人。"

两个人交谈的声音渐近，楚青辞脸色微变，一手抓住亭子的扶栏，想要起身。

然而……

"咔嚓——"

栏杆断裂的清脆声骤然钻入她的耳中，楚青辞的身子顿时失去重心，随着那断裂的栏杆往湖面的方向倒去。

清澈的湖水在阳光下泛着淡蓝色的光芒。

"扑通！"

湖水四溅，漾起一圈圈涟漪。

初春的湖水冷得彻骨，从四面八方汹涌地朝她压来。


"喀喀喀……"

一段漫长的黑暗后，楚青辞猛然睁开眼，狼狈地咳嗽起来，她的头发、睫毛都在滴水，让她眼前朦胧一片。

她直愣愣地看着自己白胖柔嫩却无比陌生的小手，一时感觉恍如梦境。手上湿漉漉的，指甲在阳光下闪烁着珠贝般的光泽。

"滴答，滴答……"

水声像是被放大了无数倍一般回荡在她的耳边。

无数不属于她的记忆涌入脑中，让她一片混乱，因为那些记忆令人一时喜，一时悲，一时惊，一时绝望。

随着时间流逝，她恍惚的眼神渐渐清明，还有些混乱的脑海中既有楚青辞的记忆，又有端木绯的记忆。

端木绯和姐姐端木纭是端木家长房的一对孤女。

姐妹俩的生母早逝，三年前，父亲端木朗在北境的扶青城以身殉城，留下了孤苦无依的两个人，她们只得来京城投奔祖父。

今日是她们两姐妹除服的日子，端木家特意在清净寺做法事。

法事结束后，女眷们在寺中小憩，端木绯就去了后寺放纸鸢，正好遇上府里行二的端木绮也来放纸鸢。

端木绮一向不喜欢性子又呆又闷的端木绯，姐妹俩也是各玩各的。可是没一会儿，两个人的纸鸢不慎缠在一起，后来还断了线，掉进旁边的池塘里。

端木绮恼羞成怒，迁怒到端木绯身上，觉得她晦气，故意推了她一下，端木绯这才不慎摔下了池塘。

才九岁的端木绯根本不会泅水，身上又穿着薄袄，棉絮吸了水就更沉了。小姑娘没扑腾几下，就沉了下去。

等到她被救起来的时候，这具小小的身体中所藏的一切已经不再是原来的端木绯了。

"蓁蓁，太好了！你没事！"

一双蒙眬的柳叶眼映入端木绯的眼中，对方的瓜子脸上是喜极而泣的表情。炯炯有神地盯着端木绯的，正是她的长姐端木纭。

端木纭温柔地轻拍着她，果断地对一个圆润的中年妇人道："张嬷嬷，你替我照顾蓁蓁。"

端木纭把妹妹交给张嬷嬷，自己则站起身来，瞪向几丈外的端木绮，怒声质问道："二妹妹，是你推蓁蓁下水的？"

端木绮站在一个清澈如镜的池塘边，阳光下，水面波光粼粼，仿佛在发光一般，衬得她温婉而纤弱。

她秀美的小脸儿上神色既慌乱又心虚，随即眸中又燃起怒火。她瞪圆眼睛，骄慢地说："大姐姐，这个傻子是活该，要不是端木绯，我的纸鸢怎么会掉进水里？别大惊小怪，这傻子不是好端端的吗？"

端木纭双手紧紧地握成拳头，眸中闪过一道冷芒。

端木绮推妹妹下水，差点儿害死她，却完全没有悔意。

"二妹妹，你再说一次？！"端木纭嘴角勾起一丝冷笑，健步如飞地走向端木绮，一把抓住对方的右手，猛地握紧。

端木绮想要甩开端木纭，却发现她的手像钳子一样死死地钳住自己，强势地把自己往池塘的方向拖去。

"端木纭，放开我！端木纭，你想干什么？！"

端木绮发出近乎尖锐的声音，可是端木纭没有理会她，只冷不防地出脚往端木绮的小腿上一踢，然后右手往前一推。

"二姑娘！"

这一切发生得太快了，四周的下人还没反应过来，就见端木绮脚下一个踉跄，直愣愣地往后面波光粼粼的水面倒了下去。

"扑通！"

一阵落水声响起，水面溅起高高的水花。那些下人被吓傻了，端木绮在水中狼狈地扑腾着，嘴里惶恐地叫着："救命！救命！"

端木纭毫不动容，目光冰冷地看着水中的端木绮，缓缓说道："这下公平了。"

"快，快下去把二姑娘救上来！"

不知道哪个丫鬟第一个叫了出来，四周的下人骚动起来，很快就有两个会水的婆子纵身跃入池塘，水面又荡起一片涟漪。

下人们合力救人，没一会儿，落水的端木绮被人从水中救了起来，那些丫鬟婆子都在端木绮身边忙得团团转。

端木纭冷冷地看了端木绮一眼，让张嬷嬷抱起端木绯，就离开了。

端木纭让清净寺的僧人帮忙安排了一间厢房，先给端木绯换下了湿衣裳，又用热水擦拭她的身体，给她换上干爽的白色中衣。

端木绯从头到尾都闷不吭声，十分乖巧，一个口令一个动作。

"张嬷嬷，蓁蓁好像有些发烧。"端木纭以额头贴了贴妹妹的额头，有些担心地说道。

她从腰侧解下一块雕着云雀的白玉佩，眸中闪过一丝不舍，但还是把玉佩交给了张嬷嬷，说："张嬷嬷，你把这个拿去遥平镇当了，再请个大夫。"

接过玉佩的张嬷嬷犹豫了一瞬，屈膝领命，从房间里退了出去。

门帘被掀起又落下，在空中微微摇晃着，端木绯神情怔怔地看着那摇晃的门帘，目光明明暗暗地闪烁着。

她方才一直没说话，整个人被这混乱的局面弄得有些蒙了。

直到现在，她才不得不接受这个现实。

楚青辞已经死了。

从今以后，她就是端木绯，既来之，则安之。

端木绯合上眼睛，迷迷糊糊地躺了一会儿。她身子懒洋洋的，意识渐渐飘远，再次醒来时，张嬷嬷带了一个大夫过来，给她把了脉，开了药。

丫鬟连忙去借寺庙的厨房煎药，张嬷嬷亲自送走了大夫。

她们前脚刚出去，后脚一个身穿栗色暗纹褙子的老嬷嬷就来了。

她花白的头发一丝不乱地梳成一个圆髻，头上戴着一对翠玉扁方，神色间透着一丝倨傲，这是端木太夫人贺氏身旁的亲信游嬷嬷。

"大姑娘、四姑娘，"游嬷嬷目光淡淡地看着端木绤和端木绯，也没给二人行礼的意思，用略带斥责的语气说道，"老婆子今天托个大，望大姑娘不要怪罪。大姑娘，您身为长姐，怎么可以跟妹妹置气？您还把二姑娘推下水，以大欺小，这事如果被传出去，实在是让人笑话！大姑娘，您让太夫人太失望了！"

游嬷嬷叹了一口气，摇摇头，神情中难掩轻蔑之意："还请两位姑娘跟老婆子走一趟吧，太夫人请两位过去说话。"

游嬷嬷说得冠冕堂皇，话里的意思一听就是贺氏要把姐妹俩叫去训斥。

端木绤皱了皱眉，眸色深沉。

贺氏是祖父的续弦，姐妹俩的父亲是原配之子。自打她们回京投靠祖父后，贺氏就一直看她们不顺眼。

姐妹俩明里暗里吃了不少苦头，尤其是妹妹，不过是反应有些慢，贺氏却纵容府里的人喊她傻子。

端木绤握紧拳头，越想越气。

这件事从头到尾错的人不是妹妹，她可不会让妹妹去贺氏那里再受一次委屈。

端木绤从榻边起身道："我随嬷嬷走一趟。"

"大姑娘，"游嬷嬷阴阳怪气地道，"太夫人说了，要四姑娘一起过去。"说着，她朝床榻上的端木绯看去。

端木绯斜靠在一个青色大引枕上，浓密的青丝披散着，小脸儿泛着不自然的潮红色，樱唇干涩惨白。

端木绤挺直腰板，语气坚定地说："那我也不过去了。蓁蓁身子不适，若祖母有什么事，请她过来再说。"端木绤又坐回榻边。

游嬷嬷嘴角泛起一丝冷笑，早就知道大姑娘不会服软，威胁道："大姑娘，您可要考虑清楚了。太夫人说，要是四姑娘病得动不了，就不用回府了。"

她仰了仰下巴，明明是下人，却一副高高在上的样子，完全没有把姐妹俩放在眼里。

"姐姐，"端木绯忽然开口唤道，落水之后，她软糯的声音透着几分嘶哑，"世子爷还在吗？"

端木纭转头疑惑地看着妹妹。

端木绯歪了歪脑袋，露出一个可爱乖巧的笑容，拉着端木纭的衣角，天真地说："姐姐，祖母不让我们回去，我们就去找简王妃收留我们吧，简王妃很喜欢我的。"她的喉咙如被火灼烧般难受，面上却不露分毫。

游嬷嬷傻眼了，完全没想到姐妹俩竟然会把简王府扯进来。

两姐妹的生父端木朗在简王麾下多年，恰逢简王世子自北境回京，今日他也特意来清净寺为端木朗上了一炷香。端木家自然不敢怠慢世子，好生招待着。

刚才那番话如果是端木纭说的，游嬷嬷也许会怀疑她在虚张声势，可是端木绯是个傻子，傻子又怎么会骗人？

端木绯把玩着脖子上的赤金莲花纹镶猫眼石项圈，笑得两眼弯弯，沙哑的声音透着一丝狡黠之意："王妃送我这项圈的时候还夸我乖呢。"

端木纭看着妹妹，目光闪了闪，似在思忖着什么。很快，她就吩咐一旁的丫鬟："紫藤，你去求见世子爷，就说我们姐妹是简王的旧部遗孤，孤苦无依，想请王妃收留几日。"

游嬷嬷脸上登时青了白，白了红，色彩剧烈地变化着，她忍不住道："大姑娘，您别胡闹了！您这不是让外人看了笑话吗？"

端木纭懒得再与她多说，淡淡地道："张嬷嬷，送客！"

张嬷嬷想着姐妹俩还有简王府可以撑腰，就有了底气，不客气地把游嬷嬷推搡了出去。

游嬷嬷心里也急了，生怕这两姐妹真的闹到简王府去，那太夫人恐怕会迁怒到自己身上。

游嬷嬷急匆匆地向贺氏所在的院子跑去。

厢房里，不仅贺氏在，端木绮也在。端木绮已经洗漱过了，换了一身衣裳，湿漉漉的头发还披散着，丫鬟正在替她绞干头发。

端木绮见端木纭和端木绯没有随游嬷嬷一起过来，秀美的脸上似笼罩着一层浓浓的阴云，这层阴云随着游嬷嬷的禀告而变得越来越浓。

贺氏坐在窗边的一把太师椅上，看起来不过四十岁出头，穿了一件紫红色金松鹤纹缂丝褙子，面容保养得当，如羊脂白玉。

此刻，她薄唇轻抿，脸色不太好看，攥紧了捏着紫檀佛珠的手。

她知道简王府不能得罪。

如今皇帝尚未立储君，中宫只有一个抱养在膝下的四皇子，贺氏的女儿端木贵妃则生有大皇子。

朝堂正在为立长、立贤一事争论不休，大皇子正是需要助力的时候。

为了大局，自己且忍这对姐妹一时。

贺氏皱眉凝思着，心道：端木纭和端木绯这对姐妹今日不过是偶遇简王世子就这般上蹿下跳，还真是黄毛丫头不知道天高地厚。自己不用急在这一时，等回去以后，再好好收拾这两个丫头。

权衡利弊后，贺氏沉声道："你去传话，不用她们过来了，一个时辰后起程回府。"

说着，贺氏心疼地去看端木绮，安抚了一句："绮姐儿，你别着急，一切自有祖母替你做主。"

端木绮咬牙切齿，五官近乎狰狞，恶声道："我一定要那两姐妹好看！"

就在这时，一个鹅蛋脸的青衣丫鬟匆匆进了屋，禀道："太夫人，不好了，大姑娘刚刚带着四姑娘出去了，奴婢远远地见到四姑娘叫住了君世子。"

什么？贺氏的脸色登时就变了，瞳孔猛缩。

屋子里的气氛一冷，似乎突然进入了寒冬。

游嬷嬷眉头紧蹙，额头青筋乱跳，整个人近乎处于屏息状态。

"蔓菁，带路！"贺氏霍地站起身来，一边吩咐那丫鬟，一边急急地朝屋外走去。

她必须拦下这对姐妹，可不能让端木府成为整个京城的笑柄。

贺氏带着游嬷嬷快步出了院子，在丫鬟蔓菁的引领下，朝着西南方走去，行色匆匆。

远远地，他们就看到端木纭和端木绯正在一棵老槐树下与一个着蓝色锦袍的少年公子说话。

那少年公子身姿挺拔，手里把玩着一把折扇，有一下没一下地扇着，浑身散发出一种玩世不恭的气质。

即便这个距离还看不清那少年公子的容貌，但贺氏可以确定对方就是简王世子君然。

这两个丫头竟然真的跑去找简王世子告状！

贺氏心里气不打一处来，三步并作两步走上前，担心姐妹俩和君然说了什么。

前方的三个人说了几句话后，君然就摇着折扇离开了。背对着贺氏的端木绯抬手对君然挥了挥，小姑娘的声音清澈欢快："君世子，慢走。"

君然胜似闲庭信步，只留下一道颀长、悠然的背影。

贺氏也不好冒昧地去拦君然，深吸一口气，总算冷静了不少。

她走到两姐妹身后，端木绘听到脚步声后转过头来，淡淡地唤了声："祖母。"

贺氏沉下脸问："你们刚才和君世子说什么了？"

端木绯也转过身来，抢在端木绘讲话之前笑吟吟地说："祖母，君世子方才说，过几日皇上会宣我和姐姐进宫。"

她的头发还带着湿气，声音也有些虚软无力，但口中说出的这番话让贺氏双目微瞪，心如潮涌，脸上难掩震惊之色。

这是姐妹俩今日给她的第二个意外。

皇帝宣召，自己怎么也不能拦着，要是这对姐妹进宫后在皇帝、皇后跟前胡言乱语闹出事端来，怕是连端木贵妃也会被迁怒。

贺氏越想越觉得不妙，转瞬间就有了决定。

贺氏做出一派温和慈爱的姿态，软下语气说："绘姐儿、绯姐儿，你们放心，今天的事都是绮姐儿的不是，我这做祖母的一定会给绯姐儿主持公道，会好好罚绮姐儿的。"

端木绯疑惑地看着贺氏身后的游嬷嬷："可游嬷嬷不是说我姐姐以大欺小吗？"

游嬷嬷身子一僵，感觉贺氏锐利的目光朝自己看来，连忙认错："四姑娘，是老婆子怜惜二姑娘落水，一时失言，都是老婆子的不是。"

端木绘懒得跟游嬷嬷计较，最在意的是——

"祖母要如何罚二妹妹？"

贺氏闻言下意识地捏住了手里的紫檀木佛珠，刚才说要罚端木绮，其实不过是随口一说，想哄姐妹俩赶紧跟她乖乖回府。

然而此时此刻，箭在弦上，为了避免两姐妹进宫告状，贺氏只能忍气吞声地安抚道："绘姐儿，这件事错的是绮姐儿，祖母回去就罚她抄写五十遍《女诫》《女训》，让她好好修身养性。"

端木绘嘴角扯出一丝淡淡的冷笑，毫不退让："祖母，蓁蓁落水差点儿就丢了性命，如此也太轻轻放下了吧？"

端木绯笑眯眯地说："姐姐，祖母一向公允，一定会为我做主的。"风一吹，几缕湿漉漉的发丝轻柔地拂在她的面颊上，她樱唇苍白，没什么血色。

贺氏眼角抽了抽，又咬牙道："我再罚她在小佛堂里下跪自省三天。你们几个都是姐妹，平日里难免打打闹闹，但总归都是一家人。"

贺氏嘴角还噙着温和的笑，手背上却是青筋凸起，显然被气得不轻。

二姑娘端木绮是贺氏的亲孙女，这次落水遭了大罪，却还要她来罚端木绮以安抚这两个丫头，贺氏心中自是不甘。她眸色深沉，不禁再次想起这两个丫头的亲祖母宁氏。

宁氏都死了这么多年了，怎么就是阴魂不散？！

贺氏目光闪烁，多年的回忆像走马灯般在眼前闪过。

三十多年前，头甲簪花游街，她与几个姐妹一起去围观，一眼就相中了那个丰神俊朗的探花郎，不由得芳心暗许。可是打听了一番后，她才知道探花郎端木宪是娶了妻的。

好在那宁氏是命薄的，在大姐的撮合下，她如愿下嫁做了端木宪的继室。

她一生顺遂，与端木宪也算恩爱。唯独那宁氏留下的长子端木朗最为碍眼，好不容易他离了京城，又死得早，她也就放下了，偏偏端木朗还留了两个女儿，成天在她眼前晃来晃去，提醒她，她不过是个继室。

贺氏攥着佛珠的手指更用力了。

也就是这两个丫头片子运气好，偏偏今日简王世子来了，可简王世子护得住她们一日，护不住一世。

端木纭淡淡地道："那孙女就谢过祖母主持公道。"

今日阳光灿烂，金色的阳光透过茂密的树冠在姐妹俩精致的面庞上洒下斑驳的光影，风一吹，光影随着枝叶摇曳，周围分外安静。

祖孙三个人心思各异，谁都没有注意到几十丈外的一座藏经阁中，一人漫不经心地从二楼俯视着她们三个人。

听到后方的楼梯上传来"噔噔噔"的脚步声，窗边的玄衣少年转过身来。少年约莫十三岁，身姿颀长，面容俊美如画，一头鸦羽般的乌发用一根银绳束成马尾。转身时，他马尾一甩，带着一种少年人特有的意气风发。那双凤眸尤其漂亮，好像比启明星还要明亮。

"君然，我们可以走了吧？"玄衣少年不耐烦地催促道。

"阿炎，放心吧，耽误不了你的事。"君然笑嘻嘻地说，"从这里骑马到京城只要一个时辰，在天黑前肯定可以进城的。"

"我着急不行吗？"玄衣少年理所当然地说，又朝窗外看去，看向京城的方向。

他离开京城两年了。这两年，他在北境很努力，想阿辞了。

他的阿辞马上就要及笄了。

玄衣少年的唇角微微翘了起来，脸庞柔和得如晨曦一般。

"沙沙沙……"

窗外的花木随风摇曳，似在低语。

清净寺距离京城约莫有一个半时辰的车程，贺氏生怕再出什么纰漏，不敢耽搁，匆匆下令起程回府。

一行马车在夕阳落山前就顺利地驶进京城的西城门。

进城后，马车的车速放缓，车外热闹喧哗。

车厢里的端木绯忍不住掀起窗帘的一角往外看，看着那熟悉的酒楼、店铺、牌坊在眼前飞掠而过，看着那写着"宣国公府"四个金漆大字的匾额在马车边擦过，然后这一切渐渐远去……端木绯半垂眼帘，藏住眼中的复杂之色。

宣国公府便是楚家。

从前朝起，楚家就当得起一声"簪缨世族"，历经改朝换代非但没有没落，反而越发昌盛。

百年前，楚家先祖因辅佐幼主有功，得封国公，爵位世袭罔替，楚家如今已是大盛朝数一数二的望族。

而她，曾是楚家这一辈的嫡长女。

马蹄声与车辘辘声不断，她们的马车驶出永安大街，把宣国公府远远地抛在了后面，最终停在权舆街的一扇朱漆大门前。

相比宣国公府，端木家虽然是尚书府，却也不过是寒门新贵。

"吱呀——"

尚书府的朱漆大门被人从里面打开，门房以及几个婆子忙忙碌碌地迎接太夫人、二夫人等一行人回府。

门后是铺着青石板的庭院，干净整洁，两边是外书房。马车径直往前，停在垂花门外。

夕阳洒下一片金红色的光芒，给周围的一切都镀上了一层柔和的光晕。

端木纭和端木绯依次下了马车，贺氏和蔼地说："纭姐儿、绯姐儿，今天累了一天，你们俩早些回去休息吧。"

"祖母，那二姐姐呢？"端木绯一脸天真地问道。

贺氏脸色一僵，她本来还想着先把姐妹俩糊弄过去，没想到这个小的如此奸猾。

"祖母，您说了要罚二妹妹，该不会说话不算话吧？"端木纭眼睛一眨不眨地盯着贺氏，目光清亮，腰杆挺得笔直。有些话她没说，但是态度已经摆出来了，贺氏只要敢说话不算话，自己就敢去告御状。

后方不远处，端木绮也正好从一辆黑漆平顶的马车上下来，听到这番话，恼怒地冲到端木纭和端木绯跟前，尖声斥道："你们俩还有完没完了？！"

端木绯目光冰冷地看着端木绮，脑海中一幕幕飞快地闪过：可怜的小姑娘痛苦地在冰冷的池塘里扑腾着，端木绮却在岸上冷眼旁观，还嘲笑她是个扫把星，一直到小姑娘渐渐沉了下去，端木绮才知道怕了，让粗使婆子下水救人。然而，一切已经晚了。

冷水灌进肺中的那种撕裂感和灼烧感，还有窒息带来的头晕目眩与绝望，都深深地刻在原主的记忆中。

端木绯眼睛一眨不眨地盯着端木绮，那双乌黑的眼眸仿佛要把人给吸进去似的。

贺氏眉心微蹙，拿两姐妹实在没辙。

虽然她心疼孙女，却也生怕姐妹俩真的进宫告状，只能咬牙道："绮姐儿，今日是你不对，祖母就罚你抄写五十遍《女诫》《女训》，再去小佛堂罚跪三天。"

端木绮简直不敢相信自己的耳朵，下意识地拔高嗓门道："我不服！"

自小她就是端木家的掌上明珠，从来没受过一点儿委屈。这一次，祖母竟然为了这两个克父克母的扫把星罚她。

端木绮越想心中越不甘。她推端木绯是"无意"，然而端木纭推自己是有心，照她看来，几个人已经互不亏欠。

"绮姐儿，别闹了。"

这时，一个三十来岁的妇人自那辆黑漆平顶的马车旁走了过来。她穿了一件姜黄色盘金彩绣绵褙子，身材略显丰腴，白皙的圆脸上眉飞目细，笑起来看着很是和气。

"娘！"端木绮委屈地跺了跺脚，看着妇人。

这妇人是府里的二夫人小贺氏，也是太夫人贺氏的嫡亲侄女，如今管着府里的中馈，神态举止间自有一股当家主母的气派。

"绮姐儿，你是姐姐，就该让着妹妹。"

小贺氏放柔音调劝道，说得冠冕堂皇，同时给端木绮使了个眼色：端木纭姐妹俩马上要进宫，万一她们胡言乱语闹出事端来，怕是连一向疼爱她的贵妃娘娘都会被怪罪。

端木绯如何看不出端木绮的不甘？一双如点漆般的黑眸一眨不眨地看着她，端木绯义正词严地训诫道："二姐姐犯了错，祖母才罚你跪小佛堂、抄写《女诫》《女训》，二姐姐可莫要因此对祖母心生怨艾……"

这个小呆子居然教训起她来了！

本来就心有不甘的端木绮只觉得一股火气直冲脑门儿，忍不住打断端木绯："胡说八道！我什么时候对祖母心生怨艾？你这个小傻子，别想挑拨离间！"

贺氏被端木绮尖锐的声音叫得头也疼了。

先前在清净寺，贺氏就千叮咛万嘱咐，让端木绮在这两姐妹进宫前先忍一时之气，别去挑衅这对姐妹，把落水这件事揭过去再说，以后自有与这两个丫头片子清算的时候。唉，这孙女终究是被她娘宠坏了。

端木纭眉头一皱，正要说话，就听端木绯认真地说："二姐姐，我不是傻子。"

端木绮撇了撇嘴，面露嘲讽之色："疯子不知道自己疯，傻子也不会承认自己傻。"

端木绯一本正经地点了点头："二姐姐说得是。"

这话听起来似乎哪里不太对……端木绮愣了一下，反应过来，怒道："你敢骂我？！"

端木绯依然点头："二姐姐说得是。"

端木纭不禁轻笑出声，妹妹实在太可爱了，若不是这里还有碍眼的人在，她真想揉揉妹妹的脑袋。

端木纭的笑声让端木绮更加恼怒，脸颊气得通红。

她想起之前端木纭推自己下水，现在两姐妹得了便宜还卖乖，如此羞辱自己，一时间，新仇旧恨一起涌上来，端木绮越发怒不可遏，心里浮现一个主意。

"四妹妹，"端木绮仰起下巴，挑衅地看着端木绯，"到底谁傻，我们比一比不就知道了？"她一定要好好教训一下端木绯，让端木绯以后看到自己就要绕道走。

端木绯歪着脑袋，笑眯眯地看着端木绮，问："二姐姐想跟我比什么？"

"算学。四妹妹敢不敢跟我比？"绯木绮毫不迟疑地说，眸中透着一丝恶意，"谁要是输了，就大喊一百遍自己是傻子！"

一旁的贺氏和小贺氏对视了一眼，有些无奈，却也没有阻拦。

京城各府的世家姑娘自小都要学琴棋书画，此外，对四书五经也有所涉猎。但是偌大的京城中，也就端木家的姑娘们小小年纪就要学习算经。因为老太爷端木宪尤其精通算学，还因此得了先帝仁宗皇帝的赏识，一路扶摇直上做到了户部尚书。

但是这并不包括端木绯，原主学什么都比别人要慢几拍，再加上年纪小，更是不能和端木绮相提并论。

"好啊。"端木绯点头应下了，"二姐姐可不能不认账啊！"

这个傻子还真敢跟她比算学，端木绮眸中闪过一丝轻蔑之色："那就明早请安时比。"

届时，她要让这个傻子在全府人的面前颜面尽失。

"二姐姐，你说错了。"端木绯一本正经地说，"你还要去小佛堂罚跪，抄写《女诫》《女训》，我们明天比不了。"

"你！"端木绮恼怒不已，跺了跺脚，抛下一句，"那就三天后，你最好别'病'了，我的四妹妹！"

端木绮头也不回地走了。

端木纭拉住妹妹的手，看向贺氏道："祖母，我和妹妹先回去了。"她嘴角翘了翘，意有所指地接着说道，"一会儿，我会让人去瞧瞧二妹妹的。"

贺氏和小贺氏心口一堵，端木纭话里的意思分明就是怕她们偏袒，要去看看端木绮是不是真的在受罚。

端木纭完全不在意两个人的脸色有多难看，屈膝福了福，就带着妹妹回了位于西北角的湛清院。

湛清院是一个三进的院子，是当年端木朗成亲后在京城的住处，自从姐妹俩三年前来投靠祖父后，就住在这里的厢房里，而正房一直空着。

一般来说，就像男孩到了八岁会搬到外院住一样，女孩到了八岁也会有自己独立的院子。

然而在这端木府里，不知是因为两姐妹之前在守孝，还是府中人对她们漠不关心，端木纭都十三岁了，还没有自己的院子。

"蓁蓁，你先去睡一会儿吧。"端木纭说着，抬手摸了摸端木绯的额头，还好额头不烫。

今天的事实在让她心有余悸，回府又舟车劳顿，虽然大夫说没事，妹妹也喝过汤药了，但她还是生怕妹妹会生病。

看出端木纭眼中的担忧之色，端木绯乖巧地应了。

端木绯带着绿萝一起回了她的闺房，不着痕迹地打量着眼前这个既熟悉又陌生的地方：黄花梨六柱架子床、百宝槅、双门衣柜……窗边的案几上摆着一盆兰草。因为端木绯才刚刚除服，房间里的摆设素净简洁。

"姑娘，奴婢伺候您沐浴更衣吧。"绿萝上前请示道。

端木绯随口应了一声，不一会儿，绿萝和另一个丫鬟蔓菁就在净室内备好了热水。

绿萝和蔓菁是端木绯的贴身丫鬟，按照端木府的规矩，每个嫡出姑娘都有两个一等丫鬟、四个二等丫鬟和四个三等丫鬟，还有一个管事嬷嬷。

洗漱更衣，又绞干了头发，端木绯打着哈欠躺到了床上。

她确实很累，但是又睡不着，这短短的一日，发生的事实在太多了。

她辗转反侧间，楚青辞和端木绯的记忆不断在脑海中回放，一遍又一遍，又慢慢交融在一起。

渐渐地，她甚至分不清自己到底是楚青辞，还是端木绯。

"水……"也不知道过了多久，端木绯迷迷糊糊地觉得口渴难耐，口中发出低低的呻吟声。

但是，没有人回应她。

"水……"端木绯又唤了一遍，"翠……"

翠生这个名字刚欲出口，她就猛地惊醒过来。

端木绯坐起身，茫然地打量着四周，这一刻，她仿佛成了庄周，分不清梦境和现实。

又过了片刻，端木绯才渐渐回过神，唤道："孙嬷嬷。"要是她没记错的话，今天应当是孙嬷嬷值夜。

她这是被怠慢了？

端木绯眨眨眼睛，唇角向上翘了翘。

原主的记忆总是断断续续的，大多数时候还有些模糊。

这些模糊的记忆告诉端木绯，她身边的丫鬟们只有绿萝是她从北境带来的，而其他人，包括这位孙嬷嬷，都是回了京城后小贺氏给的。

端木绯的乳娘没有随她回京，她的一应事宜都由这孙嬷嬷料理。

孙嬷嬷仗着是小贺氏的人，就没有拿原主当过主子。

私下里，孙嬷嬷对原主动不动就大呼小叫，要不是有姐姐端木纭在，这个人怕是早就奴大欺主了。

像这样值夜时她叫不到人的事件就经常发生。

端木绯从床上起身，赤着玉足，自个儿去八仙桌那里倒水。

一连喝了三杯水，她舔舔嘴唇，把茶盅往桌上一放，然后又顺手轻轻一扫，茶盅落在地上，发出响亮的一声。"砰！"在寂静的夜里，这个声音格外刺耳。

"这又怎么了？"

伴随着一声不耐烦的轻斥，门帘被大力掀起，孙嬷嬷从外间走了进来。

她看到地上四分五裂的茶盅碎片，想到一会儿自己还要收拾，一下子就恼了，心想：这四姑娘大半夜的不睡觉，尽会给她惹麻烦！

"四姑娘，"孙嬷嬷拉长了老脸，阴阳怪气地道，"这大半夜的，您在忙活什么呢？恕奴婢多嘴，像您这样半夜不睡觉瞎折腾，难怪都九岁了还像个傻子一样呆愚！

"愣在那里干什么？还不快上床去？！

"看到您这副蠢样我就心烦！"

…………

端木绯似乎被吓蒙了，呆在原地，一动不动。

孙嬷嬷嘲讽地笑着，心道：傻子就是傻子！

"四……"

孙嬷嬷还想再说，却见端木绯突然动了，像是受了天大的委屈，光着脚就冲了出去。

孙嬷嬷愣住了，从前不管自己对端木绯怎么斥责谩骂，这小傻子都不会去告状，今天这是怎么了？

眼看着端木绯就要跑远了，她赶紧追上去。

"姐姐。"

端木绯一路小跑到了端木绛的闺房里。

端木绛对这唯一的胞妹宠爱至极，端木绯进她房里从来不需要通报。

正坐在美人榻上看书的端木绛看到妹妹只穿了中衣，又光着脚向自己跑来，赶紧搂住她，心疼不已地说："蓁蓁，你怎么了？是不是做噩梦了？"

她一边说着，一边吩咐紫藤拿来斗篷，把端木绯裹了起来。

端木绯把头靠在她怀里，委屈巴巴地说："姐姐，孙嬷嬷骂我。"

正追着端木绯跑来的孙嬷嬷刚一进来，就听到这么一句，赶紧为自己辩驳："大姑娘，您别听四姑娘胡说，奴婢……"

"放肆！"端木绛猛地一拍身下的美人榻，眉尾一挑，恼道，"蓁蓁会胡说来冤枉你？"

孙嬷嬷被吓了一跳，下意识地缩了缩脖子。

和傻里傻气的四姑娘不同，这位大姑娘可厉害着呢。

三年前，端木绛和端木绯刚回府，她们一众奴婢被小贺氏送来的时候，自然没把这对姐妹放在眼里，少不了有一些怠慢。后来端木绛恼了，直接打了一个端冷水给四姑娘洗漱的小丫鬟一顿板子。那之后，湛清院里的奴婢才安分下来。

孙嬷嬷也是如此。她敢对端木绯大呼小叫，百般怠慢，只是因为端木绯太呆了，连告状都不会。但她也只是怠慢和辱骂四姑娘，不敢有太过分的行为，就怕被端木绛发现端倪。

想到这次自己多半会被这个傻子连累受罚，孙嬷嬷急了，脑子一热，脱口而出："四姑娘就是个傻的，她的话怎么能信……"

话音还未落地，端木绛的脸上仿佛笼罩了一层寒冰，孙嬷嬷心里暗道一声不妙。

端木绛唇畔泛出一丝冷笑，不客气地道："孙嬷嬷奴大欺主，按府里的规矩，应掌嘴五十，再到外面跪一晚上，好好想想，到底谁是主，谁是奴？！"

孙嬷嬷呆了半晌，咬咬牙，"扑通"一声跪在冷硬的地面上，求饶道："大姑娘、四姑娘，奴婢知道错了，就饶过奴婢这一回吧！"

都怪那个傻子突然不按常理出牌，害自己乱了方寸，这才会失言。

这才二月，在外面的寒风里跪上一晚，自己肯定要被冻得够呛，更何况还要被掌嘴五十。

自己好歹也是个管事嬷嬷，被当众掌嘴，以后还怎么服众？

"来人。"端木绛丝毫没有动容。紫藤见状，立刻从外面唤了粗使婆子进来，示意她们把人拖下去。

"姑娘，您不能这样！"孙嬷嬷瞳孔猛缩，"奴婢是二……"

端木纭似笑非笑地看着她，看得孙嬷嬷心里拔凉拔凉的。

孙嬷嬷在湛清院三年了，自然知道这位大姑娘的脾性，自己要是敢抬出二夫人来压她，大姑娘必会把自己赶出湛清院。

她可不能就这么回了二夫人那里。

于是，孙嬷嬷勉强收声，从齿缝里挤出一句话："奴婢领罚。"

她恨恨地看了一眼端木绯，暗道：这小傻子总有犯到她手里的时候，到时候，她必要报今日之仇。

孙嬷嬷被两个婆子拖到廊下，手掌甩在皮肉上的声音不断地响起。

"啪啪啪！"

然后就是孙嬷嬷的痛呼声和哀号声。

端木纭示意紫藤把门关上，把那些恼人的声响隔绝在门外。

端木纭心疼地把妹妹搂在怀里，自责道："都怪姐姐不好，居然没有发现孙嬷嬷敢这么待你。"

爹爹和娘亲把妹妹交在她手里，她没能好好照顾妹妹，让妹妹受了这么多委屈，自己真是太不应该了。

端木绯把头靠在姐姐肩上。

她知道这并不是端木纭的错，两姐妹在这府里无依无靠，端木纭也不过十三岁，既要打理湛清院，又要照顾妹妹起居，教她读书习字。原主不懂告状和诉苦，孙嬷嬷又素来狡猾，端木纭没有发现也不足为奇。

但是自己不一样。自己可不会一声不吭地让人欺负。

尽管她还不能表现得太出格，以免惹人怀疑，但至少可以告状呀。

端木绯眼神灵动，嘴角翘起一个可爱的弧度。

这时，紫藤进来禀道："姑娘，孙嬷嬷已经跪在外面了。"

端木纭点点头，亲自给端木绯穿上睡鞋。

紫藤迟疑了一下，又道："二夫人那里……？"

"不必管她。"端木纭随口回了一句，又柔声说，"给我倒杯热水来。"

太夫人素来对她们姐妹不喜，二夫人也全然与太夫人一样，这些，端木纭自然知道。

只是这三年来，她们要守孝，很多事顾不上，但这并不代表自己是包子，可以任人拿捏。

端木纭一边哄着妹妹喝口热水驱驱寒气，一边笑吟吟地说："这大半夜的，咱们院子里怕是又要'热闹'一番了。"

端木绯也深以为然，那些被二夫人安插在湛清院的人，必会把孙嬷嬷受罚的事传回去。

正如两姐妹预料，孙嬷嬷刚在廊下跪着，蔓菁就悄悄去了小贺氏的琼华院。

蔓菁把事情一五一十地说了，又道："二夫人，大姑娘让孙嬷嬷跪到天亮才准起身。"

"这两个小贱蹄子！"小贺氏的额头青筋暴起，她恼道，"这打的哪里是孙嬷嬷啊，分明就是在打我的脸！"

想到还在小佛堂里受苦的女儿，她又是心疼，又是气愤。

女儿从小到大哪里吃过这样的苦头，都是端木绯这傻子害的。

这大冷的天，她不知道女儿会不会冻着，会不会饿，会不会怕黑……

小贺氏担心得睡不着，偏偏这个时候，端木纭还故意折腾她的人，简直没把她放在眼里。

那孙嬷嬷也真没用，一大把年纪了，轻易就被端木纭拿捏住了，真是枉费自己把她送去湛清院。

宋嬷嬷一边抚着小贺氏的后背给小贺氏顺气，一边说道："夫人，大姑娘也就是仗着快要进宫罢了，您且忍她这几日，待到她从宫里回来，还不是在您的手掌心里，您想把她怎么样就怎么样？"

理是这个理，但小贺氏就是咽不下这口气。

这两个丫头片子真是运气好，有简王世子惦记着她们是简王的旧部遗孤，两个人又马上要进宫面圣，否则……

小贺氏深深吸了一口气，让宋嬷嬷打赏蔓菁一个银锞子，又让蔓菁带些药材回去给孙嬷嬷。

孙嬷嬷留在那里还有用，自己好歹得收拢住她的心。

蔓菁千恩万谢地走了，小贺氏对宋嬷嬷说："我就姑且忍她们这几日，只是可怜我的绮姐儿。唉！"

宋嬷嬷知她心绪不佳，提议道："夫人，不如咱们悄悄把二姑娘叫回来吧。"

"我也想啊。"小贺氏是真无奈了，"还不是母亲生怕让端木纭知道，又要平白生出事端。"

小贺氏手中的帕子都被她捏皱了。对太夫人贺氏来说，绮姐儿虽是她的嫡亲孙女，平日里她对这个孙女宠爱有加，但到底比不上端木贵妃带来的无上荣光。只要有一丝端木纭向皇帝告状的可能性，贺氏就绝不会让孙女悄悄回来，以免连累宫里的贵妃和大皇子。

小贺氏心烦意乱。

她牵肠挂肚了整整三天，直到端木绮从小佛堂回来。

这三天并不好过，端木绮跪了三天，又抄了三天的《女诫》《女训》，瘦了整整一圈，脸色黯淡，神情疲惫。

一见到小贺氏，端木绮委屈得眼泪"唰唰"往下流。

从小到大，她哪里吃过这样的苦？！

这都是端木绯那个小傻子害的！

小贺氏搂着女儿哄了一会儿，保证道："绮姐儿，等到她们俩从宫里回来，娘一定想办法给你做主。"

"不！"端木绮抬起头来，憔悴的面庞因为恨意而显得扭曲，"我现在就要报仇，非要让那小傻瓜颜面扫地不可！"说着，她"噌"的一声站了起来，"娘，是时候去给祖母请安了。今日祖父休沐，我要让祖父给我做主。"

小贺氏本想哄女儿休息一天，但实在拗不过她，只得赶紧让丫鬟过来伺候她洗漱，免得让那两姐妹看笑话。

小贺氏又让人去传话，叫二房的其他姑娘、公子先自个儿去永禧堂，不用再到她这里来了。

洗漱完，又裹上厚厚的斗篷，端木绮迫不及待地冲向了永禧堂。

永禧堂是老太爷和太夫人的居所，也是尚书府的正院。

端木绮洗漱花了不少时间，等她到的时候，永禧堂的东次间里已经坐得满满当当。

太夫人贺氏生了两子两女，大女儿是当朝贵妃，两子分别是二老爷和三老爷，四老爷和五老爷是庶出，他们的姨娘是贺氏的陪嫁丫鬟，也是贺氏做主，开脸将丫鬟给了端木宪。

今日恰逢老太爷端木宪休沐，他看起来五十岁左右，穿了一件太师青绣仙鹤锦袍，身姿挺拔，眉目舒朗，举手投足间，既透出一种儒雅斯文的气质，又有着久居上位之人的气势。

如今的端木宪虽然年纪大了，但从他的眉目间还是能隐约看出几分年轻时的风采。

端木绮一踏进东次间，恼恨的目光就落在正坐在一旁喝茶的端木绯身上，想到自己这三天吃的苦头，拳头紧紧地攥了起来。

"见过祖父、祖母。"端木绮向上首的端木宪和贺氏福了福身后，便迫不及待地说，"祖父、祖母，我与四妹妹说好比试算学，谁要是输了，就大喊一百遍自己是傻子。"

说着，她嘲讽地朝端木绯看了一眼："还请祖父、祖母为我和四妹妹做个见证。"

闻言，其他人均面面相觑，看着端木绯的眼神与表情很是怪异。

怪事年年有，今年特别多。

端木绮虽然称不上聪明绝顶，但论才学，在端木家的姑娘里也是数一数二的。

相比之下，说得好听些端木绯是不开窍，说得难听点儿，她就是蠢笨，还想与端木绮比？

她也太不知天高地厚了。

坐在罗汉床上的端木宪放下手中的掐丝珐琅三君子茶盅，扬了扬眉，看向端木绮和端木绯道："有点儿意思，你们俩想怎么比？"

"祖父，"端木绮笑吟吟地说，"为了公平，我想请大哥来帮我们出题，我和四妹妹谁先答出题，谁就胜出。"

说着，端木绮就看向一个十三四岁的少年。

少年穿着一件青色直裰，头发用一支青玉簪固定住，容貌俊逸，眉宇与祖父端木宪有五六分相似。

只见他挺直腰板坐在一把紫檀木圈椅上，嘴唇微抿，看着有些少年老成，不苟言笑。

这青衣少年乃小贺氏的长子，也是端木家这一代的嫡长孙，名叫端木珩。

"绮姐儿，"小贺氏嗔怪出声，"你这孩子，你们小姑娘家家的小打小闹哪里需要劳烦你大哥？"

端木珩微蹙眉头，照他来看，算学可不是用来让两个小姑娘置气的，他正要拒绝，就听端木宪出声道："珩哥儿，你就替你的两位妹妹出一题吧。"

端木宪语气中透着一丝考校的味道，至于到底是考校谁，也唯有他自己心里清楚了。

端木珩恭敬地站起身，一本正经地作揖应下了。

这还真要比啊？

其他人心里暗暗叹息，不少人朝端木纭看去，心道：端木绯傻，但是端木纭不傻啊，她总不会以为端木绯能赢吧？

这还不是徒惹人笑话罢了。

大部分人感慨、怜悯的同时，坐等着看好戏，反正丢脸的人也不是他们。

屋子里服侍的丫鬟搬来了两张红木书案，又分别为两位姑娘铺纸磨墨，空气中除了原本的茶香，又添了淡淡的墨香，香味弥漫开来。

端木绯和端木绮在众人的目光中走到书案前，端木绮仰着小下巴，笑吟吟地看着端木绯问："四妹妹，可以开始了吗？"

端木绯抿嘴笑了，乖巧地对端木珩福了福，说："还请大哥哥出题。"

端木绮收回视线，眸中透着一丝不屑之色，暗道：这个傻子输定了！

端木珩沉思一下，不紧不慢地说："两位妹妹且听仔细了。有一家铺子用大小珠子来穿扇坠，第一种扇坠是大珠下缀两颗小珠，第二种扇坠是大珠下缀四颗小珠，一共用了大珠三百六十颗，小珠一千二百颗，请问这两种扇坠各做了多少个？"

端木绮一边听，一边飞快地在纸上记下重点，面露凝重之色。

大哥出的这题听着有些绕，但并非不可解，假设所有的扇坠全部是第一种，那么一共有小珠七百二十颗……

端木绮飞快地在纸上先写下"小珠七百二十"，就在这时，却听端木绯的声音在耳畔响起："我答好了。"

这怎么可能？端木绮难以置信地转头看向端木绯，这么会儿工夫，端木绯怎么可能答得出来？

其他人的目光也落在端木绯身上，众人交头接耳，皆惊疑不定。

"绯姐儿，你就算答不出题，也没必要胡乱蒙啊。"小贺氏此时早已在自己的位子上坐下，见状柔声劝着，眼中闪过一丝轻蔑之色。端木绯这个傻子能这么快就把题给算出来，打死她也不信。

坐在小贺氏旁边的一个八九岁的小姑娘接话道："就是啊，四姐姐，答案哪有这么容易蒙对的？你该不会以为算学就是谁答得快谁赢吧？哎，这要是当着这么多人的面说一百遍自己是傻子，以后四姐姐你还如何在府里立足？"

小姑娘巧笑倩兮，看着俏皮可爱，话里却透着淡淡的嘲讽，甚至是刻薄。

端木珩皱眉看了小贺氏和那小姑娘一眼，板着脸斥道："五妹妹，为人说话要三思而后行，怎可没看结果就信口雌黄？"

五姑娘端木绫脸色一僵，又不敢与长兄顶嘴，只能看向小贺氏。

小贺氏的脸色同样不太好看，儿子刚才那番话听着是在训妹妹，分明是连她这个老娘也一起训了。

她这个儿子不知道怎么回事，一板一眼的，也不知道向着自家人。

端木绯丝毫没有被耳边的这些奚落声所影响，脆生生地说："五妹妹，我到底是不是蒙的，等大哥看了自有论断。"

端木珩大步流星地走到端木绯身旁，拿起她的答题纸，直接把她写的答案念了出来："一大两小的扇坠是一百二十个，一大四小的扇坠是二百四十个。"

"对了！"

下一瞬，端木宪和端木珩祖孙俩的声音正好重叠在一起。

紧跟着，端木绐也反应过来，心念飞转，把妹妹的答案代入题目中，喜笑颜开地附和道："没错，蓁蓁的答案是对的。"

一时间，整个厅堂静了一瞬，更多人看向站在红木书案后的端木绯。

年方九岁的小姑娘乍一看与以前一般模样，可是再看，又似乎有些不同了，尤其是那双原本无神的眼睛，如今却是极其灵动。

唯有端木绮脸色煞白，花容失色，想也不想地怒道："不可能！端木绯，你是蒙的对不对？要么就是你作弊了！"

端木绮根本无法相信这个事实，这不可能是真的！端木绯这个小白痴怎么可能解得比自己还快？

她气得满脸通红，脑中一片混乱，没注意到端木珩眼中闪过一丝不赞同的神色。

"二妹妹，"端木珩微微蹙眉，斥道，"你是在说我帮着四妹妹作弊吗？"

端木绮面色一僵，这才意识到自己失言了。

"大哥，我不是这个意思。"端木绮对端木珩解释道。

端木绮自小顺风顺水，还从未在这么多人面前丢过这么大的脸。

她怎么可能输给端木绯呢？

端木绮咬了咬下唇，心里既委屈又愤怒，跺了跺脚道："我不服！端木绯她一定是耍了什么花样！"

不只是端木绮不服，其他人也交头接耳、窃窃私语，怀疑其中是不是有什么猫腻，想着端木绯往日的表现，她怎么也不可能赢了端木绮啊。

况且，刚才那一题虽然难度不算大，但确实有些绕。

他们相信，给他们一盏茶，不，半盏茶工夫，他们一定可以算出来，但端木绯算得实在是太快了，才不到五息的工夫，竟然就已经得出了答案。

"绯姐儿，"端木宪忽然出声问道，"祖父问你，这一题你是如何算的？"

其他人都看向端木绯，眼神中透着疑惑和好奇。

端木绯乖巧地对端木宪福了福身，理所当然地回答道："回祖父，只要把每个扇坠都扯掉两颗小珠，就可以算出来了。"

端木珩眼睛一亮，若有所思地拊掌赞道："四妹妹，你这个算法有趣！不错，只要把每个扇坠都扯掉两颗小珠，剩下的小珠就都属于第二种扇坠了，再除以二，就可以立刻算出第二种扇坠的数量。妙，确实妙！"

这题不难，端木珩其实就是把《孙子算经》下卷中的"鸡兔同笼"那题稍加变化。

他是想着府里的闺学刚好在教《孙子算经》，然而，没有想到端木绯居然另辟蹊径。

有趣！算学之道果然博大精深啊！

端木宪也发出爽朗的笑声，显然对端木绯的解答颇为满意："绯姐儿，那祖父再考你一题可好？"他完全没注意到身旁的贺氏脸色一沉，她捏紧了手中的佛珠。

"请祖父出题。"端木绯点头应下。

端木宪捋着胡须问道："绯姐儿，你可知道九宫洛书？"

九宫洛书就是在一个九宫格中，填上数字一至九，使九宫格中任意一横行、一竖列及对角线的几个数之和都相等，它也被称为"三阶幻方"。

端木绮心中暗喜，眼中闪过一道锐芒，抢在端木绯之前答道："祖父，我知道。九子斜排，上下对易，左右相更，四维挺出，戴九履一，左三右七，二四为肩，六八为足。"

这一次祖父出题，是她胜出了！

端木绮得意扬扬地看了端木绯一眼，可是紧接着就听端木宪继续道："绮姐儿解释得不错。不过，今日我们来玩点儿不一样的。仍然是把数字一至九填入九宫格中，但需要使九宫格中任意一横行、一竖列及对角线的几个数之和全不相等。"

闻言，端木珩的眸中绽放异彩，他忍不住试着算起来，食指在右手边的案头写着数字。

这一题反其道而行，新鲜有趣，只是恐怕不是一时半会儿可以被解出来的。

端木绮深吸一口气，努力冷静下来，尝试在她刚才念的那个三阶幻方上调整数字顺序，不行……不对……

一片静默中，端木绯再次执起案上的狼毫，毫不迟疑地挥笔洒墨，写下一串数字后就收笔道："祖父，我答好了。"

厅堂里再次一片骚动，众人皆难以置信地看向端木绯。

端木绯直接把答题纸拿起来，递给了端木宪，问道："祖父，我答得可对？"

纸上写的答案还不止一个。

第一个是：

一 二 三

八 九 四

七 六 五

还有第二个是：

八 二 四

一 九 三

七 六 五

众人飞快地心算之后，发现这两个答案都对了，啧啧不已，发出不可思议的惊叹声，而端木绮脸上的血色瞬间退去。

端木宪有些意外地打量着端木绯，精明的眼眸中透着几分审视的意味。

这个四孙女平日里看着不太灵光，如今倒是懂得举一反三，在算学上也似乎颇有天分，这点像他。

想他年幼刚进学时，也曾被先生说愚钝，可是他不认命，囊萤映雪，十年寒窗苦读，方得以年纪轻轻就中了探花，此后仕途一帆风顺。

端木宪发出爽朗的笑声，赞道："很好，绯姐儿，算学不能认死理，而是要活学活用。"

怎么会？这道题竟然又被这个傻子蒙对了！

端木绮心中暗恨，被气得浑身微微发抖，然而在祖父面前不敢多说。

"多谢祖父夸奖。"端木绯笑吟吟地福了福身后看向端木绮，朝她走近一步，道："二姐姐，我赢了。"

她的话既是宣告，又是在提醒端木绮。

端木绮一瞬间就想到了那个赌约，脸色煞白，下意识地看向小贺氏。

小贺氏急忙打圆场，说："姐妹之间切磋而已，哪里有什么输赢？"她试图和稀泥，想把这件事含糊过去。

端木绯不动声色，飞快地瞥了一眼正在饮茶的端木宪。

她还是楚青辞时，曾听祖父楚老太爷评价过内阁的几位阁臣，他对端木宪的评价只有十二个字："正其谊谋其利，明其道计其功。"

她虽是第一次见到端木宪，但相信祖父的判断。

今日，她既然已经在算学上表现出"些许"天分，那端木宪定会高看自己几分。

想到这里，端木绯一脸天真地说："输就是输，赢就是赢。二姐姐如果不想输，以后还是不要与人比试的好。"

然后，端木绯好像想让端木宪替她做主一般看向他，双目清澈："祖父，您说对不对？"

端木宪若有所思。

无论是端木绮还是端木绯，都是他的孙女，如今既然端木绯更胜一筹，他也不介意扶上一把。

说到底，端木绮让人宠坏了，也该受受教训。

"绮姐儿，这次是你输了。"端木宪眉头微蹙，训道，"刚才是你自己主动提出要与你四妹妹比试。你已经不是小孩子了，既然敢与你四妹妹打赌，自当说话算话，言而有信！"

端木宪这明确的态度让整个厅堂都为之一静。

端木绮的俏脸惨白，没有一点儿血色，她求助地看向祖母和母亲。

要是她真的在这么多人面前大喊一百遍自己是傻子，那以后还如何在姐妹间立足？

贺氏忍了又忍，还是没有开口求情。

几十年夫妻，她自然知道，端木宪一旦下了决定，是不会为任何人而改变的。

贺氏不敢求情，小贺氏就更不敢了。

见状，端木绮绝望了，她的娇躯微微颤抖着，心里既惧，又慌，更恨。

端木宪的声音微沉了几分："绮姐儿。"

端木绮几乎咬碎一口银牙，闭上眼睛，用尽全身力气喊道："我是傻子！"

她喊了一遍又一遍。

她一边喊，一边落泪，晶莹的泪水淌过如玉的脸颊，看起来楚楚可怜。

然而，端木绯对她没有一丝同情与怜悯，在原主的记忆中，端木绮曾经无数次当着他人的面喊原主是傻子：

"傻子，去给我摘几枝梅花！"

"端木绯，你不但是个傻子，还是个克父克母的丧门星！"

"你这傻子，淹死算了！"

…………

半盏茶后，泪流满面的端木绮终于喊完了，可怜兮兮地扑进小贺氏的怀里抽噎起来："娘……"她羞愤地把小脸儿埋在小贺氏的颈窝处，肩膀轻颤不已。她以后都没脸见人了。

小贺氏搂紧端木绮，柔声安慰着。

女儿先前才吃过一番苦头，现在又被端木绯这个傻子当众羞辱，这笔账，她记下了！

贺氏的脸色也不太好看，这对姐妹整日上蹿下跳，真是目无尊长！

贺氏目光深沉，右手紧紧地掐着手中的佛珠，脸上却不动声色，说："纭姐儿、绯姐儿，明天你们还要进宫，今天我就不留你们了，你们回去好好准备准备。大家也都回去吧。"

昨日有内侍来传旨，宣端木纭和端木绯进宫，这事府里上上下下都知道。

众人皆起身，向端木宪和贺氏行礼后，纷纷退了出去。大家心知肚明贺氏这是为了端木绮的面子，才匆匆把他们都打发了。

从永禧堂出来后，端木纭和端木绯直接回了湛清院。

端木纭一路都笑吟吟的，不时转头看看妹妹，嘴角的笑意越来越浓。

"蓁蓁真棒！有祖父之风！"端木纭的语气中充满了自豪，她揉了揉妹妹的发顶，眸子熠熠生辉。

她就知道她的妹妹不傻，只是年纪小，还不开窍，所以才有些寡言内向。

从前爹爹就说过，蓁蓁只是比别的小孩子长得慢了些，自古以来，大器晚成者不知凡几，术业有专攻者更是数不胜数。

苏洵二十七岁才开窍，闭门读书十年，方学业有成；宋应星出身世家，屡试不第，可最后潜心编撰《天工开物》，名垂青史。

爹爹说的话果然没错，他们的蓁蓁聪明着呢！

端木绯直愣愣地看着端木纭，本来已经想好了说辞来解释自己在算学上的进步，却没想到端木纭心里对妹妹竟然是这样毫无条件地信任。

她回想着自重生以后，端木纭对她的种种维护、疼爱，眼睛有些酸涩，心里暖洋洋的。

也难怪，在原主那些模糊的记忆里，唯有这个姐姐最清晰。

你放心，我以后一定会替你好好照顾姐姐的。

端木绯在心里默默地说着，这一刻，感到心头一松。在端木绮受了罚、丢了脸，以及刚刚端木绯又做出那番承诺后，原主残留的情绪彻底消散了。

我会照顾好姐姐的。

端木绯又默默地在心里说了一遍，亲昵地挽上端木纭的胳膊，眉眼舒展。

曾经的她因为自小身子不好，大部分时间待在房里不能外出，闲来无事，什么书都看，什么都学。琴棋书画、诗词歌赋、五行八卦、星相算经、诸子百家……这些她都略有涉猎。

唉，今日也是自己以大欺小了。

端木绯嘴角微翘，眸放异彩。

自己能得这健康的身体重活一世，是莫大的机缘。接下来，她只需要在潜移默化间，让人一点点地接受她的"变化"。

所幸，这三年来，原主几乎闭门不出，端木家的人对她的了解太少太少了。

# 第二章　进　宫

三月初五，天方亮，一辆马车就从端木府出发，一路向皇宫而去。

端木老太爷是天子近臣，端木府的位置离皇宫并不远，也就三条街的距离。

不到一炷香的时间，端木府的马车就抵达了宫门处。

因端木纭和端木绯姐妹俩从没进过宫，贺氏便让小贺氏陪同着走这一趟，当然也是为了防止她们俩乱说话。

三个人下了马车后，早就候在那里的内侍立刻迎了上来："端木二夫人、两位端木姑娘，有礼了。"他言语之间很是客气，不敢怠慢。

验了小贺氏的腰牌后，那内侍就笑眯眯地领着她们进入宫门，向皇后的凤鸾宫行去。

皇宫之中，自有一种威仪的皇家气派，雕梁画栋，飞檐翘角，玉砌朱栏。

端木绯不疾不徐地跟在小贺氏身旁，正好比她落后一步，眼观鼻，鼻观心，气定神闲。

楚家是大盛的世家大族，有着国公爵位，曾经的她就时常随祖母楚太夫人进宫。

想到楚太夫人，端木绯不禁有些恍惚，心想：不知道自己以后还有没有机会再见到祖母。

这个念头刚闪过，端木绯就觉得右手一暖，是端木纭握住了她的手。

端木纭第一次进宫，心里本是有些紧张的，但端木纭怕端木绯害怕，一直暗暗注意着她的情绪，一见她神色有异，赶忙拉住了她的手。

端木绯转头朝端木纭露出乖巧的笑容。

她们到凤鸾宫后，又有一个身穿青莲色宫装的宫女出来迎三个人进殿，东偏殿的方向传来一阵语笑喧阗声，已经有几家的夫人和姑娘在里头了。

皇后那边得了通禀，众人齐刷刷地朝小贺氏、端木纭和端木绯望过来。

三个人走至殿中，恭敬地向皇后行跪拜之礼："臣妇（臣女）参见皇后娘娘，千岁千千岁！"

皇后正端坐在一张填漆戗金凤纹罗汉床上，穿着一件明黄色对襟立领缕金百蝶穿花褙子，牡丹髻上插着朝阳五凤挂珠钗，看起来雍容华贵。

皇后微微一笑，抬了抬手，和气地说："都起来吧。"

"谢皇后娘娘。"三个人又齐声谢过皇后之后才起身。

皇后看向小贺氏身后的端木纭和端木绯，不咸不淡地赞了一声："这两个小姑娘看起来玉雪可爱，都说端木家出美人，果然名不虚传。"

小贺氏恭敬地在一旁道："皇后娘娘，她们是臣妇的侄女，正是先去的大伯留下的一对掌上明珠。"

皇后叹道："原来是端木城守尉的遗孤……你们上前让本宫看看。"

端木纭和端木绯应了一声，上前一步，福身行礼。

皇后又赞了一句，赏了她们一人一串红玉手链作为见面礼，之后就赐了座。

端木纭和端木绯再次谢恩，便往后退去，端木绯的目光不着痕迹地从坐在皇后下首的一个少女身上扫过。

那是一个十二三岁的少女，身着一件紫色百蝶穿花缂丝褙子，一头青丝绾成弯月髻，发髻间的紫色水玉珠花衬得她的面颊粉润如花瓣。然而少女樱唇紧抿，眸色黯然，看起来心情不佳。

她是皇后膝下的独女，大公主舞阳。

端木绯不想引起旁人的注意，目光没在舞阳身上久留，心里幽幽地叹息。

当她还是楚青辞时，和舞阳是闺中密友，现在她却由楚氏女成了端木氏女。

端木纭和端木绯跟随小贺氏坐下来，看着皇后与众位夫人寒暄说笑，端木绯的心思不由得飘远。就在这时，一个宫女进来禀道："皇后娘娘，楚二夫人和楚家三姑娘来了。"

端木绯身子一僵，抬眼朝门帘的方向看去。

很快，一个三十来岁的美貌妇人带着一个穿了一件樱草色缂丝褙子的小姑娘款款进入殿中。

端木绯瞳孔微缩，双目死死地盯着那个鹅蛋脸的小姑娘，对方娇俏可人，清丽的小脸儿上是一双细长的睡凤眼，眼中波光流转。

楚——青——语——

端木绯紧紧攥着拳头，指甲几乎掐进掌心里。

重生至今，端木绯一直在想楚青语当日为何要害她。

她自幼体弱多病，又有心疾缠身，不过是一个将死之人，与府里的堂兄弟姐妹不可能存在任何利益冲突。

楚青语用那等手段害她，到底是为了什么？

楚二夫人带着楚青语给皇后行礼后，皇后便关切地问道："楚二夫人，本宫听闻太夫人近来身子抱恙，不知可好些了？"

很显然，皇后对待楚家和端木家的态度是迥然不同的。

祖母病了？！一句话顿时唤醒了端木绯，她再也顾不上楚青语，目光灼灼地盯着楚二夫人，心中焦急不已。

在她作为楚青辞的一生里，她唯独愧对祖父、祖母，他们把她捧在掌心里养大，对她唯一的期许就是希望能够看到她的及笄礼，但就连这她都做不到，甚至还死得这么不明不白。

她让祖父祖母伤心了。

楚二夫人福了福身，恭敬回道："多谢皇后娘娘关心，家里已经请太医看过了，母亲已无大碍。"

端木绯总算放下心来，心中有些酸楚，祖母在这个时候身体抱恙，怕是因为自己的"离世"吧。

端木绯想着，目光再次投向楚青语，这一次，她的情绪平静了些。

不过短短几日，楚青语看起来比云门寺那日憔悴了许多，想必这段时日她过得并不好。

楚青语过得不好，端木绯就开心了。

端木绯翘了翘嘴唇，眸中闪烁着幽光。

"这就好。最近早晚天气寒凉，楚太夫人身子初愈，还须仔细调养才是。"皇后叹息着道，吩咐一旁的宫女："本宫前些日子正好得了一棵五百年的人参，如霜，你去取来给二夫人。"

皇后言行之间对楚家的重视可见一斑，不少夫人暗暗交换着眼神，心道：楚家毕竟是大盛朝的顶级世家啊！

宫女如霜立刻领命下去了，楚二夫人受宠若惊地说：

"臣妇替母亲谢皇后娘娘恩典。"

"臣女替祖母谢皇后娘娘恩典。"

楚青语的声音正好和楚二夫人的重叠在一起，皇后的视线便落在了楚青语身上，她问道："这可是语姐儿？"

在皇后与众人的目光中，楚青语腰板挺得笔直，不卑不亢地福了福身，透着世家嫡女的气度与风范："回皇后娘娘，正是臣女。"

皇后含笑打量了她一番,说:"这才一年多不见,语姐儿也长大了,不过看着气色不佳,可是身子不适?"

楚青语优雅得体地回道:"多谢皇后娘娘关心,臣女只是前几日偶感风寒,如今已经大好。"

她话音刚落地,殿内忽然响起一声不屑的冷哼,这声音在这寂静的屋子里显得尤为刺耳,气氛陡然变冷,连气温都似乎骤降了许多。

一时间,众位夫人、姑娘不由得都循声看了过去,只见下首的舞阳目光冰冷如箭地射向楚青语,冷声质问道:"楚青语,我问你,辞姐姐是怎么掉进湖里的?"

大公主舞阳话音落地之后,殿内顿时寂静无声,众位夫人、姑娘皆噤声。

楚家是享誉天下的簪缨世家,历史悠久,可以追溯到两百年前,在朝代更迭中几经风雨,屹立不倒。

作为楚家这一辈的嫡长女,楚青辞可谓大盛朝的一颗绝世明珠。

她天姿聪慧,过目不忘,不但满腹经纶,见识卓绝,而且琴棋书画、诗书礼仪,无一不晓,无一不精,就连今上也属意聘其为皇子妃,甚至还有传言,今上曾在酒后与人戏言,楚青辞许给谁,谁就是下一任的太子。

可惜啊,楚大姑娘几日前在云门寺落水身亡,红颜薄命。

众位夫人、姑娘心中感叹,又面面相觑。

大公主如此质问楚青语,难道说楚大姑娘的落水并非意外?

无论如何,在今日这样的场合中,大公主的言行并不合适,但是皇后疼爱大公主,抬了抬眼皮看了楚青语一眼后,并没有多说什么。

楚青语的身子微僵,她当然知道大公主和楚青辞交好,却没想到大公主行事竟然会如此唐突。

楚青语捏着一方帕子擦了擦眼角,故作伤感地说:"回大公主,臣女也不知道,大姐姐许是在湖边赏景时不慎失足落水……"说着,她泫然欲泣,剪水双眸中已然浮现一层朦胧的水汽。

大公主却冷笑一声,不依不饶地道:"我听说,当日辞姐姐手里抓着你的帕子,你又如何解释?"

楚青语咬了咬下唇,脸色微变。

她被楚青辞害惨了。

那一日,落水而亡的楚青辞被婆子从湖里捞起来后,婆子就发现楚青辞的右手紧捏着一方帕子,那帕子到底是谁的,根本瞒不过人。

就因为如此,无论她怎么解释,祖母都不相信她与楚青辞的死无关。

明明楚青辞是自己掉下湖的,却还要来害她。

这件事害她被罚跪了祠堂，害她被祖母冷落……要不是这次进宫皇后点名要见她，她怕是至今还在祠堂里跪着。

想到这些，楚青语就觉得膝盖又冷又疼，如针扎一般，眼睛自然而然地红了，越发显得楚楚可怜。

楚青语又拭了拭泪花，把应付楚太夫人的那番说辞又拿了出来："大公主，那日臣女与大姐姐坐了一辆马车，大概是臣女不慎把帕子落下了，帕子才被大姐姐捡到了。"

"是吗？"舞阳打量着楚青语，继续咄咄逼人地问，"就算是辞姐姐捡了你的帕子，她何须一直握在手里，交给贵府的奴婢不就成了？"

楚青语被她问得有些恼，暗暗在袖中攥着拳头，眼中波涛翻涌。

"舞阳！"皇后忽然出声，语气中透着一丝提醒，让她适可而止。

今天毕竟是皇帝为了嘉奖北境将士才召了这些女眷入宫，舞阳身为公主若是太过咄咄逼人地纠缠楚青语，这事传到皇帝耳中，也只会让皇帝不快。

舞阳看了皇后一眼，虽然不甘心，却只能先偃旗息鼓。

楚青语暗暗松了一口气。

端木绯目光灼灼地盯着舞阳，眼睛有些酸涩，艰难地压抑着剧烈起伏的心绪，却什么也不能做。

皇后环视着殿内的众人，话锋一转道："几位姑娘难得来宫中，现在是春天，御花园里的花开得正好，舞阳，你带姑娘们去御花园走走，赏赏花。"

舞阳根本没心情赏花，但是皇后既然提了，她只能起身，福了福身应道："是，母后。"

殿内的姑娘们纷纷起身谢过皇后，四周的空气变得轻快起来。

今日入宫的除了楚青语等名门贵女，其他多是那些北境武将的家眷，这些姑娘家往日没进过宫，都既忐忑又好奇，一听可以去御花园逛逛，一个个脸上都是压抑不住的期待之色，一双双眸子如黑曜石般熠熠生辉，欢喜雀跃之情溢于言表。

舞阳带着姑娘们浩浩荡荡地出去了，皇后则留了那些夫人在殿内品茶。

看着舞阳透着倔强的背影，皇后眸中闪过一丝复杂的神色，心中叹息：舞阳只有辞姐儿这一个闺中好友，辞姐儿死后，她就一直闷闷不乐。

皇后希望借着这个机会，让舞阳结交几个新的朋友，早日从辞姐儿死亡的阴影中走出来。

逝者已矣，人总要往前看。

众人出了凤鸾宫，穿过几条游廊，再沿着一条鹅卵石小径往前走，就到了御花园，一路上的风景让那些姑娘不时发出清脆的语笑喧阗声。

春日的御花园，微风徐徐拂过，阳光灿烂却不灼热，眼下正是最舒适、最适宜赏花的时节。

空气中弥漫着阵阵花香，放眼望去，御花园中，花团锦簇，姹紫嫣红，朵朵春花开得正艳，闻香而来的彩蝶在花丛间翩翩起舞，好一幅美得惊心动魄的彩蝶戏百花图。

舞阳在前面领路，随意地带着姑娘们在御花园里闲逛，也不怎么理会别人，作陪的一个小宫女不时为这些姑娘介绍御花园中的种种。

当众人经过一个波光粼粼的小湖时，舞阳提议去湖边的水榭小坐，其他姑娘忙不迭地附和。在阳光下走了片刻，不少人额间已经沁出了薄汗，心里也觉得正好去水榭中避避日头，又可以顺便赏景。

湖边有两间水榭，一为"汀兰"，一为"清芷"，彼此以短廊相接，相互陪衬。

水榭的位置挑得正好，众人可以将沿湖一带的景致收入眼内。边上正好是一大片山茶，娇艳的花朵俏然绽放，一阵春风吹来，幽幽清香正好被送入水榭中，三面轻纱飞舞，穿在轻纱上的铃铛清脆作响，一切雅致得很。

年轻的姑娘们就近走入汀兰水榭，欣赏着园中美景，不时交头接耳，发出赞叹声。

舞阳随意地凭栏而坐，让姑娘们都自己去玩，显然是不耐烦招呼她们。

大部分姑娘也乐得如此，三三两两地四散而去，或赏花，或喂鱼。

端木绯和端木纭没有走远，直接在一旁凭栏坐下，接过宫女递来的鱼食，饶有兴致地一起喂鱼。

几十尾金色的鲤鱼在水中欢乐地嬉戏，时而你争我抢地吃着鱼食，时而彼此追赶，时而从水中飞跃而起……

忽然，一道纤细的人影自几丈外的一条花廊上走来，不疾不徐地走向水榭中的舞阳。

"大公主殿下，"拎着一个小花篮的楚青语对舞阳屈膝行礼，含笑道，"臣女刚刚摘了些花，这花娇艳，公主不如簪上一朵？"

楚青语从花篮中随意取出一朵淡黄色小花，微微举高，笑容温柔。

舞阳瞬间面色微变，她身旁的两个贴身宫女亦然，身子下意识地绷紧。

这时，又一阵微风吹过，缕缕花香随着铃声飘来。

香甜浓郁的芳香钻入端木绯的鼻腔，娇小的鼻头微动，她循香望去，蹙起眉头。

这是栀子花的香味！

端木绯瞳孔微缩，谨慎地看向楚青语，看着她嘴角那淡淡的笑意，看着她深沉的眼神，端木绯心里有种直觉——

楚青语知道舞阳对栀子花的花粉过敏。

这件事，除了帝后和舞阳近身服侍的人，几乎没有什么人知道。

唯独自己……

五年前，端木绯有一次缠绵病榻数月，舞阳来宣国公府探望。

许是为了宽慰她，舞阳便悄悄与她说了这个小秘密，说自己在四岁时因为吸入过量的栀子花花粉而窒息，命悬一线。

楚青语又是如何知道这件隐秘之事的呢？

端木绯的眼睛一眨不眨地盯着楚青语。

此刻的挑衅显而易见，楚青语甚至根本不在意让舞阳察觉到这一点。

这是阳谋。

楚青语仗着皇后现在需要拉拢宣国公府，仗着自己是楚家女的身份，公然对舞阳先前在凤鸾宫当众让她难堪的事做出反击——毕竟舞阳对栀子花花粉过敏的事不为人知，就算此刻舞阳言明这一点，任谁也不能说楚青语故意为之。

舞阳深深地看着楚青语，嘴唇紧抿。她不是蠢人，当然也看出了楚青语的险恶用心，心中思绪翻涌。

两个姑娘目光交会之处，火花四射，水榭中静了一瞬。其他四五位留在水榭中的姑娘也感觉她俩之间的气氛有些微妙，不由得面面相觑。

楚青语嘴角微翘，巧笑倩兮，上前一步道："请殿下允臣女来为您簪花。"

舞阳不客气地拒绝道："我不喜欢簪花。"

楚青语却笑容更盛，似乎对此完全不在意。

她把那朵栀子花放回了花篮中，笑道："既然殿下不喜欢簪花，那臣女就把这篮子鲜花赠予殿下，您用它们做成的香囊一定清香怡人。"说着，楚青语把那花篮递向舞阳。

这不过是一篮子花而已，舞阳若再推拒，就显得有些盛气凌人，难以亲近，而若是道出其中真正的原委，就好似在对楚青语示弱。

无论是哪一种，楚青语似乎都赢了。

楚青语一双点漆般的眸子沉静幽暗，如无底深渊，她看着舞阳气定神闲地笑了。

就在这时，一阵俏皮可爱的女音忽然在寂静的水榭中响起："这篮子花可真漂亮！"

众女循声看去，只见端木绯站起身来，笑眯眯地朝舞阳走去，然后福了福身，娇憨地说："公主姐姐，可否将这花赏赐给臣女？"

端木绯笑得小嘴弯弯，看起来天真可爱。

舞阳暗暗松了一口气，颔首道："既然端木四姑娘喜欢，那我就赏你了。"

端木绯主动从楚青语手上把那篮子鲜花接了过来，笑着福身谢恩，从头到尾都是笑吟吟的，好似完全没看到楚青语那微僵的面色。

　　楚青语有些不甘心，眸中闪过一丝愤怒之色。

　　她眯了眯眼，脸上笑容未变，又道："殿下，难得今日春光灿烂，百花绽放，不如臣女再去为殿下采些花过来。"

　　舞阳面色一沉，目光幽暗，这楚青语一而再，再而三地挑衅自己，真当自己不敢对她怎么样吗？

　　"扑哧——"

　　一阵轻笑声夹杂着清脆的铃声自后方随风传来。

　　众人循声看去，这才发现清芷水榭的方向走来两个少年，二人沿着一条水上短廊往这边的汀兰水榭走来。

　　"舞阳，你这火暴脾气怎么转性了？"其中一个蓝袍少年笑吟吟地说。

　　水榭四周的轻纱随风飞舞，两个少年步入汀兰水榭中，二人皆相貌堂堂，不过气质迥然不同。

　　那说话的少年十五六岁，面如冠玉，身姿颀长，着一件湖蓝色竹节纹的杭绸袍子，腰束一条月白色嵌玉腰带，手中拿着一把折扇，看起来有几分玩世不恭的意味。

　　他的声音、他的容貌，对端木绯而言，甚为熟悉，此人正是简王世子君然。

　　只是……

　　当君然走到几步外时，端木绯才发现他的眼角有些瘀青，像是被人在脸上揍了一拳。可是，谁又敢揍堂堂简王世子？

　　君然旁边是一个身穿金黄色皇子蟒袍的少年，这个少年挺拔如青竹，是养在皇后膝下的四皇子。

　　"大皇姐。"四皇子笑容温润地对舞阳微微颔首。

　　君然漫不经心地瞥了楚青语一眼，挑了挑眉，接着道："区区一个臣女，若胆敢以下犯上，让人拖出去打一顿就是了。"

　　君然的这句话像是直接往楚青语脸上狠狠甩了一个巴掌，让她觉得脸上生疼。

　　四周一时肃静，端木绯的眼角抽了一下，她半垂首盯着自己的鞋尖，觉得这君然简直就是唯恐天下不乱。

　　四皇子见场面尴尬，忙出声化解僵局："君世子，莫要开玩笑了，瞧你吓到楚姑娘了。"

　　君然"啪"的一声打开手中的折扇，摇了摇，不置可否。

　　接着，他的目光落在了站在楚青语身旁的端木绯身上，他眼睛一亮，笑眯眯地看着端木绯道："咦？小妹妹又见面了，难得有缘再相逢，本世子请你去喝茶听小曲如何？"

水榭中再次静了一静，气氛顿时变得有些古怪，姑娘们互相看了看，这位世子爷莫不是在调戏端木家那位才九岁的四姑娘？

端木绘眉头一皱，虽然感激君然帮了她们一把，但是一码归一码，这不代表他可以拿自己的妹妹开玩笑。

端木绘大步朝端木绯走去，正欲说话，就听端木绯一本正经地说道："姐姐说了，不能和陌生人说话……"顿了一下后，端木绯又小声地补充了一句，"谁知道是不是坏人……"

别的姑娘都忍俊不禁，暗暗闷笑，不过舞阳就没那么多顾忌，直接发出了爽朗的笑声。

不只是舞阳在笑，君然也在笑，笑得前俯后仰。

气氛因为舞阳和君然的笑声变得轻快起来，唯有楚青语抿紧嘴唇，虽有不甘，却也只能罢休。

须臾，舞阳止住笑，再次看向君然。她当然也看到了他眼角的瘀青，挑了挑眉问："阿然，你脸上是怎么回事？"

君然的眼神骤然间变得幽怨起来，他如同一个怨妇般可怜兮兮地说："还不是封炎那个疯子！打人不打脸，封炎居然忍心打我这张绝世无双的俊脸！"

舞阳撇了撇嘴，肯定地说道："那也一定是你自己讨打。"

"舞阳，你对我的偏见也太深了！"君然无辜地瞪大眼睛，摇头叹气。

端木绯目光微闪，脑海中浮现出一个颀长挺拔的少年身影。

她当然也是认识封炎的。

封炎是安平长公主的独子，今年十三岁，也是舞阳和四皇子的表兄。

十五年前，安平长公主下嫁封家，如今与驸马决裂，带着独子封炎在公主府生活。

只是，安平长公主府如今在大盛朝的地位有些尴尬。

今上是大盛王朝的第九位皇帝，在今上和先帝仁宗之间还有一个伪帝，那伪帝是今上的皇长兄，也是先帝时的太子。先帝驾崩时曾下口谕废太子，但太子不顾先帝遗愿，无诏登基。他在位三年，残害忠良，任用奸佞，把大盛江山搅得岌岌可危。

十三年前，今上清君侧，除奸佞，这才把朝局拉回正轨。

端木绯还记得有一次，祖父楚老太爷曾以今上的"拨乱反正"为题考校过她。当时，祖父对她的评述不置可否，只意味深长地说过一句话："人苦不知足，既得陇，复望蜀。"

想到这里，端木绯微微垂眸。

那故去的伪帝有一位同母的胞妹，就是安平长公主。

今上仁慈，没有因为伪帝之过而牵连安平长公主，就连对封炎也格外开恩，恩准小小年纪的他去北境军中历练。

他这一去就是两年。

舞阳眉头一挑，奇怪地问道："炎表哥既然回京了，今日怎么没和你一起进宫来？"

楚青语微咬下唇，目露希冀地看着君然，乌黑的眸子中如水的眼波流动，水光潋滟，眼睛似含有脉脉深情，欲语还休。

君然却耸了耸肩，随口说道："他不肯来，我总不能打晕了他，硬扛着他来吧？"

舞阳知道这里人多，不方便说话，就没再追问什么。

楚青语心中暗暗叹息，樱唇动了动。

她最终什么也没说，再次垂首静立，眼中闪过一道复杂的幽光。

君然漫不经心地收起折扇，看向端木绯，放荡不羁地说："幸好本世子没陪着他死磕，否则，怎么能与小妹妹你重逢啊？小妹妹，你看，本世子是大公主的朋友，当然不是坏人。你要不要再考虑一下，跟本世子去喝茶？"

端木绯一本正经地看向舞阳，歪着脑袋问："公主姐姐，这位公子是您的朋友吗？"

舞阳怔了怔，然后忍俊不禁，不给面子地摇摇头，道："几面之缘而已，称不上朋友。"

君然夸张地苦下脸来，其他人皆眉眼含笑，四周的空气随之变得轻快起来。

就在这时，一个三十来岁、白面无须的太监拿着拂尘不疾不徐地朝这边走来，身后还跟着好几个宫女，每人手上都拿着一个长长的红漆木匣子，一下子吸引了众人的目光。

这是皇帝身旁近身服侍的余公公，在宫中颇有脸面。

那余公公走到近前，给舞阳和四皇子行了礼，说明了来意。

等舞阳让宫女把那些在附近赏花赏鱼的姑娘唤回来后，余公公清了清嗓子，用一种尖锐的嗓音高昂地说："传皇上口谕，赏李府三姑娘赤金头面一套，白玉环一对；赏端木府两位姑娘赤金头面各一套，白玉环各一对……"余公公依次替皇帝赏赐了在场的几位姑娘，她们皆是北境将士的遗孤。

待余公公拖长音调以"钦此"作为这次赏赐的收尾时，众女急忙恭敬地齐声谢恩："臣女谢皇上恩典！"

余公公办完差事，就带着宫女们退了下去。

四周一下子空旷不少，四皇子对君然笑道："君世子，你上次不是答应要考校我的武艺吗？这两年我可没懈怠。"

"两年不见，当刮目相看也！"君然笑眯眯地又摇起折扇来。

四皇子有些迫不及待，跟舞阳告辞："大皇姐，那小弟就和君世子告退了。"

舞阳微微颔首，君然对端木绯抛下一句"小妹妹，有缘再见"就和四皇子一起离开了。

这两个人走后，舞阳意兴阑珊，淡淡地道："时候差不多了，我们回凤鸾宫吧。"

众人恭敬应是，簇拥着她，从水榭中走出，言笑晏晏。

此时，日头高悬，已近正午，金色的阳光柔和地洒在众人身上，徐徐微风带来阵阵清香。

走在最前面的舞阳忽然停下脚步，想起之前楚青语的那篮子花，本想让宫女去把那篮碍眼的花拿走，却看到端木绯的小手上空空如也，根本就没有花篮。

舞阳若有所思，招手让端木绯过来。

周围有些姑娘难免目露羡慕，今天大公主对谁都淡淡的，倒是对这位端木家的四姑娘似乎有几分另眼相看的意味。

两个人在前面并肩而行，舞阳云淡风轻地问："端木四姑娘，你喜欢那篮子鲜花吗？"

很显然，端木绯把从楚青语那里得来的花留在了汀兰水榭中，也就是说，她并非真的喜欢那篮子花，那么……舞阳心中隐约有了答案，只是还须求证。

端木绯坦然地仰首看着舞阳，笑吟吟地答道："公主姐姐不喜欢楚姑娘的花。"

眼前这个九岁的小姑娘浅笑盈盈，也不露怯，舞阳不由得也被笑意感染，嘴角微翘。

待回了凤鸾宫后，众女还有些意犹未尽，交头接耳，说着刚才在御花园的所见所闻，一个个容光焕发。

皇后慈爱地看着舞阳，见她眉宇舒展不少，含笑问道："舞阳，刚刚在御花园里玩得可好？"

舞阳飞快地瞥了不远处的楚青语一眼，笑吟吟地说："回母后，儿臣与众位姑娘相当投契，尤其是楚三姑娘还特意采了一篮子栀子花送给儿臣。"

栀子花？皇后眸色一沉，脑海中不由得浮现出女儿四岁那年发生的事，那一次，栀子花几乎要了女儿的命。

只是这么想着，皇后就觉得钻心地疼，像是有人在拿刀剜她的心。

不过，女儿对栀子花花粉过敏的事知道的人不多，楚青语给女儿送栀子花是巧合还是……？

皇后面上不动声色，犀利的目光如一支利箭般射向楚青语，带着探究与审视的意味。

楚青语平静从容地与皇后对视，并不打算掩饰什么。

皇后膝下无皇嫡子，现在还得靠着他们楚家，这么点儿小事，就算让皇后知道她是故意的又怎样？皇后敢奈她何？

楚青语嘴角微翘，对皇后盈盈一笑，似天真又似挑衅。

皇后自然读懂了楚青语的眼神与表情，瞳孔微缩。

这楚青语真是好大的胆子！

皇后眼睛一眨不眨地看着楚青语，指尖狠狠地掐进掌心中。

舞阳是她的独女，是她的命根子，谁伤害她的女儿就是与她为敌。

然而，皇后毕竟是皇后，即便心中怒意翻涌，嘴角仍维持着淡淡的笑意，只是眼神冷若寒冰。

"楚三姑娘以后摘花一定要小心。"这时，端木绯一脸娇憨地说，"刚刚那篮栀子花里就飞出了一只蜜蜂，吓了我一跳，幸好我躲得快。"说着，她后怕地拍了拍胸膛。

闻言，楚青语面色一凝，脸上的从容不再，殿内的气氛陡然一变。

周围其他的夫人、姑娘表情微妙，大部分人觉得这件事有些奇怪。

刚才在御花园中，不少姑娘看见楚青语亲手把花一朵朵摘下来放进篮子里了，怎么可能"不慎"混进了蜜蜂？

想起在汀兰水榭中楚青语坚持要把那篮栀子花送给舞阳大公主，姑娘们都若有所思，莫非是楚青语故意把蜜蜂混进花篮里的？

只是弹指间，楚青语的脸色已经变了又变，她想不通，花篮里怎么会有蜜蜂呢？

本来，她假装不知道大公主对栀子花花粉过敏而送上栀子花，不知者无罪，皇后怪罪不了自己，可现在不同了——不管蜜蜂到底是怎么回事，这都给了皇后一个怪罪自己的由头。

这事都怪自己不够谨慎。

楚青语忍着心中的愤怒、不甘与屈辱，俯首屈膝认了错："皇后娘娘、大公主殿下，都是臣女的疏忽。"

皇后深沉的目光在端木绯身上扫了一圈，最终又落在楚青语的身上，她许久没有说话。

殿中也随之安静下来，楚青语维持着屈膝的动作，一动不动地忍耐着。

须臾，皇后才淡淡地道："语姐儿，姑娘家当温柔、娴静、细心。"她这话似是提醒，也似训诫。

"谢皇后娘娘教诲。"楚青语恭敬道，头埋得更低了。

皇后见好就收，没打算为难楚青语，毕竟楚家二夫人也在场，总要给楚家几分面子。

楚二夫人不动声色地瞥了楚青语一眼，这个女儿最近行事越来越不像样了。

蜜蜂的事无论语姐儿是无意还是蓄意，都是她非要往大公主那里凑，才会招来这个错处。

语姐儿都这么大人了，再如此轻狂，只会辱没楚家门风。

虽然语姐儿是她的亲生女儿，但是楚家二夫人心里也不得不承认，女儿在为人处世上远远比不上辞姐儿。

婆母亲自教养出来的嫡长女终归是不同的。

可惜啊……

楚二夫人深吸一口气，站起身来，恭敬地替女儿再次向皇后致歉："皇后娘娘宽厚，小女性子浮躁，臣妇回去后一定让小女好好抄些佛经，让她静静心。"

皇后含笑说了几句"姑娘家毕竟年纪小"云云。

如此，这件事就算是揭过去了。

楚二夫人谢过皇后之后，没有立刻坐下，又道："皇后娘娘，臣妇家老太爷前几日见了江南大儒闻弼，二人相谈甚欢，楚家想将闻大儒举荐给四皇子殿下，不知皇后娘娘意下如何？"

皇后心念一动，目露异彩，问道："莫非是那位昌元先生？"

闻弼出身于江南世家闻家，因其诗赋文章出众而闻名于大江南北。二十几年来，他都在江南闻家的昌元书院教书，教出了三个状元郎、数十个文进士，可谓是桃李满天下，被世人尊称为"昌元先生"。

四皇子若能拜闻弼为师，将对他在文人学士间的声望大有助益，这是可遇而不可求的事。

楚二夫人主动提出举荐闻弼，自然是为了弥补楚青语犯下的错，以平息皇后娘娘心中的不满。

她应道："回皇后娘娘，正是昌元先生。"

一旁的端木绯收回视线，微垂小脸儿。

端木绯当然注意到了楚青语对皇后的挑衅，真不知道该说她是胆大妄为，还是愚蠢至极。

百年来，楚家从未权倾朝野，却能世代簪缨，衣冠不绝，那是因为楚家行事不卑不亢，既不恃势横行，也不会示弱于人。如此，方保得楚家长盛不衰，为天下人所敬仰。

楚青语今日的行径，不仅是给她自己招祸，也是在连累楚家。

为了化解僵局，端木绯这才故意胡说那篮花中有蜜蜂，逼得楚青语当众对皇后认错，好歹把这件事揭了过去。现在楚二夫人又以举荐闻弼之事来安抚皇后，想必足以消除皇后心中残余的不满。

"皇后娘娘。"

一个身着粉色宫装的宫女不疾不徐地进来了，恭敬地请示皇后是否开席。

紧接着，殿内的女眷簇拥着皇后移步至隔壁的西偏厅，宫女们训练有素地为众人传菜、上菜，小心伺候着。

端木绯优雅地用着膳，悠然自在，举止间没有一点儿局促。

整个宴席过程中，她可以清晰地感受到楚青语的目光从左前方审视着自己，一次又一次。端木绯气定神闲，看也没看楚青语一眼，自顾自地用着吃食。

待到未时，宴席就结束了，众位夫人、姑娘纷纷向皇后告退，离开皇宫，在宫门口上了各府的马车，各自归去。

午后的京城，街道上人来人往，路边摊贩的吆喝声不时传入马车中，气氛好不热闹。

在不绝于耳的马蹄声和车轱辘声中，端木府的马车一路往北而去，径直过了两条街后，马车右转。忽然，车夫紧张地惊呼了一声，紧接着那拉车的黑马发出躁动的嘶鸣声，猛地停了下来，马车的车厢剧烈地往前晃动了一下，车里的几个人狼狈地往前冲去，差点儿摔倒。

"蓁蓁！"

端木纭紧张地揽住妹妹的肩膀，护住了她。

马车很快就稳住了，小贺氏眉头紧锁，脸色不太好看，车夫在外头局促地解释道："二夫人、两位姑娘，前面街上有人纵马。"

"嗒嗒嗒……"

清晰的马蹄声自外头传来，越来越近，仿佛就在咫尺之外。

端木绯挑开身旁的窗帘，往外看去，正好看到两三丈外一个玄衣少年跨坐在一匹高大的红马上，朝这边飞驰而来。

那少年十三四岁，肤白如玉，肆意狂放，乌黑的长发用一段银绳扎成简单的马尾，随风飞扬。

阳光在少年身上洒下一圈金色的光晕，一眼望去，那英姿飒爽的少年郎竟比天上的骄阳还要夺目，让四周的其他人黯然失色。

可是，他那双如暗夜般的眸子是那么深沉、幽暗，眼中溢满了浓浓的悲怆，仿佛他承受着无尽的煎熬，生无可恋。

封炎！

两年不见，少年的模样看起来既熟悉又陌生，但端木绯还是一眼认出了对方。

那是安平长公主府的封炎。

眨眼间，封炎已经策马来到马车旁，与端木绯的马车相距不到一尺。端木绯飞快地放下窗帘，没注意到少年的目光正好落在她右腕上的那圈红色结绳上。

下一瞬，青莲色的窗帘彻底落下，遮住了那只素白的小手，高大矫健的红马也自马车旁飞驰而过。

"嗒嗒嗒……"马蹄声很快远去了。

小贺氏的乳娘李嬷嬷也挑开马车另一边的窗帘，目送那玄衣少年策马远去，在小贺氏耳边说了一句。

小贺氏眉头蹙得更紧了，眸中闪过一丝厌恶之色。

外头传来马夫的吆喝声和马鞭声，马车继续往前驶去，这一次直接回到了端木府，再未停留。

当马车在二门停下时，已经未时过半了，日头正盛，阳光刺得人眸不开眼。

小贺氏和端木纭姐妹俩一起去了永禧堂给贺氏请安，永禧堂里静悄悄的，熏香缭绕。

贺氏的目光漫不经心地在两姐妹身上扫过，她根本懒得与她们寒暄，关于宫中的事一句也没问，只是神色淡淡地说："纭姐儿、绯姐儿，你们早点儿回去休息吧，晚上也不用来我这里了。"

"谢祖母。"端木纭和端木绯屈膝行礼后，恭顺地退了下去。

贺氏做了一个手势，一旁一个身穿褐色暗纹褙子的老嬷嬷很有眼色地把屋子里服侍的几个丫鬟都屏退了，又留了人在檐下看着。

很快，屋子里只剩下贺氏和小贺氏婆媳俩。

贺氏端着一个青花瓷茶盅，轻轻用茶盖拨动浮在茶汤上的茶叶，问道："今儿在宫里一切可还顺利？"

说到宫里，小贺氏面色微凝，理了理思绪，开始说今日进宫的事——说起皇后对他们端木家不冷不热的态度，说起皇后对楚家人的殷勤客气，说起楚二夫人向皇后举荐了江南大儒闻弼给四皇子……

"母亲，看来皇后娘娘果然想拉拢楚家。"小贺氏不屑地冷哼了一声，"哼，皇后连儿子都生不出来，拿什么和我们贵妃娘娘争？"

"楚家世代是纯臣，可不会随意站队。"贺氏淡淡地道，捧着茶盅的手微微用力。麻烦的是闻弼，如果四皇子真的拜闻弼为师，那么他就会在众皇子中脱颖而出，说不定还能得到皇帝的另眼相看。

时也，命也，原本他们端木家也有机会拉拢楚家的。

贺氏想到了什么，眸色更为深沉，感叹道："只可惜了楚大姑娘，她知书达理，聪慧绝伦……唉，真是应了那句'慧极必伤'啊！本来我还想给珩哥儿提亲，这样我们与楚家就是姻亲了。"

小贺氏含笑聆听，心里却不以为然：楚大姑娘虽然身份尊贵，却锋芒太露，绝非贤妻人选。

"母亲，虽然楚大姑娘没了，但是楚家还有别的姑娘……"小贺氏试探地说道。

"楚家别的姑娘怎能与嫡长女相提并论？这些世家的嫡长女都是被家族精心培养的，无论见识、才学、德行，都非比寻常，尤其是楚家。就连皇上也想聘楚大姑娘为太子妃……"贺氏不紧不慢地说着。

楚家可不是普通的世家，而是大盛顶级门阀士族。

京城楚家、江南闻家、淮北章家和蜀中祁家都是百年以上的簪缨世家，历经朝代更迭，仍声名显赫，长盛不衰。

四大家族不仅在朝堂中的地位举足轻重，在地方的名望之高也是其他家族根本无法与之比肩的。

皇上想为太子聘楚大姑娘为妻？

小贺氏难掩讶色，脱口道："母亲，这不是皇上的酒后戏言吗？"

贺氏摇了摇头，别人不知道，老太爷端木宪却知道其中的内情——确有其事，但宣国公拒绝了，说楚家女不入宫门。

所以，贺氏才想为长孙端木珩聘楚青辞，一来可以让他们端木家从新贵一跃为世家，二来有了楚家的助力，大皇子也能如虎添翼，区区一个闻弼又算得了什么？

"唉！"贺氏幽幽地叹了一口气，感慨道："楚家这一辈再无嫡长女了。"

说话间，贺氏淡淡地瞥了小贺氏一眼，只觉得这个儿媳的眼界还是浅薄了一些。

而小贺氏正好想到了什么，半垂眼帘，没看到贺氏不满的眼神。

小贺氏沉思了一下，又道："母亲，我回府的路上看到安平长公主府的封炎了，他许是刚刚回京。"

"哦？"贺氏应了一声，虽然只是稍微抬了抬眼皮，但小贺氏已经明白这是婆母在示意她继续往下说。

小贺氏就把封炎在街上纵马飞驰的事一五一十地说了，最后略带不屑地撇了撇嘴："母亲，皇上仁慈，不计前嫌，让他去军中历练……可惜啊！他就是一个不堪扶的阿斗，我看这辈子他也不过是一个败家的纨绔。"

安平长公主可不是先帝和伪帝在位时尊贵荣耀的长公主了，如今她不得圣宠，公主府徒有些富贵，毫无实权。

母以子贵，若是封炎有出息，没准安平长公主还有出头的机会，可现在看来，公主府怕是要彻底败落了。

贺氏转动着手里的佛珠，表情淡淡的，又随意与小贺氏说了几句后，就把小贺氏打发了。

小贺氏从永禧堂出来，就急匆匆地去了端木绮的轻芷院。

轻芷院位于永禧堂的东南方，小贺氏步行过去不过是半盏茶的工夫，一进院子，山茶花的清香就扑鼻而来。

庭院里，阳光明媚却不灼人，温柔地洒在那飞檐翘角上、精心修剪的花木上、大树下的秋千上……几个丫鬟、婆子正在院子里勤快地洒扫，枝头的山茶花开得热烈，风一吹，无数花瓣如雨般落下。

自打昨日在众目睽睽之下丢了脸后，端木绮就一直躲在闺房里不出门。

小贺氏一进院子，端木绮的乳娘就上来行礼，愁眉苦脸地禀道："二夫人，二姑娘今儿个还是把自己关在屋子里，谁也不肯见，到现在都没有用膳。"

小贺氏快步走到那紧闭的槅扇门前，一边叩门，一边担忧地唤道："绮姐儿，是娘，你快开门啊！"

四周静了一瞬，接着屋子里响起了端木绮羞愤欲绝的声音，还有她断断续续的抽噎声——

"娘，您别管我了！

"您让我自生自灭吧！

"我……我以后再也不出门了！"

…………

端木绮的每一句话都像针一样刺得小贺氏心疼不已。

她的女儿自小被如珠如宝般养大，还从未受过这样的苦。

小贺氏不禁想到女儿在清净寺落水的事，想到女儿在小佛堂跪了三天三夜，想到女儿当着这么多人的面喊自己是傻子……说来说去，一切的源头都是端木绯这个贱丫头。

小贺氏狠狠地磨着后槽牙，心中暗恨：反正她们姐妹俩进过宫了，以后也没什么好担心的了。一对孤女而已，又能整出什么幺蛾子来？

哼！既然自己的女儿饿着肚子，那么端木绘和端木绯也不能太舒坦了是不是？

小贺氏抿了抿嘴，冷冷地吩咐身旁的丫鬟："浣碧，你去告诉厨房做些清淡的吃食，大姑娘和四姑娘近日有些上火，让她们消消火。"

"是，二夫人。"

浣碧屈膝领命，快步退下，只听身后传来二夫人意味深长的训斥声——

"绮姐儿，你还小，人生数十年哪里会事事如意，总是有输有赢。

"君子报仇，十年不晚，你跟她们这两个无父无母的丧门星有什么好比的？以后的日子长着呢!

"绮姐儿,你快开门啊!"

……………

于是,这一日黄昏,当厨房的食盒送到的时候,端木纭和端木绯看到的就是白绿一片,除了两碗清粥,不是青菜,就是豆腐、炒青菜、青菜豆腐汤、炸豆腐、凉拌豆腐……

"大姑娘、四姑娘,他们简直欺人太甚!"紫藤看着红漆木食盒中的四菜一汤,愤怒地说道。

端木纭眼中怒意翻涌。

自她们姐妹俩三年前来京中投靠祖父后,在这端木府中一直被人无视,但被如此明目张胆地苛待,她们还是第一次经历。

端木绯却始终笑眯眯的,神色间不见丝毫怒意,心知厨房的人肯定是依命行事,这小贺氏是在为女儿端木绮出气呢。

这一点,端木纭当然也明白。

"紫藤,带上食盒,随我去永禧堂。"端木纭站起身来,粉面含怒。

"姐姐,我跟你一起去。"端木绯也紧跟着站了起来,一把牵住端木纭的手,抿嘴浅笑,眼神中透着依赖。

端木纭犹豫了一瞬,端木绯已经拉着她的手往屋外走去。

黄昏的天色半明半暗,西边的天空有一大片瑰丽绚烂的彩霞,太阳快要落下了。

姐妹俩手拉着手径直去了永禧堂,等丫鬟通禀后,不多时,两个人就被带了进去。

两个丫鬟正在摆膳,空气中弥漫着食物的香味,让人食指大动。

屋子里,不仅贺氏在,小贺氏也在,她正在陪贺氏说话。

按大盛朝的规矩,媳妇是要给婆母布菜的,贺氏对几个儿媳都还算宽仁,让她们每人轮一天便是,今天恰好轮到小贺氏。

"孙女给祖母请安!"

姐妹俩一起给贺氏屈膝行礼,又向小贺氏福了福,端木纭这才开门见山地说:"孙女今日来,是有一事想要请示祖母。"

贺氏微微眯眼,不咸不淡地说:"你说吧。"

端木纭气定神闲,直接道:"祖母,孙女和蓁蓁已经过了孝期,想打理母亲留下的嫁妆。"

贺氏眉心一跳,神色未变,手中捻动佛珠的速度却下意识地加快。

小贺氏在心里冷笑,也不用贺氏开口,就皮笑肉不笑地嘲讽道:"纭姐儿,你一个小姑娘家家的，怎么可以开口闭口说什么嫁妆？这传出去岂不是让人笑话！"

贺氏波澜不惊地看向端木纭，神色温和地说："纭姐儿，好好的，你怎么突发奇想要打理嫁妆了？"她一副慈爱的样子，谆谆教导道，"你年纪还小，现在该好好读书，学习琴棋书画，修身养性，切不可因小失大，为这些琐事分心。"

"祖母说得是，孙女一定不会把功课落下的。"端木纭不为所动，又道，"可是孙女也不想将来被人说一句'丧妇长女'。"

自古有"五不娶"的说法，其中头一条就是"丧妇长女不取，无教戒也"，意指丧母的长女因为没有母亲教养，所以不懂当家理事，不知如何为人妻、为人母。

小贺氏的眼神更为讥诮，在她看来，端木纭本来就是丧妇长女，区区一个孤女还要上蹿下跳，搞出这么多事来。婆母便是把这些嫁妆给端木纭，端木纭能管好吗？

"纭姐儿，你祖母是一片慈爱之心，你莫要再胡闹了。"小贺氏不耐烦地又道。

端木纭毫无退却之色，理直气壮地说："二婶母为何说我是胡闹？大盛有律例，若是生母亡故，嫁妆就该交由其子女继承。母亲只生了我与妹妹二人，她的嫁妆由我和妹妹亲自打理，理所应当。"

贺氏和小贺氏一听端木纭说起大盛律例，脸色都不太好看，贺氏下意识地捏住了手中的紫檀木佛珠。

十四年前，李氏带着一百二十抬嫁妆嫁入端木府，十里红妆令京城百姓啧啧称赞，那是何等风光。李氏陪嫁的铺子、田地、宅子、家具、金银玉器、布料、古玩字画、药材等写成了厚厚的一沓嫁妆单子，嫁妆之丰厚说是近十年无人能出其右也不为过。

大盛律例确有"母亡，子继"这一条，贺氏也从来没有想要贪下李氏的嫁妆。

但是，李氏的那些嫁妆她拿在手里，光田庄、铺子每年的收益就是一笔大数目，再用这些收益去钱生钱，额外赚来的银子可不就归在李氏的嫁妆单子里？这些大可以入了端木家的公中和贺氏的私库，将来留给她的儿孙。若是现在让端木纭和端木绯姐妹把李氏的嫁妆拿回去，她岂不是要白白损失不少银子？

贺氏的面皮轻颤了两下，眼中闪过一道冷光，心道：这两姐妹果然是养不熟的白眼狼！三年来，府里好吃好喝地供着两个人，她们还这么不知足，想必是仗着有简王府撑腰，就轻狂起来。

"纭姐儿，"贺氏强忍不满，安抚着说，"你从来没有管过家，不知道打理这些嫁妆有多难。这样吧，你暂且先跟你二婶母学着管家，等到你出嫁的时候，祖母自然会把你那一份给你的。"

然而，端木纭丝毫没有被打动，依然摇了摇头说："祖母，府里的这些琐事有二婶母就够了，孙女只想去学如何打理母亲的嫁妆。"

贺氏紧紧捏着手里的佛珠，目光锐利地看向端木纭，冠冕堂皇地轻斥道："纭姐儿，你这么任性妄为，莫非觉得府里会贪图你母亲的那点儿嫁妆不成？"

"孙女可没这么想。"端木纭坦然地正视她说，"只是孙女手头拮据，一日三餐、胭脂水粉、四季衣裳……这些都需要银钱。孙女和妹妹的孝期已经满了，总不能还穿着素色衣裳，身无点缀。我们姐妹若是外出做客，别人怕是以为咱们府里又在守孝呢。"

"你……"

贺氏一时有些语结，额头青筋暴起。

端木纭口口声声"守孝""守孝"的，这是在咒谁呢？咒谁呢？！

这丫头果然是丧妇长女，上不了台面。

贺氏深深地看着她，刚过金钗之年的少女亭亭玉立，一身平平无奇的素色衣裙，洗得都快有些褪色了，头上更是除了一朵翠竹珠花，没有半点儿金玉，那身打扮连小门小户的姑娘都不如。

在长房的用度上，小贺氏确实做得有些过了……贺氏正想着，就见端木纭一抬手，紫藤立刻把手上提着的食盒放到八仙桌上打开了。

那清一色的青菜豆腐在这满桌佳肴的衬托下，显得刺眼又讽刺。

"孙女想着，许是府里的日子不太好过，所以……"端木纭微仰精致的下巴，继续说道，"祖母，您不如把母亲的嫁妆给了孙女，以后孙女和妹妹也不用再花府里的钱了。"

两个人目光相撞，贺氏从她那双璀璨的眼睛中看出了一丝毫不退缩的倔强。

"老二媳妇，"贺氏面沉如水，转头训斥道，"你这家是怎么当的？！"

小贺氏心里"咯噔"一声，在食盒被打开的那一刹那，她就猜到，端木纭这个贱丫头是为了这事在借题发挥呢。

小贺氏敢下手整这对姐妹，就没有担心过她们告状的事。

她们就算告状又有什么用？最多自己被婆母不冷不热地斥上几句。她们俩在端木家一天，就得在自己手上讨生活，自己想折腾她们，有的是机会。

只是她没想到，端木纭竟然口口声声要讨回李氏的嫁妆。

为了李氏留下的那点儿嫁妆，为了安抚端木纭，婆母必不会轻饶了自己，得做做样子给她们姐妹看。

这端木纭真真是狡猾！

小贺氏连忙起身，强作笑颜："母亲，想必是厨房大意，弄错了。"说着，她又看向端木纭道："纭姐儿，二婶母在这里给你赔不是了，往后有什么事你大可以与二婶母说，别气着你们祖母。"

小贺氏口口声声地说赔不是，但话里话外的意思，分明就是指责端木纭兴师动众，故意扰得全家不得安生。

"祖母，"端木纭平静地说，"二婶母管着端木家的中馈实在辛苦，孙女哪里敢让二婶母赔不是？等孙女拿回了母亲的嫁妆，就带着妹妹在湛清院里过自己的小日子，也免得总气着您。"

端木绯牵着端木纭的手，在一旁附和着点点头，嘴角高高地翘了起来。

她本来担心端木纭是一气之下要找贺氏理论，让贺氏给她们做主，这才非要跟过来打算见机行事。

贺氏明显对她们姐妹不喜，而与小贺氏既是婆媳，又是姑侄，连成一气，哪怕贺氏为了面子出面管了这件事，小贺氏作为当家主母，想作践她们，有的是法子。

这样一次次地，只会让她们在府里的地位越来越尴尬。

不过，姐姐是聪明的，竟然想出了用嫁妆来掣肘的法子。

与端木绯的轻松愉悦相比，小贺氏的脸又黑了几分，指甲差点儿把掌心都戳破了。

"纭姐儿……"

小贺氏皮笑肉不笑地正要再说什么，就听到外面丫鬟恭敬地说："老太爷！"

紧接着，门帘被掀了起来，是端木宪回来了。

他有些意外地看了看端木纭和端木绯姐妹，随后目光落到了八仙桌上的那个食盒上。

食盒里的菜色一眼就能看出来不是府里主子们的份例，再加上这个时辰端木纭和端木绯两姐妹还在这里，以端木宪浸淫官场这么多年的眼力，他立刻就明白这是怎么回事了。

端木宪看向贺氏，面沉如水，深沉的眼眸中波澜不兴。

他当然知道贺氏不喜这对姐妹，但他们端木家在京城好歹也是数一数二的人家，端木纭姐妹俩怎么说也是端木家的血脉，却过得连奴婢都不如。这若是被传扬出去，会让人怎么来议论他这个户部尚书，说他们端木家连一双孤女都养活不起吗？

最后，折辱的还不是他和端木家的名声。

"祖父。"

端木纭和端木绯向他屈膝福了福，眼见端木纭要开口，贺氏赶紧道："老太爷，您先坐下歇歇。"

贺氏心里只觉得小贺氏真是个眼皮子浅的，早早地该怎么罚就怎么罚，把这对姐妹打发了不就行了，这事还偏偏要闹到老太爷面前。

贺氏笑了笑，故作轻描淡写地说道："老太爷，厨房的管事嬷嬷出了些差错，把两个姐儿的份例弄错了。"说着她又看向小贺氏，声音冷了几分："老二媳妇，厨房的管事既然有错在先，当然要被罚。有赏有罚，才是立家之本。"

小贺氏听出了贺氏话里的意思，更不敢在端木宪面前造次，讪讪地应了一声："是。那儿媳就罚刘嬷嬷三个月的月钱。"说着她又看向端木绲，阴阳怪气地道："绲姐儿对这总该满意了吧？"

端木绯轻笑出声，天真无邪地说："姐姐，原来在咱们府里，下人欺负了主子，只需要被罚三个月的月钱就够了啊。"

端木绲温柔地看着妹妹，一唱一和："是二婶母心善。"

小贺氏心里暗恨，口中忙道："绲姐儿，刘嬷嬷当差一向稳当，偶尔才出了岔子，我若罚得太重，岂不是让人觉得咱们府里对下人过于严苛？这难免落人口实。"

"原来如此。"端木绲点了点头。

小贺氏见状正要再往下说，只见端木绲柳眉一挑，继续说道："刘嬷嬷当了这么多年的差，一向稳当，自然不会轻易出错。除非……有人在背地里指使。"

端木绲似笑非笑地看着小贺氏，嘴里没有明说，但这意思明明白白的，就是认为这事是小贺氏指使的。

小贺氏只觉得端木宪锐利的目光落在了自己身上，紧接着，端木绯娇俏可爱的声音响起："祖父，爹爹常说，您最是英明睿智了，您可知这是为什么呢？"

"等等！"小贺氏的心脏狂跳，她忙道，"只罚三个月的月钱确实太轻了些，这样吧，就卸了刘嬷嬷的差事，再罚二十下板子，将其贬为粗使婆子。"

端木绲微微一笑，不咸不淡地说："多谢二婶母为我们姐妹做主，我一会儿让人瞧着去。"这意思就是防止小贺氏只是随口说说。

"这是当然的。"

小贺氏假笑着，心一抽一抽地痛。

内宅的厨房和采买从来都是油水最足的差事，这些年来，虽然是她在当家，但府里几个重要位子上用的都是婆母的人，她好不容易把亲信安插在厨房里，又将其扶成了管事嬷嬷，这才没几年的工夫。现在把人换了，她岂不是白忙活一场？

更何况刘嬷嬷是听命行事，现在自己却要亲手罚她，日后，自己在全府的下人面前，哪里还有威信？

眼看事情总算暂时了了，游嬷嬷抓住机会赶忙出声道："老太爷、太夫人，晚膳已经摆好了，还请老太爷和太夫人移步用膳。"

端木宪深深地看了小贺氏一眼，向贺氏说："若是老二媳妇管不好这个家，就别再让她管了。"

贺氏婆媳都脸色一僵，端木宪从来不管内宅的事，这句话一出说明他已是极为不满了。

端木宪没有让贺氏太过没脸，掸了掸衣袍站起身来，说道："绲姐儿、绯姐儿，天色不早了，你们姐妹就留下随我还有你们祖母一起用膳吧。"

"多谢祖父、祖母！"

两姐妹应下，对端木宪和贺氏福了福身。

一时间，祖孙几个人看起来其乐融融，唯有贺氏皮笑肉不笑，精明的眼眸更为沉深了。她一方面庆幸端木纭没有继续纠缠嫁妆的事，另一方面也为端木宪刚刚的态度感到有些心慌。

小贺氏更是心不在焉，布菜错了好几次，最后，贺氏只能让她坐下一起用。

众人用了晚膳后，夜幕降临。

小贺氏赶紧先告退。端木宪又留端木绯说了一会儿话，话题多围绕着她最近在看的算题。

端木宪本来只是想随口考校几句，却有些惊喜地发现这个孙女在算学上竟有惊人的天赋进行。

两个人一问一答，不知不觉就聊得晚了些。

贺氏脸色阴沉。她最是了解端木宪，平日里，除了长孙，还从没见他对哪一个小辈如此温和、有耐心。

贺氏知道，端木宪这是对端木绯上了心，贺氏忍了又忍。

直到两个小姑娘离开的时候，端木纭像是想起什么，突然又说了一句："祖母，我母亲的嫁妆的事，还请您别忘了。"

贺氏脸色一僵，端木纭屈了屈膝，带着妹妹扬长而去。

端木宪皱了皱眉，问道："阿敏，李氏的嫁妆是怎么回事？"

贺氏捏紧手里的佛珠，若无其事地说："纭姐儿年纪大了，想要学着管些事……"说完，她飞快地岔开话题，"老太爷，您对她们如此关照，可是觉得对阿朗心中有愧？"

贺氏自认语气平和，可是一提到端木朗，话语中难免透出一丝尖刻之意。

自当年端木朗擅自投笔从戎并远赴北境后，端木宪就很少提起这个长子，外人只以为他嫌恶长子，贺氏却知道他这是爱之深责之切。

端木宪本来想让端木朗在北境吃点儿苦头，让他知道分寸，没想到端木朗一去十二年，竟死在了北境……这也成了端木宪的一个心病。

屋子里的空气瞬间一冷，仿佛严冬一刹那降临。

端木宪也不说话，只是静静地看着贺氏，眼眸像是千年古井，深沉得让人看不透。

他不过是这么看着，贺氏的心就一点点地提了起来，越来越不安。

他们俩成亲几十年来，一向互敬互爱，很少红脸。端木宪只对她发过两次火：一次是当年新婚宴尔去祭祖时，她没有对原配宁氏的牌位行妾礼；第二次就是为了端木朗……

那一年，端木朗刚刚十二岁，与京城的一些纨绔子弟混在一起，还迷上了与人赛马，她就命人以千金买了一匹汗血宝马给他，却被端木宪指责她"慈母多败儿"。端木宪说得还算委婉，其实他们彼此心知肚明，端木宪是在怪贺氏试图捧杀端木朗。

端木宪两次对她发怒都是为了宁氏母子，贺氏恨透了他们，连带着更加不喜欢端木纭和端木绯姐妹俩。

"阿敏，"端木宪深深地看着贺氏，眼神幽暗，缓缓地说道，"我对几个孙女可有偏心？"

贺氏哑然。

自从她嫁给端木宪后，端木宪就把内宅中的事全权交给了她，从不过问。

三年前，端木纭和端木绯来到京城后，除了平日里昏定晨省时祖孙几个人会偶遇，端木宪也从不曾特意照顾过姐妹俩。

端木宪是户部尚书，本来就公务繁忙，平日里还要不时指点孙儿的功课，又哪里顾得上府中的几个孙女？

想起最近发生的一连串事件，贺氏深吸一口气，对自己说，这一次是她冲动了。

贺氏的嘴唇动了动，她想说些什么，可是说出去的话就如同泼出去的水，覆水难收。

端木宪淡淡地瞥了贺氏一眼，站起身来，道："武举马上要开始了，李家那边也会有人进京。"

李家？贺氏惊讶地抬眼看向端木宪。

李家是端木朗的妻家，也就是端木纭姐妹的外祖家，自李氏辞世后，两家已多年不曾往来。

"若是想让李家人借题发挥，你就尽管闹吧。"端木宪丢下这句话后，毫不留恋地拂袖而去。

贺氏直愣愣地看着端木宪离去的背影，双目微瞪，脸色阴沉得快要滴出水来。

端木宪走了，贺氏还是僵直地坐在原处，目光微闪，深沉复杂。

外面漆黑的夜空中繁星闪烁，夜更深了，也更静了。

# 第三章　封　炎

这一夜，心事重重的贺氏辗转反侧，也没睡上几个时辰。到了次日清晨，人就显得有些精神不济，干脆免了小辈们的请安。

于是，端木绯美滋滋地多睡了一个时辰。

她起身梳洗后，丫鬟们已经布好了早膳。

与昨日寒酸的晚膳不同，热气腾腾的早点在八仙桌上摆开，枣泥糕、葱香花卷、酥酪、麻花果子和香菇鸡粥……每一样都做得精致好看，香气四溢。

张嬷嬷亲自伺候两位姑娘用早膳，从昨晚起就悬着的心总算放下了，看来太夫人和二夫人不敢再作践两位姑娘了。

张嬷嬷忙得团团转，见姑娘们吃得差不多了，又让丫鬟赶紧去为她们备琴。

今日是姑娘们除服后第一次去闺学上课，之前因为姐妹俩要进宫，贺氏特意免了她们几天的课，今日起一切如常。

端木府的闺学设于府中东北角的璇玑堂，府中的姑娘自六岁起就要在闺学中读书，琴棋书画等不同的课程皆由不同的先生所教授，今天她们要学的是琴。

她们穿过小花园，再一路往北走过两道游廊，就看到一道黑瓦白墙的月拱门出现在前方。

两个人进门后，写着"璇玑堂"三个大字的黑色牌匾映入眼帘。

璇玑堂里很是清幽，屋前屋后种了不少翠竹，微风拂过，发出翠竹的枝叶互相拂动的"沙沙"声音，让人不由得心绪平静下来。

端木绯一边与端木纭说话，一边不动声色地打量着四周。姐妹俩说笑着进了璇玑堂的正厅，厅堂中已经有三位姑娘了，其中一个就是端木绮。

端木绮坐在第一排的窗边，今日穿了一件玫瑰紫十样锦妆花褙子，一头乌发绾了一个纂儿，头上戴着石榴珠花，看起来娇俏明丽。

她正和另一个十一二岁的紫衣姑娘说着话，但是一看到端木纭和端木绯二人进来，顿时噤声。

四周诡异地静了下来，其他几位姑娘朝她们的方向看了一眼后，就径自调琴或说话，没打算介入长房和二房之间的恩怨。

端木绮那双乌眸几乎瞪圆，她恶狠狠地瞪着端木绯，额角青筋凸起，原本明丽的脸庞霎时就多了一分狰狞之色。

"姐姐，我们坐那边吧。"端木绯没有理会她，对端木纭甜甜一笑，拉着端木纭就近坐下，又令丫鬟摆好了琴。

端木绮盯着端木绯嘴角的那丝笑意，只觉得那笑中透着嘲讽，仿佛一巴掌打在她脸上似的。

她眸中几乎喷出火来，指尖更是狠狠地掐进了柔嫩的掌心里。

端木绮今日本来是不想来的，但是昨夜听说母亲在永禧堂因为那对姐妹吃了大亏，还被祖父责骂了一通，就知道自己不能再躲下去了。她闭门不出，只会让端木纭和端木绯更加猖狂，指不定以为这端木家是她们姐妹俩的天下了。

尤其是端木绯这个小傻子，一而再，再而三地折辱自己和母亲，还不如当时掉到池塘里死了算了！

她绝不会就这么轻易地放过端木绯！

端木绮霍地站起来，嘴角勾出一个冰冷、轻蔑的浅笑，挑衅道："四妹妹，你可敢与我在露华阁再比一回？"

其他几位姑娘都闻声望过来，表情各异。

露华阁位于京城最繁华的中盛街上，是京城闺秀最喜欢光顾的茶楼，每隔一月就会举办一次凝露会，让京中的名门贵女彼此切磋琴棋书画。

其实，姑娘们切磋才艺，胜败乃兵家常事，然而，技逊一筹不算丢人，溃不成军，那就要论为京中的笑柄了。

"不行！"端木绯眨巴眨巴大眼睛，摇了摇头，一本正经地强调道，"我不想再和二姐姐比。"

端木绮完全没想到端木绯会是这个反应，目瞪口呆，好一会儿没反应过来。

屋子里静了一静，其他姑娘意外地怔了怔，接着都失笑。

端木绯傻里傻气的，今日倒是精明了一回。家里的比试无论输赢都是自家的事，怎么都传不到外头去，可是在露华阁比试就不同了。

须臾，端木绮咬着后槽牙道："四妹妹，你莫不是怕了我？"

四周再次安静下来，端木绮见端木绯迟迟不说话，嘴角勾出一个讥诮的弧度。

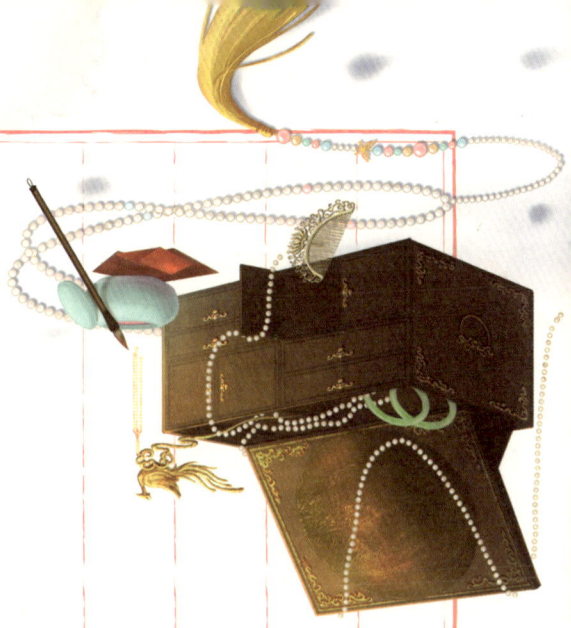

也是，端木绯这个傻子在算学上赢了自己不过是运气好，甚至是以某种自己不知道的方式作了弊，哪里敢在大庭广众之下与自己公平较量。

端木纭微微皱眉，不快地说道："二妹妹，切磋才艺是你情我愿的事，二妹妹莫非还要强买强卖？"

端木绮两眼冒火地瞪了端木纭一眼，忍着怒意没与她争论，又对端木绯说："四妹妹，你要是承认自己怕了我，那不比也罢。"

"二姐姐，真的不行。"端木绯看着端木绮轻叹一口气，正色道，"要是二姐姐又输了，像上次那样哭鼻子的话，在那么多人面前，岂不是家丑外扬了？那样不好。"

其他几位姑娘不由得想起前日端木绮泪流满面地在永禧堂一遍又一遍说着"我是傻子"的场景。敢情端木绯不肯应战，不是因为觉得自己会输，而是怕端木绮输不起。

她们再次看向端木绯时，竟从她的小脸儿上看出一丝"不能以大欺小"的无奈感来。

她们这是眼花了吧？

端木绯这几句话刺中了端木绮的痛点，端木绮整个人都炸了。

"轰！"她只觉得耳边"嗡嗡"作响，被气得七窍生烟，恨不得扑上去撕烂端木绯这张臭嘴。

"四妹妹，还没比呢，谁又知道输赢？！"端木绮高昂着头，加重音量道，"前日我输了，愿赌服输，可是四妹妹你呢？你若是输了，可有那胆量在露华阁说上一百遍自己是傻子？"她的语气恶意满满，甚至还隐隐有着一丝兴奋之意。

端木绯微蹙眉头，直直地看着端木绮，问道："二姐姐真的想与我在露华阁试一场？"

"不错。"

"好吧，既然二姐姐一再恳求，那我就再同二姐姐比一场吧。"端木绯笑眯眯地应下了。

端木绮听着端木绯的这句话虽然觉得有点儿怪，但是见她总算答应了，也不忙着计较，略带急切地说："那这次我们不比算学了。算学只是小道，难登大雅之堂，若是我们在露华阁比算学，怕是会被人取笑我们端木府的姑娘俗不可耐。"端木绮眸中闪过一丝计谋得逞后的扬扬自得之色，"四妹妹，这次我们比别的。"

"二妹妹……"端木纭眉宇紧锁，端木绮真是欺人太甚，等妹妹答应了比试，才又突然改变说法。

端木绯拉了拉姐姐的袖子，不以为意地笑了笑，问道："那二姐姐想要比什么？"

端木绯歪着脑袋看着端木绮，心里了然端木绮是输怕了，不敢再与自己比算学，只好另辟蹊径。

这一点，另外两位端木府的姑娘也心知肚明。

端木绯从小就傻，在琴棋书画、诗词歌赋上的水平粗浅得很，连垂髫小儿都比不上。

露华阁的比试对端木绯而言可不太妙，她输了倒不打紧，要是让外人知道端木家有个傻子，那可是一辱俱辱。

"四姐姐，你别胡闹了！"五姑娘端木绫不知何时出现在厅堂外，提着裙裾走了进来，娇声道，"你的琴棋书画学得还没我好，对四书五经更是一窍不通，你拿什么跟二姐姐比？"

端木绫瞥了端木绯一眼，语气中是毫不掩饰的轻鄙之意："你莫要在露华阁丢了端木家的颜面，还连累我们也跟着你丢脸。"

"五妹妹！"紫衣姑娘也就是府中的三姑娘端木缘柳眉微蹙，站起身来，轻斥了一句，"你怎么与你四姐姐说话的？"她好像是在指责端木绫说话太不知轻重。

端木绫撇了撇嘴，跑到端木绮身后的座位坐下。

端木缘看向端木绯，劝道："四妹妹，你听三姐姐一句，别与二姐姐赌气了，乖乖和她认个错。"

"三姐姐，"端木绯看着端木缘，笑得十分可爱，"你若是觉得自己错了，自己跟二姐姐道歉就是。"

端木缘气得一时语结，坐了回去，心道：这个人真不识好歹！

端木绮却松了一口气。她还真怕端木绯顺着台阶下，跟自己道歉，坏了自己的好事，可傻子终归是傻子，不自量力。

"四妹妹，"端木绮对端木绯挑了挑下巴，露出挑衅的微笑，"琴棋书画才是闺中女子该学该精的，我们比书画如何？"

端木绯笑吟吟地应下了："好啊。那就请三姐姐、五妹妹和六妹妹给我做证，下次我与二姐姐去露华阁比试书画。"

"一言为定。"

端木绮话音落地后，一个小丫鬟从檐下走了进来，紧张地说："几位姑娘，许先生来了。"

闻言，众女皆回到自己的座位上，正襟危坐。

须臾，一个身穿柳色衣裙的中年妇人不紧不慢地走入厅堂中，身后跟着一个抱琴的小丫鬟。

姑娘们皆起身给许先生行礼，然后再坐下。

许先生的目光在厅堂里扫视一圈，最后落在了端木纭和端木绯的身上。

课堂里一共有六位姑娘，大姑娘、二姑娘和三姑娘已经弹得像模像样，而四姑娘、五姑娘和六姑娘还在学指法。虽然大姑娘和四姑娘是嫡亲姐妹，但是大姑娘在各方面都远超四姑娘，比如弹琴，大姑娘已经能把《高山流水》弹得十分娴熟，很是动听，可是四姑娘的进度还不如五姑娘。

许先生便对端木绯道："四姑娘，之前我教的指法，你可还记得？"

端木绯应了一声，双手置于琴上，开始一步步、近乎生涩地展现起指法来，抹、挑、勾、剔……这还是她第一次用这双属于端木绯的手弹琴。

看着端木绯中规中矩的表现，端木绮嘴角微翘，彻底放下心来。

小傻子还是小傻子，就像从前一样，前日会赢只是她运气好而已。

露华阁的比试，自己赢定了！

到时候，端木绯就要在露华阁当着全京城名门闺秀的面，大喊她是傻子。

想着这一幕，端木绮就热血沸腾，届时她不但报了前日的仇，还可以让祖父彻底厌弃端木绯，可以说是一举两得。

端木绮的那些心思不免表现在了她的琴声中，铮铮琴音中透着几丝戾气，许先生暗暗摇头，只对她的指法点评了几句，没有多说什么。

一堂课在姑娘们七零八落的琴声中飞快地过去了。


等到昏定晨省的时候，早上在闺学发生的事已在府中传遍了。

于是当端木纭和端木绯姐妹俩出现在永禧堂时，四周一瞬间陷入了一种诡异的安静中。

大家的目光都集中在两姐妹身上，两个小姑娘不紧不慢地上前，齐齐对贺氏屈膝行礼。

"给祖母请安。"

贺氏看着端木纭娇艳如花的面容，心里一阵烦闷。

昨日自己一晚上没睡好，这对姐妹倒是睡得舒坦。

是啊，她们长大了，翅膀硬了，跟白眼狼似的，丝毫不念这三年来府里好吃好喝地供着她们，竟然用李氏的嫁妆和她谈起条件来。

贺氏心里思量着回头找个机会给这两姐妹一点儿教训，让她们知道端木府到底是谁在当家。

但是，现在她只能一脸慈爱表情地开口："纭姐儿，你十三岁了，也该学着料理家事了。你母亲留下的嫁妆多且繁杂，你一个小姑娘家家的，若一下子接手，也管不过来。这样吧，你先试着管一个铺子和一个庄子练练手，等熟悉了，再慢慢接手其他产业。"

贺氏微微笑着，保养得当的指尖在绿地粉彩花鸟纹茶盅碗口的金线上摩挲了一下，整个人透着几分云淡风轻的随意。

众人皆掩不住讶色，没想到贺氏会突然主动提起李氏嫁妆的事。

端木家是尚书府，又出了贵妃娘娘，看似尊贵，但是毕竟根基浅，产业并不多。

端木宪出身贫寒，从一品的户部尚书月俸为八十石米，就算加上皇帝每年的赏赐和底下人的孝敬，全府上下这么多主子与奴婢，日子不过是堪堪得过而已。

李氏嫁妆丰厚，这么多年来，贺氏靠着打理她的嫁妆，贴补了银子不少到公中，所以端木家的日子才过得这么舒坦。这些事虽然没有明说，但是除了小辈，府中的老爷夫人们对此心照不宣。

想到这里，众人表情各异，有心虚的，有事不关己的，也有舍不得这不占白不占的便宜的。

他们本来还以为贺氏至少会打理李氏的嫁妆到端木纭出嫁呢。

莫不是端木纭私下向贺氏讨过？

唯有小贺氏脸色淡淡的。

昨天端木纭这般固执，她就猜到婆母定会让步，以免这对姐妹又闹到老太爷那里去。

哼，就算两姐妹拿回些嫁妆又如何？等到事情过去，婆母有的是法子来拿捏她们。

"祖母……"

眼看端木纭眉眼一挑，似乎还想说什么，贺氏立刻不由分说地打断了她的话。

"好了，纭姐儿，祖母也是为你好。你毕竟年纪还小，这么一大笔嫁妆交由你一人打理，万一出了什么差错，我如何对得起你母亲的在天之灵？小姑娘做事，切忌好高骛远，还是应该脚踏实地地一步步学、一步步做才对。"

端木纭抿住双唇，似乎依然不太情愿。

贺氏只得又退了一步，说道："这样吧，长房就你们姐妹俩，也没有父母贴补，以后每个月就从我的份例里多给长房拨二十两银子，这也够你们花用了。"

终于，端木纭动了，屈膝应道："多谢祖母一片慈爱之心。"

贺氏松了一口气，悬了一天的心终于放了下来，她神情温和地招呼姐妹俩坐下用些点心。

小贺氏径自喝着茶，嘴角在茶盅的遮挡下勾出一个讽刺的弧度。

端木绯半垂眼帘，一双眸子如夜空般幽静，嘴角微微抿了起来。

等端木纭和端木绯从永禧堂出来的时候，太阳已经落下了大半，天空半明半暗。

两个人不疾不徐地朝湛清院走去，沿着曲径回廊走了一段后，四周只剩下她们姐妹俩，鸟语花香，一片幽静。

"蓁蓁，"端木纭忽然停下脚步，转头看向端木绯，温声说，"张嘴。"

端木绯乖乖张嘴，被端木纭塞进了一颗松仁糖。

松仁糖又香又甜，甜得端木绯眼睛都弯成了两个可爱的新月。

端木纭又道："喜欢吗？"

端木绯乖巧地直点头。

端木纭揉了揉妹妹柔软的发顶，笑道："蓁蓁，你要记着，如果你想要一个不喜欢你的人给你糖吃，你就得先狮子大开口，问她要整袋糖，然后才好讨价还价。"

端木纭勾唇笑了，笑得自信明艳。

她知道贺氏不会轻易地把母亲的嫁妆还给她们，所以才会把母亲的嫁妆当把柄，让贺氏退步。

贺氏退步的结果，就是怠慢她们的嬷嬷被罚了，管家的二婶母在下人面前失了威信，而为了安抚她们姐妹，贺氏只得拿出一个铺子和一个庄子，多贴补些银子给她们。

有了这铺子和庄子，等于她们手上有了银钱，以后可以不必总看府里人的脸色了。

端木纭牵起端木绯的手，又道："虽然一时半会儿还不能把母亲的嫁妆都要回来，但我们可以慢慢来。"

端木纭对妹妹温和一笑，乌黑的眼睛中带着镇定人心的力量。

"嗯。"端木绯响亮地应了一声，也跟着笑了。

她其实也是这样想的，以退为进。

姐妹俩携手回了湛清院，一起用了晚膳，刚喝上消食的热茶，紫藤就进来禀告："大姑娘、四姑娘，太夫人派了游嬷嬷过来。"

不一会儿，绿萝引着游嬷嬷和一个小丫鬟进来了。

"见过大姑娘、四姑娘，"游嬷嬷随意地福了福，漫不经心地说，"太夫人命奴婢把庄子和铺子的契纸、账册送来了。"

游嬷嬷对那小丫鬟做了个手势，小丫鬟上前半步，打开了手中的一个红漆木匣子，露出放在里面的契纸和账册。

张嬷嬷上前从小丫鬟手里接过了匣子。

游嬷嬷面上恭顺地说："大姑娘且看仔细了，东西有没有什么缺漏？没问题的话，奴婢就回去找太夫人复命了。"

张嬷嬷翻了翻匣子里的东西后，对端木纭微微领首，端木纭淡淡地打发游嬷嬷："劳烦嬷嬷了，还请嬷嬷替我谢过祖母。"

游嬷嬷也没兴趣久留，屈了屈膝，扭着肥硕的腰肢走了。

虽然只是小小的一个铺子和一个庄子，但这些年来的账册足足有厚实的三四本。

端木纭让人拿来珠算盘，纤纤素手一边缓缓翻着账册，一边时不时地在珠算盘上拨动几下。

端木绯坐在她身旁，伸长脖子凑过去一起看。

东次间里，书页翻动的声音和算珠碰撞的声音有规律地响起，屋外不知何时下起了绵绵春雨，雨滴密密匝匝地打在枝叶上，落在青石板地面上……

端木纭翻完了两本账册后，外面的天色已经彻底暗了下来，屋子里点了两盏八角宫灯，把四周照得亮如白昼。

端木纭转头看向身旁的端木绯，见她聚精会神地盯着账册，像平日里自己教她读书写字时一般认真。

端木纭的嘴角又有了笑意，她柔声问道："蓁蓁，你可看明白了什么？"

端木绯歪着脑袋，一本正经地指着第一本账册说："这铺子在昌兴街上，现在每个月就是收收租，租钱是一月六两银子。"接着，她一根纤纤玉指又指向端木纭手边的第二本账册，"这庄子在京城五里外的南郊，庄子上有十亩地，田地租给附近的佃户，佃户每年缴纳三成的粮食作为租金。"

端木纭颔首笑了，仔细教导妹妹："一般来说，佃户需要缴纳一半以上的收成作为租金，像这庄子只收三成，就代表主家比较开明。我们端木家是官宦人家，没必要对佃户太过苛刻，与民争利。"

端木绯乖巧应声，若有所思。

从她十岁起，祖母就手把手地教她如何打理产业，端木纭所说的这些她都懂。

她刚刚看了账册，这庄子的田地是稻田，出产一般。她便想着，以后还可以在稻田里养鱼，来增加庄子的收益，不过还是得亲自过去看看才行。

"姐姐，"端木绯仰起头，期待地看着端木纭道，"这田庄的账册可以给我仔细看看吗？我想把里面的账算一算，对一对。"

"好，蓁蓁，你慢慢算。"端木纭一口应下——她对妹妹一向有求必应。

夜渐渐深了。

之后的几日，府中波澜不惊。直到三月初十，端木府忽然有贵客来访。

此时还不到午时，闺学上午的课才刚刚结束，一个小丫鬟跑来报信，说四公主来了。

听闻四公主来了，端木绮展颜一笑，急切地站起身来。

她与四公主年龄相仿，一向投缘，两个人在几个表姐妹中关系是最好的。

"三妹妹、五妹妹、六妹妹，我们一起去永禧堂吧。"

端木绮没理会端木纭和端木绯，招呼三位妹妹出去了。

端木纭和端木绯也不在意，收拾好自己的东西后，才不紧不慢地出了璇玑堂。

两个人刚走出月洞门，就看到前方几丈外的一棵白玉兰树下，端木绮等人正和一个十一二岁的少女说话。

那少女穿了一件妃色百蝶穿花缂丝褙子和粉色挑线绣花长裙，鲜艳的妃色衬得她姿容明艳，乌黑浓密的青丝绾了一个双环髻，头上插着一对红宝石珠花，双耳上是配套的金丝串红宝石耳环。她走动时，那红宝石随着金丝摇曳，在阳光下璀璨生辉。

她就是端木贵妃所生的四公主涵星，今年十二岁。

树下那五位姑娘都齐刷刷地看向端木纭和端木绯，涵星淡淡地扫了一眼姐妹俩，目光中带着一分审视之意。

端木家是贵妃的母家，贵妃一直让儿女私下多亲近端木家，所以涵星会不时来端木府中拜访外祖父母。但是，端木纭姐妹俩自来京后都在守孝，深居简出，这还是她第一次见到这对传说中的姐妹。

端木纭和端木绯快步上前，齐齐屈膝给涵星请安：

"见过公主表妹。"

"见过公主表姐。"

涵星俯首看着端木绯，不冷不热地直呼其名："你就是端木绯？我听说你要与绮表姐在露华阁比试书画？"

涵星故意没让端木绯和端木纭起身，言行间的敌意毫不掩饰。

端木绯笑吟吟地道："公主表姐，我就是端木绯。"说着，她自顾自地拉着端木纭直起了身子，抬眼看向涵星，乌眸清澈得能映出人影。

涵星柳眉一蹙，樱唇紧抿，面露不悦之色，却也没有说什么。

这里是端木府，是她的外祖家，她要是在这里以不敬之罪责罚了端木家的嫡女，这事传扬出去，不仅端木家没脸，她自己也是一样。

端木绯自然也知道这一点，所以才会自己起身。

涵星目光变冷，仰了仰下巴："绯表妹，我听说大皇姐颇为赏识你，可你莫要因此就飘飘然，认不清自己了。你小小年纪就敢挑战绮表姐，莫不是以为自己才学不凡？"

涵星与端木绮交好，这三年来，自然听她提起过许多次端木绯，知道这个绯表妹与傻子无异，学什么都学不好。

端木绯不好意思地笑了，谦虚地说："谢公主表姐夸奖，表妹我不敢当。"

涵星一时语结，眼角一抽，她何曾夸这小傻子了？算了，端木绯不过是一个小傻子而已，她堂堂公主，宰相肚里能撑船，不跟这个人计较就是。

一旁的端木绮见状，故意亲昵地唤道："涵星，我昨日听说大公主殿下惹了圣怒，被皇上责罚了，可是真的？"这事还是她之前随小贺氏进宫给贵妃姑母请安时，听姑母随口提到的，据说皇后还因此被皇帝训斥了一顿。

说话间，端木绮漫不经心地瞥了端木绯一眼。

听说自从宣国公府的楚大姑娘过世后，舞阳大公主就悲痛不已，想必是悲痛过度以致被猪油蒙了心，才会赏识端木绯这个傻子。

瞧瞧，既然皇上罚了舞阳大公主，那就不会错了。

闻言，端木绯瞳孔微缩，抬眼看向涵星。

涵星没注意端木绯，随口说道："绮表姐，你也知道了啊？总之，是大皇姐犯了错，父皇罚她思过十日。"

怎么会？端木绯墨玉般的眸子里溢出担忧之色。

舞阳是皇帝的嫡长女，皇帝素来很宠她的，到底发生了什么才让皇帝责罚了舞阳？

现在她能套口风的对象也唯有四公主涵星了。

"公主表姐，"端木绯眨巴着大眼睛，用好奇的口吻试探道，"皇上为什么要罚大公主姐姐？她人这么好，那天还夸我呢！"端木绯似有失落之色，小嘴微抿。

对舞阳的事，涵星本不欲多言，更何况她也不打算理会端木绯。但端木绮听说大公主竟然还夸了这个小傻子，立刻扬起眉梢，亲热地挽着涵星的右臂，闲话家常般问道："涵星，这到底是怎么回事？"

不只是端木绮，端木绫、端木缘也目露期待之色地看着涵星，小姑娘家家的又有哪个没点儿好奇心呢？

涵星迟疑了一下，想想在场的都是自家表姐妹，这才娓娓道来。

前日，也就是三月初八，舞阳得了皇后的恩准出宫去皇觉寺。皇后却不知舞阳去皇觉寺是为了与楚青语会面，两个人在寺中一番争执，最后舞阳气愤之下竟将楚青语推下石阶。当时微服出巡的皇帝和皇觉寺的高僧远空大师正在寺中散步，恰好看到了这一幕。

皇帝当场大怒，罚舞阳在圆光观音前思过。

涵星说完后，又不放心地叮嘱了几句："这件事知道的人不多，你们莫要声张。"

"涵星，你就放心吧。"端木绮自是应下，嘴角却在涵星看不到的地方微微翘起，心道：端木绯这个傻子就是个灾星，谁沾谁倒霉。

其他几位姑娘也忙不迭地附和。

"涵星，我们去小花园赏鱼吧？"端木绮眼珠滴溜溜地一转，笑容明媚地说，"前几日，我大舅父让人弄来了几尾火鲤，说它们是从海外来的，赤红如火，好看极了。"说话间，她挽着涵星往小花园的方向去了，三姑娘、五姑娘和六姑娘也紧随其后。

端木绯半垂眼帘，像是毫无所觉地呆立在原地，心绪起伏。

舞阳虽有些急性子，但为了皇后，断不会随随便便对楚青语动手，除非被楚青语刻意算计。

"蓁蓁，"端木纭拉起端木绯的小手，温和地一笑，"你别担心，大公主殿下会没事的。"

端木绯点了点头，和端木纭一起不紧不慢地跟了上去。

一路繁花盛开，春风徐徐，姑娘们清脆如银铃的说笑声回荡在空气中。

端木绯看似若无其事，心里还是沉甸甸的，脑子里还在想楚青语的事。

先不提楚青语到底怀着什么样的心思与目的，单就她如今的行事而论，她实在有些冒失、激进。

舞阳是皇帝唯一的嫡长女，天之娇女，哪怕现在皇后无嫡子，似乎在后宫中有几分势弱，但皇后毕竟是皇后，素来无过，地位安稳。

说到底，将来无论哪个皇子登上皇位，皇后都是毋庸置疑的太后。

就算皇后现在想要争取宣国公府的支持，对楚青语礼让三分，但还不至于让一个臣女在她们母女头上作威作福的地步。

难道楚青语就不怕被皇后和舞阳记恨，将来被清算旧账？

还是说楚青语有恃无恐，十分确信无论是现在还是将来，皇后和舞阳都拿她没辙？

一阵夹杂着花香的春风吹拂而来，清新的香味沁人心脾，端木绯抬眼看着万里无云的碧空，那映着蓝天的眼睛一点点变得深沉、复杂，无数情绪在其中翻腾……

自云门寺的事情开始，楚青语行事就越来越古怪，让人捉摸不透。

不对，这似乎不是从云门寺的事情开始的。

一个多月前，楚青语曾病过一场，反复高热了三天，为此，她还特意去楚青语的闺房探望过。

此刻她再回想起来，楚青语当时看她的眼神与表情有些怪异，似乎是陌生，似乎是羡慕，又似乎心有不甘……这些混杂成一种她也说不上来的情绪。

她关心地问了几句，但是楚青语只虚弱地笑说自己没事，神色就平静下来。

那之后，楚青语没两日就痊愈了，府里谁也没有把这场小病放在心上。

不过，从那天起，楚青语似乎就有些不太一样了。

端木绯还记得楚青语病愈后没几天说要去城隍庙还愿，回来的路上带回了一个妇人与其幼子，将他们安置在府中。

楚太夫人和楚二夫人询问过楚青语后，才知道那妇人夫家姓章，去年章老爷带人出了海，可是几日前有人传来消息说，章老爷的船在海上翻了，货物也全没了。

于是那几日，那些货物的买家、债主纷纷找上门来，章家一下子就垮了，甚至有人要强抓章夫人与幼子去发卖还债，正好楚青语路过，就出银子将人救了下来。

说来不过几十两银子，大家权当楚青语是日行一善。

但是，五日后，章老爷竟然回来了，他带回的货物也安然无事，一下子，章家又起死回生了。

章老爷亲自登门重谢了楚家，带走了妻儿。

这件事峰回路转，曲折离奇，在京中一时为人津津乐道。

当初，自己没有接触过章家人，整件事只是听楚太夫人和丫鬟提起过几句罢了，并没有太在意。

现在端木绯想想，这件事不只是巧合，某些地方也透着古怪。照理说，楚青语将章夫人母子买回来，两个人便是仆，但他们以客人的身份住在楚家的客房里。从头到尾，楚青辞好像都没听说楚青语到底打算如何安置这对母子，似乎她早就知道章老爷会回来。

还有这一次，楚青语和舞阳约在皇觉寺见面，却这么巧遇上了微服出巡的皇帝，这只是单纯的巧合吗？

可总不会楚青语提前知道圣驾会在那一日莅临皇觉寺吧？

端木绯越想越觉得楚青语的身上疑团重重，圣驾微服出行，为了安全素来不会张扬，就连舞阳都不知道的事，楚青语又是如何知道的？

端木府的小花园里有一大一小两个池塘，两个池塘在最细处连接在一起，呈葫芦形。平日里水流是互通的，不过最近几日，为了这十几尾新来的火鲤，二夫人小贺氏特意下令让人用网把两个池塘隔开，把那些火鲤都拦到了小池塘中。

姑娘们簇拥着涵星往小池塘的方向行去，来到小池塘边的一个凉亭中。

大家一撒下鱼食，一尾尾灵活的鱼儿就像得了召唤似的，甩着鱼尾自四面八方游来。那赤色的火鲤色泽鲜艳，似火似霞，在清澈的池水中，看起来灵动活泼。姑娘们看得舍不得移开视线，四周一片语笑喧阗声。

三姑娘端木缘叹息道："可惜了，现在还是三月，这火鲤应与莲荷一起，方相得益彰。公主表姐，等六月荷花满池塘的时候，您可要再来府中观鱼赏荷才好。"

端木绮意味深长地笑道："哪里需要等到六月？堇儿，快快笔墨伺候。"

端木绮的丫鬟堇儿立刻福身领命。

涵星笑吟吟地说："绮表姐，我记得你的红鲤画得极好，连母妃都亲口夸奖过。"说着，她似乎想起了什么，抬眼再次朝与端木缘一起坐在斜对面的端木绯看去："绯表妹，你不是要和绮表姐比试吗？我且考考你，看看你有没有资格和绮表姐比。"

一时间，端木绯再次成为众女目光的焦点。

端木绯从池水中的火鲤身上收回视线，歪着小脸儿看着涵星，一边数着手指，一边真挚地说："公主表姐，我每天要读书、写字、学琴、学弈……我很忙的。好不容易因为公主表姐您来了，我才忙里偷闲。其实，公主表姐您到时候来露华阁看看，不就知道了？"

涵星被端木绯说得好气又好笑，一时语结，这小傻子的言下之意分明是说她抽空来陪自己已经很难得了。

端木绮眉头一动，正想嘲讽几句，却听端木绯又道："二姐姐，我可是只答应与你比一场，要是你打算把露华阁的比试改到今日来，那我也是可以的。"端木绯一副悉听尊便的样子。

"那怎么行？"端木绮下意识地脱口而出。

这里只有她们姐妹几个，端木绯就算输了，也伤不到她分毫。

端木绯无所谓地耸了耸肩，乖巧地点了点头："那就听二姐姐的。"

寥寥数语间，端木绯就把一口"黑锅"送给了端木绮。

端木纭在一旁听着，忍俊不禁。

不多时，菫儿和一个小丫鬟拿着画具回来了，身后还跟着几个婆子，她们搬来了一张书案，几个人关于比试的话题戛然而止。

淡淡的墨香、茶香很快从凉亭中随风飘散，与四周的花香交融在一起，一派清幽雅致的景象。

这一日，涵星在端木府用了午膳和下午的茶点后才离去。

送走她后，端木绯和端木纭一起回了湛清院，这时，太阳已经开始西下，好似给庭院中的房屋、树木、花草披上了红色的纱衣。

端木绯忽然停下脚步，撒娇地晃了晃端木纭的手："姐姐，我想去皇觉寺。"她娇憨地看着端木纭，一脸期待的表情。

皇觉寺虽是皇家寺院，却并非只招待皇室与宗室，但凡官宦人家都可以去寺中上香。

端木纭想起刚才四公主提到了皇觉寺，还以为妹妹在家里闷得慌，想出去走走，便毫不犹豫地同意了："等过几天，休沐时，姐姐就带你去皇觉寺上香好不好？"

府里的闺学十天一休沐，下次休沐是三月十三。

"姐姐，你真好！"端木绯响亮地应了一声，声音清脆愉悦。

她去皇觉寺是为了见舞阳。

端木纭以前没去过皇觉寺，所以不知道皇觉寺的西北角有一处观音殿，观音殿供奉的就是圆光观音。

之前，涵星说皇帝罚舞阳思过十日，后来又说舞阳是在圆光观音前思过，端木绯当下就猜到舞阳多半被皇帝留在了皇觉寺里。

端木绯想去看看，若能遇上舞阳，也可以确定她是不是安好。

当天晚上姐妹俩给贺氏请安时，就以去皇觉寺上香为名向贺氏禀了这件事。这不过是一件小事，贺氏爽快地应下了，还吩咐一位管事嬷嬷帮着张罗。

于是，到了三月十三的清晨，一辆青篷马车自端木府的一侧角门驶出，一路往城北的皇觉寺行去。

皇觉寺虽然位于京城之中，却闹中取静，明明一条街外还热闹繁华，到了皇觉寺附近，四周就一下子静了下来。

马车在皇觉寺门口停下，因为端木府早就派人跟皇觉寺打了招呼，一个穿着灰色僧衣的小沙弥已经在门口等着了，亲自把端木绗和端木绯迎进了寺中。

皇觉寺中，古树参天，佛塔林立，空气中弥漫着浓郁的檀香味，气氛幽静肃穆。

小沙弥知道这两位端木家的姑娘是第一次来皇觉寺，就先带着她俩去大雄宝殿进香，两姐妹又捐了香油钱。之后，小沙弥带着她们去寺中的其他殿宇，天王殿、药师殿、弥陀殿、地藏殿……当一行人来到观音殿拜了圆光观音后，端木绯心里既失落，又稍稍松了一口气。

舞阳不在这里，那就代表着要么是端木绯猜错了，舞阳没有被留在皇觉寺；要么就是舞阳虽然被皇帝罚了，但行动上还是自由的，这就表示皇帝只是一时气恼，没有真的怪罪她。

小沙弥又带着她们逛了藏经阁后，她们就去了西偏殿的一间厢房中用斋饭。

等两个人用了斋饭，天色已近未时，外头灿日高悬，普照大地。

紫藤正想请示两位姑娘是不是该回府了，就见端木绗放下手中的白瓷茶盏，含笑对端木绯说："蓁蓁，今日难得来了皇觉寺，我想顺便在寺内布施……"

端木绗温柔地看着端木绯，心里想的是近一个月来，妹妹一直时运不佳，一波未平一波又起，让她担忧不已。难得来皇觉寺礼佛，她得好好为妹妹布施积福才是。

她一定要守护好妹妹，蓁蓁是她最重要的人。

端木绯咽下一个甜甜的枣子，乖巧地笑了，点头道："姐姐你做主就好。"顿了一下后，她期盼地问，"姐姐，我可不可以和蔓菁去后寺随便走走？我保证很快就回来。"

去后寺？端木绗面露迟疑之色，自打上次端木绯落水后，她就一直有些担惊受怕，几乎没怎么让端木绯离开过自己的视线，更何况这里还不是端木府。

"姐姐，我已经长大了！"端木绯撒娇地拉了拉端木绗，一双大眼睛一眨不眨地看着她。端木绗一下子就心软了，心想这里是皇觉寺，是佛门圣地，一向太平，最终点了点头。

"谢谢姐姐。"

端木绯笑得眯起了眼，端木纭看着也不由得展颜，叮嘱妹妹："蓁蓁，你可要避着点儿水，不要贪玩，早点儿回来……"

端木绯连连点头，带着蔓菁穿过一个小拱门往后寺去了。

后寺比前寺要空旷许多，人烟稀少，四周苍树环绕，春花绽放，微风徐徐拂过时，树木与花草簌簌作响。

端木绯来后寺自然还是为了舞阳。尽管之前在观音殿没能见到舞阳，可她还是不愿轻易放弃。如今她身处端木府，平日里出门的机会不多，错过这一次，再想见舞阳就难了。

所以端木绯想再试一试。

以前，她和舞阳来皇觉寺礼佛的时候，经常一起在后寺散步，舞阳要是还在皇觉寺的话，也许会在后寺这边。

端木绯带着蔓菁慢吞吞地在后寺停停走走，试图拖延时间，希望能与舞阳"偶遇"，可是走了一圈后，还是没遇上舞阳。

蔓菁心里不耐烦，现在虽然才三月，但未时过半正是太阳最刺眼的时候。走了一圈，她不仅累，还出了一身薄汗。

"姑娘，"蔓菁用帕子擦了擦额头上的汗液说，"您走了这么久，不如歇息一会儿吧？正好前面有个凉亭，可以遮阳，又可以歇脚。"

端木绯笑眯眯地看向蔓菁，并不恼怒，今日特意带蔓菁而不是绿萝出来，为的就是把人甩开。

"蔓菁，你累的话，就在这里坐一会儿吧。"端木绯若无其事地说，"我再去逛逛，待会儿再回这里找你。"

蔓菁既看不上端木绯，也不怕得罪她。

蔓菁的姑母在二夫人那里服侍，当初也是因为二夫人想找人盯着端木纭和端木绯姐妹俩，才特意把她安插进了长房。

蔓菁故作迟疑之色，说："姑娘，那奴婢就去亭子里小坐片刻，姑娘可要早点儿回来啊。"这可是端木绯让自己在这里等着的，大姑娘问起来也怪不到自己头上。

端木绯笑吟吟地应了一声，继续往前走去。

皇觉寺有一处碑林，她和舞阳经常去，不，应该说是因为她喜欢，所以舞阳总陪她一起去。

也许，舞阳会在那里。

想到这里，端木绯加快了脚步。

可是，她又一次失望了。

碑林处空荡荡的，高高低低的石碑林立，一眼看去黑压压的，让人觉得有点儿压抑。

端木绯无声地叹了一口气，看来自己白来了。

她正打算转身离去，就听后面不远处一棵参天老树下传来一阵陌生的粗哑男音："公子，属下已见过华总兵了……"

华总兵？端木绯愣了愣，整个大盛不过二十个总兵，总兵配将军印，是镇守地方的最高武官。姓华的总兵只有一位，那就是青州总兵华景平。

据她所知，这青州总兵可不简单啊！

总兵执掌一方兵权，自然是皇帝的心腹，华总兵更可以说是两朝元老。他曾是上一任伪帝的心腹，被派至青州担任总兵，然而今上登基后，他立刻投效今上，今上也想表明自己"既往不咎、唯才是举"的态度，便由着他留任青州总兵。这些年来，华总兵做事谨慎，从不曾让人挑到错处。

躲在树下交谈的人无论是谁，他们恐怕都不是普通人。

端木绯眸色微沉，心口一跳。

那个人还在继续道："华总兵真是个老兵油子，什么话也不接，只说什么他如今也不好做，又提什么青州谅山镇民乱的事。"

一声淡淡的嗤笑声传来，端木绯身子微僵，她从中听出了几分熟悉的味道。

他不紧不慢地说："华景平这老狐狸是想要考验本公子呢！"这声音清朗、干净，带着几分少年人的随性与肆意。

端木绯不欲多听，打算悄然避开，然而，脚才抬起，就听那年轻的男人话锋骤然一转："是谁？！"

话音未落地，一道颀长的身影快速从老树后走出，那是一个俊美的少年，一头鸦羽般的黑发束得高高的，他身着一袭圆领玄色锦袍，腰系嵌玉锦带，丰姿俊秀。

阳光透过浓密的树荫在少年的脸上形成一片斑驳的光影，让他白皙俊美的脸庞透着几分阴冷之色，他目光似电，朝她的方向射来。

那双乌眸迸射出凌厉的锋芒，似利剑，如刀芒，锐不可当。

这少年是封炎！

当二人四目相对时，端木绯暗道不妙，娇小的身子在瞬间绷紧似一张拉满弦的弓。

她从封炎的眼中看出了冰冷的杀意。

这是她过去身为楚青辞时从来不曾见过的封炎。

封炎比楚青辞小两岁，幼时两个人曾一起玩耍过，渐渐地，他们长大了，男女有别，就有些疏远了。

封炎偏好骑射，不喜文墨，爱与一干京中纨绔子弟厮混，偶尔也会有一些与人斗气、斗殴的传闻传入她耳中，但在她心里，封炎始终是年幼时那个对猫儿、马儿都温柔、细心的少年。

他不是桀骜不驯，是率性而为；不是狂风肆意，是直爽洒脱。

可直到此刻，她才明白，这是外人眼里的他，这是他故意展现在外的形象。

封炎早已经长大了，有了心计，也有了野心……

是啊，野心！

封炎大费周折地暗中派人赴青州与华总兵交涉，总不会是为了请对方喝酒、听曲吧？

事关重大，一旦此消息被泄露出去，不单是封炎，还有很多人会没命，尤其是与他、与安平长公主府有关的人。

端木绯看似镇定，其实心念飞转。

她知道自己惹上大麻烦了，对封炎来说，区区一个小丫头与那些效忠他、信赖他的人相比，孰轻孰重，不言而喻。

恐怕她会被杀人灭口，若是封炎的手段再狠一些，他说不定还会斩草除根，以意外为名，把今日和自己一起来皇觉寺的人都清除掉。

姐姐……端木绯想到端木纭，颈后出了一层薄薄的冷汗。

她没有看到刚才与封炎说话的另一个男子，说不定对方此刻已经到了自己身后，只待封炎一声令下就会对自己痛下杀手。

她思虑间，封炎大步朝她走来。他走得不快，却让她觉得仿佛有一柄利剑向她刺来，而她退无可退。

封炎走出树荫，金灿灿的阳光温和地洒在他的身上，勾勒出他精致的轮廓与眉目，那玄色织金锦袍上的金线在阳光下微微闪动，衬得他眉目如画，眸亮似星，愈加丰神俊朗，然而这些暖化不了他凤眸中的冷意。

春风阵阵拂来，吹得枝叶摇曳，空气中隐约带着几分肃杀与清冷气息。微风送来他身上淡淡的熏香味，苏合香中夹着清幽的梅香。

端木绯鼻子微动，一下子就闻出了这是江南品香记的一品香，这是她最喜欢的熏香。

"封公子，我们做个交易吧。"端木绯忽然出声，抬起下巴，如点漆般的眸子毫不避让地与封炎对视。

话音落地之后，两个人方圆几丈之内一片死寂，仿佛有一道无形的屏障将两个人与周围摇曳的树木隔离开来。

树欲静而风不止。

这个不知道什么来路的小丫头竟然知道自己的身份？不过，京中认识他的人肯定比他认识的人多，这也不稀奇。

封炎往上轻轻一挑剑眉，漫不经心地瞥了面前这个不超过九岁的小丫头一眼，那双凤眸深黑如墨，一点点变得深沉，诡异的幽光在眼里流动，他的目光如他身后灰暗的碑林般暗沉得没有一丝温度。

四周静悄悄的，静得有些压抑，气氛越发静谧诡异。

封炎没有答应，也没有反对，更没有问她要做什么交易，只是静静地看着她，似乎对她所言不以为意。

看着不动如山的封炎，端木绯心里生出一股寒意，她福了福身，坦然地说："封公子，我是端木府的四姑娘，祖父乃户部尚书端木宪。今日，我与姐姐来寺中上香，适才用了斋饭后，我就在这后寺闲逛消食……"

她特意自报家门，一来是为了让封炎知道她的根底；二来是为了表明她并非普通官宦人家的子女，一旦出了意外，必定会有人追究；三来则是为了表示她并非有意偷听，只是碰巧路过而已。

所以，她干脆一语叫破封炎的身份，以表明自己不会自作聪明地糊弄过去。

封炎表情淡淡，对他而言，端木绯已经与死人无异，她是何身份，又想与他做什么交易都不重要，谁让她在错误的时间和错误的地点出现在了不该出现的地方？

"封公子，我可助公子得偿所愿。"端木绯定定地看着封炎，微翘的嘴角噙着一丝浅笑，"公子以为如何？"

无知是罪，其实，"知"又何尝不是？

姐姐说得不错，她最近是有些倒霉，偏偏在这个时候、这个地点听到了刚才那番话，那代表着她已经与这件事扯上了关系。

现在，封炎显然已经对她起了杀心，因为必须保证华景平的事一个字也不能被泄露出去。那么她唯有把自己拖上他那条船——一旦事发，她也活不了，以此来保证她绝不会透露一个字。

封炎微微笑了，抚了抚衣袖，声音中透着一丝慵懒与漫不经心："小姑娘家家的平日里还是应该大门不出、二门不迈，待在家里多绣绣花什么的才好。"

他说得随意，又似谆谆叮嘱，端木绯却心知他根本就不在意她能提出什么建议。

也是，正常情况下，谁又会把一个不到九岁的丫头片子说的话放在心上。

端木绯面不改色，直接把话挑明："一月下旬，朝堂之上，吴御史上奏弹劾青州总兵华景平三条罪状。第一，华景平专制一方，有拥兵自重之嫌；第二，说谎欺君，杀良冒功；第三，养寇自重。皇上留中不发。"

这一次，封炎闲适的面色终于有些变了，眼里透出几分凛然来。

这个黄毛丫头不过八九岁的年纪，竟然会知道这些朝堂秘事？

封炎再次打量眼前这个小丫头，直到此时此刻，她的面容、身影才算真正映入他的眼中。

与他相距不足一丈远的小丫头身材娇小，堪堪到他的胸口，穿了一身水绿色的衣裙，梳着一对鬆鬆头，头上只缠着些翠玉珠子，白皙的小脸儿上一双乌黑的大眼睛如寒星般璀璨，嘴角弯弯……

不知为何，眼前这个明明眼生得很的小丫头让他隐约觉得有一丝熟悉，他似乎在哪里见过她。

现在他再回想起来，好像从他发现她的那一刻起，她就出奇地平静，不见丝毫慌乱的样子。

明明知道命就握在他的手心，小丫头却始终冷静，仿佛任何事都无法让这个人伤神，泰山崩于前而面不改色，唇畔一直带着浅笑……对了，这就和"她"一样。

这世上唯一一个"她"。

想到"她"，想到"她"的一颦一笑，封炎就觉得心口一抽，眸色更为深沉。

哪怕见封炎脸上有所动容，端木绯也不敢放松，仍是笑吟吟地看着封炎。

"簌簌……"

又一阵微风迎面拂来，吹得她颊畔的发丝顽皮地抚着她白皙胜雪的脸庞，她抬手将鬓发披到耳后，那略微宽松的衣袖随着她抬手的动作落下，露出一段如玉皓腕以及环在其上的红色结绳。

封炎仿佛着了魔似的死死盯着红色结绳，目露异彩，脑海中闪过许许多多的画面，画面最后定格在一辆马车的车窗中偶然露出的小手上，那只雪白的手腕上也戴着同样的红色结绳。

原来那一日他纵马路过，看到的就是这个小丫头啊。

封炎心绪微微起伏，目光又落在那根红色结绳上。

这根结绳对他来说并不陌生，这是"她"自己琢磨出来的编法，独一无二。

结绳是"她"送给这个小丫头的吗？

封炎想着那个他心里最重要的人，漆黑的眸子变得幽沉，仿佛一汪无底深潭。

从小，他就偷偷喜欢着一个叫楚青辞的女孩，她是宣国公府的嫡长女。楚家百余年来能在几朝屹立不倒、长盛不衰，不仅因为楚家能人辈出，也因为历代宣国公都是纯臣，从不会卷入朝堂纷争的旋涡中。

以他的身份，他想要求娶阿辞，虽不至于难如登天，但也绝非易事。

他的阿辞那么好，他必须拼尽全力，让自己配得上她才行。

所以，他给自己四年的时间，要尽快为她打下一片天下，让宣国公没有理由反对，他想要风风光光地娶她入门，让全天下人都羡慕她嫁得如意郎君。

他会宠她、爱她、敬她、怜她、惜她……他会与她执手、偕老。

然而，他没想到的是，阻碍在他们之间的并不仅仅是家族，还有——生死。

他在北境从军两年后回京，她却死了！

她死了！

从此，两个人生死相隔。

封炎抬眼看向上方的蓝天，眼眸变得更为深沉，眼里浮现浓浓的悲怆之色，无须言语，那种深入骨髓的痛就自然而然地散发出来。

端木绯感觉到了他的变化，却不知所为何事，只凝神看着他。

四周又是一片死寂，唯有那几不可闻的呼吸声随风消散。

端木绯见封炎始终沉默不语，小脸儿上依然没有一点儿惧意。她清了清嗓子，又道："华总兵在青州拥兵十万，又有几十年领兵作战的经验，区区一个谅山镇民乱又如何能难倒他？他不过是左右为难罢了。如果他顺利平乱，怕有人再次弹劾他杀良冒功；如果他不平乱，又会有人说他养寇自重。"

封炎负手而立，波澜不惊，似有几分心不在焉。

他对她所言似乎毫无兴趣。端木绯微微侧首，抿了抿嘴角，仍旧不动声色地继续道："封公子，我记得谅山处于青州和豫州的交界处吧？不知华总兵为何独自烦恼？"端木绯说得意味深长。

谅山镇确实属于青州，可这谅山绵延数百里，一半在青州，另一半在豫州。

想要平区区一个谅山镇的民乱不难，难的是那帮暴民在谅山镇进可攻，退可守，他们一旦发现形势不妙，就退入谅山。届时这数百里大山连绵不断，官府想要剿山匪就没那么容易了。

青州东靠海，中南、西南一带多是山地丘陵，道路崎岖。华景平在青州经营十余年，既擅水战，又会山战，换一个人想要平乱恐怕就没那么容易了。

端木绯侃侃而谈，但封炎似乎没有将她的话听入耳中。

他盯着她的小脸儿，眼神涣散。太像了，这个糯米团子般的小丫头太像他的阿辞了，虽然她明明与阿辞的年岁、容貌都迥然不同。

他的阿辞有这世上最漂亮的眼睛，明眸善睐，如秋水般清澈，如寒星般璀璨；他的阿辞微笑时温柔可亲，落落大方，如夜空皎洁的明月；他的阿辞无论遇到什么事，都处变不惊，冷静从容，只要看着她，他就觉得原本飘浮不定的心仿佛找到了归处。

可是，他的阿辞已经不在了……封炎的心口又是一阵抽痛。

眼前这小丫头无论说话的语气，遇事的冷静样子，还是微笑的神态，都和阿辞很像。这让他几乎怀疑他的阿辞又回来了……可是，这怎么可能呢？

他自嘲地一笑，移开了视线。

端木绯镇定地看着他，心却一点点沉了下去，透着丝丝寒意。

她能感觉到封炎对她的态度虽然有些缓和，却也仅此而已，刚才他根本没听自己在说什么。

四周突然暗了些许，云层将太阳遮住了大半，一瞬间，周围的温度似乎都陡然下降了不少。

"端木家的小丫头，记住，我们今天从未在这里相遇过。"封炎冷淡的声音突然响起，乌黑的头发随风肆意飞舞。

他言下之意就是要放端木绯离开。

"公子……"

端木绯身后传来满是难以置信之意的粗哑男音，他的后半句没有说出口，封炎已经抬起右手，示意他噤声。

连端木绯都惊讶地眨了眨眼，小嘴微张。

方才见封炎一直不为所动，她还以为自己这一回死定了，没想到峰回路转，他竟然打算放过她。

端木绯心里既意外，又疑惑，她根本不明白封炎为何忽然改变了主意。

在场的三个人都心知肚明，对封炎而言，他放走她只会留下隐患。

下一瞬，那种芒刺在背的感觉消失了，看来她身后的人已经走了，那个人来得悄无声息，走得也悄无声息。

"我今日从未来过这里。"端木绯点了点头，模样乖巧可爱得好像一只小奶猫。

"那么……"封炎蓦地话锋一转，指着她的右腕道，"你留下腕上的红绳作为赎金吧。"

端木绯下意识地抬起右腕，看向那根红色结绳，疑惑地眨了眨眼。

现在形势比人强，端木绯可不敢与封炎争论什么，毫不犹豫地把那红色结绳解下来递给了对方，然后福了福身，一本正经地告辞道："封公子，那我就先告辞了。"

端木绯转身离去，不疾不徐地原路返回，渐行渐远。

封炎一动不动地伫立在原地，目送她娇小的背影远去，眼中幽暗如墨染。

"墨乙。"

他薄唇轻启，吐出两个字后，一道青色的精瘦身影出现在封炎身后。

那是一个四十来岁的中年人，面容清癯，眉眼平和，只是右耳边到下巴处有一道两寸许的刀疤，为他平添了几分凌厉与杀气。

墨乙忍不住朝端木绯离去的方向看了一眼，目光似电。

虽然这端木家的四姑娘是有几分不同凡响，但他还是不明白公子为什么要放她一条生路。压下心头的疑惑，墨乙半垂眼帘，既然公子这么说了，自己听命就是。

说起来，一个八九岁的小丫头能见微知著，在这种对她极为不利的情况下，转瞬就冷静下来，理清局势，并为自己于危险中寻觅出一条活路，委实不简单。

封炎没有回头，直接下令道："让暗卫盯着端木家那个小丫头，她若是有异动，格杀勿论！"

封炎清朗的嗓音染上一丝寒意，嘴角却依旧噙着一丝漫不经心的浅笑。

"是，公子。"墨乙抱拳应道，嗓音粗哑。

话音落地之后，墨乙又消失了，只剩下封炎仍旧静立在原地，心里有一丝复杂与失落的情绪。

他放这端木家的小丫头一条生路，是因为她与他的阿辞有几分相像，但也仅此而已。

他希望她珍惜这个死里逃生的机会。

如果她的性子真像阿辞，那么她就会遵守承诺；如果他看错了人，那么一个毫无信用的小人，杀了也无妨。

封炎眸中掠过一道冰冷的锋芒，颀长的身姿在昏暗的碑林外显得有些萧索。


与封炎告辞后，端木绯也没心情再闲逛，径直返回凉亭与等在那里的蔓菁会合，接着，主仆回到了之前用斋饭的厢房。

办完事的端木纭先一步回来了，正打算出去找端木绯，见妹妹归来，赶忙笑吟吟地迎了上去："蓁蓁，我刚刚给你求了个平安符，你好好收着。"说着，她把一个平安符仔细地交到妹妹手里。

"谢谢姐姐！"端木绯握着平安符甜甜地笑了。回想着刚才与封炎的一番对峙，端木绯觉得自己正需要这个平安符来转转霉运。

"蓁蓁，时辰不早了，我们回去吧。"端木纭细心地替妹妹捋了捋被吹乱的鬓发，柔声道。

蔓菁先行一步，出寺去安排马车，姐妹俩也离开了厢房，一路往正门的方向行去。

端木绯今日没能见到舞阳，心中始终有几分惋惜，步履难免放缓了一些。

然而，当姐妹俩来到正门附近时，端木绯却看见一道熟悉的倩影跨过门槛走入寺中。

端木绯停下步子，不由得眼中一亮，容光焕发。

她身旁的端木纭也停了下来，以为妹妹依依不舍，就想说等以后闺学休沐的时候，可以再带她出来散心。话还未说出口，端木纭也瞟到了那张眼熟的面孔，脱口而出："大公主殿下！"

今日舞阳穿得比上次在宫中见时素净许多，穿了一件樱草黄缠枝玉兰缂丝褙子，绾了一个优雅的弯月髻，头上只戴着一对蝴蝶珠花，那薄如蝉翼的金翅在她行走时微微颤动，精巧闪亮。

见舞阳神色间并无郁结，端木绯总算放心了。

看来皇帝虽然一时恼怒，但也不是真的厌了舞阳，所以她才能随意进出皇觉寺。

"蓁蓁，"端木纭忙道，"我们去给大公主殿下行个礼吧。"

端木纭和端木绯上前几步，走到舞阳跟前，屈膝行了福礼，并特意压低声音给舞阳请安。

看见端木家的这对姐妹花，舞阳也有几分意外，没想到会在这皇觉寺中与她们重逢。

"公主姐姐，我和姐姐是来皇觉寺上香的，姐姐还给我求了平安符呢。"端木绯笑吟吟地看着舞阳，拿出了端木纭给她求的平安符，"公主姐姐，听说皇觉寺的平安符很灵的，您既然来了，也记得求几个回去。"

舞阳对端木绯的印象不错，颔首笑道："那我倒是要给父皇、母后和四皇弟也各求一个……"

几个人说话间，蔓菁自寺外跑来了，恭敬地福身禀道："两位姑娘，马车备好了。"

端木绯惋惜地说："公主姐姐，时候不早了，我和姐姐要回家了。下次有机会我再与公主姐姐一起玩耍。"她来这一回，只是为了见舞阳，既然舞阳一切安好，那就够了。

端木绯盈盈一笑，仿佛她面对的只是一个普通的比她年长的少女，而不是堂堂公主殿下。

蔓菁心中一惊，她没想到面前这个陌生的少女竟然是位公主。

舞阳被端木绯的笑容感染了，嘴角微翘，看着身前比自己矮了大半个头的小姑娘，笑容中多了几分亲切感："好，下次我们再一起玩耍。"

端木绯只顾着与舞阳说话，却不知道不远处一道颀长的身影自大雄宝殿后走出，他直愣愣地看着她们三个人。

封炎当然认得舞阳，却没想到会看见舞阳和端木绯在一起说话。

两个姑娘言笑晏晏，似乎说到了什么有趣的话题，彼此会心一笑，连二人周围的空气都好像变得不太一样了。

以前，他也时常像这样看着阿辞和舞阳说话。

他的阿辞性子好，跟谁都处得好，不少闺秀把她当作姐妹一般，其中和阿辞处得最好的就是舞阳，即便两个人的性子大不相同，她们却格外投缘。

封炎眼睛一眨不眨地看着端木绯和舞阳，看着二人说笑，明明端木绯比阿辞矮了一截，明明她们完全是两个人，可是看着这小丫头和舞阳站在一起的感觉，让他想到了阿辞和舞阳说笑的样子。

端木绯和阿辞真的是好像啊！

封炎如遭雷击般僵立在原地，双手松开又握紧，握紧又松开，心绪剧烈地起伏着。

他知道舞阳是因为被皇帝责骂而留在皇觉寺中反省的。难道是因为这个，端木绯这小丫头才会这么巧来这里？她甩掉长姐与丫鬟，独自去那片碑林是不是也是为了找舞阳？

这些想法一个接着一个地浮现在他的心头，连他自己都觉得这些猜测有些莫名其妙，但心里的那种直觉又很强烈。

他的眼神一时有些复杂，无数的情绪在眼中翻滚着，像一头猛兽在咆哮。

她会不会……？

封炎不敢再想下去，默然地看着端木绯和端木绐一起向舞阳告辞，看着她们走出了皇觉寺，直到再也看不到姐妹俩的背影。

他微启薄唇，说了一句话，几丈外，一道黑影一闪即逝。


当晚，月上柳梢头，安平长公主府中静悄悄的。一道黑影灵活地越墙而入，熟门熟路地在府中又翻了几道墙，避开巡逻的护卫来到了书房外。

黑影翻身钻入窗户中，完全没有碰到窗边的大案，轻快地落在青石板地面上，没有发出一点儿声响。

"墨酉见过公子，这是端木四姑娘练字的手书。"年轻的黑衣男子单膝跪在地上，恭敬地把几张写满了字的绢纸呈到一张红木书案上。

封炎随意地挥了挥手，示意墨酉退下，另一只手拿起那几张绢纸，眉头微蹙。

绢纸上的字歪歪扭扭，像一个刚学写字的四岁小儿写出来的。

端木绯不是她。

记忆中，她平日里喜欢写小楷，字体遒丽，笔触圆润又不失筋骨，如同她的性子一般。

不是她，当然不是她，那个小丫头怎么会是她呢？！

他真是魔怔了，到底在想什么？

封炎不知何时松了手，那几张绢纸自他的指间滑落。

他心如死灰，白皙如玉的脸庞变得煞白，一双眼睛瞬间如被乌云遮盖的星子般黯淡下来，神色中多了几分疲惫。

人死如灯灭，他的阿辞已经走了，永远地走了。

一阵夜风从窗户处吹了进来，那几张绢纸在风中轻飘飘地落下，屋子里一片死寂，气氛哀伤。

而此时，湛清院的小书房里点着两盏五羊角宫灯，灯火发出荧荧的光，照得屋子里一片透亮。

狼毫的笔尖被蘸满了浓黑的墨汁，端木绯在米黄色的宣纸上一笔一画地写着，一横一竖，一撇一捺，一横折一竖钩……

执笔的小姑娘半垂眼帘，不疾不徐地练着字。

书案的角落里放着一沓墨迹斑斑的宣纸，宣纸上墨迹犹新，这些都是端木绯今日从皇觉寺回来后写的。

在成为端木绯以后，她就开始刻意地模仿端木绯的笔迹，每天都要练上一个时辰，并刻意让自己的字每一天都稍微"进步"一些。

她练到今日，字其实连端正都称不上，落笔绵软无力，笔画歪歪扭扭，透着一种不太和谐的感觉。

她看似专注地在写字，其实心湖还在为下午皇觉寺的事荡漾不已。

她仔细回想与封炎相遇的事，回忆他当时的每一个表情、说的每一句话，然而，她非但得不到答案，心头的疑惑还越来越浓。

她现在唯一可以肯定的是封炎所图不小，虽不知道封炎为何忽然又改变主意放过了自己，可是事关重大，他恐怕不会轻易就相信她的承诺，肯定另有安排。而她现在能做的就是当作什么也没听到，什么也没看到。

这不仅是为了她自己，也是为了端木纭的安全。

时间飞快流逝，反复的一笔一画看似枯燥，却带着镇定人心的力量。

渐渐地，她略显浮躁的心就平静了下来。

须臾，一阵挑帘声传来，两道纤细的身影一前一后地进来了，前者一直走到书案旁，静静地看端木绯写字，后者暂时把手中的托盘放到了一旁的案几上，一股香甜的气味在书房里弥漫开来。

书房里又安静下来，直到端木绯收笔，在一旁静立了好一会儿的端木纭才笑着赞道："蓁蓁，你的字进步了很多！"端木纭伸手揉了揉端木绯的发顶，正色道，"蓁蓁，我知道你有心向学，但是读书习字都须持之以恒，并非一蹴而就，你还小，莫要累着自己。"

端木纭谆谆叮嘱，端木绯不时点头应声，笑容恬淡。

端木纭见妹妹乖巧，眼中的笑意更浓，她拉着妹妹的小手到一旁坐下，又道："蓁蓁，刚刚厨房那边的人送来了甜汤，我们一起喝点儿吧。"

绿萝捧来一个铜盆，熟练地伺候刚练完字的端木绯净手。

之后，紫藤就把银耳甜汤奉了上来。

端木绯一边捧着甜汤吃，一边不动声色地在屋子里看了一圈，却不见蔓菁，好像从晚膳后，她就不见了。

长房除了绿萝以外，其他的下人都是姐妹俩来京后小贺氏给的，有道是"人往高处走，水往低处流"，他们显然看不上她们这对孤女，大多琢磨着要谋个好主子。

祖母楚太夫人曾经说过，下人们怀心思谋利益，这些不重要，主子如果整天纠结下人们的心思，要所有人都忠心不贰，不过懂些"小道"，其实只要震慑住他们，就足矣。

但是，她身边这些人也该管管了。

她可不想自己的一举一动都被暗中传到别人的耳中，藏不住一点儿秘密。

端木绯慢悠悠地喝着甜汤，和端木纭说着话，甜汤喝到一半的时候，蔓菁若无其事地回来了。

端木绯放下手里的青花瓷小碗，随意地问道："蔓菁，你去了哪里？"

一时间，屋子里的目光都落在蔓菁身上，她怔了怔，摸了摸鬓角的赤金蜻蜓簪，款款走到近前，福了福身后，将手中的藤编花篮往端木绯眼前一送，笑道："四姑娘，奴婢刚才去花房采了些紫玉兰……"

花篮里放着几枝怒放的紫玉兰，紫红色的花朵艳丽怡人，芳香淡雅。

端木绯随意地扫了花篮一眼，唇角弯弯。

屋子里插花也是有讲究的，怒放的花朵凋零得也快，因此屋子里一般都会插上含苞待放的花朵。蔓菁出去快一个时辰了，却带回来这么几枝花，也是够敷衍的。

端木绯慢悠悠地捧起茶盅，喝了一口热茶，去去口中的甜味，然后才笑眯眯地说："蔓菁，你回二婶母那里去吧。"

屋子里静了一瞬，蔓菁身子微僵。

端木绯若无其事地继续道："从前爹爹时常教导我说，君子不夺人所好，既然二婶母喜欢你，蔓菁你就回去服侍二婶母吧，如此也皆大欢喜了。"端木绯一副欣慰的样子。

蔓菁眼中闪过一丝慌乱之色，她急忙道："四姑娘，您对奴婢是不是有什么误会啊？"

端木绯歪着脑袋，指着蔓菁鬓发间的赤金蜻蜓簪道："傍晚我还见二婶母戴过这支蜻蜓簪，我想二婶母一定很喜欢你，所以才会把东西赏给你。"

闻言，端木纭眉头一挑，也想起来了，傍晚她们去永禧堂给贺氏定省时，还见到小贺氏戴着这支赤金蜻蜓簪，瞧这发簪上的蜻蜓做得惟妙惟肖，翅膀薄如蝉翼，这做工估计京城也没几家首饰铺子做得出来。

今天蔓菁和她们去了皇觉寺，才一回来就得了小贺氏的赏，先前怕是以采花为名，实际上是去见了小贺氏吧？

看来上次孙嬷嬷的那顿打，还是没给这些心思浮动的人一点儿警醒。

既然如此，那就别怪她不客气了。

端木纭眉宇紧锁，不容置疑地说："蔓菁，我们湛清院庙小，留不起你这等人。"说着，她拔高嗓门："来人，把蔓菁带去给二婶母！"

蔓菁瞳孔一缩，知道怕了。

自从孙嬷嬷被打了一顿，她就被遣去管粗使的小丫鬟们，再也不许进屋了。

所以二夫人才会更加看重蔓菁，赏她发簪。

要是她就这么被赶回去，以后肯定再也得不到重用。她已经十五岁了，恐怕只会被随便配个小子，一辈子就这么过去了。

蔓菁咬咬牙，"扑通"一声跪在冷硬的地面上，求饶道："大姑娘、四姑娘，奴婢知道错了，就饶过奴婢这一回吧。"

她言下之意就是承认了发簪是小贺氏赏的。

她宁愿像孙嬷嬷那样被打一顿，跪上一晚，也不想被送回去。

然而，端木纭丝毫没有动容。

她虽知道这些下人没把她们姐妹放在眼里，但也容不得这些下人这样明目张胆。

蔓菁还在求饶，张嬷嬷已经带着两个膀大腰圆的婆子走了进来，两个婆子一左一右地钳住蔓菁，动作粗鲁。

蔓菁急了，想也不想地脱口道："四姑娘，你会后悔的，你要是赶我走一定会后悔的！"

蔓菁话里的威胁之意昭然若揭，端木纭的眉头皱得更紧。

这个蔓菁是绝对留不得了。

端木纭挥了挥手，张嬷嬷冷声对两个婆子说："还不把人带走！"

蔓菁还在扯着嗓子叫嚣着，样子颇为疯癫，其中一个婆子赶忙堵上她的嘴，飞快地把人给拉了下去。

这件事在湛清院中引起些波动，却也仅止于此。

夜深了，府中仍是一片宁静。

# 第四章　斗　画

次日一早，永禧堂中又是一派合家欢乐、其乐融融的景象，晚辈们陆续来给贺氏请安。

男人们请过安后各自离去，几位老爷忙着办差事，孙辈们则要去书院念书。半个时辰后，永禧堂里只剩下各房的夫人、姑娘们，一片莺声软语，好不热闹。

小贺氏放下手中的青花瓷茶盅，忽然对贺氏出声道："母亲，有一事儿媳不知道当说不当说……"

贺氏瞥了小贺氏一眼，淡淡地道："都是一家人，有什么话就说吧。"

小贺氏故意看了看坐在她斜对面的端木纭和端木绯，把其他人的目光也吸引过去。大家顿时心中有数了，这又是一场长房与二房之争。

小贺氏叹了一口气，才继续道："母亲，昨晚绯姐儿把儿媳给的蔓菁赶了回来，也不知道她哪里做得不好，让儿媳这个当家主母很是为难啊！"小贺氏抱怨道。

端木绯的小脸儿上满是疑惑之色，她说："二婶母，您难道不喜欢蔓菁吗？"接着，她还小声咕哝了一句，"如果不喜欢的话，您为什么要送蔓菁您昨晚戴的那支赤金蜻蜓簪呢？"

满室寂静。

在场的都是女眷，大多会注意彼此的衣着与首饰。端木绯这么一提，大家也都想了起来，可不是，昨天傍晚小贺氏来永禧堂的时候，头上正是戴了一支赤金蜻蜓簪，这支簪子打造得很雅致，蜻蜓点荷，既逼真又极富神韵。

在场的人谁也不蠢，这才一顿晚膳的工夫，小贺氏头上的发簪就到了那叫蔓菁的丫鬟头上，众人想想也知道定是那蔓菁背着端木绯悄悄去找了小贺氏报信，不知道她说了什么才得了小贺氏的赏。众人似笑非笑，交换着眼神。

小贺氏的脸色瞬间不太好看，眼角不受控制地抽动了好几下。

她们这种官宦人家的女眷都讲究颜面，平日里习惯说半句留半句，就算明知人是自己安插的，一般来说，也会彼此打几回机锋，哪有像端木绯这样直白地说出口的？！

端木绯果然是个傻子！

贺氏不紧不慢地转着手中的紫檀木佛珠，抬了抬眼皮，瞥了小贺氏一眼，目光闪了闪。

端木绯表情理所当然地继续说道："二婶母，您是我的长辈，万事当然以您为重。二婶母比我更中意蔓菁，我才特意把她送还给您啊！"

屋子里再次静了一瞬。

小贺氏面上一阵青一阵白，只觉得脸火辣辣的。

端木绯就是个小傻子，怎么可能懂得绵里藏针？这话肯定是端木纭教她说的，两个人实在是目无尊长。她说什么自己更中意蔓菁，分明就是端木纭对自己心有不满。

小贺氏上次在大厨房的事上吃了大亏，那之后，婆母还私下里狠狠骂了她一顿，说她鼠目寸光，她当然明白这是因为婆母被这对姐妹算计了庄子和铺子，心里不痛快，拿她泄愤呢。

现在这个小傻子又当面让她没脸，小贺氏一股怒火立刻被挑了起来。

她掸了掸衣袖，皮笑肉不笑地嘲讽道："绯姐儿，你们院子里的这些奴婢都是我精挑细选的，都是我中意的，莫非你和纭姐儿还打算都送回来不成？"

端木绯歪了歪脑袋，面露苦恼之色。

小贺氏眸中闪过一丝得意之色，就等着端木纭和端木绯向自己认错，再主动把蔓菁接回去。

如小贺氏所愿，端木绯苦恼了一会儿后，似拿定了主意，脆生生地说："既然二婶母这么喜欢我们院子里的人，我听二婶母的。"

端木绯双目清澈，说得一本正经，一副很为小贺氏考虑的样子。

妹妹既然这般说了，端木纭也立刻表明了态度："等我们回去就把人都还给二婶母。"

这下，原本还得意扬扬的小贺氏傻眼了。

糟糕，自己竟忘了端木绯就是个傻子，她哪里懂得权衡利弊？这倒把自己套进去了。现在自己的话都说出口了，端木绯和端木纭也应下了，自己再反悔岂不成了笑话？端木纭也是的，竟然由着这个傻子胡闹。

眼看这出好戏高潮迭起，其他几房的人都看得津津有味，表情各异。

小贺氏求救地看向贺氏，这个时候，只要贺氏说句话，就可以把这件事蒙混过去。

贺氏正捧着一个茶盅送至唇边，半垂眼帘，似乎没看到小贺氏的眼神，她微微抿紧的嘴角透出一丝不悦：最近这个二儿媳行事越来越毛躁，多受点儿教训，才懂得收敛，免得日后给女儿和外孙惹祸。

见小贺氏不说话，端木绯笑眯眯地说："二婶母，您莫非又改主意了？"

就算小贺氏心里真的反悔了，这个时候她也不能认啊，那岂不是显得她这当家主母行事反复无常？

小贺氏在袖中捏了捏拳，事到如今，只能吃下这个闷亏，再在别处与姐妹俩清算。

小贺氏目光闪了闪，挺直腰板，含笑应道："好，今天我就让牙婆进府，让两位侄女自己慢慢挑。"

端木纭闻言，眉头微皱，一下子就想明白了小贺氏的意图。

外头新买来的人哪里能与家生子相比？一来，家生子知根知底，不容易出乱子；二来，新买来的人只被牙婆调教过一两天，哪里有家生子那么懂规矩？

端木绯笑了，天真地应道："多谢二婶母。"

端木绯真是个小傻子，一点儿不通人情。端木家其他人都暗自摇头，这么多新的奴婢一下子拥进湛清院，院子里怕是要乱上一阵了。这若真的出了什么大的错处，不就平白给了小贺氏一个话柄？

这盘棋到底谁输谁赢，恐怕还不好说。


小贺氏说到做到。

当天午后，紫藤就说钱牙婆带人来了。

端木纭和端木绯携手出了屋子，院子里已经整整齐齐地站了二十来个人，其中最醒目的是一个身穿酱紫色素面褙子的中年妇人，她身材有些丰腴，梳着一个整整齐齐的圆髻，头上戴着一朵大红色绢花，手里捏着一方大红色的绣花帕子，这个人一看就是牙婆。

张嬷嬷正与那钱牙婆寒暄，一看两位主子来了，就带着钱牙婆上前行礼。

"两位姑娘好。"钱牙婆平日里也见惯了大户人家的夫人、姑娘，恭恭敬敬地福了一礼，殷勤地笑道，"我听府中的游嬷嬷说，两位姑娘这里需要人手，我特意把手上最好的丫头们都给带来了。两位姑娘且放心，在京中我钱牙婆三代都是凭着牙帖做牙婆的，绝不敢糊弄两位姑娘。"

钱牙婆虽然拣着好话说，但也没诓人。

牙婆分为官牙和私牙：私牙做的是小本买卖，很多牙婆手上的人来路不明，其中甚至还有被人牙子拐来的，这些牙婆在这一行里没什么好名声；而官牙是要凭借官府发放的牙帖才能做的，一般都是为一些官员和富豪人家奔波，所提供的人选自然也是有保证的，官牙也会提前给这些人教一些基本的规矩。

端木纭和端木绯都心知肚明，哪怕小贺氏想找她们麻烦，也不敢随便让不熟悉的牙婆进府，否则一旦买来的人出了什么岔子，那坏的可就是她这个当家主母的名声了。所以，新来的丫鬟可能规矩上欠缺了一些，倒也不太会有别的不妥之处。

端木纭大致扫了一圈，这些小姑娘八个站一排，一共站了三排。每个人都低眉顺眼，身上穿着干干净净的布衣，头发剃得只剩薄薄的一层。牙婆怕这些乡野出来的小丫头不干净，头上有虱子，特意给她们都剃了光头，也免得她们把虱子传染给贵人。小姑娘们的年龄在八岁到十三岁之间，想必是牙婆知道她与妹妹的年岁，才特意挑了这般年纪的小姑娘。

其实，端木纭一眼看过去，也看不出个所以然来。

张嬷嬷清了清嗓子，对那些小丫头道："你们一个个都先说说自己叫什么，几岁，原来家住何方。"

"俺……奴婢赵招娣，十岁，是京城西郊赵家村人。"

"奴婢王三妞，十一岁，是豫州芜县人。"

…………

端木纭仔细听着，把那些眼神游移、口若悬河、手掌白嫩的小姑娘直接排除，打算挑几个老实懂事能干的丫头给妹妹。

这偌大的府邸中，人多口杂，是非也多，她们姐妹在府中势弱，服侍的丫鬟不需要最出挑，最重要的是不要给妹妹惹是生非。

端木纭一开始也担心院子里来一些不懂规矩的小丫鬟有些麻烦，但仔细想想，这怎么也比被人天天盯着好。规矩什么的，可以让张嬷嬷慢慢教着，先让她们做些洒扫的粗活……反正自己和妹妹身边还有紫藤和绿萝服侍，暂时够用了。

一切慢慢来，湛清院总会越来越好的。

端木纭从中挑了十来个丫头后，就对张嬷嬷使了个眼色。

如今她们手里已经有了一个庄子和一个铺子，手头宽裕不少。端木纭便琢磨着，干脆自己出钱买下这几个丫头，把身契拿在手里。

张嬷嬷心领神会，立刻对那钱牙婆道："钱牙婆，这几个丫头的身契你可带了？"

钱牙婆迟疑了一瞬，摸出一沓契纸，从中取出几张，交给了张嬷嬷，赔笑道："张嬷嬷，这就是这些丫头的卖身契，您且收好。"

张嬷嬷接过身契，正要带那钱牙婆离开，结算银子，就见站在第一排中间的一个青衣小姑娘忽然"扑通"一声跪在了冷硬的青石板地面上，哭喊着道："两位姑娘，求求您二位，把奴婢也留下吧！"

小姑娘约莫十二岁，哪怕剃了头，也能看出她是个美人坯子，那巴掌大的瓜子脸上，眼睛红彤彤的，盈满了泪水，看起来楚楚可怜。

瞧她皮肤白皙、双手细腻的样子，她以前应该没做过什么粗活。

端木纭对这个小姑娘有些印象，记得她自称柳锦瑟，谈吐有度，就是略显清高。瞧她的名字与举止，她像是读书人家出来的，本来也是个不错的人选，可如今湛清院的下人都没了，所以端木纭想先择些能干活的，就没留她。如今看来，没留下她是对的，她行事实在有些轻浮。

钱牙婆的脸色不好，她只觉得这个丫头太没规矩了，这若是惹了姑娘们生厌，只会影响自己在这一行的声誉。

钱牙婆眉头一皱，唯唯诺诺地致歉："两位姑娘，失礼了，这个丫头才刚来不懂规矩……"说着，钱牙婆在柳锦瑟的胳膊上狠狠地拧了一把："赶紧起来，还不给我回去！"

柳锦瑟的眼角泪水滑落，苍白的樱唇微颤，但她还是站了起来。就在这时，一阵清脆的女音忽然响起："姐姐，我可以把她留下吗？"

端木绯伸出一根白生生的指头指着柳锦瑟，乌黑的大眼睛眨巴眨巴的。

想留下柳锦瑟只是端木绯一时兴起。

从小，祖母楚太夫人就教她如何当家理事，从前她身边的那些奴婢，都是按祖母教的挑的人，她赏罚有度，但就算如此，翠生还是背叛了她。

这柳锦瑟有几分心高气傲，还不懂规矩，从哪方面来说，都不适合留在身边，但端木绯反而想试试，给她一次机会也无妨。

端木纭思忖片刻，心道：不过是一个小丫鬟，妹妹喜欢就好，大不了让张嬷嬷多调教一些时日，她要是不会做活，日后就伺候笔墨好了。

端木纭含笑应下了。闻言，柳锦瑟整个人都放松下来。

之后，端木纭和端木绯一起回了屋子，而张嬷嬷则亲自把钱牙婆和其他人送走了。紫藤也没闲着，带着那几个新来的小丫鬟下去安置了。

不到半天，湛清院里的下人就全换了。

端木绯一下子觉得清净不少，以后屋子里没了小贺氏的眼线，感觉自在多了。

更重要的是，这卖身契是死契，有了这些奴婢的身契在手，姐妹俩等于掌握了她们的生杀大权，这些丫头哪怕将来有了异心，也要掂量掂量这身契的分量。

两姐妹舒心了，可琼华院里的小贺氏心里还有点儿不痛快，她觉得像有一口气堵在胸口，不上不下。

"二夫人，钱牙婆走了。"

游嬷嬷脚步轻盈地进了屋，对小贺氏禀道。

小贺氏坐在一张罗汉床上，一手撑着一方小案几，看起来有几分怏怏的。

她淡淡地应了一声，拈起碟子上一颗圆滚滚的红李子，目光阴沉。

本来一双孤女，她也懒得理会她们，留几个人在湛清院里，只是为了留眼线。没想到，她们如此不识抬举，先是推绮姐儿落水，又借着大厨房的事让自己挨骂，现在更是吃了熊心豹子胆地挑衅自己。

她们真是不知天高地厚。

不过是两个孤女，她还奈何不了她们？日子还长着呢！

小贺氏把玩着那颗不过龙眼大小的李子，嘴角勾出一丝嘲讽的弧度，她却听游嬷嬷又道："二夫人，大姑娘自己掏银子买下了那些下人的身契……"游嬷嬷的声音越来越轻。

小贺氏嘴角一僵，手微颤，那颗李子从她的指间滑落，"咚"的一声落在光滑如镜的青石地板上，骨碌碌地滚了出去。

就在这时，一阵挑帘声响起，一个青衣丫鬟快步进来，禀道："二夫人，大少爷来了。"

一听说儿子来了，小贺氏急切地坐直了身子，面上一喜。

不一会儿，就有一个小丫鬟引着一个少年进来了。

少年穿着一件青色镶边锦袍，面容俊秀，身姿挺拔，此人正是端木珩。

"母亲。"端木珩走到近前，规规矩矩地给小贺氏作揖行礼，一丝不苟。

这个长子是小贺氏的骄傲，他饱读诗书，才华横溢，年仅十三岁就已经是个秀才了。

小贺氏一看到他就喜笑颜开，忙道："珩哥儿，快坐下，今儿怎么这么早就回来了？"

端木珩每日都要去国子监上课，一般要申时过半才会回府，可是今日还不到申时他就回来了。

端木珩没有坐下，站在原地，正色回道："母亲，我特意提早回来的，有话与您说。"

小贺氏顿时眼角一抽，儿子每每说起这句"母亲，我有话与您说"，准没好事，十有八九就是他觉得某件事不对，要与自己讲道理、论是非。

她这个儿子长得光风霁月，却是个闷葫芦，平日里沉默寡言，处变不惊，半天憋不出一句话来。别的男孩在上房揭瓦、逗猫遛狗的时候，他却乖乖在书房里读书，十年如一日。

儿子性子沉稳、会读书是天大的优点，平日里几乎不用她操心，但有时这也是缺点，儿子要是想与谁论是非，那是义正词严、滔滔不绝。她委实说不过他。

端木珩似乎根本没注意到母亲的异状，又正色道："母亲，我听说您早上与四妹妹在永禧堂起了些龃龉？"

小贺氏皱起眉头，心道果然。

端木珩也不在意小贺氏的脸色，继续说道："母亲，此事本就是您不对。四妹妹的丫鬟背着四妹妹去找您，您应该责罚这奴婢为何反而赏了她？如今您还与四妹妹赌起气来，把湛清院的奴婢都要了回来，行事未免有失长辈之风……"

屋子里回荡着端木珩不赞同的声音，游嬷嬷和其他服侍的丫鬟皆半垂首，当作没听到，也没看到二夫人那铁青的脸色。

"珩哥儿，你这说的什么话？！是端木绯自己不要那些奴婢，还要我凑上去求她不成？"

屋子里回荡着母子俩的争执声，端木绮不知何时站在门帘的另一边，面沉如水。

大哥的性子她还不知道吗？他平日里惜字如金，数落起人来却能说会道，母亲刚才这一反驳，他恐怕又要没完没了了，不说到母亲服气决不罢休。

端木绮握了握拳，沉默地转身离去，心中更恨，暗暗咬牙：端木绯这搅家精，等凝露会的时候，看自己如何让她颜面丢尽。


弹指间大半月过去了。

四月十日，露华阁隔月一次的凝露会终于在京城闺秀的期待中来临了。

这日一大早，端木府的三位姑娘就前往位于中盛街上的露华阁。

露华阁乃庆王妃名下的产业。

平日里，露华阁只招待女客，只有在凝露会这一日广宴宾客。凭借露华阁发出的帖子，男女贵客皆可登门。露华阁的凝露帖可不是随便发的，但凡收到帖子的人，不是官宦贵胄，就是才华出众之人，露华阁每次发出的帖子一共也不过五十张，可谓一帖难求。

今日的露华阁尤为热闹，宾客们的马车一辆接着一辆地抵达，中盛街上车水马龙，熙熙攘攘，马车行驶缓慢。

端木府的马车在中盛街上缓行了近两盏茶的工夫，才总算被露华阁的一个青衣侍女迎进阁中。

一行人一进门，一栋临街的茶楼映入眼帘，这是平日里接待普通女客的地方，因为今日的凝露会，茶楼里一个客人也没有，一片冷清、宁静的景象。

几个人穿过茶楼，就进入一个幽静的庭院，此时正是牡丹盛开的季节，庭院两边摆放着一盆盆怒放的牡丹花，姹紫嫣红，争奇斗艳，微风徐徐拂来，花香四溢，沁人心脾。

"几位端木姑娘，请往这边走。"

青衣侍女带着端木纭、端木绮和端木绯走过四四方方的庭院，进入后方的凝露轩。

凝露轩一楼的四面三交六椀菱花槅扇门窗全部打开，灿烂的阳光照得厅堂中一片敞亮，只见三面墙上挂着几幅字画，打磨得光滑如镜的青石地板上放着两张红木雕花长案，配套的玫瑰椅整整齐齐，角落摆着青花瓷梅瓶、染牙水仙湖石盆景、掐丝珐琅双象耳香熏炉，缕缕熏香自炉中飘出……

厅中的布置既华贵，又透着几分雅致感。

此刻已快要巳时，不少闺秀早已经到了，正三三两两地说着话。凝露轩有两层，从二楼的方向断断续续地传来银铃般的说笑声。

这并非端木绯第一次来露华阁，在她还是楚青辞的时候，也曾应邀来过几次，大多是陪着姐妹、友人过来凑凑热闹。

在她看来，凝露会虽给了闺秀们切磋才艺的机会，却始终有几分哗众取宠的意味。

"绮姐姐！"

一个十岁左右的翠衣小姑娘朝端木绮的方向望过来。小姑娘长着一张白皙的小圆脸，头上梳着双环髻，一身翠色遍地金褙子搭上一条水绿色刺绣百褶裙，看起来清新可爱。

随着她一声叫唤，在与她说话的两位姑娘也看了过来，三个人快步走到近前，笑吟吟地福了福身，与端木绮见礼。

翠衣小姑娘歪着脑袋，疑惑地看着端木纭和端木绯，问："这两位是……？"

端木绮矜持地笑了笑，介绍道："莲妹妹、黄姑娘、苏姑娘，这是我大姐姐和四妹妹。"

曾三姑娘顿时露出恍然大悟的表情，又上下打量了端木纭和端木绯一番，还是笑眯眯的。

端木绮继续道："大姐姐、四妹妹，这是曾姑娘、黄姑娘和苏姑娘。"

端木绮只说了这些姑娘的姓氏，却故意不提她们的府邸，而端木纭和端木绯也不在意，落落大方地与那三位姑娘彼此见了礼。

曾三姑娘热情地夸了她们几句，接着对端木绮说："绮姐姐，我这次带了我画的一幅《鲤鱼跳龙门》，你待会儿可一定要替我品鉴品鉴。"

那穿了一件浅紫色裙子的苏姑娘取笑道："莲妹妹，我看以你的画技，你还是别拿出来在端木二姑娘跟前献丑了。"

曾三姑娘却不以为意："就是因为我的画技不如绮姐姐，所以我才要请教绮姐姐啊。"说着，曾三姑娘想到了什么，叹了一口气说，"本来我听说这次凝露会楚大姑娘会来，还想请她指点我一番。楚大姑娘才智卓绝，没准经她一点拨，我就如醍醐灌顶了呢？她是可惜了。"

曾三姑娘话音未落地，一旁就传来一阵不屑的嗤笑声。

"楚青辞不过自命清高、恃才傲物罢了。人死如灯灭，何必再提？！"

一个姑娘微微拔高嗓门说的这句话一下子令四周静了一静，那些原本在说笑的姑娘都循声望去。

只见一个穿着玫瑰紫牡丹花纹缂丝褙子的姑娘不知何时从楼梯上走了下来，长着一张白皙的鹅蛋脸，吊梢眼，微薄的樱唇只是这么抿着就透着一丝刻薄感，身后还跟着几个姑娘。

曾三姑娘笑容一僵，脱口而出道："蓝大姑娘！"

这位蓝大姑娘是谨郡王府的大姑娘，在京中闺秀里有几分才名，一手琴艺尤为卓绝。

在众人的注视下，蓝大姑娘挺直腰板，不疾不徐地走向曾三姑娘，又道："楚青辞号称'大盛第一贵女'，如今她死了，这个头衔也该换人了吧？"

一听到"楚青辞"这个名字，满堂一静，其他人一时都望了过来，表情各异。

京中卧虎藏龙，不乏才华横溢的贵女，但楚青辞是其中最尊贵耀眼的存在，她出身于百年簪缨世家，聪慧绝伦，熟读四书五经，琴棋书画无一不精，令京中一干闺秀皆为之叹服，自愧不如。

楚青辞"大盛第一贵女"之名，当之无愧。

从前，其他闺秀皆推崇楚青辞，以她为首，彼此相安无事。

如今楚青辞死了，有几个显耀的贵女开始蠢蠢欲动，颇有取而代之的意味。姑娘们或为私交或为家族利益开始各自结党，分庭抗礼，一时间没有人可以服众。

"蓝大姑娘真是好大的口气！"另一位十四五岁穿着镂金丝钮牡丹花纹织锦褙子的姑娘自厅堂一角走过来，身旁五六个姑娘簇拥着她。

这位是左都御史府的黎二姑娘。

蓝大姑娘与黎二姑娘素来不和，这两位一个是郡王贵胄，一个出身于江南书香门第，前者嫌后者沽名钓誉，后者嫌前者奢华糜烂、骄横跋扈，两个人每每遇上都要唇枪舌剑一番。

如今楚青辞不在了，两个人更是谁也不肯服谁了。

对曾三姑娘而言，这两位她都得罪不起，她也不想掺和进去。眼珠一转，她笑眯眯地拊掌道："我记得今日楚三姑娘也会来露华阁吧？"

她一说到楚青语，果然有不少姑娘被转移了注意力。

同是宣国公府的嫡女，有了楚青辞珠玉在前，楚青语一向并不出彩，但怎么说她也是宣国公府的姑娘。有些姑娘的家里想依靠宣国公府，她们不免有几分意动，众人心思各异。

厅堂中又静了一静，这时，蓝大姑娘身旁的一个翠衣姑娘轻咳了一声，提醒道："蓝大姑娘，我们还是先去迎一迎四公主殿下吧。"她们几个刚才在二楼赏花作画，看到四公主往这边来了，这才急忙下来相迎的。

一听说四公主来了，满堂哗然，除了端木家的三位姑娘，谁也不知道四公主今日会驾临露华阁，众人皆面露惊喜之色。

姑娘们纷纷从正门出了厅堂，在外头的庭院中恭候公主御驾。

前方五六丈外，几个青春朝气的少女如众星捧月般簇拥着四公主朝凝露轩走来。今日四公主穿了一件玫瑰红金团压花妆花褙子，鬓发上戴着一个赤金满池娇分心，这头饰镶嵌着七彩宝石，灿烂夺目，衬得她明艳动人。

端木绯的视线越过四公主，落在她身后的一个清丽少女身上，目光一凝。

那个少女是楚青语！

楚青语着一件蕊红金丝绣芙蓉花褙子，一头青丝浅绾了个高椎髻，缀上朵朵金镶玉的珠花，耳上戴着一对赤金流苏耳环，在阳光下，她全身闪烁着点点金光，如璀璨星河，吸引了不少姑娘的目光。

这一身打扮张扬艳丽，完全不逊于四公主。

须臾，涵星与楚青语几个人依次迈入厅堂中，众女皆屈膝行礼：“参见四公主殿下。”

涵星随和地抬了抬手，笑道：“免礼。”

比起被拘在宫中，涵星更喜欢参加这样的闺秀聚会，时不时会莅临露华阁，因此与在场某些经常来此的闺秀并不陌生，厅堂中的气氛一下子变得轻快热闹起来。

蓝大姑娘含笑道：“四公主殿下，臣女与孙姑娘、李姑娘带了这两个月所作的画作来，适才正在二楼彼此品鉴，还请四公主殿下和几位端木姑娘也来品评一番。”

“我记得蓝大姑娘去年的一幅《寒雀图》把鸟雀飞栖的姿态画得惟妙惟肖，由动至静，浑然一体。”涵星赞赏地说。

“涵星，那我们上楼吧。”端木绮在众人艳羡的目光中亲热地挽起涵星的胳膊，“我记得后院有一片小花园，最近正好是花季，花园里想必是一片姹紫嫣红的景象，我们正好一边赏画，一边赏花。”

“赏画、赏花、闻香，倒也雅致。”涵星拊掌笑道，其他姑娘也纷纷附和。

一众姑娘沿着楼梯上了二楼，二楼看起来比一楼还要亮堂，四面窗扇大开，外面的蓝天仿佛就在咫尺之外，众人居高临下地望去，四周的景致一览无余，当微风徐徐吹来时，带来阵阵花香，让人很是惬意。

凭栏处放了好几张红木卷书灵芝条案，书案上铺着好几幅字画，空气中弥漫着淡淡的墨香，墨香与花香交融在一起。

涵星自是应下品鉴画作一事，不少姑娘也凑过去，簇拥在涵星身旁赏画、鉴画。

这些姑娘家画的多为花鸟，现在是牡丹的花季，牡丹是百花之王，因此以牡丹花为主题的画作就占了一半。这些姑娘把自己的画作拿来露华阁，当然也是有几分自信的，都坦然地由着众人赏鉴自己的画作。

"这几朵牡丹有分有合，有浓有淡，有隐有显，甚好！"

"花开娇艳，红艳欲滴，主辅分明，有疏有密。"

"色鲜，且雅。"

"这幅蝴蝶牡丹图既严谨工细，又生动灵活、清新典雅……"

…………

一时间，二楼的厅堂中赞誉声不断，一片语笑喧阗声。

有的姑娘在赏画，有的姑娘则凭栏而坐，赏花或者闲聊、品茗。

凝露轩是露华阁中视野最好的地方，南面是前头临街的那栋茶楼，东面有一栋戏楼，北边和西边是一片小花园，花园中的花草树木、假山池塘错落有致，柔中带刚，显然是精心设计过的。

"蓁蓁，你看那边有片紫丁香，开得不错。"端木纭拉着端木绯凭栏坐下，指着北边的那片紫丁香林说。朵朵娇嫩的花儿在枝头绽放，有粉紫色的，有浅紫色的，有紫红色的，一眼望去，如霞似锦。

端木绯勾唇笑了，正要说什么，就听不远处传来一阵悠扬的琴声，琴声铮铮，激昂粗犷，带着男子策马疾驰的狂放，一听就不是出自女子之手。

"田姑娘、李姑娘，你们看，那边有两位公子在抚琴舞剑。"曾三姑娘绕有兴趣地指着一个方向说，"这琴声妙，舞剑之人也旗鼓相当。"

"那是君然？"

涵星略显惊讶的声音一下子吸引了在场其他姑娘的注意力，她们三三两两地闻声而来。

君姓并不常见，在偌大的京城里，姓君，又是贵胄的，也唯有简王府的人了。

她们一下子就猜到了他的身份，七嘴八舌地说：

"莫非这位在舞剑的公子是刚刚回京的简王世子？"

"四公主殿下既然这么说了，那想必就是简王世子了。"

"没想到今日简王世子也来了。"

姑娘们纷纷围到曾三姑娘身旁，皆看向琴声传来的方向，其中也包括端木纭和端木绯。

花园西北角的一片空地中，不知何时已经聚集了十几位华服公子，一个个都年轻俊逸、气宇轩昂，显然是今日受邀来凝露会的客人。

池塘边，一棵苍劲的垂柳斜斜地探出枝干，翠绿的枝叶在春风中飞扬。垂柳下，一个蓝袍的少年公子正就着琴案抚琴，修长的手指熟练地拨动琴弦。距离他两三丈外，另一个着银白衣袍的少年执一把银色长剑，随着琴声肆意舞动着长剑。

垂柳、池塘、抚琴、舞剑，碧空骄阳下，这一切如梦如画。

姑娘们均面露赞赏之色。

"楚三姑娘，你琴艺不凡，何不借此机会与那位弹琴公子斗琴？这也许会成就凝露会的又一桩佳话。"一个粉衣姑娘含笑走到楚青语身旁提议道。

凭栏而坐的楚青语正看着前面的茶楼，闻言收回视线，往那两名公子的方向看了看，微微一笑，谦虚地说："闻二公子琴艺卓绝，我可不敢与他斗琴。"

闻二公子？几个闺秀怔了怔，连四公主涵星都微挑眉头，想起之前楚家给四皇弟举荐了江南大儒闻弼的事。

端木绮直接问出了口："那闻二公子莫非是江南闻家的公子？"

又有一位姑娘说："我好像听兄长提起过，这闻二公子是陪祖父闻大师来京的吧？听说他年纪轻轻就是小三元呢！"

小三元代表着学子要在县试、府试和院试中得三次案首，这在大盛百余年的历史上屈指可数，更何况这位闻二公子看起来不超过十五岁，确实是青年才俊了。

"若闻二公子能取得大三元，那可就真是一桩佳话了。"

"闻二公子年纪还轻，又何必着急呢？"

"也是，太早下场并非好事，他万一考个同进士，可就不美了……"

一时间，四周的气氛热烈了不少，姑娘们你一言我一语地讨论着。

楚青语半垂眼帘，嘴角勾出一个漫不经心的弧度，视线移开，望着正前方，似在赏庭院中的一盆盆牡丹，眸中似有一丝殷切与期盼之色。都这个时辰了，那个人怎么还没来？

就在这时，四公主涵星忽然出声道："绮表姐，你不是要与绯表妹切磋书画吗？正好闻二公子在，干脆请他给你们做评审好了。"

其他的姑娘都有些惊讶，端木家的二姑娘要与四姑娘在露华阁中比试书画？

平日里，来凝露会的闺秀们多互相品鉴琴棋书画，没人轻易把切磋什么的挂在嘴边，毕竟若是输了总是有损颜面的。

就算偶有姑娘为了一显才艺与人切磋，那也不会与同一个府邸出来的姑娘比试，自家人较起劲来，赢了不光彩，输了丢的又是自家的脸面。

姑娘们大多也知道端木绮和端木绯是隔房的姐妹，两个人终究都姓端木，府里的事要闹到外头来，委实可笑。

不少姑娘暗自交换眼神，这毕竟是别人家府里的事，她们乐得看好戏而已，茶余饭后多个话题也好。

端木绮又不是不通人情世故的傻子，当然能感受到这些人异样的神情与眼光，但是她顾不上了，想趁这个机会一举把端木绯踩到谷底，让全京城的人都知道端木绯不过是一个一无所长的傻子，让端木绯这辈子永远也不能翻身，方能解她心头之恨。

端木绮看向端木绯，故作风度地问道："四妹妹，你意下如何？"

"我都听二姐姐的。"端木绯笑眯眯地回道。

见她们俩没有异议，涵星就吩咐身旁的一个蓝衣宫女："从珍，你去和闻二公子说说。"

蓝衣宫女立刻领命下去了。

其他姑娘的表情意味深长，她们一下子就从端木绯话中的那个"都"字听出了她的言下之意，暗暗交换着眼神：也就是说，这场比试是端木二姑娘提出来的。

一时间，气氛有些微妙。

曾三姑娘打着圆场，拊掌笑道："绮姐姐的画一向令我自叹弗如，不知绮姐姐今日打算画什么？"

端木绮朝四周扫视了一圈，指了指琴声传来的方向说："那我就画一幅舞剑图吧。"

她本来更擅画花鱼，可是今日有众位姑娘带了牡丹图来，画作各有特色，牡丹繁复精细，不适宜速成，她还不如就地取景，也容易打动在场之人。

很快，凝露轩中服侍的几个青衣侍女眼明手快地备好了两张红木卷书灵芝条案以及一应画具。

端木绮凝神朝那垂柳的方向看了片刻后，就拿起一支笔蘸墨开始画了。她笔法娴熟地以皴法和点墨先画出一棵垂柳，树干苍劲有力，柳枝柔软飘逸，两者形成鲜明的对比，寥寥数笔已经可以彰显出端木绮在绘画上的几分造诣。

不少姑娘微微点头，面露赞赏之色。

看了一会儿后，众人开始觉得无趣，画画是件费时的事，估计端木绮没一个时辰是画不完的。

涵星好奇地转头去看端木绯，却见她还没开始动笔，正慢悠悠地磨着墨，一圈又一圈，聚精会神，仿佛在做一件极其重要的事。

一个黄衣姑娘好心地提醒道："端木四姑娘，凝露会中的字画切磋须得在一个时辰内完成。"

端木绯停下磨墨的动作，抬眼对她笑了笑："谢谢这位姐姐提醒。"

接着，端木绯又继续磨起墨来，涵星心里怜悯且无奈地叹了一口气：就端木绯这样，还想与绮表姐比，实在是太不自量力了，还听不进劝。

小花园的方向，琴声在一阵激烈的高潮后渐渐低了下去，然后倏然停止。舞剑的简王世子君然也在同一时间收剑，发出爽朗的笑声，笑声随风隐约传来。

身处凝露轩的姑娘们根本听不到那些公子在说什么，但从他们眉飞色舞的样子可以看出他们显然心情不错。

在边上候了好一会儿的蓝衣宫女从珍快步走到闻二公子跟前，恭敬地屈膝行礼，似在请示什么，下一瞬，不仅是闻二公子，其他公子的目光也都朝凝露轩的方向射过来。

涵星正俯视着他们，落落大方地一笑。

君然对从珍说了什么，从珍似有迟疑之色，但还是屈膝行礼，转身往回走来，这倒是勾起了凝露轩中涵星等人的好奇心。

时间一点点过去，端木绯找青衣侍女又讨了几个砚台，还在继续磨墨，其他姑娘到后来已经懒得关注她了，唯有端木绘全然没有觉得哪里不对，还过去帮着端木绯一起磨墨。

片刻后，楼梯的方向传来轻快的脚步声，从珍从花园里回来了。

她快步走到涵星跟前，屈膝禀道："殿下，君世子说，想要闻二公子当评审的话，就要公主投桃报李，给他们也当一回见证人……"

听到这里，姑娘们脸上难免露出几分好奇之色。

从珍继续禀着："君世子说，他要与刘公子、余公子比投壶，输者要躲在府里，半个月不许出来见人，请殿下给他们做一个见证，免得输了的人不肯认账。"

这个赌注倒是有趣，几个姑娘的嘴角染上几分笑意，她们只觉得简王世子应该只是随口凑趣而已。

涵星就爱看热闹，颔首道："好，你去跟君然说，我应下了。"

话音落地的同时，一旁传来一阵低低的惊呼声，一下子吸引了众人的注意力，大家条件反射地循声看去。

端木绯那原本雪白的宣纸上已经有了墨迹，只是那黑乎乎的一大片墨，杂乱无章，她似乎把墨水打翻了。

端木绮听到动静，暂时收笔，朝端木绯那边看了一眼，然后又看了看计时的壶，都一炷香的工夫了，这个小傻子还什么都没画。

她们姐妹在一起也三年了，端木绯会不会画画，她又怎么会不知道？现在端木绯这般瞎折腾，分明就是闹笑话而已。

端木绮的嘴角勾出嘲讽的弧度，她自信地继续落笔，画最后的部分——抚琴的公子。

露华阁的侍女皆训练有素，不用人吩咐，就快步走到端木绯身旁，恭敬道："端木四姑娘，不如换到那边的书案如何？奴婢给姑娘重新铺纸。"

谁承想，端木绯笑吟吟地拒绝了："不用了。"她随意地挥了挥手，示意对方退下。

侍女迟疑了一瞬，没再勉强。

端木绯拿起一旁最粗的一支狼毫，将笔尖蘸满墨水后，朝宣纸随性地泼洒，漆黑的墨迹飞溅于宣纸之上。

四周静了一静，接下来的好一会儿，姑娘们都傻愣愣地看着端木绯挥洒自如地用狼毫反复蘸墨，再泼洒……

片刻后，不知道是谁讪讪地说了一句："端木四姑娘这是在泼墨作画吗？"

气氛更为古怪。

不少姑娘交换着眼神，这个端木四姑娘未免太过胡闹了，泼墨画可不是一个小姑娘随便就能画的。

好比草书，草书看着放纵肆意，如龙蛇乱飞，却并非随心所欲地胡乱写就的。草书是有一定规律的，想写好草书的人，得把基本的字体练好，掌握好字的结构，方能写出一手狂乱中透着优美的草书。

泼墨画也是同样的道理。

泼墨画可不是孩童胡乱地把墨水泼到纸上，再拿笔在上面随性地画上几笔，就可以称之为"泼墨"了。

众人都暗暗摇头，收回视线，不再看端木绯，感叹端木四姑娘如此没有自知之明。这场比试双方实力悬殊，根本称不上"切磋"——所谓"切磋"是在两个人技艺相差无几的基础上进行的较量。

楚青语看了端木绯和端木绮一眼后，眸中闪过一丝嘲讽的冷笑，视线低垂，又继续看向庭院里那一盆盆牡丹，目光怔怔的，似有几分望眼欲穿的意味。

须臾，小花园里的那些公子玩起了投壶，花样还不少，正面投，背着投，蒙眼投，两根一起投……难度越来越高，倒吸引了不少姑娘的目光，她们在凝露轩中倚栏看得津津有味……

时间一点点过去，约莫又过了一炷香的时间，端木绮终于收笔，直起身子，看着眼前这幅墨迹未干的画长舒了一口气，嘴角勾出浅浅的笑意。

见她画完了，涵星、端木缘和曾三姑娘率先走了过去，其他姑娘也从周围纷纷过来，聚集在端木绮的桌旁，看她刚刚完成的画作。

那歪斜的柳树斜贯画纸，树干虬曲苍劲，粗糙得犹如老人脸上的皱纹，与那两个丰神俊朗的少年公子形成强烈的对比。

两个少年公子一静一动。抚琴者儒雅斯文，惬意悠然，静若处子；舞剑者狂放不羁，肆意豪迈，动若脱兔。

整幅画看起来构图饱满，动静相宜，苍劲而圆秀。

涵星第一个拊掌赞道："简练明快，形神生动！"

"绮姐姐，你的画技又有进益了！"曾三姑娘笑吟吟地附和道。

其他姑娘也跟着称赞了几句，端木绮唇畔的笑意更浓了，她再次朝右手边的端木绯看去，只见端木绯也正好收笔，歪着脑袋看着眼前的画作，似乎还颇为满意，嘴角弯弯。

赢了这个连是非好歹都不知道的傻子也不光彩，端木绮心里冷笑，脸上却笑吟吟的，她问道："四妹妹，你可画好了？"

端木绯微笑着点了点头："画好了。"

涵星对宫女从珍做了个手势，从珍心领神会地上前，道："那奴婢就把画拿去给闻二公子品鉴一番。"

两名青衣侍女仔细地捧起画，跟着从珍沿着楼梯下了楼，步履声渐渐远去。

众女也转移了阵地，再次集中到西北边的窗户前，望向小花园的垂柳那边。

此刻，小花园中其他公子都已经坐下了，只剩下君然和另一位着靛青锦袍的公子并肩而立。他们不知何时已经没再投壶，两个人拉满手中的弓，弓满如圆月。

两个人几乎同时松开弓弦，"嗖"，箭去如流星，两支箭几乎齐头并进……不，君然的那支箭飞得更快，且领先的优势越来越明显。

眨眼间，那支羽箭已经射中了一片柳叶，带着柳枝也飞起来，"铮"的一声，羽箭连着柳叶一起射在了粗糙的树干上，而另一支落后一寸的箭则直接射在了树干上。

两支羽箭强劲的去势令柳树震动不已，柳叶如雨般纷纷扬扬地落下。

三位公子霍地站起身，激动地鼓掌，喜笑颜开，也有几位公子面色有些怪异，齐齐看向那脸色铁青的靛袍公子。

君然拿着弓对其他几位公子抱了抱拳，似在说着"承让，承让"，嘴角溢出灿烂的笑，眸中似带点点星光，璀璨生辉。

大好年华的少年郎在阳光下看起来是如此耀眼。

这时，从珍带着那两名捧画的侍女到了，随着她们的到来，气氛又是一转，公子们朝两幅画围过去，你一言我一语地评论着，最后都看向了闻二公子。

闻二公子似不觉，目光专注地看着画。好一会儿，他才抬起头来，面露异彩，朝凝露轩的方向望了一眼，作了一个长揖，接着对从珍说了几句话。从珍屈膝应声，然后就带着两名青衣侍女又朝凝露轩的方向回来了。

"绮姐姐，闻二公子刚才在对你作揖呢！"曾三姑娘眉开眼笑地说，"连闻二公子都对绮姐姐的画作赞赏不已。"

端木绮下意识地挺直腰板，勉强压抑着心头的雀跃，矜持地微翘嘴角，示威地看了端木绯一眼。可是端木绯根本就没看端木绮，正与端木纭在画画的书案后慢悠悠地洗笔，仿佛根本不在意闻二公子说了什么。

端木绮眉头微蹙，但那点儿不快很快就被其他姑娘的恭维声冲散，她的神色颇为志得意满。

蓝大姑娘和黎二姑娘见不少姑娘仿佛众星捧月般簇拥在端木绮身旁，脸色都不太好看。她们自恃身份、才学均不逊于端木绮，只是因为以前有一个楚青辞多年来一直压在她们头上才无法出头，没想到今日竟然让这端木二姑娘借闻家的东风出了大风头。

她们不由得暗暗地捏了捏拳头，感到不甘心，几乎要怀疑是不是四公主故意借这次凝露会为端木绮造势。但她们也无奈，谁让她们没有一个公主表妹呢？

"噔噔噔……"

上楼的脚步声自下面传来，越来越响，也越来越近，没一会儿，从珍和那两名侍女回来了。

姑娘们表情各异，从珍走到涵星跟前，两个捧画的青衣侍女分别把画作放回原处。

在众人疑惑的眼神中，从珍屈膝禀道："殿下，闻二公子说，胜者是端木四姑娘。"

话音落地之后，四周一片死寂，唯有端木纭笑了，毫不意外地看向端木绯。妹妹的画自然是最好的！

其他人一时都有些傻眼，目瞪口呆。

也就是说刚才闻二公子那个长揖是对着端木绯作的？

众女脸上皆难掩震惊之色，一直置身事外的楚青语闻言都惊讶地看了过来，微微挑眉。

刚才大部分姑娘看了端木绮的那幅《舞剑图》，那幅画虽然称不上绝世佳作，但作为即兴之作，以端木绮的年纪来论，也算是佳品了。

端木绮瞳孔猛缩，她简直不敢相信自己的耳朵，脱口而出道："这怎么可能呢？！"

说话间，她大步朝摆放着端木绯的那幅画作的书案走去，

从珍的表情有些僵硬，她继续禀道："闻二公子说，端木四姑娘的画作水墨淋漓，宛若神工。而端木二姑娘的画，闻二公子他……他只说'尚可'。"

"尚可"这两个字中的敷衍之意，可见一斑。

其他姑娘在震惊之余，还一头雾水，面面相觑。她们只是在端木绯泼墨之初看了一眼，现在也只记得黑乎乎的墨迹凌乱地分布在画纸上。

端木绯到底画了什么，才得了闻二公子"宛若神工"的赞誉？

涵星霍地站起身来，朝放着端木绯的画作的那张书案走去，其他姑娘也簇拥着她，好奇地围了过去。

端木绮站在那张书案前，直愣愣地看着平铺其上的画作，小脸儿煞白，没有一点儿血色，额头甚至开始流下涔涔的冷汗。她仿佛看到了什么令她震撼的东西。

其他姑娘见状倒是更好奇了，一个个伸长脖子看了过去，在场所有人都围在这张小小的书案旁。

屋子里再次陷入了一片死寂。

放在那张红木卷书灵芝条案上的画作全部由水墨铺就而成，没有一点儿其他的

颜色，却恰到好处。

这幅画不需要彩色，黑、灰、白才是它最好的表达方式。

所有人都呆住了，直愣愣地看着这幅画，它仿佛有一种奇特的魅力，把人的心魂摄住了。

看似凌乱扭曲的墨迹在画纸上形成了绵延千里的山脉，画面豪迈狂放。端木绯再以各种随意的皴法铺就出那早已残破的城墙，一个着铠甲的士兵屹立于城墙之上，傲然吹响号角。

上方灰色的阴云早已压来，城池似乎又将迎接一场"暴风雨"的侵袭……

而这一次，摇摇欲坠的城墙还能抵御住敌军的袭击吗？

不少姑娘面露感触之色，不知道过了多久，有一人缓缓吟唱道："天兵下北荒，胡马欲南饮。横戈从百战，直为衔恩甚。"

黎二姑娘从人群中走出，郑重其事地对端木绯福了福身道："端木四姑娘，你这幅画不拘一格，神韵独到，令我佩服！"

这一瞬，她们都明白了，为何刚才闻二公子会行一个长揖礼，他敬的不只是作画的端木绯，还有在边疆为国捐躯的将士们。

在场的这些闺秀大多生于京城，长于京城，平日里出游也是一两日的路程，最远也不过去看了江南好风光，又何曾有人远赴北疆这等偏远之地？这幅画中辽阔而悲壮的场景，绝非她们这些闺阁女子可以凭空想象的。

但这两姐妹据说是在北疆边城长大的。

想必正是因为有切身之感，端木绯才能不拘泥于画技，以泼墨之法展现其中恢宏壮阔的景象。

此时，又有姑娘再去看端木绮的那幅画，便觉得有些索然无味，那些构图、技法也没什么出奇的，在场的大部分闺秀也能照样画一幅，可是端木绯这幅画绝非模仿可得。

这一次，端木绮输了，毋庸置疑地输了。

"那么……"端木绯歪着脑袋看向面无血色的端木绮，问道，"二姐姐，你可服输？"她笑容可掬，乌黑的眼眸中似盛着碎光。

端木绯并非为卖弄技巧而泼墨作画，实在是今日来的不少人曾见过楚青辞的画作，甚至临摹过，她若寻常作画，难免在笔风、构图、用色上留下痕迹。

再者，她成为端木绯的时日毕竟还短，原主并不擅画，她也不能在短短月余提升画技。

泼墨画既考验技巧，又看似最不需要技巧，一时的感悟更能给画作带来灵魂，泼墨的方法用在这里恰如其分。

只是自己好像又以大欺小了呢。

端木绮的娇躯微微颤抖起来，眸中一片惊涛骇浪，灵魂似在不断地往下坠落……坠向无底深渊。

她当然不想认输，可也知道自己输了，就算再找其他人评判，结果也是一样的。

四周再次安静下来，所有人的目光都集中在端木绮身上，像一道道火苗灼烧着她。

端木绮咬牙，过了好一会儿方艰难地说："四妹妹，我输了。"

这简简单单的几个字似乎用尽了她全身的力气。

端木绯静静地看了端木绮片刻，嘴角弯弯，脆声安抚道："二姐姐，你放心，我们是姐妹，就算你输了，我也不会让你在这里喊自己是傻子的。"

她说出这句话后，满堂哗然。

众位姑娘一下子明白了，原来这位端木二姑娘不仅主动想和隔房的妹妹比试，还设了这样的赌注，心胸委实太狭隘了吧？

姑娘们想到这里，眼神与表情也变得意味深长起来。

端木二姑娘本想借凝露会令端木四姑娘丢脸，没想到却弄巧成拙了，反倒害自己丢了脸。

端木绮的脸红了又白，白了又青，青了又紫，她实在受不了众人如利箭般的眼神，忽然提着裙裾朝楼梯的方向跑了过去。

"姑娘！姑娘！"她的丫鬟急忙追上去，脚步声很快越来越远。

涵星本来还犹豫着要不要追上去，却不想从珍对她悄声禀了一句："殿下，刚才安定侯府的华大公子输了京郊的一栋别院给君世子，君世子让奴婢提醒殿下，别忘了殿下答应给他做证的事……"

这……简直荒唐至极！他们打赌竟然还坑自己来给他们做证？涵星简直不敢相信自己的耳朵，不悦地朝小花园的方向看去，却见君然正朝茶楼的方向走去。他似乎感受到了她的目光，抬头看来，露出灿烂的笑容，对她眨了眨眼后，大步离去了。

不只涵星在看君然离去的背影，还有一个人也在看。

楚青语微皱眉头，眼睛一眨不眨地盯着君然，直到他的背影消失在茶楼入口处。

这事不对劲。

君然都走了，可是他为什么还没有来？

这一刻，楚青语几乎坐立不安，在心里不断地告诉自己：他一定会来的，一定会来的！

可是随着时间一点点过去，楚青语越来越不确定，心情一点点地低落下去……直到午膳结束，四公主率先告辞，她等的人还是没有出现。

"楚三姑娘，请喝茶。"

一盅玫瑰热茶由青衣侍女送上来，玫瑰的香味钻入鼻间，楚青语却失魂落魄。

四公主走后，端木纭和端木绯等人也陆续告辞，此刻，一半的姑娘已经走了，结果昭然若揭。

封炎没有来！

封炎竟然没有来！

楚青语眉宇紧锁，还是难以置信。

为了这一天，这两个多月来，她精心准备，步步筹谋，扫平前方的障碍，为的就是在凝露会上见到封炎，为的就是让封炎记住她。

楚青语的双手在袖中紧紧地攥了起来，眸中深沉一片，无数情绪在其中叫嚣、翻滚。

她不明白，为什么这此与以前不同了？

上次她没有来露华阁，但是楚青辞来了。

楚青辞跟往日一样，爱在人前张扬，炫耀她的才学，画了一幅气势恢宏又张弛有度的《万里江山图》，令整个京城的人为之赞叹。

那日离京两年的封炎也随简王世子一同来了露华阁，还主动为这幅画题了字。

之后，楚青语细细想来，那多半就是封炎和楚青辞相识的契机，一定是那幅《万里江山图》让楚青辞在封炎心中留下了一缕痕迹，让封炎注意到了楚青辞。

后来，那幅画挂在楚太夫人的屋子里许多年，楚青语不知道看过多少遍，即便前世今生这么长的时间过去了，她还清晰地记得《万里江山图》的每一个细节。

她重生归来后，在家中练了一遍又一遍，自认已经抓到了那幅画的神韵，甚至可以画得比原来那张更好。

她信心满满地期待封炎出现，希望在他面前一展才华，可是，封炎为什么没有来？

楚青语不甘地抿抿嘴角，想起了更多的事。

上次楚青辞只比现在多活了半年，可即便如此，封炎依然对她念念不忘，甚至后来还费尽心思求得楚老太爷的同意，迎娶了楚青辞的牌位。直到自己死的时候，封炎身边也无二色。

他的心里只有楚青辞。

楚青辞不过是一个短命鬼，刚过及笄之年就夭亡，怎么配得上封炎那般尊贵的男子？

楚青语也姓楚，也是宣国公府的姑娘，比起楚青辞，以她对未来局势的了解，更能助他，也更配站在他身边，与他一起风雨同舟，成为他最爱的人。

楚青语咬了咬下唇，眸中好似覆上了层层叠叠的乌云，那乌云浓郁得仿佛顷刻便会降下倾盆大雨。

她不懂，封炎为什么没来？

到底是哪里出了岔子？

楚青语的双拳攥得更紧了，她俯视着下方的庭院，只见姑娘们在青衣侍女的引领下陆陆续续离去了，自然没有人再进来。

封炎不会来了。

楚青语终于不得不承认这个事实，失落地站起身来，缓缓地抚了抚衣裙。

"楚三姑娘，"曾三姑娘款款地走过来，"你可是要……？"

她本想邀请楚青语一起下楼离开，可是话还没说完，楚青语已经恍若未闻地从她身旁走过去了。曾三姑娘的脸色僵了一瞬，但她很快就若无其事地与其他人说话去了。

至于楚青语，她根本就没在意曾三姑娘，直接带着贴身丫鬟下了楼。

丫鬟隐约感觉到自家姑娘心情不佳，这一路都没敢说话，一直沉默地回到宣国公府，此刻约莫是申时。

下了马车后，楚青语先去楚二夫人的院子请安。

屋子里静悄悄的，一方小木几上的一个掐丝珐琅熏炉幽幽地吐着云烟，袅袅云烟飘散开来，淡淡的香味弥漫在空气中。

楚二夫人正坐在一张紫檀木万字不断头三围罗汉床上喝茶，听到挑帘声，便看了过来，嘴角含笑。

"语姐儿，"楚二夫人的心情似乎不错，她对女儿招了招手，让女儿在自己身旁坐下，"今日在凝露会上玩得可好？还有哪家姑娘去了？"

楚二夫人随意地问了一些关于凝露会的事，楚青语言简意赅地一一答来。

楚二夫人本来就是顺口问问，并没有太过在意，然后拉着女儿素白的小手道："语姐儿，今儿午后，你楠表哥来了，现在正与你哥哥在书房里……"

楚二夫人说起侄儿成聿楠，眼神柔和了不少；而楚青语则相反，面色一僵，半垂眼帘，遮住眸中的异色，心中抑郁难平。

这一切都要怪楚青辞。

按楚青语原本的计划，楚青辞会在云门寺"失踪"，被远远地卖到青楼去，以后她自然没脸再凑到封炎面前，而自己会想办法接近封炎。成聿楠虽然也很好，但再好，也不过是资质中上的凡夫俗子，又哪里比得上注定要居庙堂之高的人中龙凤封炎？

楚二夫人自然不知道女儿的心思，做了一个手势后，屋子里服侍的下人就识趣地退了出去，只剩下她们母女俩。

楚二夫人含笑道："语姐儿，你和你楠表哥的亲事已经说好了，等过阵子，家里就正式给你们定下亲事。"

她只有这么一个亲女儿，等女儿的亲事被定下，她就可以安一半的心了。

对成聿楠这个侄儿，楚二夫人一向很满意。

成聿楠自小沉稳勤勉，知根知底，以后女儿嫁回娘家去，有娘家兄嫂看顾着，加上这两个孩子从小青梅竹马，一起长大，以后夫妻间必定会和和美美，幸福安康。而且，成聿楠是成家这一辈的嫡长子，将来女儿就是成家的宗妇，尊荣一世。

"以后你表哥来府里，你不用特意避开，带你表哥到花园里走走……"

楚二夫人想得很好——两个人在正式成亲前多说说话，以后才好过日子。这些带有一番好意的话听在楚青语的耳中，却让她厌烦。

一旁的两扇窗户敞开着，屋子里明亮通透，偶尔有缕缕微风吹拂进来，楚青语却觉得气闷，心头仿佛压着一块巨石似的。

其实，她早就想寻个机会与母亲说清楚，也许这一次是时候了。

楚青语的眸中闪过一丝果决的神色，她反手握住楚二夫人的手，出声道："娘亲，我不想嫁给楠表哥！"

话音刚落，屋子里静了一瞬，气氛微凉，只剩下窗外的枝叶在风中"簌簌"摇摆的声音。

楚二夫人完全没想到女儿会这么说，眉头一动，狐疑地打量着神色紧绷的楚青语，心里有些不解：女儿和楠哥儿从小感情就好，鲜少有红脸的时候，也就是这两年孩子们大了，彼此间才渐渐有几分生疏，但两个人自小的情分终究是在的，为什么女儿忽然对这门亲事如此抗拒？

"语姐儿，你与娘亲说说，为什么？"楚二夫人正色问道。

楚青语一时语塞，微微垂首。

正因为成家这门亲事没什么不好的地方，所以她才迟迟无法对母亲说她反对这门亲事。

楚二夫人见楚青语沉默不语，以为两个孩子闹别扭了，便试探地又问："语姐儿，莫非是你楠表哥做了什么惹你生气的事？"

楚青语还是答不上来，目光闪烁。她犹豫片刻，只能抬起头道："娘亲，我只当楠表哥是哥哥，从不曾想过要嫁给他为妻。"

楚二夫人怔了怔，然后失笑，心里只觉得女儿毕竟还小，不懂人情世故、家族责任，才会说出这番话。

楚二夫人柔声劝道："语姐儿，你都十三岁了，不能只想着自己，你是楚氏女。"

宣国公府虽然不会为了利益强迫儿女与不堪的人家联姻，但身为世家子女，为了家族，他们的联姻既是必须的，也是难以避免的。成家是淮北望族，虽然比不上楚家，但也是赫赫有名的书香世家。本来这门亲事一是为了联姻，二是两个孩子确实感情不错又知根知底，所以两家长辈对此喜闻乐见。

如今楚、成两家已经口头说好了亲事，只等成家正式下定。这个时候楚家无缘无故取消亲事，几乎与悔亲无异，无论两家关系多好，成家心里必然会留下难以被磨平的疙瘩。

这些道理，活了两世的楚青语都明白。

楚青语咬咬牙，心知一旦错过这次机会，等两家正式定下亲事，那么一切就晚了。

"娘亲，我……我已经有了心上人！"楚青语近乎急切地抓住楚二夫人的袖子，期盼地看着她，"我不能嫁给楠表哥！"

闻言，楚二夫人的眼神瞬间冷了下来，她皱了皱眉，斥道："语姐儿，你近日行事越发不像样了！你身为楚家儿女，你的婚事不仅是儿女私情，更是楚、成两家的事。你自小享了身为楚氏女的好处，金尊玉贵地长大，理当为了家族担负起责任。大姐姐一贯权衡利弊，以楚家的利益为重……"

楚青语起初还耐着性子听母亲说话，可是当听到母亲提起楚青辞时，不由得心生不耐烦，眼帘微颤，连嘴角都变得僵硬起来。

楚二夫人一直观察着女儿的神色，自然看出了女儿神情中流露出的那丝不耐烦，心里难免失望。

窗外的风不知何时停了下来，枝叶不再摇曳，万籁俱寂。

母女之间相距不过咫尺，心却似乎相隔万里。

楚二夫人闭了闭眼后，沉声道："语姐儿，你大姐姐没了，我本希望你能当起楚氏女之名，现在你太让我失望了！"

楚青语抿紧嘴唇，心里有很多话要说。她知道许许多多母亲不知道的事，偏偏什么也不能说。

楚二夫人看着女儿这不服气的样子，更为失望，暗暗地叹了一口气。

"语姐儿，你近日太过浮躁，回去后，好生在院子里待着，抄抄佛经，暂时就不要外出了。"楚二夫人淡淡地道，"还有，你和你楠表哥的亲事已经决定了，这不仅是我的意思，也是你祖父和你父亲的意思，谁也不能更改。"

"母亲！"楚青语双目一瞠，难以置信地看着楚二夫人。

她知道仅凭自己的三言两语就想取消这门亲事是不可能的，但想着至少能让母亲知道自己对此并不满意，日后还会有回旋的余地。没想到，这反而给自己招来了禁足令。

她做这一切分明是为了楚家啊！偏偏母亲不懂她的心意，她的眼中难免流露出不甘与委屈之色。

"我累了，你先回去吧。"楚二夫人挥了挥手，一副不欲再多言的样子。

楚青语动了动嘴唇，最终还是没再说什么。

她能跟母亲说什么呢？告诉母亲她知道将来的事吗？恐怕母亲会以为她得了失心风吧？

若非亲身经历，她自己都不敢相信这个世上会有这样不可思议的事。

楚青语握了握拳，僵硬地站起身来，对楚二夫人福了福身后，离去了。

太阳西下，金色的阳光直刺进眼中，她不适地微微眯眼，下意识地停下脚步，抬眼看向西南方——楚青辞原本的院子就在那边。

楚青辞已经死了，她已经消除了前路上最大的一个障碍，这个婚约也阻拦不了她。

她要嫁的人是封炎。

她不禁又想起今日的凝露会。封炎为什么没有来？

不只是楚青语，这一次的凝露会也让不少人念念不忘，尤其是端木四姑娘作的那幅恢宏悲壮的北境泼墨图，引得之前在场的众闺秀垂泪神伤，为之折服。

这件事一传十，十传百，百传千……一时被传为美谈。不少人信誓旦旦地说，端木四姑娘小小年纪已经领悟了作画的真谛，擅于化繁为简，彰显作品神韵，一个个说得天花乱坠，好似在现场。

就算端木绯和端木纭没特意宣扬，府内上下也有自己探听府外消息的渠道。没几日，全府的人都知道了在凝露会上发生的事，不禁觉得有些好笑：傻人有傻福，端木绯随便在纸上泼了些墨，就凑巧入了贵人的眼。世人无知，尽皆追捧，竟把废纸当成宝贝。

这真是让人可叹可笑！

一时间，这件事成了全府茶余饭后的话题，众人在言谈间自然不免提到端木绮倒霉地再次输给端木绯一事。

这些议论声自然传入了端木绮的耳中，她被气得把屋子里的东西都砸了，之后又"病"了好几天，躲在屋子里不出去。

# 第五章  巧  遇

对端木绯而言，接下来的半个月，日子过得甚是舒心。休沐的时候，姐妹俩出京去了一趟南郊的庄子。

这个庄子在京外五里处，不过十亩田地，收成自然不多。

这些年来，庄子都是由一个姓李的老管事管着，他是当年随李氏陪嫁过来的老人了。

李管事早就得知了端木绯和端木绯要来的消息，一早派人在庄子口张望着。等看到端木府的马车来了，这个人就急急地去通报。

马车抵达庄子口的时候，李管事正好气喘吁吁地赶来。他擦了擦汗，若无其事地上前恭迎两位姑娘。

"小的李材方见过大姑娘、四姑娘。"

李管事笑吟吟地拱了拱手行礼，同时不着痕迹地打量着两位新主子。

"李管事多礼了。"端木纭含笑道。

她和端木绯也在打量这位李管事。他看起来近天命之年，头发花白，团团的圆脸，中等身材，略微有些发福，笑起来看着慈眉善目。

"大姑娘、四姑娘，请跟小的到里头坐。"李管事伸手做请状，领着端木纭、端木绯姐妹俩进了庄子。

喝了茶，又问了庄子上这些年的事后，端木纭就提出要在庄子里随处看看。

李管事早有心理准备，含笑应下了，亲自在前头带路，带着姐妹俩在庄子附近走了一圈。

这庄子是李氏的陪嫁，显然是被精心挑选过的，不仅位置离京城很近，而且那些田地也是良田。田地旁不远处就是一片湖泊，湖水可以引来灌溉良田。

此时正是插秧的季节，水田中一个个戴着斗笠的佃户正弯腰插秧。那一株株绿油油的禾苗连成一片，微风拂来时，禾苗如碧波般一圈圈荡漾开来。

李管事在一旁随意地说着一些农事，说北方种的都是单季稻，说今年的稻子是二月底播的种，现在插秧，到九月再收割。他又指着前面，说湖边还有一片桑林，如今正是桑葚最甜的时候。

如李管事所说，此时正是采摘桑葚的好时节，一个个指头大小的桑葚好似宝石般挂在枝叶间，红的、紫红的、半红半紫的、黑紫的……令人垂涎欲滴。

桑树长得低矮，那些桑葚抬手可摘，端木绯看得蠢蠢欲动，眸子闪闪发亮。端木纭干脆使人找了几个竹篮子，打发了李管事，拉着妹妹进去采桑葚了。

桑树林中回荡着小姑娘清脆的笑声，端木纭看着妹妹灿烂的笑靥，也跟着雀跃起来，陪她一起采桑葚。

林中幽静，林外偶尔传来孩童的奔跑嬉笑声和鸟雀的鸣叫、振翅声。

短短半个时辰，端木纭和端木绯就摘了好几篮子桑葚。端木绯擦擦额角的薄汗，干脆地道：“姐姐，我们回庄子吧。”

于是，姐妹俩提着篮子往桑林外走去。这时，林外隐约传来一个陌生的男音：“看，那边的桑林中好似有人在……”

“张温，你过去问问。”

一阵凌乱的步履声随着交谈声渐近，很快，一个高大健壮的男子出现在林子口。那个男子大步流星地走来，一不留神就把林子口的一个篮子踢翻了，篮子里的桑葚登时撒了一地。

桑葚皮薄，只是被轻轻一撞，暗红色的汁水就四溅开来，一地狼藉。

绿萝皱了皱眉，脱口道：“你……你走路怎么不看路？横冲直撞的！”

那个男子看起来三十多岁，着一袭天青色锦袍，身披黑色披风，四四方方的脸上带着几分傲慢之色。他粗声粗气地说：“不过是一篮子桑葚，有什么好大惊小怪的？我赔你们一锭银子就是，够你们买上好几筐了。”

方脸男子从袖袋里掏出一个五两的银锭子，随手往绿萝的方向丢去。银锭子落在地上，骨碌碌地滚出了好远。

端木绯看也没看那个银锭子。

本来一篮子桑葚只是小事，可被他踢翻的不是普通的桑葚，那是姐姐方才亲手摘的桑葚！

端木绯抿了抿唇，淡声道：“这篮桑葚……你赔不起！”

方脸男子的脸色瞬间沉了下来——这个小丫头竟然敢这么对他说话！

“小丫头，你说什么？”

方脸男子抬手一撩披风，上前一大步，披风的一角飞起，露出腰侧的佩刀。

这是……

端木绯眸色微凝，一眼就看出对方的佩刀是绣春刀。也就是说，此人是乔装的锦衣卫，难怪如此跋扈。

端木纭见那方脸男子气势汹汹，连忙上前一步，站在端木绯身前。

就在这时，方脸男子后方传来另一个轻缓柔和的男音："出了什么事？"

说话间，一个丽色青年出现在林子口，青年看起来十七八岁，身穿一袭宝蓝底宝相花云纹锦缎袍子，腰间围着黑色刺绣的锦带，一头乌发以镶嵌着红宝石的紫金簪固定，眉如墨染，唇似朱染，五官皆恰到好处，组成一张娇靥胜花的绝世丽颜。

丽色青年不疾不徐地朝这边走来，唇角微微含笑，举止优雅。

那方脸男子仿佛被冻结似的，身子僵住了。

端木纭和端木绯自然注意到了对方微妙的神色变化，不禁朝那丽色青年多看了一眼。

方脸男子咽了咽口水，恭恭敬敬地对那青年抱拳道："岑……公子，是属下方才撞翻了这两位姑娘的篮子。"

丽色青年深沉的目光在姐妹俩的脸上扫过，最后停在端木纭清丽的脸上。他似乎怔了怔，眸中掠过一丝幽光。

他俯首看着一地的狼藉，微微皱眉道："你也太不小心了。"

方脸男子的身子僵得更厉害了，他连声附和："是，都是属下太不小心了！"

方脸男子紧张地看向端木纭和端木绯，郑重其事地躬身赔礼："两位姑娘，方才是我太不小心了，望两位姑娘莫要与我计较。"

他此刻这副彬彬有礼的样子，与方才那副好似强盗般蛮横无理的架势迥然不同，看得绿萝目瞪口呆。

端木纭和端木绯坦然受了对方这一礼，端木绯笑眯眯地说："你以后小心点儿。"

方脸男子没敢说话，眼角抽了抽。

见锦衣卫对这位岑公子如此忌惮，端木绯难免有些好奇他的身份，眉眼弯弯地看着他。

"两位姑娘，"岑姓青年又上前几步，对姐妹俩拱了拱手，不紧不慢地说，"我们一行人出来踏青，我家老爷方才在山里不慎被蛇咬了，不知道这附近可有擅长治疗蛇毒的大夫？"

他微微扬唇，举止彬彬有礼，却又隐约透着一种上位者的骄矜之态。

有人被蛇咬了，这事可大可小。

若蛇无毒，那倒还好，此人不过受点儿皮外伤；可若是毒蛇伤人的话，弄不好会出人命。

人命关天。

端木纭皱了皱眉说："岑公子，我家的庄子就在附近，不如你们先到庄子里去吧？我让人去请大夫。"

"绿萝，"端木绯紧接着又吩咐绿萝道，"你去附近的佃户家里打听打听，有没有蛇药。"一般来说，山上既然有蛇，世世代代生活在附近的百姓应该会有些应急之道。

"是，姑娘。"紫藤和绿萝急匆匆地领命离去。

"这位公子，且随我来。"端木纭快步走到林子口，指了个方向，"我家庄子就在那边不远处。"

方脸男子连忙道："属下这就去禀告老爷。"

方脸男子给青年行礼后，就往另一个方向去了。

顺着他跑去的方向，端木绯看到三四十丈外有十来个相貌、气质迥异的男子，其中一人骑于白马上，其他人如众星捧月般围在他身旁。

白马上的那个俊朗男子三十余岁、留着短须，身穿一件湖色暗金宝相花纹长袍，腰环雕着雀纹的白玉带，乌黑的头发上戴着一个玉冠，目光深沉，身材挺拔，只是面色有些苍白。

这个人太眼熟了！

端木绯浑身一僵，目光微凝。

从前的她自小出入宫廷，自然认得此人就是大盛最尊贵的皇帝陛下。

今上是先帝仁宗皇帝的皇次子，生母贺氏是先帝的德妃。

与身为太子的皇长子相比，今上更为勤勉，性情沉稳，处事进退有度。

十六年前，先帝病逝，留下了废太子、立次子的口谕。但是太子独断专行，擅自无诏登基，次年改年号为崇明。

崇明三年九月，今上率近万名西山大营将士以迅雷不及掩耳之势拿下京城，逼得伪帝引刀自刎，这才拨乱反正。

原来被毒蛇咬伤的那位老爷是皇帝啊。端木绯在心里默默叹气。

前方，那个方脸男子去通禀后，皇帝一行人就朝端木绯的方向走了过来。

随着他们走近，端木绯看到了更多熟悉的身影，比如简王世子君然，比如皇帝身旁一左一右之人分别是大皇子、二皇子……看父子三个人此刻都穿了常服，又随身带了八九人出门，端木绯就知道皇帝今日是微服出游。

随行的几个人中，除两位皇子，其他人也个个来历不凡：像那白面无须、满头银发的老者乃司礼监掌印太监兼东、西两厂厂督岑公公；那下巴留着长须的方脸中年人乃吏部尚书；那褐衣老学究是翰林院侍读学士、天子近臣……

这些随行的人无论哪个跺跺脚，京城估计都要震上一震。

瞧自己这运道啊！

端木绯暗暗地叹了一口气，表面上却若无其事地微笑着，悄声对端木纭咬耳朵："姐姐，是皇上带着君世子他们微服出巡。"

端木纭也看到了君然，听端木绯这么一说，恍然大悟，捏了捏妹妹的手心。

端木绯正要回握姐姐的手，却见人群后方走出一个牵着一匹黑马的玄衣少年。

笑意瞬间僵在嘴角，端木绯连手上的篮子都差点儿没拿住。

明媚的阳光温和地洒在少年如玉的脸上，一头乌黑的青丝泛着丝绸般的光泽，眸中似盛着阳光的碎影，那个人只是那样缓缓行来，神情举止间就自然而然地流露出少年人特有的傲气。

那个少年是封炎。

端木绯僵立在原地，嘴角扯出一个僵硬的弧度，混乱的内心忍不住浮现出一个念头——又是皇帝，又是封炎……唉！看来皇觉寺的平安符也不太灵。

在端木纭和端木绯的指引下，一行人很快就来到庄子里，被请到正厅坐下。

听闻有人被蛇咬了，庄子里的不少人被惊动了，把正厅里外围得水泄不通，连李管事也闻讯而来。

皇帝自是坐到了上首的太师椅上，伤腿被搁在一把小杌子上。

皇帝卷起裤脚，他的左小腿肚被紧紧地绑着几圈宽布条，下方是肿胀了近两倍的脚踝，一片青紫之色，看起来触目惊心。

岑公公以及几位大臣都围在皇帝身旁，一个个坐立难安，面露焦色，满头大汗。唯有封炎没有看皇帝，正看向厅堂的门槛边，那里躺着一条青蛇，青蛇有拇指粗细，一尺余长，蛇口微张，它早已气绝身亡。

封炎的表情是那么淡漠、疏离，他像与其他人隔了一层无形的屏障，透着几分冷眼旁观的意味。

端木绯若无其事地把视线从封炎身上移开，半垂眼帘，看着自己鞋面上缀着的琉璃珠子。

自今上登基后，安平长公主府的人过得其实并不顺遂，虽然在世人眼中尊贵显耀，但事实上，安平长公主带着独子避居公主府，与驸马封家已经多年不曾往来了。

而封炎，说得好听是得了圣眷，但无论是两年前被皇帝恩准去北境军中历练，还是以前随西山大营去冀中剿匪，其所处环境都危机四伏。

封炎今年才十三岁，能保得性命，甚至立下不少军功，在端木绯看来，并不是因为皇帝的恩典。

封炎并非愚蠢之人，想来对此早就心知肚明。

端木绯此刻再想起在皇觉寺里发生的一幕幕，心头各种滋味交织在一起，有些感慨，觉得有些凝重。

"太医呢？太医怎么还没来？！"

皇帝的质问声从里头传来，他额角青筋凸起，冷汗涔涔，呼吸也有些急促。

"老爷，王侍卫已经快马加鞭回京请太医了，不过恐怕还要些时候……"岑公公急忙躬身回道，然后转身看向那个丽色青年，唤了声"阿隐"。

岑隐立刻接话道："老爷，方才这里的主家已经派人去请附近的大夫和精通治疗蛇毒的人，想来他们很快就会到了。"

青年柔和的声音中带着一种奇异的安抚力量。

话音刚落，从庄子大门的方向传来一片骚动，绿萝和一个婆子带着一个三十来岁、皮肤黝黑、模样忠厚的庄稼汉子急匆匆地回来了。

"大姑娘、四姑娘，"绿萝一边气喘吁吁地跑到端木绲和端木绯跟前行礼，一边介绍道，"这是张二牛，附近方圆几里若是有人被蛇咬了，都找他们家。"

李管事急忙在一旁连声附和，说张家人擅治蛇毒。

张二牛看了一眼那条躺在门槛后的死蛇，立即说道："这是附近山里常见的三环颈槽蛇，瞧，它的脖子上正好有三个白环。不过它的毒性算小的，连竹叶青都比不上，只是人被咬以后伤口会痛如刀铰……"

"你能不能治？"岑隐走了过来，当机立断地打断对方，无论眼神还是语气，都是那般和煦。

不知为何，张二牛却打了个寒战，就像平日里在山上被毒蛇盯上似的。他咽了咽口水，拍拍胸膛道："我能，当然能。每年春季，附近至少有三十人被这种蛇咬，都是俺治的。"

岑隐沉默了一瞬，鸦青羽睫半垂，眸中微有暗影。

当他抬起头来时，目光深沉，他似乎做了什么决定，缓慢却坚定地说："你跟我来！"

岑隐带着张二牛进了正厅，大步走向皇帝和岑公公。

岑公公微微蹙眉，岑隐不动声色，恭敬地禀道："义父，这庄子里的佃户张二牛精通蛇毒、蛇药，所以我就叫他来给老爷看看……"

接着，岑隐如实把张二牛刚才说的关于蛇毒的相关内容一一说了。

张二牛一看屋子里的人个个气势不凡，被吓出了一头冷汗，结结巴巴地说："几……几位老爷，治蛇毒是小的祖传的手艺，药膏也是俺家的秘方，传儿不传女。这三环颈槽蛇毒性还是轻的，哪怕是被什么竹叶青、金环蛇、银环蛇咬了，人只要被送来的时候还有口气，就有的治。小的真没骗人，附近的人家都知道的。"

皇帝听着，不由得有几分意动。

锦衣卫指挥使程训离上下看了看张二牛，看到他的指甲缝里的泥巴，皱了皱眉，眼神中有几分犹豫之色。他觉得不妥，启唇想劝，可又想到什么，转头去看了看岑隐，还是把话咽了下去。

岑隐微微一笑，对皇帝劝了一句："老爷，不妨一试。"

皇帝早就快要忍受不住伤口传来的阵阵如刀割般的剧痛，急忙催促道："快！快给朕……我疗毒！"

"是，老爷。"张二牛急忙应道，顶着巨大压力上前。

他先替皇帝挤出了伤口里的黑色毒血，又从一个小陶罐里掏出点儿褐色药膏敷在伤口上。那褐色药膏散发着一股浓重的药味，其中还夹杂着一股臭鸡蛋味，令人闻之欲呕，厅中的好几个人皆皱了皱眉。

屋子里瞬间静了下来，众人的目光都集中在皇帝肿胀的小腿上。

张二牛感受到紧绷的气氛，整颗心都提了起来。

一息，两息，三息……

约莫过了十息，皇帝就舒展眉头，发现脚踝处的伤口不仅不疼了，而且如擂鼓般的心跳也缓了下来，浑身畅快了不少，伤口也在渐渐消肿。

厅堂里的众人面面相觑，都擦掉了额头上的冷汗，长舒一口气。

空气中那种让人窒息的压迫感也随之消散，今日算是有惊无险。

皇帝的脸上又有了笑意，看向张二牛的眼神也柔和不少，他朗声道："你救……献药有功，重重有赏。"

"老爷，说来还是这庄子的主家机敏，令人去庄子附近找了这精通治疗蛇毒的佃户。"岑隐含笑道。

"主家？你说的可是端木四姑娘？"君然突然插话道，手里摇着一把描金折扇。

"端木？"皇帝听到这个熟悉的姓氏，惊讶地微微扬眉。

君然含笑道："是啊，我方才好像看到端木家的两位姑娘了。"

皇帝的脸上露出错愕之色，他怔了怔后，含笑道："端木宪的这孙女倒是机灵，有乃祖之风。你把人带进来吧。"

岑隐恭敬应诺。岑公公则替皇帝厚赏了那张二牛，张二牛喜不自胜地捧着两个金元宝退下了，与端木绘和端木绯交错而过。

两姐妹很快走到皇帝跟前。这时，君然利索地收起手中的折扇，抱拳道："慕老爷，这两位姑娘是端木城守尉的长女与幺女，上个月才去给尊夫人请过安。"

皇帝微微挑眉，"慕"是大盛国姓，君然特意称呼自己为"慕老爷"，分明道破了自己的身份，这是为何？

对上皇帝透着一丝疑惑之色的眼眸，君然不以为意，笑吟吟地用扇柄指着端木绯，耸耸肩道："慕老爷，您是不知道，这个丫头惯会扮猪吃老虎，看起来傻，实际上精明着呢！她看到我在这里，怕是早就猜到您的身份了。"

说着，君然漫不经心地勾了勾唇角。再说了，方才皇帝在那里连太医都喊出口了，这怎么瞒得过有心人？

姐妹俩对皇帝齐齐屈膝行礼："小女给老爷请安。"

皇帝抬了抬手，随意地说："免礼。"

他的目光在两个小姑娘的脸上掠过，当看清端木纭的小脸儿时，他不由得怔了怔，露出一丝惊艳的神色。

正值豆蔻年华的端木纭差不多长开了，长眉入鬓，乌眸璀璨，明艳的五官透着几分英气。

皇帝不禁赞了一句："清水出芙蓉，天然去雕饰。"

"谢谢老爷夸奖。"端木绯抢在端木纭之前笑吟吟地福了福身，圆圆的小脸儿上微笑时露出唇畔的梨涡，看起来一派天真无邪的模样，引得在场的几个人都失笑。他们当然知道皇帝夸的是姐姐，而不是妹妹。

岑隐目光微闪，附和了一句："老爷，她们看着倒是有几分像贵妃娘娘。"

端木贵妃是端木纭和端木绯的姑母，姑侄之间自然难免有几分相似。

闻言，身穿靛蓝色锦袍的大皇子上前半步，看着她俩微微颔首："两位表妹。"他神色中透着一丝兴味，这么说来，她们是自己的表妹？

"老爷……"

这时，一旁的岑公公似乎想到什么，走到皇帝身旁，在他的耳边悄声说了几句，听得皇帝挑了挑眉，生出几分兴味来。他上下打量着端木绯，问："端木家的小丫头，这个月凝露会上的那幅泼墨画可是你所作？"

端木绯点了点头，笑吟吟地应道："正是小女所作。"

"你自小在边关长大，难怪可以画出一幅苍凉悲壮的千里边关图。"皇帝带着一分赞赏、两分感慨说道。

大皇子也面露几分好奇之色，问道："父亲，这到底是怎么回事？"

在皇帝的示意下，岑公公用那苍老尖细的声音，把如今京中关于凝露会上端木绯如何以泼墨为技画就一幅千里边关图，令众位公子、姑娘叹服，成为京中一则美谈的事，简练地说了一遍。

泼墨画的事最近在京城被传得沸沸扬扬，封炎却第一次听闻。他眸色深沉，眼睛如同深不可测的潭水。

他用带着几分探究与审视的目光看向端木绯，脑中想的全是他的阿辞。

他的阿辞擅画，但甚少画花鸟、仕女图。她虽外表柔弱，内心却颇有侠女般的豪气，笔下的字画皆气象恢宏。她像一个领兵的元帅，千军万马纵横进退，尽在她挥手之间完成。

这个端木家的小丫头的泼墨画听起来倒是有几分阿辞作画的意境。

封炎眨了眨眼，浓浓的苦涩在眼中翻滚着，仿佛就要溢出来了。

他又在胡思乱想些什么呢？！

阿辞是阿辞，是唯一的阿辞。

他的阿辞已经不在这个世上了。

封炎闭了闭眼，不动声色地移开视线，抬眼看向窗外。太阳西斜，把天空染成了如血般的色泽。

没一会儿，大青镇的大夫和太医院的冯太医先后赶到，检查了伤口后，都说皇帝的蛇毒得到了控制。他们也都看了张二牛留下的蛇药，确认虽然这药的气味有些不雅，但这种民间偏方治疗蛇毒的效果是实打实的。

太医给皇帝开了清热解毒的方子，又重新包扎了伤口，并伺候皇帝喝了汤药后，太阳已经落下了大半。众人终于可以启程回京了，还记得顺路捎上了端木纭和端木绯姐妹俩。

不出所料，等他们抵达南城门时，天色已暗，夜幕中悬挂着一轮淡淡的银月，城门早已关闭。

锦衣卫指挥使程训离立刻出面，甚至不用出示令牌，只靠他这张脸就足以在京中横行，无人敢阻。

在城门守兵的吆喝声中，沉重的城门"轰隆隆"地被打开了。

随行的众臣直到把皇帝送至宫门口才拜退。

今日折腾了这么一番，皇帝早已面露疲色，但总算在进宫前想起随行的人中还有两个小丫头，就随口唤道："阿炎。"

封炎策马行至皇帝身旁："舅舅。"

"天色已晚，你和岑隐送端木家的两个丫头回府吧。"皇帝吩咐道。

"是，舅舅。"

"是，皇上。"

两个男子皆恭敬应诺，却表情各异：一个嘴角含笑，神情漫不经心；另一个神色恭敬，眸中闪烁着异彩。

京城的夜晚，街道上一片空旷寂静，马蹄声与车轱辘声似乎都响亮了好几倍。

天愈暗，月愈明。

当马车拐过几条街来到端木府所在的权舆街时，端木绯暗暗地松了一口气。由封炎护送她们回府，让她觉得自己像是笼子里的白兔，这种感觉委实不太妙。

在车夫的吆喝声中，马车的速度渐渐缓了下来，端木绯挑开窗帘，一眼就看到骑着马走在最前方的封炎已经抵达端木府的大门口，他胯下的黑马一边打着响鼻，一边踱着步子。

转过身来的封炎正好与端木绯四目对视。

银色的月光下，少年漆黑的眸子像闪烁着璀璨星辰的夜空，遥远而深沉，带着洞悉人心的力量。

从这个月暗卫所禀消息来看，这个小丫头乖顺得很，没敢透露一丁点儿皇觉寺的事，哪怕对她的姐姐端木纭也没说。还有今日，她其实是有机会与皇帝说些什么的，但她没有说，信守了她对他的承诺。

这个小丫头不仅懂得审时度势，而且其性子和处事的方式都像阿辞。

马车在端木府的大门口停了下来，端木绯放下窗帘，右手一动，手腕上闪过一道银光，这顿时吸引了封炎的注意力，他隐约看到她的右腕上又戴着一根穿着银色珠子的红色结绳。

封炎眯了眯眼，没等他看清，马车的窗帘已经落下，挡住了她的手腕。

紧接着，张嬷嬷利索地下了马车，快步过去，叩响一侧角门。

"咚咚咚……"

然而门内悄无声息，没有一点儿回应。

张嬷嬷皱了皱眉，又敲了敲门，喊道："快开门啊，大姑娘和四姑娘回来了！"

她不知道的是，门后早就骚动起来了，门房的婆子急匆匆地跑去了内院的琼华院。

这个时候，小贺氏虽然还没歇下，但已经沐浴更衣了，正倚靠在一张美人榻上，由着一个翠衣小丫鬟给她捶腿。

"二夫人，大姑娘和四姑娘回来了，现在马车就在府外。"一个蓝衣丫鬟如实转述了门房的话，"门房没敢给开门……"

黄昏时，小贺氏见端木纭和端木绯迟迟未归，刻意让人给门房传话，让他们不用给那对姐妹开门。

"现在什么时辰了？"小贺氏的嘴角露出一丝冷笑。

蓝衣丫鬟看了看一旁的漏壶，恭敬回道："二夫人，戌时过半了。"

"两个未出阁的姑娘天黑了才回家，真是没规矩！"小贺氏嘲讽地说，笑容更冷，"你跟门房说，按照府里的规矩，端木府一更闭门。"

蓝衣丫鬟急忙应声，快步退了出去，把话如实传给候在檐下的门房婆子。那婆子连连应诺，又小跑着回了大门处。

"咚咚咚！"

角门还在被人从门外反复捶响。

婆子清了清嗓子后，拔高嗓门道："张嬷嬷，别敲了。按照府里的规矩，端木府一更闭门，我们可没那么大的胆子违背府规。"

婆子心里叹息：这就是神仙打架，殃及凡人啊！这分明是因为之前四姑娘让二姑娘在露华阁丢了脸，二夫人要给两姐妹下马威呢！

端木府的大门紧闭着，门内门外的人僵持不下。

黑马上的封炎把玩着手中的马鞭，面露不耐烦之色。

他拉了拉马绳，掉转马头，淡漠地说："人我送到了，我就先告辞了。"

皇帝只是让他送端木纭和端木绯回家，他做到了。接下来，端木府的人让不让这对姐妹进门，那就是端木家的家务事了，与自己无关。

"封公子请留步！"岑隐忽然出声叫住封炎，那如黑曜石般的眸子在月光下璀璨生辉。

封炎停下马，转头看向他，挑了挑眉。

岑隐继续道："现在快二更天了，如此回去，我也无法向皇上复命，可否请安平长公主殿下收留两位姑娘一夜，其他事待明日再说？"

闻言，不仅封炎怔了怔，连马车里的端木纭和端木绯都愣了愣。

这未免太麻烦安平长公主了！

端木纭皱眉。她就不信她们姐妹要回府，府里还能一直闭门不开不成？

小小的马车里点着一盏昏黄的琉璃灯，灯火摇曳，端木纭的眼中似有两团炽热的火焰在燃烧。

端木纭正想出声，却听外头传来封炎的声音，他淡淡地道："好，我回去跟我娘说。"

话音未落，一阵清脆的马蹄声压过最后一个字，往另一个方向而去。

端木纭急忙挑开一旁的窗帘，只看到封炎策马远去，根本来不及叫住对方。

端木绯也在看封炎，若有所思。她的视线很快从封炎的背影上收回，她又转头看向大门旁的一匹红马，或者说，红马上的岑隐。

她当然知道，门房之所以不开门，十有八九是因为小贺氏在背后指使。但是她们姐妹想要进府的话，说简单也简单得很，只要岑隐表明他的身份，那么门房势必不敢隐瞒小贺氏，小贺氏再怎么不甘心，也不敢轻慢皇帝身旁的近侍，自会权衡利弊，迎她们进府。

可是岑隐没选择直接表明身份，而是大费周章地求助于安平长公主，为什么？

端木绯思来想去，只能想到一个理由，是否因为今日自己和姐姐也算是救了皇帝的性命，立了些许功劳，所以他投桃报李想给她们做脸，也好结个善缘？

既然如此，她们受下便是，免得府里的人总是欺她们一双孤女，刻意怠慢她们。

她轻轻地拉了拉端木绯的手，撒娇地看向姐姐，一双乌黑的大眼睛有些蔫蔫的，她懒洋洋地掩着小嘴打了个哈欠。

端木绯只以为妹妹是累着了，心想：我们就算在府门口争论一番得以进府，二婶母怕是还得再为难我们，这么一来，妹妹今晚可就睡不好了。看来我们只能打扰安平长公主殿下了。

端木绯轻轻地抚了抚端木绯的颈背，动作中带着温柔的安抚之意，如同她以前哄妹妹睡觉一般。姐妹俩相视一笑。

岑隐似乎感觉到什么，转过头来，对端木绯和端木绯勾起了唇角。

他的薄唇红得似要滴出血来，他笑起来时，眉眼柔和，眼眸深沉如墨，透着一种冶艳的美，足以魅惑众生。

当马蹄声远去后，四周陷入沉寂。

封炎这一走，就没有再回来。直到一炷香的工夫后，一辆有公主府徽印的紫篷马车驶入权舆街，朝这边飞驰而来。

马车停在几丈外，车里下来一个二十来岁的青衣宫女，宫女面容清秀，举止气度与寻常的丫鬟不同，优雅精致，落落大方。

那宫女款款走到端木绯和端木绯的马车前，福了福身道："端木大姑娘、四姑娘，奴婢子月奉长公主殿下之命，特来请两位姑娘去公主府做客。"

"有劳子月姑娘了。"

须臾，车辘辘声、马蹄声各自远去，端木府的门口又恢复了原本的平静。

夜渐渐深了。

"咚！咚！咚！"

当三更天的锣鼓声在不远处响起时，端木府的晨风斋内仍灯火通明。

着一身蓝色素面直裰的端木珩负手在书房里来回走动着，眉宇紧锁。

须臾，一个青衣小厮急匆匆地回来了，气喘吁吁地禀道："大少爷，原来大姑娘和四姑娘早就回来了，可是二夫人让门房的人闭门不开，现在大姑娘和四姑娘的马车已经走了。她们好……好像是被安平长公主府的人接走的！"

闻言，即便性子沉稳如端木珩，这一刻，面色也沉了下来。

端木珩早就知道端木绯和端木绯姐妹俩今日去了南郊的庄子。黄昏的时候姐妹俩还没回来，他已然觉得不妥，就吩咐小厮盯着二门那边，打算等姐妹俩回来时好好说她们一顿。他们这等人家虽不至于拘着姑娘不让她们出门，但是姑娘家自该注意分寸，早去早回。

端木珩完全没想到母亲竟然会做出不许她们进门这等蠢事。

也怪他不够谨慎，他太大意了。

端木珩略一思索，便果决地吩咐小厮道："明砚，备马！"

现在三更半夜，他冲进内宅找母亲理论恐怕有些不妥，更无济于事。事到如今，他得尽快出府，在端木纭和端木绯入公主府前拦下她们，把她们带回府里才行。

不一会儿，端木府的一侧角门就"吱"的一声被打开了，两匹棕马一前一后奔出，然后沿着权舆街朝南边奔驰而去，马蹄声渐行渐远。

这一夜注定波澜起伏。

等端木珩从安平长公主府回来的时候，刚过寅初，凌晨的天色已经开始蒙蒙亮了，街道上冷冷清清，端木府中也一样。

端木珩没能带回端木纭和端木绯，当他赶到公主府时，姐妹俩早就进了府。他试着敲响公主府的大门，可是门房的人只说太晚了，根本没有通禀。

这件事终究是端木府理亏。

端木珩翻身下马，疲惫地揉了揉眉心。事到如今，凭他一人是不能解决此事的。

他把马绳丢给明砚，大步往端木宪外院的住所走去。

每日的早朝是辰时开始，但是朝臣们卯初就必须抵达宫门口，因此，平日里端木宪过了寅时就会起身。今日这个时间，他应该差不多起身了。

所幸端木宪今日歇在了外院，等端木珩过去的时候，他已经起身，正在洗漱。

端木宪听到长孙求见，立刻让人把他带进内室。

端木珩一五一十地把自己所知道的事都一一禀了，端木宪的脸色一点点地沉了下去，他随手把敷面的白巾丢进铜盆里，些许水珠飞溅，弄湿了下方光滑如镜的青石板地面。

屋子里静了一瞬，旁边服侍的丫鬟皆半垂首，噤若寒蝉。

端木宪沉思片刻后，正色吩咐道："珩哥儿，你先别歇息了。我让大管事去备些礼，等天亮后，你再去一趟公主府把你长姐和四妹接回来。"

"是，祖父。"端木珩郑重其事地作揖，"孙儿一定会把她们接回来的。"

之后，端木宪又叫来大管事，吩咐一番，也没时间用早膳就匆匆地出门赶早朝去了。

大管事不敢怠慢老太爷交代的差事，立刻命下人们忙碌起来，备车、备礼、备人。

这么大的动静自然惊动了内宅。

此时，天已经完全亮了，旭日冉冉升起，又是一个碧空如洗的好日子。

小贺氏正在永禧堂给贺氏请安，听到这些事时，气得差点儿跳起来，但她总算

114

还记得这里是永禧堂，按捺着心头的恼怒，抱怨道："母亲，珩哥儿还要读书呢，就因为那姐妹俩一夜不归，闹得他也彻夜未眠……"

现在公爹还要儿子带着厚礼亲自去公主府接人，也太抬举这对姐妹了吧？

照她看，就算他们不去接，难道端木纭和端木绯能在公主府住一辈子吗？她们还不是得乖乖回来？她也不知道公爹到底是怎么想的！

虽然心里对端木宪颇有怨言，但是小贺氏不敢把这些话说出来。

贺氏冷冷地瞥了小贺氏一眼，小贺氏顿时噤声，不敢再说下去。

贺氏把手里的佛珠捻得更快了。说到底，这件事还是因为小贺氏做事太毛躁，三更半夜的，竟然把人拦着不让归府，这下马威她做得太难看了。

但那对姐妹也猖狂，再好生求亲，等自己得了消息，自然就使人开门放她们进来了，谁承想她们居然一气之下住到安平长公主府去了！安平长公主可是伪帝的胞妹，若让人知道了昨晚的事，说不准还以为他们端木家与安平长公主有什么交情呢！

这两个丫头真是太没规矩了！

贺氏淡淡地道："还是等把人接回来再说吧。"

小贺氏眸中一亮，心道：是啊，等人回来了，两姐妹无故在外留宿一夜，自己有的是由头责罚她们。果然，姜还是老的辣。

想到这里，小贺氏竟有几分迫不及待地想把人接回来了。

接下来，端木家的其他人陆续来给贺氏请安，一切如常，似乎根本没有人发现今日端木纭和端木绯不在。

从永禧堂出来后，小贺氏就自己忙去了。直到巳时过半，一个小丫鬟气喘吁吁地跑来，小脸儿上一双眼睛瞪得圆圆的。

这丫鬟也太不稳重了。小贺氏微微蹙眉，如此想到，却听那小丫鬟心急火燎地禀道："二夫人，老太爷回来了，还有一位传旨的公公也随老太爷一起来了。"

一听说有圣旨，小贺氏有些惊讶，但也没太失态，毕竟端木家并非普通的官宦人家，平日里没少接圣旨或者懿旨。

小贺氏从容地起身，正要吩咐准备香案，小丫鬟的下一句话惊得她目瞪口呆："那位公公说，皇上有旨，请大姑娘和四姑娘前去接旨。"

端木府的正门内，此刻颇为热闹。

两辆马车停在仪门处，还有随行来传旨的一众宫人侍立在一旁。

小贺氏等女眷簇拥着贺氏抵达时，就看到一个穿着大红色麒麟袍的年轻内侍从一辆金漆华篷马车上下来，鲜艳的大红色麒麟袍衬得他肤光如玉，骄矜明艳，整个人却又透着一种如剑般的锋利。他身旁的小内侍的手里拿着一卷明黄色的圣旨。

"岑小公公。"贺氏客气地对年轻的内侍颔首致意。

对方随意地拱了拱手："太夫人。"

他似笑非笑地勾了勾唇角，似漫不经心地说："昨夜贵府闭门谢客，本座还当端木家的规矩大得很，但今日看端木尚书和太夫人都十分和气。"

昨夜？岑小公公昨夜是什么时候来的？端木宪和贺氏听得心里"咯噔"一下，自然而然地想到了端木纭和端木绯这对姐妹"夜不归宿"的事。

端木家的其他人或许不知道眼前这一位人物的来历，但端木宪和贺氏一清二楚。

这位年轻的内侍本是个弃儿，名唤阿隐，是宫中一个普通的小内侍，因为长相俊美，又精通拳脚功夫，有过救驾之功，得了皇帝几分另眼相看，还由皇帝做主让他认了司礼监掌印太监岑振兴为义父，自此改名岑隐。

短短几年中，岑隐扶摇直上，深受皇帝和岑振兴的重用。如今他不过十七岁，就已经是仅次于司礼监掌印太监的秉笔太监，权倾朝野。

谁都知道岑隐必然会接替岑振兴，成为下一任的司礼监掌印太监兼东厂厂督。

前朝时，大盛的宦臣不能当官，生死富贵全在皇帝的一念之间。本朝不似前朝，自太祖起，大盛的皇帝就多宠信宦官，尤其今上。

今上能自伪帝手中夺回帝位，岑振兴厥功至伟，今上登基后视他为心腹，并任命其为东厂厂督。这些年来，岑振兴因得皇帝宠信，权势益炽，嚣张跋扈，如今其权柄更在锦衣卫之上。岑隐也有乃父之风，偏偏皇帝非常信任这父子俩。

有道是："宁得罪君子，莫得罪小人。"端木家若是得罪了岑隐，那还真是无端之祸。

端木宪早上听端木珩说了昨夜的事后，只以为昨夜端木纭、端木绯两姐妹因为被拦在府外所以被安平长公主派人接去了，现在才知道原来当时岑隐也在场。

昨夜闭门的事显然得罪了这位，难怪刚才从宫中出来后，岑隐就是一副公事公办、油盐不进的样子，连银子都不收。

只是，端木纭和端木绯这两个丫头到底是怎么和岑隐扯上关系的？昨日她们出门后到底发生了什么？

哪怕心中有不少疑问，端木宪也知道现在不是求证的时候。他客气地说道："昨夜我睡得早，竟不知公公驾临，倒是门房怠慢了。"

贺氏心里有些忐忑，神色凝重。她不满地瞥了小贺氏一眼，因为小贺氏行事鲁莽，才莫名其妙地替家里招惹了一个煞星。

小贺氏没见过岑隐，瞧对方未及弱冠，只当他是一个来传旨的普通太监。自家大姑母是堂堂太后，对那些内侍、太监，小贺氏其实瞧不上，只是见公婆对这位岑小公公很恭敬，心里有些纳闷。

她微微一笑，招呼道："岑小公公，请到里边坐下说话。"说着，小贺氏还似歉然地蹙眉补充了一句，"劳公公久候，那两个丫头太没规矩，到现在还没回来。犬子已经去接人了，想必她们快到了。"

岑隐似笑非笑地瞥了小贺氏一眼，什么也没说，只是掸了掸身上根本就不存在的灰尘，淡淡地说："劳烦端木尚书带路了。"

之后，端木宪和岑隐走在最前方，其他人紧跟其后，一行人浩浩荡荡地朝前院的琼瑰厅去了。跟在端木宪身后的贺氏不着痕迹地瞪了小贺氏一眼，心中的恼意更浓：这个儿媳不只心胸狭隘，还愚蠢得不会说话。

小贺氏被瞪得莫名其妙，只能沉默地跟上，暗自在袖中握了握拳，只觉得端木纭和端木绯果然是扫把星。

端木宪把岑隐迎到琼瑰厅里后，自然是让人奉茶，两个人又寒暄了一番。

茶过两巡后，总算有丫鬟匆匆来禀，说大少爷把大姑娘和四姑娘接回来了。

琼瑰厅骚动起来，不一会儿，端木珩、端木纭和端木绯兄妹三个人进入了厅堂。

直到回府，端木纭和端木绯才知道岑隐来府中传旨的事。

端木绯看着前方的岑隐，乖巧地浅浅一笑。

岑隐的眸中似乎掠过一丝笑意，下一瞬，他自紫檀木太师椅上站起身来，淡淡地道："既然人来了，本座就宣读圣旨了。"

此时，香案早就已经摆好，由端木宪带头，各房的人相继跪在冷硬的地面上。除了二老爷和三老爷在衙门没回来，其他人都到了。端木纭和端木绯辈分低，自然是和几位姑娘一起跪在最后面。

岑隐打开明黄色祥云纹绫锦的圣旨，不紧不慢地念道：

"奉天承运皇帝诏曰：朕惟治世以文，戡乱以武，军帅戎将实乃朝廷之砥柱，国家之干城也。北境军城守尉端木朗忠心益励，出力报效，讵可泯其绩而不嘉之以宠命乎？忠义殉国，风烈如存，兹特与赐谥忠武，故札付追付世袭三代安远将军，赐将军府。端木朗之女性资敏慧，救驾有功，赏金玉头面两副、白银两千两、布帛二十匹。钦此！"

阴柔的嗓音落下后，四周悄无声息，一片寂静。

在场的所有人皆震惊不已，其中也包括端木绯。她隐约猜到岑隐要给她们姐妹做脸，却没想到竟然是以这种形式。

端木朗生前是正三品的城守尉。安远将军虽然是无实职的从三品武散官，却是可以世袭三代的军职，每月都有俸禄。太祖皇帝开国时论行赏，赏了大小武官等各种世袭官职，此后除非武官建下什么不世功勋，历任皇帝鲜少再以世袭官职对其进行封赏。

这道圣旨无疑是一个莫大的荣耀，代表着皇帝的恩宠。

看来长房的福气来了。

"劳烦岑小公公了。"端木宪率先起身，上前两步接旨，笑道，"岑小公公可要坐下再喝杯茶？"

其他人也相继起身。

岑隐抚了抚衣袖，淡淡地道："天色不早了，本座还要回宫复命，就告辞了。"

众人恭送岑隐等宫人至厅门口，端木纭和端木绯齐齐福了福身，端木纭不卑不亢地朗声道："有劳公公，请慢走。"

刚跨出门槛的岑隐停下脚步，回头朝姐妹俩看了一眼，嘴角微翘，那红润的嘴唇在阳光温柔的抚摸下艳丽夺目。

他没有再说话，大步流星地离去了。

众人目送他远去，厅堂中的气氛变得有些微妙，大家心思各异。

还是小贺氏第一个开口："珩哥儿，你今日不用去国子监吗？"小贺氏一边说，一边意有所指地瞥了端木纭和端木绯一眼，"我记得你三天前才休沐过，可有派人去国子监跟先生……"

"够了！"端木宪板着脸打断了小贺氏指桑骂槐的行为。他在家中一向威仪甚重，小贺氏被惊得顿时噤声。

端木宪撩开衣袍在上首的太师椅上坐下，精明的眼眸中闪过一道锐芒。

今日的早朝上，皇帝特意向刚刚回京的简王问起端木朗的事，简王自然也答了，详细地说了当年端木朗是如何在北燕大军来袭时为了守城苦战不屈，最后以身殉城的事。皇帝当即就下了那道圣旨，当时端木宪自然只能替长子谢恩，心里却觉得有些奇怪，毕竟这件事已经过去三年多了，皇帝怎么会突然想起自己的长子端木朗？原来是因为这对姐妹救驾有功。

端木宪定了定神，把其他几房的人都随意打发了，只留下贺氏、小贺氏、端木珩、端木纭和端木绯，接着正色问道："昨晚到底是怎么回事？"

小贺氏心里对救驾之事也惊疑不定，抢在端木纭之前把昨夜的事一一说了，有些阴阳怪气地说什么姑娘家夜不归宿，她也是按照家规闭门，没想到她们俩还骄矜起来，干脆去了公主府云云。

小贺氏只想着把事情都推到姐妹俩身上，完全没注意到一旁的端木珩脸色越来越难看。

待小贺氏说完后，端木珩立刻开口道："母亲，家规是家规，但是我问过门房，昨夜大姐姐和四妹妹回来的时候，虽过了一更闭门的时辰，却未到二更的宵禁。平日里，若是祖父、父亲在这个时辰回来，门房可敢不开门？"

端木绯看着这个一本正经说道理的大哥，眸中闪烁着笑意。

在原主的记忆中，原主对这个大哥除了觉得他沉默寡言，几乎没什么其他的印象，但她曾经倒是听人说，端木府的长子是少年英才，性情禀直，一丝不苟，没想到传闻丝毫没有夸大，甚至还略有不足。

"珩哥儿！"小贺氏面色一僵，眼珠几乎快瞪出来了。这是她亲儿子说的话吗？他认死理也不能这么拆她这个娘的台啊！

可是小贺氏的话没机会再往下说，端木宪一个锐利的眼神飞射过去，她到嘴边的话也只能通通被咽回去。

"纭姐儿，"端木宪又看向端木纭，问道，"你来说说，昨天到底是怎么回事？你们怎么会遇上岑小公公？"

端木纭本来也没打算瞒着，就把昨天的事一五一十地说了，条理分明，不曾添油加醋，说出来的话却足以震撼人心。

有了端木纭出马，端木绯一个字也不用说，只负责在一旁不时地抿唇、点头，仿佛在附和着：事情就是这样，就是这样。

小贺氏听得傻眼了，这才知道自己昨夜做了多大的傻事，几乎有些腿软。皇帝既然下了这道圣旨，那岂不是连皇帝都知道，自己昨晚不问缘由就拦着这对姐妹不让她们进门的事了？

端木宪冷冷地看着小贺氏，面色阴沉得快要滴出墨来。

皇帝一向喜微服，喜巡游，以此为雅事。本来端木纭姐妹俩正巧救了皇帝，是一则美谈，可是被小贺氏这么一搅和，这件事就显得有些不美了。

端木宪心念转得飞快，此刻，他心头的那些疑惑总算全部得到了解答：想来是昨夜岑隐护送姐妹俩回府，却被拒之门外，因此端木府得罪了岑隐。岑隐心中不悦，回宫后就在皇帝面前提了提，皇帝才会起了心思给长子一个追封，也给姐妹俩一个恩赐，为她们撑腰。

端木宪眸色一沉，心中有了决断，转头对贺氏道："阿敏，看来这个家你得再辛苦看着一下，以后让老三媳妇先帮衬帮衬吧。"言外之意分明就是要夺了小贺氏掌中馈的权力。

端木宪从来不干涉内宅之事，一言既出，所有人都心中一凛。

小贺氏嘴唇微颤，脸色煞白，想反对，却在目光如炬的端木宪跟前说不出一个字来，只能求助地看向贺氏。

但贺氏没有看她，且对她早就有些失望，此刻知道了昨天的事情的经过，心里也有几分后怕。满朝文武谁不避着岑振兴和岑隐这对父子？偏偏小贺氏还赶着凑过去为自家惹事，她是该受点儿教训了。

贺氏立刻点头道："老太爷说的哪里话？这本就是我的本分。"

一锤定音，尘埃落定。

小贺氏只觉得一股眩晕感袭来，一口气堵在胸口，上不上，下不下。

端木宪微微颔首，他这个老妻还是知轻重的。

端木宪又看向端木纭和端木绯，目光中透着几分慈爱之色，他温和地说："纭姐儿、绯姐儿，你们累了一天，辛苦了，早点儿回去休息吧。"

"是，祖父。"

端木纭和端木绯恭敬应诺，一个英气逼人，另一个乖巧可爱，姐妹俩携手退下了。

接着，端木宪也站起身来，像迟疑了一瞬，但还是对端木珩道："珩哥儿，你父亲他们也该收到消息回来了，你随我去一趟书房。"


离开琼瑰厅后，贺氏和小贺氏就回了永禧堂。

下人们都被屏退了，东次间里只剩下婆媳二人，四周一片寂静。

"母亲，"小贺氏双眼通红，含着泪水，委屈地看着贺氏，"我真不知道纭姐儿和绯姐儿是因为救了皇上才迟归……父亲如此处罚，对我实在不公！"

端木宪夺了她的掌家权，会让她成为全府的笑柄。

贺氏淡淡地瞥了小贺氏一眼，保养得当的脸上没有一丝动容之色："你啊，性子太毛躁了。"

这次的事本来就是小贺氏自找的，就算她不知道那对姐妹是因为与皇帝同行才会晚归，在没有问明缘由的情况下，把人关府外算什么样子？即便错的人是那对姐妹，她坏的还不是端木府的名声？

而且岑隐可不是普通的内侍，而是堂堂司礼监秉笔太监，近侍在皇帝身侧，为皇帝口述公文、奏议大要，甚至代为"批红"，其权势以及皇帝对他的信任可见一斑。

这一回，端木家得罪了他这种心胸狭隘的阉人，也不知道会不会连累女儿端木贵妃，若是岑隐在皇帝跟前给女儿和大皇子上眼药的话……

贺氏想到这里，眸色微沉。她静默片刻后，果断地说："宛容，你今儿就把对牌和账册都送到老三媳妇那里去。"

"母亲……"小贺氏双目一瞠，心中的委屈更浓。她还想说什么，可是贺氏微一抬手，阻止了她继续再说下去。

这一日午后，对牌以及一本本账册由游嬷嬷和小贺氏的亲信宋嬷嬷一起送入了端木府东北角的翠薇院中。

对三夫人唐氏而言，这一切来得太突然了。

唐氏捧着茶盅抿了一口茶，疑惑地看着游嬷嬷和宋嬷嬷呈上来的对牌，问："游嬷嬷、宋嬷嬷，这是……？"

游嬷嬷恭敬地答道："回三夫人，二夫人近日身子有些不爽利，太夫人让二夫人好好休养一段时日，因此请三夫人代为管家，还吩咐老奴给您打下手。"

宋嬷嬷除了附和，不敢多说。

唐氏心里不以为然。她与小贺氏做了十几年的妯娌，最清楚小贺氏此人一向专权。小贺氏当年坐月子的时候，也从没寻妯娌帮衬，如今更不会如此。

"身子最重要，宋嬷嬷可要叮嘱二嫂好好休养身子啊！"唐氏做出一副担忧的样子道。

"多谢三夫人关心。"宋嬷嬷福身，干巴巴地应了一句。

之后，两位嬷嬷就告退了。

"恭喜三夫人总算守得云开见月明。"唐氏的大丫鬟芷卉喜不自胜地福了福身恭贺道。以后府里是三夫人管家，他们三房的地位自然水涨船高。

唐氏环视着这半室的账册，表情淡淡的，若有所思：小贺氏会突然"病"了，十有八九与早上的那道圣旨有关。

唐氏对芷卉招了招手，轻声吩咐了一句。芷卉匆匆离去，一炷香的工夫后却空手而归。贺氏的永禧堂跟铁桶一样滴水不漏，芷卉什么消息也没探听到。

直到未时，三老爷端木期回了翠薇院，唐氏才从他口中得知了事情的来龙去脉，不由得微微蹙眉。

原来昨晚端木纭和端木绯之所以晚归，是因为救驾而被耽误了时辰，却不想小贺氏竟把她们和岑小公公拦在门外。皇上恩典，命安平长公主加以照拂，今日又特意颁下圣旨封赏一番，这是莫大的荣宠了。

这次的事说来是端木纭姐妹俩运气太好，也是小贺氏平日里日子过得太顺遂、人太嚣张了。唐氏的嘴角不禁勾出嘲讽的弧度。

端木期说完后，摇了摇头，又叹道："二嫂也是，无端给府里得罪了最不能得罪的人。"他指的当然就是岑隐。

"老爷，那来传旨的岑小公公可是'那一位'？"唐氏隐晦地问道。

端木期点了点头："不错，今日来传旨的公公正是司礼监秉笔太监岑隐。自东阳党案后，朝中已无人敢得罪岑氏父俩。"

端木期提到两年前的"东阳党案"，唐氏的脸色微白。

两年前，朝中素有刚正之名的林御史曾联合当时的吏部左侍郎弹劾东厂跋扈、大兴冤狱，结果反而被东厂之人拿下。彼时，据说就是岑公公的义子岑隐带东厂厂卫从二人的府中搜出了二人受贿结党的证据。这事还牵连了不少地方官员，令朝堂中人风声鹤唳。这些被捕的官员大多出自东阳书院，后来就称为"东阳党"。

那件事闹得整个京城人心惶惶，菜市口处斩四五十人，血流成河。据说那里连

121

着一个月的空气中都是血腥味，风怎么吹也吹不散。

直至今日，回想起此事来，京中的人仍有几分讳莫如深，唯恐说话不当招惹了东厂的人。

岑隐却因此更得皇帝的欢心，以十五岁的年龄成了大盛朝有史以来最年轻的司礼监秉笔太监，权势滔天。

端木期沉声道："总之，以后你行事，一切都照府里的规矩来。"

"是，老爷。"唐氏淡淡地应诺，捧起茶盅，用茶盖移去漂浮在茶汤上的茶叶。

她心里门清：贺氏怕是要给小贺氏一个教训，但以后总归是要把掌家权拿回去给小贺氏的。

端木期的脸上却是压抑不住的期待之色，他又道："夫人，今日皇上赏了大哥世袭三代的安远将军之职，可是长房无子，你说这职位会世袭给谁呢？"他的心跳加快了两拍，他按捺着心头的激越之情，继续说，"长房无子，大哥和大嫂没个奉香火的，在地下也不安宁，两个姐儿年纪还小，没有兄弟扶持，也不是个办法，长房说不得要过继一个。"

唐氏捧着茶盅的手在半空中顿了一下，原本冷淡的脸上也难免露出一丝心动之色：端木期才学平庸，比端木宪不知道差了多少，最多往上再升一品。自家是三房，虽然也是嫡出，但日后这府里定由二房继承，三房最多分些田地、银子，这些再分到子孙身上就更少了。

若是他们把自家的小儿子过继出去，就可以名正言顺、顺理成章地继承长房的大部分家业，还有那三品的安远将军之职。

唐氏深吸一口气，劝了一句："老爷，这事不急……"

"夫人说得是。"端木期点了点头，冷静下来，对自己说：不能急，圣旨才刚下，夫人也刚接手中馈，三房暂时不能有动作。

夫妻俩又说了一会儿子女的功课后，端木期就离开了。唐氏独自静坐片刻才吩咐芷卉道："芷卉，今儿我陪嫁的庄子上不是送来些时令水果吗？你命人送到各房，湛清院那边你亲自送去。"

芷卉躬身应了一声，就去了湛清院。

"大姑娘、四姑娘，这是今年刚熟的荔枝，是我们夫人陪嫁的庄子刚送来的，还请两位姑娘尝尝鲜。"芷卉笑吟吟地指着两箩筐荔枝说道，又口齿伶俐地夸奖了一番荔枝如何香甜多汁。

"三婶母有心了，劳烦芷卉姑娘替我们姐妹谢过三婶母。"坐在一张罗汉床上的端木绯含笑道，优雅大方。

张嬷嬷拿出一个红封打赏了芷卉，就领着她出去了。

今日的湛清院门庭若市，芷卉前脚刚走，后脚张嬷嬷又把贺氏身边的大丫鬟夏芙带了进来，夏芙自然是贺氏派来传话的。

"大姑娘、四姑娘，太夫人让两位姑娘过两天随她老人家进宫，向贵妃娘娘请安。"

姐妹俩打发了夏芙后，屋子里总算安静下来。

两姐妹进京三年，因为一直在端木府守孝，还从不曾见过她们那位尊贵的姑母端木贵妃。这一次，贺氏在这个时机忽然提出要带她们进宫，很显然与今日这道圣旨，或者说，与岑隐有关。

这次进宫，贺氏应该是为了探探消息，而带上她们姐妹俩，是为了向皇帝表达端木家一切以圣意为尊，决不会薄待她们姐妹俩。

端木绯嘴角微翘，端木纭也没闲着，吩咐紫藤把芷卉刚才送来的荔枝装盘上桌，又招呼妹妹："蓁蓁，吃点儿荔枝吧。"

端木纭嘴角弯弯地剥起荔枝来，妹妹一颗，自己一颗。这荔枝的壳又薄又脆，壳下的果肉如凝脂般，香甜多汁，吃在嘴里如蜜糖般，令人通体舒畅。

端木纭自上午接了圣旨后，心情就不错。

一来，殉城而亡的父亲得到了皇帝的追封，想必父亲的在天之灵也会欣喜；二来，祖父下定决心夺了二婶母执掌中馈的权力，这势必会起到杀一儆百的效果，以后府里的风向也会有所改变，她们姐妹俩的日子应该会好过多了。

姐妹俩一口气吃了一碟子荔枝，怕吃多上火，就不敢再多吃了。

两个人净了手后，忙得脚不沾地的张嬷嬷又进来了，拿着一张礼单呈给端木纭，道："大姑娘，给安平长公主府的谢礼都备好了，您且瞧瞧这礼单。"

端木纭仔细看了看后，又递给妹妹，让她过目。

昨天她们在公主府宿了一夜，但无论是昨晚抵达时还是今早辞行时，安平长公主都没见她们。长公主的行事看似有几分孤高冷傲，端木纭却没有在意。昨夜长公主让人给她们姐妹备了新的衣裳、被褥、洗漱用具，来服侍的丫鬟更是伺候周全，种种细节让端木纭觉得安平长公主是个很温和细致的长辈。

思索间，端木纭耳边传来妹妹清脆的声音："姐姐。"

端木纭挑眉看向端木绯，妹妹睁着乌溜溜的眼睛，道："昨晚长公主殿下招待得如此周到，我们亲手做些点心一并送给殿下吧。"

端木纭怔了怔，想想也是。公主府什么都有，她们送的礼再重也没有多大意义，她们不如再多送几样亲手做的吃食，礼轻情意重。

端木纭来了兴致："蓁蓁，你说我们做什么好？"

姐妹俩兴致勃勃地商议起来。奶油炸糕、豆沙麻团、雪花玉米烙虽然易做，可是放久了外皮就不酥软了；驴打滚都是糯米，恐怕不好消化；羊眼包子、枣泥山药糕冷了后味道总逊色几分……

"芸豆卷！"端木纭灵机一动，"蓁蓁，我们做芸豆卷好不好？"芸豆卷凉了也好吃。

端木绯清脆响亮地应了一声，姐妹俩就一起去了厨房。

此时，皇帝封赏过世的大老爷以及两姐妹救驾有功的事早就在全府传开了。见端木纭和端木绯一来，管着厨房的马嬷嬷立刻亲自来迎，一听两姐妹要做芸豆卷，就派了厨房里做点心手艺最好的媳妇子过来帮忙。

"蓁蓁，我来处理芸豆，你来做红豆沙。"

端木纭给二人分工，并详细地告诉端木绯红豆沙的做法和注意事项，又让她重复了一遍，姐妹俩这才分头忙碌起来。

芸豆卷做起来并不难，就是费点儿时间。她们要先将芸豆磨成碎豆瓣，去掉豆皮，这可是精细活儿。不过厨房的媳妇子平日里就做这个，有她当帮手，第一步很快就完工了。

之后，她们要将豆瓣先煮后蒸，再刮成豆泥。

端木纭自己忙碌的同时，也没忘记顾着妹妹这边，不时提醒着：

"蓁蓁，红豆煮酥软了吗？

"蓁蓁，接下来过筛去豆皮。

"蓁蓁，注意仔细搅拌红豆沙，免得煳锅。

"蓁蓁，可以放糖桂花和蜂蜜了。"

…………

端木绯当然会做芸豆卷，却只能乖巧地应声，点头如捣蒜。趁端木纭没留意，她悄悄往锅里多加了点儿芝麻，然后又若无其事地继续搅动木勺。

一股甜丝丝的袅袅清香随着热腾腾的白气在厨房里弥漫开来，文火舔着锅底，已经被煮得十分浓稠的红豆沙在锅里"咕噜咕噜"地吐着小泡泡，香气扑鼻。

最后一步，她们只需要将红豆沙包在被压平的芸豆泥中卷成长卷，再切成段，芸豆卷就做好了。

做好的芸豆卷十分小巧精致，不过龙眼大小，正好一口一个，表皮色泽雪白，中间包着红红的豆沙，红白相间，如一朵朵在大雪中怒放的蜡梅。一股清甜的桂花香四溢开来，只是这么看着闻着，就让人口涎分泌。

端木绯用手拈起一块送入口中，只觉得香甜爽口，入口即化，桂花与芝麻的清新香甜似乎渗透到了糕点中，令芸豆卷更加绵软香滑，让人回味无穷。

"姐姐，真好吃！"端木绯笑得眼睛都眯了起来，拊掌自夸道，"我们这芸豆卷算不算色香味俱全？"

看着妹妹可爱的小模样，端木纭忍俊不禁，揉了揉妹妹的发顶。

端木纭吩咐张嬷嬷亲自去一趟公主府，把这刚做好的芸豆卷和其他谢礼一并送去。

太阳西下，波澜起伏的一日就这么过去了。


第二天，贺氏特意开了库房，取了不少东西送到湛清院，面上只说端木纭和端木绯出了孝，房里不能再这么素净云云。

第三天，三夫人唐氏让人送了些时新的料子来，又吩咐针线房的人来给姐妹俩量体裁衣，还给她们置办了些首饰。

连番的动静让湛清院气象一新，府里上下，包括湛清院新买的那些奴婢都知道今时不同往日了。

五月初一，天方亮，两辆黑漆平顶马车载着贺氏、端木纭和端木绯祖孙三个人来到了宫门口。

这是端木纭第二次进宫，她比上一次镇定了不少。

一个小内侍恭敬地把三个人引到了端木贵妃的钟粹宫里。

钟粹宫是东六宫之一，自然富丽堂皇，正门为单檐歇山顶琉璃门，左右嵌有五彩斑斓的琉璃花饰照壁，正殿为黄琉璃瓦歇山式顶，殿内挂有皇帝御题的大匾，匾上龙飞凤舞地写着"柔嘉淑顺"四个大字。

一个正值芳华的妇人仪态优雅地坐在一张红木五屏风嵌云石高束腰直腿罗汉床上。

只见她梳着一个繁复的牡丹髻，头上插着一支朝阳五凤挂珠钗，身上穿着一件紫红色缕金百蝶穿花缂丝褙子，一双妩媚的丹凤眼微微上挑，肌肤如玉，明艳照人。

端木贵妃膝下有一儿一女，这一儿一女正是大皇子和四公主。她是潜邸时就跟着皇帝的侧妃，皇帝登基后，就封她为贵妃了。

此刻在殿中的不仅有端木贵妃，四公主涵星也在，涵星看向端木绯的眼神透着些许探究的意味。

"给贵妃娘娘、四公主殿下请安。"

包括贺氏在内的三个人皆给端木贵妃和涵星行礼。

"母亲何须多礼。"端木贵妃说话的同时，她的宫女已经眼明手快地扶起了贺氏。

待贺氏坐下后，端木贵妃把端木纭和端木绯招呼到近前，笑吟吟地拉着端木纭的一只素手，感叹地说道："两个姑娘家都粉雕玉琢的，我们端木家的水土果然养人啊！"

端木贵妃亲热地夸奖着端木纭和端木绯，态度熟稔而自然，完全看不出这是她们姑侄第一次见面。

贺氏的眸中闪过一丝幽暗之色。她没有说话，神色淡淡的。

端木贵妃如何不知道母亲的心病？可是在她看来，母亲做了继室遭遇的这些不快甚至不能称为委屈，她在宫中才是步步惊心。

在外人看来，她是贵妃娘娘，又诞下了大皇子和四公主，儿女双全，尊荣无比。

但是她毕竟年纪大了，而皇帝春秋正盛，又自诩风流，宫里有的是鲜嫩绝色的新人，比如上个月就有个十五岁的刘才人因为有了身孕被升为婕妤，说不定来年就会诞下七皇子。

这两年，明面上，皇帝经常来钟粹宫坐坐，但其实已经很少留下来过夜了。

端木贵妃想着，眼眸黯了黯，脸上仍旧维持着优雅而矜持的笑意。

两日前，母亲突然让人递牌子进来，她还觉得奇怪，特意问了大皇子才知道，原来家里做了这等蠢事。明明是姐妹俩救驾有功的好事，却被弄成这样，端木府不仅惹得皇帝不快，还得罪了岑隐。

岑隐虽然不干涉后宫之事，但如今圣眷正浓，可以说，他权势滔天，又有岑振兴这义父为后盾，后宫里多的是要巴结他的人。岑隐若有意针对自己，根本不用吩咐，使一个眼色自然有人替他办。

端木贵妃看向姐妹俩的眼神更柔和了，她又夸奖了几句，并赏了姐妹俩一人一个精致的赤金环珠九转玲珑镯，然后看向一旁目光涣散、明显在发呆的女儿，说道："涵星，你纭表姐和绯表妹难得进宫，你陪着她们四处走走。前几日，你大皇兄不是送了你几个纸鸢吗？干脆你们去御花园赏赏花，放放纸鸢，好好玩玩。"

涵星本就是坐不住的性格，立刻喜笑颜开地站起身来，福身领命："是，母妃。"

贺氏和端木贵妃目送三个小姑娘远去，又把殿内服侍的宫人屏退，只留下一个贴身宫女守在门外。

殿内一角的镏金麒麟双头香炉中升起袅袅的熏香，香味轻淡雅致，在殿内弥漫开来，显得分外宁静。

"母亲，"端木贵妃轻轻地啜一口热茶后，脸上透出一丝凝重之色，沉声道，"昨日皇儿被皇上训斥了。"

"娘娘，难道是岑隐到皇上跟前……？"贺氏震惊地脱口问道，瞳孔一缩。

端木贵妃面沉如水，声音越发低沉："那些阉人不是心思扭曲，就是心胸狭隘。岑隐与岑振兴一般，一向睚眦必报，偏偏皇上像被他们迷了心智似的，最信任这对父子。"

端木贵妃其实也不能确认这事是不是和岑隐有关，但不怕一万，只怕万一。

她深吸一口气，定了定神，继续道："母亲，您回去告诉父亲，备上一份厚礼。"

贺氏微微蹙眉，为难地说："娘娘，上次岑隐来府里颁旨的时候，连银子都不肯收。"现在岑隐会收他们送的礼吗？

端木贵妃放下手中的瓷胎画珐琅墨梅花白地茶盅，嘴角勾出一个冷笑："岑隐哪里会缺银子？"

不只是这宫中，朝堂上的文武百官还有那些地方官员，多的是暗中给岑振兴、岑隐父子塞孝敬银子的人，父子俩最不缺的东西就是银子了。

经端木贵妃这么一提点，贺氏若有所思：也是，一点儿银子又怎么打动得了岑隐呢？

端木贵妃继续道："母亲，岑振兴是东厂厂督，平日里公务繁忙，也没多少时间在皇上身旁伺候，但岑隐在皇上身边寸步不离，越来越得圣心。平日里，我想要示好也寻不到合适的时机，就怕弄巧成拙，如今正好趁这个机会，一来认错，二来示好……"

如此，他们倒可以化不利为有利。贺氏目光微闪，若有所思地颔首道："还是娘娘深谋远虑。"

屋子里又静了一瞬，悄无声息。殿内点的熏香不知何时已被烧尽，香味缥缈，渐渐淡去。

须臾，贺氏摩挲着手里的佛珠，咬牙道："娘娘放心，以后我会善待那对姐妹的。"

见母亲听得进自己的劝说，端木贵妃总算松了一口气。

母亲一向通达，就是在长房的事上容易犯轴，连带着看不上那对孤女。但现在情况不同了，更何况，长房已经绝了嗣，只有这一对孤女，她们早晚要嫁出去，母亲又有什么好与她们计较的？

无论是端木贵妃还是贺氏，倒不觉得岑隐有多么在意那对姐妹，都认为就是端木府那夜闭门不开损了岑隐的颜面罢了，所以她们才要借着对姐妹俩示好，来委婉地向岑隐致歉。

"母亲，二嫂那边您可不能再纵着了……"

母女俩的交谈声在殿内回响，在风吹树叶的"哗哗"声中时隐时现。

# 第六章　恋　慕

另一边，三个年轻的小姑娘出了钟粹宫后，一路漫步，涵星在前引领。不一会儿，捧着纸鸢的宫女赶了上来，随行在后。

初夏的太阳渐渐灼热刺眼，幸好两边一棵棵成荫的参天古树遮挡了大部分阳光，云廊迂回，曲径通幽。

御花园共有六道门，上次她们来时走的是坤宁门，这一次走的却是琼苑东门，两门附近的景致迥然不同，乍一眼看去，御花园与上次的仿佛两个园子。

涵星一路无语，大步流星地往前走着，但她的心情似乎不错，无论背影还是步履都悠然闲适，她似乎迫不及待地想去放纸鸢。

端木绯亲昵地挽着端木纭的胳膊，跟在涵星身后。她们沿着一条鹅卵石小径往前走着，翠竹夹道，浓郁葱茏，偶有微风拂过，竹叶"窸窣"作响，此地清幽静穆得如一方世外净土。

她们出了竹林，眼前就是一片平坦的青葱草地，百来丈外是波光粼粼的湖水，岸边是一座座太湖石堆成的假山，怪石嶙峋，还有丛丛盛开的茉莉花，星星点点的白花点缀在浓绿与浅绿之中，如漫天星辰，让人看着不由得心旷神怡。

微风徐徐，带来茉莉花醉人的清香。

走在最前面的涵星停下脚步，扫了她们一眼，说道："我们就在这里放纸鸢吧。"

涵星从三个纸鸢中选了一个拖着六条长尾的浴火凤凰，将纸鸢递给贴身宫女，两个宫女立刻跑到一边，协力把凤凰纸鸢放飞。

剩下的两个纸鸢，一个是五彩斑斓的蝴蝶，另一个是扑棱着翅膀的嫩黄色的小雏鸡。纸鸢显然都出自名家之手，做得生动活泼。

端木绯看着纸鸢上那只似乎被惊吓得不轻的小雏鸡，忍俊不禁。

"姐姐，这个纸鸢真可爱。"端木绯拿起小雏鸡纸鸢，眉眼弯弯地说。

端木纭一向"唯妹是从"，含笑道："蓁蓁，我来帮你。"

端木绯响亮地应了一声，跃跃欲试。

她会的东西不少，放纸鸢恰好不在其列。原来的她打小患有心疾，不能跑，不能跳，不能骑马，情绪不能过于激动……可是现在不一样了，她有了健康的身体，可以肆意奔跑，肆意欢笑。

在端木纭手把手进行指点下，端木绯近乎笨拙地一边跑动，一边放着线。今日风正好，没一会儿，纸鸢就被稳稳地飞到了半空中。

端木绯不禁露出灿烂的笑容，朗声道："姐姐，纸鸢飞起来了！你看，纸鸢飞起来了！"

端木纭一边应声，一边笑了，姐妹俩笑靥如花。

涵星在一旁看着她俩，忍不住撇了撇嘴，心道：不就是放纸鸢吗？她们有那么开心吗？

"殿下。"

这时，宫女把放飞的凤凰纸鸢的牛角线轴交到涵星的手中。六尾凤凰在碧空中飞得高高的，六条尾巴在风中被吹得"猎猎"作响，让它看起来威风凛凛的。涵星的心情畅快了不少。

没一会儿，端木纭也把她的蝴蝶纸鸢放飞，蝴蝶与雏鸡在空中彼此追逐、嬉戏，颇为有趣。

端木纭见妹妹玩得开心，就笑着说："蓁蓁，爹爹从前教过我做纸鸢，等回府后，我给你做一个。"

"好！"端木绯点了点头，自告奋勇地道，"姐姐，我来给纸鸢画画。"

她来画？涵星怔了怔，转头看向端木绯，不由得想起那日凝露会上端木绯画的那幅气势恢宏的泼墨画。

涵星眼中闪过一丝狐疑之色。这些年，她听到的传闻都说端木绯是个小草包、小傻子，难道那些传言是子虚乌有？这泼墨画到底是不是端木绯"凑巧"画出来的呢？

涵星是个干脆的性子，既然想到了，就索性说道："绯表妹，你上次在凝露会上画的那幅边关图委实气势磅礴，乃难得一见的佳作。正好表妹进宫，不如我们放完纸鸢后，你再画一幅赠予我吧？"她倒要仔细看看这端木绯到底傻不傻。

端木绯把目光从空中的纸鸢上收回，分神去应付涵星，天真地笑道："既然公主表姐这么喜欢我画的那幅边关图，等回府，我就命人拿来送给公主表姐。"

涵星一时语结，差点儿就要跺脚，谁说她喜欢这丫头的画？！

端木绯连话都听不懂，果然是个呆子。

下一刻，端木绯惊叫一声，她的纸鸢线擦过一段树枝，细细的线在半空中绷断，纸鸢顿时奔向了自由，展翅朝小湖和假山的方向飞了过去。

"我的纸鸢……"端木绯紧张地低呼了一声。

涵星皱了皱眉，别开视线，心道：端木绯真是笨手笨脚的，放个纸鸢都把线弄断了。谁让她敷衍我？我才懒得理会她呢。

一旁的宫女看了看涵星的脸色，见四公主没有吩咐她去捡纸鸢的意思，也没敢请命。

端木纭正想把手中的线轴递给端木绯，可是端木绯已经先她一步往前走去，回头笑道："姐姐，你等我一会儿，我去捡纸鸢。"

端木绯提起裙裾加快脚步，健步如飞，朝湖边的一个八角凉亭走去。

刚才她只看到纸鸢飞过了凉亭，只希望它千万不要掉进湖里才好。端木绯一边走，一边在心里默默叨着。

绕过凉亭和几丛花草，端木绯四下张望着，寻找纸鸢的踪迹。当她的目光漫不经心地滑过右前方不远处的一道背影时，她浑身如遭雷击般僵住了，动弹不得。

那是一个年过五旬的老妇，花白的头发被梳成一个整齐的圆髻，身上穿了一件酱紫色丝绣八团花褙子。

端木绯死死地盯着插在对方发髻上的羊脂白玉莲花头如意簪，粉润的嘴唇撇了撇，眼睛一酸，眼前浮现出一层朦胧的薄雾。

祖母，那是祖母！

只是一道背影，端木绯就可以确定那是她的祖母——楚太夫人！

一瞬间，端木绯的眼眶中含满了泪水，眼睛都舍不得眨一下，目光近乎贪婪地看着前方那气质优雅的老妇。她用一只手捂住嘴，怕自己失态就要喊出声来。

她怎么也没想到今日祖母会进宫。

端木绯忍不住朝楚太夫人的方向走了两步，想把对方看得更清楚一些。很快，她就注意到有些不对劲。

祖母为何站在原地一动不动？而她身旁一个穿蓝色宫装的宫女正蹲在地上，似乎在捡拾着什么。

端木绯深吸一口气，缓缓地走了过去，一颗小拇指大小的红色玛瑙珠滴溜溜地滚到了她的鞋旁。

她俯身用右手将它捡了起来，指尖微颤。

"祖……这位老夫人，这是您的吗？"她站在一丈外，力图镇定地说。

楚太夫人闻声转过身来，挺拔的脊背好似松柏，熟悉的面容映入端木绯的眼帘。

楚太夫人气质冷峻威仪，薄唇微抿时，自带着一种不怒自威的气势，一双睿智的眼眸清澈有神。

两个月不见，祖母瘦了，眼角的皱纹也多了。

端木绯目光灼灼地看着楚太夫人，喉头有些干涩。

楚太夫人看了端木绯一眼，目光落在她掌心中那颗红艳艳的玛瑙佛珠上，眼神柔和了一些："这是老身的。"

端木绯走近两步，把右掌凑到楚太夫人跟前，微微笑着，眼中却闪着水光。

楚太夫人伸手取过那颗佛珠。她的手保养得当，白皙柔腻，手指骨节分明，纤细修长。自小，就是这双手牵着她的小手教她写字、弹琴、作画，在她病时轻柔地彻夜拍她入眠……

过去无数的回忆在端木绯的脑中闪过，恍如昨日，似近还远。

楚太夫人温暖的指腹在自己的掌心上擦过的那一瞬，端木绯差点儿失态地抓住她的手。

幸好这时那位蓝衣宫女闻声而来，喜不自胜地说："楚太夫人，这正好是第十八颗。"宫女从楚太夫人手里接过那颗佛珠，放入一个青色的荷包中，封起荷包后，双手呈给了楚太夫人。

楚太夫人紧紧捏着荷包，神色不变，知她如端木绯，却可以从她嘴角细微的变化看出她的释然。

"谢谢你，小姑娘。"楚太夫人含笑道谢，再次看向端木绯，此刻才有心思上下打量眼前这个可爱娇憨的小姑娘，若有所思。

"举手之劳而已，楚太夫人太客气了。"

端木绯小脸儿上的笑容更灿烂了，眼眸熠熠生辉，心里却更为酸楚。这个红玛瑙手串是曾经的自己给祖母的生辰礼物，上面的十八颗珠子全是她一颗颗亲手打磨的。

"小姑娘，你是在找纸鸢吧？"楚太夫人忽然问道。

"楚太夫人，您是怎么知道的？"端木绯惊讶地瞪大了眼睛，心中不由得轻快了些。她带着骄傲想：祖母一向观察细致，心思缜密，见微知著。

楚太夫人怔了怔，不知为何，一瞬间想到了很久很久以前另一个白皙漂亮的姑娘，她也是这样仰着头问自己："祖母，您是怎么知道的？"

想到这里，楚太夫人心口一抽，眸中微黯，指了指端木绯的右手以掩饰自己的失态："小姑娘，你的手指上有纸鸢线留下的痕迹，还有……"她又指向不远处飞翔在蓝天中的凤凰纸鸢与蝴蝶纸鸢，手指慢慢右移，指向不远处的太湖石假山，"刚才老身看到一个断线的纸鸢被风吹往那个方向了，你去那边找，想必能找到你的纸鸢。"

"多谢楚太夫人！"端木绯福了福身，谢过楚太夫人，压抑着心中的不舍。

"楚太夫人……"蓝衣宫女用请示的目光看向楚太夫人。刚才因为楚太夫人的手串忽然断了，已经耽误了一些时间，皇后还在等着楚太夫人觐见呢。

楚太夫人又对端木绯道了声"告辞",就随那蓝衣宫女离去了。

端木绯怔怔地站在原地,目送楚太夫人离去。她现在不过是一个陌生人,以祖母外冷内热的性格,祖母自然不会与她说太多。

谁又能想到楚青辞可以附体重生呢?

端木绯失魂落魄地站在原地,泪水差点儿涌上来。

直到看不到楚太夫人的背影了,她才转过身,朝湖边那几座奇形怪状的假山走去,心绪慢慢地平静下来。

她还活着,以后会有很多机会见到祖母的。

端木绯的唇角微微弯了起来。

日头越升越高,空气也越来越灼热,迎面拂来的微风似乎都带着些暖意。

绕着白色的太湖石假山走了小半圈后,端木绯看到"黄嫩嫩的小雏鸡"正躺在假山的一角。

端木绯抬眼盯着那只纸鸢,渐渐走近,歪了歪脑袋。以她现在这个身高,就算她踮起脚,徒手肯定抓不到纸鸢的。

端木绯嘴角弯弯,毫不迟疑地一手抓住假山上的一个石块,然后抬起一只脚试探性地往假山上踩去。

她从小就是一个乖巧听话的孩子,因为心疾,身旁的人把她视作瓷娃娃,她也没机会做任何出格的事。但现在不一样了,她可以做任何楚青辞想做却做不了的事。

端木绯才攀上了一点儿,就听身后传来男子愉悦的轻笑声,接着一个耳熟的阴柔男音响起:"这不是端木姑娘吗?"

这是……端木绯一下子就听出了声音的主人,转头望去,身子一僵。

一道穿着红色麒麟袍的颀长身影不知何时出现在端木绯后方不远处,岑隐步履闲适地朝她走来,那俊美得比女子还要冶艳的脸庞在阳光下越发夺目,连他身旁红艳艳的繁花都显得黯然失色,沦为他的陪衬。

在对方的凝视下,端木绯感觉自己像一个做坏事被抓包的小孩。

她讪讪地跳下来,拍拍手,又整理整理裙子,端端正正地给岑隐福了福。

"岑小公公。"她的形容之间难免露出一丝赧然之意。

岑隐不疾不徐地走到端木绯跟前:"端木姑娘,你很少来宫中,定不知道这御花园的假山只适合观赏,中看不中用。"

端木绯怔了怔,感觉岑隐的话似乎有几分意味深长,只能道:"多谢公公提点。"

岑隐含笑看着端木绯,目光清亮,随口问道:"端木姑娘,怎么只有你一个人?"

端木绯乖顺地答道:"我今日与姐姐一起随祖母进宫给贵妃娘娘请安,适才同四公主殿下一起放纸鸢的时候,纸鸢不慎断了线,所以我就跑来捡纸鸢。"说着,她还有些不好意思地抿了抿唇。

顺着端木绯的目光往那假山上一看，岑隐自然也看到了那个纸鸢，便对身后的小内侍吩咐道："小仁子，替端木姑娘把纸鸢取下来。"

"是！"那十一二岁的小内侍赶忙领命，"奴才这就去取根竹竿过来。"

五官平平的小内侍快步走了，附近只剩下端木绯和岑隐。四周一片静谧，只有微风偶尔拂动花丛的声响。

端木绯清了清嗓子，没话找话地与对方寒暄："岑小公公，近来可好？"

"甚好。"岑隐微微一笑。他一笑起来，五官就变得柔和而魅惑。接着，他似乎打开了话匣子，随意与端木绯道起家常来，问她近来可好、最近学了些什么。

反正这些事也没什么不可对人言的，端木绯乖乖地一一答了，偶尔夹杂几句琐事趣闻。

岑隐目光柔和地看着她。

不一会儿，那叫小仁子的小内侍拿着一根五六尺长的竹竿回来了，见二人似乎相谈甚欢，心中惊讶不已。

小仁子半垂着头，不敢表露出一丝异状，小心翼翼地用竹竿把假山上的纸鸢一点点地弄了下来，最后呈到端木绯的手中。

岑隐的目光落在纸鸢上那只黄嫩嫩、毛茸茸的小雏鸡上，他眉头微扬，脸上似乎染上了些许笑意，又道："御花园中岔路多，你容易迷路，还是我送姑娘一程吧。"岑隐伸手做请状。

端木绯顺从地接受对方的好意，两个人并肩朝八角凉亭的方向走去。绕过凉亭后，前方那片空旷的草坪，包括不远处的端木纭和涵星再次进入端木绯的视野中。

她俩当然也看到了岑隐，皆目露讶色，却心思各异。

"岑小公公。"端木纭主动上前几步，给岑隐行礼。

涵星还是站在原处，手抓着纸鸢的线轴，下意识地微微用力，她有些狐疑地打量着端木绯和端木纭。

迎上端木纭疑惑的眼神，端木绯举了举手中的纸鸢，笑吟吟地解释道："姐姐，刚才纸鸢掉到了假山上，幸好我遇到了岑小公公，他让人帮我将纸鸢取了下来，还好意送我回来。"端木绯没提遇上楚太夫人的事。

"多谢岑小公公。"端木纭赶忙替妹妹谢过岑隐。

岑隐微笑地凝视着端木纭，黑夜般的眼眸里似含着银月："不必多礼。"

他正要转身离开，瞥到纸鸢上那只可怜兮兮的小雏鸡，身影一顿，又道："端木姑娘，今科的武举就要开始了，算算日子，李家的儿郎应该也快抵达京城了。"他似随口一提。

李家？端木纭双目微瞪，乌黑的眼中流露出异彩。难道说李家表哥会参加今科武举？

岑隐又笑了笑，眼中的笑意更浓。他没再说什么，大步离去，好似没看到四公主涵星一般。

涵星看着岑隐的背影，眸中难掩讶异之色，心道：岑隐在宫中一向跋扈，今天是吃错了什么药？他竟然这么好心？

端木纭没在意涵星，对端木绯道："萘萘，你拿着纸鸢，我来把线轴接回去。"

姐妹俩齐心协力，很快那个嫩黄色的纸鸢又腾飞而起，在空中翱翔、嬉戏。

微风拂面，暖意融融，伴着姑娘们欢快的语笑喧阗声，空气中的茉莉花香似乎愈加馥郁了，萦绕在四周，让人心神舒畅。

表姐妹三个人又玩了一会儿，一个粉衣宫女跑来，说贵妃请她们三位回去。

于是三个人收起纸鸢，原路返回钟粹宫。


殿内已经燃起了新的熏香，隐约带着茉莉的清香。

"涵星、纭姐儿、绯姐儿，你们三个人玩得可好？"端木贵妃亲热地将三个人招呼到跟前，问了一会儿放纸鸢的事。

然后她话锋一转，对贺氏道："刚刚内廷司送来了江南进贡的料子，母亲，您多带几匹回去，给纭姐儿和绯姐儿做些衣裳。小姑娘家家的，该多穿些颜色鲜亮的衣裳才是。本宫这里还有皇上赏的樱桃，你们也带些回去。"

贺氏的脸上挂着慈祥和蔼的笑，她颔首道："纭姐儿、绯姐儿，还不谢过你们姑母？"

端木纭微微一怔，自她三年前第一次见到贺氏起，还不曾见贺氏对她们这么和蔼过。

她没有多想，拉着妹妹乖顺地屈膝行礼："侄女谢过大姑母。"

"都是自家人，无须客气。"端木贵妃一手拉过一旁神色淡淡的涵星，笑吟吟地又道："涵星，你无事的时候，多去你外祖母家走走，也好向你绯表妹讨教一下泼墨画技，来日为你父皇画一幅祝寿图。"

她要向端木绯这丫头讨教泼墨画？涵星的脸差点儿黑了，她堂堂公主还要向一个才九岁的小姑娘讨教画技？

涵星刚要反驳，却感觉到母亲用尖锐的指甲掐了掐她的掌心，她便只能把话咽回去，嘴唇抿得紧紧的。

在钟粹宫里陪着端木贵妃和四公主用过午膳后，姐妹俩就随贺氏一起离开了皇宫，祖孙三个人分开，坐上了马车。

马车缓缓自宫门口驶出，越来越快。车厢里，端木纭拉住妹妹的手，喜不自胜地说："萘萘，太好了，李家表兄要来京城参加武举了。"说着，她明丽的脸上不由得露出灿烂的笑容，乌黑的柳叶眼中是压抑不住的期待之色。

端木绯也跟着笑了，反握住端木纭的手，姐妹俩掌心贴着掌心。

李家是母亲李氏的娘家，多年来，李家子弟驻守在大盛东南边的闽州，已经许多年没有进京，所以楚青辞也不曾见过李家人，只听祖父楚老太爷曾经提过六个字：李家在，闽州平。

闽州一带多海匪倭寇，李家能镇守闽州多年，让闽州安宁太平，在海战上自然有其独到之处。

只不过李家人是好的将士，却不代表是好的舅家。

在原主的记忆里，她们一对孤女待在端木府里守孝三年，这三年来，李家从未派人过问一句，也不知道李家是不是与端木家有什么龃龉。

端木绯飞快地思忖着，面上则笑吟吟的。

端木纭感慨地笑道："蓁蓁，岑小公公真是一个随和的人。"看到妹妹迷路，他就特意把妹妹送了回来，刚才又告诉她们李家表兄的事。

闻言，端木绯差点儿被口水呛到，表情有些古怪。她用一种一言难尽的眼神看了端木纭一眼，半垂眼帘，藏住眸中的异色。

端木绯还是楚青辞的时候，在庄子里第一次遇到岑隐时并不知道对方就是那位大名鼎鼎的司礼监秉笔太监，但是作为楚氏的嫡长女，自小由楚老太爷亲自教导，自然听闻过其名其事。

岑隐从一个无权无势、无名无姓的孤儿一路爬到司礼监秉笔太监这个位置，还有从他这些年的行事作风来看，他与随和似乎搭不上边。

但不管怎么样，他对她们姐妹并没有恶意。

"嗒嗒嗒……"

她们的马车一路往北飞驰而去，外面街道上的喧嚣声不时传入耳中，两姐妹手牵着手，心渐渐安定了下来。

不过短短两个月，她们已经两次进宫，在府中也渐入佳境，以后，她们的日子一定会越来越好的。


回府后，端木纭命人把端木贵妃赏来的樱桃也给三夫人唐氏送了一盘，说是给三婶母尝尝鲜。

樱桃虽然不是什么稀罕玩意儿，但这进贡的樱桃是上上品，一颗颗色泽鲜艳，红如玛瑙，味道酸酸甜甜，隐隐带着一股清甜的酒香，令人回味无穷。

其实太夫人贺氏得了端木贵妃的赏赐，自会把这些樱桃分给各房，但是对端木纭和端木绯而言，两姐妹特意给唐氏送一盘樱桃是人情，是作为上次唐氏给她们送了荔枝的回礼。

人情世故，本来就是这样来来往往地互相获取利益。

自打唐氏管家后，姐妹俩在府中过得越来越好了，府中其他姑娘有的东西也不缺她们的，包括衣裳、首饰、吃食以及其他用度。

府中的下人也都是人精，自然把这些看在眼里，一个个都夸三夫人贤惠，管家有道。三房在府中也颇有水涨船高之势。

端木纭和端木绯并不在意这些，姐妹俩关起门来在湛清院里过自己的小日子。

五月初四，下了闺学后，端木纭和端木绯一块儿包起了粽子。

这一忙就是整整两个时辰，姐妹俩特意做了好多种口味的粽子，有甜有咸，甜的如八宝粽、蜜枣粽、松仁粽、莲子粽，咸的如香菇五花肉粽、腊肉香肠粽、蛋黄粽等。不同口味的粽子被缠以不同颜色的粗棉线用以分辨，端木绯还悄悄在端木纭调好的馅里添了些调料，两个人足足包了两箩筐。

到了端午节当日，端木纭一大早就命下人把煮好的粽子一一送了出去。至于贺氏那边的粽子，是姐妹俩趁着昏定晨省时亲自送的。

"纭姐儿、绯姐儿，你们俩有心了，祖母知道你们孝顺。"贺氏含笑看着二人，一派慈眉善目的样子，又吩咐一旁的丫鬟当下就剥了一个粽子。

这是一个香菇五花肉粽，丫鬟一剥开粽子皮，香菇、鲜肉与作为粽子皮的芦苇叶的香味就在屋子里弥漫开来，勾得人垂涎欲滴。

贺氏咬了一小口后，以茶水漱口，含笑将粽子夸了一通，赞粽子美味，又赞姐妹俩心灵手巧，好一个祖慈孙孝、其乐融融的温馨场面。屋子里的其他人神色各异，而端木绮半垂着小脸儿，脸色更是阴沉得快要滴出墨来。

"谢祖母夸奖。"端木纭含着笑福了福身，"听祖母这么说，孙女也有底气将粽子送出去作为节礼了。"

贺氏用帕子擦了擦嘴角，问道："这粽子还送了谁？"她就是随口一问，这两个姑娘来京城后就在守孝，孝期满后也鲜少出门，能认得什么人呢？

端木纭一一答了。

府里各房她们自然都送了，除此以外，她们还命人给安平长公主府和岑府送了一些。

听到安平长公主府时，贺氏已经微微蹙眉，再听到岑府时，眼中闪过一丝疑惑之色。她又问："哪个岑府？"她心里隐约有种不妙的预感。

端木纭理所当然地答道："回祖母，是岑小公公的府上。"

如岑振兴与岑隐这般人物，自然不是普通的内侍，他们在宫外都有府邸。平日里除了在宫中当值的日子，他们绝大多数时候是出宫回府休息的。

她们真的是给岑隐送礼！贺氏的脸色差点儿没绷住，她立马想训斥她们姐妹俩胆大妄为，但还是按捺下了怒火。

端木绯当然看出了贺氏脸上的不悦之色，若无其事地微笑着，一副天真无邪的模样。

她们给岑隐送粽子是端木纭的主意，端木绯初闻时也有些惊讶。

尽管只和端木纭相处了两个多月，端木绯却看得出来，自己这个姐姐许是在边关长大的缘故，性子里有着将门儿女的直率，她肯定没有考虑太多，只是觉得岑隐帮过她们姐妹俩，上次在宫里他又好心地送自己回来，所以姐姐真心想要答谢对方而已。

因此，端木绯没有阻止送礼这件事。

对岑隐这样身份的人，她们应景地送些粽子恰到好处，不管对方收还是不收，这么做总是没错的。

屋子里的气氛有些奇怪，其他人皆面面相觑，听端木纭的意思，她们姐妹俩莫非特意给那日来颁旨的内侍送了节礼？

贺氏心乱如麻，眼神闪烁，草草地就把屋子里的人都打发了。

众人自然都感受到了贺氏神情间的烦躁之意，纷纷告退。端木绮的心情好了些，嘴角微翘，她嘲讽地看了端木纭和端木绯一眼，心道：祖母有心给她们做脸，可惜啊，有的人烂泥糊不上墙，又惹祖母不悦了。

很快，屋子里就只剩下贺氏，她招了招手，对大丫鬟吩咐道："你去前院看着，等老太爷回府就立刻把人请来。"

紧跟着，她又把游嬷嬷招呼到近前："你去查查……"

贺氏把该做的事都做了，但还是坐立不安，心神不宁。直到巳时过半，端木宪终于下朝归府，身上还穿着朝服。

"老太爷……"贺氏一见端木宪，就迫不及待地把端木纭姐妹俩擅自给岑隐的府上送粽子的事说了，似抱怨，又似告状，"这两个丫头行事太猖狂了，这种大事也不先跟我商量一下……"

端木宪坐在罗汉床上缓缓地捋着下巴上的胡须，沉默了很久才启唇道："阿敏，你可知道纭姐儿是派谁将粽子送去岑府的？岑隐可收下了？"

这些事，在端木宪回来前，贺氏都让游嬷嬷去打听过了，她立刻就答道："是张嬷嬷亲自把粽子送去岑隐在文心街的府邸的，门房收下了。"

端木宪又沉默下来，捧起茶盅吹了吹茶汤上的浮叶，半垂眼帘。

贺氏进宫后，次日他就按照女儿说的备了重礼送去岑府，却还是被门房拦在了门外；端木纭姐妹俩送的粽子岑府却收下了。

他轻轻地啜了一口热茶，放下茶盅，意味深长地说："这是好事。"

今日被送去岑府的粽子虽然是端木纭姐妹俩送的，在外人看来却是岑隐收了端木府的节礼。

之前因为他得罪了岑隐，朝堂上下人精似的文武百官一个个对他有几分敬而远之、冷眼旁观的意味，如今岑隐收了端木府的礼，想必以后形势会好转。

不过，这个节礼毕竟太轻，他们再补上一份重礼就刚刚好。

端木宪微微眯眼，又道："阿敏，你让人开库房，把那尊玉麒麟送去岑隐府上。"

"老太爷，"贺氏迟疑地说，"万一……万一岑隐又不肯收呢？"

"这次岑隐一定会收的。"端木宪捋了捋胡须，肯定地说。

端木宪自恃阅人无数，又如何不知道岑隐到底是个什么样的人？像岑隐这种人，眼里只有权势、利益与金钱，他又怎么可能把端木纭和端木绯那对孤女放在心上？

这些日子以来，端木宪不动声色地给岑隐行了不少方便，但岑隐一直没有表态，今日才收下粽子，这定是岑隐释放出的一个信号——他终于愿意轻轻抬手，放过上次的事。

所以，他们这次再送上重礼，岑隐一定会收。

"老太爷心里有数就好。"贺氏的嘴角总算染上了几分笑意，心头的巨石落了下来。

端木宪拿起茶盅又喝了一口热茶，润了润嗓子后又道："你找个办事稳妥的人跑一趟岑府，这次的事可不能再出任何岔子了……"顿了一下，端木宪缓缓地补充了一句，"柳首辅快要致仕了……"

首辅致仕。

这个消息如平地一声旱雷起，炸得贺氏浑身微颤，瞳孔猛缩。她眼睛一眨不眨地看着端木宪，目露期待之色："老太爷，你的意思是说……？"

大盛朝没有丞相。一百多年前，太祖皇帝登基后就下旨更改前朝官制，废除丞相，设立内阁，内阁成员由六部尚书兼任，首辅为尊。在大盛官场上，内阁首辅是端木宪这样的文官希望登上的顶峰。

端木宪用手指摩挲着茶盅，继续道："以我的资历，我应该还是可以争上一争的。岑隐深受皇上的信赖与器重，只要他肯为我说上一句话，比任何事都强。"

闻言，贺氏热血沸腾，眼眸更亮了。

是啊，端木宪是当朝户部尚书，深受今上看重。一旦他成为首辅，那对贵妃和大皇子也大有益处。

"老太爷，我这就让人去开库房！"贺氏急忙道。

端木宪微微点头，像是想到了什么，意味深长地提醒道："阿敏，下个月就是你的生辰了。"

贺氏怔了怔，立刻反应过来，飞快地盘算起来："我尽快拟张宴客的名单让你过目。"

本来因为今年的生辰不是整寿，她没打算大肆操办，但现在不同了，他们可以借着寿宴的机会邀请岑隐过府，试探一下他的口风。

端木宪没有再多说什么，端起茶盅，用茶盖轻轻撇着漂浮的茶叶。

此刻已经是正午了，灿日高悬，普照大地，将整个京城笼罩在一片金色的光晕中，空气中弥漫着浓浓的节日气氛。安平长公主府却不然，府中一如平日，宁静到近乎冷清。

"殿下，端木府的大姑娘和四姑娘命人送了粽子过来，说是她们亲手包的。"宫女子月恭敬地向正坐在窗边对着棋谱摆棋的美貌女子禀道。

安平长公主看起来不过二十七八岁的样子，穿了一件丁香色遍地散绣金银花对襟褙子，下面着一条轻描淡绘的月华裙，一头乌黑蓬松的青丝被绾成一个松松的纂儿，头上只插了一支八宝簇珠白玉钗。

她容貌妩媚明艳，气质华贵高雅，整个人如同一朵怒放的牡丹花，千娇百媚，一颦一笑间流露出一种天之骄女的傲气。

安平不紧不慢地在榧木棋盘上落下一粒白子，被修剪整齐的指甲泛着珠贝般的淡雅光泽。

她有些意外地看向子月，挑了挑眉："原来是那两个小姑娘啊！"

子月笑吟吟地将手里拎的食盒稍微打开了一些，露出放在其中的粽子，那粽子还热腾腾地冒着白气。

看着食盒中的粽子，安平不由得想起，上个月那对姐妹为感谢自己那夜的收留之恩而特意命人送来的谢礼，其中令她印象最深的就是姐妹俩亲手做的芸豆卷，这一次两个小丫头又特意送了亲手包的粽子来，倒是有心了。

安平嘴角微翘，眼中闪现些许笑意，看起来明艳动人。

见长公主似乎心情不错，子月又道："送礼的人说，两位姑娘不知道殿下的口味，干脆每种口味都做了一些，绑了不同颜色的线做记号。"子月从袖中掏出一张字条，念道，"红线是豆沙粽，橙线是蛋黄粽，七彩线绑的是八宝粽……"

安平放下棋谱，神色间又多了一分兴味：这两个小姑娘不只有心，还是玲珑心。

安平正想吩咐子月给她剥一个粽子，就听到屋外有人恭敬行礼的声音："公子，殿下在东次间。"

几乎是下一瞬，安平就听到了一阵挑帘声响起，不禁面露喜色地看向湘帘的方向，神色变得柔和了不少。

封炎大步流星地走了进来。今日他穿了一袭玄色暗银刺绣长袍，肌肤白皙似上等的美玉，莹润无瑕，精致如画的眉宇间透着世家公子特有的贵气。

"娘。"封炎对安平拱手施礼，眉宇间的冷峻在面对安平时散去了不少。目光在棋盘上扫了一下，他道："我陪娘下棋吧。"

他在棋盘的另一边坐下，随意拈起一粒黑子落下。

安平含着笑又拈起一粒白子，回忆着棋谱上的走势，一边随意地落子，一边吩咐子月道："子月，去剥两个粽子来。"

听安平说到粽子，封炎才骤然想起今日是端午节。

子月提着食盒下去剥粽子，屋子里只剩下母子俩。安平目光一闪，问道："阿炎，青州那边……？"

"嗒！"

封炎又落下一子，清脆的落子声打断了安平说的话。他云淡风轻地说："娘放心，儿子已经有了成算……"

封炎眼尾微挑，乜了安平一眼，嘴角带着一丝漫不经心的随意笑容。

他看似一副没心没肺的样子，可是知子莫若母，安平面上不动声色，心口却像被无数根针扎了似的，她为儿子心痛。

她知道阿炎一心喜欢宣国公府的楚大姑娘，也知道这门亲事想成很难，她却从来没有试图劝阻过他，因为阿炎这孩子身上所背负的东西太沉重了。

这本不是他在这个年龄所该承担的，她这个做母亲的心疼不已。

这些年来，楚青辞的存在成了阿炎的动力，让他勇往直前，让他义无反顾……

她也期盼着，有朝一日若是事成了，阿炎没准能得偿所愿。

可是，谁也没想到——楚青辞竟然年纪轻轻就消香玉殒了。

想着，安平眸色一黯，眼中波涛汹涌。二人继续落子，落子声此起彼伏地在屋子里响起。

二月里，当安平得知这个消息时，她根本不敢告诉封炎，可这事根本就不可能瞒得住，封炎一回京就听说了楚青辞的死讯。

从那以后，封炎就如同行尸走肉，生无可恋，短短数日瘦了一大圈。那段日子，安平也过得心惊肉跳，就怕他一个想不开，做出什么傻事来。

她只能装作若其事地让封炎多陪她用膳，又让小厮时刻跟着他，一刻也不能放松。直到这几日，封炎才算渐渐缓过来，恢复了往常的模样。

不过，安平知道儿子的身上终究还是有什么东西不一样了。

封炎才十三岁，别家的孩子这时候正是最璀璨、最活泼的时候，可是封炎原本鲜活跳动的心如一潭死水般，再不起一丝涟漪。

儿子的心已经死了，随着楚青辞的死而逝去了。

安平眼帘微颤，藏住眸中的心疼之色，心里幽幽地叹息：阿炎这个孩子太难了，上天为何要如此苛待她的阿炎呢?

这时,一股粽子特有的香甜味飘来,子月端着一个红漆木托盘从碧纱橱里走了出来,托盘上面放着刚剥好的两个粽子,香气四溢。

她款款上前,把八宝粽呈给安平,又把蜜枣粽送到封炎的手边,飞快地扫了棋盘一眼,只见那星星点点的黑白棋子在棋盘上纵横交错,黑子隐约占了上风。

安平看着棋盘上针锋相对的黑白棋子,眉峰隆起,迟疑了一瞬后,干脆弃子投降,吃起八宝粽来。

见状,封炎把原本放在指间把玩的一粒黑子放回了棋盒中。

他本来没什么胃口,但想到自己已经有两年没有陪母亲过端午了,就改了主意,拿起一旁的银箸,咬了一口油亮的粽子。

粽子入口润滑细嫩,软糯黏韧,香甜可口。

封炎瞬间愣住了,双目微瞠,呆呆地看着夹在银箸上的粽子,甚至忘了咀嚼。

这个味道是……

封炎目光发直,神色恍惚。

"阿炎……"安平见封炎神情有异,放下了银箸,接过子月递来的帕子,拭了拭嘴角。

封炎抬眼对上安平担忧的眼神,轻扬嘴角,咽下那口粽子后,随口道:"这蜜枣粽吃着软糯香甜,齿颊留香,不错。"

安平用帕子轻掩朱唇,笑道:"我吃着这八宝粽也不错。端木家那对姐妹倒是费了心思,芸豆卷和粽子都是再普通不过的吃食,她们却做得恰到好处。上次的芸豆卷的豆沙馅里还加了糖桂花和芝麻,尤为香甜开胃。"

封炎又怔了怔,本以为粽子是府里包的,此刻才知道原来是端木家的姐妹俩送来的,之前的芸豆卷竟然也是。

端木绯那张白皙的包子脸不由得浮现在他的脑海中。这个小丫头老是让他想起阿辞,她含笑的神情、处事的态度、戴在手腕上的那根红色结绳,还有,阿辞也喜欢在豆沙馅里加芝麻。

这是巧合吗?

封炎的眼神有些复杂,握着银箸的右手微微用力,脸上却没有表露出半分。他问道:"娘,芸豆卷还有没有?"

"我吃完了。这都多少天了?就算我没吃完,芸豆卷也该坏了。"安平失笑——红豆沙本来就容易坏。

安平不忍让儿子失望,顿了一下后,就吩咐一旁的子月道:"子月,让厨房做些芸豆卷给公子。"

"还是娘最疼我。"封炎不动声色地说,又夹起那个蜜枣粽不紧不慢地吃起来,

141

仔细地品尝着，半眯着眼睛，忍不住去与记忆中的味道相比较。

这味道太像了，真的太像了！

"怦怦怦！"

封炎的心跳不由得加快，如擂鼓般。他的脑海中也似有个压抑许久的声音，就要挣脱重重束缚叫嚣着要出来：不，封炎，你别胡思乱想！

封炎在心里对自己说：不可能的，你看过端木绯的字迹，她的字迹与阿辞的迥然不同，她怎么可以和阿辞相提并论？！

封炎的眼神随着混乱的思绪变得深沉而又恍惚，他怔怔地看着吃了一半的粽子。

正午的一阵暖风忽地吹来，送来扑鼻的花香，吹得湘帘发出响声。

暖风习习，烈日炙烤大地。


端午节后，天气一天比一天炎热，京城中出行的路人纷纷戴上了斗笠，路边也有人开始贩卖酸梅汤和果子干。

这一日午后，紫藤拎着几个锦食记的小食盒兴冲冲地从外面回来了。

比之府外，端木府中绿树成荫，绿意浓浓。在阳光下，树木形成一片片斑驳的光影，平添了几分凉爽，紫藤下意识地加快脚步回了湛清院。

"大姑娘、四姑娘，"紫藤一边给主子行礼，一边禀道，"奴婢打听过了，今科武举的会试将在七月初三举行。"

武举又称武科，由兵部主持，同文科一样，三年举行一次。

上次进宫时，端木纭从岑隐那里得知李家表兄这次会来京参加武举，心里尤为在意，于是特意让紫藤借着出门买点心的机会打听一下。

"蓁蓁，距离表哥到京城的时间只有不到两个月了。"端木纭不由得面露喜色，嘴角微扬。

"姐姐，想必表哥会提早来京。"端木绯对端木纭露出甜甜的笑容，随口道。

端木纭兴冲冲地直点头，又对紫藤道："你继续说。"

紫藤又接着说起她打探到的消息：最近已经有些考生陆续进京，一来是担心水土不服，二来也是为了在武举开始前和京中子弟往来。另外，城西的义昌镖局下个月要搞一个擂台，与那些武举人以武会友，武举人多住在城中的状元楼里……

五月的京城随着这些人的相继北上越来越热闹，京中的不少人把目光放到了即将来临的武举上。自打上次文科会试后，京城许久没有过这种盛事了。

日子在端木纭的翘首期盼中过得尤为缓慢，与此同时，她们姐妹俩在府中的日子也越来越顺遂了。

因为皇帝赏赐了不少东西，除了在府内的份例，姐妹俩又多做了几身新衣裳，还特意去看了看皇帝赐下的府邸。安远将军府位于城西的丹阳巷，是个三进院落，分三堂四厢，飞檐翘角，红墙碧瓦，富丽堂皇，极具阳刚之气。

皇帝钦赐的宅子自然是极好的，只可惜姐妹俩都是待字闺中的姑娘，不可能独自在别府另居，那府邸也只能空置着。

端木朗已经不在人世，皇帝给他追封世袭安远将军并赏赐府邸，不过是面子上好看些，端木纭和端木绯毕竟是姑娘家，都不可能承袭官职。

皇帝的恩泽表面上看起来落不到实处，但是端木绯明白皇帝的用意，有了这世袭安远将军的追封，她们俩在名义上就是将军府的姑娘，而不单单是尚书府的一对孤女。

这才是皇帝的恩宠。

时光在两姐妹平静的生活中悄然流逝，到了五月底，天气越来越炎热，白日里的微风似乎都被烘烤过了，带着阵阵暖意。

这一日，端木府的朱漆大门完全敞开，这代表着有贵客临门。

"老太爷、太夫人，族长的马车进府了，刚才到了仪门。"

一个青衣小丫鬟快步走进琼瑰厅，屈膝禀着。

此时，偌大的琼瑰厅里坐得满满当当，就连端木宪也早早从衙门回来了。

不一会儿，二老爷端木朝引着老、中、少三个人迈入院门，朝这边走来。

为首的是一个身穿褐色仙鹤纹锦袍的老者，此人正是端木氏的族长，也就是端木宪的长兄端木宁。

端木宁年近花甲，头发早已经白了大半，黝黑的脸上布满皱纹，比养尊处优的弟弟端木宪看起来老了不止十岁，身体略显佝偻，步履粗率，通身不见一丝书香门第的儒雅之风。

也是，端木家本是淮北农户，一介寒门布衣，约莫是祖上烧了高香，家里才出了个会读书的端木宪。端木宪发迹后，就出银子在淮北老家重造了祠堂，又买了祭田，建了族学……这些年，族中陆续有子弟考上秀才、举人，端木家这才渐渐有了兴旺之势，如今端木一族在淮北也是大族了。

这也算是应了那句俗语："一人得道，鸡犬升天。"

端木宁年轻时下过地，做过农活，能成为端木族的族长也是沾了弟弟的光。

"兄长远道而来，辛苦了。"端木宪起身与端木宁见礼，请他坐下，又命人奉茶，态度十分客气。

端木宁和端木宪寒暄了几句后，就招呼一旁的长子和次孙给端木宪见礼，之后就轮到端木府的众人按照辈分序齿一一给端木宁行礼。

端木宁还是第一次见到端木纭姐妹，所以按礼给了两个人见面礼。

这一番见礼后，一炷香的时间就过去了，厅内其乐融融，茶香袅袅。

端木宁捧着一个精致的粉彩茶盅，慢慢喝了一口热茶润嗓，飞快地瞟了次孙端木琦一眼。

他这个次孙比他的几个儿子有出息，会读书，年方十六就已经是秀才了。淮北那等地方既无良师，又没好的书院，端木宁早就琢磨着找个机会进京，托托端木宪的路子，于是，干脆以祝寿为借口带着儿孙舟车劳顿地跑了这一趟。

来日方长，端木宁当然没打算在这个时候提这件事。他放下茶盅后，笑呵呵地与弟弟寒暄："说来，为兄还未恭喜二弟，听说不久前皇上追封了阿朗。"

端木宪却表情淡淡的，不欲多言，抱了抱拳道："都是皇上恩典……"

端木宁怔了怔，二弟一向不喜阿朗从军，十几年过去了，没想到心结还在。

这个话题似乎挑得不太好，端木宁正想含糊过去，却听三老爷端木期接话说道："大伯父说得是，皇上封赏大哥那可真是天大的喜事，只不过……"他顿了顿后，继续道，"可怜大哥膝下无子，以后连供奉香火的人也没有，难得大伯父来京，不如做主替我那苦命的大哥过继个子嗣，也好延续长房香火。"

端木期的眼中闪烁着算计的光芒。

过继之事他事先没有同父母商量过，因为他知道，若是事先提了，恐怕自己就没份了。母亲一向看重二哥那一房，有什么好事一定会先尽着二哥来，他又怎么能平白为他人做嫁衣？！

这件事他们三房必须先下手为强，大伯父是族长，一旦今日父亲在大伯父面前答应下来，这件事就成定局，再不会出什么变数了。

端木期身旁的唐氏挺直腰板，优雅地径自饮茶，嘴角噙着一丝浅笑，似成竹在胸。

厅堂里的气氛更怪异了，大部分人不傻，立刻就看透了三房打的如意算盘。四房与五房皆似笑非笑，干脆冷眼旁观，反正就算端木朗要过继子嗣，这好事也轮不到他们的头上。二老爷端木朝却不动声色，径自饮茶。

端木宪飞快地朝目光闪烁的端木期看了一眼，心里有些失望，他家这个老三都快三十岁的人了，为人处世还是这般不知轻重，不知审时度势。

他们这位皇帝最是精明，正因为长房无子，皇帝才会给个世袭三代的安远将军，以示隆恩。要不然，就凭端木朗的那点儿军功，他哪里有资格换一个可以荫庇子孙后代的官职？

端木宪眉心微蹙，正要说什么，就听一个清脆果决的女音先他一步响起："伯祖父、三叔父，此事不妥，侄孙女不能同意！"

一瞬间，屋子里寂静无声。

所有人都看向同一个方向，穿了一件玫红色遍地缠枝芙蓉花褙子的端木绘挺直腰板坐在一把红木圈椅上，在众人灼灼的视线中毫不退缩，嘴角紧抿，神色间透着一丝倔强之意。

看着眼前这个倔强的少女，端木宪原本已经到嘴边的呵斥一下子咽了回去，眼中幽暗深沉，思绪起伏。

他从前总听贺氏说长房的纭姐儿行事轻狂，今日来看，她倒真有几分不知天高地厚。她救驾有功，但是皇帝已经赏她了，难不成她以为能以此作为"免死金牌"在家中横行无阻？

端木宪眯了眯眼，捧起一旁的掐丝珐琅三君子茶盅，心里转瞬便有了决定。

纭姐儿好歹是端木家的嫡长女，他必须得好好收收她的性子。

见端木宪不说话，似是默认，原本还有几分提心吊胆的端木期总算放下心来。唐氏自然感受到他的神色间的微妙变化，心里叹了一口气，有几分怒其不争的无奈。

唐氏思忖了一下，摆出长辈的姿态开口道："纭姐儿，你莫急，你三叔父也是为你父亲考虑。你虽然年纪还小，可也当明白'不孝有三，无后为大'，你父亲英年早逝，却膝下无子，这让他在九泉之下如何安心？皇上一片慈心，追封了你父亲一个可世袭的安远将军，想必也是这个意思。纭姐儿，我们端木府又怎么能辜负皇恩？"

唐氏义正词严，一副"端木纭还小，所以考虑不周"的样子。

见状，小贺氏差点儿笑出声来，眸中闪过一丝不屑之色。她这个弟媳一向自诩名门贵女，高人一等，瞧瞧唐氏现在这副难看的嘴脸，跟那些算计婆家针线的村野乡妇一般，真是可笑至极。

唐氏能感受到贺氏和小贺氏婆媳那掺杂着各种意味的目光，却不以为意。

她出身江南唐家，他们唐家可是真正有底蕴的书香世家，贺家又算得上什么？贺家不过是靠贺太后起家的暴发户罢了。

以她的家世，别说太夫人贺氏不喜自己，就算老太爷恼了，也不会拿自己怎么样。

端木纭神色不变，乌黑的柳叶眼中的目光还是那般明亮、坚定，她坚持道："我不同意。"顿了顿后，端木纭霍地站起身来，脸颊因为情绪激动染上一片红晕，她拔高嗓门又道，"若是父亲需要有人供奉香火，我就去立女户，继承将军府。"

她说完这一句话后，整个厅堂里瞬间一冷，仿佛陡然入秋。

端木期差点儿冲动地站起来，却被唐氏及时拉住了，夫妻俩的脸色都阴晴不定。

其他人面面相觑，只觉得端木纭真是异想天开。

所谓女户，就是户无男丁，只得由女人来担当一户之主。女户若要承袭，就得招赘，等她生下了儿子，儿子自然可以为家里延续香火。

若是真让端木纭立了女户，尚书府怕是要成为整个京城茶余饭后的谈资了。

平日里堪称泰山崩于前面面不改色的端木宪都面色微变，空气顿时有些凝滞。

端木宪暗道不妙。他随口提起端木朗被追封的事，不过是想不着痕迹地恭维端木宪圣宠正浓，没想到被端木期几句话捅了马蜂窝。

端木宁清了清嗓子，赶紧打圆场，笑道："过继一事不是三言两语可以定下的，我们日后再从长计议……从长计议就是。"

唐氏深吸一口气，勉强冷静下来。她也怕逼得太急，以后更难办，便给了端木期一个安抚的眼神，微笑着附和道："大伯父说得是。"

端木绯半垂眼帘，暗暗地观察着在场众人的神情，没有说话。

这件事暂时揭过了，然而厅堂中的气氛再不复之前的热烈，端木宪直接把一干小辈打发了。

众人出了琼瑰厅，目送端木绘和端木绯姐妹俩离开，心情都有些复杂，心里明白这一出戏还没唱完呢，然后大家四散而去。

端木绘和端木绯径自从外院回了湛清院，端木绘一路无语，那略微绷紧的嘴角透露出她心中的不悦之意。

二人进了东次间后，端木绯吩咐道："绿萝，你去泡两杯金银花茶来。"

听到妹妹的声音，心事重重的端木绘猛然回过神，对上端木绯乌黑沉静的大眼睛，忙握住她的手道："蓁蓁，别怕。"

回想起自己刚才在琼瑰厅里的表现，端木绘知道自己太急了。

唯恐自己吓到妹妹，端木绘拉起妹妹的小手，在一旁的罗汉床上坐下，又道："我只是想起了以前的事。"说着，端木绘的柳叶眼中似乎闪过许多情绪，神色间多了一丝苦涩、一丝嘲讽。

端木绯知道端木绘的性子一向疏朗大方，她不是那种小家子气的人，这次她如此坚决地反对过继，甚至不惜以立女户相胁，这其中肯定有自己不知道的隐情。

"姐姐，事情可是跟爹爹有关？"端木绯看着端木绘问道。

端木绘点了点头，深吸一口气，才道："蓁蓁，你在扶青城出生，有些事不知道……"

端木家自端木宪科举入仕后，自诩书香门第，重文轻武。对端木朗当年弃文从戎的事，端木宪很是不满。李氏是将门之女，尽管李家的门第不低，李氏却不符合端木家择媳的标准，其他人更瞧不上她的出身，明里暗里没少对她冷嘲热讽。

那时端木绘虽然还小，但依稀还是有些记忆的。

端木绘徐徐道来，嘴角不由得泛起一丝冷笑："我就没见过这么不顾脸面、自打嘴巴的人！当初这些人这么瞧不上爹爹，如今却厚颜无耻，还争着抢着要夺爹爹用命换来的功勋，凭什么？！"端木绘说着，声音有几分哽咽。

这时，一阵清新的金银花茶香飘来，绿萝捧着刚泡好的热茶缓缓走来。

端木绯主动接过，亲自把茶盅奉到端木绘的跟前，笑吟吟地说："姐姐，这是我亲手制的金银花茶，清热解毒，花香怡人，姐姐快试试。"

这金银花茶是前几日端木绯亲手窖制而成，正好让端木纭第一个试试这刚制好的花茶。

茶盅中，浅黄色的茶汤透亮清澈，芬芳的茶香氤氲上升，扑鼻而来，让闻者精神为之一振，心也渐渐平和下来。

端木纭浅浅地啜了一口，细细地品味着，只觉得这茶甘醇鲜美，唇齿留香。

她的脾气来得快，去得也快，她与妹妹说完后，气也消了。

"蓁蓁，你的手艺真好，这茶窖制得恰到好处。"端木纭含笑赞道。

花增一分则太香，茶少一分则太涩。

"姐姐喜欢就好，我待会儿就让绿萝给姐姐送几罐过去。"端木绯一边说，一边也捧起了茶盅，笑吟吟地喝了起来。她脑中思绪飞转：姐姐说得是，既然端木家从来都看不上端木朗的武职，如今又何必惦记端木朗用性命换来的封赏呢？

再者，过继真的是皇帝所愿吗？

恐怕正是因为长房无嗣，皇帝才会给这个世袭的官职。从方才端木宪神色间的微妙变化来看，身为天子近臣的他也明白这个道理。

所以，她们要解决这件事倒也不难。

茶香袅袅，窗外繁花盛开，姹紫嫣红，茶香与花香交杂，让人心旷神怡。

姐妹俩正说着制花茶的事，就见门帘被人挑起，紫藤匆匆地进来，神色古怪地禀道："大姑娘、四姑娘，三夫人带着五少爷来了。"

五少爷端木璟是唐氏与端木期的幼子。

端木纭好不容易才缓和的脸色又阴沉下来，她冷声道："不见！"

端木纭态度强硬，语气中没有一丝转圜的余地，紫藤也不敢劝，便恭敬应诺。

以唐氏的为人，她自然做不出硬闯湛清院的事，于是毫不犹豫地带着端木璟回去了。

然而，从当天晚膳起，湛清院的份例就被降了。

和二夫人小贺氏当家时不同，三夫人唐氏做得可谓滴水不漏，比如晚膳三荤四素一汤再加膳后的水果点心一样不少，但这菜做得不是太淡就是太咸，又或是太油、太腻，水果上甚至还有明显的虫眼，让人食不下咽。

不过对端木纭和端木绯而言，这些为难根本算不上什么事。反正如今她们有了皇帝赏的银子，想吃什么，尽管使人出去买就是。

她们顺便又让人多买了一些点心作为明日的早膳。

绿萝刚走，紫藤就回来了，脸色很不好看。

今日是份例发放的日子，她便带着新买来的小丫鬟去领长房六月的份例。所谓份例，就是一些胭脂水粉、香露牙粉、头油澡豆、针线熏香等。可是，这次领的胭脂水粉再没有以前那般细腻、润滑、伏帖，香露头油中则带着一种刺鼻的怪味，熏香受了潮……库房的管事嬷嬷还口口声声地对紫藤说，公中份例历来如此，让她莫要没事生事。

听闻紫藤所禀，端木纭冷笑一声，道："既如此，你把这些东西都退回去，去向张嬷嬷支些银子，明日去外面采买些回来。"

紫藤欢喜地应是，故意大张旗鼓地把领回来的份例退了回去。

就这样，一连过去了四五日，姐妹俩的日子依然过得逍遥自在，唐氏却有些按捺不住了。

这一日，当姐妹俩去永禧堂昏定晨省的时候，小丫鬟刚挑起东次间的湘帘，她们就听到一个熟悉的女音随着"窸窣"的挑帘声不紧不慢地响起："母亲，儿媳掌家的这一个月来，发现府中的门禁太松，那些奴婢每日随意进进出出，不知道是为主子办事，还是给自己买零嘴，实在是没规矩。儿媳以为，还是要定一个严谨的规矩才行，免得以后出了事，让人后悔莫及。"

端木纭脚下一顿，然后继续往前走去。

东次间里，西面开了几扇冰裂纹窗户，夕阳的余晖照进来，屋子里半明半晦。

贺氏正坐在罗汉床上慢悠悠地饮茶，下首坐着穿了一件黛色宝相花缠枝纹缂丝褙子的唐氏。刚才说话的人正是唐氏，屋子里一片上和下睦的气氛。

见端木纭姐妹俩来了，唐氏似笑非笑地看了她们一眼，就垂眸拿起了茶盅。

端木纭和端木绯不疾不徐地走了进去，嘴角都噙着一丝浅浅的笑意。

待走到近前，姐妹俩先福身给贺氏行礼，接着端木纭直言不讳地道："祖母，过继一事，孙女是绝对不会答应的！"

端木纭没看唐氏一眼。

唐氏说得再大义凛然，为的还不是自己那点儿私心？她想必是觉得闭了门户，不让长房的下人出门采买，自己就会乖乖屈服。

唐氏为人行事喜欢拐弯抹角，而端木纭事无不可对人言，就喜欢光明正大地来。

话音刚落，屋子里的空气瞬间凝滞。

唐氏捧着茶盅的手微颤，茶盅差点儿就要脱手，脸上一贯优雅自持的面具几乎要戴不住了。

贺氏的脸色也不太好看，双眸仿佛若枯井寒潭般深沉、晦暗。

前几日在琼瑰厅闹得不欢而散后，贺氏觉得三房这个主意不错，私下试探过端木宪的意思，得了他的提点，这才醍醐灌顶，歇了念头。

不过，和端木宪的想法一样，贺氏也打算给端木纭这个猖狂嚣张的小丫头一点儿教训。

"纭姐儿，你这是与长辈说话的语气吗？"贺氏对端木纭冷声斥道。

端木纭看似平静地说："祖母，孙女只是在表明自己的立场，并无不敬之意。"

祖孙俩的视线在半空中碰撞在一起，火光四射，四周的空气更冷，屋子里服侍的下人都噤若寒蝉。

　　闻言，唐氏反而冷静下来，笑容淡淡地冷眼旁观。

　　贺氏与端木纭正僵持着，端木绯忽然上前半步，一下子吸引了其他三个人的注意力。

　　"祖母，"端木绯拉着端木纭的袖子，乌黑的眼眸里漾着水光，娇憨地说，"三婶母说，皇上追封了爹爹为安远将军，若是长房不过继子嗣就有负皇恩，那皇上赐了我们将军府，要是我们不搬过去住，是不是也有负皇恩呢？"

　　贺氏面色微僵，斥责的话就要出口，就见端木纭的眼睛一亮，端木纭抬眼看向贺氏，毫不避讳地说："蓁蓁说得是，皇上既然赐下将军府，我们岂能有负皇恩，让它空置着？我们长房立刻搬走，明日我就去找官府立女户，招婿上门。"

　　最初，端木纭是因为一时气愤才会提出要立女户，可是现在已经深思熟虑过了：她宁可招婿，也绝不替父亲过继子嗣。

　　而且妹妹说得是，反正她们有将军府可以住，没必要再赖在端木家。

　　"祖母，"端木纭目光坚定果决地又看向贺氏，福了福身道，"还请祖母把母亲的嫁妆还给我们姐妹。"

　　"你……你们敢？！"贺氏几乎傻眼了，又急又惊又怒地拍案道。

　　她不过才说了一句话，这对姐妹倒好，竟然借题发挥起来，实在是太目无尊长了！

　　唐氏也没有想到事情会发展到这个地步，心里恼羞成怒地暗想：两姐妹真是没规没矩！李氏出身于武将门第，果然，生养出来的女儿也那般粗俗不堪。

　　端木纭微勾唇角，没有说话，又福了福身后，就拉着端木绯一起转身往外走去。

　　前面的小丫鬟甚至被吓得忘了给她们打帘，端木纭直接自己挑帘出去了。

　　姐妹俩走了，落下来的湘帘还在晃荡不已，仿佛在替端木纭说着：你且看我敢不敢？

　　端木纭带着端木绯回了湛清院，既然把话都说到了这个份上，她当下就吩咐张嬷嬷、紫藤她们收拾行李。

　　整个湛清院随之骚动起来，如今的长房不同过去，下人们全是新买来的，她们的身契也都在端木纭的手上，端木纭一声令下，她们自然不敢有所异动，依着主子的命令行事。

　　湛清院里的动静闹得这么大，又如何瞒得过别人？不到一炷香的工夫，姐妹俩正在收拾行装的事就传遍了端木府的各房。

　　二房、四房和五房的人本来以为端木纭之前说立女户是赌气，没想到这才短短几日，她竟然要动真格的了。

　　那些夫人、姑娘纷纷使人去打探消息，才知道两姐妹刚去了永禧堂请安，可没一盏茶的工夫就出来了，之后就收拾起了行装，而当时三夫人唐氏也在永禧堂里。虽然她们不知道永禧堂中到底发生了什么，但这些信息足够她们浮想联翩了。

全府的目光都集中到了湛清院上，众人静待着事态的发展。

夕阳一点点落下，时间在这个时候似乎过得尤为缓慢。在夕阳彻底落下前，得了消息的端木宪匆匆回府，屏退下人，与贺氏闭门谈了许久。

片刻后，两个小丫鬟从永禧堂出来，分别朝湛清院和翠薇院去了。

暮色四合，华灯初上。

永禧堂里点起了几盏羊角宫灯，宫灯发出荧荧光辉，众人坐在宴息室中，气氛有些冷凝。

贺氏径自捻动着手中的紫檀木佛珠，面沉如水。

端木宪无奈地看了老妻一眼。他才出门一天，这件事竟然就走到了这一步，说来与她对宁氏母子的心病不无关系。

端木宪没指望贺氏开口，直接道："纭姐儿、绯姐儿，你们父亲膝下只得你们这一双血脉，既然你们俩不愿意，这件事就此作罢，以后过继、女户什么的，谁也不许再提。"

端木宪还是想着要收收端木纭的性子，却不一定要在过继这件事上与她死磕，来日方长，以后多的是机会。现在是他争取首辅之位的关键时期，端木府中绝不能闹出什么笑话来让皇帝以为他治家不严。

端木纭没有说话，紧紧地抿着樱唇，黑亮的眼眸中闪烁着倔强的光芒。

端木宪如何看不出端木纭还在气恼？他心道：端木纭果然是小孩子家家，只知道意气用事。

"纭姐儿，"端木宪耐心地与她仔细地分析利弊，"你想着立女户为你父亲传承血脉，本是一片孝心，但你可曾想过，你这么兴师动众地搬出府去，只会让人以为我们端木府家宅不宁，外人也难免对你和绯姐儿有诸多揣测，以为你们性子乖戾，与家人不和。再者，好男儿怎么会愿意入赘？你能选到一个老实可靠的男子，即便他思笨木讷些，你已经是幸运的。可你若不慎招了那等心怀不轨的男子为赘婿，他对你们姐妹不怀好意，你又该怎么办？"

一说到妹妹端木绯，端木纭仿佛被踩到痛脚般面色微变，下意识地看向身旁的端木绯。

她知道祖父说得没错。在这个世道里，女子谋生不易，她们不过是一对孤女，若没了端木府的庇佑，怕是容易招来心怀不轨之人。

见端木纭有所动容，端木宪又温和地加了一句："纭姐儿，就算你不想自己，也要想想你妹妹，将来她的终身大事你打算怎么办？你要为她找什么样的人家？"

端木纭又是一阵沉默。她并非独自一人，还有妹妹，不能因为一时冲动，连累妹妹被人看轻。

过了好一会儿，她握了握拳，咬牙屈膝福了福，道："祖父说得是，是孙女冲动了。"

她说完这句话后，此事尘埃落定。

端木绯眼帘半垂，长翘如梳篦的睫毛下，一双黑白分明的大眼睛炯炯有神。

立女户虽然一时痛快，却并不可行。

端木家乃堂堂尚书府、皇长子的外家，没有端木宪的同意，她们光是去官府办女户的户籍就很难办下来。退一万步来说，就算端木宪真的让她们立了女户，有人承袭的安远将军必不是皇帝所乐意看到的，届时，皇帝十有八九会找借口收回这个世袭的封赏。

如此一来，对端木朗而言，这事等于平白给这位为国捐躯的英雄抹上了污名。

至于她们，最后还是不得不回到端木府。

这些事她能想到，端木宪也能想到。为了端木家，端木宪决不会让她们冲动行事。

所以，端木绯才会故意说要搬家，推一推端木宪，借他的势来解决这件事。

现在是端木家理亏，为了留下她们，他们自然要做出一些让步。

"姐姐，我们不搬了吗？"端木绯眨了眨眼，仰起小脸儿看看端木纭，脸上满是茫然之色，"那母亲的嫁妆还还给我们吗？"

李氏的嫁妆……端木宪怔了怔，这才想起长媳李氏过世后，其嫁妆是由贺氏代管。说来，如今两个孙女都出孝了，纭姐儿也十三岁了，可以学着料理家事了。

"阿敏……"

端木宪看向贺氏，正要开口就被贺氏含笑打断了："老太爷，纭姐儿和绯姐儿还小，平日里还要上闺学，哪里管得过来这么多产业？不如这样，我记得老大媳妇在京郊还有五百亩地，这些先给两个姐儿管着，让她们循序渐进地来。"

几十年夫妻，贺氏自诩最了解端木宪，他就是个不当家不知柴米贵的主。让她把李氏的嫁妆还给两个小丫头，说来简单，可这一大家子日后吃什么？

端木宪没想那么多，只觉得贺氏说得也有理，点了点头，说道："那就依你们祖母说的办吧。"

端木绯见好就收，笑吟吟地说："谢谢祖父、祖母！"她的语气云淡风轻，仿佛她刚刚的话只是随口一说。

偏偏她随口说的这一句话就让贺氏不得不拿出五百亩田地以作安抚，贺氏心疼得胸口隐隐作痛。

端木绯表情期待地又道："那祖父，孙女可以在湛清院开小厨房吗？大厨房送来的膳食都不好吃。"她说着，小脸儿上露出一丝委屈之色。

端木宪皱了一下眉，立刻明白这是怎么回事，冷冷看了一眼贺氏。

一个两个都是不省心的！这些日子来，唐氏在膳食上为难长房的事贺氏其实知道，只不过睁一只眼闭一只眼而已。

如今这事被当面提出来，不管端木绯是有意还是无意，贺氏只得咬牙应了下来。

唐氏还是挺直腰板坐在那里，身体却略显僵硬。

她以为老太爷回来了，他会气恼端木纭的任性，进而以雷霆之势压住这对姐妹，届时过继之事想不成都不行，却不想老太爷竟然妥协了。

唐氏缓缓地摩挲着左腕上的翡翠手镯，掩住眸中的波涛汹涌。

她堂堂唐家嫡女嫁到端木家本就是低嫁，端木期又是个没出息的人，这么多年还只是一个小小的太仆寺主簿，其前途早已是可预料的。而且他是老三，日后继承家业也轮不到他们，家里补偿三房一个世袭军职也是应该的。

偏偏端木纭上蹿下跳的，就是不肯答应。

唐氏摩挲着手镯的指尖下意识地微微用力，心道：她家老爷虽然没用，但有一句话说对了——既然好声好气地说不通，他们用点儿手段也是正常的。两个小姑娘早晚要嫁出去，嫁出去的人等于泼出去的水，她们的眼里又何尝有过整个家族的利益？

无论心里怎么想，她端庄优雅的脸上不露分毫。她起身福了福，对端木宪道："父亲说得是。"接着，她又看向端木纭和端木绯，大度地笑道："纭姐儿、绯姐儿，我也是一番好意，你们俩若不愿意，那就算了。我们都是一家人，没有隔夜仇，有什么事说开就好。"

唐氏的嘴角挂着一个恰到好处的浅笑，神色温和，她就像是一个慈爱宽容的长辈。

东次间的气氛缓和下来，过继一事以长房大获全胜告终。而贺氏和唐氏的心头仿佛都压了一块巨石似的，一口气怎么也顺不过来。

湛清院正式开了小厨房，以后长房每日只需要去大厨房领一日的份例就可以，平日里想加什么菜，直接花点儿银子去外面采买，不管府里谁当家，都不用再看别人的脸色过活了。

而且，两姐妹的手头又多了五百亩田地，再加上先前拿回的一间铺子和一个庄子，光是这些地方每年的出息，就足以让她们俩过得很舒适。

府里多是些看人下菜碟的玩意儿，他们如今知道长房的姐妹俩的手上有私房，自然服侍得更为殷勤。

端木绯写完大字，悠然地洗笔、晾笔。

端木家虽然乱糟糟的，但她不会委屈了自己。

# 第七章　大　寿

骄阳六月，暑气难耐。

六月十一日，贺氏的生辰终于到了。

一大早天方亮，端木府的女眷就纷纷起身，精心装扮，辰时便陆陆续续抵达永禧堂给贺氏贺寿。

今日的端木府，角角落落都被精心布置过，四周一片花团锦簇，那些花儿与廊下的灯笼、彩幡交相辉映，煞是好看。

各房的人到齐后，按照辈分序齿一一给贺氏磕头行礼，献上备好的贺礼，贺礼中有首饰，有墨宝，有百寿图，有抹额鞋袜……

众人献礼的同时，不时有嬷嬷、丫鬟凑趣说笑，屋子里一片语笑喧阗声，乍一眼看去，可谓子孙满堂，其乐融融。

快到巳时的时候，有人来禀，吏部尚书携夫人来了。

宾客们陆续抵达。

贺氏乃堂堂从一品户部尚书的夫人，这一次虽然她不是整寿，但端木府下了帖子，还是有不少人卖面子来了。

今日由唐氏、四夫人任氏和五夫人倪氏负责迎接女眷，府里的姑娘们都陪贺氏去了花厅，等候众位夫人和姑娘的到来。

至于端木宪和四个儿子，则一起去了前院的九思楼待客。

"禀老太爷，赵侍郎已经进门了。"

"禀老太爷，左都御史府的黎大人刚到仪门。"

…………

"禀老太爷，岑小公公来了。"

几个小丫鬟不时跑来九思楼回话。直到听闻岑隐来了，端木宪原本冷静自持的神色总算有了细微的变化，他嘴角微翘，眸中闪过一道精光。

此刻，偌大的一楼正厅里已经坐了近二十人，个个目露异芒，心思浮动。

端木宪霍地站起身来，掸了掸身上根本不存在的尘土，喜形于色地道："岑小公公来了，本官且去迎一迎。"

不只端木宪，厅堂里的官员们也纷纷起身，你一言我一语地连声附和，跟在端木宪的身后往厅外走去。

正前方不远处，岑隐在大管事的恭迎下大步流星地进了院子。

今日的岑隐穿着一身宝蓝色常服，一头鸦羽般的青丝上簪了一支白玉簪，脸庞如白玉，五官精致如画。乍一眼看去，他如同某个权贵人家的公子般，再细看，又感觉他周身释放着一种魅惑而又威仪的矛盾气质。

"岑小公公大驾光临，真是蓬荜生辉啊！"

端木宪客气地对岑隐揖了揖手，勉强压抑着飞扬的嘴角。

他特意嘱咐贺氏给岑隐下了帖子，但是岑隐那边一直没有回应，幸好岑隐终究是来了。

今日是个好机会，他若有幸能得到岑隐的助力，那么首辅之位离自己就更近一步，而其他觊觎首辅之位的人也得掂量掂量敢不敢与岑隐作对。

想到这里，端木宪不由得热血沸腾，眸生异彩。

众人你一言我一语地与岑隐搭起话来，这个赞他"英明神武，仪表堂堂"，那个说他"举荐了张承畴为幽州总兵，真是慧眼识人才"，另一个吹捧他"英明神武，如孙武再世"……

恭维声此起彼伏，众人竟在庭院里站了好一会儿。

这时，院外又传来一阵爽朗的笑声，恰逢一阵清风拂过，这些动静害得一旁的槐树林中的雀鸟惊飞。

"我道为何喜鹊在枝头叫，"少年公子笑吟吟的声音传来，"原来是有贵客来此啊！"

说话间，两个年龄相仿的少年公子迈入庭院中，一个穿蓝袍，另一个着玄袍；一个笑容灿烂，另一个漫不经心。两个人容貌、气质各异，皆丰神俊朗。

"君世子！"

端木宪立刻对蓝袍少年，即君然拱了拱手，算是见礼。虽然简王没来，但简王世子赏光，端木宪也觉得脸上有光。可是当他的目光落在君然身旁的封炎身上时，他却微微蹙眉。

他虽然给安平长公主府下了帖子，却只是做做样子，这十几年来，也没见安平去谁家做客。他倒是一时忘记封炎回京了，更没想到封炎会来。

"封公子。"端木宪不动声色，对封炎额首致意，接着又热络地招呼宾客们进入九思楼中。他心里有些担忧：若是皇帝得知今日封炎来此，会不会觉得他和安平长公主府走得太近了？早知道他就不该下那封帖子。

很快，众人簇拥着端木宪和岑隐返回了九思楼中，大家说说笑笑，好不热闹。

君然和封炎站在一棵茂盛的槐树下，并不急着进去。

夏初的庭院中，一片黛绿嫣红，奇石嶙峋。角落里，一丛六月雪开得正盛，仿若雪花满枝，又似片片浮云，清雅可爱。阵阵夏风中，花香四溢，风光正好。

"阿炎，端木府的景致不错啊！"君然一边摇着折扇，一边打量着庭院中的风景，没话找话。

封炎眼睛一眨不眨地盯着那丛六月雪，不知道在想些什么。

见他不说话，君然收起折扇，试探地问："阿炎，这小白花有什么好看的？"

君然眨巴眨巴眼睛，表情期盼地看着封炎。

君然表面在问花，其实真正想问的是封炎到底为什么要拉他一起来端木府。

本来难得他爹不在，他打算练完拳后就美滋滋地去睡个回笼觉，结果刚躺下就被封炎这家伙从榻上拉了起来。等他们俩到端木府的门口时，他才知道原来他们是来给端木太夫人祝寿的。

天知道他根本没带请帖过来，还是蹭着封炎的这张帖子进来的。

封炎总算从六月雪上收回了视线，淡淡地道："这府中的风景确实不错。"说着，他大步朝挂着"九思楼"牌匾的厅堂走去。

看着封炎的背影，君然倒也不沮丧，反而饶有兴致地挑了挑眉。就算封炎不说，自己总会从他的言行举止中看出些蛛丝马迹来。

君然如此想来，这个无聊的拜寿宴似乎也没那么无趣了。

君然的嘴角微翘，黑玉般的眼睛熠熠生辉，他兴致勃勃地追了上去。

宾客差不多到齐，众人便移步上了二楼的宴席厅。

二楼早已被下人布置好了，四面的窗扇全开，厅内摆好了一张张海棠雕漆桌椅，角落里摆着青花白地瓷大梅瓶和以七彩玛瑙玉石打造的铜胎掐丝珐琅七宝蟠桃盆景，宴席厅里富丽堂皇，美轮美奂。

在管事嬷嬷的示意下，穿着一式青蓝色衣裙的丫鬟们训练有素地上着酒水、菜肴、时新水果以及各式糕点。

宴席厅中的众人隐隐地分成了两边，一边是那些官员围绕着端木宪和岑隐饮酒说笑，另一边则是那些年轻小辈三三两两地各自成营。

酒过三巡，客人们已经微醺，就见一个小丫鬟"噔噔噔"地走上楼，匆匆走到端木宪身旁，禀道："老太爷，四公主殿下和二姑娘想送太夫人一幅百寿图，叫了诸位姑娘一起去临波水阁写寿字，四公主还提议想请几位公子一起去凑凑热闹，让他们写几个寿字，这事既吉利，又是一则美谈。"

端木宪下意识地转头往东北边看去。九思楼的东北边是一片小湖，再过去就是府中的花园，后院的花厅正好隔着花园与九思楼遥遥相对。此刻，端木宪这么看去，已经能看到十来个少女自花厅的方向走来，一个个珠光宝气，青春靓丽。

"这个主意不错。"端木宪捋了捋胡须，笑了，又把长孙端木珩招呼到近前，"珩哥儿，你带几位公子下去凑凑热闹，顺便在花园里随便逛逛，省得你们陪着我们这群老家伙闷得慌。"

同桌的数名官员连声附和，心跳加快，心里想着：这可是让自家儿子在四公主跟前露脸的大好机会啊！

那些少年公子本来也是贪玩的年纪，对长辈们说的那些官场往来的客套话毫无兴趣。闻言，公子们皆喜笑颜开，纷纷站起身来，这些人中也包括封炎和君然。

十来个年轻的公子哥在端木珩兄弟几个人的带领下下了楼，然后从九思楼的一侧偏门走出，绕过波光粼粼的小湖往花园的方向走去。

六月中旬，小湖里的荷花吐蕾绽放，晨风送来阵阵荷香，沁人心脾，给炎热的夏日添了丝丝清凉之意。

众人往东北边绕过小湖，沿着一条鹅卵石小径往前走，再穿过一道小门，就到了花园。

前方小湖边有一个面阔三间、进深七柱的大水阁，水阁四面通风，一片透亮。阁中已经摆好了一张大大的红木雕花书案，姑娘们比这些公子早一步抵达，正三三两两地说笑着，一个粉衣小姑娘正站在书案前，执笔而立，似乎在写"寿"字。

风一吹，浓浓的墨香与姑娘们的脂粉香迎面吹来。

"大哥！"

水阁里传出一个清脆的女音，只见穿了一件桃红色绣遍地缠枝石榴花薄缎褙子的端木绮率先从阁中走出，朝端木珩等人走去，她腰间系的环佩随着她的走动"叮当"作响。

端木绮落落大方地请端木珩以及那些公子进了水阁，公子们纷纷上前给四公主涵星见礼，原本空旷的水阁因为这十几个年轻公子的到来变得拥挤了不少。

之后，公子姑娘们便各自寒暄着，阁中一片语笑喧阗声。唯有站在红木雕花书案前的一道纤细娇小身影对周围的喧哗充耳不闻，全神贯注地执笔写着字，仿佛她此刻最重要的事就是写字。

她一笔接着一笔，不紧不慢，不急不忙，悠然自得。

封炎一眼就认出这梳着两个圆滚滚的鬏鬏头、头上缠着红色玛瑙珠串的姑娘就是端木绯，他的目光微闪。

端木绯落下最后一笔后，就把手中的狼毫放到一边的笔架上，看着自己写的"寿"字满意地笑了。

她的簪花小楷已经练得极为端正了，也算勉强拿得出手——她在涵星第一个写完隶书的"寿"字后，主动请命第二个动笔。

"姐姐……"端木绯正要招呼端木纭过来写字时，目光却对上了一双深黑如墨的丹凤眼。她被惊得心头一颤，只能暗自庆幸自己刚才已经把笔放下了，否则怕是连笔尖的墨汁都要被震下来了。

端木绯当然知道九思楼那边的公子们也要过来一起写这幅百寿图，却没想到这些人中竟然有封炎，或者说，她根本就没想到封炎会给贺氏祝寿。

无论端木绯心里多后悔来凑这个热闹，脸上却笑吟吟的。她顺势让开，并伸手做请状。

封炎淡淡地看了端木绯一眼，似笑非笑，随意拿起一旁的狼毫。

"蓁蓁，你这个'寿'字写得真好！"这时，端木纭熟悉的声音传来，她走到端木绯身旁，毫不吝啬地夸奖道。

端木纭眼睛发亮地看着端木绯，心中盈满了自豪感：这才短短几个月，妹妹的字就在一日日反复描红练习中有了长足的进步。

涵星也好奇地凑过来看，想借此顺便看看端木绯到底是不是个傻子。

端正的簪花小楷映入她的眼帘，由于字迹太过规整，涵星实在赞不出一个"好"字，这字只能说是中规中矩，有形无骨。端木绯也许不是什么才女，不过似乎也没端木绮说的那么草包。

涵星不由得朝端木绮看了一眼，端木绮正笑容满面地与几位公子、姑娘说笑寒暄，眉飞色舞。

这时，封炎已经收笔，随手把狼毫搁下。

"寿"字以楷书写来，笔画极多，但是封炎写的是草书，因此他只是那么肆意地挥墨几笔，一个龙飞凤舞、遒劲奔放的"寿"字便在纸上写成了。

封炎往左后方退了两步，虽然手未动，那举止之间无形中就透出了一种"请"的意思。

书案边的四个人中就剩端木纭还没有写过，于是她自然而然地上前几步，走到书案前，毫不迟疑地提笔写下第四个"寿"字。

所谓百寿图，就是要集齐一百种字体的"寿"字，因此当然是写得越早越容易，越到后面则越难。

封炎漫不经心地抚了抚衣袖，从水阁中走了出去，好像去花园赏景了。

端木绯却身体一僵，看了正在俯首写字的端木绘一眼，顿了一下后，若无其事地朝外头走去。

水阁里外有不少公子、姑娘在赏湖、赏花、赏石或者散步，倒也没什么人注意封炎和端木绯一前一后地往一座假山的方向走去，除了一直在分心注意着封炎的君然。

君然正在与几位年轻的公子哥闲聊，本想托词走开，却听一个蓝袍公子说："君世子，听闻世子之前在露华阁赢了华大公子一栋别院，这次可愿与我比一比？"

这一句话让君然成为不少人关注的焦点，他只能眼睁睁地看着端木绯的背影消失在假山处。

端木绯毫无所觉，应该说，她的注意力全部集中在前方两三丈外的封炎身上。刚才在水阁中，封炎借着抚袖口的动作，把他腕间的红色结绳露出了一点儿，其中的威胁之意昭然若揭。

虽然不知道封炎想干什么，但是端木绯没的选择，只能识时务地跟了过去。

封炎走到湖边，在一棵垂柳下驻足，似看着湖面上的田田荷叶。

湖面上，幽幽清风拂来，柳枝微微摇摆着，如一只只舞动的水袖，湖水、少年、垂柳和莲荷形成一幅清雅的水墨画，时光似乎都恋恋不舍地停驻了下来。

端木绯在几丈外停了下来，看着他修竹般挺拔的背影，同样沉默不语，嘴角微微翘着。

敌不动，我不动。

她仰首看着天空中一朵朵千奇百怪的云，这一团像绵羊，那一坨似白猫，远处又仿佛有数匹白马奔腾而来……

封炎毫无预警地转过身来。

他背着光，俊朗的五官在阴影中有些模糊，但那双漂亮的凤眸似乎比头顶银冠上镶嵌的钻石还要璀璨。他的目光落在端木绯自得其乐的小脸儿上，眼神更为深沉了。

她……又一次让他想到了阿辞。

阿辞也是这样，安之若素，随遇而安，偶见的一朵花、一尾鱼，或是一只打着哈欠的猫都有可能吸引她的注意力，让她怔怔地看上许久。阿辞常说："子非鱼，安知鱼之乐？"

脑海中闪过许多过去的事，封炎的眸子里暗潮涌动。

刚才，他又特意看了她的字迹，比之前他拿到的那些纸上所写的字端正了不少。或者说，这"寿"字写得实在是太端正了，和阿辞写的簪花小楷不同，但如果他拿来卫夫人的字帖，十有八九会发现这"寿"字与字帖上的字迹一模一样，这种情况要么是孩童初学字天天描红，下意识地模仿，要么就是写字的人为了**掩饰真实的自己**蓄意而为。

封炎的心"怦怦怦"地跳着，他不由得上前几步，拉近二人之间的距离。

阳光直射下来，他颀长的身姿在地上拉出一条长长的影子，把端木绯娇小的身体笼罩其中，两个人的影子在地上交叠在一起。

端木绯仰着小脸儿看着他，视野被他高大的身影遮去了大半，蓝天白云顿时也暗淡了几分。

既然敌动了，她也得有所行动才是。

端木绯立刻审时度势，揣测着对方的心思，乖巧地问安："封公子，别来无恙？"

她忽闪忽闪的大眼睛毫不躲避地与封炎对视，她仿佛在用那双纯洁无垢的眼睛说：自皇觉寺一别后，我都很听话的。

她可爱的模样像一只纯白的小兔子，看起来毫无威胁性。

封炎眯了眯眼，透着几分审视与兴味。当端木绯以为他不会回答时，他却道："不好。"

端木绯嘴角仍旧浅浅地笑着，心里却再次感叹自己以前真是有眼无珠，看错了人。曾经的她一直觉得封炎像只随性的猫，但是如今在她的眼里，他分明就是趁着年纪小，把自己伪装成幼猫的云豹。

封炎绝非池中之物，自己必须小心应对才行。

下一瞬，她就听封炎忽然问道："你给我娘送过芸豆卷？"虽然他用的是语调上扬的问句，语气却很肯定。

端木绯立刻点头，"嗯"了一声，颇有一个口令、一个动作的感觉。

"我娘觉得你上次送去的芸豆卷还不错。"封炎又漫不经心地道，像闲话家常。

难道他特意示意自己跟过来就是为了区区芸豆卷？端木绯有些不敢相信，却很识时务地点头道："长公主殿下喜欢就好。"

她看了一眼封炎的脸色，见他似乎并不满意，只得接着道："过几日我再做一些给殿下尝尝。"

封炎的嘴角微微翘了翘，他深深地看了她一眼后，大步流星地离去了。

他从她身旁走过时，一阵微风拂来，吹得他颊畔的碎发飘扬，碎发抚着他如玉的脸颊，衬得他的侧脸看起来更加精致无瑕。

端木绯直愣愣地站在原地，缓缓地眨了眨眼，有些不敢相信封炎就这么放过她了——封炎找她仅仅是为了芸豆卷？

端木绯转过身，正好看到封炎的背影消失在拐角处。

她虽然知道封炎自小就是孝顺的孩子，但是总觉得哪里有些不对劲——封炎有些小题大做。算了，反正不过是几份芸豆卷而已，只要封公子高兴，自己做上一百份、一千份又如何？

端木绯很快不再多想，理了理自己刚才被风吹散的鬓发，步履轻快地往水阁的方向走去。

水阁那边更热闹了，大部分人围在阁中的书案旁，每个人都已经落笔写了"寿"字，现在，一些才子才女正八仙过海，各显神通，写下一个又一个生僻的字体以凑足一百个"寿"字。

周围的说笑声此起彼伏，阁中不时传来惊呼声：

"闻二公子已经写了十几个'寿'字了吧？"

"十五个！"

"江南闻家果然名不虚传！"

"第一百个了，百寿图完成了！"

…………

在一片欢呼声中，人群中心着一袭太师青锦袍的闻二公子放下了狼毫。

端木珩上前几步，一本正经地作揖道："闻二公子不仅才学出众，而且写得一手好字，令在下佩服。这字骨力遒劲，结构严谨，祖母看到这幅百寿图必然很是欢喜。"

"端木公子过奖了。"闻二公子拱了拱手含笑道，"鄙人不过是占了些便宜罢了。"在众人疑惑的目光中，闻二公子解释道，"闻家在江南的老宅中有一方百寿图照壁，鄙人自年幼时就常在那照壁前揣摩字体。"

立刻有人想到了什么，拊掌道："照壁上的字可是闻昌询大师留下的？"

闻昌询乃百余年前的书法名家，以草书驰名，有"昌询草书，援毫掣电，随手万变"之说。在场的人自然都听说过闻昌询，心里不由得感慨江南闻家不愧是百年以上的簪缨世家，族谱中的大儒恐怕要看跪不少文人学子。

众人正感叹着，有丫鬟跑来禀，说太夫人那边马上要开戏了，请四公主和几位姑娘赶紧回去。

众人纷纷彼此施礼告辞，姑娘们簇拥着涵星和端木绮往花厅旁的鱼跃台走去。

一行人沿着一条青石板小路穿过几片花丛，再转过两个弯后，前方就是鱼跃台了。

鱼跃台门扇大开，里头人头攒动，衣香鬓影，一片语笑喧阗声伴随着柔和悠扬的琵琶声传来。

鱼跃台是个两层的戏楼，一楼大厅的中央是高高的戏台，二楼的四面是一道道廊庑，廊庑里摆着玫瑰椅和茶几。

一楼的戏台边，一个十六七岁的姑娘正弹着琵琶为众人助兴。贺氏和那些夫人早已落座，正彼此传递着戏折子点戏，等姑娘们入席就可以开戏了。

戏楼中随着姑娘们的到来又热闹不少，她们说说笑笑，陆续沿着楼梯上了二楼的廊庑。

"外祖母！"

涵星含笑上前，令丫鬟把刚才写好的那幅百寿图呈到贺氏跟前，墨迹方干的字画散发着淡淡的墨香。

这幅百寿图是由近三十个年轻人协力完成的，不同的人落笔的力道不同，字的结构也不同，因此这幅字难免透着一种微妙的不协调感。

不过众人协力写百寿图本来就是讨个喜气，倒没人在意这一点，周围的夫人们都凑趣地说些好话。

一片热闹中，一个青衣小丫鬟快步上了二楼，在小贺氏的耳边说了几句话后，小贺氏目光微动，忽然站起身来，下头的琵琶声也随之戛然而止。

小贺氏盈盈一福道："母亲，今日是您大寿，儿媳与三位弟妹前些日子请人打造了一尊慈航真人玉像，又特意请了玄静观主给玉像开光。"

在座的众位夫人听到玄静观主之名时均有所意动。这位玄静观主可不是什么普通人物，而是京中著名的清华道观的观主，道法高深。

五年前，兴国公府的七姑娘被人惊吓后，一时魔怔，就是玄静观主为其驱邪，令彼时年方四岁的七姑娘清醒过来；十几年前，玄静观主曾为一位去道观上香的姑娘批命，说她是一品夫人的命，后来那位姑娘果然成了礼亲王妃……此类事情在京中数不胜数。

"端木太夫人真有福气！"一位穿着杏色褙子的夫人殷勤地赞道，"儿孙一个个都是孝顺的。"

其他夫人也连声附和，贺氏亦觉面上有光，嘴角的笑意更浓。唯有端木四夫人任氏和五夫人倪氏暗暗地交换了一个眼神，觉得她们这二嫂还真是脸皮厚，这件事明明是三嫂唐氏牵的头，可如今在小贺氏的口中，仿佛一切都是她的功劳，她们三个弟妹只是顺带做此事而已。

不一会儿，一个管事嬷嬷领着两个身穿青色法衣的道姑上楼来。

两个道姑中，一个五十多岁，圆脸，慈眉善目，右手拿着一把雪白的拂尘，看起来有几分仙风道骨的气质，此人正是玄静观主；跟在后面的另一个道姑身材娇小，面容清秀，年纪应该还不超过十岁，她白皙的小手里小心翼翼地捧着一个长方形的紫檀木雕花匣子，匣子散发出淡淡的檀香，让人闻了不由得肃然起敬。

"无上天尊。"玄静观主甩了甩拂尘，给贺氏行了个揖礼。

道姑是方外人士，虽然贺氏和在场的夫人们皆身份尊贵，却纷纷起身喊了声观主，以示对她的敬重。

"贫道恭祝太夫人福寿绵延。"玄静观主再次施礼。与此同时，她身后的小道姑上前一步，把紫檀木匣子打开，露出其中之物。

只见匣中的红丝绒布上放着一尊精致的白玉观音像，那尊玉观音相貌端庄慈祥，宁静和善，却又不怒自威。观音菩萨即道教的慈航真人，慈航先习道，后入佛，道教称其为慈航，佛教则尊其为观音。

"劳烦观主光临寒舍，真是折杀老身了。"贺氏笑容可掬地说，没想到几个儿媳能请动这赫赫有名的玄静观主亲自来府中，送这尊开过光的观音像给自己长脸。

"施主多礼了。"玄静观主又甩了一下拂尘，眉头微蹙，欲言又止。

须臾，她还是道："太夫人，贫道有一句话，不知当说不当说？"

四周的气氛登时有些怪异，那些夫人均面面相觑，一听玄静观主这句话就知道她接下来要说的十有八九不会是什么好话。

贺氏嘴角的笑意微僵，眼中一闪，她客气地说："还请观主不吝指教。"

玄静观主道了声"无上天尊"，又甩了甩拂尘，这才道："太夫人，贫道颇通几分观气之术。今日来贵府，发现贵府有黑气弥漫，近日府中怕是有些不太平。"玄静观主说着，眉头皱得更紧了。

话音一落地，一个青衣小丫鬟就低呼一声，她那张圆脸上若有所思的神色给其他人无限遐想的空间。

众人面色各异，心道：也就是说，最近端木府中还真出过什么意外。

这玄静观主果然道法高深。

小贺氏也心有戚戚焉，紧张地看着玄静观主，忧心忡忡。说来自清净寺的落水事件后，府中委实有些不太平。

端木绯漫不经心地把玩着桌上的佛手柑。这位玄静观主自己也曾听闻过，此人经常在京城各府邸之间游走，且不说她道法如何，既然能混得风生水起，那必然是一个长袖善舞之人。这样的人自该知道在什么场合做什么样的事，此时搞出这阵仗，想必还有后续。

"唉——"玄静观主叹了一口气，摇头继续说着，"太夫人，长此以往，恐怕贵府会更加不顺遂。"

听到这里，贺氏也有些动容，缓缓地捻动着手里的佛珠。

现在是老太爷争取首辅之位的关键时刻，这时候可千万不能出任何岔子。

贺氏停下了捻动佛珠的动作，表情郑重地问："敢问观主可有什么办法可以化解？"

"太夫人，且容贫道来算一卦。"玄静观主高深莫测地说完，右手一伸，她身旁的小道姑就把一个棕褐色的龟壳和六枚铜钱呈到了她的手中。

玄静观主将六枚铜钱放入古朴的龟壳中，以手封口高举起龟壳，闭上眼轻缓地摇了四五下，再将龟壳中的那些铜钱轻轻倒出。

戏楼上下一片寂静，众女宾皆沉默，眼睛一眨不眨地看着玄静观主，只听窗外微风拂过，枝叶"沙沙"作响。

很快，玄静观主神情庄重地抬起头来，正色问道："太夫人，不知贵府中可有庚寅年出生之人？"

庚寅年？贺氏若有所思，就听小贺氏惊呼道："母亲，我记得纭姐儿就是庚寅年出生的吧？"

其他人不由得都循着小贺氏的目光看向坐在东边廊庑上的端木纭。

端木纭今日穿了一件海棠红莲纹缂丝褙子，如玉的脸上嵌着一对明亮的柳叶眸。她此时抿嘴浅笑着，优雅中透着一分明艳、两分飒爽气息。

"太夫人，令孙女是庚寅年出生的？"玄静观主问道。

贺氏的脸上露出一丝慈爱的笑意，她颔首道："正是。"

玄静观主上前两步，仔细地打量端木纭，又转身对贺氏拱了拱手，道："太夫人，您这孙女是大福之人。若是令孙女心诚，愿意住观修行一年，潜心为贵府祈福，那么贵府的祸患自可化解。"

闻言，四周的夫人姑娘们皆肃然，暗暗交换着眼神。

按照玄静观主的意思，这位端木大姑娘有大福，那岂不是要让她去清华道观修行？

贺氏又看向端木纭，目光深沉，似在沉思，又似在询问。

端木纭轻笑出声，未等贺氏开口，就站起身来，福了福，毫不迟疑地开口："祖母，我不愿意。"

四周瞬间静得连根针掉下来的声音都能听到，所有人的目光集中在端木纭身上，眼神各异，多是不敢苟同之意。

众人知道住观修行不比在家抄经上香，而是要在道观里晨钟暮鼓、吃斋茹素，修行一年等于弃绝红尘一年，清苦得很，非常人能适应。但端木纭是端木府的嫡长女，应当在必要的时候为家族牺牲，哪怕真不愿意，表面上也该先应下，等过了寿宴再暗地里谋划就是。她如此一点就炸，好似个炮仗，哪里有名门贵女的风范？

贺氏微微蹙眉，眼中闪过一丝不悦的神色，心里不快。自己还没发话呢，也没说一定要端木纭去道观修行，这个丫头就当着这么多人的面给自己下脸，真是越来越无法无天了！

坐在贺氏身旁的唐氏好声好气地开口劝道："纭姐儿，婶母知道让你去清华观修行一年确实是委屈你了，不过，你是端木家的女儿，应当以家族为重，为下头的妹妹们树立典范，方不负家中对你多年的教养之恩。"她一副谆谆教诲的语气。

小贺氏难得认为三弟妹说的话中听极了，频频点头。

端木纭一双漆黑的眸子深深地看着唐氏，唇边的笑意又冷了几分，她说道："呵，三婶母莫不是忘了，我是丧母长女，何来大福？真正有大福的，应该是像三婶母这般父母公婆俱在、儿女双全、兄弟姊妹和乐的全福人。三婶母，您可愿为府中去修行祈福一年？"

周围人的表情更复杂了，众人暗暗交换着眼神。端木大姑娘口口声声把"五不娶"挂在嘴边，以后还怎么谈婚论嫁？她脾气火暴，浑身带刺，像一只刺猬般，哪家受得了这种儿媳？

众人交头接耳，厅堂里的气氛有些怪异。

贺氏见周围人都在看端木家的热闹，脸色更难看了，眼角抽动了一下。

"端木大姑娘，"这时，玄静观主高深莫测地说，"星相命理极为复杂。有道是，'十年一大运，五年一小运，一年一流年运'，姑娘未来十年有大运，而且这大运可以福及全家。是以贫道方言，姑娘乃大福之命，对端木家的这一劫，只有去道观修行一年方可化解。"玄静观主不卑不亢，看起来云淡风轻，一派世外高人的风范。

不少夫人和姑娘也觉得这番话不无道理，暗暗点头。

"这一劫？这么说来，观主是觉得我端木家马上会有大祸了？"一个脆生生的女音响起，疑惑地问道。

众人循声看去，只见端木绯站起身来，拉住了端木纭的手，歪着白皙可爱的小脸儿，眨巴着大大的杏眼看着玄静观主。

玄静观主没想到端木绯会这么说，暗道不妙，嘴角的笑容僵了一瞬，她感觉众人审视的目光像针一样刺在她的身上。

楼中又安静了一瞬，气氛有些紧绷，剑拔弩张。

顿了一下后，端木绯继续道："观主，我祖母可是堂堂尚书夫人，从一品诰命夫人，观主在我祖母的寿宴上咒我端木家马上要大祸临头，到底存的什么心思？！"

这一次，玄静观主的脸彻底僵住了，她一时哑然。

贺氏本来没想这么多，现在听端木绯这么一说，心里也有些不舒服，眼神一沉。

"祖母，"端木绯转头看向贺氏，振振有词道，"这个什么玄静观主分明是在招摇撞骗！她是来骗吃骗喝骗打赏的吧？！祖母，您可不要被这等奸猾之人骗了。"

端木纭懒得理会这等不知所谓的人，目光温柔地看向端木绯。

她的妹妹长大了，会维护她了。

玄静观主被气得脸色发白，一甩拂尘，对端木绯轻斥道："端木姑娘，你莫要口出妄言！"

"我们观主道法高深，在京中谁人不知？"她身后的小道姑跳了出来，拔高嗓门对端木绯怒道。

"端木四姑娘，请慎言。"这时，坐在贺氏斜对面一个穿着紫金双色锦缎褙子的中年妇人义正词严地开口道，看向端木绯的目光锐利似剑，"端木四姑娘，你还未过总角之年，自然不知道玄静观主可是在世的活神仙，道法高深。"

"周夫人说得是，谁不知道玄静观主有通鬼神之能？"

"是啊是啊！以前我娘家侄女早产体虚，在三岁那年由观主帮着改了命，后来身子一天天地好起来，今年都及笄了。"

"我府中去年有几个月灾祸不断，也是观主帮着看风水，改了花园的格局，家里就否极泰来了。"

…………

不少夫人对玄静观主的神通赞不绝口，但也有人面面相觑，觉得端木绯所言不无道理。玄静观主今日在端木太夫人的寿宴上闹这么一出，确实有些冒失，不像传闻中那么稳妥，似乎有几分哗众取宠的味道。

一时间，众人你一言我一语，各抒己见，四周一片喧哗声，贺氏的脸色阴沉得快要滴出水来。

玄静观主深吸一口气，甩了一下手中的拂尘，对贺氏随意地拱了拱手，冷声道："太夫人，无上天尊，贫道是出家人，所言所行只为'体道法天，济度众生'。既然贵府对贫道怀有疑虑，那贫道就告辞了！"

玄静观主拂袖欲走，却被唐氏出声叫住了："观主，都是我四侄女不懂事。"唐氏福了福身道，"观主宽宏大量，莫要与小孩子计较。"

说着，唐氏蹙眉对端木绯训道："绯姐儿，你祖母还在这里呢，哪有你一个小辈说话的份？"

"三婶母，我也是担心祖母遭奸人所欺。"端木绯说话的同时，又看向玄静观主，目露崇敬之色："原来观主这么厉害啊，那一定是我错怪观主了，还望观主见谅。"

玄静观主神色稍缓，淡淡地点头道："无上天尊。知错能改，善莫大焉。"

"观主不见怪就好。"端木绯笑得更甜了，热络地说，"祖父曾说，卦之精妙，包含天地之道。百年前就有道门高人李淳风和袁天罡横空出世，二人精通天文、历法、数学，更以周易八卦进行推算，著下预言千年的《推背图》，千古流芳。观主既然精于算卦，肯定也精通《易经》《孙子算经》吧？"

看着小姑娘闪闪发亮的眼睛，玄静观主有些自得，谦虚地淡声道："精通不敢当，略通一二而已。"

端木绯拊掌赞道："那正好，祖父前两日刚刚布置了功课，可我怎么都算不明白，能请观主帮帮我吗？"

周围的人一头雾水，端木家四姑娘怎么回事？这关头，她竟然请教起功课来了。

玄静观主愣了愣。她刚承认自己略通算学，此刻怕是不好推托。

不过，端木四姑娘也就八九岁的样子，算学最多处于堪堪启蒙的阶段，她又懂什么？

想到这里，玄静观主轻甩如银发般的拂尘，淡淡地道："端木四姑娘请说。"

端木绯清了清嗓子，挺直腰板，不紧不慢地将题目道来："一个童子从棋盒里取了四十九颗棋子，将其分为两组，甲与乙。从甲组取出一颗棋子弃之，剩余以四除之，甲组所余之数，为一或二或三或四，将此余数弃之；再将乙组棋子亦以四除之，将所余之数再弃之。最后将甲乙棋子混合，敢问观主所余棋子为几颗？"

小姑娘的声音清脆甜美，带着一种奇特的韵律，如大珠小珠落玉盘，却听得大部分人晕头转向。

四周寂静无声。

玄静观主没想到端木绯会出这么复杂的题，冷汗自额角渗出，嘴唇动了动，却好一会儿没应声。

厅堂里再次静了下来，所有人的目光又集中在玄静观主身上。

端木绯缓缓地朝玄静观主走近，从容不迫地道出答案："所余者为四十四或四十。"

话音刚落，一个粉衣姑娘就低呼一声。原来已经有人好奇地取了些茴香豆，试着按照端木绯的题目数了豆子。

那粉衣姑娘讷讷地道："四十是对的。"

紧跟着，也有其他姑娘好奇地尝试起来，四周一片"窸窸窣窣"的声音。

玄静观主也算见惯了世面，在经历最初的紧张后，反而冷静下来，朗声道："久闻端木尚书精通算经，乃几十年难得一见之翘楚，贫道自叹不如。"

言外之意是说这题是端木宪所出，她不过区区一介道人，又怎么能与堂堂户部尚书相提并论？

端木绯抿了抿唇，颊上露出两个可爱的梨涡，她道："观主，你是活神仙，精通卜算之道，不如用蓍草给自己算一卦凶吉？"

玄静观主眉头一皱，不快地甩了一下拂尘道："端木姑娘，你莫要再胡搅蛮缠了。"

端木绯乌黑无垢的大眼睛与玄静观主四目相对，她似自言自语："《易经》有云，'大衍之数五十，其用四十有九。分而为二以象两，挂一以象三，揲之以四以象四时，归奇于扐以象闰，五岁再闰，故再扐而后挂。'"说到这里，她故意停顿了一下，缓缓地道，"观主可觉得有些耳熟？这与我那题其实一模一样，可观主为何不会呢？"

玄静观主的脸上顿时退去了血色，神色间有狼狈、有心虚，她自辩道："贫道自幼习的是金钱卦。"

端木绯笑眯眯地"哦"了一声，随口又问："金钱卦，前三铜钱为外卦，后三铜钱为内卦，敢问观主每三个铜钱有几种变法，一共又有多少种变法？"

玄静观主闻言，额头上冒出了涔涔冷汗，她哑口无言。

见玄静观主久久不语，不少夫人便看出她心虚，心头浮现某种可能，难道说……？

"观主，你怎么不说话？"曾经为玄静观主辩护的周夫人忍不住出声了，她眼中已经生出了一丝狐疑之色。

"她自然是不敢说话。"端木绯抿嘴浅笑着，一派天真，眼中藏着洞察一切的睿智。

这个玄静观主分明就是一个招摇撞骗的假神仙，刚才她起金钱卦时，端木绯就发现有些不对劲。

端木绯虽然不会算卦，却读过《易经》。金钱卦在摇卦时要将龟壳上下摇晃六下以上，对方却只随意地摇晃了五下；再者，在倒铜钱时应该逐个倒出，可是方才其中两个铜钱是一起滚出来的。

算卦的每个步骤都是有讲究的，不是摇摇龟壳中的铜钱就叫算卦。

端木绯的眼眸清亮如镜，她笑眯眯地断言道："观主，你其实根本不会算卦吧？"

全场一片哗然，所有人倒吸一口气，哪怕刚才有些人已经隐约猜到，但是在被端木绯说破的这一瞬，心里还是如同打翻了五味瓶一般，感觉异常复杂，思绪更是纷乱。

"怎么可能呢？"不知道是谁喃喃道，"观主怎么可能是个骗子？"

大部分夫人的脸上是一片茫然与心惊之色。如果玄静观主真的是个骗子，那么这些年来，她在各府女眷间行走，她们可是拱手奉了不少香油钱给她，更四处夸她是活神仙……如今再想来，她们岂不是一个天大的笑话？！

想到这里，许多人的脸上一阵青，一阵白。

戏楼里一片死寂。

忽然，"咯噔"的声音在廊庑上响起，有人不慎撞到了椅子，发出的声音尤为刺耳。

众人循声看去，只见一个身穿宝蓝色四喜如意纹缂丝褙子的中年妇人站了起来，妇人失态地颤声说道："玄静观主不会算卦？那去年她为我家萱儿批命，说萱儿命中带煞也是假的？！"

这位中年妇人是户部左侍郎赵大人的夫人，此刻，她浑身微微颤抖着，脸色惨白得半分血色都没有。

因为玄静观主的那次批命，为了化解幺女命中的煞气，女儿就要找八字相合的男子为夫婿。最后还是在玄静观主的指点下，幺女嫁给了永昌伯府的嫡次子何二公子。

当初婚事定得急，也没好好相看一二，赵夫人只草草地在清华道观见了何二一面，觉得他的家世、人品都不错，就应下了这门婚事。直到女儿婚后，赵夫人才发现何二不但早早纳了妾室，连庶长子都有了，而且何二品行不端，一喝醉酒，就对幺女拳打脚踢，陪嫁丫鬟去拦，竟然被那畜生一脚踢出去，额头撞到床脚上，就这么丢了性命。

听赵夫人这么一说，其他人立刻就想起一年前赵五姑娘与永昌伯府的亲事。当时她们还觉得奇怪，赵家怎么会定下这样的亲事？

在京中，谁不知道何二公子文不成武不就？他每日只知道与一群纨绔子弟纵马游街，还风流得紧，流连青楼楚馆，未成亲就和一个民女有了首尾。后来这个民女有喜了，她的家人去永昌伯府闹事，永昌伯府就让何二公子纳了那个民女为妾室。

赵家就算当时刚刚从外地调来京城，为着儿女的婚事，也该好好打探一二，原来这背后竟然还与玄静观主扯上了关系。

"于夫人，你说玄静观主是不是收了什么好处，所以才……？"有一位夫人猜测道。

京城里哪有门第相仿的人家肯与何二公子结亲的？而门第低些的，何家又瞧不上，想必是这样，何家才故意哄了刚调进京的赵家，让赵五姑娘嫁进来。

"我看十有八九是这样的。"于夫人压低声音附和了一句。

四周细碎的交头接耳声成了压垮赵夫人的最后一根稻草。这一年多来，她可怜的萱儿过得并不好，日日以泪洗面，而这一切都是因为玄静观主。

"我苦命的萱儿！"赵夫人撕心裂肺地哭喊道，"你这害人的妖道！"赵夫人再也顾不得仪态，直接扑过去对玄静观主又踢又打。

玄静观主根本忘了挣扎，浑身的力气像瞬间泄尽似的，她无力地瘫软在地板上，心道：完了！全完了！

她花了这么多心思在京城立足，费了二十几年的时间才让清华道观享誉京城，现在全完了！以前那些人有多信她、敬她，现在以至将来就会有多恨她、厌她，其中不少人在京中有权有势，不会放过她的。

见状，端木府的丫鬟们一时愣住了，不知道该不该上前阻拦，直到游嬷嬷看到贺氏的脸色后斥了一句："还不去'扶'住赵夫人？！"

丫鬟们又急忙去拦人，二楼的廊庑上一阵鸡飞狗跳。

端木绯早就笑吟吟地拉着端木纭坐了回去，捧起一旁的案几上的粉彩茶盅，慢悠悠地饮了一口热茶。

这是今年的明前龙井茶吧？这茶果然香郁甘醇，她十分满意，嘴角微翘。

混乱中，一个阴柔的男音响起，那个人似笑非笑地随口说道："这尚书府倒是热闹！"

众人循声往下看去，这才发现几个男子不知道何时站在了二楼的楼梯口，以端木宪和岑隐为首，一旁还有封炎、君然等七八位宾客。

刚才说话的人正是岑隐。

"让岑小公公见笑了。"端木宪拱了拱手道，面沉如水。

方才端木珩等公子哥写完百寿图回九思楼后，提起了鱼跃台要开戏的事，岑隐随口问起戏班子，端木宪见状提议去隔壁的敞厅听戏，众人皆附和。

于是，端木珩等几个小辈先领着大部分宾客去敞厅入席，端木宪则陪着岑隐等几个贵客随后而至，刚巧路过时听到戏台这边似乎有些动静，这才过来看看。

没想到他们竟然遇上这等事，好好的寿宴成了一场闹剧，还是在岑隐面前。

"端木大人，令孙女小小年纪就读过《易经》，果然有其祖之风。"君然一边说，一边收起折扇，雀跃之色毫不掩饰地流露在脸上。他心里暗道：幸好今天阿炎把我拉来了，否则我岂不是错过了一场天大的好戏？

封炎审视着正倚栏品茗的端木绯，一双凤眸深黑如墨，嘴角微微翘起。

"阿炎，你说是不是？"君然故意问道，同时用扇柄戳封炎，却被对方看也不看地抓住了。

两个少年的目光相撞时，君然朝封炎抛了一个意味深长的眼色，仿佛在说——这个小丫头真是有趣。

方才明明是她把这些人的情绪挑起来的，她倒好，现在就好像这事和她无关一般，作壁上观。

这种借刀杀人的法子还真是妙得很。

封炎眯了眯眼，随意地"嗯"了一声。

见封炎似若有所思，君然摸了摸下巴，一会儿看看封炎，一会儿又饶有兴致地仰首打量着廊庑上的端木绯，心想：看来阿炎今日来此，根本就是为了端木绯这个小丫头。这事情有趣，真有趣！

自认不曾招惹君然的端木绯再次感受到对方那种仿佛在看狐狸精的目光，起了一身鸡皮疙瘩，无辜地垂首饮茶，心道：自己这是招谁惹谁了啊？

只是弹指间，三个人之间已暗潮汹涌。端木宪却丝毫未觉，客气地应了一句："君世子、封公子过奖了。"接着，端木宪目光如炬地看向玄静观主，冷声吩咐道："来人，立刻把这个招摇撞骗的道人送去京兆府！"

难堪之余，端木宪又有一丝庆幸，朝端木绯看去，眼神缓和了些。

他这四孙女在算学上委实天分卓绝，幸好她阴错阳差地揭穿了这道姑的真面目。假的真不了，这道姑既然是个骗子，将来迟早会被人揭穿。倘若他们今日着了她的道，那以后他这尚书府可就要像赵侍郎府一样，成为京中的笑柄了。

话音刚落，立刻有几个膀大腰圆的婆子"噔噔噔"地上了楼，朝玄静观主师徒俩逼近。

"你……你们要干什么？贫道自己会走！"

玄静观主白胖的脸上早就没有一点儿精神气，她看起来灰头土脸的，哪里还有一点儿之前的仙风道骨气质？

婆子们根本不理会她的叫嚣，手粗鲁地穿过她的胳肢窝，将她架了起来。

"放开贫道！"玄静观主扭着身子挣扎，转头朝后方嘶吼着，"快……哎哟！"

师徒俩被婆子们半拖半拽地拉了下去，可怜兮兮地惨叫连连。

可是，根本没人会为她们求情，这些夫人、姑娘只觉得这两个道姑是脏东西，看也没看她们一眼。

端木绯也没看玄静观主，而在看唐氏，刚才玄静观主转过头去分明就是求助地看向了唐氏。

坐在贺氏身旁的唐氏正在饮茶，可是她绷紧的手背和游移的眼神已经透出了她的紧张。

是她，这件事果然是唐氏在背后搞鬼！

端木绯瞳孔微缩。

想必唐氏是觉得只要支开了端木纭，就没人阻挠她打过继的主意，这才有了这出戏。唐氏真是可笑。若过继之事真的利大于弊，端木宪又岂会轻易站在她们姐妹这边？

恐怕这事不是唐氏一个人的主意，三叔父端木期肯定也有份。

只可惜他们连端木宪的心思都看不出来，只会一味玩这种不入流的手段，还真把别人都当傻子呢！

不仅端木绯看出来了，端木纭同样了然于心，心想：还是妹妹聪明，三言两语就揭穿了玄静观主的真面目。

端木纭看着端木绯的小脸儿，眼神温柔似水，眸子熠熠生辉。

此时此刻，四周的喧嚣仿佛被一层无形的屏障隔绝开来，再也干扰不到端木纭。

"端木大人，"眼看着玄静观主就要被拖出厅去，岑隐突然出声道，"今日是贵夫人的大好日子，大人何必为一个区区道姑坏了兴致？依本座看，将人赶出去就是了。"说着，他漫不经心地抚了抚衣袖，眼尾微微一挑，妖冶的眼中流光四溢。

端木宪怔了怔，立刻颔首应下了："就依岑小公公所言。"

玄静观主闻言，眼睛一瞬间瞪得老大，眼白多，瞳仁小。

她宁愿去官府，八字、卜算什么的本来就玄乎，只要她胡搅蛮缠一番，就算受点儿苦，也最多被判个行骗之罪，至少能保住命。

可她若是直接被赶出去，那些府邸的人会放过她吗？

玄静观主几乎不敢再想下去，两眼一翻，昏厥了过去，只听小道姑在歇斯底里地嘶吼着："观主！观主！"

小道姑的嘴巴很快被一个婆子捂上了，她发出模糊不清的声音，没一会儿就被拖远了。

"岑小公公，您请。"端木宪的神色眨眼间已经恢复如常，他彬彬有礼地对岑隐伸手做了个请的手势。

接着，他们便一起下了楼，去隔壁的敞厅就座。

不一会儿，戏台上锣鼓敲响，胡琴奏起，一个扮相俊美的小生登场，嗓音清脆圆润，引得几位夫人鼓掌喝彩，现场一阵热闹喧哗。

乍一看刚才的风波似乎已经过去了，雨过天晴，廊庑上的有些夫人却心不在焉，心里还在想着玄静观主的事，目光不由得看向原本赵夫人的座位。

在开戏前，赵夫人已经借口"身子不适"告辞了。也是，发生了这样的事，赵夫人又怎么待得下去？

玄静观主在京城成名已久，这些大大小小的府邸少有没与她打过交道的，去道观做个道场，请她上门看看风水、开个光什么的。这些都还是小事，她还知道一些后宅内不可告人的阴私之事，牵过不少"良缘"……

渐渐地，有的人有些坐立不安了。

一折戏后，周夫人就提出告辞，紧接着又有几位夫人陆续离开。这才唱了三折戏，廊庑上的座位已经空了至少三分之一。

气氛再也回不去玄静观主来之前的热闹与喜气，不时有女眷交头接耳，讨论着那些离开的夫人。

自己好好的寿宴就这样被彻底破坏了，贺氏面上一直微微笑着，心却一点点地沉了下去。

她不蠢，回过神来后，就猜到今天这一出戏是怎么回事了。

绘丫头若真被送去道观祈福，对谁最有利呢？答案呼之欲出。

贺氏捧起粉彩茶盅，不着痕迹地盯着身旁的唐氏，半垂眼帘，眸中闪过一丝不快之色。

而唐氏现在心中也有点儿乱，既不甘，又担忧，还忐忑，她下意识地捏住了手中的帕子。

她给玄静观主塞了三千两银子，如今玄静观主变成一条人人喊打的落水狗，若是对方管不住嘴巴，到处乱说话，那么自己可就不妙了。

唐氏越想越不安，心烦意乱，没注意到贺氏从审视到确认的目光变化。

戏台上的戏还"咿咿呀呀"地在唱着。

到了未时，岑隐就告辞了，端木宪亲自把他送到仪门，目送他上了一辆黑漆平顶马车，马车驰出了端木府。

"小蝎。"

马车行驶在京城平坦的青石板路上，车厢内传出岑隐的声音，一个随侍在马车旁的年轻内侍立刻靠了过去，侧耳俯听。

"是。"随侍应了一声，策马停下来，黑漆平顶马车不疾不途地向宫城前行。

回了皇宫，岑隐先去了自己在宫中的住处。

待他沐浴更衣，又换上一身簇新的红色麒麟袍出来时，小蝎也回来了。

小蝎恭敬地行礼，上前在他的耳边禀了几句。尖细的声音被压得低低的，在树叶的"沙沙"声中几不可闻。

岑隐的眼幽暗如墨染，深沉如幽潭，他挥手让小蝎退开。

须臾，他淡淡地吩咐一句，一个小内侍立刻去了懋勤殿，捧来几本奏折随岑隐一起前往御书房。

御书房内，角落里放着两个冰盆，气温恰到好处，金色的阳光透过透明的白琉璃窗直直射进来，照得里面宽敞明亮。

岑隐步履轻盈地走入御书房，名为小礼子的内侍紧紧地跟在他的身后，悄无声息。

"皇上，"岑隐给坐在紫檀木雕龙书案后的皇帝作揖行礼，"臣把今日的奏折送来了。"

内侍素来在皇帝面前都自称"奴才"，唯独岑振兴、岑隐父子以"臣"自居，而皇帝偏偏丝毫不以为恼，足见两个人圣宠之浓。

几缕阳光照在岑隐的脸上，他白皙的肌肤仿佛是最上等的羊脂玉，细润莹洁。

身着明黄色刺绣龙袍的皇帝从一幅精巧典雅的鹦鹉图中抬起头来，一看到岑隐，就嘴角微勾，笑容满面地招呼道："阿隐，这是江南刚献纳的《五色鹦鹉图》，你且来一起赏鉴赏鉴。"

今上能诗善画，一向喜爱收藏天下奇珍异宝，尤其是字画珍玩。自登基后十几年来，他所搜集的稀世珍品数量之巨，可谓举世无双。这些珍藏或是由内廷司制造的，或是皇帝南巡时搜集的，或是各地臣子孝敬的。

比如这幅《五色鹦鹉图》，乃前朝的第三任皇帝所作，他也是有名的书画大师，这幅画是他少数遗留下来的名作。

岑隐走到皇帝身侧，仔细地将那画作审视了一遍，只见画纸上折枝杏花开得正艳，枝头栖着一只五色鹦鹉，那鹦鹉无忧无虑，活灵活现。

岑隐微微一笑，赞道："皇上，这幅画用笔细劲工致，却又不假造作，纯然天真。"

皇帝闻言，脸上的笑容更浓了，龙心大悦："阿隐，还是你懂画。"说完，皇帝挥手示意侍立一旁的内侍把画轴拿了下去，然后才道："把奏折呈上来吧。"

小礼子赶忙恭敬地将手中的五本奏折呈送到御案上，再退到一边。

皇帝没有打开奏折，直接捧起一个豆青釉茶盅，问道："阿隐，可有什么要事？"

皇帝日常要处理的奏折公文极其繁多，因此才有了秉笔太监，来替皇帝将所有奏折分类，并挑选重要的折子呈送给皇帝，由皇帝亲批，或者也可由秉笔太监向皇帝口述公文奏议大要，并代为批红。

岑隐把折子上的一些事概述了一下，比如有御史弹劾安定侯行为不检，比如青州巡抚上奏要将虚悬的票地改归官办……

如此零零散散地说了几件事后，岑隐微微一顿，抽出最上面的那道折子，一边双手呈给皇帝，一边道："还有淮北春汛成灾一事，请皇上亲自过目。"

皇帝接过那道折子，一目十行地看了起来。

去年冬季，淮北连着下了几场大雪，百姓本来还想着瑞雪兆丰年，可是今春天气回暖极快，积雪不过短短几日就全部消融，导致淮河河水暴涨，春汛成灾，农田、庄园、房屋被淹，流民西进求生，大多聚集在中州汝县。

汝县不过是一个小县，本就土地贫瘠，当地百姓食不果腹，哪里还有余力救助流民？

三月底，饥饿的流民聚于汝县县衙前，逼县令开仓放粮，县令试图镇压，反而激起民变。短短半日，那些暴民愤而群起，冲进县衙杀了县令。

此后，朝廷令中州总兵出兵平叛，才算将那帮不成气候的暴民镇压、剿杀。

只是，算算日子，汝县的父母官也空了几个月了，总需要有人接替。

不过，区区知县只是七品芝麻官，哪里需要皇帝来亲指？

皇帝挑了挑眉，随手把折子放下，抬眼看向岑隐问道："阿隐，你可有属意的人选？"

岑隐面上含笑，作揖答道："回皇上，臣举荐太仆寺主簿端木期。"

这个答案显然出乎皇帝的意料。

皇帝怔了怔，黝黑的眼中流露出深思之色。他若有所思地摩挲着拇指上的白玉雕鹿衔灵芝扳指。

岑隐自然没漏掉皇帝的小动作，躬身侍立，等候着皇帝的决定。

皇帝摩挲玉扳指的手停了下来，他直直地看着岑隐，眼神锐利得似乎要看进岑隐的心思。

岑隐嘴角含笑，从容沉稳，毫不躲避皇帝的目光。

皇帝忽然笑了，抬手指着岑隐的鼻子，似感慨地道："还是你机灵。"

"皇上过奖了。"岑隐也笑了，一副体恤圣意的模样，"臣只知忠心于皇上，想着端木尚书掌着户部，若端木期去了汝县，户部以后怕是不敢卡淮北一带的赈灾银子了。"

皇帝摸了摸人中的短须，颔首道："阿隐，你说得不错，每次朕提起要拨银子筑坝、修漕河，户部就哭诉没钱。好，汝县县令就端木期了。"皇帝说着，嘴角泛出一个得意狡黠的浅笑。

这一次，也该让端木宪尝尝什么叫有苦不能言。

皇帝拿起一旁的朱笔，在那张折子上龙飞凤舞地那么一批，这件事就尘埃落定了。

岑隐看着折子上如血一般的红字，唇角微微翘了起来。

于是，次日一大早，端木期如往常般去太仆寺点卯时，就接到了吏部的调令。

端木期整个人如遭雷击，再也待不下去了，浑浑噩噩地回了端木府，脑子几乎无法思考，自己也不记得他是如何策马从太仆寺回府、如何下马后一路从仪门走回翠薇院、如何走进东稍间里的。

"老爷，怎么这么早就回来了？"

正歪在一张美人榻上的唐氏见端木期进来，疑惑地看了看案头的漏壶——现在才巳时过半。

唐氏坐起身来，做了个手势，服侍的两个丫鬟立刻躬身退下了，屋子里只剩下他们夫妇俩。

端木期像没有听到唐氏的话似的，失魂落魄地坐在窗边的一把花梨木圈椅上。

唐氏看端木期神色有些不对，不免有点儿担心，再次唤道："老爷，这是怎么了？"

端木期目光怔怔的，还是一点儿反应也没有。

唐氏不禁微微皱眉，正想着是不是把端木期身边的长随叫来问问情况，就见芷卉快步挑帘进来，走到近前禀道："三老爷，老太爷让您去永禧堂。"

一听"老太爷"三个字，原本还像丢了魂的端木期仿佛当头被浇了一盆冷水，骤然清醒过来。

他霍地从太师椅上站起来，唐氏也紧跟着站起身来，又唤了一声："老爷……"

"我去见父亲……别的，回来再说。"端木期抚了抚衣袖，回来还没一盏茶的时间，又脚步匆匆地走了。

那道门帘被端木期粗鲁地挑起，又"哗哗"地落下。

看着跳跃不已的门帘，唐氏抿了抿嘴，心中隐约有种不祥的预感：到底发生了什么事才会让老爷变成这番模样，还惊动了公公？

唐氏捏了捏帕子，目光不安地闪烁几下，最后化为果决。她立刻迈出步伐，也跟了上去。

外面的天空不知何时阴沉了下来，层层阴云挡住了太阳的光辉，让唐氏的心也如同这阴云密布的天空般，她下意识地加快脚步。不过女子的步伐始终赶不上男子的，待唐氏赶到永禧堂的时候，端木期已经把事情的来龙去脉说了大半。

"父亲，您说这究竟是怎么回事？好端端的，吏部怎么就把儿子调去那等穷乡僻壤？"端木期哭天喊地地说。

只听到这一句，刚走到门帘外的唐氏的心就一点点地沉了下去。

唐氏透过细细的湘帘，可以看到着一身太师青常服的端木宪正坐在罗汉床上，儒雅的脸上透着一丝不解之色。

"这事……我也觉得奇怪，事先没听到半点儿风声。"端木宪捋着胡须缓缓地道。他也是得了三子外调的消息后，才匆匆赶回府的。

四周静了一瞬后，端木宪睿智沉稳的眼眸看向端木期。他又道："老三，你自己是怎么想的？"

"父亲，我不想去，您要帮帮儿子啊！"端木期急得满头大汗，又手足无措，"我打听过了，中州汝县自今春以来乱得很，到处都是流民、流寇，前任县令会遇害就是那帮暴民所为……父亲，儿子真的不想去啊！"

坐在端木宪身旁的贺氏快速地捻动着手中的紫檀木佛珠，一直没有说话，面色难看极了。

丫鬟打帘的声音响起，屋子里的三个人都朝门口的唐氏看去。唐氏的脸色微微发白，从方才那几句话，她已经猜到了事情的七七八八。

"老三媳妇，进来坐下说话吧。"贺氏看着唐氏淡淡地道。想起昨日寿宴上发生的事，她就觉得心里不痛快，但显然，现在不是提那件事的时候。

唐氏深吸一口气，上前对公婆施了礼后，在端木期身旁落座，然后问道："老爷，我刚才在外面听到了几句，莫不是你要被调去中州汝县当县令？"

端木期点了点头，脸色更难看了。

他在京城虽然只是一个小小的七品太仆寺主簿，官职不高，但好歹也是一个京官，又背靠端木贵妃、大皇子和尚书府，京城上下没人会故意给他脸色看，更不敢没事找他的麻烦，他的日子可谓是过得顺风顺水，舒坦极了。

可汝县是中州中部的一个小县，穷乡僻壤，本就是片贫瘠之地，自三月淮北流民聚集到那里后，粮食供不应求，不到一个月，那些流民就变成了暴民，烧杀抢掠，无恶不作，以致方圆几个县人心惶惶。

他这一去，至少就是三年，哪里有好日子过？！

而且，即便朝廷已派兵镇压过，可若是剩余的流民鼓动当地百姓再次暴乱，倒霉的还不是新任的县令？

"半个时辰前，我刚接到调令，命我携家眷去汝县任县令……"端木期声音发涩，心里拔凉拔凉的，觉得那个汝县根本就是虎狼窝！

携家眷？那岂不是自己也要一起去汝县？唐氏瞳孔微缩，浑身如坠冰窖，差点儿昏厥过去。

"父亲……"唐氏也用祈求的目光看向端木宪——现在他们能依靠的人也唯有端木宪了。

端木宪面色沉沉地眯了眯眼："这事透着些古怪。"

"是啊，老太爷，"贺氏也若有所思，接话道，"什么时候官员的调令还管人带不带家眷了？"

夫妻俩心照不宣地交换了一个眼神，心里都浮现出一个怀疑：莫非这是吏部尚书为了争首辅之位，故意给端木期穿小鞋？

屋子里寂静了一瞬，三个人的目光都集中在端木宪身上。

须臾，端木宪终于动了。

他站起身来，抚了抚衣袍道："先少安毋躁，我去吏部打听打听再筹谋不迟。"

端木期也急忙站起身来，眼睛一亮，郑重其事地作揖道："那就烦扰父亲了！"

端木宪没有说话，大步流星地离去了。

他这一去，就是大半天了无音信，直到华灯初上方回府。

外面的天色已经完全暗了下来，府中挂起了一盏盏大红灯笼，灯火通明。

端木宪一回来，派人守在门房的端木期就立刻得知了消息，端木期和唐氏夫妻俩急匆匆地再次去了永禧堂。

过去的几个时辰里，夫妻俩几乎食不下咽，午膳和晚膳都没胃口吃，端木期更不知道叹了多少次气。

"父亲！"端木期顾不上行礼，看着坐在罗汉床上的端木宪急切地喊了一声，心跳如擂鼓。

贺氏和唐氏也目光灼灼地盯着端木宪。

"老三，这事没转圜了。"端木宪摇摇头，神色凝重地叹了一口气，"你这些天赶紧收拾准备一下，带着你媳妇去上任吧。"

屋子里的空气骤然一冷。

端木期的肩膀整个垮了下来，他面如死灰，而唐氏的面色也一寸寸地白了。

"老太爷，这到底是怎么回事？"贺氏还算冷静地问道。

"我本以为老三这个任命是吏部的意思，那我去吏部周旋一番，即使不能把老三留京，换个好点儿的地方也行……"端木宪缓缓地说道，深沉的眼眸中闪过一丝无奈之色，声音渐沉，"没想到，这个调令居然出自皇上，这事就难办了。"

端木宪说着，神色中又多了几分不解。

汝县的暴乱刚被平定，即便县令的人选须得慎重挑选，那也不过是一个小小的七品县令，何须皇帝亲自下旨指派？

这件事真的是处处透着蹊跷。

无论如何，既然皇帝亲自在折子上批复，端木宪也不敢轻举妄动，从吏部天官游尚书那里探了消息后，只能无功而返。

"父亲，"端木期几乎坐立不安，讷讷地开口道，"要不我们进宫去找贵妃娘娘和大皇子殿下，让他们帮着说项说项……"

"老三！"端木宪不悦地打断了端木期的话。

这既然是皇帝的意思，他们端木家若不仅不感谢天恩，还跑去后宫周旋，让皇帝知道了，怕会以为他们端木家仗着端木贵妃和大皇子的势，连圣意都不放在眼里。到时，皇帝申斥他一顿事小，若他因此失了圣心，就得不偿失了。

端木宪决心已下，哪怕端木期暗暗地向贺氏投以哀求的眼神，也是徒劳。

端木期外放这件事已经成了定局。

端木期如丧考妣地喃喃道："那我是去定了……"从小到大，他哪里吃过这样的苦？

而自己也要跟着一起去那种鸟不拉屎的地方……县令三年一个任期……唐氏想着，脸上没有一点儿血色，身子再也压抑不住地微微颤抖起来。

"老三，暂且只能如此了。不过只要为父在京一天，总能想法子把你调回来。"端木宪捋着胡须安抚道，"你到了汝县好好干，只要不出岔子，我自能帮你周旋。"

"三夫人！"唐氏身后的芷卉发出一声惊呼，只见坐在红木圈椅上的唐氏两眼一翻，身子一软，昏厥了过去。

永禧堂里一阵鸡飞狗跳，一会儿游嬷嬷给唐氏掐人中，一会儿又有婆子匆匆地出府去请大夫……众人里里外外地忙活了一个多时辰，直到月上柳梢头，府里才平静下来。

# 第八章  武 举

这一夜，对三房上下来说，注定是漫长的；对贺氏来说，同样也是。

贺氏大半夜没睡，不过精神还好。她当然是心疼自家老三的，然而皇命不可违。

她早早地打发了来请安的晚辈们，吩咐下人赶紧替端木期仔细打点、收拾起来。儿子此去汝县至少三年，贺氏真是恨不得让他把半个家搬过去，光是随行物品的单子她就让游嬷嬷并两个大丫鬟列了一张又一张。直到巳时，一个婆子忽然来禀说，唐氏病了，刚命人去请了百仁堂的张老大夫。

闻言，贺氏目光一冷，面色瞬间阴沉下来，不怒而威，吓得那来报信的婆子噤若寒蝉。

"瞧瞧，这就是所谓书香世家教出来的女儿！"贺氏放下手里的粉彩茶盅，不客气地冷声道。

其他人哪里敢接话？游嬷嬷也只能在一旁赔笑。

贺氏越想越气，眼中浮现浓浓的不满之色。

他们家老三马上就要去汝县那种鬼地方，唐氏非但一点儿都不挂心，还要故意装病，躲着不去，是为不贤；她在自己的寿宴上与玄静观主勾结，搞出那么一场闹剧，是为不孝。如此不孝不贤的儿媳，他们端木家真是消受不起了。

"游嬷嬷，你替我走一趟翠薇院。"贺氏皮笑肉不笑地对游嬷嬷吩咐道，"你就跟三夫人说，要是她实在病得重，去不了汝县，倒不如'退位让贤'，我赶紧给老三再娶一房继室，让他好带着上任。"贺氏的声音冷得几乎要掉出冰碴子来。

"是，太夫人。"游嬷嬷也不敢说别的，只能应声，心里则暗暗叹气：三夫人若是老老实实地跟着三老爷走，没准会得太夫人几分怜爱。三年后，若三房回了京，总会得几分补偿，但她如今这样，算是被太夫人彻底厌弃了。

游嬷嬷匆匆离开永禧堂，去了翠薇院。

据说，三夫人又晕了一次，幸好张老大夫及时赶到，给她施了针，又开了方子。

贺氏敲打完唐氏，就又忙开了。

瞧如今唐氏这副要死不活的样子，贺氏是指望不上她了。可怜天下父母心，自己只能多费点儿心，亲力亲为。

永禧堂和翠薇院之间的交锋没逃过府中上下的一双双眼睛，不到两个时辰，全府都得知了端木期夫妇即将去中州汝县赴任之事。

等到正午，端木纭和端木绯从闺学回来，刚一坐定，绿萝就兴奋地禀道："听说汝县山穷水恶的，三夫人都被气病了。"

端木绯放下手中才捧起的茶盅，朝绿萝看去。

这倒是有趣了。

端木纭惊讶过后，冷哼一声道："三十年河东，三十年河西，当年二叔父、三叔父他们都瞧不上父亲镇守苦寒之地，现在轮到三叔父被外放去汝县了，看谁比谁强！"端木纭说着，心里生出一阵快意。

端木绯想得更深，目光微闪，问道："绿萝，祖父可说了什么？"

绿萝早就把事情的来龙去脉仔细地打听过了，从昨日上午三老爷失魂落魄地回府开始说起……

绿萝有条不紊地说着，像只叽叽喳喳的小麻雀，声音清脆。

等绿萝说到端木期外放的差事是皇帝亲批时，端木绯的大眼睛若有所思地眨了眨，更深沉了。

难怪连端木宪这堂堂户部尚书都对此事无能为力，只能听之任之。

皇帝会亲自任命一个区区县令，这本就不太寻常，况且这时间实在有些凑巧。

前日三婶母唐氏刚在寿宴上闹了那一出，昨日三叔父就接到了皇帝朱批的调令要被外放出京。

要说是巧合，这也未免太巧了点儿。

难道说……朝堂上有人在暗中帮她们？

可想而知，能推波助澜地让皇帝下旨的人应该是天子近臣。

她们姐妹俩不过一双孤女，父亲在世时，与简王府的那一点儿旧部情谊恐怕不足以让简王府出手，更何况简王是武将，干涉不到文官的任命。

忽然，端木绯灵光一闪，脑海中浮现出一张俊美到近乎冶艳的容颜——那位权势滔天的司礼监秉笔太监，岑隐。

端木绯眯了眯眼。这只是她的一个猜测，她不能确定，更没有证据。

她只是隐约有种感觉，好像自他们第一次在京郊相遇时，岑隐就对她和姐姐端木纭非常和气，一而再，再而三地对她们释放出善意。

绿萝已经说到三夫人唐氏第二次晕倒的事，语气中难免带上了几分讥诮之意——自从唐氏打起给长房过继子嗣的主意后，绿萝、紫藤她们就对唐氏没什么好感了。

"三婶母这个做派未免有些小家子气了。"端木纭不以为然地挑了挑眉，"再苦的差事总要有人去，更何况县令是父母官，可以造福一方百姓。"

就如同父亲在世时所说，为将者，自当戍守边关，报效国家，至死不渝。

听到端木纭的声音，端木绯笑了起来，故意孩子气地凑趣道："姐姐，还是皇上英明，这是要点醒三叔父呢。"她本来还在筹谋着利用玄静观主让端木期和唐氏去"修行"一阵子，现在倒是不必了。

端木纭"扑哧"一声笑了，颔首道："对，皇上英明，想来三叔父一定不会有负皇恩的。"

两个人说话间，张嬷嬷捧着一个红漆木托盘缓缓进来，笑道："大姑娘、四姑娘，今儿暑气重，赶紧喝点儿酸梅汤吧。"

张嬷嬷亲自给两位主子上了解暑的酸梅汤。

在井水里被冰镇过的酸梅汤冰凉清爽，带着乌梅特有的淡淡的烟熏味，酸甜可口，自喉头入腹，仿佛在体内下了一场蒙蒙细雨似的，让人顿时舒爽了不少。

端木纭只觉得心头的郁气一散而空，笑着赞道："妹妹，你做的酸梅汤真好喝！"她的妹妹果然聪明，在厨艺上都这么有天分，就像母亲一样。

端木纭心情大好，发话给院子里上下都赏了冰镇酸梅汤，湛清院里一片喜气洋洋之景。

三房的那点儿事对姐妹俩而言，不过是过眼云烟，她们听过以后就将之抛到脑后。对贺氏却不然，接下来两天，贺氏越来越忙。

贺氏一片慈母心，觉得汝县那穷乡僻壤肯定是要什么没什么，就想尽量给儿子带足东西，但端木期的这道任命来得实在太急，让他在七月中旬到任，这实在太赶了，她只能让府中的几个管事满城去采买东西，闹出了不小的动静。

这些事岑隐在一日上午像道家常、说闲话一样随口说给皇帝听了。

皇帝的眼眸闪闪发亮，他像恶作剧得逞般，朗声笑道："以端木宪这老狐狸谨慎多思的性子，他恐怕现在还在揣测朕为什么要这么做。"

"端木尚书行事一向严谨，又怎么会想到皇上会剑走偏锋呢？"岑隐含笑附和了一句。

皇帝颇为赞同地点了点头。正是因为端木宪精通算学，为人严谨仔细，才会进了户部，一路做到户部尚书。

君臣两个人正说着话，有一个小内侍悄无声息地走进来，躬立在一旁作揖禀道：

"皇上，封公子来了。"

皇帝的眉尾一扬，脸上的笑意更深，他吩咐道："快叫阿炎进来！"

不一会儿，小内侍就把封炎引了进来。

封炎今日穿了一袭镶银边的宝蓝色锦袍，步履矫健，绣着青色竹叶的袍角微微飘动，浑身透着少年人特有的勃勃英气。

"见过皇上舅舅。"封炎对御案后的皇帝抱拳行礼。

"阿炎免礼。"

皇帝看着封炎俊美的脸庞，目露慈爱之色。他做了个手势，小内侍就捧来一柄小臂长短、刀鞘上镶满七彩宝石的弯刀。

"阿炎，你看看，这是北燕弯刀，是北燕进贡过来的名刀。此刀削铁如泥，吹毛断发。"

皇帝说话的同时，小内侍把那弯刀双手呈到了封炎手中。

封炎接过弯刀，利索地将弯刀拉出一半，如镜面般的刀刃照出他的半张脸。他伸指在刀刃处弹了一下，刀身就在空气中"嗡嗡"作响。

随即，他把弯刀收了起来，又将弯刀双手呈上，附和道："这果然是好刀！"

小内侍没有动，垂首立在一旁。

"宝刀配英雄。"皇帝转了转大拇指上的玉扳指，又道，"阿炎，今年淮河春汛成灾，导致淮北流民逃亡各地，其中一股南下而去，流窜到皖州东南部，成为流寇，他们又与当地的水匪连成一气，在沿河一带烧杀抢掠，横扫了数个村镇，渐成气候。"

封炎双手灵活地一转，将刀鞘握在手中，墨玉般的眸子熠熠生辉，他抱拳道："皇上舅舅，外甥愿带兵前往皖州剿匪！"

少年人说话掷地有声，中气十足的声音回荡在御书房里。

下一瞬，一旁的鹦鹉在黄铜鸟架上扑棱着翅膀，大叫起来："剿匪！剿匪！"

御书房里，原本严肃的气氛一刹那被打破，就像一幅将士出征图的画风骤变，成了一幅戏鹦图。

皇帝原本有几分锐利的眼神柔和了下来，他含笑道："好！都说外甥似舅，阿炎不愧是我慕家的好男儿！"皇帝欣慰地看着封炎，容光焕发，"那朕就拨你三千西山大营精兵前往皖州剿匪，这把宝刀也赠予你。阿炎，你可莫要辜负朕的期待。"

"是，皇上舅舅。"封炎抱拳应道。

阳光从嵌着白琉璃的冰裂纹窗棂格上透了进来，照在他发顶那束发的玉箍上，羊脂白玉闪烁着莹润的光泽，他身上似晕染着一层淡淡的光华，眸子仿佛夜空中的星子般熠熠生辉。

顿了一下后，封炎继续道："皇上舅舅，外甥打算明日就整兵出京，先告退了。"

闻言，皇帝的表情更为温和，他含笑挥了挥手道："阿隐，你替朕送送阿炎。"

"是，皇上。"方才一直沉默不语的岑隐恭敬应诺，送封炎出了御书房。

这时已时过半，烈日高悬，照得前方汉白玉铺成的地面反射出耀眼的白光。

封炎大步流星地下了几级石阶，沐浴于灿烂的阳光下，岑隐则停在了廊庑处，任由廊庑的阴影笼罩全身。

这一道遮阴的廊庑在地面上投下一道清晰的界线，仿佛把廊庑里外分成了两个世界，一明一暗，泾渭分明。

"说来，我与皖州镇守太监曹海川也有三年未见了，"廊庑处的岑隐似闲谈般说道，"封公子此行去皖州，替我向曹海川问个好。"

封炎的脚步顿了一下，他没有回头，加快脚步往宫外的方向走去。

岑隐很快收回视线，转身回了御书房。


另一边，封炎近乎急切地出了宫，顶着烈日穿过几条街道，策马回了安平长公主府。如巨伞般的大树遮挡住阳光，大门后的庭院里一片郁郁葱葱。

纵马飞驰后，他依旧呼吸平稳，身上不见一点儿汗珠。

"今日有没有人送礼来？"封炎一边翻身下马，一边迫不及待地问门房。

最近公子每天都问这个问题，门房早已见怪不怪，立刻答道："回公子，半个多时辰前，端木家送了一食盒点心。"

封炎眸中闪过一丝幽光，大步流星地朝正院行去，戴着红色绳结的左手不自觉地握成了拳。

问了一个小丫鬟后，封炎直接去了东次间。

安平正坐在罗汉床上，审视着一双新做好的靴子，一见封炎回来了，就笑道："阿炎，你回来得正好，试试这新靴子，看合不合脚。"

封炎笑吟吟地说："娘的眼光准没错，靴子肯定合脚。"

他给安平行了礼后，在一旁的圈椅上坐下，一眼就看到放在紫檀木雕花小案几上的红漆木食盒。

"娘，这是……？"封炎看着那食盒，装作不经意地问道。

安平一边示意一个小丫鬟把新靴子送到封炎跟前，一边答道："这是端木家的那两位姑娘刚派人来送的点心。"

封炎利索地穿上新靴子，安平急忙道："阿炎，你走几步试试？若是靴子哪里不合脚，我再让人去改。"

封炎站起身来，随意地走了两步，嘴上却说道："娘，我正好饿了。"

安平失笑，给了一旁的宫女子月一个眼色。

子月一向机敏，立刻拿着那个食盒进了碧纱橱，没一会儿，就捧着两碟子芸豆卷出来了，一碟送到了安平跟前，另一碟送到了封炎手边。

　　碟子上的芸豆卷外皮洁白如雪，柔软细腻，其中的豆沙馅红艳艳的，散发着糖桂花与芝麻交织在一起的香味。

　　这香甜的气味对他而言是如此熟悉。

　　封炎净了手，不动声色地用两根修长的手指拈起一块龙眼大小的芸豆卷。

　　封炎深吸一口气，将芸豆卷送入口中。

　　芸豆卷的口感绵软细腻，香甜爽口，入口即化，浓郁的豆香、糖桂花香与芝麻香溢满口中，令人回味不已。

　　他曾经吃过阿辞亲手做的芸豆卷，不过只有一次。

　　两年前，他奉皇命去北境军中历练，临行前，大公主舞阳说要为他饯行，就请了几个皇子、公主以及同辈的宗室子弟为他办饯行宴，阿辞也随舞阳一起来了，还带了她亲手做的芸豆卷。

　　虽然他只吃到了其中小小的一块，可是对他来说，那就像阿辞专门为他做的一样，那个味道深深地镌刻在了他的记忆中，他永远也忘不了。

　　这是阿辞的手艺。

　　这个芸豆卷和阿辞做的一模一样。

　　封炎瞳孔微缩，压抑着自己的情绪，几乎用尽全身力气才没有失态。

　　安平没发现封炎的异状，也拈起一块芸豆卷吃着，含笑道："阿炎，这芸豆卷吃着倒是比上次更好吃了，端木家的两个丫头有心了。这味道刚刚好，增一分则太过，减一分则失色。"

　　阿辞做事总是这样，恰到好处。封炎微笑不语，又拈起一块芸豆卷送入口中，心潮翻涌。

　　他抬了抬左手，袖口滑落，露出戴在左腕上的红色结绳，眼神怔怔的。

　　那个这些日子被勉强按捺住的想法再次浮现在他的脑海中。

　　事情会是这样吗？可是那么玄乎的事怎么可能呢？

　　子不语怪力乱神。

　　他思绪翻涌，左手下意识地握成拳头，手背上的青筋微微凸了起来。

　　怕被安平看出端倪来，封炎按捺下心头的巨浪，忽然道："娘，刚才皇上把我叫去，给了我一件差事……"

　　封炎漫不经心地把皇帝让他领兵去皖州剿匪的事说了，安平嘴角的笑意瞬间消失，她双目微瞠，眸中似掀起了一片惊涛骇浪。

　　"阿炎……"安平的嘴唇微颤。

"娘，别为我担心。"封炎随手拿起一旁的茶杯，灌了半杯茶后，眸子熠熠生辉，"如此也好，反正去皖州的路上途经青州，我正好亲自去见见华景平这个兵油子。"

三月中旬，他让墨乙跑了一趟青州，给华景平传了两个字：拖、推。

四月初，朝廷这边就得了华景平的奏折，奏折中说他已经带兵平定了谅山镇暴乱，剿灭暴民三千，可是剩余两千溃散，逃入谅山。华景平以谅山西北部归属豫州为由，上奏请求驰援。

皇帝立刻批准了，下令豫州总兵田元方驰援。

谁知那两千暴民逃入谅山后，与山中的一伙山匪联合，山匪熟悉地形，在山中机动流窜，足足费时两月余，两军才剿灭了谅山山匪。

五月底，华景平和田元方联名上奏，说擒住了匪首程大培，两个人得了皇帝一句"剿匪有功"。

华景平果然是个老狐狸，把"拖"和"推"玩得炉火纯青。

封炎的眸子黑漆漆一片。

不过华景平这个人油得很，解了眼前的危机，就开始顾左右而言他，所以封炎早在琢磨着想方设法跑一趟青州，这不，机会来了。

安平看着封炎那俊朗完美的侧脸，心里只觉得一阵阵抽痛——她的阿炎太苦了。

安平欲言又止，最后还是没有说什么，她能做的就是赶紧帮儿子收拾行装。

母子俩一起说了会儿话，又用了午膳，封炎方回了自己在外院的书房。

书房的窗户敞开着，窗台上摆了两盆栀子花，在阵阵微风中，馥郁的花香萦绕在屋内。

"落风，"封炎沉声吩咐小厮道，"你去告诉墨乙，让他查查端木家的四姑娘，事无巨细，我都要知道。"

小厮虽不知所以然，但还是立刻抱拳应下："是，公子。"

小厮退下后，书房里只剩下封炎，他怔怔地坐在那里，双眼中有期待，有茫然，有忐忑。

窗外，微风阵阵，庭院里的枝叶摇曳，"沙沙"作响，仿佛在轻声说着什么。

这一夜，封炎几乎彻夜未眠，脑子里想的全是他的阿辞，她的一颦一笑，她的喜怒哀乐，她说过的每一句话……

次日一大早，天微亮，他与母亲安平长公主辞别后，就精神奕奕地出发了。

他知道自己一定会平安归来，因为他还有许多许多事要做，还有很多疑惑和猜测需要去验证。

又过了两日，端木期和唐氏夫妻俩也启程前往任地。

七月中旬必须到任，他们已经拖到实在不能拖了，才哭丧着脸，磨磨蹭蹭地离开了京城。

贺氏依依不舍地把儿子送走，让他们带足了护卫，又足足带了八车的东西——这还是贺氏怕十车太招眼，才勉强减了两车。

贺氏的情绪低落了小半天后，她不得不考虑另一件事——唐氏走了，小贺氏被罚，一时间尚书府没有了管家的人选，总不能让她这么大年纪的人还为琐事操持。

于是，待端木宪未时回府的时候，贺氏屏退了下人，察言观色地与他说起此事，并试探地问道："是不是让老二媳妇再出来管家？想必她已经知错了。"

正在饮茶的端木宪手一顿，慢慢将杯沿凑到唇畔，浅饮着滚烫的茶水，眼眸一片深沉之色。

他素来不管内宅的事，但小贺氏行事实在太过鲁莽，上次得罪了岑隐，下次不知道又会给端木家惹来什么祸事。

但是现在府中确实无人管家，总不能让庶出的四房、五房的人来管，这说出去也是下端木府的颜面。

端木宪放下茶盅，淡淡地"嗯"了一声。

见他应诺，贺氏面上一喜，可是下一瞬就听端木宪继续道："阿敏，纭姐儿的年纪也不小了，来年也该说亲了，就让她帮着她二婶母一起管家吧。"

他用的是提议的口吻，实际上语气根本没有商量的余地。

贺氏的嘴角微僵。她是聪明人，他们又是几十年的夫妻了，她当然明白枕边人的用意，他分明是对小贺氏还心存不满，打算用端木纭那个丫头来牵制小贺氏，让两个人彼此制衡，又能给小贺氏一个教训。

贺氏半垂眼帘，眸中闪过一道暗芒。

她当然不愿意让端木纭掌家，可是眼前的局势也容不得她选。如果她拒绝，以端木宪的脾气，恐怕他会让老四媳妇或者老五媳妇顶上，那更是后患无穷。

端木纭是一个未出阁的小丫头，再过两年迟早要嫁人，可是老四媳妇和老五媳妇就不一样了。再退一步讲，老二媳妇最近行事确实有些不着调，拿端木纭磨磨她的性子也好。

想到这里，贺氏嘴角翘了翘，温声应道："老太爷说得是。"

见贺氏识大体，端木宪满意地捋了捋胡须，屋子里的气氛也缓和了几分。

端木宪又饮了两口茶，然后说起另一桩事："阿敏，李家的人这几日正在收拾祥云巷的宅子，想必是李家三郎快要到了。你派人盯着点儿，把礼备好了。"

贺氏一向会做明面上的功夫，立刻应下了。

端木宪出门后，她就派大丫鬟去湛清院把端木纭姐妹俩叫了过来，和颜悦色地夸了端木纭温纯娴静、知理懂事云云，接着顺势把小贺氏要接替唐氏掌家，让端木纭以后随小贺氏好好学管家，以及李家三郎很快要来京的事——说了，嘱咐姐妹俩早做准备。

听到李家人要来，端木纭自是喜不自胜，谢了贺氏。直到姐妹俩回到湛清院，端木纭还眉飞色舞，形容之间难掩少女的明朗之色。

"姐姐，"端木绯拉着端木纭在罗汉床上坐下，目光闪亮地看着她撒娇道，"你和我说说外祖家的事吧！"

端木纭看着妹妹可爱的小脸儿，眸中的笑意更深，将李家的一些事娓娓道来。

李家世代从武，世袭四品墨州卫指挥佥事，本来戍守在东北墨州边关，直到八年前，海上倭寇为患，烧杀掳掠无恶不作，李家奉旨离开边关去往闽州，镇守一方，李家外祖父任总兵。

自那以后，闽州水师连连大捷，剿灭不少海匪倭寇，闽州这才渐渐安定下来。

如今，外祖父母李总兵夫妇尚健在，除了李氏，李家还有五个儿郎，皆是经过战场厮杀、保家卫国的铮铮好男儿，只是李三爷和李四爷几年前在海上战死了。

端木纭说话的同时，神色凝重起来，隐约透着一丝悲伤之意。

李家这世代的荣耀与富贵都是以李家儿郎的性命在血海中厮杀出来的，百余年来，多少李家儿郎马革裹尸还，就如端木朗一般。

端木绯眨了眨眼，故意转移话题道："姐姐，那岂不是外祖父、外祖母和舅舅他们离开墨州的时候，我才刚过周岁？"

"是啊，那年我也才五岁。"端木纭忍不住伸手揉了揉妹妹柔软的发顶，看着妹妹微翘的发尾，嘴角愉悦地扬了起来。

端木纭的记忆回到了很久很久以前，她面露怀念之色地说："我还记得墨州离扶青城也不过行车两天的距离，小时候，娘亲常带我去外祖家小住……

"外祖父、外祖母和几个舅舅都非常亲切，几个表兄妹对我也很好，现在不知道他们都长成什么样子了。

"李家三表哥叫李廷攸，长我一岁，今年应该十四岁了。他年纪轻轻就是武举人，想必是青出于蓝……"端木纭颇为骄傲地说着。

端木绯嘴角弯弯，听得聚精会神，偶尔插话问一两句。

李家启程去闽州的时候，原主才一岁，对李家人根本没有一点儿印象，端木绯只能从端木纭的话语中探知关于李家的信息。

端木纭显然对李家的印象极好，都是拣好的说，但端木绯心中的疑惑更浓了。

按照端木纭所言，即便是李家刚去闽州的时候，两家还是不时有节礼往来的。也就是说，在李氏身故后，端木才和李家的联系越来越少。

而自打她们回了京，这三年来，李家从未派人前来问候，更没送来节礼，像要与她们姐妹断了往来一般。

端木纭笑吟吟地又道："蓁蓁，李家三表哥马上要来，我们得先备好见面礼才行。"

端木纭兴致不错，拉着端木绯一起去了小书房，姐妹俩一起列了礼单。

小书房里回荡着姐妹俩清脆的声音，笑语声不绝。

端木纭一边兴致勃勃地备着礼，一边翘首以盼，等着李家三郎李廷攸的到来。可是她数着指头盼了一日又一日，转眼到了六月二十日，却还没见李家人抵达京城。

端木纭越等心里越着急，特意派了张嬷嬷亲自去祥云巷的李宅问询，这一问，她更担忧了。

原来李家在京城的管事也正急着，说之前收到来信，三少爷应该在六月十日左右抵达京城，可是这都过去十天了，连个报信的人都没看到。

张嬷嬷禀完后，屋子里一片寂静，空气似乎都沉重起来。

端木纭眉宇紧锁，忧心忡忡地喃喃道："难道攸表哥在路上出了什么事？"

端木绯也觉得事情有些古怪，按道理说，李家是武将世家，李家三公子上京，随身的侍从应该不会是那等不谙世事的人。到底是什么阻碍了他们的步伐呢？

端木绯心里虽然有些没底，却不动声色，正想安慰安慰端木纭，瞟见张嬷嬷面有犹豫之色，看起来欲言又止，就改口道："张嬷嬷，可还有什么事？"

迎上两个姑娘询问的目光，张嬷嬷从袖口掏出了一张被折叠起来的绢纸，呈给端木纭道："大姑娘，刚才奴婢回府的时候，在府外被一个七八岁的孩子撞了一下，那个孩子塞了这张字条给奴婢，也不知道这是不是恶作剧。"

端木纭飞快地展开字条，只见字条上写着四个字：江城匪乱。

端木纭茫然地眨了眨眼。她听说过江城，那是皖州的一座大城。

端木绯也凑过来看那张字条，思绪转得飞快，很快想到了什么。

难道说……

"姐姐，江城在哪里？"她歪着脑袋故意提点地问道。

端木纭顺口答道："江城是皖州的一个城镇，我记得《大盛地理志》中说，它在皖州的东南部。"

等等！

端木纭若有所思，一把握住端木绯的手，颤声道："蓁蓁，攸表哥从闽州北上京城，路上十有八九会经过江城。"

端木纭的面色微微发白，如果这张字条上说的"江城匪乱"是真的，那李廷攸会不会恰逢匪徒呢？

端木绯抿了抿嘴唇，她想到的也正是这一点。

端木纭抬眼看了看桌上的漏壶，现在是申时过半。

她犹豫了片刻后，站起身来，道："这个时候祖父应该回来了，蓁蓁，我去找祖父问问。"端木宪作为朝廷内阁阁臣，知道的事情肯定比她们闺阁女子多得多。

"姐姐，我和你一起去。"端木绯也紧跟着站起身来。

外面的天空不知什么时候阴云密布，日光被遮住了，空气沉甸甸的，没有一丝风，让人的心也不由得沉重起来。

姐妹俩脚步匆匆地走过几道抄手游廊，穿过几条羊肠小径，出了垂花门再一路往西南边行去，穿过一片青石砖庭院，就到了端木宪的外书房。

书房的小厮见两位姑娘来了，立刻进去通禀。没一会儿，小厮出来请二人进去了。

书房里很是清幽，靠北的墙面放着一排高高的书架，书架上密密麻麻地放着各色书籍，两个人一进门，就有股浓浓的书墨之香扑鼻而来。

与书架相对的墙前放着一个多宝槅，多宝槅上陈设着一些梅瓶、盆景、鱼缸，临窗的位置摆着一张琴案，书房正中则是一张紫檀木雕花大书案，端木宪就坐在书案后的太师椅上。

外面天色阴沉，书案边点着一盏羊角宫灯，荧荧光辉照亮了四周。

见姐妹俩来了，端木宪放下手中的书册，抬眼看了过来，嘴角挂着淡淡的笑意。

"祖父。"姐妹俩上前齐齐施礼。

"纭姐儿、绯姐儿，坐下吧。"端木宪温和的目光在姐妹俩身上扫过，他在看着端木绯时，眉宇间多了几分慈爱之色。

端木绯不是第一次来端木宪的外书房了，自她在算学上显露出"天赋"后，端木宪时不时地会把她叫来这里考校一二，端木绯的应答令他颇为满意。

端木纭坐下后，神色凝重地开口道："祖父，孙女听说江城匪乱，不知道这是真是假？"

话音未落，窗外的天空忽然劈下一道闪电，照得空中亮如白昼，屋子里也随之亮了一瞬。

端木宪皱了皱眉，面色有些微妙，问道："纭姐儿，这事你是怎么知道的？"

说话的同时，端木宪做了一个手势，本来打算要关窗的小厮迟疑地朝敞开的窗户看了一眼，还是悄无声息地退下了。

端木纭不蠢，当然不会实话实说，说一半藏一半地道："回祖父，因为李家三表兄迟迟未到京城，孙女就派张嬷嬷去祥云巷那边问了问。"

她故意说得模棱两可，言外之意仿佛她是从李宅那边听说的关于江城的事。

他们说话间，雷声轰鸣，炸了几声后，雨水像撒豆子似的密集地砸了下来，不少雨滴透过敞开的窗户打在了窗边的案几和圈椅上，原本有些凝滞的空气清爽了些。

端木宪捋了捋胡须，面色也恢复了正常。

他说："纭姐儿，江城那里确实出了点儿乱子，有一伙水匪横行，意图拿下江城。李廷攸刚好路过江城，一时被困在了城里。不过，那伙水匪只是乌合之众，你们不用担心。"

端木宪怕吓到两个小姑娘，说得轻描淡写，但端木纭还是慌了，顿时脸色煞白："祖父，那江城现在……？"

"纭姐儿，江城不会有事的。"端木宪沉声安抚道，"皇上已经派兵增援皖州，算算时间，援军应该已经抵达江城了。我前几日得了消息，李廷攸正在江城协助当地官府守城抗匪，等此事了结，对他而言，那也是大功一件，对他的前途只有好处，没有坏处。"

端木宪避重就轻，两三句就带过了这个话题。

他说的话大半是真的，江城那边的水匪区区千余人，肯定成不了气候，只不过，官府想要剿灭水匪也没那么容易。

江淮运河是连接南北的黄金水道，多年来一直有水匪为害一方，只是这些水匪零星成伙，谁也不服谁，在运河上打劫往来商户，却不敢对官方漕运出手，几十年来也没出过什么大岔子。

直到这次，从淮北来的流寇与其中一伙自称"浪里蛟"的水匪合并，势力大增，迅速吞并了其他水匪，一下子就发展成为千人匪军。他们烧杀抢掠，甚至还打起了江城的主意。

这帮水匪在皖州几十年，对周边河道、地形极为熟悉，又精通水上功夫。虽然打起陆仗来，水匪绝非官兵的对手，可是在河面上，他们占了地利人和，有以一敌五之能，即便落于下风，只须遁水而走，恐怕官兵对此也束手无策。

端木宪目光一闪，又道："纭姐儿，此事涉及军情，你和绯姐儿知道就好，切莫再宣扬，免得被有心人夸大，引起人心动荡。"

"是，祖父，孙女明白。"端木纭和端木绯欠了欠身应道。

那张字条上所说的"江城匪乱"竟然是真的，那么，到底是谁特意给她们传了那张字条呢？端木绯目光微闪，暗自思索着。

祖孙三个人又随意地道了几句家常，端木纭就表示"不打搅祖父"，和端木绯一起告辞了。

一场雷雨来得快，去得也快，雨后的天气稍稍凉爽了些，没有那么闷热了。

姐妹俩从端木宪的外书房里出来后，沉默地走过几片浓荫，在后院曲折蜿蜒的抄手游廊里走着，思绪如同这千回百转的道路般复杂。

雨已停，却还有些雨滴顺着屋檐"滴答滴答"地落下，四周比较安静时，这些单调的声音像是被无限放大了。

忽然一阵风吹来，庭院里的枝叶轻轻摇曳，叶片上的水珠滴落，如同又下起了一场绵绵细雨，雨若心丝，欲梳还乱。

端木纭在游廊的尽头停下脚步，喃喃道："北境好不容易安定，皖州又乱了，也不知道又有多少百姓要流离失所，多少将士……"她似想起了什么，蓦然噤声，眸中闪过浓浓的悲伤之色。

端木绯抿嘴不语，看着眼前细密的水帘，心里暗暗叹了一口气。

何止是皖州匪乱，青州也发生了民乱，这一切都是因为去年冬季过于寒冷，青州、皖州、豫州一带连着下了好几场大雪。比如青州谅山镇的民乱也是始于大雪，初春冰雪融化，气温更低，人因此被冻病，庄稼被冻坏，耕牛被冻死……百姓活不下去，这才演变成民乱。

本来只要朝廷救灾及时，未必会发展到这个地步，可是国库空虚啊！

都说宣隆盛世，繁花似锦，可是每年两淮交的盐税和一部分漕粮都直接上交至内承运库，而非国库。内承运库又叫内库，是大盛皇帝自己的私库，供历任皇帝使用。

今上最喜南巡，近八年来三下江南，每次南巡花费巨大，内库不足以承担南巡的费用，就由户部从国库拨款添上，凑齐南巡的银子。

今上每次南巡都声势浩大，携数千人随行，沿途需新建行宫，吃用皆是珍馐美味……三次南巡至少从内库、国库花出去一千万两银子，这还仅仅是明面上的，其他沿途地方上修运河、漆房屋、迎圣驾等的花费更是不计其数，这些花费要么是当地商人"自愿"捐赠，要么就只能由父母官从百姓身上收回来。

开春以来，各地屡有灾情，国库空虚，可是今上还想着法子打算充盈他自己的内库。

端木绯在心里暗暗地叹了一口气，想起祖父楚老太爷曾经说过的一句话——纵观历史，盛世昌荣，繁花似锦，却也最易昙花一现。

只是眨眼间，端木绯已经心思百转。

端木纭转头对端木绯笑了，振作起精神，道："蓁蓁，攸表哥一定会没事的，我们大盛铁骑，战无不胜，区区水匪算得了什么？"

她这话不知道是在安慰自己，还是在安抚端木绯。

端木绯点了点头，弯着小嘴笑了，附和道："姐姐，既然皇上已经派了援兵过去，加上皖州当地有官兵驻守，他们一定会很快平乱的。"

不过，武科会试将近，端木绯担心李廷攸弄不好会错过会试。

她看着端木纭心事重重的侧脸，最后还是没提这事。

一连几日，午后都有雷雨来袭，京城的天气变得没有那么闷热，空气中似乎能掐出水来。

武科会试的日子渐渐临近，京城对此的讨论也越来越激烈，直到江城匪患的事陆续传到京城，京中上下的注意力才转移到江城上，对此事议论得沸沸扬扬。

听说，从江城一带来京的武举人说，江城到京的水路被那伙水匪所封，不少人不得不走陆路绕道而行。

听说，江城周边的村落都被水匪扫荡了，他们烧杀掳掠，不留活口，如今江城方圆十里之内都难见人烟。

听说，水匪声势越来越浩大，人数已达三四千，他们围攻江城，阻断了江城与外界的联系，城中的粮食怕是支撑不了半个月。

听说……

端木纭每天都让紫藤出去打听消息，可是越打听越担心，只能默默地为李廷攸以及江城百姓抄写经书祈福。

又过了好几日，直到六月二十九日，即武举前四天，李廷攸终于进京了。

当日下午，李宅的管事嬷嬷带人送了一车礼来，各种料子、干货、脂粉、首饰等堆了大半个屋子。

姐妹俩亲自见了那管事嬷嬷，又问了几句话，赏了红封后，就让对方回去了。

李廷攸平安入京，端木纭心头的巨石总算落下了。

她饮了一口茶后，含笑道："蓁蓁，幸好攸表哥来得及时，接下来可以好生休息三日，养好精神再去参加武科会试。"

端木绯点了点头，凑趣地说道："虽说攸表哥这次在路上几经波折，又当了回'冤大头'，但是俗话说，否极泰来，想必表哥的运道马上就要来了。"

冤大头？端木纭愣了愣，然后想到了什么，朝四周看了一圈。

此时，太阳西斜，映红了西边的天空，如彩锦般的晚霞铺在空中，映得满室霞光，给那堆了大半屋子的料子染上了一层光晕，煞是好看。

这些料子多是大红大紫，乍一看颜色鲜艳，再细看就会发现颜色、图案早过时了，怕是几年前的料子。

还有那些红枣、桂皮、果脯之类的干货也都不是闽州特产，倒像是京城常见的那些东西……

端木纭一下子就想明白了，满不在意地说："破财消灾，丢了点儿东西没关系，人没事就好。"

李廷攸从闽州出发时想必是带着礼的，但江城有匪乱，东西估计都被弄丢了，

191

刚才送来的这些料子、干货多半是他到了京城后，随便在铺子里买的。李廷攸是男子，又是武将世家出身，哪里会懂料子上的事？他估计是随意让掌柜帮忙挑的，这掌柜干脆把陈年卖不出去的料子打包给他了。

紫藤和绿萝在一旁听得一头雾水，面面相觑：什么冤大头？什么破财消灾？姑娘们说的每个字她们都能听懂，怎么连起来就不懂了呢？

见主子们心情不错，绿萝开口问道："四姑娘，您和大姑娘到底在说什么？听得奴婢云里雾里的。"

姐妹俩交换了一个心照不宣的眼神，"扑哧"地笑了出来，笑声回荡在屋子里，然后端木纭不紧不慢地解释着。

随着李廷攸的到来，这些日子湛清院里的那种紧绷感一扫而空。姐妹俩商量着亲手做了些点心，吩咐张嬷嬷送去了祥云巷，连着两日皆是如此。次日午后，张嬷嬷前脚刚走，后脚端木宪就派了一个婆子来传话，请她们去一趟永禧堂。

这个时候还不到未时，不是昏定晨省的时间，东次间里只有端木宪和贺氏二人。

屋子里静悄悄的，只有茶盅发出的轻微碰撞声，庭院里郁郁葱葱的枝叶映得满室碧青，午后的时光分外静谧。

姐妹俩行了礼后，端木宪让她们坐下，也不废话，直接说起正事："纭姐儿、绯姐儿，你们李家三表哥抵达京城的事，你们俩都知道了吧？"

"祖父、祖母，昨天下午，李家三表哥就派人来报了平安。"端木纭双手放在膝头，目光清亮，眉宇间英气勃勃，鬓边戴着一对红石榴珠花，映得少女如玉的脸庞更加明艳动人。

端木宪点了点头，又道："今日早朝皇上刚宣了他觐见，这次他在江城守城剿匪有功，皇上对他大为嘉奖。"

皇帝当着满朝文武的面夸了李廷攸，说英雄出少年，赞赏之色溢于言表。

皇帝这两年最喜欢用那些有真才实学的年轻人，李廷攸这一次可谓是"大难不死，必有后福"，只要七月的武考成绩不是太糟，他定能得到重用。

端木宪心情不错，眉眼舒展，声音明朗，一旁的贺氏却面色淡淡的，只是径自饮茶。

"祖父，攸表哥既然到了京城，那江城现在没事了吧？那些水匪是不是都伏法了？"端木绯关切地问道，黑白分明的大眼睛看着端木宪。

端木宪点了点头，捋着胡须含笑道："幸好西山大营的三千援军在关键时刻赶到，一举击溃水匪，解了江城的围城之危。那帮水匪大势已去，只余数百残匪在江城附近流窜逃亡。你们李家表哥要来京赶考，就先行一步，从江城赶来京城了。接下来，有封公子率援军守在江城，彻底平乱是迟早的事。"

端木绯起初还笑吟吟地听着，冷不防从端木宪的口中听到"封公子"三个字，顿时双目微瞠，笑意僵在了嘴角。

她急忙拿起茶盅掩饰脸上的异色，暗暗咽了咽口水。端木宪说的那个封公子，该不会是封炎吧？看来他这次又领了一个吃力不讨好的差事。

算算日子也大半个月了，自己是不是得再给公主府送些芸豆卷去？端木绯面露纠结之色，樱唇含住茶盅的边缘。

端木宪没多提战况，捧起茶盅轻轻地啜了一口热茶后，转头对贺氏道："阿敏，李三公子这次是孤身前来，没有长辈照料，咱们两家是姻亲，我们请他来府里小住些日子。从前两家离得远，不好走动，现在人来了京城，我们要好好尽尽地主之谊才是。"

"是，老太爷。"贺氏立刻应下，喜怒不形于色。

祖孙几个人又说了会儿话，端木宪就把姐妹俩打发了。

这天傍晚，太阳落下了大半，屋里屋外一片昏黄，游嬷嬷突然来了湛清院。

"大姑娘、四姑娘，下午太夫人给祥云巷那边下了帖子，刚得了那边的回复。李三少爷说马上要武科会试，这几天要养精蓄锐，只能婉拒太夫人的好意。"

端木纭应了一声，寒暄了一句："烦扰游嬷嬷了。"

游嬷嬷办完差事，就立刻告辞了。

端木绯半垂眼帘，若有所思地看着裙缘露出的一对彩蝶绣花鞋头，耳边传来端木纭爽利的声音："攸表哥待在祥云巷静心备考也好。"

尚书府内毕竟人多嘴杂，李廷攸要是住进来，难免多出一些不必要的应酬，还不如在祥云巷清净点儿。

"姐姐说得是。"端木绯眨着亮闪闪的眼睛，附和道，"这个时候，搬来搬去劳心劳力，攸表哥还不如多点儿时间，好好养精蓄锐。"

端木绯嘴上虽然这么说着，心里却觉得李廷攸的行事有些不对劲。

端木家和李家相隔千里，多年不曾往来，哪怕李家心里再不待见端木家，贺氏作为长辈都已经亲自下了帖子，李廷攸身为晚辈就算不来小住，怎么也得来一趟，给端木宪和贺氏请个安才对。

若是两家真到了撕破脸的地步，李廷攸也不会特意派人给她们姐妹送礼。

难道说李廷攸那边出了什么事？

端木绯目光微凝，心里叹息：只可惜，自己手上无人可用，还是得尽快调教些人出来才行。

"姐姐，上次求的平安符晚些时候让张嬷嬷送去祥云巷吧。"

姐妹俩正说着话，张嬷嬷进来了，亲自给两位姑娘捧来金丝蜜枣羹。

看着她俩有商有量的样子，张嬷嬷不由得露出欣慰之色，心里感叹：许是老天爷保佑，两位姑娘否极泰来。自清净寺那一劫后，四姑娘就像开了心窍一般。以后两位姑娘互相帮扶着，日子一定会越来越好，老爷、夫人泉下有知，也能安息了。

张嬷嬷眼睛一酸，心中一阵起伏。她深吸一口气，若无其事地笑道："大姑娘、四姑娘，快吃点儿金丝蜜枣羹吧。"

金丝蜜枣羹以金丝琥珀蜜枣小火熬煮而成，那颗颗如琥珀般的蜜枣被炖得酥软，汤水中金丝缕缕，吃起来香甜透心。

端木绯忍不住吃了大半碗甜甜的金丝蜜枣羹，然后笑吟吟地随口问道："张嬷嬷，那几个新来的丫鬟教好了没？"

"我教了三个多月，大致的规矩已经教了，不过她们还是差了点儿。"张嬷嬷说着，眉头微蹙。

这些刚从外头采买来的丫鬟虽然把表面的规矩、礼节都学了，也大致知道府中各房的情况，却还嫩得很，恐怕没半年一年上不了台面。是以，府中姑娘们身边服侍的丫鬟多是家生子，那些外头采买的小丫头多是暂时先做着洒扫之类的粗活。

端木绯微微一笑，知道张嬷嬷在想些什么，不在意地说道："张嬷嬷，先把人带来瞧瞧吧。"

端木纭含笑听着，心道：妹妹身边只有绿萝一个人，确实太少了，好歹先挑两个丫鬟出来帮把手。

张嬷嬷恭敬应诺，不一会儿就把新采买的十几个丫鬟带来了。

过了三个多月，这些小姑娘已经有了天翻地覆的变化，原本被剃光的头发长了出来，被梳成两个简单的双丫髻，发髻上只缠了些青色丝带，身上穿着一样的石青色素面褙子，看起来都清秀可人。

不只是打扮，她们的模样和气质也改变了。三月中旬她们刚到府里的时候，一个个面黄肌瘦，现在被好吃好喝地养了三个多月，一张张小脸儿都白胖、精神了不少。此刻她们躬身站成一排，目不斜视，规规矩矩，一看就是大户人家的丫鬟。

端木纭朝那些丫鬟扫了一眼后，满意地微微颔首，转头对端木绯道："蓁蓁，你来挑两个近身伺候的人吧，让她们先领二等丫鬟的份例。"

按照尚书府的规矩，嫡出的姑娘有两个一等丫鬟、四个二等丫鬟和四个三等丫鬟的份例，如今两位姑娘身旁都只有一个一等丫鬟，至于其他近身伺候的人自然是要优胜劣汰，选拔尖的。这些事就是端木纭不说，那些小丫鬟在尚书府里学了三个多月的规矩后也心知肚明，一个个既紧张又期待，心都提了起来。

不到一炷香的工夫，姐妹俩就分别挑好了两个二等丫鬟和两个三等丫鬟。剩余的丫鬟从屋子里鱼贯而出，被安排做了庭院里的洒扫丫鬟、花木丫鬟和小厨房那边的烧火丫鬟。

虽然这次没被姑娘们挑上，但是这些丫鬟也不丧气，每位姑娘身边还有二等丫鬟和三等丫鬟的份例，以后肯定是要从她们中挑，日子还长着呢，她们有的是机会表现自己。

湛清院里，丫鬟们斗志满满，一片欣欣向荣的景象。

端木绯带着绿萝和刚挑的两个丫鬟回了她的小书房，在窗边的一把花梨木圈椅上坐下，绿萝熟练地给主子上了茶。

端木绯看着神色中难掩忐忑的两个丫鬟，笑眯眯地说道："你们以后既然跟着我，就要守我的规矩。"

"是，四姑娘。"两个丫鬟立刻福了福身应道。

"我的规矩说简单也简单，只有一条。"端木绯脸上的笑容更灿烂了，她伸出一根白嫩的食指，"绿萝，你来说说。"

绿萝清了清嗓子，一本正经地说道："我们姑娘的话就是规矩。"

这句话听着有几分孩子气，让那两个丫鬟的脸上都露出几分错愕之色。

端木绯饮了一口茶后，笑眯眯地警告道："来日方长，这句话你们且好好记住了，别以后犯了错，怪我不讲情面。"

一瞬间，两个丫鬟心中一凛，感觉眼前这个不过九岁的小姑娘目光似剑般朝她们刺来，可是再看去，对方又天真地笑着，仿佛刚才只是她们的错觉。

两个人恭敬地再次应了一声，其中一个九岁圆脸的小姑娘福了福身道："奴婢斗胆请姑娘赐名。"

圆脸小姑娘本名胡二丫，来了府中后，大家就"二丫""二丫"地叫她，不过，作为姑娘近身伺候的丫鬟，她再叫这个名字确实有些不妥。

端木绯歪了歪脑袋，嘴角翘了翘——很好，胡二丫果然是个机灵的人。

听着窗外不时响起的蝉鸣声，端木绯应景地给胡二丫起了个"碧蝉"的名字。

端木绯在说话的同时，目光落在了碧蝉身旁的另一个丫鬟上，她道："锦瑟这名字不错，你就继续叫这个名字吧。"

"是，四姑娘。"锦瑟福身应了一声。

十二岁的少女在蓄起头发后，秀丽的姿容更为出众了。她气质文雅，只是这么静静地站在那里就让人无法忽略她的存在。

这个柳锦瑟原本的出身应该还不错。端木绯一边饮茶，一边心想着。

屋子里沉寂了一瞬，端木绯放下茶盅，吩咐道："碧蝉，你跟着绿萝在府中四处走走，认认人，也认认地方……"

绿萝和碧蝉应声后，就退下了，内室中只剩下端木绯和锦瑟。

锦瑟看似从容，心里却并不平静。她们这三个月来都在湛清院里学规矩，除非跟着张嬷嬷、紫藤她们，否则不敢在府中乱走，现在四姑娘让碧蝉去走走，却没让她一起去，这又是什么意思？

"人尽其才，物尽其用。"端木绯似乎看出了锦瑟心中的疑惑，意味深长地说，"锦瑟，我记得你识字吧？"

锦瑟眼中闪过一丝迟疑之色，不知道端木绯这句话是随口说的，还是别有用意。

当初她不得已下跪求了两位姑娘才能够留下，可是大姑娘端木纭其实对她的行径并不满意，不过是看在四姑娘端木绯的面子上勉强应下，也就是说，端木绯的喜好决定着她的命运。

锦瑟抿了抿樱唇，心中有了决断，轻声道："回姑娘，先父生前是个举人，锦瑟以前跟着父亲学过几个字……"说着，她似回忆起什么，脸色有些泛白。

锦瑟竟然是举人家的姑娘！对这一点，端木绯也有些惊讶。端木绯早就看出来以锦瑟的名字与举止，她应是从读书人家出来的，却没想到她父亲生前竟然是个举人。举人可以当官，可以免税，多的是亲戚邻里奉承，甚至有乡绅去送银、送屋，是以有穷秀才，却没有穷举人。

锦瑟一个举人家的姑娘，即便父亲没了，也该有些家底，不至于沦落到卖身为奴的地步才是。

端木绯直接问道："你家里出了什么事？"

锦瑟身子一颤，唇色惨白。她咬了咬下唇，才颤声说起自家的事。

锦瑟所在的柳家是豫州奉贤镇的富户，家中良田千亩，耕读传家。十多年前，她的父亲中了举人，虽然多年没考上进士，但柳举人不过三十几岁，并不着急，干脆在家中潜心教兄长读书，家庭和和美美。

直到去年冬季，柳举人受友人之邀去茶楼品诗论画、谈古论今，没想到灾祸就来了。

那一日，他们说到兴处，偶然提到以诗画闻名的王寅，柳举人为王寅的死惋惜了一句。谁料，说者无意，听者有心，有人把柳举人的一句感慨之言告知了豫州镇守太监章安。章安说王寅所著的《通鉴论》妄议朝政，而今上也斥责王寅"悖逆之心，狂肆逆恶"，下旨将其斩杀，柳举人胆敢为王寅辩护，就是对今上不满。于是，柳举人被冠以"妄议朝政、大逆不道"的罪名，以抄家论处。

柳夫人不愿受辱，在官兵抄家前就悬梁自尽了。柳举人被押入大牢，不堪重刑，丢了性命。其余男丁被发配千里，女眷沦为官奴。

不过短短一日，柳家就家破人亡了。

锦瑟本来也该在被抄家那日随母而去，却被乳娘救下，乳娘悄悄给官兵塞了银子，她才没有入教坊，而是到了官牙手中，阴错阳差地被送入京中。

少女说话的同时，眼眶通红，盈满泪水。她微微仰起小脸儿，不让泪水落下，粉藕般的颈项线条极其柔美。

她闭了闭眼，缓和了一下情绪后，才继续说下去。

她来了京城后，在钱牙婆那边学规矩。一日，钱牙婆从外面回来，心情极好，说她以后要享福了，永昌伯府的伯夫人要买两个漂亮的丫头给儿子做通房丫鬟。她不想做通房丫鬟，也不想为妾，所以那日来了尚书府后才会不顾规矩，试着一搏。

"姑娘那日愿意留下锦瑟，对锦瑟而言，是救命之恩！"锦瑟屈膝郑重谢道。

她是柳家人，不能有辱家风。若那一日端木绯没有收下她，她想自己可能只有死路一条了。

她今年已十二岁，比四姑娘大了三岁，就算以后四姑娘带着她去陪嫁，以她的年纪，她也不会被当作笼络姑爷的通房人选。

锦瑟暗暗地松了一口气，姿态优雅恭敬。

端木绯心里有些惊讶，没想到会从锦瑟口中听到永昌伯府这几个字，再想起那日寿宴上发生的事，她不禁叹了一口气。普通人家若给府中公子寻通房妾室，是从家生子中挑选，永昌伯府却要从外头买丫鬟回去，这背后十有八九有不可告人的缘由。

端木绯又捧起茶盅，目光闪了闪。

柳锦瑟委实可怜，自己能帮一把倒也无妨，只是观她言辞之间透着几分不卑不亢之意，如非必要她不愿自称奴婢，显然心气有些高。祖母楚太夫人曾经说过，这样的人心思太重，忠心有限，不适合贴身服侍。

不过，端木绯当日既然决定留下她，早就料到了这一点。

自己先用着再说吧。

"那你以后就给我伺候笔墨吧。"端木绯一边说，一边走到书案前。

锦瑟应了一声，半悬的心总算放下了，立刻上前给端木绯磨墨铺纸。

淡淡的墨香在屋子里弥漫开来，夕阳在不知不觉中彻底落下，天色渐渐暗了下来。

夜幕中，月牙如钩，淡淡地散发着幽光，月色朦胧，蝉鸣阵阵……

仿佛弹指间，三个夜晚一下子就过去了。

在京中上下的翘首期待中，七月初三终于来了。

大盛朝建朝已有一百余年，时至今日，重文轻武之风盛行，因此武举讲究"先之以谋略，次之以武艺"，如果参加武科的武举考生在答策的笔试中不合格，则不能参加之后的武试。

文科会试考生要在考场中待三天三夜方能出来，相比之下，武举的答策显然轻松多了，千名武举考生在当日上午辰时进考场，下午未时就可以出来。这段时间，考场外被围得水泄不通，到处都是翘首以待的考生的家人或奴仆。

隔日，也就是七月初五，兵部贴出了黄榜，五百人榜上有名，可以参加接下来七月十三日的武试。

张嬷嬷带着两个小丫鬟一早就去看黄榜，在一片人山人海中，总算在黄榜的倒数几十人中找到了李廷攸的名字。

张嬷嬷又急匆匆地回府告知两位姑娘这个好消息，喜气洋洋地说道："几位舅老爷的武艺那都是一等一的，虎父无犬子，三表少爷的武艺肯定也拔尖，现在只差武试。依奴婢看，三表少爷考中今科武状元想必是十拿九稳了。"

端木纭也含笑附和，端木绯却皱紧了眉头，对这个结果感到有些惊讶。

她不曾见过李廷攸，却记得祖父楚老太爷曾一再夸赞李家子弟皆是文武双全之辈。李廷攸今年才十四岁，照道理说不急着考功名，但李家人既然放他孤身上路来京赶考，想必他有稳拿这一科的信心。

既如此，他的文试又怎会堪堪过线？

他是发挥失常，还是……？

端木绯目光微闪，再联想到李廷攸至今都没来过尚书府，不由得心念一动。

刀剑无眼，行军打仗难免负伤，会不会李廷攸不是不愿意来，而是来不了？

"姐姐，"端木绯笑吟吟地对端木纭说，"我带些礼物去祥云巷恭贺一下攸表哥吧？"姐姐对李家还是挺在乎的，那她就跑一趟亲自去看看吧。

端木纭怔了怔，祥云巷那边没有李家长辈，自己都十三岁了，没有长辈陪同就去拜访表哥到底不太妥当，妹妹年纪小，倒是不妨事。

端木纭揉了揉妹妹的发顶，笑道："蓁蓁，那就由你代我去恭贺一下表哥吧。"

端木绯脆声应下。

一炷香的工夫后，一辆青篷马车从端木府的一侧角门出府，一路飞驰，驶过几条热闹的街道，转入一条幽静的巷子里。

巷子里没什么路人，两边有郁郁葱葱的枝叶从墙后伸出，树荫遮挡住灼热的阳光，路上清幽得仿佛是世外桃源。

马车一直到巷子底才停了下来，绿萝过去敲响一侧角门。

听说是端木尚书府的表姑娘来访，门房急忙开门迎马车进去，又派了婆子去向李廷攸禀告。

婆子气喘吁吁地跑到外院的秋白斋，东次间中弥漫着一股淡淡的药味。

一个十四五岁的少年坐在一张罗汉床上，敞开着衣袍，露出一边肩膀。少年头发乌黑，肤色略深，剑眉星目，眉宇间透着一股阳光般的英气，肆意明朗。

一个穿着青色短打的小厮小心翼翼地为他包扎好左肩的伤口。

"三少爷，"婆子进来后，气喘吁吁地禀道，"端木尚书府的四表姑娘来了，说是要恭贺三少爷通过答策。"

"端木绯？"李廷攸闻言，猛地抬起头来，这一动用力过猛，又牵扯到了伤处，痛得他倒吸一口气，俊朗的五官有些扭曲。

李廷攸深吸几口气，便恢复了正常。

他站起身来，一边拢起衣袍的前襟，一边漫不经心地说："让人把她领来这里吧。"既然人都来了，他也不能不见。

李廷攸做了一个手势，青衣小厮就拎着药箱退下了。

他又在罗汉床上坐下，吩咐另一个小厮在屋子里点起熏香，淡淡的荷香很快在四周弥漫开来，冲散了原本的药味。

须臾，他就听外面传来行礼声与步履声，接着是一阵"窸窣"的挑帘声，而后刚才来报信的婆子领着一个九岁左右的小姑娘进来了。

小姑娘穿着一件粉色折纸花卉缂丝褙子，下面是玫红色的绣花长裙，浑身粉嫩嫩的，像一朵小小的花骨朵，带着几分迎面扑来的馥郁芬芳。

李廷攸抬眼上下打量着端木绯，目光闪了闪，脑海中回忆起一些往事。

李家离开墨州去闽州时，李廷攸才六岁，只依稀记得端木家这个小表妹是个有双大眼睛的小婴儿，笑起来有一对可爱的梨涡。此刻他看着端木绯白净的小脸儿，依稀能把记忆中长着那双大眼睛的小婴儿与眼前的这个小姑娘重叠在一起。

端木绯一边上前，一边不动声色地环视四周。

李家的宅子虽然空了十几年，但是从屋子里的家居摆设来看，显然保养得当。罗汉床边上放着一个青铜镂花香炉，袅袅熏香升腾而起。

端木绯的鼻头动了动，她走到近前，对李廷攸福身行礼："攸表哥。"

端木绯笑吟吟地看着他，眉眼弯弯，可爱天真。

"你是绯表妹吧？坐下说话。"李廷攸勾唇笑了笑，微仰的下巴透着少年特有的傲气。

端木绯在一旁的圈椅上坐下，一个青衣丫鬟过来给她上了热茶，茶香袅袅，又给这气味复杂的屋子里添了一种香味。

端木绯捧起热茶，一股淡淡的兰花香扑鼻而来——这是上好的铁观音。

端木绯轻轻地呷了几口热茶，只觉得这茶醇香甘鲜，回甘悠久，满意地勾唇笑了。只这上好的铁观音就不枉她走这一趟。

放下手中的青花瓷茶盅后，端木绯笑眯眯地说道："我一早听说攸表哥过了答策，所以特意来恭贺表哥。"她说话的同时，一旁的绿萝把手里的食盒提了过去，交给那个奉茶的青衣丫鬟。

李廷攸笑着回了一句："多谢表妹了。"

"表哥是该谢谢我。"端木绯一本正经地点了点头，也不绕圈子，直接道，"若是我不来，还不知道表哥竟伤得这般重。"

闻言，李廷攸惊讶得双目微睁，话语脱口而出："你是怎么知道的？"

端木绯看着他说：《周礼·天官》有云，'凡疗伤，以五毒攻之'。"

她很确定李廷攸的身上散发出的气味中包含了五毒之味，"五毒"即石胆、丹砂、雄黄、礜石和慈石。就像她猜测的一样，李廷攸果然在江城受了伤。

端木绯直言道："表哥，你这是还想参加几日后的武试吧？"

刚结束的答策是文试，武举考生只需要提笔写字，就这样，他还因为伤势影响了发挥，可想而知，这伤必然不轻。接下来的武试是真刀真枪进行比试，以他现在的状况，胜负根本不是悬念。

也不等他回答，端木绯接着往下说道："你甚至还不惜用了'鬼见愁'。"

"鬼见愁"虽然可以暂时麻痹痛感，治好外伤，可是药性过于猛烈，伤内腑，损精血，在医书中被归于大毒的范畴。普通的药铺不敢轻易用这种虎狼之药，即便在军中，也是当两军交战时，将士们不得已才用之。

她居然连"鬼见愁"都知道？李廷攸整个人僵住了，放在膝盖上的手不由得攥成拳头。

"表哥，"端木绯有些无奈地说，"武试三年一次，你又何必急在一时？"

李廷攸的眼眸乌黑清亮，与端木绯四目相对，须臾后，他才淡淡地道："此事与你无关。"

若不是遇到那伙江匪，他夺得今科武状元根本不在话下。本是十拿九稳之事，现在却要让他放弃，这怎么可能？！

说着，他伸手想去拿案几上的茶盅端茶送客，却发现手边根本没茶，脸色一青，没好气地唤道："茶呢？"

"奴……奴婢这就去倒茶。"一旁的青衣丫鬟局促地应了一声，赶忙进了碧纱橱。

李廷攸脸色有些尴尬，他语调僵硬地补了一句："你一个小姑娘家家的，管好自己就是了。"

屋子里气氛微凝。

端木绯笑了，慢悠悠地站起来，抚了抚衣裙，福了一礼道："攸表哥身子不适，那我就不多打扰了。望表哥好生考虑，你是要考得武状元争一时的风光，还是换一身隐伤，将来提不起刀，拉不起弓，从此无力征战沙场？"

李廷攸像被一剑刺中要害般，瞳孔微缩，薄唇紧抿。

而端木绯仿若未见，笑得天真可爱："攸表哥好生休养，不必相送了。"

然后，端木绯无视李廷攸复杂汹涌的目光，带着绿萝直接转身离去。

端木绯回到湛清院时正好是正午，端木纭正坐在窗边看账册，两扇窗户敞开着，浓郁的树影映在她的脸上，此番情景恬静得像一幅仕女画。

一看端木绯回来了，端木纭放下手上的账册，露出明媚的笑容："蓁蓁，你回来了！"

端木绯应声后，在端木纭身旁坐下，饮了半杯茶就道："姐姐，攸表哥在江城受了点儿伤，不过姐姐放心，他已经用了李家的伤药，没有大碍。"

听闻李廷攸受了伤，端木纭不由得眉头紧皱，若有所思地说："原来是这样。蓁蓁，以前娘亲与我说过，李家子弟，上至外祖父，下至四岁小儿，皆鸡鸣而起，无论风雨霜雪、酷暑严寒，都要一起操练，日夜打磨筋骨；每日巳时开始，就跟着先生读书，学习天文、历法、地理、武经，几十年如一日。攸表哥是李家子弟，外祖父和舅父们让他来参加今科武举，想必他差不到哪里去，怎么说答策也不该垫底。"

端木纭抿了一口热茶，定了定神。

她想着李廷攸既然能上朝觐见皇帝，又顺利通过了答策，想必伤势应该不太重。神色渐渐缓和过来，她转头对端木绯叮嘱了一句："蓁蓁，攸表哥应该不想让人知道他受伤的事，所以我想，这件事我们俩知道就好。"

要是让其他考生知道李廷攸受伤的事，没准会给有心人可乘之机，导致有人在武试中专门对李廷攸下手。

"姐姐说得是。"端木绯乖巧地点头附和。

姐妹俩你一言我一语地说着话，两个人的声音很快被庭院里风吹枝叶的"簌簌"声与此起彼伏的阵阵蝉鸣声压了过去。

七月的京城蝉鸣声不断，空气闷热得仿佛一点儿星火就会引起爆炸似的。

七月十三是今科武举武试的日子。

下了闺学后，端木纭和端木绯姐妹俩都在府中等消息，没想到武科会试的结果还没传来，就先听到有人来禀，说大公主的马车刚进了府。

这个消息自然不只传到了湛清院，从永禧堂到其他各房的人都知道了，顿时引起一片骚动。

无论公主驾临府中原因为何，来者是客，尚书府自然不可能无动于衷。很快，众女眷纷纷聚集在永禧堂里，簇拥着贺氏去仪门处相迎。

一辆簇新的黑漆平顶雕花马车停在仪门外，众人上前屈膝行礼："参见大公主殿下。"

下一瞬，一只白皙的素手掀开窗帘，舞阳明丽的小脸儿露了出来。

她神色淡淡地道了声"免礼"，目光在众人身上扫过，停在端木绯的身上："我今日是来请端木四姑娘出门玩耍的，不想惊动了端木太夫人。"

一时间，众人的目光都集中在端木绯身上，大家心思各异。

宫里宫外的达官贵人谁不知皇后和端木贵妃的关系只是平平，可是大公主莫名其妙地忽然跑来端木府，还指名要找端木绯出门去玩，这是何用意？

贺氏目光闪烁，含笑道："殿下客气了。"她慈爱的目光看向端木绯："绯姐儿，你的意思呢？"

端木绯微微一笑，福了福身，欣然应下。

很快，载着端木绯和舞阳的马车在众人怪异的目光中缓缓离去，唯有端木纭心里既担忧，又有些感慨：妹妹长大了，该有自己的朋友了。

马车驶出端木府的正门后，速度越来越快，沿着宽阔空旷的街道一路飞驰。

车里坐着主仆四人，外面传来的马蹄声和车辘声反而衬得车厢中越发静谧，绿萝有些局促地绞着手指，端木绯却始终浅笑吟吟。

舞阳看着坐在她对面的端木绯，神色有些微妙，忽然问道："端木四姑娘，你为何要跟我出来？"

端木绯勾唇笑了，反问道："公主姐姐，不是您叫我出来的吗？"

舞阳怔了怔，似想到了什么，眸中闪过一丝暗色。

曾经的她与舞阳是多年的手帕交，端木绯一看舞阳神色间的细微变化，就知道舞阳心情不好，想必宫中发生了什么事。

端木绯将小脸儿往她跟前凑了凑，问道："公主姐姐，您出宫是因为有人惹你生气了？"

舞阳眸色微黯，挑了挑眉，直言不讳："是又如何？"

午后，她和皇后起了点儿龃龉，一时烦躁就出了宫，不过惹她生气的倒不是皇后，而是某些连羞耻都不知道的人。

昨日黄昏，她去御花园漫步赏花，走了一会儿后，在汀兰水榭中喝茶小憩。她打算离开的时候，就见杨惠嫔的妹妹杨五姑娘朝另一边的清芷水榭走去。

后宫中不时有嫔妃家里的女眷来访，舞阳本来没太在意，直到她看到杨五姑娘"不慎"丢下一方帕子，然后引路的宫女又把帕子捡起来，仔细地"摆"到一丛栀子花上，接着两个人走进了清芷水榭。

而那方绣花帕子像是被二人完全忘记了。

舞阳是聪明人，自小没少见宫中的阴私之事，哪里不知道这位杨五姑娘，不，应该说杨家在打什么主意？

杨惠嫔去年年初进宫，年轻绝色，得了皇帝好一阵的宠爱。只不过皇帝一贯喜新厌旧，自今年以来，对她慢慢淡了，反倒是刘才人因为有了身孕升了婕妤。想来杨惠嫔是急了，杨家就想把她的亲妹妹杨五姑娘送进宫来固宠。

杨家人无耻，真是无耻！

舞阳一时气急，让宫女捡回那方帕子，还过去清芷水榭与杨五姑娘搭话，问帕子是不是她的。

没过多久，皇帝果然来了，与她们说了会儿话。舞阳干脆趁着皇帝问她功课的时候，故意向皇帝说起她最近在读《孟子》，背了《尽心章句上》的几句，借此嘲讽杨五姑娘一番。

皇帝没在意，这件事本来就这么过去了。

谁承想，不知怎么，皇后知道了这件事，今日把她叫去，说她太冲动，又说什么"瓷器不与烂瓦碰"云云。

舞阳被皇后说得憋屈，从凤鸾宫出来后，干脆出宫散心。

可是出了宫后，舞阳又不知道去哪儿，就让车夫驾车随意在京中奔驰。她鬼使神差地想起那日在皇觉寺和端木绯偶遇的事，便冲动地跑去端木家把端木绯叫了出来。

"公主姐姐，我们去吃些好吃的点心吧！"端木绯可爱精致的小脸儿笑得十分乖巧，"金丝枣泥糕、糖霜小米糕、桂花蜂蜜藕、奶油炸糕、驴打滚……我每次不高兴，姐姐就给我做点心吃。"

端木绯这么一一举例下来，说得舞阳口涎分泌。她忍不住瞥了端木绯一眼，怎么这丫头说的每一样都是自己喜欢吃的点心？

"那我们找个地方吃点心去。"舞阳一边说，一边挑开马车的窗帘，往外一看，"中盛街……我记得前面是露华阁，我们去露华阁坐坐吧。"

端木绯附和了一声，嘴角弯弯，晶亮的眸子熠熠生辉。

# 第九章　变　化

外面的街道很是繁华，人来人往，外头的车夫吆喝一声，马车的速度就慢慢地缓下来，马车在十几丈外的露华阁的门口停下了。

立刻有露华阁的婆子和侍女迎了上来，婆子帮着照料马车，侍女则招待端木绯和舞阳进了临街的茶楼。今日的茶楼里很是热闹，一楼的大堂几乎座无虚席。

舞阳和端木绯都有些惊讶，没想到今日的露华阁里有这么多人。

侍女在前方为二人引路，恭敬地做请状："两位姑娘请，楼上还有雅座。"

她们沿着楼梯往上走，就听二楼的方向传来姑娘家清脆的谈笑声：

"演武场那边还没有消息吗？"

"一共五百名考生，只取百名，哪里有那么快？"

"从上午辰时进场，到现在都大半天了，天又这么热，兵部怎么挑了这么个时间？太折腾人了吧？"

"刘姑娘，瞧你说的，打仗的时候敌人总不会因为天热就说等天凉了再打吧？"

"王姑娘说得是。"

二楼的姑娘们越说越欢快，银铃般的欢笑声不断。

端木绯恍然大悟，难怪今日露华阁里这么热闹，原来是各府的姑娘们聚在此处等武试的结果。

端木绯和舞阳一到二楼就吸引了不少目光，原本在窗边闲聊的那些姑娘好奇地望过来，大部分人瞥了她俩一眼后，就收回了视线，却也有几道目光惊讶地停驻在舞阳身上，她们似乎没想到舞阳会出现在这里。

那几个姑娘交头接耳了几句后，更多的视线朝舞阳看了过来。

四周瞬间一片寂静，只剩下外面街道的喧哗声。

侍女在露华阁里见惯了达官贵人，所以隐约感觉到这两位姑娘的身份不一般。

姑娘们纷纷站起身来，整整衣裙后，朝舞阳和端木绯的方向走了过来。

端木绯一眼看到这些姑娘中有好几张熟面孔，比如上次在凝露会上见过的蓝大姑娘、曾三姑娘，还有楚青语。

楚青语慢悠悠地跟在姑娘们的后方。她穿了一件碧色缠枝宝瓶妆花褙子，绾了一个弯月髻，鬓边只戴了两朵绢花，对比上次凝露会的张扬艳丽，今天她的穿着打扮都素雅了许多。

端木绯的目光在楚青语身上停驻了片刻，眼神微凝，随后又归于平静。

那些青春少艾的姑娘走到舞阳跟前，打算屈膝行礼："见过……"

"出门从简，不必多礼。"舞阳随意地挥了挥手道，目光看向楚青语，眼神冰冷而锐利。

其他姑娘没再客气，只福了福身喊了声："慕大姑娘。"

楚青语根本没打算给舞阳行礼，挺直腰板站在后方，冲舞阳微微一笑，从容镇定，又似乎带着些挑衅意味。

楚青语已经被楚二夫人在家里禁足三个月了，因为前几天她和表哥成聿楠交换了庚帖，楚二夫人才解了她的禁足。

想到这些，楚青语眸中一片深沉之色。

所幸，顾及楚二姑娘的婚事还没定下，自己作为妹妹，婚事不能抢在姐姐前头，所以楚二夫人才暂时跟成家换了庚帖。现在这桩亲事只有楚、成两家知道，还有转圜的余地，她必须沉住气。

被禁足的这段日子以来，楚青语冷静地思考了很多，她之前太心急了。其实只要还没出嫁，她总有很多方法把婚事搅黄，比如二姐姐的婚事就是她眼下的挡箭牌。

现在，对她而言重要的是封炎。

想到封炎，楚青语就心口发烫，目露异彩。

"端木四姑娘？"

这时，曾三姑娘惊讶地喊了一声，打破了原本沉闷死寂的气氛，把众人的注意力又转移到了舞阳右手边那个梳着一对鬏鬏头的粉衣小姑娘身上。

一个十一二岁的翠衣姑娘上下打量着端木绯，说道："姑娘莫非就是在四月的凝露会上以一幅泼墨画惊艳四座的端木四姑娘？"

其他姑娘也都想到了什么，神色变得复杂起来，有惊叹，有审视，也有疑惑。

端木府的四姑娘在凝露会上即兴而作的泼墨画恢宏悲壮，令其他闺秀心悦诚服，这件事已经成为一则佳话，在京中闺秀之间传开了。不少闺秀惋惜没有亲临四月的凝露会，此刻看到端木绯自然有几分好奇。

"慕大姑娘，"蓝大姑娘亲热而又不失恭敬地对舞阳道，"我们几个人正在这里等武试的结果，不如您和端木四姑娘也与我们一起坐下凑凑热闹可好？"

蓝大姑娘是谨郡王府的大姑娘，自小没少随长辈进宫，与舞阳还算相熟，因此说起话来不拘谨。

能有机会与大公主近近亲近，其他姑娘自然求之不得，在一旁纷纷附和着。

舞阳说了一声"却之不恭"后，众人便簇拥着她往临街的几张桌子去了。

很快，姑娘们又围着那些桌子坐了下来。

露华阁中的侍女们都是机灵的，"慕"是国姓，她们心里明白这位慕大姑娘至少是位宗室贵女，于是一个个神色更为恭敬，立刻给众女重新奉茶，又上了些瓜果点心。

茶香袅袅中，气氛正热闹着，忽然就听"咚咚"的两声突兀地响起，似乎有什么东西掉在了地上。

一个捧着果盘的侍女面露慌张之色，急忙对一位穿丁香色衣裙、瓜子脸的姑娘福身致歉："恕奴婢粗莽，惊到姑娘了，请姑娘恕罪。"

四周静了一瞬，众人循声看去，只见两个拳头大小的桃子落在了地上，自那位姑娘的裙角边骨碌碌地滚了出去。

瓜子脸的姑娘笑了笑，道："不妨事，是我不慎撞到你了。"

侍女松了一口气，呈上手中的果盘，又麻利地收拾了掉在地上的桃子，就退了下去。

"虞二姑娘，"另一个着鸭黄色衣裙的姑娘了然地对那瓜子脸的姑娘道，"你可是在担心令兄……？"

虞二姑娘赧然地笑了笑，自嘲地点头道："我觉得啊，我恐怕比我大哥还要紧张！"

见舞阳面露疑惑之色，那鸭黄衣裙的姑娘就解释了一句："慕大姑娘，虞二姑娘的长兄也参加了今日的武试。"

这位虞二姑娘是奉国将军府的二姑娘，奉国将军府是世袭将军府，世代以武谋生，府中历代也出过好几个武进士。

"这都快申时了，想来武试快出结果了吧？"

"要不再派人去演武场看看？"

"将军府早就派人守在演武场了，说有了消息就会来报。"

"我记得虞大公子在答策时是头十名吧？想来这次他应该十拿九稳。"

…………

众人的话题不由得围绕着武试说了起来，唯有在一旁凭窗而坐的楚青语的神色有几分漫不经心。

据她所知，今科的武状元将会是李家三公子李廷攸；李廷攸年方十四就在武会试中一举夺魁，一时风光无限。

只可惜……

楚青语半垂眼帘，乌黑的眼眸中闪过一道暗芒。

"噔噔噔……"

下方忽然传来一阵急促的脚步声，接着就见一个青衣小丫鬟气喘吁吁地踩着楼梯跑上来，嘴里嚷着："中了！中了！我家大少爷中了！"

闻言，虞二姑娘喜出望外地惊呼出声："我大哥中了！"

"虞二姑娘，真是恭喜令兄了！"曾三姑娘立刻恭贺道。

一片此起彼伏的恭贺声中，青衣小丫鬟快步走到虞二姑娘跟前，喜气洋洋地禀道："二姑娘，武试刚刚结束了，大少爷中了榜眼。"

武会试与文会试不同，没有殿试，在武试结束后，就根据武试结果当场择出三甲武进士，并贴出黄榜昭告天下。

大家一听说虞大公子中了榜眼，四周沸腾起来，二楼的气氛更为热闹。

"可知道状元郎和探花郎是谁？"曾三姑娘好奇地出声问道。

话音一落地，众人灼热的目光都齐刷刷地看向那个青衣小丫鬟，其中也包括端木绯和楚青语。

青衣小丫鬟立刻回道："状元郎是青州刘子逸，探花郎是陇州薛宏。"

"啪嗒。"一声细微的茶盅碰撞声突然自窗边传来。

大部分人忙着交头接耳，讨论着一甲头三名，没有在意这点儿异动，端木绯却注意到了。

她循声看去，只见楚青语正摸着手中的白瓷浮纹茶盅，纤细的手指微微绷直，手背上青筋凸起，显然情绪有些激动。

端木绯一边咬着一块枣泥糕，一边不动声色地打量楚青语。

难道说楚青语认识一甲中的某人？端木绯用帕子擦拭着白皙的手指，心里思索着。

心事重重的楚青语完全没注意到端木绯的审视，她很想问问那个小丫鬟是不是搞错了，但终究压下了那股冲动。

楚青语樱唇微颤，无声地呢喃着：这怎么可能呢？

这一届的武状元明明应该是李三公子李廷攸，怎么会变成什么青州刘子逸？

到底哪里出错了？

楚青语眉宇紧锁，将手中的茶盅拿起又放下，放下又拿起。她彻底沉浸在自己的思绪中，完全不知道其他人在说些什么。

无论是外面的街道上，还是露华阁里，众人都在讨论着武会试与武状元的事。街道上越来越热闹，不少路人停下脚步，更多的人闻讯而来，守在路边等着接下来的进士游街。

没过多久，街道两边就站满了人，密密麻麻的一片，那些百姓一个个容光焕发，颇有与有荣焉的喜色。

太阳渐渐西斜，忽然，远方几道绚烂的烟花腾飞而起，在天空中炸开一朵朵巨大的花朵。

对路上围观守候的百姓而言，这仿佛是一个信号，整条街顿时喧哗起来，一个个都唤着"进士游街了"。

不一会儿，在禁军的护卫下，庞大的游行队伍出现在中盛街的尽头。位于队伍最前方的是一甲的状元、榜眼和探花，后面是近百名武进士，众人皆披红插花地骑在高头大马上，朝这边慢慢行来。

仪仗队锣鼓喧天，百姓的喊叫声震耳欲聋，整条街道都沸腾起来，路人纷纷向这些武进士投以无数花朵。

一朝成名天下知，此时此刻，马上的男子们看起来英气勃勃、意气风发，这也许是他们有生以来最风光的一次了。

露华阁中的这些姑娘聚集在这里本来就是为了等武试的结果，以及看进士游街。她们事先备好了鲜花、绢花，也都凑趣地吩咐丫鬟往街上撒花，阁中笑语声不断。

在武状元的带领下，游街队伍浩浩荡荡地往街道的另一边远去，喧哗声也随之渐渐淡了下来。

端木绯含着一颗酸甜的梅子，唇角微勾，放下心来。

既然游行的队伍中没有李廷攸，想必他听了自己的劝，放弃了今日的武试，总算没有糊涂到家。

端木绯想着，又看了眼神发直的楚青语一眼。

楚青语刚才明显在寻找着什么。她到底在看谁呢？

端木绯抿了一口茶，半垂眼帘思索着。

而楚青语仍难以置信，直愣愣地目送那支游行队伍远去，右手不自觉地攥住窗槛。

武状元真的不是李廷攸。

楚青语静静地呆坐在那里，许久没有回过神来。

她不知道上一世今科武举的榜眼和探花是谁，却确定武状元就是闽州李廷攸。

李廷攸因为得中武状元，又在江城立下军功，被皇帝封为神枢营五品佐击将军，前程似锦。

可是后来——李廷攸被人爆出冒领军功。

明明解江城之危的人是封炎，战功却被那无耻的李廷攸领去了，害得封炎被皇帝斥责办事不力，甚至还因此被罚在府禁足。

楚青语今天特意来露华阁，就是打算在进士游街时当众揭开李廷攸的真面目，那么等来日封炎回京得知此事，必然会对她另眼相看，她才能让封炎记住她。

然而，她没想到武会试的结果竟然变了。

楚青语渐渐有些恍惚，百思不得其解。

她重生后，已经有好几件事情不按上一世那般发展，现在，连今科武状元的人选都变了。

为什么会这样？

难道说……

楚青语的心中蓦地浮现某个不可思议的念头——难道说，楚青辞的早死才导致了这一系列的变化？

不可能，这怎么可能呢？！

楚青辞不过是一个手无缚鸡之力的闺阁女子，怎么可能在这些彼此不相干的事情上产生这么大的影响？

这绝不可能！

楚青语很快把这个荒谬的想法抛诸脑后，现在她需要考虑的是，既然错过了这一次，就得再想个法子把李廷攸冒领军功的事揭露出来才行。

机会是人制造出来的，她得好好想想。

楚青语深吸一口气，再次捧起茶盅，才放到唇畔，就听舞阳惊讶地开口："咦？李廷攸莫非落榜了？"

众人都朝舞阳看去，只见她手里拿着一张写满了名字的绢纸，这是露华阁的侍女刚刚拿来的新出炉的武进士名单，还有几位姑娘也好奇地看着名单，对上面的名字交头接耳。

"慕姐姐，你认识我攸表哥？"端木绯拈起一块小米糕，随口问了一句。

"李廷攸是你的表哥？"舞阳怔了怔，挑眉问道。

端木绯点了点头："是啊，攸表哥是我二舅舅的儿子。"

"那倒是可惜了。"舞阳有些惋惜地叹息道，"上次我听父……亲提起，父亲看好李廷攸，说他年轻有为，文武双全，是个可用之才，要是李廷攸今科的名次好，会得到大用。"说着，舞阳想到了什么，又玩笑地补充一句，"对了，父亲还提起不知李廷攸可有婚配，没准是想替他做媒呢。"

端木绯笑眯眯地说："慕姐姐，那我下次见到攸表哥可要与他说说，让他三年后考个武状元，才不算辜负慕老爷慧眼识英雄。"

不少姑娘替李廷攸发出惋惜的叹息声，但是端木绯倒不觉得有什么可惜的。塞翁失马，焉知非福？李廷攸既有真本事，又何必用这一时的风光去换下半生的后悔与遗憾？

而且，从李廷攸的当机立断来看，他应该还算是一个拿得起放得下的人。

毕竟错过了今科，他就要再等三年，这不是谁都肯轻易放弃的，尤其他明知自己这次在江城立了大功，只要武试的成绩尚可，就前途在望。

李廷攸的性格虽然有点儿别扭，但是人似乎不算太糟。

端木绯咬着小米糕，津津有味地吃了起来。

众人说着话，外面渐渐平静下来。那些看热闹的人都散去了，只留下散落一地的绢花与残花，夕阳的余晖洒落其上，把空旷的街道装点得姹紫嫣红。

看着天色不早，宫女迟疑地提醒舞阳道："姑娘，太阳快要落山了……"若是宫门落锁，她们再想要进宫可要惊动不少人。

舞阳反正也看完了热闹，便起身告辞，并对端木绯道："端木四姑娘，我先送你回府。"

舞阳要走，其他姑娘便纷纷起身相送。

众人簇拥着舞阳下楼来到一楼的大堂，却见两个姑娘正好在侍女的引领下自大门外走进来。

这两个姑娘似是姐妹，走在最前面的姑娘十五岁左右，穿了一身嫣红色折枝绿萼桃花绣花襦裙，外面罩着一件薄如蝉翼的银红色系襟纱衣，鬓发间戴了一支赤金衔南珠串三翅斜凤钗，钗尾的金色流苏随着她的走动微微摇晃，她整个人透着一丝妩媚感。

走在她身后穿着粉色衣裙的小姑娘十一二岁，容貌与前者有三四分相似，尤其是那红润的樱桃小嘴。

"杨五姑娘、杨七姑娘。"

后方不知道是谁叫了一声，簇拥着舞阳的众位姑娘神色有些微妙。

她们大多认识这两位杨姑娘，两个人是庆元伯府的姑娘，也是宫中杨惠嫔的胞妹。

庆元伯府是世袭三代的伯爵府，现在的庆元伯已是第三代，也就是说，若无皇帝开恩，待庆元伯过世后，这伯爵府也就不复存在，可偏偏伯爵府里没有提得起的男丁。

去年夏季天气尤为炎热，皇帝携太后、皇后以及群臣去行宫避暑。一日，皇帝在行宫一处游湖，偶遇一少女在泛舟时不慎落水。皇帝一向怜香惜玉，亲自下水将那个少女救起，之后方知少女是庆元伯府的三姑娘。皇帝自行宫回京后没多久，杨三姑娘就入了宫，初被封为贵人，后又晋为嫔。杨家人因此受惠，杨惠嫔的两个兄弟都进了五城兵马司当差。

杨家这种行事做派，在场的大部分姑娘看不上，可是顾及杨惠嫔，也不会轻易去得罪杨家人。

舞阳却没有这些顾忌，面色一沉，毫不避讳地直视前方，嘴角勾出一个轻蔑的弧度。

杨五姑娘杨云染一看到舞阳，脚下的步子就顿了顿，她面色一僵，轻咬樱唇。

这还真是狭路相逢了。

当着这么多人的面，她也不能当作没看到舞阳，失礼于人前。

杨云染转头对身旁的妹妹低语了一句，接着姐妹俩一起上前，对舞阳福了福身见礼。

舞阳直接无视杨云染，只是对端木绯道："我们走吧。"

杨云染如玉的小脸儿瞬间涨得通红，一股怒火自她心里猛地升腾而起，昨日在御花园中发生的一幕幕飞快地在她眼前闪过。

本来姐姐杨惠嫔买通了皇帝身旁服侍的小内侍，让对方设法说动皇帝晚膳后去芷兰水榭赏荷，又嘱咐她提前去那里"偶遇"皇帝。不想皇帝还没来，她就先被大公主撞了个正着，后来大公主还借着跟皇帝说功课的机会讽刺了她一番。

"杨五姑娘，这是你的帕子吧？

"父皇，儿臣最近正在读《孟子》中的《尽心章句上》。

"儿臣背几句给父皇听听？

"耻之于人大矣。为机变之巧者，无所用耻焉。不耻不若人，何若人有？……"

大公主当时说的每句话都像刀一样狠狠地刺在她的胸口上，一刀又一刀。

杨云染想到这里，脸色一阵青一阵白。她又羞又恼，狠狠地攥着手中的帕子，只能眼睁睁看着舞阳目不斜视地从她身旁走过，然后是跟在舞阳身后的端木绯。

杨云染的目光凝滞在端木绯身上，她心念一动，飞快地出手。

"刺啦——"

细微的布帛撕裂声骤然响起，这个声音非常轻微，几不可闻，起初没有人注意，直到那轻薄的纱衣被钩了起来，在半空中被撕扯出一条长长的口子。

绿萝感觉到自己似乎钩到了什么东西，下意识地停下脚步，回头一看却发现自己腰侧的络子不知怎么的，竟然钩住了一片纱衣！

"五姐姐，你的金缕纱！"杨七姑娘低呼了一声，众人的目光便都集中在杨云染被钩破的纱衣上，空气凝结，时间似乎停止。

绿萝的脑中几乎一片空白，她无法思考，第一反应就是她给姑娘惹事了。

前面的舞阳和端木绯听到了动静，收住脚步，回过身来。

"杨五姑娘，都是奴婢的错，奴婢给姑娘赔罪。"这时，绿萝回过神来，急忙对杨云染屈膝道歉。

然而，杨家姐妹看也不看绿萝一眼。杨七姑娘上前两步，没好气地对端木绯轻斥道："端木四姑娘，你的丫鬟怎么笨手笨脚的，竟然钩坏了我五姐姐的金缕纱！"

杨云染也不说话，静静地看着端木绯和舞阳，嘴角含笑，透着一丝挑衅之意。

舞阳是堂堂大盛嫡公主，自己不能对她怎么样，但这端木府的姑娘可不是公主殿下。

舞阳和杨云染的视线在半空中激烈地碰撞在一起，火花四射。

其他姑娘面面相觑，不知道舞阳和杨云染的恩怨，只是觉得气氛有些古怪。楚青语却看出些门道来，嘴角勾出一丝淡淡的嘲讽笑容。

她知道，这位杨五姑娘将会在今年入宫，与其姐同伴圣驾，恩宠不断。但不知怎么回事，大公主舞阳一直瞧杨五姑娘不顺眼，甚至还害得杨五姑娘滑了胎。

这种事本是后宫阴私，有辱皇室威严，一般都藏着掖着，不会传到宫外来。可奇怪的是，那件事最后闹得很大，皇帝雷霆震怒，舞阳自此彻底失了圣宠，还连累皇后被斥教女无方。

看来这两个人早已不和。

杨云染分明是在针对舞阳，却绕了个大圈子对端木绯下手。

现在端木绯"有错在先"，若是舞阳出面管了此事，回头正得圣宠的杨惠嫔吹个枕头风，舞阳免不了要被皇帝训斥几句；但要是不管，打狗还要看主人，她堂堂大公主的脸面又何在？

那么舞阳会怎么办呢？

楚青语随意地抚了抚衣袖，饶有兴致地等着看这出好戏。

端木绯自然注意到舞阳和杨云染之前的火花，往钩破的纱衣上看了一眼，微微笑了，礼貌乖巧地问道："杨五姑娘，我该怎么做才能弥补一二？"

杨云染垂首看着身上被撕裂的纱衣，却答非所问地叹息道："这件纱衣我才第一次穿……"

"这可是金缕纱！"杨七姑娘接话道，"端木四姑娘，这件事可不是你说声抱歉就能算了的。金缕纱千金难求，江南的羽衣坊一年只堪堪出个六七匹。"

其他姑娘顿时交头接耳，一片骚动。

金缕纱确实名贵、罕见，绣娘要把金丝做得比发丝还细，然后与蚕丝交织，织成的薄纱如同透明的蝉翼，如烟似雾般轻薄，在阳光下璀璨生辉，仿佛被镀上一层金色的光晕，如梦似幻。

哪个姑娘不梦想着拥有一匹金缕纱？只可惜，金缕纱在织造过程中极易出现瑕疵，最后剩下的成品实在太稀少，这才越发显其弥足珍贵。

"杨七姑娘说得是。金缕纱的话，我确实赔不起。"端木绯点了点头道。

杨七姑娘嗤笑一声，嘲讽道："你既然知道赔不起，就该有自知之明，让府上能解决此事的人出面赔礼才是。莫非还要我这外府的人帮贵府教你为人处世的规矩？"她的言外之意分明就是要请端木太夫人登门，去庆元伯府赔罪。

闻言，姑娘们表情各异，窃窃私语起来。大堂中其他的客人也被这边的动静吸引了注意力。有人觉得杨家咄咄逼人，太过分；也有人觉得金缕纱确实罕见，小辈闯了祸，自然要由长辈来善后，这是基本的道理。

端木绯嘴角的笑意更深："杨五姑娘、杨七姑娘，这件事确实不能这么算了。我以前就听说，有的布庄专门请绣娘把金线缝到软烟罗里充作金缕纱，以次充好，这等奸商真该被捉拿送去京兆府治罪才是。"

软烟罗？众人皆怔了怔，软烟罗也是一种薄如蝉翼的轻纱，却不是用来做衣裳的，而是大户人家用来做帐子、糊窗屉的。

杨云染的脸色瞬间难看极了，杨七姑娘更被气得小脸儿通红，直接跳脚道："你……你胡说什么？！你竟然指鹿为马，非要把金缕纱说成软烟罗？这可是惠嫔娘娘赏给我五姐姐的料子，怎么可能是软烟罗？"

"原来这是惠嫔娘娘所赏。"端木绯不紧不慢地说道，"听闻金缕纱只有三个颜色，一种是雨过天青，另一种是秋香色，还有一种是正红色，江南织造每年只上贡三匹，一匹一色。"

"看来端木四姑娘还是有点儿见识的。"杨七姑娘昂了昂下巴，得意扬扬，杨云染明丽的脸上也泛出一丝自得的浅笑。

端木绯上前一步，把小脸儿往杨云染的袖子上凑了凑，一脸不解的神色："杨五姑娘，可是你这身看着像是银红色吧？"

杨云染微微蹙眉，反驳道："什么银红色？我这身是……"

最后的"红色"两个字她说不出口了。

她这身金缕纱其实是正红色，因为纱衣如蝉翼般轻薄，所以乍一看像是银红、嫣红。可是在后宫之中只有皇后和诸位公主可以穿红色衣裳，其他嫔妃只能算妾，妾又怎么能穿正红色衣裳？

按照仪制，皇帝是不可以把正红色的料子赐给嫔妃的。本来这正红的金缕纱看着像银红，皇帝给了也就给了，可是惠嫔又把它赏给了自己。

倘若自己坚持说这金缕纱是真货，那不是明摆着公告天下，皇帝无视仪制，妻妾不分吗？

杨云染的脸上一阵青白一阵红紫，色彩剧烈地变化着。

本来这种事，她不说，没人会揪着不放，但她现在把柄递到了对方手里。

端木绯睁着一双水灵灵的大眼睛，好声好气地安抚道："杨五姑娘，你就算穿了假的出来，我们也不会笑话你的。"

庆元伯府早已败落，金缕纱又是价值连城、极其稀罕之物，岂能轻易得到，还由着一个小辈穿在身上？因而端木绯一早便猜测，这金缕纱应该来自宫里的惠嫔，而惠嫔又是从何得来金缕纱的？它定是皇上赏给她的。

于是端木绯便下了一个套。她这是阳谋，端看杨云染自己如何选择而已。

自己不能给惠嫔和家里惹祸，于是，杨云染咬了咬后槽牙道："端木四姑娘，是我七妹记错了，这不是金缕纱。"

她这身衣服不是金缕纱，那就是软烟罗了。

四周一片哗然，杨云染只觉得四周的目光好像千万根针一样刺在她身上，让她觉得难受极了。

这一次，自己的脸可真是丢尽了，不但毁了这身昂贵的纱衣，还要当着这么多人的面承认自己把用来做帐子的软烟罗穿在身上，四处招摇，这件事足以让京中各府在茶余饭后笑一阵了。

她恶狠狠地瞪了端木绯一眼，把这笔账记在心上，然后甩袖离去。

"五姐姐。"杨七姑娘急忙追了上去。

看着杨云染狼狈的背影，舞阳唇角微扬，噙着一丝浅浅的笑意。她这一趟没白出来，看了这么一出好戏。

舞阳又看向端木绯，眼神中多了几分亲切之意。这个小丫头虽然看着傻乎乎的，其实机灵得很，而且还不吃亏，与自己果然投契。

端木绯笑吟吟地看向舞阳，道："慕姐姐，我们快走吧，免得耽误你回家。"

舞阳应了一声，两个人再次与姑娘们告辞，转身走向大门外，车夫早就驾着马车候在了那里。

其他姑娘又纷纷上楼，唯有楚青语立在原地，眸中闪过一丝沉思之色。

端木府现在是赫赫有名的尚书府，只可惜不久后便会被夺嫡所累。

在端木宪因获罪死了之后，端木家就彻底败落了，一众男丁女眷皆没有好下场，像这样的人家不需要她费心交好。

倒是端木家的那位嫡长姑娘端木纭……

楚青语半垂眼帘，眸中闪过一道精光。

有机会的话，自己还是要设法与其结交一番，这样才算是"相逢于微时"。

说来，上次进宫时，若非舞阳无理取闹，咄咄逼人，自己早有机会与端木绯搭上几句话了。

楚青语的目光又从端木绯身上移向正踏上马车的舞阳，眼神深沉而冰冷。

她心想：左右舞阳也得意不了多久了，自己且再待几年而已。

车夫挥舞起马鞭，车轱辘滚动起来，马车沿着中盛街飞驰而去，把露华阁抛在了后方。

夕阳渐落，舞阳把端木绯送回尚书府后，没有停留太久，就急急地继续上路。她还要赶在夕阳彻底落山前回宫。

湛清院被笼罩在暮霭下，显得宁静悠然，端木绯直接去小书房里找端木纭。

书房里墨香萦绕，端木绯一眼就看到端木纭端坐在书案后的背影，下意识地放轻了脚步。

她们俩的小书房是两间相邻的厢房，由一道小门连接，有各自的书架、琴案和书案，但是两个人的书房的布置迥然不同，端木纭的书房简单雅致，书香味十足，端木绯的书房里却摆满了花草、盆景和鱼缸。

见端木纭正在写字，端木绯默默地在窗边的一把花梨木圈椅上坐下。

紫藤过来给她上茶，端木绯捧起粉彩茶盅，含笑看着端木纭，觉得心中温暖恬静。

她才啜了一口热茶，就见端木纭放下手里的狼毫，抬眼看向她，笑道："蓁蓁，你回来了啊。"顿了一下后，端木纭又道，"蓁蓁，攸表哥的事你知道了吗？"她的语气中透着些遗憾，"方才祖父遣人来说，攸表哥是主动放弃武科会试的，倒也不是真的落于人后，可惜了……"若非遇上匪乱，攸表哥不至于受伤，以致错失了武科会试。

端木绯点头应了一声，又道："攸表哥今年才十四岁，好好养伤，以后有的是机会。"

话音未落，一阵挑帘声响起，碧蝉匆匆忙忙地进来了。

碧蝉的脸上因为跑动起了一片飞霞，她呼吸急促地屈膝禀道："大姑娘、四姑娘，刚刚三老爷派人回府传信，说在路上遇了劫匪，东西被抢了。"

姐妹俩面面相觑，惊讶之后又觉得不奇怪。端木期夫妇俩这次带了足足八车东西去皖州上任，又有二三十人随行，车队实在太招眼了。

端木期派回京传信的人既然强调被抢了东西，那么想必人应该没事。

端木绯若有所思看了碧蝉一眼，掐着手指算了算，然后对端木纭道："姐姐，三叔父和三婶母走了半个多月了吧？"

"算算日子，三叔父他们该到中州了。"端木纭面露沉思之色。

碧蝉喘了几口气后，呼吸平稳了不少，赶忙又补充道："回姑娘，来报信的人说，三老爷他们刚进中州，还没到汝县就遭遇了一帮流匪。流匪抢了八车东西，还口口声声说什么三老爷一看就是那种搜刮民脂民膏的贪官污吏，他们要替天行道，劫富济贫。"碧蝉说着，感叹不已，若非这事发生在自家三老爷身上，听着还真好似那些说书人口中的传奇故事。

端木绯听着，不由得挑了挑眉。碧蝉确是一个机灵讨巧的姑娘，才这些日子，就与各房的小丫鬟们打好交道了，探听到不少消息，但说话还是有点儿轻重不明，一不小心就跑偏了。

端木绯忍俊不禁："丢了几车东西算是破财消灾，人没事就好。"

"四姑娘说得是，三老爷和三夫人虽然受了点儿惊吓，但好歹没遭皮肉罪。"碧蝉点头道，"老太爷说了，幸好这些流匪不想造反，所以不敢杀朝廷命官，否则三老爷和三夫人怕是连命也保不住。太夫人被吓得差点儿晕过去，正在求老太爷把三老爷弄回来。"现在永禧堂那边正闹着呢。

端木纭不敢苟同地摇了摇头，不客气地说道："明知道汝县那一带现在是什么情形，三叔父还明目张胆地带着那么多东西上任，这不是对别人说'我就是头肥羊，快来抢我'吗？"

屋子里的气氛随着端木纭的这句话一松，紫藤和绿萝都忍不住掩嘴笑了。

可不就是这个理吗？

端木绯赏了碧蝉一碟点心，又吩咐她打听到什么尽管来禀。

碧蝉谢赏后，喜滋滋地退下了。

端木纭并不打算掺和端木期的事，听过就抛诸脑后了。

她拿起刚才写好的单子，走到端木绯身旁坐下，说："蓁蓁，攸表哥受了外伤，我想让张嬷嬷明日送些补品去，你瞧瞧还需要加些什么？"

端木绯应了一声，接过那张单子，又提议要不要再捎几张食补的药膳方子。

端木纭眼睛一亮，让人把张嬷嬷和管着小厨房的媳妇子叫过来，询问了一番。

暮色四合，尚书府门前门后的大红灯笼被一盏盏地点了起来。碧蝉又来了，说老太爷与太夫人闹得不甚愉快，老太爷拂袖离去。

端木绯并不意外。端木宪就算心疼儿子，也不会昏头到连这点轻重都拎不清，否则，他恐怕坐不到现在这个位置。

夜色渐深，整个府邸陷入了宁静中，唯有夏日的虫鸣声不断。

弹指间又过了三天，七月十六日，皇帝在宫里为新科武进士举行簪花宴，文武百官、宗室勋贵尽皆赴宴。端木宪身为户部尚书，自然不会缺席。

这一日，端木宪直到太阳西斜方归府，然后把端木纭和端木绯叫到了外书房里。

端木宪的心情显然不错，他应该喝过酒，斯文儒雅的脸上带着些许醉意，身上也散发着淡淡的酒气。

端木宪喝了几口醒酒茶后，含笑道："纭姐儿、绯姐儿，今日在宫宴上，皇上封了你们表哥李廷攸为神枢营五品佐击将军，以后他就可以留京了。"

端木纭有些惊讶："祖父，可攸表哥不是……？"

端木宪明白她的未尽之言，解释道："今日宫宴时，简王世子与李廷攸当场就'前朝末年的西北之战'对策，二人各抒己见，皇上龙心大悦，便封赏了李廷攸。"

端木宪捋着胡须，一双眼眸亮得出奇。

李廷攸年纪轻轻，颇有初生牛犊不怕虎的气势，今日当着皇帝和文武百官的面侃侃而谈，围绕着"前朝败于文人掌兵"，说得有理有据，与简王世子平分秋色。

在端木宪看来，李廷攸绝对是个可造之材。

"姐姐，攸表哥有了功名，那就不用再等三年后的武科了。"端木绯笑吟吟地说道。

李家这些年在闽州抗倭有功，无论在军中还是在民间都颇有声望，李廷攸如此得圣宠，一部分原因是他在宫宴时大放异彩，又在江城立了军功，更多的原因还是李家。

端木纭喜形于色，应了一声。

端木宪脸上的笑意更深，表情越发和蔼："纭姐儿、绯姐儿，你们俩也不用太担心你们表哥，皇上今日还特意遣了太医去给他治伤，他年纪轻，想必很快就能恢复如初。"

"劳祖父费心。"端木纭落落大方地福了福，顺势又请示道，"祖父，孙女可否请攸表哥过府与我们姐妹一叙？"

端木宪本就希望两家多走动走动，毫不迟疑地答应了。

祖孙三个人说话时，天色渐渐暗了下来，在书房里服侍的小厮点起案头的一盏羊角宫灯。

姐妹俩很识趣，说了几句"请祖父早点儿歇息"的客套话就告辞了。

当晚，端木纭一回屋就和端木绯一起写好了给李廷攸的请柬。等她们姐妹次日从闺学回来时，张嬷嬷早已从祥云巷回来了。

"大姑娘、四姑娘，表少爷亲自见了奴婢，收下了帖子，说十日后一定会来。"张嬷嬷笑眯眯地屈膝禀道。

端木纭和端木绯想着李廷攸要养伤，才特意隔了些日子，挑了七月二十七日。

"不过……"张嬷嬷笑容微敛，似有些迟疑。

端木纭微微挑眉，问道："张嬷嬷，攸表哥那边可有什么不妥？"

"表少爷那边没别的事，"张嬷嬷急忙道，朝窗外瞥了一眼，"是奴婢回来后，听说太夫人把二夫人叫了过去，好像是准备给各府下帖。碧蝉去打探了一下，听永禧堂那边的口风，太夫人这是想给表少爷办庆功宴呢！"

端木纭神色一冷，不客气地说道："她们不是一向看不上外祖父家吗？"她们现在倒是主动凑上来了。

端木绯在一旁默默地捧起茶盅，目光闪烁。

今时不同往日，与当年端木朗和李氏成亲时不一样，现在的李家因为驻守闽州有功，如日中天，贺氏估计是为了大皇子，想寻求李家的助力。倘若让贺氏的图谋得逞，外人看到尚书府请了这么多人为李廷攸举办庆功宴，恐怕会直接把李家划到端木贵妃和大皇子的阵营里了。

贺氏还真是打得一手好算盘。

端木绯的眼中一片深沉之色，她一边饮茶，一边思考着。

以端木家现在的情形，朝堂上有端木宪这个户部尚书，后宫中有仅次于皇后的端木贵妃，又有颇得帝心的大皇子，看似有烈火烹油、鲜花着锦之盛，可灼热的烈火也会自焚伤人，比如汉武帝时的卫家、唐玄宗时的杨家……历史上的教训数不胜数。

她和端木纭一样姓端木，代表着她们在这个姓氏的荫护之下。

有道是："覆巢之下，焉有完卵。"纵观历史，因政斗而倒下的犯官的家眷，运气好的，一条白绫早早了结，运气差点儿的，流放、为奴，甚至没入教坊，无一幸免。

因而，哪怕是为了她们姐妹自己，端木家也必须好好的。

这几个月来，她表现出几分在算学上的天赋，得了端木宪的几分喜爱，但是想让他刮目相看，这些还远远不够。

她要得到他的重视，以后才能在他跟前说上话。

自成为端木绯以来，她一直在等待这个机会，一方面要潜移默化地淡去府中的其他人视她为傻子的印象，另一方面也是在等一个机会。

也许现在就是这个机会了。

这一日匆匆过去，等端木宪回府，端木绯就带着功课去了外院。

自打她三番五次地表现出卓绝的算学天分后，端木宪每天都会抽出时间看看她的功课，考校几句。这样的待遇唯有嫡长孙端木珩享有。

书房里，祖孙俩如平日里般，一个人问一个人答。

端木绯对答如流，端木宪颇为满意，不时地点头。

考了几题后，端木宪随手从一旁的书架中抽出一本书册："四丫头，这本《缀术》深奥艰涩，你且拿回去慢慢读，细细嚼，切莫贪多。"

"贪多往往嚼不烂。"端木绯一边接过书册，一边笑眯眯地接话道，神色间带着些俏皮，就像普通人家的孙女对祖父撒娇卖乖一般。

"你知道量力而为就好。"端木宪脸上的笑容更浓，祖孙俩其乐融融。

"多谢祖父指点。"端木绯笑眯眯地起身福了福，又坐了下来，目光落在端木宪案头的折子上，似乎想到了什么，话锋一转，"祖父，我和姐姐今早给攸表哥下了帖子，请他本月二十七日来府里做客。"

顿了一下后，端木绯皱了皱眉，似迟疑地继续道："祖父，我听说祖母打算在那天宴客……"

端木宪此刻方知道这件事，怔了怔，倒也没放在心上。

他见端木绯的神色有几分不对，以为她担心贺氏会怠慢李廷攸，沉思片刻后，含笑问道："四丫头，与祖父说说，你是怎么想的？"

端木宪平日里根本不会与几个孙女说这些，但是因为喜欢端木绯，所以对她还算有几分耐心。

"祖父，孙女以为不妥。"端木绯直言不讳道。

端木宪失笑，只觉得端木绯委实是孩子气，可是下一瞬就听端木绯抛出一个完全不相干的问题："祖父，敢问三叔父为何被调去汝县？"

端木宪没想到她会忽然提起端木期，有些狐疑，有些惊诧，看端木绯的眼神中多了一丝审视意味。

端木绯毫不在意，话锋再转："祖父，淮北洪水已退，满目疮痍，皇上命户部拨银救灾重建，祖父是如何回的？"

"绯姐儿，这件事你是怎么知道的？"端木宪心中越发惊诧，身子微微绷紧。

端木绯指了指放在端木宪右手边的一沓纸，目光清澈，稚嫩的小脸儿上还带着一丝天真："我前两日来祖父这里做功课的时候，看到祖父在纸上计算灾后重建的人力、物资、粮草……我根据这个推测的。"顿了一下后，她继续道，"国库不足，户部无银，想必祖父如实回复了皇上。"

原来如此，端木宪心中暗赞她的观察力。看来他这个孙女不只在算学上有几分聪明劲，在其他方面也开窍了。

"世人都称颂宣隆盛世，疆域辽阔，国富民强，乃轹古切今，觌史册罕逢之盛世。"端木绯还在有条不紊地继续说着，"然祖父上奏国库不足，祖父以为皇上会作何想？您不仅手掌户部，还是大皇子的外祖父，皇上会不会觉得祖父有所倚靠，行事倨傲呢？"

端木绯黑白分明的眼眸隔着那紫檀木大书案与端木宪四目相对，她明明还是稚龄孩童，却偏要做出一本正经的样子。

端木宪一惊，瞳孔微缩。此时此刻，他向来深沉的眸中多了一丝动容之色。

端木绯见端木宪神色之间有所犹疑，又补了一句："孙女以为，把三叔父调去汝县，或许是皇上给祖父的一个警告吧？"

端木绯故意危言耸听，目的是警醒端木宪，至于皇帝到底是不是这么想的，反倒没那么重要。只要端木宪相信她说的话就行。

"绯姐儿，不可妄自揣测圣意。"端木宪面沉如水，嘴里轻斥了一句，心中暗恼。

是啊，谁在皇帝面前都要赞一句"先帝与今上共创宣隆盛世"，上至权贵将相，中至文人学士，下至布衣百姓，皆时有"盛世""全盛"之类的溢美之词。可是又有几个人想过，如今虽是盛世，却不代表国库就是金山银山，可取之不尽？

他又何尝不想迎合圣意，讨皇帝欢心？然而国库空虚，皇帝这八年来已经南巡三次，此外，每年还要狩猎、避暑，每次出行都是百官随行，兴师动众，大摆排场，其中花费的银子近半是从国库挪的。从去年腊月起，各地屡有灾害，朝廷因此少收了不少税款，拆东墙补西墙，户部哪里来银子可用？

偏偏有些话端木宪不能对皇帝直言，就怕听者有意，皇帝恼羞成怒，觉得自己在斥他奢靡。

端木宪的脸色越发凝重，眉宇紧锁。这几个月他屡次对皇帝上奏国库不足，恐怕皇帝心中已然不悦。

端木绯打量着端木宪的神色变化，觉得差不多了，又问道："祖父，您现在还觉得祖母十日后的宴请妥当吗？"

不妥。端木宪的心中自然而然地浮现出这两个字。

从老三的这个调任可见皇帝多少对自己有些不满，在这种时候，尚书府若是继续这般招摇，没准皇帝会觉得自己妄自尊大，想要结党营私，为大皇子拉拢人心。

端木宪思及此，脸色阴沉得仿佛要滴出水来。

端木绯只是静静地看着他，外书房里一片死寂，沉默蔓延。这个时候，连窗外庭院里的树木花草都好像停止了摇曳，四周没有一丝的风，空气凝固，时间似乎静止了。

小厮噤若寒蝉，大气也不敢出。

不知道过了多久，端木宪端起手边的青花瓷茶盅，喝了一口尚温的茶水后方打破沉寂，问道："四丫头，这些都是你自己想的吗？"

"回祖父，都是我自己想的。"端木绯点了点头，乖顺得像是先生跟前的好学生。

端木宪露出沉思之色，深沉的眼眸中燃起一簇小小的火光，他这个四孙女确实有几分像他，这一次又带给他新的惊喜。

端木期被外放的事，端木宪和幕僚们不知道私下商量过多少次，各种猜测都有，他们却偏偏没有这个九岁的小姑娘看得透彻。

从前府里的人总说端木绯是个小傻子，贺氏也在他面前说端木绯"不太灵巧""性子闷"云云。但如今看来，端木绯精于算学，口齿伶俐，也颇有眼界，怎么也不是个傻子啊！

要么是贺氏故意贬低端木绯，以排挤她们姐妹，要么就是端木绯大智若愚。

端木宪眯了眯眼，身上隐隐释放出凌厉的气息。

不管怎么说，端木绯姓端木，是自己的孙女，是端木家的血脉。

她有这样的眼界，是一种天分，可遇而不可求。

"四丫头，你刚才说的这些事关重大，我心里有数了。"端木宪清了清嗓子，正色道，"你不能再告诉别人，包括你姐姐。"

"是，祖父，孙女明白。"端木绯乖巧地点头应道。

"以后，你要是觉得有什么不妥的事，尽管来与祖父说，"端木宪的语气略略凝重，透着些许威严意味，"尤其不可轻易揣测圣意。"皇帝最忌讳别人揣测圣意，他们这些近臣对这点心知肚明，不敢越雷池半步。

端木宪关切地叮嘱了几句后，这才打发了端木绯。

端木绯拿着那册《缀术》起身退了出来，嘴角弯弯。

太阳西斜，黄昏的天气清凉舒适，阵阵晚风拂来，整个府邸宁静祥和，直到端木宪的声声怒斥打破了原本的沉寂：

"我以为你为人处世一向谨慎，为何这一次宴请宾客之事不与我商量一番？

"你知不知道这次差点儿给我们端木家招来祸患？

"你简直目光短浅！"

…………

端木宪风风火火地冲进永禧堂，当着下人的面对贺氏就是一顿不留情面的怒斥。

之后，端木宪拂袖离去，急匆匆地命回事处把所有的宴帖全都拦下来。

端木宪和贺氏成亲几十年都没有红过脸，府中上下谁不知道老太爷一向敬重太夫人？一时间，府内暗潮涌动，众人皆暗暗揣测着。

端木绯只当什么也没发生，每日照常与端木纭一起过她们的小日子。

# 第十章　宫　宴

　　时间一天天过去，骚动也渐渐平息下来，很快到了七月下旬，蝉鸣声似乎更为响亮刺耳。

　　七月二十七日这天天气甚好，碧空如洗。巳时还差一刻，有小丫鬟跑来说李家三表少爷刚刚被迎进了角门。

　　永禧堂的正堂里，端木宪和贺氏正坐在上首的紫檀木太师椅上，端木珩、端木纭和端木绯几个依序齿坐在两边的圈椅上。

　　厅堂三面的窗户、门扇都大敞着，屋子通透明亮。

　　大家又等了一盏茶的工夫后，就见张嬷嬷领着一个身穿湖蓝色五蝠捧寿团花缬丝袍子的少年穿过月洞门往这边走来。

　　骄阳下，少年步履稳健，小麦色的肌肤泛着金色的光泽。他英气勃勃，看着比京中那些养尊处优的公子哥多了一分飒爽气质。

　　李廷攸很快跨入厅堂，目不斜视地走到近前，对端木宪和贺氏请安："李家三郎廷攸给亲家老太爷、太夫人请安。"

　　他郑重其事地行了长揖礼，仪态极为优雅，举止间彬彬有礼。

　　"攸哥儿多礼了。"端木宪和蔼亲昵地唤道，贺氏也硬挤出一个笑容，寒暄了几句。

　　端木宪赏了李廷攸一方紫云石砚台和一支紫毫宣笔作为见面礼，接着，张嬷嬷又给李廷攸介绍端木珩，再轮到端木纭和端木绯姐妹。

　　"纭表妹、绯表妹。"李廷攸又郑重地给姐妹俩行了揖礼，不动声色地打量着姑母留下的这对表妹。

　　半个多月前，他已经在祥云巷的宅子里见过了妹妹端木绯，却是久别多年后第一次见姐姐端木纭。

端木纭比自己小一岁，无论容貌还是气质都与姑母有几分相似，精致的眉眼之间透着一股坚韧与倔强之色，她看起来与"外表纯良"的妹妹迥然不同。

"攸表哥。"端木纭和端木绯也一起站起身来，规规矩矩地回礼。

李廷攸给了姐妹俩各一对赤金累丝镶芙蓉玉镯子，说是李老太爷夫妇让他捎来的。

彼此认亲见礼后，李廷攸在端木珩的右手边坐了下来，丫鬟手脚利索地给众人上了碧螺春，淡淡的茶香弥漫开来。

端木宪捋着下颌上的胡须，关切地问道："攸哥儿，你的伤养得如何了？"

李廷攸坐在圈椅上，挺直脊背，抱拳答道："劳您挂怀，太医说我的伤已经好得七七八八，再养上一段时日就无碍了。"

"俗话说，'伤筋动骨一百天'，你莫要心急，若是没养好身子，留下什么暗伤，反而得不偿失。"端木宪亲和地劝了几句，感慨地叹道，"现今的年轻人啊，多年轻气盛，逞一时之能，却不知来日方长。攸哥儿，你能决然放弃今科武试，是明智之举。"

"老太爷说得是。家祖、家父在家时常教导我说，'来日方长，不争朝夕'。"李廷攸说着，目光微闪，下意识地朝端木纭和端木绯的方向看了一眼，只见端木纭微微颔首，似在赞同端木宪所言，而端木绯正乖巧地端坐着，双手放在膝上，眉眼弯弯，那天真无害的样子看起来像一只单纯的小白兔。

李廷攸的眼角抽了一下，脑海中浮现出大半个月前端木绯来祥云巷时的一幕幕，现在看来，端木绯显然瞒了端木宪和端木纭不少事。

这丫头根本不是什么小白兔，分明就是一只披着白兔皮的小狐狸。

李廷攸心念飞闪，脸上却不露痕迹。

端木绯不以为然地撇了撇嘴角，心想：他要真知道"不争朝夕"，就不会轻易用"鬼见愁"那等虎狼之药了。

呵，这个人真能装。

表兄妹俩的目光在半空中交会，不知怎么的，彼此都读懂了对方眼中的意思。

下一瞬，两个人各自别开视线。

李廷攸若无其事地与端木宪寒暄着，两个人围绕着李老将军、武试以及宫宴上的对策说了一会儿话，之后，端木宪捋着胡须对端木珩笑道："珩哥儿，攸哥儿难得来访，你和你大姐、四妹带他在家中四处走走，现在园子里的荷花开得正好，是赏荷的好时节。"

端木珩站起身来，一本正经地应下："是，祖父。"

四个小辈由端木珩领着，离开永禧堂，朝花园的方向去了。

这时不过巳时过半，太阳升得越来越高，金色的阳光穿过茂密的枝叶在地上形成一片斑驳的光影。微风拂过，枝叶摇摆，那些光影也在地上跳跃着。

端木珩似想起了什么，停下脚步，正色问道："攸表弟，冒昧请问攸表弟从江城北上京城，可曾途经中州？我三叔父上月奉旨赶赴中州汝县上任知县，听说最近那一带有些不太平。"

"珩表哥客气了。"李廷攸也停了下来，落落大方地回道，"可惜我从皖州出来后，走的是青州，再经豫州来的京城，不曾经过中州，不过……"他似乎有些犹豫地停顿了一下，"我倒是在皖州北部遇上过一些逃去中州汝县一带又折返的流民，他们说那边还有一些流寇逃窜，百姓食树皮、挖草根，日子不太好过。"

端木珩听着，脸色凝重起来，叹息道："淮北、汝县、江城……先天灾后人祸，不知道会牵连多少无辜百姓。"

端木绯听他们提起江城，顺势问道："攸表哥，我听祖父说多亏表哥助官兵守住了江城，江城这才等到朝廷派去的援军，这是不是真的啊？"

她一双澄澈的大眼睛在阳光与树叶的光影中忽闪忽闪的，其中写满了好奇之意。

李廷攸可没那么容易被这小丫头忽悠，笑得温文尔雅，半是调侃半是训诫地说："绯表妹，你小姑娘家家的，别管这么多……"

话只说了一半，李廷攸就见端木绯似笑非笑地看着他，仿佛在说：表哥，你接着装啊！

李廷攸脸色微僵，把未尽之言咽了回去。

在端木珩和端木纭疑惑的眼神中，李廷攸略显尴尬地清了清嗓子，很快又恢复了从容优雅的模样，道："绯表妹，江城能守住是因为军民上下一心，我可不敢居功。

"不过，当时江城确实岌岌可危，守城的官兵已经三日三夜没有合眼，江城粮草将尽，若非封公子率领援兵快马加鞭及时赶到，解了围城之危，我也许就要葬身在江城了。

"听说封公子之前在北境军中历练了两年，以前不曾打过水战，却预先把附近水道摸得一清二楚，这才一举击溃那些水匪的主力。要是没有意外，最多一个月，封公子应该就能扫平水匪。算算日子，他也快回京了。"

听李廷攸的语气，他似与封炎有几分惺惺相惜。

众人一边听他道来，一边沿着一条青石板小径闲适地继续往花园的方向走去，端木珩感慨地总结道："欲战，审地形以立胜也。封公子能速战速决，乃百姓之福。"

端木绯慢悠悠地跟在端木珩后方，半垂眼帘，沉默地看着自己微微摆动的粉色裙缘，目光微闪。

224

其实封炎这些年来也不容易。

若非迫不得已，若非为了生存，云豹又何尝想憋屈地把自己伪装成幼猫？

以安平长公主府如今的尴尬地位，若非如此，封炎恐怕在大盛难以立足。

李廷攸饶有兴致地挑了挑眉，问道："珩表哥也读过兵书？"

此时，他看向端木珩的目光多了几分欣赏之色，这位端木府的大公子虽然是文臣家族出身，倒不似那些为了会试只知道死读书的文人学子。

"我只在闲暇时读些《孙子兵法》而已。"端木珩道。

虽然才短短数月，端木绯却对这位性子严正的大哥有几分了解了。这句话要是由别人来说，难免会带几分谦虚或浮夸之意，端木珩却不然，一向有一说一，有二说二，一丝不苟得连他的双亲都拿他没辙。

几个人说话间，花园的月洞门出现在小径的尽头。

"大姐姐！"

就在这时，一个熟悉的女音自右手边的鹅卵石小径处传来，一道粉紫色的倩影卷着淡淡的香风袭来。

模样温婉秀美的少女快步走到端木纭跟前，娇声质问道："大姐姐，我让丫鬟去账房支银子，你为何不同意？"她略显尖锐的声音中透着一丝骄慢之意。

端木绮是小贺氏的嫡女，自她出生，尚书府就由小贺氏管家，所以她在府中几乎有求必应，谁又敢怠慢她？即便是前阵子唐氏当家的时候，唐氏顾及贺氏一向疼爱端木绮，也一向顺着端木绮。

方才账房竟然以"大姑娘有令"为由拒绝给她支钱，这还是她打出娘胎以来头一回遇到的事。

端木绮被气坏了，本来打算去永禧堂找贺氏告状，正好在路过花园时，远远地看到端木纭的身影，就冲了过来，想找端木纭理论一番。

她说完之后，才猛然注意到这里除了自家人，还有一个陌生的俊朗少年，那少年身姿颀长，额头光洁饱满，眼眸清亮有神，浑身散发着一种阳光的气息，英气勃勃。

端木绮脸上先是一僵，流露出一丝尴尬之色，接着羞赧起来，脸颊染上飞霞，妩媚动人。

此刻，她想起今早母亲好像跟她提起过，端木纭姐妹俩请了李家三郎，也就是新任的神枢营佐击将军来府，想必就是眼前这个少年郎了。

她原本以为，李廷攸自闽州那等蛮荒之地来，不过是个乡巴佬，再说，武将家的男儿多粗莽不堪，李廷攸又是长房的姻亲，她根本没把他放在心上，却没想到他如此英姿飒爽。

端木绮心中暗暗懊恼，早知道她刚才说话应该再委婉些才是。

她揉了揉手中的轻纱帕子，乌黑的眼眸中眼波流转。

端木纭没注意到端木绮的异状，正色道："二妹妹，按家规，各房每个月都有份例，额外的开支由各房自己承担。倘若大家想要银子就随意去账房支，那府里岂不是要大乱？"

闻言，端木绮捏着帕子的素手下意识地微微用力——端木纭竟然如此不给自己颜面。

端木绮眸中闪过一道戾芒，她勉强压抑住心头的怒火，声音中透着冷意，道："大姐姐，我自小一向如此，为何到了大姐姐管家时就……"

"二妹妹！"端木珩忽然出声打断端木绮的话，眉宇紧锁，沉声道，"你可知错？"

端木绮顿时小脸儿涨得通红，小嘴倔强地紧抿着。明明是端木纭先苛待自己，兄长却先质问起自己来了。

她微咬下唇，眸中浮现一层水光，显得楚楚可怜。

端木珩一看端木绮的表情就知道她还不服气，"噼里啪啦"地训道："无规矩不成方圆，家中其他人都能守规矩，为何在你身上就要例外？你都十二岁了，难道还要像个要糖吃的小孩一般，徒惹人笑话？"

接着，他又滔滔不绝地说起端木绮当着客人的面，对长姐的态度如此，实在是不敬不悌，如乡野村妇。这话听得端木绮又羞又恼，一双氤氲着水雾的明眸盈满了委屈之色。

他可是她的嫡亲兄长啊，为何要偏向端木纭？

端木绮眼中的水汽几乎要溢出来了。

"珩表哥，不过是一件小事罢了。"李廷攸清了清嗓子，轻描淡写地把话题带过，"牙齿和舌头都难免打架，何况是兄弟姐妹？我们李家这一代没有姑娘，上下都是些小子，我倒是羡慕珩表哥得很。"

李廷攸嘴里这么说着，心里却不以为然。

他本来觉得家里的那些弟弟真是麻烦，现在倒改了想法——弟弟可比妹妹好摆弄多了，有什么事就拿拳头说话，不听话的，他就揍到他们听话为止。

李廷攸的话端木绮听在耳中，眼睫微颤，目光似水。

这位李家表哥性子温和，如春风和煦，胸怀坦荡，如光风霁月。

端木绮定了定神，上前半步对李廷攸盈盈一福，柔声道："是我失礼了，还请攸表哥莫要见怪。"

李廷攸客气地道了声"言重"。少年清朗如破冰溪水的声音让端木绮的心如小鹿乱撞，心跳"怦怦"地加快了两拍。

她无意识地揉了揉手中的帕子，又腼腆地道："攸表哥如今是在神枢营当差吧？这倒是巧了，我有一个闺中好友，是昭勇将军府的六姑娘，其兄长在神枢营任着参将之职。"她的言外之意是她可以为二人牵线搭桥，以后李廷攸在神枢营也可以有个照应。

李廷攸神色不改，抿唇而笑，温和地说："就不麻烦表妹了。"呵，他们李家可是世袭几代的武将世家，若有心在军中攀葛附藤，还需要他们端木家牵线搭桥？这个人简直莫名其妙。

"二妹妹，莫要再大放厥词，失礼于人前。"端木珩听端木绮说完这话，眉头皱得更紧，再次斥道，"还不回轻芷院好生反省！"

端木珩越想越觉得，端木绮都是十二岁的姑娘了，说话、行事委实太轻狂，看来自己还是要和祖母、母亲提一提这件事才行。

端木绮难以置信地瞪大眼睛看着端木珩，眼睛瞬间又红了。她一片好意，哪里说错了？

她的脸羞得火辣辣的，心里委屈极了。

"二妹妹！"端木珩再次警告道。端木绮跺跺脚，拎着裙裾跑了。

"二姑娘……"小丫鬟轻唤着，赶忙追了上去。

端木珩看着端木绮远去的背影失望地摇了摇头，很快收回目光，歉然地道："让攸表弟见笑了。"接着，他又伸手做请状，四个人进了花园。

烈日高悬，灼热刺眼，他们只能沿着园中的树荫以及花廊漫步，缕缕荷香和池塘的水汽随风扑面而来，为这夏日平添几分凉意。

众人说笑着到池塘边的凉亭中小坐，端木珩又随口吩咐丫鬟去泡壶荷花茶。

丫鬟匆匆领命而去，李廷攸含笑道："赏荷韵，闻荷香，饮荷茶，珩表哥真是好雅兴！"

"攸表弟，这荷花茶还是四妹妹亲手窖制的，我不过是慷他人之慨。"端木珩看着端木绯嘴角微翘，像一个在炫耀自家子侄的长辈。

"大哥哥，好茶当与同道者共赏也。"端木绯笑眯眯地说，抓住机会卖乖。

李廷攸有些惊讶地瞥了白团子般的端木绯一眼——这个小丫头还会窖花茶？

他随口道："原来绯表妹喜欢饮茶。去年祖母特意寻了几罐十八年的陈年铁观音送来京城，不知道纭表妹和绯表妹可喜欢？"

陈年铁观音以十年至二十八年者为最佳，十八年的铁观音已是难得的上品。

端木绯和端木纭不由得面面相觑，笑意僵在嘴角。她们自从三年前到了京城后，从来没有收到过李家送来的东西。

端木绯疑惑地皱了皱眉，故意问道："外祖母给我和姐姐送了铁观音？"

凉亭中的气氛登时凝滞。

李廷攸若有所思地半垂眼帘，原本温和的眼神瞬间变得锐利起来，眼中似有利刃的锋芒。

端木珩似乎想到了什么，微微蹙眉。这些年来都是母亲掌家，家中进出的东西肯定瞒不过她的眼睛，难道说是母亲拦下了？

凉亭中寂静无声，连风都停止了，唯有外面的夏蝉发出歇斯底里的鸣叫声。

这时，两个丫鬟捧着刚泡好的花茶进来了，给主子们一一斟茶，清雅的荷花茶香随着斟茶的水声弥漫开来。

李廷攸捧起青花瓷茶盏，嗅了嗅茶香，若无其事地打破了原本的沉寂："这荷花茶清香怡人，似乎比我母亲制的茶香韵更胜一筹，不知两位表妹可否割爱，送我一罐？"他笑容满面，"来而不往非礼也。我这做表哥的不好占妹妹们的便宜，正好我在北上的路上无意间得了一册《草木谱》，等我回祥云巷后就让人给两位表妹送来。"

"《草木谱》？可是谢安的《草木谱》？"端木珩眼睛一亮，急忙问道。

《草木谱》不是什么关于草木的书籍，而是一册棋谱。

端木珩好棋，一说到棋就滔滔不绝，欲罢不能。后来不知怎么的，端木珩让人搬来了棋盘和棋子，大家下起棋来。

第一盘是端木珩对李廷攸。

第二盘，输了棋的李廷攸让位给端木纾。

端木绯在一旁百无聊赖地嗑着瓜子，直到站在窗边的李廷攸向她做了一个手势，示意她过去，她只得放下手里的瓜子，又用帕子擦了擦手指，方慢吞吞地起身走了过去。

"你……"李廷攸看着窗外，神色有些复杂，他压低声音问道，"你们真的没收到过闽州送来的节礼？"

池塘中，原本栖息在荷叶上的两只蜻蜓倏然一前一后地展翅飞起，似乎受了惊吓。

"不曾。"端木绯简明扼要地吐出了两个字。

李廷攸的眼帘微颤，长翘的睫毛下眸子更为深沉。

须臾，他又问："你是怎么想的？"他的目光还是没有看向端木绯。

端木绯看着半空中彼此追逐的两只蜻蜓，漫不经心地说："问题是出在李家吧？"

其实端木绯原本怀疑小贺氏，可是此刻瞧李廷攸那副隐忍的表情，就知道这件事恐怕不是表面那么简单。

李廷攸终于忍不住看向端木绯，见她嘴角弯弯、没心没肺的样子，眼角抽动了一下，又别开目光，心道：这丫头就喜欢装模作样，端木家的人都眼瞎吗？他们居然还说这丫头傻。

端木纭和端木珩的这盘棋没机会下完，端木宪那边就已经派人过来叫他们去九思楼用膳。

虽然人不多，但是宴席显然花了一番心思，每一样菜肴、酒水皆精致讲究，吃得宾主尽欢。

午膳后，他们又去偏厅用了些茶，李廷攸就提出告辞了。

端木宪没留他，只亲切地让他有空多来走走，接着吩咐人送走了他。

李廷攸渐渐走远，偏厅中只剩下端木家的几个人。

两姐妹正要告退，端木宪却出人意料地说："四丫头，你和珩哥儿先留下，我还有事与你们说。"

端木纭犹豫地看了看端木绯，见妹妹脸上笑盈盈的，便屈膝福了福，带着紫藤先退下了。

端木宪又挥手屏退下人。

少了几个人后，四周空旷安静了许多。

贺氏不知道端木宪所为何事，疑惑地看着他。

"万寿节就要到了。"在祖孙三个人好奇的目光中，端木宪缓缓地说道，"贺礼也该备起来了。"

万寿节取"万寿无疆"之义，乃皇帝的诞辰。

"老太爷，您放心。"贺氏表功道，"我命人从江南寻来的掐丝珐琅桃蝠山子盆红珊瑚盆景肯定能在万寿节前抵达京城。"那个红珊瑚盆景既华丽又气派，寓意也好，虽不能独占鳌头，但也不会失礼于人前。

"四丫头，"端木宪却看向端木绯，"你怎么看？"

贺氏和端木珩都没想到端木宪竟然会询问端木绯的意思，难掩惊讶地看向她。

"不妥。"端木绯仿佛没感觉到二人的目光，笑眯眯地摇了摇头。

端木宪便又问道："为何不妥？"

端木绯面上笑容不改，不答反问："祖父前几日可曾就国库空虚一事上奏了皇上？"

端木绯自然没有见过端木宪的折子，只是从上次和端木宪的那番对话中推测的。

"放肆！"贺氏闻言，眉宇紧锁，不客气地斥道，"绯姐儿，你小小年纪，又是姑娘家，竟胆敢揣摩朝政！"

端木绯仿若未闻，只是直直地看着端木宪，继续道："祖父，如祖母方才所言，这万寿礼本身是极好的，可是今非昔比，祖父总不好自打嘴巴。"

端木宪微微挑眉，面露满意之色。

这两件事看似毫不相干，却又有着千丝万缕的联系。

今年的万寿节，别府可以照旧例献贺礼，他却不可以。毕竟他前几日才跟皇帝哭诉过税银不足，国库紧张，这个时候要是尚书府还向皇帝献贵礼，岂非一边哭穷，一边奢靡？

伴君如伴虎，这是千古不变的道理。

昨日贺氏拟了万寿礼的单子让他看时，他就觉得不妥，便干脆以此来考校一下端木绯，这个孙女再次令他刮目相看。

端木宪沉思了一下，问道："四丫头，那你觉得该送什么？"

端木绯的嘴角翘得更高，露出一对浅浅的梨涡，她意味深长地话锋一转："我曾听闻祖父今春在京郊的一处庄子里亲手种过些落花生……"

端木宪沉思片刻后，眼睛一亮，似意有所动。

这怎么能行呢？贺氏傻眼了，慌忙又道："老太爷，万万不可！落花生太过轻贱，就算红珊瑚盆景不妥，我们也不该送落花生啊！这若是被有心人在皇上耳边说一句老太爷藐视皇上，那可如何是好？"贺氏几乎急出一头冷汗来，就怕端木宪被端木绯这个小傻子给带沟里去了。

"祖母此言差矣，我倒觉得四妹妹这个主意甚好。"端木珩皱了皱眉，义正词严地道，"如今淮北大灾，若帝后与民共苦，也是一则佳话。再者，落花生又名长生果，寓意长生长有，生生不息，吉利得很。"

端木宪抬了抬眼皮，朝端木珩的方向瞥了一眼。他这个长孙天资聪颖，性子沉稳，可毕竟年纪太轻，还天真了些。

端木宪想得更深，也更理智。

且不管帝后心里是不是真愿意与民共苦，但自己身为户部尚书，当着满朝文武的面如此作势一番，待事情传扬开去就是一则美谈，昭显皇帝的爱民之心，此乃明君也。

皇帝必会满意的。

这个主意不错。

端木宪看着端木绯的眼神更柔和了。

倒是贺氏，堂堂从一品诰命夫人，在这些事上的眼界竟比不上一个九岁的小丫头。

端木宪心里暗暗叹气，面上却不动声色。他抬眼看向贺氏，道："阿敏，今年的万寿宴就带上四丫头吧。"

每年的万寿节，京城四品以上的官员都要进宫朝贺，端木宪和贺氏身为户部尚书和尚书夫人自然是要去的。夫妇俩通常会带两个小辈一同前往，其中一个毋庸置疑是嫡长孙端木珩，另一个人选多年以来一直都是端木琦。

他们要带端木绯这个傻丫头去万寿宴？贺氏想反对，但总算还有几分理智。

她捏了捏手中的紫檀木佛珠，勉强冷静了一些，与端木宪分析利害："老太爷，绯姐儿还小，以前又不曾出席过这么大的场合，不懂规矩，要是不小心出错，只会让家里难堪，绮姐儿就不一样了……"

端木宪微微抬手打断了贺氏的话，没有多说，只是简练地再次道："这次就带四丫头去。"

一瞬间，贺氏的额头青筋浮动，脸色差点儿没绷住。他们是几十年的夫妻了，她对端木宪的性子还是十分了解的——他性子温和，为人行事却自有主张，不会轻易被动摇，哪怕动摇他的那个人是自己。

这件事怕是没有转圜的余地了。

只是，这些日子以来，端木宪对端木绯这个傻子越发重视，如今连万寿宴这样的重要场合都要带她去，再这么下去，她的亲孙女在这个家里还有立足之地吗？端木绯和她姐姐端木纭这两个丫头简直和她们的爹一样招人厌。

"阿敏。"许是因为贺氏久久没有应声，端木宪有些不快地再次出声。

贺氏终于冷静下来，嘴角勾出一丝淡淡的笑意，恢复如常的雍容气度，口称就依老太爷的意思。

气氛又变得和煦起来，厅堂里一派祖慈孙孝的氛围。

等离开永禧堂，端木绯回到湛清院的时候已是夕阳西下。

端木绯把端木宪要带她进宫的事说了，担心了好一会儿的端木纭这才放下心来，喜笑颜开。

"我记得万寿节是八月初六吧？还有不到十天的时间，做新衣裳是来不及了，不过幸好前些日子你才做过几身新衣服，姐姐来帮你挑一身。

"对了，蓁蓁，我们可以去京城的首饰铺子多挑些现成的首饰。

"你可别替姐姐省着，咱们如今有钱了。"

端木纭兴致勃勃地说着，还昂了昂下巴，一副她们如今不差银子的模样，明艳的脸上盈满了笑意，简直比自己能去万寿宴还要高兴。

姐妹俩清脆的说笑声在院子里回荡着，萦绕不去。

相较于湛清院的欢声笑语，此刻永禧堂里却炸开了锅。

端木绮得知今年万寿节自己不能进宫的事，对着贺氏又是哭闹又是撒娇，软硬兼施，可任凭她使出了万般手段，说得口干舌燥，还是没有得偿所愿。

既然此路不通，端木绮干脆另辟蹊径，耐心地等到八月初二四公主涵星上门，向涵星诉了一番委屈。涵星与端木绮自小亲近，立刻应下万寿节当天派人来接她进宫。

然而，涵星前脚刚走，后脚端木绮就被闻讯而来的端木宪狠狠责骂了一通："绮姐儿，祖父不让你去自然有祖父的道理。你有没有想过，你一人之举代表着端木家，一个不慎，就会让人以为我们端木家行事猖狂，无视规矩礼法。你父亲、母亲就是这样教你阳奉阴违，违逆长辈意思的吗？"

端木宪的声声斥责可谓句句诛心，可无论是端木绮还是小贺氏都不明缘由，母女俩委屈极了。贺氏倒是已经想明白了几分，出声轻斥小贺氏母女几句，压着她们不许再闹。

府里好歹清静了几日，八月初五，端木宪特意带着端木珩和端木绯去了一趟庄子，三个人亲自动手采摘落花生，忙碌了大半天，于黄昏时分回了尚书府。

京中的街道已张灯结彩，锦绮相错，百姓都开始为明日的万寿节做准备。

八月初六，万寿节当天。

这一天，皇帝辍朝一日，文武百官、宗室勋贵及其家眷皆进宫恭贺，宫门口的街道上竟比平日早朝时还要拥堵。

足足候了近半个时辰，尚书府的马车才在宫门口停下。

红日破晓，天光大亮。

众人下了马车后，贺氏等一行女眷由宫人引去凤鸾宫。

凤鸾宫中，脂粉漫香，衣香鬓影，不少命妇早已到了，一个个按着品级着了大妆，一眼望去，身份高低，一目了然。

正殿中放了几个冰盆，温度恰到好处，角落里的掐丝珐琅香炉里冉冉升起缕缕龙涎香，香味在殿内弥漫开来。脚下的大理石地面光洁如镜，映出模糊的人影来。

上首的凤座上，皇后身着一袭华丽翟衣，腰环玉革带，头戴九龙四凤冠，珠光宝气，雍容华贵。

贺氏和端木绯一进正殿，这些命妇都朝二人看来，殿内静了一静，接着众人又各自交谈起来。

祖孙俩不疾不徐地踩着大理石地板上前，恭敬地给皇后屈膝行礼："参见皇后娘娘。"

皇后神色淡淡地瞥了贺氏一眼，随口道了声"免礼"，不冷不热地寒暄了两句，就打发了二人。

一个宫女领着贺氏去一旁入座，另一个宫女却对端木绯屈膝道："端木四姑娘，大公主殿下请您过去说话。"

众目睽睽下，贺氏自然不会为难，笑容慈祥地让端木绯自个儿玩去了。

于是，在众人惊讶的目光中，端木绯笑盈盈地来到舞阳身旁，被舞阳招呼着在她身边坐下。

两个小姑娘对其他人审视的目光毫不在意，径自说着悄悄话。

"端木四姑娘，"舞阳故意用调侃的口吻说道，"听说贵府这几日有些'热闹'，我还以为你会食不下咽、寝不安席呢！"

宫里的事大多瞒不过人，四公主涵星求贵妃让端木绮在万寿节当日进宫的事早有不少人听说了。对舞阳而言，她在瞧热闹之余，心里也打定了主意，要是端木家这回真不让端木绯来，她就以自己的名义把人请来。

端木绯愣了一下，心领神会地笑了，对舞阳眨了眨眼，俏皮地说："公主姐姐，民以食为天，我怎么也不能亏待了自己是不是？"

舞阳打量着端木绯的小脸儿，唇畔的笑意更深，她又道："难怪我瞅着你像是圆润了一圈。"

说着，舞阳忽然有些手痒痒，想在端木绯白皙可爱的脸上捏一把。

"那当然，我还在长身子的时候呢！"端木绯理所当然地点头道。

从前她汤药不断，总得忌口，这不能吃那不能尝，好不容易现在什么都能吃了，才不会委屈了自己。

两个小姑娘笑语盈盈，眉飞色舞，其他人就算听不到她们在说什么，也能感觉到她俩聊得颇为投契。

凤座上的皇后自然也把这一幕收入眼内，先微微蹙眉，随即眉眼又放松下来，眼神柔和慈爱。

自打楚青辞没了，这都快半年了，女儿不曾理会别的姑娘，时常一个人闷闷不乐，就与这个端木绯还算说得上几句话。

这也是一种难得的缘分。

皇后一边想，一边优雅地捧起一旁的粉彩茶盅，才放到嘴边，就听殿外传来一阵略显尖锐的语笑喧阗声，引得殿内的众人循声看向殿外。

只见四五个三品、四品命妇以及几个年轻姑娘簇拥着一位伯夫人来到殿外，说说笑笑。

一瞬间，殿内的气氛便有些奇怪，不少命妇皆交头接耳，眉眼之间露出淡淡的嘲讽之色。

端木绯也看了过去，淡淡地扫了一眼后，就收回视线，却见舞阳面沉如水，直愣愣地看着那位伯夫人右手边穿水绿色衣裙的少女。

这个少女正是前些日子她们在露华阁见过的庆元伯府的杨五姑娘杨云染。

十五岁的少女今日显然精心打扮过，眉如远黛，唇若花瓣，乌黑浓密的青丝被绾成繁复的牡丹髻，头上插了一支卷须翅三尾点翠衔单滴流苏凤钗，衬得巴掌大的清纯小脸儿光彩照人。

谁见了都要赞一句美人坯子。

"呵！"舞阳低若蚊蚋地冷笑了一声。

端木绯怔了怔，忽然想起那日在露华阁的事。那天她就隐约感觉舞阳和杨云染之间似乎暗潮汹涌，彼此都对对方带着浓浓的敌意。

难道说……

端木绯目光一闪，一下子明白过来。

今上一向自诩风流才子，不仅后宫佳丽三千，且三下江南期间，那些风流逸事就没断过，坊间的说书人甚至还编过什么皇帝微服私访记的段子。

这些年来，不少人家投其所好，给皇帝送过美人。杨家可以送一个落水的杨三姑娘入宫，就能再送一个杨五姑娘。

不过这种话题自己一个小姑娘不能说，端木绯只能装不知道，拈起一块芝麻奶酥卷说："公主姐姐，这个奶酥卷味道真好，香甜酥软，恰到好处。"

舞阳睨了端木绯一眼，那眼神仿佛在说：你怎么就知道吃啊？

端木绯的右手却已经拈起一块奶酥卷，她将糕点放入唇中，眸子一亮。

这几个人已经走到皇后近前，恭敬地行了礼。皇后心里虽然瞧不上杨家，却仪态万方地和她们说着话，不见一丝异状。

皇后越这样，舞阳越心烦，连原本香甜的奶酥卷似乎都变得索然无味了，她转头对端木绯道："我们出去走走。"

端木绯点头。两个人款款地走到皇后跟前，舞阳直接道："母后，儿臣想与端木四姑娘去御花园走走。"

皇后对女儿一向有求必应，含笑应下，又让其他姑娘也别拘束，可以去御花园走走，一会儿再去畅音阁听戏。

这些年轻的姑娘也正闷得慌，三三两两地随舞阳和端木绯离开了凤鸾宫，正殿内空旷了一些。

现在还不到巳时，东边的旭日冉冉升起，四周空气清新，麻雀叽叽喳喳的。

姑娘们说说笑笑，漫步于雕栏玉砌、游廊曲径之中，不一会儿就来到了御花园里。

这时，众人就听一阵娇柔如夜莺的声音响起："大公主殿下、二公主殿下，难得今日人多热闹，不如我们一起玩捉迷藏怎么样？"杨云染上前两步，对两位公主福了福身提议道。

二公主正是贪玩的年纪，意有所动，舞阳却根本不屑与之为伍，不客气地说："你们自便，我想四处走走。"

她也不管四周有些僵硬的气氛，直接带着端木绯朝花园的西北方走去，留下众人面面相觑。

八月的御花园与三月初的御花园相比仿佛是另一个世界，空气中弥漫着浓郁的桂花香，丹桂似火，银桂如雪，金桂若金，繁花满枝，清香四溢。阵阵微风拂过时，枝头的桂花纷纷扬扬地飘落下来，如同下了一场花雨。

这花、这景让漫步其中的人不由得心境开阔起来。

二人赏赏花，弄弄草，吹吹风，在花园里走了半圈后，看到不远处一片高大浓密的银桂树下，七八个姑娘正在一起玩捉迷藏，其中一个人蒙着眼睛四下游走，其他姑娘小心翼翼地躲藏着，姑娘们银铃般的笑声不断。

舞阳并不打算加入，与端木绯一起去了一个湖边的凉亭里小坐，随意地喂着鱼。

鱼食被纷纷扬扬地撒入水中，一下子引来一大片赤红的鲤鱼甩着尾巴游来，水下像盛开了一朵巨大的红花。

"喵呜！"

忽然，一团圆滚滚的橘色影子从一旁的玉簪花丛里蹿出，吓得一个少女低低地惊呼了一声，然后被蒙着眼睛的粉衣姑娘大步上前，一把抓住了对方的胳膊，得意扬扬地说："抓住你了！"

说着，粉衣姑娘一把扯下脸上蒙眼的锦帕，笑眯眯地递给对方："杨五姑娘，该轮到你当'鬼'了。"

杨云染落落大方地笑道："路姑娘，那你可要躲好了，莫要被我抓住了。"

那只橘猫看着二人又"喵"了一声，"嗖"地撒腿跑远了，紧跟着就见一个蓝衣宫女慌慌张张地走来，行礼道："没吓到两位姑娘吧？"

"不碍事。"杨云染对宫女微微一笑。

那粉衣姑娘也笑道："早听说宫里多狸奴，看来传言非假。"

所谓狸奴就是猫。宫里养了不少猫，有些是嫔妃养的，有些则是御膳房那边养来防老鼠的。

蓝衣宫女又屈膝福了福，追着那只橘猫走了。

另一个小宫女帮杨云染用锦帕蒙上眼睛后，捉迷藏游戏又开始了。

其他姑娘飞快地四散开来，躲在一棵棵银桂树后，有人屏息，也有人故意发出些声响引着杨云染过去。

青春少艾的姑娘们那清脆的笑声随风传到御花园的每一个角落，像那缕缕花香般，勾人心魂。

须臾，就见三四个男子簇拥着一个身穿明黄色锦袍的男子自前方的几丛玉簪花后走了出来。

着明黄色锦袍之人正是皇帝。

凉亭中的舞阳也看到了皇帝，立刻想到什么，面色一变，霍地站起身来，咬牙道："杨家人真无耻！"

话音刚落，就见杨云染双手在半空中摸索着朝皇帝的方向走去，她伸手往前一抓，娇声说着："抓到你了……啊！"

娇柔的低呼声自那粉润的樱唇中溢出，杨云染一脚不慎踩到了自己的裙摆，一个趔趄，身子就失去了平衡，摇晃着往前摔去。

其他玩捉迷藏的姑娘也看到了这一幕，皆倒吸一口气，表情各异。

皇帝赶忙伸手在杨云染纤细的胳膊上扶了一把。少女嘤咛一声，柔软的身子轻撞在他的怀中，右手抓住皇帝的手腕，她笑声清脆，道："抓到了，该轮到你……"

说话的同时，她用左手扯下了蒙眼的锦帕，然后骤然噤声。

她震惊地仰首看着皇帝俊朗的面孔，一双乌溜溜的眼眸瞪得大大的，饱满的樱唇张张合合，手中的那方锦帕更不知何时掉在了地上，她像受到了莫大的惊吓一样。

时间似乎停顿了一瞬，四周寂静无声。

杨云染好像一只受惊的白兔，转身就跑，可是跑了两步后，似乎想起了什么，又停下脚步转过身来。

她扭了扭白皙纤细的手指，再次走到皇帝跟前，屈膝行礼道："皇……皇上！"她如玉的小脸儿上泛起了一片动人的红晕。

十五岁的少女正值芳华，那动人的眼波仿佛一池波光潋滟的春水般，欲语还休，顾盼生姿。

这时，又一阵微风拂来，吹得银桂的枝叶摇曳不已，满树的白色小花如漫天星子骤然降落凡尘，落在了少女的鬓发上、脸庞上、衣裙上。

馥郁的桂花香带着少女身上幽幽的体香一缕缕地飘来，仿佛直钻进了人的心中。

皇帝不由得看痴了。

皇帝认得她，知道她是杨惠嫔的胞妹，其容貌与杨惠嫔有四五分相似。不过姐姐妩媚艳丽，妹妹俏皮可人，两姐妹的美各有千秋。

他并非不知道庆元伯府的意图，但于他而言，后宫里多一个美人无伤大雅。

"你是惠嫔的妹妹吧？起来吧。"皇帝含笑道。

"臣女正是。"杨云染爽利地应道，笑容明媚璀璨，令四周的繁花黯然失色。

阵阵带着桂花香的暖风吹拂，皇帝脸上的笑意更浓了，眸子熠熠生辉。

舞阳却怒火中烧，额头青筋浮动。

这个杨家的姑娘太不要脸了吧？那日她在清芷水榭里被自己撞了个正着，今日居然还敢在众目睽睽下故技重施。

舞阳跨步而出，正要朝亭外走去，却感觉右臂一紧——端木绯出手拉住了舞阳的袖子。

"公主姐姐，"端木绯若无其事地笑道，"这湖里的红鲤甚是好看。"

舞阳怔了怔，就听一声"喵"在脚边响起。

两个姑娘皆循声看去，只见刚才那只圆滚滚的橘猫不知道何时蹲在了端木绯的裙裾边，仰着可爱的包子脸，用一双剔透如琥珀的眼眸一眨不眨地盯着她，或者说是她的指尖。

端木绯也看向自己的右手，歉然地道："猫，鱼食都喂鱼了。"

那只橘猫似乎听懂了，站了起来，甩了甩尾巴走到湖边。

"哗啦啦——"

一阵水声蓦地响起，一只猫爪似闪电般伸进水里，下一瞬，猫嘴里就多了一尾红鲤，红鲤挣扎地甩着鱼尾，水花四溅。

一旁的宫女发出紧张的低呼声："这是江南今岁上贡的红鲤……"

橘猫用轻蔑的眼神看了宫女一眼，仿佛在说：到了我嘴里的东西，你还想拿回去？

它肥硕的身子轻轻一跃，跳过一片花丛，眨眼间就不见影了。

端木绯和舞阳直愣愣地看着橘猫消失的方向，舞阳突然"扑哧"一声笑了出来，凉亭中紧绷的气氛一下子被打破。

"进了猫嘴里的鱼，我们还能夺下来不成？"舞阳别有深意地嘲讽了一句，心里始终堵着一口气。

木已成舟，就算她现在冲过去大闹一场，不过是让人看笑话，惹得父皇不快罢了。

不过……

舞阳看着端木绯，眸中闪过一丝兴味之色。端木绯小小年纪，不仅机灵，而且通透，看得很明白。

端木绯毫不在意舞阳审视的目光，歪着脑袋问道："公主姐姐为什么不高兴？"

舞阳抿了抿嘴，目光深沉，沉默不语。

"公主姐姐，你说刚才那尾红鲤怎么这么奇怪？别的鱼看到狸奴，躲还来不及，它偏偏就要往狸奴的嘴边送。"

端木绯明明在说刚才那只橘猫和那尾红鲤，目光却望向银桂树下的皇帝和杨云染。她笑眯眯的，语调意味深长。

舞阳也与她看向同一个方向，面沉如水，欲言又止。

端木绯接着道："公主姐姐，我家池子里有好几尾罕见的火鲤，不如我送公主姐姐……"

"这湖里多的是锦鲤，那些狸奴就算天天捞，也捞不完的。"舞阳终于忍不住说了一句话，眼角抽了两下。

都说后宫佳丽三千，实际上当然没有那么多，宫中有位分的嫔妃加起来就百来个，此外还有些曾承过雨露的宫女，其实多一个不多，少一个也不少，根本就不妨事。

但是杨家人，舞阳委实看不上。

杨惠嫔这一年来宠眷正浓，在宫里没少折腾，恃宠而骄还是轻的，居然胆大妄为到想叫她娘家的侄子尚公主。杨家儿郎的酒色之名，满京城谁不知道？亏她好意思当着自己的面跟父皇说什么"妾身的侄子俊秀斯文，文武双全，妾身瞧着他与大公主匹配得紧……"想到这里，舞阳心里就有种说不上来的恶心感。

端木绯从袖中取出一方帕子，擦了擦手，安慰道："公主姐姐，你别生气了，照我看，这狸奴还不定会吃那条鱼呢！宫里的狸奴想必都是被宠坏的，这锦鲤实在柴得很，狸奴咬上一口若觉得不好吃，也许一会儿就把它抛下了。"

舞阳怔了怔，若有所思。

过了一会儿，她似笑非笑地翘了翘嘴，气定神闲地说："端木四姑娘，我们过去给父皇请个安吧。"

端木绯笑着点了点头，随舞阳出了凉亭，朝前方的那片银桂树走去，两个人一起给皇帝请安。

皇帝和气地道了声"免礼"。目光落在端木绯身上，眉头一动，似想起了什么，含笑道："这是端木家的四丫头吧？别来无恙？"

端木绯笑眯眯地说："托皇上的福，臣女甚好，还长高了那么多呢！"说着，她还伸手比了比，一副天真烂漫的样子，引得皇帝大笑不已。

"舞阳，"皇帝笑容满面，随口道，"你好好招待招待这个小丫头，算是替朕尽地主之谊。"

皇帝说话间，原本在附近赏花的四公主涵星也与几位姑娘朝这边走来。

涵星听到皇帝的这句话，表情有些僵硬。端木绯可是自己的表妹，父皇却吩咐大皇姐招待她，这是什么意思？

"参见皇上。"

其他的姑娘也纷纷上前给皇帝请安，混在人群中的楚青语一边屈膝行礼，一边悄悄地打量着笑盈盈的杨云染，嘴角勾出一丝意味深长的笑意。

万寿节后，皇帝就会召杨家五姑娘入宫，杨云染初被封为贵人，与姐姐杨惠嫔同住一宫。她还记得听人提起过，这对姐妹花深得皇帝的宠爱，皇帝常常一起宣召她们。

楚青语想着，眸中多了一丝淡淡的嘲讽之意——他们这位高高在上的皇帝不过如此。

下一瞬，她的身体就像被冻住一般，僵住了。

一双妖冶惑人的乌眸隔着两三丈远与她四目相对，似乎能洞悉人心，在阳光的照耀下晶莹剔透，眸中似盛着点点寒星。

那是岑隐！

楚青语心中一凛，赶忙敛了笑意，摆出低眉顺眼的样子，不敢直视对方。

皇帝没在此多待，受了礼后，说了两句就大步流星地离去了，步履矫健。

众女自是站在原处，恭送圣驾，直到皇帝和岑隐等人的背影消失在了前方不远的拐角处，气氛才随之一松。

此刻再回想刚才发生的一幕幕，有些姑娘若有所思，隐约看出苗头，暗暗交换着眼神。

"恭喜杨五姑娘。"穿粉色衣裙的路姑娘笑眯眯地说，语调里有调侃，也透着一分深意。

另一个着碧衫的姑娘一头雾水地眨了眨眼："恭喜什么？"

"当然是恭喜杨五姑娘不用当'鬼'了。"又有一个穿妃色衣裙的姑娘出声和稀泥。

空气中弥漫着一种怪异的气氛，有的人殷勤，有的人不屑，有的人疑惑，有的人作壁上观……众人心思各异，再不复之前那般轻快随意。

杨云染目光下移，看着掉在地上的锦帕叹了一口气，致歉道："都是我不小心，把锦帕掉地上了。"

"杨五姑娘，不妨事。"一旁的一个宫女殷勤地笑道，对另一个小宫女吩咐道："还不赶紧再去取一方锦帕来？"

"是，奴婢这就去。"那个小宫女应声后，匆匆忙忙地跑了。

姑娘们闲着无事，在树下闲聊，说起桂花来，这个人说刚做了桂花茶，那个人说露华阁的桂花露味道不错，另一个人又提起最近城中有酒楼搞了桂花宴。

姑娘们正说得高兴，就见不远处假山的方向有数个宫人浩浩荡荡地朝这边走来了。

为首的是一个四十来岁的中年妇人，看起来富态圆润，身后的几个宫女手里皆捧着托盘。乍一眼看去，她们还以为那妇人是哪个大户人家的当家主母。

众女皆认得这妇人，她是皇后身旁的得力嬷嬷金嬷嬷。

也就是说，这些人是皇后派来的。

众女想着，表情变得复杂起来，眼睛一眨不眨地看着金嬷嬷先给几位公主行礼。接着，金嬷嬷目标明确地走到杨云染跟前，笑吟吟地说："杨姑娘，皇后娘娘有赏。"

杨云染脸色不太自然，却只能屈膝聆听皇后的口谕。

金嬷嬷精明的眼中闪过一道锐芒，她若无其事地把赏赐说了一遍，比如一套赤金白玉头面、一匹雨过天青的金缕纱、一些珍珠首饰，以及几匹云锦、蜀锦、绸缎等。

其他人的眼神变得更为灼热，其中有几位姑娘早听说了露华阁中关于"金缕纱和软烟罗"的故事，不由得交头接耳，窃窃私语。

仔细想想，皇后这些赏赐还真是意味深长啊，既透出杨云染马上要进宫的意思，又给了她一个下马威。

金嬷嬷赏了东西后，抚抚袖子走了，只留下一道道揣测的目光。

"杨五姑娘，"舞阳忽然出声打破这诡异的气氛，似笑非笑，似随口一说又似挑衅地问道，"你可要继续玩捉迷藏？"

她这么一说，众女再次看向杨云染，只见刚才去取锦帕的宫女不知何时回来了，局促地站在杨云染身旁。

杨云染一张巴掌大的小脸儿微微泛白，她半垂眼帘，轻咬着下唇，那委屈的样子看起来楚楚可怜，眸中却闪过一丝怨恨的幽光。

舞阳像没注意到杨云染的异状般，对那小宫女伸手，小宫女便急忙把手中的锦帕呈给舞阳。

不知道是小宫女太紧张，还是舞阳收手太快，锦帕从两个人的手之间滑落，在小宫女的惊呼声中轻飘飘地落了下去。

"请殿下恕罪。"小宫女急忙屈膝认错。

舞阳扫了地上的锦帕一眼，嘴角噙着一丝漫不经心的浅笑，眼中透着浓浓的讥诮之色。她看向杨云染道："真是扫兴。看来天意如此，不玩了。端木四姑娘，随我去畅音阁听戏如何？"

"好啊，公主姐姐。"端木绯配合地应道，还傲娇地昂着下巴瞥了杨云染一眼，一副狐假虎威的样子。

舞阳颇为受用，差点儿就伸手在端木绯的发顶上揉揉，再说声"乖"了。

她对端木绯做了个"跟我走"的手势，率先大步离去，一脚正好踩在那方霜色的锦帕上，在无瑕的帕子上留下一个灰蒙蒙的脚印，刺眼极了。

"不如我们也去看戏吧？"

不知道谁提议了一句后，其他姑娘纷纷附和：

"天气有些热，正好去戏楼里躲躲日头。"

"我听祖母说，宫里的戏班子文戏唱得极好。"

"是啊，是啊，我去年就听过。"

…………

姑娘们说说笑笑地追着舞阳和端木绯去了，一道道倩影渐行渐远。

四周渐渐安静下来，只剩下杨云染一人垂首站在原处。

她精致的小脸儿上早没了笑意，脸色阴沉得几乎要滴出墨来，双眸中掀起一片惊涛骇浪。她怒恨交加，用一种仿佛要将一切撕碎的目光瞪着地上那方霜色的锦帕。

畅音阁是宫中最大的一个戏楼，就在御花园的东北角，姑娘们出了一道小门，再沿着一条鹅卵石小径走半盏茶的工夫就到了。

宫里是养着戏班子的，不过不到逢年过节，戏班子的人除了练练唱，也英雄无用武之地。难得一年一次的万寿节，戏班子的人自然使出了各种绝活，看得姑娘们掌声雷动，赞不绝口。

在御花园里发生的那点儿事在精彩的戏文中烟消云散。

看了几段戏后，姑娘们又回了凤鸾宫。正殿中的命妇更多了，人头攒动。

端木绯一边入殿，一边不动声色地朝四周扫了半圈，在下首看到一个眼熟的身影——尚不到三十岁的女子容貌堪称绝色，头戴珠翠九翟冠，身穿绣着五彩鸾凤纹的真红衣裙，那如火焰般璀璨夺目的珠宝衣裙衬得她华贵高雅，如天际最明亮耀眼的启明星般。

这是封炎的母亲安平长公主。

端木绯毫不迟疑地朝安平走去，在一道道惊讶的目光中对她恭敬地福身行礼："端木绯见过长公主殿下。"

端木……安平怔了怔，脑海中浮现出芸豆卷和粽子的样子，原本冷艳的脸色柔和了一分，眼中闪现点点笑意："你是端木家的四姑娘？"

"殿下，正是。"端木绯点了点头，嘴角弯弯，"殿下那晚收留我和姐姐，我还不曾当面向殿下致谢。"说着，她又福了福身，郑重道谢。

端木府的这个小姑娘倒是个懂规矩且性子讨喜的人。

安平一面想着，一面含笑道："端木四姑娘太客气了。本宫已经收到了姑娘和令姐的心意。"安平指的是姐妹两派人送去公主府的芸豆卷和粽子。

端木绯闻言，嘴角翘得更高，露出颊上一对可爱的梨涡："殿下除了芸豆卷，还喜欢吃什么？我很会做点心的。"

安平愣了愣，从端木绯的寥寥数语中品出些不同寻常的意思来。端木绯的言外之意是说自己喜欢吃芸豆卷？可是自己什么时候说过喜欢吃芸豆卷？

她略一思量，答案自然而然地浮现出来——阿炎说的，端木绯当然是从阿炎的口里听说的。

安平突然想起，阿炎在端午节那日吃着端木绯姐妹送来的粽子时曾特意问起芸豆卷，那之后，公主府就再次收到了端木家送来的芸豆卷。难道说六月送来的第二份芸豆卷是阿炎拿自己当幌子去骗人家小姑娘做给他吃的？

安平越想越觉得此事大有可能。

阿炎为何大费周章地做这种事？莫非他看上这个小姑娘了？

安平瞬间眸子一亮，心跳都"怦怦"地加快了两拍。

要真是这样，那就太好了！

楚青辞的死在阿炎的心上留下了一道深深的伤痕，安平一直担心阿炎走不出来。可是人死不能复生，活着的人总要往前看。

思及故人，安平眸中闪过一丝悲伤之色，但她立刻恢复了正常，笑吟吟地再次打量端木绯。

原本，她只是觉得这个小姑娘的长相和性子都挺乖巧，现在站在婆婆的角度上，她越看越觉得小姑娘合她的眼缘。端木绯的五官小巧精致，眼睛清澈明亮……像她以前养的一只狮子猫那般可爱。

现在阿炎不在京，她这做母亲的，可要帮他把未来的媳妇哄好，让他知道什么叫"家有一老，如有一宝"。

安平想到这里，眸子里盈满了笑意，若无其事地对端木绯说："糖蒸酥酪、芙蓉糕、金丝枣泥糕……"她一口气报了一串封炎喜欢的点心，心里暗道：阿炎，娘对你够好吧？等你回来的时候，就能吃上未来的媳妇做的点心了。

端木绯笑着拊掌道："这倒是巧了，殿下和我一样，喜欢吃这几样点心啊！"

安平脸上的笑意更深了，看来小两口果然是有缘的，连口味都差不多。等阿炎回来，她可要悄悄告诉他才行，以后他才好讨未来的媳妇欢心。

安平又与端木绯说了一会儿话，就心满意足地把她打发了——也怕二人走得太近会给端木绯惹来不必要的麻烦。

贺氏瞪端木绯好一会儿了。她心里不满，又不能当着这么多人的面斥责端木绯，只能压下心头的怒意，勉强维持着得体的笑容，想等回府后再向端木宪告状，让他也瞧瞧他喜欢的孙女是什么德行。

端木绯并不在意贺氏的态度，向她行礼后就在她身旁坐下了，一旁服侍的宫女眼明手快地给端木绯上了茶。

端木绯捧起粉彩描金花卉茶盅，以茶盖拨动漂浮在琥珀色茶汤上的茶叶，正欲把茶碗送至唇畔，瞥见两道熟悉的身影凑在一起咬耳朵。

端木绯一时忘了喝茶，维持这个动作，看着舞阳和涵星交头接耳。

涵星斜眼朝某个方向瞥了一眼，点点头，然后两姐妹站起身，一起出了正殿。

端木绯一边啜了一口热茶，一边朝刚才涵星看的方向望去，坐在那里的恰是杨云染。

据她所知，涵星也不喜欢杨家人。

杨惠嫔自打进宫得宠后，着实猖狂得很，虽不敢得罪皇后，却没少给贵妃使绊子，偏生皇帝就是宠她。

以涵星的性子，她怕是忍了很久。现在杨云染要进宫，涵星肯定也是不乐意的。她和舞阳既然目标一致，自然一拍即合。

看来舞阳已经想明白了，不需要去与杨云染硬碰硬。说到底，这件事并不是杨云染能不能承宠，而是皇帝……

端木绯慢悠悠地喝着茶，不动声色。

殿里的众人忙着寒暄，除了她，似乎没有人在意舞阳和涵星的离去，也没什么人注意到她们俩在一炷香的时间后又无声无息地回来了。

没多久，有一个小内侍匆匆来禀，说吉时已到。

于是，众人纷纷起身，簇拥着皇后浩浩荡荡地朝华盖殿的方向去了。

华盖殿内已经摆好了筵席，宫人们带着文武百官、宗室勋贵一一入座。所有人都安置好后，皇帝、皇后与太后方从隔壁的稍间走出，皇帝升座，接受群臣的跪拜与祝寿。

"吾皇万岁万岁万万岁，太后娘娘千岁千岁千千岁，皇后娘娘千岁千千岁！"

"祝皇上万寿无疆，福如东海！"

如雷般的声音响彻殿堂。

万寿宴的仪程在司礼监的掌控下有条不紊地进行着，殿内热闹非凡。

随着几声礼炮的轰鸣声响起，着一式湖色宫装的宫女们翩然入殿，捧着各种菜肴酒水送至宾客的席位上。殿内的乐人开始奏乐，一个个婀娜多姿的舞姬翩然起舞，又有被请进宫的民间艺人表演上竿、跳索、倒立、折腰等各种百戏，看得众人目不暇接，连声叫好。

酒过三巡后，从几位亲王开始，众臣开始向皇帝献上他们从天南海北精心搜罗来的奇珍异宝，比如象牙雕刻群仙祝寿龙船、寓意"万寿无疆"的青花万寿瓷瓶、万年如意玉杯、红珊瑚云蝠灵芝纹如意、铜镀金嵌染骨盘珊瑚枝琥珀山子盆景……这些寿礼极其讲究，基本上可用"精、珍、奇"三个字来概括，看得不少人啧啧称奇，宝座上的皇帝也龙颜大悦。

然而，谁也没想到的是，其中被皇帝大为嘉奖的寿礼竟然是户部尚书端木宪进贡的一盒"长生果"：

"好，很好，还是端木爱卿知朕心意！朕今日要与民共苦。来人，快把这'长生果'煮了，分与众位爱卿同食。"

满朝文武大臣闻言，皆目瞪口呆，心里暗道：什么"长生果"？这不就是几个铜板就能买到一箩筐的落花生吗？

端木宪这个老狐狸竟然还义正词严地说什么淮北灾害，他感同身受，真是厚颜狡猾。

他这不是暗指他们精心为皇帝准备的这些稀世珍宝是奢靡挥霍吗？

华盖殿中的气氛变得有些微妙，接下来献寿礼的官员左也不是，右也不是，已经准备的寿礼还是得献，却不敢过分夸大礼物的珍奇，只能平平带过，不求有功，但求无过。

这个时候，连时间似乎都变慢了，皇帝的心情也被影响，他有些意兴阑珊。

不知道过了多久，一个小内侍悄无声息地进殿来，在岑隐的耳边说了一句话，接着岑隐又低声对皇帝转述了一遍。

皇帝顿时喜形于色，忙道："宣！快宣！"

小内侍又匆匆下去了，岑隐微一抬手，殿内的乐人就停止了奏乐。

众臣皆一头雾水，你看看我，我看看你，只能隐约从皇帝的面色猜出应该是有什么好事。

不一会儿，殿外有了动静，那小内侍带着一个身穿铠甲的士兵气喘吁吁地朝这边跑来，士兵渐渐走近，铠甲碰撞的声音倏然传入殿内。

风尘仆仆的士兵在殿外停了一下，然后大步流星地走到殿中央，恭敬地单膝下跪，抱拳对高高在上的皇帝禀道："参见皇上，江城捷报！江城水匪'浪里蛟'的数百个残匪已被尽数剿杀，江淮一带大小十余股水匪也被一并歼灭。"

"好！"皇帝喜形于色，在雕龙的扶手上轻拍了一下。

皇帝在万寿节这一日听到这个捷报，真是锦上添花。

机灵的大臣立刻下跪，赞颂"此乃托皇帝洪福"云云，紧接着，其他大臣也纷纷附和，华盖殿内一片喜气洋洋的景象。

皇帝脸上的笑意更浓，他朗声问道："李廷攸何在？"

身穿绣虎豹五品武官绯袍的李廷攸赶忙自他的席位中站起身来，躬身抱拳："臣在。"

"李廷攸，此次江城之难，多亏你助江城官兵守城，与匪徒殊死鏖战，厥功甚伟。"皇帝含笑赞道，又当场赏了李廷攸百亩良田与三千两白银。

李廷攸半垂眼帘，抱拳聆听。

此时，他再回想当时的情景，仍然觉得心有余悸。

江城围城之危委实惊险，全城的兵力几乎都用上了，甚至百姓中的青壮男丁皆上了战场，然而，敌强我弱。

江城号称有五千守军守城，然而军队吃空饷，纪律散漫，军备不力，皖州总兵浮报军籍以冒领粮饷，军中"有籍无人"占十之四五，这五千兵马实际不足三千人。

人且如此，军马、军备就更不用说了。光江城就有将近两千人的空饷落入皖州总兵的私囊，更别说还有皖州的其他城镇。

兵是将之威，将是兵之胆。江城兵不精，将不勇，他们不过是一帮酒囊饭袋。

彼时，若非封炎率领援军及时赶到，部署有力，凭江城守军这些贪生怕死的窝囊废，就算死守也会丢了江城。

江城的这一仗分明是封炎的功劳，自己早在抵京后就向皇帝禀明军情，只是避开了吃空饷的问题。然而皇帝充耳不闻，把军功都归到了自己身上，只字不提封炎。

李廷攸虽然抵京才月余，但对京城诸事并非一无所知。早在他从闽州启程前，祖父与父亲就跟他说了不少朝廷之事，免得他两眼黑，不小心惹祸，所以他很清楚封炎和安平长公主府如今在大盛朝的尴尬处境。

江城打了胜仗，皇帝现在正在兴头上，倘若自己当着众臣的面坚持称功劳当属于封炎，不仅不是帮助封炎，反而是在替他惹祸。

难怪父亲总说，朝堂上的权力斗争、钩心斗角可比战场上要危险复杂多了。

这件事委实麻烦——等等！李廷攸的脑中忽然闪过某只喜欢装乖卖巧的小狐狸的身影。这件事他不能明刀明枪地直接上，也许那个装模作样的小丫头能另辟蹊径。

弹指间，李廷攸心念百转，当下先单膝跪下谢恩道："谢皇上隆恩！"

一道道审视中带着艳羡的目光齐刷刷地射在那宛如盛夏骄阳般耀眼的少年公子身上，其中暗藏着一道嘲讽的目光。

这个冒领军功的无耻之徒！楚青语的眸中闪过一道冷芒。李廷攸不过是个会点儿花拳绣腿的跳梁小丑，只要自己稍加出手，就能拨乱反正。

这一次不会再有什么意外了。

楚青语不动声色地收回视线，低眉顺眼地坐在母亲楚二夫人身旁。

"皇上，初生牛犊不怕虎，李家后继有人啊！"辅国公捋着胡须，笑逐颜开。

"国公爷，您这话就不对了，"另一个粗犷的中年武将笑呵呵地接话道，"是皇上还有我们大盛又得青年将才才是。"

其他武官也纷纷附和。

一片其乐融融中，一个二十几岁的年轻将领忽然站起身来，声音洪亮地对皇帝抱拳道："皇上，末将有一事相求。"

皇帝扬了扬眉，脸色看不出喜怒："许文诏，且道来。"

此人乃许文诏，现任五军营在京卫所卫千总，是上一科的武状元，颇得圣宠。

许文诏便道："皇上，先父与李将军之父当年是同科……"

他这么一说，包括皇帝在内的不少人若有所思，想起十几年前的旧事来。

当年李廷攸之父李传庭与许文诏之父许如松，一个是武状元，一个是榜眼，皆是年轻俊才。

辅国公怀念地说："皇上，老臣还记得当年许如松以一招之差惜败于李传庭，两个人可以说是不相上下。"

"先父多年来一直想再与李将军之父讨教一二，可惜两家天南地北，先父不曾如愿，将其引为毕生憾事。是以，末将想与李将军切磋一二，以全亡父心愿，也是以武会友。"许文诏慷慨激昂地说。

群臣闻言，不由得窃窃私语，用惊讶的目光在许文诏和李廷攸之间来回扫视着，谁也没想到万寿宴上还会有这么一出。

看来许文诏是不服气他们许家两代都被李传庭父子压了一筹，可是他未免太莽撞了些。

现在是他挑战李廷攸，若他在比试中输了，那不仅没有自知之明，还自取其辱，恐怕会失了帝心。

端木绯歪了歪脑袋，眸子闪闪发亮。这一出还真有点儿意思。

她心念一动，从袖中掏出一方月白帕子，挑了点儿红胭脂在帕子上写了几笔，然后对侍立在身后的绿萝使了个手势，悄悄把帕子塞给绿萝并指了指席位中的李廷攸。

绿萝有些忐忑，点了点头，悄悄退下了。

御座上的皇帝转了转拇指上的玉扳指，嘴角露出一丝兴味的笑，目光在殿中扫了半圈，从许文诏转向李廷攸："李廷攸，你觉得如何？"

皇帝虽然没有直接应下许文诏的请求，但是既然这样询问，就代表不反对。他不反对，那就是有几分兴致。

谁又能扫皇帝的兴致？

李廷攸微微一笑，抱拳应下："皇上，末将愿应战！"

少年人的声音清朗澄澈，眼神明亮锐利，像含着寒星的光辉。他彬彬有礼，神色间又带着少年人的骄傲。

如此光风霁月、意气风发的少年郎，只是这么看着就让人心情明朗，仿佛也被他身上的阳光气息所感染。

皇帝发出一阵爽朗的笑声，叮嘱了一句："两位爱卿点到为止即可。"

"是，皇上。"

李廷攸和许文诏急忙抱拳应声。毕竟今日是皇帝的寿辰，若是真见了血光，反而不美了。

接下来，殿内殿外的乐人、艺人被一一遣散，殿外的戏台上迅速被清空，没一盏茶的工夫，外面就变得空荡荡的，只剩下戏台四周那些面目森冷的禁军。

李廷攸和许文诏在众人灼灼的视线中走上了高高的戏台。

十四岁的少年与二十二岁的青年相隔两丈左右，彼此含笑对视。一个执剑，英姿飒爽；另一个拿刀，锋芒毕露。武器在手时，两个人的身上都释放出一种莫名其妙的压迫感，一种剑拔弩张的气氛无声地弥漫开来。

"请指教！"许文诏随口道了一声。

话音未落，长刀已经从刀鞘中被拔出，他轻喝着跨步上前，手中的长刀划破空气，顺势朝李廷攸劈了下去。

那锋利的银色长刀在烈日下闪耀着刺眼的光芒，衣袍也随着他的动作猎猎飞舞。

"铛！"

李廷攸毫不迟疑地将手中的长剑一横，架住对方如电闪雷鸣般的一刀。刀剑相击，火花四射，杀气腾腾，令四周空气骤冷。

殿内那些看客的心不由得提了起来，大家皆屏息，心里暗道：看来许文诏是在动真格的啊！

仿佛在验证他们心里的猜测般，许文诏又连着挥出数刀，一刀比一刀快，一刀比一刀狠，刀光闪闪。那银色的刀快得几乎化成一片片虚影，李廷攸毫无反击之力，整个人被逼得退了一步又一步。

"铛铛铛"的刀剑撞击声连绵不绝，愈演愈烈。

"铛！"

在又一下激烈对撞后，一把银色长剑脱手而出，在半空中划出一道长长的曲线，然后"哐当"一声落在了地面上。

时间在这一刻似乎静止了，四周瞬间陷入一片沉寂之中，无论是殿内还是殿外，都没有一点儿声响。

戏台上，许文诏和李廷攸仍然相对而立。

前者的手里还牢牢地握着长刀，后者却两手空空；前者意气风发，后者却面沉如水。

胜负已分。

许文诏嘴角微翘，傲然一笑，把长刀插回刀鞘中，对李廷攸抱拳道："承让。"

华盖殿内观战的众人皆面面相觑。许文诏比李廷攸年长七八岁，他会赢众人并不意外，只是没想到才过了不足十招，李廷攸的剑就脱手而出，可见两个人的实力相差悬殊。

看来这一代的李家人大不如前啊！

众臣心思各异，有感叹，有嘲讽，有衡量，也有人只当看了一场好戏。

御座上的皇帝望着戏台上的许文诏和李廷攸，皱了皱眉，右手下意识地转动起玉扳指来。

华盖殿内的沉寂气氛还在蔓延。

众臣大多观察着皇帝的脸色，没有轻易出声表态，直到一个留着山羊胡的中年文官霍地站起来，群臣皆一惊。

这一位是左都御史黎大人，在朝中素有刚正清廉之名。

御史在朝堂上不开口则已，一开口十有八九是为了弹劾，这位黎御史素有"黎阎王"之称。众臣一看他那副"臣有话说"的样子，就心道：不知道这一回是谁要倒霉？

果然，下一瞬，就见黎御史蹙眉对皇帝作揖道："皇上，李将军与许将军才过了三四招就败了，足见其手不能提，是个花架子，难当武将之名。臣不敢相信此人竟然能在强敌围攻之下守住了江城。"铿锵有力的声音响彻殿堂的每一个角落，黎御史掷地有声地发出质疑，"皇上，臣怀疑，李将军该不会是冒领了军功吧？！"

闻言，不少大臣倒吸一口凉气。

黎御史果然不出手则已，一出手就一鸣惊人，寥寥数语就要断李廷攸一个冒领军功之罪。

这个罪名要是成立，李廷攸这辈子就毁了，连李家都难逃"门风不谨，教子不严"的名声。

四周先一静，接着又一片哗然，众人皆交头接耳，各抒己见。

黎御史所言初初听来，似有几分语不惊人死不休的感觉，但众人细想，又不无道理。李廷攸若有真才实学，又怎么会轻易地败于许文诏之手？

难道说他真的冒领了军功？

殿内如同一锅快要烧开的热水般骚动起来。

好戏才刚刚开始。席位上的楚青语从容淡定地捧起一个茶盅，看着茶汤里浮浮沉沉的碧螺春，自信地勾唇笑了。

一切尽在她的掌控之中。

朝堂中人又有哪个是真的清白无瑕？楚青语手中各种把柄多的是，她两世为人，占了他人没有的优势，只需要谨慎地拿捏住他们的把柄，自然能让一些人为自己所用。

这次她必不会让封炎再被人强占了军功。楚青语的眸中闪过一道精光，她信誓旦旦地如此告诉自己。

"黎大人请慎言！"

下一刻，一个沉稳的男音在殿内响起，众人循声看去，就见兵部尚书缓缓站起身来，眉宇紧锁，方正的脸上写着"不敢苟同"四个大字。

"皇上，"兵部尚书郑重其事地对皇帝作揖禀道，"七月十三武试那日，李廷攸亲往演武场与臣言明，他六月在江城时为水匪所伤，不得已只能放弃武试。至今李廷攸虽已经养了月余，但俗话说'伤筋动骨一百天'，恐怕他的伤势还未痊愈。请皇上明鉴！"

他的言外之意是说李廷攸因为旧伤未愈，所以才会在刚才的切磋中输给了许文诏。

李廷攸为了守江城，身受重伤，若这样都没有功劳，怎样才算有功？

李廷攸回到殿中。

他在距离皇帝三四丈的地方停了下来，抬眼望着高高在上的皇帝，抱拳朗声道："皇上，末将六月北上京城，途经江城，因为水匪来袭，被困城中整整二十日，断粮断水，最后守城官兵与百姓只能食树皮、挖草根。但水匪攻势越来越猛，末将几乎三天三夜不曾合眼，不慎被一支流箭射穿右肩……幸而皇上所派的援军在千钧一发时赶到，方解了围城之危。江城之战末将不敢居功，只能说问心无愧，皇上可向江城守备以及前往江城支援的封公子求证。"

李廷攸说话的同时，浑身紧绷如拉满的弓弦，眼眸通红一片，眼中泛着些许水光，神色既悲怆又倔强。

话音刚落，殿内再次安静下来，群臣皆暗暗交换着眼神，连大气也不敢出一下，气氛在沉寂中变得凝重起来。

李廷攸没再说话，半垂着脸，维持着抱拳的动作，如同雕塑般一动不动，似乎在等待着皇帝的判决。他在心中暗暗咋舌：自己那个最爱装模作样的表妹小小年纪，脑子也不知道是怎么长的，莫非似其祖？

一阵感叹后，他又觉得后怕。

此刻他再回想刚才发生的事，从许文诏对他提出挑战开始，一环扣一环，可谓步步紧逼，绝非巧合。如果说许文诏和黎御史之间有所关联，那么他们选择万寿宴这样的场合来设计、陷害他，恐怕所图不小。

莫非有人想要算计他们李家？

李廷攸想到这里，心提了起来，头脑反而越来越清醒。

不管许文诏和黎御史是否为主使者，他们这一系列行为绝非一时半会儿决定的，定是经过一番周密的计划。

倘若当初他没有理会端木绯的劝告，强行用"鬼见愁"来治伤，并顺利通过武试，此刻多半已落下一身伤病，再有人向他提起比试，他恐怕输定了。试想，若有人像此刻一般义正词严地斥责他冒领军功，那么他就是有苦也说不出，根本无法反驳。

他不但会害了自己，还会连累他们李家的几代清名。

想到这里，李廷攸心惊肉跳。

幸好端木绯刚才给自己递了一方帕子，上面只写了一个字：北。

北，不仅指北方，也有败北的意思。

看来端木绯这只小狐狸第一时间就瞧出了有人想要针对李家。

"败北"一来可作试探，二来能借着兵部尚书之口将自己在江城受伤之事光明正大地宣扬出去，免得以后再有人借此做文章。

李廷攸对这个小表妹的感觉更为复杂了。

很快，前方传来皇帝亲切的声音："廷攸，李家历代皆是血性好男儿，保家卫国，朕还信不过吗？"

皇帝这一句话算是对这件事下了定论，之后，皇帝又额外赏赐了李廷攸五百年的人参和何首乌以示安抚，令其好好调养身体。

殿内的气氛又变得轻松起来，众人继续吃酒说笑，一片语笑喧阗声。

只不过许文诏和黎御史难免引来不少嘲讽的目光，有人觉得许文诏胜之不武，有人幸灾乐祸地认为黎御史这次可是栽了跟头。

不远处的楚青语气恼得额头青筋凸起，心中愤愤，纤细的手指几乎要把薄薄的茶盅捏碎。她暗道：李廷攸果真是卑鄙无耻，竟然借着受伤轻描淡写地把冒领军功的事情揭了过去。

可恨那兵部尚书坏了她的好事。又或许，自己太过急于求成了？

楚青语懊恼地咬了咬后槽牙。说来，前世李廷攸被人揭露冒领军功应该是三年后的事，当时的他拉不开弓，提不起剑，根本就是个花架子。这样的人如何守得住江城？

没想到自己贸然把事情提前，反而令事情失控了。

唉！楚青语在心中幽幽地长叹一口气，为封炎打抱不平。

封炎明明是人中龙凤，天之骄子，却虎落平阳遭犬欺。幸好，总有一日他会一飞冲天动九霄，令所有轻视他的人对他另眼相看。

悠扬悦耳的乐声如溪水"叮咚"般再次响起，不知何时，那些乐人又回到了殿内，奏响一曲曲乐章。

看了一出好戏的端木绯只遗憾寿宴中什么都不缺，偏生缺了一碟瓜子，所幸这里的点心好吃得紧，她又拈了块枣泥山药糕送入口中，小脸儿歪了歪，眸中似有沉思之色。

殿外的戏台上又有一群舞姬翩然上台，如月宫中的嫦娥般优雅起舞。

宴席中，大家的酒意越来越浓，一片觥筹交错，不少人染上微醺的醉意。

端木绯一个小姑娘当然不会去喝酒，没过一炷香的工夫就吃得有七八分饱了。

她放下箸，觉得有些无趣，便随手招了在一旁服侍的小宫女，说要更衣。

小宫女带着她绕道至东稍间从小门出殿，正好与另一位进殿的姑娘交错而过，两个人无声地交换了一个心照不宣的眼神。

寿宴至少要持续近两个时辰，菜肴也不过如此，很多姑娘在殿里待久了闷得慌，就会借口更衣出来吹吹风，放松片刻。

"端木四姑娘，请跟奴婢往这边走。"

小宫女在前方给她引路，带着她在一条条蜿蜒曲折的抄手游廊中迂回绕走。偌大的皇宫空旷而幽深，这一道道游廊乍一看似乎都一般无二，看不出太大的区别。

不知道转了第几次弯后，端木绯忽然在转弯的岔道处收住脚步，笑吟吟地看着不远处几丛红艳似火的一串红。

"端木四姑娘，"那小宫女在几步外停下步子，疑惑地看着端木绯，眼神闪烁，笑着指了指前方说，"前面就是绫绮殿了，请您去那边更衣。"

"不着急。"端木绯嘴角翘得更高，眸子晶亮，心里却发冷。

对方说得没错，走这条路确实可以去绫绮殿，可是另一条路也可以，而且还要近上一半。

这个小宫女分明带着她往西南边多绕了一个圈子，倘若是那些鲜少进宫之人，恐怕早就被这看似千篇一律的游廊和宫殿绕晕了，可惜这种小把戏骗不了她。从前的她自小不知道进宫多少回，对宫里的格局再熟悉不过。

现在的问题是，这个小宫女为何要大费周章地带着她绕这么大一个圈子？前面又有什么等待着她？

端木绯看着那几丛一串红笑了，随意地说："这些一串红开得真好。"

说话间，她已经朝花丛走了过去，小宫女只能无奈地跟上，嘴里委婉地催促道："端木四姑娘，绫绮殿没几步远了。"

端木绯仿若未闻，俯首从花丛里摘下两朵赤红色的花苞，一朵塞给小宫女，一朵则凑在自己唇畔。她轻轻地对着花苞吸了一口，陶醉地半眯起眼眸叹道："好甜的一串红，你也试试吧！"

小宫女的额头上以肉眼可见的速度冒出涔涔冷汗来，她眼神游移，不时地往她之前指的方向看去。

端木绯不动声色地又摘了朵一串红，心念飞转。如果走那个方向，她应该要先经过一片名为千石山的假山，然后才到绫绮殿，难道说对方煞费周折就是为了让她"路过"千石山？

她正思索着，忽然瞟到一道熟悉的身影，穿着大红麒麟袍的岑隐带着一个小内侍从右前方的一条游廊上朝这边走来。

不仅她看到了岑隐，那个小宫女也看到了，小宫女神色更为局促，汗水"唰"地自额头上滑落。

"端木四姑娘，"岑隐微微挑眉，停在一丈外，神色似有些惊讶，"你怎么会在这里？莫不是迷路了？"岑隐说着，目光不免看向那个小宫女，魅惑而深沉的眼眸透着如剑般的锐利锋芒。

小宫女被吓得差点儿腿软地跪下去，樱唇微颤，俯首避开了岑隐的目光。

端木绯笑着对岑隐福了福，表情天真地说："岑小公公，我去绫绮殿的路上看到这里的一串红开得正好，花蜜的味道甜极了。岑小公公您要不要也试试？"她还殷勤地替岑隐摘了一串鞭炮似的花骨朵。

岑隐接过那串花，漫不经心地在指间转了转，嫣红的花瓣在他手里似乎变得更为鲜艳，娇艳欲滴，又带着一种危险的感觉，像刺目的鲜血。

小宫女瞥了一眼，头垂得更低了。

岑隐是聪明人，稍微一想，就知道其中有问题。他眯眼朝绫绮殿的方向看了一眼，然后再次看向端木绯。这小丫头一贯聪颖，恐怕也感觉到自己被人算计了，所以才在这里磨磨叽叽地吃起花蜜来。

岑隐的乌眸中闪现了赞赏之色，如墨玉般流光溢彩，让他那张绝世丽颜变得更为艳丽夺目。

"端木四姑娘，你想不想瞧热闹？"他含笑问道，那轻柔缓慢的语调像在哄小孩。

小宫女愣住了，心中更为骇然——她还不曾见岑隐对人这么客气过！她的身子微微发起抖来，心想自己恐怕是招惹到了不该招惹的人。

端木绯没想到岑隐会这么说，怔住了。

见她呆头呆脑的小模样，岑隐觉得有些手痒痒，很想揉揉她柔软的发顶。他意味深长地又道："今儿宫里各路牛鬼蛇神齐聚，热闹得很。"

端木绯早就发现，自他们初次在京郊相遇以来，岑隐就对自己和姐姐端木纭特别和善，也许她可以趁这个机会试探一下他能和善到什么程度。

反正她已经有了防备，去看看也无妨。

"我最喜欢热闹了。"端木绯笑吟吟地应下了。

"端木四姑娘，请随我来。"

岑隐伸手做了个手势，率先跨步往前走去，只是去的却不是绫绮殿的方向。

端木绯抿嘴笑了笑，毫不迟疑地跟了上去。那个小宫女却被岑隐带来的小内侍拦下，她被吓得腿一软，狼狈地跪坐在了地上。

端木绯像没有感觉到少了一个人似的，跟着岑隐沿游廊往前走去。前方的景致越来越眼熟，当"文渊阁"三个大字映入眼帘时，端木绯难掩惊讶地停下了脚步。

文渊阁是宫中的藏书阁，以前楚青辞也曾随舞阳来过这里借阅书籍，只是这书籍是万万不可带出宫的。

岑隐带她来这里，显然不是为了借阅藏书，端木绯很快想到了什么，朝绫绮殿的方向看了一眼，若有所思。

文渊阁和千石山、绫绮殿一带虽然有些距离，但是文渊阁有三层，人在此处居高临下，可以把方圆一百丈内的动静收入眼内。这还真是个看热闹的好位置。

今日的文渊阁内外皆空荡荡的，为了皇帝的寿宴，宫人大多聚集在华盖殿附近待命，今日阁中只有两个小内侍守着。

原本还在无聊得打哈欠的小内侍一看到岑隐来了，忙不迭地哈腰行礼，不敢多看跟随在岑隐身旁的端木绯。

端木绯心中暗暗惊讶，哪怕以前她随舞阳来此，也要照规矩在名册上登记方能入内，然而在岑隐跟前，文渊阁像没了规矩一般。

阁内十分幽静，弥漫着浓浓的书香味，目之所及都是一排排书架和被放得整整齐齐的书籍，让人不由得放松下来。

岑隐熟门熟路地带着端木绯上了楼梯。在这寂静的屋子里，二人上楼的脚步声变得无比清晰，在四周回响，衬得四周更为寂静。

二人一直来到三楼方停下了脚步。

"咯吱"一声，岑隐推开两扇窗户，对端木绯做了个手势，朝某个方向指了指。

端木绯顺着他指的方向俯视下去，前方的几个殿宇院落便收入眼内，只可惜距离千石山还是远了点儿，看得不甚清楚。

她正惋惜着，就见一个银嵌珐琅千里眼被送到了自己跟前，岑隐那双深沉惑人的眼眸笑吟吟地看着自己。

岑隐此人未免太贴心周到，难怪把皇帝哄得服服帖帖。端木绯心里浮现出这个念头，接过了千里眼。

"多谢"两个字刚到嘴边，她就恰好瞟到千石山的方向有了动静，急忙举起千里眼凑在右眼上朝那边望了过去。

通过千里眼，视野一下子缩小许多，那百来丈的景致却巨细无遗地展现在她眼前。

这座千石山算是皇宫中著名的一景，位于绫绮殿的东南方，据说整座山是由一千块大小不一、奇形怪状的太湖石堆砌而成，是以有"千石山"之名。

山中有深邃蜿蜒的山洞，彼此错综相连，宛如一个迷宫。

乍一看，千石山似乎没什么异状。不过，端木绯稍微移动千里眼，目光很快就定在了距离假山不过几丈远的一个小内侍身上。这个小内侍容貌清秀，神色拘谨地站在一棵高大的槐树下，目光不时地朝某个方向瞥去。

端木绯仔细地循着他的视线看去，在某个山洞的一角看到一点儿明黄色的衣料。

在大盛，这种明黄色的衣裳只有皇帝一人才能穿。

难道说……

端木绯隐约猜到什么，眼角抽了一下，对这位风流的皇帝不予置评。

那么，刚才那个小宫女特意带自己绕道走千石山那边，莫非想要让自己去抓皇帝的奸？

这个念头才浮现在脑海里，端木绯就见那小内侍忽然动了，有些紧张地朝前跑去，她也跟着移动手中的千里眼追踪他的身影。

不远处，三个衣着华丽的少年公子说笑着朝千石山的方向走来。

"几位公子，"小内侍朝那些公子哥躬身行礼，恭敬地说道，"前面是绫绮殿，是女眷们更衣的地方。为避免冲撞贵人，请几位公子留步。"

阵阵暖风吹拂着庭院中的枝叶，那晃动的、斑驳的光影在小内侍脸上形成一片诡异的阴影，他伛偻的身体难掩慌乱之态。

其中一个十三四岁的蓝袍少年无趣地"啧"了一声，摇着折扇对另一个青袍少年道："彭三，你难得进宫，我本来还想带你来千石山见识一下。"

彭三公子却不以为意地笑道："千石山固然不错，但照我看，还是不如贵府的九虎山。"

"彭兄，你未免太诌媚了点儿，依我看，承恩公府的九虎山也不过如此。"另一个紫袍公子忍不住插话道。

"林兄，你这就不懂了。"彭三公子睨了那紫袍公子一眼，"九虎山的山洞可谓九曲十八弯，一声莺啼，回音不断，别有一番意境啊。"

说着，他用手肘顶了顶蓝袍公子："谢愈，你没少在那里私会佳人吧？"

谢愈摇了摇折扇，流里流气地说道："谁让本公子英俊潇洒，讨姑娘家欢心呢？"

"我自愧不如啊。"彭三公子对谢愈拱了拱手，叹气道，"听说连春晓阁的花魁都对你念念不忘。"

"春晓阁的花魁算什么？"那位林公子似乎想到了什么，挤眉弄眼地看着谢愈道，"杨家那位才是绝色。"

"杨家？"彭三公子眼睛一亮，忍不住加重语气，"你说的不会是那个专门出美人的杨家吧？谢愈，你小子真是艳福不浅啊！"

谢愈干咳两声，尴尬地看了看四周，压低声音道："你们莫要再提此事了，人家说了'从此萧郎是路人'，我那也是怜香惜玉。"他的语气之中却难掩自得之意。

另外两个公子又调侃了他几句后，彭三公子就提议道："既然不能去看千石山，那我们去御花园走走吧。"

三个少年公子说笑着走远，四周又恢复了平静，只剩下风吹树叶的"簌簌"声偶尔响起，那小内侍浑身僵硬，看着千石山的方向噤若寒蝉。

须臾，衣袍略显凌乱的皇帝从一个幽深的山洞中走了出来。

小内侍正迟疑着要不要给皇帝整整衣袍，就见一道水绿色的身影飞扑而出，她发出一声娇柔的哭喊声，抓住皇帝的一只衣袖，"扑通"一声跪在粗硬的地面上，为自己喊冤："皇上，您误会了！不是我……"

她真不明白承恩公府的谢愈为什么要这样败坏她的名声，刚才那番话说得好像他和她之间有什么私情似的，可她与他最多是以前在别府的宴会中说过几句话而已啊！

杨云染脸色惨白，浑身颤抖不已，一双妩媚的眼睛中盈满了泪水，既委屈又可怜。

她领口的扣子没有全被扣上，从微微敞开的衣领可以看到里面翠色的兜肚有些凌乱，胸口的肌肤白皙如玉，上面布满了青紫的痕迹，杨云染顾盼间透着一分妩媚、两分艳色和三分诱人，可是此刻皇帝只觉得厌恶。

"好一句'从此萧郎是路人'！"皇帝目光冰冷地俯视着跪在地上的杨云染，一字一顿地冷声道，"这上一句可是'一入宫门深似海'？"

皇帝越想越觉得头上绿云罩顶，额头青筋跳动。

原来这看似清纯的姑娘还是个风流人儿！也是啊，她先在御花园里当着众人的面借着捉迷藏投怀送抱，这才没隔几个时辰，就迫不及待地勾引自己在此地交欢。这个女子哪里是个简单的人？她分明是想哄着自己接她入宫呢！

枉他一世英名，差点儿栽在她的手上。

"皇上，是有人在陷害我……"

杨云染还想说什么，但是皇帝已经不想听了，他毫不留恋地一把推开她，大步离去，那一贯稳健的步履中透着几分罕见的狼狈。

小内侍叹息着看了杨云染一眼，赶忙追着皇帝去了，只留下杨云染绝望地在原地痛哭不已。她衣衫不整，嘴里喃喃道："皇上，听我解释啊！"

这一出好戏也算高潮迭起，颇为精彩了，没枉费端木绯跟着岑隐跑了一趟文渊阁。

端木绯一边想着，一边放下千里眼，一双清澈的眼睛像被投入了石子的湖面般，泛起阵阵涟漪。

以端木绯此刻所处的位置，她自然听不到千石山那边的任何声音，不过那些你方唱罢我登场的角色，还有某些人激烈的肢体动作，足以让她把这出戏理解个七七八八了。

谢愈是承恩公府的四公子，平日里是个有名的纨绔子弟，最喜流连于青楼楚馆。承恩公府可是皇后的娘家，谢愈更是舞阳的嫡亲表兄。

想起舞阳和涵星在凤鸾殿里咬耳朵的那一幕，真相如何，端木绯其实已经心知肚明。

端木绯眯了眯眼，就听岑隐阴柔低缓的声音在一旁响起："有趣吗？"岑隐这三个字语意不明。

说实话，这出戏挺有趣的，端木绯心道。不过皇帝是这出戏的主角之一，她可不敢随便点评。

"岑小公公，这千里眼真是有趣得紧。"端木绯的小脸儿上露出天真烂漫的笑容，她把千里眼还给岑隐，"我听说这是西洋进贡来的稀罕玩意儿，整个大盛也不超过一百个，今儿一见果然名不虚传，远处的东西竟像在咫尺之外一般清晰。我真是沾了您的光。"

她摆出一副"今日真是开了眼界"的模样。

岑隐接过那千里眼，看着端木绯的眼眸中笑意更浓，他意味深长地又道："是我沾木四姑娘的光才是。"对有的人而言，知道太多不是好事，但是在他这个位置，他知道得越多越好。

他眸中闪过一道幽光，接着话锋一转："端木四姑娘，你该回华盖殿了，免得令祖母担心。"

之后，他做了个手势，就有一个候在一旁的圆脸宫女走了过来。

"你带端木四姑娘回宴席去。"

岑隐吩咐了一句后，那个圆脸宫女恭敬地领命，带着端木绯出了文渊阁往华盖殿走去。

这一路平静无波，再没出什么岔子。

端木绯至少出去了半个时辰，贺氏当然察觉了，见她回来，不由得眉头皱了皱。

外面日头正烈，这时已经是未时过半，也到了平日里女眷们歇午觉的时候，不少人开始有些蔫蔫的，连带觉得那些百戏和舞蹈什么的都甚是无趣，只勉强维持着优雅的姿态。

又过了一会儿，皇帝回到宴席上，若无其事地与几个近臣饮酒说话。

华盖殿内随着皇帝的归来又热闹了起来，说笑声此起彼伏。

旁人不知道内情，只觉得皇帝的情绪似乎没有之前高昂，他们努力说着些喜庆恭维之词哄皇帝开怀，然而皇帝的神色还是淡淡的。待换了一身月白衣裙的杨云染回席位后，皇帝的脸色又沉了沉。

杨云染含情脉脉地看了皇帝好一会儿，却得不到皇帝一个怜惜的眼神，心里又羞又恼又恨。

她知道是自己冲动了。

上午从御花园回了凤鸾宫后，她好端端地在喝茶，一个宫女却撞得她洒了茶水，四公主涵星当众对她一阵冷嘲热讽，说什么"人贵有自知之明""麻雀就算飞上枝头也不是凤凰""莫要白日做梦"云云。

在众人轻蔑的目光中，她真是恨不得挖个地洞躲起来，当下就决定，要让这些高高在上的贵女、公主都匍匐在她的脚下。

按照三姐姐杨惠嫔原本的计划，不知道皇帝何时才会接她入宫，她若是想得偿所愿，唯有设法把生米煮成熟饭，再让人"不巧"撞破此事，逼得皇帝尽快册封她。

在这个计划中，撞破的人选极其重要。这个人首先不能是宫女，身份太卑贱；也不能是诰命夫人，牵扯太大，皇帝会下不来脸，反而弄巧成拙；最合适的人选应该是某家的姑娘，年龄不能太大，以免皇帝把对方也一并接进宫里。

杨云染仔细思考后，想到了一个不错的人选——端木绯。

她想借着这个机会顺便教训一下端木绯。试想一个人冲撞了皇帝的好事以后，还能讨得了好吗？此人只会惹圣怒而已。

计划一开始非常顺利，她"巧遇"了出来醒酒的皇帝，装作微醺的样子倒在皇帝的怀中。皇帝果然怜香惜玉，把她扶到假山边小坐，接着，她只是稍稍撩拨，皇帝就情不自禁，与她春风一度。

她的计划只差最后一步，只等着端木绯"偶然"经过千石山冲撞皇帝，她却没想到端木绯一直没有出现，最后来的竟然是那几个公子哥，他们还满口污言秽语，把一桶脏水泼到她身上。

杨云染想着，心中一阵波涛汹涌，狠狠地瞪向端木绯，那双妙目简直要喷出火来。她到现在还想不明白她的计划到底是哪里出了差错。

端木绯只当作没看到，自顾自地喝喝茶，吃吃点心，看看百戏。

待到申时，万寿宴就"平平顺顺"地结束了。

宾客们恭送帝后之后，就散了席，纷纷出宫，堵得宫门口水泄不通。足足半个时辰后，端木家的马车方驶离宫门。

夕阳西斜，晚霞满天。百姓多日落而息，这个时间，外面的街道上一片萧索空旷之景。

贺氏毕竟年纪不小了，今晨鸡鸣而起，又在宫里折腾了一整天，保养得当的脸上已经掩不住疲惫之色。幸好马车一路飞驰无阻，不过一炷香的时间就抵达了尚书府。

端木纭在家中已经担心了大半天，毕竟皇宫不比外面，规矩、禁令多得很，她就怕妹妹在宫里受了委屈，直到听说妹妹归来，才算松了一口气。

"蓁蓁，今天宫里的万寿宴可有趣？

"对了，你饿不饿？我给你在灶上温着菜，都是你喜欢的。

"你要不先去沐浴？再吃点儿东西，你就早点儿歇下吧，明天的闺学你干脆也别去了……"

端木绯根本没机会说话，就听端木纭絮絮叨叨地说着，每一句话、每一个字都让端木绯觉得心口淌过一股暖流，她的嘴角不禁翘了起来，有种回到家中的踏实感。

端木绯当然不饿，但还是陪端木纭一起喝了些绿豆莲子汤，然后就跟姐姐说起今日在宫里的见闻，尤其细说了李廷攸与上一科的武状元许文诏比试了一场，又被御史斥责冒领军功等一系列事情，听得端木纭和张嬷嬷她们目瞪口呆。

紫藤忍不住愤愤地道："大姑娘，奴婢以前还以为那些御史都是惩奸除恶、查办贪官的青天大老爷，如今看来也不过如此，这简直是逮着就胡乱咬人的恶犬！"

"幸好皇上英明，没有冤枉三表少爷。"张嬷嬷合掌对着上方拜了拜，"也是菩萨保佑。"

说完了李廷攸，接下来端木绯就尽量说些新鲜愉快的小事，比如看的百戏、吃的东西等。至于杨云染的那些腌臜事，她自是略过不提。

湛清院中笑语不断，夜幕在姐妹俩轻快的声音中渐渐落了下来。

名门闺香

MINGMEN
GUIXIANG

|中册| 天泠 著

青岛出版集团 | 青岛出版社

# 第十一章　疑　心

万寿节的次日，天空一碧如洗，阳光也格外明媚。

端木绯睡到日上三竿才起来，才刚用了些早膳，府中就来了不速之客。

"大姑娘、四姑娘，祥云巷李家的三表少爷来了。"紫藤匆匆来报。

李廷攸今日来得突然，端木纭难免也有几分惊讶，但还是吩咐紫藤赶紧去迎。

回想昨天宫里发生的那些事，端木绯隐约猜到了什么，只是笑而不语。

两姐妹一起去了永禧堂，等李廷攸给贺氏请安后，就带着他去了花园中的凉亭里小坐。

上方是几棵遮天蔽日的大树，临水而建的凉亭中凉爽舒适。

李廷攸今日穿了一袭蔚蓝色宝相花缂丝锦袍，看起来阳光明朗，昨日万寿宴的那点儿波澜似乎没在他身上留下一点儿阴影。

表兄妹三人坐下后，李廷攸就笑吟吟地说道："两位表妹上次送我的荷花茶甚是香醇，今早我看茶叶罐见底，就厚颜做了一回不速之客，又来找表妹讨一罐。"

距离李廷攸上次登门才不过十日，这番话一听就是借口。端木绯心里想着。

端木纭却像是当真了，笑道："难得攸表哥喜欢，我再取两罐给表哥吧。"

前脚紫藤刚跑去湛清院取荷花茶，后脚张嬷嬷就拎着食盒来了，给主子们捧来了燕窝红枣莲子羹，殷勤地侍候在一旁。

起初，李廷攸还没觉得不对劲，可是渐渐地，隐约从张嬷嬷身上感觉到了嘘寒问暖的架势，又从几个丫鬟的目光中察觉到了几分怜惜之意，再看向面前那碗据说补血养神的燕窝红枣莲子羹，顿时猜到了什么。

这丫头片子说了些什么吧？李廷攸朝端木绯看去，挑了挑右眉。

是啊。端木绯毫不避讳地与他对视，一双大眼清澈无比。万寿节上发生的事就算她不说，也瞒不住人，这么多人耳闻目睹，估计没几日就会在京中传得尽人皆知。

李廷攸的眼角抽了一下。问题在于这丫头肯定是说了一半藏了一半！

要是她说他是故意在那场切磋中落败的话，那么这些人就不会把他当成个搪瓷娃娃般，照顾得如此周到……这丫头还真是把她自己摘得干干净净！

端木绯自得其乐地吃着她的燕窝红枣莲子羹，心里满足地叹道：小厨房的厨娘真是手艺渐长，这碗燕窝红枣莲子羹煮得香醇、细腻、爽滑……

几个人吃到一半，一个小丫鬟匆匆地小跑过来，对端木纭禀道："大姑娘，程嬷嬷来了。"

程嬷嬷是府中总管厨房采买的管事嬷嬷，既然来找端木纭，自然是有事相商。

端木纭对李廷攸歉然一笑："攸表哥，恕我失陪，我去去就回。"接着，她又叮嘱端木绯："蓁蓁，你好好招待表哥。"

端木绯拿着一方绣花帕子擦了擦嘴，笑吟吟地应下了。

"纭表妹请自便。"李廷攸温文尔雅地笑道。

端木纭走开后，端木绯就十分贴心地做了个手势，绿萝心领神会，随便找了个借口把张嬷嬷唤走了。跟着，碧蝉也退出了凉亭，守在三四丈外的一棵大树下。

半盏茶不到的时间，凉亭里就只剩下端木绯和李廷攸。四周回响着风吹树木的"沙沙"声，原本热络的氛围渐渐冷淡了下来。

端木绯似乎毫无所觉，径自继续吃着燕窝红枣莲子羹。

李廷攸从袖中掏出一方月白帕子，随意地丢到端木绯跟前，那帕子上还粘了些红胭脂，正是昨日端木绯让丫鬟悄悄递给他的那方。

"绯表妹，"李廷攸用谆谆教诲的语气说道，"小姑娘家家的，为人处世要小心，切不可随便把自己的帕子给别人！"

端木绯正好吃完了最后一勺燕窝红枣莲子羹，用茶水漱了漱口后，才开口道："攸表哥，我瞧这帕子像是松江三梭布做的。"

见他一头雾水地看着自己，端木绯笑吟吟地说道："江南那边有句俗语，'买不尽松江布，收不尽魏塘纱'，这松江三梭布最是寻常不过。还有，这帕子上的胭脂看着像出自京城芙蓉堂，芙蓉堂的这款胭脂又好用又便宜，京中的姑娘虽不能说人手一盒，但十人之中还是有五六人会拥有一盒的。"

李廷攸听到后面算是明白了，这丫头是在说，就算这帕子被别人"捡"了去，她也能把自己撇得干干净净。

李廷攸的眼角抽了一下，他跟这个小狐狸根本就没法好好说话。

他清了清嗓子后，干脆不再兜圈子，直截了当地发问："绯表妹，昨天的万寿宴……你怎么看？"

"攸表哥,李家在闽州可有什么麻烦?"端木绯不答反问,语调随意,像是随口一问。

李廷攸却瞳孔微缩,那来不及掩饰的惊讶之色,在无声中已经回答了一半——李家确实是发生了什么事。

端木绯也不着急,又拈起一块红豆桂花松糕,慢条斯理地吃了起来,不时轻轻地啜一口热茶,很是惬意、满足。

李廷攸也很快冷静下来,眯眼瞟了端木绯一眼,心中暗恼:这个小狐狸!自己没从她这里套到一句话,反倒是被她套了话。

池塘上的微风吹拂而来,四周又静了片刻。

李廷攸看似悠然地饮了半杯茶,眸中有些许犹豫之色。

这件事关系重大,就算是李家,知道的人也不多,祖父和父亲都叮嘱过他……

端木绯哪里瞧不出他的迟疑之色?她心里越发肯定,李家的这件事很不简单。

也不知道过了多久,李廷攸终究还是开口了,这一开口,就不再犹豫,直截了当道:"大伯母是武宁侯府的嫡女,现在的武宁侯是其一母同胞的兄长。"他顿了顿,继续说道,"武宁侯几代驻守西北,八年前,上一代的武宁侯,也就是大伯母的父亲在与蒲国的战役中战死沙场。此后,侯府子嗣受到皇帝的眷顾,爵位没有降等,由长子承袭,次子也蒙恩进了军中,如今任参将之职。"

听到"蒲国"二字,端木绯眸中闪过一丝悲怆之色,但很快就掩饰住了。

这时,她就听见李廷攸冷不防地抛出一句惊人之语:"事实上,先武宁侯在八年前通敌叛国,罪证确凿……"

他看起来不以为意,神态间又隐约透着一丝嘲讽与不屑之色。为将者本该保家卫国,却见利忘义,通敌叛国,简直罪无可恕!

端木绯先是一惊,接着思绪飞转,转瞬就想通了什么,若有所思地说道:"所以,是李家瞒下了此事?"

这小丫头一点就通,真是机灵得一点儿也不可爱!丫头片子不是应该像小奶猫一样又乖又甜吗?李廷攸眼角抽了一下,微微颔首。

理了一下思绪后,他继续说了起来:"当年皇上命祖父和我爹率兵前往支援,他们却发现先武宁侯通敌叛国的事……"

通敌叛国,罪无可恕,一旦被核实,武宁侯府满门都要受牵累,李老太爷和二老爷李传庭为了保住武宁侯一家,故意让武宁侯在战场上死于敌手,武宁侯最后也算得了个忠烈的名声。

而李老太爷也因战功卓绝,升任为闽州总兵。

这事本来没多少人知道,但是四年前,不知怎么的,传到了李大夫人耳中。

李大夫人一心认定是李家为了独占军功，故意害死了武宁侯。事后，李老太爷曾开诚布公地和李大夫人解释当年的情形，李大夫人似乎相信了……

本来这些年一直还好，直到前阵子，李大老爷发现大夫人悄悄地变卖了她名下所有的嫁妆。李家虽非大富大贵，但也不至于到女眷卖嫁妆来贴补的地步。而李家人查到后面，更是发现公中的银钱几乎空了，足足十几万两银子不知所终……

只是，李家人还没把这件事弄清楚，李廷攸就离开了闽州，上京城来了。

李廷攸缓缓道来，许久，亭中都只有他一个人的声音，四周的风似乎都静止下来。

"这些年，李家当家的是大伯母……"李廷攸目光微冷，语气平静，"你和你姐姐三年来没收到李家的节礼，若问题出在李家，那必是大伯母的缘故。"

端木绯明白了李廷攸的意思。

或许，李大夫人表面上相信了李老太爷的话，但心里怕是一直深信先武宁侯是被李家人害死的。若真是这样的话，她变卖的嫁妆和悄悄挪用的公中银子，恐怕另有用途……

李廷攸想必正在怀疑，昨日宫宴的那出是李大夫人的安排，为的是毁了他，毁了李家！

端木绯的嘴角始终噙着一丝浅笑，须臾，她问道："攸表哥，黎御史与武宁侯府可有旧情？"

武宁侯府世代武将，与军中上下颇有交情，但是自古以来，文官武将不相容，究竟要怎样的交情才能让黎御使帮这个忙？

这件事估计牵扯不少人……

李廷攸也明白了端木绯的言外之意，又是一阵心潮涌动，摇了摇头："武宁侯常年驻守西北，黎御史却是京城人，双方相隔数千里。等我回祥云巷就手书一封，写明前因后果，派人快马加鞭送去闽州……这其中也许有我也不知道的隐情。"

说着，李廷攸脑海中再次回忆起最近发生的一连串事，说来，这一切都起源于"江城之危"……

李廷攸不由得想起了另一件麻烦事。

他有些迟疑地低头看着石桌上那方松江三梭布的帕子，俊脸皱了皱，最后决定破罐子破摔。

反正打从两个人第一次见面起，他在这个小表妹这里就没什么作为表哥的尊严了，还是不耻下问吧。

"绯表妹，你在京中三年，可认识安平长公主府的封炎？"李廷攸试探地问道。

端木绯知道李廷攸在江城见过封炎，但骤然从他口中听到这个名字，有种猝不及防的感觉。

她实在不想跟封炎扯上太多关系，却偏生不能让李廷攸看出端倪来，更不能否认自己认识封炎，只好点了点头，含糊其词道："我听祖父说，封公子率兵去了江城。"

既然端木绯知道这件事就好办了！李廷攸干脆长话短说，避开江城吃空饷的问题不提，只说皇帝一而再，再而三地无视封炎的功劳，然后他就盯着那双黑亮的眼眸一眨不眨地看着端木绯，竟是一副要当甩手掌柜的样子，把难题直接抛给了她。

这一瞬，端木绯心里还颇为怀念初次见面时那个高傲地对她宣称"这事与你无关"的少年郎。

端木绯喝了一口香甜的桂花茶，慢悠悠地说道："攸表哥，你觉得封炎想要这份功劳？"

端木绯点到为止，继续美美地喝着手中的桂花茶。

李廷攸不禁陷入沉思，这时，只听碧蝉在不远处唤了一声："四姑娘……"

端木绯循声看去，只见一道雪青色的倩影朝这边漫步而来，若闲庭信步，那熟悉的身影让端木绯一眼就认出了那个人是端木绮。

端木绮在不远处的花廊下停下脚步，身旁的丫鬟与她说了几句话后，她就朝凉亭的方向望了过来。

端木绮对凉亭中的表兄妹俩微微一笑，压抑着心中的雀跃情绪，朝他们款款走来，姿态是那般优雅。

"原来是攸表哥来了。"端木绮上前对着李廷攸福了一礼，一双含情目中流光四溢，"我刚巧来此赏花散步，没想到四妹妹和攸表哥也在此……"

李廷攸的目光扫过端木绮额角上涔涔落下的汗水。这大热天的，若非有事，谁又会挑着午后最热的时候跑来花园里赏花散步呢？！

他心里虽然这么想着，脸上却不动声色，笑得如阳光般和煦，说道："绮表妹，别来无恙。"

只是一句问好，就让端木绮心花怒放，笑靥如花。

端木纭从花厅办完事回来，看到的就是这一幕。端木纭态度疏离地唤了一声："二妹妹，你可是找我有事？"

端木绮笑容微僵，随后立刻若无其事地笑了，镇定地把刚才的托词又重复了一遍。

端木纭猜出这不过是个借口，但也不好坏了李廷攸的兴致，就客气地招呼她坐下。

端木纭只是随口一说，端木绮竟然真的坐了下来，不时找各种由头与三人搭话，比如在紫藤取回荷花茶后，就惊叹"原来四妹妹会窨制花茶"，之后又向端木绯请教窨制花茶之法，从夏荷、秋桂一直说到了冬梅、春玫……

凉亭里一片其乐融融的景象，三个人看起来姐妹情深。

又坐了一炷香工夫后，李廷攸方起身告辞，端木纭吩咐张嬷嬷相送。

一旁的端木绮不自觉地拧着手里的帕子，欲言又止，想挽留李廷攸几句，还想问他下次何时来，但是又担心……

想着，她咬着下唇瞥了端木纭一眼。

李廷攸来得这般频繁，是不是和长房之间私下里有过什么婚约……？

"几位表妹且留步，好生照顾自己。"

李廷攸说完这一句话后，头也不回地离去了。

端木绮目送少年离去的背影，心里有些忐忑，千万句话化成心里的一声叹息。

既然李廷攸走了，端木绮也没兴趣再与端木纭姐妹俩寒暄，心神不宁地回了轻芷院。这一路上，那些花草树木可没少遭殃，她一会儿随手拧下半片叶子，一会儿摘下一朵花，一会儿又折下一枝金桂……

一进屋里，她就随手把手中的那枝金桂递给了一个青衣丫鬟，那青衣丫鬟接过金桂的同时，轻声禀了一句："姑娘，二夫人在里头等您。"

端木绮愣了愣，然后就跟着青衣丫鬟去了隔壁的东稍间。

小贺氏正坐在罗汉床上饮茶，早就等得不耐烦了，眉头紧紧地皱在一起。

见女儿总算归来，她训斥道："那是长房的亲戚，你去凑什么热闹？！你都十三岁了，马上就是要嫁人家的姑娘了，怎么能随便和外面的男子相处？绮姐儿，娘是为你好……"

这大热天的，人本来就容易烦躁，小贺氏越说火气越大，颇有种恨铁不成钢的味道。

小贺氏滔滔不绝地说着，而端木绮听到"嫁人家"时，心念一动，后面的话几乎都没听进去。

"怦怦怦！"

她因为自己的某个想法而心跳加快，脸颊染上一片红霞，眼波似水波般荡漾。

"娘，"端木绮忽然打断小贺氏的话，扭捏地说道，"您说……李三公子怎么样？"

什么李三公子怎么样？正说得唾沫横飞的小贺氏一时没反应过来，愣了愣后，才想明白女儿是在说她的婚事。

她竟然想和李家结亲！

一想到这点，小贺氏直接恼了，斥责的话语一下子就涌到嘴边，但还没出口又被咽了回去。

等等!

小贺氏若有所思地眯了眯眼,仔细想想,撇开李家是长房的舅家不论,这门婚事似乎也不错。

端木绮没注意到小贺氏的神色,絮絮叨叨地说着:"娘,攸表哥出身于将门,品貌端方,年方十四就立下了赫赫军功。皇上青眼有加,还封他为神枢营正五品佐击将军。您瞧这满朝文武,有几个人是像攸表哥一样年少有为的少年郎?"

在端木绮的口里,李廷攸简直无一处不好。

小贺氏也有些心动。这些年来,李家镇守闽州有功,正得圣宠。婆母也曾提点过她,就算是为了大皇子,她也该与李家交好,莫要怠慢了李廷攸。而这李廷攸年方十四就被封了正五品武官,可谓前途无量。

端木绮一边说着,一边在小贺氏身旁坐了下来,亲昵地挽着小贺氏的胳膊,羞赧而担忧地说道:"娘,我就担心攸表哥会不会和大姐姐定了亲……"说着,她咬了咬下唇,雪白的贝齿深陷在那花瓣般的嘴唇里。

小贺氏目光微闪,垂眸不语。她确信端木纭没定过亲,却不能确定李家有没有想和长房亲上加亲的念头……

"娘亲!"端木绮撒娇地晃了晃小贺氏的胳膊,一脸希冀的表情。

儿女都是上辈子的债啊!小贺氏心里叹了一口气,道:"绮姐儿,这事不能急……你上面还有一位长姐呢,总得先给你大姐姐说好亲事,才能轮到你……"

端木绮顿时目露异彩,母亲的言外之意是李廷攸和端木纭没定亲!

"娘,您要帮帮女儿啊!"

端木绮透着希冀的祈求声回荡在屋子里,眨眼间就被院子里那声声悲切的蝉鸣声压了过去。

八月的蝉鸣仿佛是蝉最后的呐喊,它们声嘶力竭地一步步走向了衰落……


天气闷热不堪,整个京城就像一个巨大的火炉。

自万寿节后,端木宪每日照旧会把端木绯叫到他的书房里去,却不再仅仅是为了她的功课,还时常会拿一些并不紧要的朝事说与她听,心里存有考校孙女之意。

"今日有御史弹劾祖父救灾不力,上负国恩,下失舆望。四丫头,你以为如何?

"皇上今日下诏逮捕关宁侯世子,并斥关宁侯有'纵爱逆子,辜负圣恩'之过,削其爵位。关宁侯便是享爵位的最后一代了……"

…………

端木绯每问必答,而且总是让端木宪觉得惊喜。甚至某些他原本觉得微不足道的事,端木绯都能另辟蹊径地一语惊醒梦中人,让端木宪的情绪颇为复杂,他只觉得，自己这辈子最惋惜同时也是最得意的事就是有这么一个孙女。

如果端木绯是男子，那么端木家肯定能更上一层楼，他也算后继有人了。

八月十二日的黄昏时分，封炎率领西山大营的三千兵马回了京。

封炎一回来，就先进宫向皇帝复命。

在夕阳的照耀下，皇宫越发显得金碧辉煌，京城街道上的喧嚣声都被隔绝在外，皇宫看起来十分宁静，却又透着几分孤寂与冰冷的气氛……

封炎来到御书房外，一个小内侍进去通禀后就把他迎了进去。

御书房里寂静无声，气氛沉重，皇帝坐在偌大的御案后，面沉如水。岑隐侍立在一旁，神色让人看不出喜怒。

这种凝重的气氛让领路的小内侍下意识地将脚步放得更轻了，几乎不敢呼吸。

"见过皇上舅舅。"封炎如往常一样对皇帝抱拳行礼。

然而，这一次皇帝看着他的眼神再没有了往日的和蔼之意，眼中只有汹涌的怒意。

皇帝直接把手中的折子丢了出去。折子"啪"的一声落在封炎的脚边，封炎一动不动，毫不躲避。

封炎不算凯旋，是被皇帝紧急宣召回京的。江城匪乱方平，其实还有很多事需要他善后，但皇帝的圣旨已下，封炎接旨后就快马加鞭地赶了回来。

"这是皖州总兵和江城知县联名上奏的折子，你自己看看！"皇帝大发雷霆，一掌重重地拍在御案上，一旁的茶盅和笔架都因此颤动了一下。

封炎俯身将折子捡了起来，打开那本折子一目十行地看了起来。

皇帝怒气冲冲地接着道："折子里说你在江城招揽民心、拉拢军心……封炎，你好大的胆子！亏朕如此信任你，对你委以重任，你却以权谋私，狐假虎威，令百姓怨声载道。你太让朕失望了！"

皇帝平日里都亲昵地唤封炎为阿炎，此刻直呼其名，可见其有多愤怒。

这时，一旁的岑隐给皇帝奉了菊花茶。菊花的清香随着热气钻入鼻腔里，皇帝喝了一口茶后，冷静了一些。

看着御案对面身姿挺拔的少年，皇帝又沉声道："年轻人终究是心浮气躁，不知轻重。阿炎，朕罚你闭门思过，你可服气？"

封炎把那折子合上，拿在手里，俯首抱拳，只缓缓地说了五个字："外甥愿领罚。"

封炎说完，御书房里再次安静下来。

皇帝随意地挥了挥手，似是疲累，又似是失望，道："你下去吧。"

封炎应了一声，跟随刚才的那个小内侍退下了。御书房里只剩下皇帝和岑隐。

皇帝又饮了两口热茶，淡淡地道："阿隐，还是你泡的茶合朕心意。"

"谢皇上垂爱。"岑隐微微一笑，作揖道，"臣每日必饮三杯茶，这是'唯手熟尔'。"

"你倒是爱茶。"皇帝似乎想起了什么，感慨地说道，"先帝喜茶，常言'茶可养胸中浩然之气，涤心中之块垒'。朕自小耳濡目染，也好茶，不过在这茶道上，朕还是逊了安平一筹。"

皇帝看着漂浮在茶汤里的金色菊花，眼神渐渐有些迷离："先帝常赞安平虽是女子，但生性刚毅果决，巾帼不让须眉……"

"阿隐，"皇帝放下茶盅，忽然抬头问道，"你觉得安平长公主如何？"

岑隐当然知道现在的话题已经不再围绕茶道，于是含笑答道："臣瞧着长公主殿下为人行事倒有几分道家风采——闲看庭前花开花落。"

宠辱不惊，闲看庭前花开花落；去留无意，漫随天外云卷云舒。皇帝脑海中不由得浮现出这句话。

他在心里把此话咀嚼了片刻，然后笑着反驳道："阿隐，这一回你可错了。你只认识现在的安平长公主，却不识十几年前的安平。"

先帝还在时，曾让安平辅佐太子。彼时，太子常与安平商议朝事，朝中经她举荐而平步青云的文武官员数不胜数。安平一时风光无限，与如今的没落境地相比，可谓天差地别。

"应该说是'百足之虫，至死不僵，以扶之者众也'。"皇帝神色凝重起来，淡淡地道，"封炎得用。"

如此，他方能安人心，显恩宠。

皇帝缓缓翘起嘴角，语气果决而强势，带着君临天下的霸气："但要先灭了他的傲气，以免将来他不知道谁是主，谁是仆！"

岑隐静立在一旁，目光微闪，抬眼朝窗外的夕阳望了一眼。

夕阳如血，暮色渐合。

封炎在宫门落锁前出了宫。他根本就不在意皇帝的态度，迫不及待地策马回了公主府。

封炎这一趟出门去了近两个月，安平还以为他不能赶在中秋节前回来。

她看到晒黑了不少的封炎终于归来，一半欢喜，一半心疼，在得知皇帝罚封炎闭门思过后，心疼顿时就超过了欢喜。

安平眸中暗潮翻涌，心绪起伏，最后千言万语化作一声叹息、一句叮嘱："阿炎，你赶紧下去洗漱休息，天大的事都明天再说。"

"是，娘。"封炎应声答道，退下了。

他回到自己的书房后，却顾不上洗漱，急忙让小厮落风把墨乙叫了过来。

"查得怎么样？"封炎看似平静地问道，心情却很复杂，一方面有些迫不及待，另一方面又有些诚惶诚恐。

连他自己也不敢细思他到底在期待什么，又在害怕什么……

墨乙维持着抱拳的姿势，语调没有一丝起伏地禀道："公子，端木家的四姑娘今年九岁，出生在北境扶青城，其父端木朗三年前战死沙场，此后她就和长姐相依为命。三年前，姐妹俩一起来京投靠祖父端木尚书……根据尚书府中的传闻，这位端木四姑娘是个傻子。"

墨乙说到最后一句时，锐利的眼眸中闪过一丝狐疑的神色。

他在皇觉寺里见过端木绯，也知道这个年仅九岁的小姑娘口齿伶俐、聪慧不凡，还颇通朝堂之事，那份果决和见识完全不逊于朝堂上的那些权贵重臣……她怎么可能是一个傻子？！

墨乙接着说道："这三年来，端木四姑娘和端木大姑娘在尚书府里为父守孝，足不出户。直到二月二十五日，端木太夫人带着她们去清净寺做法事，端木四姑娘在寺里落了水。"

封炎瞬间瞳孔猛缩，只是听到"二月二十五日"这个日子就心痛如绞。

他的阿辞就是在今年的二月二十五日没的……

半垂首的墨乙没注意到封炎的异状，继续禀着："之后，因为父孝过了，端木四姑娘才开始在京中走动。她曾在四月的凝露会上以一幅泼墨画在闺秀中闯出一些名声，而今在尚书府里，也渐得端木尚书的关注，频频出入其书房，由端木尚书亲自指导功课……"

墨乙把从尚书府里的下人们口中打听到的这五个多月来关于端木绯的事一一道来：三月初，端木绯与端木绮在家中比试算经；四月下旬，端木绯姐妹俩正好在城郊与皇帝偶遇；六月，贺氏举办了寿宴，端木绘开始协助小贺氏掌家；七月，武会试那日，端木绯在露华阁外与杨五姑娘的一番针锋相对让对方吃了哑巴亏……

一桩桩、一件件、一句句、一字字，封炎听得心潮起伏，就像一叶孤舟被浪头反复地抛起又丢下，在经历一番风浪后，终于平安地驶入了港湾……

他用右手捂着自己的半边脸，遮掩自己的异状，另一只手挥了挥，示意墨乙退下。

他的一双凤眼早已通红，眼眶中盈满了泪水，他一时哭又一时笑，脑海中闪过许许多多的画面：那个阿辞琢磨出来的结绳之法，那味道熟悉的粽子与芸豆卷，那手标准得好似照着帖子临摹出来的簪花小楷……还有她说话的姿态、遇事的冷静、微笑的神态，都与阿辞一般无二！

他太迟钝，也太愚蠢了！

早就有那么多线索摆在了他的眼前，他却像睁眼瞎似的视而不见。

封炎闭了闭眼，一点儿一点儿地将混乱如麻的思绪理顺。

阿辞落水而逝的日子是二月二十五日。同一日，落水的端木绯被人从水中救起。自那以后，端木绯就一点点地变了。她精通算经，泼墨成画，聪慧过人……她不动声色地让她和长姐端木纭在尚书府里的日子越过越舒坦。

他可以想象，若是阿辞忽然变成另一个人，一定会润物细无声地让旁人慢慢接受她的改变，而不会委屈自己。

这是他的阿辞。

他有九成九的把握，她就是阿辞！

封炎的眼神不由得柔和下来。哪怕这事情再诡异、再离奇、再玄乎，只要阿辞能够回来，他就别无所求！

不过，九成九的把握还不够。他绝不能认错，必须设法确认无疑才行！

办法他并非没有，时机近在眼前……

楚青辞的父亲是宣国公世子楚君羡。十年前，楚君羡奉旨赴西北陇州任二品布政使，可谓一方封疆大吏。

然而八年前，蒲国派兵突袭大盛，从西州一路打到陇州西境临泽城。陇州总兵不幸战死，楚君羡一介文臣临危受命，身先士卒，率兵死守城门。全城军民在楚君羡的带领下，上下齐心，宁死不屈。

当时，楚青辞的母亲叶氏正带着年仅三岁的儿子赴陇州探亲，不承想在临泽城附近被敌军挟持，敌军以此逼迫楚君羡打开城门。

那一天，是隆治六年九月初五。

叶氏被人押在阵前，与城门上方的楚君羡遥遥相对。叶氏只说了简简单单的五个字"妾以夫为荣"，就视死如归地撞剑自戕。

夫妻情深，楚君羡却只能眼睁睁地看着利剑划破妻子的脖颈。刺眼的鲜血喷射而出，瞬间染红了她的脸庞和衣裙，然后她就这么倒了下去，闭眼离世。

彼时，叶氏也不过二十五岁，正值芳华。

这一幕让楚君羡痛不欲生，他气急攻心，呕出一口鲜血来。满城军民目眦欲裂，义愤填膺，高呼"誓死不屈"。

这一日，临泽城上下军民都知道了楚夫人自戕于城外，不仅人人戴孝，还都跑去城门口磕头上香。

后来，楚君羡继续咬牙死守，等待援军，但是最终没有等到。半个月后，城破那日，楚君羡毅然跳下城头……

不到一个月，楚青辞就失去了三位至亲，之后还为此缠绵病榻好几个月。

封炎知道，这些年来阿辞一直在后悔，后悔因为身子弱而没有随母亲和弟弟一起前往陇州。每年的九月二十一日，临泽城破之日，阿辞都会去皇觉寺……

端木绯如果真是阿辞，那么一定会去！

封炎想到这里，眉头舒展开来。他眸生异彩，有些迫不及待了。

偏偏如今离九月二十一日还有一个多月……足足三十八天！

封炎从袖中掏出几根红绳，虔诚地编了一个结。等他编完第三十八个，这个绳结也就完成了，那时他可以亲自把它戴在阿辞的手上……

那一定会很好看！

这一夜，一路舟车劳顿的封炎本该疲惫不堪，却亢奋得一夜没睡。他的心里又燃起了希望的火苗。

次日一早，他精神抖擞地向安平请安去了。

安平立刻命人摆早膳，然后问道："阿炎，昨天你说皇上罚你闭门思过，这是怎么回事？"

封炎神色平静地把昨日进宫时皇帝的那番斥责三言两语地简述了一遍。

安平将那双与封炎相似的凤眼一挑，冷笑一声，嘲讽道："老二的德行还真是几十年不变。他这是想学父皇恩威并施呢，却画虎不成反类犬！"

安平是皇帝的长姐。现在在这大盛朝，大概只有太后和安平偶尔会称呼皇帝一声"老二"了。

"娘，儿子也好趁机歇息歇息。"封炎笑道。

他对禁足之事完全不在意，或者说，这本就是他顺势而为的结果。

三月，他从北境凯旋，所积累的军功已经让皇帝看他有几分碍眼；这一次，他又在江城顺利扫平匪乱。若换作别人，连连立功是锦上添花，他则不然。如今他暂时冷上一冷，不仅能安皇帝的心，而且自己也可以趁这个时间做些别的事……

"阿炎，你说得是。"安平释然一笑，心疼儿子这一趟出门辛苦了。

手刚碰到旁边的粉彩茶盅，她忽然又想起另一件事来，就问道："阿炎，华景平那边怎么样？"

"成了。"封炎眼中闪过一道锐利的光芒，淡淡地道，"毕竟是旧人……"

话音刚落，一阵"窸窣"的挑帘声响起，子月进来屈膝禀道："殿下、公子，早膳已摆好，请移驾。"

于是，母子俩起身，一起去了东稍间用膳。

因为封炎归府，今日的早膳很丰盛，摆满了一大张紫檀木镶玉八角雕卷草浮纹圆桌。桌上有一笼雪白晶莹的小笼包、香甜松软的金丝枣泥糕、金灿灿的桂花小米糕，以及软糯喷香的小米鸡蛋粥、南瓜粳米粥，搭配着十几碟各色酱菜，香气四溢。

这一桌早膳色香味俱全，看得封炎食指大动。

安平第一个拿起筷子给儿子夹了一块金丝枣泥糕，含笑道："阿炎，这金丝枣泥糕的味道不错，你尝尝。"

"谢谢娘。"封炎温顺地接受了安平的好意，咬了一口后，只觉得这糕点的味道香甜浓郁，口感松软细腻……

忽然，他瞳孔微缩，似怔住了，缓缓咀嚼着口中的金丝枣泥糕，完全没注意到安平含笑的眼眸。

"阿炎，好吃吗？"安平貌似不经意地问道，"端木家的那位四姑娘年纪小小，却真是有心。她前几日在万寿宴上给我请安，又问我喜欢吃哪些糕点，我就随意地说了几样，今早她就派人送来了这金丝枣泥糕……"

封炎直愣愣地看着夹在筷子上的金丝枣泥糕，回味着口舌间的余香。枣泥糕里加核桃，这是阿辞最喜欢的做法。他一下子就尝出来了。

封炎的眼眸熠熠生辉，他近乎虔诚地又咬了一口金丝枣泥糕，慢慢吃着，嘴角不自觉地翘了起来。

上一次安平没在意，也没发觉哪里不对；但这一次，她有心，封炎无意，却被她一下子瞅出些端倪来了。

阿炎果然很在意端木绯，在意到甚至能品味出人家小姑娘的手艺来……

看来自己的猜测十有八九对了，阿炎肯定看上了端木绯！

这是一件天大的喜事！可是安平在欢喜之后，又难免有些发愁。端木绯才九岁，太小了，至少要过六年才及笄，自己恐怕还要多等好几年才能见到儿子娶媳妇。

她可得仔细把儿媳妇看牢了，不能让别家臭小子把未来的儿媳妇勾走了……

想到这里，安平眸中的笑意更深，她也拈了一块金丝枣泥糕吃起来，为那绝佳的口感扬了扬眉。她不禁想起那日小姑娘很有信心地对她说自己很会做点心——这小姑娘确实不算自夸，看来儿子以后有口福了。

安平心情大好，又不动声色地道："说来也巧，那天端木四姑娘还与我说起她喜欢吃的点心，她的口味与阿炎的差不多呢。"

她看似在道家常，余光却在留心儿子的神态。见他竖起了耳朵，她不再卖关子，把端木绯喜欢的点心都说了。

糖蒸酥酪、芙蓉糕、金丝枣泥糕、椰奶酥卷……每一样点心都寻常得很，却听得封炎心跳加快——这些都是阿辞最喜欢的点心。

阿辞喜欢，所以他也喜欢。

封炎随手接过丫鬟递来的一方青色帕子，擦了擦嘴，笑吟吟地涎着脸讨道："娘，这金丝枣泥糕香甜适度，很合我的口味，剩下的也赏给儿子如何？"

"阿炎，千金难求心头好。你要是喜欢，都拿去就是。"安平不由得暗暗发笑。

合他口味的不只是金丝枣泥糕，更是人家小姑娘吧？

一顿早膳引得母子俩的心情都不错，二人足足吃了大半个时辰，才让丫鬟们把碗筷撤下，换上两盅清香浓郁的碧螺春。

茶香袅袅，蝉声阵阵。

尚书府的书房里亦是如此。那幽幽茶香萦绕于鼻间，阳光洒在庭院中郁郁葱葱的枝叶上，映得屋子里一室枝叶碎影。

坐在窗边的端木绯此刻正喝着最上等的贡品龙井——这是皇帝赐给几位近臣的，端木宪手里也仅有一罐。

这果然是好茶！端木绯怡然自得地品着茗，在心里叹道：难怪古人赞龙井"但见飘中清，翠影落碧岫"！

要说此情此景有什么美中不足的，那就是端木宪带来的消息了："封炎昨日回京，被皇上斥责以权谋私，招揽民心，拉拢军心。皇上下令将他禁足在府内，让他闭门思过……"

自打她表现出了某些"天赋"后，端木宪就开始循序渐进地告诉她一些朝堂上的事。封炎的事与其他的事相比其实微不足道，但是仅"封炎"这两个字，就足以在端木绯心中掀起一片涟漪。

原来，封炎已经从江城回来了。

端木绯接着又感到一阵庆幸，幸好她今早给公主府送了金丝枣泥糕过去。她这般"听话"，封炎应该不会再为皇觉寺的那点儿"小事"继续"惦记"她了吧？

端木宪将深沉的目光从墙上的《日月同辉图》上转移到窗边的端木绯身上，道："四丫头，你怎么看？"

端木绯不由得想起，几日前李廷攸登门时，曾说起封炎在平定江城之乱一役中立下赫赫之功。如今皇帝对封炎不赏反罚，又留下了他的差事，很显然，并非真的恼怒……

"打压。"端木绯淡淡地吐出两个字，同时放下茶盅。

端木宪挑了挑右眉，露出一丝饶有兴味的神色，做了个手势，示意她继续往下说。

端木绯抿了抿小嘴，有条不紊地继续分析道："皇上只是将封炎禁足，却没撤他的职，显然还是要用他的。"

不然皇帝随意给封炎个虚职，让他明升暗贬也不是不可以；或者干脆直接夺了封炎的差事，由着他逗猫遛狗一辈子，如同京城里不少宗室勋贵家的纨绔子弟一般……

端木绯习惯说一半，藏一半。

端木宪捋了捋胡须，微微颔首，以示赞同。

"其实对封炎而言，这何尝不是一个韬光养晦、暂敛锋芒的机会？"端木绯慢悠悠地说着。

两个人说话间，正好一阵微风吹过，外头的枝叶"簌簌"作响，惊起一片雀鸟。

"有道是'木秀于林，风必摧之'。祖父，我说得可对？"她歪着头，看着与她隔了一个如意雕花方几的端木宪。

"四丫头，你小小年纪就能明白'木秀于林，风必摧之；堆出于岸，流必湍之'的道理，不错。"端木宪含糊其词地说了一句，眸中似有火星跳动。

其实，端木宪一直在琢磨皇帝对安平长公主府的态度，今日听端木绯这么一说，倒茅塞顿开了。是的，皇帝既然没将封炎打压到最不堪的地步，那应该还会再用他。

天气热，端木绯没说几句就觉得口干舌燥，乐滋滋地又捧起茶盅凑到唇边。半垂的眼帘下，那双黑眸如夜空中最璀璨的星子，清澈明亮，充满了兴致。

皇帝既要用他，又要压他，是想恩威并施呢！

而封炎显然没有被皇帝压服，否则就不会暗中联络青州总兵华景平积蓄力量了，以后局势如何发展恐怕不一定如皇帝所愿。

端木宪再次看向墙壁上的《日月同辉图》，眸色渐深……

先帝仁宗皇帝在位十五载，共有七子。皇长子和安平长公主是元后所出，龙凤双生，皇长子出生之时就被立为太子，而安平长公主是嫡公主，位同亲王，荣宠无限。

小时候，安平还曾被先帝当男孩养，跟太子一同念书。她才思敏捷，胸有丘壑，对朝野之事颇有见解，深受先帝和太子看重。说来，四丫头倒是与她有几分相像。

后来，皇太子登基，安平被封为镇国长公主，出入朝堂。她那些年风光无限，朝堂上下受其恩惠者不计其数，安平因此积攒了不少人脉。据说，当年先帝的一支影卫也在安平的手里。

十四年前的重阳节，今上率军逼宫，伪帝引刀自刎。

宫变当日，安平早产生下了独子封炎。今上仁慈，既往不咎，没有因为她是伪帝的胞妹而厌弃她，多年来一直施恩于公主府，甚至早早就起用了封炎。

这些年来，外人皆如此道也。大盛官员一谈及此事都要赞今上"心胸豁达，海纳百川""有君天下之德而安万世之功者也"云云。

不过，作为天子近臣，端木宪有自己的看法。

皇帝对安平长公主府如此施恩，一来是有向大盛上下传递"既往不咎"这个信号的意思；二来怕逼急了安平，她来个鱼死网破。皇帝认为，与其冒风险，不如稳扎稳打地用时间来磨灭一切，毕竟安平只是个女儿身，怎么也不可能登基为女帝。况且安平的儿子姓"封"，而不是姓"慕"。

没有了灼灼灿日，皎皎银月终究暗淡无光，成不了气候。

端木宪扯了扯嘴角，目光在那画上的银月处流连片刻，就收回了目光，再次看向身旁的端木绯。

四丫头小小年纪却看得通透。

皇帝这次只是小小地打压封炎，那也就意味着皇帝之后还会用他，而且是大用。皇帝只是要把少年郎所有的锐气都打磨了去。

皇帝这不是在把封炎当子侄养，而是在当奴才养呢！

这个道理四丫头不可能不明白，那么她为何还要如此不知分寸呢？

端木宪眯了眯眼，眸中闪过一丝疑惑的神色。

端木绯心知端木宪和自己提起封炎的事，一方面是因为恰逢其时，另一方面大概是因为金丝枣泥糕惹的"祸"。

"祖父，我给安平长公主殿下送过几次礼，送的也就是些简单的吃食，聊表心意。"她干脆直白地主动提及，"以前父亲在世时常与我们说，古有韩信千金酬漂母以报一饭之恩，教育我滴水之恩当涌泉相报。如今我长大了，读了《史记·淮阴侯列传》，方知原来这'一饭'并非一顿饭食，而是持续了数十日的饭食。"

那日，安平收留她们姐妹俩，于安平只是举手之劳，她们姐妹却不能因为送了一份礼就当还了人情以撇清关系。如此，只会让人觉得她们端木家的姑娘势利、无情。

端木宪与端木绯四目相对，四周安静了下来。

端木宪的表情又渐渐柔和下来。这几日，贺氏再三与他说，端木绘姐妹俩和安平长公主府走得太近，她担心触怒圣心。

如今看来，端木绯并非没有成算，很清楚自己在做什么。也是，她不过是送了一些简单的吃食，怎么也牵扯不到勾连长公主府上。

再者，安平收留过她们姐妹俩的事皇帝肯定知道，小姑娘受点儿小恩小惠并时刻记在心中，那是长情，是记恩，总比薄情要来得好。

端木宪放下心来，没有再继续这个话题。他捋着胡须，话锋一转，道："四丫头，我听先生说，你的字还要多练练……"

平日里，端木宪最多也就是关心家中几个儿郎的字，毕竟科举之道如同千军万马过独木桥，在卷面上写下一手好字才能给考官留下好的第一印象。现在他如此关心端木绯的字，这在府中众位姑娘中还是独一份。

"祖父，您放心，我会好好练字的。"端木绯一本正经地保证道。

她一直在练字，只不过是在很努力地往糟糕的方向练，每天只敢进步那么一点点。

但是，她相信，再这么"练"下去，一年之后，可以稍微"进步"些了。

端木宪看她一脸"定会发愤图强"的神情，眸中闪现些许笑意，表情慈爱了不少。

他起身从书架里抽出一本字帖，含笑道："这是褚遂良摹的《兰亭集序》，褚遂良的字看似纤瘦，实则劲秀饱满、铅华绰约、婉媚遒逸，适合姑娘家来临摹。四丫头，你拿回去多练练，等过年的时候陪祖父写'福'字！"

褚遂良的字帖很难得，端木绯顿时眼睛一亮，喜不自胜地起身双手接下了，爱不释手地福身谢过端木宪："多谢祖父。"

她的欢喜毫不掩饰，让端木宪颇为自得地朗声笑了。端木宪又叮嘱了端木绯几句后，就打发她回去了。

从端木宪的书房里出来后，端木绯就朝着垂花门的方向走去。

烈日好似一个火球般挂在空中，一路上，茂盛的梧桐树、老槐树挡住了上方的阳光，一片片斑驳的光影洒在地面上。

阳光灼灼，树叶葱葱，远处偶尔传来小丫鬟的说笑声，却显得四周更为静谧。

端木绯踏着一条青石板小径信步往前走着，整个人仿佛被一道无形的屏障与周围隔绝开来，似在赏花，花却又未映入她的眼中。她还在想着封炎，或者说，是在想初七那日李廷攸说的江城平乱之事。

本来这次江城平乱的战功，该是封炎占一半，李廷攸占另一半，毕竟若没有李廷攸带着满城上下死守了这么久，又怎么等得到封炎来救援？所以李廷攸得那军功是理所当然的。

而封炎……

皇帝金口玉言，既然都下令罚了封炎，那么如今的封炎怕是要不起这剩下的一半战功了。

思索间，她看到张嬷嬷迎了上来，这才猛然意识到自己在不知不觉中回到了湛清院。

"四姑娘……"张嬷嬷眉头紧锁，看起来忧心忡忡的。但凡长房有一个长辈在，这些事也不该张嬷嬷跑来与四姑娘说，可是她更怕大姑娘不好意思说，吃了闷亏。

"张嬷嬷，出了什么事？"端木绯直接问道，算是推她一把。

张嬷嬷又犹豫了一下，朝东次间的方向看了一眼，才压低声音道："四姑娘，刚才二夫人来过了，说什么大姑娘已经出了孝，也满十四岁了，该说人家了。庆元伯府的三公子少年英才，品貌俱佳，文武双全，年方十五，现在北城兵马司当差，与李家表少爷一样都年轻有为……"

小贺氏越说得天花乱坠，张嬷嬷就越担心。且不说小贺氏一贯看不上长房，若庆元伯府的三公子真有小贺氏说的那么好，那她为何不留给端木绮？

端木绯似笑非笑地勾了勾唇角。

李廷攸在神枢营任职，神枢营是三大营之一，里面的营兵乃大盛军中最精锐的骑兵。这五城兵马司虽说管着京中的治安，其实小事有京兆府，大事有禁军，归五城兵马司所管的也不过是些鸡鸣狗盗之事，且五城兵马司中多是混日子的纨绔子弟。所以五城兵马司怎可与神枢营相提并论？

更何况庆元伯府可是杨惠嫔的娘家！端木绯乌黑的眼眸瞬间沉了下来。

她没有说什么，只是点头表示她知道了，接着就挑帘进了东次间。

端木纭正坐在罗汉床上拿着一个绣花绷子绣花，一看到端木绯回来了，就对她招了招手，笑道："蓁蓁，来看看，我给你绣了一方帕子。"

粉色的绢布上绣着一只精致灵动的狮子猫，绣品已经完成得差不多了，狮子猫扑蝶的神态看起来非常可爱。

"姐姐，你绣得真是活灵活现！"端木绯端详着那只长着鸳鸯眼的狮子猫，真心实意地称赞道。

看这针脚如此细密，端木绯就知道端木纭的心静得很，无论刚才小贺氏说了些什么，都没有在端木纭的心中留下什么痕迹。

如此，端木绯反倒有些拿不准端木纭的态度，想了想后，直接挑开话题："姐姐，二婶母刚才是不是来过？"

端木纭愣了一下，立刻猜到张嬷嬷已经跟端木绯说了那事。端木纭知道妹妹这是在关心自己，含笑地揉了揉妹妹柔软的发顶，安抚道："蓁蓁，我的婚事二婶母做不了主。"

说起自己的婚事，端木纭明艳的脸庞上却没有一点儿羞赧之色，整个人落落大方。

"蓁蓁，别担心，我是不会抛下你而嫁人的，等你出嫁后再来议我的婚事也不迟。"端木纭眼睛一眨不眨地看着端木绯，一本正经地说道。

端木纭说完，屋子里陷入一片沉寂之中，一旁的紫藤和绿萝似乎都傻眼了。

"姐姐，我才九岁。"端木绯抿了抿嘴，忍不住提醒道。

端木绯今年才九岁，等她出嫁，起码要再等六年，再过六年端木纭可就二十岁了……

端木纭不以为意地笑了笑，说道："到时候，我也才二十岁，大不了招赘好了。"

四周又静了下来，紫藤嘴巴张张合合，半晌还是没说出一句话来。大姑娘本来就有主见，自老爷和夫人过世后，更是觉得要当起这个家，要照顾四姑娘，性子就更为强势，也就四姑娘的话大姑娘听得进去。

姐姐的这个念头可有些随意了！端木绯在心里暗道。

不过，小贺氏玩这么一出，倒是提醒了端木绯一件事——以后她要好生替姐姐留意一下姐夫的人选才行。姐姐什么时候成亲不要紧，要紧的是姐夫一定不能选错！

庆元伯府不过是一摊烂泥，杨三公子就算是朵出淤泥而不染的白莲，仅看杨家的行事做派，这个人就配不上她的姐姐。这件事不用自己出马，自有祖父出面干预，因为祖父也决不会答应这门婚事的。

小贺氏确实想得很好。她从湛清院出来后，就去了永禧堂，此刻正滔滔不绝地和贺氏夸着杨家。

"母亲，庆元伯府虽然落魄了一阵子，但如今有杨惠嫔在宫里帮衬着，倒也渐渐起来了。庆元伯得了实职，杨家两位公子也去了五城兵马司任职……"

屋子里服侍的下人都被屏退了，只坐着贺氏和小贺氏婆媳俩。角落里的铜胎画珐琅饕餮纹香炉飘出淡淡的檀香，令人神清气爽。

贺氏缓缓捻着手里那串油光发亮的紫檀木佛珠，沉思了一下，很快就果断地摇头否决了："不行，杨家不妥。"

杨惠嫔得宠后，在宫里行事很是嚣张，没少找端木贵妃的碴儿。贺氏进宫探望端木贵妃时，听端木贵妃抱怨了好几次。

小贺氏也大致知道端木贵妃与惠嫔之间的一些龃龉，但不气馁，理了理思绪后，就重整旗鼓地道："母亲，您且听我细说。其实，我们家和庆元伯府的这门亲事肯定是有百利而无一害的。

"您想想，若端木家和庆元伯府成了姻亲，那以后在宫里，杨惠嫔也能和贵妃相互扶持。

"杨惠嫔虽年轻貌美，却膝下无子，就算她将来有了一男半女，这孩子太小，怕是……无望，将来杨惠嫔总得寻个依靠。若两家成了姻亲，她自当会一力扶持大皇子。这对贵妃和大皇子而言，难道不是助力吗？！"

一听说这对大皇子有利，贺氏眉头微挑，这才稍稍动心，手里捻佛珠的动作停了下来。

见状，小贺氏心中暗喜，看着贺氏的脸色又道："而且……母亲最近可曾听过京中的传言？大家都说杨家五姑娘马上也要进宫了……"

贺氏眯了眯眼，想到了万寿节那日命妇之间都在流传的杨五姑娘在捉迷藏时对皇帝投怀送抱的事，心念一动。

小贺氏还在绘声绘色地说着那些京里的流言：万寿节那日，皇帝对杨五姑娘一见钟情，再见倾心，在万寿宴中离席后临幸了杨五姑娘，甚至忘了回到寿宴上，之后又屡屡私访庆元伯府……

贺氏皱了皱眉。听小贺氏这么一说，她倒想起万寿宴时皇帝确实一度离席，仔细想想，皇帝走得有点儿久，回来以后的样子似乎是沐浴更衣过了。

难道说皇帝真的临幸了那位……？

贺氏目光一闪，意有所动，但心里还是犹豫。对尚书府而言，这算是一门好亲事吗？

小贺氏没有见好就收，又趁热打铁地把那杨三公子年纪轻轻就任正六品指挥使的事吹嘘了一遍，说得眉飞色舞、唾沫横飞。

照她看，端木纭虽说是尚书府的嫡长姑娘，却是丧妇长女，又没有一个兄弟帮扶，能找到一个如杨三公子这般从出身、品貌、前途看都一片光明的少年郎，已经是天上掉馅饼的好事了。

"母亲，您看，是不是先安排他们见见？"小贺氏试探地问，屏息等待着贺氏的回复。

贺氏没有说话，眼眸深沉似一口古井。她气定神闲地捧起茶盏，轻轻地啜了一口茶水，微微抬了抬眼帘。其实，两家人见上一见也未尝不可，又不是当下就把婚事定下。

小贺氏察言观色，知道贺氏这是默许了。

"母亲，那我赶紧去安排。"小贺氏喜形于色地站起身来，福了福身，打算告辞。

"等等。"贺氏又叫住了她，淡淡地叮嘱了一句，"这件事先别让老太爷知道。"

"母亲，儿媳明白。"小贺氏毫不迟疑地应下了，暗暗捏了捏拳。

这桩婚事能不能成还不好说，她何必节外生枝？

这几个月来，小贺氏的心头一直憋着一口气。如今，尚书府上下皆看在眼里，长房的人在老太爷心目中的地位越发高了，竟逼得她在府里举步维艰起来……

好在那不过是两个丫头片子，不可能留在府里多少年。她们姐妹俩总归要嫁人，届时公中按例备嫁妆，早早将人打发出去，以后家里自然就太平了。

而且，等端木纭的亲事定了，自己就可以理所当然地为女儿端木绮筹谋起来……来日方长，她们根本就没必要和一对孤女置气。

今日得了贺氏的默许，小贺氏心里就有底气了，立即把亲信宋嬷嬷叫了过来，叮嘱了一番。

自从杨惠嫔得宠后，庆元伯府在京里的地位水涨船高，因此，庆元伯府对几位公子的亲事挑挑拣拣起来了。但京中权贵世家无数，不是每家都对庆元伯府趋之若鹜：地位高的，瞧不上他们；地位低的，他们瞧不上。于是，杨三公子的婚事就被拖延了下来，今年他已经十五岁整了。

前几日，庆元伯夫人娘家的大嫂卢夫人登门，来找小贺氏试探口风，想为杨三公子求娶端木绮。不过，小贺氏觉得，杨三公子相比李廷攸还是差了点儿，倒是和端木纭颇为相配。

宋嬷嬷当日就亲自跑了一趟卢府。两家来回传了几次口信，很快就约好在八月二十五日让杨三公子去端木家做客。

因为这事要瞒着端木宪，所以小贺氏没有大张旗鼓。但是端木纭如今在管家，府里进出的动静如何瞒得过她的眼睛？她一直不动声色，仿佛什么也没发生过。

八月二十四日，前脚姐妹俩刚从闺学回来，后脚小贺氏就又来了湛清院，笑容满面地与端木纭说起了明日的安排。

"纭姐儿，明日巳时卢夫人就会陪着杨三公子来府里小坐。婶母知道你们姑娘家脸皮薄又怕生，不过有婶母在，又是在自己家里，你也不用过于紧张，一切如常就好。"

…………

小贺氏滔滔不绝地说着，端木纭则坐在靠窗的一把花梨木圈椅上，俯首饮茶，始终没有作声。

小贺氏只当小姑娘家在害羞呢，毕竟他们这种人家的姑娘在谈婚论嫁时只能默许。

小贺氏觉得这门婚事有戏，越说越热络，不厌其烦地把杨三公子的好处又强调了一遍。

端木绯也在屋子里，慢悠悠地喝着糖水。那日与端木纭谈过关于婚事的话题后，她知道端木纭心里有成算，就当作没听到小贺氏说的话。

小贺氏足足说了近一炷香的工夫，说得口干舌燥，实在没话可说了，这才告辞。

"大姑娘……"

小贺氏走后，张嬷嬷欲言又止地看着端木纭，急得如同热锅上的蚂蚁，就担心端木纭稀里糊涂地就让小贺氏把婚事定下了，届时木已成舟，尚书府也担不起悔婚之名……

"张嬷嬷，你去备马车，"端木纭还是那般不以为意的模样，吩咐道，"明早我和蓁蓁要出门。"

张嬷嬷怔了怔，才意会过来，迫不及待地应道："姑娘，奴婢这就'悄悄'去准备。"

端木绯正好喝完了酸甜可口的糖水，眯眼笑了。

她的姐姐可不是一个任人摆布的人！

中秋已过，枫叶转红，秋风阵阵，天气渐渐转凉，时节开始向深秋迈进。此时正是秋高气爽、适宜出门秋游的好时节。

八月二十五日这天，姐妹俩一大早出门，一直玩到了黄昏时分才尽兴回来。

当她们下马车时，赤红的夕阳落下了大半，晚霞满天。看看天色，差不多是给贺氏昏定晨省的时间了，姐妹俩干脆就先去了永禧堂。

东次间里，不仅贺氏在，闻讯而来的小贺氏也在。小贺氏脸色铁青，死死地盯着端木纭和端木绯，眸中差点儿没喷出火来。

她强忍着心头的怒火，等姐妹俩给贺氏请了安，才开口质问道："纭姐儿，你今日为何要出门？我昨日不是与你说了，杨三公子今日要登门吗？！"

今早，等她得了消息知道端木纭出了门时，已经晚了一步，马车早已驰远，她只得匆匆派人去卢府以端木纭抱病为借口取消了今日的相看一事。

彼时，小贺氏真是连杀人的心都有了，但这一整天下来后，已经冷静了不少，此刻才没有破口大骂。

面对小贺氏咄咄逼人的目光，端木纭却无辜地皱了皱眉，故作疑惑地问道："二婶母，今日难道不是给二妹妹相看的吗？我还以为二婶母昨日来找我说那些，是想让我带着妹妹出府避一避，免得冲撞到了……"

端木纭一副理直气壮的样子，眼眸乌黑澄澈，毫不退缩地与小贺氏对视。

这个端木纭还敢颠倒黑白了？！小贺氏又气又急，差点儿咬碎一口玉齿，偏生自己昨日还真没把话说明白！

贺氏也在看端木纭。相比之下，贺氏要冷静多了，面沉如水地打量着眼前这个明艳的少女。

端木纭挺直腰板坐在那里，嘴角微微翘起，并没有掩饰的意思，一看就知道她刚才说的话不过是为了敷衍而找的借口罢了。

贺氏目光一闪，露出一丝沉思之色。小贺氏为端木纭和杨三公子定下今日相看的事，端木纭虽然一直没吱声，但早就知情，一大早一走了之，想来是不满意杨家……这方式却太过激进了。

贺氏并不想把这件事闹大，免得惊动了端木宪，因此只是语气淡淡地训道："纭姐儿，你都十四岁了，也是大姑娘了，以后若有什么事可以先和祖母说，女孩子随随便便跑出府算什么事？"

端木纭坦然地笑了笑："祖母，我和妹妹从小在北境长大，经常独自出府，爹爹在世时也从未阻止……"

贺氏心里只觉得端木纭不知好歹，说话行事就跟个刺猬似的。反正也不是她的亲孙女，她懒得再理会这对姐妹，挥了挥手打发道："你们出去大半天想必累了，早点儿下去休息吧。"

端木纭和端木绯便站起身来，齐齐地向贺氏婆媳行礼告退。

当湘帘"唰"的一声落下后，她们还隐约能听到小贺氏略显尖锐的抱怨声，小贺氏喋喋不休地说着："母亲，儿媳这是一番好意，纭姐儿太不知好歹了！这次我们端木家算是平白无故得罪了卢府和庆元伯府……儿媳这真是出力不讨好……"

两姐妹的步履没有因此而停下，小贺氏的声音越来越远，越来越轻。姐妹俩谁也没理会小贺氏，径自回了湛清院。

等她们用完晚膳，天色已完全暗了下去，夜晚凉爽舒适的空气让端木绯精神大振，她并无一点儿倦意，干脆就去了小书房练字。

小书房的窗户敞开着，银色的月光洒进屋子里，给窗边的书案、椅子都披上了一层银色的纱衣。

她打发了几个丫鬟，独自一人待在小书房里，仔细地净了手，然后铺纸磨墨，一只手捏着墨锭重按轻推，不紧不慢地磨着墨。

在那一下一下的研磨动作中，砚台上的清水渐渐染上墨色，变成浓稠的墨汁。

端木绯放下手中的墨锭，拿起一旁的羊毫，蘸了蘸墨后，笔尖就落在了无瑕的宣纸上，起笔藏锋……

她全神贯注地写下了一页又一页……

夜风徐徐地吹拂着，庭院里的树木花草影影绰绰，在风中"沙沙"地摇曳着，肆意起舞。

深深的夜色是最好的掩护，庭院的围墙边一棵挺拔高大的梧桐树直入云霄，那浓密的树冠遮挡住了墙上两道模糊不清的身影。

封炎慵懒地坐在墙头上，颊畔几缕碎散的乌发随风轻抚着他俊美的脸庞，如同黑曜石般的眼眸一眨不眨地望着屋里的烛光和窗边那道娇小的影子。

今日才八月二十五。

这才过了十三天，对他而言，度日如年。

距离九月二十一日还有近一个月的时间……

封炎随手摘下一片树叶，正迟疑着要不要进去，就见一张熟悉的小脸儿出现在窗口。端木绯站在窗边，呼吸着庭院里的新鲜空气，下一瞬，她小脸儿一僵，隐约看到了墙上的一道黑影。

难道家里有夜贼？

这是端木绯的第一个想法。她正打算先不动声色地关上窗户，可是已经晚了。

那个"夜贼"轻盈地跃下墙头，往前一步，他俊美的容貌就暴露在银色的月光中，那双漂亮的凤目如同没有一点儿星子的夜空，看不见丝毫光亮，幽黑得仿佛要把人吸进去……

夜晚的封炎看起来与白日时不太一样，白日的他似骄阳般夺目，而夜晚的他似深潭般沉静。

他只是这样静静地朝她走来，就释放出一股泰山压顶般的气势，那深沉的眼眸如同正在盯着猎物的豹子的眼睛！

端木绯僵立在原地，面上还算平静，心里却有些七上八下的：封炎怎么会突然来了？！

难道说，他忽然又改变主意了，觉得留着她不放心？

她才生出这个念头，又立刻否决了。

他若要杀她，根本用不着亲自动手。

"我正好经过你家，进来讨杯水喝。"封炎轻声道，在窗外停下了脚步。

在四周树叶发出的"沙沙"声中，他的声音并不突出，没引起其他人的注意。

看着他一副理所当然的神情，端木绯眼角一抽，抿了抿嘴。

封炎自回京后，就被皇帝责令禁足，皇帝还派了禁军严守在安平长公主府外。今儿封炎半夜三更跑出公主府，莫不是为了出门透透气？

难道他溜进尚书府里，仅仅为了找她讨水喝？

端木绯暗暗叹气，只能庆幸自己早就屏退了丫鬟。

她不敢对封炎说"不"，干脆落落大方地伸手做请状："封公子，进来坐吧。"她总不能让他一直就这么站在窗外吧？万一他不巧被院中的婆子、丫鬟看到，那她可就跳进黄河也洗不清了。

封炎也不客气，伸手在窗台上一撑就轻盈地翻身进屋。他鼻尖微动，嗅到了屋子里还弥漫着淡淡的墨香。

封炎漫不经心地打量着四周。姑娘家的小书房与男子的大不相同，书案、琴案、书架、棋盘、画卷、花囊等错落有致地摆放在屋子里，布置得清雅别致。

那榀木棋盘旁还放了一个鱼缸，几尾金鱼轻快地在水草之间摇着尾巴，荡起阵阵水波，让这屋子里又多了几分活泼的气息。

"封公子且稍候，我去给你倒茶。"

端木绯想赶紧送走他，于是走到一边亲自执壶给他倒桂圆茶。

斟茶声"哗哗"响起，身后再次传来封炎的声音，吓得端木绯手抖了抖。

"你会下棋？"封炎坐在一把临窗的圈椅上，望着那零散地放着些棋子的棋盘，挑眉问道。

水声止，端木绯捧着桂圆茶转过身来，含糊地说道："只是略通一二。"

她就担心封炎异想天开地想与自己下棋，一盘棋没一两个时辰可下不完！

再说了，真要下棋的话，她是该输还是该赢？又或是该小心地输得不着痕迹？

想着，端木绯连忙把手中尚温热的桂圆茶端到了封炎身旁的方几上。

"这是桂圆茶？"封炎直愣愣地看着茶盏问，桂圆特有的香甜味钻入鼻腔，耳边似乎传来一个遥远的声音——

"桂圆茶可以补益心脾、养血安神……舞阳，你让皇后娘娘每晚睡觉前喝上一杯，就能一夜好眠了！"

封炎瞳孔微缩，心跳声如擂鼓声般在耳边回响。

他再也坐不下去了，霍地站起身来，淡淡地抛下一句"我走了"，就敏捷地跳到了窗外。

端木绯傻乎乎地站在原地，看着他利落地翻墙而出，身影很快消失在黑夜中。

封炎不是来讨水喝的吗？他怎么还没喝上就跑了呢？真是封炎心，海底针！端木绯一边想，一边关上了窗户，没看到墙头又出现了一道修长的黑影。

一个年轻的黑衣男子表情茫然地望着封炎离去的方向，须臾，又看向端木绯的屋子。

他就说嘛！主子怎么莫名其妙、大材小用地派自己来守着一个小姑娘，敢情这是看上了人家小姑娘，不惜夜探香闺！

自己这暗卫当得可真是不容易啊！

墨酉幽幽的叹息声才出口就被夜风吹散了。

# 第十二章　祖　母

夜静悄悄的，退去了白日的喧嚣，却抚不平人心的躁动与贪欲。

小贺氏心里憋着一口气，想了又想，还是不死心。过了几日，她又背着端木纭想重提相看的事，但是这一次小贺氏派去的宋嬷嬷直接被卢府甩脸子关在了门外，又被卢府的嬷嬷颐指气使地教训了一番，说端木家看不上人又何必戏弄他们云云，宋嬷嬷灰溜溜地回府里将此话禀告给了小贺氏。

小贺氏自以为做得隐蔽，却不知自己上蹿下跳的举动早被端木纭和端木绯看在眼里。反正小贺氏暂时没讨到好，端木纭只当看戏了。

端木绯却不会忍气吞声，趁着去端木宪那里做功课的机会，把所有事都跟端木宪一五一十地说了，从小贺氏八月二十四日跑去湛清院说杨三公子次日要登门一事说起，一直说到宋嬷嬷昨日在卢府吃了闭门羹。她小脸儿气鼓鼓的，毫不掩饰对此事的不喜之意。

端木宪沉思片刻，目光微闪，问道："四丫头，你怎么看？"

端木绯那双清澈的大眼睛一眨不眨地看着端木宪，她一本正经地说道："祖父，庆元伯府的杨三公子绝非良配，我不同意。"她的语气中透着属于孩童的稚嫩与天真。

这两个丫头倒是姐妹情深。端木宪捋了捋胡须，不恼反笑。如果连这种关乎长姐婚姻的事，端木绯都要从家族利弊上去分析，虽然冷静，却显得冷酷。

端木绯是个姑娘家，早晚要出嫁，如此有情有义，出嫁后才会一直把娘家放在心上。

"四丫头，你一个小姑娘家，在外可别随便把婚事什么的挂在嘴边，"端木宪似在训诫，然后又安抚道，"这件事你与祖父说就对了，就交给祖父来处理吧。"

庆元伯府的儿郎全都是无能之辈，这种靠裙带关系起来的人家，哪里配与他们端木家结亲？

"多谢祖父。"端木绯立刻乖巧地欠了欠身，眯眼笑了，跟着就用一脸期待的表情看着端木宪，"祖父，马上就是九九重阳节了，闺学休沐，姐姐要忙着祭祖的事，我想出门去千枫山秋游，也好避避灾。"

重阳登高避灾本就是习俗，想着端木绯今春落水的事，端木宪略一思索就同意了，又随手从一旁的匣子里摸出一个青色的荷包递给她，让她出去好好玩。

端木绯拿着那沉甸甸的荷包，不用看就知道里面至少有十两银子。端木绯看端木宪的眼神就像看财神爷那般充满崇敬之意，于是她喜不自胜地谢过他，然后欢欢喜喜地告辞了。

端木宪则回了正院，不留情面地狠狠训斥了贺氏一通——

"就以门第来说，端木家的人岂是什么阿猫阿狗都能拿来相配的？！一个只能靠女人的杨家，还想与绯丫头结亲？你不嫌丢人，我还嫌丢人呢！你一个堂堂的从一品诰命夫人，眼界还比不上四丫头的眼界！"

…………

贺氏当晚就病倒了，几个儿媳妇轮流侍疾，足足折腾了好几日，病情才渐好。

时间就在这样的忙碌中到了九月初九的重阳节。

尚书府在重阳节的晚上要祭拜祖先，对端木绋而言，这是她掌家以来的头一回，她忙得脚不沾地。

端木绯一早就在端木绋不放心的叮嘱声中带着碧蝉出门，去了京郊的千枫山秋游。

重阳节讲究登高避灾，千枫山一带迎来了不少秋游的百姓，很是热闹，大家都是冲着山顶的明净塔去的。千枫山虽然不是京城最高的山峰，这明净塔的塔尖却是方圆二十里内最高的地方。

端木绯拎着裙裾闲适地沿着一条蹬道拾级而上，碧蝉紧随其后。

等到了一条岔道，端木绯却转弯走了另一条狭窄的小道，把其他游人都抛在了身后。

不一会儿，她就看到了山腰上的一个望景亭。

那是一个四角重檐的凉亭，镏金宝顶，上覆黄色的琉璃瓦，在阳光下反射出闪耀的光芒，看起来异常庄严，凉亭里似乎有人影在走动。

端木绯不由得加快脚步，一鼓作气，拾级来到凉亭外。她微微喘着气，白皙的脸颊更是染上一片红晕。

她一眼就看到望景亭中有两个老妇，一个威严冷峻，另一个慈眉善目，前者坐着，后者则侍立在一旁，亭中一片肃静。

端木绯的目光直直地投向那个凭栏而坐的老妇。那老妇正抬首眺望着远方的高山，听到脚步声后，就转头朝端木绯的方向看来，二人四目相对。

祖母果然来了！

端木绯的心头暖暖的。今日她特意来千枫山就是想见一见楚太夫人。

从前每年的九月初九重阳节，她都会和祖母楚太夫人一起来千枫山。可是她自小身子不好，不能劳累，所以她们从来没去过明净塔，每一次都是来此处登高赏景，从这个望景亭俯瞰四周的美景。

今年的重阳节虽然楚青辞不在了，但楚太夫人还是来了……

想着，端木绯眼眶一阵酸涩，在心里无声地唤着"祖母"，此刻急促的呼吸正好掩饰了她的异样。

她深吸一口气，若无其事地走进凉亭里，对楚太夫人福了福身，笑吟吟地问候道："楚太夫人，您近来可安康？"

楚太夫人愣了愣，目光在端木绯可爱精致的小脸儿上流连了一番，然后就想了起来，含笑道："小姑娘，原来是你啊。"

说着，楚太夫人对身旁的那个老嬷嬷道："阿梅，五月我进宫的时候，红珊瑚手串不慎散了，就是这个小姑娘帮我找到了最后一颗红珊瑚。"

这个老嬷嬷是楚太夫人身旁最信得过的俞嬷嬷，自然知道那散了的红珊瑚手串是早夭的大姑娘亲手打磨的，对楚太夫人而言，其重要性可想而知。

俞嬷嬷笑容满面地又谢了端木绯一番。

"不敢当。"端木绯笑着摆摆手道，"楚太夫人也帮我找到了纸鸢，我还没好好谢谢您呢……对了，我刚去锦食记买了儿盒重阳糕，楚太夫人，这一盒就送给您吧。"

端木绯从碧蝉手里接过一盒重阳糕，亲手递了过去。

楚太夫人怔怔地看着纸盒上的"锦食记"三个大字，神色更为复杂。往年重阳节，她和辞姐儿也会去买锦食记的重阳糕，再到这里一边吃一边赏景。

楚太夫人眼神微黯，很快就展颜道："那我就收下了。"接着，她又笑着夸了一句，"真是个知书达理的小姑娘，坐下陪我说说话吧。"

端木绯一边在楚太夫人的身旁坐下，一边笑眯眯地说道："我姐姐也常夸我乖。"她笑得活泼可爱。

见状，楚太夫人神色一松，眼角眉梢都溢出了笑意，与俞嬷嬷对视了一眼。

像端木绯这么一个五官精致、笑容甜美的小姑娘，在老人家眼里，最是讨人喜欢的。

楚太夫人看着端木绯，感觉仿佛回到往昔，脸上露出怀念之色，含笑吩咐俞嬷嬷上茶。

俞嬷嬷赶忙打开了一旁的食盒，取出一个水囊，用竹筒杯盛了两杯茶，一杯呈给了楚太夫人，另一杯则送至端木绯的手中。

茶水犹温，菊花的香气袅袅地四溢开来。

端木绯轻轻地啜着茶水，那熟悉的香甜味道让她心口一酸。她面上笑着说道："楚太夫人，您这茶煮得可真好喝！"说着，她欢喜地又抿了一口。

茶水一沾唇，她就知道这是祖母亲手煮的花茶。

清香温热的茶水自喉间滑落，甘爽甜润，一瞬间，她仿佛又回到以前与祖母一起品茗、下棋的日子。

清澈的茶汤倒映出她闪着泪光的眼眸，她不敢抬头，努力地压抑着心中汹涌的情绪。

楚太夫人怔了怔，方说道："我大孙女煮得更好。明明她是跟我学的，却青出于蓝……她啊，无论做什么，都用心。"一个人要学会什么事情不难，但想要青出于蓝，就须得用心。

楚太夫人似乎一下子打开了话匣子，一句接着一句地说着楚青辞的事：

"她总说，反正在家里闲着也是闲着，写写字、下下棋、看看书也是消遣时光……

"她还总是把她祖父那句'技多不压身'挂在嘴边……真是拿了鸡毛当令箭。

"她还喜欢亲手下厨，说'民以食为天'，要是连吃什么都不在意，那活得岂不是太过无趣？"

…………

说到楚青辞，楚太夫人的声音里透着一丝干涩，眼神渐渐迷离，仿佛整个人已经不在这里。

端木绯只觉得心口发紧，很想握住祖母的手，很想告诉她，自己就在这里……但她终究没敢动。

过了好一会儿，楚太夫人骤然回过神来，发现端木绯歪着脑袋认真地听着，心里更喜欢端木绯了，笑着再次夸道："好孩子，你真乖！"

她年纪大了，只想与人说说话，可是家里人似乎都怕她感旧伤怀，根本不敢在她跟前提辞姐儿……

楚太夫人的话匣子一打开就收不住了，等到端木绯告辞的时候，她的心境已经开阔了许多，脸上也多了点儿笑容。

楚太夫人目送小姑娘纤瘦的身影沿着来时的那条路拾级而下，很快就消失在自己的视野中。

片刻后，楚太夫人对身旁的俞嬷嬷说道："这个小姑娘很聪慧，也很机灵。"

俞嬷嬷有些意外。以楚太夫人的身份，她见过的小姑娘家也不少了，却难得有人能得这么一句话……大姑娘七八岁时，在一个宁静的夜晚，俞嬷嬷听到内室里有动静，本想问问楚太夫人要不要添茶水，却见楚太夫人怔怔地坐在窗边，看着天上的明月，失魂落魄地说了一句："难道真的是慧极必伤？"当时，俞嬷嬷不敢出声打搅，又悄悄地退了回去，只当什么也没听到。

唉……

想到楚青辞，俞嬷嬷在心里暗暗叹气，却笑着凑趣道："太夫人，也不知这是哪府的姑娘，如此聪慧？"

"是权舆街那边的。"楚太夫人淡淡地道。

虽然端木绯从来没有自我介绍过，但是楚太夫人早在两个人初逢那日就从宫女那里得知了她的身份。

俞嬷嬷对京中权贵如数家珍，立刻就反应了过来，权舆街那边的岂不是端木府？！

联想到端木绯的年纪，俞嬷嬷又想到了什么，问道："她莫不是在凝露会中以一手泼墨画技震惊四座的端木四姑娘？"

见楚太夫人露出一丝兴味，俞嬷嬷就把京中的那些传闻说了，跟着叹道："这位端木四姑娘小小年纪，竟是个才女！"

楚太夫人不由得感慨道："没想到端木家这样的人家居然能养出一个这般通透机敏的姑娘！"

楚太夫人说着站起身来，打算从另一条嶝道离去，却听一旁的俞嬷嬷惊讶地低呼了一声："这是……长公主殿下？"

楚太夫人又收住步子，目光顺着俞嬷嬷的视线朝之前端木绯离去的方向望去，只见山腰上一道雪色的倩影从一条小道上走来，快步穿过一片夹道的枫林往下走去。女子身如修竹，步履稳健，雪色的衣袂被山风吹起，翻飞如蝶。她好似谪仙欲乘风而去，周身却又透着一种孤傲哀伤的气息。

这是安平长公主。

楚太夫人直愣愣地看着安平的背影，心中泛起些许涟漪。

又是一年重阳节！

十四年前的重阳节那天，就是今上逼宫之日，也是崇明帝的死祭之日……

一阵风忽然吹拂而来，吹得山林间的枝叶摇曳不已。

不远处的枫林早已被秋色染红，红艳似火，比那大红嫁衣还要鲜亮，在万里无云的蓝天下，仿佛就要燃烧起来。空气仿佛也被染上淡淡的悲伤之意，"沙沙"的枝叶摇曳声仿佛阵阵叹息声，随风四散……

一个五十来岁的头发花白的老嬷嬷紧跟在安平身后，拾级而下，看着安平单薄的背影，将千言万语吞了下去。

每年的重阳节，长公主殿下的心情就不太好，也只有公子能逗殿下开怀了……

一主一仆在沉默中来到了山下。

此刻，山脚下热闹喧哗。一个个摆摊的小贩自发地聚集在附近，形成一片小小的市集。人头攒动，不少路人都特意在头上插茱萸、簪菊花，打扮得精致漂亮，看着颇为喜庆。

市集中所贩卖的小玩意儿也颇为应景，菊花盆景、茱萸囊、菊花酒、各色重阳糕等，引得不少妇女、孩童流连忘返，也有奶娃娃拉着父母的衣角，撒娇卖乖地讨糖吃。

安平视若无睹，周身仿佛有一道无形的屏障将她与四周隔离开来。她径自朝停在路边的马车走去，可是当走过一棵梧桐树时，眼睛忽然瞟到一道熟悉的身影，她顿住了脚步。

那是一张白皙可爱的小圆脸，少女精致的眉眼弯成月牙儿，颊畔露出一对可爱的梨涡。

这……不是她未来的儿媳妇吗？！

安平原本冷艳的脸庞上瞬间就出现了盈盈笑意，五官柔和了不少。

端木绯穿着一身海棠红绣绿萼梅襦裙以及白绸梅花纹样偏襟袄子，看起来俏丽可人。她正站在一个卖绢花的摊位前，小贩滔滔不绝地与她说着什么，而她的目光在手里拿着的两朵绢花之间游移，她似乎拿不定主意。

安平的嘴角不由得翘了起来，她朝端木绯走去，含笑着出声道："这朵'凤凰振羽'做得还算精致，只是，端木四姑娘，你戴的话太艳丽了些。"

这朵"凤凰振羽"是由一种一面朱红一面橘黄的绢布做成的，那一条条微微卷曲的细长花瓣形如展翅的凤凰，光彩夺目，栩栩如生。端木绯年纪还太小，长着一张软软的团子脸，压不住这朵"凤凰振羽"。

端木绯闻声望去，对上安平慈爱的眼眸时，眉眼弯了弯，露出灿烂的笑容。

"夫人。"端木绯轻快地福了福身，给安平见礼，瞧安平今日是便衣出行，自然就没道破她的身份。

端木绯转动着手中那朵"凤凰振羽"，解释道："这朵'凤凰振羽'是我给姐姐挑的，姐姐可比我漂亮多了！"端木绯颇为得意地笑了。

安平看着她那天真活泼的样子，越看越喜欢，又亲切地道："端木四姑娘，你姐姐多大了？"

"姐姐刚满十四岁。"端木绯如实答了。

"十四岁的小姑娘佩戴'凤凰振羽'还是太艳了，你还是买这朵'香山雏凤'吧。"安平又从摊位上的绢花中挑了一朵玫红色的"香山雏凤"。

"这个肯定适合我姐姐。"端木绯笑得更欢，从安平手中接过那朵绢花，一股熟悉的味道随着递过来的绢花扑鼻而来。

端木绯鼻头微动，一下子闻出这是香烛味，还混杂着一股淡淡的烧纸钱的焦味。

安平长公主今日来此，莫非是为了祭拜逝者？！

端木绯知道发生在十四年前的重阳节的宫变，目光一闪，自然不会傻得哪壶不开提哪壶。她笑吟吟地把那朵"凤凰振羽"递向了安平："红粉赠佳人，我看夫人戴这朵绢花一定好看！"

她的言外之意是称赞安平的容颜能压得住这朵艳丽逼人的"凤凰振羽"。

安平怔了怔，勾唇笑了。

这小丫头连恭维起人来也这么有趣。

安平的眼神更为柔和，眼角眉梢流露出来的笑意让她那双漂亮的凤眼顾盼生辉，如同天上的灿日。

安平没与她客气，信手接过那朵"凤凰振羽"，在指间把玩着，笑道："端木四姑娘，你可比我家阿炎会说话。唉，姑娘家是娘亲的贴心小棉袄，这男孩子总是不如的。"所以，她只能退而求其次，等着儿子把贴心小棉袄娶回家。

端木绯可不敢接这话，在心里嘀咕着：万一安平回去随口跟封炎一说，让封炎误会她背着他说他的是非，他因此又惦记上了她，再时不时半夜过来讨杯水喝什么的，她怕是要吃不好、睡不香了。

端木绯笑得更乖巧了，连忙转移话题，让安平也帮她挑一朵绢花。

于是，端木绯的发间多了一朵"粉旭桃"。

端木绯笑吟吟地掏出一小块碎银子，把三朵绢花都买了下来。

买了绢花，两个人就在小市集中随意地闲逛，言笑晏晏，不知不觉中，安平对端木绯的称呼就变成"绯儿"了。

老嬷嬷跟在后面默默地看着，心里有些惊讶：没想到长公主殿下与这位端木四姑娘这么投契。

两个人一起买了些茱萸、菊花茶，最后闻香来到一个糕点摊子前。

看着那香气四溢的奶油炸糕，安平笑道："绯儿，你送我绢花，我请你吃炸糕。"

"多谢夫人。"端木绯笑吟吟地领了对方的好意。

刚出锅的炸糕金灿灿的，甚是美味，外酥里嫩，香甜的豆沙馅让人食欲大开。

虽然只是一个路边的小摊位，但这简单的小吃倒是做得格外好，阿炎应该也会喜欢吧……

安平笑眯眯地赞了一句"这炸糕做得不错"，跟着就吩咐那个老嬷嬷："华嬷嬷，你去给阿炎也买几个回去。"

"是，夫人。"华嬷嬷立刻回头再去那糕点摊子买。

安平若无其事地又道："绯儿，我家阿炎虽然口拙，不过最是孝顺了，每次出门都记得给我带礼物。这次他从江城回来就特意给我带了徽墨、黄山毛峰、宣笔……反倒是我这做娘的，老是把他忘了。"

安平努力地向端木绯暗示自己不拘小节，绝不是那种麻烦的婆母。

以后小丫头嫁来他们公主府，她一定对绯儿比对儿子还好！

迎上安平一副夸耀的神情，端木绯真诚地回应道："封公子确实孝顺。"

唯恐自己还不够诚心，端木绯又补了一句："以后我也要向封公子学习，对我姐姐更好才行！"

这很好！安平满意地笑了，决定回府后一定要不动声色地找儿子炫耀一番，顺便邀个功。

两个人相视一笑，安平正要再说什么，一个五六岁、衣衫褴褛的小乞儿怯怯地迈着步子走了过来。

"夫……"

他才吐出一个字，就被买炸糕回来的华嬷嬷打断了。华嬷嬷给了他几个铜板，干脆利落地把人给打发了。

安平皱了皱眉，目光微沉。

她年年重阳节来此，今年的乞丐倒是特别多，四周随处可见或跪地或伸手的乞丐，他们面黄肌瘦、蓬头垢面。而且，现在乞丐似乎比刚才多了不少。

安平沉思片刻，虽然觉得有些可惜，但还是说道："绯儿，时候不早了，我送你回府吧。"

端木绯欣然应了。

安平的笑容顿时更为明朗，京城里有多少人避她这个公主唯恐不及，这小丫头倒是毫不在意，还肯坐自己的马车回去。

安平心中雀跃，暗自道：儿子，娘替你迈出了讨媳妇的第一步，儿媳妇不嫌弃咱家！

两个人从市集中走出，朝公主府的那辆青帷华盖的黑漆齐头双驾马车走去。

"夫人、姑娘，行行好吧。"

"这位心慈的夫人，小的已经三天没吃饭了，赏小的一口饭吃，就当积个功德吧。"

…………

291

一路上，那些乞丐三三两两地过来，不过都被老嬷嬷和碧蝉挡下了，没给他们一点儿接近主子的机会。

那老嬷嬷一边走，一边朝四周张望了半圈，压低声音对安平道："夫人，这附近乞讨的人看着比往年多了不少……"

端木绯也这么觉得，秀气的眉头皱了皱，道："我听他们的口音，他们似乎不是京城这一带的人。"

"阿炎前几日跟我提起过，"安平想到了什么，声音微沉，"近日中州与淮北有几批流民陆续来到京城，京里怕是要不太平了……"

四周随着她的声音一暗，天上的耀日被一片厚厚的云层遮挡，空气也仿佛一下子变冷了。

安平忽然停下脚步，问道："绯儿，端木家可有人在中州汝县任职？"

她没指望端木绯回答，目光闪烁，看向了皇城的方向，似乎在自言自语道："自古以来，君心难测，圣意难违。"

端木绯也停了下来，抬眼看着空中那隐约又从云层后探出小半边的灿日，若有所思。

安平说得含蓄，但端木绯立刻就明白了，这么多流民陆陆续续地来到京城，在皇帝的眼中，这首先就代表着流民原籍所在地的官府赈灾不力，导致这些饥民不得已背井离乡，大批流亡。

一旦流民在京城一带闹出事来，那些流民原籍所在地的官员首先必有重罚。就算京兆府赈济得当，安置好了流民，那些地方官员也难逃一个治理无方的名声，为皇帝所不喜，以后的仕途怕是无望了。

再往大了说，自古以来，逃难的流民对当地官府来说都是一大难题，如果官府处理不当，就容易造成时局动荡。

端木绯眨了眨黑白分明的大眼睛，负手长叹道："希望天灾莫要演化为人祸……"

安平见端木绯领会了自己的意思，便温柔地俯首，看着她乌黑的发顶上那圆滚滚的鬓鬓头，还有那双像会说话的大眼睛，心里忽然有种儿子真的捡到宝的感觉。

这个小丫头真是聪慧有趣，和阿炎真是般配极了！

这么好的小姑娘，值得阿炎花时间静静地等待与守护……

安平想着，眸中泛起了柔和的笑意。

说话间，二人已走到双驾马车前，先后上了马车。

车夫挥鞭吆喝了一声，两辆马车就飞驰而去，一路从西城门进城，先去了权舆街，把端木绯放下后，安平的马车这才远去。

此时正临近正午，晴日高悬，碧空如洗。

端木绯手里拎着一盒重阳糕进了湛清院，迫不及待地想要与端木绲分享今日的收获。谁承想，端木绲的心情看起来比自己的还要愉悦，她开口就是一句："蓁蓁，二舅父到京城了，请我们俩明日去祥云巷。"

端木绲容光焕发，拉着端木绯在身旁坐下，兴致勃勃地说起二舅父李传庭的事情来：比如李传庭是大盛朝百余年来最年轻的武状元；当年李家还在墨州时，李传庭时常亲自去扶青城接她和李氏一起去李家做客；这次是因为李廷攸要在京中任职，李传庭不太放心，所以特意来京里看看……

东次间里回响着端木绲爽朗的说笑声，端木绯只是乖巧地点头附和着，偶尔回一句"真的吗？"或者"二舅父真厉害"。

端木绯心里却明白，现在距离万寿节才过去一个月，李传庭在这个时间就抵达京城，想必是收到了李廷攸的去信后，就快马加鞭地赶来了。

李家的麻烦果然不简单啊！

姐妹俩言笑晏晏，兴致勃勃地讨论着明日的安排，直到张嬷嬷来请示是不是该摆午膳了才停下。

为了应景，今日她们吃了一顿丰盛的菊花宴，还给院子里的下人都额外加了菜，又赏了他们重阳糕和菊花露。节日的气氛弥漫在府中……

次日一早，昏定晨省后，姐妹俩就携礼去了祥云巷。

李廷攸亲自来到大门处迎接她们俩，带着她们直接去了正厅。

三个人绕过一方照壁后，再穿过一个庭院，正前方就是正厅，厅堂的门扇与窗扇大敞，一眼就能看到厅里坐了两个男子，一个坐在上首，另一个坐在下首。

两个人都身姿挺拔如松柏，周身散发出刚正之气，一看就是出身于将门。

表兄妹三个人很快就来到了门槛外，端木绯一边跨过高高的门槛，一边不落痕迹地打量着这两个男子。

上首的男子三十六七岁，留着短须，一张黝黑的国字脸棱角分明，威仪十足。

端木绯心里有些惊讶，但脸上没有露出异色。按照姐姐端木绲的描述，二舅父李传庭不是丰神俊朗、英气勃勃的再世赵子龙吗？！

她看着这个人怎么感觉有些不太对劲？

仿佛在回答她心中的疑惑似的，下一瞬，她就听身旁的端木绲惊诧地脱口而出："大舅父，您怎么也来了？！"

李家人离开墨州时，端木绲已经六岁，所以现在还清晰地记得八年没见的大舅父李传应的样子。

端木绯一听，下意识地看向坐在下首的另一个男子，只见他三十岁出头，着一件湖蓝色便袍，浓眉大眼，相貌堂堂，那眉眼含笑的神态透着几分儒雅感，看着与李廷攸有五六分相似。

原来他才是李二爷李传庭。

端木绯的心念一闪而逝，接着她就与端木纭一起上前认亲见礼："外甥女见过大舅父、二舅父。"

李家一向少女儿，三代才得了一个李氏，父兄对她皆宠爱有加，可惜李氏红颜薄命……李廷攸这一辈全是带把的，这让李老太爷和李家舅舅们都引为憾事。

此刻，两个而立之年的大男人看着妹妹留下的一对孤女，忍不住回忆起当年在墨州时的事，唏嘘不已。

"绯姐儿怕是不记得我和你二舅父了，我们离开墨州时你还在襁褓里。在你的周岁宴上，我和你二舅父还抱过你呢！一晃，你们姐妹俩都这么大了……"

…………

与两位舅父叙了会儿旧，端木纭在经历最初的喜悦之后，心里的疑惑之感越来越浓。

大舅父李传应这些年在闽州战功赫赫，如今任着从一品的都督同知。按道理说，他除非奉旨进京述职，否则不能轻易离开驻地，怎么会突然和李传庭一起来了京城？

迎上端木纭疑惑的目光，李传应的眼神变得深沉柔和。他意味深长地说道："纭姐儿，这回你攸表哥赴京赶考，一波三折……真是多亏你和绯姐儿照应了。"

端木纭略一思忖，想想李廷攸这次赴京，先在江城遭遇匪乱受了伤，后来又在万寿宴上被人指责冒领军功，确实是好事多磨。

本来李廷攸若考中武进士，是可以衣锦还乡，与家人报喜后再正式领职赴任的。如今他得了皇帝的恩宠留任京中，不知何时才能再回闽州，也难怪两位舅父都担心不已，大舅父为此还悄悄赴京。

端木纭心领神会地笑了笑，乖巧地说道："大舅父放心，侄女明白，我和蓁蓁今天只见到了二舅父。"

李传应微微一笑，又看向端木绯，语气有几分玩笑地说道："绯姐儿，你一个小姑娘家家的，陪我们两个老头说话，无聊了吧？"

这一听就是那些长辈平日里用来打发孩子们出去的话，他们往往下一句话就是"你们几个小辈去花园里走走"之类的。

别人没觉得这句话有什么不对劲的地方，正品茗的李廷攸却一下子明白了，捧着茶盏的双手僵了僵，暗道不妙，大伯父大概是误会了，此表妹非彼表妹！

他仍嘴角含笑，心念飞转，巧妙地出声打断了李传应的下一句话："大伯父，您这次从闽州可有带铁观音过来？我在江城掉了大半行囊，至今还欠着绯表妹两罐茶……"他一边说，一边暗示地对李传应眨了眨眼。

李传应却没领会李廷攸的意思，直接就吩咐小厮去取茶。

一看大伯父那知知无觉的样子，李廷攸就知道对方没明白他的意思。

李廷攸自认为不是那种"不撞南墙不回头"的人，此路不通那就走彼路。

"父亲，您昨日不是赞我那里的荷花茶别具一格吗？"他又含笑地对坐在左手边的李传庭道，"那是绯表妹亲手窨制的，她虽然年纪小，在窨制花茶上却很有一番造诣。"

李廷攸硬着头皮把端木绯夸奖了一番，模样看起来十分真挚，努力地对着李传庭挤眉弄眼。

端木绯看出了些门道来，嘴角微翘，心里感到好笑，仍旧气定神闲地坐看李廷攸的这一出好戏。

知子莫若父，李传庭微微挑眉，看了看李廷攸，又看了看笑盈盈的端木绯，恍然大悟。

原来是这样。

李传庭不动声色地接话，笑道："绯姐儿这一点倒是像你们外祖母……"

说着，他似乎想起了什么，慈爱地对端木纭道："纭姐儿，我这次启程前，你外祖母托我捎些东西给你，你且随我来。"

"是，二舅父。"端木纭温顺地站起身来，心里只以为李传庭想单独与自己说些事。

端木纭对坐在上首的李传应福了福身后，就随李传庭出了正厅，舅甥二人的身影渐行渐远。

正厅里安静了片刻，只剩下李传应、李廷攸和端木绯三个人，小厮则被遣到了厅外的檐下守着。

此刻李传应也已经明白过来，不由得睨了李廷攸一眼。若非李廷攸在信中说得含糊不清，只提端木家的表妹，他和李传庭又怎么会理所当然地误以为李廷攸指的是端木纭？

他们万万没想到帮助李廷攸的竟然会是这个小外甥女。

虽说古有甘罗十二岁为相，但李传应还是有点儿无法相信，眼前这个年仅九岁、好似糯米团子一样的小丫头竟然能有那样敏锐的目光以及洞悉一切的本事！

这委实有点儿"多智近妖"了！

李传应上下打量了端木绯好一会儿，心里还是有所怀疑。

端木绯泰然自若地捧起一旁雅致清简的青花瓷茶盅，看着那橙黄明亮的茶汤，先嗅茶香，再试茶味，细细品味舌上余甘，真挚地赞道："都说大红袍乃茶之王者，生于武夷山的悬崖峭壁之上，果真是'臻山川精英秀气所钟，品具岩骨花香之胜'！今日我能喝到这上品的大红袍，真是托了大舅父的福！"

李传应心道：这个小外甥女说起茶来头头是道，诚如侄儿所言，是个爱茶的小姑娘。

但她那单纯的笑脸让他心里越发不确定了，他又用询问的眼神瞥了李廷攸一眼，似乎在说：你不是在开玩笑？

李廷攸被李传应的这眼神一激，一时忘形，忍不住催促端木绯道："绯表妹，明人眼前不说暗话，你就别……"

"磨磨叽叽"这四个字差点儿就要脱口而出，但他及时停住了，连忙掩饰地清了清嗓子，嘴角又挂上温和的浅笑，说道："大伯父这次暗中离开驻地，千里迢迢远赴京城，若被外人察觉，罪名可不小。"

李廷攸言外之意是警告端木绯，这件事关系重大，她就别拿乔了！

端木绯如何听不出李廷攸前半句的失言？她似笑非笑地看了看李廷攸，然后乖巧地看向李传应。

"大舅父，"她干脆地进入正题，"之前攸表哥与我说了一些八年前的事。"

八年前……李传应眉头一蹙，再次看向李廷攸，仿佛在无声地问他到底说了多少。

李廷攸笑容微僵，只得颔首表示他把他知道的情况都说了。

李传应一时神色有些复杂。

李廷攸这小子毕竟太嫩，先武宁侯的那些事如此机密，这小子竟然就这么轻易地告诉了他才九岁的表妹？

李传应毕竟久经沙场，很快就冷静下来。覆水难收，事到如今，他不如就试上一试。

他理了理思绪，说起李廷攸离开后发生的事——

几个月前，李传应发现李大夫人变卖了她的嫁妆并挪用了李家公中十几万两银子后，就曾私下与她对质。

李大夫人当时哭着解释说，今春西州中部干旱，不仅百姓收成不好，军中屯田亦然。军粮不够，她实在是迫不得已，才暂时把公中的钱"借"给武宁侯府，等秋收以后，就会把公中的这个窟窿填上。

李传应也听说过西州中部干旱的事，因为牵连地域不大，对比淮北春汛的水灾是小巫见大巫，因此这件事虽被上报给了朝廷，却没掀起太大的涟漪。

两个人怎么说也是二十年的夫妻，李大夫人这么一说，李传应也就信了。

直到八月，收到李廷攸从京城的来信后，李传应再次悄悄地查起了李大夫人。

这一查，他就暗中截获了李大夫人派亲信寄出的一封书信……他意识到不对，所以不惜冒着偌大的风险暗中随李传庭跑了一趟京城。

李传应眸色微深，想着妻子，心头似压着一块巨石。

他俯首从怀中掏出一封信，李廷攸赶忙识趣地站起身，接过那封信，转交给了端木绯。

端木绯取出信封中那被折叠成长方形的信纸，仔细地将其展开，娟秀的字体映入眼帘。

这是一封家书，信上只有寥寥几句报平安的话，他们根本看不出什么不对来。

端木绯眉头微动，感觉这纸张触摸起来很是干涩，便将信纸举得更高，一股异样的气味顿时钻入鼻中，这是……

鼻头动了动，她若有所思地歪着小脑袋，一下子就确定了，抬眼对李廷攸笑道："攸表哥，给我取一盆清水来。"

李廷攸嘴角抽了一下，这小丫头是把自己当小厮使唤了吗？

李廷攸还没说话，就听李传应吩咐道："攸哥儿，去取盆水来……"李传应的语气有些复杂，似乎透着一丝淡淡的惊叹。

"是，大伯父。"李廷攸闷闷地对李传应应了一声。

半盏茶的工夫，水就被送来了。

端木绯毫不迟疑地把那张信纸放入清水中，墨迹在水里没有一点儿模糊的迹象，反倒是在信纸上空白的地方隐约显出了几行字迹。

这封看似普通的家书，其实是一封用明矾水书写的密信。

端木绯嘴角弯弯，立刻把湿淋淋的信纸捞了出来。

真相果然是这样！

最初引起她怀疑的是纸张的触感。这张信纸恐怕在李传应手里已经下过一次水，信纸干了后，纸张的触感就变得有些粗糙，而她又闻出了信纸上散发出来的那股异味是明矾的气味，才大胆一试。

端木绯端详起信纸上的白色字迹，从上面的数字、量词以及其他文字来看，这分明就是一份账目，再结合单价……

她微微蹙眉，须臾，抬眼看向李传应，语出惊人："大舅母正以李家的名义盗卖军粮？"

她用的是询问的口吻，那张小脸儿上的神情却十分笃定。

去岁的米价为每石不到二两银子，可是从冬季雪灾到春季淮北春汛的灾情，再到流民四处逃荒，几地匪乱，接连灾祸造成米粟踊贵，到了今夏，米价已经是每石四两银子。

按照这份账目，李大夫人以每石一两半银子的价格买下了四万石大米，再转手以每石四两银子的价格将大米售出，一下子就净赚十万两白银。

这简直就是无本生意。

可是这四万石大米她又是从何处买来的？！这总不会是她凭空变出来的！

端木绯考虑到李家在闽州的地位，答案已经呼之欲出——军粮。

自古以来，武将吃空饷、卖军粮，或者用陈粮顶替新粮卖了赚取差价，已非罕见之事。

这一次，李传应控制不了表情，不禁露出了惊诧之色。

他知道这封密信所藏的秘密，一开始不提，自然是存着考验端木绯的意思，却没想到他的这个小外甥女竟然没用几息时间就看出了其中的关键之处。想当初，他和二弟两个人私下一起研究了大半天，才瞧出门道来。

李传应早知户部尚书端木宪精于算术，端木家的子弟各个都自幼研读《孙子算经》，可是直到这一刻他才明白何为天赋异禀。

大概有的人在某些方面就是天生奇才，注定被人仰望……

端木绯伸出一根白皙的手指，点着信纸上的一个印记，继续分析道："这件事大舅母做得并不隐密，甚至还留下了账目和李家的印戳……她像是在故意留下什么把柄。"

端木绯说着，清澈的大眼睛中绽放出锐利的光芒，声调轻柔依旧，语气却坚定干脆。她十分肯定地说道："大舅父，大舅母这是想以此来陷害李家。"

而李大夫人会这么做，恐怕还是与先武宁侯之死有关。

李传应也隐约猜到了一些，但毕竟身在局中，事情又与自己的妻子有关，有时候便难免当局者迷，反倒没有端木绯看得这么通透。

此刻，听闻端木绯一语道破，他直愣愣地坐在原地，眸中似掀起了一片惊涛骇浪，久久没有回过神来。

也不知道过了多久，他才缓缓地开口道："若真要弄垮李家，光凭你大舅母这些东西怕是成不了事。而且，她一个妇道人家，如何动得了军粮？"

他话中难掩艰涩之意，也没指望端木绯回答，他就自问自答道："李家在闽州不过八年，因剿倭有功，方在闽州站稳脚跟，看似如日中天，实则根基尚浅。闽州乃海陆交通要冲，各方势力割据……"

空气渐渐凝滞。

端木绯看着坐在上首的李传应，眼前这名身经百战的将领身上流露出来的坚毅让她不由得生起几分敬意和好感。

端木绯沉思一下后，又道："大舅父，知道先武宁侯之死的真相的人应该不多，您可曾想过，是谁把真相透给大舅母的？"而且对方故意歪曲真相，这个人是只知其一二便妄加猜测，还是原本就居心不良？

这一句点拨的话再次令李传应惊诧，伯侄俩的目光都射向端木绯——她问到了关键之处。

这一点他们忽略了！

李传应眼眸深沉，手紧紧地攥着，手背上那微微凸起的青筋透露出他内心翻涌与激动的情绪……

端木绯勾唇笑了，笑得像一只狡黠的猫儿。她笑吟吟地问："大舅父，您可要把这根刺彻底拔了？"

"绯丫头，你有何良策？……"

一阵凉爽的穿堂风猛地刮进厅堂里，将李传应的话尾吹散，庭院里几株秋菊被风吹得微微摇晃，细长的花瓣随风飞去，给这座庭院平添了几分颓废之感。

阴云半掩着日头，令灰蓝的天空暗淡几分。

等端木纭随李传庭回到正厅的时候，三个人已经把话说得七七八八了。

端木纭隐约觉得厅堂中的气氛似乎有些怪异，心里只以为端木绯与李传应不熟，以致彼此接不上话，便主动挑起了话题，问起两位舅父打算在京中待多久，又说她和端木绯很会做点心，明天就做些点心送来……

当端木纭坐在端木绯身旁时，姐妹俩之间的差异就尤为显著。

其实这对姐妹花都长得像她们的母亲，五官非常精致。十四岁的端木纭差不多长开了，眉眼间看着明艳，有几分英气；还未满十岁的端木绯则像一只没长成的小奶猫，加之她那双黑白分明的大眼睛，总给人一种天真烂漫的感觉。

李廷攸心知肚明，这只小奶猫不仅有爪子，脾气还挺大的，傲气得很。

哼，这小姑娘还真是不可爱！

忽然间，李廷攸觉得家里那些三天不打上房揭瓦的弟弟其实颇为可爱，自己以前是不是对他们太严苛了呢？

端木绯似乎感觉到了什么，转过头精准地对上李廷攸那略带嫌弃的目光。

她可不可爱关他什么事？！端木绯皱了皱鼻头，嘴角在其他几个人看不到的地方撇出一个似笑非笑的弧度。

她抬手漫不经心地拂去了左肩上根本就不存在的灰尘，对李廷攸眨了一下右眼，仿佛在说：表哥，贵府知道你用了"鬼见愁"吗？

李廷攸差点儿被一口水呛到，别开了视线，暗暗咬着后槽牙。这丫头何止是不可爱，根本就是可恶，是狐假虎威！

端木绯心情畅快起来，乐滋滋地品起她的大红袍来。

说来闽州真是个好地方啊，多好茶，她只要讨好了两位舅父，以后她和姐姐就有喝不完的好茶了！

李传应兄弟俩特意留姐妹俩吃了午膳，又用了下午的茶点，若非担心宵禁，他们还想再留两个外甥女用了晚膳后再走。

这一日，端木绯与端木绤可谓是满载而去，又满载而归，由李廷攸亲自送回了尚书府。

暮色四合，晚风吹拂。

姐妹俩携手去了永禧堂。端木宪已经回府了，一看到姐妹俩，就笑吟吟地招呼她们俩坐下，态度很是亲和。

"你们二舅父可好？说来，我们也一别四五年了，我记得上一次和他见面还是他奉旨进京谢恩的时候。"端木宪捋着胡须，有几分怀念地说道。

若是不知情的人，恐怕还以为两家有多亲呢！

端木绤心如明镜，也没有因为端木宪的亲近就受宠若惊，只说二舅父一切都好，又说二舅父此行捎来不少闽州特产。她说的全是些无关紧要的闲话，半句没提李传应也来了。

见祖孙三个人其乐融融，一旁的贺氏面沉如水，默默饮茶。

端木宪心情不错，又时不时问端木绤几句，接着就吩咐贺氏道："阿敏，难得亲家来京，我们改日当请他们父子俩过府吃顿饭，亲戚之间就该多走动走动。"

贺氏正把茶杯往唇边送，便没有作声。

最近，端木宪为了长房已经几次让她没脸，这一次，她也想趁机端端架子，谁想茶水才沾唇，就听小贺氏近乎急切地说道："父亲，您说得是。绤姐儿她舅舅远道而来，咱们是该请人家过府好生招待一下。"

小贺氏眸子晶亮，心里有自己的小算盘：她若想女儿与李廷攸的婚事成，自然要尽力给未来亲家留下好印象。

贺氏目光一沉，暗暗瞪了小贺氏一眼。贺氏倒没想到小贺氏要对李传庭示好，只以为她想讨好端木宪。

但是被小贺氏这么一打岔，贺氏的架子也摆不下去了，茶水只是沾唇，茶杯就又被她放了下来。

"绤姐儿，五日后是你祖父休沐，不如就选那天。你下帖把你二舅父和李家三表哥请来。"贺氏慈爱地看着端木绤，说道。

贺氏的言辞让人挑不出错处，她却又巧妙地把最后的决定权给了端木宪："老太爷看如何？"

"那就九月十五日。"端木宪捋着胡须立刻拍板应下了。

自打李氏死后，他们两家已经很少这样走动了。九月十五日这一天，连二老爷端木朝都特意留在府中没有出门，带着妻女一起招待李家人。

李传庭上一次登门还是给李氏送嫁，千里迢迢从墨州南下京城，说实话，那一次两家人相处得并不愉快。

自古文官都看不上武将，其实武将也未尝看得起这些一肚子弯弯绕的文人。所幸李氏嫁的是端木朗，李家人觉得只要他们夫妻俩过得好就好。

他们夫妻俩也确实过得很好。当年李家还在墨州时，李传庭时常去扶青城看望妹妹与妹夫，就从未见二人红过脸，妹妹的快乐是发自内心的……只可惜，他们俩去得早。

李传庭思及往事，淡淡的哀伤涌上心头，又一闪而逝，乌黑的眼眸很快平静了下来。端木家的态度已经摆出来了，他们分明就是有心与李家交好，自己顺水推舟便是。

他谈笑如春风拂柳，但心里自有计较。

端木宪和李传庭都是长袖善舞的人，加之两家都刻意想要化解原本的疙瘩，在一来一回的寒暄试探中，双方都感觉到了对方表露出的善意，因此还算相谈甚欢，厅堂中的气氛十分热络。

在场的都是自家人，因此他们也就没分席，一起享用了席面。

等席面被撤下后，众人又移步偏厅小坐。阵阵秋风吹拂进厅，带着木芙蓉的清香。

李传庭觉得是时候了，便道："久闻伯父精于算学，近来小侄在研读《六韬》，其《三阵篇》之阵势涉及算学，令小侄百思不得其解。小侄想请伯父指点一二。"

端木期闻言，只觉得李传庭此言甚是唐突。而精明如端木宪，心念一动，眯了眯眼。

李传庭乃文武全才，不仅是武状元，还是个文举人，聪慧绝伦，哪里需要请教自己？这恐怕只是他的借口罢了。

端木宪便起身道："算学须得静心，传庭且随我去一趟书房吧。"

"那就烦扰伯父了。"李传庭勾唇笑了，拱了拱手，两个人交换了一个心照不宣的眼神。

接着，李传庭又转头对李廷攸道："攸哥儿，我这边怕要些时候，你不必在此相陪，干脆带着你的两位表妹出去玩耍吧。你们少年人别成天闷在家里，多出去走走。"

李廷攸闻言，眸子熠熠生辉。显然他早就坐不住了，面上却做出文质彬彬的姿

301

态，于是得体地应下了："是，父亲。"

端木绮暗自扭着手中的帕子。偏生小贺氏正好走开了，她只能用一脸期待的表情看着贺氏，希望贺氏能帮她说一句话，让她也跟着一起出门。

可惜贺氏沉浸在自己的思绪中，根本就没注意到端木绮热切的眼神。

端木绮就这么眼睁睁地看着李廷攸带着端木纭和端木绯走出了厅堂，越走越远，却终于还是没厚着脸皮跟上去，只能以哀怨、委屈的眼神目送他们的背影远去，直到最终消失在她的视野中。

表兄妹三个人没注意到端木绮的异状，直接来到仪门处。须臾，一辆马车和两匹骏马从角门出来，李廷攸策马引路，往城南奔去。

一行车马穿过几条街道，一路通畅地来到了城南的月湖畔，这月湖湖如其名，宛如一轮巨大的弯月躺在一片片垂柳与芦草的怀抱中，宁静悠然。

三个人在"月尖"处下了车马，李廷攸带着端木纭和端木绯沿湖一路步行，可见秋风中柳浪阵阵、芦涛滚滚，湖水清澈似镜，粼波荡漾。

李廷攸一边走，一边笑着为姐妹俩介绍着：

"纭表妹、绯表妹，按照月湖的规矩，湖畔只可步行，因此我们必须下车马。

"前面湖畔有一座观月阁，临水而建，清晨与傍晚时，水雾朦胧，犹如仙境，清雅别致，中秋十五之夜来此赏月，甚是妙哉。

"也常有人泛舟游湖，煮茗赋诗。此地比日湖一带更加山清水秀。"

…………

从李廷攸的神态与口吻可以看出，他显然已经把京城内外都混熟了。

就在这时，后方忽然传来一阵凌乱的脚步声，伴随着一个气喘吁吁的声音："端木大姑娘……"

于是，三个人驻足，转头看去，就见一个青衣打扮的小厮匆匆跑来，看起来有些眼生。

小厮喘着气道："端木大姑娘、端木四姑娘，我家……公子与君世子请几位稍候。"

小厮容貌清秀，声音娇软，一看就是女扮男装。

李廷攸眉头微蹙，表兄妹三个人顺着小厮的目光望去，就见后方几十丈外的"月尖"处，两个少年公子正翻身下马。他们把马绳随意地丢给另一个小厮后，就朝端木绯他们走来，步态闲适。

两个少年公子一个着紫袍，另一个穿翠袍，皆手执折扇，看起来丰神俊朗，面如冠玉。

端木绯和端木纭面面相觑。她们不但认得简王世子，也认得另一个人——女扮男装的大公主舞阳。

君然和舞阳渐渐走近。舞阳对姐妹俩微微一笑，道："端木四姑娘，我远远就看到你的背影，从发式和身影看都像你，还真是！"

她指了指自己的眼睛，开玩笑地说道："本——本公子是不是火眼金睛？"

听舞阳这么一说，君然和李廷攸不由得把目光落在端木绯那圆滚滚的鬏鬏头上，皆忍不住笑了。

这丫头都快十岁的人了，还老喜欢装团子！

两个少年不小心对视了一眼，皆从对方的眼中看到了同样的叹息之色。这一刻，二人的心颇为戚戚然，他们心照不宣地交换了一个眼神，觉得对方就像自己一样，眼明心亮！

君然对李廷攸眨了眨眼，然后笑吟吟地向端木绯道："端木四姑娘，又见面了，这次你可一定要跟本世子去喝茶、听小曲儿了！"他轻摇折扇，风流倜傥。

端木绯昂着下巴看着君然，故作沉思状，最后皱了皱小脸儿，缓缓地道："好吧，今日看在慕公子的面子上，我就勉强答应吧。"

舞阳"扑哧"一下笑出声来，完全不给君然一点儿面子，戏谑地笑道："阿然，看来还是本公子的脸面比较大！"

"本世子得偿所愿就好。"君然也不在意，对端木绯轻佻地眨了一下右眼，漫不经心地摇着折扇，"听说观月阁最近刚来了一名从扬州来的歌姬，她能歌善舞，尤擅琵琶，今日我可要好好见识一番……"

"阿然，你说的那名歌姬莫非就是'扬州瘦马'？"舞阳好奇地脱口而出道，一副兴致勃勃的样子。

君然差点儿被口水呛到。哪有姑娘家直接把什么"瘦马"挂在嘴边的？

"君公子，我们还是到观月阁坐下说话吧。"这时，李廷攸彬彬有礼地伸手做请状，轻描淡写地替君然带过了这个话题。

君然连声附和。众人继续往观月阁的方向走去。

端木绯姐妹与舞阳走在前面，说着女儿家的话题；李廷攸和君然走在后面，互相吹捧着父祖辈的赫赫战功，二人都是将门子弟，交谈起来十分投契。

"嗒嗒嗒……"

他们身后忽然传来一阵凌乱的马蹄声，伴随着不断响起的"啪啪"马鞭声。

端木绯等几个人本来没在意，却没想到马蹄声越来越近，那马竟是沿着湖畔朝他们的方向奔驰而来……

端木绯皱了皱眉——这一带本不允许策马狂奔。

前后的游人纷纷往走道的两边避了避。前方几步外，一个迎面而来的中年文人没好气地嘀咕了一句："也不知道是哪家的纨绔……"

话音未落，一阵带着些许轻蔑之意的少年人的声音在后方响起："就是你杨家大爷！"

他的声音随着马蹄声渐近，从一匹高大的白马上挥出一道黑色的鞭影如毒蛇吐芯般，破空而来，抽向那个中年文人。

中年文人大惊失色，侧身后退了一步。

"还敢躲？！"少年不屑地冷哼一声，手腕一抖，长鞭就微微掉转方向。然而，他跨坐在飞驰的骏马上，挥鞭的角度也会受到马的影响，失之毫厘，差之千里，那鞭子正好从端木纭的颊畔擦过……

眼看那呼啸的长鞭就要甩到无辜的少女身上，其他人不由得倒吸了一口冷气。

这一鞭子下去，没准姑娘家就被毁容了……

"姐姐！"端木绯低呼一声。

端木纭敏捷地背过身，把妹妹揽在怀里，给了她一个安抚的浅笑。

破空声转瞬即逝。

那鞭子从端木纭的背后险之又险地擦过，没有伤到人。

白马上的杨公子又灵活地转了一下手腕，把鞭子收了回来，没好气地说道："大惊小怪什么？！以本公子的鞭术，我怎么会伤到无辜的……"

他话说了一半就戛然而止，一双细细的眼眸瞬间瞪得老大。刚才那个差点儿被他伤到少女转过身来，仰起小脸儿与他对视。

今日端木纭穿了一件青莲色对襟半臂绣折枝梅襦裙，鲜亮的颜色衬得她肌肤胜雪，鹅蛋脸上一双墨玉般的眼眸熠熠生辉。她就似那花中之王——牡丹，在百花丛中灿烂绽放，明艳而高贵。

"北方有佳人，绝世而独立"，杨公子心里不由得浮现出这句话。他痴痴地看着端木纭，眼睛几乎看直了，心道：幸好刚才没伤到这样国色天香的美人！

"这位公子，"端木纭挑了挑浓黑的长眉，英气勃勃，不客气地斥道，"这里是步行道，不可纵马奔驰，以免误伤路人。"

"你这小娘……"

后方又有两名纨绔子弟策马而来，其中一个蓝袍公子趾高气仰地想要教训端木纭，却被那位杨公子急忙打断了："这位姑娘，刚才确实是本公子大意了。"

他这句话惊得后头的两位公子下巴都差点儿掉下来，等他们看清端木纭明艳的容颜时才了然，暗暗交换了一个"原来如此"的眼神。

那杨公子继续殷勤地道："姑娘有所不知，本公子乃五城兵马司的指挥使，之所以在此纵马，是因为有公务在身。"

此人姓杨？

端木纭似笑非笑地挑了挑眉，乌眸里透着一丝嘲讽之色，淡淡地说道："难道这位公子是南城兵马司杨指挥使？真是失敬！"

杨公子起初想要否认，话到嘴边却意识到不对。对了，月湖所在之地是南城！

下一瞬，一个温和的男音响起："表妹，你没事吧？"

李廷攸从后方大步走到端木纭身旁，见她无恙，才抬眼看向马上的杨公子，拱了拱手道："杨三公子不是北城兵马司的吗？难道刚被调到了南城？"

李廷攸一语戳破了杨三公子的谎言，引来后面"扑哧"一声轻笑，杨三公子满脸通红，恼怒地循声看了过去。

舞阳漫不经心地摇着折扇，似笑非笑。

她本来被这杨三公子的无礼和无耻激怒，可是刚才听着端木纭和李廷攸一唱一和地说了两句话后，怒气突然就消散了，忍不住笑出声来。

这庆元伯府不过是跳梁小丑罢了！

杨三公子没认出舞阳的身份来，正想发作，却见君然大步流星地走了过来，面色微沉。

简王世子他可惹不起。

"君世子。"杨三公子清了清嗓子，在马上对着君然拱了拱手，算是见礼。

"原来是杨指挥使啊。"君然笑着，颔首打了招呼，收起折扇，"我们还要去观月阁，就先失陪了……慕公子、李三公子，我们走吧。"

君然招呼着众人离去了，只留下杨三公子痴痴地望着端木纭那高挑纤细的背影，心道：也不知道她是哪家的姑娘？

仿佛听到他心中的疑惑似的，他身旁的那个蓝袍公子哥摸着下巴说道："刚才听君然叫那人李三公子，莫非是最近得了皇上封赏的那个？"

"对，对，对，就是他！"另一个少年恍然大悟地击掌道，"万寿宴上我远远地瞅过他几眼……"

等等！杨三公子似乎想到了什么，刚刚那李三公子好像称呼那位姑娘为表妹，而李家在京城的姻亲，似乎是户部尚书端木家？！

那么，这位佳人难道是端木家的大姑娘？！

杨三公子自然而然地联想到上次舅母卢夫人找自己去端木家相看的事，心情一时有些复杂，既欢喜又后悔。喜的是得知了心上人的身份来历；悔的是因为被爽约，所以他恼了，第二次就没再理会端木家……

现在只能看着佳人的背影就这么离他远去，杨三公子真是悔得肠子都青了。

不行，他得回家让母亲帮他去找舅母说一说，让舅母再跑一趟端木家才行！

杨三公子再也没心思待在外头了，立刻掉转马身道："你们接着玩，我要回家一趟……"

没等那两个公子哥反应过来，杨三公子已经策马扬长而去。

另一边，端木绯他们刚走进观月阁的大门，立刻就有小二迎了上来，殷勤地笑道："几位客官，楼上还有雅座，请！"

几个人就随那小二沿着楼梯上了二楼。二楼很是热闹，人声嘈杂，语笑喧阗声不断。

可是当他们一行人依次上楼后，二楼瞬间消了声。临窗的几张八仙桌旁坐了七八个少年少女，他们一道道饶有兴致的目光齐刷刷地看向楼梯口，在小二身上扫过后，就落在了紧随其后的李廷攸身上。

一个着丁香色衣裙的少女小声道："不算小二哥的话，那就该是这位公子了吧？"

跟在李廷攸身后的君然、舞阳、端木绯几个人听得一头雾水，紧跟着，就见一个十四五岁、着青碧锦袍的少年站起身来，拱了拱手对君然道："君世子，别来无恙。"

"这不是秦四公子吗？"君然笑着与对方颔首致意。

其他人见这行人中竟然有简王世子，均面容微变，纷纷起身与之见礼。

一番见礼后，君然的目光从桌上的黑瓷茶碗、茶壶等茶具上轻飘飘地扫过，他摇着折扇，漫不经心地笑道："几位真是好雅兴，在此斗茶。"

时人饮茶多是用撮泡法，不过，自前朝往前数百年却盛行点茶、分茶之道，上起皇帝，下至士大夫，无不好此。时至今日，不少文人雅士仍热衷于此，视其为茶道之正统。

那着青碧锦袍的秦四公子便笑道："今日我们在此斗茶，张公子和胡公子分茶之技远胜吾等。张公子幻变的是幽兰，胡公子幻变的是雪梅，两个人各有所长，难分轩轾，刚打了个平手，就想再请一个人来评个胜负，刚才这位公子……"说着他指了指李廷攸，"恰好跟在小二身后第一个上楼。"

他的言外之意就是想邀请李廷攸为斗茶做评判。

两位斗茶的少年公子却皱了皱眉，面露不悦之色。那胡公子淡淡地道："就不麻烦李三公子了，我们还是另寻他人吧。"他一语点破李廷攸的身份，显然知道其来历。

跟着，角落里另一个着青袍的少年压低声音对友人道："武人饮茶如牛嚼牡丹，暴殄天物，又怎么会懂茶？"

少年的音量放低了些许，但又恰好让四周不少人听到了，众人均似笑非笑。

朝堂上文臣武将一向泾渭分明，在场的众人多是文臣门第出身，自认为风雅，看着李廷攸的眼神就透着几分轻蔑之色。

"我是粗人，的确不懂茶，"李廷攸微微一笑，轮廓分明的五官看起来更为俊朗，"不过我有一表妹倒是颇通茶道。"

他面上看着毫无恼色，风度极佳，几位姑娘都觉得如沐春风，暗暗交换着眼神。

包括胡公子在内的几个少年便顺着李廷攸的视线看去，目光落在了端木纭身上。他们见她姿容出众，落落大方，又带着书香门第特有的娴雅之风，眼眸便是一亮。

很快就有人想起李廷攸的表妹应该是端木家的姑娘，尚书府的姑娘来替他们做评审，倒也是一桩佳话。

下一瞬，众人就见李廷攸对着端木绯挑眉笑道："小表妹，不如由你替为兄当一回评审可好？"端木绯这个小丫头如此好茶，又擅长窨制花茶，他用脚指头想想都知道，这小狐狸肯定是个茶道高手。他便坐等端木绯替他扬眉吐气就是！

李廷攸飞快地对端木绯眨了眨眼，抛去一个"拜托了"的眼神。

四周静了静，空气凝滞，众人傻眼了。

此时，他们方知李廷攸看的人不是端木纭，而是端木纭身旁这个看似毫不起眼的小丫头。

端木绯乖巧地笑着，忍住没冲他翻白眼。

李家就在闽州，闽州产茶，有铁观音、大红袍、白茶等名茶，还有前朝的贡茶龙凤团茶。此外，闽州更有赫赫有名的金油滴建盏，此盏乃前朝御用茶具……李廷攸怎么会不懂茶？

"李三公子，莫要自说自话！"那位胡公子看了端木绯一眼，脸色一沉，"人贵有自知之明！"

他刚才说得那般客气，已经算给李廷攸脸面了，没想到此人如此不识趣，还要用一个不满十岁的丫头片子来戏耍、羞辱他们！这个人果然是粗莽的武夫！

斗茶乃风雅之事，可不是什么阿猫阿狗都能信口开河、评断一二的！

李廷攸仍旧嘴角含笑，眸色却微冷——这还真有人把他当病猫呢！

"胡公子说得是。"李廷攸拊掌附和了一句，"人贵有自知之明！"最后七个字他故意加重音调，语气中好似透着一丝嘲讽之意。

一旁的张公子眉头一皱，正要说什么，就听见李廷攸又道："说来，我许久没分茶了，手都有些生了……小二哥，麻烦替我备茶、备水、备器。"

听他这语气，他似乎打算当场分茶，众人不由得面面相觑。

"看来我们有口福了！"君然一看有好戏看了，热情地招呼着舞阳、端木绯她们都坐下。

二楼的一角就有干净的茶具备着，小二哥应声之后，利落地把所需茶具都备到了一张空桌上。

李廷攸一边撩袍坐下，一边对着那釉色黑青的兔毫盏赞了一句："盏色贵青黑，纹如兔毫，其坯微厚，不错！"

这简简单单的一句话已经透露出他绝非不通茶道之人。胡公子、张公子等人都面色微变，心道：莫非这位李三公子也通茶道？等等，说来李家在闽州驻守八年，闽州好茶……

李廷攸似乎没注意到他们的异状，悠然沉浸在自己的世界中，洗茶、炙茶、碾茶、磨茶、罗茶、择水、取火、候汤、茶盏、点茶……

他的动作不疾不徐，优雅得仿佛每个动作都经过极为精妙的计算和演练，一气呵成，让其他人的目光不由得被他吸引。

那些少年少女三三两两地起身，朝李廷攸围了过来。

四周一片寂静，只有沸水"咕嘟咕嘟"的声音回荡着……

李廷攸收手时，灿烂一笑，那墨绿色的乌龙茶汤上已经多了一幅远山飞鸟图，白色的热气袅袅地自茶盏上方升腾而起，如梦似幻。

众人皆目不转睛地看着那乳花盈面的茶汤，惊叹不已。

"妙！真是妙！"须臾，秦四公子朗声拊掌赞道，"李三公子的分茶之艺真是高啊！照我看，比闻二公子也不遑多让！"比起李廷攸，刚才张公子和胡公子分别幻变的幽兰和雪梅就是小巫见大巫了。

"过奖了。"李廷攸笑眯眯地拱了拱手，看起来文质彬彬，"雕虫小技，难登大雅之堂。"

他又在那里假谦虚了！端木绯一边喝茶，一边朝李廷攸那边瞥了一眼。李廷攸眼中的得意之色简直掩都掩不住。

茶汤上幻变的图案犹如昙花一现，只是须臾就散去了，但众人还是意犹未尽，你一言我一语地讨论着，气氛比之前还要热闹。不过，张公子和胡公子就被人冷落了，脸色阴沉得似要滴出墨来。

众人忙着说话，坐在一角的端木绯并没有加入，自得其乐地用泉水仔细地一一洗涤茶具，然后再以沸水洗茶，刮去茶饼上的膏油，再把茶饼放在小火上缓缓炙着……

忽然，前面的某一桌传来一阵"窸窣"的声音，几个姑娘皆往窗外的步道望去，隐约可以听到言语中似乎夹杂着"杨五姑娘""楚三姑娘"等字眼，她们的表情和语气随之变得有些微妙。

没一会儿，楼梯的方向就传来了上楼的脚步声，"噔噔噔"地响。

众人齐刷刷地看向楼梯口，只见楚青语和杨云染一行人鱼贯而上，来到二楼。两个人言笑晏晏，彼此看着很是熟络。

二楼的气氛随之冷了下来。

众人的表情都有些怪异。皇帝屡屡私访庆元伯府与杨五姑娘私会的那点儿风流韵事，在京中已经不算什么秘密了，他们大多听说过。

几个少年郎心思各异，嘴角都勾出一个古怪的弧度。

一个坐在窗边的蓝衣姑娘站起身来，笑吟吟地招呼道："杨五姑娘、楚三姑娘，真是巧！相逢不如偶遇，你们不如一起坐下吧？"

在场的姑娘皆是官宦人家出身，心里其实对杨云染的做派有几分不屑，只不过杨家姐妹皆得圣宠，这可是实实在在的。因此，她们无论心里怎么想，最多不搭理杨云染，却不会傻傻地出言得罪对方。

杨云染本来神色淡淡，正想要拒绝，可当余光瞟到坐在一边的端木绯和女扮男装的舞阳时，不由得面色微变，眸中瞬间阴云密布。

舞阳也没打算掩饰自己的身份，骄傲地抬了抬下巴，又随意地打开手里的折扇，漫不经心地扇着。虽然她什么也没说，但那举止与神态无形中就透着些许挑衅之意。

杨云染暗自咬牙，顿时改了主意，笑着应下了："苏姑娘，那我就恭敬不如从命了。"

看着杨云染有些不自在的神色，舞阳似笑非笑地勾唇，眼里是掩饰不住的幸灾乐祸之色。

端木绯没错过舞阳的神色变化，隐约觉得京中关于皇帝和杨云染的传闻多半是真的……

她半垂眼眸思索着，手里则不紧不慢地磨着茶，看起来很是随意。

今上在女色上从来不会委屈自己，显然对杨云染还颇为中意，但因为万寿宴中的变故，并不想将她接进宫里。

端木绯思索间，杨云染和楚青语已经在苏姑娘那桌坐下了。

苏姑娘殷勤地凑过去与杨云染说着话，还亲自分茶，并用双手将茶盅奉给杨云染。杨云染竟然就这样受下了，腰杆挺得笔直，仿佛就该受人膜拜。

舞阳用扇柄敲了敲桌脚的鲤鱼纹，似笑非笑地对端木绯抛了个眼神，仿佛在说：这条鲤鱼啊，不过被猫咬了一口，还没跃过龙门，就已经把自己当娘娘了！

端木绯也暗自觉得好笑——皇帝若真在意杨云染，早就应该将她接进宫中，现在无名无分地养着她，不过是图个新鲜而已。

皇帝这般其实等于把杨云染放在火上炙烤！

端木绯择水、取火，表情渐渐专注，接下来是最难的一步——候汤。水未熟则沫浮，水过熟则茶沉，端木绯只有掌握好水沸的分寸，才能把茶的色、香、味完美地冲点出来。

燎炉上的汤瓶微微作响，水沸如鱼目，是为一沸。

汤瓶中如涌泉连珠，是为二沸。

端木绯执起汤瓶的把手，将热汤注入放了茶末的茶盏中……

那"哗哗"的斟水声一下子吸引了好几个人的注意力，他们很快就看出门道，不知道是谁说了一句："端木四姑娘这是在分茶？"

众人一看她的动作就知道她是个高手，不由得发出了惊叹声，更多的目光投了过去。

端木绯径自调膏、击拂，少顷，盏面上浮起雪沫，如疏星淡月。

端木绯神色专注，眉目低垂，嘴角含笑，执瓶的右手尾指微翘，如拈花般。这一瞬，她看起来与平日里天真烂漫的模样大不一样，而是透着一股优雅、沉静的气息。

舞阳也在看端木绯，目光怔怔，心中隐约浮现出一种熟悉的感觉，但只是一闪而逝……

很快，端木绯放下汤瓶，小脸儿上露出灿烂的笑容，原本那种温婉的气质瞬间退去。

舞阳回过神来，好奇地凑过来看那个茶盏，随口问道："端木四姑娘，你点的可是朵'绿云'？"

绿云是菊中名品，舞阳一说就引来四周数位公子、姑娘好奇的目光，他们想看看这位端木家的姑娘的分茶之技到底如何。

四周静了静。

跟着，一位圆脸的粉衣姑娘赞不绝口地叹道："好精致的一朵'绿云'！点在绿茶上看起来绿中透白，恰到好处……原来端木四姑娘不仅擅长泼墨画，连分茶之技也是一绝！"

就连楚青语都走了过来，她看了那茶盏一眼后，也有些惊讶，转头对端木绾赞道："端木大姑娘，令妹这一手分茶之技实在是令人叹服！"

端木绾看着妹妹，笑了，眸生异彩，道："舍妹最近正由祖父亲自教养，如今连我这个姐姐都望尘莫及。"她笑得容光焕发，眉眼间带着一些炫耀之色，显然为妹妹感到骄傲。

"端木大姑娘谦虚了……"楚青语含笑恭维着。

上一世，她从未见过端木绯，只知道端木绾有个同胞妹妹不到十岁就早早地落水夭折。从那以后，端木绾就和端木家彻底闹翻了……以至后来，那个人明明可以一手通天，却单单护住了端木绛，对端木家的覆灭丝毫没有施以援手，眼看着端木家的人死的死，流放的流放……端木家这棵看似苗壮的大树顷刻间就被连根拔起了！

算算时间，端木绯应该快没了……

楚青语这么想着，心里难免有几分感慨：这对姐妹确实情深，只可惜命中注定她们很快就要阴阳两隔……

"原来李三公子方才并非随口妄言。"那秦四公子看向李廷攸，拱了拱手道，"你这位小表妹果然是茶道高手！"

端木绯在茶汤上幻变出的这朵绿菊，在意境上看着比李廷攸那幅远山飞鸟图差了点儿，不过她年纪小，才九岁就有这般分茶之技，委实令人惊叹。

李廷攸脸上的笑容更盛，他含着笑看了那位胡公子一眼，意味深长地说道："为人当有自知之明！"

他心里颇为得意，就知道这小狐狸通茶道……小丫头做得不错，没给他这个表哥丢脸！

他满意地对端木绯微微颔首，如同一个长辈般。

端木绯嘴角抽了一下，不再看他。她这是给自己长脸，又不是为了他！

就是可惜了，她刚刚分茶时不得不故意歪了歪手，不然这朵"绿云"会更加栩栩如生。

分茶自是为了饮茶，接着，端木绯就小心翼翼地端起那个兔毫盏，先赏茶汤，再嗅其香，接着轻轻地啜了一口茶汤，品其味。

以点茶之技泡成的茶汤乳花盈面，微苦，茶味主甘滑。品茶品味的是茶之天性，这杯茶虽不比以撮泡法冲泡的茶汤清澈明亮、唇齿留香，却也别有一番滋味。

秋风拂面，众人各自品茗，很是悠然惬意，气氛随着茶香的弥漫而热络了不少。

# 第十三章　流　民

茶过两巡后，四周就响起了一阵悠扬的琵琶声，曲调平缓的乐声飘散到茶楼的每个角落。前奏过去后，一个柔美婉转的女音加入其中，歌姬悠悠地唱道："淳熙丙申至日，予过维扬。夜雪初霁，荠麦弥望……"

这正是一首凄怆的《扬州慢·淮左名都》。

歌声清雅，琵琶声铮铮，如水潺潺，丝丝流入心田。

歌姬唱完一曲后，紧接着又唱响一首凄美的《长相思·其一》："长相思，在长安。络纬秋啼金井阑，微霜凄凄簟色寒……"

待曲罢，四周响起一阵热烈的掌声，公子姑娘们都面露赞赏之色。只听那苏姑娘拊掌朗声赞道："唱得好，婉转动听，荡气回肠。给本姑娘赏！"

她的丫鬟应了一声，上前给那个自弹自唱的歌姬赏了一个梅花银锞子。

那歌姬急忙抱着琵琶起身谢赏，又恭敬地问道："不知几位贵客可有什么想听的曲子？"

苏姑娘却看向了杨云染，笑道："杨五姑娘，我听刚才这两曲虽妙，却悲切了点儿。不如让她来首欢喜点儿的，姑娘觉得如何？"

同桌的其他几位姑娘也皆看着杨云染，一副众星捧月、以她为尊的模样。

"不妥。"杨云染放下手中的粉彩茶盅，看着那歌姬摇了摇头道，"她的声音过于柔细，她唱点儿悲切的，还算贴合，改唱欢喜的曲子恐怕不伦不类……"

说话间，杨云染用余光瞟见某道临窗而坐的粉色身影，眯了眯眼，目光停在对方身上。

只见端木绯正伸出一根食指，试图逗弄一只停在窗棂上的麻雀，那麻雀很是警觉，每见那根食指靠近一寸，就要蹦跳着往后退三寸，煞是有趣……

端木绯全神贯注地看着胖乎乎的麻雀，唇畔露出浅浅的梨涡，显然心情不错。

然而，这一切看在杨云染眼里好生刺眼。

她知道自己如今的处境尴尬，皇上虽还算宠她，赏赐不断，却半句不提要接她入宫之事。她也怕，一旦皇上厌倦她，那她日后该怎么办？

想到今晨杨云染不过试探地说了一句想有个名分，皇上就恼得拂袖而去，她的心里就一阵烦躁难耐。

凭什么她的日子过成这样？那个屡屡招惹她的端木绯却依然能天真烂漫，不知愁滋味！

杨云染眼眸幽暗如无底深渊，突然娇声道："我倒觉得端木四姑娘的嗓音娇嫩清亮，似泉水'叮咚'，她唱起小曲儿来，定然不同凡响。"杨云染那略显尖锐的声音顿时惊得那只麻雀扑棱着翅膀飞走了……

看着那只麻雀眨眼间就飞远了，只剩下两片细羽打着转儿从半空中飘落，端木绯有些惋惜地眨了眨眼，然后才慢悠悠地看向杨云染。

杨云染昂着下巴看着端木绯，妩媚的眼眸中带着毫不掩饰的挑衅之意，两个人的目光在半空中交缠。其他人闻声望来，下意识地噤声，四周静得落针可闻。

杨云染拔高嗓门再次挑衅道："端木四姑娘，不如你来唱上一曲，给大伙儿助助兴吧！"

她随意地吩咐着端木绯，说话的语气显得她高高在上，仿佛把端木绯视作伶人、奴婢来使唤。

说话间，她嘲讽的目光在舞阳身上瞥过。舞阳今日女扮男装出宫，若闹出事来，皇家的脸上也不好看，今日舞阳要是敢为端木绯出头，自己就可以去找皇帝哭诉……若因此惹得皇帝怜惜，那便是一石二鸟！

四周又静了静，众人皆面面相觑，一方面想瞧瞧这位端木四姑娘会如何应付，另一方面在心里暗道：这杨家女行事未免也太过嚣张跋扈！

端木绯仍嘴角弯弯，神色闲适，小脸儿上不见一丝羞恼之色。

端木纭眉头紧锁，正欲拍案而起，就在这时，一个温和的男音响起："我这小表妹才学不凡，诗词歌赋自然不在话下。"

说话间，一道挺拔修长的人影霍地站了起来，正是李廷攸。

李廷攸对着杨云染拱了拱手："可惜我这小表妹虽然满腹诗书，偏偏说话跟个小奶猫似的有气无力。哪里似杨五姑娘的嗓音，出尘空灵，如翠鸟弹水，似黄莺吟鸣，令夜莺都自惭形秽，展翅飞走……"

李廷攸一脸真挚的表情，端木绯却暗暗低头，藏着嘴角的笑意。这睁眼说瞎话也是一种本事，夜莺和麻雀皆是灰褐色的雀鸟，但刚才被杨云染吓走的那只分明就是麻雀好不好！

对上李廷攸这么一个文质彬彬的俊俏少年，杨云染有些不好意思，被对方夸得粉面若霞、心花怒放，眼波流转，清艳之中透着一丝妖媚感。

李廷攸嘴角微翘，优雅、和煦的笑容令他的五官看起来更为俊朗。

其他人大多被眼前的戏剧性发展弄得一头雾水，暗暗皱眉。

这位李三公子行事未免有失大家风范，杨云染如此折辱他的表妹，他不为表妹出头，反而对杨云染花言巧语，殷勤献媚，实在是重利轻情。大家都说李家门风严正，看来也不过如此。

不少人又收回了目光，交头接耳，谈话声与窗外"簌簌"作响的枝叶摇曳声交错在一起。

李廷攸毫不在意四周的喧嚣声，笑吟吟地接着道："我到京里不久，一直听闻庆元伯府对府中姑娘们的教导很是用心。姑娘们自小就有先生教授各种才艺，各个是绝色佳人，不仅能歌善舞、体态娇媚，而且琴棋书画、箫管笛弦，无一不能。"

说到后来，大部分人听出了门道，不知不觉中，四周再次陷入沉寂之中，连窗外的风似乎也停了下来。

一些少年、姑娘暗暗交换着眼神：哎呀，这李三公子哪里是在夸庆元伯府会教女？他分明就是在说怎么养"瘦马"呢！

不过，他这话倒是贴切！

众人不禁联想到了宫中的杨惠嫔以及最近皇帝频频私访庆元伯府的传闻，纷纷窃笑，皇帝这是把庆元伯府当成青楼妓馆呢！

众人想着，窃窃私语，眼神都染上了戏谑之色，看向李廷攸的目光也多了几分重视之意。俗话不是说武夫多是一根肠子通到底吗？这位李三公子的嘴巴还真毒！

杨云染清丽的小脸儿一阵红一阵白，她咬牙切齿地道："大胆！你竟敢羞辱我们杨家！"

李廷攸脸上笑容不变，依然是那般温润的样子，眉梢微微挑起，似乎不解地问道："我如何羞辱杨家了？"

"你……"

杨云染朱唇微颤，被气得胸口不住地起伏，却说不出一句话来。

李廷攸那一字字、一句句，表面上确实没有丝毫轻慢之意，自己若不依不饶，岂不是等于亲口承认杨家是那等污糟之地？这简直岂有此理！

舞阳毫不避讳地率先轻笑出声，带着鄙夷之色的眼神轻飘飘地落在杨云染身上，就像在看什么脏东西。

周围的窃笑声也随之响起，不曾断绝。

端木绯满意地给了李廷攸一个赞赏的眼神。

怎么说她也是他的表妹，他总不能任人往她脸上甩巴掌不是？李廷攸理所当然地对她眨了眨眼，然后笑着又提议道："君世子、慕公子、两位表妹，坐久了有点儿闷得慌，我们还是下去散散步吧。"

端木绯等几个人皆点头答应，站起身来。

李廷攸伸手做请状，彬彬有礼地让两位表妹和舞阳先行，丝毫没在意身后那仿佛要渗出毒液的阴冷目光。

一旁的楚青语端起茶盅抿了一口茶，幽幽地叹了一口气。

杨家虽上不了台面，可在未来的数年里，靠着由杨云染所生的太子会荣宠无限，风头无人能及，否则自己又何苦要与杨云染交好？

今日若让杨云染出这口气倒也罢了，偏偏这李廷攸没什么本事，还不依不饶。他再这么胡闹下去，说不定李家覆没的命运要提前几年了……

唉，这都是命。

端木绯一行五个人下了楼后，出了观月阁。

现在才未时过半，日头正盛，不过比盛夏之时温和了不少。阳光照在身上暖洋洋的，与那不时迎面拂来的阵阵微风相得益彰。

舞阳摇着折扇，意兴阑珊地说道："这月湖逛来逛去也就这么几个地方，无趣得紧。要我说啊，这北城景致最好的府邸还是本……公子的大姑母府上。"

舞阳口中的大姑母指的当然是安平。

君然闻言眼睛一亮，提议道："既然如此，干脆我们就去公主府找阿炎玩吧。"

君然当然知道封炎被皇帝禁足了，不过，皇帝又没说不许其他人登门造访。

"这个主意好！"舞阳收起折扇，用扇柄敲着掌心附和道，"炎表哥都被关了一个月了，想必一个人在府里闷得慌。你们意下如何？"

端木绯半垂眼帘，不由得想到那晚封炎忽然出现在尚书府里讨水喝的事。

以她之愚见，这一个月来，封炎怕是根本没好好"禁足"。

"攸表哥……"端木纭对安平的印象不错，也不反对，于是大家询问的目光就投向了李廷攸的身上。

李廷攸微微一笑，爽快地欣然应下："说来我与封公子也有三个月没见了……慕公子、君世子，可介意我也一起去凑个热闹？"

听舞阳称呼安平为大姑母，李廷攸就猜出了她的身份，不过识趣地没有挑明。

舞阳见表兄妹三个人神色坦然，眸中的笑意更浓。

"我们走吧。"舞阳笑着率先迈出步子，神色间又亲昵了几分。

众人一起说笑着原路返回，回了之前停车马的地方。走了才两三百丈，他们之间的气氛又热络不少。

须臾，一行车马一路朝西南方向飞驰，穿过三条街后，就来到了安平长公主府。

一个个身穿重甲的禁军面目森冷地站在府外，十步一岗，释放着一种生人勿近的气息。

得知来人是简王世子君然与李廷攸后，禁军倒也没有为难，立刻放行让车马从一侧角门进去了。

安静了好些日子的公主府瞬间骚动起来，下人们急忙赶去禀告安平和封炎。

一盏茶的时间后，几个少年少女就被一个青衣婆子毕恭毕敬地引去了正院。

他们抵达时，封炎已经等在东次间里了，原本清冷的屋子因为端木绯等几个人的到来似乎一下子热闹了不少。

"见过长公主殿下。"

"见过大姑母。"

几个人向安平行了礼。舞阳既然穿了男装，干脆就行了揖礼，看起来英姿飒爽。

待安平示意众人免礼后，舞阳笑道："大姑母，我和阿然今日去月湖游玩，正好巧遇了李三公子、端木大姑娘和端木四姑娘。这月湖甚是无趣，我想着月湖离大姑母家不远，就贸然带着大家过来叨扰大姑母和炎表哥，大姑母您不会怪我吧？"

"不怪不怪！"

安平的目光在众人身上扫过，看着这几个年轻人站在一起其乐融融的场面，她似乎也被感染，容光焕发。

她怎么会怪舞阳？她还要感激舞阳把未来的儿媳妇带上门了呢！

安平笑吟吟的目光在端木绯与端木纭的身上游移了一下，她又道："绯儿，这朵'香山雏凤'果然适合令姐！"说话间，她的视线落在了端木纭鬓间的那朵精致的绢花上。

众人皆一头雾水，端木绯就简明扼要地说了她几日前偶遇安平的事，那时安平替她挑了几朵绢花，其中就包括端木纭头上的这一朵。

舞阳心里有些惊讶，大姑母这些年虽然不得势，眼光却不低，并非什么人都能入她的眼。没想到，大姑母与端木绯竟这般亲热……不过端木绯这丫头也确实是不错，值得相交。

等端木绯说完后，屋子里原本有些拘谨的气氛也变得轻快了不少，大家言笑晏晏。

封炎在一旁来回看着颇为投缘的安平和端木绯，凤眸中似有璀璨流光，闪着几分笑意。

端木绯却感觉封炎那似笑非笑的眼神像针似的扎人，差点儿以为她刚才是不是说错了什么……

安平敏锐地察觉到这二人之间的微妙变化，颇为得意地暗自感慨着：果然是这样！他们俩之间果然有苗头！

既然儿子看上了人家小姑娘，那她这做母亲的自然要给儿子和未来儿媳妇制造点儿机会说说话才行。

安平心念一动，不动声色地与几个小辈都稍稍说了一会儿话：与舞阳说起她的学业，与李廷攸说起闽州风情，与端木绘聊起北境民俗。安平什么都能说上几句，这让李廷攸暗暗吃惊，他心道：难怪祖父和父亲对安平长公主的评价如此之高。

喝了一盅茶后，安平就若无其事地打发他们走："阿炎，今日李三公子初次登门，你带大伙儿在府中四处走走，好好玩玩，就不用陪我这个老人家了。"

安平正值芳华，却故意把自己说成老人家。几个小辈知道安平一片好意，想让他们自在点儿，便齐齐起身行礼，向安平告退。

出了正堂后，封炎就在前头领路，几个人沿着一条抄手游廊往北边行去。

这公主府是先帝在世时所赐，如今虽然只住了安平和封炎，地方却不小，比尚书府至少大出一倍，其中的亭台楼阁、山石水池、小桥曲径皆经过精心设计，显得错落有致。

几个人绕过正院后，再经过一个戏楼，穿过一段两边是院落的回廊，就到了公主府的后花园了。

然而，李廷攸的目光却被花园西北方的一处地方吸引住了，他问道："那是演武场？"

一闻此言，其他人都下意识地停下脚步，顺着李廷攸的视线看了过去，封炎点头应了一声。

"我记得那里原来是个跑马场吧？"舞阳似乎回忆起了什么，"后来还是炎表哥四岁时开始练武，大姑母才把跑马场改造成了演武场。"

君然摇着折扇，饶有兴致地凑上去说道："阿炎，我还没见识过你家的演武场，带我们瞧瞧去。"

李廷攸也是好武之人，眼睛不禁一亮。

他们本来就是在府中随意闲逛，封炎见众人都不反对，便带着他们临时改道去了演武场。

在浓密的林荫的遮蔽下，众人沿着一条青石板小径曲折前行。

比起隔壁的花园，演武场里空荡荡的，荒凉得很，也就是入口的地方放了一排排兵器架，还有演武场的另一头放了一排千疮百孔的箭靶子。

比起简王府和李家，公主府的演武场只能说是简陋。

君然也不在意，四处看了一圈后，随手从兵器架里抽出一把长剑。

他的右腕一抖，手中的长剑就随之一振，剑身"嗡嗡"作响。

"好剑！"李廷攸赞道，"这莫不是龙泉剑匠制的龙泉剑？"

龙泉剑产自江南龙泉县，该县制剑最有名的就是被称为剑匠的郑氏一族，其制作的龙泉剑质量上乘，供不应求。

君然有些手痒痒地说道："阿炎、廷攸，咱们比画一下？"他那双笑得弯弯的眼眸中露出蠢蠢欲动之色。

李廷攸虽然平时摆出一副文质彬彬的模样，但本质上不过是一个不服输的少年郎，况且又是一个好剑的将门子弟，因此也跃跃欲试。

于是，他也从一旁的兵器架里抽了一把龙泉剑，抱拳道："点到为止！"

端木绯、端木纭和舞阳三个人互相看了看，眸中都有几分笑意，就随封炎去了一旁的竹棚里歇着。

伞形竹棚下，茶香袅袅，语笑喧阗，大家都很惬意；四方台基上，两个英气勃勃的少年相对而立，皆下垂长剑，然后躬身行礼。

君然客气地道了声"请赐教"后，就立刻出剑，剑如银蛇，寒光闪闪，猛然朝李廷攸直刺而去。

李廷攸大步跨出，举剑迎上，然而君然侧身闪避，手腕顺势一转，长剑对着君然的肩膀削出……

"铛！"

李廷攸手腕一抖，挥剑挡下。

只是弹指一挥间，那两把剑便碰撞了四五回，碰撞之处火花四射。

虽然两个人都使剑，但剑法的路数大不相同，一个轻灵，另一个霸气，倒是不分上下。

"铛！铛！铛！"

两个少年起初是互相试探，探出几分对方的底细后，就肆意了起来，身影越来越快。两个人的身影左右游走，剑光闪闪。

比起上次在万寿宴中李廷攸与许文诏那场各怀鬼胎的比试，这一次，君然与李廷攸的切磋不知道要精彩多少！

端木绯饶有兴致地看着，一双大大的杏眼明亮清澈，一眨不眨。

这时，舞阳身旁的封炎霍地站起身来。

一时间，端木绯、端木纭和舞阳都把目光投向了他。

封炎随手捞起身旁的一把长剑，看了端木绯一眼，似漫不经心地说道："我也去陪他们俩玩玩！"

他话音未落，已经大步朝李廷攸与君然走去，手中的长剑骤然出鞘，剑锋在二人的头顶上"唰"地划过，白光一闪，去势如电。

"铛！"

李廷攸与君然急忙抬剑去挡，震得长剑在空气中轻颤不已，"嗡嗡"作响。

封炎一击不成，攻势不减。他手中的银剑快如闪电，发出猎猎剑风，形成一张密集的剑网，透着雷霆闪电之势。

那闪闪的剑光令人眼花缭乱，目不暇接，让另外二人只能一退再退……

就在封炎那狂风暴雨般的猛烈攻势中，君然的长剑脱手而出，李廷攸则是连连后退，被逼得踉跄着退下了台基。

胜负已分。

这一切发展得太快，竹棚下的三个姑娘方才几乎看不过来，甚至没看懂封炎是怎么卸了君然的剑的，三个人怔怔地眨了眨眼。

李廷攸虽然败了，却没有因此萎靡不振，再次将剑尖下垂，兴奋地对着封炎抱拳道："阿炎，多谢赐教。"从他的语气里可以听出，他对封炎反而亲近了不少。

李廷攸在江城没有和封炎交过手。当时，封炎率援军解了围城之危后，有一支两三百人的残匪结伙逃窜，封炎留下援军的主力，只挑选了两百精锐骑兵轻车简从，追击那支残匪，依靠在途中抓获的一名小头目行了反间计，最后不费吹灰之力就拿下了那支残匪。

封炎担得起"有勇有谋"这四个字！

想着江城的点点滴滴，李廷攸感慨地说道："在江城，阿炎于两百步外一箭射落水匪首领，为我生平所罕见！祖父常言，天生神力者，能拉八百石弓，射程近两百步，确实如此！"

李廷攸眼眸熠熠生辉，含笑又道："我有机会定要请封公子再行赐教！"

听李廷攸这么一说，君然也被挑起了兴趣，好奇地说道："在两百步外射中匪首？！阿炎，看来你的箭法又精进了？来，来，来，你射一箭我瞧瞧。"

封炎径自饮茶，根本就没理他。

君然却不肯死心，直接反客为主地对一旁的小厮吩咐道："快去给本世子拿弓箭来！"

那小厮可不敢擅动，看着封炎的脸色。

封炎这次终于有了反应，不客气地朝君然伸出手："彩头呢？"

他的意思是要他出手，自然要有彩头。

君然的眼角抽了一下，阿炎这家伙还真不知道客气！

君然眼珠滴溜溜一转，迎上了其他几个人看好戏一般的目光，心念一动：总不能他自己一个人出血！

他清了清嗓子，故意曲解封炎的意思："阿炎，你说得是，没彩头也太无趣了点儿。来，来，你们也都来押个注，买定离手。"

说着，他从袖子里掏出了一个沉甸甸的钱袋，往桌上一丢，三言两语间就以三个茶托开了三个盘口。

第一个是两百步，第二个是两百五十步，第三个是三百步。

众人被君然挑起了兴致，纷纷掏出钱袋子豪爽地押了注，气氛很是热络。

端木绯也被这种气氛所感染，从腰侧的荷包里掏出一个小巧的梅花金锞子，似沉思地在三个盘口间来回看着，大家的钱袋都押在了前两个茶托上，唯有第三个茶托上空荡荡的。

见端木绯似有些犹豫，舞阳便开口解释道："绯妹妹，在三百步外射中靶心几乎绝无可能。"

五尺为步，十尺为丈，两百步就是百丈远，封炎想要射到这个距离不难，问题是羽箭在百步之后就渐渐后继无力，所以才有了"强弩之末"这个词语。想要在三百步外一箭射中靶心，那恐怕也唯有历史上曾射石搏虎的名将李广了。

舞阳仔细地与端木绯解释着，端木绯乖巧地听着，不时颔首。她再次抬起手，打算押第二个，没想到手才抬起，就见封炎正似笑非笑地看着自己。

封炎那双乌黑的眼眸如深潭，乍一看，波澜不惊，再一看，又似含着刀光剑影。

端木绯手一滑，指间的梅花金锞子就掉了下去，正好掉在第三个茶托上，骨碌碌地转了半圈才停下来，那白瓷茶托上一颗小巧的梅花金锞子分外醒目。

看着端木绯好似傻眼的表情，君然差点儿笑出来，也不给她反悔的机会，笑道："买定离手！"

他又笑眯眯地看向封炎，伸手做请状，似乎在说：你该开始了！

封炎接过小厮递来的弓箭，大步朝箭靶的方向走去，在距离箭靶三百步的地方停了下来。

众人皆目光灼灼地看着封炎，只见那瘦削的少年站在西斜的夕阳下，身姿显得尤为修长挺拔，四周不知不觉地安静了下来。

少年不紧不慢地搭箭，拉弓，弓开如秋月行天。

他手指一动，就听"嗖"的一声，破空声响起，那支羽箭如闪电般划过天空，又似流星般落向大地。

下一瞬，"嘭"，箭靶上就多了一支箭。

箭靶因为那一箭产生的冲击力而颤动着，"嗡嗡"作响。

这一箭正中靶心！

众人怔怔地看着那插着羽箭的箭靶，有些难以相信自己的眼睛。

须臾，舞阳"扑哧"一声笑了出来，拊掌道："绯妹妹，你赢了！"

这个赌局本来也就是闹着玩，根本没人在意自己输了银子，大家心情都不错，如众星捧月般簇拥着端木绯，把钱袋子都拱到了她跟前。

端木绯笑得眉眼弯弯，夸张地把彩头拥入怀里，一副小财迷的样子。

"这真是运气来了，挡也挡不住！"君然在一旁摇着折扇，意有所指地说道。他似笑非笑地看着正把弓箭递给小厮的封炎，觉得眼前这个家伙分明就是一头开屏的公孔雀！

他想着，嘴角染上了一丝戏谑的笑意。

上次去端木家参加寿宴时，他就发现封炎一直盯着端木绯，似乎很在意这个黑芝麻馅的小丫头。

自己还真是火眼金睛啊！

就在这时，子月的身影出现在演武场的入口处，她快步朝竹棚的方向走了过来。

"几位公子、姑娘，"子月优雅地福了福身，"奴婢奉长公主殿下之命，请各位去玉华堂用些茶点。"

于是，众人纷纷起身，跟着子月去了正院。

丫鬟很快给众人上了糖蒸酥酪，青花瓷盏里的酥酪如凝脂般洁白细嫩，上面撒着些碎山楂和杏仁片，红白映衬，看着就令人食指大动。

那香甜细腻的酥酪入口即化，带着若有若无的酒香，在唇齿间荡漾。

端木绯吃得满足极了，心里赞道：公主府里的厨娘的手艺委实不错！

用着点心，安平笑吟吟地问道："阿炎、舞阳，你们刚才都玩什么了？"

"大姑母，"舞阳眉飞色舞地说道，"这您要问绯妹妹才行，今儿绯妹妹一个人的运气顶得上我们所有人的了。"

"绯儿，快与本宫说说。"安平脸上的笑意更深，她顺着舞阳的话把话题带到了端木绯身上。

端木绯就兴致勃勃地说自己一时手滑，却把大家的钱袋子都赢了过来。她说话间，众人偶尔出声补充一两句，你一言我一语，气氛好不欢快。

看着这些正值青春芳华的小辈，安平的神色越发柔和了。她心里微微叹息：公主府平日里还是太冷清了，要是阿炎能早点儿把媳妇娶进门，以后府里自然能一点点地热闹起来……

安平在封炎和端木绯身上不动声色地看了看，唇边的笑容明艳动人。

李廷攸等三个人在公主府里玩了个痛快，等回到尚书府时，已经是黄昏时分，夕阳落了一半。

三个人原路返回偏厅，端木宪和李传庭正在一起饮茶，二人相谈甚欢，气氛煞是热络。

　　见三个小辈归来，李传庭剑眉一挑，笑着随口问道："攸哥儿，你带你的两个表妹去哪儿玩了？"

　　三个人给端木宪和李传庭行礼后，李廷攸便含笑答道："父亲，我带表妹们去了北城月湖畔的观月阁，恰好有两位公子在斗茶，真是令人'大开眼界'。"他负手而立，做出一脸赞叹的样子，并没有提公主府的事。

　　端木绯一本正经地点了点头："表哥说得是。"

　　接着，她就把李廷攸以分茶之技震惊四座的事娓娓道来，口齿伶俐。端木宪有些惊讶，没想到李廷攸还精通茶道。

　　端木绯继续道："祖父、二舅父，今日我算是明白了一个道理，'人贵有自知之明'，表哥你说是不是？"

　　端木绯看着李廷攸抿嘴而笑，精致的眉眼弯成了细细的月牙儿，笑得意味深长。

　　李廷攸笑容一僵，感觉这小丫头又有所指地在提"鬼见愁"的事了。

　　唉，这丢了的脸面他怕是一时半会儿拾不回来了。

　　端木绯却笑得更欢乐了，对他眨了眨眼，仿佛在说：你在观月阁里推我出去做出头鸟，我也礼尚往来。

　　端木纭在一旁掩嘴轻轻低笑，也赞了一句李廷攸的分茶术。屋子里回荡着三个小辈轻快的说笑声，其乐融融。

　　见李廷攸和端木纭、端木绯姐妹俩处得愉快，尤其是他和端木绯似乎有某种默契，李传庭不由得心念一动，目光闪了闪。

　　知子莫若父，自己的儿子自己了解。

　　这小子就爱在外头装模作样，可是和端木绯这小丫头在一起时，似乎总控制不了真性情。

　　有趣，这实在是有趣！

　　看着表兄妹三个人言笑晏晏地说着话，李传庭眸中的兴味更浓了，也许等他回了闽州，他可以试探地和父亲、母亲提一下亲上加亲的事。

　　夕阳落下大半，天色昏黄，只有西边的天空还留有一抹绚烂的晚霞。

　　管事嬷嬷进来请示是不是要开席，端木宪见天色不早，就应了，众人说笑着移步去了宴客厅。日暮，酒酣。

　　这一日，一直到用过晚膳，李家父子俩才告辞。

　　端木宪目送着他们的背影消失在月洞门处后，嘴角的笑意一敛，微醺的眼眸也变得锐利、深沉起来，似乎在算计着什么。

少顷，他一面起身抚了抚衣袍，一面道："四丫头，你随我去一趟书房。"

端木纭以为祖父又要考校妹妹的功课了，没在意，紧跟着也站起身来，对端木绯微微一笑，意思是：你尽管与祖父去吧。

姐妹俩在院门口分开，端木纭先回了湛清院，端木绯则随端木宪来到了他的外书房里。

端木绯本来就在观月阁吃了些点心，晚膳又丰盛，不小心多吃了两口，现在步行一盏茶的工夫，就当是散步消食了。

端木宪做了个手势示意她坐下，她也不客气，祖孙二人就坐在了窗边的两把圈椅上。圈椅之间的方几上还摆着一个棋盘，黑白棋子密密麻麻，乍一看有些凌乱，细看却暗藏玄机。

黑子步步为营，试探布局；白子谨慎老练，以守为攻，待布局成形，方见其暗含杀招；黑子力挽狂澜，以凶猛的攻势将棋局停在了难解难分之处……黑白子勉强相持，端木绯看得有了兴味，眸子发亮。

有道是："执黑子为敬"。显然在这盘棋局中，黑子是李传庭，白子是端木宪，看来她这个二舅父果然是文武双全啊！不错，二舅父非常不错。

端木宪也在看这个棋局，却目光闪烁，话明明到了嘴边，又有几分犹豫不决。

这事他该怎么和一个不满十岁的小丫头说呢？

下午，端木宪和李传庭打发了三个小辈出去玩耍后，在此密谈了一番。

李传庭提起近来京城拥进了不少流民的事，感慨他这一路北上，也看到不少流民往京城的方向来，零零散散地加起来有近千人。

自古以来，流民最易造成人祸，端木宪也不敢小觑。

而且最近京城内外已经聚集了不少流民，他们越来越不安分。比如前几日，就有一伙流民在粮行街那边起了一阵骚乱，几家粮店被抢，为此，京兆府尹被皇帝传召，训斥了一番。最近，京兆府也加派了人手在几处流民众多的地方巡视。

端木宪知道，李传庭这是在暗示自己要早做准备。

这近千名流民若一下子涌进京城，对京城的冲击可想而知。

这事不太好办。

虽然现在乱的是京城，按理该由京兆府负责，但是大批流民北上，就代表着赈灾不力，自己身为户部尚书，责任重大。

他也想赈灾，偏偏国库空虚，没银子啊！

想着，端木宪眸色微深，面露凝重之色。

他把端木绯叫来书房，是想听听端木绯的看法，可又觉得兹事体大，她毕竟还小……

端木绯从棋局中抬起头来，赏了一局好棋让她心情颇为不错，小脸儿上笑容可掬。

看着端木宪面沉如水的样子，她歪着脑袋直接问道："是不是二舅父与祖父说了什么？"她心里想的却是让端木宪早点儿直奔主题，两个人尽早聊完了，她才好回湛清院洗漱睡觉。

端木宪抬了抬眼皮，缓缓说道："四丫头，今日你二舅父与我说起，马上会有一大批流民北上进京……"他的语气中还是有一分迟疑之意，因此，他没有具体说这件事与尚书府有什么关联。

端木绯一不小心又被那棋局勾走了心，不仅心痒痒，而且手痒痒。她随手从棋盒里拈起一粒黑子，在手中把玩着。

余晖给她白皙的手指和乌黑的棋子镀上了一层金色的光晕，煞是好看。

"祖父，赈灾不力是因为国库空虚，祖父不如上书皇上开放海禁。"她看着棋局的眼眸熠熠生辉，这个提议似乎是随口说而出的。

她寥寥数语便直指要害。

端木宪目光微闪——开放海禁！他怎么没想到呢？

百余年前，大盛朝初建，四方犹未平，太祖皇帝为防前朝余孽与倭寇勾结滋扰，下令实施海禁。

直到十六年前，伪帝执政期间，曾在安平长公主的支持下一度开放海禁，可是随着海上贸易昌盛，海上倭寇也随之泛滥，滋扰沿海百姓。十年前，今上再次下了海禁令，言明"濒海民不得私自出海"。

以今上的性格，这旨意既出，白纸黑字，他恐怕不会自打嘴巴。

端木绯心里明白端木宪在忌惮什么，却不说破，仿若未觉地说道："祖父，海禁一开，可以大兴海贸，增加税收，国库就不会这般捉襟见肘，那便是祖父的功劳……那么，以后首辅之位舍祖父其谁？"

首辅？！端木宪微微眯眼，心中又是一惊。他上次只是随口和端木绯提过一句柳首辅快要致仕，她竟有如此眼界，联想到了首辅之争？！

"唉！"端木绯又无奈地叹了一口气，故作苦恼地说道，"祖父，我也知道，海禁之事就算祖父有心一力促成，也不容易。可是近两年各地灾害频起，即便朝廷能控制住这次的流民之乱，稳定大局，那下一次呢？国库若再无进项，一旦今冬再有什么天灾或战乱，只怕国本会动摇……"

端木宪瞳孔微缩，端木绯说的最后一件事正是他这段时日所忧心的，若再有灾害，大盛还支撑得住吗？可是开海禁啊，只凭他一人之力，恐怕还弄不成……

这时，端木绯忽然笑了，似乎想到了什么，把手中的黑子落在棋盘上，原本微蹙的眉头舒展开来，一双眸子璀璨生辉。

端木宪原本只当她是小孩子家家随便下着玩呢，可当目光随意地扫过棋盘时，他却双目微瞠。

端木绯的这粒黑子落下后，原本呈胶着之势的棋局在瞬间发生了天翻地覆的变化，散乱的黑子忽然串联在了一起，形成一条蜿蜒的黑龙。

端木宪眼眸中仿佛起了一片惊涛骇浪……

许久，他终于渐渐平静了下来，眉目之间露出若有所思的神情。

只他一个人想要说服皇帝开海禁恐怕不易，可是他忘了"合纵连横"之计——只要有了共同的利益，几方势力自然就可以联合起来，比如说李家。他想开海禁，就需要李家的支持，而对李家来说，开海禁就意味着闽州在大盛的地位会变得更为重要，那么李家的地位自然会水涨船高。

一旦将来国库丰盈，龙颜必会大喜，首辅之位将再无悬念！

开海禁也许一时会有不少阻碍，可是俗话说"富贵险中求"，他想要收益就必须承担风险。

端木宪是户部从一品大员，掌管整个大盛的土地、赋税、户籍、军需、俸禄、粮饷等，已经居于庙堂，再进一步的机会可遇不可求……

他的仕途能到什么地步，也许就看这一回了！

想着，端木宪不由得端详着端木绯那张可爱的小脸儿，他的眼眸生出异彩，那慈爱的眼神之中带着一丝炽热。

他有孙如此，真是天助端木氏也！

"墨砚，快去取我的龙井给四姑娘沏一盏茶。"端木宪含笑地唤了一声小厮，一副要与端木绯继续长谈细说的样子，完全忘了自家孙女还不满十岁。

在袅袅茶香与低声细语中，夜幕彻底降临，窗外黑黢黢的一片。书房里点亮的两盏羊角宫灯发出荧荧光辉……

"喤喤！"

当二更天的锣声响起的时候，端木绯才回到湛清院里。

"蓁蓁，你饿了吧？"

端木纭早就在东次间里等急了。她本以为端木宪只是把端木绯叫去随便问几句功课，没想到妹妹这一去就足足待了一个时辰。

妹妹还不满十岁，祖父布置的功课未免也太繁重了点儿！

此刻见端木绯终于回来了，端木纭关切地拉着她在罗汉床上坐了下来，嘘寒问暖，又吩咐紫藤赶紧上夜宵。

秋日的夜晚，空气清新，夜风拂去了一天的疲惫。不一会儿，端木绯在窗边吹着夜风，舒舒服服地捧着一盅南瓜百合甜汤吃上了。

甜汤温温的，恰好入口，她一勺一勺慢慢地舀着甜汤，唇角弯弯。

端木绯吃得满足，可端木绫看在眼里，只觉得妹妹想必饿坏了。她心疼极了，嘴里絮絮叨叨地说着："蓁蓁，祖父可是又给你布置了什么额外的功课？你要是累的话，可别忍着，姐姐去和祖父说，让他给你减轻些功课。你还小，还是长身体的时候，千万不能累着……"

…………

端木绯津津有味地吃着夜宵，笑吟吟地听着端木绫的叮嘱，心里暖乎乎的。

她咽下最后一口甜汤后，用帕子擦了擦嘴角，点头乖巧地说道："姐姐，我会早点儿睡下的。"接着，她不动声色地转移话题，"明早是书画课吧？"

端木绫应了一声，想起端木绯上课要用的画具还没准备好，正要吩咐绿萝，话还未出口，却想起了另一件事来，改口问道："蓁蓁，上次袁先生布置的功课你可完成了？"

袁先生是闺学里专门教授她们书画的先生。

端木绯身子一僵，小脸儿上难得露出一丝赧然的神色："姐姐，我马上就去画。"她还真是把袁先生布置的功课忘了。

一看妹妹这可爱的小模样，端木绫简直心都快化了，轻言细语道："不着急，我和你一起画！"

端木绫拉上端木绯去了她的小书房，吩咐锦瑟伺候笔墨，她那摩拳擦掌的样子看起来恨不得能替妹代笔。

"蓁蓁，袁先生要我们画花草，牡丹、秋菊太过繁复……今儿也不早了，我们干脆就画个简单的兰草好了。"端木绫指着角落里的一盆兰草说，心想着正好可以照着这盆兰草画。

"狼毫过硬，画兰草当用兼毫。"端木绯笑吟吟地从笔架里取了一支兼毫。

在一旁准备磨墨的锦瑟出声请示道："四姑娘，那奴婢就给姑娘磨淡墨了。"

画兰当用淡墨，方能显兰之润透。

端木绫满意地微微点头，这锦瑟虽有诸多不妥之处，伺候笔墨却是不错的，妹妹果然有识人之明！

等锦瑟磨好墨后，端木绯就执笔画了起来，端木绫在一旁不时提点道：

"出笔画劲利，收笔勿浮华。

"用笔要虚虚实实，莫要一股力道用到底！

"布局须得有主次。"

…………

没一炷香的工夫，端木绯就画好了一株错落有致的兰草，尽得眼前这盆兰草的神髓。

只不过，这个时节不是兰花绽放的时候，这画中有草却无兰，委实感觉缺了点儿什么。

"蓁蓁，我来给你加朵兰花吧！"端木纭忍不住拿起端木绯刚搁下的笔，在书案的另一边"唰唰"地落下几笔，一朵小巧精致的兰花就在叶间悄然绽放，看起来楚楚可怜，惹人生出采撷之心。

端木绯歪着脑袋看着眼前的这幅画，提议道："姐姐，有花无蝶如无香，我们再加一只蝴蝶好不好？"

"蓁蓁，你说得是！"

端木纭眼睛一亮，似乎已全然忘了这是端木绯的作业，兴致勃勃地执笔又添了几笔，于是，兰草间便多了一只振翅的蝴蝶。

"花香引蝶蝶恋花。"端木纭满意地笑了，放下了手中的兼毫，"等交了功课，我就把这幅画裱起来，挂在我的小书房里！"这是她们姐妹俩一起完成的第一幅画。

端木绯拊掌应下了。说话间，姐妹俩其乐融融地出去了，留下锦瑟独自在书房里怔怔地看着那幅《蝶戏兰草图》，表情有些复杂。

锦瑟跟在端木绯身旁伺候笔墨已经近三个月了，每天都随她去闺学上课，目睹这位四姑娘的书画技艺从一开始的不堪入目到现在明显的初通门道。

这幅《蝶戏兰草图》里的兰草虽简，却自有筋骨。

锦瑟不紧不慢地收拾好了案头上的笔墨，然后关上了小书房的窗户，将那夜空中的明月关在了窗外……

休息了一天的端木绯和端木纭又恢复了原本的日常生活，一早就去了璇玑堂。

巳时，袁先生在抵达璇玑堂后，第一件事就是检查几位姑娘的功课。

一眼望去，姑娘们的画作色彩斑斓，有的画了《国色天香图》，有的画了《玉堂富贵图》，有的画了《菊石图》……相比之下，端木绯的这一幅以水墨画就的《蝶戏兰草图》黯然失色。

袁先生随口夸了两句"柔韧挺秀，自然疏朗"后，就去看别人的画了。

等把每个姑娘的画作都点评完后，她就开始教皴法。皴法种类繁复，多用在山水画中，不过今日她是为了教姑娘们画鸟，所以只简单地教授了两种皴擦羽毛之法，又示范性地给姑娘们画了一只活灵活现的寒雀，然后就布置了作业，让她们当堂画一幅《雀鸟图》。

锦瑟立刻从画具箱里取出几支画笔，搁在一旁的笔架上，然后又主动地磨起墨来，一方浓墨，一方淡墨。

端木绯随手拿起一旁清香酸甜的果子露，一边轻轻地啜了一口，一边漫不经心地看着窗外的庭院，心想：她到底画什么好呢？

"四姐姐。"

忽然，她耳边响起娇嫩清脆的喊叫声。

端木绯循声看去，一个六七岁、身穿鸭黄色团花缂丝长袄的小姑娘正站在书案旁看着她。小姑娘脸庞圆圆的，头上梳了个鬏鬏头，缠着琉璃珠串，很是可爱。

"六妹妹。"端木绯笑着颔首致意，放下了手中的白瓷杯。

这个小姑娘是四房的六姑娘，今年刚六岁，名叫端木缳。

"四姐姐，你在喝什么？"端木缳指了指那白瓷杯中洋红色的果汁，笑吟吟地问道。

端木绯笑道："这是我今早刚榨的石榴汁。"

"四姐姐的手真巧。"端木缳乌黑的大眼睛忽闪忽闪的，她表情期盼地望着端木绯，"四姐姐，可以分我一杯吗？"这石榴汁颜色鲜艳，又散发着淡淡的果香，一看就好喝极了。

瞧小姑娘一副垂涎欲滴的模样，端木绯失笑地应道："我让丫鬟回去再拿一壶来给六妹妹。"她当着端木缳的面，吩咐了绿萝。

"多谢四姐姐！"端木缳忙不迭地福了福身，喜笑颜开。

这时，端木缳方想起自己过来找端木绯的正经事，便又涎着脸找她借了支狼毫。

一旁的锦瑟欲言又止，这可是她今日替端木绯准备的唯一一支狼毫，是用来勾勒线条的。不过，她终究还是什么也没说。

端木缳接过笔，再次谢了端木绯，就乐滋滋地走了，心道：还是四姐姐和气又大方，哪里好似三姐姐？她不借就算了，还要冷嘲热讽一两句。

目送着身着鸭黄色衣裙的小姑娘连蹦带跳地回了自己的座位上，端木绯心念一动。

想法有了！她就来画一幅《小鸡啄米图》好了！

毛茸茸的小雏鸡不需要用狼毫来勾线，直接用兼毫和软毫就能画好。

她不由得画性大发，审视了左前方正在蘸墨的端木缳一番后，就开始动笔了……

"唰唰唰……"

端木绯下笔如有神。

这一日，直到午初，众人才下了闺学。

远远地，端木绯就见碧蝉站在树荫下，守在湛清院的门口，探头探脑的。

"四姑娘。"

一见端木绯回来，碧蝉就殷勤地跑上去相迎，鞍前马后地伺候着，只差把端木绯当作老夫人来搀手相扶了。

看着碧蝉这卖乖的小模样，端木绯就知道她有话要说，感觉有些好笑，朝小书房的方向走去。

端木绯走到临窗的一把圈椅附近，然后坐下，绿萝忙不迭地去沏茶，锦瑟则把藤编书箱里的书画一一整理归位，动作熟稔。当她展开端木绯今日在课堂上刚画的那幅《小鸡啄米图》时，不由得顿了顿，目光微闪。

四姑娘今日在课堂上画的这幅《小鸡啄米图》，无论是构图，还是技法，都再简单不过，可在四姑娘的笔触下，那三只稚嫩小鸡尤为有趣生动，第一只怯弱地打量着四周，第二只贪婪地啄着小米，第三只啄着第二只的尾巴，憨态可掬，跃然纸上。

她自认为，如果让自己画一幅同样的画，在技法上也许强于四姑娘，却赶不上这一幅的灵动劲……还有四姑娘的棋艺，如今自己已经远不是其对手了。

四姑娘的各项学业皆突飞猛进，自己恐怕很快就望尘莫及了。

这世上难道真有所谓天姿卓绝之人？

锦瑟怔怔地立了一会儿，方又继续忙碌起来，仔细地卷好画纸，放进一旁的画筒里。

端木绯从碧蝉手里接过温热的帕子敷了敷面，拭去脸上的尘埃，跟着接过绿萝刚沏好的茶，轻轻地啜了两口后，就觉得浑身暖洋洋的，甚是舒畅。

碧蝉收好那敷面的帕子，在一旁禀道："四姑娘，今儿一早卢府那边又派人来见二夫人了。"

端木绯扬了扬眉："你可打听到她们说什么了？"

端木绯语气淡淡地问道，随手拿起一本棋谱，下一瞬就见锦瑟仿佛与她心意相通般，打开了两个放在棋盘旁的棋盒。

端木绯含笑瞥了锦瑟一眼。她一直都知道锦瑟的那点儿小心思，这个丫鬟虽然卖身为奴，但是曾经的清高傲气不减……她调教这样的丫鬟须得以"才"服人，这事有趣得很。

木芙蓉的清香透过窗户飘来。端木绯心情不错，拈起一粒黑子打起棋谱来。

碧蝉仔细地道来："姑娘，奴婢是听琼华院里的两个洒扫小丫鬟聊天时说起的。从卢府来的那个嬷嬷说，他们夫人这两天冷静下来，觉得之前太冲动了，所以令她来给二夫人赔个不是。她又说庆元伯府那边想再安排杨三公子与大姑娘相看一次，不过二夫人没立刻应下，只说最近府里忙，要再挑个好日子才行……"

碧蝉说得条理分明，端木绯一边听，一边悠闲地照着棋谱落子，心里对碧蝉的表现颇为满意。

近来，三个贴身丫鬟都渐入佳境，端木绯觉得自己的日子过得越来越惬意了。这样甚好！

至于卢府和庆元伯府，端木绯并没有放在心上，反正只要让端木宪知道卢家来人的事，后面就轮不到她操心了。有端木宪挡在前面，她完全不用费心思。

这时，室内的几个人就见湘帘一晃，端木纭带着紫藤一前一后地进来了。

"蓁蓁，等用了午膳后，我们一起去一趟昌兴街吧。"端木纭笑道。

端木绯歪了歪脑袋，立刻想起了什么，问道："姐姐是打算去看看我们的铺子吗？"

之前贺氏给端木纭分了一处庄子和一家铺子，让她先管着。那家铺子就在昌兴街上，被租了出去，每月收租金。

端木纭点了点头："本来那家铺子的租期要到年底，但那个姜老爷说，打算一家人回江南老家去，不再续租了。其实这铺子每年的租金也就七十几两银子，我想着干脆别再出租了，我们俩过去看看，自己开家什么铺子来练练手。"

端木绯觉得这个主意不错，兴致勃勃地说道："姐姐，我记得房契上写着，那家铺子是前铺后院的格局吧？以后我们的铺子无论卖什么，肯定要找人打理的，正好前边开门做生意，后边用来住人。"

端木纭也是这么想的，笑着夸道："蓁蓁，你想得可真周到。待会儿我们就去昌兴街那里看看，调查一下那家铺子到底适合做什么生意。"

姐妹俩正说着话，张嬷嬷来唤二人去用膳了。

未时，她们俩的马车就自一侧角门驶出，往城东的昌兴街飞驰而去。

一炷香的工夫后，马车就抵达了昌兴街，车速渐渐放慢。

昌兴街是城东最热闹繁华的地段之一，也算是街如其名。街道上车水马龙，形形色色的路人穿行其中，喧闹声不断，路边某些伙计热情的招呼声清晰可闻。

马车很快在一家名叫"香茗"的铺子前停了下来。铺子里冷冷清清的，红漆木的货架上，东西已经空了一半，一个青衣伙计拿着几张单子正在盘货。

伙计见有客登门，便笑着看了过来，招呼道："两位姑娘，请随意看看，我家铺子可是京城十几年的老店，卖的茶叶有口皆碑，保证物美价廉。这几天我们正在关门清货……"

端木纭与他说明了来意后，伙计连忙点头哈腰道："两位端木姑娘，铺子还需要再收拾几日，还请姑娘通融一下……"

端木纭和善地说道："不着急，今日我和妹妹就是来看看铺子。"

伙计松了一口气，连声道谢。

这时，门帘翻动，从内堂里走出来一个十四五岁、身材纤瘦的少女。

正值芳华的少女穿着一件丁香色交领兰花刺绣长袄，下面着一条马面裙，一头乌黑的长发被绾成弯月髻，鬓发中插了一支衔珍珠坠小银凤钗，白皙的肌肤如初雪般细腻润泽，瓜子脸上明眸生辉，整个人看起来清纯俏丽。

伙计小声地与她说了两句话，她福了福身，客气地说道："两位姑娘，我姓姜，这铺子是我爹爹租的。两位随我到后面说话吧。"

端木纭微微颔首，三个人挑帘进了内堂。

内堂里，两边窗扇大开，明净敞亮，空气里弥漫着淡淡的茶香，这里本来是茶铺用来招待贵宾的地方。

端木纭和端木绯不动声色地打量着四周。这姜家人能在京城开十几年的茶铺，显然是用了心经营的。屋子保养得很好，各种家具摆设也十分雅致。

姜姑娘请姐妹俩坐下后，又吩咐丫鬟上茶，然后落落大方地说道："端木大姑娘、端木四姑娘，不巧今日双亲和两位哥哥都出了门，就由我带二位在铺子里随便走走吧。"

用过了茶，姜姑娘就领着端木绯和端木纭在铺子前后走了一圈。

这铺子表面看着不大，其实里头宽敞得很。前面是两开间，后院除了两间坐北朝南的正房，还有东西厢房，以及可以用来作为仓库的后罩房。

小小的庭院里铺着干净的青石砖，一侧种了几株翠竹，另一侧种着几丛月季，还摆了几盆菊花、一个水缸，氛围安宁祥和。

姜姑娘不时地出声介绍，语气平和，又隐约透着一丝留恋与不舍之意：

"我们平时就住在这后边的院子里，后院还有一个后门，卸货和出入都很方便。

"我爹说，这铺子虽不大，但是位置好，正好在昌兴街的中段。

"隔壁又有间茶楼，有时候那些客人从茶楼里出来就会顺路来此买茶……"

…………

端木纭和端木绯对这个铺子颇为满意。在繁华的昌兴街上，它不算醒目，但是对她们姐妹而言，恰到好处。

她们不打算做什么大生意，只想弄点儿小本生意练练手，等以后要回了李氏的嫁妆，才不至于手忙脚乱，被某些奴大欺主的下人蒙蔽。

看完了铺子，姐妹俩就出声告辞，姜姑娘亲自送二人到了铺子门口。

端木绯笑道："姜姑娘不必相送了，我和姐姐还打算在昌兴街上再逛一圈。"她们想看看这四周还有些什么铺子，以免她们以后开的铺子与别的铺子冲撞了。

说话间，她们就看见从隔壁的和韵茶楼里走出一道有些眼熟的高大身影。

一个三十余岁的男子着一袭藏蓝色织银丝团花纹锦袍，腰间系了条玄色缀碧玉腰带，锦衣玉带，风流倜傥。他的身后寸步不离地跟着一个白面无须的青衣小厮。

不仅端木绯和端木纭看到了他，对方也看到了她们。他的嘴角微勾。

姐妹俩赶忙上前几步，对着他福了福身："见过慕老爷。"

这个男子正是微服出巡的皇帝。

皇帝看着姐妹俩也有些意外，目光在二人身上扫过，又在端木纭的脸上停留了一瞬。

今日端木纭穿着一件茜色暗妆花交领长袄，搭配一条浅粉色的绣花马面裙，耳着明月珰，如玉的面颊上泛着淡淡的红晕，如一朵盛开的海棠般明艳动人。

皇帝抬眼看了一下那铺面上方的招牌，面露了然之色，亲和地笑道："原来是端木家的丫头，你们俩今日莫非来此买茶？"

"回慕老爷，我和妹妹倒不是来买茶的。这铺子原是先母留下的嫁妆，最近店家要退租，我就带妹妹过来看看。"端木纭简单地把来龙去脉解释了一遍。

皇帝笑道："我正好要买茶，你们陪我看看……"

他话音未落，一道灰色的矮小身影忽然从后方的一条小胡同里蹿了出来，一个衣衫褴褛的乞儿如同一头凶猛的小兽般朝皇帝冲了过去。

"小心！"

正在店铺门口的姜姑娘紧张地发出一声惊呼，小脸儿微白，却发现已经晚了——皇帝已经被那个小乞儿从侧面撞了个趔趄。

小乞儿撞了人后，也不道歉，撒腿就往另一头跑去。

"老爷！"随行的小厮紧张地扶住了眉头紧锁的皇帝。

端木绯却立刻注意到皇帝身上少了什么，连忙道："慕老爷，您的荷包！"

众人皆朝皇帝的腰侧看去，这才发现那里空空如也——那个原本悬在腰侧的湖蓝色银丝线刺绣的葫芦形荷包不翼而飞！

等他们再试图去寻刚才那个小乞儿时，对方早就消失得无影无踪……

皇帝的脸色一阵青一阵白。

端木纭和端木绯暗暗地面面相觑。对皇帝而言，被偷一个荷包这事，说小也小，这么点儿损失，皇帝肯定不会放在眼里；但是说大也大，天子脚下，皇城根上，皇帝却被一个微不足道的小乞丐偷窃了，这传出去就是个笑话！

四周静了一瞬，气氛有些尴尬。

这时，那位姜姑娘提着裙摆小跑了过来，关心地问道："这位爷，您没事吧？"

皇帝挑了挑眉，目光在对方巴掌大的瓜子脸上流连了一番，觉得对方虽不过是小家碧玉，但胜在肤光如雪、明眸生辉，那纤柔的腰肢似是不盈一握。

皇帝微微一笑，看似豁达地说道："不碍事，不过是一个荷包罢了。"他一边说，一边摇了摇折扇，显得儒雅斯文。

"人没事就好，只当破财消灾就是。"

姜姑娘抿嘴一笑，清丽中透着一分俏皮，羞涩中又透着一分明艳，宛如一朵枝头的娇花随着微风微微颤动，悄然绽放。

皇帝心念一动，正欲再开口，两个身姿高大健壮的青衣男子从街对面大步流星地走了过来，皆面露紧张之色，对着皇帝躬身抱拳道："爷，让您受惊了，都是属下……"皇帝在外被乞儿冲撞，他们救驾来迟，回宫后怎么也免不了一顿责罚！

皇帝眉头一皱，好像被浇了一头冷水似的，"啪"的一声收起了折扇。

这声响本不大，听在两个锦衣卫和那个小厮打扮的内侍耳里，却像是被放大了许多倍，他们都冷汗涔涔，背后瞬间就汗湿了一片。

皇帝沉声吩咐道："去把刘启方给我叫来！"其声音不怒自威。

"是，老爷，属下这就去！"其中一个锦衣卫立刻抱拳应道。

端木绯默默垂眸，心里叹息：京兆尹刘大人这一回怕是要倒霉了！

皇帝便不再理会他们，对着端木纭和端木绯道："两个小丫头，陪我进去看看茶去。"

四个人进了香茗茶铺，而两个锦衣卫一个守在铺子外，另一个策马沿着昌兴街往东奔去，马蹄声渐远……

街道上人来人往，车来车去，仿佛刚才那点儿小小的混乱完全没有发生过一般。

直到近半个时辰后，昌兴街上再起波澜。

不知道是谁高喊了一声："锦衣卫来了！"

仿佛一滴水溅入了热油锅里般，整条街道都炸开了锅。路上的行人无不避让到两边，那些原本要离开店铺的客人也干脆暂时待在里头不出来了。

"嗒嗒嗒……"

马蹄声渐渐临近。

众人顺着街道朝东边望去，只见大批锦衣卫就像大片大片的乌云，骤然压顶似的来临了。他们气势汹汹地在街上肆意奔驰，所经之处扬起一片尘土，让这原本繁华的街道似乎染上了一层阴霾。

没一会儿，整条街道都被锦衣卫封锁了，只余下几匹高大的骏马飞驰而过，最终在香茗茶铺前停下。

从最前面的红马上跃下一个身穿蔚蓝色锦袍的青年，守在铺子口的那个锦衣卫心中一惊，连忙上前半步朝对方抱拳行礼："岑大人。"

来人正是岑隐。

岑隐丝毫没有理会他，径直迈入茶铺，就听以一座红木嵌珐琅五扇屏风为间隔的次间中隐约飘出皇帝的声音："你们两个孩子倒是勤勉，小小年纪不仅每天读书，学习琴棋书画，现在还打算自己开铺子，很好！"

皇帝的语气中透着一分赞赏、两分亲切，岑隐并没有在意，大步绕过了那座屏风。

紧接着，一个熟悉的、语气不卑不亢的女音响起："慕老爷，有道是'玉不琢，不成器'。我和妹妹正是因为年纪小，才要勤勉些，在方方面面多学点儿。"

岑隐脚下的步子一缓，他抬眼看着次间里的四个人，除了坐在上首的皇帝，还有三个年轻的姑娘，而其中两个人正是端木纭和端木绯。

岑隐微怔，乌黑的眼眸中闪过一道幽芒。

"'玉不琢，不成器'，可不正是如此？"皇帝没注意到岑隐来了，朗声笑了，看向端木纭的眼眸中盈满了笑意，"说来，你们姐妹与祐显、涵星是表兄妹，应该称我一声'姑父'才是。"

皇帝口中的祐显全名慕祐显，乃大盛的大皇子殿下，由端木贵妃所生。

坐在端木纭右手边的端木绯正捧着茶盏饮茶，闻言微微蹙眉。

她放下茶盏，正欲开口，就听另一个阴柔的嗓音响起："老爷，那夫人可得不高兴了，说不得要河东狮吼一番。"

岑隐大步流星地走了进来，唇边带笑，向上首的皇帝行了礼。

皇帝虽被打断了话，却也没恼，爽朗地笑道："说得也是，倒是我疏忽了。"

端木贵妃虽名为贵妃，实则只是妾，按礼，妾的亲眷可算不上皇帝的亲眷。这声"姑父"她们一喊，可不是在打皇后的脸吗？这事若被传扬出去，说不得那些冥顽不灵的御史又要上折子了，实在麻烦得很。

"阿隐，还是你想得周全。"皇帝眉眼舒展，看起来心情更为疏朗，随手招呼道，"出门在外就别这么多礼了，坐吧。"

岑隐恭敬地应了，在下首坐下，语调轻松地与皇帝闲谈着，直到外头的锦衣卫在帘外禀道："老爷，刘大人来了。"

坐在端木纭对面的姜姑娘心中一惊，但努力地压抑着心头的震惊之感。

她多少猜出对方的身份不同寻常，现在这句"刘大人"等于肯定了她的某些猜测——看来这位"慕老爷"很可能是某位宗室勋贵，所以才能随意把一个官员叫到这茶铺里来训斥。

"让他进来。"皇帝神色微冷，淡淡地道。

岑隐起身，向三位姑娘温和地笑道："两位端木姑娘，还有这位姜姑娘，这里闷得慌，不如去内堂里喝杯茶吧！"

三个姑娘温顺地打帘去了内堂，跟着，一个穿着天青色常服、留着山羊胡的中年男子就冷汗涔涔地进来拜见皇帝。

之后，次间里就传出了皇帝冷厉不悦的斥责声：

"刘启方，你这京兆尹就是这么管理京城治安的？！

"光天化日之下，皇城根上，就有人敢直接强抢路人的东西了？！

"京中流民为患，你这京兆尹又在干什么？！安置流民、维护京城治安难道不是你的分内之事？！"

…………

皇帝越说越气，起初声音不大，渐渐地，声音越来越响亮，人隔着那道门帘都能感受到他的雷霆之怒。

可怜京兆尹刘启方只能唯唯诺诺，不敢辩解一声。

内堂里，端木纭和端木绯径自饮茶，只当作什么也没听到。唯有姜姑娘神色惴惴不安，不时朝次间的方向瞟去。

须臾，刘启方就被皇帝冷声喝退了。

次间里安静下来，只剩下了皇帝和岑隐。

皇帝喝了杯内侍奉上的热茶，周身那股慑人的气势淡去了不少。

他看向通向内堂的门帘，心念一动，想把端木纭她们再叫出来说话。

岑隐在皇帝身旁数年，只从他神色间细微的变化就能猜出他的意图，却若无其事地笑着禀道："老爷，属下刚才得了消息，太夫人已经快到京城，今天天黑前应该可以抵京了。"

岑隐说的太夫人当然是指太后。太后月前去礼佛，直到今日才归来。

"不是说明天才到吗？"皇帝感到有些意外，立刻站起身来，"回去吧。"

皇帝没再多留，带着岑隐和几个锦衣卫浩浩荡荡地走了。

端木绯听着他们走出铺子的动静，听着外面的马蹄声渐渐远去，外面终于彻底地安静了下来，连带着内堂里都是一片死寂。

皇帝这尊大佛总算走了！端木绯暗暗松了一口气，下意识地抬眼看向身旁的端木纭。

端木纭正垂眸捧起茶盅，侧脸轮廓鲜明，长翘的睫毛如蝉翼般微微颤动着，从窗口洒进来的阳光在她的小脸儿上镀上了一层淡淡的碎金似的，她美得仿佛不似真人。

端木绯直愣愣地看了端木纭好一会儿，心里既自豪又纠结，暗暗叹息：姐姐的容貌太出众了，她们以后遇到皇帝还是避着些为妙……毕竟，从皇帝平常的行事看，他在某些事上似乎"不拘小节"。

皇家从来就是最不讲规矩的，纵观历史，皇帝纳姑侄、收乳娘、夺弟媳等荒唐事没少过……今上不也是才刚收了一对杨氏姐妹花吗?

刚才多亏了岑隐轻描淡写地把"姑父"那个话题带了过去……岑隐待她们姐妹委实不薄。

端木绯想着自她们和岑隐相识以来的种种,暗自记下了对方的这份好意与人情。

端木纭和端木绯又特意多留了一盏茶的工夫,感觉锦衣卫引起的骚动平息了,这才起身与姜姑娘告辞,姜姑娘热情地再次相送。

当三个人走到铺子口的时候,姜姑娘犹豫了一下后,忍不住捏着手中的帕子说道:"端木大姑娘、端木四姑娘,刚才那位……"

她想问那个人的身份,端木绯微微一笑,伸出一根白嫩嫩的食指压在粉润的嘴唇上,只说了五个字:"佛曰,'不可说。'"


外面的昌兴街已经恢复了原本的繁华景象,目光所及之处,一片热闹喧哗的场景,也有人远远地指着这里窃窃私语。

姐妹俩还记得来意,没急着回尚书府,携手沿街缓行,打量着街上的环境,言笑晏晏。

这昌兴街就是条店铺街,不仅有茶叶铺、茶楼,还有布庄、首饰铺、胭脂水粉铺、书铺……各种店铺可谓应有尽有。

姐妹俩一边走,一边看,等走完这条街,她们身后的两个丫鬟已经大包小包地拎了不少东西。两姐妹坐上马车离开了昌兴街,满载而归。

在马车规律的晃动声中,端木纭含笑问道:"綦綦,你说我们开什么铺子好?"

端木绯就兴致勃勃地把刚才看到的铺子通通说了一遍,然后笑吟吟地歪着脑袋道:"姐姐,我看了看,这昌兴街正好还缺一种铺子,而且这铺子又非常适合我们开。"

端木纭唇角的笑意更浓:"我们一起说好不好?"

端木纭伸出三根修长的手指,从"三"开始比手指,当她比到"一"时,姐妹俩同时脱口而出:"绣庄。"

清脆整齐的声音在车厢里响起,姐妹俩都发出了轻快而默契的欢笑声。

这条昌兴街上正好缺一家绣庄,而绣庄里请的是绣娘,对姐妹俩而言,这再合适不过。

"可是,姐姐,我们现在一没掌柜,二没绣娘。"端木绯数着手指道,还是笑眯眯的,看起来对此事并不觉得烦恼,反而觉得有趣。

"不着急,反正那是我们自家的铺子,不要租金,我们一步步来就是。"

端木纭揉了揉妹妹柔软的发顶,乌黑的眼眸熠熠生辉。

"嗯。"端木绯点头乖巧地应了一声。

与此同时，车厢外传来车夫挥动马鞭的声音，马车似乎驶出了昌兴街，车速开始变快。

端木绯随手挑开窗帘一角，朝窗外的街道看去，路边一双空洞的眼眸正好映入她的眼帘。

四五个面黄肌瘦的乞丐正跪在路边冷硬的地面上，身前放着一个个残缺污浊的空碗。

京城里的乞丐似乎更多了……

想到刚才那个抢走了皇帝的荷包的乞儿，端木绯眼眸变得更为深沉，又放下了窗帘。

她们的马车一路不曾停歇，飞快地穿行在街头小巷中。一炷香的工夫后，马车就抵达了尚书府，此时才申时而已，天色尚早。

姐妹俩一回到湛清院，张嬷嬷就急匆匆地迎了上来，面露焦急之色，禀道："大姑娘、四姑娘，四夫人半个多时辰前来过一趟……"

二人才坐下，没来得及问四夫人所为何事，就听外面的庭院里隐约传来了一阵喧哗声，似乎有什么人在争吵着。

紧接着，门帘一翻，碧蝉小跑着进来了，通禀道："大姑娘、四姑娘，四夫人来了，气……气冲冲的。"

碧蝉的话没说完，一个二十来岁的美妇一把推开她，满脸怒容地走了进来。此人正是四夫人任氏。

碧蝉顿时噤声，不敢再往下说。

任氏穿了一件鹦鹉绿十样锦妆花褙子，一头浓密的青丝梳了一个牡丹髻，头上插着一支攒珠累丝金凤钗，走动时钗上的金色流苏剧烈地摇晃着。

她一进屋，犀利的目光就落在了端木绯身上："端木绯！"

任氏横冲直撞地快步来到端木绯跟前，抬手指着端木绯的鼻子斥道："你说，你究竟给绮姐儿吃了什么？！"她眸含戾气，咬牙切齿，一副恨不得撕了端木绯的模样。

四夫人任氏嫁入端木家已经九年了，却只得一女端木绮。端木绮年方六岁，她平时对女儿如珠如宝般养着，捧在手里怕摔了，含在嘴里怕化了。

可以说，端木绮就是任氏的命根子。

端木绯想了想，就答道："六妹妹上午在璇玑堂里问我要石榴汁喝，我就让绿萝拿了一壶给她。"

"果然是你害的我的绮姐儿！"任氏怒不可遏，心火直冲脑门，想也不想，扬手就一巴掌朝端木绯白皙的面颊扇去……

端木绘手疾眼快，一把抓住任氏的右臂，毫不避讳地怒目直视任氏，冷声道：

"四婶母，您这是做什么？"

"你还问我做什么？！"任氏瞪圆双眼，嗤笑了一声，另一只手再次指向端木绯，五官微微扭曲，"是我该问你妹妹，我家缳姐儿到底是哪里得罪她了，她要这样害缳姐儿？！缳姐儿从闺学回来就腹泄不止，难道不是喝了这石榴汁的缘故？！"

想到女儿那苍白虚弱的模样，任氏就心如刀绞，怒火中烧，恨不得让端木绯把女儿遭的罪也都受一遍！

端木绯眉头微蹙，说道："这不可能。我给六妹妹的石榴汁是新鲜石榴所榨，我这几天都在喝，一直好好的。四婶母还是去查查，六妹妹是不是吃了别的东西？"

任氏闻言更怒，猛地一甩手，从端木纭的桎梏中挣脱出来，对着端木绯甩袖冷哼道："你一个傻子吃了当然没事！"她的语气中充满了不屑和鄙夷之意。

端木绯看向任氏的眼神渐渐冷漠，她自认为不是那种非要把脸凑上去让别人打一巴掌的良善之人。

"四婶母，"端木绯黑白分明的眼眸一眨不眨地盯着任氏，她不紧不慢地说道，"六妹妹吃坏了肚子，我也很担心，想弄清楚是怎么回事。可是，既然四婶母是这么看待我的，那么……"

她停顿了一下，原本温和、清亮的眼眸瞬间变得冰冷。

"送客！"

最后两个字不给任氏留一点儿情面。

一旁的张嬷嬷和几个丫鬟也觉得四夫人今天实在欺人太甚，端木绯一声令下，张嬷嬷立刻就不客气地对着任氏伸手做请状："四夫人，请。"

"端木绯，你害了我家缳姐儿还有道——放肆！你们几个奴婢敢对我无礼？！"

这一次，任氏话还没说完，就被张嬷嬷和丫鬟们合力推搡了出去，只余下门帘还在半空中轻颤不已。

任氏走后，东次间里陷入一片寂静之中，落针可闻，空气微凝。

端木绯思索一下后，吩咐碧蝉道："碧蝉，你去菡萏院那边看看到底是怎么回事。"

碧蝉应了一声后，就退下了，与送走了任氏又回来的张嬷嬷擦肩而过。

"大姑娘、四姑娘，"张嬷嬷面露愁容地说道，"依奴婢看，四夫人似乎不会就此善罢甘休……"

端木绯随意地挥了挥手，不以为意道："我问心无愧，不用担心。"

张嬷嬷欲言又止，而端木绯只当没看到，吩咐绿萝和紫藤把今日她们在昌兴街买的东西先收拾一下。

丫鬟们各自忙碌起来，井井有条，没一会儿的工夫就把堆在东次间里的大包小包都归置好了。

太阳西坠，湛清院里一片宁静祥和之景，草木萧瑟，秋意浓浓。

约莫一炷香的工夫后，碧蝉气喘吁吁地小跑着回来了，带回了她打听到的消息："四姑娘，六姑娘从闺学回去后就开始腹泻，后来更是腹泻不止……四夫人请了千金堂的程大夫过来给六姑娘看过了，程大夫说六姑娘应该是吃坏了肚子，给她扎了针，刚才又灌了药，她总算是止了泻，不过人还有点儿虚弱……"

端木绯面露沉思之色，室内一时寂静无声。

微风拂过时，枝叶"沙沙"作响。

绿萝俏脸发白，不安地往前走了半步，讷讷道："四姑娘，这石榴汁是奴婢亲眼看着小厨房的丫鬟榨的，后来在璇玑堂里，又是奴婢亲自送去给六姑娘的，没经过别人的手啊……"

端木绯抬手示意绿萝噤声，又给了她一个安抚的眼神。

这石榴汁肯定没问题，她和姐姐天天都在喝，端木缟应该是因为别的东西吃坏了肚子……或者，这边送去的石榴汁被什么人动了手脚。

端木绯眯了眯眼，若有所思，毕竟有机会在端木缟的食物里动手脚的人必是亲近之人……

她正思索着，紫藤掀开门帘快步进来了，禀道："大姑娘、四姑娘，永禧堂那边的夏芙姑娘来了，说太夫人请四姑娘过去一趟。"

姐妹俩互相看了看，隐约猜到贺氏在这个时候派人叫端木绯过去，很可能与任氏有关。

"蓁蓁，我跟你一起去。"

端木纭率先站起身来，神色坚毅，眼眸明亮。她绝不会让任何人欺负妹妹。

"嗯。"端木绯乖巧地点头应了一声，然后转头吩咐绿萝道："绿萝，你去我的房里，把没喝完的那壶石榴汁带上。"

绿萝快步领命而去，很快就把一个白瓷茶壶捧了过来，那小心翼翼的样子仿佛她捧着什么无价之宝。

接着，姐妹俩就随夏芙一起前往永禧堂。

# 第十四章　心　定

夕阳把西边的天空染成一片血色，黄昏的秋风微凉，无数落叶如彩蝶般在风中飞舞着，优雅绚烂，却又透着一丝深秋的凄凉之意。

"两位姑娘请。"夏芙走在前面挑帘，把姐妹俩引进了东次间。

屋子里静悄悄的。

贺氏面沉如水地端坐在罗汉床上，任氏就坐在下首的圈椅上，两眼和鼻头均微红，显然刚哭过。

姐妹俩一到，婆媳俩凌厉的目光就如刀子般射了过来，只是眼神各异。

屋子里的气氛有些凝重，就像暴风雨来临前的寂静。

姐妹俩目不斜视地走到贺氏近前，正欲行礼，就听贺氏冷声斥道："绯姐儿，跪下！"

本来要屈膝行礼的端木绯干脆不动了，一脸疑惑的表情，问道："敢问祖母，我可是犯了什么错？"

她黑白分明的眼睛仿佛镜子，映着贺氏那冷峻的脸庞。

只是这么看着这丫头，贺氏就觉得心头憋了一口气。

"绯姐儿，我问你，"贺氏眯眼盯着她，语调强硬地质问道，"你为什么要在石榴汁里下药，害自己的堂妹？！"

说话间，贺氏身上释放出一种慑人的气势。

任氏捏着帕子擦了擦眼角，哽咽着在一旁补充道："千金堂的程大夫检查了石榴汁，说石榴汁里被下了巴豆粉，所以缥姐儿才会腹泻不止。绯姐儿，你们都是自家姐妹，你小小年纪，怎么可以这么狠毒？！"任氏狠狠地瞪着端木绯，眼睛更红了。

端木绯虽然可以理解任氏的一片爱女之心，却不会因此委曲求全，直接否认道：

"祖母、四婶母，巴豆粉不是我下的，此事与我无关。"

任氏被气得霍地站起身来，指着端木绯怒道："石榴汁是你给璃姐儿的，不是你还有谁？！"

贺氏眉头紧锁，脸色一下子沉了下来。

"绯姐儿，你犯了错，还不认，真是冥顽不灵！"贺氏的声音冷得似可以掉出冰碴儿来，"今天我就罚你跪在祠堂里，好好反省。你什么时候知错了，什么时候再出来！"

端木纭眉头一皱，正要启唇，耳边已经传来端木绯清脆的声音："祖母，我不能领罚！"

端木绯直直地望着贺氏，眉眼弯弯，仿佛在陈述一件再寻常不过的事。

贺氏只觉得脸上发疼，像被端木绯一巴掌生生地甩在脸上。

"既然你不知反省……来人，给我上家法！"

贺氏被气得脸色微微发青，"啪"的一声，一掌拍在手边的小案几上，震得上面的茶盅微微一颤，四周的丫鬟、婆子皆垂眸，噤若寒蝉。

贺氏一声令下，立刻就有一个膀大腰圆的婆子取来了"家法"。

端木家的"家法"是一条一寸多宽的竹板子，两尺长，被削得薄薄的，抽打在皮肤上，伤害却不小，不超三下必能见瘀青，十下就会破皮……

此时此刻，端木纭终于压抑不住自己的情绪，上前半步，伸手把端木绯护在了身后，对着那婆子斥道："谁敢打我妹妹？！"

她明亮的眼眸对上贺氏的眼眸，语气坚定地又说道："祖母，既然端木府容不下我们姐妹，那我们搬出去住就是！"

贺氏闻言，脸色更难看了。这长房的姐妹俩真是越来越无法无天了，仗着老太爷的几分宠爱，小的、大的都不把自己这个祖母放在眼里，视家法为无物！

两姐妹还动不动就用搬出尚书府来威胁自己，满京城有哪家的孙女敢如此嚣张？！

"给我打！"贺氏近乎一字一顿地说道，"两个人一起打！"

贺氏话音刚落地，一个熟悉的男音随着一声打帘声响起："这到底是怎么回事？！闹哄哄的！"

着一袭太师青暗纹直裰的端木宪大步流星地走了进来，声音中透着明显的不悦之意。

东次间里的气氛骤然变了。

贺氏和任氏心里一惊，没想到端木宪竟然在这个时候恰好来了。

端木绯半垂小脸儿，颊畔的一缕碎发挡住了她微翘的嘴角。

明知道贺氏来者不善，端木绯当然不会傻傻地上门来讨罚。方才她故意吩咐绿萝去房里取石榴汁，趁着那空当儿，悄悄吩咐碧蝉待会儿去外院请端木宪来，不过要让端木宪比她们晚一刻钟到永禧堂才行。

碧蝉这个小丫头果然机灵，可以出师了，挑选的时机刚刚好。

刚才的那一幕足以让端木宪看到她和端木纭在这府里受的委屈，也可以让她自己省去不少口水。

端木宪看着端木绯乌黑的发顶和半垂的小脸儿皱了皱眉，掀袍在罗汉床上坐下，然后对着贺氏道："阿敏，这是怎么回事？！好好的，你怎么对两个丫头喊打喊杀的？！从前便是家中的几个哥儿顽劣，我也不见你动用家法。"

他的言外之意显然是在指责贺氏对端木纭姐妹太过严苛。

贺氏如何听不懂，原本就烧得正旺的心火仿佛被浇了一桶油，熊熊燃烧起来。但她又不得不压下火气，一五一十地把端木绯下药害端木绾的事说了。

端木宪听完，也皱起眉头来，面沉如水。贺氏心里一喜，正想再把刚才两姐妹的忤逆之举添枝加叶地说几句，却听端木宪斩钉截铁地说道："这事肯定与四丫头无关！"

贺氏简直不敢相信自己的耳朵，一时气血翻涌，咬牙道："老太爷，绯姐儿谋害绾姐儿这事罪证确凿，她小小年纪如此歹毒……"

"住口！"端木宪直接打断了贺氏的话，不悦地道，"你只是听老四媳妇这么一说，就定了绯姐儿的罪？"

端木宪的语气中透着浓浓的失望之意："阿敏，你一个做长辈的，如此草率地就说孙女歹毒，就不怕外人说你不慈？！"

贺氏捂着胸口，脸色一阵青一阵白，用一脸受伤的表情看着端木宪。端木宪还没对她说过这么重的话，而且还是在媳妇、孙女的面前！

这些日子以来，为了这对姐妹，端木宪屡屡让她下不来台，她在这个家里还有什么地位？！

任氏更是震惊地瞪大了眼眸，眼睛几乎瞪到了极致。

她再也压抑不住心头的愤恨，脱口而出道："父亲，我不服！她们明明都是您的孙女，难道我的绾姐儿就这么白白遭了罪？！"

端木宪目光锐利地看向任氏。他平日里对几个儿媳妇一向和善，任氏还是第一次见他用这样的眼神看自己，不由得心中一凛。可是为母则刚，她还是强撑着与他对视。

端木宪缓缓地道："四丫头不可能做这样的事！"以端木绯的聪明才智，她就算要害人，总要有个理由，下药去害端木绾一个六岁的小姑娘，对她而言，根本无一利。

任氏不服气，还想说话，端木绯却抢在她前面出声道："祖父，照我看，想要知道是谁下的药并不难……"

一句话让端木宪、贺氏、任氏以及端木纭四个人的目光都集中到了她身上。

端木绯歪着小脑袋，嘴角习惯性地弯成月牙儿。她伸出右手，五指大张，对着端木宪比了比，道："祖父，五天，给我五天的时间，五天后我必会给您一个真相。"

"五天？"任氏嘲讽地勾唇，冷冷地说道，"要是真有什么'真相'，为什么还要等五天后？！"

端木绯总算看向了任氏，一本正经地说道："五天后我正好要去皇觉寺拜拜，可以顺便问问菩萨，此事到底是谁干的。菩萨知我一向虔诚，肯定会告诉我的！"

这话太荒谬了！

贺氏和任氏都傻眼了，完全没想到端木绯竟然满口胡言起来。这个傻子莫不是疯了？！

一旁的端木宪却神色缓和了下来，忍俊不禁。

他知道这个四孙女最是聪慧，既然她这么说了，那必是可以的——想必她已经有成算了。

"好，那祖父就当你今日立了军令状，给你五天时间。"端木宪爽快地答应了。其实就算她查不出真相也没事，有自己在，他看谁敢为难四丫头？！

端木宪在府中一向说一不二。任氏动了动嘴唇，最后只能暗暗地咬牙切齿，心中愤愤不平：他们四房是庶房，在府里一向不得看重……没想到女儿都病到这个地步了，端木宪作为祖父竟然如此不公！

好，她且等五日就是！

端木绯只当没看到任氏那怨恨的眼神，给端木宪和贺氏行了礼后，就与端木纭一起离开了永禧堂。

夕阳落得更低了，只剩下西边的一条红线，天空中灰蒙蒙的一片，夜幕就快要降临了。

姐妹俩沿着蜿蜒曲折的游廊往前走着，远远地把永禧堂抛在了后方。

"荽荽……"

沉默了片刻后，端木纭唤着妹妹的乳名，眉头轻锁，脑海被妹妹立军令状的事所占据。

"姐姐，我想到了！"端木绯却似不知愁滋味，笑吟吟地拊掌道。

那一声击掌声清脆明快，在这寂静的游廊中分外响亮。

端木纭不禁顿步，转头看着端木绯。

端木绯微微仰着下巴，余晖下，她肌肤白皙胜雪，小脸儿神采飞扬，那双寒星般的眸子熠熠生辉。

"姐姐，我想到我们的绣庄该卖什么了！"端木绯兴致勃勃地说道，"我们是小本生意，刚起步的阶段请不起太多人，所以我想着，除非有人定制，我们就不做大件的绣品了。平日里铺子里卖的东西重在小巧、精细、款式、图案好看就好，比如——"

她指了指端木纭鬓发间的那朵妃色的海棠绢花："绢花、帕子、抹额、荷包……"

端木绯一根根地数着手指，笑靥如花。

端木纭被转移了注意力，下意识地摸了摸鬓发间的绢花。

妹妹的想法确实不错，她们卖这些小玩意儿，不用请太多绣娘，也不必囤太多的料子，对她们这种刚起步的绣庄来说最为妥当。

而且，姑娘家哪个不爱美？绢花漂亮精致，老少咸宜，价钱也适当。

端木纭莞尔一笑，补充道："蓁蓁，我们还可以卖扇套、香囊、络子。"

"络子好！"端木绯鼓掌道，"我可会编络子了！我可以教我们的绣娘编络子，什么猫、狗、鸟……通通不在话下！"

端木绯得意扬扬地挺胸说着，眉飞色舞。

姐妹俩一边说，一边往前走去，都把之前在永禧堂里发生的令人不快之事抛诸脑后。

等回了湛清院，端木绯单独把碧蝉叫进内室，仔细地吩咐了一番后，就把她打发下去了。

当晚，五花八门的流言就像是长了翅膀一般在府里传开了。

有人说，六姑娘病了，四姑娘姐妹情深，过几日还要去皇觉寺为六姑娘祈福；有人说，下药并非四姑娘所为，其实四姑娘已经知道是谁下的药，只是善良，所以给那个人静思五日的机会，要是对方再不出来自首，四姑娘自然无须客气了；也有人说，皇觉寺灵验得很，四姑娘这么虔诚，菩萨定能让那下药之人原形毕露……

没两日，府中上下就私议纷纷，流言传得沸沸扬扬。

端木绯完全不受影响，一如既往地为皇觉寺之行做准备。

九月二十一日，天方亮，端木绯就准备出行了。

端木纭一直将妹妹送到了仪门口，心里很是不放心。要不是妹妹坚持说自己已经长大了，她真恨不得一块儿去。

端木绯笑着向她挥了挥手，这才放下车帘。

青篷马车缓缓地从府中驶出。

清晨的街道还算空旷，马车畅通无阻地飞驰着，一路驰向城北的皇觉寺。

今日不是初一、十五，也并非什么特别的日子，寺中香客不算多，四周一片静谧。

又是一年，秋风瑟瑟。

穿梭于三三两两的香客之间，端木绯绕过大雄宝殿，再沿着一条青石板小径往西北方走去，一直来到了地藏殿前。

楚家为楚君羡夫妇在地藏殿里供奉了往生牌位，每一年的这一日，她都会来此祭拜亡父亡母。

清晨的阳光从银杏树金色的树冠中穿过，薄薄的树叶被照得半透明，映衬着清晨的雾霭和寺中的香烟，此地仿若仙境，把飞檐翘角的地藏殿衬得更为庄严肃穆。

"爹爹、娘亲，女儿来了。"

端木绯微不可闻地轻轻说了一句，随后又是笑了笑。

她已经不是楚青辞了，换了一副模样，也不知道爹爹和娘亲还能不能认出自己。

不过，自己能够好好活着，相信他们肯定会高兴的！

"碧蝉，你在这里等我……"端木绯打发碧蝉在外面候着，独自进了地藏殿。

殿内正中间的地藏菩萨金像法相庄严，右手结印，左手托珠，安详的脸庞上唇角含笑，似在冥想如何解救苦难中的芸芸众生。

金像前供奉着一排排牌位，密密麻麻的，其中有一个牌位就属于她的父母。

端木绯缓缓走上前去，恭敬地跪在了蒲团上，双手合十。

八年了……

"爹爹、娘亲，你们放心，女儿现在很好……很好……"

端木绯努力想露出笑容，可是，眼睛还是不由得酸涩难当，眼泪刹那盈满眼眶。

檐下的碧蝉看着自家姑娘单薄的背影，隐约感觉今日的四姑娘似乎有些不对劲。

主仆俩都没有注意到，一个人正在不远处的一棵高大的银杏树上，一双凤眸一眨不眨地望着端木绯跪在殿内的身影，如墨染般的眸子里有无数的情绪在翻滚。

秋风瑟瑟，万片金叶在风中起伏、摇曳、飘落，着一身杏黄色衣袍的封炎坐在高高的树枝上，双手下意识地抓住了下方的树枝，手掌传来的那种冰冷而粗糙的感觉告诉他，眼前的这一切并非梦境。

他就知道……

封炎慢慢地勾起了嘴角，眼眸中波光流转，柔和得不可思议。

这一刻，他的心总算放下了！

端木绯不会知道，封炎早就提前令人"封闭"了地藏殿，其他的香客靠近此处就会被僧人拦下，僧人会找借口说地藏殿正在修缮，把人打发了。

能顺利抵达这里的唯有端木绯，应该说——

她既然出现在了这里，就代表她是阿辞！

她是他的阿辞！

方才，他看着端木绯穿一身青白襦裙缓缓地穿过前方的院门，心里就再没有了一点儿疑虑。

那一瞬间，仿佛有无数朵烟花在他的心头倏然绽放。

上天垂怜，他的阿辞真的回来了！

"阿辞……"

封炎嘴唇微动，无声地念着，眼神变得越来越坚定。

他眼睛一眨不眨地看着端木绯，看着她似乎对着菩萨或父母喃喃自语，还磕头上香……等她从殿中出来，已是一炷香的工夫后了。

端木绯提着裙裾跨过门槛，停在了屋檐下。

屋檐挡住了上方的阳光，让她的小脸儿藏在阴影下，下半身的裙裾却暴露在阳光中，裙角的银丝线刺绣反射出璀璨的光芒。

她只是这么静静地站在那里，就有种说不出来的优雅、从容的气质。

一阵秋风霍地吹来，银杏树枝又一次摇曳起来，那金色的扇叶纷纷扬扬地落下，如同下了一场金色的雨……

端木绯上前半步，伸出一只小手，一片金色的银杏叶正好飘落在她柔嫩的掌心上。

她那张精致的小脸儿一下子就不在屋檐阴影的笼罩之下，莹白如玉的肌肤在阳光下仿佛发着光。

看着掌心上那片小巧可爱的银杏叶，端木绯勾唇笑了，之前的负面情绪瞬间消散了，比旭日还要灿烂的笑容中带着海阔天空的豁达之意……

封炎的眼眸更为明亮，他直愣愣地盯着她嘴角的那一丝笑意。

他的阿辞就是这样的人，从来不会让她自己在悲痛中沉沦、萎靡，永远处变不惊，安之若素，只求无愧于心。

他的阿辞是一颗宝石，任由风吹雨打、霜冻雪寒，还是那般明亮璀璨！

封炎也跟着她勾起唇角，眼角、眉梢、心中俱是浓浓的笑意，浮躁喧嚣的心在这一刻又找到了归处。

太阳越升越高，肆意地释放着它的光芒和热量。天空蓝得通透明澈，就像封炎此刻的心情一般明朗。

他早就决定今日要来此等端木绯，却没有预想等他得到了答案后，他该做些什么。

直到这一瞬，他心中自然而然地有了答案。

他要做的事无关过往，无关阿辞重生的秘密，这一次——他要让端木绯也喜欢上他封炎才行!

他不会再错过她了!

目送主仆俩远去后,封炎抓着树枝轻快地在半空中荡了一下,身轻如燕地从树上跃了下来,身上像放下了什么重担似的,步履轻盈。

他微微一笑,熟门熟路地选了一条"捷径",飞檐、走壁、翻墙……不到一盏茶的工夫,他就来到了一片树林中,树林外就是一片黑压压的碑林。

望着眼前这片经过近百年风吹雨打的碑林,想到半年前发生的事,封炎俊美的脸庞上有些复杂的情绪,其中有懊恼,有感慨,又隐约有一丝心虚。

他抬眼望向西北方,碑林外那条青石板小径的尽头,端木绯娇小的身影再次映入他的眼帘,她越走越近……

封炎整了整衣袍,若无其事地穿过碑林,似闲庭信步,正好与二三十丈外的端木绯来了个"狭路相逢",让她根本没机会躲避。

这还真是"不巧"了!端木绯自然也看到了封炎,身子僵了僵。

见封炎站在原地直直地望着自己,端木绯暗暗叹气,识趣地让碧蝉在原地等她,自己则缓缓上前,对着封炎福了福身:"封公子。"

"端木四姑娘,倒是'巧'了。"

封炎不紧不慢地走到她跟前,一双凤眸深黑如墨,嘴角的浅笑透着一分意味深长,心情前所未有地平和,如同这金秋九月,阳光明媚,岁月静好。

那种从容不迫的气息不需要过多的言语,就从他的姿态、神情中自然而然地散发了出来。

封炎一副泰然自若的样子,完全没有避人耳目的意思。端木绯心里实在有些无语,下意识地朝四周看了半圈,心道:幸好这附近暂时没什么人。

据她所知,皇帝对封炎的禁足令至今没有解除,封炎之前半夜三更溜出门放放风也就罢了,现在直接在光天化日之下堂而皇之地到处溜达……这样真的好吗?

无论心里怎么想,端木绯都没胆子质问封炎。封炎身上的谜团实在太多了,她不敢细思,也不敢试探……

"封公子,你也来上香啊。"端木绯乖巧地对着他笑了。

少说少错,所以她只是努力地眨巴着一双明亮有神的大眼睛表忠心。

她一直很听话,对安平长公主也很敬重,所以他可以放心了吧?

凝视着端木绯那双仿佛会说话的大眼睛,封炎不由得翘起嘴角来。

"我是来还愿的!"

他如今心想事成,是该来此还个愿!

他居高临下地看着她,俊美的五官不笑时透着几分冷然,此刻粲然一笑,气质就柔和了不少，带着几分慵懒气息，如同一头矫健的云豹懒洋洋地打了个哈欠。

今天封炎似乎心情不错。端木绯的脑海中不由得浮现出这个念头，心放下了大半。

既然没什么要紧事，那么她就不"耽误"他还愿了。

"封公子……"

她扬起嘴角，唇畔露出一对浅浅的梨涡，打算告辞。然而她话还没说出口，却听封炎接着道："我六月南下去江城的时候，顺路去了趟青州，见了华景平。"

端木绯一听这话，打了个激灵，头皮微微发麻。

她与封炎本该素不相识，他们之间的纠葛说到底就是起源于"华景平"这个名字……难道说，封炎这趟前往青州得偿所愿了，所以今日才特意跑来皇觉寺还愿？！

仿佛在证实她的猜测般，封炎继续道："华景平与我击掌为盟……你说，下一步我该怎么做？"

端木绯又是一惊，嘴唇翕动。

她没想到封炎这么快就让青州总兵折腰，答应为他效力。

思绪一时有些纷乱，很快她又冷静了下来，看着封炎的眼神染上了些许复杂的情绪。

她连封炎在筹谋什么都不知道，封炎当然并非真心在征求她的意见！

封炎与她说这些不过是表明她也入伙了，以后也是这个同盟的一分子了。

所以，她安全了。

至少以后封炎不会再成天惦记着她的这条小命了。

从这个角度看，这似乎是个好消息。

端木绯破罐子破摔地想着，笑着福了福身，道："恭喜封公子得偿所愿。"她乖乖地表了忠心。

"这个……给你。"封炎目光闪了闪，抬起右臂，右拳展开后，露出了掌中之物。

这是一根红色的结绳，与她此刻戴在左腕上的那根一模一样。这是半年前封炎以"赎金"为由，非要从她手里讨走的那根？

想到当时的事，端木绯心有余悸，其实到现在她都没想明白，那天封炎怎么会突然改变主意放过了她？

难道因为她现在入伙了，所以封炎大发善心，决定把当初的"赎金"还给她？！

端木绯嘴角的笑意差点儿僵住。

有道是："男女授受不亲。"无论如何，这根结绳已经在封炎那里待了半年，她再拿回来又算什么？！

端木绯忍不住在心里嘀咕着。

下一瞬，她就见封炎的右掌又往她这边送了一寸。

他什么也没说，但端木绯是看在眼里的，深感威吓之意溢于言表——

端木绯自认为不是什么威武不能屈的大丈夫，立刻抬手从他的掌心里取走了那根结绳。

她柔嫩的指尖不小心在他粗糙的掌心上擦过，指腹下那温热汗湿的触感让她不自在地抿了抿嘴。

封炎身子一颤，因为方才那不经意的碰触，心跳"怦怦"加快。

须臾，他才又恢复了平静，没露出一点儿异状。

"那我就恭敬不如从命了。"端木绯捏着那根红色结绳，言不由衷地说道。

封炎如何看不出她的口是心非？他眸中的笑意更浓了。

在她还是楚青辞的时候，他从不曾看到过她的这种模样，可爱娇憨……让他很想在她白皙的脸颊上捏一把……以后他总会有机会的！

"把它戴上。"封炎指着她雪白纤细的左腕道。他心里想的是：我亲手编的这根结绳比半年前从她手里讨走的那根长了半寸，不知道长度合不合适。

端木绯温顺地将它系在了左腕上，然后乖巧地抬起左腕，意思是：我戴好了。

看在她这么听话的分上，他可以放她走了吧？

封炎怔怔地看着戴在她的左腕上的那根结绳——与她腕上原本的那根并排环绕，大小看着正合适。他满意地翘起了嘴角。

结绳红艳如嫁衣，肌肤雪白如凝脂，她的小手柔嫩，指尖的指甲透着粉红色，在阳光下像发着光。而阿辞因为心疾体弱，指甲总是微微泛着青白色。

碑林四周静谧无声。

忽然，两只小小灰雀在半空中追逐着飞过，扑棱着翅膀，引得树枝发出阵阵"哗啦"声。

封炎似乎瞬间清醒了过来，话锋一转，道："我欠你的还了，你欠我的可别想赖账！"

端木绯不由得双目一瞪，那眼神仿佛在说：我什么时候欠你的了？！

然而，话还没出口，她脑海中忽然闪现出上次去公主府的事。

那日，她从君然、舞阳和李廷攸那里赢了不少银子，却忘了那笔赌注最初是君然设来给封炎做彩头的，那笔银子本就该有一半属于封炎。

只不过当时大家高兴，一时把这事忘了。

难道他今日不仅是来还愿的，还是顺便来找她"分赃"的？！

端木绯不由得眼角抽了一下，在心里安慰自己：也幸好今日偶遇上他了，否则他要是像那晚一样一时兴起，大晚上跑去尚书府找她讨债，那岂不是更麻烦？

端木绯想了想，谨慎地说道："封公子，我正好身上没带太多银子，要不，下次我再给？"

"不用了……"封炎又笑了，"我自己去找你要。"

说完，他转身离去，根本就没给端木绯反对的机会，只留下她直愣愣地看着他挺拔的背影。

等等，他的意思不会是，他又要半夜去爬尚书府的墙吧？！

端木绯只觉得头也大了，目送封炎走远，他的背影很快消失在她的视野里。

之后，端木绯也没继续逗留，带着碧蝉离开了皇觉寺。

她们的马车目标明确地朝尚书府飞驰而去。车厢里静悄悄的，端木绯的耳边只有从外面传来的马蹄声。

端木绯低头看着手腕上那两根红色的结绳，眼眸中一片混沌，思绪起伏。

此刻冷静下来后，再回想刚才在皇觉寺里偶遇封炎的事，端木绯总觉得自己解决了一个麻烦，从此没了性命之忧，但又引来了另一个麻烦。

她是不是被封炎盯上了？！

想着，端木绯打了个激灵，只觉得脖子后的汗毛都竖了起来，感觉就像有一双眼睛隐藏在某个地方看着她似的。

她下意识地摸了摸后颈，不明白封炎为什么盯上她……

她一个锁在深闺里的小丫头，既不能上朝堂，也不能赴战场，能做的事就是表个忠心、卖个乖，对封炎的筹谋，应该帮不上什么忙吧？

端木绯思索间，耳边传来了碧蝉的轻唤声："四姑娘。"

端木绯猛然回过神来，这才意识到马车已经停了下来。

尚书府已经到了。

马车正停在垂花门外，碧蝉搀扶着端木绯下了马车。正午的太阳有些刺眼，端木绯不适地眯了眯眼。

端木绯本想先回湛清院，却见游嬷嬷带着一个小丫鬟从垂花门的另一边走来，一张富态的脸庞上透着淡淡的倨傲之色，一看就是来者不善。

"四姑娘，您回来了啊！"游嬷嬷随意地福了福身，皮笑肉不笑地说道，"太夫人听说四姑娘从皇觉寺回来了，让奴婢请姑娘去永禧堂'说话'。"

游嬷嬷故意在"说话"两个字上加重音量。

端木绯爽快地应了一声，随游嬷嬷一起去了永禧堂。

东次间里，只有贺氏一个人。

正午的阳光透过那雨过天青的纱窗照进屋子里，角落里点着袅袅熏香，一室清朗祥和的景象。

等端木绯行了礼后，原本闭眼念佛的贺氏才懒洋洋地抬了抬眼皮，捻着手里的佛珠串，淡淡地问道："绯姐儿，你今儿去了皇觉寺，可拜出了什么名堂？"

她的话中透着毫不掩饰的嘲讽之意。

自端木绯五日前立下军令状后，贺氏就派了人留意湛清院里的动静，想看看端木绯到底要玩什么花样。可在过去的这五天里，端木绯每日就是按时上、下课，根本没什么动作，最多就是她院子里那个叫碧蝉的丫头爱到处找人嗑瓜子、聊聊天，说的也都是些无关紧要的小事。

贺氏几乎肯定，端木绯一无所获，只等着她认错求饶……

"祖母，我今天在皇觉寺求了签，"端木绯笑眯眯地说道，脸颊上露出一对可爱的梨涡，"签文告诉了我是谁在石榴汁里下的药。"

贺氏双目一瞪，捻佛珠的手倏然顿住，吐出一个字："谁？"

端木绯天真地笑着，说道："还请祖母把六妹妹以及那日在闺学里的姐姐和其他妹妹都叫来……"

贺氏捏了捏手，压下那一簇心火，对游嬷嬷使了个手势，游嬷嬷就下去了。

等端木家的其他五位姑娘陆陆续续地来到永禧堂时，端木绯已经美滋滋地饮了一盅碧螺春，又吃了半碟好吃的点心。

除了那日在璇玑堂里上课的六位姑娘，四夫人任氏也随端木缔一起来了。

在过去的这几天中，端木缔喝了石榴汁腹泻不止的事早就在府里传开了，二姑娘端木绮、三姑娘端木缘和五姑娘端木绫当然都知道，刚才也从游嬷嬷那里听说了贺氏把她们叫来这里的缘由，一个个的脸色都不太好看。

端木绮秀眉微蹙，率先开口道："端木绯，你到底想玩什么花样？！"难不成端木绯还想把屎盆子扣到她们几个人的头上？！

端木绯从袖中掏出一张折叠的签纸，将其缓缓展开，对端木绮道："二姐姐，这是我今天在皇觉寺里求来的签。"说着，她把签纸递给了端木绮。

端木绮拿过签纸，随意地看了看，把上面的签文念了一遍："船到江心补漏，马临崖坎收缰，鸟入笼中跃跃，鱼在网里洋洋。"她一头雾水地挑了挑眉。

端木绯一本正经地继续道："解签的那位大师说了，谁心中有鬼，这签纸就会显现出来！看来二姐姐是清白的，还请二姐姐把签纸还给我。"

这什么乱七八糟的？端木绮按捺着心中的不屑，打算先看看端木绯的葫芦里到底卖的是什么药。

接着，端木绯又把签纸递给了端木纭。端木纭的眼中同样写满了疑惑，但是出于对妹妹的信任，她一句话也没有说，沉默地捏了捏签纸再还给端木绯。

下一个是端木绫。

那张签纸始终没有任何变化，依旧是白纸黑字。

"三姐姐。"

端木绯又把那张签纸递给了端木绫。

端木绫慢吞吞地放下手中的茶盅，然后伸出两根手指，捏住了那张签纸……

下一瞬，那张签纸就从端木绫指尖接触的部分开始变黑，眨眼间半张字条都黑了，就像被浸泡到了墨汁里似的……

"咯噔"一声，似乎有人站起身时不慎撞在了身后的椅子上。

端木绫瞳孔微缩，下意识地松开手，那张黑了一半的签纸就飘飘扬扬地落在了光鉴如镜的青石板地面上，分外刺眼。

众人皆一惊，难以置信地看着那张签纸。

任氏站了起来，愤怒地指着端木绫斥道："绫姐儿，原来是你！"

"不是我！"端木绫急忙否认道，伸出纤细的手指指向端木绯，下意识地拔高了嗓门，"是你！是你在签纸上动了手脚，对不对？明明是你害了六妹妹，你却想陷害我！四婶母、祖母，你们可别信四妹妹！"

相比激动的端木绫，端木绯显得平静许多。她无辜地眨了眨眼，说道："这签是我从皇觉寺里诚心求来的，刚才大姐姐、二姐姐和五妹妹也都沾了手，却只有到三姐姐的手里才有所'显现'……这是为什么呢？"

是啊，这是为什么呢？所有人都不禁这么想着。

端木绯歪了歪小脸儿，若有所思地说道："我记得九月十六那日，三姐姐好像有大半时间和六妹妹坐在一块儿……三姐姐，你什么时候和六妹妹关系这般好了？"

她似在疑惑，又似在质问端木绫。

端木绫今年十二岁，端木绩才六岁，两个人相差了六岁，平日里基本上玩不到一块儿去，端木绫一向和端木绮处得最好。

此刻端木绯一提，端木纭和端木绮皆若有所思地看向端木绫。

端木绫只觉得那一道道审视探究的目光像针尖一般刺人，面色微微发白，眼神游移了两下，才道："四妹妹，大家都是自家姐妹，我难道不能和六妹妹坐在一块儿吗？"

端木绫如此心虚的模样如何瞒得过人？贺氏看着她，面沉如水，一双细目阴晴不定。精明如贺氏，已经猜出这件事十有八九与端木绫有关。

任氏眉头紧锁，急切地问身旁的端木绩："绩姐儿，除了十六日那天，你三姐姐可曾与你坐在一起上过课？"

年方六岁的端木缡懵懂地眨了眨眼，摇了摇头："三姐姐平日里很少和我玩的……"她似乎还没弄懂是怎么回事。

　　任氏深吸一口气，再问："缡姐儿，跟我说说那天你是怎么得的石榴汁，还有……你三姐姐又是怎么与你坐在一起的？"

　　端木缡歪着脑袋想了想，原原本本地将事情一一道来：那日，她发现自己忘了带狼毫，先去找离她最近的端木缘借笔，但端木缘并没理会她，于是她就跑去找端木绯借了笔，又讨了壶石榴汁。那之后没多久，端木缘就来找她道歉，还好心地指点她画画……

　　任氏脸色越来越阴沉，目光像刀子一样射向端木缘，咬牙道："是你……缘姐儿，是你对不对？！"

　　端木缘樱唇微颤，咬牙道："不是我！四婶母，您莫要被四妹妹糊弄了！"

　　端木绯在一旁气定神闲地又道："祖母、四婶母，想要确定是不是三姐姐下的药还不简单吗？这签可是我从皇觉寺里求来的，三姐姐要是觉得弄错了，就去皇觉寺里拜拜，菩萨会还三姐姐公道的。"

　　端木缘瞳孔微缩，直愣愣地看着地上那张黑了一半的签纸，脸上瞬间退去了血色，失态地站起身来，声音中掩不住颤抖之意："我……我不去！"

　　她这般激动的模样等于给了众人答案，几位姑娘不由得面面相觑。

　　原来事情真的是端木缘所为！

　　屋子里寂静无声。

　　"缘姐儿，我家缡姐儿到底是哪里得罪你了？！"任氏狠狠地瞪着端木缘，额头上青筋突显。

　　端木缘的俏脸青了又白，白了又青，她却支支吾吾地说不出话来。

　　的确是她偷偷在端木绯送给端木缡的那份石榴汁里下了巴豆粉。

　　只不过，她并非针对端木缡，她一开始的目标其实是端木纭和端木绯，都是她们俩害了自己一家！

　　自她出生以来，父母相敬如宾，这么多年来一家和乐。若非端木纭和端木绯这对姐妹挑事精，母亲唐氏何至于惹祖父、祖母生厌？还有，父亲被调任去汝县那种破地方，祖父也不替父亲做主！

　　那一连串事件发生得太快了，端木缘至今回想起来，都觉得仿若一场噩梦。

　　忽然间，就只剩下她和哥哥孤零零地留在府里……

　　她实在是咽不下这口气！

　　她早就备好了巴豆粉，本来是想找机会把巴豆粉下在端木纭和端木绯的茶点里，只是苦于没有合适的机会……直到九月十六日，她看到端木缡找端木绯讨了那份石榴汁，忽然灵机一动，想到自己也许可以栽赃嫁祸……

她怎么也没想到，一张小小的签纸竟然把她指认出来了！

京中百姓皆知皇觉寺灵验！

几年前，一场大火烧光了皇觉寺周边的一条街，却唯有皇觉寺不受影响，仿佛神佛在冥冥中保佑一般……

皇觉寺神圣不可侵犯！

端木绯在一旁轻描淡写地说道："三姐姐，人在做，天在看，举头三尺有神明。"她还合掌念了声佛。

一阵微风拂过，吹得外面庭院里的枝叶摇曳，那"哗啦"声仿佛在回应她这句话似的。

端木缘不由得打了个寒战，不安地看了看四周，感觉周遭似乎有一双双眼睛躲在她不知道的阴影里打量着她。

窗外的一棵老槐树上，一个人正津津有味地看着这出好戏，眼中熠熠生辉。

那轻笑声才从薄唇间逸出，就被"沙沙"的枝叶摆动声压了过去……

庭院里，封炎气定神闲地斜倚在槐树上，眼睛一眨不眨地俯视着屋子里的动静，精致的眉眼间透着饶有兴致的笑意。

以他对阿辞的了解，阿辞肯定早就查到了这件事是端木缘所为，才故弄玄虚地布了今日这个局，不过是想让端木缘当着众人的面主动招认、无法反驳而已！

这是阿辞的作风。

他的阿辞自小冰雪聪明，生性豁达，不喜欢与人计较，可是一旦有人触及她的逆鳞，她绝不会手下留情。

就算现在楚青辞变成端木绯，她们的灵魂也始终是同一个人——那个他心中最重要的人。

封炎用右手托着侧脸，嘴角高高地翘起，勾出一个愉悦的弧度。

楚青辞、端木绯……蓁蓁！

他的蓁蓁！

他直直地看着端木绯，眸中已看不到其他……直到东次间里忽然响起"啪"的一声掌掴声，他才骤然回过神来，目光随意地在屋子里扫了一圈。

不知何时，任氏好似一头捍卫自己幼崽的母狮般，冲到了端木缘跟前，一巴掌狠狠地打在了端木缘的脸上，在她白皙的肌肤上留下了一个赤红的掌印，触目惊心。

屋子里又静了静，游嬷嬷和夏芙等人皆目瞪口呆。

"够了！"贺氏的脸色一阵青一阵白，她一掌重重地拍在案上，仿佛平地一声旱雷起，"老四媳妇，你眼里还有没有我这个婆母？！"

话音刚落，屋子里更静了。

屋内的争执顷刻间变成一场婆媳之间的对抗，端木缘委屈地在一旁"嘤嘤"地哭着，屋子里的其他人交头接耳，乱成一锅粥。

贺氏想帮端木缘蒙混过关，而任氏则一心想给女儿讨一个公道，婆媳俩争执不休……渐渐地，任氏的气焰就被贺氏以婆母的威仪压了下去……

在一片嘈杂声中，端木绯却仿佛置身事外般，坐在一旁径自饮茶。

她轻轻地啜了一口茶水，细细地品茗，眉眼弯弯漾着笑。她这副愉快的样子，看起来与周围的喧嚣格格不入。

就算是远远地隔着一扇窗户，封炎也能感觉到她的惬意。她就像一只慵懒的狮子猫，看着雪白可爱、温顺乖巧，却是藏着爪子的。

果然——

下一瞬，他就见端木绯放下茶盅，眸中似乎闪过一道狡黠的光芒。

他兴致勃勃地瞪大眼睛、竖起耳朵，等着她闪耀登场。

"祖母、四婶母，"端木绯一本正经地提议道，"此事关系重大，我们要不要请祖父过来做主？"

一句话又令屋子里的风向变了。

窗外的封炎又忍俊不禁，差点儿被她狐假虎威的小模样逗得笑出声来。他的心情异常雀跃，嘴角的弧度怎么也压不下去。

他又直愣愣地盯了她好一会儿，才依依不舍地离开了尚书府，如同来时一般悄无声息。

封炎心情好极了，是这几年都没有的畅快。他策马直接朝公主府飞驰而去。

金日灿烂，马蹄飞扬。

缕缕阳光柔和地洒在他身上，那鲜亮的杏黄色锦袍衬得他俊美的脸庞越发清逸明净，整个人丰神俊朗，吸引了路边不少人的目光和阵阵赞叹声。

一炷香的工夫后，一人一马就来到了公主府所在的中辰街。

公主府仍旧被那些身穿重甲的禁军包围着，整条街上都没什么人，那些普通百姓怕惹麻烦，大多选择绕道而行。

封炎却毫不避讳，从府侧的一条小巷奔驰而过，来到西侧的偏门外，守在门外的一个小将含笑对着马上的封炎抱了抱拳。

门内的人似乎听到了门外的动静，下一刻，那道偏门就"吱"的一声从里头被打开了。

封炎翻身下马，把马丢给出来相迎的小厮，大步流星地进了府，一路往正院去了。

任谁都能看出他的心情很好，他步履轻快，眉飞色舞。

安平自然也看出来了。她知道儿子一大清早就跑出府去了，现在又这么喜形于色地回来，一定是发生了什么好事。

安平放下手里的茶盅，故意问道："阿炎，你怎么这么早就回来了？"

"事情办完了，自然就回来了。"封炎给安平行礼后，就在一旁的一把紫檀木圈椅上坐下了，捧起一旁的茶盅连饮了几口，嘴角带着舒畅的笑意，浑身似在发光。

安平已经许久没看到儿子如此欢喜的模样，就像……就像是他以前说到楚青辞时的样子。

莫非，儿子今儿一早出门是为了见端木绯？！

安平心念一动，不由得精神一振。

封炎又啜了一口热茶，不客气地向安平讨茶："娘，您这君山银针委实不错，也送儿子两罐吧？"蓁蓁爱茶，一定会喜欢的。

"子月，去取两罐茶来。"安平爽快地应下，俯首看着手中的茶盅。

茶盅中的茶汤橙黄明净，叶底嫩黄匀亮，清纯的茶香随着热气袅袅升起。

这确实是好茶，可儿子回京已经一个多月，这君山银针不知道喝了多少回，之前也没见他夸一句，怎么今儿舌头变了？

安平心中越发好奇，不动声色地再次试探道："阿炎，我这里还有些上好的铁观音，你要不要？"

铁观音……封炎怔了怔，笑吟吟地说道："不急，等我以后缺茶喝了，再找娘讨。"他心里想的却是，李家人刚到京城，想必短时间内，蓁蓁都不愁铁观音喝了。

想到李家人，封炎目光微闪，抬手挥退了屋子里的下人。

待屋子里只剩下他们母子二人后，他直截了当地说道："娘，我前几天得到消息，闽州的李家来人了。"

安平神色不变，颔首道："这事我听说了，来的是李家老二李传庭。"

"不仅是李传庭，"封炎沉声又道，"李家老大也来了。"

"李传应也来了……"安平感到有些意外，把才捧起的茶盅又放下了，"武将擅离驻地，他的胆子还真是不小。"

可想而知，这一定有缘由！

安平挑了挑眉，目光再次看向茶盅中浮浮沉沉的茶叶，缓缓地道："看来李家不笨，十有八九是发现了那件事……"

"盗卖军粮，罪名可不小，又是内宅起火，李家应该是急了……"封炎语气淡淡地说道。

李家本来无关紧要，问题是今时不同往日，李家现在可是蓁蓁的舅家，以蓁蓁的性子，李家若遇到麻烦，她怎么都会搭一把手！

封炎目光一闪，不动声色地试探道："娘，您觉得李家怎么样？"

李家……安平怔了怔。

李家是今上近年才提拔起来的，是今上的势力，和她并无任何渊源。她之所以派人盯着闽州，与李家无关，只是因为闽州地理位置特殊，处于大盛东南沿海，依山傍水，无论是海路还是陆路，都是南北交通要冲。

早在封炎去北境之前，他们就得了闽州那边的消息，说有人暗中盗卖军粮，这一查就查到了李家大夫人身上。

对安平和封炎而言，若有必要，他们也不过是设法让人代替了李家，所以虽然早就抓了李家的错处，却没有声张，只当留了一个把柄在手。

这是他们母子之间的默契。

反正没了李家，也有张家、王家、陈家什么的可以顶上……等等！

安平忽然灵光一闪，幸好儿子一语惊醒梦中人，她怎么把这事给忘了？李家虽不足道，却是未来儿媳妇的外祖家啊！

也难怪儿子莫名其妙地关心起李家来，原来是为了媳妇啊！

安平清了清嗓子，正色道："我看李家不错。"

不就是李大夫人不好吗？他们总不能为了一颗老鼠屎就坏了一锅粥，是不是？况且，李家人在闽州战功赫赫，确实是有真本事！

"得用。"她语气坚定，一锤定音。

封炎本来还以为要费一番心思才能说服母亲，却没想到母亲与他真是有默契，想到一块儿去了！

"娘说得是。"封炎勾唇笑了，原本就俊美的脸庞更为夺目，"我即刻写信给闽州，让那边的人好生盯着。"

母子俩相视一笑，各怀心思。屋子里的气氛顿时轻快了许多。

安平抿了一口茶，又想到了什么，意味深长地说道："阿炎，估计再过几天，你就可以光明正大地出去放放风了。"

"娘是说秋猎？"封炎挑了挑眉。

现在都九月了，往年这个时候皇帝都会离京去秋猎，以皇帝的性子，皇帝想必不会放心把他留在京城里，他是必要去的。

"也好，我出门去给娘打块狐狸毛皮回来做围脖。"封炎漫不经心地说道，心里想着得给蓁蓁也猎一块。

"阿炎，一块可不够……"安平扬了扬眉笑道。

一块当然不够，阿炎还得给她未来的儿媳妇也猎一块才行！

母子俩颇有默契地想到一块儿去了。

封炎唇角微翘，正要应声，从外头传来子月的声音："殿下、公子、驸马爷来了。"

母子俩闻言，嘴角的笑意收了。秋日正午的阳光温暖，可是屋子里的空气瞬间就冷了下来。

安平眯了眯眼，淡淡地道："让他进来吧。"

须臾，两个人就听到从外面传来下人的行礼声，接着门帘一翻，一个三十来岁、白皙俊朗的男子大步流星地进来了。他穿了一件靛蓝色竹叶纹锦袍，戴玉冠，配锦带，身材高大挺拔，一双黑眸明亮有神，整个人神采奕奕。

此人正是安平的驸马——封预之。

封预之、封炎皆是丰神俊朗之人，只是，封炎的容貌与安平的更为相像，五官比封预之的更为精致夺目。

"安平！"封预之含笑地看着罗汉床上的安平，乌黑的眼眸熠熠生辉，然而目光从一旁的封炎身上扫过时，微微一黯。

"父亲。"封炎起身抱拳见了礼。

"阿炎，你也在啊。"

封预之神色淡淡地在封炎对面的一把圈椅上坐下。

安平面露一丝不耐烦的神色，直接问道："你来做什么？"

封预之的视线又从封炎身上移到了安平身上，他嘴角泛出一丝殷勤讨好的笑意："安平，三日后就是母亲的寿辰，母亲打算办个寿宴，不如你回府里住上几天吧？"

"本宫没空，就不去了。"安平直接回绝了他，神情间透着几分疏离感。

封预之唇角的笑意僵了僵。他定了定神，晓之以理地又道："安平，你是封家的嫡长媳，母亲的寿宴你怎么也该出席才是！"

安平勾唇笑了，不以为意地说道："驸马，你身边也有了平妻，让她帮着张罗就是。"

她心里果然还是在意自己的！封预之闻言，面上一喜，连忙道："安平，当时我纳她只是形势所迫，又……又想和你赌气，她怎么能跟你相提并——"

他才说到一半，安平就抬手制止了他，眼睛一眨不眨地看着他，语气冰冷果决："十四年前，本宫就要与你和离，从此恩断义绝，可是你不同意，所以本宫才退而求其次——本宫住在本宫的公主府里，你住在你的封家，从此本宫与你井水不犯河水！你莫非忘了不成？"

封预之面色变了几变，眸中含着浓浓的阴郁之色，他缓缓地道："安平……这么多年了，为什么你还是不肯放下？！"

安平沉默了。

屋子里也随之静了一瞬。

安平看着他的眼神只剩下不耐烦与疲累之色，她不客气地下了逐客令："本宫乏了，驸马要是没什么别的事的话，就请回吧！"

封预之整个人都僵住了，好一会儿才恢复如常，装作若无其事地站起身来："安平，你好好保重身子，我过几日再来看你。"

封预之来了才一盏茶的工夫，屁股还没坐热就走了。

门帘被他随手撩起，又粗鲁地甩下。帘子"唰"地落下，带起一阵风，晃动不已，连那帘子上绣的凤求凰看起来都暗淡无光。

封炎直愣愣地看着那门帘，长翘的睫毛下一双星眸深如泉。

"娘……"封炎微微动了动嘴唇，欲言又止，可是在看到安平冷漠果决的脸庞时，话便哽在了喉咙里。

安平捧起茶盅，轻轻地啜了一口茶水后，转移话题："这两天京里倒是热闹不断……阿炎，今日早朝，户部尚书端木大人刚上了一道奏折，请皇上开海禁，开放海上贸易，这件事你可知道？"

封炎怔了怔，微微挑眉。

安平勾了勾红艳的嘴唇，莞尔一笑，仿佛这是一件极为有趣的事。她似喃喃自语道："端木宪这个老家伙倒是胆大！"

封炎半垂眼眸，也笑了，只不过他的笑是为了其他。

胆大的不是端木宪，应该是蓁蓁吧？

秋日的正午，阳光轻柔地洒落，庭院里连一丝风也没有。公主府里静谧无声，安逸祥和，将那些世俗、朝堂的喧嚣声隔绝在外。


端木宪今早的那道折子可谓一石激起千层浪，在朝堂上下引起了不小的震荡。

十几年前，海上倭寇猖獗，滋扰沿海，不仅抢劫过往的商船，还伪装成商船上岸烧杀掳掠，因此今上于十年前下了禁海令。

自李家驻守闽州后，剿匪平倭，这几年闽州沿海才渐渐太平了下来。

端木宪上的这道折子显然是早有准备，经他深思熟虑过了。折子上先阐述了当年下禁海令的缘由，并表明如今闽州倭寇已平，紧接着就分析了开海禁对大盛上下的好处——无论是官船还是民船，都可以出海，与海外番国互通贸易，增加税收，充盈国库，以富国强民。

海禁已有十年了，端木宪一开口，立刻引来部分朝臣的反对：

"皇上，臣觉不妥。开海禁，只会引起海乱，前车之鉴犹在眼前！"

"臣附议。闽州太平不易，这时候再开海禁无疑重蹈覆辙，令闽州又乱！"

"皇上，开海禁虽有一利，却有百害！"

除了那些反对的声音，朝野上下大多人还在观望。毕竟近来各方灾害四起，朝廷确实需要增加税收来充盈国库。

连着几日的早朝，众臣都围绕着这个话题争执不下，皇帝一直没有表态。如此僵持了三日，就有大臣提议问问李家，毕竟李家镇守闽州，对闽州等沿海一带的情况最为了解。

这一次，皇帝终于有了反应，下旨询问闽州总兵李启恺，圣旨以八百里加急的速度发出。

满朝文武无不恭维皇帝圣明，端木宪眼看着计划进行得非常顺利，可是皇帝的下一道旨意令他才扬起的嘴角又僵住了。

皇帝下旨十月秋猎，着钦天监择出行吉日，百官随行。

端木宪心里发苦啊——海禁还没有苗头，眼前的秋猎意味着户部又要筹银子了。

这种苦处却不足为外人道也……

他本以为今年这都九月了，皇帝许是忘了秋猎之事，没想到秋猎还是来了！

端木宪在心中暗暗叹气。这一日，他在户部忙到太阳西下才回到尚书府。

等他来到永禧堂时，夕阳已经落下了大半，此时正是小辈们昏定晨省的时间。

众人请安后一一坐下，端木宪便道："皇上下旨，下月秋猎，我会伴驾出行……"说着，他的目光便落在了端木绯的小脸儿上，他含笑道，"四丫头，你随我一起去。"

此言一出，屋子里瞬间安静下来，不闻半点儿说话嬉笑声，只有端木宪慢悠悠地用茶盖拨动茶叶发出的细微声响。

满屋子的人都惊了。

今上一向喜爱骑射打猎，端木宪身为天子近臣，每年都会伴驾秋猎，却从没有带过小辈同往，就连府中的嫡长孙端木珩都没享过这份殊荣。

端木绮难以置信地瞪着端木绯，这个傻子凭什么得到祖父的偏爱？！

她期盼地看向贺氏，心想：祖母一定不会同意的，对不对？

"老太爷，这怕是不妥吧？"贺氏心口的一簇火苗好似被点燃，她想也不想地就反对道，"绯姐儿不会骑射，又是小姑娘家家的，恐怕多有不便。"

端木宪既然没有事先与贺氏商量，而是直接开口，便是心意已决。他以不容置疑的口吻说道："我自有我的道理，此事就这么定了。"

贺氏张了张嘴，终究没有再开口，半垂的眼帘下却闪过了一道寒光。

端木宪的目光又转到了端木绘身上，他温和地吩咐道："绘姐儿，你帮你妹妹准备一应事宜，多给她备几套骑装。"

端木纭白净的脸庞上荡漾起灿烂明媚的笑意，如牡丹绽放般娇艳，看起来她比身旁的端木绯还要高兴。

"是，祖父。"她欠了欠身，声音清脆，如玉石相击声。

一旁的小贺氏也眸色微沉，来回打量着端木纭和端木绯，右手紧紧地捏着手中的帕子。长房这对姐妹彼此照应，气焰真是越来越盛了！

她还是要想个法子尽快把端木纭嫁出去才是。

小贺氏想着，目光定在了容色逼人的端木纭身上……杨家前日又派人来了，也算诚意十足，她得再与婆母说说，若这门亲事能成就好了！

"阿敏，"端木宪想起了一件事，又道，"等缘姐儿领完了罚，就把她送去汝县吧。"

贺氏一惊，难以置信地说道："老太爷，缘姐儿才十二岁，那汝县穷山恶水的……"

"是啊，她才十二岁，"端木宪目光冰冷，淡淡地说道，"才十二岁就敢给妹妹下药，栽赃嫁祸。"

对贺氏而言，端木绯与端木绹都不及与她血脉相连的端木缘。

但在端木宪的眼中，这几个都是他的亲孙女。他可以不在意孙辈们平庸无能，却容不下为了一己私欲而栽赃嫁祸、骨肉相残的行径！

"老太爷……"贺氏还想说她已经重罚了端木缘，令端木缘在佛堂里跪上三天三夜，罚抄百遍《金刚经》。

可是端木宪已经不想听下去："这件事就这么决定了。"他一锤定音，起身道，"我先去书房了。"他还得好好算算这秋猎的银子该从哪里挪……

东次间里，一片静默。

待端木宪走后，面沉如水的贺氏早早地就把其他人打发了。

端木纭和端木绯一起回了湛清院。

十月秋猎，时间实在有些紧张，端木纭立刻召来了针线房的人为端木绯量体裁衣。

直到天色彻底暗了下来，针线房的人才陆续走了。

东次间里只剩下了她们姐妹俩，端木纭不无可惜地叹道："蓁蓁，可惜以前在扶青城时，你年纪小，没学过骑马……"说到这里，端木纭不免忧心忡忡地叮嘱道，"你可千万要注意安全，不可在猎场里乱跑，并非所有人都像爹爹和封公子一样箭法高明，有些人的箭术……准头委实不太好……"

端木纭抿着嘴，似乎不敢苟同地摇了摇头。

端木绯本来还乖巧地不时点头，却冷不防被"封公子"三个字吓得差点儿呛到茶水。

端木绯定了定神，缓了过来，用帕子擦了擦嘴角。

见端木绯的表情有些怪异，端木纭急忙又道："蓁蓁，你可别大意了，你不知道有些少年郎是花架子……"

端木绯听得有趣，忍俊不禁。

她知道端木纭担心跟皇帝去狩猎的勋贵子弟中混着些纨绔子弟，怕自己被那些不知轻重之人误伤了。于是，她做出正襟危坐的样子，认真地聆听端木纭的教诲……

暮色四合，深秋的夜晚少了蝉鸣声的骚扰，很是宁静祥和。

很快，钦天监定下了十月初五为出行的吉日。

接下来的几天，湛清院里的众人以端木纭为中心，为她的出行做着各种准备。

按照端木纭的想法，她还想给端木绯备一匹马，但府里的马不是用来拉车的，就是有主人的，根本就没有合适的马匹可以挑选。

外面的马来历不明，端木纭又不敢随意买，毕竟端木绯还不会骑马，须得谨慎地选一匹温驯的母马才行。

俗话说得好："瞌睡来了，就有人递枕头。"

九月二十九日，祥云巷那边派人送来了一匹温驯的母马。他们大概是想着端木绯年纪小，还特意选的是矮脚马。

那是一匹通体雪白的母马，浑身没有一丝杂毛，阳光下，马毛油光发亮，马背的高度才堪堪过端木绯的胸口。

它轻快地踱着步子，打个响鼻，不时地甩着如拂尘般的马尾，眼神温驯，让人一见就心生好感。

端木绯看着这匹母马，眸生异彩，容光焕发。

等李家的人走后，端木纭就干脆拉着端木绯一起去了马场试马。

端木家虽然是书香门第，但家里的男丁都必须精通君子六艺，因此在府中的西北角特意辟了一个小小的马场。

碧蝉等几个小丫鬟看着这匹十分漂亮的白马，都很是兴奋，围着它好像喜鹊般"叽叽喳喳"地说个不停。

"蓁蓁，你给它起个名字吧！"端木纭笑着提议道。

端木绯沉思了一下就有了主意，笑道："姐姐，叫它'霜纨'怎么样？"

看着白马那如白色丝绸般的毛发，端木纭笑了，拊掌赞道："这个名字好。好，就叫它霜纨！"

"霜纨。"端木绯一边叫着白马的名字，一边踮起脚，大着胆子伸手轻抚它修长有力的脖颈，试图表达她的亲近之意。

霜纨并没有排斥，还愉快地甩了甩长长的马尾，从鼻腔里轻轻地喷了一口气。

它果然是一匹性子十分温驯的马。

"姐姐，霜纨是不是知道我在叫它？它可真聪明！"

端木绯眉飞色舞地笑了，这还是她拥有的第一匹马。

端木绲在一旁笑着指点妹妹跟霜纨亲近，倒也不急着教她骑马，只让她喂马吃糖，让她牵着马在马场里散步，让这一人一马先一点点地彼此熟悉起来。

姐妹俩清脆的笑声回荡在马场里，久久不散。

从这一天起，端木绯每天又多了一件事，那就是黄昏时分，等太阳西下，与端木绲一起去马场学骑马。


平静的日子飞快地流逝，十月初二一大早，闽州八百里加急的折子终于抵达了京城，驿马飞速地在京城的街道上奔过。

"八百里加急！"

听着马上驿使的声声嘶喊，路人无不避让。

早朝进行到一半时，驿使风尘仆仆地进了金銮殿。折子经过岑隐之手，被递到了皇帝的手中。

皇帝打开折子后，众臣皆沉默不语。

海禁一事到底如何决定，没准就要看李启恺的这道折子了。

皇帝缓缓地看着手中的折子，眸色随着那一行行文字变得深起来。

李启恺在折子里说，如今闽州及闽州以南沿海一带的倭寇、海盗已经被扫平，只余下四五股不成气候的残匪在海上流窜，不敢登岸。

然而，海禁导致了闽州及闽州以南沿海一带走私泛滥，不少民间商人为了牟取暴利，私下组织民船出海，远赴南洋，带回货品之后，从沿海一带机动登岸，再销往大盛各处。如今那些走私商户大发横财。

而那些海匪从不与官兵正面对决，只抢劫那些走私商户的船只，来去如风。即便如此，民间走私的情况仍然屡禁不止，自古商人皆逐利，由此可见远洋贸易有多暴利。

在折子的最后，李启恺表示，朝廷与其严防死守，不如规范条约，开放海禁，令那帮如血蛭般的海匪、倭寇再无可乘之机。

为了大盛的繁荣昌盛，朝廷开放海禁势在必行。

皇帝脸色微变。李启恺虽然没明说，但言外之意分明就是，如今那几伙海匪就是靠抢那些走私商户的货船为生。

而闽州官府之所以拿那几伙海匪没辙，也正是因为那些走私商户本身见不得光，所以他们不仅不敢告官，而且在行船时还要刻意避开官兵，如此反倒给了海匪可乘之机！

倘若如李启恺所言，朝廷在开放海禁后，规范条约，让那些商船走固定的航线，在固定的港口靠岸，那么官兵就可以在航线上安排巡逻，彻底绝了海匪的生路，并且从进口的货物中抽取丰厚的税收来充盈国库。

在岑隐当场念完这道折子后，端木宪立刻就从队列中站了出来，对着皇帝作了一个长揖，朗声道："臣附议。皇上，开海禁利大于弊，臣以为势在必行。"

满朝文武再次陷入沉默之中，金銮殿上寂静无声。

那些精明的大臣心里都清楚，皇帝迫不及待地吩咐岑隐念折子，本身就代表着皇帝应该心动了。

那么，又有谁会傻得在这个时候泼皇帝一头冷水呢？！

如此大事，皇帝当然没有当场做出决断，很快就宣布退朝，在百官的俯首恭送中离开了金銮殿。

皇帝沿着空荡荡的抄手游廊往前走着，岑隐悄无声息地跟在他身后，寸步不离。

游廊里突然响起皇帝的声音："阿隐，海禁一事你怎么看？"

静了一瞬后，岑隐才缓缓地答道："皇上，臣以为，此一时彼一时。"

"哦？"

皇帝语调微微上扬，示意岑隐接着往下说。

岑隐不疾不徐地继续道："十年前，闽州沿海一带海匪、倭寇泛滥，他们滋扰民生，海禁是为平乱；如今十年过去，四海升平，百姓安乐，闽州又有李家驻守，今时不同往日。臣以为，开海禁一则能增加税收，充盈国库；二则也可以向四海蛮夷扬我泱泱大盛之国威。"

皇帝眉头舒展开来，一副豁然开朗的神色，拊掌笑道："好一个'此一时彼一时'也！说得好！"

"皇上过奖了。"

岑隐的那双黑眸明亮生辉，似乎比阳光下的金色琉璃瓦还要璀璨夺目。

他心知，皇帝对开海禁之事早就心动了，只是十年前一力主张海禁的人是皇帝，而皇帝素来爱颜面，觉得自己是盛世明君，想如秦皇汉武般成为后世帝王的楷模，因此绝不能容忍有人说他自打嘴巴，朝令夕改。

皇帝看着岑隐那恭敬的神色，满意地勾唇。

他知道有些清流文官暗地里批评他宠信宦臣，可是在他看来，这些宦臣没有妻子、没有子嗣、没有牵挂，才会以他的利益为重，才能成为他手中的一把利刃。

皇帝，是天下之主，却不代表皇帝可以肆意妄为，肆意妄为的那是暴君。

身为皇帝，他就要平衡各方势力，使各方相互忌惮，方能保证皇权是最强大的力量！

所以，他就必须容忍某些人、某些事的存在。

皇帝目光深沉地望着前方那几丛红艳似火的朱槿，忽然问道："阿炎最近怎么样？"

岑隐目光微闪，简单地回道："回皇上，封公子自从被皇上下令禁足后，一直在公主府里，不曾外出半步。"

皇帝眯眼盯着其中一朵开得最为灿烂的朱槿花，淡淡地说道："这次秋猎让阿炎也随行……"

说着，皇帝又继续往前走去，似自言自语的声音随风钻入岑隐的耳朵："阿炎是朕的外甥，可不能让人觉得他失了圣宠，就随意作践他！"

岑隐看着皇帝的背影，红艳的嘴唇勾出一个似笑非笑的弧度。

他心知，皇帝只是不放心把封炎留在京里罢了。

春猎、秋猎、避暑、南巡……皇帝每次出远门，总要至少带上安平长公主或者封炎其中一个人。

岑隐在原地停了三息后，就继续跟着皇帝往前走去。

后方，那几丛朱槿花在风中摇曳着，如一簇熊熊燃烧的篝火般，肆意而张狂。

# 第十五章　开　屏

接下来的几天，朝中上下都越来越忙碌，忙着准备即将到来的秋猎。

其中最繁忙紧张的大概就是钦天监了，钦天监上下天天盯着天象看，就怕老天爷不长眼，在出发之日来场倾盆大雨，扫了皇帝的兴致，到那时倒霉的就是他们钦天监了。

好在天公作美，十月初五，天气晴朗，万里无云。

天方亮，城门口就聚集起一支庞大的车队，随着明黄色的天子旌旗浩浩荡荡地一路往西行去。

这次秋猎，除了皇后、贵妃等后宫嫔妃大多奉诏留守，皇子、公主、勋贵宗室、文武大臣大多随行，可谓把大盛的朝堂搬空了大半，加上随行的禁军、锦衣卫以及那些官员的家眷、下人，足足有六七千人，浩浩荡荡。

从天子的旌旗和御驾离开，一直到车队的尾巴驶出京城，足足花了一个多时辰。

对端木绯而言，这些琐碎的程序与等待都是细枝末节，抵不过她对出行的期待。

在她还是楚青辞时，因自小身子不好，她最多只去过京郊一带踏青游玩或者上香礼佛，从未真正地离开过京城。这还是她第一次出远门。

端木绯兴致勃勃，挑开车帘看着沿途的风景。

无论是这支庞大的车队，还是外面的山水景致，都那么新鲜、有趣。

"嗒嗒嗒……"

后方，一阵清亮的马蹄声临近，一匹矫健的红马飞驰至端木绯的马车边。

马上的少女"吁"的一声，稍稍放缓了马速。她着一身正红色的绣花骑装，那鲜亮的红色衬得她肌肤如雪，明眸皓齿，她策马而来时，英气勃勃。

"舞阳姐姐。"

端木绯看着窗外的舞阳，露出璀璨的笑容，如牡丹初放般明丽。

"绯妹妹。"舞阳笑容满面地看着端木绯，眉宇间泛着浓浓的笑意。

端木绯一看就知道她是特意来找自己的，直接邀请她上车。马车在短暂停歇后，就载着两个姑娘继续上路了。

放下车帘后，马车里的光线暗了不少，喧嚣声也被阻隔在外。

"舞阳姐姐，您试试这奶油炸糕，这是我姐姐在我今早出门前特意给我做的。还有这茉莉花茶，十分清新爽口，搭配奶油炸糕刚刚好，可以解解腻。"

端木绯热情地又请舞阳吃点心，又请她喝茶。

舞阳尝了块奶油炸糕，又试了茉莉花茶，觉得眼前一亮，不由得又多吃了一块，心里还感慨这位绯妹妹的口味与自己的还真是相近，投缘得仿佛……她们上辈子是姐妹似的。

饮了半杯茉莉花茶后，舞阳再次开口道："绯妹妹，西苑猎宫距离京城足有六百多里，我们路上走走停停，至少也要走个四五天。这些天吃、住、行不似在家里那般方便，你现在还觉得新鲜，过两天就知道无趣了。

"抵达西苑猎宫后，一般会休息个一两天，父皇才会带人去围场狩猎。

"那里的风景好极了，有山、有水、有湖，我们平日里游游湖、钓钓鱼、遛遛马……比待在京里有趣多了。"

…………

舞阳往年也时常陪皇帝狩猎，非常熟悉狩猎的流程，因此特意提点了端木绯一番。

端木绯明白她的好意，嘴角弯弯地聆听着，偶尔赞叹一声或者细问一句，两个人说说笑笑。

说话间，马车外传来一片语笑喧阗声，夹杂着飒爽的马蹄声，引得端木绯好奇地挑开了车帘，舞阳也探出半边脸朝外张望。

七八匹高大健壮的骏马你追我赶地从马车旁奔腾而过，长鬃飞扬，四蹄翻腾，带起滚滚尘土，"啪啪"的马鞭声此起彼伏。

少年骑士们那意气风发的笑声响彻云霄，爽朗的笑声与肆意的姿态吸引了四周不少人的目光。

端木绯看得饶有兴致，心中也升腾起一股豪情壮志。

随着马蹄声的阵阵响动，一道月白的身影飞驰而过。

君然一边策马，一边回头取笑道："阿炎，你也太慢了！干脆今天谁垫底谁就亲手做烤全羊给大伙儿吃，好不好？"

他的提议立刻引来三四个少年的附和声，唯有一个蓝衣少年扯着嗓子反对道：

"不行，那可不行！"

舞阳微微挑眉，心里隐约有个念头：这位谢家表哥啊，恐怕狗嘴里吐不出象牙来……

果然——

紧接着，她就听蓝衣少年又道："你们别再激封炎了好不好？！我可不想当垫底的那个啊！"

"谢愈，瞧你那点儿出息！"也不知道是谁取笑了一声。

"我就是没出息……"说着，谢愈回头望了一眼，双腿一夹马腹，紧张地喊道，"都怪你们添什么油、加什么火啊？！快跑啊，封炎来了！"

"嗒嗒嗒……"

少年们微微伏低身子，都加快了马速，马蹄声更为急促。

下一瞬，一道挺拔的玄色身影映入端木绯的眼帘。

着一身玄色骑装的封炎骑着一匹黑马自右后方奔来，束起的墨发随风飞扬，透着一丝桀骜不驯的感觉。

封炎恰好转头，与端木绯四目相对，二人的目光在半空中交会了一瞬，封炎嘴角微勾，抿出一个浅浅的弧度。

那一人一马眨眼间就自马车旁风驰电掣而过。

端木绯却手一僵，不由得心道：他刚才对她笑得那么古怪，莫非是在提醒她尽快还债？！

眼看着封炎眨眼间就策马超越了两个少年，少年们不服输地奋起直追，几个人、几匹马渐渐跑远，端木绯默默地放下车帘。

舞阳忽然"扑哧"一声笑了出来："什么'封炎来了'……"想起谢愈刚才那番没出息的言论，她笑得前仰后合，"他怎么不干脆说'狼来了'啊？！"

端木绯心有戚戚焉地点了点头，倒是觉得谢愈说得没错啊！

舞阳以为端木绯是在赞同自己，又是一阵闷笑。

须臾，她饮了一口茶后，问道："绯妹妹，你是不是不会骑马？"

端木绯诚实地点了点头，比了五根手指说："我才学了五天……只能由我姐姐牵着马稍微走上两圈。"

舞阳露出"果然如此"的表情，兴致勃勃地提议道："今晚应该会在林浦庄歇息，那里有不少空地，等到了地方，我们一起去练练吧。骑马很简单的，熟能生巧。"

舞阳一锤定音，端木绯便笑着应下了。

黄昏的时候，车队如预计般抵达了林浦庄安顿。这是一处山清水秀的驻跸之地，每年去西苑猎宫狩猎的队伍途经此处时都会在这里休息一晚。

那些先行开路的禁军把驻扎安顿的事安排得井然有序，众人抵达后不到一个时辰，暂住的帐子就都被安顿得七七八八了。

舞阳亲自来端木绯的帐子处接了她，两个人牵上马儿打算去河边漫步。

夕阳如血，落下了大半，给不远处的河面披上了一层红纱，微风拂动时，波光粼粼的河水闪烁着如红宝石般的璀璨光辉，此情此景把人这大半天的疲累都一扫而空。

可是，她们还没走到河边，就听身后传来一阵尖细的声音："大公主殿下、端木四姑娘，请留步。"

两个人停下脚步，循声望去，只见后方几步外，一个四十来岁、拿着拂尘的内侍笑吟吟地朝她们走来，一副慈眉善目的样子。

"王公公。"舞阳微微颔首，显然认识对方。

那王公公甩了甩拂尘，对她们行了一礼，含笑道："皇上让奴才请殿下和端木四姑娘过去说话。"说话间，他用拂尘朝不远处指了指。

只见十来丈外，几个连在一起的玄色帷棚搭在河边的一片竹林旁，帷棚下围了不少人，一眼望去，人头攒动。

舞阳和端木绯便把马暂时丢给丫鬟照料，在王公公的引领下，朝竹林旁的帷棚走去。

隔着几丈的距离，两个人就已经听到那里一片语笑喧阗声。

皇帝在正中最大的那个帷棚下，穿了一件明黄色的刺绣龙袍，姿态闲适地坐在一把红木雕花太师椅上，眉眼含笑。

皇帝身侧聚集着一张张熟悉的面孔，有大皇子等皇子亲王，也有端木宪、岑隐等天子近臣，还有君然、封炎等一众勋贵子弟……

众人如众星捧月般围在皇帝身边，你一言我一语地说笑着，好不热闹。

端木绯的目光在人群中飞快地掠过，她却在皇帝左侧的几个妃嫔中看到了一张令她感到意外的俏脸。

竟然是她！

虽然她们只见过两次，对方如今的打扮也与从前大不相同，但是端木绯还是一眼认出那是香茗茶铺的姜姑娘！

端木绯的目光不由得在对方妆容精致的小脸儿上停留了一瞬。

今日姜姑娘穿了一件烟霞红缠枝花纹对襟褙子，里头是一件水红色缎面立领偏襟袄子，下面是一条粉色绣折枝牡丹的马面裙，乌黑浓密的青丝被反梳成一个弯月髻，露出了白皙饱满的额头，头上簪了一支紫金戏蝶花簪，鬓边别了两朵白玉海棠，姿容并不明艳，却自有一种清纯明丽之美。

她那光洁的额头与全部被绾起的头发代表着，如今的她已经是个妇人了。

端木绯知道姜家人已经从香茗茶铺搬走了，原以为姜姑娘已经随家人回了江南老家，却没想到竟然会在这里与她重逢。

很显然，姜姑娘已经不再是"姑娘"了，应该是被召入宫了。

姜姑娘当然也看到了端木绯，抿嘴对她微微一笑，俏丽的脸庞上比过去多了一丝娇花初绽的妩媚。

想起之前的种种，端木绯目光微闪，若无其事地随舞阳上前，然后与她一起给皇帝行了礼。

"参见皇上。"

"参见父皇。"

"免礼。"皇帝心情大好地抬了抬手，随口问道："舞阳，你和端木家的四丫头这是要去骑马？"

舞阳便笑着答道："父皇，绯妹妹不会骑马，所以我就想带她去练练胆子，慢慢地走两圈。"

皇帝听舞阳唤端木绯的口吻亲昵，就知道她显然和端木绯处得不错，有些感到意外地挑了挑眉。他看着这两个气质迥然不同的小姑娘，觉得甚是有趣。

"皇上，臣女很聪明，一定很快就能学会的。"端木绯笑眯眯地说道，颇有种初生之犊不畏虎的架势，逗得皇帝朗声笑了出来。

皇帝想起了一件事，笑道："你祖父还在朕的面前夸过你聪明！"

"祖父不妄言也！"端木绯像煞有介事地点了点头。

皇帝闻言，喉咙间又溢出一阵大笑，笑得胸膛微微振动。

看来这端木尚书家的小姑娘还颇得几分圣宠。人群中不少人暗自交换着眼神，神色各异，有羡慕，有审视，有忌妒，也有不以为然……

端木宪这老家伙还真是敢替他这个小孙女吹牛，也不怕把牛皮吹破了天！一个中年大臣皱了皱眉头，朝右前方正得意扬扬地捋着胡须的端木宪瞥了一眼。

"皇上，"那个中年大臣站起身来，对着皇帝作揖道，"臣与端木兄相交已久，今日方知端木兄家中有这么个聪慧绝顶的小姑娘。"

一时间，众人都看向那身着天青色锦袍的中年大臣，只见他身材矮胖，肥头大耳，乍一眼看去，不像个文臣，倒像个从哪里来的富商。

此人乃吏部尚书游君集，在朝堂上与端木宪一向亦敌亦友，逮着机会就要损端木宪几句。此刻听他竟像煞有介事地夸奖起端木绯来，某些大臣都听出了几分弦外之音，彼此看了看，等着看好戏。

游君集很快话锋一转，指着身前的一个榧木棋盘道："皇上，既然这位端木四姑娘如此聪慧，不如让她也来试试解这棋局如何？"

众人又顺着游君集的手望向他身前的一个榧木棋盘，大家的眼神都变得有些微妙。

浅金色的榧木棋盘上，黑白棋子密密麻麻，进行着一场没有血腥味的厮杀，看得人头脑昏沉。

端木绯直接走到棋盘前，俯首看起棋局来，歪着脑袋，似有沉思之色。

舞阳也走过来，看着这盘棋局，眉头微蹙。

除了刚到这里的她们，在场的众人都知道这是皇帝和皇觉寺的高僧远空大师在三日前下的一局棋。

棋局下到这里已经是中盘，大家能看出黑子已渐露败象，白子显然占了上风……

这局棋摆在这里近半个时辰了，却始终没有人能想出什么方法令黑子起死回生。

皇帝失笑，知道游君集分明存着调侃端木宪之意，便没把这些臣子之间的交锋放在心上。

皇帝故意开玩笑地问端木绯："小丫头，你怎么看？"

皇帝只是故意逗逗小丫头，却没想到端木绯一本正经地福了福身，道："请皇上准许臣女和游大人接着把这局棋下完。"

她的言外之意竟是想试试解这棋局。

四周一时哗然，不少人忍不住窃窃私语。

周遭聚集的人群中有一半是一二品的天子近臣，其中的棋道高手不在少数，他们一时半会儿都没能解开的棋局，这个未满十岁的女娃娃又怎么可能解得了呢？！

就在几步之外的封炎不禁勾唇，看向端木绯的那双凤眸柔和得快要滴出水来。

他知道，以蓁蓁的棋力，她既然这般说了，就有十足的把握可以逆转棋局。

他静观好戏就好！

封炎想着，唇畔的笑意更浓。

除了封炎，大概也唯有端木宪略知几分端木绯的棋力。他目睹过这个四孙女用一颗棋子就轻轻松松地破解了那盘他和李传庭下得难分难解的棋局……

"游大人，你可要手下留情啊！"

端木宪在一旁慢悠悠地捋着胡须，笑吟吟地插了一句，那副气定神闲的模样不禁让游君集心里有些没底：莫非这端木老儿的孙女在棋道上有一手？

想着，游君集抬眼朝端木绯望了过去。

一个小内侍给端木绯搬来了一把花梨木冰裂纹围子玫瑰椅，她走到近前，先对着游君集福了福身，见了礼。她笑得天真娇美，让游君集实在无法相信这么一个搪瓷娃娃般的小姑娘会是个棋道高手。

端木老儿莫非是在故弄玄虚，吓唬自己？

端木绯在椅子上坐下后，就从棋盒里拈起一粒黑子，气定神闲地落了一子。

"十七星，三。"

这一子落在了一个众人皆意想不到的位置上，四周一时又起了一阵骚动。

这一步下得莫名其妙！游君集挑了挑眉，完全放松下来。这一子根本就是废棋，非但没有扩大黑子的优势，反而跑到了犄角旮旯的位置上，没有发挥任何作用。

这小丫头果然不懂棋。

游君集随意地拈起一粒白子，咄咄逼人地吃下了一片黑子，把黑子好不容易建立的半边天下彻底打散，同时也扩大了白子的包围圈。

四周围观的人皆对游君集这一着暗暗点头，于是不少人看向端木绯的眼神就带上了一丝讥诮的意味，似乎在嘲讽她不自量力。

端木绯不为所动，眼里只有面前的棋局。她轻巧地又拈起一粒黑子，再次落下："十二月，五。"

游君集皱了皱眉，更觉无趣。

这又是一着废棋，导致棋盘左上角一大片黑子"全死"。

游君集一方面心中不悦，另一方面又不好意思跟一个九岁的小丫头计较——他弄哭了一个黄毛丫头，说出去还不是一则笑话？

他耐着性子继续跟端木绯下棋，想着二十子内必要打发了这个小丫头，然后再好好耻笑这个王婆卖瓜自卖自夸的端木老儿一番。

一老一小在沉默中你一子我一子地下着棋，落子声响亮清脆。

虽然才十几手，但是不少人已经觉得无趣，这不过是一局早就分出了胜负的对弈，围观棋局的人渐渐散开，众人三三两两地走到一边，或是闲聊，或是赏景……

"啪、啪、啪……"

那隐约的落子声还在随风传来……

一盏茶的工夫后，忽然有人惊叫了一声："这……赢了！竟然赢了！"

几个在树荫下闲聊的勋贵公子闻声望去，觉得这句话听着怎么有些奇怪。

什么叫"竟然赢了"？游大人赢棋那不是理所当然的事吗？

围在游君集和端木绯四周观棋的人群中起了一阵骚动，如同一锅快要被烧沸的热水般越来越吵闹，又有内侍提着袍子惊喜地跑去通禀皇帝："皇上，端木四姑娘赢了！"

随着这声高喊，四周一时哗然。

那些原本走开的人顿时又围了过去，连皇帝也起身过去查看，那些观棋之人赶忙往两边分开，给皇帝让路。

众人乍一眼看去，这似乎还是那个棋盘以及同样的两个对弈之人，再一看，棋盘边的气氛已经彻底改变。

原本气定神闲的游君集眉头深锁，死死地盯着面前的棋局，神色间难掩震惊之色，似乎至今还难以相信这局棋竟然在二十手内被逆转了。

黑子全然抛弃了上半局既有的优势，从右下角开始找准了白子的弱点重新开辟了一番局面。

白子输了，又或者说游君集输了——正是因为他习惯了在守住既有优势的基础上扩张白子的局面，所以他输了。

游君集的脸色一阵青一阵白。

一旁观棋的人你一言我一语地讨论着刚才的棋局。

"妙！实在是妙！"皇帝看了棋局后，拊掌赞道，发出爽朗的笑声，"远空那老儿那天还夸口说黑子二十手内必输，非赶着要出宫！"

大盛朝的皇帝多信佛，皇帝、皇后与太后亦然，皇帝与皇觉寺的远空大师相交多年，不时会召远空大师进宫讲经论道、品茗下棋。

这局棋就是三日前远空大师进宫陪皇帝下的，当时天色将黑，远空大师急着出宫，就用"黑子二十手内必输"打发了皇帝。皇帝不服气，对着棋局研究了三日，却还是没想出破局之法，今日在此休息，闲着也是闲着，就派人摆了这个棋局。

远空大师是当世知名的棋道高手，有人曾赞其与"圣手"只差一步之遥，棋艺高深。

本来皇帝招呼群臣破局也就是凑个趣，却没想到端木绯竟然给了他一个大大的惊喜。

"小丫头，没想到你小小年纪，在棋道上竟然有如此高的造诣，与远空那老儿比也不分轩轾！不错，实在不错！"皇帝含笑赞道。

端木绯起身对着皇帝福了福："皇上过奖了。"

赢了棋后，她说话反倒谦虚了起来："这局棋如果执白子的人是远空大师，臣女十有八九会输。"她歪着脑袋，笑得很是可爱。

皇帝怔了怔，仔细一想，就明白了。

围棋之道，变幻莫测，每走一步都需要深思熟虑。

远空大师的棋力远胜游君集的。若今日执白子的人是远空大师，也许早在端木绯落下前两子时，就洞悉了她的意图，所以，胜负还真是不好说。

"有趣，你这个小丫头真是有趣！"皇帝指着端木绯笑得更为爽朗，接着就看向右手边的端木宪："端木爱卿，你这孙女教得不错，有你之风范，自信却不自傲！"

"多谢皇上夸赞。"端木宪上前半步，嘴角含笑，还是如平日一般温文尔雅，"臣这孙女确实有几分小聪明，不仅棋艺出众，而且在算学上的资质也远胜于臣。"端木宪倒也不谦虚，嘴角微扬。

这还真是无心插柳柳成荫。游老儿想奚落他，反倒自讨没趣，让他们端木家在皇帝跟前长了脸。

端木宪想着，暗暗地瞥了一旁面沉如水的游君集一眼，心里颇为畅快，难得看这游老儿吃瘪。

在下这盘棋之前，众人恐怕会觉得端木宪是王婆卖瓜自卖自夸；可是在下完这盘棋后，众人听到这话却有另一番感觉。

众人皆交头接耳，又有人说起了今年在凝露会上端木绯画的那幅泼墨图，越说越热闹。一时间，端木绯成了众人目光的中心。

这时，坐在一旁观棋的舞阳站起身来，笑吟吟地对皇帝说道："父皇，儿臣看您这棋盘是上好的榧木棋盘，棋子是上好的云子。有道是'宝剑赠英雄'，不如父皇您就把棋盘、棋子赏给绯妹妹吧！"舞阳直接替端木绯找皇帝讨赏。

"'宝剑赠英雄。'说得好！"皇帝爽快地应下了。

这一赏，他不仅赐了棋盘、棋子，还额外赏了端木绯一套玉饰，有玉耳珰、玉锁、玉镯、大小玉珠串、玉珠花等，一应俱全。

"谢皇上赏赐。"端木绯乐滋滋地谢了皇帝，终于体会到了荷包鼓鼓的感觉。

看完了热闹，那些少年人就觉得有些无趣，谢愈第一个站了出来，笑嘻嘻地请示皇帝："皇上姑父，今儿难得出门，小侄瞧着这郊外空气好，景致也好，不去遛个马实在是辜负了这片好山好水，您说是不是？"

皇帝不由得失笑，摆了摆手道："朕知道你就是个坐不住的猴，自个儿去玩吧。"

接着他又叫了一连串的名字："祐显、阿炎、君然，你们也不用在这里陪着了，都玩去吧。舞阳，你留一会儿，朕有话跟你说。"

那些少年人本来就有些闲不住，一个个都顺从地应声，然后退下了。

众人纷纷吩咐小厮、丫鬟牵来了马，沿着河畔信马由缰，谈笑风生，好不惬意。

端木绯牵着她的霜纨沿河漫步，羡慕地看着众人策马远去的背影，一股雄心壮志油然而起。她要快点儿学会骑马才行！

仿佛听到她心里的声音般，一个熟悉的男音在她的身后响起："我教你骑马。"

端木绯一下子就听出了声音的主人，身子微僵，缓缓地转过身，一张俊美的脸庞映入她的眼帘。

身后几步外，封炎负手而立，看着她浅浅地笑着，眉眼柔和，就像是一个邻家兄长般亲切。

端木绯觉得她越来越看不透封炎了。

封炎大步走了过来，上下打量着端木绯身旁那匹雪白的矮脚马，又抬手轻轻地抚了抚它的头。

霜纨不躲不闪，还亲昵地蹭了蹭他的掌心。

封炎微微点头，赞道："你这匹马不错，性子温驯，适合初学者……可起了名字？"

"霜纨。"端木绯乖乖地答道。

"霜纨，很好听的名字。"封炎又摸了摸霜纨脖子上雪白的鬃毛，霜纨满足地轻声嘶鸣，轻轻踏着蹄子。

不知道为何，端木绯觉得自己仿佛看到了一只被人宠爱的白猫发出了撒娇的"喵喵"声。

再后来，封炎随意地勾勾手指，霜纨就高高兴兴地跟着他走了。

端木绯还能怎么办？！

她的马都被人勾走了，她当然也只能乖乖地跟着去了，心里琢磨着她以后要好好教教霜纨才行，它好歹是个姑娘家，怎么能随随便便就跟别人跑了呢？！

她心中幽幽叹息，跟着前面的一人一马朝西南方的一片小树林缓步缓缓行去……

端木绯原以为封炎要找一块空地教她骑马，却没想到他竟然带她来到了营地西南角的马棚，又随手塞给了她一把手掌大小的毛刷。

她不解地抬眼看着封炎："这是要我刷马吗？"

封炎微微地笑，手里也拿着把毛刷，轻柔地给霜纨刷掉身上脱落的毛和尘埃，一下又一下……

"两年前我去北境军时，学的第一件事就是刷马。

"简王说，在战场上，生死一线，善待自己的马就是善待自己。

"当你骑上马，就要学会与自己的马融为一体，如此才能立于不败之地。

"危急关头，救你一命的很有可能就是你的马！"

端木绯听得入了神，心有戚戚焉地点了点头，也学着他的样子在另一边给霜纨刷起来。

是啊，战场上刀光剑影，生死存亡可能就是一瞬间的事，倘若自己的战马不听话，那又如何与敌人对战？！

封炎见她受教，眼中的笑意更浓了，一边教她刷马，一边不动声色地说着自己这两年在北境的事，故意略过血腥的战事，只说些军中趣事……

半个时辰后，两个人合力把霜纨刷得干干净净。余晖下，霜纨浑身没有一丝杂毛的雪白皮毛仿佛在发光，它漂亮得不可思议。

端木绯情不自禁地摸着它的鬃毛，赞道："霜纨，你可真漂亮！"

霜纨轻轻甩着尾巴，得意地踏着蹄子嘶鸣了一声。

此刻，端木绯仿佛能从它的眼眸里读懂它的欢喜之意。

她知道，封炎不仅仅是在教她刷马，还是在教她学会看懂马的肢体动作。现在她知道，当马双耳竖立时，代表它对某件事物很感兴趣；它鼻孔张大以及双耳挺立是因为害怕；它被打理时，偶尔会轻咬她的手表示它的喜爱……

虽然才过去短短半个时辰，但她仿佛与霜纨亲近了不少。

这种感觉真好！

端木绯眉眼弯弯，一双杏眸明亮生辉。

她正欲启唇谢过封炎，却瞟见前方十来丈外有一道熟悉的身影。

穿着大红织金麒麟袍的岑隐不紧不慢地朝二人的方向走来，嘴角含笑，那一身大红织金麒麟袍在余晖中似闪着光。

"封公子、端木四姑娘。"

岑隐对着二人拱了拱手，随意却又不失客气："封公子，皇上召公子一见。"

封炎挑了挑眉，直接问道："何事？"

端木绯从封炎的语气中听出了一丝熟稔感，不由得抬眼看着他们俩。

两个人的身姿皆挺拔颀长，气质却迥异。封炎是公主之子，皇亲贵胄，身上有着世家子弟的风流倜傥、洒脱不羁；岑隐是位居高位的宦臣，言行间不免流露出几分淡淡的阴柔邪魅之气。

岑隐略有迟疑。

封炎神色坦荡地看着他，含笑地负手而立，轻风拂过，袍裾随风而舞。

岑隐的眼眸中闪烁着细碎的光芒，须臾，他开口道："前方探路的禁军刚回来禀，二十里外的玉林镇有数百流民聚集不散，恐惊扰圣驾。皇上欲派兵先行开路……"他的言外之意就是皇帝想让封炎带兵前往。

端木绯耳朵微动，漫不经心地抚着霜纨的脖颈，心如明镜。

这不是一个好差事，所以皇帝才让封炎去。

如果那些是流匪，封炎带兵镇压，合情合理。可是流民只是一些逃荒的可怜百姓，他若处理不当，只会为他人诟病，既失了名声，也失了人心。

这一点，端木绯能想到，封炎和岑隐也能想到，二人的嘴角皆勾出一个似笑非笑的弧度。

端木绯不动声色地瞥了岑隐一眼，心绪飞转。

很快她就抬起小脸儿，天真地说道："皇上乃盛世明君，如今流民北上，定有地方官员办事不力之处。皇上英明睿智，爱民如子，一定想听听流民是否有冤情要诉。"

端木绯用黑白分明的大眼睛一眨不眨地看着封炎，试图隐晦地提醒他：皇帝一向自诩明君，想流芳百世。只要封炎抓住皇帝的心理忽悠其去倾听流民的心声，也许他就可以不用动武，四两拨千斤地办成这件差事。

封炎俯首看着站在白马旁的端木绯，勾唇浅笑，眼角眉梢泛起了一丝温暖的光华。

"端木四姑娘，今天的第一课先上到这里。"封炎抛下这一句话后，就随岑隐一起离开了。

等二人走远，端木绯才迟钝地意识到，有"第一课"就代表着接下来还会有"第二课"。她一时又有些纠结，只能对自己说"名师出高徒"。

她且再忍忍，先把骑马学会了！

安顿好霜纨后，端木绯就回了自己的帐子里。在马棚里待了大半个时辰，她身上散发着一种古怪的味道。

绿萝和碧蝉服侍她沐浴更衣，又仔细地用药油给她揉捏放松胳膊。

端木绯是真的累了，随意地用了些晚膳后就沉沉地睡着了……她是被一阵响亮的马蹄声猛然惊醒的，整个人猛地从床榻上坐了起来。

四周黑漆漆的，她一时不知道自己身在何处。

"姑娘，没事的。"绿萝拿着油灯闻声而来，柔声安抚道，"碧蝉刚才去外面打探过了，是封公子奉皇命带人出营。您要是累，就再歇息一会儿吧，皇上已经下旨明日不拔营。"

听到封炎出发了，端木绯怔怔地看着抱在怀里的锦被好一会儿，然后又躺下了。

这一夜，端木绯一觉睡到了天明。

既然不用赶路，端木绯用过早膳后，就带霜纨出去溜达了，走走停停，看看风景。等到了黄昏的时候，她和霜纨回了马棚，她像昨天封炎教的那样给它刷毛、清理……

时间在这一人一马的默契配合中悄悄流逝……

四周一片静谧，忽然，霜纨发出一声轻轻的嘶鸣，抬头翘尾，神色间露出好奇之意。

端木绯顺着它的目光望去，这才看到不远处的槐树下有一道如青松般挺拔的身影，那人风尘仆仆地走来。

封炎回来了。

他身上还穿着昨天的那件玄色锦袍，显然是刚回来不久，气息平缓，嘴角似噙着一丝淡淡的笑意。

虽然他什么都没说，但端木绯隐约猜到这次的差事他应该完成得挺顺利的。

"你温习得不错。"封炎看着她手中的毛刷，笑了笑，胸膛一阵振动。

端木绯看着他胸膛上微微隆起的一处，眨了眨眼，发现有些不对劲。他顺着她的目光也看向了自己的前襟，似乎想起了什么，随手从怀里掏出了一个黑色的毛团，伸手递给了她。

"这是谢礼。"

他说话的同时，掌心上的那只毛团抖了抖翅膀。这是一只拳头大小的鸟，通体是油光闪亮的乌黑色羽毛，有着嫩黄色的鸟喙和金色的眼珠，翅尾上有一些零散的白色翅斑。

"咕咕！"

小黑鸟似乎有些惊慌，在他的掌心上仰首叫了两声。

这分明就是一只还未成年的八哥。

见端木绯没有动，封炎笑容更深，又道："我说服了那些流民，他们今早就离开了玉林镇，又挑了三个能说会道的人回来。皇上正在接见他们，想来这事怎么也会有个交代。"

他似乎在解释他为什么要送她这个谢礼。

那只八哥也不飞走，只是傻乎乎地在他的掌心上叫个不停。

她其实真不想要这个"谢礼"！想归想，端木绯还是乖乖地收下了八哥，嘴里客套地说着："封公子言重了，我也就是随口一说而……"

她手里的"谢礼"——那只毛茸茸、暖乎乎的小八哥——身体微微颤动，可怜兮兮地叫了一声："咕……"这声音打断了她的话。

端木绯以为自己弄痛了它，手掌用力更轻，俯首凑了过去，眼神温柔得似能滴出水来："小家伙，你没事吧？"

封炎直愣愣地看着她精致的侧颜，她嫩白红润的脸庞上，那层细细的绒毛在阳光下似乎闪着淡淡的光晕……

"怦怦！"

封炎忽然心跳加快，耳根微微发烫。

他咽了咽口水，丢下了一句话："它翅膀受了点儿伤，你记得帮它包扎一下……"
话音未落，他已经大步流星地离去了，近乎落荒而逃。

"等……"

端木绯骤然抬起头，想叫住封炎，想说她欠他的那些"赃银"还没给呢。可是封炎已经走远了，只余下端木绯与手上的那只小八哥面面相觑。

"咕？"小八哥憨憨地歪了歪小脑袋。

封炎拐过一个弯后，就收住了脚步，如擂鼓的心跳渐渐平静了下来，嘴角扬得高高的。

他的蓁蓁真是太可爱了！

封炎刚要吹一声口哨，就听一个有着尖细声音的人扯着嗓子喊道："封公子！封公子！"

一个小内侍气喘吁吁地朝他跑了过来，跑得上气不接下气："您怎么……在这里啊？让小的……一阵好找！"可怜的小内侍从封炎的帐子处开始寻人，绕着这偌大的营地跑了大半圈，总算在这里找到了封炎。

小内侍喘了两口气，恭敬地行了一礼，正色道："封公子，皇上有请！"

"走吧。"封炎甚至连眼皮都没抬一下，就大步朝林浦庄的方向走去。小内侍急忙跟了上去。

皇帝如今暂住在林浦庄里，庄子四周自然有重兵层层把守，非皇帝传召，闲人不得入内。

封炎才走到庄子的正门口，就看到一道熟悉的高大身影从另一个方向朝这边走来。

"阿炎。"对方淡淡地出声，唤住了封炎。

封炎停下脚步，等着对方不疾不徐地走近。对方步伐稳健，整个人如修竹般挺拔。

"父亲。"封炎抱拳行礼，笑了笑，笑意却未及眼中。

父子俩短短四个字的交谈透着一股浓浓的陌生感，那个小内侍自然感受到了，低眉敛目地站在几步外，不敢打搅这对父子。

封预之在三四步外停下了脚步，父子俩不近不远地相对而立。

封预之先开口了，说道："阿炎，你娘一向疼你，你也该为你娘考虑一些，无事就多劝劝你娘回府里来住。"他看似在谆谆教导封炎，语气却很冷硬，透着一股命令的味道。

封炎仍微微笑着，却直接拒绝了封预之："父亲，请恕儿子不能从命，儿子不能干涉母亲的决定。"

"你——"

封预之一声怒斥几乎就要脱口而出，但最后还是压了回去。他还记得这是什么地方，不能让别人看了笑话。

封预之愤而甩袖，率先大步跨过了门槛，往庄子里走去。

封炎面不改色，嘴角始终挂着一丝淡淡的浅笑，仿佛对这一切毫不在意。

父子俩一前一后地进了庄子，都朝同一个方向走去——封预之也是被皇帝宣召来的。

这一路上，两个人都没有再说话，以致那个领路的小内侍也不敢说话，暗暗地咽了咽口水。

三个人绕过一个九龙照壁，再穿过两个禁军林立的庭院，正前方就有一个厅堂映入眼帘，飞檐翘角，白墙朱瓦，正厅的四面镂花槅扇大敞，可以看到厅里除了坐在上首的皇帝，还有数道熟悉的身影，端木宪等几位内阁大臣都在一旁。

一个内侍进去通报后，封预之和封炎父子俩先后入内。

厅堂里，之前由封炎带来的那几个流民已经不在了，只在那光鉴如镜的大理石地面上留下了些许泥土的痕迹。

"参见皇上。"父子俩齐齐地对着坐在太师椅上的皇帝行了礼。

"免礼。"皇帝随意地挥了挥手，用温和慈爱的目光看着封炎，然后对封预之说道，"预之，这次阿炎将差事办得不错！你真是教子有方！"

"臣不敢当。"封预之面色微沉，义正词严地说道，"依臣看，阿炎这次办事却是不妥……"

皇帝眉头一动，右手转起了拇指上的玉扳指。

封预之继续道："皇上命阿炎带兵前去玉林镇扫除流民，为御驾开路，阿炎却擅自将闹事的流民带回，实乃罔顾圣意，有哗众取宠之嫌。皇上，臣以为此风不可助长！"

封炎站在一旁，半垂眼眸，长翘的睫毛在俊美的脸庞上投下淡淡的阴影。

皇帝目光锐利地看着封炎，带着几分审视之色，右手转动玉扳指的动作瞬间停了下来，问道："阿炎，你可有话说？"

他的言外之意就是给封炎自辩的机会。

封炎继续沉默。

厅堂里一片寂静，其他大臣都沉默不语。他们早知封预之不喜这唯一的嫡子，却没想到他"不喜"到了这个地步。

不过，这是他们封家的家务事。说得难听点儿，父若杀子，即便律法都不能治父之罪。

这时，岑隐开口了，含笑道："封大人真乃严父也，难怪俗语说'严父出孝子'。这可为难封公子了，毕竟'子不言父'。"

"子不言父"，完整地说，是"子不言父过"。

这也难怪封炎闭口不言。皇帝释怀了。

阿炎虽跟着安平一直住在公主府里，与封家并无多少往来，但看起来倒不是一个忤逆不孝的人。

岑隐那绝艳的脸庞上笑容更深，他继续道："皇上，难得离京，别为了区区流民坏了您的兴致。"

皇帝笑着微微颔首，扫除这些流民简单得很，可难免会大动干戈，弄得流民死伤惨重。相比之下，封炎这次将事情办得妥当多了。

皇帝端起茶盅，喝了一口茶，便轻描淡写地带过了这个话题，说道："预之，'严父出孝子'是没错，你也别对阿炎太过严厉了。"顿了一下后，皇帝话锋一转："阿炎，你把先前在玉林镇的那些流民暂且送去京城安置，待朕回京再说。"

"是，皇上！"封炎抱拳领命便先行退下，半个时辰后，就整军出营。

圣驾于次日一早才继续起驾。

没能学会骑马的端木绯白天坐在马车里随车队赶路，直到傍晚，车队停下时方能刷刷马、遛遛马，剩余的时间也是和舞阳她们一块儿玩。

十月初十，圣驾终于抵达了西苑猎宫。

西苑猎宫位于九秀山的山脚，占地广阔，依山傍水，如一个庞然大物般静静地匍匐在那里。

这个猎宫经过大盛几代皇帝扩建，如今所占面积比皇宫还要大三倍不止，足以容纳皇帝和随行所有官员及其家眷在此安顿。

皇帝住进了猎宫中央的正殿，几位皇子、公主、亲王等宗亲以皇帝为中心分布在四周的殿宇院落中，再往外就是那些官员以及其家眷的居所。

猎宫中有花园、演武场、藏书阁，还有其他各式各样的亭台楼阁、花鸟池鱼，显得富丽堂皇。

端木绯本该随端木宪住进猎宫东北方的文溪阁里，不过，原定计划稍微发生了一些变化——经端木宪同意后，她应邀住在了舞阳的瑶华宫里。

这一次巡猎皇后没有随行，舞阳身为大公主，就是女眷之中最尊贵的一位。

等众人稍稍安顿后，那些女眷就纷纷跑来瑶华宫请安问礼。一时间，瑶华宫内人来人往，络绎不绝。

又送走了几个来请安的勋贵女眷后，端木绯见舞阳的小脸儿上写满了"麻烦"两个字，就笑眯眯地提议道："舞阳姐姐，与其这样大伙儿分批来来去去的，还不如您专门开个小宴招待大家，省事又省时！"

舞阳顿时眼睛一亮，抚掌赞道："绯妹妹，你这个主意好！"说完，她就转头对一旁的宫女吩咐道："一个时辰后，我要在翠微园里安排一个小宴，你吩咐下去，若再有人过来请安，就请他们去翠微园。你再发些帖子出去，请一些公子、姑娘一起到园中游玩……对了，你再找两个琴师、歌姬来唱唱小曲儿，热闹一下。"

舞阳吩咐了一番后，那个宫女就领命，匆匆地下去了。

宫室内便安静了下来，舞阳感觉浑身一轻，如释重负，悠然地与端木绯一起品茗、小憩，龙井的甘香冲去一身的疲惫。

约莫半个时辰后，二人方起身，在宫女的指引下，说笑着朝猎宫东南方的翠微园走去。

外面太阳西斜，正是晚霞满天之时。

猎宫中的空气清新怡人，二人仰首眺望，可以看到不远处的群山连绵起伏，草木苍翠，无尽秀色尽收眼中。

端木绯和舞阳沿着一条青石板小径曲折前行，绕过一座假山后，两道熟悉的身影映入眼帘。

两个丰神俊朗的少年公子正坐在一个八角凉亭里，似在赏景。

"炎表哥、阿然！"舞阳看到二人，眼睛一亮，出声唤道。

下一瞬，两只灰色的雀鸟从凉亭后方振翅飞起，"扑棱扑棱"地飞走了……

封炎闻声望来，站起身，走出了凉亭。

几日不见，封炎看起来神清气爽，穿了一件青莲色云纹团花直裰，腰间缀玉锦带上一边悬着玄色刺绣葫芦形荷包，另一边的碧色宫绦上挂了块通体无瑕、晶莹润白的羊脂玉玉佩，一头鸦羽般的乌发被白云簪束起，露出他棱角分明的脸庞。在夕阳的柔光下，他面如冠玉，丰姿俊朗。

漂亮的少年一身鲜衣玉带，如旭日般光彩夺目，引得端木绯不由得多看了一眼，只觉得他今天的打扮似乎有些……过于华美。

"炎表哥，你是刚到吗？"舞阳笑着寒暄道，"我还担心表哥赶不上明早的狩猎呢。"

封炎还没说话，跟在他身后来的君然已经替他回答了："阿炎半个时辰前刚到。"

君然故意在"刚到"两个字上加重音量，用意味深长的目光在端木绯和封炎的身上来回看了一下。

舞阳本想问二人是不是要去翠微园，话到嘴边，余光正好瞟到凉亭后的一片空地上支着一个竹编筛子，筛子用一段树枝斜撑着，下方撒了些许谷粒。

舞阳眨了眨眼，心领神会地笑了："阿然、炎表哥，你们刚才是在抓麻雀？"

"是啊，"君然"啪"的一声打开了折扇，笑吟吟地故意抱怨道，"可惜啊，麻雀都被你和四姑娘吓跑了！"

他就说嘛，明明他们俩说好了要去翠微园的，阿炎怎么就半途忽然提议要在这里抓麻雀了？

原来，阿炎打扮得这么"花枝招展"，是为了在这必经之路上"逮"另一只"小麻雀"啊！

有趣，这真是有趣！

端木绯没注意到君然那颇有兴味的眼神，目光怔怔地看着那个筛子，心里忍不住浮现出一个念头：封炎不会再塞给她一只麻雀作为"谢礼"吧？！

想着自己屋子里那只每天"咕咕咕"的小八哥，她真是头都大了。

她绝不能留他在这里继续抓麻雀……端木绯在心里对自己说。

端木绯赶紧笑眯眯地提议道："舞阳姐姐、世子爷、封公子，时辰差不多了，我们一起去翠微园吧。"

三个人纷纷响应，一行人便朝翠微园的方向走去。

夕阳渐渐落下，给猎宫披上了一层柔和的红色纱衣，虽然暮色即将降临，可是这里朝气蓬勃的，仿佛这一天才刚刚开始。

几个人越靠近翠微园，就发现四周越热闹，一路上可见一些公子、姑娘三三两两地结伴朝同一个方向走去。

他们一看到舞阳等人，就上前见礼。等舞阳一行人来到翠微园时，身旁已经多了七八个人，众人说说笑笑，周围一片语笑喧阗声。

前面带路的宫女一直把众人引到了翠微园中央的一片小湖旁，湖水清澈湛蓝，余晖温柔地洒在湖面上，波光粼粼。

湖边几棵梧桐树遮天蔽日，形成一大片天然的凉棚。

树下的空地上，人头攒动，衣香鬓影，好不热闹。

待舞阳一行人走近了，便看到其中的一张张熟悉的面孔：包括涵星在内的三位公主，几个宗室勋贵家的郡主、县主，还有那些勋贵官宦家的公子、贵女等，有二三十人。他们正三五成群地聚在一起，或说话，或玩耍，或泛舟。

"嗖！嗖！嗖！"

数支竹矢从几个姑娘的手中掷出，零落地落入壶中，清脆的落壶声此起彼伏。偶有一些竹矢不仅落了空，还不慎把铁壶撞倒了，引来旁观的众人一阵嬉笑。

"嗖！嗖！"

又是接连两声投掷声响起，两支竹矢先后落入同一个铁壶中，竹矢与铁壶的撞击声干脆响亮。

"连中贯耳！"一个翠衣姑娘拊掌赞道，"楚三姑娘，你这投壶之技还真是叫人叹服！"

旁边其他两位姑娘也围着楚青语恭维了几句。

"几位姑娘过奖了，不过是雕虫小技，凑巧罢了。"穿了一件浅紫色绣花襦裙的楚青语微微一笑，看起来优雅大方，自有一番世家嫡女的风范。

说话间，她瞟到十来个公子、姑娘簇拥着一袭大红骑装的舞阳朝这边走来。

楚青语的目光在这些公子、姑娘身上飞快地扫过，然后眼睛一亮，目光停在一道挺拔的青莲色身影上。

少年公子长相俊美，五官精致无瑕，举手投足间气质尽显，使得四周那些光鲜靓丽的公子、姑娘都黯然失色，成了面目模糊的庸脂俗粉。

封炎！

楚青语的眸中绽放出异常灼热的光芒，她上前半步就想过去，可是才迈出步子，又瞬间顿住了。

封炎一边走，一边随手从一旁的花丛中折下一枝芙蓉，然后递给了他身旁一个娇小可爱的少女。

那个少女不过十岁左右，白皙俏丽的脸庞上稚气未脱，她笑吟吟地把玩着那朵粉色的芙蓉花，笑靥如花。

二人谈笑风生，彼此似乎很是熟稔。

楚青语死死地盯着那朵娇艳欲滴的芙蓉花，神色怔怔。

自古以来，众人都以"芙蓉"代指美人。芙蓉的花语是赞扬高洁之士、漂亮纯洁的美人。

可是，那怎么会是她呢？！

楚青语脸上透着一丝复杂的神色。她目光闪烁，几乎怀疑自己看错了。

若非此刻亲眼所见，她怎么也想不到封炎会和端木绯凑在一起，样子看起来还颇为和乐。

封炎和端木绯的身份、地位天差地别，这两个人应该八竿子打不着啊！

盯着端木绯那张天真烂漫的小脸儿，楚青语捏了捏拳头，眸色渐深，心绪翻腾，心中不知是羡慕的情绪多些，还是懊恼的情绪多些。

回想起四月的凝露会，楚青语至今不明白其中到底出了什么差错，自己才会错过与封炎相遇的机会。后来，在万寿宴上更是出了变数，她没能顺利地助封炎拿回军功……以至到现在，她都没能在封炎面前露脸，令他对她刮目相看。

反倒是这个端木绯在自己不知道的时候，似乎得了封炎的一丝青睐……

事情怎么会是这样的？！

楚青辞已经不在了，怎么又出现了一个端木绯？！

这到底是哪里出了问题？！

楚青语的眸中如同暴风雨之夜的海面般，掀起了一阵惊涛骇浪，情绪翻腾不息。

她深吸一口气，定了定神，在心里对自己说：我不能乱了阵脚，还有机会，秋猎就是我最好的机会！

这个端木绯和楚青辞一样，注定就是早夭的命，是绝对争不过自己的！

自己不能慌……

楚青语压抑着内心的汹涌情绪，若无其事地又俯身拿起一支竹矢，随手投了出去。

她心已乱，这一矢就偏了方向，歪歪扭扭地在壶口擦过，撞得铁壶微微晃动。然而，无人在意这一点，那些公子、姑娘的注意力都被舞阳所吸引，包括涵星在内的公主、贵女皆纷纷上前给舞阳行礼。

一时间，舞阳如众星捧月般被人团团围住，四周热闹喧哗。

过了好一会儿，众人才渐渐散去，各自玩乐。

端木绯、舞阳和涵星几个人围着几张红木雕花大桌临湖而坐，宫女上了茶后，众人便悠然品茗。与此同时，一阵优美的琴声响起，流畅明快，如那山涧泉水般"叮咚"作响。

好茶好曲，令人心情舒畅，好不惬意。

"阿炎、阿然，"没一会儿，承恩公府的谢愈带着一帮狐朋狗友浩浩荡荡地来了，"坐着多没意思啊，跟我们去投壶吧！"

封炎却连眼皮都没抬一下，高傲地只回了两个字："不去。"

君然暗自闷笑，眼珠滴溜溜一转，"昧着良心"说道："投壶多累啊，不如玩射覆吧！"

所谓"射覆"是一种行酒令，"射"是猜度，"覆"是覆盖，意思是出题之人预先将一物或者写好的字条藏在一个倒扣的杯碟内，再说出一段隐语，让人猜测，若猜的人猜不中，就要被罚杯酒水。

比起投壶，射覆确实不累人。

谢愈这些公子哥平日里一读书就头痛，但是玩起行酒令，一个个都不在话下。

"射覆好！"谢愈立刻爽快地应下了，"那就以这园中之物为限怎么样？"

射覆一般要先定一个范围，否则若是出题者异想天开地在字条上胡乱出题，那么猜谜的人就太没有头绪了。

于是，几位公子纷纷围着那几张红木雕花桌子落座，谢愈吩咐一旁的宫女去取些碗碟和笔墨来，众人说说笑笑，皆兴致勃勃，眉飞色舞。

这边的热闹自然吸引了四周不少人的目光，其中也包括楚青语的。

自封炎和端木绯一起出现后，楚青语就一直心不在焉，连着三次投壶失利后，干脆放下了竹矢，朝湖边的端木绯、舞阳她们款款走去。

楚青语渐渐走近，端木绯自然注意到了，刚捧到唇边的茶盅顿了顿。

黄昏的阵阵晚风中，楚青语鬓角的几缕秀发被风吹拂起来，轻抚在她桃花般的面颊上。步履间，那丁香色的百褶裙裙裾翻飞如蝶翼。

楚青语对着几位公主和郡主盈盈一福，问了安，然后看向端木绯："端木四姑娘，又见面了。"说话间，楚青语用一种十分微妙的眼神打量着端木绯，仿佛此刻才真正把面前这个娇憨的少女的身影放入眼中。

端木绯隐约能感觉到，今日楚青语对自己的态度似乎与往昔有几分不同，却想不出为何如此。

"楚三姑娘。"端木绯对她颔首致意。

楚青语微微一笑，神色间露出亲昵之色："端木四姑娘，你是第一次随御驾秋猎吧？你想必对这猎宫很不熟悉，不如明日我带你四处走走，熟悉一下环境可好？"

"多谢楚三姑娘的好意。"端木绯笑眯眯地拒绝了，"我跟着舞阳姐姐……和涵星表姐就好。"

楚青语的笑容僵了一瞬，气氛一时变得凝滞。

舞阳却唇角微翘，心道：她这个绯妹妹说起话来就是合她的心意！

连涵星都在心里暗暗点头，这个端木家的四表妹总算有了一些自觉，自己才是她的亲表姐。

楚青语深吸一口气，随即又若无其事地笑了，用一种艳羡的口吻说道："端木四姑娘真是讨人喜欢，与大公主殿下亲似姐妹，君世子、封公子也把四姑娘当作亲妹妹似的……"

楚青语感慨地说着，然后故作不经意地问道："端木四姑娘，我记得令尊在世时曾在简王麾下效力，姑娘与君世子、封公子莫非是在北境相识的？"

端木绯笑吟吟地说道："是啊。"她做出一派天真烂漫的样子。

楚青语的喉咙不禁一哽。她当然知道端木绯及其姐姐是三年前来的京城，一直到年初才刚刚除服，封炎却两年半前才去的北境，两个人根本不可能在北境相识！

她这么问，不过是想打探一下两个人是如何相识的。没想到，端木绯小小年纪竟如此狡猾，随口就是谎话，故意敷衍自己，简直太可恶了！

楚青语当然不肯就此罢休，勉强按捺着心中的怒火，再次追问道："四姑娘和封公子……很熟吗？"

"楚三姑娘。"舞阳重重地放下茶盅，茶盅撞击在桌面上发出的声响有些刺耳，引来周遭数道好奇的目光。

舞阳嘲讽地斥道："你一个堂堂国公府的姑娘，怎么跟个三姑六婆似的啰里啰唆？！"

舞阳没有放低音量，其他人也听到了这话，不由得交头接耳，对着楚青语指指点点。

这个舞阳真是多管闲事！楚青语瞬间满脸通红，狠狠地瞪着舞阳，两个人的目光在半空中相撞，火花四射。

一时间，空气中暗流涌动，颇有剑拔弩张的火药味。

就在这时，一个温和清朗的男音自后方传来："表妹，原来你在这里啊！"

来者是一个十四五岁的少年郎，身着一袭宝蓝色菖蒲纹交领锦袍，身姿如松柏般挺拔，笑容温润，斯文儒雅，让人一看就心生好感。

端木绯认得他，他是成聿楠，楚二夫人的娘家侄子，也是楚青语正在议亲的对象，年纪轻轻已经是少年秀才，又是成家这一辈的嫡长孙，在京中有"公子温如玉"的美名。

成聿楠走到楚青语的身旁，恭恭敬敬地给舞阳和涵星行了礼，然后又对楚青语道："表妹，你不是一向最爱芙蓉吗？我看那边有几丛芙蓉错落有致，适合入画，你可要随我过去看看？"

成聿楠笑得和煦，显然是意识到这边的气氛不对，特意过来打个圆场，拉走楚青语。

楚青语有些不甘心，但很快就若无其事地笑了，对舞阳、涵星道了声"告退"，就随成聿楠走开了。

四周的氛围顿松，众人眨眼间就把刚才那个小小的龃龉抛诸脑后，各自玩耍起来。

之后，陆续有公子、姑娘来园中赴宴。

渐渐地，园中的众人大致分成两派：一派以舞阳为中心，她身旁的几位公子哥说笑着玩射覆；另一派则以楚青语为中心，玩着投壶。仿佛有种无形的屏障将两方人马分隔开来，双方井水不犯河水。

玩乐之间，楚青语不时地往封炎的方向瞟去，神色阴晴不定。

她想加入那群正在玩射覆的公子中间，却又顾及刚才和舞阳的龃龉，实在不想在众人面前对舞阳低头。

又一阵微凉的晚风吹拂而来，随风而来的是少年们爽朗的笑声。

君然大笑着拍案而起，得意扬扬地指着谢愈道："酒，肯定是春酒，你赶紧把碗翻开啊！"

谢愈皱了皱眉，打开了一个倒扣在桌面上的青瓷大碗。

果然，碗下赫然是一盏春酒。

"凭你谢三，还想赢本世子？"君然玩世不恭地摇着折扇。

谢愈认罚，仰首将杯中之物一口饮尽，心里有些不服气。

玩射覆，他还没输过呢！

"阿然，你怎么知道是春酒？"谢愈不服气地问道。

他明明不过就提示了一个"春"字，君然怎么就能猜到是"春酒"了呢？

正悠闲地听着小曲儿的端木绯听到这边的动静，也好奇地张望过来，就听君然神秘兮兮地说道："山人自有妙计也。"

这个人故弄玄虚！端木绯忍不住"扑哧"一声轻轻地笑了出来，引得众人的目光都投向她。

舞阳眨了眨眼，心念一动，问道："绯妹妹，你可是看出什么了？"

既然舞阳问了，端木绯就指着一旁的一个如玉般的青瓷壶乖巧地说道："玉壶春。"

这种"玉壶春"的酒瓶因为"玉壶买春"而得名，其中的"春"字指的就是"春酒"，意思是拿着玉壶买春酒。

而且，这春酒的气味这么浓，鼻子稍微灵光的人恐怕都闻出来了！

端木绯这么一说，众人皆忍俊不禁。

这个精明的小丫头！君然但笑不语，显然是默认了端木绯的说法。

他又摇了摇手中的折扇，不动声色地瞥了封炎一眼，心道：阿炎偏偏看上了这么个精明的丫头片子，以后恐怕会被管得服服帖帖吧？！喀喀，这似乎还挺有趣的！

"我们再来玩！"

谢愈正在兴头上，低头吩咐了小厮一句，很快小厮又取来一个倒扣着碗碟的托盘。

这一次，谢愈给了两个字："七夕。"

君然思索着，就听封炎已经开口了，说道："蜘蛛。"

一想到八脚蜘蛛，一旁的几个姑娘家被吓得差点儿跳起来，涵星尖声命人赶快将蜘蛛拿走，君然却若有所思地眨了眨眼，似笑非笑地看着封炎。

"木芙蓉。"

"梧桐叶。"

…………

封炎如得神助，每次都抢在众人之前答出所覆之物。

谢愈起初还不服输，到后来被赢得没脾气了，再之后，已经觉得无趣了。

比试也好，游戏也罢，他之所以觉得有趣是因为势均力敌，可当结果完全一面倒的时候，就等于被碾压……

谢愈摸了摸鼻子，与封炎商量说："不如，我们玩点儿别的？"

"哈哈哈……"

一旁趴在桌子上闷笑了许久的君然终于忍不住笑出声来，阿炎这只公孔雀又在开屏了！

阿炎这是故意要在人家小姑娘面前显摆呢！

再换一样玩，谢愈还是照样输！

在众人的一片欢声笑语中，夕阳西垂，暮色渐合。


四周一片昏黄，宫人便陆续挂起了一盏盏宫灯，把这园中装点得仿若一片璀璨的星河。

这时，不远处的园子入口处起了一阵骚动。

起初，端木绯、舞阳她们没在意，待到四周越来越多的目光投向了同一个方向时，骚动渐渐蔓延了过来，空气中隐约飘来了"杨五姑娘"这个名字……

端木绯抬眼一看，就见一道翠色的窈窕身影沿着一条挂满宫灯的小径走来，她莹白如玉的脸庞为宫灯的荧荧光辉所照耀，显得娇艳动人。

果然是杨云染来了。

"杨五姑娘，"楚青语笑意盈盈地迎了上去，"你可算来了，我都想着要派人去华安阁请你了。"

"劳烦楚三姑娘挂怀了。"杨云染含笑道，"我稍微有些晕马车，所以就先在屋子里小睡了一会儿。"

说话间，杨云染随楚青语朝那片梧桐树的方向走去，一边走，视线一边随意地扫过四周，然后定在了湖边的舞阳、涵星和谢愈三个人身上。

谢愈嬉皮笑脸地走到舞阳和涵星跟前，殷勤地给前者奉上一个绣球，给后者递了一个棒槌，似乎在招呼她们玩击鼓传花。

杨云染看着眼前这三个人，万寿节那天发生的事在她的眼前飞快地闪过，那一幕幕令她羞愤欲绝……

杨云染瞳孔猛缩，暗暗地咬牙，乌黑的眼眸像染上了血，身子轻颤不已。

楚青语正挽着杨云染的胳膊，立刻就注意到她的情绪有些不对劲。楚青语顺着她的目光望去，若有所思。

"大皇姐，"前方几丈外传来了涵星蓄意拔高的声音，"你不是说今日的小宴请的都是未成家的公子、姑娘，让大家出来玩耍玩耍，以免太过拘束吗？"

涵星目光轻蔑地看着杨云染，只是看着她就感到厌恶。

涵星是天之骄女，一向不知道委屈自己，不客气地对舞阳抱怨道："大皇姐，怎么连她也来了？！"

这个"她"指的是谁，在场的众人皆心知肚明。皇帝与杨云染的那点儿风流韵事虽然没人放在明面上说，却早已传得各府皆知了，不知道的人恐怕只有成聿楠这种只知道闷头读圣贤书的学子，以及封炎这种懒得理会那些闲言碎语的人……

四周顿时起了一片"窸窸窣窣"的骚动，众人皆交换了一个表示心知肚明的眼神。他们窃窃私语着，脸上多了一种似轻蔑、似讥诮的神色。

对杨云染而言，周围的那些目光仿佛针尖般尖锐。

她本就心中气愤，此刻心火更像是被浇了一桶油般，熊熊燃烧起来。她羞愤得满脸通红，再也待不下去了。

不顾楚青语的阻拦，杨云染拂袖走了。

"杨五姑娘！"

楚青语迟疑了一瞬，回头朝封炎看了一眼，然后提着裙裾小跑着追了上去，在几十步外拉住了杨云染。

楚青语附耳对杨云染低声说了几句话，杨云染身子渐渐僵直，那纤细的背影看起来坚韧、犀利如利刃。

杨云染在原地停了几息，随后大步朝前走去，毫不回头，带着一股决绝之意。

楚青语和杨云染一起走了，只留下成聿楠犹豫地站在原地。他疑惑地看了看四周，一头雾水，总觉得发生了什么他不知道的事，可是再看四周，众人已经继续玩乐起来，言笑晏晏。

对在场的那些公子、姑娘而言，区区杨云染和楚青语，根本就微不足道。

夜幕落下，近似圆盘的银月升起，翠微园中仍是一片欢声笑语。

这一晚，快二更天的时候，众人才纷纷散去。

偌大的猎宫渐渐陷入了夜的静谧中，秋风瑟瑟，夜色笼罩四野。

虽然处于一个陌生的环境中，但是这一夜端木绯睡得还算安稳，直到外面庭院里清脆不绝的鸟鸣声把她从好梦中唤醒。

天空才露出鱼肚白，屋子里不太亮。

丫鬟们听到动静后，立刻进内室服侍端木绯起身。

等到端木绯穿戴完毕又用了早膳后，天色已经大亮了，远处传来一阵仿若呜咽的号角声，似乎在传唤着她。

今日是十月十一日，秋猎才算刚刚开始。

随着号角声响起，众人皆朝同一个方向走去。短短半个时辰之内，此次随行参加秋猎的皇子、公主、宗室朝臣、勋贵子弟就都聚集在了猎宫外的广场上，仰望着前方高高的猎台。

皇帝按照祖宗规矩亲自主持祭天仪式，感谢天地赐予万物，养育万民，并祈求国泰民安。

接着，皇帝慷慨激昂地对着下方群臣发表了一番演说，表明自古皆以田猎来讲武事，狩猎并非为了嬉游，而是为了有益于军伍，可借此整饬戎兵，展现大盛男儿的血气方刚云云。

众人皆下跪磕头，直呼："皇上英明，万岁万万岁！"

当号角再次被吹响时，皇帝利落地翻身上马，第一个扬鞭策马，朝着前方那片绵延千余里的山林飞驰而去。众臣以及勋贵子弟紧随其后，卷起滚滚黄尘。

正所谓："秋猎为狝。"狝，杀也。众人一个个都杀气凛然，凌乱的马蹄声如闷雷声般，渐行渐远，很快就被那幽深似海的山林吞没……

等到马蹄声轻得听不到了，广场四周也安静下来，周遭空旷了不少。

时人皆好君子六艺，哪怕是文臣，大多也略通骑射。狩猎的第一日，他们自然也都随圣驾而行，留下的多是女眷。

姑娘们都穿上了修身的戎装，且不论她们的骑射功夫如何，至少一眼望去，都英气勃勃，一个个好似巾帼女将。

此后半个时辰，也有一些背着弓箭的将门贵女陆陆续续地策马进了围场。

至于端木绯，她很有自知之明。

她是学了几天马，不过练得最好的还只是刷马而已。让她在平地上骑马随便跑几步还能凑合，但这里的山路崎岖，陡峭难行，她可不敢轻易挑战。

端木绯就乖巧地做了舞阳的小尾巴，跟着舞阳以及一些宗室贵女去了附近的湖边钓鱼。

阵阵山风轻拂湖面，姑娘们怕惊动水中的鱼，也不敢大声说话，只是偶尔交头接耳几句。

端木绯敏锐地感受到了鱼竿下的细微动静，猛地一扯鱼竿，那鱼线就飞舞而起，一尾咬钩的活鱼在空中摇摆着鱼尾，水花四溅，细细的水珠落在她白皙的脖颈上……

端木绯嘴角微翘，眸中闪动着兴奋的光芒。

"绯妹妹，你钓到鱼了！"舞阳笑着拊掌道。

其他的姑娘也围了过来，看着她们的第一条"猎物"，觉得有趣极了。

就在这时，一个青衣宫女急匆匆地走了过来，形容焦急地走到舞阳身旁，在她耳边悄声说话。

端木绯本来没在意，可是目光不经意间瞥过那宫女的脸庞时，发现对方面善得很——这不是涵星身旁的宫女璎珞吗？

端木绯眉头一动，稍微一留心，就注意到舞阳的脸色微变，舞阳低声对璎珞吩咐了几句后，又从腰带中掏出了她的腰牌递给对方。

璎珞接下那腰牌后又是致谢又是行礼，然后急匆匆地走了。

端木绯樱唇轻启，正迟疑着要不要问问舞阳是不是涵星那边发生了什么事，就听舞阳嘀咕了一句："涵星这丫头，连骑马都是三脚猫的功夫，还敢往猎场里跑，真是不知天高地厚！"

端木绯怔了怔，仔细地回想一番，好像早上举行祭天仪式时自己在猎台附近看到过涵星，那之后，就没看到她了。她大概是跟着一群贵女进猎场里狩猎去了吧？

这片山脉绵延千里，其中猎场的范围也不过百余里，皇帝狩猎关系重大，提前就有护军统领率兵在猎场中度地势、设行营、建帐殿、驱猛兽，又以黄幔在猎场中隔出内城和外城，内城中有些许虎、狼等猛兽，而这外城里最多不过是些兔、獾、狸之类的小兽。

时常有一些姑娘家结伴进猎场的外城打些兔、獾，也就是凑个热闹。

"舞阳，不如我们也进猎场里玩玩吧？"站在舞阳另一边的少女亲昵地挽起了舞阳的手，饶有兴致地提议道。

那个少女十五六岁，穿着一件胭脂红镶边绣折枝梅骑装，梳了精致的回心髻，鹅蛋脸，柳叶眉，气质清雅。

她是宝亲王的嫡长女，钦封的云华郡主，也是舞阳的堂姐，与舞阳一向玩得不错。

其他姑娘听云华一说，也有几分心动，皆期待地看着舞阳。

舞阳迟疑了一瞬，道："云华姐姐，山路崎岖，我们几个人又都不擅骑射，还是别进猎场里了……前面不是有片野树林吗？我们去那边走走，顺便碰碰运气如何？"

云华兴致不减，抚掌道："我还记得去岁我还在那里猎了只野兔呢！"

"分明就是那只兔子被郡主的箭吓晕了！"另一个姑娘快人快语地取笑了云华一句。

这件事端木绯也曾听舞阳提起过，当时云华的那一箭正好擦着野兔的身体射在了树干上，却把那胆小的野兔生生吓晕了。

众人你一言我一语地说着话，一个个都兴趣盎然，放下了鱼竿，牵上各自的马在舞阳和云华的带领下一路西行。

姑娘们也不赶时间，悠然自得，或步行，或遛马，一边说话闲逛，一边狩猎……

只不过，半个多时辰过去了，四下也射了十来支箭了，众人却一无所获。

反倒是端木绯使唤着碧蝉摘了不少野果子，足足装了半箩筐。这野果子不好保存，端木绯已经在琢磨着把部分野果子做成果酱，也好带回京给姐姐尝尝鲜。

端木绯拿起一颗野果子用帕子擦了擦，正想送入口中，就察觉到身旁的霜纨亲昵地蹭了蹭她的胳膊，目露希冀地看着她。

端木绯笑了笑，摊开手掌把野果子凑到马的嘴边，婴儿拳头般大小的野果子只够它"咔嚓"一口吞进腹中……

看它吃得欢喜，端木绯正想抬手再摘一颗野果子，余光就瞟到一个陌生的蓝衣宫女不知何时走到了两三丈外的舞阳身旁，附耳说着话，舞阳眉头紧锁。

接着，舞阳随手打发了那个蓝衣宫女，然后大步走了过来，道："绯妹妹、云华姐姐，你们在这里玩，我有些事要处理，一会儿就来找你们。"

云华笑着挥了挥手："去吧，去吧，你放心，我不会欺负端木四姑娘的。"说着，云华还俏皮地对着端木绯眨了眨眼，逗得端木绯忍俊不禁。

其实，楚青辞与云华以及在场的几个贵女都很熟悉，自小就玩在一起，即便此刻她换了一副面貌站在这里，也不觉得拘束，更像是回到了往昔。

舞阳带着一个贴身宫女策马离去，纤细的身影很快就消失在了密林中，剩下的几位姑娘则继续往前漫步，偶尔射几支箭……太阳越升越高，树林的浓荫遮天蔽日，替她们挡住了灼热的阳光。

一个少女忽然惊喜地叫了出来："射中了！射中了！"

"我看着那是只锦鸡呢！"

"卢二姑娘，你的箭术长进了不少啊！"

…………

姑娘们眉飞色舞地聚在一起说着话，唯有端木绯有些心不在焉，舞阳都走了一个时辰了……璎珞拿走舞阳的腰牌后也没再回来过，难道是涵星出了什么事？

端木绯眉头一动，朝舞阳留下的另一个宫女望去，正想着是否找对方试探几句，却发现对方脸上似有几分不安的神色，那个宫女还时不时朝她们来的方向回望着。

端木绯心里"咯噔"一下，越发担心了。

她随手把马绳交给碧蝉，朝那个宫女走去，笑着与对方搭话："我记得你叫初雨吧？"

宫女有些惊讶，赶忙福了福身："奴婢正是。"

"初雨，你可知舞阳姐姐去了哪里？她都走了一个时辰了……"端木绯看似随意地问道。

初雨局促地笑了笑，含糊道："端木四姑娘，殿下很快就会回来的。"说着，她下意识地摸了摸左袖口。

对这个回答端木绯并不感到意外，毕竟身为舞阳的贴身宫女，初雨又怎么能随意地对外人道出主子的行踪？

她不动声色地看着初雨，打量了一番初雨游移的眼神和左袖口，骤然逼近了一步，逼问道："你的袖口里藏着什么？！"

初雨被吓得倒退了半步，又不自觉地伸手去摸左袖口，花容失色道："没……没什么！"

初雨越慌，手脚越不听使唤，踉跄地后退时，从左袖口中滑出了一张字条……

端木绯眼明手快，立刻往前跨了一步，右手一抄，精准地在那被折成长条状的字条落地前将之一把抓住。

初雨低呼了一声，端木绯想也不想地打开了那张字条。这张字条被烧了一半，除了淡淡的焦味，还有一股混杂着桐油烟、麝香、冰片等的气味钻入端木绯的鼻中。

这是漆烟墨，还是顶级的漆烟墨。

端木绯眸色微沉地扫了一眼，字条上被烧得只剩下残缺的两行字——

"正午在……

不见不散。"

"这是什么？！"端木绯神色一冷，脸上的笑意再也维持不住。

初雨俏脸惨白，还想说什么搪塞过去，端木绯干脆转身，嘴里喃喃道："也不知道皇上回——"

端木绯话中的威吓之意显而易见，初雨慌忙打断了她的话，道："端木四姑娘，这……这不是给奴婢的。"宫女与人私通可是大忌！

初雨朝四周看了看，见其他几位姑娘正围着刚猎的锦鸡说着话，就拉着端木绯到了一棵老树后，压低声音道："端木四姑娘，一早有人将这张字条放在膳房送来的膳食盒里……殿下看到了，但没有理会，随手丢到宫灯里烧了，后来奴婢收拾屋子的时候，发现它只烧了一半，奴婢有些不安，鬼使神差地……就先收着了。"

顿了一顿后，初雨继续道："奴婢也不知道殿下现在去了哪儿……"

初雨面如土色，心里也担心舞阳出事，大公主万一真的出了什么意外，她们这些奴婢可担待不起！

端木绯眉头紧锁，心绪不宁。

先是涵星不见了，现在连舞阳也不知道去了哪里……加上这张字条，这显然是有人在幕后精心算计着什么。

来者不善！

端木绯想着，黑白分明的眼眸一点点变得深沉复杂，无数幽光在眸中闪烁。

# 第十六章　主　谋

　　皇帝带着一众勋贵武将、宗室子弟进了猎场，虽然这猎宫里外有禁军把守，然而，禁军乃天子之卫兵，只听命于皇帝和直属将领，端木绯区区一个小姑娘是调动不了的。

　　这猎场这么大，山路崎岖复杂，就算她有心去找皇帝请旨，恐怕也不一定能找到皇帝。

　　今日适逢秋猎第一日，文臣武将大多随皇帝进了猎场，她无人可以求助。

　　或许这正是那人想要的结果：哪怕舞阳和涵星身边的宫人发现了不妥之处，一时间也做不了什么。

　　难道她只能等着，等到圣驾回来吗？

　　若舞阳和涵星真遇到了麻烦，到时候恐怕该发生的事早就发生了！

　　端木绯眉头微蹙，思绪万千。

　　对了！还有一个人！

　　端木绯的眼前不由得浮现出一张昳丽的脸庞——岑隐。

　　她记得今天她并没有看到岑隐随御驾进猎场，他现在多半还在猎宫里。

　　尽管岑隐在朝野上下名声不佳，不少人对他恨之入骨，但自相识以来，他对她们姐妹颇为和善，屡次出手相护，如今……也许只有他可以帮她了！

　　端木绯果断地做出决定后，便若无其事地朝云华她们走了过去。

　　"郡主，"端木绯揉了揉太阳穴，面露疲累之色地对云华道，"我有些累了，想先回猎宫里歇息一下。"

　　云华关心地问道："端木四姑娘，要不要我派人给你请个太医看看？"

　　端木绯露出一个乖巧的浅笑："谢谢郡主，我没事，就是昨晚在陌生的地方一晚上没睡好。"

端木绯这么一说，好几个姑娘都露出心有戚戚焉的表情，说起昨晚的各种不适应，都劝她回去好好小憩一番。

端木绯牵着马走出了树林，心里越着急，就越不敢胡来，以最快的速度步行回了猎宫。

她做的第一件事就是去墨渊阁找岑隐。

墨渊阁位于猎宫的西南方，四周长着一片四季长青的翠竹，即便是深秋时节，竹子仍旧郁郁葱葱，映衬得四周清幽安静。

这里是岑隐在猎宫中的住处，也是他处理公文的地方，里面多是机密奏折，周遭自然戒备森严，由东厂重兵把守。这些东厂番子一律戴尖帽，着皂靴，穿褐衫，系小绦，乍一眼看去，比那些穿飞鱼服、佩绣春刀的锦衣卫朴素了许多，但是在这朝堂上下，东厂比锦衣卫更为声名狼藉，令人闻风丧胆。

自今上登基以来，东、西两厂的督主都是由岑振兴兼任的，直到半个月前，岑振兴才正式将东厂交给了岑隐掌管。

端木绯本来还担心在这重重守卫下，自己恐怕要费一番心思才能见到岑隐，没想到门口一个干瘦的小内侍一看到她，就笑吟吟地迎了上来，领着她走过有着青石砖地面的庭院，然后进了墨渊阁……

她一路穿过几道门帘，最后进了一间类似书房的房间，一股混杂着书香、墨香与熏香的气味扑面而来。

岑隐正坐在一张红木雕花大案后，执笔而书，案上除了文房四宝，还堆了一本本奏折，奏折被放得整整齐齐，就像是用尺子量出来的。

端木绯目不斜视，不敢随意地扫视房间。

岑隐放下了手里的狼毫，将其搁在碧玉笔搁上，然后抬眼看向端木绯，如朱染的红唇微翘，愈显明艳。

他做了个手势示意她在一旁的圈椅上坐下，也不废话，开门见山地问道："端木四姑娘，可是出了什么事？"

与聪明人说话就是痛快，端木绯先对着他福了福身，见了礼，然后就不客气地坐下了。

"多谢督主。我是为了大公主殿下和四公主殿下前来……"端木绯直接道出来意，把涵星和舞阳相继"失踪"的事一五一十地说了一遍，又把那张被烧了一半的字条递给岑隐，并说了自己的怀疑。

其实端木绯手头的线索太少，若非此刻面对的是岑隐，她还怕对方觉得是她想多了，毕竟进猎场里打猎暂时不见人影的贵女多的是。

"督主，"端木绯抬眼直视岑隐，平日里总是眉眼弯弯的小脸儿上神色肃然，"我也希望是我多心了，但是不怕一万，就怕万一，我总觉得有些不对……还请督主帮忙找找大公主殿下和四公主殿下。"

岑隐沉思片刻后，右手的食指下意识地在一旁的大红奏折上摩挲了几下，问道："端木四姑娘，你可知道把大公主殿下叫走的那个宫女叫什么名字？"

端木绯摇了摇头："不过我记得她的样貌……请督主借我纸笔。"

岑隐唤了一声"小蝎"，刚才那个小内侍立刻就进来了，走到窗边的另一张书案附近帮着铺纸磨墨。

端木绯走到窗边，随手取了一支羊毫，蘸了些墨就画了起来。

她画得极为简练，不管构图，不管审美，只是尽量精准地用画笔表现出对方脸部的特征——圆脸、平眉、细目、圆鼻头、厚唇……她最后添上了宫女常梳的双环垂髻。

"如此甚好。"

端木绯收笔之时，耳边忽然响起岑隐阴柔的声音。她转头看去，这才发现他不知道何时站在了书案的左侧，俯首看着案上的画像。

这幅画称不上高明，犹如官府缉凶的画像般单调平板，却抓住了人物五官中的特征。

这个小丫头委实机灵……而且有趣得很。

"把人给我找出来。"岑隐淡淡地吩咐道。

小蝎立刻抱拳应下，拿着画纸匆匆下去了。两个人隐约听到外面传来一阵骚动，纷乱的脚步声渐渐远去……

"坐一会儿吧。"岑隐又笑着请端木绯坐下，"只要她人还在猎宫里，就飞不了，不出一个时辰一定能被找到。"

他的语调还是那般温和，然而一瞬间眉眼间露出的杀伐、果决的神色让端木绯更深刻地意识到，眼前这个看似和善的青年是大权在握的秉笔太监。

端木绯留在书房里，有些心神不宁地喝着茶；岑隐则回到了那张红木大案后，再次执笔批阅起奏折来。

书房内一片静谧无声，时间静静地流逝……

没过多久，屋外又响起一阵骚动，似乎有人回来了。

端木绯看了一眼放在多宝槅上的漏壶，现在正好是午时，这才不到半个时辰……

下一瞬，锦帘一翻，小蝎疾步进来，恭敬地对着岑隐禀道："督主，那名宫女已经被拿下，现在被擒到了西厢里。"

岑隐对着端木绯微微一笑，起身掸了掸身上并不存在的尘土，然后伸手做请状。

"端木四姑娘，可要随我过去会会她？"

端木绯应了一声，乖巧地跟了过去，就像一个小跟班。

二人从正厅绕出，往西厢行去。

靠近北侧的一间厢房的房门大开着，一道圆润的身影跪在冷硬的地面上，那蓝色的身影轻颤不已，如同暴风雨中摇摆不已的树苗。

只凭这道背影，端木绯就可以确信对方就是她要找的人。

东厂办事果然雷厉风行！

端木绯脚下的步子一顿，她紧跟着岑隐进了那间厢房。

岑隐大步流星地从如兰身旁走过，一撩衣袍，在上首的太师椅上坐下了，姿态慵懒地斜靠在椅背上，那微微上挑的眼眸似能勾人心魄。

跪在地上的如兰根本不敢看岑隐，冷汗从额头和脸颊上涔涔落下，"滴答滴答"地落在了青砖地面上。

岑隐不动声色地问端木绯："可是此人叫走了大公主殿下？"

"正是她。"端木绯简洁地应道。

如兰急忙抬起了头，结结巴巴地说道："督主，奴……奴婢不曾见过大公主殿下啊。"她圆圆的脸庞上写满了惶恐之意，面无血色。

坐在上首的岑隐看也没看她一眼，只是抬手做了个手势，也没说话，小蝎已经知情识趣地冷声斥道："督主什么时候叫你说话了？"

话音刚落，就见小蝎出手如闪电般在如兰的左肩上按了一下，"咯嗒"一声，下一瞬，如兰发出杀猪般的惨叫声——如兰的左肩以一种诡异的角度奔拉了下去……

很显然，她的关节被卸了。

这一幕令端木绯不由得绷紧了身子。两世为人，她又哪里见过这样的场面？

端木绯半垂眼帘，平复着心绪，眼观鼻，鼻观口，口观心。

祖父楚老太爷很少与她提及东厂，只在讲到东阳党一案时曾说过，无论是东厂、锦衣卫，还是勋贵朝臣，最终都是皇帝手中的刀，不是东风压倒西风，就是西风压倒东风……

这些年东厂权势滔天，人人畏惧，私底下自然难免有人议论几句，比如连不可一世的锦衣卫指挥使都要听命于东厂；东厂的人都是从锦衣卫中挑选的精英；东厂尤其擅长缉拿刑讯，不仅有十八套刑具，还有十大酷刑，令人毛骨悚然。相比之下，这卸关节之法恐怕根本不足道也。

"督主饶命……奴婢……奴婢是见过大公主殿下！"如兰撕心裂肺地喊了起来，叫声凄厉，可是屋子里的人都不为所动。

岑隐漫不经心地用右手抚了抚衣袖，手指白皙修长，如玉竹般节节分明，修剪得平滑有度的指甲透着淡粉色的光泽。

此刻，他才缓缓地问道："本座问你，是谁让你给大公主殿下传话的？"

如兰身子微颤，支支吾吾地说："奴……奴婢……"

小蝎嘴角勾出一丝冷笑，毫无预警地再次出手，又卸了她的右肩。

如兰又发出一声凄惨的叫声，不慎咬破了舌头，嘴角溢出鲜红的血液，整个人以一种极为扭曲怪异的姿态跪在那里，仿佛不是一个人，而是一个断了线的提线木偶。

如兰的心防被彻底击溃，她眼神涣散，颤声答道："端木姑娘……是端木姑娘让奴婢去的！"

"端木"并不是一个常见的姓氏，满朝文武中也就端木宪一人。

端木宪这次伴驾出行，只带了端木绯这个孙女，也就是说，如兰口中的端木姑娘十有八九指的就是端木绯了。

端木绯闻言先是有些惊讶地瞪大了杏眸，随后失笑，乖巧地没有插嘴。

岑隐淡淡地问道："端木姑娘，你可认得她？"

端木绯摇了摇头，回道："今日之前，我与她素不相识。"

说话间，她看向了跪在地上的如兰，那双黑白分明的大眼睛中透着几分犀利的光，似乎想把对方看透。

如兰猛地抬头看向了她，惨白的嘴唇微颤，道："你……你就是端木姑娘？……是你……是你让奴婢去的！你救救奴婢！"如兰膝行着向端木绯爬去，双臂无力地垂在身侧，形容疯癫，像是溺水的人想抓住救命稻草一样。

小蝎不客气地一脚踹向如兰的肩膀，随后右手一翻，指间就多了一根长长的铁钉，寒光闪闪。

如兰被吓得几乎魂飞魄散，如烂泥般瘫软在地。

她没想到自己一时贪财，竟然落得如此下场，将额头重重地磕在地面上，眼泪、鼻涕糊了一脸。

"咚！咚！咚！"

她一边磕头，一边喃喃道："督主，奴婢没有说谎……一个翠衣丫鬟给了奴婢十二银子，说……说是端木姑娘让奴婢去给大公主殿下传句话……"

她看起来仿佛魔怔了一般，嘴里反复念叨着"是端木姑娘"。

从她这个浑浑噩噩的状态看，如果不是精心培育出来的探子或死士在装模作样，恐怕她是真的这样以为了。

岑隐沉吟着再问："那么，你跟大公主殿下说了什么？"

如兰胆战心惊地继续回话道："奴婢跟大公主殿下说……四公主殿下在大千湖畔等着大公主殿下……"

岑隐随意地抬手做了个手势，小蝎立即再次出手，往如兰后颈上猛地劈去。

她连惨叫都来不及发出，便两眼一翻，昏厥了过去。

端木绯站起身来，没有试图解释什么，而是目光清澈地看向了坐在上首的岑隐，说道："督主，我可否随你们一起去？"

岑隐站起身来，没有直接回答端木绯，简单地吩咐了一句："备马！"

岑隐说话的同时，目光不经意地瞥过一旁那个不省人事的宫女，不染而朱的薄唇微微勾起。

端木绯这小丫头被人当场指证还如此镇定，胆大得很啊……莫非从北境来的姑娘家都是这般初生之犊不畏虎？！

岑隐那双眼眸中波光流转，他似乎回想起了什么有趣的往事，唇畔的笑意更为柔和，大步往屋外走去。

想来，岑隐的言外之意是同意了，端木绯小跑着跟了上去，顺便卖乖道："您放心，我会很听话的。"

等她随岑隐来到猎宫门口时，一辆青篷马车已经备好了，举着马鞭的车夫正是那个小蝎。除了他们三个人，还有三四十个东厂番子骑在一匹匹高头大马上。他们都身材高大，目光如电，只是这么跨坐在马上，浑身就释放出一股浓浓的杀气，就像是一把把即将出鞘的利剑。

这些人恐怕皆是东厂中的精英。

等端木绯上了马车后，一行人就出发了。

这一带的小路不似官道那般平坦，但马车行驶得相当平稳。

一众车马在泥泞崎岖的山野间驰骋而过，也不知道过了多久，马车外响起了男子恭敬的禀报声："督主，发现大公主了。"夹杂在阵阵马蹄声中的男音不紧不慢，似乎只是在平静地陈述着某个事实，"就在前方三里处。"

岑隐淡淡地说道："过去瞧瞧。"

一行车马继续往前奔驰，端木绯不禁挑开一边的窗帘向外望去。不多时，她就远远地看到了路边的树林旁有两道女子的身影：一个身材臃肿，狼狈地坐在地上；另一个着一袭艳丽夺目的大红色骑装，手里牵着一匹红马，赫然就是大公主舞阳。

马车渐渐地慢了下来，端木绯喊了起来："舞阳姐姐。"

见舞阳安然无恙，端木绯松了一口气。

一众车马浩浩荡荡地驶来，这么大的动静舞阳当然不可能发现不了，她心里正奇怪东厂的人怎么会在这儿，直到听到端木绯的声音，才展颜一笑。

青篷马车在舞阳身边停了下来，端木绯立刻跳下马车，小跑着过去。

午后的太阳灼热刺目，金灿灿的阳光洒在舞阳的身上，她明丽的小脸儿上香汗淋漓，额角的鬓发被汗水微微浸湿，整个人显得有些狼狈。

她先向着岑隐点头致意，唤了一声"岑督主"，随后望向端木绯："绯妹妹，你们是来找我的吗？"

端木绯点了点头，简单地从她见舞阳许久未回有些担心说起，一直说到她在初雨身上发现了那张被烧了一半的字条，然后问道："舞阳姐姐，你可见到了涵星表姐？"

舞阳轻咳了一声，小脸儿上露出一丝尴尬的表情。

她本来是打算应约去大千湖畔见涵星的，可是走到一半，又觉得不对劲……涵星就算有事要与她私下说，随意在猎宫里找处地方说话就是，何必这么麻烦，非要去大千湖畔说？而且来传话的宫女她看着眼生得很。

舞阳想到了早上的那张字条，心里有几分怀疑涵星是不是遇到了什么麻烦，想了想，就打算返回猎宫再找些人手。

可是这附近的景致单调得很，目光所及之处就是野树林、草地和山脉，那一条条蜿蜒的泥泞小道看着更像是一个模子里刻出来的。

她绕着绕着，就迷路了。

她在这附近已经溜达了快两个时辰，一直没找到回猎宫的路，也没找到大千湖……要不是端木绯他们找来，恐怕她到天黑都回不去。

知舞阳者端木绯者也。端木绯一看她微妙的表情就知道她是迷路了！舞阳自小聪慧，琴棋书画样样精通，就是不擅长记路——这要是沿途没什么标记，就是在宫里迂回的游廊里，她也能把自己走丢了。

所以，舞阳这是压根儿没见到涵星吧？！

端木绯有些哭笑不得地想着。

"那……这又是谁？"岑隐淡淡地开口了，斜眼瞥向一旁坐在地上的青衣妇人，乌沉沉的黑眸中幽光闪过。

那妇人头发凌乱，形容狼狈，嘴角、眼角一片青紫。似乎是因为周围多了这些杀气腾腾的东厂番子，她整个人呆住了，缩在那里一动也不敢动。

"她是我在路上遇到的。"见没人追问她迷路的缘由，舞阳暗暗地松了一口气，"这个人好像是遇到了贼人。"

舞阳也是刚刚遇到这个青衣妇人。当时，她正想要找个人问问路，走近了才发现这妇人形容很是狼狈，哭天喊地的，似被人抢了。还没等她细问，岑隐和端木绯他们就到了。

"官……官爷，"妇人颤着声音说道，"民妇……民妇是良民……"

端木绯小脸儿一歪，目光定在了妇人右耳垂上的一只金耳环上，这耳环的样式很精巧，雕着莲纹，是江南的花样，与她身上这条普普通通的青色襦裙看起来丝毫不搭。

金耳环只有一只，另一只耳朵的耳垂上沾着血，妇人似被人用力地扯掉了耳环，倒真像是被贼人抢了。

但是，贼人为什么只抢了一只耳环？

他们莫非有什么比金耳环更重要的事？

而且，这妇人既然认出他们是"官"，而且刚被抢，为何不是想"报官"，反而那么害怕呢？

端木绯心念一动，急忙看向岑隐，想把自己的猜测告诉他。她还没有说话，就见岑隐勾了勾唇，像是道家常般神态温和地问道："你可曾见过一个十二岁左右的姑娘家？"

"没！"青衣妇人忙不迭地摇头，撇清关系道，"民……民妇没见过别人。"

岑隐右眉一挑，似笑非笑，淡淡地出声吩咐道："拿下去，好生打着问。"

这东厂刑讯也是有讲究的，所谓"好生打着问"就是重刑逼供，却务必留下她的这条小命。

两个东厂番子领命，一左一右地把那个青衣妇人拖了下去，动作粗鲁，那妇人被吓得脸色发白，嘴里叫着："官爷饶命！民妇说的都是实话啊！"

舞阳还有些不明白，但明智地没有出声。

她不喜东厂，但东厂再行事暴虐，应该不至于无缘无故地对一个普通妇人动手，除非，岑隐有什么发现……虽然，她真没注意到有什么不对劲的地方。

在妇人的讨饶声中，两个东厂番子把她拖到一旁的树林中去了，很快，女子凄厉尖锐的惨叫声直冲云霄，跟着，又什么动静都没有了……

林子里一片静谧，反而让人不由得揣测里面到底发生了什么。

过了好一会儿，两个东厂番子才拖着那青衣妇人从林中出来，而那个妇人似乎已经昏厥了过去，瘫得好似一摊烂泥。

一个小胡子番子走到岑隐身旁，附耳悄声说了几句话，并指了指西南方，舞阳和马车里的端木绯皆眼睛一眨不眨地看着二人，却听不到一个字眼。

岑隐乌黑的眸子半眯了一下，他飞快地朝端木绯的方向瞥了一眼。

那一眼，勾人心魄。

没等端木绯从他的眸中看出什么，他的目光已然移开。

端木绯试图从岑隐的表情上看出些端倪，然而，见到的始终是那丝淡淡的笑意，仿佛这一切都没被他放在心上。

岑隐随意地做了一个"随我来"的手势，率先上了马。

舞阳拉上端木绯与她同骑，策马跟了上去。

一行人往西南方又奔驰了两三里，远远地，端木绯就听到了许多人嗓门大开地说着话，吵吵嚷嚷，还有一声又一声重重的敲击声："砰！砰……"

声音每一下都仿佛敲击在人的心口上，似乎预示着某种不祥之事。

紧接着，一座破旧的庙宇进入他们的视野。那座庙宇残墙破瓦，断碑烂砖，显然已经荒废了一段时日。

"砰！砰！砰！"

随着他们不断靠近，撞门声越来越响，清晰可闻。

只见十来丈外，十来个凶神恶煞的壮年男子正聚集在那座破庙门口，最前面的男子疯狂地撞击着庙宇那腐朽不堪的大门，本就不结实的木门被撞得"咯吱"作响，岌岌可危，仿佛随时要倒塌。

"砰！"

又是一声重击，那道原本就摇摇欲坠的木门终于在连番撞击之下被轰然撞开了，庙宇中传来一阵少女尖锐恐慌的惊叫声，这叫声几乎掀翻屋顶。

"涵星！"听着那熟悉的女音，舞阳紧张地脱口而出，本能地想上前，却被岑隐一抬右臂拦下了。

前方，为首的男子大臂一挥，粗声叫嚷着："弟兄们，快进去把那小娘——"

"嗖——"

为首的男子没机会说完话，凌厉的破空声自后方传来，如闪电般劈开空气，一支羽箭眨眼间就从百来丈外疾射而来，锋利的箭头从他的后颈穿过，颈椎发出"咯嗒"的断裂声，身子直挺挺地往前倒了下去……

"咚！"

那高大的身体就这么倒在了庙宇的入口处，脖颈上插的那支羽箭触目惊心，其他几个人发出惊恐的叫喊声，朝羽箭射来的方向望去。

"嗖嗖嗖！"

又是数支羽箭如流星般朝他们袭来，与此同时，还有十几个东厂番子策马朝庙宇的方向疾驰而去。

这些人不过是乌合之众，一看到这些如狼似虎的东厂番子更为惊慌，惊叫声此起彼伏：

"是……是官兵！"

"怎么办？"

"快跑啊！官兵来了！"

…………

他们慌不择路，如同无头苍蝇般向四方逃窜，可惜大多没机会跑远就狼狈地中箭倒下了，尸体横七竖八地倒了一地……除了刻意留下的两个活口，其他人都已毙命。

"沙沙沙……"

一阵深秋的凉风吹来，带来浓浓的血腥味，让人闻之欲呕。

与舞阳同骑的端木绯当然也闻到了，眉头紧锁，却没有移开目光，还是看着前方庙宇的方向。她看着东厂番子利索地把那些死不瞑目的尸体拖到了一边，清理出一条畅通无阻的道路。

岑隐翻身下马，径直进了前方的破庙。明明四周尽是尸体，明明空气中的血腥味浓重得让人作呕，可是岑隐举手投足间依然泰然自若，仿若出来郊游的贵公子般优雅而从容。

舞阳和端木绯也赶紧下马，目不斜视地跟了上去。

破烂不堪的庙宇中一片狼藉，那些破旧的香案、蒲团、架子等横七竖八地摆放着，上面布满了灰尘。正前方是一座巨大的城隍爷雕塑，雕塑上的金漆掉了大半，斑驳而陈旧。

雕塑下方，一个纤细的粉衣少女背靠在墙角处，神色惊惶，小脸儿惨白得如同褪了色的花瓣，纤细的娇躯更是颤抖得如同那风中残败的落叶。

这少女正是失踪了大半天的四公主涵星。

当看到岑隐、舞阳和端木绯进来时，涵星简直不敢相信自己的眼睛，瞪大眼睛看着三个人，两眼通红。

"四皇妹！"

舞阳第一个出声，三步并作两步地走到涵星跟前，一把拉住了涵星发凉的小手。

"涵星表姐，你没事就好！"端木绯对着涵星露出灿烂的笑容。

两个姑娘见涵星安然无恙，皆长舒一口气。

幸而她们只是虚惊一场！

涵星直愣愣地盯着舞阳和端木绯熟悉的脸庞，一时觉得恍如梦境，只有后颈和手腕传来的疼痛感告诉她，这一天发生的事都是真的！

今日一早，涵星收到了一张字条，上面说有端木贵妃害刘婕妤小产的证据，向涵星索要五千两银子作为封口费，并约了她在大千湖畔见面。

涵星本来想要与大皇子商量此事，可是今天是狩猎的第一天，大皇子一早就随侍在皇帝身旁，她根本找不到机会与大皇子私下说话。

猎宫距离京城数百里，她也不可能找端木贵妃商议，甚至都不知道刘婕妤小产是不是真与自己的母妃有关！她想了又想，还是悄悄撇下宫女，去了大千湖畔，想看看到底是何人在勒索自己。

可没想到的是，她还没看到人，就被人从后面打了一闷棍，昏厥了过去。

等醒来时，她已经被一个青衣妇人捆绑起来，又被布团塞住了嘴巴，被丢进了一辆驴车里。

从对方的言辞中，她才知道这妇人是一个牙侩，对方还口口声声地说什么像她这样的小宫女最好卖了，卖到深山老林里给猎户做媳妇，至少能卖十两银子。

涵星趁着牙侩没注意，躲在驴车里一点点地磨掉了绑住她的手腕的麻绳，并想伺机跳下驴车逃走，没想到，这时却遇上了一伙凶恶的匪徒。

那伙匪徒抢了牙侩随身携带的银两、首饰，然后又发现了她。

他们眼中流露出来的贪婪和欲望让涵星知道，自己一旦被他们抓住就完蛋了。于是，她不顾一切地逃跑了，但匪徒们紧追不舍……直到她逃到了这座破庙里。

方才大门被匪徒撞破的那一瞬，涵星几乎连自尽的心都有了。

涵星想着刚才的一幕幕，眼睛瞬间红了，此刻方懂何为"劫后余生"，心里既委屈又后怕。

"大皇姐！"

涵星再也压抑不住心中汹涌的情绪，扑进了舞阳的怀中，肩膀微微抖动着，泪水自眼角淌下，如雨水般不止。舞阳轻轻地拍着她的背。

过了好一会儿，小小的破庙里只剩下她一人的抽泣声。

过了很久，涵星才从舞阳的肩上抬起头来，却见眼前多了一方水绿色的帕子。端木绯对着她微微一笑，仿佛在说：没事了。

涵星顿时觉得脸颊一阵灼热，有些不好意思地别开了视线，但还是顺手接过那方帕子，擦掉了眼角的泪珠。

接着，涵星又想到了什么，急忙道："大皇姐，有个牙侩掳了我……"

舞阳又轻拍了两下涵星的背，说："没事了，那个牙侩已经被岑督主拿下了……"

舞阳看似平静，其实也心绪纷乱，心里有许多疑惑。可现在涵星惊魂未定，显然不是问话的时候，舞阳还是把情绪按捺了下来。

涵星深吸一口气，定了定神，抬眼看向几步外的岑隐和他身后面无表情的一众东厂番子。

在一干穿着褐衣的东厂番子中，着一袭紫红色祥云纹直裰的岑隐仿佛鹤立鸡群般醒目，他负手而立，以竹簪绾发，浓黑的眸、雪白的肤、殷红的唇，组成一张毫无瑕疵的脸庞，美艳且魅惑，如一朵高岭之花，可望而不可即。

皇帝宠信岑隐，涵星身为皇女，平日对岑隐颇为忌惮，能避则避。

涵星犹豫了一下，还是上前一步，客气地致谢道："今日多谢岑督主救命之恩，涵星铭记于心。"

涵星挺直腰板，仿佛又变成了平日里那个有些骄气的小姑娘，只是眼睛微红，声音有些沙哑。

岑隐微微一笑，不冷不热地说道："殿下无碍便好。"

舞阳却看向了端木绯，道："还有绯妹妹……四皇妹，今日真是多亏绯妹妹发现不对，特意去请了岑督主出马。"

涵星闻言惊了惊。她本来以为岑隐是舞阳请来的，正想着舞阳的胆子怎么这么大，万万没想到竟然是端木绯去请的人。

端木绯可不敢居功，歪着脑袋一本正经地解释道："舞阳姐姐和涵星表姐那么久都不见人影，我担心极了，偏偏皇上一早就进了猎场……"

舞阳伸手揉了揉端木绯柔软的发顶，神情温和。

自己果然没看错人！

东厂声名狼藉，不知道有多少忠良死在其冤狱之中，除了皇帝以及那些阿谀奉承之辈，谁见了东厂的人不绕道走？！

端木绯这么个单纯的小姑娘因为担心自己的安危，不惜主动跑到虎狼窝里搬救兵，这份心意实在是太难得了！

涵星的脸上难掩感动之色，她想起以前对端木绯多有责难，不免有些内疚。

以前她还觉得端木绯这个没心没肺的小丫头就知道围着舞阳转，像是全然忘了还有她这个表姐……原来是她错了——这个小丫头还是分得清亲疏的，知道她们才是亲表姐妹！

姑娘们说话间，小胡子番子走进了破庙，在岑隐耳边禀着审讯的结果，说道："他们是从淮北那一带逃难来的流民，路上勾结在了一起，一伙足有百人，一路劫掠、偷猎。他们听闻圣驾在此，正要避一阵子，遇到那牙侩就又干了一票，本来打算抢了四公主回去压寨……"

岑隐只说了一句"带回去"，就又对舞阳等人说道："两位公主，是时候回猎宫了。"

舞阳和涵星当然没有异议，巴不得赶紧离开这个鬼地方，周围的血腥味实在让她们不自在。

出了破庙，舞阳弃马，与端木绯、涵星一同上了马车。在一声响亮的马鞭声中，马车缓缓加速，朝着猎宫的方向驰去……

申初，姑娘们的马车就在岑隐以及一众东厂番子的护送下，浩浩荡荡地回了西苑猎宫。

公主被掳并非什么光彩的事，因此谁也没有声张。

舞阳把涵星带回了自己的瑶华宫，请了太医过来给涵星把脉，开了安神汤，又处理了她手腕上的擦伤，然后就让她先歇下了……

下午的猎宫中空荡荡的，除了一些服侍的奴婢，几乎没什么人影，一片静谧。

时间缓缓流逝，太阳渐渐西沉，西边天空的云彩被夕阳染得红艳艳的，绚烂得仿佛一大片绽放在天际的繁花。

皇帝以及一众随行狩猎的人员在夕阳落下前返回了猎宫，猎宫仿佛随之被注入了一股活力，变得一派生机勃勃。

得了消息的舞阳立刻就带着涵星赶去正殿求见皇帝，顺便把端木绯一起拖了过去。

两位公主气势汹汹，正殿里服侍的内侍不敢怠慢，赶忙引着她们去了东暖阁。

东暖阁内，熏香袅袅。

余晖洒在外面庭院的枝叶上，残叶在晚风中婆娑起舞，透着几许颓废与暗淡感，似乎也知道黑夜即将来临。

皇帝此刻就坐在窗边的一把红木雕竹节纹圈椅上，眉目阴沉，脸色不佳。

除了皇帝，岑隐也在，换了一身大红麒麟袍，侧身站在皇帝身旁。

屋内的气氛微微凝滞。

"参见父皇。"

"参见皇上。"

三个小姑娘纷纷给皇帝行礼，皇帝语气温和地给三人赐了座。

"父皇，您这次一定要为女儿做主啊！"涵星并没有坐下，有满腹的委屈与愤怒需要地方发泄。她回想着自己这一日的遭遇，眼睛自然而然地红了，樱唇扁了扁，泫然欲泣。

"女儿差点儿……差点儿就再也见不到父皇了……连大皇姐也差点儿落入贼人之手！"

涵星捏着一方帕子擦了擦眼角的泪花，低声抽泣着，看得皇帝心疼不已。

"涵星，别难过了！事情的经过阿隐都跟朕说了，朕一定会给你做主的！"皇帝对着涵星招了招手，慈爱地轻拍着她的背。

他的女儿可是天之骄女，哪里受过这样的苦？！

这件事他必须追究到底！

"多谢父皇。"涵星终于展颜，小脸儿上又有了明媚的神采。

看着眼前这父慈女孝、其乐融融的一幕，端木绯捧起了一旁的粉彩茶盅，不动声色地朝岑隐那边瞥去，不由得想起半个多时辰前的事。

下午在随舞阳、涵星回了猎宫后，端木绯就被岑隐悄悄地找去说话了。

岑隐告诉她，那牙侩招供说有人收买了她，让她把两个宫女拐去深山老林里卖给猎户，可是今日来到大千湖畔的人只有涵星一个，另一个宫女始终没有出现。

牙侩还说，收买她的人是一个姓端木的姑娘……

无论是如兰、牙侩，还是早上那个悄悄在舞阳和涵星的膳食盒里放字条的御膳房宫女铃儿，全都一口咬定，一切事情皆是一位买通了她们的"端木姑娘"命令她们做的。

端木绯想到这里，清澈的眼睛中闪过一道幽光。斜对面的岑隐似乎感觉到了什么，抬了抬眼皮朝端木绯望去，正好对上了她略带思忖之意的眼神，挑了挑眉。

既然被对方抓包，端木绯就大大方方地对着他抿嘴笑了笑。

岑隐也勾唇，眸中闪着盈盈笑意。

这个小丫头啊，总是令他觉得意外，比如先前……

这要是旁人连着被三个人指证为幕后的指使者，恐怕早就慌了神，只会反复强调事情并非自己所为。但是端木绯不同，反而思路清晰地对岑隐提出，要是今日下午她没能因为那一丝端倪发现不妥之处，进而及时救下舞阳和涵星的话，皇帝一定会下令彻查此事。

舞阳被叫走的时候，包括云华郡主在内的好几个贵女都见过那名叫如兰的宫女，而在舞阳和涵星身边贴身服侍的宫女也定会招出膳食盒里放着字条的事，顺着这两条线索查下去，最后线索肯定都会指向"端木姑娘"。

届时，雷霆之怒的皇帝是会理智地下令查个清清楚楚，还是干脆"宁杀错，不放过"呢？

也就是说，差一点儿，不但涵星将沦落至难以想象的地步，就连端木绯自己也会陷入这个圈套中，无从自辩。

这幕后之人打得一手如意算盘。

对视的二人颇有默契地想着，皆眯了眯眼，仿佛一大一小两只狐狸，心知肚明地相视一笑。

那一瞬间，端木绯再次从岑隐那双眼眸中看到了熟悉的慈爱的神色。

楚老太爷、楚太夫人……还有端木纭都常常用这样的眼神看着她。

不管外人如何评价岑隐以及东厂，岑隐对她们姐妹俩确实和善得很……

端木绯若无其事地垂眸，轻轻地啜着热茶。

她这人记恩，也记仇，岑隐的恩惠要记下，别人欠她的债也得慢慢地算一算……

"皇上，"就在这时，一个瘦小的内侍打帘进来了，恭敬地禀道，"封公子来了。"

端木绯眼角一抽，按捺着朝门帘那边看的冲动。

"宣！"皇帝皱眉挤出了一个字。

很快，着一袭玄色翻领戎装的封炎就闲庭信步似的来了，修身的戎装衬得他身姿更为挺拔，齿白唇红，眉眼如画，矜贵之中透着少年人的英姿飒爽气息。

他大步走到近前，给皇帝抱拳行礼。

然而，这一次皇帝目光冰冷地看着他，神情中再不见平日里的慈爱之情。

皇帝没有让封炎免礼，由着他维持着行礼的姿势，怒斥道："阿炎，这猎宫周围竟有流匪横行，他们烧杀掳掠，你是怎么当差的？！"

闻言，端木绯端着茶盅的手微微用力，她忍不住看了封炎一眼，随后目光就移向了窗外那一丛丛摇曳的晚菊上。

这西苑猎宫由禁军把守，而封炎自江城归来后就被皇帝借着莫须有的罪名夺了兵权，这猎宫之外的流匪又与封炎何干？！

这不过是皇帝借题发挥，对封炎而言，还真是无妄之灾！

在皇帝的雷霆之怒下，封炎却毫不躲闪地与皇帝对视，抱拳请命道："流匪可恨，扰民为恶！还请皇上舅舅赐外甥神枢营，恩准外甥带兵扫荡九秀山周边，彻底歼灭流匪，以振朝廷威风！"

皇帝看着封炎，眉头微微隆起。

旁人见他雷霆震怒，只会下跪领罪又或者狡辩一番，他完全没想到封炎竟然反其道而行之，借机找他讨起兵权来，倒把他逼到了两难的境地。

他若是拒绝，那就代表着他刚才是在故意找封炎的差错；但若是同意……

皇帝想着，眸中一片深沉，似在酝酿着一场风暴。

此次狩猎是由禁军中的五军营负责布防驻守猎宫，神枢营负责巡逻放哨。封炎要神枢营，岂不是等于把猎宫的安危都交给他了？！

皇帝又怎么能放心？！

他只是想杀杀封炎的傲气，没想到反而被封炎架了起来，被逼得左右为难。

封炎……是不是故意的？！他故意把自己逼到这个地步？！

舞阳和涵星也敏锐地感觉到皇帝的神色有些不对，面面相觑。

东暖阁中静了一瞬，一个阴柔的轻笑声忽然响起，在这片寂静中显得有些突兀。

"皇上恕罪，"岑隐眉眼含笑地对着皇帝躬身作揖，"臣只是想起了三年前……方有些忍俊不禁。"

三年前……皇帝眉眼一动，立刻就想起了什么。三年前，封炎进宫找他，说想去西北军中历练，将来好戍守边关，保家卫国。

彼时的封炎才十一岁。

比起当时的封炎，现在的封炎长高了不少，身材挺拔，脸庞上也多了几分棱角与少年的锐气，但是那双乌黑的凤眸还是如往昔般坚定、倔强。

皇帝仔细回想，发现连封炎说的话，都与当初差不了多少……

十四岁的少年还未被世道与人情磨去棱角，是以意气风发，目空一切！

封炎如此才好……

皇帝的神色柔和了些，他转了转手中的玉扳指，应下道："好，朕就准了你的所求。阿炎，你可不要让朕失望！"

"是，皇上舅舅。"

封炎抱拳应下，声音干脆响亮，之后就大步流星地退下了。

这短短不到一盏茶的工夫，三千神枢营的兵权就在三言两语之间落入了封炎囊中。

自己若非亲眼所见，又怎么能窥见其中的精彩？端木绯在心里颇为感慨，暗暗为封炎鼓掌，这出戏一唱一和得太漂亮了！

"皇上，时辰差不多了。"岑隐出声提醒道。

皇帝抬眼看了看窗外的天色，西方的天空中只剩下最后一抹金色的余晖，暮色渐合。

"沙沙沙沙……"

又是一阵清凉的晚风吹来，窗外金灿灿的晚菊旁，翠竹葳蕤，彼此依扶，彼此映衬。

皇帝一边站起身来，一边道："舞阳、涵星，还有端木家的四丫头，随朕一起去猎台吧。"

三个小姑娘皆应声，纷纷起身，随皇帝朝殿外走去。

猎宫中已经点起了一盏盏八角宫灯，宫灯如一颗颗璀璨的明珠照亮了四周。

以皇帝为首的几个人说笑着朝猎宫的正门方向走去，一路言笑晏晏，不时有臣子过来给皇帝请安。

不知不觉中，端木绯、舞阳和涵星就落在了后面。

"绯表妹，听说你刚养了只小八哥是不是？"

涵星自今日脱险后，就对端木绯亲热了不少："我养了一只黄莺，它的声音如笛似笙，好听极了。绯表妹，干脆今晚你去我的秋霁宫里住吧？我们可以让两个小家伙一起玩一玩……"涵星兴致勃勃地提议道，神采飞扬，似乎已将之前的阴影抛诸脑后。

"四皇妹，今天奔波一天，你和绯妹妹都累了，晚上早点儿休息吧。"舞阳直接替端木绯拒绝了，说话间颇有长姐风范。

"大皇姐说得是，倒是我疏忽了。"涵星娇声笑了，亲昵地挽起端木绯的胳膊。

"绯表妹，都说八哥很聪明，会学嘴，你的八哥会说话吗?

"要不我再养只鹦鹉，与你的八哥斗斗嘴怎么样?"

…………

空气中回荡着少女清脆愉悦的笑声，那笑声不免也传入皇帝的耳中，皇帝嘴角微翘，步履轻快了不少。

等一行人簇拥着皇帝来到猎宫外的广场上时，天色已经完全暗了下来，一轮银盘般的圆月悬挂在夜空中。

广场与猎台的四周点起了一个个火把，照得四周亮如白昼。

猎台的中央还燃起了一堆巨大的篝火，火焰熊熊地燃烧着，发出"噼里啪啦"的声响，火花四溅开来，给这寂静的夜晚平添了一股活力。

随着皇帝的到来，广场上的众人都聚集到了猎台下，熙熙攘攘。

号角声响起，同样的声音在白天的时候听令人热血沸腾，在夜晚的时候听就透着一种淡淡的悲壮感。

第一天的祭祀仪式开始了。

皇帝登上猎台，几位皇子亲自扛起皇帝今日在猎场中亲手所猎的五牲，紧随在皇帝身后。

众臣齐齐地下跪伏地后，下方只见一片黑压压的乌发，皇帝俯视群臣，意气风发，接着就仰首对着天上的明月高声诵读祭文，并焚烧五牲作为献给上天的祭品，感谢上苍滋养万物、哺育万民。

五牲的尸体被投入篝火堆里后，一瞬间，火焰燃烧得更旺，明亮的火光猛地升腾而起，热气扑面而来……

烈火急速地吞噬了这些祭品，代表着上天接受了皇帝的献祭。

群臣在钦天监的示意下，齐声高呼："皇上圣明，国泰民安，天佑大盛!"

喊声震天，如轰雷般炸响天际……祭祀仪式很快就结束了。

"摆驾翠微园!"

在一个小内侍尖锐的喊叫声中，那些皇子、亲王以及天子近臣就簇拥着皇帝浩浩荡荡地返回猎宫。

按照惯例，皇帝今晚会在翠微园中举办一个露天的晚宴，与众臣一起饮酒、赏月，并享用今日所得的猎物，也寓意狩猎并非为了弑杀享乐。

端木绯、舞阳和涵星自然也要参加这个晚宴，随着熙熙攘攘的人流往翠微园的方向走去。

众人说说笑笑，皆兴致勃勃地交头接耳，说着白天狩猎时的趣事。

四周一片喧哗热闹景象。

夜渐渐深了，前方一盏盏宫灯密密麻麻的，仿佛夜幕中荧荧生辉的繁星，又似那漫天飞舞的萤火虫。

端木绯一边往前走，一边饶有兴趣地四下打量着，琢磨着如果寻个高处一览这猎宫的夜景，想来也别有一番美不胜收的味道。

忽然，前方的一盏宫灯快速地闪了两下，似乎快要熄灭了。

端木绯的目光不由得停驻其上，她多看了两眼，却发现那盏宫灯还在持续闪烁着，一下，两下，三下……

灯火闪烁的节奏十分有规律，莫非是哪家的小公子在调皮了？

这个念头才在脑海里闪现，端木绯就瞟见那盏宫灯旁有一道眼熟的修长身影，他正站在一棵高大的梧桐树下。

宫灯那朦胧的光辉洒在少年俊美的脸庞上，照得他的五官半明半晦，大半的身体在夜与梧桐的阴影中。

其实，从端木绯所处的位置，她根本就看不清他的容貌，可是光凭这熟悉的身影与他无形中散发出的气定神闲的气息，一个名字自然而然地浮现在了她的脑海里——封炎。

原来是"调皮"的封家公子啊。

端木绯脚下差点儿就一个趔趄，她本想若无其事地将目光移开，却见封炎漫不经心地对着她勾了勾手指。

他这个手势的意思相当明确——他要与她谈一谈。

端木绯又四下看了看，确信四周没人在意她一个小虾米，才默默地脱离了人流，慢吞吞地朝右前方的那棵梧桐树走去，心道：封炎不是刚接管了神枢营，要带兵扫荡九秀山周边吗？他现在不是整个猎宫里最忙碌的人吗？他怎么还有空溜过来找她这个小虾米啊？！

端木绯硬是把一步拖成两步走，磨磨蹭蹭地来到了梧桐树下，娇小的身影躲在老树粗壮的树干后。

"封公子。"端木绯乖巧地福了福，笑得可爱，却又不至于太过殷勤谄媚。

"这件事……就交给我。"封炎缓慢而坚定地说道，眸中仿佛有点点火苗在燃烧、跳跃着，低低的声音中透着一丝难掩的冷硬与杀气。谁敢打蓁蓁的主意，就是与他为敌！

"这件事"又是哪件事？端木绯疑惑地眨了眨眼，愣了一下后，迟钝地想起了封炎刚领的差事——他是在说那伙流匪的事？

她微微地笑，顺着他的话恭维道："这件事由封公子出马，一定马到成功。"她一边说，一边心道：她这么说应该没错吧？

"那是自然。"封炎笑了，脸上原本冷硬的线条柔和了不少，凤眸在灯火中熠熠生辉，带着少年的骄傲与自得。

一瞬间，端木绯几乎以为自己看到了一只骄傲的孔雀，"孔雀"翘着绚丽的尾羽，得意扬扬地显摆着……

也就是说，她的这句话颇合他的心意！

端木绯沾沾自喜地想着：看来我越来越懂得揣摩封公子的心思了。

想了想，端木绯又谨慎地补了一句："封公子，万事小心。"她对着他笑了，眉眼和樱唇皆笑得弯弯的，神色如月光般柔和。

封炎几乎看直了眼，忽然就转过了身，宫灯那橘红色的光辉正好掩住了他微微发红的耳朵。

"你自己也是。"

封炎抛下这句话后，就逃命似的走了。

他轻快的背影很快被黑暗吞没。端木绯摸了摸鼻子，一头雾水。

她还是不懂封炎为什么要专门来找她说话。莫非，他是把她当成树洞，仅仅是想找个人说说话？

这个想法只是一闪而过。

端木绯没有纠结，理了理鬓发后，就沿着一条青石板小径，小跑着朝舞阳、涵星追了过去。在舞阳她们入园前，端木绯若无其事地跟在了后面，偶尔插一句话，姿态悠然，仿佛从来不曾离开过。

翠微园中，席位早就被井然有序地摆好了，不同于昨日舞阳那个随性而起的小宴，今日的晚宴很隆重，还象征性地在中间点了一堆篝火。

皇帝率先在高高的金漆雕龙御座上坐下，杨云染以及姜才人等几个嫔妃随侍在侧。美人环绕身侧，皇帝看着心情不错，笑容满面，意气风发。

姑娘家的席位设于东南边，因此包括舞阳、端木绯在内的姑娘们都朝那个方向走去。

"舞阳！"

后方，一个熟悉的女音传来，舞阳被叫住了。

舞阳和端木绯停下脚步，循声望去，就见云华郡主与几个贵女走了过来，姑娘们一个个容光焕发，笑语盈盈地给舞阳行了礼。

"舞阳，可算找到你了。"云华款款走到舞阳跟前，玩笑地说道，"下午你自个儿跑了，害我们一阵好等啊！不行，今晚我非得罚罚你才解气！"

舞阳一向不扭捏，便爽朗地应下："那我今晚自罚三杯好了。"

"自罚三杯岂不是便宜你这个小酒鬼了？"云华笑吟吟地调侃道，"今日我好说歹说，总算哄丹桂拿出了去年酿好的桂花酒，还要留着大家一起举杯邀明月呢！"

"能喝到丹桂县主酿的桂花酒，那我们岂不是有口福了？"端木绯也笑着凑趣道。

众位姑娘你一言我一语地恭维起丹桂县主来，谈笑风生。

忽然，前方传来一阵女子的惊呼声："姑娘！"

四周瞬间起了一阵骚动，众人皆循声望去，只见皇帝身旁一道纤细的身影软软地朝地上倒了下去，又引来周遭不少惊呼声，声音此起彼伏。

"云染！"皇帝脱口而出道，猛然起身，同时长臂一捞，紧张地将少女窈窕玲珑的娇躯揽在了他强壮的臂弯中。

穿了一件粉紫色绣折枝海棠襦裙的杨云染软绵绵地依偎在皇帝怀中，双臂软绵绵地垂下，长翘的睫毛垂下，似乎是昏厥了过去。

"云染！"皇帝看着她双眼紧闭的小脸儿担忧地又唤了一声，立刻将那身轻如燕的美人一把抱起，步履匆匆地离开了翠微园，完全忘了这园中的其他人。

几个嫔妃和内侍都追了过去，只留下园中一张张神色各异的面孔，他们或是交头接耳，或是彼此交换着饶有兴致的目光。

这下可好了。

原来皇帝和杨云染的那点儿风流事有八九成人知道，如今在众目睽睽之下，大伙儿算是都知道了！

舞阳望着皇帝一行人离去的背影，嘴角勾出一个嘲讽的弧度，涵星和云华的脸上也露出几分似笑非笑的神情。

"大皇姐，我们要不要给她请个太医过去看看？"涵星故意说道，语气中透着一丝不屑之意。

"哪里轮得到我们啊？"舞阳淡淡地道，说着，随手招来一旁的宫女，低声吩咐了一句话后，那个宫女就匆匆地离去了。

虽然皇帝走了，但是大皇子等几位皇子还在，宴会还是继续进行着。

众宾客各自饮酒闲聊，热闹不减，只是说话间，众人的目光难免不时扫向那空荡荡的金漆御座。

随着酒酣耳热，夜更深了。

这一夜的晚宴，皇帝终究没有再出现……等快二更天的时候，宴会就散了。

众人各自回了自己的宫室，猎宫中又变得空荡荡的，只剩下银月与星星俯视着这片宁静的大地。

月落日升，昏暗的天色又渐渐地亮了起来，又是新的一天来临了。

旭日金色的光辉柔和地洒在猎宫前的广场上，今日是秋猎的第二天，一大早，四周就聚集了不少人。皇帝神清气爽地带着一干皇子、近臣进了猎场，马蹄声呼啸而去。

　　众人恭送圣驾远去后，辽阔的广场上又只剩下了那些不擅骑射的姑娘。一眼望去，姑娘们衣香鬓影，珠光宝气。

　　一切恍如昨日，但仔细地观察四周，又似乎迥然不同了。

　　附近的大部分姑娘家看向了同一个方向——广场的西北方搭建了一大片凉棚，凉棚下放着不少桌椅，此刻已经有不少女眷在凉棚下坐了下来，喝茶说话，好不自在。

　　而吸引众人的目光的自然不是这些女眷，而是杨云染。

　　昨晚在晚宴上昏厥过去的杨云染此刻看不出一丝虚弱的样子，那张清纯秀丽的脸庞上泛着淡淡的红晕，如同那娇艳欲滴的粉桃一般，整个人容光焕发。

　　她的四周如众星捧月般围了七八位姑娘，那些姑娘殷勤地端茶倒水、嘘寒问暖，而她颇为受用，不时发出清脆如银铃的笑声。

　　舞阳和涵星也看着杨云染，皆面色不悦。亏她们在万寿宴上安排了那么一出好戏，居然还是让杨云染寻到机会翻盘了！

　　云华顺着她们俩的目光看去，小声道："听说，皇上要封她做贵人？"

　　另一个蓝衣姑娘意味深长地接了一句："那宫里的惠嫔娘娘以后可不孤单了，姐妹俩也好做个伴。"

　　"怎么会孤单呢？"又一个黄衣姑娘凑过来道，"两大一小，多热闹啊！"

　　蓝衣姑娘闻言，心中一动，想起了昨晚杨云染晕倒的事，不禁问道："周姑娘，你是说杨五姑娘……有了？"

　　再联想到皇帝经常私访庆元伯府的事，几位姑娘皆面面相觑，有人嘀咕了一句："难道这杨家的其他姑娘以后都不想嫁人了？！"

　　那大概是吧。端木绯饶有兴致地看着杨云染。

　　昨日回宫后，她仔细地回忆和整理了整件事的经过。这件事很显然针对的是舞阳、涵星和自己三个人。

　　舞阳和涵星暂且不论，单单自己……原主三年半前才进京，为了守孝，三年来足不出户，别说与人结怨了，原主压根儿就不认得府外的任何人。

　　而她在成为端木绯以后，与他人发生过争执的次数也屈指可数，再加上此人又同时与舞阳和涵星有仇……幕后之人是谁，她心知肚明。

　　所以，昨晚在祭祀前，她稍微设计试探了一下，以看灯为由，拉着舞阳和涵星到了此人跟前。

　　此人虽然掩饰得很好，但一瞬间的神色变化还是让端木绯肯定，那件事的主谋就是她！

杨云染！

恐怕杨云染发现事情进展得不顺利，为了给她自己加上一层保障，才会立刻在大庭广众之下爆出有孕之事，不然，昨天可算不上一个好时机。

"真是有趣。"端木绯喃喃自语道。

杨云染是不是正在奇怪为什么自己还没有被牵扯进去？

端木绯的嘴角翘了翘，颊畔露出一对可爱的梨涡。她远远地就看到一个有些眼熟的青衣丫鬟气喘吁吁地小跑到了杨云染的身旁，躬身附在杨云染耳边说话。

"姑娘，"名唤玛瑙的丫鬟用低若蚊蚋的声音对杨云染耳语道，"浣衣局的如兰、御膳房的铃儿……她们都不见了。"

杨云染闻言却嘴角微勾：总算来了一个好消息，这些人一定是被查出来了！

昨晚当她看到舞阳和涵星出现在面前的时候，她就知道计划失败了。

自从万寿节那天被算计以后，她就一直在想到底是哪里出了岔子。直到前日，当看到那个诬蔑她的谢愈和舞阳、涵星相谈甚欢时，她茅塞顿开，顿时什么都想明白了。

舞阳、涵星还有……谢愈！

她精心布下这个局，就是想让舞阳和涵星罪有应得，没想到，那两个人的运气真好！

杨云染虽然很失望，但也没有太担心。

她安排得很周密，没有人会知道那件事是她做的，如兰也好，铃儿也罢，还有那个牙侩，她们都只知是"端木姑娘"请她们办事，与她可没有一点儿干系！

无论东厂的人怎么审，都审不到她的头上……

杨云染笑容依旧，目光悠然地看向不远处的端木绯，眼中带着一丝冷厉的神色。

谁让端木绯一直招惹自己？她活该！

只是，按理说，东厂既然都已经查到了如兰和铃儿，为什么没人来带走端木绯呢？

杨云染疑惑地眯了眯眼，下一瞬，目光正好撞上了一双清澈的杏眼。

端木绯朝她看了过来，两个人的目光在半空中碰在了一起。

跟着，端木绯对着她抿嘴笑了，笑得眉眼弯弯，很是开怀。

杨云染的呼吸微微一滞，她从端木绯嘴角的那一丝笑意中看出一丝意味深长来，心中陡然生出一股寒意。

难道说，端木绯知道了什么？！

这不可能的！她不可能知道的，再如何也查不到自己的头上！

杨云染下意识地紧握双拳，对自己如此说道。

再说了，就算端木绯知道了又如何？自己根本就没有留下任何证据！

想着，杨云染完全镇定了下来，嘴角翘得更高，下巴微仰，对端木绯露出一个挑衅而嘲讽的笑容。

端木绯眼中闪过一道幽光，不怒反笑，只是神情如刀锋般锐利。

很显然，杨云染打定主意要栽赃给她的，还自恃事情做得天衣无缝……却不知道在这个世上，很多事有没有证据根本不重要。

没有证据，她可以制造出证据来。

既然杨家不会教女儿，那她就好心地替他们教教女儿好了，让杨云染学学什么才叫栽赃嫁祸，什么叫作有苦说不出，有冤无处诉！

端木绯笑得眼睛眯成两条细缝，可爱极了，然后随意地对一旁的碧蝉招了招手。

"姑娘……"碧蝉俯首凑了过去，却觉得颈后的汗毛根根都竖了起来。

碧蝉几乎可以肯定，每次看到自家姑娘笑得像一只小狐狸时，就代表着有人要倒霉了！

她想得果然没错！

钻入耳朵里的一字字、一句句，都让碧蝉浑身起了鸡皮疙瘩，碧蝉心道：真是得罪什么人都不能得罪自家姑娘！

碧蝉低低地在端木绯的耳边应了一声后，就匆匆地跑回了猎宫。

# 第十七章　夜　猎

目送碧蝉进了猎宫后，端木绯就若无其事地转头看向了舞阳、涵星、云华，笑眯眯地问道："舞阳姐姐、涵星表姐、云华姐姐，我们今天玩什么好？还去打猎吗？"

"绯妹妹说得是，我们还是想想玩什么才是正事。"云华拊掌附和道，"舞阳、涵星，难得出来玩，别为了不相干的人坏了自己的兴致！"

云华意味深长地眨了眨眼。

众人莞尔一笑，丹桂县主接话道："我可事先说好了，今儿不打猎。昨天射了箭后，我到现在胳膊还酸痛得很。"

其他几位贵女也连声附和。她们几个人都不是武将家的姑娘，平日里鲜少射箭，因此，昨日稍微动了动，胳膊和手腕就酸痛得厉害。

云华想了想后，兴致益然地提议道："我们昨天不是打了一只锦鸡吗？我的丫鬟见它的尾羽鲜艳夺目，就做了两个毽子，我看着也觉得好看极了。干脆我们今天踢会儿毽子怎么样？"

一说到踢毽子，涵星也被挑起了兴致："说来我也许久没踢毽子了……来人，去取几个毽子过来。"

一个翠衣宫女领命匆匆而去。

涵星又想到了什么，看向端木绯，问道："绯表妹，你可会踢毽子？"

端木绯诚实地摇了摇头。

涵星一听，眼睛一亮，笑容满面地走到端木绯身旁，很有表姐风范地说道："绯表妹，我来教你好了。"总算轮到她在绯表妹跟前露一手了。

瞧涵星得意扬扬的样子，云华凑趣地对端木绯笑道："绯妹妹，你这位公主表姐可是踢毽子的高手，名师出高徒，你跟着她好好学！"

端木绯便温顺地应了一声，脑海中却不由得想起了另一位"名师"来。说来，她跟着封炎学骑马，好像还只学会了刷马……

想着，端木绯握着右拳放在嘴边，尴尬地轻咳了一声。

须臾，那个翠衣宫女就小跑着回来了，手里拎着一个装满五彩毽子的竹编篮子。

舞阳、云华她们挑了毽子以后，就围成一个圈踢了起来，那是八仙过海，各显神通。

至于涵星，则把端木绯拉到了一旁的一棵老槐树下，兴致勃勃地教她踢起毽子来。

"绯表妹，这踢毽子有八种基本的踢法，盘、拐、绷、蹬……"

她每说一种，就简单地演示了一下基本的动作。

"此外，还有不少花式踢法，比如单飞燕、双飞燕、鸳鸯拐……"

涵星身轻如燕，一会儿踢，一会儿跳跃，一会儿转体，带着长羽的毽子在半空中上上下下地飞跃着，仿若她身体的一部分。端木绯看得目瞪口呆，连连为涵星鼓掌。

毽子在空中又是一个起伏，之后就稳稳地落入了涵星的手中。

虽然刚刚动了一番，涵星仍旧脸不红气不喘，露齿而笑时，神采奕奕，又道："不过，绯表妹，你不会踢毽子，就先从最基础的盘、拐、绷、蹬这四个踢法学起。"

所谓"盘"，就是用脚内侧踢毽子，这可以说是学踢毽子的第一步。

按照涵星的说法就是，等端木绯可以连贯地盘上二十下毽子后，就可以开始学"拐"了。

"那我开始了。"端木绯表情慎重地拿起一个毽子，小心翼翼地往上一抛……

然而——

第一次，端木绯第一脚就落空了。

第二次，毽子被端木绯一脚踢到了涵星的鞋面上。

第三次，端木绯第一下还是盘毽子，第二下已经用脚面把毽子给"绷"飞了……

看着那个五彩毽子在半空中画出一道长长的曲线，涵星眼角抽了一下，见她的小表妹腼腆地笑了，急忙安慰道："每个人刚开始学都是这样的……"她似乎担心自己的话还不够有说服力，又绞尽脑汁地补了一句，"万事开头难，说来不过一句'唯手熟尔'。"

端木绯又继续练习起来，一次又一次……当她好不容易能连续盘上三次时，涵星抓住机会好生夸奖了她一番，心里却明白了。

以前，她曾听闻，康郡王家的一个小庶女平日里在平地上走着都会左脚拐到右脚摔上一跤，还想哪有人这么蠢的，现在算是明白了，有的人就是手脚不太灵活。

比如她这小表妹，平日里多聪明机灵的一个人啊，小小年纪，棋力比游尚书的还要厉害，此刻踢起毽子来，却是……一言难尽啊！

再想到端木绯放个纸鸢都会断线，骑马学到现在才只会缓缓地跑几步，涵星忽然觉得自己完全明白了——也难怪以前端木绮、端木缘她们几个人老说端木绯蠢，敢情源头是在这里啊！

人各有所长，这也无可奈何啊！

涵星不时地给端木绯一个鼓励的浅笑。

端木绯完全不知道涵星在想什么，在连续盘了五下后，不由得沾沾自喜，一张小脸儿因为连续踢了两盏茶时间的毽子而变得红扑扑的。

像现在这样尽情地活动自己的身体，曾经是楚青辞想也不敢想的事！

忽然，猎宫的方向起了一阵骚动，四周的姑娘们皆循声望去。

端木绯心念一动：碧蝉应该将事情办妥了吧？

端木绯朝猎宫的正门瞥去，一分神，脚上的毽子一不小心就被高高地踢飞了出去，正好从涵星的头上飞过……

涵星嘴角抽了一下，就见五六个穿褐衫、戴尖帽的东厂番子盛气凌人地从正门走了出来，为首的是一个年过三旬的青衣内侍。

那内侍浑身干瘦，形容枯槁，面无表情，双目中寒芒如电。

一见此人，某些姑娘便微微皱眉，皆噤了声。

那些东厂番子所经之处，一片死寂，仿佛骤然进入了寒冬。

东厂的赫赫威名谁人不知？而这一位内侍乃东厂掌刑千户——曹由贤。

曹由贤的刑讯手段向来严苛狠辣，连那些朝臣都惧他三分。听闻曾有犯事的锦衣卫落入他手中，宁可咬舌自尽，也不愿被其刑讯。

众人瞧这位曹千户来势汹汹的样子，一看就是在办差，也不知道谁这么倒霉，竟然被东厂的人盯上了！

姑娘们皆眼睛一眨不眨地看着那伙东厂番子，看着他们目标明确地穿过猎宫前的广场，一直来到了那片凉棚下，径直走到了杨云染跟前。

难道说……？

不少人傻眼了，简直不敢相信自己的眼睛，面面相觑。

曹由贤在距离杨云染三四步的地方停下了脚步，阴冷无情的目光在她的俏脸儿上扫过，然后随手指向了她身旁的丫鬟玛瑙，不客气地冷声下令道："给我拿下这个贱婢！"

"是，曹千户。"

两个东厂番子抱拳应了一声后，就大步走向了玛瑙。

玛瑙吓得连连后退，踉跄着差点儿摔倒："姑娘——"

话音未落，两个东厂番子已经一左一右地将手从她的腋下穿过，将她钳住，直接把人架了起来。

玛瑙双脚离地，在半空中来回晃动着，花容失色地叫了起来："姑娘……姑娘救命！"

"你们这是做什么？！"杨云染勃然大怒，指着曹由贤的鼻子质问道，"凭什么抓我的丫鬟？！"

"我们东厂行事从不必向人解释！"曹由贤皮笑肉不笑地扯了一下嘴角，一种阴森的感觉扑面而来。

对方那轻蔑的态度气得杨云染双眸喷火："你……她是我的人，你无缘无故就要抓她，我这个做主子的如何就问不得？！"

曹由贤依旧微微笑着，随意地掸了掸衣袍上的尘土，神色间隐隐透露着一丝轻蔑意味："姑娘若是愿意，也可同去！"

"啪！"

杨云染愤而拍案，额角的青筋跳动了两下，一口气憋在喉咙里不上不下："大胆！你敢如此对我说话，就不怕我告诉皇上，让皇上治你一个大不敬之罪？！"

谁想，曹由贤还是一副喜怒不形于色的模样，随意地对着杨云染拱了拱手，笑道："杨五姑娘，请。"

他的言外之意就是杨云染要是想去告状，就尽管去好了！

玛瑙见这些东厂番子完全不给杨云染面子，被吓得脸上血色全无，嘴里喃喃地说道："饶命！大人饶命！……奴婢什么也没做啊！"

"还不把人带走？！"曹由贤不耐烦地冷声催促道。

他一甩袖，就转身走了，还不轻不重地嘀咕了一句："这还不是娘娘呢，倒是摆起娘娘的谱了！"

这句话自然传到了杨云染的耳中，她被气得浑身发抖，差点儿闭过气去，脸色一片铁青，咬牙切齿。

"你……你……"她一定不会放过他们的！

然而，曹由贤与那几个东厂番子根本就没有理睬杨云染，押着玛瑙不回头地走了。

这一幕让众人一片哗然，几个交好的姑娘聚在一起窃窃私语，用狐疑、震惊的眼神在曹由贤和杨云染之间来回看。

按道理说，杨云染怀着龙种，又正得圣宠，下面的人巴结且来不及，这东厂居然当着这么多人的面直接打杨云染的脸，莫非杨云染身边的这个丫鬟犯了什么大事？

"这东厂的胆子也太大了吧？"一个穿着月白色骑装的姑娘家不由得轻声叹息道，"他们就不怕皇上——"

她的话还没说完，周围的人已经纷纷避开，脸色有些难看。

有些话想想也就罢了，这个人居然还敢在众目睽睽之下放在嘴上说，难道不怕被东厂的人拖去诏狱里审上一审？！

端木绯怔怔地目送曹由贤等几个人的背影进了猎宫里，只留下两个东厂番子握着刀鞘守在广场上，面目森冷，不怒自威。

"咚！"

端木绯手上的毽子倏然从指间滑落，直直地落在地上。

她骤然回过神来，缓缓地眨了眨眼，有些蒙了。

明明她都准备好了一切，只差一步就可以动手，就这么被人抢先一步……

她这算是被人截和了吗？！端木绯的脑海中不由得浮现出这个念头。

舞阳很快就收回了目光，笑眯眯地指桑骂槐道："这东厂办事总有他们的道理，不做亏心事，不怕鬼敲门！"

她故意拔高嗓门，清亮的声音几乎传遍了大半个广场，杨云染当然也听到了。

舞阳眼神冰冷地看着杨云染。此时，舞阳哪里还想不明白？东厂的人在这个时候兴师动众地抓走杨云染的丫鬟，多半是为了昨天的事……

舞阳捏了捏手中的毽子，若无其事地招呼大家道："云华姐姐、丹桂，我们继续玩！"东厂既然都动手了，这件事总会有一个交代！

杨云染被舞阳那锐利的眼神看得有些不安，又朝那两个东厂番子望了一眼，心里一阵慌乱。

难道说东厂的人抓走自己的丫鬟是因为昨天的事？

不会的，一定不会的。

自己没有留下任何证据，这个时候，东厂要抓也该抓端木绯！

杨云染的眸中闪过一道寒光，她几乎咬碎一口银牙。

她霍地站起身来，义正词严地愤然道："久闻东厂一向骄横跋扈，目中无人，被屈打成招、冤死诏狱之人数不胜数……今日我算是见识到了！我就不信皇上会纵容这等奸佞胡作非为！"

杨云染拔高嗓门吩咐一旁的宫女道："来人，快给我备车，我要去猎场！"说着，她下意识地摸了摸她的小腹。

以皇上对她的宠爱，还有她腹中的这个龙子，皇上一定会为她做主的！

瞧杨云染的架势，谁都能看出她急着去猎场找皇帝告状。

不一会儿，宫女就备好了一辆青帷马车，马车停在了广场前。

杨云染站起身来，抬头挺胸地穿过广场走向马车，然而，她还没上马车，就被曹由贤留下的两个东厂番子拦住了。

这二人冷眼旁观杨云染下令备车，直到她要上马车，其中一个人才阴阳怪气地说道："督主有令，还请杨五姑娘莫要四处乱走为好！若姑娘要告状，等圣驾回营再说。"他说着，把手里的刀鞘往前横了横。

杨云染本来心里就气愤难平，闻言，只觉得心火被浇了一桶热油，化作熊熊烈焰，焚烧着她的理智。

"我可是庆元伯府的姑娘！我要进猎场，你们凭什么拦我？！简直是目无王法！"她被气得满脸通红，指着两个东厂番子怒道，"亏你们堂堂男儿，竟然任由阉人对你们指手画脚！"

周围的人皆移开了目光，暗暗地互相看了看，不敢搭话。

且不说那曹由贤，谁不知道岑振兴和岑隐父子俩大权在握，深受皇帝信任？今日曹由贤敢来拿人，自然有所倚仗。

这杨五姑娘满口什么"阉人"，这话要是传到了岑氏父子的耳里……

众人想着，不由得在心里打了个寒战。

那个东厂番子不怒反笑："杨五姑娘还是省点儿口水吧，我们东厂说一不二。姑娘请回吧！"

杨云染却不为所动。她都在众目睽睽下放了狠话了，今天要是再退一步，那脸就要丢光了！

杨云染嘴角扯出一个冷笑，挺了挺肚子道："我就是要去呢？！"说着，她拎起裙裾就要上马车。

她就不信，东厂的人敢对她下手！她腹中可是怀着龙子的，万一这天家血脉有了闪失，他们区区东厂担待得起吗？

"那就得罪了。"东厂番子随意地抱了抱拳，两个人同时出手，伸出两把刀鞘在杨云染身前交叉，挡住了她的去路。

"让我过去！"

杨云染推搡着刀鞘想往前走，可是这两个东厂番子就仿佛两座大山屹立在那里，她根本就撼动不了一分。

"放肆，让我过去！"她怒道。

身体伛偻的马夫颤抖地缩在那里，想走又不敢走，想留更不敢留，觉得今日这差事简直要命。

杨云染对着两个东厂番子歇斯底里地大喊大叫。其他姑娘神色各异，交头接耳，那目光中有轻蔑，有狐疑，有审视，也有震惊。

毕竟现在杨云染正是得宠的时候，还怀着龙种，东厂拿下她的丫鬟也就罢了，居然还敢对她出手！

东厂到底是不知死活，还是有所倚仗呢？

这么一出好戏，端木绯看得津津有味，早就忘了踢毽子的事。

不只她，舞阳也笑眯眯的，嘴里好似自言自语地说道："难得东厂行事合我的心意！"

"大皇姐说得是，我今日算是对岑督主另眼相看了。"涵星似笑非笑地接了一句。

端木绯当作没听到，笑吟吟地转移话题道："涵星表姐，你再教我别的踢法吧！盘毽子我已经会了，虽然还不熟练，不过没关系，以后我可以自己慢慢练。"

舞阳闻言有些惊讶，没想到涵星教了那么久，才只教了"盘"毽子。她瞥了涵星一眼，心道：也是，就如同会读书的人不一定会教书一样，涵星自己擅长玩毽子，不代表就会教人啊！

舞阳干脆就抢在涵星前说道："绯妹妹，我来教你吧。"跟着，她又打发涵星去跟云华、丹桂她们玩。

涵星隐约从舞阳的那个眼神中体会到了什么，心里暗暗地叹了一口气：大皇姐很快就知道我的苦了！育人子弟还真是不易，以后我要对几位太傅客气点儿才好！

"绯妹妹，你看我给你演示，'拐'就是用脚外侧踢毽子，你可以一下'盘'，一下'拐'。"舞阳熟练地给端木绯反复演练了好几回，"你来试试。"

舞阳把手中的毽子递给了端木绯。

端木绯一本正经地点了点头，手里仿佛捧着什么金贵的宝贝，然后将毽子轻轻往上抛——

眼睁睁地看着端木绯脚下的毽子"活泼"地上天下地掉了个遍，甚至还差点儿"飞"到了丹桂的发髻上，舞阳也沉默了。

其他几位姑娘见端木绯似乎不得要领，也自告奋勇地跑来指点，让端木绯好生体会了一番众星捧月的滋味……

众人的注意力都转移到了端木绯身上，没人再注意杨云染，唯有端木绯分出一分心留意着那边的动静，用余光瞟到一道水绿色的纤细身影快步朝杨云染走了过去。

哪怕没看到对方的脸，只从这熟悉的背影，端木绯就可以肯定那是楚青语。

"杨五姑娘，"楚青语走到杨云染身旁，出声劝道，"你且冷静些。"

在说话的同时，楚青语飞快地瞥了一眼那两个东厂番子，目光微颤。

"他们……他们实在欺人太甚！"杨云染双眼通红地瞪着两个东厂番子，紧紧地握着拳头。在一阵歇斯底里的叫嚣后，她渐渐地冷静了下来，正愁找不到机会下台，幸好楚青语来了。

"杨五姑娘，我相信皇上一定不会让你受委屈的。"楚青语眼睛一眨不眨看着杨云染，语气笃定地道，同时亲昵地挽住了杨云染的胳膊。

虽然她不知道东厂为什么要拿下杨云染的丫鬟，但是可以确信杨云染是不会有事的——杨云染可是将来会诞下太子的人。

楚青语对着杨云染微微一笑，殷勤而不谄媚。

楚青语其实对这次秋猎的事所知不多，只知道涵星会在秋猎中失踪，等大家找到她的时候，她已经是一具遍体鳞伤、惨不忍睹的尸体了……她是被一伙流匪生生凌辱致死的。

后来也不知道怎么回事，大公主舞阳跟杨云染对上了，在大庭广众之下与杨云染起了争执，导致杨云染流产……那件事闹得很大，舞阳偏偏还死不认错，最终皇帝对舞阳失望至极，回京时把她独自留在了猎宫里，整整三年，直到后来奉旨和亲，舞阳才得以回宫备嫁。

而杨云染也因此事得了皇帝的怜惜，进而再次有孕诞下太子。

杨云染抿了抿嘴，朝楚青语看了一眼，长翘的睫毛微颤，似有些动摇。

见对方神色之间流露出松动之意，楚青语趁热打铁地道："杨五姑娘，圣驾回营后，必会给你一个交代的……你又何必急于这一时呢？"

杨云染瞪了两个东厂番子一眼后，淡淡地道："也好，我就在此等皇上回来！"楚青语说得不错，左右也不过半天罢了，皇帝在太阳下山前一定会回猎宫的！

楚青语暗暗地松了一口气，对着两个东厂番子客气地笑了笑。

今日她拦下了杨云染，没让局面发展到一个不可控制的地步，想来，无论是岑隐，还是杨云染，都会记她的好，承她这个情。毕竟杨云染有孕在身，若东厂的人太过咄咄逼人，让其动了胎气，有什么不妥之处，皇帝十有八九会迁怒到岑隐的身上……

自己借此对岑隐卖个好，也是可遇不可求的机会！

楚青语想着，眸子熠熠生辉。她一边搀扶着杨云染往回走，一边柔声安慰着杨云染："杨五姑娘，你且消消火，身子要紧，莫要气坏了自己……"

楚青语亲热地扶着杨云染从端木绯、舞阳身旁走过时，忍不住飞快地朝正俯身从地上捡毽子的端木绯瞥了一眼。

这次的秋猎，楚青语有很多事情要做，为了将来，暂时也顾不上端木绯了。

希望端木绯还有些自知之明，别整日缠着封炎。

楚青语口中发出一声无人察觉的叹息声，声音随风消散。

端木绯捡起毽子后，也不动声色地再次望向楚青语和杨云染离去的方向，眉头微蹙。

楚家的公子、姑娘自幼皆秉承庭训，知书达理，明辨是非，然而楚青语如今的行为已经完全违背了宣国公府对他们的教导。楚青语到底知不知道她自己是宣国公府的姑娘，行事之前有没有想过宣国公府？！

端木绯抿了抿嘴角，垂眸看着手中的毽子。一阵秋风吹来，那长长的羽毛随风肆意飞舞着，就像是她此刻有些混乱的心绪。

她并不是不恨楚青语。这半年来，她一直没有行动，完全是因为顾及宣国公府。

她就算现在变成端木绯，也仍然是楚青辞，是宣国公府的嫡长女。她自小在祖父、祖母的疼爱和教养下长大，不能做出任何有损宣国公府的事。

否则，她早就让楚青语声名扫地了。

然而，端木绯一直隐忍不发，楚青语行事却越发嚣张，越发不知轻重……再这么下去，她真担心楚青语会做出什么无法挽回的事，甚至因此连累整个宣国公府！

见端木绯怔怔地站在原地，舞阳上前两步，走到她身旁，关心地问道："绯妹妹，你可是累了？你别着急，踢毽子慢慢练就是了……我们先休息一下，吃点儿茶和点心吧。"

在场的几个姑娘之中，端木绯是年龄最小的一个，舞阳这么一说，涵星、云华她们也纷纷附和，做出一副"小姑娘家家别太逞强"的样子。

端木绯根本就没机会说一个字，已经被姑娘们簇拥着在几丈外的红漆木大桌旁坐下了。

一旁服侍的宫女们眼明手快地给几位姑娘都上了刚泡好的碧螺春。

出了一身汗后，再喝点儿热茶，端木绯感觉浑身就像被打通了奇经八脉，畅通无阻。

端木绯满足地舒了一口气，连着抿了好几口茶。

姑娘们说说笑笑，好不悠闲。阵阵秋风吹拂着枝叶发出的"沙沙"声不时响起，像是风儿在四周窃窃私语。

日头徐徐高升，时间一点点地过去，广场上的人来来往往，有的人回了猎宫，有的人进了猎场，有的人策马遛弯去了……

坐了一会儿后，闲不住的云华觉得有些无趣，提议道："我们还是找几个懂武的宫女进猎场里走走吧？"说着，她似乎想到了什么，看了看端木绯，又补充道，"我们不骑马，步行去就好。我记得往前面山里走个两三里，有一处山泉，泉水清澈、甘甜……"

端木绯闻言，双目一亮，接话道："最适宜泡茶了！"

一看她那迫不及待的样子，几位姑娘都哑然失笑。

舞阳凑趣地说道："那我们可得多备两匹马来扛那些水桶才行！"

姑娘们在说笑中纷纷起身。这时，天上的灿日忽然被一片阴云遮蔽，四周暗了下来，风云骤变。

只听一阵纷乱的脚步声从猎宫的方向传来，很快就见以曹千户为首的七八个东厂番子疾步而来，杀气腾腾。

这一次，他们的目标是杨云染……

"放开我！你们要干什么？！你们就不怕皇上治你们的罪吗？！"

杨云染就在自己声嘶力竭的喊叫声中，被两个东厂番子粗鲁地架走了。

女子愤慨的怒斥声渐渐远去……

这一次，东厂没有再留下人看守。

众人都傻眼了，面面相觑，差点儿捏自己一把——刚才的这一切不会是一场梦吧？！

东厂的人竟然把杨云染抓了？！

等东厂的人消失后，广场上一片哗然，众人都忍不住七嘴八舌地讨论起来，四周像是一锅煮沸的开水般，越来越热闹了。

至于舞阳她们，在短暂惊诧后，就继续按照原定的计划进山里去了。

云华说得好听，走个两三里的山路就有山泉，结果几个姑娘足足走了五六里路，还没见到山泉的影子。

"云华，"丹桂走得满头香汗，用帕子擦了擦额头上的汗液，"你是不是走错方向了？"

云华有些不好意思地清了清嗓子，朝四周看了看，有些不太确定地歪了歪脑袋："我记得是这一带，没错啊。"说着，她看向舞阳，试图寻求舞阳的认可，"舞阳，去年你随我一起来的，应该在这附近，对吧？"

几位姑娘又齐刷刷地看向了舞阳，端木绯知道舞阳不擅记路的毛病，暗暗地觉得好笑，正想帮着舞阳把话题糊弄过去，就听后方传来熟悉的男子的声音："你们几个小丫头怎么会在这里？"

在场的几个少女皆怔了怔，一下子就听出了声音的主人是谁，赶忙转身看去。

只见右后方不远处，一个穿着明黄色戎装的男子牵着一匹白马从几丛荆棘丛后走了出来，身后还陆陆续续地走出了七八个牵马的男子，皆是英姿飒爽。

"父皇。"

"皇上。"

姑娘们纷纷上前几步，给皇帝行了礼。

跟着，舞阳答道："父皇，儿臣几个是特意来寻一处山泉的，想带几桶泉水回猎宫泡茶……"

皇帝闻言，莞尔一笑道："你们几个倒是好兴致。"说着，皇帝抬眼看向了她们身后还空荡荡的水桶，若有所思地挑了挑眉，"朕也和你们一道吧。"

古有"茶圣"陆羽觅水，这也是雅事一桩。

见皇帝的心情不错，几个姑娘下意识地彼此看了看，隐约猜到皇帝恐怕还不知道杨云染被东厂的人拿下的事。

等皇帝回猎宫后得知了此事，恐怕又有一场狂风暴雨袭来……

姑娘们心里皆有些不安。

这时，皇帝身后的一个三旬左右的男子上前两步，抱拳禀道："皇上，大公主殿下所说的山泉，臣应该知道。"

这是锦衣卫指挥使程训离，他指了指西南方道："沿着这条路再走半里路左右应该就到了。"

"我就知道我没记错！"云华喜形于色地拊掌，沾沾自喜地道，"就是在这附近！"

瞧着她一副小儿女的娇态，皇帝不由得发出爽朗的笑声，令程训离在前面带路。

程训离显然要比云华靠谱多了，说半里路就是半里路，没走一会儿，众人就听到了"哗哗哗"的山泉声。

众人再绕过一片野竹林，就看到了一股清澈的溪流沿着山间的石隙"汩汩"地往下流着，泉水晶莹清澈，在阳光下闪闪发光，就像无数水晶流淌在其中，美得让人舍不得移开目光……

看着眼前的这番美景，众人觉得心中的郁结情绪仿佛被冲刷殆尽，浑身轻松。

姑娘们忙忙碌碌地装起山泉来，可以说满载而归。

与皇帝同行，姑娘们回去的路上也少走了不少冤枉路，这一次只走了三里路就出了猎场。

太阳高高地悬挂在天空中，此时才不过未时，正是日头最烈的时候，阳光照得广场上的细沙白亮亮的，有些刺眼。

偌大的猎宫广场上，只有西北方的凉棚下还坐了一些喝茶的夫人、姑娘，其他地方都空荡荡的。

皇帝一行人一出猎场，就见一个身穿大红麒麟袍的丽色青年带着四五个东厂番子闻讯而来。

那堪称绝色的青年只要一出现在众人的视野中，就自然而然地成为众人目光的焦点，连四周单调的景致仿佛都因他而生出一分艳色来。

"皇上，"岑隐走到近前，对着皇帝作揖禀道，"杨家图谋不轨，臣已将其尽数拿下，如何治罪还请皇上示下。"

他声音不紧不慢，不轻不重，仿佛只是在陈述一件微不足道的小事。

不远处，凉棚下的那些人自然也听到了这话，皆是心中一凛，竖起了耳朵。今日在这里发生的一幕幕，不少人亲眼所见。

皇帝闻言惊了惊，眉头紧锁，问道："到底是怎么回事？"

他这才出去半天的工夫，杨家竟然就犯事了？！

岑隐便俯首回道："回皇上，杨梵仗着职位之便，收受贿赂，向一帮流匪泄露了九秀山地图以及猎物分布图，以供流匪在猎场外围偷猎。"

九秀山山脉绵延千里，皆属于皇家猎场，虽然平日里皇帝狩猎的范围不过是猎宫周边百余里，但是按照规矩，皇家猎场不容外人盗猎。

岑隐所说的杨梵乃杨惠嫔和杨云染的二叔父，是五军营的一名参将，这次领了提前来此清扫猎场的差事，没想到竟然胆大包天到和流匪勾结在一起。

此言一出，众人皆惊，神情各异。

看来岑隐如此行事果然是有缘由的，而且他的手段极为迅猛有力……

皇帝的面色阴沉得几乎能滴出水来，他立刻就联想起了昨日涵星被劫的事。

原来如此！

原来那帮流匪竟然是这么来的！

跟在皇帝身后的舞阳、涵星等人都察觉出皇帝的不悦，暗暗交换着眼神，谁也没有说话。

躲在人群中的端木绯不动声色地勾了勾唇角——岑隐这一招不是跟她原本的打算一样吗？！

这一手"无中生有"真是要得漂亮极了！

须臾，皇帝才沉沉地又开了金口："都散了吧。阿隐，你随朕来！还有，给朕宣阿炎！"

话音未落，皇帝已经沉着脸阔步走了，岑隐神情平静地跟了上去。至于其他人，则都留在了原地，丹桂直到此刻方吐了一口气，拍了拍胸口。

看来这回杨家是摊上大事了！舞阳和涵星彼此对视了一眼，眸中闪过一丝淡淡的嘲讽之色，只等着继续看好戏。

皇帝带着岑隐进了猎宫后，就直接回了正殿，一路无话，气氛透着几分凝重感，似乎风雨欲来。

皇帝刚在书房里坐下，就有人来禀，封炎来了。

封炎穿着一身轻便的玄色戎装，乌黑的头发被扎成一个高高的马尾，打帘时那一串串晶莹的琉璃珠串散在他的发间、颊畔、袖上……像无数的碎光裹在了他身上。

　　"见过皇上舅舅。"

　　待封炎行过礼后，皇帝就沉声问道："杨梵的事，你可知道？"

　　"外甥知道。"封炎应道，"外甥昨日接管神枢营后，就命人盘查了猎宫及九秀山方圆百里之地，进而发现了一伙流匪的踪迹，便即刻带兵清剿，生擒流匪七人，剿杀八十九人。经审讯，流匪交代他们一伙人就在猎宫这一带盘踞，靠着买来的九秀山地图，以盗猎和抢劫为生。"

　　本来，偷卖九秀山地图只是一件小事，每年都有人这么干。一些民间富商经常会在春猎、秋猎以后悄悄地来猎场偷猎寻乐，那些负责清扫猎场的将士还能因此得一笔外快。

　　数十年来都是如此，不仅朝中大臣，连皇帝自己对此事都有所耳闻，但只是睁一只眼闭一只眼。

　　然而，小错也是错，在适当的时候——就像现在这样——这个"错处"就可以被摆到台面上，成为封炎手中的一把利刃。

　　封炎又道："将地图卖与这伙流匪的正是五军营参将杨梵。因此事涉及五军营，按规矩，外甥就将人移交给东厂处置了。"

　　皇帝听着，脸色越来越难看，左手下意识地捏住了右手拇指上的玉扳指。

　　屋子里静得落针可闻。

　　岑隐察言观色，不紧不慢地又加了一句："皇上，官匪勾结，不可姑息。"

　　官匪勾结？！皇帝一听这话，心中一惊。

　　不错！杨梵胆大包天，把地图卖与流匪，那可不就是官匪勾结？自古以来，官匪勾结都是大忌，因为那会祸乱朝纲、祸害百姓，更甚者，还会危及自己的安危！

　　皇帝眯了眯眼，眸中闪过一道深沉的光芒。

　　这帮流匪连公主都敢掳，那么下一步是不是就该闯进猎场里掳劫或者刺杀自己这个皇帝了？！

　　"杨梵现在何处？"静默了片刻后，皇帝一边随口问道，一边捧起了书案上的茶盅，茶盅挡住了他的半边脸庞，让他看起来高深莫测。

　　岑隐答道："臣将杨梵囚于西桂苑的地牢中，杨梵已经招认。为圣驾安危着想，臣把杨三公子、杨五姑娘等杨家一众随行人员都请到了西桂苑里，只等皇上旨意再行处置。"

　　一听到"杨五姑娘"这四个字，皇帝一阵心神荡漾，眼前不由得浮现杨云染那窈窕的身姿、如雪的肌肤，还有那微嗔娇吟之间露出的旖旎风情……

皇帝的眸色更深了，心口火热。说来，杨梵虽然犯了错，可是美人何辜？！

岑隐见皇帝似有不舍，便继续说道："皇上，还有一事……事关杨五姑娘……"

皇帝微微皱眉，挥了挥手，道："阿炎，你先下去吧。"

封炎听命，抱拳道："是。"

他在俯首的同时，嘴角几不可察地翘了起来。他这件事办得这么漂亮，蓁蓁一定会高兴的吧？

封炎退下后，皇帝淡淡地道："阿隐，你有话就直说吧。"

岑隐思索了一下，这才缓缓地道："臣之前请杨五姑娘去西桂苑暂住时，东厂的人无意中从杨五姑娘的贴身丫鬟身上搜到了一味药……"

药？！皇帝眉头微动。

岑隐继续道："曹千户对药理有几分研究，发现那是'玉生香'。"

听到最后三个字的时候，皇帝霎时变了脸色，双目微微睁大。

"玉生香"是药，却不是什么用来治病的药，服下玉生香后，女子的脉象就会发生改变，产生如珠滚玉盘之状的"滑脉"，所谓滑脉即喜脉。

这种药于身体无益，可是数百年来后宫之中屡见不鲜，时常有嫔妃为了争宠，服下此药假装育有龙胎！

皇帝好一会儿没说话，额头、手背上那凸起的青筋无声地宣示着他心中的愤怒情绪。

后宫三千佳丽，皇帝自然见惯了女子之间的争风吃醋，有些小事对皇帝而言无伤大雅。然而，皇家子嗣是大忌，不容一丝欺瞒！

杨云染这是把他当猴子耍呢？！

皇帝霍地站起身来，冷冷地丢下一句："你看着办。"

话音未落，皇帝已经挑帘出去了，只留下那用数以千计的琉璃珠子穿成的珠链在半空中躁动不安地跳跃着，映在岑隐仿若一汪幽潭的瞳孔中。

那一串串珠链渐渐归于平静，书房里也安静了下来，只余下岑隐站在原处。他转头看向了窗外。

庭院中的晚菊掩不住颓败之色，秋风中，片片金色的花瓣随风飞起，飘飘荡荡地落了下来。

岑隐伸手穿过窗户，随意地折下了一枝残菊，放在鼻尖嗅了嗅。

晚菊灿烂如金，却在那妖冶夺目的美人的映衬下，黯然失色。

秋风愈刮愈猛，吹来层层叠叠的阴云，遮天蔽日。黄昏的天空越来越阴沉，那些还在猎场里的人唯恐暴雨来袭，陆陆续续地提早回了猎宫。

然而，没等老天爷降雨，一场无形的风暴就以迅雷不及掩耳之势朝猎宫袭来。

"什么？！皇上下旨夺了庆元伯府的爵位？这怎么可能呢？！"

"谁让杨家出了不孝子呢！官匪勾结，收受贿赂，他们还真是胆大包天了！"

"可是……杨家姑娘不是正得圣宠吗？"

"皇上这次龙颜震怒，已经责令杨五姑娘去圆华寺剃度，为杨家祈福赎罪。"

"这么说来，杨家算是完了……"

随着众人的窃窃私语声，皇帝的这道旨意像长了翅膀般在天黑前就传遍了整个猎宫，猎宫上下都知道皇帝以庆元伯府教子不严为由，夺了其爵位，杨二老爷杨梵被夺了差事，就连杨云染都不能幸免。

众人皆瞠目结舌，毕竟昨晚杨云染还因为怀了龙子而得了皇帝的怜惜，连杨家众人似乎都要因此鸡犬升天。这才一夜过去，风向竟然又变了。

众人细思起来，收受贿赂之罪可大可小，往年皇帝也以罚银的方式惩戒过几个受贿官员，但基本上都是轻轻放下。

可是，官匪勾结恐犯了皇帝心中的忌讳……

当楚青语从贴身丫鬟连翘口中听到这些消息时，一时有些蒙了，只觉得耳边"嗡嗡"作响，脑子里乱哄哄的。

"啪！"

青花瓷茶盅从她的手中滑落，直直地摔在了青石板地面上。无数碎瓷片以及热茶水飞溅开来，不仅弄得她脚下的地面一片狼藉，也溅湿了她的裙角，淡青色的布料因为沾了水而变深了不少，那一摊茶水渍看起来尤为突兀。

"姑娘，您没被烫着吧？"连翘紧张地问，楚青语却什么也听不进去了，怔怔地僵坐在那里，俏脸失去血色，眼中思绪翻腾。

事情怎么会这样？！

事情不该是这样的啊！

楚青语在心里反复地喃喃自语。

杨云染将是诞下太子的人，怎么会被送去圆华寺？！

明明庆元伯府至少还要辉煌十年，直到那场狂风骇浪搅得整个大盛天翻地覆……

一切都变了！

到底是哪里出了问题？！

楚青语惶恐不安地绞着雪白修长的手指，双眸死死地盯着绣在裙脚上的红艳似火的朱槿……

如果一切都变了，那封炎又会怎么样？

想到封炎，她心口"怦怦怦"地加快跳动，右手下意识地抓住了膝头的裙裾，将原本平整崭新的裙子捏得一团皱。

没有了楚青辞，却来了一个端木绯……那么，如果楚青辞犹在的话，端木绯还有机会乘虚而入吗？！

万事皆有因果。

难道说……这一切超出她预料的变化真的都是因楚青辞早死了半年？！

忽然，一阵微凉的晚风猛地自窗口吹了过来，吹得窗扇"咿呀"作响，那声音凄厉得好似一声歇斯底里的悲鸣，惊得楚青语浑身一颤，猛然惊醒过来。

"姑娘……"连翘收拾好了地上的碎瓷片和茶水，又给楚青语上了热茶，担忧地看着她，"奴婢服侍您换一身衣裳吧？"

楚青语正心烦着，哪有心情换衣裳？她挥了挥手想打发连翘，话到嘴边却想到了什么，面色又变了……

对了，她差点儿忘了"那件事"，杨家是在"那件事"后如日中天的，一时风头无人可及。

虽然现在杨家被皇帝夺了爵，却并没有走到绝路，宫里还有杨惠嫔，杨家几个儿郎的差事也没有受到影响，所以，杨家式微应该只是一时的，杨云染必然能够再回来！

杨云染本来应该在万寿宴后就进宫的，如今虽然绕了这么大一个弯，却还是在这个时候怀了身孕，结局终究没有变。

是以古语有云："殊途同归，其致一也。"

她还不能放弃杨家！

楚青语想着，眼神变得坚定起来，嘴角微微翘起。

锦上添花不如雪中送炭，这未免不是一个机会！

楚青语急忙吩咐道："连翘，赶紧收拾几件皮毛披风，还有准备些银——"

她说了一半就戛然而止，忽然想起这次出行自己并没有多带银子。

楚青语在心里懊恼不已，无奈地朝梳妆台上的梳妆匣子看去……如今也只能临时整理些首饰了。

内室中的人随着楚青语的吩咐而忙碌了起来，连翘进进出出，忙得脚不沾地。

夜幕早已经完全落下，屋子里点着几盏宫灯，将里面照得灯火通明，一直到深夜都没有熄灭。

这一夜，暴雨来袭，雨滴敲打在瓦垄、窗格、树枝和地面上，发出细微的声响，连绵不绝。

雨一直"淅淅沥沥"地下了一夜，直到旭日冉冉升起才停歇。

天方亮，楚青语就披着一件水绿色的斗篷离开了自己的院落，行走在猎宫中蜿蜒的青石板小道上，朝猎宫外走去。

雨后的清晨，空气很清新，四周空荡荡的，一片宁静祥和的景象。

猎宫的正门口，一辆朴素的青帷马车早已候在那里。

小丫鬟搀扶着杨云染就要上马车，一旁还有四五个禁军待命，显然禁军是要"护送"杨云染前往圆华寺。

楚青语远远地就看到了杨云染的身影，急忙加快脚步，出声唤道："杨五姑娘，请留步。"

杨云染将原本提起的裙裾又放了下来，转头循声望去，见楚青语快步朝自己走来，脸上难免露出一丝意外之色。

"杨五姑娘，"楚青语走到杨云染跟前停下，微微一笑，"我是特意来给你送行的。"

闻言，杨云染不由得微微动容："多谢楚三姑娘的好意，如今唯有你还惦记着我……"

这才短短一天的工夫，杨云染已经深刻地体会到了何为人情冷暖。想当初，她春风得意时，多少人围着她曲意讨好；如今她一朝落难，那些人不是避她如瘟疫，就是在一旁幸灾乐祸地看热闹。她没想到楚三姑娘在这个时候还愿意来送自己一程。

楚青语轻声慢语地宽慰道："依我看，姑娘不必太过担心，皇上只是一时气愤，才迁怒于你。等过两天，皇上气消了，定会很快接姑娘回宫的。"她声音轻柔，语气笃定。

杨云染的心堵得很。

她芳华正茂，当然不甘心就这样面对青灯古佛，度过一生！

她想求见皇上，东厂那些人却阴阳怪气地说什么皇上不会见她的。

这怎么可能？！

皇上那么宠她，总说她肤若凝脂，娇媚可人……若她能见到皇上，哪怕看在她腹中孩子的分上，皇上一定会收回成命的！

"寺庙清苦，还请姑娘收下这些……"楚青语从连翘手里接过那沉甸甸的包袱，亲自递向了杨云染。

"这我不能收……"杨云染越发感动，面上仍有几分迟疑之色。

楚青语直接把包袱塞给了杨云染的丫鬟，然后道："杨五姑娘，塞翁失马，焉知非福！姑娘且忍一时，再看他日！这些东西当我借给姑娘的便是。"

楚青语把话都说到这份上了，算是里子、面子都做全了。

杨云染也就不再推辞，福身谢过。

"姑娘不必多礼。"

楚青语急忙扶住了杨云染，却听对方在自己耳边轻声道："楚三姑娘，我有一事想请姑娘帮忙……"

不远处的凉棚下坐着几个小姑娘，她们把刚才的一幕幕都收入了眼内，忍不住皱了皱眉。

"大皇姐，这楚三姑娘和杨五姑娘倒是颇为'投缘'啊！"涵星语调古怪地说道。

舞阳和涵星得知杨云染要被送走，就特意拉了端木绯来这里瞧热闹，没想到会在这里看到楚青语来送杨云染。

舞阳心里巴不得以谋害公主之名降罪于杨云染，然而，世事不能两全，她更不希望涵星差点儿被流匪掳走的事闹得尽人皆知……现在，岑隐借着处置杨梵的机会，送杨云染去寺庙里与青灯古佛为伴，也许是最合适的处置方式了，一方面保住了涵星的清誉，另一方面也让那杨云染和杨家得了教训！

这一次，她和涵星等于又承了岑隐的恩惠。

舞阳眉头紧锁，沉声道："辞姐姐没了以后，宣国公府这一代姑娘的名声都要毁在她楚青语一个人的手里了！"

舞阳完全没有压低音量，这话也传入了不远处的楚青语的耳中，她如遭雷击般浑身颤了颤。

楚青辞，又是楚青辞！

为何楚青辞做了鬼还要这么阴魂不散？！

楚青语的拳头紧紧地攥在袖中，她冷哼了一声后，对杨云染道："杨姐姐，这世上总有人喜欢落井下石，殊不知风水轮流转，不知道将来谁会求到谁！"

楚青语同样没有压低声音，甚至还蓄意拔高了嗓门，舞阳等三个人自然也听到了。

舞阳面沉如水，正要开口，就见身旁的端木绯放下茶盅，抬眼朝楚青语看了过去，如点漆般的眼睛清澈明亮。端木绯说道："落井下石自然比不上楚三姑娘的雪中送炭。"

她眉眼弯弯，唇边似乎还带着笑意，叹息着又道："只可惜，这风水再怎么转也转不到杨五姑娘的身上。"

这句话一出，杨云染和楚青语两个人的目光同时射了过来，冰冷似刀。尤其是杨云染，此刻心情正糟，还想好生谋划一下，偏偏端木绯竟然说这样的话，这不是在咒她吗？

杨云染忍不住脱口而出道："端木四姑娘，你有没有听过一句话？'苦心人，天不负，卧薪尝胆，三千越甲可吞吴！'"

端木绯轻轻地笑了："那杨五姑娘，你有没有听过一句话？'明日有两个宫女卖与你，只收一两银子，你远远地发卖去山里，足能赚个十几二十两……'"

随着端木绯不紧不慢的声音响起，杨云染脸色渐渐泛白，眸中露出一丝难以置信之色。

难道那件事真的被东厂发现了？

难道杨家被罚并不是因为叔父杨梵收了贿赂，而是因为那件事？

难怪……难怪皇帝再也不愿意见她……

一瞬间，杨云染的脑中一片空白，她几乎无法思考，身子更是站立不稳。

楚青语不明所以，看了看杨云染，又看向端木绯，一时间没有反应过来。

端木绯几不可闻地叹了一口气。很显然，楚青语对前因后果根本一无所知，就敢这么胆大妄为，一意孤行，简直愚蠢至极！

端木绯站起身来，朝楚青语走了过去，直视着对方道："楚三姑娘，杨家有罪乃皇上的旨意，姑娘这般作为，是觉得皇上不公，还是仗着宣国公府为所欲为？！"

这番话就诛心了！楚青语面色大变，目光像是带毒的剑般刺了过去，恨声道："端木四姑娘，莫要无中生有，没事挑事！"

端木绯却甜甜地笑了："素闻宣国公府自古便有庭训，'凡天下事，不可轻忽，虽至微至易者，皆当以慎重处之。'楚三姑娘可还记得？"

楚青语完全没想到端木绯会说出这么一番话来，或者说，根本想不到端木绯居然会知道宣国公府的家训。

"宁与君子为敌，不与小人为伍……"端木绯淡淡地瞥了楚青语身旁的杨云染一眼，"我劝楚三姑娘以后还是谨言慎行的好，免得害人害己，更败坏了楚家的门楣！"

"说得好！"

忽然后方传来一个儒雅的男音，简简单单的三个字，不轻不重，却中气十足。

一瞬间，端木绯和楚青语皆身体微僵，听出了声音的主人——这是宣国公楚老太爷的声音。

"祖父……"楚青语几不可闻地惊呼了一声，身子不自觉地瑟缩了一下。

祖父。端木绯却只能在心里默默地叫着，眼眶一酸，有些湿润。对她而言，这个声音是那么熟悉、那么和蔼。

端木绯深吸了一口气，定了定神，循声望去。

几丈外，一个年过五旬的男子正朝这边缓缓走来，相貌儒雅，剑眉入鬓，穿了一件太师青暗纹直裰，用竹簪绾发，鬓角的白发清晰可见。

他只是用一个淡漠的眼神看过来，楚青语就觉得仿佛被一只大手掐住了脖子，几乎喘不过气来。

自小，楚青语最怕的人就是祖父。

祖父不苟言笑，在宣国公府里，除了楚青辞和长兄楚云寂，别的兄弟姐妹想从他口中得一句夸奖都难，一个个见了他就像老鼠见了猫。

楚老太爷在几步外停下了脚步，原本冷峻的神色缓和了几分，先对着舞阳和涵星行了礼："老臣见过大公主、四公主殿下。"

舞阳和涵星皆还了半礼。

"国公爷。"

舞阳自小与楚青辞玩得好，跟楚老太爷也非常熟悉，对她来说，对方就是一个看着她长大的长辈。

跟着，楚老太爷就看向了舞阳身旁的端木绯，目露赞赏之色，问道："小丫头，你是哪家的姑娘？"

端木绯心潮澎湃，小脸儿上却是笑吟吟的，落落大方地对着楚老太爷屈膝行了福礼："回国公爷，我叫端木绯，在家中姐妹行四。"

"端木……原来是你啊。"楚老太爷若有所思地挑眉，似乎想到了什么，眸中闪现些许笑意，"前几日，从游君集那里赢了一局的小姑娘可是你？"

她的棋艺可是由祖父亲自教授的。端木绯笑容更深，谦虚却又自得地说道："不敢当，不敢当，我顶多算赢了半局。"

毕竟那局棋的上半局是皇帝和远空大师下的。

楚老太爷负手而立，笑道："游君集的棋力虽然逊远空大师的一筹，但是在这京中能与他旗鼓相当之人屈指可数。你小小年纪能有此棋力，不错！"

"多谢国公爷夸奖。"端木绯又福了福身，心里雀跃，感觉就像是回到了小时候，当她努力时，祖父就会这么夸奖她。

楚青语却惊了惊，难以置信地看向了楚老太爷。

旁人不了解楚老太爷，也许只以为他这句"不错"的评价是随口一说，可她是楚家女，自然知道要得楚老太爷这么一句"不错"有多难……

端木绯不就是侥幸在游君集那里赢了半局棋吗？！祖父竟然对她如此另眼相看！

楚青语想着封炎，想着楚老太爷，脸上一阵青一阵白。

楚老太爷又看向楚青语，眼神微凉，似是叹息道："我们宣国公府的姑娘倒是不如了……"

祖父竟然这样说她……楚青语小脸儿惨白，双目瞪大，感觉脸上像生生地被人甩了一巴掌。

"语姐儿，你可知错？"楚老太爷淡淡地问道。

楚青语樱唇微颤，不愿认，却又不敢反驳。

她没有错。

她所做的一切都是为了国公府，哪怕她不是家里的嫡长女，也是楚氏女，怎么都不会害楚家的！

偏偏，她知道的那些事，不能告诉任何人。

可是总有一天，祖父会知道，她也许不像楚青辞那样天资聪颖，学什么都轻而易举，但能帮助宣国公府更上一层楼！

看着楚青语那双倔强不服的眼眸，楚老太爷眼神更冷了，声调不变："语姐儿，你回去收拾一下，即刻就回京城去吧！"

"祖父！"楚青语难以置信地脱口而出道。

秋猎才进行到一半，这个时候她若被赶回京城，定会被人揣测犯了什么错，受到了责罚，以后如何再继续和京中闺秀往来？！

而且，祖父还在舞阳和端木绯的面前这么说她，完全不给她留一点儿面子。

楚青语只觉得舞阳等人的目光里充满了嘲讽之意，像无数根针扎在她身上。她心中又羞又急，额头上的汗水涔涔落下。

楚青语咬了咬唇，艰难地认错道："祖父，孙女知错了。"

无论如何她都不能现在就回京！

她还有很重要的事情没有做。

这次秋猎，封炎将会在一场夜猎比试中被恶熊重伤，右臂差点儿就废了，幸而他福大命大，更能忍常人所不能忍，才保住了他那条胳膊……

她一定要留在这里，要救封炎！

"祖父，求求您了！"

楚青语焦急地上前一步，试图去拉楚老太爷的袖子，却只得到楚老太爷的一声"放肆"，然后直接被他甩开了手。

楚青语惧于楚老太爷的威仪，惨白的嘴唇轻颤不已，却再也不敢说话，那双乌黑的眼眸里闪烁着委屈的水光。

一旁的端木绯、舞阳和涵星皆沉默不语，四周静了一瞬。

"两位公主，老臣还有事在身，就告辞了。"

楚老太爷对着舞阳和涵星拱了拱手，正要转身离开，却像想到了什么似的驻足，再次朝端木绯看去，语气又变得和煦起来："小丫头，内子时常提起你，说你聪慧通达，等你回京后有空就来国公府里坐坐，陪她说说话。"

端木绯竟然认识祖母，还颇得祖母的欢心？！楚青语再次傻眼了，心中五味杂陈，时而酸，时而苦，时而辣……心绪纷乱，连她自己也理不清思绪了。

端木绯根本就没在意楚青语，眼里只有楚老太爷。听他这么一说，她顿时展颜，笑得比四周的木芙蓉还要娇俏可爱。

"好，我一定会去贵府拜访的。"她急忙应下了，声音清脆明亮。

楚老太爷微微一笑后，就转身走了。

楚青语也顾不上杨云染了，匆匆地跟上楚老太爷，想再向祖父求求情，毕竟她现在还不能回京……

端木绯站在凉棚下，笑盈盈地目送楚老太爷挺拔的身影渐渐远去，心中很是畅快——不是因为楚青语，而是因为等她回京后，她就可以光明正大地去看祖父、祖母了！

这大概是除了见到了祖父，今天最好的一件喜事了！

"国公爷果然睿智不凡！"舞阳觉得痛快极了，乐滋滋地拊掌赞道。照她看，楚青语就该回京闭门思过，免得在这里上蹿下跳，平白给楚家惹祸！

"那是自然。"端木绯笑眯眯地颔首道，一副一本正经的模样。

她的祖父可是这世上最睿智、最公正、最慈爱、最深谋远虑的人！

没有比他更好的祖父了！

端木绯又朝楚老太爷离开的方向望去，小脸儿上盈满了孺慕之情。

舞阳只觉得，端木绯与自己无论是看人还是处事方面都再投缘不过。舞阳莞尔一笑，看起来精神奕奕的。

"大皇姐、绯表妹，我们今天去哪儿玩？"涵星笑眯眯地问道。

舞阳看了涵星一眼，调侃道："四皇妹，你不是一向不喜欢和我一起玩吗？"

涵星却笑得更甜了，亲热地挽住了舞阳的右臂，睁眼说瞎话道："怎么会呢？我一向最喜欢大皇姐了……还有绯表妹。"

舞阳不以为然地翻了一个白眼，跟着就忍不住笑了出来，姐妹俩笑作一团。

看这对姐妹其乐融融，端木绯也受到了感染，嘴角露出一对可爱的梨涡。

想了想后，端木绯兴致勃勃地提议道："舞阳姐姐、涵星表姐，我们再去踢毽子吧？"

昨天她才学了"盘"和"拐"，接下来也该学学其他的脚法了。

舞阳和涵星瞬间将笑意一收，面面相觑，颇有默契地从对方的眼中看出了同样的意思——踢毽子还是算了吧！

舞阳清了清嗓子，道："绯妹妹，这一年一度的秋猎如此难得，何必成天踢毽子呢？"

"就是啊，绯表妹，回京也可以踢毽子的。"涵星在一旁敲边鼓。

"这四周好山好水的，莫要辜负才是。"

"没错，没错，我们干脆去游河怎么样？"

"今日秋高气爽，正适合泛舟钓鱼……我们叫上云华姐姐和丹桂她们一起吧！"

姐妹俩一唱一和，极具默契，三言两语就一左一右地忽悠着端木绯往位于猎宫东北方的九秀河方向去了。

直到她们的背影渐渐远去，杨云染才在禁军的催促下，失魂落魄地上了马车。

这一日，端木绯、舞阳、涵星和云华、丹桂几个人都在九秀河一带嬉戏游玩，收获颇丰地带了几箩筐的活鱼回去，吩咐御厨做了一席色香味俱全的全鱼宴。姑娘们大快朵颐，一个个都吃得津津有味。

大家玩玩乐乐，吃吃喝喝，说说笑笑，其间不时有一些消息断断续续地传来。

听说，楚青语正午前就离开了猎宫，被宣国公派人强送回了京城。

听说，成府和凌府的两位公子同时射中了一只鹿，两方人马吵得差点儿就打起来。

听说，忠武将军府的韩士睿猎了一只吊睛白额虎回来。

…………

太阳西斜的时候，圣驾浩浩荡荡地从猎场归营，收获颇丰。

高高的猎台上堆满了猎物，余晖下，那血色似乎更为浓重了。

众人皆兴致勃勃地来到了猎台附近。今日是秋猎的第三天，按照规矩，皇帝会在今天的黄昏时对在前三天的狩猎中表现最出色之人有所嘉奖，不少将门勋贵子弟就等着今日在皇帝跟前露脸了。

皇帝被众人簇拥着来到猎台上，一撩衣袍，大马金刀地在御座上坐下，高高在上地俯视着众臣。

一个内侍在皇帝耳边低语了几句后，皇帝的目光就落在了猎台一角的吊睛白额虎上，皇帝眉眼一挑，笑着问道："韩士睿何在？！"

从一群年轻的公子中走出了一个十七八岁的青年，青年浓眉星目，身量高挑，一身靛蓝色的戎装轻甲衬得他英姿勃勃。

青年单膝下跪，抱拳回道："臣在。"

两个字铿锵有力，透着年轻人特有的朝气蓬勃。

"好！很好！"皇帝喜形于色，当着众臣与众位公子的面，抚掌朗声赞道，"我大盛男儿英才辈出，将来都是你们年轻人的天下！"

在众人艳羡的目光中，韩士睿看起来意气风发，俯首抱拳道："承蒙皇上夸奖，末将愧不敢当！"

皇帝发出一阵爽朗的笑声，拍着一旁的雕龙扶手，朗声道："光凭这只猛虎，魁首之名，你就当之无愧，不必自谦！今日朕就赐你大宛宝马一匹、弓箭一副、良田百亩……"

皇帝一口气给了韩士睿一连串的赏赐，可以说是恩宠有加。

韩士睿喜形于色，赶忙抱拳谢恩。

皇帝心情大好，看向了封炎，貌似轻描淡写地说道："阿炎，你这两天的差事办得不错。难得秋猎，既然出来了，你也该去好好玩玩才是。朕看韩士睿年轻神勇，干脆明日你就把神枢营交接给韩士睿，进猎场好生玩去吧。"

皇帝慈爱地看着封炎，如同一个疼爱外甥的普通舅父般。

闻言，韩士睿欣喜若狂，难以置信地抬眼望着皇帝，正要应下，就听少年明朗的声音抢在他之前响起："皇上舅舅……"

封炎闲庭信步般走到了韩士睿身旁，不服气地对着皇帝抱拳道："韩兄确实神勇，但外甥自认为不比韩兄差。"

封炎挑衅地看了韩士睿一眼，然后对皇帝说："皇上舅舅，韩兄想要神枢营，得先与外甥比上一比！"

十四岁的少年意气风发，颇有欲上青天揽明月的雄心壮志，仿佛那冉冉升起的旭日般，释放出万丈光芒。

御座上的皇帝直直地看着封炎，目光深沉如海，看不出是喜还是怒。

须臾，皇帝轻轻地拊了拊掌，笑道："阿炎这主意不错！"

皇帝抬眼朝四周的众臣看了一圈，然后看着西方天空即将完全落下的夕阳又道："今天是秋猎的第三天，按照往年的惯例，第十日为夜猎，干脆这一回就把夜猎提前，在启明星升起前，最先打到黑熊回营地者为胜者。"

这原本只是封炎和韩士睿之争，皇帝也不知有何意图，竟给所有人参加的资格。

比试胜利的条件只有一个——猎到黑熊！

一只成年黑熊力大无比，甚至可以连根拔起一棵树，而且黑熊看似身体臃肿，速度却极快。

他们想要独自猎一只黑熊，可不简单！

四周的公子哥们闻言，顿时骚动了起来，开始交头接耳。

这场比试是因神枢营的差事而来的，要是他们运气好，能猎到黑熊，岂不是可以进神枢营？！想到这里，不少人忘了黑熊的可怕之处，反倒有些跃跃欲试。

封炎挑了挑眉梢，抱拳应道："是，皇上舅舅。"

夜猎一事就此一锤定音，韩士睿根本没机会反对，而且大好的前途就在眼前，他又怎么舍得轻易放弃？！

机会难得，失不再来。

接着，又有几个府邸的公子得了皇帝的嘉赏，皇帝赐了宝马、宝刀和弓箭后，众人才纷纷散去。

按照惯例，夜猎要等月上柳梢头时才开始，因此，那些打算参加夜猎的人都抓紧时间，回猎宫中的住处做各种准备，其他大部分人留在了猎宫广场上。

今日皇帝将在这里与群臣同饮同乐。

广场上人来人往，忙忙碌碌，那些宫人已经开始铺设地毯，摆放晚宴的桌椅，张灯结彩……没一会儿，这空荡荡的广场就被布置得焕然一新。

舞阳和涵星回了自己的住处更衣，端木绯没有跟去，独自在僻静的槐树下兴致勃勃地练习盘毽子。

一下、两下、三下……六下。

她现在已经能一鼓作气地盘六下毽子了。

端木绯满足地嘴角一勾，眉飞色舞，脚下的力道稍微重了一分，那毽子就像长了翅膀般飞了出去……

端木绯赧然地鼓了鼓嘴，赶紧要去捡，可是下一瞬就有一只长臂从树干后伸出，右掌一张，那半空中的毽子就稳稳地落入了他的掌心中，干脆利落得让端木绯差点儿为他叫好。

等抬眼对上对方那张俊美的脸庞时，端木绯差点儿一个趔趄。

封炎不知何时悠然地倚靠在树干上，似在眺望前方那连绵起伏的山脉。

莫非他是在为晚上的夜猎养精蓄锐？端木绯绞尽脑汁地仔细回想，却无法确定他们俩到底是谁先来的，只能笑了笑："多谢封公子。"

封炎似若未闻，抬手把那毽子往上抛，又轻轻地颠了两下，摇头道："不好。"说话间，那双让人心悸的凤眸微微向上看着。

比起方才面对皇帝时的样子，此刻的他神色间少了狂放不羁，多了几分悠然自得。

什么不好？！端木绯眨了眨眼，就听他继续道："这毽子的羽毛太长了些……"

原来他是在说毽子啊。

端木绯上前一步，问道："封公子，你也会踢毽子啊？"

封炎用余光瞟了她一眼，瞳孔中掠过一道璀璨的流光，那眼神仿佛在说：有本公子不会的事情吗？

封炎晃了晃手中的那个毽子道："这毽子的羽毛长度最好在四寸到五寸之间，羽毛太长的话，毽子在空中不易翻转，太短又不易控制，下面的毽托也要大小适宜，两者相辅相成……"

听他说得头头是道，端木绯一脸受教表情地频频点头。

对了！记忆中，无论是蹴鞠、马球，还是投壶、射覆什么的，封炎都玩得不错。

这些端木绯都做不了，所以小时候，她只能远远地看着他们玩……好像每次赢的人都是封炎！

"多谢封公子指点。"端木绯喜笑颜开地对着封炎福了福身，跟着似乎想到了什么，上前两步，拿起了放在树下的一个竹篮子。

"这是我做的蜜饯，如果封公子不嫌弃的话……"

她指着篮子里的两个瓷罐说，话还没说完，对方的手已经一把抓住了竹篮的把手。

端木绯不由得噤声，想说什么，可是双目对上封炎那双漂亮的眸子时，原本要说的话再也说不出口了，她只能默默地松了手。

封炎嘴角微翘，似乎心情不错，道："你这毽子不好，等我今晚猎只锦鸡，重新做一个……"

话音未落，他已经转身离去了。

看着封炎离去的背影，端木绯忍不住抬起右臂，想叫住他，但最后还是没敢出声。

那两罐蜜饯本来是她特意吩咐碧蝉拿来，想送给舞阳和涵星一人一罐的。刚才她想着封炎指点了她几句，就临时打算把其中一罐送给封炎，没想到他一下子把整个篮子都拎走了……

端木绯心痛不已地望着他渐行渐远。

而前方的封炎虽然始终没有回头，却能感觉到端木绯"灼热"的目光。他不由得步履轻快，心头小鹿乱撞，嘴角翘得高高的，一双乌眸温柔得仿佛要滴出水来，流光溢彩。

封炎大步流星地往前走着，穿过广场，又穿过一条砂石小道，来到一片无人的树林里，直至走到树林深处才停下，轻轻唤道："墨乙。"

一袭鸦青劲装、面容清癯的中年男子立刻就如一个幽灵般出现了，对着封炎抱拳行礼，请示道："公子，是不是按计划行事？"

封炎半眯眼眸，看向了手中的竹篮，眸中掠过一道锐利的寒芒，缓缓地道："我改变主意了，皇上想从我手上拿走神枢营，可没那么容易……"

他的声音不轻不重，却又透着一种莫名其妙的威慑力，回响在这片寂静清冷的林中，掷地有声。

神枢营是禁军三营之一，在他的手里，皇帝必定是不放心的，这才会假借韩士睿夺走神枢营。

事实上，神枢营对现在的封炎来说，没什么大用。因此，他原本打算借着受伤来示弱，静静地蛰伏一段时间，让皇帝别总把注意力放在他的身上。

但是，在刚才蓁蓁把竹篮递给他的那一瞬，他突然改变了主意！

他不能再这么拖下去了……

三年前，他满怀雄心壮志地去了北境，以为最多不过去两年，阿辞一定会在京中等着他……却没想到当他归来的那一天，等来的却是阿辞的死讯！

便是此刻，再回想当时的种种，封炎仍然觉得心痛如绞，心中泛出一股浓浓的苦涩来。

差一点儿，他就永远地失去了对他来说最重要的那个人！

他不知道冥冥中到底是什么样的力量让阿辞变成蓁蓁，让她又回到了人间……这一次，他不能再重复同样的错误！

为了娶蓁蓁，为了能光明正大地站在她的身旁，他必须更雷厉风行才行！

封炎的眼眸变得更为深沉，他静立在一片影影绰绰的树影中，挺拔如松。

"是，公子。"墨乙垂首，拱手应声，心里颇为感叹。

自打楚大姑娘去了后，公子就像变了一个人，墨乙曾一度以为公子会撑不下去。

所幸，端木四姑娘在这个时候出现了……半年前，墨乙在皇觉寺里第一次遇上端木四姑娘，就感觉公子对她有些不一般，却也没深思，毕竟她不过是一个没长开的小姑娘，没想到公子真的对她上了心。

难怪古语说"先成家再立业"，公子有了"媳妇"后，行事间就透出一种杀伐果敢的气魄。

男儿当如是。

想着他们所谋之事，墨乙那看似平静的外表下，热血沸腾。

二人说话间，夜幕已然降临。夜空中，如银盘般的圆月高悬，月明星稀，月光柔和地洒在山林间。这正是一个适合夜猎的日子。

封炎又慢腾腾地返回了广场，此刻，那些准备参加夜猎的公子大多已经聚集在了那里，骏马、大弓、长刀……公子们一个个都全副武装。

不同于白日里进猎场，这次的夜猎没有护卫随行，只许这些公子孤身前往，他们又是在夜间狩猎，视野难免受到一些影响，其危险性可想而知。

眼看到了戌初，包括封炎、韩士睿在内的十来个公子就来到了猎台上，先给皇帝行了礼。

皇帝的目光在这些风华正茂的青年与少年身上扫过，他心情不错，含笑道："我大盛男儿血气方刚，当如是。"皇帝从内侍手中接过一杯酒，对月高举道，"朕就以此酒为你们饯行，看谁今晚可以拔得头筹！"

"谢皇上，皇上万岁万万岁！"

公子们皆抱拳谢恩，喊声如雷。

就在这时，一道瘦削的身影高喊着跑来："等等我！还有我呢！"

一个十三四岁、穿着紫色戎装的少年全力朝这边跑了过来，一直冲到了猎台上，庆幸道："幸好赶上了。"

那少年皮肤白皙，浓眉大眼，只是嬉笑间有些油滑。

皇帝难掩惊讶地扬了扬眉："阿惇，你也打算参加夜猎？"

其他人不由得将目光落在了这名叫"阿惇"的少年身上，表情有些微妙。

少年全名叫方惇，乃皇帝的同母胞姐长庆长公主之子，一向颇受贺太后和皇帝宠爱。只不过他在京中是有名的纨绔子弟，文不成，武不就，竟然也打算参加夜猎。众人都难掩惊讶之色。

方惇上前一步，笑嘻嘻地对着皇帝拱了拱手道："皇上舅舅，外甥有自知之明，就是随便凑个热闹。"

皇帝不由得失笑，伸出一根食指无奈地晃了晃："你啊！"

这短短的插曲后，封炎、韩士睿等人便下了猎台，纷纷上马，然后一挥马鞭，策马离去。

众人策马进了猎场后，很快就分道扬镳，各自踏着银色的月光往四面八方散去。

飞驰了一炷香的时间后，封炎的四周就只剩下了他一个人的马蹄声，他放缓了马速，让胯下的马慢慢地踱着步子，自己随意地张望着四周。

秋日夜晚的山林很是清寒，万籁俱寂，那些参天大树、灌木杂草在黑夜的阴影中看起来狰狞扭曲。晚风吹拂，它们疯狂地摇摆着，似在欢呼狂舞。黑暗中，似有一双双眼睛躲在角落里窥探着他。

封炎气定神闲，慢悠悠地策马缓行，仿佛他今夜不是来夜猎，而是来秋游的。

猎熊不急，他答应了蓁蓁，要给她做一个毽子，得先猎一只锦鸡才行……

忽然，又是一阵夜风吹来，枝叶摇曳，发出"簌簌"的声响。

封炎耳朵一动，毫不犹豫地抽箭、拉弓，然后身子往右一扭，箭尖瞄准右后方，羽箭如流星般射出……

这一连串的动作行云流水，一气呵成，仿佛已经成为他身体的本能反应。

下一瞬，只听"咚"的一声，似乎有什么东西倒在了地上。

封炎策马踱了过去，就见灌木丛里躺了一只兔子大小的野貂，箭从它的双眼直穿而过，未损一点儿皮毛。

这野貂虽然小了点儿，不过马上要入冬了，他可以送给蓁蓁，让她做个貂皮围脖，似乎也不错。

封炎俯身随手抓起那只黑色的野貂，连同黑色羽箭一起塞入箩筐中，然后继续沿着山间小道缓行。

夜正漫长，月寒如水。

不知不觉，封炎就在山间走了近一个时辰，收获颇丰。除了那只野貂，他又猎了两只锦鸡和一只洁白无瑕的狐狸。

封炎看着箩筐中的猎物，对今晚的收获还算满意。

他拍了拍胯下马的脖颈，笑吟吟地道："接下来，我们去猎点儿大个儿的，怎么样？"

马晃着脑袋打了个响鼻，急促地踏着蹄子，那兴奋的样子似乎在表明它已经迫不及待了。

封炎又拍了拍它，发出一阵爽朗的笑声，然后拉了拉马绳，正要掉转方向，却听到后方不远处传来一阵异动，似乎是撞击声，又似乎是什么东西被折断的声音。

封炎警觉地搭箭拉弓。弓如满月，羽箭在月光下散发着森冷的寒光，仿佛随时都会离弦而出……

"嗒嗒嗒……"

随着来者渐渐临近，封炎可以确定那是马蹄声，那声音很是急促凌乱，应该是马由远及近地狂奔而来。

须臾，一个蓝衣青年策马从几十丈外的一片野竹林中冲出，朝着封炎的方向飞速奔来。

马上的那个青年正是韩士睿。

比起黄昏时的意气风发，此刻的韩士睿看起来很狼狈——头发凌乱，被汗水打湿了一半，肩膀上似有一摊血迹，而他胯下的骏马看起来也疲惫不堪，似受了惊吓，马鼻急促地喷着白气。

封炎眯了眯眼，却把目光放在了韩士睿身后。

下一瞬，一阵震耳欲聋的怒吼声响起，一道巨大的黑影紧接着从野竹林中冲出，如同一头发狂的犀牛般横冲直撞而来，所经之处，两边的绿竹全部被撞得歪七扭八，地面更是微微震动着，颇有一种"人挡杀人，佛挡杀佛"的气势……

月光下，黑影露出了它的庐山真面目——

那是一只足足有一人半高的黑熊，体形至少有两匹骏马加起来那般庞大，一眼望去，就像是一座沉甸甸的小山。

"嗷！"黑熊迈着强劲有力的四肢，疯狂地奔腾着，紧追着韩士睿跑来。

黑夜中，它金色的眼眸似乎在闪闪发光，令人不寒而栗。

"封公子，小心！"马上的韩士睿高呼着，身子低伏，随着奔驰的白马一起一伏，白马越跑越快……

封炎却在原地一动不动，举弓对准了那金色的熊眼，然后果断地放箭。

"咻"的一声，破空声响起，箭如闪电般划破夜空，朝黑熊射了过去。

"嗷！"黑熊发出一声怒吼，停了下来，厚实的前爪狠狠地一拍，那支羽箭就被它拍得偏离了原本的轨道，"铛"的一声射在了后方的竹节上……

竹子"簌簌"地摇晃不已，竹叶如雨般落下。

黑熊短短一瞬间的停顿，给了韩士睿逃命的机会，白马从封炎身旁飞驰而过，没有人看到韩士睿的嘴角微微勾出了一个冷酷的弧度……

"嗷！"黑熊直起身子，仰天发出怒吼，嗜血的目光从韩士睿身上移开，冰冷无情地看向了封炎。

此刻，在它眼里，封炎才是它的敌人。

它前肢再次落地，然后咆哮着冲向了封炎。它的身体如此巨大，却又十分灵活快速，那血盆大口猛然张开，白森森的牙齿露了出来，仿佛能撕裂一切阻碍……

## 第十八章　回　击


"嘭！"

一束流光直冲云霄，一朵巨大的烟花在夜空中绽放，绚烂夺目，可是端木绯的心随着烟花的炸响漏跳了一拍，心口有些发闷。

那血色的烟花让她感到有些刺眼，她心里七上八下的。

她不由得朝猎场的方向看去，心想：现在才二更天，在这偌大的猎场中，封炎想要找到黑熊再将其猎杀，恐怕没两个时辰回不来……

端木绯有些心不在焉地捧起了茶盅，她的身旁是一片语笑喧阗声。舞阳仰首看着烟花笑道："阿然，你这烟花不错啊！它瞧着比江南进贡的烟花飞得还高，炸得还要绚烂。"

君然得意扬扬地摇了摇折扇，道："那是自然，本世子拿出来的东西能差吗？"

顿了一下后，他又环视众人道："怎么样？这烟花当赌注够格吧？"

"够了，够了。"谢愈急忙颔首，目光灼灼地看着放在一旁的那一箱子烟花，想立刻把它们点燃了。

君然利落地收起折扇，把扇子放在身前的红漆木大桌上："本世子就押阿炎。"

桌面上放了七八个白瓷碟子，每个碟子下都押着一张笺纸，笺纸上赫然写着一个个名字：封炎、韩士睿、方惇、路延钊……

一盏茶的工夫前，君然提议说，反正大家闲着也是闲着，不如打个赌，赌谁会是今晚夜猎的魁首。

既然是打赌，当然是要有赌注的，君然没带银子，干脆就拿了一箱烟花出来当赌注，顺便做个庄。

"买定离手，快下注吧！"君然的右拳在那红漆木大桌上敲了敲，他对着众人吆喝道。

涵星看他吆喝得活像赌坊里的庄家，忍不住笑了，随口问道：“君世子，你不是身手不错吗？怎么不去参加夜猎，反倒在这里开起赌局来？”

“那还用说吗？”谢愈笑眯眯地凑趣道，“他这是把机会让给别人！”

谁想，君然却一本正经地反驳道：“错了，错了。本世子这张俊脸举世无双，要是不小心被熊瞎子伤到了，大盛该有多少姑娘要心疼得垂泪啊！”

说着，他嘴角勾起一丝浅笑，装模作样地掸了掸身上根本就不存在的灰尘，拿出一副风流倜傥的公子哥派头。

舞阳笑得前仰后合，涵星则不忍直视君然，另一个青衣少年不客气地调侃道：“君世子，求求您了，我差点儿就把晚上刚吃的晚膳吐出来了……”

众人哄堂大笑。

说笑间，他们陆续押了赌注。

韩士睿今日刚猎了只猛虎，自然是热门人选，没一会儿，属于他的白碟子上就堆了好几个形状不一的银锭子、银锞子。

端木绯取出自己缝的葫芦形绣花荷包，一点点地掏出了放在里面的银锞子。这些银锞子都被做成了精致的梅花形，葡萄大小，十分可爱，是端木纭专门给端木绯准备的，想着妹妹可以在猎宫里打赏给宫女什么的。

端木绯自来猎宫后就跟着舞阳住在瑶华宫里，平日里没什么需要麻烦别人的地方，到现在，这些银锞子在荷包里一个不少，足足有二十个。

端木绯仔细地数了一遍，目光落在了那个属于封炎的碟子上。

封炎是个财神爷，她押他准没错！

端木绯弯了弯嘴角，笑了，把所有的银锞子都放了上去。

等她坐回去时，余光瞟到身旁又多了一道纤细的倩影，她直直地朝对方看去。

那是一个十二岁左右的清秀少女，她穿着一身妃色绣鸾鸟骑装，小巧的瓜子脸上，大眼睛、柳叶眉、樱桃唇，只是眼角眉梢尽显娇蛮与高傲气息。

少女俯首看向端木绯，樱唇噘了噘，然后掏出一张银票，往某个碟子上一放，拔高嗓门道：“本县主押一千两。”

她的声音清脆响亮，一下子吸引了其他人的注意力。

四周静了静。

众人面面相觑。这个赌局只是一群公子、贵女闹着玩的，没有谁真的想赢钱，因此，君然的赌注是一箱烟花，端木绯的二十个银锞子加起来也就十来两，其他人押的也只是一锭五两或十两的银子。

相比之下，这一千两未免太过头了！

众人齐刷刷地看向那张一千两的银票，气氛有些怪异。

端木绯默默地垂眸看着自己茶盅里的花茶，金色的菊花在清澈的茶汤里舒展、绽放……

菊有多种别称，比如黄花、日精、女华、延年等，还有九华。

少女出生时正值金秋，一出生，其母长庆长公主就求皇帝为其赐名，皇帝便赐下了"九华"这个封号，封她为九华县主以示恩宠。

九华县主是方惇的胞妹，所以她那张银票自然是押给了方惇。

短暂静谧后，谢愈笑着对九华拱了拱手道："县主出手真是阔绰！我算是知道何为'兄妹情深'了！"说着，他看向了一旁的一个粉衣小姑娘，笑吟吟地教训道："四妹妹，你可要学着点儿。"

谢四姑娘心里不以为然：谁不知道方惇那点儿三脚猫的功夫？他绝不可能成为这次夜猎的魁首。也就是说，九华这一千两银子肯定要打水漂了。

她要是这么败家，她娘还不罚她抄上几天经书？

"三哥，那也要你给我机会啊！"谢四姑娘嘟了嘟嘴，故意道，"要不这样，你现在也进猎场里玩玩？"

"四妹妹，你就饶了我吧。"谢愈干笑着摸了摸鼻子，其他人也都凑趣地调侃起他来。

气氛又热闹了起来，轻快爽朗的笑声此起彼伏，随着那阵阵夜风向四周扩散开去……

皇帝看到这些孩子玩得很是热闹，饶有兴致地朝这边走了过来，身后跟着一串勋贵近臣，浩浩荡荡。

一众公子、姑娘见皇帝来了，自然而然地朝桌子的两边分开。

皇帝径直走到桌前，随意地朝桌面上扫了一眼，瞧那一张张写着名字的笺纸和那些银锭，就猜到是怎么回事了。

"你们几个人这是在押这次夜猎的魁首？"

说话的同时，皇帝就在两个银锭子最多的碟子上来回看了看，押封炎的人最多，其次就是韩士睿。

"看来阿炎暂时领先一步。"皇帝负手笑道。

九华闻言又�’嘟了嘟嘴，仰起小下巴道："皇上舅舅，明明都是您的外甥，却没人押我大哥！我大哥的人缘也没那么差吧？"九华愤愤地为兄长打抱不平。

皇帝嘴角的笑意一僵，眸色微深。

且不说方惇的人缘到底如何，封炎的人缘未免太好了一点儿！

皇帝这细微的神色变化自然瞒不过众人的眼睛，其中也包括端木绯。

端木绯在心里幽幽叹息：九华县主在京中的人缘并不好，哪怕她的母亲是长庆长公主，哪怕她是太后的亲外孙女，不少闺秀还是对她敬而远之。同样性子中有几分娇蛮，涵星天真单纯，九华却心眼比针尖小。

"县主此言差矣！"端木绯眨了眨眼，一本正经地比着一根食指说道，"县主一人就押了一千两银子！我们这么多人全加起来也远远不及……只能积少成多，大家再多押一点儿了！"

一旁的君然饶有兴致地看着端木绯，机敏如他，哪里看不出这颗芝麻馅的团子是在帮阿炎圆场子呢？

可惜阿炎不在，没亲眼看到这一幕，否则怕是要乐坏了！

不过没关系，有自己在，自己替阿炎看着，等他回来，再转述给他听就是，说不定还能趁机把他那把西域弯刀骗到手！

端木绯摸了荷包半天也没能再摸出一个银锞子来，腼腆地笑了笑，然后兴致勃勃地提议道："皇上，要不您也押一注？"

皇帝一听这话，还真的被挑起了几分兴趣。

见状，舞阳笑着拊掌，帮着敲边鼓："父皇，夜猎难得，您和几位大人也一起玩玩凑个热闹吧！"她顺口把皇帝身后的几位勋贵大臣也揽进了赌局中。

"好，朕就陪你们玩玩。"皇帝朗声笑了，右手一伸，一个服侍的内侍就把一个银锭子呈到了皇帝的掌心上。

皇帝把银锭子抓在手里把玩着，似在沉思。

"皇上舅舅，您押我大哥吧！"九华上前半步，用撒娇的口吻说道。

这本来就是随便玩玩而已，九华这么一撒娇，皇帝就干脆押给了方惇。

皇帝押了注，那些大臣也都纷纷掏出了银锭子，自然是跟随圣意，全押给了方惇……没一会儿，属于方惇的白碟子上放得满满当当，银锭子几乎堆成一座小山，遥遥领先其他人。

这一面倒的押注结果让九华得意扬扬，她骄傲地昂了昂下巴，皇帝却开始觉得有些意兴阑珊。

所有人都跟着他下注，那还有什么意思？

"臣也来跟皇上凑个热闹。"

这时，一个阴柔的男音在皇帝身后响起，一道颀长的红色身影走到了皇帝身旁。

四周一支支熊熊燃烧的火把照得广场亮如白昼，那明亮的火光把青年那袭织金红袍渲染得更为艳丽夺目。

青年肌肤如玉，笑靥如花，漂亮得让人心悸。

"臣就押……"

他微微笑着，修长的手指间捏着一个十两的银锭子，随意地将其放到了那个属于封炎的碟子上。

岑隐竟然下注押了封炎！

众人皆面面相觑，难掩脸上的惊讶之色，跟着又看向皇帝，却见皇帝在短暂错愕后，马上舒展了眉头。

某些善于察言观色的大臣又暗暗地交换了一个眼神，其中一个大臣试探地把银锭子押给了韩士睿，紧接着，其他大臣也纷纷放开手脚，随意地各押各的。

这总算有了一种"百家争鸣"的景象！

皇帝勾唇笑了，转着手上的玉扳指，给了岑隐一个赞赏的眼神。

还是岑隐最懂他，哪里像那些人，实在是愚不可及！

皇帝带着岑隐和一众大臣往御座的方向去了，端木绯抬眼目送他们离开，目光在岑隐衣袍上的金麒麟上停留了一瞬，然后半垂眼帘，看向那张写着"封炎"二字的笺纸，眸中闪过一道若有所思的光芒。

不管岑隐心里到底在想什么，这下注的时机选得实在太妙了！他不仅让皇帝的心情转好，也足以消除皇帝之前因封炎领先一步而生的芥蒂……

端木绯直愣愣地看着这满满一桌的银锭子，银锭子映在她乌黑的眼眸中，就像那夜空中的点点繁星。

夜越深，四周越热闹喧阗，酒气弥漫。

不少男子的脸上都有了微微的醉意，直到远处有人高喊着跑来："回来了！回来了！有人从猎场回来了！"

除了皇帝，大部分人好奇地纷纷起身，朝猎场的方向远眺。

渐渐地，大家就听到了"嘚嘚嘚"的马蹄声，不算特别响亮，但确实是朝这边来的……

来人这个时候回猎宫，要么是中途放弃了夜猎，要么就是猎到了熊，究竟会是哪种情况呢？

与明亮的广场相比，山林间显得黑黝黝的，像层层叠叠的阴云，散发着一种阴森沉闷的气息。

那匹马走得更近了，众人看到马上驮着一团黑影，黑影一动不动，死气沉沉的。

难道说……

不少人心里浮现出某种可能，有几个禁军举着火把朝那匹马走去，步履声和盔甲撞击声在此时分外响亮。

众人交头接耳，心中皆浮躁不安。

一支支跳跃的火把照亮了前方，一匹高大的黑马从一条影影绰绰的山道中走出，马上驮着一个浑身黑毛、如小山一般的庞大躯体，那垂在马侧的巨掌厚实如狼牙棍，毛茸茸的长嘴里隐约可见森白的牙齿，让人不寒而栗……

"熊！这是黑熊！"

不知道是谁第一个喊了出来，随后贵女们的低呼声此起彼伏，整个广场瞬间骚动了起来。

紧接着，一道修长的身影从马后走出，少年一身青莲色戎装，从左肩到左臂已经被一大片赤红的鲜血染红，半边俊脸上沾满了鲜血，让他俊美的脸庞透出一丝危险与邪魅的感觉，同时也让人触目惊心！

"封公子，"走在最前方的禁军侍卫对着少年拱了拱手，惊疑不定地上下打量着他，"你没事吧？"

封炎看了看左肩和左臂上的血迹，随意地扬了扬眉，轻描淡写地道："我没事，这些血都不是我的。"

这些血都不是他的！

这句话回荡在众人的耳边。众人怔了怔后就意识到，这血既然不是封炎的，那自然就是——熊的血！

一道道各异的目光再次集中到马上的熊尸上，那庞大的熊尸看着几乎要把下面的马压垮了。

广场上瞬间就沸腾了起来，众人皆与有荣焉。

虽然今日夜猎就是为了猎熊，但众人皆心知这件事相当不容易。在狩猎前，先行军就已经将大部分的猛兽驱逐，这猎场中的熊已是寥寥无几，在百余里的猎场中想要遇上熊本来就不易，想要独自战胜一只足以把几个大汉撕裂的黑熊就更不容易了！

封炎竟然在短短两个时辰内凭一己之力就猎了一只黑熊！

这足以成为这次秋猎的一则佳话，让大家津津乐道上好几天。

那几个侍卫愣了一下后，就反应了过来，合力把那只黑熊的尸体从马上搬了下来。

矫健的黑马如释重负，欢快地踱着蹄子，也不用封炎吩咐，就自己跑到一旁的草地上吃草去了。

几个侍卫在众人灼热的目光中把黑熊搬到了高高的猎台上，一直送到皇帝的御座前。

黑熊那庞大的躯体"咚"的一声落在地面上，似乎连整个猎台都随之震动了一下，地面上的灰尘微微扬起，浓重的血腥味扑面而来……

封炎走到那熊尸旁停下脚步，形容狼狈，却又气定神闲。

他挺直腰板对着皇帝抱拳，朗声道："皇上，外甥不负所望！"

少年明朗的声音回荡在广场上，传入了每个人的耳中。

皇帝看着一丈外长身玉立的少年，目光沉沉，拊掌赞了一句："阿炎，你能凭一人之力拿下黑熊，可见平日里不曾懈怠，不错！"

"倒是皇上今日要破财了。"岑隐在一旁笑着接话道，"臣等是托了皇上的福。"

皇帝自然想到了刚才的那个赌局，朗声大笑，打发封炎赶紧去换一身衣裳。

封炎下去了，而他所猎的黑熊还静静地躺在猎台上，吸引着众人的目光。不时有人跑去围观，谢愈更是大着胆子找皇帝讨一只熊掌，说要烧一道红扒熊掌吃。

猎台、广场上一片欢声笑语，更为热闹了。

两盏茶的工夫后，封炎换了一身簇新的靛蓝色竹叶纹直裰回到了灯火通明的宴席上。

"阿炎，快过来！"君然迫不及待地对着封炎招了招手，把他唤到跟前。

赌桌上还摆着那些笺纸和凌乱的银锭子，这自然逃不过封炎的眼睛，他似笑非笑地看向君然，那眼神仿佛在说：这又是你开的赌局？

君然笑着对他眨了眨右眼，没有否认。

封炎又俯首看向赌桌，盯着那张写着自己的名字的笺纸以及那些零散的银锭，凤眸中波光一闪，随口问道："谁押的我？"

君然一看封炎那期盼的目光，就知道他的心意，笑吟吟地答道："阿炎，我们当然是挺你的，我把我从北境带来的最后一箱烟花都押上了，还有端木四姑娘她们都押了你。"

一听到蓁蓁也押了自己，封炎心情大好，给了君然一个赞赏的眼神。

这个赌局开得好，这下，自己又给蓁蓁赚银子了。

这很好！

封炎唇角扬起，眸子似乎又璀璨了几分，如清风朗月，光彩照人。

不远处，阵阵号角声响起，浑厚悠长，在这寂静的夜晚里，从山林间传向了远方……

这是传给猎场的信号，示意在猎场里的人可以归来了。

须臾，陆续从山林间传来了凌乱的马蹄声，猎场里的人都往这边过来了，马蹄声渐近。

众青年武将以及将门子弟陆陆续续地策马归来了，不少公子纷纷上前相迎，广场上变得更为喧嚣。

韩士睿是和方悼一起回来的，九华见兄长归来，也亲自相迎："大哥！"

方悼利落地翻身下马，嬉皮笑脸地问道："九华，皇上舅舅怎么这么快就把我们叫回来了？莫非有人猎到熊了？"

九华点了点头，不服气地说道："炎表哥一炷香前猎了只黑熊回来。"

闻言，方惇和韩士睿皆惊了惊，只是面色各异。

"那我可要去看看！"方惇迫不及待地朝猎台大步走去，像是想起什么，说道，"九华，我给你猎了只兔子，这兔皮正好给你做个围脖。"

韩士睿怔怔地停在原地，忘了下马，也忘了肩膀的疼痛，朝不远处正在与众人说笑的封炎望去，瞳孔微缩。

封炎竟然平安无事，还率先猎到了熊，成了今日夜猎的魁首！

韩士睿暗暗地攥紧了马绳，眸色渐深，那里似酝酿着一场风暴。

一盏茶的工夫后，所有归来的年轻人都聚集在了猎台上，向皇帝行礼。韩士睿落落大方地上前一步，对着皇帝抱拳道："皇上，封公子年少有为，末将自愧不如。"

胜不骄，败不馁。皇帝看着韩士睿，面露赞赏之色，扫视众人道："阿炎是今日夜猎的魁首，那朕就把神枢营——"

皇帝的话还未说完，就有一个傲慢的女音响起："还请皇弟三思！"

一个三十余岁、身段玲珑有致的艳丽妇人走上猎台，梳着妖媚的堕马髻，发髻上插着一支金灿灿的赤金拔丝衔珠丹凤钗，石榴红的蝶戏牡丹绛丝褙子衬得她肌肤更加白皙，整个人看起来高贵、从容。

这是长庆长公主，皇帝的胞姐，大概在这猎宫之中，也唯有她敢用这样的口吻跟皇帝说话了。

长庆不紧不慢地从封炎等人身旁走过，一直来到皇帝身边，随意地福了福身，接着道："皇弟，神枢营乃禁军，为天子亲兵，由何人来掌管神枢营，直接关乎天子安危、京城安防，这种大事怎么能以如此儿戏之法定之？！"

话音刚落，周围瞬间静默。

紧接着，一个明朗清亮的男音响起："皇上，臣附议。"

众人皆难以置信地看向了声音的主人——封预之，此人正是封炎之父。

封预之走到封炎身侧，叹息着对皇帝抱拳道："皇上，阿炎年纪小，不过才舞勺之年。臣以为他实在难当重任。"

说着，封预之又看向封炎，眼神冷厉。他直接在众目睽睽之下斥道："阿炎，人贵有自知之明！"

封预之此话，乍一听像是在斥封炎胡闹，但再细品，又似乎在暗示以封炎的身份，他不适宜当此重任——封炎是安平之子，在血脉上就与伪帝有脱不开的干系，哪里有资格去掌管禁军？

周围一片静默，众人面面相觑，没有人说话。

父训子，天经地义，他们又何必多管闲事？再者，封炎的身份确实太尴尬了，哪怕他再年轻有为，皇帝也永远不可能视他为心腹。

御座上的皇帝沉默了好一会儿，眼帘半垂，似在沉思。

长庆看了皇帝一眼，知弟如她，一看就知道皇帝当然不愿意让封炎留在神枢营，否则又何必有此夜猎之举？长庆的目光移到一旁的韩士睿身上，她再次启唇道："皇弟，本宫记得，韩士睿去岁曾随其父去西北支援西北军剿匪，立下不少军功。今日，本宫观韩士睿有勇有谋，且心胸宽广，更适合执掌神枢营。"

韩士睿本来正忐忑着，就怕封炎把黑熊之事如实告诉皇帝，告他一状，到时候，无论皇帝信不信，他以后怕是会名声有瑕，却没想到长庆长公主竟然举荐他！莫非他要时来运转了？

那些朝臣中也有善察言观色的，心里只以为是皇帝故意安排长庆出面。

很快，便有一个中年大臣率先出声附和道："长公主殿下说得是。封公子毕竟年纪还小，未及弱冠，现在执掌一营禁军未免太过儿戏。"

"不错，不错，封公子年方十四，尚须历练。"

"揠苗助长，过犹不及啊！"

…………

大臣们纷纷应承，一派人心所向的势头。

见状，皇帝眉头一扬，嘴角舒展开来，正要顺着台阶下了，就见封炎仰了仰下巴，不服气地说道："皇上舅舅，您可是金口玉言，有言在先的，外甥才是今晚夜猎的魁首。"

皇帝转动着玉扳指，目光沉沉地看着几步外的封炎和那只声息全无的黑熊。

的确如此。

自己定下了夜猎的规则，封炎猎得黑熊，无半点儿嘉奖，自己反而要夺了他的差事，任谁都不会服气的。

"皇上，"岑隐阴柔的声音在一旁响起，他含笑道，"封公子这次猎得黑熊，皇上理应嘉奖，这神枢营佐击将军一职也委实太低了些。"

皇帝心念一动，若有所思。如今封炎名义上掌管着神枢营在猎宫的布防，虽然没有得到明确的任命，但一般而言，也就是一个佐击将军。若自己以嘉奖为名，明升实降，岂非顺理成章？

皇帝的脸色一下子就好了，他笑着说道："朕当然是金口玉言。阿炎，你猎得黑熊，是夜猎魁首，朕就赏你……"

说着，皇帝一时间又有些为难——他不能给封炎实权，可若太过敷衍，不仅封炎不会服气，他也难免留下个话柄……

他思索片刻，转头看向岑隐，问道："阿隐，你可有提议？"

岑隐想了想，随即提议道："皇上，您看五城兵马司如何？"

皇帝沉思了一下，目光微闪。

五城兵马司分为中、东、西、南、北这五个指挥司，负责京中巡捕盗贼，管理街道沟渠、囚犯、火禁等事宜。京城有禁军和锦衣卫在，五城兵马司平日里也就是管些鸡毛蒜皮的小事，如今多是一些纨绔子弟在里面混日子。而五城兵马司的总指挥使是正四品，比正五品的佐击将军恰好高了一级……作为嘉奖可谓正好！

岑隐果然思虑周全，知他心意！

皇帝笑着拍了拍一侧的扶手，朗声道："阿炎，那朕就升你为五城兵马司都指挥使！"

封炎沉默了一会儿后，似乎有些不甘心，最终还是抱拳应道："多谢皇上舅舅。"

见封炎还算识趣，皇帝满意了，又看向韩士睿，说道："韩士睿，朕就任命你为神枢营佐击将军，即日生效。"

韩士睿已经为这急转的变化心绪剧烈地起伏了好几回，直到此刻悬着的一颗心才放下，急忙抱拳领命："末将遵旨。"

他努力地压抑着心头的狂喜之情。有些东西该是他的，就是他的。

长庆眸中闪过一道光，她笑吟吟地又道："皇弟，惇哥儿也大了，男孩子也该磨炼磨炼，还请皇弟准许惇哥儿进神枢营历练历练。"

长庆早就看上了神枢营，可是方惇的年纪和封炎的差不多，她才以封炎年纪轻为由阻了封炎，那么方惇自然就暂时不能直接争这个差事了，所以，她才退而求其次，先把韩士睿送进去，再让方惇领个副手的职位，也好让方惇先积累些经验和人脉，免得不能服众。

方惇是皇帝嫡亲的外甥，对皇帝而言，这不过是件小事。皇帝爽快地允了。

方惇却有些心不甘情不愿的，可是在长庆威吓的眼神下，只能乖乖地谢恩。

不远处的端木绯见这出戏总算落幕了，默默地收回视线，又饮起茶来，心里暗叹封炎还真是辛苦了。

神枢营为禁军三营之一，不只负责守备京城，每每皇帝出行，神枢营还要负责为御驾巡逻、放哨，关系重大。封炎留在神枢营里，就等于在皇帝的心里扎了一根刺。封炎想来也明白这一点，所以故意在以退为进吧？他真正想要的怕是五城兵马司！

虽然五城兵马司管的都是些鸡鸣狗盗的小事，不过这京中哪怕有一点点风吹草动，也瞒不过其耳目，一个总指挥使意味着五城兵马司全在封炎的掌控中，而且——

思索间，她就听桌子对面的谢愈扯着嗓子急切地催促君然道："我说阿然，你算好账了没？我到底赢了多少？"

君然看着手上的两张单子，头大如斗，俊朗的脸庞上难得露出一丝窘色。

他也没想到皇帝会带着一群大臣加入这场赌局，以致这盘子开得太大了，现在光是看这些人名和投注，他就头晕目眩。

这么多人下了注，这赔率又该怎么算？

其他人也齐刷刷地朝君然看了过来。有人故意闹君然："君世子，你不会是要赖账吧？"

君然咳了咳，正想说等回京后他找简亲王府的账房来结算，话还未出口，手中的单子已经被人从身后一把抽走了。

封炎用两根修长的手指夹着那两张单子随意地扫了一眼，就直接送到了端木绯跟前。

舞阳眼睛一亮，想起了什么，道："绯妹妹，我记得端木尚书说过，你在算学上颇具天赋，不如你来试试？"

君然一听这话，急忙高声道："来人，还不给端木四姑娘伺候笔墨？"

他悠然自得地摇着折扇，不客气地当起了甩手掌柜，那神色仿佛在说：能者多劳，就有劳端木四姑娘了。

端木绯有些啼笑皆非，四周一双双眼眸都齐刷刷地看着她，让她又体会了一次众星捧月的滋味，她只得笑着应道："那我就姑且一试。"

这赔率看着复杂，其实只是君然没抓到窍门罢了。端木绯扫了一眼两张单子后，默默地开始心算，三下五除二，就把押封炎胜的人赢的钱数一一报了出来。

"谢三公子，两百两。

"涵星表姐，一百两。

"舞阳姐姐，一百两。"

…………

他们每个人押的银子最多不超过二十两，赢的却是好几倍，也算是托了九华县主以及皇帝一行人的福，生生地让赔率涨了不少。

对于在座的众人而言，这些银子都是小钱，但是赢钱谁不高兴啊？赢钱的人一个个喜笑颜开，彼此道着"托福，托福"；输了银子的人则叫嚷着让谢愈他们请喝酒，好不热闹。

涵星觉得有趣，给端木绯当了一回"秉笔"之人，把名字和对应的数目一笔笔记下；碧蝉和几个宫女则帮着数银子，把"赃银"一一分了出去。

不过一盏茶的工夫，账目就全清了，原本凌乱的桌面也变得整洁起来。

看着分给自己的那一份银子，端木绯心情大好，正打算仔细地收起来，就听封炎忽然问道："有没有我的份？"

他清朗的声音在这喧闹的氛围中极具穿透力，四周静了静，谢愈抱起自己的钱袋子警觉地后退了两步。

封炎瞥了谢愈一眼，从端木绯的跟前"随手"抄起了一个梅花形的银锞子，似笑非笑道："这就当我的辛苦费好了。"

谢愈肩膀一松，长舒一口气；君然却捂着嘴，侧过脸，笑得肩膀都疯狂地抖动起来。

君然可以确信，阿炎拿的这个梅花银锞子是端木绯先前从荷包里掏出来的！

"阿炎，收着吧，这点儿辛苦银子你该拿！"

"阿炎，下次要是再有这种好事，记得招呼兄弟一起啊！"

…………

几个公子哥围着封炎说说笑笑，打打闹闹，一直到近三更天的时候，皇帝率先携美离去，晚宴才散了。

一众皇子公主、勋贵大臣、世家子弟浩浩荡荡地回了猎宫，然后在那如漫天繁星的宫灯的指引下朝四面八方散去。

三更的夜色浓稠如墨，静谧似水。

平日里的这个时间，端木绯早就倒在床榻上歇息了。她一边往前走，一边掩嘴打了个哈欠，看着前面还在神采奕奕地说着话的舞阳和涵星，她的眼中闪现出一丝笑意。

忽然，她耳边响起一个低低的男音："明早我在马棚处等你。"

端木绯猛地打了个激灵，瞌睡虫瞬间全跑了。

她想说什么，但是刚才那个说话的人已经左拐到一条青石板小径上了，在浓浓的夜色中走远。

端木绯小嘴张张合合，终究没敢追上去。

随着众人的安眠，猎宫很快就陷入一片漫长的寂静中……直到旭日再次冉冉升起，雀鸟又开始在枝头欢快地吟唱。

端木绯如同在京时一般，不到辰时就醒了。

昨晚她几乎沾床就睡，睡得很沉，一觉就睡到了天明。

一日之计在于晨，端木绯却有些蔫蔫的，怔怔地看着床帐叹了一口气。

哪怕是给她熊心豹子胆，她也不敢爽封炎的约，只能振作起精神，穿衣、洗漱、梳妆、用膳，然后就出了瑶华宫。

清晨的山野间很是清冷，端木绯特意裹了一件茜色的斗篷。明艳的斗篷衬得她肤白如雪，也衬得她的身影更为娇小，她就像一尊玉雕娃娃。

等走出猎宫来到马棚附近时，她远远地就看到封炎已经在那里了。

他慵懒地斜靠在一段离地四五尺高的树枝上，仰首看着上方那黄了一半的梧桐树冠，一只脚悠然地垂在下方，微微晃动着。

不远处，一匹矫健的黑马正在吃草，偶尔轻甩长长的马尾，油光闪亮的皮毛在旭日的光辉下像闪着一层光晕。

端木绯不由得想起，昨晚这匹黑马扛着一只小山似的黑熊昂然从猎场归来，便目露崇敬之色，心道：马王也不过如此吧？

坐在树上的封炎似乎感觉到了什么，朝端木绯的方向望了过来，目光中带着几分悠闲的笑意。然后他就从树上纵身跃下，衣袂在明亮的晨曦中翩飞，他如展翅大鹏般轻巧地落在地上，姿态潇洒、利落。

端木绯在几步外停下脚步，目光灼灼地看着黑马问道："封公子，它叫什么名字？"

"奔霄。"封炎答道，然后问道，"你要骑骑看吗？"

奔霄不知道是不是也听懂了，一边嚼着草，一边顺着主人的目光看了过去。

"不用了，不用了！"端木绯连连摆手道。

她的骑术连三脚猫的功夫都称不上，她怎么敢骑奔霄这样的马王？那不是要折磨她吗？！

封炎微微挑眉，倒也没勉强她，看了看十来丈外的一排马棚，道："去把你的霜纨牵来，我教你骑马。"

封炎教她骑马？！端木绯缓缓地眨了眨眼，几乎蒙了。

也就是说，封炎一大早特意约她来这里，就是为了教她骑马？！

封炎似乎看出她脸上的错愕之色，负手朝她逼近了一步，扬了扬眉道："我不是答应过要教你骑马吗？"

他眯了眯漂亮的眸子，眸中闪着一道光芒，仿佛在说：你不会以为我是那种信口开河的人吧？

这才过去了几天，端木绯自然记得这件事，只是后来，封炎领了神枢营的差事，她就以为这件事不了了之了。

她没想到现在封炎"闲"下来后，就惦记上她了。

唉，那她就当是有始有终吧！

端木绯在心里默默地安慰自己，乖乖地进了马棚里去牵马。

等她牵着霜纨从马棚里出来后，她就听到不远处一个耳熟的男音响起："阿炎，你也在这里啊！"

那是君然。

端木绯循声看去，便见前方一排槐树下，君然与五六个公子、贵女说笑着朝这边大步走来，谢愈、舞阳、涵星、云华他们几个人也在，少年少女们一个个都穿着骑装，背着大弓与箭囊，朝气蓬勃。

"阿炎，相逢不如巧遇，你也跟我们去猎场打猎吧？"谢愈兴致勃勃地提议道。

"是啊，阿炎，跟我们一起去吧。"另一个蓝衣少年跟着起哄道，"我还想看看你到底是怎么打到熊的！"

"要是顺便能再打只熊就好了。"谢愈咽了咽口水，垂涎欲滴道，"熊掌不愧是八珍之一……"

"谢三，你昨天不是找皇上讨了一只熊掌吗？"

"一只哪里够塞牙缝啊？"

几个少年说着说着话题就偏了，讨论起熊掌的三十六种做法来，听得舞阳无语地扶额。

舞阳正想打断他们，余光恰好瞟到了从马棚里走出来的、牵着白马的端木绯，便唤了一声："绯妹妹。"

一时间，涵星、君然、谢愈他们也看向了端木绯。

舞阳笑着说道："难怪你不肯随我们一块儿去猎场，是想偷偷一个人练骑马吧？"

君然眼珠子滴溜溜一转，飞快地在封炎和端木绯之间来回看了看，扬了扬眉，隐约猜到了什么。

阿炎真是动作快！

"一个人有什么好玩的？"涵星笑吟吟地说道，"绯表妹，既然遇上了，就和我们一块儿去吧，人多才热闹。"

她上下看了看端木绯："我把我的旧弓借你好了！"

说着，她就吩咐贴身宫女回猎宫去取一副弓箭来。

涵星好似一阵疾风，端木绯根本就来不及阻拦："涵星表姐，不用了，我不会……"

涵星却不以为然地甩了甩手，理直气壮地说道："就算你不会，这狩猎的行头也得配起来，才算有模有样。再说了，你正好可以进猎场慢慢学……"

涵星说着，脑海中忽然闪过了之前端木绯把毽子踢得飞来跳去的场景，一下子又噤声了，觉得学弓箭的话还是别提了。

这么三言两语间，他们就拉上了封炎和端木绯。

须臾，等宫女取来了弓箭后，众人纷纷牵了各自的马，然后翻身上马，朝着猎场的方向去了。

几个公子哥虽然巴不得在林间肆意奔腾一番，可是毕竟今日有几位姑娘家同行，因此，为了照顾她们，都特意放缓了马速。

山间的小道崎岖难行，对于端木绯这样的初学者而言，她需要集中十二分的精神，小心翼翼的才行。

一行人乘着山林间的浓荫，走过几条蜿蜒的山道，渐渐地，等端木绯再次回头时，她就看不到后方的西苑猎宫了。

一眼望去，周遭古木参天，灌木丛生，远处的山林间还弥漫着一片轻柔的雾霭，随着旭日高升，那如烟似云的雾霭渐渐散去，万千草木沐浴在金色的晨光中，绿意盎然，生机勃勃。

众人在山林中漫无目的地随意游走，所经之处鸟语花香，风光美不胜收。

不知不觉中，封炎和君然就落到了后方，并排骑着马。而前面的几个人彼此说得正开怀，完全没留意他们俩落后了两三个马身。

"阿炎啊，"君然压低声音对着封炎挤眉弄眼，暧昧不清地说道，"我们是不是妨碍你们了？"

君然没有指名道姓，但是既然说了"你们"，说的当然不止封炎一个人。

封炎眉头一挑，转头对上君然笑意盎然的眸子，两个人四目相对之时，不约而同地勾唇笑了，彼此都心知肚明君然没说出口的那个人是谁。

这样也好……封炎看着君然的眼神更柔和了，柔和得让君然起了一身鸡皮疙瘩。

"阿然，帮我一个忙。"封炎直接说道。

君然贼兮兮地笑了："把他们……都弄走？"他指了指前面的舞阳等人。

封炎毫不避讳地点了点头。

看着封炎那理所当然的样子，君然心里未免有些失望——他本来还指望欣赏封炎被看破心意后羞答答的小模样呢！

封炎真是没趣！

君然清了清嗓子，摆出一副公事公办的态度，"嘿嘿"地笑道："阿炎啊，你家奔霄的马崽子分我一匹！"

他一边说，一边盯着封炎胯下的黑马，目光灼灼，那热情的眼神差点儿在奔霄的马脸上烧出一个洞来。

奔霄不耐烦地喷着白气，打了个响鼻。

封炎抬起右臂，与君然击掌为誓。

"那就一言为……"

君然最后一个"定"字还没说出口，就看见封炎猛夹马腹，奔霄立刻加快步伐，"嘚嘚嘚"地朝前跑去，"不经意"间，长长的马尾在君然那匹白马的脸上不轻不重地甩了一下……

奔霄真是太傲了！君然在心里叹道，着迷地盯了奔霄一会儿，又把目光移到了马背上的封炎身上。

封炎正抬手从一旁的矮树上摘下一个鲜红似火的野果子，递给白马背上的端木绯。他那双凤眸波光潋滟，温柔得简直可以滴出水来。

哎哟，他这就献上殷勤了！君然鄙视地看了封炎一眼，鄙视归鄙视，但还是哼着调子立刻办事去了。

"这是红果，"封炎把那个红果子往端木绯的方向送了送，"和山楂有点儿像……你可以尝尝味道。"

"它的颜色好像比山楂的更为鲜艳。"端木绯饶有兴致地接过那还没龙眼大的果子，把玩了一番。

她对狩猎一窍不通，不过像这样在山里采采野果子，或者收集一些山泉水回去泡茶，也别有一番趣味。

端木绯用帕子擦了擦那颗红果，一口咬下去，那八分酸中带着两分甜的味道让她那张小脸儿都皱了起来，一双大眼眯成缝。

封炎含笑看着他的小姑娘，又随手摘下了一颗红果，塞到嘴里也咬了一口，嘴角微微扬起。

这果子是有点儿酸……不过更甜！

端木绯敬佩地看着封炎就这么面不改色地吃完了一颗红果，正想说什么，忽然觉得周围好像空荡荡的。

她怔了怔，赶忙朝四周看了一圈，这才迟钝地注意到，目光所及之处已经只剩下封炎和她了。

舞阳、涵星，还有其他人呢？！

端木绯瞪大眼眸，傻眼了。

她咽了咽口水，硬着头皮说："封公子，舞阳姐姐、涵星表姐，还有君世子他们呢？"

封炎"惊讶"地朝四周看了一圈，心里觉得君然把事情办得不错，脸上却不露声色，轻描淡写地道："也许是走散了吧？"顿了一下后，他安慰道，"没事的，有君然和谢三他们在，舞阳她们不会有事的。"

端木绯深吸一口气，定了定神。她不担心舞阳她们，更担心的是自己，好不好？

这深山野林的，根本没有人烟。她才第二次进山，已经完全不记得来时的路了……

事到如今，她唯一的"依靠"似乎唯有——封炎。

端木绯很识时务，乖巧地问封炎："封公子，那我们接下来做什么？"

她眨巴眨巴眼睛，看着封炎，笑得温顺甜美，仿佛一只可爱的小奶猫。

封炎冲她微微一笑，理所当然地说道："我说了要教你骑马的。"说着，他朝四周看了一圈，"这里还算平坦，我们就在这里学。"

看他兴致勃勃、欲为人师的样子，端木绯完全不敢说"不"，只能顺着他的话道："那……就麻烦封公子了。"

封炎翻身从奔霄的背上一跃而下，然后让奔霄到旁边吃草，自己兴致勃勃地教了起来：

"骑马最重要的一点是不能害怕，如果你上马就害怕，霜纨也会感觉到你的恐惧情绪。

"当你发现马跑偏时，就用缰绳向一侧拉……

"要仔细地随着霜纨的步伐'小颠'，等你学会了这个，以后快马奔驰时就不会被颠得五脏六腑都翻江倒海了。

"慢慢来，不着急……"

封炎耐心仔细地与端木绯说着，她练了近半个时辰，才下马小憩。

此时她的额头上已经沁出一层薄薄的香汗，一张小脸儿红扑扑的，如清晨犹沾着露水的花瓣，莹润生辉。

她一点儿也不觉得累，反而神采奕奕，正打算把霜纨拴在一旁的树干上，就听封炎道："让它们自个儿玩吧，奔霄会看着你的霜纨的。"

奔霄还会看护马啊？不愧是马王！端木绯再次敬佩地看向奔霄，把霜纨牵到了奔霄身旁，一本正经地说道："奔霄，那我家霜纨就拜托你照顾了。"

她一边说，一边还特意奉上了一块红糖孝敬奔霄。

奔霄不客气地吃了她掌心上的那块红糖，然后打了个响鼻，往前跑去，从一片灌木丛上飞跃而过，霜纨则高高兴兴地跟了过去，像一个忠实的小跟班……

"封公子……"

端木绯收回视线，看向身后几步外的封炎，却见他用右掌捂着脸，眸中水光潋滟，耳尖有些红红的……

他这样子难道是……发烧了？

"封公子……"端木绯上前一步，有些担忧地看着封炎，他则退了一步。

就在这时，后方传来一阵凌乱的马蹄声，似乎有数人朝这边走来，端木绯下意识地循声望了过去。

不远处，韩士睿骑着一匹骏马，带着三四个神枢营士兵从一片密林中走来。他们显然也看到了端木绯和封炎，停了一瞬后，就策马继续朝这边过来，伴着轻微的盔甲碰撞声。

韩士睿穿着一身蔚蓝色的戎装，搭配一套银光闪闪的轻甲，金灿灿的阳光下，那轻甲甚是炫目，映得他整个人容光焕发，春风得意。

"这不是封公子吗？"韩士睿一边笑着与封炎打招呼，一边抬手做了个手势，他身后的那几个士兵就勒马停了下来，他则继续上前。

到了封炎跟前，他也不下马，就这么居高临下地看着封炎，俊朗的脸庞上带着淡淡的轻蔑与嘲讽之色。

封炎看似血脉高贵，然而，与伪帝之间的血脉关系就注定他不会有什么前途，他错过了这一次，就不会有下一次机会。

就是昨晚的事，到了今天，封炎再提也不会有人信了，因为已经错过了最好的时机。

韩士睿想着，眼角眉梢就泛起了几分得意之色。

"韩将军，"封炎看着韩士睿淡淡地道，"真是巧了。"

"是啊，我与封公子真是有缘。"韩士睿嘴角微翘，故意拱了拱手，"说来，我还没'谢谢'封公子呢。"

韩士睿笑吟吟地在"谢谢"这两个字上加重了音量，显得意味深长。

封炎只是抿嘴浅笑，从韩士睿的三言两语中已经可以肯定，昨晚夜猎时对方的所作所为不仅仅是落荒而逃，更是祸水东引。

韩士睿是故意把那只黑熊引向自己的！

见封炎不接话，韩士睿不免觉得有些无趣，可回想昨日发生的一切，心里还是有几分意难平。

本来，他昨日猎了头猛虎，是这次秋猎的魁首，风头无人可及。皇帝要把神枢营交给他，也是理所当然的事。偏偏封炎毫无自知之明，非要以夜猎向他挑战，最后还把他的风头抢了！

有了封炎在夜猎中猎到黑熊的事迹在前，谁还会记得他也猎到了虎？

韩士睿的眼中闪过一丝嫉恨的神色，他瞥了一旁的端木绯一眼，阴阳怪气地又道："封公子，我劝你还是小心点儿，带着个小姑娘进山林，要是遇到虎狼猛兽，出了什么意外，那就不美了。"

封炎闻言，本来漫不经心的俊脸瞬间一凛，乌眸中如电的寒芒朝韩士睿射去。谁也不能拿蓁蓁的安危来说嘴！

韩士睿被封炎这冰冷如刀的一眼看得心中发虚，捏紧了手中的缰绳。

"韩将军，虎狼倒也无妨……"封炎唇角勾出似笑非笑的弧度，细碎的阳光透过上方浓密的树冠，在他俊美的脸庞上洒下一片斑驳的光影，让他看起来阴森诡异，浑身透着一股邪魅危险的气息。

话语间，封炎的声音变得更为轻缓柔和，他睨着韩士睿："若是再来只熊，韩将军可要小心了！"

韩士睿变了变脸色，眯眼看着前方的封炎："本将军也是一片好意，封公子好自为之！告辞了！"

话音未落，韩士睿一夹马腹，气冲冲地策马离去，他身后的几个士兵紧跟而上。

马蹄声渐远，几个人的身影很快就在浓林密荫间淡去……

四周又只剩下了端木绯和封炎两个人。

风吹草木的"哗啦"声不时响起。

韩士睿和封炎虽然只交谈了几句，却是句句意味深长，端木绯隐约听出了端倪。

她朝封炎走近一步，问道："封公子，昨日的夜猎可是发生了什么事？"

封炎本来不想说这些事来污了端木绯的耳朵，可是当他对上她那双宛若水洗的明眸时，耳边忽然响起母亲的念叨：阿炎啊，会哭的孩子才有糖吃。

封炎浓密的睫毛微颤，他瞬间改变了主意，声音苦涩地说道："其实，昨日能这么快猎到黑熊，也是侥幸……"

见端木绯脸色微讶，封炎立刻猜到她定是悟出了自己的言外之意。

封炎翘起唇角，心道：他的蓁蓁就是这般聪慧！

封炎故意叹了一口气，把昨晚巧遇韩士睿，韩士睿却祸水东引，留他独自与黑熊搏斗的事一五一十地说了。

端木绯不知道该感叹韩士睿的无耻行径，还是该惊叹封炎在那种险境下竟然能冷静地化险为夷。

封炎……果然是只云豹！

端木绯眨了眨眼，脑海中不由得浮现出一只凶猛的云豹力斗黑熊的场景。

至于韩士睿，他充其量只能算是一只见不得光的黄鼠狼。

皇帝行事轻率，因为忌惮封炎，就这么随随便便地把神枢营交给了一个心胸狭隘、心思恶毒的小人……神枢营可是天子近卫啊！

封炎目光温柔地看着她："你觉得，我当如何？"

端木绯不明白他为什么要问自己，但还是乖乖地答道："自当不能姑息。"

封炎笑了，半眯的凤眸中似有被揉碎了的星光。他轻轻击掌两声，唤道："墨壬。"

下一瞬，右前方的一棵大树上发出一阵"簌簌"的响动，跟着，就有一个着墨绿劲装的精瘦青年从树上轻快地一跃而下，身轻如燕，落在地上毫无声息。

端木绯眼角一抽，忍不住想：这个人到底是何时在那里的？

墨壬看也没看端木绯，直接俯首抱拳："公子。"

封炎眼中闪过一道光芒，他对着墨壬轻描淡写地道："去办吧。"

然后，他转身看向几步外的端木绯，俊美的脸庞歪了歪，露齿而笑，神情间露出一丝少年特有的狡黠之色，笑吟吟地问道："端木四姑娘，要不要去瞧热闹？"

这句话真是似曾耳闻啊！端木绯眼角又抽了一下，不由得心道：怎么总有人爱带她去看热闹呢？

她只是走神了一瞬间，就发现那个叫墨壬的青年不知何时又失去了踪影，可谓神出鬼没。

封炎抬起右手，尾指成环，放在口中吹了一声长长的口哨，口哨声悠长响亮，随着风声传播开去……

须臾，一阵轻快的马蹄声传来，随着马儿高昂的嘶鸣声，高大的黑马率先进入端木绯的视野——它高高跃起，马蹄飞扬，仿佛腾云驾雾。后方的霜纨落后了一大截，也轻快地跑了过来。

霜纨一直是一匹温驯的母马，端木绯还是第一次看到它这么活泼的样子，不由得嘴角翘了起来，温柔地抚了抚它的脖颈。

奔霄似乎感觉到了什么，打着响鼻兴奋地绕着封炎转圈。

封炎拍了拍它，纵身上马，对着端木绯微微一笑道："跟我来吧。"

待端木绯也上了马后，两个人两匹马就慢悠悠地朝西南方行去。

四周青山秀美，绿树成荫，遮天蔽日，不时有鸟儿扑棱着翅膀在山林间飞过，发出清脆的鸟鸣声。

这九秀山山清水秀，但也很容易让人迷失方向。

没一炷香的工夫，端木绯就已经放弃记路了……

封炎似闲庭信步，一边在山林间漫步，一边对端木绯介绍九秀山：

"九秀山是大盛十大名山之一，共有九峰，正前方的白云峰又叫龙门峰，是九秀山山脉中的最高峰。

"东边是黑狼峰，西边有紫霞峰、长青峰……我们所处的观月峰是山势最平缓的一座山，多有鹿群出没。

"虎、豹、狼之类的猛兽大多分布在黑狼峰和紫霞峰一带，还有……

"观月峰和长青峰之间有条小河，河边常有些鹿、兔、狐狸什么的小兽去饮水。长青峰上还有一道瀑布，颇有'飞流直下三千尺'的气势。"

封炎想到什么就说什么，十分随性。端木绯还是第一次出京城玩，对什么都好奇极了，听得十分认真，那专注的目光一会儿投向封炎身上，一会儿又顺着封炎指的方向朝远方望去……

她完全不知道，看似神色淡淡的封炎其实心里一点儿也不平静，他已经被她看得完全不敢再看她了。

他的蓁蓁，还是跟以前一样，无论对什么事都是全神贯注、全力以赴。

封炎的心脏如小鹿乱撞般"怦怦"地加快跳动，但他表面还在若无其事地说着话，口若悬河。

九秀山山脉他最熟悉不过了，闭着眼睛他也能找到路！

他六岁以前，每年都会与母亲安平一起随御驾来猎宫；六岁以后，就开始独自随圣驾来此，除了他在北境的两年，年年如此。

九秀山一带，不仅是猎场的范围，连带其他八座山峰，他也都跑遍了，不只知道哪里有熊、虎、狼、狐狸、野貂，还知道——

封炎想着，眸中闪过一道锐利的光芒。

本来昨日他既已达成了目的，就懒得节外生枝，但韩士睿不该拿蓁蓁来说嘴。

有道是："来而不往非礼也。"

韩士睿还不知道自己已经被封炎惦记上了，此刻正好带人来到了昨晚的野竹林附近。他一眼望去，周围八九丈都是一片狼藉，那些被黑熊撞断的绿竹还横七竖八地躺在竹林里，附近的地面上还能看到那只黑熊留下的爪印、血迹、熊毛……

"将军，这里莫非就是昨晚封公子猎到熊的地方？"一个神枢营士兵随口问道。

说者无意，听者有心。

韩士睿面色微微一变——故地重游的感觉并不太妙。

他的脑海中快速地闪过许多画面，握着缰绳的左手下意识地微微使力。

每年秋猎的前三日是在皇帝面前露脸的最佳机会，为了这次机会，他特意从杨梵手上弄到了一份观月峰的走兽分布图。为了不弄出动静，他按捺到昨日才去图纸标识的位置猎了那只猛虎，希望能借此在秋猎中一鸣惊人，以得到皇帝的青睐，没想到中途却被封炎横插一脚。

昨晚夜猎时，他再次根据那张图纸找到了熊窝。

然而，黑熊强壮凶猛，远超他预计的程度。他被它一掌拍伤了左肩，只能策马一路狂奔，后来偶然间发现了封炎的踪影，这才灵机一动，干脆就往封炎那边逃，试图把那只黑熊的注意力引向封炎，好给自己博得一线生机。

最终，他的计划成功了，他顺利地逃走了，却同时失败了——没想到封炎竟然拔得头筹，猎下了那只黑熊！

韩士睿想着，眼眸阴沉如古井。

他要是早知道封炎有这般身手，还不如留下和封炎共同打死那只黑熊，那么昨晚他领下这神枢营的差事才显得更为光明正大、理直气壮。

只可惜，这世上是没有后悔药的。

"将军，韩将军！"

忽然，前方传来一阵急促的马蹄声，一个身材瘦削、皮肤黝黑的方脸神枢营士兵骑着一匹棕马朝韩士睿飞驰而来，满头大汗，行色匆匆。

"吁——"

黝黑的方脸士兵在一丈外勒住了马绳，棕马发出急促的嘶鸣声，两只前腿高高地抬起。

方脸士兵略显狼狈地翻身下马，气喘吁吁地对着韩士睿抱拳禀道："禀将军，左哨司在紫霞峰那边发现有形迹可疑的人出没。"

韩士睿顿时精神一振，目露异彩。

这可是一个立功的大好机会！

神枢营是他昨晚刚从封炎手上拿来的，在过去短短的三天内，封炎就带着神枢营剿了流匪，还顺带牵扯出杨梵从流匪那里收受贿赂、官匪勾结的案子，办好了差事也立了威。而自己新官上任，绝对不能输给封炎！

方脸士兵还在继续禀着："对方极为狡猾，应该是发现了我们的人，借着山林躲藏潜逃。将军，绕过紫霞峰就是九秀河。"

韩士睿面色微微一变。一旦对方遁逃入九秀河，那么他们想要再抓人，无疑是大海捞针！

等他现在传令下去，聚集人手后再赶去紫霞峰，至少要半个多时辰，到时候恐怕这贼人早就跑得没影了。

韩士睿急忙催促那方脸士兵道："快快给本将军带路！"

"是，将军。"方脸士兵连忙抱拳领命，翻身上马。

韩士睿高高地扬起马鞭，"啪"的一声甩在了马背上，马嘶鸣着朝西边的紫霞峰驰去，那方脸士兵和他的两个亲兵策马紧随其后。

四个人的骏马穿行在一片白桦林中，方脸士兵落后一个马身，在后方不时发出声音为韩士睿指路。

"将军，往前走再穿过两片松林，前面就是紫霞峰了。

"山脚有一片溪水，贼人就是在溪边饮水时被左哨司的人从一侧山上发现的。

"当时虽然射了几箭过去，不过不确定有没有伤到那个贼人。"

这些没用的！韩士睿心里暗道，都发现了人，居然还让人跑了，果然还是要他亲自出马！以他的箭术，即便是百步之外他也可以将贼人一箭毙命！

韩士睿心急如焚，又扬起了马鞭。

"啪！"

"啪！"

"啪！"

马鞭声不绝于耳，韩士睿挥舞马鞭的动作也越来越快。

韩士睿一心往前冲，没注意到他身后的几个人似乎力有不逮，他们之间拉开的距离愈来愈远，愈来愈远……

而他没有回头，毫无察觉，一鼓作气地冲过一片落叶松林，来到了山脚下。

一条清澈的小溪静卧在山脚处，溪水潺潺，汩汩的水流在阳光下闪闪发光，如同流动的水晶。

韩士睿顺着那溪流往前望去，一眼就看到了两支羽箭散在溪水边，旁边似乎有一摊血迹……

韩士睿心中暗喜，利落地翻身下马，急切地朝那边快步走去，马靴踩在地上厚厚的松针上，发出"咔嚓咔嚓"的声响。

他俯身捡起溪边的两支羽箭，不用看箭上的刻印，就可以确信这是大盛禁军专用的羽箭。

那么，贼人应该是往……

"咝咝！"

身后忽然传来几声诡异的声音，韩士睿皱眉看了过去，只见一条色彩鲜艳、两指粗细的蛇不知何时出现在他身后两三步处，弯曲着长长的身体爬行着。

它仰首张开嘴，吐着长长的芯子，那冰冷的金色眼瞳中只有一条细缝，显得阴毒无情。

韩士睿不知道这是什么蛇，却可以从它那鲜艳斑斓的色彩断定，这必定是一条毒蛇！

某些剧毒之蛇的一点点蛇毒，就足以瞬间毒死一头大象。

"咝咝！"毒蛇猛然飞蹿而起，朝韩士睿的小腿伸出尖牙。

韩士睿面色一变，急忙抽出腰侧的长刀。刀光一闪，那条毒蛇瞬间就被拦腰斩断，瞬间丧命，蛇血朝四面八方飞溅开来。

一股浓郁的血腥味在空气中扩散开来……

那条头尾分离的毒蛇"啪啪"两声落在了地上，一动不动，已经死了。

韩士睿松了一口气，却听后方的马发出了惊慌的嘶鸣声，它慌乱地踱着蹄子。

韩士睿循声一看，顿时头皮发麻，就在距离他两三步处，又有两条长长的毒蛇吐着芯子盯上了他，体形足比刚才那条大了一倍，蛇嘴里不住地发出吐芯子的"咝咝"声。

两条毒蛇在厚厚的松针上移动，发出一阵阵悚人的"沙沙"声。那声音不大，然而在此刻寂静的溪水边，好像被放大了好几倍。

韩士睿下意识地退了一步，下一瞬，一条毒蛇弹起，离地三尺，如闪电般朝他的胳膊袭来。

韩士睿忍着肩膀的痛，再次挥舞着那柄银光闪闪的长刀，刀光凌厉如闪电，一刀就拦腰斩断了其中一条蛇。

"啊！"

韩士睿吃痛地发出惨叫声，右手腕被另一条毒蛇一口狠狠地咬住，毒蛇紧咬着不放。

他凄厉的惨叫声惊起了林中一片雀鸟。

他当机立断，急忙掐住毒蛇的三寸处。那毒蛇终于松了口，只见他的右腕上赫然多了两个血洞。

伤口迅速发紫，并以肉眼可见的速度肿胀了起来……

韩士睿再次发出痛苦的闷哼声，将手中的毒蛇重重地甩出，毒蛇被甩得飞了出去，落在了几丈外，然后飞快地朝另一个方向游走而去。

"将军！将军！"

不远处传来了急促的马蹄声，三匹骏马从松林中飞驰而来，马上的三个人纷纷下马去看韩士睿的状况。

溪水边，众人皆围着韩士睿，一片混乱。

没有人注意到右前方山腰上的几丛浓荫间藏着两个人，端木绯把下方的混乱场景尽收眼中，很快就收回了视线。

四周的静谧与山下的混乱形成鲜明的对比。

端木绯翘起唇角，一副心情甚好的样子。

有道是："以德报怨，何以报德！"

只不过——

端木绯飞快地抬眼看了封炎一眼，眸中闪过一道光芒。

今日封炎随口一声令下，就有人准确地把韩士睿引到此处来，那是不是表示神枢营里其实有封炎的人？！难怪封炎这么轻易地就把神枢营拱手相让。

封炎看来暗藏了不少实力，所图甚大。

端木绯长翘如梳篦的睫毛半垂，目光闪了闪。她不由得想到了安平和那个故去的伪帝，一时心绪纷乱。

"蓁——是有趣。"封炎心里雀跃，把差点儿脱口而出的"蓁蓁"硬生生地改了，眼睛似燃烧着火焰般灼热明亮。

他就知道蓁蓁不会觉得他做得不对！

以前，阿辞就是这样的，善良正直，是非分明，绝不会把她的善心浪费在不值得的人身上。阿辞看着柔弱，却是极有主见的人，不会轻易被人动摇。

封炎的心情飞扬起来，连嘴角也弯了起来，然而，下一瞬，他就听见端木绯清了清嗓子提议道："封公子，要不……我们回去吧？"

端木绯黑白分明的大眼睛期盼地看着封炎——她说的是回猎宫。

封炎却故意歪曲她的意思："好，我们回去接着练习骑马。"

说话的同时，他轻松地翻身跨上马背。等到端木绯不太熟练地上了马后，他才收回目光，上半身微微往前。他胯下的奔霄已经知晓他的心意，踏着马蹄往前行去。

这一人一马如此默契，动作干脆流畅，看得端木绯艳羡不已。

她不由得看向霜纨，摸着它的鬃毛，嘴里喃喃自语道："霜纨，我会好好照顾你的。"

她抓住马绳，慢慢地遛着马，跟随封炎离开了。


按照封炎的计划，他是想找一处空旷之地，好好地教端木绯骑术。然而，他们走出一大片大青杨林后，就见百来丈外六七个公子、姑娘与他们正好迎面相对。

远远地，封炎还看不清来人的容貌，可是从对方的衣着、身影与马匹来看，他心里已经有数了。

果然，下一瞬，前面一道大红的身影对着他们俩挥起了右臂："炎表哥、绯妹妹！"

奔霄只是稍一停步，霜纨就"嘚嘚嘚"地从它身边踱过，封炎只能眼睁睁地看着端木绯乐滋滋地奔向了舞阳和涵星的身边。

"舞阳姐姐、涵星表姐、云华姐姐。"

几个姑娘家聚在一起，好不亲热，就像失散的姐妹终于又重逢了，眼里再也看不到其他人事物。

看着孤零零的封炎被抛在了后方，君然差点儿笑出声来，闷笑着抖动着肩膀。

"阿炎，"不知道内情的谢愈策马飞驰到封炎身旁，笑嘻嘻地取笑道，"你和端木四姑娘怎么走丢了？"

"是啊，是啊。"君然也策马过来了，似笑非笑地接话调侃道，"阿炎，你也太不小心了！"君然一语双关。

封炎睨了君然一眼，连名带姓地唤道："君然，你们怎么来这里了？"君然这家伙也太不靠谱了，这么件小事也办不好，居然又把人带回来了！

君然笑眯眯地甩了甩马鞭："云华说想要猎只狐狸，我记得这附近的松林里虽然冷凄凄的，不过好像有狐狸出没，就过来了。"

他怎么知道阿炎的品位这么独特，不带小姑娘家去赏花、玩水，居然跑到这片荒林里来了？

封炎自然看懂了君然眸中的那一丝戏谑的意味，随手摸了摸奔霄的鬃毛："奔霄，我想着，小马驹还是别送人了，养着给你做伴也不错……"

奔霄似乎听懂了，欢快地在原地踩了两下蹄子。

阿炎这是要克扣他的小马驹？！君然如遭雷击，眨了眨眼，可怜兮兮地看着封炎："阿炎，你再给我一次机会吧？"

这一次他一定会把事情办得更漂亮的！

谢愈一头雾水地来回看着君然和封炎，不知道他们俩的话题怎么忽然就从猎狐转到了奔霄的小马驹身上……不管了！谢愈急忙开口争取道："阿炎，奔霄有小马驹了？不如送给我吧？你放心，我肯定会把小马驹照顾得好好的，让它住最豪华的马厩，吃最好的干草……"

谢愈滔滔不绝地保证着，君然笑吟吟地看向他，揉得拳头"咔咔"响，道："谢三，你确定要跟我争？"

谢愈心中警铃大作，觉得自己就像一只被豺狼盯上的待宰羔羊，但是，为了奔霄的崽儿……

"阿炎，你考虑一下我啊……"

话音未落，谢愈已经很尿地落荒而逃。

君然勾了勾唇，反正闲着也是闲着，干脆一夹马腹，策马朝谢愈追了过去。

"喂喂喂，君然，你跟着我干吗？我是不会放弃小马驹的！"

一时间，只有谢愈大呼小叫的声音回荡在四周，这声音吸引了几位姑娘的注意力，周围一片语笑喧阗声，好不热闹。

# 第十九章　绯　闻

　　他们在原地稍稍歇了两盏茶的时间后，就继续上路了。

　　接下来，狩猎才算真正开始。

　　几位公子各显神通，尤其是封炎和君然，这两个人几乎箭无虚发，每一箭必有所获。没半个时辰，大伙儿身后的箩筐就被猎物装得满满当当，散发着浓浓的血腥味……

　　不仅公子们收获颇丰，姑娘们也装了两箩筐的野果子和野山菇，众人皆满载而归。等他们一行人浩浩荡荡地回到猎宫时，时间大概是未时过半。

　　烈日当空，四周也陆续有一些人从猎场归来。舞阳招呼着大伙儿一起去翠微园的水阁中吃些甜汤，可是他们刚下马，就见三四个锦衣卫朝他们走来。

　　为首的锦衣卫指挥使程训离对着众人拱了拱手，给舞阳、涵星等人见了礼，然后就对封炎淡淡地道："封公子，皇上有请！"

　　众人不由得面面相觑，封炎还没说话，谢愈已经先大步跨了出去："程大人，我们俩先说几句……"

　　他亲热地招呼着程训离到一边说话去了，两个人交头接耳，说了几句，跟着，就见谢愈仿佛听到了什么天大的笑话一样，"扑哧"一声笑了出来，然后又跟着程训离回来了。

　　"阿然，我们跟阿炎一起去见皇上吧！"

　　谢愈眨了眨眼，看他那轻快闲适的样子，其他人就猜到应该没什么大不了的事，皆释然。

　　封炎、君然和谢愈跟着程训离走了，剩下的人各自散了，回了猎宫的住处。

　　一炷香的工夫后，舞阳和端木绯就在瑶华宫里舒舒服服地喝上了温温的甜汤，香甜的味道弥漫在唇齿间，消除了身上的疲惫感。

这时，出去探听消息的小内侍回来了，把事情的来龙去脉查得明明白白：

"殿下，今早新上任的神枢营佐击将军韩士睿被毒蛇咬了，幸而伤口处理得当，被送回猎宫后，又让太医看了，才保住了性命。

"韩将军缓过来后，就去找了皇上，说是封公子害了他，所以皇上才特意宣了封公子过去对质！

"方才，君世子和谢三公子在皇上跟前给封公子做了证，说封公子今日一大早就和他们一起去了猎场。

"皇上刚刚已经放封公子他们回去了。"

舞阳随手打发了那个小内侍，不屑地嗤笑了一声，道："这韩士睿还真是'人不可貌相'，看着光风霁月的，原来心胸如此狭隘。我算是看明白了，他就是在夜猎中输给了炎表哥，所以心里不服气，借故找父皇告状呢！"

端木绯慢慢地饮着甜汤，若无其事地笑了笑。

这件事封炎做得漂亮极了，韩士睿想告状也得看他有没有这个能耐！


秋猎的头三天过去后，皇帝像是已经尽兴了，没再去打猎。一些勋贵子弟却纷纷进猎场玩耍，打打猎，跑跑马，赏赏景。

皇帝留在猎宫里，却也没闲着。每天都有大量的奏章从京城快马加鞭地送至猎宫，这些奏章会先送至墨渊阁由岑隐一一过目，岑隐再挑拣出重要的折子送到御前给皇帝批阅，而其他的大多由岑隐代为批红。

饶是如此，皇帝还是忙得晕头转向，前往猎宫的路上以及前三天的狩猎耽搁了一些时间，已经积累了不少折子，现在折子一摞摞地堆在皇帝的案头上……

十月十七日，护送杨云染前往圆华寺的几个禁军匆匆返回，回禀说他们在途中遭遇了一伙流匪，虽然拼死与之一斗，无奈对方人数众多，最后杨云染连人带马车都被流匪劫走了！

皇帝顿时雷霆震怒，下令把那几个禁军拉下去各杖责五十棍，并下旨缉拿那伙流匪。

至于杨云染，皇帝提都没提。

御书房里，皇帝心中犹不解恨，他只是那么静静地坐在御案后，浑身就释放出一股慑人的气势。几个内侍皆噤若寒蝉，连大气也不敢喘一下。

"皇上，流匪猖獗，横行霸道，必须尽快剿匪，以免小祸终成大患。"岑隐在一旁作揖道，"臣以为，这流匪源于逃荒的流民，想要从根本上解决流匪的问题，还是要赈灾抚民……"

皇帝久久没有说话，深沉的眼眸中晦暗不明，如同看似平静的海面下暗流涌动。

皇帝如何不知道这些道理？

只不过，他要抚民，就要银子。然而，从去冬起，各地连着有雪灾、春汛之灾、匪乱，为了赈灾剿匪，朝廷就拨下去不少银子，之前与北燕交战几年也消耗了不少军需，加上今年的税收因为灾害又少了近一半，如今国库空虚，财政不堪重负，根本就拨不出银子了……

大盛想要充盈国库，就必须设法另谋出路！

沉默气氛在御书房里蔓延，直至半个时辰后，御书房中终于走出一个小内侍，跟着，几个小内侍就匆匆地离开正殿，前去传皇帝的口谕。

巳时过半，几位一头雾水的内阁大臣齐聚于御书房内，在众臣惊疑不定的目光中，皇帝沉声再次把开海禁的事提上了议事日程。

众臣皆下意识地面面相觑，谁也没想到皇帝会突然再提起这个话题。他们毫无准备，一时都没有反应过来。

"皇上，臣以为开港互市势在必行！"端木宪率先站出来支持皇帝开海禁。

无论是什么事推了皇帝一把，对端木宪而言，这都是天上掉馅饼的好事。

端木宪对开海禁的利弊早就烂熟于心，没一会儿就滔滔不绝地说了开港互市的"五利五虑"，以及继续海禁的"四利四虑"，言之凿凿，情真意切。

相比之下，吏部尚书游君集坚持"开海禁非同小可，不慎会引发海乱，还须再细细权衡利弊"的言论，就显得空乏无力。

在场的几位内阁大臣都是天子近臣，对他们这位皇帝的了解没七八，也有五六。他们都知道，早在闽州李家上了那道折子后，皇帝就已经对开海禁动了心，只是还有最后一分犹豫，然而这一分犹豫现在似乎也已然烟消云散了。

皇帝一旦下了决心，任谁也无法阻止他的决定！

十月十八日，皇帝正式下旨，开放闽州海禁，在闽州两城设置海关，监管往来贸易商船，并征收关税，海关暂时由闽州总兵兼管，朝廷专设布政司官一员，驻扎定海关等。

皇帝这道明旨一下，如同一石激起千层浪，猎宫中一时为之沸腾。端木宪则松了一口气——最艰难的一步已经迈出去了。

皇帝又命户部负责相关开市事宜，令端木宪拟出具体细则。端木宪忙得脚不沾地，可是丝毫不觉疲惫，反而神采奕奕。

只要开海禁一事顺利进行，国库丰盈，那他就是最大的功臣！首辅之位舍他其谁？

时间又过了三日，皇帝下旨开海禁所引起的喧嚣渐渐平息下来……直到十月二十一日，简亲王奉诏抵达了猎宫。

端木绯是从舞阳的口中听说这个消息的。本来，舞阳今日约了君然、谢愈他们去九秀河上赛舟，可是才出门不久又半途折了回来。

"阿然去迎他父王了，愈表哥也去凑热闹，我和云华姐姐就先回来了。"舞阳一边说话，一边在端木绯身旁坐下。

端木绯怔了怔，若有所思。

她曾听端木宪提起过，北燕与大盛签了和书后，为两国交好，北燕国君特意派了使臣赴京向皇帝问安。简亲王一向得圣心，这次没有随圣驾来猎宫，就是为了留京安排相应事宜。

现在简亲王奉诏来了猎宫……

"舞阳姐姐，可是北燕使臣来京了？"端木绯问道。

舞阳惊讶地挑了挑眉，那表情仿佛在说：她的绯妹妹可真聪明！

"可不正是？简亲王是陪同北燕使臣来猎宫的。"舞阳轻轻地啜了一口茶水，又道，"北燕这次还派了他们的二王子过来，父皇今晚应该会设宴招待使臣吧……"

两个人正说着话，一个翠衣宫女快步进来禀道："殿下，四公主殿下来了。"

话音未落，外面已经传来了涵星清脆欢快的声音："大皇姐、绯表妹，你们可要去看热闹？"

说话间，门帘一翻，穿了一件妃色折枝梅刺绣襦裙的涵星就笑吟吟地进了左次间。

舞阳抬眼看去，勾了勾唇角，饶有兴致地问道："什么热闹？"

涵星眉飞色舞地把来龙去脉说了："今儿一大早，九华、丹桂她们一群姑娘家去翠微园里办琴会，赏花弹琴。大家都弹了一曲后，就想评个琴会的魁首出来。九华和蓝蕙的琴艺旗鼓相当，两个人谁也不服谁，没说几句话就斗上了气，说她们今日非要好好比比，谁赢了谁就是京城第一才女！"

自打半年前楚青辞过世后，京中那些自诩才女的贵女就谁也不服谁了。

过去的半年中，那些贵女在京中的各种聚会上也发生过数次龃龉，只不过都是小打小闹，没掀出什么浪花来。

舞阳和端木绯听了这事，不由得互相看了看，皆有些忍俊不禁。

涵星最喜欢凑热闹，兴致勃勃地一手拉起舞阳，一手拉起端木绯，就往外走。

"大皇姐、绯表妹，我们快去吧！丹桂特意派人来叫我们，我们可别辜负了她的一番好意，要是去晚了，热闹可就散场了……"

舞阳和端木绯反正也闲着无事，就随涵星一起往翠微园去了。

灿日正暖，秋风拂面，片片落叶在风中纷纷扬扬，好似连天空都染上了一丝萧条的味道。

三个人一路说笑着进了临水阁。

临水阁中面阔五间，宽敞通透，此刻四面的窗扇大开着，三个人远远地就能听到姑娘们银铃般的笑声从里面飘了出来。

屋子里衣香鬓影，聚集了不少盛装打扮的姑娘家。

舞阳、端木绯和涵星三个人一进阁内，丹桂县主就笑眯眯地迎上来，给她们行了礼，然后笑着说道："两位殿下，九华和蓝大姑娘正在比试琴、棋、书、画，刚才已经比了琴、书、画三场了，前三场打了个平手，现在正进行第四场呢！"

几个人顺着丹桂的视线望去，可见九华和蓝蕙正坐在临水的窗边，两个人面对面地隔着棋盘坐着，聚精会神。

两位姑娘的四周围了七八个姑娘在观棋，姑娘们偶尔以扇掩面，交头接耳。

"嗒、嗒、嗒……"

清脆的落子声不时传来。

舞阳很快就收回了视线，看到端木绯好奇地指着东面靠墙的两张红木大案问："丹桂姐姐，那边可是九华县主和蓝大姑娘方才所作的书画？"

丹桂应了一声，笑吟吟地招呼她们过去看画。

那两张红木大案上并排摆着四幅字画，一张案上是两幅字，另一张案上是两幅画。

左边的两幅字上分别写了一首小诗，一幅是楷书，另一幅是草书。

"你们猜，哪一幅是九华写的，哪一幅又是蓝大姑娘写的？"丹桂故弄玄虚地问道。

涵星来回看着这两幅字，一时没什么头绪。

舞阳却心如明镜，随手指着那幅草书肯定地说道："这一幅是九华所书吧？"

丹桂眨了眨眼，惊讶地看着舞阳，还没说话，就听另一个女音含笑附和道："殿下猜得不错，这幅草书正是九华县主所书。"

一个十五六岁的蓝衣姑娘带着四五个姑娘凑了过来，纷纷向舞阳行礼，跟着，刚才出声的蓝衣姑娘就看着那幅草书赞道："县主这手草书状似连珠，绝而不离，如龙蛇飞动，实在是妙！"

"听说县主还特意去江南请教了草书大家，如今看来还真是不虚此行。"另一个粉衣姑娘接话道，"相比之下，蓝大姑娘的楷书就显得普普通通，难免逊色了一分。"

端木绯兴致勃勃地先赏了字，然后又凑到另一张案旁去赏画。

案上的两幅画是应景而作，画的是园中景致，一幅画的是花鸟，另一幅画的是湖边风光。

端木绯打量了一番后，就指着其中一幅花鸟图问道："丹桂姐姐，蓝大姑娘莫非是以这幅画赢了九华县主？"

　　刚才丹桂说九华和蓝蕙比了三场，却正好打了个平手，如果二人在琴上勉强算是平局的话，那么也就是说她们在书、画这两项上各赢了一局。

　　丹桂没想到舞阳和端木绯都一语道破玄机，顿时觉得自己这关子卖得甚是无趣，好奇地问道："端木姑娘，你是怎么看出来的？"她的言外之意是肯定了端木绯的猜测。

　　端木绯指了指那幅画上某道湖水的波纹，又指了指那幅草书上龙飞凤舞的某一笔："这出自同一支笔。"

　　众人皆愣了愣。丹桂忍不住抻着脖子去看了看，然后忍不住笑出了声，拊掌对着舞阳赞道："殿下，我一直觉得端木姑娘的眼睛漂亮，原来还是火眼金睛啊！"

　　一句话逗得其他几位姑娘哑然失笑。

　　舞阳唇角微翘，眼中也染上了几分笑意。她走到端木绯身旁也朝那两幅画看去，意兴阑珊地说道："不过尔尔。"

　　说话间，舞阳的脸上露出一丝淡淡的嘲讽之色。她们二人就这么点儿微末伎俩，还敢口口声声地说要与辞姐姐媲美？这两个人真是不自量力。

　　闻言，几个姑娘不由得面面相觑，没人敢接舞阳的话。

　　谁不知道九华县主为人一向不好相与？万一她们说错了话，传入她的耳中，恐怕没好果子吃……

　　四周气氛微冷。

　　丹桂与舞阳相熟，不以为意，亲昵地挽起舞阳的胳膊道："殿下，我们去看看她们下棋吧。"

　　一行人就又簇拥着舞阳和涵星往正在下棋的九华和蓝蕙的方向走去，那些围观的姑娘往两边退了退，给舞阳和涵星让出些空位来。

　　这临窗的位置很是清幽，窗外的几丛万年青映得半室浓绿，偶有微风吹来，那绿意就随之摇曳。

　　簇新的榧木棋盘上，二人的棋局已经下了一半，黑子和白子各占据半边天地，势成水火。一个步步为营，稳扎稳打；另一个见招拆招，果断反击。

　　"嗒、嗒……"

　　落子声还在不断地响起，棋局正进行得异常激烈。

　　端木绯歪着脑袋，嘴角弯弯，不由得预估起之后的棋局：如果按照这个形势下下去，等黑子把局布完，白子恐怕就危险了。

　　"绯妹妹，"舞阳拉了拉端木绯的袖子，无趣地说道，"我们出去玩吧。"舞阳对下棋一贯没什么耐心，更别说看棋了。

端木绯又看了看对战正酣的棋局，有些不舍。

舞阳眼珠滴溜溜地一转，笑眯眯地提议道："绯妹妹，我们去踢毽子吧。"

一听舞阳提议踢毽子，端木绯眼睛一亮，顿时就把棋局什么的抛诸脑后，笑着应道："好。"

端木绯还想招呼涵星一起，却见涵星对她摆了摆手，一副"你们自己去吧"的模样。

端木绯瞧涵星那双眼眸熠熠生辉的样子，就知道她的意思了——她要留在这里看热闹。

舞阳和端木绯相视一笑，携手离开了临水阁，往湖边的空地去了。

湖边的那一排梧桐树遮天蔽日，挡住了上方的灼灼灿日。这个位置平坦又空旷，正适合她们俩踢毽子。

不一会儿，碧蝉和舞阳的贴身宫女青枫就给两个主子取来了毽子。

"绯妹妹……"舞阳本来想问端木绯学到什么程度了，可是当目光落在碧蝉手中的那个毽子上时，不由得眼睛一亮，改口赞道，"你这个毽子可真好看！"

乍一看，两个人的毽子似乎差不多，但是当它们摆在一起时，差别就出来了。

端木绯的那个毽子做得既好看又精致，那一根根长羽油光闪亮，色彩斑斓，如倏然绽放的花朵一般朝四面垂落。

缕缕阳光透过枝叶之间的缝隙洒了下来，那毽子上的彩羽就如同熠熠生辉的七彩宝石般，似乎在发光。

端木绯正从碧蝉手里接过那个毽子，闻言，身子不由得微僵。

这个毽子是封炎送来的，那次封炎说她的毽子不好以后，没两日就送了一个他亲手做的毽子给她。

端木绯本来是想把这个毽子"供"在屋子里的，可是这个毽子确实好，比她原来的那个稳多了，让她爱不释手，她就常拿出来踢。

端木绯微微一走神，手一滑，那毽子就从她的指间摔落……

舞阳飞快地上前半步，俯身抄手，眼明手快地接住了那个毽子，在手上把玩了一下，又试踢了两三下。

毽子如同一只羽毛绚丽的小鸟，随着舞阳的踢动有规律地一起一伏，仿佛是她的身体的一部分。

舞阳试踢了几下后，就把那个毽子还给了端木绯，问道："绯妹妹，你现在能盘几下毽子了？"

端木绯捏着毽子，沾沾自喜地答道："舞阳姐姐，我最多已经可以一口气盘十下了……等我再练练，你就教我'绷'毽子好不好？"

舞阳自是应下，还顺口安抚道："你慢慢练，熟能生巧。"

端木绯就自己玩了起来，绚丽多彩的毽子再次飞舞在半空中，一会儿高升，一会儿低落，一会儿横飞……

舞阳看了一会儿，有些不忍直视。

端木绯在十次里偶尔有一次能一口气盘十下毽子，而且跟一只刚开始学飞的雏鸟般，磕磕碰碰的，整个人随着毽子奔来跑去。

不过，端木绯好歹有进步了不是？舞阳在心里自我安慰着，笑容满面，不时出声鼓励端木绯，又难免对四下替端木绯捡毽子的碧蝉生出一分同情来。

端木绯足足盘了近半个时辰的毽子，饶是躲在树荫下，额间也渗出了些薄汗。但她容光焕发，霞飞双颊，显然玩得很开心。

"绯妹妹……"舞阳本想劝端木绯坐下小憩片刻，却见一道眼熟的青蓝色身影从临水阁的方向朝这边小跑着过来。

那是涵星的贴身宫女璎珞。

"大公主殿下、端木四姑娘，"璎珞在几步外缓了一口气，对着二人福了一礼，笑着道，"四公主殿下请二位去临水阁看热闹。"

听璎珞这戏谑的口吻，舞阳和端木绯都生出几分好奇来，舞阳单刀直入地问道："出了什么事？"

璎珞就原原本本地说起了舞阳和端木绯离开临水阁后发生的事。

一炷香的工夫前，九华和蓝蕙的棋到终盘时，皇帝、简亲王以及几位近臣、勋贵公子正好携几位北燕使臣来翠微园中游园漫步，也进了临水阁围观棋局。

北燕使臣中有北燕王的次子，二王子耶律辂，这位北燕二王子是个好棋之人，见棋局还有反转的可能，就出言点拨一二，让原本处于劣势的九华县主逆转了棋局。

那耶律辂自恃棋艺不凡，就向在场之人提出挑战，左都御史府的黎二公子自告奋勇，与耶律辂下了一盘，可是才到中盘就认输了。

"现在，那位北燕二王子正在与工部尚书府上的林四公子对局。"璎珞有条不紊地一一道来。

工部尚书府是几代书香门第，这位林四公子虽然还不过是一个秀才，但棋力在年轻一辈中尤为突出，连远空大师都亲口赞过，林四公子不时会去皇觉寺找远空大师下棋。

闻言，舞阳眉头一挑，眉宇间露出一丝饶有兴致之色，这个棋局可比刚才九华和蓝蕙的棋局有趣多了。

舞阳转头对上端木绯熠熠生辉的眸子，挽起她的胳膊含笑道："绯妹妹，那我们就去凑凑热闹好了。"

说着，二人就朝临水阁的方向缓缓走去，璎珞紧随其后。

园子里，微风徐徐，闲适悠然。

水阁里静谧无声，气氛紧张。

舞阳和端木绯依次进入，一眼就望向了那临窗的棋盘。

棋盘边人头攒动，不少姑娘、公子都围在那里观棋，比起之前要热闹不少。

人群的中心，两个形容迥异的年轻公子正执手手谈。一个是二十余岁的异族青年，身材伟岸，浓眉大眼，轮廓分明，只是那么静静地坐在那里，浑身上下就散发出一种阳刚之气；另一个是斯文儒雅的大盛公子，约莫弱冠之年，着一身天青色直裰，细目长眉，君子如玉。

两个人你一子，我一子，落子的速度极快，仿佛在进行着一场关乎速度的对决。

现在坐在耶律辂对面与他对局的人并非林四公子，而是翰林院掌院学士杜大学士的长孙杜大公子。

舞阳和端木绯的目光在四周扫了半圈，她们就看到了穿了一件蓝色云纹直裰的林四公子，只见他神色黯淡，嘴角倔强地紧抿着，似有一分羞愧，两分不甘，三分悔意。

难道林四公子也输了？！两个人的脑海中同时浮现出这个念头，脸上的表情更为惊讶了。

"嗒、嗒、嗒……"

激烈的落子声还在不断地响起，落子声之间火花四射，剑拔弩张。

端木绯隐约想到了什么，低低地说道："他们……是在下快棋？"

"还是十息一手的快棋。"涵星来到二人跟前，压低声音说道。

前面里三层外三层地围了这么多人，舞阳和端木绯自然是看不到棋局的。

不过，一旁有两个内侍正来来去去，熟练地把棋局一一摆了出来，供皇帝和几位大臣观棋。舞阳和端木绯干脆就去了东边靠墙的地方，找了座位坐下。她们给皇帝行了礼，顺便也沾沾皇帝的光，观一下棋局。

这场棋局已经接近终盘。

比起之前姑娘们的那局棋，这局棋显然凌厉不少，如同沙场上敌我双方誓死拼杀，黑子、白子皆频出杀着，棋局初看扑朔迷离，再一看，其实胜负已分。

不出十着，胜负必分。

仿佛在响应端木绯心头的猜测，从耶律辂和杜大公子所在的方向传来一阵声响，观棋的众人瞬间骚动起来。

下一瞬，内侍快步过来，战战兢兢地禀道："皇上，杜大公子投子认负了。"

耶律辂又赢了！

闻言，皇帝嘴角紧抿，脸色阴沉得仿佛能滴出水来。

加上这一场，大盛已经连输三局了！

围棋起源于华夏中原，千年来源远流长，堪称君子之艺、君子之术、君子之学。

可是现在，泱泱大盛居然在围棋上输给了区区北燕番邦来人。

从棋盘的方向再次传来一阵骚动，耶律辂站起身来，四周的公子、姑娘们自然而然地为他让出一条道来。

着一身靛蓝色翻领镶边戎袍的耶律辂昂首阔步地朝皇帝的方向走来，在三步外停下，似没有看到皇帝的不悦之色，笑吟吟地抱拳，用一口流利的大盛官话说道："大盛皇帝陛下，本王曾闻楚氏长女棋力不凡，能否请教一二？"

四周瞬间静了下来，落针可闻。

一时间，不少目光齐刷刷地投向了坐在不远处的楚老太爷，神色皆有些微妙。

这京中谁人不知宣国公府的楚大姑娘聪慧绝伦、才学惊人，不过红颜薄命啊……

楚老太爷放下手中的青花瓷茶盅，缓缓地道："谢二王子赞誉，不过老夫的孙女已经不在人世……"众人从他的语气中听不出喜怒哀乐。

端木绯不由得垂眸，长翘的睫毛微颤，眸中泪光闪烁。她知道自己又让祖父他老人家伤心了……

"可惜了！"耶律辂感慨地长叹一口气，跟着又摇了摇头，"不过，今日看来，大盛人的棋力不过尔尔，这楚氏长女虽有才名，可本王记得中原有一句古语，'盛名之下，其实难副'。"

他的弦外之音就是说楚青辞也只是徒有虚名罢了。

皇帝的脸色更难看了，犹如阴云密布。

他们大盛乃天朝大国，竟然被区区一个番邦蛮夷如此羞辱！

"二王子，辞姐姐岂是你能提的？"这时，舞阳不悦地出声道，目光锐利而冰冷地看着耶律辂，"别说你连辞姐姐的一根指头都比不上，就连这个才九岁的绯妹妹都比不上！"

这一句话让周遭几十道目光都集中到了舞阳身旁的端木绯身上，不少人还记得端木绯赢了吏部尚书游君集的那局棋，神色各异。

耶律辂也顺着众人的视线看向端木绯，上下打量着这个身量才到他的胸口、好似白面团子一样的小丫头，眯了眯眼，似自言自语道："小丫头看着有点儿眼熟……你是不是姓端木？"他直接抬手指着端木绯问道。

端木绯还没说话，一旁的九华已经惊讶地问道："二王子如何知道？"

耶律辂嘴角一翘，露出一种"果然如此"的表情，淡淡地道："本王四年前曾去过一次北境扶青城，那个端木城守尉的傻子女儿就是你吧？"他的神色与语气中是毫不掩饰的轻蔑与嘲讽之意。

　　端木绯完全不记得以前曾见过耶律辂。四年前，原主才五岁，懵懵懂懂的，脑海中多数是关于父亲与姐姐的记忆。

　　端木绯抬眼看着几步外的耶律辂，黑白分明的大眼中透出一丝寒光。

　　对于两国议和，端木绯没有任何意见，毕竟两国长年征战，受害的终究是那些普通百姓与边关将士。但这北燕二王子对亡者没有一丝敬意，如此狂妄，是该好好教训教训，免得他不知天高地厚，真的以为大盛无人！

　　端木绯仰首对着耶律辂笑了，朗声道："二王子殿下，家父正是端木朗，殿下可要与我手谈一局？"

　　端木绯的声音清脆如溪水"叮咚"，清澈明净，却又透着几分挑衅之意。

　　耶律辂闻言，觉得有些可笑，不屑地嗤笑了一声。

　　"你一个傻子还敢向我二王兄挑战？！"

　　从耶律辂身后走出一个十五六岁、穿着珊瑚红斜襟胡服的异族少女。

　　那异族少女的声音里带着浓重的口音，模样与耶律辂有三四分相似，浓眉深目、面若桃花，额心垂着一串红色的珊瑚珠串，衬得她肌肤白皙胜雪，颊畔的秀发与红色丝带一起被编成了几股小辫子，随意地垂落在胸前、肩上，俏丽可爱，别有一番异族风情。

　　这个少女也是北燕使臣队中的一员，是北燕王膝下的五公主耶律琛。

　　耶律琛比端木绯要高上近一个头，以轻蔑的目光高高在上地俯视着端木绯，丰润的红唇轻扬，娇声道："我二王兄三岁学棋，十岁已经在我北燕难逢对手，还远赴东瀛，拜在东瀛第一棋圣门下，被棋圣视为其唯一的传人，三年都不曾有过败局。"

　　东瀛人好棋，大盛人也有耳闻，数百年来，也时有东瀛棋手不惜千里迢迢地渡海赴大盛切磋棋艺，这东瀛棋圣就是其中之一，曾在江南与数个棋道高手对决，罕有对手。

　　众人的面色皆变，他们心知这位北燕五公主并非夸夸其谈，刚刚那三局快棋足以见耶律辂的棋力。

　　相比之下，端木绯虽然在围棋上似乎颇有天赋，但毕竟只是个不满十岁的小姑娘，那日能在残局上找到一线生机赢了游君集，一来是因为游君集大意，二来恐怕也有几分运气与巧合的成分在。

　　现在端木绯与耶律辂这样的棋道高手从头开始下快棋，不是靠几分运气就可以赢棋的了，一旦再输，就验证了方才耶律辂那句"大盛人的棋力不过尔尔"，到时候她丢的可是大盛的脸！

众人询问的目光皆投向了皇帝。皇帝面沉如水，摩挲着拇指上的玉扳指，没有说话。

端木绯却似乎没发现其他人异样的神色，一双大眼一眨不眨地看着耶律辂，再次问道："二王子殿下，你可敢与我一战？"

这个小傻子还真是不知天高地厚！耶律辂嘴角翘得更高，笑容中的嘲讽意味却更浓了，淡淡地道："那本王就陪你随便玩玩！小丫头，你输了可千万别哭鼻子！"

端木绯甜甜地笑了，一本正经地宽慰对方道："二王子殿下放心，我输棋的时候从来不哭。说来，我也有好些年没输过棋了呢！"她掐了掐指头，似乎在不确定地算着时间。

别人只当端木绯装模作样，君然却另有一番想法。

以他对这个黑芝麻馅的小团子的了解，她说的话十有八九是认真的。

君然闻言，差点儿笑出来，只能勉强地忍耐着，肩膀抖动不已。

有趣，这太有趣了！

有道是："独乐乐不如众乐乐。"这样的好事怎么能自己独享呢？

君然悄悄对小厮招了招手，在小厮的耳边吩咐了一句，那小厮微微点头，然后就悄无声息地退了出去。这一切不过是发生在三四息之间，根本没人注意。

"端木姑娘，请。"耶律辂伸手做请状，彬彬有礼。

端木绯也不客气，率先朝临窗的棋盘走去，随便挑了个座位坐下，耶律辂也撩袍在对面坐下。

梳着鬏鬏头的少女与异族青年相对而坐，当面对棋盘时，两个人原本闲适的脸庞上都多了一分凝重的神色，只不过看在君然的眼里，这画风委实有些滑稽——就像在一幅画里，左半边还是轻柔温婉、精雕细琢的工笔画，右半边就变成浓墨重彩、豪迈奔放的写意画，他怎么看都觉得有些不和谐！

只是这么看着，君然忍不住又闷笑起来。

他眼珠子滴溜溜一转，忽然出声道："耶律二王子，你以大欺小，这要是输了，总该给些彩头吧？以本世子看，不如就以五百匹大宛马作为彩头如何？"

君然一边漫不经心地摇着折扇，一边以一种挑衅的眼神看着耶律辂，仿佛在说：你可敢赌一赌？

大宛马乃北燕的一种良马，素有"其先天马子也"之美誉，北燕视其为珍宝，他国得一匹都难。倘若大盛能得这五百匹大宛马，就能拿来繁育，改善马种，增强骑兵的战斗力。

这个机会真是可遇而不可求！

耶律辂怔了怔，似乎有些迟疑，跟着，淡淡地瞥了坐在他对面的端木绯一眼，目光一闪，还是应下了："本王就应世子所言，只不过，敢问大盛又拿何下注？"

闻言，皇帝顿时面色一沉。

君然似是不觉，笑眯眯地收起折扇，摇了摇扇子道："耶律二王子，你这就不对了。你和一个九岁的孩子比棋，还要彩头？这也太没风度了吧？"

耶律辂脸色不太好看，又看了看呆呆地坐在那里的端木绯，冷笑道："君世子提醒得是。以本王的年纪，本王都可以当这位端木姑娘的父亲了，是不该以大欺小。"反正这小丫头输定了，大盛输定了！

端木绯从头到尾只是抿嘴浅笑，大眼睛忽闪忽闪的，一脸懵懂的样子。

得逞的君然看着端木绯，笑容更浓，心道：咱们北境骑兵日后的马崽子可就靠这个小团子了！

接下来，二人就开始猜子，结果是由耶律辂执黑子先行。

"嗒！"

黑子礼貌地落在了棋盘右上角的星位上，耶律辂气定神闲，这是最常见的下法，也算是棋手给对手打的一个招呼。

端木绯挑了一下眉，两根白嫩的手指轻轻拈起一粒精致的白子，轻巧地落下了，动作不紧不慢，以最常见的定式回礼。

接下来，第三手、第四手、第五手……

两个人都从容镇定，下得不疾不徐。

快棋的规则是要棋手在十息内落下一子，一旦超出时间，就是违反规则，自然算输了。可这也不代表棋手就要一味求快，如同他们此刻这般，每六七息落下一子，就显得从容不迫。

二人在开局后不久都下得极为稳健，旁观的众人皆在心里暗暗点头。

耶律辂目光一闪，嘴角却在旁人看不到的角度勾出了一个诡异的弧度。

过了最初的十手后，耶律辂忽然一改棋风，落子的速度一步步变得迅猛，五息落一子，四息落一子，三息落一子……

随着他下棋的节奏加快，端木绯似乎也受其影响，越下越快。

观棋的众人不由得皱眉，暗道不妙。

落子无悔，快棋考验的不仅仅是一个人的棋力，更考验一个人临场的应变能力，以及处事的心态。

这位北燕二王子赢一局快棋也许是巧合，但是能连赢三局，那就是具有毋庸置疑的实力了，端木绯绝不能傻傻地与耶律辂比快啊！稳扎稳打方为制胜之道。

"喀喀！"有人在一旁努力地干咳，希望提醒端木绯不要被耶律辂所干扰。

然而，端木绯的注意力似乎完全放在了棋盘上，她全神贯注，丝毫不受影响。

"嗒、嗒、嗒……"

双方落子声交替响起，不绝于耳，回荡在这偌大的水阁中。四周寂静无声，只能偶尔听到窗外风吹树木的"沙沙"声。

那落子声越来越快，越来越密集，清脆响亮，如同急促的琵琶声，听得人提心吊胆。

一步错，步步错。

她要是下错了一步，被对方拿捏住了弱点或者落入对方的陷阱，那可就是满盘皆输啊！

像端木绯此刻这般一息就落一子，几乎没有思考的余地，她又如何能总览全局？！

这一次，大盛怕是又要输……

不少人眉头紧锁，在心里暗暗叹息。

时间在落子声中飞快地流逝，仿佛只是弹指间，一粒粒黑白子就纵横交错地占据了近半的棋盘。各自的布局渐渐成形，棋盘上在进行着一场没有血腥、没有硝烟的战争……

耶律辂看似镇定，心中早已经掀起了一片惊涛骇浪。

他故意下快棋，是因为他擅快棋。棋场如战场，连师尊东瀛棋圣都曾赞他的快棋有战将的狠辣决断之风。

他也一度以为端木绯受他影响，落入了他的陷阱，但此刻他不太确定这一点了……

他已经一次又一次地施展了必杀技，端木绯却一次次轻松地化解了他的攻势，到现在，乍一眼看去，黑白子双方不分上下，然而唯有他知道自己隐隐处于下风。

才到中盘，他必须设法改变劣势才行。

耶律辂沉思了一瞬，两息后才落子。

"嗒。"

端木绯仍然毫不犹豫地落子，似乎全然不需要思考。

那一下清脆的落子声仿佛一记重锤敲击在耶律辂的心头，他深吸一口气，停了三息才落子。

"嗒。"端木绯继续维持着一息落子的速度。

看着白子落下的位置，耶律辂额头上隐隐浮现出一根青筋……

眼看耶律辂落子的速度越来越慢，就算是那些棋力平平的人此时也瞅出了端倪：耶律辂迟疑了！他的迟疑本身就是一种无声的示弱表现，端木绯把他一步步地逼到了绝境!

这怎么可能呢？！

当四周观棋之人再细观棋盘上那杀机四伏的棋局时，皆心惊不已，不由得看向端木绯的脸庞。

小姑娘家半垂眼帘全神贯注地看着棋盘，小嘴微微抿着，似在浅笑，又似在沉思……怎么看她都只是一个天真烂漫的小丫头！

若非众人此刻在这里目睹，又如何能相信，就是这样一个小姑娘下了这样一手杀气腾腾、杀伐果敢的棋？

君然摇了摇折扇，余光正好瞥到一道颀长的身影快步走入阁内。少年剑眉凤目，面如冠玉，着一身玄色骑装，鸦羽般的乌发间还落了几片芙蓉花瓣，行色匆匆。

封炎急了吧？君然又是一阵闷笑，待封炎走近后，就用唇语轻声调侃道：放心吧，还不算太晚。

见棋局还没有结束，封炎松了一口气，根本看也没看君然，径自朝端木绯的方向看去，目光专注，仿佛在看着世上最重要的东西……

阿炎这个家伙啊……以后一定是个妻奴！君然心里暗暗叹道，眼睛却熠熠生辉——等到以后孔雀娶到了团子，肯定很有趣！

就在这时，清脆的落子声倏然停止。

君然愣了一下，才迟钝地反应过来。

难道说棋局结束了？

他急忙地看了过去，落子声果然停下了。

时间应该已经过了三息吧？

君然在心中默默数着，四、五、六……他的目光则饶有兴味地落在了耶律辂身上。

可怜的耶律辂早就不如开局前那般意气风发，此刻的他身体僵硬地坐在棋盘前，额头、颊畔的冷汗涔涔流下，那双深褐色的眼眸中瞳孔微缩，写满了难以置信的神色。

八、九……

君然还在继续默默地数数，其他人亦然。

正当众人要数到"十"的时候，耶律辂出手了，从棋盒中拈起两粒黑子放在了棋盘的右下角。

这是投子认负！

这代表他认输了！

耶律辂直愣愣地看着棋盘，口中吐出一口不甘的浊气。

"承让。"端木绯对着对方微微一笑，一双白嫩的小手开始熟练地收拾棋盘上的棋子。

四周一时静默，众人都恍如身处梦中，不敢相信地眨了眨眼。

北燕二王子认输了？！

是啊，他再不认输还能怎么办？

此时此刻，这棋盘上黑白子之间已经胜负分明。

"赢了！皇上，端木四姑娘赢了！"内侍呆若木鸡地站了几息才反应过来，朝皇帝的方向跑去，禀告这个喜讯。

因双方越下越快，内侍们连摆盘都来不及，因而皇帝只听到落子声停，却不知战况如何。

皇帝闻言，喜形于色，差点儿站起身，但总算还记得他身为皇帝的风范，于是含笑地看向右手边的端木宪："端木爱卿，你可真是养了个好孙女！"

端木绯今日在这些番邦蛮夷跟前，不仅替大盛扳回一局，更好生替他们大盛长了脸！

一个区区九岁的小姑娘就可以战胜他们北燕第一棋手，谁还敢再说"大盛人的棋力不过尔尔"？！

端木宪也松了一口气，难掩喜色，起身对着皇帝拱了拱手："承蒙皇上夸奖，臣替孙女谢过皇上。"

皇帝心情大好，发出爽朗的笑声，连带这四周的氛围也变得轻快、愉悦起来。

在场的一众大盛臣子、公子、姑娘皆喜笑颜开，与有荣焉，周遭一片语笑喧阗声，唯有耶律辂兄妹俩和几个北燕使臣的脸色不太好看。

人群后方的君然悄悄地用右手肘撞了撞封炎，压低声音戏谑道："阿炎，没想到你家小丫头的棋力不错啊！她给咱们赢了足足五百匹大宛马！"

他家的小丫头……封炎对君然这么识趣的称呼颇为满意，目光灼灼地看着正在收拾棋子的端木绯，唇角轻扬。

自打四五年前起，就连楚老太爷都下不过蓁蓁了，又何况这区区北燕王子呢？

随着白子归回棋盒，耶律辂也渐渐冷静下来，回想着刚才的棋局。端木绯的布局相当稳健，却暗藏杀机，不知不觉中自己被卷入了她的节奏中，身在局中而不自知，一着棋错，就步步错。

他太急躁了！

"耶律二王子，"君然摇着折扇走到耶律辂身旁，不客气地讨起彩头来，"别忘了你还欠我大盛五百匹大宛马呢！"想到来年就会有小马驹出生，君然心情大好。

耶律辂的表情瞬间僵住了，眼眸阴沉晦暗。

这大宛马价值重之又重，若平白让大盛得去，父王会怪罪不说，他的那些兄弟也定会落井下石。而且，两朝和谈还未开始，他就先输了五百匹大宛马，导致北燕落了下风，接下来的和谈若是不顺，恐怕父王会把这笔账算在自己的头上！

这时，皇帝笑着出声，随意地挥了挥手道："阿然，好了，这彩头什么的也不过是玩笑而已！"他们大盛乃天朝大国，怎么会如此没有风度地找这等蛮夷小国追讨那么点儿彩头呢？

耶律辂面色一喜，急忙抱拳恭维了皇帝一番："多谢大盛皇帝陛下慷慨仁义。"

君然还是笑吟吟地摇着折扇，一副漫不经心的模样，眼眸却如深不见底的幽潭，深沉幽暗。

皇帝的御驾没有久留，他与耶律辂以及使臣说了一会儿话后，就浩浩荡荡地离开了，顺便把封炎、舞阳他们也一起叫走了，说让舞阳与耶律琛好好认识一下，言外之意就是让舞阳作陪。

端木绯独自回了瑶华宫，一进屋子，就听到"咕咕"两声，一只拳头大的黑鸟拍着翅膀飞了过来，仿佛在说：你终于回来了！

看着这只自来熟的小八哥，端木绯有些头痛。

这只小八哥翅膀上的伤早就好了，它本来是山里的野鸟，在端木绯看来，最适合它的地方还是山林。可这是封炎给的鸟，她又怎么敢随便放生？所以她干脆采取了散养的方式，也不用鸟链什么的拘着它，由它自己在瑶华宫里随便乱飞。

端木绯心里其实是希望这小八哥自己飞走，那她对封炎也有交代。

谁知道这个小家伙才这么短短几天，就像被养熟了，赖在瑶华宫里不走了，还会自己找吃的。这瑶华宫上下都知道这是端木四姑娘的八哥，大家都不敢为难它，时常喂它些小米、野菜、果子，把这小八哥生生地养肥了一圈。

"咕咕！"

小八哥扑棱着翅膀，绕着端木绯飞了一圈。瞧它那圆润的身子一颠一颠的，端木绯真担心它会胖得飞不起来。

她正胡思乱想着，就听碧蝉忽然发出一声惊呼："啊！"

端木绯循声看去，一眼就看到那只小八哥长长的尖嘴一把叼住了碧蝉篮子里的那只毽子，毽子被它叼飞了起来，那长长的彩羽在半空中微微晃动着，就像是一只羽毛绚丽的小鸟……

"小八，快放下！"碧蝉紧张地脱口而出，试图伸手夺回那个毽子。

小八哥似乎觉得碧蝉在跟它玩耍，用尖尖的鸟喙把毽子往上丢，然后又接住，再抛出……

"小八，别闹了！"

碧蝉在下面追着小八哥跑来跑去，忙忙碌碌，后来连绿萝也跑来帮着碧蝉一起抓那只小八哥。

看着这二人一鸟"玩"得欢乐，端木绯心里隐约有种直觉，她们怕是摆脱不了这只不怕生的小黑鸟了。

唉，这名字都起好了，她还能怎么办？等等，这个毽子可是封炎送的，要是被小八玩坏了，她该怎么跟封炎交代？！

端木绯也着急了，赶紧使唤绿萝去取些小米，打算来个食诱……

主仆几个人一边逗鸟，一边说笑，一直等到端木绯用过晚膳后，舞阳才怏怏地回来，脸色不佳地向她抱怨着：

"绯妹妹，这帮北燕人真是无礼得很！刚刚他们还说什么听闻大盛闺秀琴、棋、书、画无一不通，想让我一展琴艺，以为我堂堂公主是歌女吗？

"绯妹妹，你知道吗？北燕王特意派那二王子和五公主来大盛，其实是想与大盛和亲的。

"听说北燕男人可以娶两个正妻，那耶律辂都二十五岁了，早就有了正妻、嫡子，就连侧妃、侍妾都有一大堆，竟然还敢妄想娶大盛公主？！"

…………

抱怨归抱怨，次日一早，舞阳还是被皇帝叫去与北燕公主做伴了。

虽然舞阳不在，端木绯却丝毫不觉得寂寞，这一整天都接二连三地有人来找她下棋，下了一局又一局。

一想到这样的日子恐怕会持续几天，端木绯饶是再有耐心，也有几分厌倦了。

她想了想，当晚就琢磨了一个残局，令人把棋局摆在瑶华宫门前，言明谁若想与她下棋，就得先破了这残局。

残局被摆出去后，没半天就引来了不少抄棋谱的宫女，她们里三层外三层地围了近半个时辰，这才慢慢散去了。

几个少年公子正聚在翠微园里，一拿到宫女抄好的棋谱，立刻就将其摊在石桌上，参详起来。

没想到，他们这一看就着了迷。

"这个棋局看着眼生得很，我好像不曾在那些知名的残谱上见过……"

"妙哉，妙哉！你们看，黑子与白子环环相扣，缠得难分难解，局中有局！"

"看似死局，又似有一条生路，可这生路又似通向另一条死路……"

蓝衣公子怔了怔，忽然发现最后一个男音有些耳生，好像不是他们在场的四个人说的。

他不由得打了一个寒战，有些僵硬地转头看去，这才发现身后不知何时多了一个身材矮胖、肥头大耳的中年男子。

凉亭中的其他三位公子也看到了此人，急忙对着那中年男子作揖行礼："游大人。"

来人正是吏部尚书游君集。

可是游君集根本没理睬他们，那神色像着了魔似的，他痴痴地看着那张棋谱，嘴里喃喃说着："妙啊！实在是妙！"

须臾，游君集才抬眼看向那蓝衣公子："程家小四，这棋谱就先暂时借我一观！"

他不客气地抄起棋谱就走了，留下凉亭中的四位公子面面相觑。

"久闻游大人是个棋痴，看来传言非虚。"

"要不我们再使人去抄一份棋谱？"

"刘兄的这个建议好！"

随着这棋谱在猎宫中传开，瑶华宫的门口又热闹起来，不时有人过来赏棋局，却一时半会儿没人能解开这残局。

于是，端木绯彻底清净了。

她的香囊才做了一半，现在她总算有时间把它做完了。

端木绯做这个香囊不是为了熏衣，而是为了驱虫。虽然现在不是夏季，但是山林间的虫蚁委实不少，她上次进山回来后就发现手腕处多了一个小红疙瘩。

她记得《御香谱》上有一个香方可以驱虫蚁，就试着找了山林中现成的可以采摘的香料、药草亲自动手调配，又缝了一个简单的葫芦形香囊。

她本就不着急，已经慢悠悠地做了四五天，到现在是万事俱备只欠东风，只要把配好的香料放入香囊中，封好口子，就大功告成了！

"咕咕！"

端木绯正俯首剪断线头的时候，小八哥激动地在案头跳着脚，张嘴叫着。

"这不是给你的。"端木绯无奈地说道。

这只贪心的小八哥啊，仿佛觉得她们准备的东西都是给它的，以致最近绿萝和碧蝉都小心翼翼的，尤其把端木绯的首饰匣子看好了，怕一不小心那些首饰就落入鸟嘴中。

"咕咕咕！"小八哥又激动地叫了几声，看它朝的方向，似乎不是对着她叫的。

端木绯想到了什么，抬眼顺着它的视线望去，窗边不知何时站了一个着靛蓝锦袍的少年，缕缕阳光下，少年无瑕的肌肤仿佛是最上等的美玉，散发着莹润的光泽。

端木绯被吓了一跳，小脸儿上却直接露出了灿烂的笑容："封公子……"他特意来找她可是有何指教？

她这一走神，手上一空，那个香囊已被小八哥尖尖的鸟喙叼走了。

小八哥一得逞，就展翅飞了起来……

"小八……"

端木绯惊呼了一声，下一瞬，就见封炎上前一步，左臂随手一抓，抓住了香囊的一端。

小八哥不死心地在半空中扑棱着翅膀，当它对上封炎那如狼一般的眼眸时，瞬间就怂了，"咕"的一声，松开鸟喙，拍拍翅膀飞走了。

封炎抓着那个葫芦形的香囊，将它凑到鼻尖闻了闻，一下子就闻出些熟悉的味道来，扬了扬眉，问道："这是驱虫的香囊？"

端木绯应了一声，有些纳闷：他是怎么"偷溜"进来的？

封炎似乎没看到端木绯微僵的小脸儿，漫不经心地说道："你的生辰快到了吧？"

端木绯怔了怔，这才迟钝地想了起来：是啊，明天就是"端木绯"的生辰了。

下一刻，就见窗外的封炎抬起右臂，端木绯这才注意到他手里拿着两个色彩绚丽的纸鸢，纸鸢尾部拖着长长的尾羽，两只双翅大展的凤凰笔触细腻，跃然纸上，似在抬首吟唱，形态十分灵动……

"这一凤一凰画得真好！"端木绯看得目不转睛，忍不住赞道。

凤为三尾，凰为两尾，也就是说这对纸鸢一只是凤鸟，一只是凰鸟。凤凰与龙一般是传说之物，要比寻常可见的猫、虎、孔雀之类的动物更为难画，其姿态只能依辈历代画作加以揣摩，因而难出新意，容易流于俗套。

然而这一对凤凰把那展翅高吟的姿态把握得极好，鹦鹉似的嘴，孔雀似的脖，鸳鸯似的身……这个画者应该很擅长画鸟。

封炎嘴角微翘，他就知道蓁蓁一定会喜欢这纸鸢的！

"这是雪鸢坊的金坊主亲手所制的纸鸢，就送给你作为生辰礼物吧。"封炎又道，只字不提这对纸鸢是他命人快马加鞭从江南刚刚送来的。

江南的雪鸢坊，端木绯也知道，是个百年老铺，专门制纸鸢，也只卖纸鸢。

那位金坊主不仅是制纸鸢的高手，也是画虫、鸟的高手，无论蝴蝶、蜻蜓、瓢虫，还是雄鹰、大鹏、孔雀等，皆画得活灵活现，为不少书画名家所称颂。

此人果然名不虚传啊！端木绯又端详起纸鸢上所绘的一凤一凰，聚精会神，完全忘了自己那个刚刚制好的香囊。

"沙沙沙……"

微风习习，枝叶摇曳，庭院中的花香被柔柔地送入窗口，风吹拂着少年与少女那柔软的鬓发和脸颊。

封炎抬眼看向风吹来的方向，下巴微抬，忽然道："今天的风力正适合放纸鸢！"

端木绯一下子就领会了封炎的意思，主动迎合道："封公子，我们去放纸鸢怎么样？"

果然，少年展颜笑了，衣如碧空，笑如灿日。

二人兵分两路，封炎是偷溜进瑶华宫的，自然只能再偷溜出去，而端木绯自是光明正大地走了瑶华宫的正门，一路闲庭信步地来到了猎宫外的广场上。

封炎早就在广场东北方的空地上等着她了，凤鸟纸鸢已经飞得高高的，那长长的尾羽被风吹得猎猎作响，灿烂的阳光给绚丽的"凤鸟"镀上了一层金色的光晕。

凤啸九天当如是！端木绯忍不住抬起小脸儿，眼睛亮晶晶的，一眨不眨地看着翱翔在高空中的纸鸢，神采奕奕。

只是这么看着，端木绯就觉得手痒痒了，三步并作两步，朝封炎小跑过去。她本想自己把那凰鸟纸鸢放上天去，谁想封炎直接把手中的线轴塞给了她。

端木绯怔了怔，温和地笑了："多谢封公子。"

她笑得欢快，脸颊上露出一对可爱的笑涡。封炎双眸发直，一声不吭地直接转过身，耳尖微红。

端木绯没在意，乐滋滋地玩起纸鸢来，扯着线轴，试图把那凤鸟纸鸢放得更高，脸上笑容绽放。

背过身的封炎嘴角微翘，在一旁熟练地把凰鸟纸鸢也放飞到空中。

然而，"凰鸟"才上天，他身后就传来了端木绯的惊呼声，"嚓"的一声，绷紧的纸鸢线擦过枝头，猛然断成两截，接着那"凤鸟"就像是挣脱牢笼般一下子顺风朝西南方展翅飞去……

"咯咯……"端木绯僵硬地笑了笑，几乎无法直视封炎乌黑如墨的凤眼。

她清了清嗓子："我去……"

最后一个"捡"字还没出口，封炎已然道："你在这里等我。"

说话间，他强势地把手中的线轴塞到了端木绯的手中，完全不容她拒绝。

端木绯抓着两个线轴，看着封炎大步流星地追那飞走的凤鸟纸鸢去了……

须臾，她便收回视线。这一回，她再也不敢放线轴了，只在心里默默祈祷这"凰鸟"千万不要没良心地与那"凤鸟"私奔了！

思索间，秋风似乎更强劲了，端木绯仰首全神贯注地盯着空中的凰鸟纸鸢。

"九华姐姐，你看这纸鸢真是好看！"

忽然，身后传来一个小姑娘清脆娇嫩的声音，端木绯耳朵动了动，觉得这个声音有些耳熟，好像是……

端木绯抓着纸鸢的线轴，转头看去，只见七八丈外两个少女正并肩朝这边走来。

一个十二岁上下，着一袭明艳的紫色骑装，落落大方，却又透着一丝骄慢，正是九华县主；另一个穿着翠色骑装的小姑娘才十来岁，比九华矮了半个头，俏丽可爱的小脸儿稚气未脱，笑盈盈的。

刚才说话的人便是这个翠衣小姑娘，端木绯也认识她。

"我记得你是端木四姑娘吧？"九华抬着下巴看着端木绯，随口说道，那骄傲的模样仿佛谁被她记得是一种莫大的荣耀。

端木绯含笑应了一声，与二人见了礼："县主、封姑娘。"

九华漫不经心地上下打量着端木绯，抬手指着上方的凰鸟纸鸢道："你这个纸鸢不错。"

说着，九华随手从左腕上拔下了一个金镶白玉镯递向端木绯，趾高气扬地说道："本县主这个镯子给你，你把这凰鸟纸鸢卖给本县主！"她这个镯子足够端木绯再去买十个甚至百个纸鸢了！

端木绯闻言，几乎傻眼了，缓缓地眨了眨自己的大眼睛。

她知道九华为人一贯跋扈，只不过，以前在她还是楚青辞时，九华从不敢在她面前这般无礼。

至于现在……凭什么她得惯着九华？

端木绯轻弯唇角，凑过去看了看九华手中的那个镯子，一本正经地说道："这玉是上好的羊脂玉……"

九华嘴角微翘，掩不住自得之色——她的东西自然是好东西——可是下一瞬就听端木绯摇头叹息道："可惜了，这要是一个完整的白玉镯子就好了……"

说着，端木绯抬眼看向九华，正色道："县主，碎玉不值钱的！"

九华皱了皱眉，道："我这玉镯可是出自江南的琅玕轩，怎么可能不值钱？！"

端木绯也不直接与她争论，抬眼又望向天空中的凰鸟纸鸢："我这个纸鸢啊，也是来自江南，是由江南最有名的雪鸢坊金坊主亲手所制。金坊主那可是做纸鸢的名家，一年只定制二十个纸鸢，现在金坊主明年的纸鸢早被人订完了，这个纸鸢那可是可遇而不可求的无价之宝！"

九华听端木绯说了一堆废话，不耐烦地直接问道："到底要多少银子你才肯卖？"她的声音猛然拔高，显得有些尖锐。

端木绯比了一根白生生的食指，给了三个字："一万两。"

"你……你说什么？！"九华被气得脸色微微发青，气急败坏地指着端木绯道，"就这么个破纸鸢你想要一万两？！"

端木绯笑眯眯地说道："县主，正所谓'物以稀为贵'。"

这时，一阵轻笑声从后方传来，封炎大步流星地朝三个人走来，手里还拿着他刚刚捡回来的凤鸟纸鸢。

那姓封的翠衣小姑娘面色微微一变，形容间多了一丝局促之色，上前一步对着封炎唤道："大哥。"

这位封姑娘是驸马封预之那位平妻所生的女儿，今年十岁，名叫封从嫣。

"炎表哥，"九华一眼就看到封炎手上的那个凤鸟纸鸢，觉得凤鸟纸鸢更为精致绚丽，不禁朝封炎走了两步，亲热地说道，"你这纸鸢真漂亮，送给我可好？"

"多谢封公子替我捡纸鸢。"不等封炎开口，端木绯便一本正经地福了福身，伸手接过那个凤鸟纸鸢，脆声道："县主，这个纸鸢也是我的。"

她笑着，没有再说话，但表情落在九华的眼里，就仿佛成了一种嘲笑。

"你……"九华狠狠地瞪着端木绯，又朝封炎看去，见封炎完全没有为自己说话的意思，气得跺了跺脚，拂袖而去。

"大哥……"封从嫣犹豫了一下，最终没有开口，叫着"九华姐姐"就追了上去。

封炎含笑盯着端木绯嘴角那丝得意扬扬的笑意，舍不得移开目光，心想：蓁蓁果然喜欢这对纸鸢！自己下次再找金坊主做个更好看的！

封炎神情更加温柔，说道："我们继续放纸鸢吧。"

给断线的纸鸢接上线后，封炎再次替端木绯把那凤鸟纸鸢放上了天，一凤一凰两个纸鸢展开羽翼，翱翔在天际，给那万里无云的蓝天平添了几分绚烂的色彩。

秋风缓缓地吹拂着，吹得树叶"簌簌"作响，也恰好把纸鸢送得更高……

少女轻快的笑声回荡在风中。

灿日冉冉高升，不知不觉中一个时辰过去了。

眼看着快要到正午了，封炎生怕端木绯晒着，开始一点点地收线。这个纸鸢刚被收下，他正要帮端木绯收她的那一个，从猎场的方向忽然传来一阵急促凌乱的马蹄声。

"嗒嗒嗒……"

那急促得好似快板声的马蹄声中隐约透着一种不祥的气息。

须臾，一个护卫模样的男子策马从猎场中飞驰而出，一直来到猎宫外，才急切地拉住了马绳。

马高抬着前蹄发出一阵嘶鸣声，来人根本等不及停好马，就仓促地翻身下马，匆匆地进了猎宫，那满头大汗、心急如焚的样子显然是有什么要事。

端木绯朝猎宫的正门口望了一眼，顺手把线轴给了封炎。她本来几乎要把这件事抛诸脑后了，然而两盏茶的工夫后，猎宫的方向就传来一阵凌乱的步履声。

刚才那个护卫带着两个太医以及几个宫女步履匆匆地从猎宫中走了出来，还有两个婆子特意抬来了肩辇，一行人浩浩荡荡，一下子吸引了广场上不少人的目光。

端木绯的目光不由得落在那两个老太医的身上，她微微蹙眉，心道：难道是出事了？

封炎似乎看出了端木绯的心思，抬手做了个手势，他的小厮落风立刻迎了过来。

"去打听一下到底出了什么事。"封炎吩咐了一句，落风立刻笑嘻嘻地领命去了。

落风悄无声息地走到两个太医身后的一个小药童身边，跟那个小药童一阵窃窃私语……

很快，落风就回来了，走到封炎和端木绯近前，压低声音禀道："公子，长庆长公主今天进了猎场，刚才偶遇一群鹿，不慎惊了马，所以才特意派人回来，又叫了太医在这边候着。"

封炎随意地挥了挥手，就把落风屏退了。

听闻出事的不是舞阳她们，端木绯就放心了。

不多时，从猎场的方向又传来了阵阵马蹄声，凌乱嘈杂，马蹄声越来越近……

一盏茶的工夫后，就见七八匹高头大马从山林中飞驰而来，马蹄飞扬，其中有好几张熟悉的面孔：君然、舞阳、耶律辂，还有——

端木绯倏然将目光停留在那个坐在耶律辂身前与他同骑的女子身上，双目微瞪，几乎傻眼了。

那是一个三十来岁、容貌艳丽的妇人，穿一袭大红色绣牡丹的骑装，修身的骑装勾勒出她婀娜丰腴的身材，一头浓密的青丝绾了一个牡丹髻，只是此刻鬓发微乱，几缕发丝垂落在眼角、颊侧，一双乌眸水光潋滟，透着几分媚色。

她，竟然是长庆长公主！

长庆慵懒地依靠在耶律辂宽阔厚实的胸膛上，精神似有些萎靡，又似有些餍足。

其他人自然也把这一幕收入眼内，众人表情各异，或惊、或羞、或讥诮、或不屑，又或不以为然，却没人敢上前斥责长庆有伤风化。

"母亲！母亲……"

后面传来九华紧张担忧的声音，伴着她凌乱的脚步声。

当九华看到马上的长庆和耶律辂时，顿时停下脚步，身子仿佛瞬间被冻僵，当场僵立。

马停稳后，耶律辂率先从马上翻身而下，潇洒不羁。

九华握了握拳，深吸一口气，若无其事地迎了上去："母亲，您没事吧？"

"九——"

长庆才吐出一个字，却身子一轻，不由得娇嗔地发出一声令人酥麻的低吟。

耶律辂长臂一伸，轻松地把长庆从马上抱了下来。

"真是麻烦二王子了！"长庆抬眼对上耶律辂深沉的褐眸，展颜一笑，眼中波光潋滟，妩媚多姿。

九华紧紧地抿着嘴角，脸色一阵青一阵白。

"公主太客气了。"耶律辂一边说，一边把长庆抱到了肩辇上，小心翼翼地放下她。起身的同时，大掌像是不经意地在她修长的脖颈间滑过，然后他才慢慢地退了一步。

四周的下人皆垂眸，当作什么也没看到。

之后，太医才快步上前给长庆把脉，望闻问切了一番。

一阵闹哄哄的鸡飞狗跳后，两个婆子扛着肩辇上的长庆朝猎宫的正门方向去了。这一群人浩浩荡荡地来，又浩浩荡荡地走了。等他们的身影从猎宫正门处消失后，其他人也渐渐散去了。

舞阳没有跟上去，面沉如水地看着那空荡荡的正门好一会儿。

"舞阳姐姐，"端木绯拿着刚收好的纸鸢来到舞阳身旁，笑眯眯地说道，"你今儿在猎场里可有什么收获？"

"就猎了一只锦鸡而已。"舞阳有些意兴阑珊地撇了撇嘴，目光投向端木绯手中的那个纸鸢，"早知道我还不如与你在这里放纸鸢呢！英雄救美？她简直跟唱戏似的！"

舞阳难掩嘲讽之色地嗤笑了一声，盯着那色彩斑斓的凰鸟纸鸢喃喃自语："明明是只凰鸟，却非要当凤鸟！"

凰鸟非要当凤鸟……端木绯忽然想到了什么，差点儿被口水呛到，恍然大悟。

"喀喀！"她不由得干咳了两声。

长庆的驸马早在五年前就过世了，长庆如今"独居"在公主府中，不过，长庆的公主府里虽然没了驸马，却热闹得很，长庆在府里养了不少"花容月貌"的美少年，可以说是夜夜笙歌。

长庆行事也不避讳，她的风流事在京中可谓人人皆知，连皇帝都有所耳闻。皇帝也曾语重心长地劝过她几句，然而她不以为然，觉得男子可以三妻四妾，女子也可以。更何况，她不是寻常女子，是皇帝唯一的胞姐，是天家血脉。

只要有皇帝在，无论她做什么，别人最多在私底下嘀咕几句，又有谁敢当着她的面来奚落、教训她？

皇帝被长庆说得哑口无言，次日，她就又往宫中给皇帝送了几个美人，逗得龙颜大悦，他也就再不管她的事了。

这么多年来，长庆一直我行我素。渐渐地，京中上下对这位长公主的行事就有了几分见怪不怪的意思。

长庆的为人、行事在大盛人看来是惊世骇俗的，然而对于北燕人而言，恐怕是稀松平常的。

端木绯虽没去过北燕，却曾读过不少关于北燕的书籍。书中说，北燕不似中原规矩森严，讲究男女七岁不同席，北燕人生性狂野奔放，素有"父死，妻其后母；兄弟死，皆取其妻妻之"的习俗。

方才耶律辂与长庆又共骑又搂抱的样子，这两个人显然颇为"投缘"……

舞阳提起过，北燕这次来是想与大盛和亲的，可是耶律辂总不能和长庆和亲吧？！

端木绯想着，神色就有些复杂，但再一想，又觉得长庆也好，耶律辂也罢，又或者和亲，都与自己没什么干系。

她定了定神，不再想这些事了。

"舞阳姐姐，你饿了没？我们一起去用午膳吧。"端木绯亲昵地挽起舞阳的胳膊，二人说笑着朝猎宫方向去了，完全把一旁的封炎忘得一干二净。

君然同情地拍了拍封炎的肩膀，也拉着他回猎宫去用午膳了。

不到半天，刚刚在广场上发生的事就一传十、十传百、百传千地在猎宫里被传开了，人人都在讨论北燕二王子在猎场中英雄救美并与长庆同骑归来的那件事，说得绘声绘色，仿佛一个个都在现场亲眼所见。

听说，长庆与耶律辂在黄昏时携手共游翠微园，谈笑风生。

听说，长庆与耶律辂在翠微园中，一个抚琴，另一个舞剑，琴瑟和鸣。

听说，耶律辂黄昏进了荣华宫后，一夜没出来。

…………

连着几日，流言非但没有平息，反而越传越热闹了，沸沸扬扬的。

# 第二十章　设　局

十月二十五日，安平长公主奉诏而来。

秋猎通常要持续一个月的时间，此时，才过去了一半。

端木绯前几天就已经知道安平要来。每年的秋猎都是这样，先是封炎随驾来九秀山，等秋猎进行到一半时，就换安平过来，封炎回京。

很显然，皇帝这十几年来，对安平和封炎母子俩一直都不放心。

倚在窗边的端木绯无意识地叹了一口气，这声叹息才逸出口，就被庭院里的微风吹散了。

端木绯抬眼看着庭院里的几丛子母草，目光微怔。

子母草也叫仙鹤草，此刻，花开满枝，朵朵小花纯白如雪，迎风傲然绽放，仿若小小的仙鹤栖息在枝头上。花瓣、草叶在秋风中微微颤动，摇曳不已。

端木绯不由得想到封炎那些见不得人的秘密，眸色微深。那朵朵摇摆着的白花映在她乌黑的眼眸中，小巧精致的花瓣如同白鹤的羽翼……

无论皇帝再如何忌惮安平和封炎，封炎的羽翼还是在皇帝不知道的时候渐渐丰满起来了，谁也不知日后会如何……

"姑娘。"

这时，绿萝的声音随着一阵打帘声响起，绿萝手里拎着一个两层的红漆木食盒。

端木绯收回视线，站起身来，抚了抚自己衣裙上的褶子，又理了理鬓发，带着绿萝一起往外走去。

她要去畅月宫给安平请安。

畅月宫就在猎宫正殿的东南方，距离瑶华宫也不过走一盏茶的工夫。当端木绯抵达畅月宫时，院子里还乱着，宫人们忙忙碌碌的，有的正在为安平整理宫殿，有的则在替封炎收拾行装。

安平来了，也代表着封炎要走了。

"端木四姑娘。"子月立刻迎了上来，亲热地将端木绯迎了进去。

宴息间里点着淡淡的熏香，如同那夏荷吐着的幽幽清香，清雅馥郁，弥漫在屋内，异香扑鼻而来。

安平正坐在一张红木万字不断头的罗汉床上，身上穿了一件海棠红宝瓶牡丹缂丝褙子，头上绾着一个简单的纂儿，发间插着一支赤金填羊脂玉发钗，耳戴白玉滴珠耳环，即便打扮清雅，仍然明艳不可方物。

她一路从京城赶来，旅途劳顿，形容间难掩风尘仆仆之色，却还是面色红润，神采奕奕。

封炎也在屋子里，正坐在下首的圈椅上，母子俩嘴角都带着淡淡的笑意，看起来都心情不错。

门帘被翻起的那一瞬，封炎的目光便粘在了端木绯身上，他嘴角翘起，那双乌黑的凤眸里闪过如流星般的璀璨光辉，心里雀跃不已：蓁蓁来给他送行了！

"长公主殿下、封公子，"端木绯走到近前，端端正正地给安平福了一礼，笑得亲热，"这是我今天刚做的一些点心……"

她想说这些点心是她特意拿来孝敬安平的，然而话还没说完，就听封炎唤了一声："落风。"

他身后的小厮落风立刻领会了自家公子的意思，上前从绿萝手里接过了那个食盒。

屋子里静了半响。

安平有些无语地看着儿子，眼角抽了一下。

她如何看不出这些点心分明就是端木绯特意给自己做的？阿炎竟然就这么厚脸皮地截和了！

封炎泰然自若地捧起一旁的粉彩茶盅，原本心里的那一丝依依不舍的感情因为这盒意外得来的点心瞬间散去了。

来日方长！他在心里默默地对自己说。

端木绯哪里敢说真话？她只能甜甜地笑。反正无论这点心谁吃，她的心意总归送到了。

封炎陪着二人说了一会儿话后，就有嬷嬷来报，说已经收拾好了公子的行装，皇帝特意派了禁军过来护送封炎回京。

皇帝的言外之意当然是催促封炎该走了。

封炎扯了扯嘴角，勾出一个似笑非笑的弧度。当安平想说几句话安抚他时，他已经爽快地站起身来，掸了掸衣袍后，对安平说道："母亲，我先走了。"

安平微微一笑，挥了挥手示意他去了。

封炎走了，屋子里只剩下安平和端木绯，端木绯担心安平失落，就凑趣地说着自她抵达猎宫后的种种见闻，说得绘声绘色，不时逗得安平莞尔一笑。

屋子里一片语笑喧阗声……直到丫鬟来禀，说驸马爷带着公子、姑娘来给安平请安。

"不见。"安平随口打发了丫鬟，又含笑对端木绯道："绯儿，你试试这毛峰，这是阿炎上次去江城时捎回来的黄山毛峰……"

说话间，一阵淡雅的茶香传来，丫鬟又泡了两盅热茶送了上来。

一闻到那诱人的茶香，端木绯就像是猫儿见了腥，眼睛一亮，捧起茶盅，陶醉地嗅了嗅茶香。

安平也抿了一口茶，然后缓缓地说道："绯儿，你可知道？一般的茶树大多长于丘陵、盆地上，唯有这黄山毛峰不同，长在黄山的高山深谷之中……'酒香不怕巷子深'，这好茶终究是好茶，被埋没不了。"

她说得意味深长，仔细地观察着端木绯的神色，心道：绯儿啊，阿炎可是顶顶的"好茶"啊！

"殿下说得是。"端木绯乖巧地附和道，"山不在高，有仙则名。"

看着她可爱乖巧的模样，安平不禁笑了，心放下了一半。这丫头虽然看着天真，却是个通透的孩子，一定会明白阿炎的好！

二人正说笑着，子月忽然匆匆地进来了，面有异色地禀道："殿下，皇上派了王公公过来，宣您去正殿。"

屋子里登时静了下来。

安平仍然神色淡淡，抚了抚衣袖道："子月，你亲自送端木姑娘回去吧。"

端木绯赶忙站起身来，向安平告辞，独自回了瑶华宫。

这个下午，平静无波。直到傍晚，一个惊人的消息如同晴天霹雳般在猎宫里炸响，震得整个猎宫都似乎摇晃了一下——北燕二王子耶律辂向皇帝求娶安平长公主！

这个消息惊得整个猎宫的人都蒙了，其中也包括端木绯和舞阳。

左次间里，宫女禀完这则消息后，屋内许久都鸦雀无声，静得一丝声响也没有。

舞阳和端木绯面面相觑，半晌，舞阳才喃喃自语道："那北燕二王子不已经是长庆姑母的入幕……"

最后的"之宾"两个字还没有说出口，舞阳骤然噤声，忽然想到端木绯刚满十岁，又不似自己在宫中耳闻目睹了不少腌臜事，还是别说这些事来污了小姑娘家的耳朵！

舞阳硬是转了话锋："安平姑母可是有驸马的，"哪怕安平现在和封预之分居两处，可名义上两个人始终是夫妻，"她怎么可能和亲呢？！"

端木绯沉默不语。

自今上登基以来，这已是第二次有外邦要求和亲。上一次是七年前，新乐郡主和亲蒲国，以换回被蒲国占去的西州和陇州。

而如今，北燕以和亲为两国交好的条件之一，不管是否诚心，耶律辂都不可能不知道安平已经成亲。然而北燕还是提出了这个要求，也太胆大妄为了，简直没有把大盛放在眼里！

之后的几天里，猎宫内人人都在感慨北燕二王子对安平真是一片痴心。

据说，耶律辂跟皇帝明言，知道安平与驸马封预之貌不合神又离，求皇帝允许二人和离。

据说，耶律辂慷慨激昂地表示，他愿意以正妃之礼迎娶安平。

据说，皇帝也有所动容，只是一时没有应下。

这些流言愈演愈烈，完全把之前耶律辂和长庆的那点儿风流韵事掩盖了过去。

这一日，旭日方升，端木绯就出了门。今日安平约了她一起出行，两个人计划先策马去九秀河，然后再泛舟游河。

端木绯还特意早起，做了些小点心，打算在泛舟时和安平共享。

端木绯带着碧蝉出了猎宫正门，熟门熟路地往马棚的方向去了，远远地就看到马棚附近的梧桐树下有一道熟悉的修长倩影。

那是安平。

今日安平穿了一身茜红色镶银边的骑装，利落大方，衬得平日里雍容明艳的她多了几分英姿飒爽的气质。

端木绯面上一喜，下一瞬，却听到一阵清亮的马蹄声，紧接着，另一道眼熟的身影进入了她的视野中。

身穿一袭湛蓝翻领胡服的耶律辂策马朝安平逼近，在离她七八步远的地方轻盈地翻身下了马。

他看起来满面春风，步履轻快，三步并作两步地朝安平走近，显然在对安平说着什么。

端木绯眉头紧皱：这个北燕二王子还真是荒唐，光天化日之下竟然就纠缠起安平来！

端木绯正打算加快脚步走过去，安平已经出声呵斥道："放肆！"

简简单单的两个字出口，安平浑身就自然而然地释放出一股上位者的气势，不怒自威，仿佛在寒风中傲然绽放的帝女花。

话音未落，她右手的马鞭如灵蛇出洞，凌厉地朝耶律辂的脸颊甩了过去……

耶律辂顿时面色一变，条件反射地抬臂去挡，"啪"的一声，马鞭重重地甩在了他的小臂上。

"你……"耶律辂狠狠地瞪着安平，脸上一阵青一阵白一阵红，色彩精彩地变化着。须臾，他冷冷地一甩袖，大步离去了。

安平长公主真是好气魄！不远处的端木绯只想为安平鼓掌，心道：历史上那赫赫有名的女帝也不过如此吧？

下一瞬，安平似乎感觉到了什么，转头朝端木绯望来，二人四目相对。

安平原本威仪的脸庞上又多了一丝笑意，她对着端木绯招了招手。

端木绯微微一笑，好像一只摇着尾巴的小奶猫一样，兴高采烈地朝安平小跑了过去："殿下。"

"绯儿，这个给你。"安平从一旁的红马上的鹿皮囊里取出另一条崭新的马鞭，塞给了端木绯，谆谆教诲道，"女子当自强、自立、自尊、自爱，谁敢对你无礼，你一鞭子抽过去就是！"

端木绯接过马鞭连连点头，看着安平的眼眸熠熠生辉，毫不掩饰她的崇拜之情。女子当如是！

安平见端木绯受教，嘴角微扬，差点儿就伸手揉端木绯柔软的发顶，并赞上一个"乖"字。

"大皇姐……"

就在这时，一个刻意拖着长音的女音突然从另一个方向传来，着一身明紫色衣裙的长庆从不远处的一棵大树后走出，乘着旭日的光芒款款而来，优雅从容又风情万种，步步生莲。

"大皇姐，别来无恙？"

安平神色淡淡地看着长庆，颔首道："托福。"她只给了两个字，一句都不愿多言。

长庆在两三步外停下脚步，掩嘴轻轻地笑，叹息道："这一眨眼的工夫，都过去十几年了，大皇姐还是一如当年在闺中般容颜如玉，清丽明艳，难怪就连耶律二王子都对大皇姐一见钟情，再见倾心……说来，姐夫和二王子都是人中俊杰，各有所长，不知如今二人在皇姐心中谁更胜一筹？"

说话间，长庆飞快地朝方才耶律辂离开的方向看了一眼，眸中一道冷光一闪而逝。

"皇妹也是，十年如一日……"安平看着长庆红唇轻启，意味深长地说道，"对本宫这般挂怀在心。"

闻言，长庆妩媚的脸庞上笑容僵了一瞬，她暗暗咬牙。

她假笑着叹了一口气，声音微冷："都是自家姐妹，本宫关心皇姐几句也是应当的。大皇姐明明风华绝代，惊采绝艳，偏偏姐夫不懂珍惜，以致皇姐如今要日日守活寡，实在是可惜了。"

安平轻抬下巴，微微一笑："本宫宁缺毋滥，当然比不上皇妹夜夜笙歌，日日换新郎了！"

长庆笑得更为妩媚，上前两步走到了安平身旁，在她耳边压低声音说道："大皇姐还是这般会装模作样，表面看起来光风霁月，暗地里却最爱夺人所好！哼，这个耶律辂，本宫不稀罕……不过，这笔账本宫记下了！"顿了一下后，长庆缓缓地道，"你好自为之。"

长庆的眼眸中透着一丝阴毒的神色。今时不同往日，安平早就不是先帝和伪帝时那个一人之下万人之上的嫡公主了！

"啪！"

一声清脆的掌掴声骤然响起，接下来就是一片死一般的寂静，空气中似有一股冷气。

长庆白皙细腻的左脸上浮现出一个清晰的五指印，半边脸立刻就肿了起来，那雪白的皮肤衬着血红的掌印，有些触目惊心。

长庆捂着左脸，难以置信地看着安平，脱口而出道："你……你敢打我？！"她被气得脑子里"嗡嗡"作响，甚至忘了自称"本宫"。

安平面不改色地收回了手，藏住那打得微微发红的掌心，冷冷地道："长庆，虽然父皇不在了，但是作为长姐，本宫还是得好好地教教你，什么叫作'言行有度'。本宫再不济，也是先帝封的一品安国公主！"

虽然两个人都是公主，可安平是先帝在世时封的正一品安国公主，位同亲王，其他如长庆等几位皇妹皆是从一品公主，比安平要低一级。

这些年来长庆风光惯了，早就把这点忘记了！

长庆顿时气血上涌，胸膛一阵剧烈地起伏，那充血的眼眸几乎瞪凸了出来。端木绯一度以为长庆会失去理智，犹如一头愤怒的野兽般撕咬过来，但长庆终究没有那么做。

她狠狠地瞪了安平一眼，仿佛在说：来日方长，这笔账咱们慢慢地清算。

她一甩头，昂首挺胸地离去了。

长庆渐渐走远，端木绯很快就收回了目光，目露异彩地看着安平，那双黑眸简直比天上的旭日还要璀璨。

见端木绯非但没有被吓到，反而神采奕奕，安平脸色更为柔和，含笑指点道：

"绯儿，你是端木府的嫡女，并非毫无倚仗的孤女，若有人胆敢欺你、辱你，不用客气。

"女子一世本不易，该肆意时自当肆意妄为些，方不负此生！

"什么妻以夫为天，夫为妻纲？！这也要看这男子当不当得起！"

暖暖的阳光给安平周身镀上了一层金色的光华，她整个人看起来雍容华贵、英气勃发。

端木绯的眼睛更亮了，一眨不眨地看着安平。

长公主殿下真乃女子之楷模也！

这一次，安平终于忍不住伸手揉了揉端木绯的发顶，然后道："绯儿，快去牵马吧，别让那些不相干的人坏了我们的兴致。"

"殿下请稍候。"端木绯就乖乖地进了马棚去牵霜纨。等霜纨亲昵地用马首蹭着她的掌心时，她突然回过神来，回味方才安平的话，表情有些古怪。

封炎以后肯定是要娶媳妇的，以后他的媳妇要是依着安平的教诲行事，那么封炎岂不是要被压得死死的？

想着一只云豹被两只母豹子压得喘不过气的样子，端木绯忍不住笑了。

这好像……还挺有趣的！

端木绯步履轻快地牵着马出了马厩，与安平一起翻身上马，二人就策马朝着九秀河的方向奔去了。

这一日，秋高气爽，万里无云，正适合出游。

端木绯与安平一起骑马、泛舟、钓鱼，又在船上享用了一桌丰盛的河鲜宴，玩得很是尽兴。二人早就把上午在马棚附近发生的那点儿龃龉忘得干干净净，一直过了未时，才慢悠悠地策马回了猎宫。

看端木绯的神色间并未露疲态，安平就带着端木绯去畅月宫里小坐。

丫鬟们手脚利落地为两位主子布茶、上点心，两个人饮上一盏茶后，原本喧嚣的心就仿佛找到了归处般，自然而然地静了下来。

安平似乎想到了什么，笑着提议道："绯儿，听说你最近很受欢迎，本宫可有幸与你手谈一局？"说着，她还故意对端木绯眨了眨眼。

一看安平神色中的那一丝戏谑之意，端木绯就知道她肯定听说了关于猎宫中那个残局的传闻，便放下茶盅，弯了弯嘴角，一本正经地颔首道："殿下的面子我当然是要给的。"

二人说话间，子月已为她们摆好了棋盘和棋盒。

略过猜子这个步骤，棋局很快就开始了。安平直接执黑子先行，不过，二人下的并非快棋，而是再寻常不过地对弈。

这一局只到中盘，安平就投子认负了，赞道："绯儿，你的棋艺果然名不虚传，难怪那残局把这一整个猎宫的高手都难住了！你快与本宫说说，那残局到底有解没解？"

端木绯一边收拾棋盘上的棋子，一边道："那我就摆给殿下瞧瞧。"

她神秘兮兮地笑了，那可爱的小模样逗得安平又是忍俊不禁。

屋子里静了下来，端木绯不紧不慢地摆起棋局来，才摆了一半，一个青衣宫女来了，捧着一个红漆雕花木匣子道："殿下，内廷司的人刚才送来了皇上赏下的一些香囊，说是可以驱虫熏衣。"

宫女打开那个红漆雕花木匣子，一股淡淡的香味扑鼻而来，可见匣子里的绣花香囊五颜六色，色彩鲜艳，被做成了各式各样的形状：葫芦形、桃形、月牙形、扇面形、圆形……琳琅满目，绣工、做工都十分精致。

"绯儿，别摆棋了，过来挑几个。"安平笑吟吟地说道，让宫女把匣子捧到了端木绯跟前。

于是，端木绯放下刚拈起的一粒黑子，道："多谢殿下。"

端木绯从那匣子里挑了一个桃形的香囊，在手上把玩了一番后，又放在鼻端嗅了嗅。

晚香玉、白芷、八角、沉香、乳香……各种香料的香味巧妙地交融在一起，令闻者精神一振。

这香囊确实可以驱虫，虽比不上她亲手制的那个，却更加馥郁，果然是术业有专攻。

端木绯微微勾唇，安平在一旁道："绯儿，本宫看这月牙形，还有葫芦形的香囊都适合你，你悬在腰带上试试。"

安平饶有兴致地唤着端木绯一个个地试了起来，试着试着，又说她有块玉佩与那个月牙形的香囊很是搭配，又使唤安嬷嬷去取。

屋子里热热闹闹的，直到子月进来禀道："殿下，皇上派人来宣您觐见。"

见状，端木绯就识趣地说道："殿下，那我就先告辞了。"

安平也没留端木绯，吩咐安嬷嬷再取个匣子，把那几个刚才挑好的香囊，还有那块羊脂玉佩都装了起来，就让端木绯回去了。

端木绯在子月的引领下穿过正堂出了屋子，就见一个三十来岁、手执拂尘的内侍正候在檐下，低眉垂眸。

"沙沙沙……"

端木绯从他身旁走过时，正好有一阵微风拂过，吹得那个内侍的袍角飞了起来，一股若有似无的熏香随风而来，钻入她的鼻中……

"阿嚏！"

端木绯鼻头一痒，打了个小小的喷嚏。

跟在她身旁的子月关心地说道："端木姑娘，您不是着凉了吧？回去记得喝点儿姜汤驱驱寒。"

"多谢子月姑娘。"

端木绯不以为意地笑了笑，出了畅月宫后，就朝瑶华宫的方向走去。

太阳刚开始西斜，秋风暖暖的，不时迎面拂来，送来四周草木花卉的气味，那些香囊的香味也从子月手中的匣子里飘了出来……

端木绯忽然想起了刚才那个内侍身上散发的熏香味，下意识地顿住了脚步。

《御香谱》中提到过一味香，名叫紫述香。

那个内侍身上的紫述香味道很淡很淡，很显然，这个紫述香并不是熏在他身上的，而应该是他之前去过某个点着紫述香的地方，或者刚刚在哪里沾到了紫述香。

紫述香来自西域某小国，在中原大盛并不常见。

那个内侍沾了这香，又跑来传唤安平，会不会……这是一个针对安平的陷阱？！

想着，端木绯瞳孔猛缩，对上了子月疑惑的眼眸："子月姑娘，你可认识刚才来宣召长公主殿下的那个内侍？"

子月怔了怔，就答道："那位是皇上身边的安公公。"

端木绯没有因此而松一口气，继续追问道："那姑娘可知道长公主殿下被皇上宣去哪里觐见？"

子月见端木绯眉头紧锁，也有些不安，立刻回道："说是去惊蛰殿，就在正殿后面。"

"子月姑娘，麻烦你赶紧去找安嬷嬷，带些人去惊蛰殿。"端木绯急忙吩咐道。

话音未落，端木绯就已经在前方的岔路上左转，朝惊蛰殿的方向跑去。

看端木绯的样子，子月知道事情肯定哪里不对，迟疑地看了端木绯离去的方向一眼，还是咬牙往回跑去。

端木绯庆幸自己今天穿了一身骑装，跑起来比襦裙、马面裙什么的可轻快、方便多了。

阵阵秋风"呼呼"地吹在她的脸上，吹得那鬓角的碎发凌乱地飞舞着。她气喘吁吁的，呼吸声随着跑动越来越重。

端木绯奋力地往前冲去，一鼓作气地穿过一条两边都是木芙蓉的小径，一栋飞檐翘角的殿宇就映入了眼帘，安平和那个安公公正走上几级石阶朝惊蛰殿的正门行去。

"殿下且留步！"

端木绯急忙拔高嗓门高呼起来，试图拦下安平。

安平闻声停下步子，转头朝端木绯的方向望来，见她跑得气喘吁吁、满头大汗的样子，疑惑地挑了挑眉。

端木绯暗暗松了一口气，幸好赶上了。

她吐了一口气，小跑着来到安平跟前，调整了一下呼吸，才道："殿下，我刚刚忘记把这个环佩还给您了……我不是故意的。"

她腼腆地笑了笑，看也没看那安公公一眼，从腰上解下一块云纹白玉环佩，不好意思地递给安平，却不动声色地用口型说了两个字：陷阱。

安平右眉挑得更高了，她没有接过那块环佩，含笑道："绯儿，你收着吧。"

"端木姑娘，既然殿下让你收着，你就收着吧。"那安公公在一旁笑吟吟地接话道，"姑娘快回去吧，皇上只宣了长公主殿下一人。"

他的言外之意就是催促端木绯赶紧离开这里。

然而下一瞬，安平毫无预警地猛然出脚，直接踹在了安公公的小腿上。

安公公痛呼一声，脚下一个趔趄，从五六级高的石阶上翻滚了下去，在平地上又滚了一圈后，一头撞在了下方一个巨大的陶瓷花盆上，发出"咚"的一声闷响。

安公公一动不动地躺在地上，两眼一翻，显然是失去了意识。

端木绯看着这一幕，也觉得自己的脑门有些发疼，一时默然，心里叹息道：真不愧是封炎的娘啊！

"啪啪啪！"安平随手击掌三声，跟着，一个劲瘦的黑衣人如幽灵般从殿宇的屋檐上纵身跃下，落地时悄无声息。

黑衣暗卫来到安平跟前，目不斜视地对着安平抱拳行礼："殿下。"

"把人带下去吧。"安平一边吩咐，一边随意地挥了一下手。

"是，殿下。"

暗卫抱拳领命后，快步走到安公公身旁，右臂一抄，好像扛沙袋般轻松地把人扛在了肩膀上，绕过惊蛰殿，一下子就没影了。

夕阳渐渐低垂，天空中布满了火烧云，从西边一直烧到东边，染红了猎宫上方的天空，仿佛熊熊火焰燃烧在天际，散发着一种不祥的气息。

惊蛰殿外，只剩下安平和端木绯二人四目相对。

周围一片寂静，偌大的庭院里空荡荡的，气氛却不冷，安平的嘴角甚至还带着淡淡的笑意。

"绯儿，你是怎么看出他有问题的？"安平亲切得好似与端木绯在闲话家常。

"是香味，紫述香。"

端木绯就把自己从安公公身上闻到紫述香的事简单地说了。

"根据《御香谱》记载，当紫述香与檀香融在一起时，会让人肝郁化火，君相火旺，痴痴呆呆，甚至产生一些幻觉……"说着，端木绯神色有些古怪，"最后导致……'花癫'。"

所谓"花癫"又称花心风，也就是俗称的花痴。

端木绯话音刚落，周遭又静了一瞬。安平唇角一勾，神色间多了一丝似笑非笑的意味。

这时，刚才的那个暗卫独自回来了，走到石阶下方，恭敬地禀道："殿下，属下已经审问了那个阉人，他说此事是长庆长公主让人安排的，他不知道其他事，长庆长公主只是吩咐他把您带来此处，再点燃殿中的檀香香炉。"

"原来是她啊。"安平淡淡地道，眸中闪烁着寒光，再一看，却又波澜不惊，颇有种"泰山崩于前而不变色"的气度。

她微微一笑，又对端木绯道："绯儿，你先回去吧，本宫进去小坐片刻。"

端木绯歪了歪脑袋，仰首看着石阶上的安平，隐约猜到了她想做什么。

"殿下，我对调香之道有几分研究，不知殿下可需要'调香'？"端木绯嘴角弯弯，眯了眯大眼睛，眸中闪着狐狸般狡黠的光。

安平深深地看着端木绯，温和地含笑道："那就劳烦绯儿出手了。"

二人都没有明言，却对彼此的心意心知肚明，默契地相视一笑。

这一瞬，这一大一小两个人的神情出奇地相似。

一旁的暗卫默默地移开了目光，觉得从这两个人的背后都看到了招摇的九尾，只差对着夕阳狂舞了。

端木绯离开了，接着，那个暗卫不知何时也消失了，只留下安平一个人。安平朝荣华宫的方向望了一眼后，就转身走进了惊蛰殿内。

"吱呀"一声，惊蛰殿的大门关闭了。

庭院里静悄悄的，直到端木绯娇小的背影消失在小径的一头，一个青蓝色的身影这才鬼鬼祟祟地从庭院外的一片芙蓉树林中走了出来，赫然是一个十四五岁的小宫女。

小宫女探头探脑地往端木绯离去的方向望了望，确信她不会回头了，才放心地朝惊蛰殿走去。见殿宇的大门闭得紧紧的，小宫女总算松了一口气。

很快，小宫女转身快步走了，完全不知道某个角落里有一双眼眸正似笑非笑地目送她离去。

夕阳落下了大半，天空一片昏黄，预示着黑夜即将到来。

小宫女熟门熟路地在猎宫中穿行，不一会儿就来到了正殿东北方的荣华宫，一直走到东次间。

她深吸一口气，小心翼翼地打帘进去了。

里面已经点起了几盏八角宫灯，宫灯把屋内照得如白昼般明亮。

长庆正慵懒地倚靠在美人榻上。她早就换了一身新的衣裙，里面穿着乳白色的鸳鸯戏水刺绣兜肚，外面披着火红纱衣，玲珑的曲线若隐若现。那纱衣的前襟半敞着，露出她胸口一大片雪白细腻的肌肤，以及兜肚下那一丝深深的沟壑……整个人看起来妖媚动人。

美人榻旁，一个容貌清秀的蓝衣少年正小心翼翼地用一方被冰水泡过的帕子为长庆冷敷着左脸。

小宫女急忙恭敬禀道："殿下，安平长公主已经随安公公进了惊蛰殿。"

长庆推开那蓝衣少年的手，嘴角微勾，吩咐道："你去继续守着，有什么消息就来回禀。"

小宫女应声后，快步退下了。

长庆随手拿起榻边一面团扇大小的龙凤纹棱花铜镜，朝镜子里看去。

冷敷了大半天后，她的左颊差不多消肿了，只是脸上的五指印仍然清晰可见。

盯着铜镜中的自己，长庆眯了眯眼，眸露怨毒之色，嘴里喃喃自语："安平，你胆敢如此待本宫！本宫定要让你身败名裂，生不如死！"

这紫述香可是个好东西，就让她的好皇姐好好"享受"一番吧！

今晚，皇帝会带领朝臣在惊蛰殿中招待几个北燕使臣，过一会儿，他们就会亲眼看到安平那副不堪入目的样子，届时，安平势必声名尽毁，从此再无颜见人！

等受了这次教训后，安平想必能深切地体会到什么叫今时不同往日。现在可不是伪帝那会儿了，她也该从过去的美梦中清醒过来，看清她自己的身份了！

想着，长庆心中涌起一阵快意与期待，嘴角泛起一丝冷笑。

很快，这场她精心谋划的好戏就会拉开帷幕了，而她就等着瞧热闹吧！

长庆心中一阵雀跃，随意地做了一个手势，就有另一个俊美的翠衣少年捧着一个酒盏过来了。

"殿下，让我来服侍您吧。"翠衣少年微微一笑，神色殷勤、诱人。

"哦——"长庆漫不经心地拖着尾音，红艳艳的樱唇翘起，如血似火，透着一种危险而妖魅的美。

长庆与翠衣少年好一阵耳鬓厮磨。约莫过了一炷的时间，刚才那个小宫女又回来了，神色间难掩一丝忐忑之意。

"殿下，安平长公主进了惊蛰殿后，只待了一炷香的工夫，就从里面出来了……"小宫女小脸儿低垂，战战兢兢的，完全不敢直视长庆。

这也就是说，安平好好的，什么事都没有发生？！

长庆本来只等着听安平的笑话，好好地乐上一阵，没想到迎来的却是这个结果。

长庆的脸色瞬间变了，她一下子从美人榻上坐了起来，正好撞落了一旁的棱花铜镜，"咣当"一声，铜镜重重地摔在地上，又滚出去好一段距离才停下来。

"你说什么？！你再说一遍！"长庆震怒地看着那个小宫女，拔高嗓门尖声道，"安公公人呢？让他速速来见本宫！"定是安公公哪里出了什么差错，没把事情办成！

"是，殿下。"小宫女唯唯诺诺地应了，再次退下。

然而，小宫女迟迟未归，眨眼间，又是一炷香的工夫过去了，还是没见安公公的身影。长庆周身的气息更为阴沉，一屋子的人皆噤若寒蝉，连大气都不敢喘一下。

眼看着宫宴开始的时间就快到了，一个嬷嬷大着胆子提醒道："殿下，时候不早了，可要准备梳洗？"

长庆虽然心中烦躁，但也知轻重。今天皇帝设宴招待北燕使臣，也是为了谈论和亲的事，她怎么也该到场。

"替本宫梳妆！"

长庆话音刚落，一众宫人纷纷上前服侍她沐浴更衣、梳妆打扮，足足忙了半个多时辰，她才着装完毕。长庆换上了一身真红色百鸟朝凤缂丝褙子，里头是粉色小竖领中衣，下面为一条银灰色马面裙，再配上鬓发间那绚丽夺目的赤金满池娇分心，如漫天星辰般的宝石璀璨生辉，衬得她一张绝世丽颜妩媚动人。

她脸上的五指印被厚厚的脂粉遮得一丝不露，乍一眼看去，肌肤光洁无瑕。

长庆揽镜自怜，颇为满意，就站起身来，在宫人们的簇拥下离开了荣华宫，往惊蛰殿的方向去了。

等她来到惊蛰殿外时，夕阳几乎完全落下，天空阴沉沉的一片，只余下西方天空中最后一抹红色，猎宫四周陆续地点起了一盏盏宫灯。

长庆走到殿门外的石阶下，正欲上石阶，就听另一边传来一阵说笑声，几个宫人簇拥着一道熟悉的、高挑的身影，也朝这边走来。

长庆下意识地驻足，抬眼看着对方。

这还真是冤家路窄！

安平也仔细地梳妆打扮过了，换了一袭簇新的浅金色绣飞凤牡丹宫裙，在宫灯的荧荧光辉下，她白皙的肌肤泛着如玉般的光泽。

她一头浓密的青丝绾了一个堕马髻，头上戴着一支赤金点翠九尾凤钗，凤口衔着一颗晶莹剔透的东珠，东珠垂在她的额心处，赤金点翠九尾如孔雀开屏般舒展开来，华贵夺目。

长庆的眼眸死死地盯着那赤金点翠九尾凤钗，双拳不由得在袖中紧握。

这凤钗是由父皇亲手所绘，后着人定制送与元后的。元后仙逝后，凤钗并未随葬皇陵，而是由父皇在安平十五岁那年亲手赐给安平，父皇还封她为正一品安国公主。

往事历历在目，长庆心中似被点燃了一簇火苗，忌妒之火越烧越烈，忍不住对着两三步外的安平嘲讽道："大皇姐，你怎么还戴着这等陈旧首饰？若是大皇姐如今日子过得拮据，与本宫说一声，本宫给皇姐送些本宫不用的首饰就是！"

安平与长庆四目相对，二人皆眉眼含笑，目光相撞之处却火花四射。

安平的眸中闪过一丝不屑的神情——她这个皇妹也就这点儿上不了台面的手段了。

"不必了，皇妹留着自己用便是。"安平淡声道，"本宫心领了，一定会好生回报皇妹的一番'心意'！"

她语气意味深长，眸中更是射出一道如利刃般的寒芒。

长庆闻言，心里"咯噔"一下：安平这话是什么意思？！难不成她知道了什么？

想到至今还不见人影的安公公，长庆一瞬间有些不安，但随即就不屑地撇了撇嘴。

哼，安平就算知道了又如何？如今的安平看着是大盛的长公主，但是说穿了，不过是一个娘家无依、夫家又靠不上的女人罢了，她又能拿自己如何？

就算安平找皇帝告发自己，皇帝也会向着自己，而不会向着她！

只不过，今晚皇帝要宴请北燕使臣，自己若是在此与安平撕扯，害得皇帝在北燕使臣面前丢了颜面，皇帝恐怕会恼上一段时日。

有道是："瓷器不与烂瓦碰。"自己且让安平再逍遥一时便是！

"大皇姐知道本宫的心意就好。"长庆随口敷衍道。她不打算继续和安平纠缠下去，提起裙裾就要跨上石阶，却被安平拦下。

安平用右掌轻轻地拍着长庆的左肩，似笑非笑地提醒道："皇妹，长姐如母。姐妹之间，争归争，闹归闹，该有的体面还是应该要有的，可不能当着外人的面没规没矩，让人看了笑话。"

安平的言外之意是说，自己走在长姐前面是何道理？

长庆被气得咬牙，心中暗恨：安平早上一巴掌打在自己的脸上时，怎么就不见她讲什么体面和规矩了？！

长庆稍稍迟疑了一下，安平就已经收回了手，大步朝石阶上走去，昂首挺胸，英姿飒爽。

在安平身后好似隐形人一样的端木绯急忙拎着裙裾跟了上去，不客气地借了安平的光，走在了长庆的前面。

惊蛰殿内，雕梁画栋，金碧辉煌，空气中弥漫着淡淡的月麟香，目光所及之处，人头攒动，热闹非凡。

除了皇帝和几位北燕使臣，大部分的宾客已经到了，在各自的席位上落座，三五成群地说着话。

在一个宫女的引领下，安平进殿坐了下来，笑着对端木绯道："绯儿，你不必在这里陪本宫，去和舞阳、涵星她们玩吧。"这惊蛰殿中有这么多双眼睛盯着，安平担心端木绯一直留在自己身边会有不少闲言碎语。

端木绯微微一笑，知道安平的心意，温顺地福了福身，就朝前方的舞阳、涵星和云华她们走去。

"绯妹妹！"舞阳笑吟吟地对着端木绯招了招手，"来试试这虎眼窝丝糖，又香又甜，糖丝极细……"

"虎眼窝丝糖太甜了，绯表妹，你还是试试这金丝蜜枣吧。"

"这两个都甜！舞阳、涵星，你们俩还真是'不是一家人，不进一家门'！"云华在一旁取笑道。

姑娘们聚在一起，围绕着点戏、首饰、香囊什么的，有说不完的话。

又过了一盏茶的工夫，从殿门口的方向传来一片语笑喧阗声。

殿内的众人循声看去，就见皇帝带着耶律辂、耶律琛以及几个北燕使臣来了。

众人纷纷起身相迎，待皇帝在最前方的御座上落座后，众人便齐声给皇帝行礼，喊声整齐划一，几乎掀翻屋顶。

皇帝道了一声"免礼"，众人就又坐了下来。紧接着，一阵悠扬悦耳的乐声响起，宫人们训练有素地给众宾客上了酒水、菜肴，穿梭来往，整齐利落。

很快，殿内一片觥筹交错、欢声笑语的景象。

端木绯慢悠悠地饮着茶、吃着菜，偶尔与舞阳她们说几句话，却也留了一半的心神在另一个人的身上。

又啜了一口茶后，端木绯借着茶盅的遮挡，再次望向长庆，唇角微翘，心里暗道：时间应该差不多了吧？

坐在御座右下方的长庆正抬手拿起粉彩酒盏，可是这酒盏才凑到唇边，她就突然觉得一阵眩晕感袭来，眼前更是一片模糊……

她右手一颤，酒盏差点儿就要脱手而出，盏中酒出了少许酒水，弄湿了红木案几。

一旁服侍的宫女眼明手快地用一方帕子擦干了案几。

长庆皱了皱眉，放下手中的酒盏，轻抬素手，揉了揉眉心，感觉浑身暖烘烘的，神志有些迷离。她再看向四周，仿佛眼前被蒙上了一层薄纱，周遭的东西都模模糊糊的。

她又揉了揉眉心，心道：难不成自己喝醉了？

她虽然才喝了三四杯酒而已，却是空腹喝的。都说空腹饮酒容易醉，原来是真的……

思索间，长庆觉得身子更热了，头也更沉了。

她扶着额头站起身来，道："扶本宫出去醒醒酒……"

"是，殿下。"宫女恭敬地应了一声，小心地搀扶着长庆的左臂，往殿外走去。

长庆的脸颊被酒气染得微红，娇艳欲滴得仿佛那春日绽放的粉桃，呼吸也渐渐重了起来。

她慢悠悠地往前走着，忽然，视野中映入一道挺拔如修竹般的背影。

青年挺直腰板坐在案几后，一袭青碧的胡服包裹着他的蜂腰猿背，英武健硕。他的一头乌发被粗犷的青铜箍束起，露出修长的脖颈，灯火下，那小麦色的肌肤泛着琥珀般的光泽……

"辂……"

她不禁驻足，唇齿间溢出一声柔媚的声音，似乎在唤着某人的名字，又似乎在呻吟。

耶律辂闻声转过头来，五官俊美，一双褐眸在宫灯的光辉中光华璀璨，如那夜空中最闪亮的星辰。

"长公主殿下。"耶律辂对着她微微一笑，眉眼一挑，笑容中带着一丝暧昧与邪魅之意。

长庆顿时心口一阵火烫，痴痴地看着耶律辂，意识飞远，脑海中闪过他们之前耳鬓厮磨、缠绵温存的一幕幕画面：他们肌肤相贴，唇舌交缠……

一瞬间，长庆完全不记得自己身在何处，眼里只看得到耶律辂。

"辂郎……"

她脚下一软，身子就像是瞬间失去了力气，朝耶律辂倒去……

耶律辂见她娇软的身子倒来，霍地站起身，右臂一抬，轻松地揽住了她纤细的腰，再顺势一个转身，卸去了力道。

长庆就这么仰躺在他有力的臂弯与温暖的怀抱中，右手顺势揽住了他的蜂腰，只觉得自己浑身都被男子的阳刚之气所环绕，看着他的眸子里春情脉脉、波光流转。

耶律辂的目光却投向了不远处的安平，他挑了挑眉，对着安平勾出一个意味深长的浅笑，细长的眼眸半眯时如狐狸般魅惑而富有挑衅意味，仿佛在炫耀着自己的魅力。

下一瞬，耶律辂大臂一收，轻松地将长庆的娇躯扶直了，胳膊却仍然搭在长庆纤细的腰上，一本正经地俯首对着她说道："殿下，本王与你已经结束了，你们中原有一句话，叫'好聚好散'……"

"辂郎！"长庆又凑近半步，那丰满的胸脯几乎贴在了耶律辂的胸膛上，目光痴痴地粘在他俊朗的脸庞上，"我们在一起时是那么美好，难道你忘得了吗？"长庆说到后来，声音近乎呢喃，眼里似乎只有耶律辂，再无旁人。

两个人近得仿佛在耳鬓厮磨。

满场哗然，那些大臣、女眷都傻眼了，神色各异。

他们早知道长庆风流多情，却万万没有想到她竟然如此不知羞耻，在大庭广众之下就对北燕二王子投怀送抱，视众人为无物！这简直是伤风败俗啊！

不少人暗暗地交换着眼神，心里都在猜测着：莫非长庆长公主是因为耶律辂一意求娶安平长公主，以致妒火中烧，才会酒后失态，甚至借酒装疯？！

以这位长公主平日里的作风，这似乎也不无可能！

舞阳和涵星皆面沉如水，感觉他们慕家姑娘的脸面都快被长庆皇姑母给丢尽了，心想：长庆皇姑母还是一点儿廉耻之心都没有，真是丢人现眼！

舞阳身旁的端木绯却微微勾起嘴角，悄悄地朝安平的方向望了一眼，安平正似笑非笑地捧起茶盅，一副漫不经心的模样。

二人对视了一眼，安平捧着茶盅的右手轻轻勾了一下尾指。

端木绯笑了，随手从一碟蜜饯里拈了一颗，尾指也顺势翘了翘，仿佛与安平遥遥相对地勾了勾手指。

蜜饯入口后，那种酸甜可口的味道弥漫在口腔中，端木绯笑容更深，笑眯眯地继续看热闹。

"本宫好热……"

长庆眼神迷离，红唇微嘟，喃喃地说着，娇躯柔弱无骨地歪在耶律辂的胸膛上，右手扯着自己的领口，一下、两下……她的领口被她扯松，露出雪白的脖颈处一段诱人的锁骨……

殿内众人皆目瞪口呆！这当众投怀送抱已经够伤风败俗了，没想到长庆竟然欲当众宽衣解带！

"还愣着做什么？！"九华第一个反应过来，跺了跺脚，对着长庆身旁的那个宫女尖声叫道，"母亲醉了，还不赶紧扶她下去歇息？！"九华的小脸儿一阵青一阵白。

那个宫女这才回过神来，连忙去搀扶长庆，试图把她带走。长庆却不依，嘴里还嘟囔着："走开，谁也别想分开本宫和辂郎……"

她用双臂紧紧地环住了耶律辂的腰不放，把脸颊埋在他宽厚的胸前，呢喃着：

"辂郎，你别走……"

耶律辂的脸上难掩尴尬之色，他本想推开长庆，但一向自诩风流，不对女子动粗，只好柔声道："好，殿下你醉了，不如让人扶你去休息一下吧？"

"本宫没醉！本宫不去！"长庆哪里肯依？她反而如八爪鱼般把耶律辂缠得更紧了，还痴笑着。

"殿下。"又一个宫女也跑来扶长庆，四个人如市井小民般撕扯成一团，只听"刺啦"一声，耶律辂身上的蔚蓝色胡服被长庆扯开了一大片，露出了小麦色的精壮胸膛和微微隆起的肌肉……

殿内的女眷们被惊得眼珠子差点儿掉下来，低呼一声后，移开了视线。

衣料的撕扯声和四周的哗然声仿佛一盆冷水倒在长庆的头上，她打了个激灵，原本眩晕的脑袋一下子就清醒了不少。她傻愣愣地看着抓在自己手里的衣料，简直不敢相信这是自己所为……她心中一片混乱，几乎无法思考。

前方御座上的皇帝自然把刚才的一幕幕画面收入眼内，已经看蒙了。

这猎宫不大不小，有什么风吹草动根本就瞒不住人。皇帝也曾断断续续地从内侍那里耳闻过长庆和耶律辂的一些风流韵事，但长庆一贯风流，皇帝就以为这不过是她一时贪图新鲜，如今看来，这一次似乎有几分不同。

皇帝这样想着，目光不由得投向了安平。

长庆对安平的心思，他作为皇弟再了解不过，恐怕长庆对耶律辂只有四五分真心，另外一部分原因是耶律辂一意求娶安平，刺激了长庆……

唉——

皇帝在心里幽幽地叹息。不管怎么样，长庆是自己的胞姐，他得为她做主，总不能看着她求而不得，心生魔障。

皇帝清了清嗓子，顿时吸引了殿内其他人的注意力。

"二皇姐，"皇帝抬眼望着长庆和耶律辂，犹豫了一瞬后，温和地说道，"耶律二王子，若是你们彼此有意，朕可以下旨为你们赐婚……"

听皇帝的语气，他仿佛完全忘了刚才耶律辂对长庆说的那句"好聚好散"。

如今大盛和北燕两国议和，诸事待定。现在皇帝主动提出要为长庆做主，那么耶律辂又当如何选择呢？

闻言，耶律辂脸色阴晴不定，久久没有说话。

殿内众人则更为神色诡异，瞠目结舌，心道：说来，长庆长公主与这耶律二王子也算是什么锅配什么盖了！

至于九华，她面上仿佛染了墨，黑如焦炭，差点儿就脱口反对。然而她知道对方可是皇帝，哪怕皇帝素来疼爱自己，也不会纵容自己当着这么多人的面扇他的脸面！

九华暗暗地攥紧拳头，指甲深深地陷进了掌心里。

众人的目光再次集中到长庆和耶律辂身上，长庆脸色越发潮红了，眸中水波流转，欲迎还拒……

"皇——"长庆樱唇微启，正要说什么，忽然两眼一翻，软软地倒了下去……

"殿下！"

"母亲！"

"长庆！"

紧张的惊呼声几乎同时响起，距离长庆最近的耶律辂一把将长庆拦腰抱起，接下来殿内就是一片混乱：有人围过去查看长庆的状况，有人匆匆地跑去喊太医，又有人引着耶律辂把长庆抱去了隔壁的左稍间……

剩下的满殿的人面面相觑：这到底是怎么回事？！

晚宴继续进行着，却再不复之前热闹的场景，无论是长庆，还是耶律辂，都再也没回来，连皇帝也没心思提和亲的事了。

过了半个时辰，晚宴就在一种尴尬的气氛中结束了。外面的天色早已经一片漆黑，月明星稀，一更天的锣声遥遥地传来，众宾客各自散去……

夜深了，人也静了，唯有夜空中的星星闪烁，俯视着人世百态。

当夜，猎宫中渐渐传起了一些风言风语——

不少人言之凿凿地说，长庆长公主对那北燕的耶律二王子痴心一片，但无奈落花有意，流水无情，正是因为一片痴心得不到回应，长庆长公主昨晚才会酒后失态。

听说啊，太医院的几位太医给长庆长公主诊脉后，探知她肝郁化火，君相火旺，肝风内动，是得了花癫。此症多为女子所愿不遂或失去恋慕的男子所致，正是那俗称的花痴。

又有人悄悄去查了太医院给长庆长公主抓的药，发现药方乃龙胆泻肝汤，有清脏腑热、清泻肝胆实火之功效，稍懂些医理的人都知道这龙胆泻肝汤是用来治疗花癫的。

这也就等于从侧面印证了长庆患了花癫的这个猜测，一时猎宫里的众人再次哗然。

各种流言蜚语被传得沸沸扬扬，经的嘴多了，某些传言就变得夸张起来。甚至有人信誓旦旦地说，长庆长公主在惊蛰殿里当场对着耶律辂宽衣解带，半露酥胸云云。

同样是与番邦和亲，有人不免想起了七年前和亲蒲国的新乐郡主。

伪帝的嫡妻许氏，其父为两广总督，总管两广等地军务、粮饷兼巡抚事宜，乃封疆大吏。新乐郡主就是许氏的同胞幼妹，名唤许景思。

七年前，蒲国出兵大盛，最终夺了陇州与西州。为拿回两州，大盛答应了蒲国提出的一系列条件，其中就包括送公主和亲。

但是，今上的公主们都年幼，舞阳彼时还不满七岁，先帝的几位公主均已出嫁。一开始，今上是想选一位宗室女封为公主，然后和亲蒲国，然而一来没几个适龄的人选；二来唯一一个适龄的宗室女是礼亲王府的嫡女。礼亲王是先帝的二弟，又对今上拥立有功，对今上直言不愿宝贝闺女和亲番邦，今上自然不能勉强。

彼时，今上为难之际，许景思主动提出自己愿意和亲，以换得许家满门回归故里，再不涉朝政。

今上应了，特封许景思为新乐郡主，和亲蒲国，两国从此结为姻亲之好。

这一眨眼间七年已经过去了。

这七年来，大盛与蒲国相安无事，蒲国不再骚扰大盛西北边境，边境的百姓都感念新乐郡主的功绩与恩德。

相比之下，长庆与耶律辂的这件丑事，人人都看在眼里，简直让大盛皇室丢尽了颜面。

虽然过了一晚，舞阳还是义愤难平，忍不住地说道：

"丢人，真是丢人！绯妹妹，我真是羞于有这么个皇姑母！

"我们若非皇家女儿，出了这样一位姑母，一辱俱辱，慕家的姑娘们恐怕都要出家做姑子去了。

"我下面的几个妹妹都还年幼呢，父皇也不怕她们有样学样！

"现在可好了！和亲是两国大事，却搞得好似一场闹剧，长庆皇姑母一时当着大家的面与那耶律辂亲热，一时又反悔说不肯和亲，她真当和亲是玩笑啊！

"难道她以为，堂堂北燕二王子会留在她的公主府里当她的禁脔不成？！"

舞阳绷着小脸儿，被气得胸膛微微起伏着。

"舞阳姐姐，别为了这些不相干的事气坏自己。"端木绯脆声安抚道，"我来给你沏壶茉莉花茶，消消火。"

端木绯不疾不徐地起身去给舞阳泡茶，脑海中回想着昨晚惊蛰殿中长庆对耶律辂投怀送抱的那一幕……

昨日黄昏，端木绯与安平告别后，先拦下了安嬷嬷她们，然后就回了瑶华宫亲自配香。

端木绯在紫述香中加入了适量的檀香，制成一味"春花散"。然而春花散的药效太猛，她就依着《御香谱》，加了龙涎香，一来是为了掩盖紫述香特有的香味；二来也是为了稀释春花散，让它发作得慢一些。她又添了苏合香，让春花散消散得更快一些。

在晚宴开始前，她和安平是故意凑着时间与长庆在惊蛰殿外"偶遇"的，安平借着轻拍长庆肩头的机会把春花散拍在了长庆的身上。

接下来，她们就只等春花散发挥它的作用，干扰长庆的神志了……

她们把一切都计算得刚刚好。

端木绯嘴角微翘，将滚烫的沸水倒入茶盅中，朵朵茉莉花在热水中倏然绽放，不一会儿，屋子里就弥漫起茉莉花茶淡淡的香味。

舞阳饮了半杯茶后，感觉心绪平复了不少，正想与端木绯讨论明日的计划，一个青衣宫女快步进来禀道："殿下，皇上正让钦天监择吉日，许是要启程回京了。"

这个消息不仅传到了舞阳的耳中，也在猎宫各处传开了，一下子就转移了众人的注意力。

猎宫上下都兴高采烈地开始收拾东西，讨论回京的事宜。

他们离京已经大半个月，不少人已经开始思念自己的家人以及京城的种种繁华、便利。

次日一早，舞阳、涵星和云华她们又拉着端木绯跑去猎场玩，想着过几日就要启程回京了，等她们回了京城，想要这样随性地秋游、狩猎，可就没这么便捷了。

姑娘们都穿了骑装，带了弓箭，兴致勃勃。

然而她们才出猎宫，就听到身后传来一个气喘吁吁的男音："端木姑娘，且留步！端木姑娘……"

正往马棚去的姑娘们便停下脚步，循声望去。

众人只见一个身材矮胖的中年男子提着袍裾从猎宫的正门跨步跑出，跑得上气不接下气，油光满面的，一袭石青直裰衬得他那肥硕的身体像一个巨大的冬瓜，而这个"冬瓜"正朝她们滚来。

此人正是吏部天官游君集。

"端木姑娘……"游君集在几步外停下脚步，一边从袖中掏出一方帕子，擦了擦额头上的汗，一边笑容可掬地说道，"你摆的那个残局我已经解开了！走，走，走，快随我下棋去。"

他一笑起来，眯着细眼，再配上那副大腹便便的样子，有几分弥勒佛的感觉。

涵星闻言眉头一皱，娇声道："游大人，我们马上要去猎场，等回来再下也不迟。"

"臣不敢耽误四公主殿下。臣找的人是端木姑娘。"游君集笑眯眯地拱了拱手。

说着，他又看向端木绯，用柔和的声音诱哄道："端木家的小丫头，打猎有什么好玩的？咱们还是下棋去吧。要不，你要吃什么野味，跟我说，我找人给你打去。"

瞧他那插科打诨的样子，若非知道他的身份，有人几乎要怀疑这是从哪里跑来的拐子想要拐骗小姑娘呢！

端木绯不由得失笑，那个棋局摆了好些天了，本来就是一时兴起，其实连瑶华宫门口的棋盘也早就被她收了，她自己几乎快忘了这回事……

不过残局的事，她有言在先，当然不能食言。

端木绯歉然地看向舞阳、涵星、云华，说道："舞阳姐姐、涵星表姐、云华姐姐，你们去玩吧，我陪游大人下一局，明日再与你们玩。"

游君集顿时喜笑颜开，搓着手道："你这丫头不错！下完棋，我请你喝……""酒"字差点儿就要脱口而出，他急忙改口道，"喝茶！"

说着，他就招呼着端木绯往西北方的凉棚去了。

几位姑娘这才注意到他身后的小厮手里还捧着棋盘和棋盒，忍不住笑了出来。不知道谁嘀咕了一句："他果然是棋痴。"

涵星她们牵了马后，说说笑笑地去了猎场，唯有舞阳改变主意留了下来，跟过去观棋。

前去观棋的人不仅有舞阳，还有广场上的其他人，他们都好奇地聚了过来。对于端木绯摆的那个残局，众人有所耳闻，看过棋谱的人就算没有十之七八，也有十之五六。

没到一盏茶的工夫，那片凉棚就被围得水泄不通，里三层外三层都是观棋之人，还有更多的人闻讯赶来……

凉棚下，人虽多，却是一片寂静。众人来到此处以后，仿佛瞬间被收去了声音，一个个都屏息静心观棋。

凉棚下居中的那张桌子边，游君集与端木绯对着棋盘面对面地坐着，一大一小两个人沉默地下着棋。

虽然这局棋不是快棋，但是二人下得很快，十息落一子。

游君集对着残局的棋谱钻研了五六天，早就对这棋局的布局与变化了然于心，有条不紊地按照心中的方案落着子。

端木绯也不遑多让，胸有成竹地一一化解游君集的每一个攻势。

"嗒、嗒、嗒……"

时间在这单调而规律的落子声中过得极快，眨眼间，一炷香的时间过了，局势变得更为复杂，棋子密密麻麻的，其他人思考的速度几乎跟不上他们落子的速度。

"嗒！"

端木绯弯着小嘴，又在"十七星，三"的位置上落下一颗白子。

"妙！"一旁的人群中，一个少年公子低呼了一声，但随即又像是想到什么，骤然噤声。

众人皆不赞同地朝那个少年公子看了一眼，少年公子赔笑一声，用扇子挡了挡嘴，跟着，众人就再次看向了游君集。

只见游君集伸出两根圆润的手指，从棋盒中拈起了一颗黑子，指尖微微扬起。正当众人以为他要落子的时候，他的手又迟疑地顿在了半空中，眉头微蹙……

接下来好一段时间，游君集都是一动不动的，仿若一尊石像，显然是陷入了苦思之中。

这下，连落子声都消失了，四周一片死寂，鸦雀无声。

不少观棋之人暗暗地交换着眼神：看来游君集要输了。此时，他们再看棋盘和端木绯，都在心里咋舌不已。

这位端木四姑娘小小年纪，但在棋弈上的造诣委实惊人，也不知道过几年又会成长为怎样惊采绝艳之人。

在众人灼灼的目光下，端木绯依旧从容镇定，慢悠悠地捧起一旁的茶盅抿了一口茶……

"游大人！游大人……"

也不知道过了多久，从猎宫的方向传来一阵内侍尖细的高呼声，伴随着一阵凌乱的脚步声。

围观的人群中立刻有人认出了那个内侍："那不是章公公吗？"

章公公是在皇帝身旁近身服侍的内侍之一，瞧他火急火燎地跑来找游君集的模样，众人隐约猜到可能是皇帝有事宣游君集，纷纷给那气喘吁吁的章公公让了道。

果然如此。

"游大人，小的可算找到您了！皇上宣您即刻去正殿觐见！"满头大汗的章公公急匆匆地说道。

游君集的眼睛仍然死死地盯着眼前的棋盘——他觉得自己只差一步，不对，只差半步就可以想到应对之道了。

他实在舍不得在这个关口离开，随口问："可是出了什么事？"

章公公不由得面露犹豫之色，不过也知道游君集素有"棋痴"之名，想要把这位"棋痴"从棋盘边拖走恐怕不易。

章公公迟疑地朝端木绯看了一眼，最终俯身在游君集的耳边悄声答道："游大人，有御使上折弹劾闽州李家私卖军粮，通敌叛国。"

他虽然说得小声，但是端木绯和舞阳都离得近，每个字都听得一清二楚。

舞阳双目一瞪，眉头紧锁，看向身旁的端木绯。端木绯却神色自若，仿若未闻般说道："既然游大人有要事在身，还请自便。"

游君集幽幽地叹了一口气，依依不舍地放下了手中的黑子。若非事关重大，他真是舍不得啊……

他转头对在一旁服侍的小厮反复叮嘱道："给我把棋局保存好了，可千万不许他人随意乱动。"

小厮自是连连保证。

"端木家的小丫头，"游君集一脸歉意地看着端木绯，似乎怕她恼了般地好声安抚道，"等我办完了事，咱们晚点儿继续下。"

说着，他站起身来，对着端木绯拱了拱手，匆匆地走了。

他心里还在想着他的棋局，丝毫没有意识到闽州李家正是眼前这位小棋友的亲外祖家。

在短暂震惊后，舞阳就回过神来，连忙出声安慰端木绯，说道："绯妹妹，你不用担心，父皇一定会下令严查，李家不会有事的。"

说着，她拉起端木绯的一只小手，絮絮叨叨地说道："那些御史平日里也没少弹劾别人，这样的弹劾折子时不时地就会有人呈上来，多是雷声大雨点小，不会有事的……"

端木绯微微垂眸，默不作声，那长翘如蝉翼的睫毛微微扇动着，如点漆般的眼瞳里闪过一道流光。

"哗啦啦……"一振强风忽然刮来，吹得她们上方的凉棚还有四周的树木都摇晃作响。

风一阵比一阵强烈，那"呼呼"声仿佛无数人在低语，将整个猎宫席卷其中。

闽州李家盗卖军粮一事由李御史上折呈到了皇帝御前，当日，皇帝就下旨命闽州总兵李徽自辩。

旨意以八百里加急的速度被火速送往了闽州。

这件事也在猎宫中传扬开来，却没有掀起太大的风浪。

朝堂之上，臣子之间相互弹劾的事屡屡发生，被那些自命青天的御史弹劾的封疆大吏亦不在少数。

再者，这盗卖军粮之事，其实可大可小，关键看君心如何定夺；至于通敌之事，御史哪次弹劾那些边关武将时，不会扯上个通敌谋反之类的罪名来引起皇帝的重视？说来这也不过是一种危言耸听的手段而已，就如同御史弹劾某些贪官时，总会附上危害黎民与江山社稷之类的话语。

众人也就把这件事当作一阵耳边风，听过就算，都没有太过在意。

然而，十一月初三，圣驾尚未启程返回京城，又一道弹劾李总兵的折子被十万火急地递到了御前。这是一道以火漆封口的密折。

御书房内，久久没有声息。

气氛越来越沉重，越来越冷，那些小内侍都噤若寒蝉，唯有那个着大红色织银蟒袍的人悠然自得。

许久，皇帝终于从折子中抬起头来，面色阴沉，目光冰凉，好似寒霜，晦暗不明，他似乎在思考、衡量着什么。

沉默了一息后，皇帝把折子递给一旁的岑隐，缓缓地问道："阿隐，你怎么看？"

岑隐一目十行地看着手中的折子，长翘的睫毛半垂，在眼下留下一片淡淡的阴影，宁静而淡然。须臾，他抬起头来，神情平静地回道："回皇上，闽州少不了李家。"

屋子里再次沉寂下来，皇帝没有再说话，又陷入了沉思中……

沉默气氛渐渐蔓延开来，外面原本还阳光普照的蓝天不知何时阴沉下来，布满了一片片阴云。

"轰隆隆——"

天际传来一阵阵沉闷的雷声，一场暴风雨眼看就要袭来。

就在这时，外面传来一阵喧哗声。

"还不让开？！本宫要去见皇弟。"那骄傲的女音高亢激昂，又透着一丝歇斯底里的意味。

"长公主殿下，请您在这里稍候，奴才这就去通——殿下，皇上还在议事呢！"内侍紧张地说着，却拦不住女子那气势汹汹的步伐。

随着一声粗鲁的打帘声响起，穿着一件石榴红宝相花缠枝金丝纹缂丝裙子的长庆昂首挺胸地进来了，后面跟着一个满头大汗的内侍。

皇帝随意地挥了挥手，那个内侍就俯首退出了御书房。

"皇弟！"长庆横冲直撞地来到皇帝跟前，"本宫绝不和亲！"

她尖锐的声音几乎掀翻屋顶，皇帝只觉得额头隐隐作痛，抚了抚太阳穴。

明明那晚是她酒后失态，非要痴缠着耶律辂，此事闹得沸沸扬扬，如今已经满朝皆知了！

他为了这个皇姐，无视耶律辂的不悦情绪，想为他们二人下旨赐婚，皇姐怎么还要闹个没完没了？！

"皇弟，本宫不是与你说过了吗？本宫是被安平那个贱人算计了！"长庆一看皇帝的神情就知道他的想法，急切地说道，情绪更为激动，脸颊被气得通红。

"皇姐，你冷静一点儿！"皇帝无奈地说道，"那晚朕就已经找太医院院判和制香局的总管看过了，你身上没中什么药，也没有什么紫述香……"

皇帝也觉得长庆那晚在惊蛰殿里对耶律辂的痴缠行为似乎有些蹊跷，那日就让人悄悄地查了，却没有发现什么不对劲之处。

"皇姐，太医说了，你只是肝郁化火，又饮了酒，导致君相火旺……"皇帝说得还算含蓄，终究没好意思直白地说自己的胞姐是犯了花癫。

太医说了，花癫源于病患求而不得，是以郁结于心肝，容易反复。

为了治好长庆的花癫，皇帝也是豁出去了，决定独断一回，怎么也要让长庆如愿嫁给耶律辂！

没想到他已经做到这种地步了，长庆却如此反复无常，无视自己的好意！

皇帝想着，脸色不太好看，神色间就露出一丝不耐烦之意。

"皇弟，总之，本宫绝不离开京城！"长庆又上前一步，语气强势坚决，"反正那耶律辂不是看上了安平吗？"

一说到安平，长庆就咬牙切齿："那么，让安平与封预之和离了，再去和亲就是！"

见皇帝眉尾一挑，似有动容之色，长庆便又体贴地补了一句："如此一来，皇弟也能去了一个心腹大患，这不是一石二鸟之计吗？"

或者说，这是一石三鸟之计！长庆目光炯炯地盯着御案后的皇帝。

皇帝瞥了长庆一眼，半垂眼眸，神色中带着一丝沉思之意。

其实，早在耶律辂到他跟前求娶安平的时候，他就这么考虑过，反正世人皆知安平与封预之夫妻不和已久。

但是今时不同往日，长庆在惊蛰殿里闹了那样一出，这让他还怎么好意思开口叫安平和亲北燕？

甚至现在他无论是让公主还是宗室贵女和亲，都不妥了。

"皇姐，你先回去吧，此事朕还要仔细地思量一番……"皇帝语气温和地说道，试图把长庆哄回去，却又含糊其词，没有明确地给出一个回复。

知弟莫若姐，长庆也知道皇帝是在哄自己，是在暂时敷衍自己。她会这么激动，也是心知这次的事闹得有些难以收场……

皇帝重视姐弟之情，可是更在意他的颜面！

长庆紧紧地握拳，眸中一片暗潮汹涌。她也曾想过，如果实在推不掉和亲，自己该怎么办呢？

那么，她也唯有退而求其次了！

"皇弟，本宫知道你为难……"长庆咬了咬后槽牙道，"本宫可以答应和亲，可是你要答应本宫三个条件。"说着，长庆眼尾一挑，目光流转，斜眼朝左前方瞥了一眼。

皇帝有些惊讶地抬眼看向长庆，顺着她的话说道："你说来与朕听听。"

长庆眼中闪过一丝恶意，缓缓伸出右手的食指，道：

"第一，皇弟你下旨申斥安平那个贱人，并夺了她的安国公主封号！

"第二，耶律辂入赘本宫的公主府。

"第三——"

说到"第三"的时候，长庆顿了顿，一双含着脉脉春情的眼眸再次朝左前方的丽色青年看去："你把岑隐给本宫……"

说话间，长庆脸颊微微一歪，鬓角的几串珍珠流苏垂在她白皙细腻的肌肤边，肌肤与珍珠交相辉映，似闪着淡淡的光晕，妩媚中透着诱惑之意。

岑隐正坐在窗边的一张紫檀木圈椅上，默默地饮着茶水，修长漂亮的手指使得他指下那鲜艳的珐琅粉彩茶盏黯然失色。

他身上炫目的紫金冠、华丽的锦袍、精美的玉带，都不过是他那张绝世丽颜的陪衬物罢了。

如此的美人偏偏就……

长庆在心里忍不住微微叹息，却又觉得哪怕把他藏于府中，"金屋藏娇"也是一件美事。

随着长庆提出一个个条件，皇帝的脸色越来越难看，最后他终于按捺不住心中的怒意，直接一掌拍在了御案上，斥道："胡闹！"

案头的茶盏、折子随着这一掌落下微微晃动不已，跟着，屋子里静了一瞬，气氛瞬间紧张起来。

皇帝被气得脸色微青，指着长庆怒道："朕还有政务。皇姐，你退下吧。"他语气十分强硬，再没有任何商量的余地。

长庆还是不甘心，眉头紧锁，心里愤愤不平：她都愿意退一步了，皇弟为何不肯成全她？

长庆愤然地拂袖离去，走到门帘前，又蓦地停下脚步，回头撂下话来："皇弟，你要是不答应本宫的条件，本宫绝不和亲！"

说完，她就自己打帘走了。

那沉重的锦帘被长庆随手甩下，在半空中剧烈地来回晃荡着，仿佛在替她宣泄着怒意。

四周鸦雀无声，直到皇帝幽幽的叹息声响起："唉！朕这个胞姐越来越不懂事了……"

这些话皇帝能说，太后能说，别人却接不得。

岑隐放下茶盏，对着皇帝微微一笑，换了一个话题："皇上，钦天监夜观天象，十一月初八是个吉日，监正刚刚呈上了折子……"

皇帝揉了揉眉心，这两天的事大大地败了此次秋猎之兴，他也迫不及待地想回京了。

"那就十一月初八启程回京。"

皇帝的口谕当天就被传了下去，一锤定音。

接下来的几天，猎宫上下忙忙碌碌的，井然有序地为圣驾回宫的事准备起来。

长庆又去痴缠了皇帝几回，但这一次，皇帝没有丝毫让步，只说大盛与北燕和亲一事，等回京后再行定夺。

如此，到了十一月初八，圣驾起驾回京。

名门闺香

MINGMEN
GUIXIANG

下册 天泠 著

青岛出版集团 | 青岛出版社

# 第二十一章　赐　婚

十一月十五日正午，圣驾回到了京城里。

圣驾返京，早有禁军提前回京禀告了这个消息，如今消息已传遍京城上下。

京城西城门外，皇后与留守京城的文武大臣出城迎接皇帝銮驾，不少平民百姓也来围观，场面极为隆重。

"恭迎圣驾回京，万岁万万岁！"

艳阳高照的城门口，喊声震天，恭迎的群臣皆俯身作揖行礼。

马车里的端木绯挑开马车窗帘的一角，看向窗外，却见右手边一辆朱轮车的窗帘也被挑开，窗口露出半边明艳的脸庞，正是安平。

两个人相视一笑，皆朝城门的方向望去。

城门外黑压压的一片人影，站在最前方的皇后，头戴凤冠，身着翟衣，打扮得雍容华贵，如那翱翔九天的凤凰般骄矜、瑰丽。

皇后的身侧、身后是一道道熟悉的身影。其中，一个十四五岁的少年着一袭青莲色织金锦袍，腰间系着镶嵌翠玉的腰带。鸦羽般的青丝用锦带束起，锦带尾端有两片金丝羽毛随风飞舞。阳光下，少年细腻的肌肤晶莹如美玉，闪着淡淡的光辉。

端木绯的目光在封炎的身上停了一瞬，正要移开，封炎似是感觉到了什么，朝她这边看过来，对着她微微一笑，笑容灿烂如艳阳。

前面的车马又开始动了，皇帝的銮驾率先进城，其他人陆陆续续地跟上。

銮驾随着天子的旌旗走在最前方，如启明星一般接受着路边百姓的瞻仰，其余车马跟随在后。

封炎故意落后一步，骑马来到君然身旁。

阳光下，两个英气少年彼此相视一笑，笑容灿烂耀眼，神采飞扬。

周遭不少路人向这双俊美的少年投以艳羡的目光，其中，有一道目光灼热得几乎能在封炎身上烧出个洞来。

云清茶馆的二楼，楚青语正坐在临街的一间雅座里。

雅座里语笑喧阗，除了楚青语，还有三位楚家姑娘。三位姑娘笑吟吟地说着刚才圣驾经过时庄严热闹的场面，唯有楚青语心不在焉，心思根本就没在这里。

她的注意力全部集中在下方街道上那着青莲色锦袍的少年身上。

楚青语目不转睛地盯着对方。

自打二十几天前回京后，楚青语几乎寝食难安，总担心封炎会在秋猎中受重伤。

然而被禁了足的她，打听不到外面的消息。今日还是因为祖父楚老太爷回来了，她才得到楚二夫人的允许，和姐妹们一起出了门。

此刻，看到封炎安然无恙，一副鲜衣怒马的样子，楚青语才松了一口气。

太好了！他没事！

楚青语痴痴地看着黑马上的封炎，今日的他是那般光彩夺目，便是天上的灿日也压不住他的风采。

封炎是与众不同的，绝不会湮没于世！

看着他朝这边靠近，楚青语眼睫一颤，赶紧解下了自己腰侧的荷包，往下扔去。

月牙形的绣花荷包随风飘落，正好落向了少年的左肩。

只要封炎接住荷包，自己就可以与他搭上话……楚青语如此想着，眼眸中漾起了一层潋滟的水光，春情荡漾。

楚青语眼睛都不敢眨一下，直勾勾地盯着那个荷包，等着它落入封炎的怀中。只见下一瞬，封炎稍微侧了侧身，荷包从他的左臂边擦过，掉在了青石砖地面上。

封炎眉头一动，像是沾到了什么脏东西似的，抬手掸了掸左袖。

"嗒嗒嗒……"

随着一阵清脆响亮的马蹄声响起，封炎头也没回地策马走了……


端木绯坐着自己的马车，先回到了尚书府里。端木纭自得到消息，便早早地在仪门处候着了。

一见妹妹归来，端木纭好一阵嘘寒问暖，直说妹妹黑了也瘦了，又跟张嬷嬷叨念，这两天要给妹妹好好补补。

姐妹俩说笑着来到永禧堂。端木绯给小贺氏请了安，小贺氏又随意地问了两句，就把姐妹俩打发回了湛清院。

端木绯虽然赶了几天路，但是看起来精神奕奕的。她把从猎宫里带回的东西一样样地拿了出来，毽子、纸鸢、貂皮、鱼干、皇帝赏赐的头面……

"咕咕！"

窗外忽然传来一阵嘶哑的鸟叫声，屋子里静了一瞬，紫藤蹙眉道："这是哪里来的乌鸦？"

"咕咕！"

紫藤话音未落，小八哥已经拍着翅膀从敞开的窗口斜斜地飞了进来。它绕着紫藤飞了半圈，也不知道是在打量她，还是在为自己辩护：我才不是什么乌鸦呢！

紫藤眨了眨眼，看着这只尖嘴的小黑鸟在半空中飞来飞去，它自在得就像在自己家里似的。

紫藤迟疑地问道："这……不是乌鸦？"

碧蝉忍俊不禁："紫藤姐姐，这是只八哥。"

端木绘看着端木绯主仆三个人都望着那只小八哥浅笑不已，神色很是随和，于是灵光一闪，问道："蓁蓁，这是你养的八哥？"

端木绯掩嘴轻笑，微微点头："这是小八。"她长话短说，把自己偶然"得了"这只羽翼受伤的小八哥，以及给它治伤的事三言两语地说了。

"我本来想把它放回山林，可谁知这只小八哥心大，不怕人，又或是猎宫中被好吃好喝地供着，过得太惬意了，反正它就赖着不走了。"端木绯故意叹了一口气，老气横秋地说道，"我心想，左右我这里也不缺它一口米吃，它想留，我就留着吧！"

没几句话，端木绯就又把端木绘逗笑了，端木绘吩咐紫藤去拿些小米来。

小八哥一看到金灿灿的小米，就"咕咕"地叫着，飞到了端木绘身旁的案几上，津津有味地对着碟子里的小米啄了起来。

"嗒！嗒！嗒！"

屋子里不时地响起小八哥用嫩黄的鸟喙轻啄着瓷碟的声响，它那好似小鸡啄米般的可爱模样逗得一屋的姑娘、丫鬟忍俊不禁。

端木绯的归来为整个湛清院注入了一股活力，弥漫在空气中的笑声为这清冷的深秋增添了一分生机。

端木绘小心翼翼地伸出一根食指，在小八哥油光发亮的黑羽上轻轻地抚摩了一下。小八哥温热的身子微微一颤，它停下啄米的动作，回头"瞪"了端木绘一眼，仿佛在说：别打搅我吃东西。

看它凶悍的眼神中毫无惧意，端木绘的嘴角勾起一丝轻笑。接着，端木绘又伸出手指在它的后颈上抚了一下，随口问道："蓁蓁，它会说话吗？"

端木绯摇了摇头，回道："除了'咕咕'叫，就没听它说过别的。"

"咕咕。"小八哥又抬起头来，仿佛在与端木绯对话，叫个不停。

"小八，这是蓁蓁。"端木绘兴致勃勃地指着端木绯，教小八哥说话，"蓁蓁，蓁蓁……"

"咕咕，咕咕，咕咕！"

一人一鸟大眼瞪小眼地重复着单调的词汇，端木纭说得口干舌燥。最后还是小八哥先放弃了，拍着翅膀飞出了屋子，又在外面"咕咕"地叫着，似乎在对着群鸟宣示着自己的主权。

看到端木纭眉眼间难得露出几分孩子气，端木绯眸中的笑意更浓了，她继续与端木纭闲聊，说她如今会骑马了；能盘二十下毽子；她与舞阳、涵星她们去钓鱼打猎；杨云染意图设计舞阳和涵星，并陷害她，多亏了岑隐帮忙……

起初，端木纭听得欢乐，当听到杨云染的那些丑事时，端木纭整张脸都黑了。她紧张地握住端木绯的小手，一直等妹妹说完，才感慨地说道："蓁蓁，岑督主如此尽心地帮了你，我们理应上门道谢才是。"

"嗯。"端木绯应了一声。

不得不说，岑隐对她们姐妹实在太好了。他身为堂堂司礼监秉笔太监，如今又执掌东厂，绝非良善之辈。想要与之攀附的人有的是，他却偏偏对她们姐妹这般照顾。

不管他是为了什么，她们是该好好表示一下感谢。

想到这些，端木绯懒洋洋地打了个哈欠。亢奋之后，浑身的倦意就如潮水般涌了上来，让她的眼皮沉甸甸的。

"蓁蓁，你到美人榻上歇一会儿吧。"端木纭柔声哄道。

说话间，端木绯又打了个哈欠。她乖乖地起身，去美人榻上躺下了，端木纭亲自给妹妹盖了一床薄被。

端木绯几乎沾枕就着，这一觉睡得很沉、很甜。迷迷糊糊中，她隐约听到端木纭刻意压低声音说："四姑娘睡着了，也不急在一时，等她睡醒后，再去请安也不迟……"

端木绯嘤咛一声，翻了个身，揉揉眼睛，抱着薄被坐了起来。

"姐姐，有人找我吗？"端木绯的声音透着些许沙哑之意，小脸儿上的表情蒙蒙的，她显然还没有完全睡醒。

端木纭在美人榻的边缘坐下，温声道："祖父刚才回来了，让你去外书房见他……"

端木绯应了一声，用左手做了个手势。绿萝机灵地给她奉了茶，伺候她漱口、敷面。

当热气腾腾的巾帕敷在脸上时，端木绯的睡意瞬间就散了，她又变得精神抖擞起来。

在绿萝和碧蝉的伺候下，端木绯换了一身桃粉色的衣裙，重新梳了头发。

眼看着绿萝习惯性地给妹妹梳起丱发来，端木纭忍不住出声道："还是梳个双平髻吧……蓁蓁，你都十岁了，也该好好打扮了。"

绿萝迟疑地看了铜镜中的端木绯一眼，端木绯微微颔首。丱发也好，双平髻也罢，都不过是发式罢了。

绿萝弯了弯嘴角，手脚利索地拿着牛角梳给端木绯梳起头来。以前姑娘老是让她梳一对最简单的鬏鬏头，她实在是英雄无用武之地，如今姑娘渐渐长大了，她也可以多给姑娘换几个发式了，什么双丫髻、双螺髻、垂挂髻、垂鬟分肖髻，其实都很适合这个年龄的小姑娘。

绿萝三两下就给端木绯梳好了双平髻，端木纭又过来亲自从梳妆匣子里挑了两对小巧的粉色珠花给端木绯戴上，并搭配耳珰、项圈、手镯……

端木纭直到觉得满意了，才放走端木绯。

出了湛清院，端木绯才发现，原来自己竟一觉睡到了黄昏。此刻，夕阳把天空中的云层映得绚丽多彩。

端木绯慢悠悠地往前走，熟门熟路地去了端木宪的外书房。

书房里服侍的丫鬟没通传，就直接带着端木绯进去了。端木宪正坐在窗边饮茶。

"四丫头，到这边坐。"端木宪刚回来不久，身上还透着一丝淡淡的疲倦，对着端木绯招了招手，示意她在自己身旁坐下。

端木绯给端木宪行了礼后，就坐下了。

"四丫头，今天正午，皇上一回宫就又收到了一封弹劾李家的折子，这一次，还附上了一本账本……"

虽然皇帝没有把账本拿给端木宪看，但是和几位阁臣在与皇帝商议此事时，端木宪难免瞥了几眼，上面那一连串数字所代表的意思令端木宪心惊胆战。

一旦罪证确凿，可以想象，李家怕是全家都保不住了，很可能会被满门抄斩，至少也要被发配至边疆……

在端木宪说话的同时，丫鬟悄无声息地忙忙碌碌着，一会儿给端木绯奉茶，一会儿奉点心，跟着，又手脚利落地点起了一盏宫灯。

荧荧灯火将屋子照亮，端木宪的半边脸在明亮的灯火下，另外半边脸则在昏黄的阴影中，斯文儒雅的脸庞半明半晦。哪怕他神色淡淡，看不出喜怒，周身却在无形间透出几分凝重的感觉。

端木绯用脚指头想也知道端木宪在担心什么，李家一旦获罪，必定会牵连到作为姻亲的端木家。于是她不急不躁，嘴角弯弯地问道："祖父可是在担心我的外祖父和几位舅父？"

端木宪捧起一旁的粉彩茶盅，用茶盖轻轻地撇去漂浮在茶汤上的茶叶，一下又一下……

这姻亲之间好比配套的茶盏，如果说端木家是茶碗，那李家就是茶盖，一旦茶盖被摔破了，茶碗虽然还能用来喝茶，可是看着未免不美了，就有了缺憾……

端木绯微微一笑，也懒得绕圈子，意味深长地又道："祖父不用挂心，闽州离不开李家。"

端木宪愣了愣，眉头一动，思绪转得飞快。端木绯只是简简单单的一句提点话语，他就反应了过来——

皇帝已经下了明旨，要开海禁。此事天下皆知，皇帝不可能朝令夕改，加之国库空虚，所以开海禁一事，志在必行！

李家已经在闽州一带待了整整八年，无论是对于闽州民间的百姓，还是对于那些海匪倭寇，皆积威甚重。

李家若是在这个时候被动了，于民，百姓只会觉得狡兔死，走狗烹；于匪，他们便是再无顾忌，恐怕会死灰复燃，卷土重来！

届时，海禁一开，闽州怕是会大乱，就算立刻换一任总兵，也难以平定军心和民心……皇帝迟早会想明白这一点！

这么说来，开海禁倒是成了李家的一道保命符！

端木宪蹙眉思索着，久久没有说话。

他忍不住怀疑，开海禁一事是李家在背地里推动的，但想想也不对，毕竟这件事从一开始就是他一力主张的，绝没有受到李家的影响。更何况，李家倘若真知道自家有把柄落在别人的手里，首先要做的肯定是消除私卖军粮的证据，而不是多此一举，兴师动众地开什么海禁，这不是反而把李家和闽州推到天下人的眼前吗？

过了许久，端木宪轻轻地啜了两口茶，放下茶盅，问道："四丫头，你觉得现在当如何？"

"祖父主掌管的是何部？"端木绯不答反问，接着又甜甜地笑了笑。

端木宪是户部尚书，掌管的当然是户部。

各部各司其职，李家的事与户部无关，端木宪自然不需要去烦心，更不需要对此采取任何行动。

端木宪眯了眯深沉的眼眸，若有所思。

是啊，李家有闽州作为倚仗，并未到绝境，他还是先静观其变为好。

皇帝一向多疑，他要是对李家的事太过积极，难免让皇帝怀疑他有私心……他还不如尽快做出点儿成绩来，让皇帝明白，他的心里只有皇帝和大盛！

想到此，端木宪眉头舒展，嘴角微翘，心情也好了。

看了看案头的漏壶，他笑着道："四丫头，随我一起去永禧堂吧。"

端木绯站起身来，顺从地福了福身："是，祖父。"

祖孙俩一起说笑着去了永禧堂。

端木宪今天归府，府里为了迎接他，晚上要办一个团圆小宴。因这只是家宴，所以就摆在了永禧堂中。

见端木宪和端木绯一起来了，贺氏的脸瞬间就僵住了，她死死地捏住紫檀木佛珠，几乎要将珠子捏碎，但很快就克制住了，保养得当的脸上又有了淡淡的笑意。

"老太爷、绯姐儿……"她含着笑道。

除了贺氏，端木家的几个小辈也到了七七八八，纷纷起身给端木宪行礼问安："见过祖父。"

端木宪慈爱地笑了笑，正想让他们都坐下，目光恰好落在了一旁穿着一身丁香色襦裙的端木缘身上，眉头顿时皱了起来。

既然端木缘还在这里，那就代表他出京后，贺氏没有把端木缘送走。

端木宪一边撩袍在罗汉床上坐下，一边不动声色地瞥了贺氏一眼。这一眼，藏着冷然的锋芒。

端木宪只是这么轻飘飘的一个眼神，就让屋子里的气氛陡然冷了下来。

贺氏心里"咯噔"一下，隐约有种不妙的预感。但这个时候，她也只能岔开话题，笑道："老太爷，您出去一个月，今日家里头总算可以好好吃上一顿团圆宴了……"

说话间，外面又传来一阵语笑喧阗声，二房、四房以及五房的人也到了，把屋子里挤得满满当当的。

端木宪自然不会当着这么多人的面让贺氏没脸，便没提端木缘的事。他随意地与儿孙们寒暄着，问了儿子们的差事以及孙子们的功课。

跟着，端木绯又特意让丫鬟和婆子把她给众人带的一些礼物拿了出来，都是些小东西，像是蜜饯、兔毛抹额、鱼干、肉脯、肉松什么的，也就是一点儿心意罢了。

几个小姑娘皆喜笑颜开。屋子里更热闹了，看起来其乐融融的，唯有小贺氏神色淡淡，在心中暗恼：若非端木绯抢了女儿的机会，这一次，本该是端木绮去秋猎里结识那些贵女。

不一会儿，众人移步去了偏厅，享用了一顿丰盛的晚宴。

到了月上柳梢头，四周一片静谧，宴席方散去……

虽然下午小憩了一番，不过当晚，端木绯还是睡得极沉，一觉睡到自然醒。等她睁开眼时，外面早已是日上三竿。

她洗漱、更衣、梳头完毕后，才巳时过半。端木纭还未从闺学下课，端木绯就干脆去小书房练字，锦瑟在一旁铺纸、磨墨，一如往昔。

端木绯执起笔，正欲蘸墨，就听到窗外传来一阵"咕咕"声，抬眼看去，小八哥不知何时落在枝头上，蹦跳着、扑棱着翅膀。

端木绯顿时改了主意，"唰唰"几笔落在纸上，三两下就画出眼前所见之景——一只黑乎乎的小八哥站在枝头上仰天长啸，活灵活现。

端木绯一边满意地端详着这幅画，一边放下手头的羊毫，随口问道："我离开的这些日子里，府里可有什么事？"

"咕咕！"

回应她的不是锦瑟，而是小八哥。它拍着翅膀飞了过来，停在窗棂上，歪着脑袋看着端木绯刚画的画，又"咕咕"地叫了几声。

锦瑟面有局促之色，支支吾吾的，连一个字都答不上来。

端木绯在书案旁坐下，目光一闪，再问道："院子里的几个小丫鬟可还安分？"

"都还算安分。"锦瑟含糊地答道，却说不出一句细枝末节。

端木绯没有再问，反正再问下去，也得不到什么让她满意的回答。

过去的这一个月里，端木绯和绿萝、碧蝉不在府里，锦瑟身为院子里的二等丫鬟，理应对府中的动向留意一二，并管束院子里的小丫鬟们。然而，她什么也没干。

端木绯捧起茶盅，慢慢地喝着茶，屋子里寂静无声。

随着沉默蔓延，气氛变得紧张起来。锦瑟的小脸儿微微泛白，她咬着牙跪在了冷硬的青石板地面上。现在已经是十一月中旬了，地面冰冷刺骨，可是她的心更冷。

"奴婢知错。"锦瑟艰难地说道。

"起来吧。"端木绯随意地挥了挥手，示意她退到一边，便不再理会她，接着又吩咐绿萝去把那三个三等丫鬟叫过来。

跪在地上的锦瑟迟疑了一瞬，终究还是依言起身，静静地候在了角落里。

很快，绿萝就把人叫了进来，三个小丫鬟的名字是张嬷嬷当时依着庭院里的花卉重新起的，她们分别叫建兰、木槿和水莲。

三个小丫头都在十岁到十一岁之间，模样还算端正，穿着统一样式的青色衣裙，却神情各异——建兰落落大方，木槿低眉顺眼，水莲局促不安。

端木绯捧着茶盅，抿了一口香醇的茶水，然后不紧不慢地问道："这些日子，你们都在跟着张嬷嬷学识字吧？"

建兰率先出声回道："是，姑娘。奴婢们已经学完《百家姓》，现在正在读《三字经》呢。"小姑娘吐字清晰，声音清脆响亮。

"把你们写的字拿来，我瞧瞧。"端木绯又道。

三个小丫头应了一声，就下去拿她们的作业了。屋子里静了片刻，没一会儿，她们就又回来了，每个人都呈上了四五张写得满满当当的竹纸。

端木绯随意地翻了翻，三个小丫头学识字、写字还不到半年，这字迹也称不上端正，歪歪扭扭的。

翻到某一张竹纸时，端木绯忽然停了下来，扬了扬手中的竹纸问："木槿，你这两张的字迹为何与其他几张的不同？"

一瞬间，其他人的目光都齐刷刷地落在了木槿身上。绿萝微微蹙眉，对自家姑娘还是有几分了解的，对于作弊、偷懒什么的，姑娘定不能容忍。

木槿的脸上露出一丝局促的神色，她急忙解释道："奴婢前天去厨房时，李大成家的不小心打翻了热汤水，正好洒在奴婢的右腕上，奴婢被烫出了几个水泡。"

说着，木槿稍稍拉开了自己的右袖，露出一段包着白色纱布的手腕。

"李大成家的苦苦求奴婢别声张，说她不能没了厨房的差事。厨房的宋婆子也帮着求情，说李家孙女得了风寒，高烧了好几日，所以李大成家的这些天没休息好，才这么不当心。她们说完还给奴婢处理了伤口。

"奴婢想着，确实听人说起过，最近天气冷得快，京中多发风寒，连府里的好些奴婢都因为得了风寒，怕过给主子，就没来当值……

"奴婢看烫伤不算太严重，就没声张，用左手写了最后两张字。"

一听这是木槿用左手写的字，端木绯的脸上露出几分兴味来，她反复地研究着木槿写的那几张字。

端木绯发现，这几张的字迹虽有差别，但差别不大，左手写字与右手写字在起笔、行笔、收笔时，确实会有差别。木槿说得不错，最后两张字，确实是她用左手写的。

端木绯又看了看几步外的木槿，觉得这个小姑娘说话条理分明，能明辨是非、权衡轻重，也十分勤勉，很不错。

端木绯勾了勾唇角，含着笑说道："木槿，今日起，你就进屋伺候吧。"这也就意味着，木槿被提升为二等丫鬟了。

木槿惊喜得瞪大了眼睛，没想到自己竟然因祸得福了。

对于她们这些出身贫寒的小丫鬟而言，得了主子的赏识就是改变命运的大好机会。

木槿自然是求之不得，急忙郑重其事地屈膝应道："多谢姑娘。"一张清秀的小脸儿上神采焕发。

一旁的锦瑟小脸儿低垂，小手在身侧紧紧地握成了拳头，纤细白皙的手背上青筋凸起。

她表面还算镇定，心里其实惶恐不已，第一次开始正视一个问题：如果姑娘不要她了，她该怎么办？！

锦瑟如今只是一个丫鬟，原本就是强在识几个字，能给姑娘伺候笔墨，可是，其他的小丫鬟也能慢慢地学着识字……姑娘并非缺她不可！

可是，她必须留在这尚书府里。

在人牙子那里，锦瑟虽然待了不到一个月，却看到了很多以前根本想不到的人与事：被父母卖去窑子的幼女，被富商的主母发卖的妾室，被灌了热油、烫哑了嗓子的丫鬟……

锦瑟的眼前如走马灯般闪过一幕幕场景，她的眼睫轻颤不已，如同风雨中被吹落的残叶。

"哗啦啦……"

一阵随意的挑帘声将锦瑟从思绪中惊醒，碧蝉进来了，禀道："姑娘，大姑娘回来了。"

姐姐回来了！

端木绯没再理会锦瑟，欢喜地收拾好了笔墨，出了小书房。

她刚踏进东次间，就看到张嬷嬷正有些为难地说道："大姑娘，二夫人派了宋嬷嬷过来，说是让您去一趟小花厅。"

端木纭皱了皱眉头，不耐烦地说道："你去回她，就说我不去。"

张嬷嬷目露担忧之色，欲言又止。

"张嬷嬷，出了什么事？"端木绯走过去问道。

张嬷嬷看着端木纭明艳而倔强的脸庞，叹了一口气，说道："四姑娘，您是不知道，您和老太爷离京后没几天，二夫人就请了庆元伯府的人过府，杨三公子还在花园里和大姑娘'偶遇'了……"

四周的空气凝滞，端木绯皱了皱眉，看向端木纭："姐姐……"

端木纭拉着端木绯坐了下来，给她一个安抚的浅笑，轻描淡写地说道："蓁蓁，你放心，我只是与他打了个照面而已。"

接着，她反过来安慰端木绯："只要我不愿意，谁也不能逼着我嫁，哪怕是祖父、祖母，更别说隔房的二婶母了。"

端木绯放心了，她的姐姐是不会任人摆布的。

她若有所思地说道："姐姐，我看二婶母恐怕还不知道在猎宫里发生的事吧？"

端木纭想起昨日从端木绯口中听到的杨家和杨云染的那些事，嘲讽地勾了勾唇角："蓁蓁，你不用理会二婶母，等过几日她就该消停了。"

众人昨天正午才随圣驾返京，这一个月来，因不少勋贵及世家之人都不在京中，一些宴会来往也少了许多，小贺氏恐怕还不知道杨家被夺爵的事。再过两天，消息就该传开了……到时候，恐怕她就要避杨家唯恐不及了。

可是小贺氏等不了了，半个时辰后，就气冲冲地来了湛清院。

不等下人通传，小贺氏径直冲到了东次间里，指着端木纭就斥道："纭姐儿，你也太没规矩了！庆元伯夫人亲自登门，你身为小辈，竟不去问候一二，这是何道理？！"

小贺氏趾高气扬的，这次的事怎么说都是端木纭不占理，两家的这桩婚事无论成不成，基本的礼数总是要有的，不能落人话柄。

今日端木纭怠慢庆元伯夫人的事要是被传扬出去，说不定别人还以为他们端木家故意给庆元伯府的人脸色瞧呢！

坐在窗边的姐妹俩像是没有听到似的，不紧不慢地起身，向小贺氏福了福身："二婶母。"

做足了礼数后，端木绯才疑惑地问道："庆元伯夫人？婶母难道不知道，杨家因为教子不严，已经被夺了爵位？您在外面可千万别叫错了，免得别人以为您在藐视圣意，那才是给我们端木家惹祸呢！"

"什么？"小贺氏一惊，脱口而出地道，"这不可能！"

"唉！"端木绯故意叹了一口气，一本正经地把杨梵利用职位之便收受贿赂，向一伙流匪泄露了九秀山的地图，因此惹得皇帝大怒，以教子不严为名，夺了庆元伯的爵位的事都一一说了。

端木绯说完后，端木纭盯着小贺氏问："二婶母，祖父可知您请了杨家夫人上门？"

小贺氏目瞪口呆，嘴唇动了动，但是没有回话。这才短短一个月，怎么就翻天了？！

杨家圣眷正浓，声势正旺，杨惠嫔和杨云染正得圣宠，皇帝怎么可能会夺杨家的爵位呢？！

端木绯笑眯眯地看着小贺氏，和端木纭一唱一和地说道："二婶母，您若是不信我的话，派人去一趟杨府就是，看看那'庆元伯府'的匾额是否已经被取下……"

端木绯也不客气，直接就端茶送客。

小贺氏的表情一变。她看了姐妹俩好一会儿，终是甩袖离去，绿萝赶忙给她打帘，想快点儿送走这尊大佛。

小贺氏正要出去，端木纭忽然又在后面叫住了她："对了，二婶母，麻烦您与二妹妹说，上次那个并蒂花图案的荷包，二妹妹绣得还真是不错。"

一瞬间，小贺氏的身子仿佛被雷劈中似的，顿时就僵在了原地。

她缓缓地转过头来，目光晦暗地看向窗边的端木纭："你……你说什么？！"

端木纭"贴心"地继续道："前几天，我刚好'捡到'了二妹妹的荷包，本想亲自送还给二妹妹，却不想，两天前把那个荷包弄丢了……后来我才知道，原来是白芷特意给二婶母送去了。既然那是二妹妹的荷包，送去给二婶母也是一样的。"

端木绘说话的同时，意味深长地瞥了一眼右手边一个十二三岁、穿着青蓝色褙子的丫鬟。

这个丫鬟正是白芷。

白芷是端木绘六月底从今春买的那批丫鬟中提拔的一个二等丫鬟，这四个多月来，一直在端木绘身旁服侍。

白芷与端木绘对视了一瞬，吓得如风雨中的残叶，轻颤不已，那神情仿佛在说：姑娘是怎么知道的？！

跟着，白芷哀求地看向小贺氏。

可是小贺氏哪里还顾得上这么个小丫鬟？她现在满心想的是她的女儿端木绮。端木绘那寥寥数语中的弦外之音，让小贺氏的脸上血色全无。

端木绯稍微一想，就明白这是怎么回事了。

小贺氏收买了白芷去偷端木绘的荷包，而端木绘早就发现了端倪，却不动声色，反而暗中换成了端木绮的荷包……

端木绯目光微冷，抬眼看向门帘旁的小贺氏。

小贺氏狠狠地瞪着端木绘，眸中一片血红，就像厉鬼一般。

小贺氏的嘴唇微颤，她想要破口大骂，却又不知该骂什么。

最终，她握了握拳，转回头，匆匆地走了。当务之急，她得设法把那个荷包弄回来才行！

门帘落下后，屋子里又静了下来。

端木绯看着端木绘身旁瑟瑟发抖的白芷，抿了抿小嘴，似笑非笑地说道："姐姐，二婶母这是想弄出个私相授受？"

很显然，小贺氏命白芷偷走端木绘的荷包，就是为了把这个荷包交给杨三公子，捏造出二人私相授受的把柄，让祖父不得不应下这门婚事，其心险恶。

白芷闻言，身子抖得更厉害了，接着她"扑通"一声跪了下去。

端木绘也瞥了白芷一眼，明艳的脸上似蒙了一层冰霜，冷哼道："她除了这等醌醋心思，还能有什么？"

上次在花园里"偶遇"杨三公子后，端木绘就开始提防小贺氏再玩什么别的花样，暗中吩咐张嬷嬷和紫藤留心整个湛清院，别让人钻了空子。紫藤发现白芷前几日行事鬼祟，就悄悄地与端木绘说了，于是端木绘干脆"顺势而为"……

端木绯眯了眯眼，清亮的眼睛中透着毫不掩饰的怒意。

小贺氏实在歹毒至极，竟想用如此卑劣的手段暗害端木绘！

"蓁蓁，为这等小人气坏自己，不值当。"端木绘看出妹妹气恼，柔声安抚道，

"如今，二婶母算是自作自受，害人不成反害己。"

要是小贺氏没起这等见不得人的心思，也连累不到端木绮。现在，这烂摊子就要小贺氏自己去收拾了！

端木纭想着，眸中幽光明灭，显得十分深沉。

而她，也该清理一下门户了。

白芷似乎感觉到了什么，脸上的血色全数退去，重重地对着青石板地面磕起头来："姑娘饶命！姑娘饶命！奴婢知错了！"

然而，端木纭已经对白芷无话可说，转头吩咐张嬷嬷道："张嬷嬷，你去把钱牙婆叫来。"

"是，姑娘。"张嬷嬷急忙应道，恨恨地瞪了白芷一眼。这丫头真是没良心，亏大姑娘提拔她做了二等丫鬟，谁承想她竟然是个狼心狗肺的人！

"咚、咚、咚……"

白芷磕头的动作更猛了，没几下就把额头磕得青紫一片，还隐约地渗出血来，小脸儿上更是眼泪、鼻涕糊成一团，求饶声、哭泣声一声接一声响起："姑娘，您留下奴婢吧。奴婢知错了！"

像白芷这样在大户人家犯了错的奴婢，被卖出去还能有什么好下场？为了不让她出去到处胡说，她指不定会被人用热油烫哑嗓子……

"来人，把白芷拖下去！"张嬷嬷当机立断地一声令下，两个膀大腰圆的婆子就进来用抹布捂住白芷的嘴，粗鲁地把人拖了下去。

白芷"呜呜"地说不出话，只能睁大一双眼睛，乞求地看着端木纭，眼中只余下绝望的神色。

很快，白芷就被拖了出去，屋子里只剩下了端木纭和端木绯姐妹俩。

她这个姐姐，做事一向雷厉风行！端木绯嘴角微翘，眼睛发亮地看着端木纭。对这种事，姐姐就是该快刀斩乱麻，把危险掐灭在萌芽之中。

端木绯并不同情白芷这等背主的奴婢。女子的名节大于天，白芷胆敢如此行事，就该承受相应的后果。

白芷如此，小贺氏亦是如此。

端木纭偷偷地用端木绮的荷包替换自己的，是以其人之道还治其人之身，这一手极为干脆、漂亮，而且立竿见影。

只是，她们还是有一点儿后患，那就是——杨家。

不管杨家一开始想与端木家结亲的目的是什么，他们现在还想攀着端木家，十有八九是为了自保。那么，杨家哪怕知道荷包是端木绮的而不是端木纭的，也一定会死皮赖脸地认下这门亲事。

如今的杨家如同溺水之人，端木家于他们而言就是一条浮木，杨家恐怕会扒着端木家不放。

端木绯正思忖着，就听一阵打帘声响起，碧蝉快步进来禀报道："姑娘，族长来了。"

碧蝉说得小心翼翼："族长的脸色不太好，听说他刚才去永禧堂见了太夫人，斥责太夫人没有管好府里的姑娘，竟让姑娘与外男私相授受……"

尚书府是端木氏一族中最为荣耀的一房，族长对端木宪和贺氏一向极为客气、尊重，这次会对贺氏说出这么一番话来，可见其愤怒程度。

这其中怕是有杨家在背后推波助澜。端木绯右眉一挑，眸中闪过一道幽光。杨家的动作快得出乎她的预料，想来他们是急了，怕节外生枝，所以有些不管不顾了。

端木纭不紧不慢地饮着茶水，接下来，就该小贺氏头疼了。

端木绯笑吟吟地对着碧蝉做了个手势，示意她继续去打探消息。

碧蝉机灵地眨了眨眼，福身之后，就快速地退下了，步履轻快。

端木绯也不着急，慢悠悠地从一旁的小碟子上捏了一块龙眼大小的核桃酥，然而还没送至唇边，一道小巧的黑影如疾风闪电般一闪而过，还顺便叼走了她指间的那块核桃酥……

端木绯一时没反应过来，手指停顿在半空中，缓缓地眨了眨眼，有些蒙了。

得逞的小八哥扬扬得意地衔着核桃酥，在屋子里展翅滑翔，最后落在了角落里的高脚花几上，津津有味地吃了起来。

看着妹妹傻乎乎的小模样，端木纭忍俊不禁。

"咕！"吃干抹净的小八哥又抬起小脑袋看向了姐妹俩，抖了抖黑色的羽翼，金色的眼眸好像剔透明净的琥珀一般，单纯无瑕。

端木纭看着有趣，也拈起了一块核桃酥，下一瞬，小八哥那金色的眼眸好似是猫儿见了腥般，闪闪发亮起来。

端木纭晃了晃右手中的核桃酥，小八哥的目光顿时就粘在了核桃酥上，小脑袋跟着核桃酥转来转去……

端木纭用左手点了点端木绯，不死心地教道："蓁蓁。"

"咕咕。"小八哥张着尖嘴叫了两声。

"蓁蓁。"

"咕咕。"

一人一鸟反复了好几遍后，端木纭就把核桃酥往小八哥的方向丢去，小八哥立刻展翅冲了过来，在半空中准确地叼住了那块核桃酥。

"小八真棒。"端木纭笑吟吟地拊掌赞道，又转头对端木绯说："蓁蓁，小八这么聪明机灵，肯定很快就会学会说话的。"

端木纭那自信满满的神情，已经颇有"自家的娃一定最聪明"的感觉了。

端木绯含笑看着端木纭，心情不由得轻快、雀跃起来。

又过了一炷香的工夫，碧蝉从永禧堂打听到了更详细的消息。

"大姑娘、四姑娘，是琦少爷今天与国子监的同窗吃饭，巧遇了杨三公子……"

碧蝉口中的"琦少爷"指的是族长的次孙端木琦，她这第一句话就让姐妹俩把注意力从小八哥身上移开了。

碧蝉理了理思绪，有条不紊地说了起来。

原来，端木琦今天与国子监的几个同窗在得胜楼吃饭，偶遇了杨三公子。他们当中有一位沈公子正好认识杨三公子，就招呼杨三公子一起去了雅座，众人还算相谈甚欢。用了膳后，杨三公子与那沈公子抢着结账，二人推搡间，从杨三公子的怀里掉出了一个绣有并蒂花的荷包，荷包被沈公子抢先捡到了。

众人起哄了一番，问是不是哪个相好的赠予杨三公子的。杨三公子让他们不要胡言乱语，说他很快就要称呼端木琦一声"舅兄"了——这荷包是端木家的姑娘送的，他们两家正在议亲，等好事定了，改日他就请大伙儿喝酒，见者有份。

端木琦差点儿当场翻脸。他自然知道端木家的几位姑娘都还没有定下亲事，既然亲事没定，那这等行为就是私相授受。

端木琦匆匆向同窗告辞，回去将此事告诉了族长，族长这才怒气冲冲地来了尚书府，质问贺氏。

听碧蝉说完这事后，端木纭微微蹙眉，眉宇间露出一丝懊恼与愧疚的神色，喃喃道："都怪我没处理妥当……萋萋。"

她没想到杨家竟无耻到把端木家的姑娘挂在嘴边四处宣扬，自己倒还罢了，就怕连妹妹也会被这件事连累名声！

端木绯心思玲珑，哪里不明白端木纭对自己的心意？端木绯笑吟吟地逗她开心："姐姐，总不能因为怕疯狗咬人，就由着它挠人吧？"

端木纭愣了愣，"扑哧"一声笑了出来，空气中的凝重气氛一扫而空。

就在这时，紫藤进来了，神色凝重地禀道："太夫人派人来请大姑娘去永禧堂。"

端木纭和端木绯下意识地对视了一眼，心里明白此番定是为了荷包之事。

端木绯的眼珠滴溜溜地一转，接着她吩咐碧蝉道："碧蝉，你去看看祖父回来了没？"

碧蝉明白自家姑娘的意思，嘴角弯了弯，脆声应下，立刻就退下了。

端木绯起身，抚了抚衣裙，然后拉起了端木纭的手，笑眯眯地说道："我与姐姐一起去。"说着，她故意天真地眨了眨眼，"我给姐姐壮壮胆！"

端木纭闻言，有些哭笑不得，反握住了端木绯的小手。姐妹俩手拉着手，往永禧堂去了。两个人闲庭信步，仿佛只是出去散个步似的。

姐妹俩一进永禧堂的左次间，就感觉周围的气氛倏然变得冰冷凝重，像寒冬似的。

族长已经走了，小贺氏双眼通红，正捏着一方帕子，抹着眼角的泪花。

小贺氏眼里瞬间迸发出怨毒之色，她死死地盯着端木纭姐妹俩，仿佛下一刻就要飞蹿过去撕咬一番。

"祖母……"

姐妹俩刚屈膝，贺氏已经抓起一个茶杯砸向了端木纭脚边，"啪"的一声，茶杯摔得四分五裂，茶水随着碎瓷片四溅开来。一屋子的奴婢屏息垂首，连大气也不敢喘一下。

端木纭和端木绯却眉眼不动，依旧先把礼数做全了。

看着这对姐妹，贺氏只觉心里堵得慌，沉声喝道："纭姐儿，你身为长姐，为何要陷害自家妹妹？！"

端木纭毫不畏惧地看着贺氏，淡淡地道："祖母掌家数十年，此事起因为何，又为何会发展至此，难道祖母真的不知吗？"她语气平和，神情中也无不敬之色，但言外之意分明是在说贺氏明知故问。

贺氏感觉被当面甩了一巴掌似的，面颊一阵抽痛。

内宅的手段不过如此，更何况小贺氏这次玩得不算高明，贺氏哪里会猜不出前因后果？可是端木绮是她的亲孙女，她当然向着端木绮。

她的亲孙女绝不能被坏了名声！为今之计，他自然只能把端木纭推出去了。

于是，贺氏板着脸，冷声道："纭姐儿，事情既然因你而起，就该由你而终。"

"祖母此言差矣，此事是由二婶母而起……"端木绯笑眯眯地插嘴道。

贺氏更怒，正欲再言，端木绯又是话锋一转，说道："杨家犯下弥天大错，触怒圣颜，皇上至今余怒未消，如今，满京城根本无人敢搭理杨家。"

说话间，端木绯拉着端木纭，绕开了那一地的碎瓷片，直接在小贺氏对面的两把圈椅上坐下，接着道："祖母，孙女就不明白了，那杨家究竟有什么好的，竟让您和二婶母如此中意，非要与之结亲，以致惹下如此祸端？"

"这也是我想知道的事！"

端木绯话音刚落，左次间外传来一个熟悉的男声，贺氏与小贺氏婆媳俩均面色一变，循声望去。

随着一阵打帘声响起，身穿一袭太师青直裰的端木宪步履矫健地走了进来，一直走到贺氏身旁坐下。

端木宪扫了一眼地上的茶汤和碎瓷片。刚才发生的事，他就算没有亲眼瞧见，也能猜到十之八九。

端木宪目光冷淡地看向贺氏："阿敏，我明明与你说过，杨家不是良配。我只走了一个多月，你就阳奉阴违……实在太让我失望了！"

贺氏面色发白。他们成亲多年，端木宪还不曾当一众小辈的面让她如此没脸！

小贺氏捏了捏拳头，狡辩道："父亲，这件事不怪母亲，都是绘姐儿自己不检点，与人私相授受，不小心被我发现，她这才想着要诬赖我家绮姐儿……父亲，您一定要为我家绮……"

端木宪额角的青筋直跳，他懒得与小贺氏争辩什么，随手抓起案几上的茶杯，狠狠地朝小贺氏的方向掷去。

又一个茶杯在青石板地面上被砸得粉碎，茶水溅湿了小贺氏的裙裾，连鞋子也湿了一半。在这寂静凝重的屋子里，清脆的撞击声仿佛被放大了几十倍，响亮得如炸雷一般。

小贺氏被吓得把剩下的话都吞了回去，脸色惨白。

贺氏看着地面上两个碎裂的茶杯，心一点点地沉了下去……

端木宪目光冰冷地盯着小贺氏，声如寒冰："老二媳妇，我在朝中摸爬滚打了这么多年，什么颠倒黑白的事没见过，什么样的风浪没经过，更何况区区内宅小事？你还敢在我面前睁眼说瞎话，班门弄斧？！"

小贺氏心跳加快，嘴唇微颤，几乎不敢直视端木宪。

"老太爷……"贺氏开口唤道，声音艰涩。端木宪目光冰冷地瞧向她，贺氏顿时噤声，再不敢言语。

跟着，端木宪把目光转向了另一边的端木绯，神情柔和了几分，问道："四丫头，事到如今，你觉得应该如何解决此事才是上策？"

端木绯的嘴角浮现出两个浅浅的梨涡，接着她毫不犹豫地答了四个字："报京兆府。"

"这怎么行？！"贺氏和小贺氏齐齐地脱口而出，难以置信地看着端木绯。

这个小傻子是疯了吗？！

这种事哪里能闹上官府？这不是让尚书府成为整个京城的笑柄吗？！

端木宪也皱了皱眉，似在思索，又似有些迟疑。

"祖父，"端木绯目光清亮地看着端木宪，一双大眼睛好似清泉，"这件事是杨家有心为之，在他们的刻意宣扬下，早晚会闹得满城风雨，压是压不住的，藏着掖着反而会让他人以为我们心虚。既然如此，我们倒不如正大光明地把事情摆在台面上解决，是非对错，皇上自有论断。"

端木宪眯了眯眼，睿智、深沉的眼眸中闪过一道亮光，他瞬间明白了端木绯的意思。

端木绯说是报京兆府，但其实这种事又不似杀人、放火、盗窃，京兆府绝不可能打开府衙大门公审。

而端木宪可以借此事向皇帝示弱，求皇帝来定夺。只要皇帝有了决断，对杨家有所惩戒，京中的其他人家自然就会知道，端木家是被杨家诬蔑了。如此，对端木家的损伤就能减至最低。

杨家如今不过是一块狗皮膏药，谁被粘上谁倒霉！端木家还是要当断则断，才能避开将来的大祸。

端木宪捋了捋胡须，神色放松了不少："四丫头此计甚好。"

我的蓁蓁就是聪明！端木绘温柔地看着端木绯，目露骄傲之色。

小贺氏见端木宪对端木绯的提议露出心动之色，心急如焚。老太爷怎么就被这个傻子说动了？

什么"圣上自有论断"？姑娘家的名声是能被拿去论断的吗？！

小贺氏想要说话，又不敢，就算说了，老太爷也不会听她的。早知如此，她应该把自家老爷也拉来才是！

端木宪如何看不出小贺氏的躁动与不服？他嘴角泛起一丝冷笑，转头看向贺氏，忽然问道："阿敏，四丫头年方几何了？"

"上个月刚满十岁。"贺氏虽然不明所以，但还是立刻答了。

端木宪看着贺氏的神情渐冷，他淡淡地道："四丫头不过幼学之年，却已明了何为家族荣辱，知道事事为家族考虑，而你们呢？！"

端木宪口中的这个"你们"，指的自然就是东次间里的大、小贺氏。

婆媳俩被说得面上青白交加，心有不甘，然而在端木宪的威仪下，皆敢怒而不敢言。再者，这件事本来就是小贺氏想要算计端木绘，小贺氏理亏在前。

见二人面露不甘之色，端木宪大发雷霆："你们心胸如此狭隘，出了点儿事，只想着祸水东引，把脏水泼到自家人身上，却忘了大家都姓'端木'！别以为我不知道你们俩在打什么肮脏的主意！"

他没给二人留一点儿情面，声音如冰如刀，刀刀砍得贺氏心痛如绞，几乎喘不上气来。

端木宪一向遵从士大夫的礼仪——人后教妻。照规矩，教导儿媳、孙女都是妻子的责任。以前他不会逾矩教训儿媳，今天盛怒之下，却破了例。

端木绘和端木绯半垂小脸儿，乖顺地在一旁装木头桩子。

端木宪滔滔不绝地训斥了一通，火气渐消，人也冷静了下来。

他拿起一旁的茶盅，抿了一口茶后，神情坚定地说道："以后家里几个哥儿，还有纭姐儿、四丫头的婚事，都要我点头应了才可定下。"说着，端木宪目光沉沉地瞥了小贺氏一眼，眉峰隆起。

俗话说："娶妻不贤，祸三代。"下面几个孙媳妇，尤其是嫡长孙媳，他一定要选好，不然再来个小贺氏、唐氏之流的搅事精，这偌大的尚书府说不定就要毁在几个内宅妇人的手上！

贺氏捏了捏手里的佛珠，声音艰涩地应下了，但她深沉的双眸中暗藏着一片惊涛骇浪。

"纭姐儿、四丫头，"端木宪又看向姐妹俩，神色慈爱、温和了不少，他安抚道，"你们俩先回去吧。这件事，祖父一定会给你们一个交代……"

"多谢祖父。"端木纭和端木绯连忙起身，屈膝行礼，快步退出了左次间。

待两个人离开后，屋子里似乎更安静了，落针可闻。

跟着，端木宪也站起身来，没再说什么，直接甩袖而去，留下一地的狼藉和满室的死寂。贺氏和小贺氏婆媳俩面面相觑，久久说不出话来……

端木宪离开永禧堂后，即刻令小厮备马，亲自去了趟京兆府。

一到京兆府，端木宪对着京兆尹就慷慨激昂地申诉，说杨家如何可恨，他们两家无冤无仇，杨家却在外大肆造谣，败坏端木家的名声，他一定要找杨家讨个公道云云。

京兆尹大惊失色，觉得自己真是祸从天降。

这种事情，放在民间不就是邻里之间的口角吗？谁又敢闹到衙门来？！可是端木家他得罪不起，户部尚书端木宪亲自来府衙告状，他也不敢轻待。

等送走了端木宪后，京兆尹在后衙与师爷商量了好一会儿，最终穿上官服，急急地进宫面圣去了。

这个案子可不好审啊！

端木家不仅是尚书府，还是贵妃的娘家、大皇子的外家，杨家虽然刚被夺了爵位，但还有一个受宠的惠嫔在宫中。这两家的龃龉也不是什么杀人放火的大事，如果京兆尹真的宣人当堂审起来，岂不是连京兆府都要成为京中的笑柄？！

再说了，这种事，公说公有理，婆说婆有理，根本就厘不清！

京兆尹进了宫后，没过一个时辰，宫里就传来了旨意，宣端木宪入宫觐见。这时，才未时过半。

十一月中旬，气温骤降，宣示着寒冬来临，连午后的太阳都无法让端木宪觉得温暖。他心里七上八下的，一路忐忑地随那个传口谕的内侍进了宫。

御书房还是那个御书房，端木宪不知道来过这里多少回了，今日他心里却有一丝陌生之感。

屋中燃着银骨炭，温暖如春。角落里的浮雕云蝠纹兽足螭龙耳龙钮熏炉升起袅袅的龙涎香，清香扑鼻。

皇帝正临窗坐在一个榧木棋盘边，棋盘的另一边是一位红袍青年。他们一个人执白子，另一个人执黑子。落子声不疾不徐地响起，屋内的气氛幽静、闲适。

"参见皇上。"

端木宪目不斜视地走上前，恭敬地给皇帝作揖行礼，再抬眼时，眼角隐隐闪着泪光。

皇帝在棋盘上放下一粒白子后，才转头看向两眼发红的端木宪，似笑非笑地缓缓说道："一个时辰前，杨羲来见朕，说他家的小三与你家的孙女情投意合，特来请旨赐婚。"

皇帝口中的杨羲，就是杨三公子的祖父，也是刚被削了爵位的原庆元伯。

端木宪闻言，难掩震惊地瞪大了眼睛。

皇帝从棋盒旁拿起一个葫芦形荷包，随手扔给了端木宪，端木宪下意识地接住。

这是一个以青莲色绸布缝制而成的荷包，表面绣着精致的并蒂花图案。

之前在尚书府里，端木宪曾让端木纭把荷包的样子画给他看，所以，他虽然是第一次见到这个荷包，却已经能够确定，这就是杨三公子从小贺氏手里得到的那个荷包。只是他没想到，杨羲竟然直接把荷包呈到了御前。杨家行事，委实已经没脸没皮了！

皇帝看着端木宪复杂的脸色，又淡淡地说道："端木爱卿，这是你家长孙女的荷包吧？你也别说是杨家故意偷走荷包，一个姑娘家的荷包，哪有这么容易遗落？是不是这对小儿女彼此有情在先，但是你现在不想认了？"

毕竟如今杨家落魄了，就算是端木家后悔，不想认下这门亲事，也是人之常情。这类事情，无论是在民间还是在戏本里，都不少见。

端木宪心里"咯噔"了一下，心想：这回若非有四丫头提醒，端木家恐怕就要落到被动的地步了！

端木宪毫不犹豫地跪了下去，俯首认错道："皇上，这一切都怪臣治家不严，臣有罪。"

此时此刻，端木宪也顾不上岑隐就在一边，连忙一五一十地讲出内情——小贺氏有意让端木纭与杨家结亲，端木纭不愿，小贺氏一气之下从端木纭那里偷了一个荷包，想要用它来捏造事实，谁承想那个荷包竟然是端木纭无意中捡来的，还是小贺氏的亲生女儿端木绮的荷包……

说完，端木宪惭愧地叹息道："家门不幸啊，让皇上见笑了。"

家丑不可外扬，但事情既然走到这个地步，端木宪也顾不上那么多了。况且，这也不仅仅是家丑，小贺氏还是皇帝的亲表妹，这件事怎么都不会闹大……

事到如今，他必须把自己从这件事中彻底择出来，这样才能把端木家的损失降到最低。

只是弹指间，端木宪已经心思百转。

他保持着下跪作揖的姿势，继续道："皇上，那荷包除了表面绣了并蒂花，内衬的角落里还绣着一个'绮罗'的'绮'字，这是臣的二孙女的闺名，而臣的长孙女的闺名是'纭'。皇上只要打开荷包一观，就知臣所言非假。"

说着，端木宪用双手把荷包高高举起，送到皇帝跟前。

皇帝微微挑眉，眉眼间难掩惊讶之色。

接着，皇帝做了个手势，一个小内侍忙上前接过那个荷包，解开抽绳，往里面一看，就对着皇帝微微点头，表示端木宪所说属实。

皇帝的神色缓和了不少，他没想到这其中的内情竟然如此曲折，虽然荒唐，倒也合理。在朝中，端木宪一向与杨家人并不亲近；后宫里，杨惠嫔也总说端木贵妃仗着位分高欺负她。听到这件事，他就想：端木家怎么会和杨家联姻？！

原来是尚书府内宅不宁之故。

端木宪随驾秋猎，离府一个多月，没发现府里妇人们的小心思也算正常……说起来，他这个表妹小贺氏行事还是荒唐了些！

皇帝漫不经心地转动着拇指上的玉扳指，心里已经有了计较。他随意地挥了挥手道："端木爱卿，你先退下吧。"

"是，皇上。"

跪在下方的端木宪暗暗松了一口气，背后早已汗湿一片。

这次差点儿因为无知妇人给府中惹上大祸！哪怕最后皇帝相信了他的解释，但不管怎么样，他肯定在皇帝面前留下了治家无方的印象，之后的仕途恐怕多少要受点儿影响……

端木宪站起身来，稍微掸了掸衣袍就退下了，只剩下门帘的珊瑚珠串在半空中微微晃动……

御书房里很快响起了皇帝幽幽的叹息声："端木宪此人确实有才干，然治家不行。俗话说得好，'家和万事兴'。"

家不和，难免事事不顺，否则，端木宪今日又何须闹到京兆府去？

岑隐看着棋盘，思索了许久，终于落下了一粒黑子。他似有几分感叹地接了一句："端木大人忙于户部之事，自然管不到那等内宅小事……"

皇帝的注意力也回到了棋盘上，他又落下一子，想起最近端木宪为了开海禁的事可以说是鞠躬尽瘁，叹道："端木宪确实劳苦功高……说来，此事也不能都怪他，是朕那个表妹不懂事……该罚啊。"

皇帝虽然口口声声说小贺氏该罚，可是身为天子，怎么也不可能下旨去罚一个女眷。

御书房里又静了一瞬。

窗外寒风阵阵，直吹得庭院里逐渐凋零的白杨枝叶摇曳，"簌簌"作响，似是转眼间就入了冬，万物变得萧条。

须臾，岑隐再次开口问道："皇上可是要弃了杨家？"

皇帝沉默了，抬眼看向窗外。那随风摇摆的白杨看似枯槁，下方粗壮的树干却稳如泰山地扎根于土壤中……

岑隐微微一笑，颊畔的一缕墨发随风飞舞，魅惑的眼眸中透着潋滟的流光。

"既然杨家还'有用'，依臣之见，不如就'成全'这对姻缘。"岑隐不紧不慢地说道，"一来，让杨家知道他们并未失宠，以安其心；二来，也给端木尚书提个醒，治家不严，乃乱家之源。"

岑隐所言也不无道理……皇帝若有所思地摸了摸下巴，突然想起什么，自言自语道："杨羲口口声声说杨家要娶的是端木家的嫡长女……"

皇帝的眼前不由得浮现出端木纭那张明艳的小脸儿。

"皇上，"岑隐慢悠悠地再落下一粒黑子，半开玩笑地说道，"若是赐婚端木家的嫡长女，臣就怕端木尚书明早又要来哭了。"

岑隐说完顿了一下，接着意味深长地说了一句："事由何起，就该由何终……"说完，岑隐的嘴角翘得更高了，那张绝美的脸庞越发艳色逼人。

正是这个理！皇帝微微颔首，赞赏地看了岑隐一眼，还是他知自己的心意。

端木宪做事一向勤勉，户部也少不了他，自己当然不能让他寒心。

这赐婚一是为了安抚杨家，二是为了给端木宪一个小惩罚，以示警戒。既如此，自己怎么能随随便便地把端木家的嫡长女嫁出去呢？那自己就罚得太重了。

皇帝半垂眼帘，又思忖了片刻，抬眼吩咐道："阿隐，你亲自跑一趟端木家吧。"皇帝的眼神与语气皆意味深长。他打了端木家一鞭子，总要再给颗糖！

"是，皇上。"岑隐镇定从容地站起身来，对着皇帝作揖领命，留下那盘残局静静地躺在窗边。

半个时辰后，岑隐拿着一道明黄色的圣旨出了宫，外面已经是金乌西沉，彩霞满天。

岑隐带着一众天子使臣，一路往权舆街的方向策马奔驰。瑟瑟寒风呼啸而来，像刀子般刮在脸上。

一行人赶在夕阳彻底落下前来到了尚书府。

门房立刻开大门相迎，又派人去通知各房的主子。庭院里、屋子外的一个个灯笼陆续被点了起来，尚书府登时变得灯火通明。

端木宪率先赶到前院的承明厅接旨。

他回府后，仔细地回想着在宫里发生的一幕幕，心始终有些不安，就像悬在半空中似的，不上不下。

虽然这件事的前因后果他已经跟皇帝一一禀明，皇帝似是信了，也有几分动容，却没有给出明确的回答。

君心难测啊，不到最后，谁也不能确保圣心会偏向何处！

"岑督主。"

端木宪一看，坐在承明厅里来传旨的竟然是岑隐，不由得心惊，心中的担忧又深了几分。

"端木大人。"岑隐放下茶盅，含着笑站起身来，对着端木宪拱了拱手，态度看着很是随和。

"真是有劳督主了！"端木宪可不敢大意，客气地对着岑隐拱了拱手，又请对方坐下，令下人再重上一壶龙井。

二人颇为和乐地寒暄了几句。说话间，府中的其他人陆陆续续地到来，包括太夫人贺氏与各房的子孙，男女老少皆盛装打扮。

他们看到岑隐，心里也是一惊，面面相觑，却不敢多言。

待家里人到齐后，端木宪带头跪在光鉴如镜的青石板地面上，其他人跪在他的身后，皆矮了一身。

岑隐站在最前面，从一旁的小内侍的手里接过那道明黄色祥云纹绫锦的圣旨，"啪"的一声打开，就开始宣旨：

"奉天承运皇帝诏曰：天有德，成人之合，兹闻户部尚书端木宪之孙女端木绮知书达理，恪恭久效于闺闱，太后与朕躬闻之甚悦。今北城兵马司指挥使杨旭尧适婚娶之时，当择贤女与配，二人可为佳偶。着有司择吉日，姻昏敦睦，以慰朕心。钦此！"

这一道突如其来的赐婚圣旨差点儿让跪地的端木家的众人跳起来，众人面色各异，但终究还是没有人敢出声。

厅堂里，只有岑隐阴柔的声音回荡着。这声音不大，却像闷雷般响彻贺氏和小贺氏的耳畔……

此时的小贺氏如同风雨中的残叶，摇摇欲坠，差点儿昏厥过去。

圣旨便是天恩，没有人可以抗旨不遵！

大概唯有跪在最后一排的端木绯，似笑非笑地翘起嘴角来。

端木绯抬眼朝岑隐的方向飞快地看了一下，岑隐也正好看过来。四目交接，岑隐对着她微微一笑，似乎是在示意她宽心。

"臣接旨。"

端木宪高抬双手，恭敬地接过圣旨，然后站起身来。

紧接着，他身后的端木家的众人也纷纷起身，浑身无力的小贺氏几乎是被丫鬟搀扶起来的。

端木宪上前一步，对着岑隐客气地赔笑道："真是劳烦督主了。"

"分内之事而已。"岑隐勾唇一笑，明艳如盛放的牡丹，令一屋子的人黯然失色，"本座还要回去向皇上复命，就先告辞了。"

"我送送督主。"

端木宪把圣旨交给一旁的小厮，亲自把岑隐送出了承明厅。

不过是两盏茶的工夫，夕阳落得更低了，外面的天色暗了不少，空中的云层半明半晦，黑夜马上就要降临。

端木宪见四周无人，便试探地问道："岑督主，这赐婚……究竟是怎么回事？"

岑隐信步往前走着，一双乌眸潋滟夺目，他轻启薄唇道："端木大人且放宽心，皇上明白大人的一片忠心，对大人也寄予了厚望。此事，一来是小惩大诫……"岑隐的声音渐低，他隐晦地提点道，"二来，杨家虽辜负了圣意，但罪首已罚，皇上仁慈，不想追究余者。端木尚书身为臣子，理应'为君分忧'。"

端木宪眯了眯眼，一下子就心领神会。

"为君分忧"？这是不是意味着，皇帝还有要用到杨家的地方，才会赐婚来暂时安抚杨家？所以，皇帝在这道圣旨中，只含糊地说"着有司择吉日"，却根本没有提哪一年或者哪一月……如此看来，待到日后时机合适之时，端木家还能够解除这桩婚约。

唉！端木宪在心里幽幽地叹了一口气。

哪怕将来端木家能够解除婚约，端木绮的名声也不再如白璧无瑕了，日后的亲事肯定会受到影响。然而，此时端木宪也顾不得这些了，毕竟此事端木家亦有过，皇帝这是略施薄惩，以示警告。

雷霆雨露皆是君恩，自家就只能受着！

想明白后，端木宪暗暗地长舒了一口气。无论如何，端木家总算过了这一关！

"真是谢督主提点了。"端木宪拱手谢过岑隐，神情更为殷勤恳切，"以后还请督主在皇上面前多多美言两句，替在下周全一二。"

"大人客气了。"岑隐云淡风轻地笑了笑。

说话间，二人就来到了仪门处。

随行的内侍和马匹都还候在原处，岑隐大步流星地走到一匹高大、矫健的红马前，捞起马绳，利落地翻身上马。

他随意地抖了抖马绳，胯下的红马打着响鼻，踱起了步子，迫不及待地朝大门的方向走去。

忽然，岑隐又像想到了什么似的，拉住了马绳，俯首看向端木宪，笑着提醒道："端木大人，内宅不和乃乱家之源。"

俯首时，岑隐墨黑的乌发顺势倾泻而下，整张脸庞笼罩在黄昏的阴影中，唯有一双眼角微微上挑的黑眸流光溢彩。偏阴柔的气质让他哪怕穿着一身火红的衣裳，也不似烈阳，更像朦胧夜色中的一轮幽月。

"皇上已允了柳首辅致仕，开年后，柳首辅就会离京回乡。大人切记，内宅无小事，不可因小失大。"

岑隐的话让端木宪心中一凛。也就是说，皇帝即将任命新的首辅！

端木宪对岑隐越发感激，再次郑重作揖，谢道："多谢岑督主。"这个消息，自己绝对是第一个知道的！

岑隐淡淡地笑了笑，这一次，一夹马腹，毫不回头地策马出了尚书府。

一行天子使臣很快就鱼贯般离开了尚书府，马蹄声渐渐远去，尚书府的大门再次"吱呀"一声关闭了。

端木宪看着那紧闭的朱红大门，静立在原地。

许久，端木宪回过神，发现周遭一片昏暗，天空已经完全暗了下来，夜空中的明月洒下柔和的银色光芒。

随着夜幕降临，四周的灯笼变得更加璀璨，如宝石、似星辰。

心情复杂的端木宪原路返回了承明厅。远远地，他就听到厅内一片喧哗，众人都聚集在那里没有离去，一个个伸长脖子看向厅外。

"父亲！"

"祖父！"

一见端木宪归来，承明厅内声音越发嘈杂，一道道灼热的目光落在端木宪的身上。

"老太爷，这究竟是怎么回事？"上首的贺氏眉头紧锁，紧张地出声问道，"皇上怎么会下旨赐婚？"

贺氏怎么也想不明白，这杨家不是遭了皇帝的厌弃，被夺爵了吗？

皇帝为何会给端木家和杨家赐婚呢？他们的绮姐儿难道真的要嫁到这种破落户里去？！

端木宪还在想着岑隐的那番话，淡淡地瞥了贺氏一眼，道："既是圣意，受着就是。"

贺氏还想说什么，却被小贺氏抢在了前面："父亲，这怎么能行？"

小贺氏再也坐不住了，猛地站起身来，恶狠狠地看向端木绯，指着端木绯的鼻子咬牙切齿地说道："这都怪你！若非你说什么报京兆府，将此事闹到了皇上面前，皇上又怎么会下赐婚圣旨？！"

听了这番话，不少人皆是一头雾水，不知道这到底是怎么回事。

坐在一旁失魂落魄的端木绮忽然有了反应，嘴唇微颤，目光阴冷地看向端木绯，嘴里喃喃道："是你……原来是你！都是你在害我！"

端木绮的声音越来越尖锐，她猛地从椅子上蹿起，朝端木绯的方向扑去："端木绯，你这贱丫头，为何要害我？"

"放肆！"端木宪蹙眉，发出一声怒喝，"还不快拦住二姑娘？！"

端木宪身为一家之主，在这府中说一不二。他一声令下，丫鬟、婆子们便一窝蜂地拥上前，三两下就制住了端木绮。

一个青衣丫鬟小声地劝道："二姑娘，冷……"

端木绮双目赤红，脑子里燃烧着熊熊怒火，根本就听不进去话，死命地挣扎着："放开我，放开我……"她越来越激动，被气得脸颊通红，泪光闪烁。

几个丫鬟、婆子怕激怒端木宪，赶忙半强迫地把端木绮拖走了，厅堂里一片鸡飞狗跳的场景。

小贺氏心疼地看着女儿离去的背影，既悲切又委屈地对着端木宪哭喊道："老太爷，您不能这样啊！绮姐儿也是您的嫡亲孙女，您不能这样厚此薄彼啊！"

"闭嘴！"端木宪被吵得头也疼了，冷声斥了一句。

一看到小贺氏这个蠢妇，端木宪就心烦：若非她心思恶毒，端木家何至于迎来此祸？！

这次，幸亏四丫头提出将此事报京兆府，不然被动之下，端木家要付出的代价就远不止被赐婚了！皇帝现在名义上以赐婚作为惩戒，事实上又何尝不是对自己还寄予厚望？皇帝这才会让岑隐亲自跑一趟。

端木宪懒得与这蠢妇理论，直接看向了端木朝，神情威严地说道："老二，管好你的媳妇，这次的祸事都是她惹来的！"

端木朝还不知道这到底是怎么回事，目光凌厉地看向了小贺氏，小贺氏心中一凛，顿时缩了缩。

一旁的端木珩沉默不语了许久，眉头微蹙，心道：母亲到底是做了什么，才把祖父气到了这个地步？！

端木宪看出父子俩以及这一屋子人的疑惑，想了想，觉得这件事不能瞒，至少不能瞒着家里人，否则指不定再生出什么事端来。

端木宪抬手做了个手势，屋子里的奴婢们都退了下去，只留了游嬷嬷守在厅外的屋檐下。

跟着，端木宪就把那个荷包的来龙去脉都说了，也包括了不久前的君前奏对细节。

小贺氏的脸越垂越低。众人的视线火辣辣的，刺得她像被千百根针一起扎似的。

端木朝听着，脸上一阵青一阵白，僵硬地说道："父亲放心，儿子会管好她的。"

端木宪心里还是沉甸甸的，他又对着贺氏神色淡淡地说道："阿敏，以后府里的事就先由纭姐儿管着……老二媳妇身子不好，就好好养着吧，府里养不好，就去庄子上，庄子上再养不好，就去家庙里。"

端木宪的神情和语气都很平静，不疾不徐，可这话听得小贺氏浑身凉飕飕的，直冒冷气。

"四丫头，"端木宪转而又对端木绯温和地说道，"以后，你就帮着你姐姐一起管家，可好？"

"是，祖父。"端木绯乖巧地应了。

这偌大一个尚书府，琐事可不少，要是由端木纭一个人管着，端木绯也怕累坏了她的姐姐，有她做帮手，姐姐也不至于太疲累。

不远处的四夫人任氏和五夫人倪氏神色各异，暗暗地交换着眼神，也不知道是该感慨小贺氏竟把一副好牌打成这样，还是该震惊这偌大的尚书府竟然要由两个未及笄的小姑娘来掌管！

这才短短不到一天的工夫，府中竟翻天覆地般地变了个样！

"好了，大家都散了。"端木宪随意地挥了挥手道，"老二、老四、老五、珩哥儿，你们随我去一趟书房……"

顿了一下后，端木宪在众人惊讶的目光中又补充了一句："还有四丫头，你也一起来吧。"

端木绯再次应下了，随几位叔父、堂兄一起，簇拥着端木宪朝外书房的方向去了。

## 第二十二章　无　宸

十一月的天暗得极快，这才酉时过半，已经黑得好似深夜一般。

众人来到外书房，坐了下来。丫鬟手脚麻利地给几位主子上了热茶后，就垂手侍立在一旁。

烛火在宫灯里偶尔不安地跳跃，书房中的气氛透着一丝凝重感。

这一路走来，端木朝的内心已经冷静了不少，刚一坐下，他就出声道："父亲，我仔细想了想，虽然这件事绮姐儿她娘有错，可是也不能就这样让绮姐儿嫁入杨家啊，这也太委屈绮姐儿了！不如，我们进宫求求太后和贵妃娘娘，请皇上收回成命……"

端木绯在一旁自顾自地品着陈年普洱茶，满足地眯了眯眼，仿佛完全没听到端木朝说了什么似的。

端木宪看着端木朝，神情失望地问道："老二，你就只想到这些？"

端木宪说着，目光扫视着书房里的其他人。

接着，端木宪正色问道："你们呢？你们对皇上的圣旨怎么看？"

端木朝的脸色不太好看，他张了张嘴想说些什么，但最终没有出声。

四老爷端木腾犹豫了一下，便道："父亲，皇上这个时候赐婚，可是有惩戒端木家的意思？"

端木腾的脸色也不太好看，他如今任正六品大理丞，本来还指望来年可以稍微升一升，如今看来，怕是不好说了。

相比之下，五老爷端木朔就没有这种切肤之痛了。多年来，他管着家中庶务，朝堂之上的事素来插不了嘴，便干脆没吱声。

端木宪的目光干脆从端木朔身上掠过，他直接问了长孙端木珩："珩哥儿，你呢？"

端木珩嘴唇紧抿，俊朗的脸庞比平日里还要严肃。他思索片刻后，答道："祖父，皇上虽然想小惩，却并非大怒，不然就不单单是赐婚了。"

端木宪眉头一扬，又捋了捋胡须。他这长孙比之老二、老四和老五多了一分机敏，可是毕竟还太生嫩，想得还不够深远。

端木宪又看向坐在窗边的端木绯问道："四丫头，你又怎么看？"

端木绯恋恋不舍地放下手里的普洱茶，说道："祖父，对皇上而言，杨家怕是还'有用'吧？"

其实，端木绯也没想到皇帝会下这么一道赐婚的圣旨，不过，皇帝既然不是真的恼了端木家，那么单纯从圣旨本身来分析，唯一的可能性就是这个了——

杨家还有可利用的价值。

端木绯不紧不慢地继续分析道："杨家这次在猎宫里犯下大错，有罪在先，皇上夺了杨家的爵位，按道理，短时间内不可能再抬举杨家。但是杨家对皇上又有'大用'，所以皇上才下了这道赐婚圣旨，其中有一半原因应该是皇上想借机告诉杨家，圣宠还在。"

如今的杨家，从杨梵这一辈起就没有能扶得起的儿郎，所以，皇帝觉得杨家还"有用"，应该不是想用杨家的人，那么——

除了人，杨家还能有什么让皇帝不得不"提拔"的理由呢？！

端木绯勾了勾唇，乌黑的大眼睛里闪着饶有兴致的光芒。

端木宪慢慢地捋着胡须，微微颔首，心想：还是端木绯想得透彻。

等他再看向端木朝、端木腾和端木朔时，眼里的满意之色再次变成失望，端木宪淡淡地斥道："你们三个人啊，好好跟四丫头学学！"

端木朝却不服气，面沉如水，眉头紧锁地说道："父亲，这只是绯姐儿的猜测而已……"这跟她之前因为几句猜测就怂恿端木宪去京兆府告状有什么差别？！父亲这是被她下了什么蛊？！

端木绯只是抿嘴笑，根本就不打算与端木朝争辩什么。

端木宪的脸色好不容易缓和了些许，刹那间又沉了下来，他对这个次子越发觉得失望了。

想着家和万事兴，想着这次子也不算是朽木，端木宪还是耐着性子道："你知道什么？！我方才已向岑督主打听了一二，这件事确实如四丫头所言。"

闻言，端木腾几个人皆惊了，下意识地面面相觑。

端木朝也是难掩惊色，却还是忍不住反驳道："父亲，就算这样，皇上也不该拿我们端木家的女儿来笼络杨家啊。"

端木绯慢悠悠地用茶盖撇去漂浮在茶汤上的茶叶，忽然插嘴说了一句："谁让端木家有错在先呢？"

所以，这赐婚根本就是端木家自己撞上去的！

端木朝一时语塞，还想说什么，却又无法反驳。

见状，端木腾与端木朔暗暗地交换了一个眼神，反正这婚事也没落在他们俩的女儿身上，两个人便你一言我一语地附和道：

"二哥，既是圣意，自家理当遵从。"

"是啊，二哥，君命不可违。"

坐在紫檀木书案后的端木宪点了点头，道："就是这个理。"

接着，端木宪再次看向端木朝，严肃地告诫道："老二，刚才我说的这件事，切不可告诉你媳妇，她是个嘴上没有把门的……"

端木朝也知道事关重大，自然听从父意，忙道："父亲，这点儿轻重儿子还是明白的，您且放心。"

"还有你们，老四、老五、珩哥儿，"端木宪又仔细地叮咛其他几个人，"你们都记住了，不管是何人，都不能向其吐露半分。你们要明白，圣意岂能妄加揣测？若是一不小心有什么闲言碎语传扬出去，后果不堪设想……在朝须得时刻谨记，君心难测，圣心易变。"端木宪说话间，面色变得越来越凝重。

众人心中一凛，不敢轻忽，齐齐地站起身来，作揖应道："谨记父亲（祖父）教诲。"

见儿孙们一派恭顺的样子，端木宪紧锁的眉头稍缓，他在心里暗暗地想着：一家人齐心协力，总能把眼前的难关渡过了。

众人又坐了下来，端木腾、端木朔这才有心思品茶，唯有端木朝还是有几分心绪难平，又道："父亲……真要把绮姐儿嫁进杨家吗？"

"最后就看圣意如何了……"端木宪沉声道，"再者，这件事也都是你媳妇惹出来的。"

端木宪叹了一口气，捋了捋胡须道："老二，你这个媳妇实在是不知天高地厚。从前，京中的局势没那么复杂，她看着还算规矩、贤惠，如今却越来越不成样了……"

身为长辈，小贺氏没事就盯着隔房的侄女不放，算是怎么回事？！

端木朝只觉得两个弟弟似笑非笑的目光像是甩在他脸上的巴掌，他的脸火辣辣地疼。这些年来，他还不曾这样被父亲数落过。

端木宪继续道："礼部右侍郎莫大人府上有一个庶女，因为连着为其祖父、祖母守孝，耽误了花期，如今年已十八，至情至孝，贤名在外。为父稍后就同你母亲商量，为你求娶其做二房……"

"这……这……父亲，万万不可！"这一次，端木朝终于忍不住出声打断了端木宪。

端木宪神色渐冷，说道："你房里总不能这么由着你的媳妇折腾，总要有个明白人才是。老二，治宅不严，那可是官场大忌。"

这莫姑娘若是被娶进门，那就是正经的二房。

按照大盛朝的规矩，男方纳二房要正式给女方过礼、下聘，在官府办理文书。不同于普通的姨娘、妾侍之流，二房虽无平妻之名，却有平妻之实。

端木朝一阵纠结，他和小贺氏是表兄妹，夫妻俩多年来一向相敬如宾。他若是纳了二房，那对于小贺氏而言，这绝对是莫大的羞辱。

可是小贺氏这次未免太荒唐，竟然惊动了皇上……

须臾，端木朝作揖应道："一切但凭父亲、母亲做主。"

端木宪的神色缓和了不少。他这做父亲的，这么多年来又何尝插手过几个儿子房里的事？若非迫不得已，他端木宪，堂堂户部尚书，又怎么想管这些内宅事？

"行了，你们几个人都先回吧。"端木宪疲倦地揉了揉眉心，把他们都打发了。

外面的夜色更浓了，端木绯出了书房后，沿着廊庑上挂的灯笼朝内院的方向行去。在庭院中的灯火的映衬下，她的一双大眼闪闪发光。

她心不在焉地缓步前行，心里还在想杨家的事。

杨家的手上究竟有什么东西，以至皇帝对杨家如此"上心"？！会不会就连杨家人自己都不知道自家身怀"宝物"？！不然，杨家这些年来式微，早该将其献给皇帝，换取荣华富贵了。

这个猜测似乎也不无可能……

端木绯思索间，湛清院就出现在了前方。张嬷嬷守在院门口，急忙迎了上来，笑道："四姑娘，你回来了啊。"她虽然笑着，却眉心微蹙，似担忧地朝某个方向望了一眼。

见张嬷嬷面有异色，端木绯想到了什么，问道："张嬷嬷，姐姐还没回来？"

张嬷嬷点了点头："大姑娘在承明厅接了旨后，就被太夫人叫去了永禧堂，到现在还没回来。"

端木绯干脆连院门也没进，又转身："我去找姐姐。"

"四姑娘，夜风凉，快披上斗篷吧。"

张嬷嬷急忙让丫鬟给端木绯裹上了一件厚厚的斗篷。大红斗篷边缘镶着一圈白色兔毛，衬得端木绯的小脸儿更加小巧、精致，如同瓷娃娃一般。

夜渐渐深了，冬日的夜风寒冷刺骨，如刀似剑。

端木绯拢着斗篷，不疾不徐地朝永禧堂的方向走去。

端木绯倒不急，以姐姐的性子，她吃不了亏。只不过，这天色不早了，那些人总该让她回去用些晚膳吧？！

　　永禧堂里一片喧哗。端木绯一进正堂，刚由绿萝伺候着脱下斗篷，就听到了从东次间里传来的阵阵哭声、喊声以及安抚声。

　　一个青衣丫鬟在前头打帘，端木绯缓缓地走了进去。

　　屋子里乱糟糟的。端木绮跪在地上，对着罗汉床上的贺氏痛哭，端木缘在一旁轻抚着她的背。

　　其他人也围在端木绮的身边各种安抚，唯有端木纭从容淡定地坐在一旁，慢悠悠地拈着一块枣泥山药糕吃。她那气定神闲的模样与周边的纷乱场景迥然不同，仿佛有一层无形的屏障将她与其他人分隔开来。

　　她的姐姐果然不会亏待自己。端木绯嘴角微翘，眸子更亮。

　　端木纭也看到了端木绯，对着她招了招手，示意她过来，压低声音问道："蓁蓁，你可吃了东西？"

　　端木绯摇了摇头，道："我想等姐姐一起用晚膳。"

　　端木纭听了这话，心里真是觉得比吃了糖还甜，赶忙把手边的点心碟子往妹妹那里推了推，让妹妹先吃点儿点心垫垫肚子。

　　端木绯也不客气，拿起点心就吃，同时向还在抽噎的端木绮看去。

　　端木纭凑近端木绯，与妹妹小声地咬耳朵。端木纭来永禧堂，本来是因为贺氏说要与她和小贺氏交代中馈交接的事，免得明早乱了手脚。端木纭想，她也该来拿一下对牌，就跟着过来了。谁知道话才起了个头，端木绮就哭哭啼啼地进来了。

　　端木纭瞥了端木绮一眼，继续说："你二姐姐啊，已经哭闹半个时辰了，哭着吵着说不要嫁，还求祖母找人顶替她出嫁……"

　　端木纭说了一半，藏了一半。其实一开始，端木绮还口口声声地质问端木纭为什么陷害她，说长幼有序，要议婚也该从端木纭开始，想要逼迫端木纭就范。端木纭根本懒得理会她，只拿圣旨说事。

　　毕竟圣旨可是指名道姓地说要端木绮嫁给杨旭尧的，她要是找人替嫁，那就是阳奉阴违，抗旨不遵了。即便是贺氏和小贺氏再疼爱她，也没这么大的胆子应下此事。

　　这不，端木绮哭哭啼啼地闹了许久，最后大家也没能谈上几句正事。

　　端木绯朝哭得快要喘不上气的端木绮看了一眼，觉得今晚姐姐肯定是谈不上正事了，正要提议离去，就听外面又传来一阵急匆匆的脚步声，紧接着帘子被掀开，一个中年妇人快步走了进来。

　　"二夫人……"宋嬷嬷面有难色地朝小贺氏走去，一副欲言又止的表情，但终究还是来到小贺氏身旁，附耳低声说了几句话。

众人虽然听不到宋嬷嬷说了什么，却能看到小贺氏瞬间脸色煞白，身子更是摇摇晃晃的，仿佛遭受了什么晴天霹雳一般，嘴里喃喃着："不可能的，不可能的……"

小贺氏再也顾不上女儿，直接拉住贺氏的手道："母亲……母亲，您一定要为我做主啊！"

仿佛溺水之人抓住了浮木般，小贺氏紧紧地握住了贺氏的手。贺氏微微蹙眉，问道："这到底是怎么回事？"

"母亲，父亲要给二爷纳……纳二房！"说话间，小贺氏两眼通红，眸中的泪水倏然落下，悲悲切切。听到母亲的哭诉，端木绮一时忘了哭，脱口而出道："这怎么可能？！"

看着自家主子这副样子，宋嬷嬷也很心疼，心里沉甸甸的。

方才，她奉命去老太爷的书房那边守着，本来想把二老爷请到永禧堂来，谁知道正好听到四老爷和五老爷说起老太爷让二老爷纳二房的事，她被惊得差点儿当场失态。

等她回过神时，端木朝、端木珩父子俩已经走远了……

宋嬷嬷犹豫了好一会儿，想着这件事肯定瞒不了多久，恐怕今晚就会被传得阖府皆知，踌躇再三，还是先跑来永禧堂通禀给小贺氏。

端木纭也有些意外，以求证的目光看向了身旁的端木绯，端木绯凑到她耳边，把刚才发生在外书房里的事都一一说了。

坐在炕上的贺氏眼帘半垂，默不作声。

乍一听闻纳二房之事，贺氏也吃了一惊，可是再细想，这确实是端木宪的作风。

他，一向是当断则断。

贺氏的眼眸如古潭，深沉不见底。

"祖母，您可不能让父亲纳二房啊！"端木绮哭喊了起来，与小贺氏抱作一团，母女俩一起哭哭啼啼的。

"母亲……"

永禧堂里越来越闹腾，端木纭和端木绯懒得再看戏，直接让人拿了对牌过来，对着贺氏福身行礼后就告退了。

姐妹俩携手出了永禧堂，闲庭信步地朝着湛清院走去。

接下来的几天，尚书府里很热闹。端木纭初掌内务大权，忙得脚不沾地。

尽管端木纭原就在管家，但当时还有小贺氏在，而现在，她要以一己之力管这个偌大的府邸里的一切事宜。她再能干，也只是个十四岁的小姑娘，一时间有些手忙脚乱。

尤其是小贺氏已经当了十来年的家，府里不少体面的嬷嬷都是她的人，对于端木纭的安排，嬷嬷们总有些阳奉阴违，这让端木纭平白多了不少事。

而这湛清院中第二忙的人，大概就是碧蝉了。她每天都忙着在府中各处打探消息，尤其是琼华院那边的消息。

小贺氏当然不甘心就这么接受端木朝纳二房，在府里各种闹腾，一会儿找贺氏，一会儿找端木朝，一会儿找端木珩，甚至还闹回了娘家贺府，又递了牌子进宫求见太后，可是太后避而不见。

小贺氏一哭二闹三上吊地折腾了一番，然而皆是徒劳。

十一月十九日，贺氏亲自去了莫府提亲，小贺氏自当日起就卧病在榻。

然而端木宪并不在意，只抛下一句：她若是治不好，那莫家姑娘进门后，正好可以扶为正室。

十一月二十一日，莫府有了回应，两家定下了亲事，年前莫家姑娘过门。

一切尘埃落定后，十一月二十二日一大早，端木纭、端木绯姐妹俩带着亲手做的糕点，去了一趟岑隐的府邸。

岑隐身为司礼监秉笔太监兼东厂厂督，自然公务繁忙。姐妹俩从一开始就没想过能够见到岑隐，亲自前去也只是为了表达谢意，所以把东西放在门房那里就走了。

跟着，姐妹俩的马车又去了她们在昌兴街的那个铺子。

端木绯离京一月有余，铺子已经开起来了。当初那个"香茗"的牌匾自然被取下了，取而代之的是一块写着"绣芳斋"三个金漆大字的黑色牌匾。

端木纭兴致勃勃地对着端木绯道："蓁蓁，快看看我们的铺子！"

她乐滋滋地拉着妹妹的手，进了绣芳斋。铺子里有些冷清，这才开了半个月，里头除了雇的女掌柜，仅有两个绣娘。

"大姑娘，这位是四姑娘吧？"女掌柜笑容满面地迎了上来。

女掌柜是一个四十来岁的丰腴妇人，穿着一件栗色暗妆花褙子，梳了一个整整齐齐的圆髻，发髻上戴着一对翠玉扁方，看起来利落大方。

端木纭应了一声，含笑道："石掌柜，你不用招呼我们，我和妹妹就是随便看看。"

端木纭来到柜台旁，随意地打量着铺陈在柜台上的帕子和荷包等绣品，从中拣了一方帕子递给端木绯："蓁蓁，你看看。"

这是一方海棠红的帕子，颜色正好与端木绯今日的衣裙相配，上面绣着一只可爱的白色狮子猫，猫儿团成一团，看着憨态可掬。

端木绯点头赞道："姐姐，这个绣娘的绣工真是不错。"这猫绣起来并不复杂，但重在绣娘把猫的神情与动态抓得精准，让人看了便是心头一软。

石掌柜并没有走开，立刻就说这帕子是赵绣娘所绣，赵绣娘的绣工虽然比不上王绣娘，但在图案设计上很有天赋。

石掌柜又挑了几方赵绣娘的绣品递给姐妹俩看，几个人正说着话，忽然看见一个流里流气的青衣男子朝这边探头探脑。

石掌柜怕对方冲撞了两位姑娘，准备把他打发了。这时，那男子已经走了进来，对着石掌柜道："掌柜的，我来卖我家婆娘绣的荷包，你看看值多少银子？"

男子从怀中掏出了一个水绿色的月牙形荷包，递给石掌柜。同时，他斜眼扫视着端木纭和端木绯，对着端木纭多看了几眼，目光轻浮，那神态看起来就是个市井无赖。

有些绣庄小，养不起太多的绣娘，就会收一些普通妇人绣好的绣品来卖，但是绣芳斋为了避免不必要的麻烦，是不收绣品的。

石掌柜上前拦住了那男子，摇头道："我们这里不收外面的绣活，请去别处吧。"

男子没有走，反而挥舞着那个荷包，又朝石掌柜逼近了一步，吊儿郎当地拔高嗓门道："喂，你们打开门做买卖，哪里有把人推出去的道理？"听他那无赖般的语气，他还想强卖。

石掌柜微微皱眉，把铺子里负责拉马车、干粗使的小厮叫来了。

小厮还算客气地请对方出去，而这个男子倒是来劲了，直接动手和小厮推搡了起来，口中骂骂咧咧的。

这时，男子猛地一用力，推得那小厮踉跄了好几步，男子手中的荷包也不慎脱手飞了出去，正好掉在了端木绯跟前。

端木绯本来只是随意地瞥了一眼，但看清荷包之后，目光却粘在了上面——这是……

她下意识地蹲下身，把荷包捡了起来。那水绿色的月牙形荷包上绣着精致的蝶恋花图案，娇艳的海棠花旁还绣着两个字：青语。

端木绯双目微微一瞠，连忙再次仔细看，竟发现荷包上的刺绣所使用的针法是那么眼熟，不觉心中一凛。

她几乎可以肯定，这"青语"指的就是楚青语！

那个无赖男子见一个小丫头捡起了荷包，还"爱不释手"地看着，眼睛一亮，笑嘻嘻地说道："小姑娘，我这荷包不错吧？你就买下吧！你从我这里买，可比从这铺子里买便宜多了！"

端木绯目光微闪，捏着荷包的手下意识地微微用力。

楚青语的荷包竟然落到了这样一个无赖的手里，要是被人发现这个荷包属于楚青语，怕是连府里的其他妹妹都要被楚青语连累了！

端木绯歪着脑袋笑了，点头道："这荷包绣得是不错，你要多少银子？"

那无赖顿时喜笑颜开，搓了搓手，装模作样地说道："小姑娘，这个荷包用的可是丝绸，上面那花蕊是用金线绣的……我看姑娘你面善，就卖你一两银子好了！"

一两银子都够一个小户人家简简单单地过上半年了，这个荷包哪里值一两银子？！这个无赖不过是看到端木绯的打扮，猜她必是大户人家出身的姑娘。

端木纭微微皱眉。但她从来不会驳妹妹的意思，便无声地默许了。

"碧蝉。"端木绯轻唤了一声。

碧蝉明白了自家姑娘的心意，从腰间的荷包里掏出一两碎银子，递给了那个无赖。

那无赖掂了掂碎银子，又放在嘴里咬了咬，满意地笑了："小姑娘，下回咱们还做生意啊！"

他仔细地把碎银子揣在怀里，然后就乐滋滋地走了。

看着对方走远，端木绯把手里的荷包递给端木纭，指着上面绣的那两个字小声地说道："姐姐，你瞧……"

青语……难道是……？

端木纭瞳孔微缩，自然而然地想到了某个叫"青语"的少女："蓁蓁，你是说……？"

"这个荷包也许是那位宣国公府的三姑娘的……"端木绯缓缓地说道，如点漆般的眸中闪烁着一丝复杂的光芒，"姐姐，我们去一趟宣国公府吧。"

端木纭知道妹妹与楚太夫人颇为投缘，便应了："妹妹，我陪你一起去。"这荷包若真是楚家姑娘的，既然到了她们的手里，她们总得亲自去一趟，还了才算妥当。

姐妹俩向石掌柜告辞后，登上马车，又临时改道，往宣国公府的方向去了。

青篷马车一路往北飞驰而去，马车里的端木绯还在把玩着那个月牙形的荷包，心里渐渐有几分不安宁的感觉……

这大概是一种近乡情怯的感觉。

端木绯半垂眼帘，眼睫微微颤动着，脑海中掠过了许许多多的往事，一时思绪纷乱。

"嗒嗒嗒……"

马车一路飞驰，一炷香的工夫后，就到了北门大街，一直来到一栋气势恢宏的宅邸前方，才逐渐放慢了速度。

宅邸的正门前蹲着两个威武的石狮子，三扇兽头朱漆大门上钉了足足七七四十九颗铜钉，代表这是一个公侯世家。正门上方挂着一方黑匾，匾上写着"宣国公府"四个金漆大字。

看着这方匾额，端木绯又是一阵心潮涌动。

马车又往前行了几丈，在一侧的角门外停下了。碧蝉率先下了马车，敲响了角门。很快，角门便被打开了，门房探出半边脸，与碧蝉说了会儿话。

接下来就是一阵漫长的等待。

门房派了人去通禀楚太夫人，两盏茶的工夫后，角门就被完全打开了。几个婆子出来恭敬殷勤地迎她们的马车入府，一路来到仪门处。

姐妹俩依次下了马车，端木绯便见一道熟悉的身影候在几步外，对方慈眉善目地对着她微笑，正是之前陪着楚太夫人去过千枫山的俞嬷嬷。

"端木大姑娘、四姑娘，请。太夫人正在等二位呢。"

俞嬷嬷笑吟吟地亲自为二人引路，引得周遭的那些丫鬟、婆子暗暗咋舌。

这偌大的府邸里，谁不知道俞嬷嬷是太夫人的亲信？即便是府中的几位公子、姑娘，谁不看在太夫人的面子上敬俞嬷嬷一分？

这两位端木府的姑娘明明是不速之客，竟然得俞嬷嬷亲自来迎，可见楚太夫人对这两位姑娘多重视。

"有劳嬷嬷了。"端木纭和端木绯笑吟吟地应了一句，在俞嬷嬷的引领下，跟着一行人朝着正院的方向去了。

楚青辞在这个府邸中出生、长大，接近十五年不曾离开，对这里的一草一木、一花一石、一砖一瓦，都了如指掌。

此时，端木绯再次置身于这个熟悉的环境中，心情不由得剧烈起伏。

自猎宫回来后，她就想挑个楚老太爷休沐的日子来登门探望祖父和祖母。只是今日的意外来得太突然，她还没做好准备，竟就这么冒冒失失地来了这里。

端木绯眨了眨眼，眼眶有些酸涩，嘴上却若无其事地与俞嬷嬷寒暄着。

不一会儿，楚太夫人居住的六和堂就出现在了前方。

"两位姑娘请。"

俞嬷嬷领着姐妹俩进到暖阁中，四周顿时变暖。

楚太夫人穿着一身绛紫色缎面吉祥纹通袖袄裙，坐在暖烘烘的炕上，腰板挺得笔直，嘴角微抿，如平日般威严、冷峻。她只是这么静静地坐在那里，身上就透着一种令人不敢轻慢的威仪感。

"见过楚太夫人。"端木纭和端木绯走到近前，恭恭敬敬地给楚太夫人行了礼。

"不必多礼，坐下吧。"看着眼前这对乖巧、秀丽的姐妹好似冬日的一对蜡梅般清新可人，楚太夫人微微翘起嘴角，脸上多了一丝慈爱的笑意，整个人看起来温和了不少。

"小姑娘，这是你的姐姐吧？"楚太夫人拉过端木纭打量了一番，又从腕上褪下一只白玉镯子，赠给了端木纭。

刚一触手，端木纭就发现这玉镯玉质温润细腻，必然是上品。真如妹妹所言，这位楚太夫人与妹妹投缘得很，自己倒是沾了妹妹的光！

端木纭含笑瞥了端木绯一眼，落落大方地谢道："多谢楚太夫人。"

真是有其妹，必有其姐，楚太夫人在心中暗暗赞道。这姐妹二人皆目光清亮、乖巧聪慧，情深至此，能互相帮扶……如此，很好！

姐妹俩坐下后，一个青衣丫鬟上了热茶。端木绯才略移开茶盖，熟悉的香甜味道就扑鼻而来，正是她之前曾经在千枫山赞过的菊花茶。

祖母还是那般细心。

端木绯捧着茶盅的手指微微用力，温热的茶水自喉咙灌入腹中，她浑身登时变得暖洋洋的。

放下茶盅后，端木绯欠了欠身，说起了此行的正事："楚太夫人，我们姐妹冒昧来访，请您莫要见怪，也是事出突然，方失礼了。"端木绯本来是想做好了那个给祖母的抹额再来的，没承想，今天却两手空空地来了。

端木绯做了个手势，身旁的碧蝉就把那月牙形的荷包递给了俞嬷嬷，俞嬷嬷又将其呈给了楚太夫人，主仆俩皆变了面色。

俞嬷嬷挥了挥手，屋子里的其他丫鬟、奴婢就低眉顺眼地退了出去，步履悄无声息。

接着，端木绯口齿清楚地把今日得了这只荷包的来龙去脉说了一遍，听得楚太夫人脸色微沉，俞嬷嬷神情凝重。这荷包要是流出去，事情可大可小，一个弄不好，楚家的百年清誉就要被毁于一旦！

楚太夫人随后把荷包放在了一旁的茶几上，神色和缓了些，温和地说道："绯丫头，这件事，我记下了。"

楚太夫人的语气很是亲昵，一声"绯丫头"听得端木绯眼眶微微泛红。端木绯不动声色地捧起茶盅，抿了一口香甜的茶水。

楚太夫人还想着荷包的事，便没注意端木绯的异状，只当她果然喜欢这菊花茶。她又和蔼地招呼姐妹俩用些点心，然后如闲话家常般开口说道："绯丫头，我听我家老太爷说，你的棋下得不错……逼得吏部尚书那个棋痴投子认负。"

"哪里，哪里，我只是赢了游大人半局棋而已。"端木绯谦虚地笑了笑，一本正经地说道，"游大人是棋痴，不过棋艺嘛……"

"他就是个臭棋篓子罢了，只能靠着辈分哄你这小姑娘陪他下棋，真是为难你这小姑娘家了！"楚太夫人不客气地直接取笑道。

朝堂上下敢这么说游君集的人，没几个。

"'祖父'自小就教导我要敬老尊贤。"端木绯嘴角微翘，乖巧地说道。

同在朝为官，游君集与祖父楚老太爷颇为熟稔。在她小时候，有段时间游君集常来找楚老太爷下棋，可楚老太爷嫌他是个臭棋篓子，能避则避。

楚太夫人被端木绯逗得忍俊不禁，又道："绯丫头，听说你还在猎宫里摆了个残局，把一个猎宫的棋道高手都难倒了……"

说话间，几个人听到外面传来丫鬟恭敬的行礼声："见过三姑娘。"

跟着，一个耳熟的女声响起："祖母这里是有客人在吗？"

楚太夫人顿时色微沉。不一会儿，一阵利落的打帘声响起，楚青语款款地走了进来。

今日的楚青语穿着一件艾绿色绣梅兰竹的绫袄，下头配一件象牙白的百褶裙，鬓角戴了两朵玉兰珠花，看着清新淡雅。

自打从猎宫回来，楚青语就被楚太夫人责令在小佛堂里抄写佛经。她刚刚抄好了今天的份，所以过来行礼。

楚青语一进屋，就看到楚太夫人的屋子里的客人是端木纭和端木绯姐妹俩，心里觉得有些意外，却还是不露声色地走到了炕前。

"祖母。"楚青语先给楚太夫人见了礼，余光正好瞟到了刚才被楚太夫人随手放在茶几上的那个月牙形荷包，不由得微微变了面色。

楚青语当然认得这个荷包，这是她自己亲手缝制的荷包！

本月十五日正午，她从云清茶馆的雅座里把这个荷包丢向封炎，却被封炎无视，便急忙吩咐连翘去把荷包捡回来，然而荷包被一个流里流气的男子抢先一步捡走了，对方飞似的跑远了，连翘完全追不上。

这本来也不过是一个普通的荷包，丢了就丢了，偏偏她为了让封炎记住自己，特意在荷包上绣了自己的名字。

可是，这个荷包怎么会在这里？！

楚青语心里一阵骇然，惊疑不定。她咽了咽口水，小心翼翼地试探道："祖母，这荷包看着很是精致……"

楚太夫人闻言，嘴角一下子抿紧，眸色深沉如古井，面沉如水。

端木纭和端木绯见状，不由得面面相觑。楚太夫人要训孙女，她们外人也不便继续留着，于是姐妹俩齐齐站起身来。

端木纭出声道："楚太夫人，我和妹妹就不打搅了。"

她们俩来了还没一炷香的工夫……楚太夫人沉默一下后，含笑道："你们才来，都还没在这府中好好逛逛，别急着走。俞嬷嬷，你带两位姑娘到花园里走走，我记得府里的蜡梅已经开了……"

姐妹俩再次互看了一眼，接受了楚太夫人的好意，退出了暖阁。

沉重的锦帘被打起后，又"哗"的一声落下，在空气中晃动，发出的声响令楚青语心中越发不安。

楚青语的心一点点地沉了下去，她有种不祥的预感。

跟着，楚太夫人拿起那个月牙形荷包，把荷包上的图案面向楚青语，单刀直入地质问道："语姐儿，这个荷包是不是你的？"

楚青语紧紧盯着荷包上的"青语"二字，俏脸微白。这个荷包上有她的名字，她根本无法否认。

许久，她终于点了点头。

楚太夫人目光一闪，淡淡地说道："这荷包被一个京中无赖卖去了我楚家的当铺，对方口口声声说这是他的心上人赠予他的，因为一时拮据，才拿去当铺当了。老掌柜知道你的名字，唯恐不妥，就收下了荷包，悄悄地送来了府里……"

"祖母，孙女冤枉。"楚青语急忙跪在青石板地面上，仰着一张白玉小脸儿，楚楚可怜地看着楚太夫人。

她咬了咬下唇，为自己申辩道："祖母，孙女这一个多月来，只出过一次门，就是十五那日与姐妹们一起去云清茶馆迎接圣驾回京。这荷包就是那时不慎弄丢的，不想竟被那无赖捡了去，他还胡言乱语。这都是孙女的错！孙女胆小，怕长辈责怪，没敢告诉祖母与母亲……"

楚青语磕了个头，乖乖认错。

话音落地之后，屋内静了一瞬。

楚太夫人似在自言自语道："云清茶馆是谨郡王府家的，往来都是权贵雅士……"

"是啊，"楚青语急忙应道，"祖母只须去打听一下，就会知道那等无赖根本进不了云清茶馆！"

楚太夫人的嘴角漫不经心地翘了翘，声音渐冷："你们那日只去了云清茶馆，也就是说，你的荷包是在你上、下马车的时候丢的喽？你身旁这么多人跟着，那些丫鬟、婆子一个个都是瞎了眼吗？她们竟然没一个人看到你的荷包落下了？"

楚太夫人的目光中透着刀锋般的锐利。

"不，不，不。"楚青语吓得心跳"怦怦"地加快，赶忙又道，"祖母，这荷包是孙女在雅座时，不小心从窗上掉下去的，当时孙女马上就着人去捡了，不想却迟了一步……"

"语姐儿，当着我的面，你还要穷辞狡辩？！你既然坐在雅座里，这挂在腰上的荷包为何会掉落窗外？就算它不慎掉了，也应该掉在雅座里才是。"楚太夫人的语气始终不紧不慢，不轻不重，说出的话却字字都切中关键所在，"你倒是说说，你是如何'不小心'才让这荷包掉到了窗外？"

"我……我……"楚青语结结巴巴，小脸儿上的表情变了又变。

"还是说，你没事解下了荷包，在手中把玩，这才不慎掉了？你这手伸得也够长的，都伸到窗外去了。"看楚青语到现在还不知悔改，楚太夫人心里失望到了极点，她的眼神冰冷得如腊月寒冬一般，语气中也透着明显的嘲讽之意。

楚青语的俏脸惨白，她咬着下唇，再不发一言。

"说说，"楚太夫人紧紧地盯着楚青语，目光似能看透一切，既然楚青语不到黄河心不死，她干脆就把话说白了，"你这荷包，原本是想扔给谁的？！"

楚青语的整个身子瞬间僵住了，她支支吾吾地说道："祖母，我……我没有……"

"堂堂国公府的嫡女，居然学那等没脸没皮的小门小户之人，使这等不入流的手段。"楚太夫人一边说，一边不由得想起杨家那个杨云染的丑事，看向楚青语的目光变得嫌恶起来，"我们楚家，数百年来还从未出过似你这般不知廉耻的姑娘！你倒是开先例了！楚家的女儿，都是被一样教养的。我以前一直以为，你虽比不得你的大姐姐聪慧伶俐，洞察世事，但也算端庄贤淑，恪守礼仪……"

听到楚太夫人提起楚青辞就百般赞誉，跪在地上的楚青语身子不住地颤抖，脑中反复回荡着楚太夫人刚才所言。楚青辞什么都好，轮到自己，就只得几句敷衍的"端庄贤淑，恪守礼仪"，明明她们都是国公府的嫡女，凭什么楚青辞事事比她强？！

人死如灯灭，楚青辞都死了，为何还要压上自己一筹？为何无论是祖父、祖母……还是"他"的心里，都只有楚青辞？！

她不服，不服……

楚青语的心中仿佛有头愤怒的野兽在咆哮，要从体内蹿出似的。

楚太夫人看着面有不甘之色的楚青语，冷声提醒道："语姐儿，你可还记得你是有婚约在身的！"

这一句话彻底点燃了楚青语心中的火焰，熊熊烈火燃得她理智尽失。

"什么婚约？！那桩亲事根本就不是我想要的，我想嫁的人是封炎……"楚青语终于忍不住，仰首嘶吼出声，话中饱含她满心的不甘与愤怒之情。

话音落地，屋内如死水般沉寂，四周的空气仿佛瞬间凝固。

楚太夫人闻言，惊得一时没反应过来。她眨了眨眼，难以置信地看着楚青语。她怎么也没想到，自己会在楚青语的嘴里听到"封炎"的名字。

"你说谁？！"楚太夫人勾唇笑了，笑容中透着一丝淡淡的嘲讽之意，"就凭你，也配妄想嫁给封炎？！"

本来楚青语在刚才那句话脱口而出后，就后悔自己太冲动了，却没想到楚太夫人会这么说。

楚青语身子一震，心中既惊讶，也为祖母的话语中对自己的轻蔑之意感到不甘。

楚青语的脸色变了又变。她不懂祖母为什么会这么说，以她国公府嫡女的身份，以如今封炎尴尬的处境，她哪里配不上封炎了？

无论如何，别人都只会说封炎配不上她才对。

祖母却不是这么说的……

盯着楚太夫人嘴角那丝轻蔑的笑意，楚青语心中翻起惊涛骇浪，脑海里浮现某种可能性：难不成，祖母知道封炎……？

楚青语的瞳孔微缩，她却也知道现在并非计较这个的时候，无论如何，这件事都不可能摆在台面上说……

说出去的话如同泼出去的水，事到如今，自己唯有抓紧机会，表明心迹！

楚青语深吸一口气，目光坚定地看向楚太夫人，说道："祖母，除了封炎，孙女谁也不嫁。求求您，就成全了孙女吧！"

说完，她楚楚可怜地看着楚太夫人，一双黑眸中闪现些许泪光。

"既然如此，那就别嫁了，明天就去莲心庵，落发做姑子吧。"楚太夫人淡淡地道，仿佛在说一件再寻常不过的小事。

这话如一道晴天霹雳，惊得楚青语浑身动弹不得。她双眼圆睁，直勾勾地盯着楚太夫人，不敢相信祖母竟然说出这样的话。

自己明明是祖母的嫡亲孙女，祖母为何要这般对待自己？！祖母这是不惜毁掉自己一生的幸福，让自己常伴青灯古佛！

楚青语受伤地看着楚太夫人，身子如同暴风雨中的小草般摇摇晃晃。

楚太夫人毫不动容，缓缓地道："语姐儿，事不过三，你一错再错，别以为楚家会永远这般纵容你，好自为之。"

"祖母……"

一瞬间，楚青语的心里有一种冲动，她想把一切事情与祖母说，想让祖母知道误会了她。

楚青语好不容易下定决心，抬头欲言，却对上了楚太夫人那疲惫、厌倦的眼神。

"你退下吧。"楚太夫人挥了挥手道。

楚青语的樱唇张张合合，终究她什么也没有说，把话都咽了回去。祖母一直看轻她，又怎么会信她？

"是，祖母。"楚青语艰难地从口中挤出三个字，福了福身，然后就退了出去。

锦帘落下的那一瞬，她听到后面的暖阁里又传来了楚太夫人吩咐丫鬟的声音："去把两位端木姑娘请回来吧。"

"端木"这两个字如同钢针一般，狠狠地刺在了楚青语的心上，她的脸色变得更加难看。

楚青语踱着步子，慢慢地穿过正堂往外走去，步履慢得仿佛把一步分为了三步走。她心里既挫败又不甘，且不说楚青辞，难道她连一个小小的端木绯也比不过吗？！

祖母也好，封炎也好……难道他们都魔怔吗？！为什他们偏偏对那个端木绯如此在意？

楚青语忽然停下了脚步，垂眸看着裙裾下露出的锦绣鞋尖。那鞋面上绣着一只飞舞的凤凰，凤凰精致华贵、高高在上，轻蔑地俯视着凡尘……

楚青语仿佛被冻僵在原地一般，一动不动，连翘默不作声地站在后方，心疼地看着自家姑娘。

楚青语的身旁人来人往，而她似乎毫无知觉。也不知过了多久，她又听到了熟悉的清脆女声："俞嬷嬷，蜡梅不只好看，还浑身是宝，根叶可药用，花朵芬芳馥郁，用来做花茶、香囊都好！"

端木绯拎着一篮子蜡梅花，与俞嬷嬷、端木纭一起朝这边走来。

看到楚青语直立在正堂中，端木绯她们也没在意，只是略略地行了福礼，算是打了招呼，就进了暖阁里。

锦帘一起一落，楚青语忍不住回头看去，就听里面楚太夫人笑吟吟地说道："绯丫头，你们回来了啊？你采了这么多蜡梅，是不是想做花茶？"

"等我做好了花茶，就让太夫人尝尝我的手艺……"

暖阁中笑语声此起彼伏。楚青语紧紧地握住了拳头，指甲深深地嵌进了柔嫩的掌心里。

又停了一瞬，楚青语突然大步流星地离去了，连翘急忙追了上去。

暖阁里，气氛其乐融融。楚太夫人与姐妹俩说着制作花茶的小技巧，又令俞嬷嬷把她珍藏的几罐花茶都拿了出来。各种花香弥漫在屋子里，一时间让人有些恍惚，仿佛已经冬去春来……

"喵！"

伴随着一声软绵绵的叫声，一只白色的猫轻盈地跃上窗台，看着屋子里的几个人，似是闻香而来。

那是一只白色的狮子猫，浑身雪白的长毛无一丝杂色。阳光下，猫的一双碧绿的圆眼灵活透亮，如同上好的绿宝石一般。

这只猫显然被养得极好，连头带身至少有一尺半长，白毛闪闪发光。

众人闻声望去，白猫蹲在窗棂上，从容镇定地看着屋子里的几个人，后又漫不经心地用一只前爪抹了抹脸，看起来慵懒可爱。

"好可爱的猫咪。"端木绯拊掌赞道，眼睛一眨不眨地盯着白猫，眸子发亮。

俞嬷嬷见端木绯喜欢这猫，就笑着道："这是我们太夫人养的猫，叫雪玉。"

"喵！"白猫似乎也能听懂有人在叫它的名字，应了一声，从窗棂上跳了下来，落地悄无声息。它摇了摇尾巴，朝楚太夫人的方向走去。

当白猫经过自己身旁时，端木绯忍不住像往昔般唤了它一声："雪玉。"

白猫停下了步子，转头用一双圆滚滚的猫眼打量着她，然后朝她走了过去。端木绯试探地对着它伸出了一根食指……

"端木四姑娘，雪玉它不喜欢……生人。"

俞嬷嬷话还没说完，人就愣住了。她惊讶地看着雪玉伸长脖子，用粉色的鼻头嗅了嗅端木绯白嫩的指尖，接着轻盈地跃上端木绯的膝头，优雅地匍匐着。

"喵呜。"

雪玉微微仰首，轻叫了一声，碧绿眼眸的视线仿佛穿透了端木绯的外表，直达她的灵魂，那眼神似乎在说：你这些日子跑去哪儿了？

端木绯勾唇笑了，伸出两根指头，轻轻地搔着雪玉的下巴，雪玉舒服得眯起了眼，看得俞嬷嬷和一屋子的丫鬟差点儿被惊掉了下巴。

雪玉一向高傲，除了楚太夫人、楚老太爷和过世的大姑娘，根本就不亲近外人，没想到，它竟然与这位端木四姑娘如此投缘。

俞嬷嬷自然没提楚青辞，只是感慨地说起这府中被雪玉挠过的人，没五十怕也有四十七八了。

"我家小八也特别喜欢蓁蓁。"

端木绘说起了妹妹养的那只小八哥的趣事，听得众人皆忍俊不禁，笑声不止。六和堂里，一片笑意盎然之景。

这一日，端木绯与端木绘被楚太夫人留着用了午膳后才告辞。姐妹俩坐上马车，宣国公府的一侧角门再次被开启，马夫吆喝了一声，挥动马鞭，赶着马车出了国公府……

"嗒嗒嗒……"

不远处，一个玄衣少年骑着一匹黑马沿着北门大街飞驰而来，玄色的披风随风飞舞，披风上绣着一只威武的雄鹰，似在风中展翅飞翔。

马夫本想避让对方，却不想来人竟然"吁"的一声，缓下了马速。

黑马活泼地在原地踩着铁蹄，马上的玄衣少年俯视着车夫，朗声问道："这是不是端木府的马车？"

他用的是询问的语调，然而神色十分笃定。

车夫还没来得及回话，车厢上一边的窗帘已经被一只白皙的小手从里边挑开，那粉嫩如扇贝的指甲盖在午后阳光的抚触下，闪烁着珍珠般的淡淡光泽，跟着，半张熟悉的小脸儿映入他的眼帘……

他就知道这肯定是蓁蓁的马车！少年嘴角一勾，凤眸熠熠生辉，俊美的脸庞仿佛在发光。

他今日无事，就借着巡逻四处逛逛，谁承想去了趟权舆街后，却打探到姐妹俩出了门。之后，他就漫无目的地四处闲逛，下意识地来了宣国公府，没想到在这里遇上了端木绯，顿时心情大好。

端木绯从车窗里抬眼朝外望去，与封炎四目相对。她是听出了封炎的声音才挑帘的。

"封公子。"端木绯讨好地对着他笑了笑，眉眼弯弯，有些庆幸今天封公子看着心情不错。

马车里的人是蓁蓁。封炎的嘴角弯得更高，露出唇畔浅浅的笑窝。蓁蓁换了一个发式，这个双丫髻让她看起来多了一丝俏丽感，鬓发间的那对珐琅金丝蝴蝶也好看极了。封炎真想伸手抚摩一下她柔软、乌黑的头发……

奔霄似乎感应到了主人心中的渴望，踱着步子朝马车的方向逼近了半尺。

封炎下意识地抬手，然而下一瞬，就见那窗帘被另一只素手彻底拉开了。端木绘明丽的脸庞露了出来。

"封公子，"端木绘客气地对着封炎微微颔首，致谢道，"在猎宫里，承蒙公子照顾舍妹了。"

在猎宫里发生的事，端木绯拣着能说的都事无巨细地说给端木绘听了，因此，端木绘知道封炎好心教妹妹骑马的事，也知道妹妹随舞阳他们进山打猎时颇受封炎照顾的事。

一对上端木绘那清亮的眼眸，封炎就感觉像被丈母娘抓了个正着似的，差点儿被口水呛到。他不着痕迹地抬起另一只手，双手得体地对着端木绘拱了拱。

"端木大姑娘客气了，这是我分内的事。"封炎微微一笑，答道，语气与笑容恰到好处，整个人看起来风度翩翩，如同文质彬彬的书生一般。

端木绘怔了怔，觉得封炎的用词有些怪异，照顾蓁蓁怎么会是他"分内的事"？难道说，因为安平长公主和舞阳大公主都喜欢蓁蓁，封炎也把蓁蓁当作妹妹了？

端木绘看了看自家妹妹好似白糯米团子一般的脸颊，心道：也是，像蓁蓁这么乖巧可爱、聪慧机灵的小姑娘，又有哪个人会不疼爱？

这位封公子的眼光不错！端木绘嘴角的笑意更深了，原本客套的语气中也多了几分真诚之意："听说封公子在夜猎中得了魁首，真是年少有为。"

"哪里，端木大姑娘夸奖了。"封炎的神色谦虚恭敬，他这是直接把端木绘当长辈来对待了。

若非还有几分理智在，刚刚他差点儿就喊出了一声"大姐"。

有道是："长姐如母。"

封炎曾派人仔细地调查过端木纭和端木绯姐妹俩的过去，心知对于如今的蓁蓁而言，端木纭就是最重要的亲人。端木纭对蓁蓁的情谊、对蓁蓁的维护，当得起"长姐如母"这四个字，她更受得起自己的敬重。

想要娶到蓁蓁，估计端木宪说了不算，他还得得到端木纭的同意。

封炎想着，眉宇间流露出一丝肃然之色。

一旁的端木绯眨了眨眼，来回看着封炎和端木纭。不知为何，她总觉得封炎有些不对劲，就像是……

她皱了皱小脸儿，然后灵光一闪。

对了，封炎看着姐姐的样子，就像是一个晚辈面对长辈一般！

奇怪了，端木绯歪了歪脑袋，难道说，封炎与她那位佽表哥一样，喜欢在外人面前装模作样，非要摆出一副文质彬彬的样子？！他不像是这种人啊！

端木纭没再与封炎多说，毕竟这是宣国公府外，不是说话的地方，便含笑道："封公子，我们还要回府，下次再叙。"

封炎看着自家蓁蓁精致的小脸儿，心中依依不舍，却也知道此刻的时机不对。

他淡淡地笑了笑，又多看了端木绯几眼，拱手道："我也还有公务在身，就先告辞了。"

封炎轻拉缰绳，奔霄便扬起了马蹄，开始加速。他在心里幽幽地叹气，只听后方传来端木纭的赞叹声："蓁蓁，封公子的骑术真好，难怪你的骑术进步那么多……"

端木绯应了一声，然后兴奋地说道："姐姐，你看，奔霄是不是很英伟，又聪明？我还没见过比奔霄更好的马呢！"

端木绯夸的是马，封炎却觉得她仿佛夸的是自己，腰板挺得更直了，留下一道英气的背影。

端木家的马车朝另一个方向驶去，一马一车背向而行，渐行渐远……

封炎策马继续在京中的各条大街上巡视着。寒风"呼呼"地吹着，街上来来往往的人却不少，百姓都在为生计而奔波，不时可以看到衣不蔽体的乞丐躲在墙角瑟瑟发抖，医馆和药铺更是门庭若市。自本月上旬起，京中就有风寒肆虐，到现在还没缓和的征兆……

今冬是个寒冬，现在还不是最冷的时候，等到腊月下雪了，恐怕情况会更糟。

封炎在城里绕了小半圈后，也懒得回五城兵马司点卯，正打算回公主府，就听见在前方的一家铺子外，一个伙计正扯着嗓门吆喝道："瞧一瞧，看一看，江南来的手炉好看又好用！"

手炉……封炎心念一动：阿辞一向怕冷，蓁蓁肯定也怕冷。思绪间，他立刻拉住了马绳，奔霄嘶鸣了一声，在那家铺子外停了下来。

封炎利落地翻身下马，伙计立刻迎了上来，指着几个摆在外面摊位上的手炉道："公子，您看看，这些手炉可是江南最新的款式，送给家里的女眷最合适了！"

这些手炉形状各异，做得确实精致。每个手炉不过碗口大，小巧玲珑，炉盖和炉身上的图案新颖，颜色鲜艳。

封炎挑了两个掐丝珐琅紫铜手炉，一个南瓜形，一个八角形，打算分别送给端木绯和安平。

随手给了伙计一锭银子后，封炎就上马走了，心里琢磨着：等自己回去，就怂恿娘把蓁蓁叫来公主府做客，才好把这手炉亲手送给蓁蓁，与她说说话……没准还能吃上蓁蓁做的点心！

封炎想着，嘴角翘得更高了，俊美的脸庞越发神采飞扬。封炎一夹马腹，奔霄打了个兴奋的响鼻，开始撒腿肆意狂奔，迅疾如一道黑色的闪电，只剩下响亮干脆的马蹄声回荡在青石砖的街道上。

"嗒嗒嗒……"

等封炎和奔霄回到公主府时，太阳才刚开始西下，他比平时早回来了一个时辰。

封炎一下马，小厮落风就赶忙接过缰绳，笑吟吟地禀道："公子，温公子回来了，半个时辰前刚到。"

"无宸到了？"封炎一挑眉尾，喜形于色，"他不是说要下个月才来吗？"

话音未落，封炎已经大步流星地朝玉华堂的方向去了，神采奕奕，步履轻快。

"见过公子。"

封炎没空理会那些沿途给他行礼的下人，直接进了东稍间。

暖阁的方向，传来男子熟悉又温和的声音："我这次从江南北上，途经两淮，淮北春汛水患后，至今还未重建，流民四处为乞，所谓'盛世'不过如此。"

男子云淡风轻地说着，温润的嗓音似潺潺流水，又似微风轻拂杨柳。

"无宸！"

人未到，声先到，封炎打帘进了东稍间的暖阁中。

安平正坐在炕上。今日她穿了一件宝蓝色四蒂纹织银丝立领偏襟袄子，一头墨发只松松地绾了个纂儿。素雅的装扮丝毫掩不住她明艳的容貌，她还是那样肤如凝脂，艳光四射。

下首是一个三十余岁的男子，着一袭霜色直裰，袍裾处绣了丛丛翠竹。他容貌俊逸，白皙的肌肤近乎苍白，眉若乌墨染成，一双细长的眼眸眼角微微上挑，眸色深沉如子夜，一头浓密的乌发只是用一根霜色丝带松松地束着。

旁人若是如此打扮，怕是会显得有几分吊儿郎当，不修边幅。然而，眼前这个人看起来还是那般斯文儒雅，让人不由得想到四个字——君子如玉。

"阿炎，你回来了！"温无宸抬眼看着前方这个如骄阳般的少年大步朝自己走来，乌眸中一时有些恍惚的神色。

自打去年他赴北境见过封炎后，他们二人已经一年多没见面了。

"阿炎，你又长高了。"温无宸微微一笑，俊雅的脸庞染上了几缕笑意，令人如沐春风。

说起这个，安平也颇为感慨，看着儿子道："阿炎啊，今春回来的时候还与我一般高，这大半年他的个头蹿得飞快……"

安平那双明艳的凤眸半睐，瞳中带着几分感慨与追忆之色，很快又变为戏谑的笑意：也许是因为绯儿那丫头，阿炎才长得这么快吧？

"阿炎，无宸这次从江南来，给你带了不少礼物。"安平笑眯眯地指了指放在一旁的红漆木大箱子，那箱子已经被打开，里面堆满了书画、茶罐、笔墨、印钮等琐碎物件。

安平殷切地看着封炎，试图提醒他：这些好茶他正好可以拿去送给端木绯，她一定会喜欢的。

封炎随意地扫了那个箱子一眼，就收回了视线，兴致勃勃地说道："无宸，我从北境带回来几把好刀，你可要看看？"他似乎没有明白安平的意思。

说话间，子月给屋子里的三个人都上了茶，气氛和煦如春。

温无宸抿了一口茶后，放下手中的青花瓷茶盅，意味深长地说了两个字："不急。"

封炎看到温无宸微微挑眉，目光闪了闪，隐约猜到了他要说什么。

果然——

"最近发生的事，我都知道了……你，有些急了。"温无宸又道，温和的嗓音仍是云淡风轻，乌黑的细长眼眸中不见一丝锐气，仿佛在与封炎道家常一般。

屋子里顿时静了下来，没有一丝声响。

封炎静静地直视温无宸，毫不闪避。须臾，他话锋骤然一转："无宸，陪我下一盘残局怎么样？"

温无宸虽然不解其意，但还是颔首应了，然后轻轻地唤了一声："清离。"

话音刚落，一个着鸦青短打的青年推着一个沉甸甸的木制轮椅来到温无宸身旁，青年俯身，轻松地把温无宸抱到了轮椅上。

与此同时，子月也搬来棋盘和棋子，放在了窗边的一张雕花案几上。

封炎率先在棋盘前坐下，修长的手指随手拈起棋子，不紧不慢地开始在棋盘上落子，清脆的落子声一下接着一下响起。

随着一阵沉重的轮椅转动声响起，温无宸自己推着轮椅来到了棋盘边，连安平也起身过来观棋。

不一会儿，她就发现这个棋局眼熟得紧，低低地"咦"了一声。这不正是绯儿在猎宫里设下的那盘残局吗？

温无宸闻声朝安平看去，没有说话，只是挑了挑右眉以示疑问。

安平抿着嘴，神秘兮兮地笑了笑，眼神仿佛在说：你自己看下去就知道了。

温无宸再次俯首看向棋盘，原本还神色淡淡的，渐渐地，眸中透出了一丝兴味之色，专注地盯着棋局的发展。

接下来，暖阁中只剩下封炎干脆利落的摆棋声，没有一点儿其他的声响。

封炎是按照黑白子落子的次序重新摆的棋局。

虽然当初在西苑猎宫里时，端木绯是把残局摆好后，直接将棋盘放在了瑶华宫外，但是后来，她在与游君集对局时，曾经当众重摆了一次残局，观棋的众人中便有几个有心人把棋谱一一记下了。回京后，君然"好心"地把棋谱赠予了封炎，说是给奔霄的小马驹付的定金。

封炎当然开心地接下了棋谱，之后照着摆了好几次。如今，他对那盘残局早就烂熟于心，不用看棋谱就可以流畅地在棋盘上摆下一子又一子。

黑白子如同铁链，一环扣一环；似海浪，一波接着一波；又似蛛网，纵横交错地铺展开来……

这盘棋有意思。

温无宸双眼微眯，眸色深沉。他明明只是在一旁观棋，却觉得自己一步步地深陷在棋局中。

眼看着黑子渐渐被白子压制，却又似乎犹有余地，温无宸忍不住开始期待，执黑子者接下来又会怎么走……

黑子一子接着一子地落在令他意外的地方，待封炎不知道第几次落下白子后，屋子里再无声息，只有窗外偶尔传来寒风吹拂枝叶的"沙沙"声。

温无宸静静地凝视了棋盘片刻，拊掌赞了一句："妙。"

他已经许久没有看到过这样精彩的棋局了，这局棋让他不由得思索起黑子下一步该如何走才能破局。

牵一发而动全身，这个局布得实在精妙。

相比于白子，此刻黑子的局面过于分散。若是黑子以保守的下法，慢慢地蓄积实力，静待时机的话，那白子的优势就会持续扩大，这个棋局也会拖得更长，未来的变数也由此而生……

可黑子若是铤而走险……

温无宸眸中飞快地闪过一道流光，他瞬间明白了。

阿炎这是不想等下去了！

温无宸了然地抬起头来，眼神深沉，睿智沉稳。明明才过了不到一盏茶的工夫，他却有种时过经年的感觉。

他抬眼再次看向安平，以眼神无声地询问安平的意思，想问她知不知道阿炎的心思。

安平什么也没说，只是点了点头。雏鹰既然已经长大，总该展翅翱翔！

温无宸半垂眼帘，右手的食指在轮椅的扶手上摩挲了几下，似在沉思。片刻后，温无宸郑重地问道："如此，会有更大的风险，却也未必不可为……阿炎，你可有大刀阔斧的决心？"

"有。"封炎爽快地应了。只简简单单、干脆利落的一个字就透出了他如磐石般的决心，一双上挑的凤眼灿烂如星，神采奕奕。

知子莫若母。一旁的安平看着儿子好似吃了千年老参般亢奋的模样，娇艳饱满的红唇微翘，心中暗道：阿炎这是急着想娶媳妇过门了吧？

只不过……

阿炎啊，绯儿现在才刚满十岁，你就算是要娶媳妇，至少也得再等五年，等绯儿及笄了吧？

封炎正意气风发着，却骤然从母亲那里接收到了一个近乎怜悯的眼神，有些莫名其妙地看着安平。

温无宸没注意到母子俩交换眼神。他再次看向身前的棋局，饶有兴致地从棋盒里拈起一枚黑子，然后落在了棋盘的右上角。

那利落的落子声，透着一种杀伐果敢的锐气，不似他温润如玉的外表。

见状，封炎也拈起了一枚白子，毫不犹豫地落下，眉宇间透着胸有成竹的自信之色。

温无宸一边继续落子，一边随口问道："阿炎，这棋是何人所摆？"

封炎只是惊讶地挑眉看着温无宸，而安平直接问道："无宸，你怎么知道这是由一人所摆，而非二人对局？！"

"棋风、棋力。"温无宸简练地给了四个字。

这局棋的黑白子棋力相当，棋风一致，而且，黑子与白子一步步地走到如今这个局面，须得精心设计，一步都不可以走偏……十有八九，并非巧合所成就。

思绪间，温无宸瞥了安平一眼。

很显然，安平也知道这棋局是由何人所摆。

此人在短短不到一年的时间内，就与安平、封炎母子俩相处得颇为熟稔，会是谁呢?

封炎本来也没有瞒着的意思,直接朗声答道:"是户部尚书家的四姑娘。"

封炎只简单地答了这么一句话,安平却忍不住把事情的经过补充了一遍,眉眼之间,笑意盈盈,那浓浓的欢喜之情就快从她的眼中溢出来了。

温无宸再看棋局时,难免露出惊讶之色。

这个棋局竟然出自一个十岁的幼女之手!虽然围棋之道讲究的并非棋龄,更多的是天赋,是以世间多的是未及弱冠的少年一举击败花甲之年的老者的故事。但是,围棋之道只凭天赋是远远不够的,还要棋手费心、费时、费神地去钻研才行。

难得看到平日里泰山崩于前而面不改色的温无宸露出这般讶色,安平眸中的笑意更浓了,她颇为骄傲地又补充了一句:"绯儿很聪明的,又一向勤勉。"

温无宸眸中的惊讶之色很快就化成了兴味。他定了定神后,修长如玉竹般的手指又从棋盒里拈起了一枚黑子,微微抬起。

温无宸深沉的眼眸盯着指间的黑子。忽然,他目光一闪,说道:"原本想把杨家作为一枚棋子慢慢地使,但现在阿炎既然改变了主意,就要加快步伐了。"

温无宸的话音落下的同时,黑子也"啪"的一声落在了棋盘上。

落子声回响在屋子里,时间在不知不觉中流逝。

约莫半个时辰后,封炎主动投子认负。

这也就代表着——温无宸破局了!

"无宸,这盘残局可是把猎宫的一个棋道高手都难住了,谁知竟被你轻易破解了。"安平笑着拊掌赞道。

"不算。"温无宸摇了摇头,"这位端木四姑娘好一颗七窍玲珑心,这盘棋若是由她执白子,胜负还不好说。若是有机会,我倒是想会会这位端木四姑娘。"

"这还不简单吗?"安平笑吟吟地瞥了瞥正在整理棋子的封炎,"过几天本宫就把人请来,你不就能见上了吗?"

闻言,封炎眸子一亮。他本来就想怂恿娘把端木绯请来公主府里做客,没想到还没等他开口,娘就主动提起了。

安平故意停顿了一下,才继续道:"不过得挑个阿炎休沐的日子才行,否则阿炎肯定不乐意。"

温无宸看了看母子俩,清透的瞳仁里闪过一丝若有所思的神色,淡淡地又道:"也快过年了……阿炎,你既然已经拿下了五城兵马司的职位,就好好干吧。"

"那是自然。"封炎粲然一笑。他绕了这么大的圈子才得了这个差事,可不能浪费了。

就在这时,外头传来一阵急促的步履声,跟着,就有丫鬟进来禀道:"殿下、公子，千颐来了，说有事要禀。"

安平眯了眯眼，道："让她进来吧。"

跟着，帘子被人从另一边挑起，一个穿着青色劲装、身材修长的女子健步如飞地走了进来。她三十余岁，相貌平凡，形容干练，一双眼眸明亮有神。

"殿下、公子，刚刚闽州总兵李徽的自辩折子到了，皇上已经火速召了几位阁臣进宫……"千颐对着安平和封炎抱拳禀道。

安平挥了挥手，表示知晓后就让千颐退下了。

安平转头看向温无宸道："李家被弹劾的事，你都知道了吧？"

温无宸捧起青花瓷茶盅，眼帘半垂，浅浅地啜了一口茶后，才道："这件事想来应该是李家自己所为。李家也算狠，当机立断，借着开海禁时闽州离不开李家之际，要彻底去了病灶，好断了把柄。"

温无宸盯着琥珀色的茶汤里沉沉浮浮的茶叶，心里其实有些意外：这些年来，李家看似繁花似锦，实则已如烈火烹油般岌岌可危。

可他也没想到李家会出此奇招！

以前，倒是他把这个李家看浅了……

"无宸，"封炎干脆地盖上了棋盒，继续道，"我想用李家。"

他用的不是疑问的口吻，而是陈述的语气。

温无宸怔了怔，笑了，眼神中带着长辈看子侄的和蔼之意。

阿炎真的长大了，不仅长了个子，还长了心性。

"既如此，那咱们就推一把吧。"他微微颔首道，温和的声音中透着一种名剑即将出鞘的锐利感。

安平在一旁含笑看着这亦师亦友的二人，明艳的脸庞上闪着珍珠般莹润的光芒。幸好，阿炎在成长的路上还有无宸陪着他！

小小的暖阁内，气氛温馨。几个人继续谈笑风生，偌大的公主府似乎因为这位远方来客，变得生机盎然。

# 第二十三章 贵 妾

相比于公主府里闲云野鹤般的气氛，朝堂上却是一片风起云涌之势。

闽州总兵李徽的自辩折子是以八百里加急的方式，马不停蹄地从闽州送来京城的，仿若一阵疾风骤雨猛然袭来。

在折子里，李徽慷慨激昂地表示，李家对大盛、对皇帝一片忠心，赤诚可鉴，绝不会行盗卖军粮这等卑劣之事，请皇帝派钦差去闽州查个究竟，李家定当全力配合，皇帝圣明，定可还李家一个公道云云。最后，他还把皇帝的英明神武好生夸了个遍。

这道折子由御书房里的一个小内侍拖着长音缓缓念来，那些溢美之词听得在场的几个阁臣直起鸡皮疙瘩，他们心道：那些武将常自吹耿直，说文臣谄媚，心里的弯弯绕绕多。瞧瞧，这武将玩起歌功颂德来，比文臣还要溜！

小内侍念完后，把折子又呈给了皇帝。身穿明黄色龙袍的皇帝看着摊在御案上的奏折，神情颇为感动。

"李徽对朝廷真是一片忠心啊！"皇帝长叹道，"这些年来，李家为了抗击海匪倭寇，可以说是鞠躬尽瘁，死而后已。李家三郎、四郎皆战死海上，李徽白发人送黑发人。不仅李徽丧子，我大盛也少了两个英才，朕心亦痛啊！"

在场的几个阁臣都是天子近臣，最了解皇帝的心意，连声附和，这个夸李家忠义，那个夸李徽刚正无私。君臣之间一派其乐融融的景象。

端木宪反倒没有多言，毕竟李家是端木家的姻亲，为了避嫌，他还是少说为妙。

端木宪静静地垂首立在一旁，用余光瞥着皇帝那"真情流露"、眸闪泪光的样子，心里暗暗地松了一口气，悬了大半个月的心总算是放下了。

说到底，无论是盗卖军粮还是吃空饷，都是大盛朝百余年里屡见不鲜、屡禁不止的事，尤其近年来，更有变本加厉之势。以吃空饷为例，他们该论的不是有多少将领吃空饷，而是有几个地方的将领不吃空饷。

李家盗卖军粮的罪名，本就可大可小，就看皇帝是否追究。

如今闽州肯定少不了李家，有了李家，开海禁一事才能被顺利推行。所以，无论李家是不是真的私卖军粮，只要皇帝说没有，那就是没有。

皇帝今天放了话，那么这件事就算是了结了！

出了御书房，端木宪在檐下长舒了一口气，僵硬的肩膀放松了不少。他抚了抚袍裾，朝宫外的方向走去，可是才走出十来步，就听身后传来一个耳熟的男声："端木兄！"

穿着一件天青色锦袍的游君集笑呵呵地朝端木宪追了过来。他身子圆润，跑动起来，下巴上的几圈肉就一颠一颠的，一双细细的眼睛笑得眯成了缝。

不知为何，端木宪感觉自己就像一块被狗儿盯上的肥肉，浑身都有些不舒坦。于是他淡淡地应了一声："游大人。"

游君集毫不在意端木宪的冷淡态度，在两步外停下，笑眯眯地说道："端木兄这是要回府吧？"也不等端木宪回答，他就又道，"介不介意小弟去府上喝杯茶，下个棋？"

一听到下棋，端木宪总算明白游君集在打什么主意了。

"你想跟我的孙女下棋？"端木宪直接点破道。

被人说破，游君集也不窘迫，点头如捣蒜，迫不及待地笑着答："是啊，是啊。端木兄，你那个小孙女真是妙人儿啊！"

端木宪嘴角一抽，若非他这四孙女才十岁，且游君集的年纪都可以当她的祖父了，他几乎要觉得这老头是在调戏他家四丫头。

游君集没觉得自己说的话有什么不对，兴致勃勃地道："你那个小孙女摆的那盘残局，我又好好地研究了一番，这次肯定能破局！这破局第一人，非我莫属！"

想到这里，游君集心口一热，直接就拖着端木宪朝宫门的方向走去，嘴里还催促道："端木兄，再不走，这太阳就要落山了。"

端木宪也就半推半就地被拉走了。

等二人的马车从宫门一路来到权舆街时，太阳已经落下了小半。

没一会儿，端木绯就被一个婆子叫到了承明厅。

端木绯才一进屋，游君集就对着她露出了极为慈爱的笑容："端木小姑娘，别来无恙啊。"

端木绯并不意外。平日里，端木宪都叫她去外书房，今日却唤她来承明厅，她感觉不对，就多问了那个婆子一句，方知吏部尚书也跟着端木宪一起来了。

"游大人。"端木绯笑吟吟地对着游君集和端木宪都行了礼，举止得体大方："祖父。"

端木宪无视游君集那迫不及待的眼神，和蔼地对着端木绯笑道："四丫头，刚刚祖父进宫去见过皇上了，皇上已经收到了你外祖父的折子。皇上英明果断，明辨是非，相信李家忠贞不贰。"

端木宪说得冠冕堂皇，只差对皇帝歌功颂德，跟着又对一旁若有所思的游君集解释道："闽州总兵李徽是我这四孙女的外祖父，李家出事后，这孩子也是夜不能寐，担心到现在。"

游君集怔了怔，这才迟钝地反应过来。是啊，李家与端木家似乎是姻亲，原来这个小丫头是李徽的外孙女啊。

思绪只是一闪而过，游君集没多想，反正事情都过去了。他笑得更亲切了，五官都挤在了一起，直接学着端木宪唤道："四丫头，我们来下棋。"

游君集显然早有准备，甚至直接让小厮自备了棋盘和棋子，然后殷勤地主动摆起了那盘残局。

端木绯坐在棋盘边，姿态端正优美，气质宁静悠然。她看似在看棋局，心里却在想着李家的事。

皇帝既然已经当着几位阁臣的面表了态，那么，明天整个朝堂的人都会知道皇帝的态度，计划的第一步总算是顺利走完了。

计划的第一步是主动出击，第二步就是以静制动了。

无论那个唆使李大夫人的幕后之人是谁，又所图为何，在发现这个谋划多年的计划很可能功亏一篑时，必会再次出招。

只要"他"行动了，就会留下蛛丝马迹……

端木绯思绪间，只见游君集双手一起上，一手执黑子，一手执白子，在棋盘上快速落着棋，手指快得几乎要舞出残影，看得端木绯暗暗咋舌。

摆好了棋局后，游君集满意地笑了笑，率先落下了一枚黑子，接着就抬手做请状。游君集毕竟是堂堂吏部尚书，平日里不拘小节，但是当他正襟危坐、收敛笑意时，身上确实有几分名士风范。

端木绯也微微一笑，拈子又落子……

端木宪反正闲着也是闲着，就坐到一旁观棋。

这一日，直到夜幕彻底降下，游君集才恋恋不舍地告辞，口口声声地邀请端木绯有空去他府上做客，还说什么他的幺女与端木绯年龄差不多，都喜欢下棋，肯定和端木绯合得来云云。那副恨不得把端木绯拐回家做女儿的模样，看得端木宪都有几分哭笑不得。

游君集走后，尚书府陷入了黑夜的宁静中。

随着腊月临近，夜晚的天气越来越寒凉了。

接下来的几日，府里越来越忙碌，尤其是刚接手了府中内务的端木纭。

一来，马上要过年了，府里必须提前采买年货、准备节礼、缝制新衣、布置府邸等；二来，二老爷端木朝的二房年前要过门，这事也要准备起来。

两件事凑在一起，把"新官上任"的端木纭忙得脚不沾地。小贺氏倒是消停了，像是认命了一般，每天都和端木绮关在自己的院子里，闭门不出，院子里静得可怕。

天气越发冷了，寒风刺骨。端木绯怕冷，没过几日，索性就连闺学都不去了，每天都懒在屋里，轻易不出门。端木纭向来由着她，觉得妹妹这般聪慧，上不上闺学都一样，只要别被冻出病来就成。

懒洋洋的日子一直持续到了腊月初二，一个小丫鬟步履匆匆地进了东次间，禀道："姑娘，大公主和四公主殿下来了！"

正歪在炕上的端木绯放下了手上的话本子，摸了摸自己的发髻，看了看身上八成新的绣花长袄，觉得挺好的，因此没特意换衣裳，只让碧蝉给她围了件镶兔毛的梅红绣花斗篷就出了屋子。

才出院门，她就见两个豆蔻少女并肩朝湛清院的方向走来，一个围着胭脂红绣莲花纹斗篷，另一个裹粉蓝色镶貂毛斗篷；一个明艳，另一个俏丽，正是舞阳和涵星。

等二人走到近前，端木绯就笑着福了福身道："舞阳姐姐、涵星表姐，快请进。"

舞阳笑道："绯妹妹，我和四皇妹就不进去了。"

涵星直接挽住了端木绯的右臂，粲然一笑："绯表妹，走，今天你无论如何都要随我们去一趟状元楼，一睹无宸公子之风采！"

"无宸公子回京了？"端木绯面露讶色地挑了挑眉。

"是啊。"舞阳笑吟吟地说道，"明年开春就是文科的春闱了，各地的学子们大多已到了京城备考。状元楼每月都会举办一次文人学子之间的辩会，由学子们谈古论今，直抒胸臆，也是以文会友。听说今日的辩会，无宸公子也会去。"

"绯表妹，这无宸公子已近三年未返京，机会难得。"涵星也在一旁敲边鼓，眸露异彩。

端木绯也听闻过无宸公子之名，只是无缘一见。

无宸公子本名温无宸，出身布衣，姿容出尘，才华横溢。世人都夸他君子六艺独冠天下，不仅连中大、小三元，还是大盛朝百余年来最年轻的状元郎。

十八年前，温无宸于先帝在位期间高中状元，却不愿入朝为官，先帝赏其才，不但没有动怒，还对他赞誉有加，夸他"公子无双，光风霁月"。

这些都是众所周知的无宸公子。

但是，端木绯曾经从外祖父楚老太爷那里听过更多事。据说，这位无宸公子虽没入朝，但和当时还是太子的伪帝交情颇深，两个人时常秉烛夜谈，论及古今。伪帝登基后，曾言："若无宸愿入朝，他为臣，吾为君，君臣相佐，必能开创大盛盛世天下。"

伪帝被废，今上登基后，无宸公子与伪帝之间的私交就很少有人提及了。这十几年来，无宸公子渐渐被人淡忘。

端木绯目光一闪，就听舞阳感慨道："听说当年父皇登基后，还想召无宸公子入朝为官，却不想他居然不慎惊马，伤了双腿，从此不良于行。父皇还派太医为他诊治过，可惜太医说他伤了经脉，恐怕再也站不起来了。"

"大公主殿下、涵星表妹、蓁蓁，你们这是要去哪儿？"

就在这时，一个明朗的女声从右前方的抄手游廊里传来。

披着一件品红色绣折枝梅斗篷的端木纭朝三个姑娘的方向走来。她刚在花厅见了几位管事嬷嬷，得知两位公主来了，就匆匆赶来，却见三个人像是要出门的样子。

端木绯这才发现自己不知何时被舞阳和涵星挽在中间，三个人沿着一条青石板小径走到了一段游廊前，早就把湛清院甩在了身后。

涵星拊掌笑道："纭表姐，我们正要去状元楼看无宸公子呢！"

"无宸公子？"端木纭疑惑地眨了眨眼。她三年前才来京城，又一直在守孝，还是第一次听闻这个名字。

涵星见状，来劲了，眉飞色舞地又把温无宸的生平说了一遍……

一盏茶的工夫后，一辆黑漆平顶马车从尚书府的正门驶出，载着四位姑娘，一路朝着城东的状元楼飞驰而去。

状元楼在城东的文合街上，平日里，一月一次的辩会就甚为热闹，今日更是门庭若市。

端木绯和端木纭随两位公主进了一楼大堂后，朝四周扫了一圈，发现有好几张熟悉的面孔——今日，这里也来了不少京中贵女。

端木绯抿着小嘴笑了笑，心如明镜。

大盛朝素有"榜下捉婿"的习俗。这状元楼的辩会虽是给学子们参与的，但也允许其他人来，这就给了贵女们认识这些学子的机会，无论对于学子还是状元楼，都是两全其美的事。

许是因为无宸公子会来的消息已经传开了，今天到的贵女还真不少。

端木绯四个人来得有些晚了，小二哥有些歉然道："四位姑娘，您四位也瞧见了，这楼中实在是客满了……"

小二哥话音未落，众人就听后方传来一个清脆的女声："慕大姑娘、慕四姑娘，我们姑娘请几位去雅座。"

一个穿青蓝色褙子的丫鬟朝四个人走来，正是云华郡主的丫鬟。

小二哥见状，乐了，喜笑颜开地道："原来四位姑娘和这一位是一起的，那敢情好，小的领姑娘们上楼去。"

舞阳四个人相视一笑，就跟着他们上了二楼的一间雅座。

雅座里，不仅云华郡主在，丹桂县主也在。

云华性子开朗活泼，一看端木绘与端木绯有几分相似，立刻就心中有数，笑道："让我猜猜，这位姑娘可是绯妹妹的姐姐？"

"见过郡主。"端木绘落落大方地与云华见礼，跟着又对丹桂福了福身："县主。"

这几个人皆是明朗的性子，寒暄了几句后，彼此间熟稔了不少，雅座里一片语笑喧阗声。

"云华姐姐，无宸公子可到了？"涵星有些迫不及待地问道，伸长脖子从雅座一边的窗户往楼下的大堂望去。

端木绯也好奇地往下张望着，在大堂扫视了半圈后，目光就被一个正值而立之年、着霜色直裰的男子所吸引。

男子坐在大堂北面靠墙的一张方桌旁，从端木绯的角度，她只能看到他正捧着一个茶盅，半垂着的侧脸上五官不甚清晰，气质却温润儒雅。

他只是这样静静地坐于轮椅之上，就散发着一种如玉似月的气质。

端木绯的脑海中不由得浮现出八个字——公子无双，光风霁月。

如果说，这大堂里有哪个男子当得起这八个字的话，恐怕唯有他了。

端木绯指着那个男子道："应该是他吧？"

"就是他，无宸公子！"云华直点头，凑到她们的耳边道，"绯妹妹，你的眼睛还是这么亮！"

端木绘、舞阳和涵星三个人好奇地打量着那个气质卓绝的男子，涵星赞道："名不虚传，他当得起无宸公子这个称号。"

十几年前，温无宸年纪轻轻就中了状元，簪花游街时，有人赞了他一句"君子无尘"，之后这句话便流传开来。

一楼的大堂里喧哗热闹，人头攒动。学子、书生们正在一个接着一个地侃侃而谈，说得面红耳赤，情绪激动。

涵星随口问道："云华姐姐，下面刚刚都说了些什么？"

云华看着堂中一个站立在一张桌旁的蓝衣学子道："他们在说流民之事，说这半年来，京中流民不绝，以致窃贼、乞丐成患，都是朝廷无为之故。"

丹桂感慨地接话道："他们觉得流民成患是因为朝廷无为，官员腐败，下发的赈灾款经过层层盘剥，到百姓手上时已经所剩无几。两淮灾民走投无路，只能背井离乡，逃到京城……"

端木绯微微皱眉，半垂眼帘，看着下方又一个青衣学子激动地站起身来，慷慨激昂地说道："照鄙人看，咱们应该上万民书，呈交皇上，让皇上知道百姓之苦，不能让小人蒙蔽圣听。"

"吏治不清，民由何安？！"那个蓝衣学子振臂高呼道。

二人一声声、一句句，说得豪情壮志，实际却空乏得很，舞阳无趣地收回了目光。

云华似乎看出了她的心思，指着靠近大门的一桌人道："舞阳、涵星，你们看那桌，那位穿玄青衣袍的学子说话还有几分见地。他提出要尽快安定在京的流民，登记造册，鼓励其开荒，为雇用流民的商户、农户减赋减税，只有将流民变良民，才能解当务之急……"

舞阳点了点头，此人的观点倒是务实多了，他不是那等书呆子。

"咯噔。"

这时，又有一个灰衣学子猛地站起身来，撞得身后的凳子与青石板地面发出刺耳的噪声。

"就算上万民书又如何？！"灰衣学子拔高嗓门，冷声道，"这万民书能到皇帝的手中吗？！如今，朝堂宦官当道，所有的奏章都要经过司礼监内侍之手，他们想让皇上看到什么，皇上就只能看到什么，连那些朝中大臣都要对司礼监内侍各种讨好奉承……"

"宦官当道，是以吏治腐败、民不聊生啊！"蓝衣学子仰首叹道，一腔为国为民的赤胆忠心表现得淋漓尽致。

"成兄说得是啊！"另一个褐衣学子叹息着附和道，"小生也曾听过，员外郎秦忠杰曾上奏，哀求皇上废东、西两厂，然而，那奏章直接就被驳下，之后没多久，秦忠杰更是明升暗贬，被驱逐出京，去了偏远的蜀州赴任……"

"还有五年前的曾御史，因为得罪司礼监掌印太监岑振兴，被革职查办。"

…………

一个接着一个的年轻学子站起身来，那些身着布衣、出身贫寒的学子更是对岑振兴等内侍太监口诛笔伐。

全场顿时沸腾起来。

但在座也有一些是官宦人家出身的读书人，这些人自然知道东、西两厂的厉害之处，哪里敢多言？

眼看着这大堂就像一锅煮沸的开水，丹桂小声地说道："他们再这么辩下去，别说这辩会，连状元楼都要关门了……"

她话还没说完，就听下面传来一个少年意气的声音："无宸公子，你对此又怎么看？"

话音刚落，大堂内的声音瞬间仿佛被收走似的，下面变得鸦雀无声，连雅座里的丹桂也忘了说话，几个姑娘都挤在窗口，朝温无宸的方向看了过去。

状元楼里所有人的目光都集中在了那个温润出尘的男子身上。

温无宸放下了手里的茶盅，嘴角溢出一丝浅笑，人却始终沉默。

"哼！"一声不屑的冷哼声骤然响起，刚才那灰衣学子目光如箭地射向了温无宸，口中发出充满挑衅意味的质疑声，"无宸公子，你是不是不敢说？！什么无宸公子，还不是怕了那些阉人？你也不过如此！"

温无宸还是没说话，四周再次陷入死寂之中，空气瞬间变得沉甸甸的，颇有种风雨欲来的危机感。

一个着靛色云纹锦袍、打扮颇为华贵的俊雅公子站起身来，试图缓和局面："这位兄台且冷静，我们今日来此是以文会友，还是不要妄议朝政的好……"自古以来，妄议朝政都是大忌。

"这位公子，你若是畏惧，还是速速离去的好。"成姓的蓝衣学子冷声地道，"也免得我们这些妄议朝政之人连累了你。"

那蓝衣学子说话的同时，一道修长的身影出现在状元楼的大门口。来的青年穿一袭青碧织金锦袍，玉带腰环，背光下，绝美的脸庞在阴影中显得有些模糊，却依然掩不住他的绝世风姿。

他一出现，就吸引了大堂中不少人的注意力，一瞬间，气氛变得有些怪异起来。

在众人灼灼的目光中，青年随意地在大堂的角落里找了个座位，与人拼桌，小二急忙给他上了茶水。

大堂里，那些不认识他的人只是暗暗赞叹那张堪称倾国的脸庞，而某些认识他的人则脸色一变，差点儿被口水呛到，比如那着靛色锦袍的公子，心跳"怦怦"加快。

这……这不是……东厂厂督岑隐吗？！

众人皆心里"咯噔"一下，噤若寒蝉。

看来这东厂果然耳目众多，才一会儿的工夫，这里的事竟然就传到了岑隐的耳中。

雅座里的云华和丹桂当然是认识岑隐的，面面相觑。

丹桂想起刚才自己随口说"再这么辩下去没准连状元楼都要关门"，忍不住心道：这不会被自己的乌鸦嘴说中了吧？！

东厂拿人一向不管对方的身份，她们真要是莫名其妙地被卷入这些学子一时热血冲头惹来的事端里，那也太冤了！

"蓁蓁，"端木绯看到岑隐出现在这里，也有些惊讶，却嘴角微翘地说道，"岑督主上次帮了你大忙，我们一会儿得去道谢才行。"

"嗯。"端木绯笑眯眯地应了一声。

舞阳和涵星不由得互看了一眼，隐约猜到端木纭在说猎宫的事，神色有些微妙，心道：端木纭和端木绯这对姐妹果然是亲姐妹，都心大得很。旁人看到这位岑督主，都避之不及，她们竟然还敢过去找他搭话。

这时，从下方的大堂中又传来一阵激动高亢的男声。

"成兄说得不错！我们读书考取功名，就是想为国、为民出一份力，"灰衣学子重重地击掌两下，说着，用讽刺的目光看向了那个着靛色衣袍的公子，义正词严地斥道，"像兄台你这般瞻前顾后、畏首畏尾之人，就算入朝为官，也不过是再多一个趋炎附势之人罢了！"

"成兄、刘兄，有道是'道不同，不相为谋'，我们与这等人还是少说为妙。"那青衣学子朗声附和道。

这番话说得就有些诛心了，那着靛色锦袍的公子脸上一阵青一阵白，目光不由得瞥向岑隐的方向，迟疑着自己是该坐下，还是该趁机甩袖走人……

"敢问宦臣如何把持朝政？"一个清雅温和的男声倏然响起。

那声音仿若山间淌过的清澈溪流，不疾不徐，从容淡定。

众人再次齐刷刷地看向了温无宸，而他正抬眼看着那慷慨激昂的灰衣学子，眼神清亮。

那灰衣学子立刻就答道："比如那司礼监秉笔太监岑隐，所有上达天听的奏章皆要经他之手，他甚至还替皇上批阅奏章，这难道还不是把持朝政？！"他义愤填膺，语气咄咄逼人。

与他四目相对的温无宸还是那般平静，眼神如皓月当空，笑容清浅似水。

温无宸抿了一口茶，方缓缓地道："今上在位十四年，每年从各地送往京城的奏章不知凡几，这些奏章先由众位内阁大臣批阅，秉笔太监的职责便是按照众位内阁大臣票拟的结果替皇上用朱笔批红，其中的国政要事则由皇上亲自御批。这十几年来，经朱笔批红的奏章的数量超过四万件。"

温无宸从头到尾语气淡淡，似乎只是在陈述某个事实，然而言外之意是：这位兄台莫非以为，那些内阁大臣会放任秉笔太监在奏章上胡作非为？！

灰衣学子一时语塞。他不过是一介寒门学子，对于那些朝堂之事所知泛泛。

"无宸公子所言正是。"又一个三十来岁、着柳黄色锦袍的男子笑着站起身来，试图转移话题，"大家来自大盛各方，今日难得相聚一堂，就由在下来请各位喝一杯水酒。"男子故作从容，却完全不敢看向岑隐的方向，只想轻描淡写地赶紧带过这个话题。

可是，那几个学子正满腔义愤之情，根本就不给这个人面子。

"水酒就不必了。兄台也说了，大家因这难得的机会相聚一堂，鄙人只想求教无宸公子，"成姓蓝衣学子嘲讽地抬眼看着温无宸，挑衅道，"不知道公子对那东厂又有何看法？谁人不知东厂骄横跋扈，肆意拿人，根本视官府为无物！"

温无宸与他四目相对，仍是神色淡淡，道："东厂，即东缉事厂，乃太祖皇帝所设，其职责为寻访谋逆、妖言惑众的大奸恶之人等，与锦衣卫均权势，彼此制衡。侦缉、拿人本就是太祖皇帝创立东厂之用意……"

"温无宸，你不过拿太祖皇帝当挡箭牌罢了！"那成姓蓝衣学子愤然地打断了温无宸的话，抬手指着温无宸的鼻子，"东厂嚣张跋扈，人人皆知！没想到你堂堂无宸公子，也是那种沽名钓誉、畏惧强权、阿谀奉承之人！"

温无宸看着那成姓学子，还是一副云淡风轻的样子，笑而不语。

"啪啪啪……"

一阵鼓掌声骤然响起，声音不大，但在这寂静的状元楼里分外响亮。

众人起初还以为又是哪个书生意气的学子，却不想，击掌的人竟然是不久前刚进门的那个绝色青年。不少知其身份之人暗道不妙。

"我才知道，原来我东厂行事如此嚣张跋扈，倒是我督导不力。"岑隐阴柔的声音不紧不慢，他如道家常般不露一丝怒意，这话却听得不少人心里凉飕飕的，仿佛心口骤然出现几个大窟窿，寒风"呼呼"地穿过。

本来，岑隐便服出行，在场的某些人即便认识他，也只得假作不识。可是现在，岑隐自报身份，他们也不好再视而不见，包括那靛袍公子在内的十来人都三三两两地站起身来，对着岑隐作揖道："见过督主。"

在京中，会被称为"督主"的人也就两个，眼前的这个青年不过弱冠年华，又把东厂挂在嘴边，自然就是岑隐了。

其他人都被吓蒙了，特别是那些刚刚还一副慷慨激昂、忠君为国的样子的学子——他们是对如今的朝政颇为不满，恨不得扫奸佞、清圣听，一展抱负，却也没打算把命丢在这里。

四周再次陷入一片死寂之中，空气凝固，没有人敢再出声，那几个学子更是脸色惨白，真怕下一瞬那些如狼似虎的东厂番子就蜂拥而入，把他们一一拿下。

岑隐环视众人，淡然一笑，漫不经心地掸了掸衣袖，说道："今日这辩会，也颇有意思，不过，这朝堂也好，民间也罢，都要讲究个各司其职，方能成事。"

岑隐比在座的不少学子都要年轻，此刻老气横秋地以长辈的语气训斥着这一屋子的人，却没有人敢出声反驳。

"现在都腊月了，春闱在即，你们既然是来考试的，就该好好温书备考，莫要四处乱跑，免得招惹祸端！"

岑隐说话时嘴角一直带着一丝淡淡的笑意，温和而不露一丝戾气，说出的话却听得众人如坠冰窖，让人总觉得他话中有话。

四周的气氛越来越压抑，不少学子暗暗地捏着拳头，面露羞辱之色。

岑隐似乎全然不觉，缓缓站起身来，从袖中随手掏出一个银锞子作为茶钱，跟着就朝状元楼外走去。

这一楼的人都目送着他的背影，近乎屏息。

"噔噔噔。"

一阵下楼的步履声传来，端木纭拉着端木绯一起下了楼。

姐妹俩出了状元楼后，便看到岑隐站在一辆紫帷金漆马车旁，正要上车。

"督主。"

端木纭笑着出声喊住了岑隐，岑隐顿足，转身朝姐妹俩看去。在冬日温暖的阳光中，他那妖魅的眼眸显得柔和了不少。

"端木姑娘。"他随和地唤了一声。

端木纭与端木绯携手上前，端木纭郑重其事地福了福："多谢督主对舍妹的照拂。"

她笑意盈盈，落落大方，仿佛刚才在状元楼中发生的一切没有在她的心头留下一点儿痕迹。

端木绯乖巧地随姐姐一起行礼，眉眼弯弯。

岑隐看着姐妹俩，嘴角微微翘起，瞳孔似乎又亮了一分。他温和地说道："你们上次送去的糕点，我已经收到了。"顿了一下后，他又补充了一句："味道很好。"

"那是自然，"端木绯理所当然地点了点头，一副沾沾自喜的小模样，"那可是我和姐姐亲手做的。"

"督主喜欢就好。下次，我和妹妹再给督主做些送去。"端木纭含笑着接话。

岑隐怔了怔，笑着对姐妹俩拱了拱手："那我就却之不恭了。我还有公务在身，就告辞了。"说完，他就转身上了马车。

紫色的镶边车帘落下后，就把马车外的两个姑娘隔绝在外。岑隐从袖中掏出一块婴儿手掌大小的圆形白玉佩，正中雕着展翅的云雀，边上刻着一圈云纹，刀工娴熟，玉质温润。

岑隐看着掌心中的玉佩，手指轻轻摩挲着它，眼帘半垂，长翘的眼睫微颤，在眼窝处投下一片淡淡的阴影。

那双妖魅惑人的眸子似黯淡，似悲伤，又似有无限的怀念……

"嗒嗒嗒……"

随着规律的马蹄声与车辚辚声响起，马车沿着宽敞的街道，往皇宫的方向飞驰而去。

状元楼外，端木纭和端木绯目送马车远去，神情平静。

端木纭并非眼瞎耳聋，当然知道其他人对岑隐这些宦官的诟病，然而，她自小在战火纷飞的北境长大，性子更似那些关外儿女般疏朗、恩怨分明。

在她的心目中，岑隐对她和妹妹很好，帮过她们，这就够了。

至于别的，与她们姐妹又有何干？！

直到马车在街道的尽头右转，端木纭和端木绯才回到状元楼二楼的雅座中。

状元楼里，已经没有了方才的热闹氛围。

因为岑隐的马车已经走远，学子们陆陆续续地找借口离开了。这才不到半盏茶的工夫，在大堂里喝茶的人已经只剩下不到一半，且多是那些看热闹的人。

舞阳、云华等人也觉得有些扫兴，涵星意兴阑珊地用手指卷着一缕鬓角的发丝，小声地嘀咕道："真是没劲。岑督主才说了几句话，这些人就能被吓走，也太没用了，以后考中了进士，也是些趋利避害的人。"

顿了一下，涵星皱了皱小脸儿，撇嘴道："岑督主也是会挑时间，早不出现晚不出现，偏偏挑这个时间出现，我正看热闹看得有趣呢！这下倒好，戏才看了一半，就散场了。"

"我倒是觉得岑督主来得恰是时候。"端木绯在一旁笑眯眯地说道，"要是方才岑督主再不出声，这整个茶馆的学子怕是没一个跑得了。"

她这么一说，几位姑娘都好奇地看向了她。

舞阳直接问道："绯妹妹，此话怎讲？"

端木绯抿了一口温茶，润了润嗓后才又道："朝堂之事错综复杂，岂是他们表面看的这么简单？这些学子不知深浅，私议朝廷处置灾难不力，以为朝廷无能，却不知近两年天灾不断，先有去冬雪灾，后有今春淮北春汛成灾，又有流民与江城水匪连成一气，为祸地方，再加之大盛今春才同北燕停战，国库的银两源源不断地花出去。然而因为天灾人祸，朝廷为安抚民心，势必减免赋税，国库的进项自然就少了，国库空虚，又何以赈灾？那些学子妄议朝政，又只看到表面，夸夸其谈，不仅没有任何益处，反而会动摇民心，于社稷不利。"

端木绯侃侃而谈，只拣着能说的说，只字不提皇帝用度之奢侈才导致国库数年毫无积攒，以致一有变故银两就难以调剂的事。

舞阳听得认真，若有所思地微微点头，而涵星、丹桂二人对朝堂之事一窍不通，听得似懂非懂，只是觉得端木绯所言真是字字珠玑，句句在理。

端木绯说了一连串话后，有些口干，又抿了两口茶后，感慨道："今天这些妄议朝政之人，今科怕是与他们无缘了。"

那些学子目光短浅，行事冲动。要知道，科举择才挑的并不仅仅是那些精读四书五经的人，更是要挑选那些能为皇帝排忧解难、出谋划策的人才。

说来，无宸公子倒是有趣得很，看着是与那些学子辩驳，实际丝毫没有论及实质，谈论的仅仅是制度，无关良与恶。

雅座中的另外几个姑娘也隐约明白端木绯的言外之意，脸上一时也有几分感慨的神色。这些学子十年寒窗苦读，却毁于一时冲动，三年后，谁又知会是怎样一番光景？

四周静了一瞬。忽然，涵星低呼了一声，把小脸儿探出窗外道："无宸公子要走了，我们下去看看吧，要是能讨到他的一幅墨宝，大皇兄一定会羡慕死我的。"说着，涵星急忙起身。

"不着急，"舞阳却从容得很，笑道，"反正无宸公子就住在大姑母的府里，我们想讨墨宝，随时都能去。"

涵星皱了皱小脸儿，欲言又止。

她也知道温无宸就住在安平长公主的府里，只不过，安平一向不太好亲近，她自小就有点儿怕这位不怒自威的皇姑母。

不过这些话，骄傲的涵星是不会放在嘴上说的。

舞阳哪里看不出涵星的那些小心思？涵星自小看到安平，就像老鼠看到猫似的，能避则避。

舞阳也不再多提安平，率先朝雅座外走去。姑娘们跟在她身后鱼贯而出，说说笑笑。

一行人下了楼梯后，就看到温无宸的轮椅旁多了一个玄衣少年，他正俯首与温无宸说着话。

"炎表哥！"

舞阳出声喊道，封炎闻声望来，然而他看的人不是走在最前面的舞阳，而是跟在舞阳和涵星身后的那道娇小的身影。

看到自家蓁蓁，封炎那双漂亮的凤眼顿时亮了。

在端木绯身上凝视了一瞬后，封炎俯首再次看向轮椅上的温无宸，含笑道："无宸，设下残局的人来了。"

闻言，温无宸便顺着封炎的目光朝这些姑娘望了过去，视线在其他人身上一扫而过，最后落在身量最娇小的端木绯身上。他这是第一次见到端木绯，却已经听安平提了许多次。

端木绯同样在好奇地打量着温无宸。

刚才远远地看着，她就觉得温无宸气质温润，优雅如竹，内蕴似玉；走近了才发现他的五官俊美出众，鼻梁高挺，细长的眼眸清亮通透，似星光浮动的浩瀚夜空，斯文之中透着贵气，又带着几分闲云野鹤的淡然。

他明明只是这么平静地看着她，端木绯却不知为何，感觉这双眼眸能将她看穿。

"无宸公子。"

舞阳、涵星等几个姑娘虽然身份高贵，但出于对温无宸的敬重，皆施了半礼。

封炎给温无宸分别介绍了这些姑娘，众人寒暄一番后，温无宸再次抬眼看向了端木绯，直接相邀道："听闻端木四姑娘棋艺高超，可否与我手谈一局？"

一听温无宸邀端木绯下棋，其他几位姑娘皆眸生异彩，比端木绯还要激动，眼睛一眨不眨地看着她，仿佛在催促着：你快答应啊！

在她们灼热的目光中，端木绯忍不住弯了弯唇角，福了福身，应下了："还请无宸公子指教。"

温无宸含着笑又道："我现在暂住在安平长公主府内，就劳烦姑娘随我走一趟了。"

端木绯自认是晚辈，当然欣然答应。

于是，众人出了状元楼，分别上了各自的马车，四辆马车一路朝着中辰街的公主府飞驰而去。封炎本来正当值，可是一看到他的蓁蓁，哪里还顾得上什么差事？他直接就骑着奔霄一起回府了。

舞阳的这辆黑漆平顶马车看着普通，却是由内廷司精心设计、打造的，飞驰起来极为平稳，舞阳、涵星、端木纭、端木绯四个人坐在里面还宽敞得很。

她们一边说话一边吃着酸梅，偶尔挑开窗帘，看看马车外的景致。

腊月里，京城内渐渐开始有了年味，卖年货的伙计在街道两边大声地吆喝着，一车车载着年货的马车奔驰而过。

涵星透过右边的车窗看得津津有味，突然歪了歪脑袋，指着右前方的某条巷子道："上次父皇赏给大皇姐的宅子应该就在这里吧？"

舞阳凑到涵星身旁，顺着她的视线看了一眼，颔首道："应该是这里。"说着，舞阳看向了端木纭和端木绯，爽快地笑道："等这宅子修整好了，就由我做东，请你们一起来玩！"

"到时候，我和姐姐一起做些舞阳姐姐喜欢吃的点心，大家一起赏花、喝茶、吃点心。"端木绯笑着合掌道，笑容明媚可爱。

"真好！我也想要一处这样的宅子。"涵星羡慕地叹道，看着后方那渐渐远去的巷子，双眸闪亮如星辰。

舞阳瞥了涵星一眼，装作一本正经的样子说道："放心吧，等你挑好了驸马，自然会有这样的宅子的。到时候，你的公主府肯定比我这个小宅子更精致、华美。"

舞阳话语中的调侃之意溢于言表，惹得涵星双颊一片绯红，娇艳欲滴。

"大皇姐，"涵星嘟了嘟嘴，娇声反驳道，"你是皇姐，就算要挑驸马，也该你先挑。"

姐妹俩闹作一团，惹得一旁的端木纭和端木绯也相视一笑，马车里不时传出银铃般的笑声。

听着端木绯愉悦的笑声，封炎不由得扬起嘴角，脸上的笑容如同水面上的涟漪般一圈圈地荡漾开来，怎么也止不住……

半个时辰后，一行车马就来到了安平长公主府前。

平日里颇为冷清的公主府，由于这几位少女的到来，被瞬间注入了一股清泉般的活力。

玉华堂的东次间里，姑娘们给安平行了礼后就纷纷坐了下来，陪安平说着话，一眼望去，衣香鬓影，姹紫嫣红。

温无宸一声吩咐下去，一个榧木棋盘很快就被摆好了。棋盘上，黑白棋子错落有致，摆的是一局未尽的棋局。

这个残局，在场的好几个人都认得。

"绯妹妹，这不是你在猎宫里摆的那局棋吗？"舞阳失笑，然后恍然大悟。

原来温无宸之所以说听闻端木绯棋艺高明，是因为这局残局啊！

鼎鼎大名的无宸公子对上端木绯这局至今无解的残局，又会是怎样一个结果呢？

端木绯和温无宸隔着棋盘坐了下来，温无宸执黑子，端木绯执白子，二人相视一笑，黑子率先落下。

"十二月，五。"

端木绯弯了弯嘴角，毫不迟疑地落下白子。

"十四雉，七。"

温无宸盯着眼前的棋盘，好一会儿没有动静，之后嘴角微微翘起，终于抬手落子。

"十七星，三，冲。"

见状，封炎和安平不由得互看了一眼。大概也只有他们母子俩知道，温无宸的下法变了。

那一日，温无宸与封炎对局时，也将第一枚黑子落在了"十二月，五"的位置上，可是今日从第二子开始，他的下法就变了，变的不仅是落子的位置，还有破局的方式——现在的温无宸，如同一柄利剑般悍然刺出……

看来他还真是没小看她家绯儿！安平含着笑对封炎眨了眨眼，封炎但笑不语。

窗户边，对着棋盘而坐的一大一小两个人皆嘴角微勾，一派仙风道骨的样子。

你一子，我一子，二人都下得极慢，显然，每一步都经过了深思熟虑。

很快，一炷香的时间过去了。

下棋的二人不动如山，云淡风轻，棋盘上却杀机四伏。封炎和安平看得兴味十足，但是不擅棋的涵星、云华、丹阳就开始觉得无趣了。

见小姑娘们意兴阑珊，安平就含笑道："舞阳、涵星、云华、丹桂，还有端木大姑娘，干脆你们跟本宫去园子里走走。"

说着，她瞥了端木绯与温无宸一眼："这局棋，他们没一个时辰肯定下不完。"

一听这局棋还要下一个多时辰，涵星不由得瞪圆了眼睛，暗暗咋舌，心里对安平的敬畏似乎也少了几分。

涵星毫不犹豫地站起身来，招呼着其他几个人道："听说皇姑母府上的花园可是一绝，春夏秋冬，各有千秋。"

见状，舞阳、端木纭、云华和丹桂也都依次站了起来，欣然接受了安平的好意。

她们几个人很快就簇拥着安平出了东次间，说笑着走远了。

随着她们远去，屋子里静了下来，只留下对局中的端木绯、温无宸，以及观棋的封炎。

清脆的落子声伴着窗外偶尔响起的枝叶摇曳声交错响起，时光似乎都变慢了，悠然如风，恬静似水。

"嗒……嗒……嗒……"

落子声越来越慢，间隔时间越来越长，直到陷入漫长的宁静之中……

端木绯看着棋盘上密密麻麻的黑白棋子，长舒了一口气，含笑道："无宸公子果然名不虚传。"

"我只是险胜而已。"温无宸微微一笑。

他并非谦虚，这一局，他的确是险胜，不过赢了一目罢了。

甚至，若重来一遍，谁胜谁负，还不好说。

这位端木四姑娘年纪虽小，棋力却相当深厚，不仅擅长布局，而且棋风颇为刁钻，经常出其不意，看似兵行险着，却又留有后手，思虑周全……

从她的棋路来看，阿炎说李家的计划定是出于她之手，并非信口开河。那种出其不意又杀伐果敢的行事作风，确实像这小丫头的。

棋局结束，端木绯的心情不错，她已经许久没有这样尽兴地与人对弈了。

她习惯地开始收拾起棋盘上的棋子，嘴角弯弯，白皙的脸颊上露出一对浅浅的梨涡。

看着这小丫头输了棋却似全然不在意的样子，温无宸挑了挑眉，露出一丝讶异的神色。年少天才往往年少傲气，这位端木四姑娘年纪小小，倒是心胸豁达，看得透彻。

"无宸，"封炎一边帮端木绯收拾白子，一边漫不经心地问道，"今日的状元楼可还有趣？"

温无宸迟疑了一瞬，看了看垂眸收拾棋子的端木绯，再看看封炎那副理所当然的态度，一时恍然，淡淡地道："他们虽有书生意气，却也并非不畏强权。"

封炎黑漆漆的凤眸变得深沉，接着他话锋一转，说道："我刚得到一个消息，长庆抢了一个来赶考的学子过府，那学子不堪受辱，昨日自尽了。"

端木绯闻言，娇小的身体僵了僵，长翘的眼睫如蝉翼般轻颤了两下，心里暗道不妙。

他们先说了状元楼，又说到长庆长公主，还都与学子有关……要说封炎和温无宸这两个人没打算趁机做点儿什么，打死她都不信！

如此看来，她仿佛……好像……也许又听到了不该听的话。人知道得太多可不是什么好事……自己这条小命似乎又有点儿危险了。

她这般想着，右眼皮快速地跳了两下。

俗话说："右眼跳灾……"

端木绯捏了捏手中的白色棋子，抬眼笑道："时候……"

端木绯连后面的两个字都没机会说出口，封炎直接打断了她，笑吟吟地说道："天色尚早，我娘已经让厨房去备糖水点心了，等令姐、舞阳她们回来，大家一起吃吧。"

封炎笑得温和随意，心道：难得蓁蓁来府里，怎么能让她这么快就走了呢？我最近特意找了一个擅长做点心的厨娘，当然要让蓁蓁试试新厨娘的手艺。

然而，这几句话听在端木绯耳里像是封炎在提醒她：你家长姐还在公主府里，你确定要独自跑吗？

端木绯的五官瞬间就皱在了一起，她苦着小脸儿，心里幽幽地叹息：她这根本就是上了封炎这艘贼船，下不来了！

她无奈地把手里的那几枚白子放到了棋盒里。棋子落下时，发出一阵清脆的声响。

"嗒嗒嗒……"

棋子与棋子的碰撞声在耳边回响，她感觉心中似乎有什么东西也跟着掉了下去……

又过了一会儿，安平带着舞阳她们回来了，一个个神采飞扬。

端木绯还在慢吞吞地收拾着棋盘上最后几枚棋子，看到她们回来了，简直喜极而泣。

安平的目光落在了端木绯捏着白子的柔嫩指尖上，忽然，她心念一动，笑着朝端木绯走近了几步。

"绯儿，你的手指看着有些僵硬，可是冻坏了？来，你拿着这个手炉，就不冷了。"说着，安平从袖子里掏出了一个八角形的掐丝珐琅手炉，随手就递给了端木绯。

端木绯怔了怔。她是怕冷，可是这屋子里燃着银骨炭，她根本就没觉得冷。

不过，就是一个手炉而已，她也不会推辞安平的好意，就起身接下了："多谢殿下。"

小巧的手炉暖烘烘的，做得又精致，让她的目光不由得流连其上。

安平见状，嘴角微翘，对着儿子眨了一下右眼，意思是：不用客气，我已经帮你把手炉光明正大地送出去了。

封炎却傻眼了，这个八角形的手炉上有华丽鲜艳的彩蝶戏花图案，本来就是他特意给安平挑的，他给端木绯准备的是一个小巧别致的南瓜形手炉……再说了，他想亲手给他的蓁蓁好不好！

不过是个小小的手炉而已，其他人都没在意，又说笑了起来。

须臾，锦帘一翻，两个丫鬟捧着热腾腾的糖水进来了，淡淡的酒香味随着热气弥漫开来，令屋子里的众人闻香望去。

安平含笑道："大家喝点儿桂花米酒汤吧，补心脾，益气血，健脾胃。"

姑娘们捧着桂花米酒汤，慢悠悠地喝了起来。谁也没注意到封炎不知道什么时候出去了，片刻后，他又悄无声息地回来了，跟着，若无其事地也捧着一碗桂花米酒汤喝了起来，余光却在打量着他的蓁蓁。

他家蓁蓁吃东西的样子还是与以前一样，总是那般聚精会神，仿佛没有任何东西比眼前的这一小碗吃食更重要。她吃一口，抿一抿红润的樱唇，嘴角始终微微翘起。

从窗口照进来的阳光给端木绯镀上了一层金色的光晕，她的小脸儿被热腾腾的白气熏得红润如霞，那双乌溜溜的大眼睛还是如往昔一般明亮、通透、澄净，似那碧蓝的天空。

封炎只是这么静静地看着她，心就觉得平静、满足……手上的那碗桂花米酒汤在不知不觉中就空了。

这桂花米酒汤香甜、好吃又开胃，端木绯一不小心就吃了一碗半。然而，当她满足地用茶水漱口时，却突然发现她之前放在一边的手炉不见了。

明明吃糖水前，她把手炉放在了左手边的案儿上，难道是掉了？

端木绯四下张望起来，却看到右前方的封炎对着她做了个手势，示意她跟他过去。

端木绯又瞬间僵住了，想起刚才自己听了不少不该听的话，心里默默地叹气。

她乖乖地起身，抚了抚衣裙，若无其事地自己打帘出了东次间，正好看到封炎的背影进了西稍间，只好继续乖乖地跟了进去。

"封……"

她才说了一个字，封炎就直接把一个小巧的手炉塞进了她手中："娘说这个给你。"

端木绯捧着热乎乎的手炉，这个手炉是南瓜形的，显然不是之前安平长公主送给她的那个……难道说，安平长公主特别喜欢那个八角形的手炉，所以才特意换了这个送给她？！

"你喜欢吗？"封炎紧紧地盯着她，有些紧张地问道。

她会喜欢他特意给她挑的手炉吗？

端木绯以为封炎的这句话是替安平问的，于是用力地点头道："我很喜欢！"

说着，端木绯把手炉捧高了一些，端详着炉身上的白猫戏蝶图案，勾了勾唇，这只白猫长得可真像祖母的雪玉。

她紧紧地把手炉抱在了怀中，就像以前抱着雪玉一样。

封炎怔怔地看着她把那个手炉抱在怀中，自觉脸颊发热，热气一直烧到耳根，耳垂赤红如血。

他捂着脸大步流星地从她身旁走过，挑帘出去了。

端木绯抱着手炉，看着他的背影，疑惑地眨了眨眼。

端木绯双手空空去的公主府，当天回到尚书府时，袖中多了一个暖烘烘的手炉。

回到家，端木绯的心里才有几分安定的感觉。此刻，再回想发生在公主府里的事，她还是有些欲哭无泪，心里默默地为自己垂泪。

端木绘倒是一副兴致勃勃的样子，亲昵地挽着端木绯的胳膊，朝湛清院的方向走去，笑吟吟地说着话："蓁蓁，可惜你刚才没跟我们去走走。公主府的暖房里温暖如春，百花盛开，花园西北方还有一片红梅林，等下雪的时候，肯定更好看……蓁蓁，安平长公主殿下的性子真是温和，方才她还说让我们姐妹无事就多去走走，陪她说说话。"

端木绯嘴角扬起，眸子发亮，她附和道："嗯，等空了，我们就去。"只不过，她们一定要拣封炎不在的时候去才行！

"呼——呼——"

冷飕飕的寒风呼啸着刮来，仿佛针一样扎在皮肤上。光秃秃的树枝随寒风摇曳，偶尔有几片残叶被卷起，在半空中肆意翻飞。

天越来越冷，寒风肆虐，街上的人越来越少了。

端木绯她们可以窝在家里不出门，端木宪却每日都要一早去参加早朝，散朝后，还要再去户部衙门当值。

户部衙门内当然是供着炭的，但是这炭本来就不太足，今冬的天气又比往年更冷，炭火只能省着用，实在驱不了寒气。每日回府的时候，端木宪的手都有些僵，要烤上好一会儿才能慢慢暖和起来。

端木绯是第一个注意到这件事的。端木宪虽然平日里保养得还不错，但也是知天命的年纪了，眼看着快要被冻病了，端木绯就和姐姐端木纭商量着，送了一车银骨炭去户部衙门。

端木宪是户部尚书，若她们只是送炭，他说不定还得分些给同样挨冻的下属们。

府里囤的炭火也有限，供整个户部一个寒冬肯定是供不起的。于是，除了炭，端木纭还特意让下人们每日午后都送两大锅热腾腾的姜汤过去……

这么一来，下属们有姜汤，炭火也能尽着端木宪自个儿用了。

姜汤不值什么钱，但在这寒冬里，一连几日每天能有一碗热腾腾的姜汤驱驱寒气，就足以让户部衙门上下都觉得心里妥帖。

端木宪心情大好，在晚辈们来请安时，毫不吝啬地当着众人的面夸奖道："纭姐儿，你把府里的内务管得不错。"他捋着胡须，接着说，"我在户部这么多年了，寒冬也过了几个，还不曾像今年这样舒坦过。"

贺氏紧抿着嘴，手里紧紧地攥着手里的佛珠，心道：只是区区几锅姜汤而已，老太爷也太容易被这对狡猾的姐妹蒙蔽了！

她不想再听端木宪夸这对姐妹，巧妙地转移了话题："老太爷，还有五天就是十二月初十，礼部莫侍郎家的姑娘就要过门了，请柬已经散下去……只是，老太爷，这不过是纳个二房，大肆宴请是否不妥？"

本来，纳妾自然不需要兴师动众地办，但是端木宪这一回故意想要抬举这位莫姑娘，也是为了给莫侍郎脸面，所以才会往大了办……

端木宪端起粉彩茶盅，斜睨了贺氏一眼，慢悠悠地吹了吹茶汤上的几片浮叶，抿了一口茶后，才淡淡地道："老二媳妇这'病'始终不好，不能见客，可老二和别的府邸之间总还是需要往来走动的，长此下去，也不是个办法。所以，干脆就让人知道咱们家对莫姑娘的重视，以后也好走动。"

一说到小贺氏的"病"，四周寂静无声，二老爷端木朝的脸上也难免露出一丝僵硬的神色，其他人均移开了目光，只当作没听到。

贺氏的脸上一阵青一阵白，她张了张嘴，却再说不出一句话。

对于端木朝的这房贵妾，端木府确实比较重视，所以下人们难免私下议论几句，说起那重新翻新的屋子、那些家具、宴上的菜式时，皆感慨这恐怕跟小户人家娶妻没什么两样了。

饶是府中将此事传得沸沸扬扬，小贺氏依然闭门不出，似乎心如死灰。

十二月初九，也就是喜事的前一天，莫姑娘的嫁妆被送到了。

莫姑娘是因为守孝才耽误了花期，莫家为了补偿女儿，给了相当丰厚的嫁妆，表面上说是三十二抬，但箱子里的东西放得满满当当，差点儿把箱盖顶开。

莫姑娘的院子已经被收拾好了，嫁妆被抬进院子的时候，不少下人跑去看热闹，只见那看似朴素的红褐色樟木箱子里，金银首饰、绫罗绸缎、陶瓷锡器等，样样齐全。众人出来时，一个个都感慨不已，这个说"莫家真是身家丰厚"，那个说"这三十二抬嫁妆比得上二夫人当初嫁进来时的六十四台嫁妆了"。

府里为着嫁妆的事热闹了好一阵，众人对这位马上过门的莫氏也更为好奇了。

这一天在忙忙碌碌中过去，十二月初十到了。

为了端木朝的这桩喜事，府里特意摆了宴席招待宾客，请了亲戚、朋友以及端木宪、端木朝父子俩的一些下属官员，里里外外摆了十几桌。

前头有端木朝自己招呼亲友同僚，后头有贺氏与那些夫人寒暄，端木绘只负责招呼十来个亲友家的姑娘和公子在花园的大花厅里玩。

众人在一起吃吃茶，说说话，很快就觉得有些无趣，于是一个少年公子提议道："上次在猎宫时，看君世子他们玩射覆挺有趣的，我们也来玩吧。"

"射覆好，"一个粉衣姑娘拊掌附和道，"大家都能玩。"

射覆这游戏男女皆宜，难度不高，用来消磨时光最是不错。

其他的公子、姑娘也纷纷附和，端木绘立刻令丫鬟去备些碗碟、笔墨和托盘来。

说话间，众人就见端木珩带着一个身姿挺拔的蓝衣少年姗姗来迟地进了花厅。

少年今日打扮得十分正式，一袭靛蓝色宝相花缂丝锦袍，腰系一条玄色绣花嵌碧玉腰带，腰带上别着一块翠玉环佩和一个月白色的葫芦形绣花荷包，锦衣玉带衬得少年英武明朗，器宇轩昂。

此人正是李廷攸。

见李廷攸来了，端木绘赶忙携端木绯起身相迎，又特意把李廷攸介绍给了其他人。

"诸位，且恕我晚到了一步，待会儿我自罚三杯。"李廷攸彬彬有礼地对着那些公子、姑娘拱了拱手。

"李公子多礼了。"几位公子含笑道。

那粉衣姑娘笑着相邀道："李公子，我们正打算玩射覆，你可要与我们一起玩？"

"射覆我只是粗通一二，还请各位指教。"李廷攸笑得温和明朗，让人一看就心生好感。

那些个姑娘皆暗暗惊讶，粉面含春，悄悄地交头接耳着，只觉得李廷攸举止气度如此温文儒雅，不像是武将，反倒比那些文人学子还要斯文俊朗。

等下人准备好了碗碟、笔墨和托盘后，众人就彼此招呼着玩了起来。头几个回合，大家还有些矜持，放不开手脚，直到第四回合时，一位小公子把一块咬了一口的糕点倒扣在碗里，却被五姑娘端木绫一语"射"中，众人看着那小公子嘴角的糕点末子，顿时哄堂大笑，气氛也随之活跃了起来。

花厅里，宾主尽欢，一片欢声笑语的景象。

端木绯没有加入他们，自己一个人坐在靠窗的桌子旁，赏赏湖景，吃吃茶，偶尔看看那些玩射覆的公子、姑娘。她见李廷攸混在人群中，虽然玩的次数不算多，却每"射"必中。

他刚才果然是在假谦虚呢！端木绯微微勾唇，下一瞬，正好与李廷攸四目相对。

李廷攸对着端木绯微微一笑，从人群中退出，信步走到她跟前，道："绯表妹又大了一岁，表哥我还不曾恭贺表妹呢。"

李廷攸最近一直在神枢营当差，端木绯与他已经有两个多月不曾见面了。

"多谢攸表哥挂怀。"端木绯莞尔一笑，笑容璀璨。

表兄妹俩看起来颇为和乐，一派兄妹情深的样子。

李廷攸当然不是特意来和端木绯寒暄的。他直接在端木绯对面坐了下来，绿萝立刻给他上了茶水，杯口热气袅袅。

他看着窗外平静的湖面，忽然道："昨天我刚收到了闽州的来信……"

端木绯闻言，将才端起的茶盅放下，朝他看去。

"祖父借着圣旨，大张旗鼓地进行彻查，故意弄得人心惶惶，人人自危，"李廷攸仍然看着窗外，看着那湖面被寒风拂起久久不散的一圈圈涟漪，"大伯母已经快要坐不住了……"

端木绯笑吟吟地说道："让外祖父不要着急，鱼儿都是贪吃的，只要有足够香的饵，鱼儿必会上钩。"

她笑得眉眼弯弯，看起来一副天真纯良的模样。然而，在李廷攸的眼里，她分明就是一只披着兔子皮的小狐狸！

端木绯一看就知道他在想什么，故意高抬起下巴，用口型说道：彼此彼此。

李廷攸不以为然地撇了撇嘴。这时，一个青衣小丫鬟急匆匆地走进了花厅，来到端木绯跟前，恭敬地禀道："大姑娘，轿子刚到了府外。"

这轿子指的，当然是莫姑娘的轿子。

虽然人到了府外，府里却没有因此泛起什么涟漪，毕竟只是纳妾，所以既没有敲锣打鼓，也没有大红花轿，也就是一顶软轿被抬进侧门罢了。

即便此刻，在场的公子、姑娘们都听到了这话，也没有人起哄去围观。众人朝端木纭的方向看了一眼后，就继续玩自己的了。

不一会儿，又有一个身材圆润的管事嬷嬷跑进了花厅中，满头大汗地来到端木纭的身旁，压低声音禀道："大姑娘，二夫人没出来……"

这二夫人不出来，就没人接新人茶，那莫姨娘这二房就名不正言不顺，这事若传到莫家的耳里，莫家肯定不快。

端木纭皱了皱眉，就在几步外的端木绯耳尖地听到了这话，轻描淡写地说道："王嬷嬷，这种事为什么和我姐姐说？祖母还在呢！"

端木纭对着妹妹安抚地笑了笑。她当然不会傻得把这件事揽到自己身上，干脆地吩咐道："王嬷嬷，你去找祖母便是。"

迎上端木纭明亮、冷冽的目光，王嬷嬷打了个寒战。大姑娘当家以来，一贯雷厉风行，二夫人留下的那些人一开始还想拿捏她，结果都被收拾得妥妥帖帖的。

想及此，王嬷嬷连连应声，一溜烟儿地跑了。

看着王嬷嬷离去的背影，端木绯悄悄地对着后边的碧蝉做了个手势，碧蝉立刻心领神会，直接从另一道门退出了花厅，几乎没有人发现，唯有坐在端木绯对面的李廷攸察觉了。

这个丫头片子，心思还真多！李廷攸轻轻地勾了一下嘴角，随手把桌上的某样东西倒扣进一个青瓷碗中，笑道："表妹，玩射覆吗？"

端木绯看了看那个被李廷攸倒扣在手下的青瓷大碗，然后抬眼对上他笑吟吟的眸子，也笑了，脸上露出一对可爱的梨涡。她天真地问道："表哥，那彩头呢？"

表兄妹俩彼此对视，皆笑容更深，却各怀心思。

李廷攸便道："昨天除了闽州的来信，祖父还捎了些闽州特产来，其中有一箱子茶叶……"

端木绯顿时眼睛一亮，"成交"两个字差点儿就要脱口而出，话到嘴边时，总算改口道："那我就押五坛梅花酒。"

一言为定。

二人的目光又交会了一瞬，眼神中透着同样的意思。

端木绯的目光在桌上扫了一圈，此刻，桌上放着一碟蜜枣、一碟酸梅、一碟白糯米团子、一碟干炒五香黄豆以及一碟洋式点心。

端木绯直接拈起一个白糯米团子咬了一口，香甜的黑芝麻馅让她满足地眯了眯眼，她慢条斯理地吃着。

李廷攸挑了挑眉，慢悠悠地打开了青瓷碗……

绿萝好奇地瞪大眼睛凑过去看，碗下果然是一个龙眼大小的白糯米团子。

李廷攸虽然输了，俊朗的脸庞却添上了一丝恶作剧得逞的笑容，爽快地说道："明天我让人把茶叶给表妹送来。"

端木绯咽下最后一口糯米团子，拿着帕子漫不经心地抹了抹手指，然后笑道："表哥，那现在是不是该轮到我出题了？"

也不等李廷攸答应，端木绯抓起了那个青瓷大碗，当着他的面，大大方方地取过一个点心碟子，盖在了碗里。

那是一碟形状各异的花式点心，被做成了小动物的模样，有白兔、白羊、白猫、白狗……最上面是一只白胖胖的小狐狸，做得十分可爱，简直让人不忍去吃。

正在饮茶的李廷攸见状，差点儿被茶水呛到。端木绯哪里是在玩射覆？她根本就是拿这碟点心喻示他就是那只混在兔、羊群里的狐狸！

李廷攸眼角一抽，无语地瞪着对面的端木绯。

端木绯也不说话，只是抿嘴笑。

表兄妹俩都眼睛一眨不眨地瞪着对方，又非常有默契地同时轻哼一声，别过头去。

四周忽然静了下来，紧接着，他们就听众人在窃窃私语，偶尔有"杨""三""赐婚"的字眼飘过来……

端木绯循着众人的目光往厅外看去，就见两位俊朗的少年公子走到了花厅外，其中一位紫袍少年彬彬有礼地让端木珩先行："舅兄，请。"

端木珩看了杨旭尧一眼，也不与他客气，率先撩袍进了厅，嘴角紧抿着，神色有些凝重。

他也知道，杨旭尧在京中一向风评不佳，虽然领着北城兵马司指挥使的差事，但每天就知道逗猫遛狗，惹是生非，也没干过什么正经事。

可是赐婚的圣旨已下，木已成舟。唉，事到如今，他也只能看看能不能慢慢地把人教好。

端木珩想着，眸中闪过一道坚毅的光芒。

# 第二十四章　抄　家

　　端木绮本来正闷闷地坐在花厅的角落里，独自生着闷气，一副生人勿近的模样。此刻，听说杨旭尧来了，她忍不住抬头朝门口的方向看去，就见跟在端木珩身后的杨旭尧刚好跨过门槛，进了花厅。

　　杨旭尧与其妹杨云染有三四分相似，唇红齿白，剑眉星目，一袭紫色织金锦袍裹着他修长挺拔的身躯，顾盼间，自有一股风流潇洒的气度。

　　端木绮的目光忍不住在杨旭尧俊朗的脸庞上流连了一瞬。

　　接着，端木绮暗自垂眸，脑海中思绪纷乱。

　　杨家刚被皇帝夺了爵，圣心不再，本来心里早有了意中人的端木绮对这门婚事是不太满意的……再者，连端木纭也看不上的婚事，端木绮又怎么会稀罕？！

　　只是，她没想到，这位杨三公子长得这般……玉树临风！

　　端木绮暗暗揉着手中的一方帕子，虽然杨家没了爵位，但这杨三公子未及弱冠就是正六品的北城兵马司指挥使，以后必是前途无量。

　　这门婚事其实也没那么差吧？

　　想着，端木绮原本沉重的心情稍稍缓和了一些，她用余光看到了端木珩正领着杨旭尧朝她走来。

　　"妹妹，这位是杨三公子。"端木珩一本正经地对着端木绮介绍道。

　　端木绮矜持地半垂眼帘，姿态优雅地站起身来，没注意到杨旭尧飞快地朝端木纭的方向看了一眼，眸中闪过一丝炽热光芒。

　　杨旭尧心里暗暗长叹道：唉！端木纭真是难得的绝色佳人，我偏偏与她有缘无分啊！

　　杨家人在接到皇帝给杨旭尧和端木绮赐婚的圣旨时，也大感意外，不知道为什么人选会从端木纭变成端木绮……不管内情为何，对于杨家而言，只要他们能在这个时候攀上端木家，那就是一件天大的好事。

今日，杨旭尧来端木家之前，祖父和父亲都反复叮嘱他，千万不能胡闹，不能让端木家有任何借口跑去找皇帝退婚。

杨旭尧知道轻重，便若无其事地微微一笑，接着郑重其事地对着端木绮作了一个长揖："绮妹妹，有礼了。"杨旭尧亲昵地唤道，声音温和，举止得体，仿佛一个翩翩佳公子。

端木绮抿了抿嘴，对着杨旭尧盈盈一福，优雅地还礼。

"杨兄！"一个青衣公子笑吟吟地对着杨旭尧拱了拱手，调侃道，"刚刚李兄迟了一炷香的时间，就说要自罚三杯，你这都迟了半个多时辰了，该如何自罚？"

他口中的"李兄"，指的当然就是李廷攸。端木绮闻言，身子微颤了一下，按捺着自己心里的冲动，没有去看李廷攸。

杨旭尧挑了挑眉，爽快地说道："王兄，那我就自罚三壶可好？"

"杨兄真是够豪爽！"王公子立刻拊掌赞道，"男儿当如是。"

杨旭尧落落大方地笑了笑，目光看向众人后方，问道："你们可是在玩射覆？不如我也陪大家伙儿玩玩怎么样？"

"听闻杨兄擅长射覆，待会儿可要手下留情啊！"另一个着石青锦袍的公子凑趣道。

"哪里哪里。"杨旭尧随意地拱了拱手，接着就看向了端木绮，微微一笑，柔声问道："绮妹妹，你可要与我们一起玩？"

端木绮收拾起心中的烦乱思绪，腰杆挺得笔直，优雅大方地应了。

众人说说笑笑，一起来到刚才玩射覆的几张桌子旁，围着桌子坐下了。

有人玩得投入，也有人玩了几局就觉得无趣，便退了出来。

一个黄衣姑娘与一个翠衣姑娘相携走到窗边吹风。此刻，花厅里燃着三个炭盆，虽然温暖如春，但是待久了，人难免觉得有些气闷。

"巴姑娘，"黄衣姑娘笑着对那翠衣姑娘说道，"我听家父说，令兄今科是要下场吧？"

一说到兄长，那翠衣的巴姑娘就眉飞色舞，颔首道："我爹说我二哥应该差不多了，就算是今科考不中，先下场练练胆也好。"

"是啊，令兄未及弱冠，以后有的是机会，"黄衣姑娘笑着凑趣道，"说不定，今科就中了状元郎呢。"

巴姑娘自然喜欢听好话，脸上的笑意更浓了，却不敢应下："程姐姐，今科才子不知凡几，这状元郎，家兄可当不起。我听二哥说，中州秋闱的解元就是少年才子，才华横溢，年方二十就得中解元，不过，最近失踪了……"

"巴姑娘，你说的可是丁文昌？"一个圆脸的粉衣姑娘听到二人的交谈声，也凑了过来，神色有些微妙。

巴姑娘怔了怔，迟疑地说道："我记得我二哥与我说，那人似乎姓丁……"

"那就肯定没错了。"粉衣姑娘感慨道，"巴姑娘，你还不知道吧？那位丁解元……死了……"

闻言，另外两位姑娘皆惊了惊，面面相觑，倒吸了一口冷气，觉得浑身一寒。

"咕咕！"

下一瞬，一阵透着不祥的鸟叫声骤然在三个人的耳边响起，声大如撞钟，吓得她们俏脸一白。她们循声看去，就见窗外一只黑鸟拍着翅膀朝这边飞了过来，嘴里还在"咕咕"地叫着。

"这是哪里来的鸟……"

最后一个字还没出口，她们就见那只黑鸟拍着翅膀从窗户飞进了花厅里，轻快地从她们的头上掠过，飞到了端木绯跟前的桌子上，收起翅膀，落了下来。

"咕咕。"小八哥看着端木绯，又叫了两声，仿佛在质问她：你怎么跑到这里来了？让我好一阵找。

"小八。"端木绯只当作没看到三个姑娘的古怪表情，在小八哥乌黑的鸟羽上摸了摸，眼帘半垂，乌黑的眼瞳如同月下的深潭，泛着幽幽银光。

原来那是端木四姑娘养的八哥啊。三个姑娘皆松了一口气，又互看了一眼。

巴姑娘收回了目光，定了定神，便又问道："沈姑娘，你刚刚说，那位丁解元没了？"

"是啊，"着粉衣的沈姑娘点了点头，继续说道，"和他一起来赶考的同乡在一家当铺里发现了他的玉佩，据说是长庆长公主府的下人拿来典当的……那位同乡也是个有心人，循着线索，在乱葬岗上发现了丁解元……"

黄衣姑娘似乎想到了什么，表情有些怪异，莫名其妙地问了一句："那位丁解元莫非貌比潘安？"

巴姑娘惊讶地眨了眨眼，脱口而出道："我二哥确实赞过他一句'面如冠玉'……不过王姑娘，你是怎么知道的？"

那黄衣的王姑娘表情更为微妙了，沈姑娘隐约明白了什么，压低声音道："该不会是长庆长公主……"她欲言又止，终究没敢说下去。

在巴姑娘疑惑的目光中，王姑娘和沈姑娘交换了一个心照不宣的眼神，最后，王姑娘感叹道："那可是今科学子，若真是如此，她未免也太大胆了吧？也许，是我想多了。"

这个话题，实在是太过微妙。

沈姑娘立刻话锋一转，指着小湖西北方的一片梅林道："那边的红梅开得正好，反正喜宴还未开始，不如我们过去赏梅吧！"

想着丁解元之死，王姑娘和巴姑娘也觉得心中发寒，纷纷应下了。

三个姑娘披上了厚厚的斗篷后，就出了花厅。端木绯目送她们离去的背影，目光微闪，如一汪寒潭泛起了阵阵涟漪……

三个姑娘前脚刚出去，后脚碧蝉就悄悄地自花厅的西侧门进来了。

"姑娘，"碧蝉不动声色地走到了端木绯身旁，附耳道，"二夫人说自己'病'了，无法起身，接不了莫姨娘敬的茶，现在还僵持着……"

端木绯随意地挥了挥手，也没说什么。碧蝉当然明白自家姑娘的意思，福了福身，就又出了花厅，继续去盯着二夫人了。

端木绯眯了眯眼，嘴角饶有兴致地勾出一丝淡淡的浅笑。

很显然，小贺氏这是想给莫姨娘一个下马威呢！

之前，端木宪说小贺氏"病"了，她现在就干脆拿这个来当幌子。倘若端木家坚持说她没病，就不该再罚她闭门；倘若端木家承认她病了，那她当然就接不了莫氏的茶。

"咕咕！"

端木绯思忖间，原本抚着小八哥的黑羽的两根手指停了下来，小八哥立刻发出不满的叫声。

它的声音太过洪亮，顿时就引得厅堂里的数道目光朝端木绯的方向看去。端木绯眼角抽动了一下，继续"服侍"起小八哥来。

小贺氏啊，还不如小八聪明呢！

她想得是很好，可惜终究只是个着眼于内宅的妇人，目光短浅，也不想想纳莫氏为二房是端木宪的主意，如此公然地打端木宪的脸，端木宪就会如她所愿，乖乖地受着吗？！

端木宪在朝堂上浸淫数十年，从一介寒门子弟一路青云直上，做到朝廷从一品大员、堂堂户部尚书，什么阴谋手段没见过？他又怎么会对小贺氏这么点儿微末伎俩束手无策？

端木绯的眸子晶亮如星辰，嘴角翘得更高了。

小八哥抖了抖翅膀，甩开了端木绯的手指，然后目光灼灼地看向了桌上那一碟碟的点心。

一看它这模样，端木绯就知道它饿了。

这只小霸王啊，她要是不给它东西吃，它就会在一旁等着时机飞过来抢。

端木绯干脆把一碟干炒五香黄豆送到"鸟大爷"跟前。小八哥津津有味地啄起豆子来，一口一个。要说有什么美中不足的地方，那大概就是鸟喙啄碟子的声音不时地回响在厅堂里……

这次，才一盏茶的工夫，碧蝉就又回到了花厅里，乌黑的眼眸中闪着盈盈笑意，禀道："姑娘，老太爷得知二夫人'重病'，出不了院子，就吩咐人让莫姨娘去向太夫人敬茶……这话传到了二夫人的耳里，二夫人的'病'立刻就'好'了。"

说着，碧蝉不免感慨，老太爷这一招实在是狠啊！

端木绯捧起茶盅，慢慢地抿着热茶。

瞧，这件事本来就是这么简单。

照规矩，只有嫡妻才可以向婆婆敬茶，莫氏说好听了是二房，但实际上就是妾，这妾要是向贺氏敬了茶，意味着什么？

妻不妻，妾不妾。

以后，小贺氏在府中可就彻底没脸了！

那么，小贺氏这次不是给莫氏下马威，反倒是帮了莫氏一把！

这个后果小贺氏可承担不起，就算是为了她的儿女，她也不敢跟端木宪这样赌气。

端木绯思忖间，又一个管事嬷嬷脚步匆匆地来了，笑吟吟地询问端木纭，前头刚敬了茶，时辰也差不多了，是不是该开席了。

莫氏既然敬过茶，那就算是礼成了。

接下来，众人自然就可以开席了，端木珩和端木纭分别引着在场的公子和姑娘们去各自的席面。

黄昏，当灯笼被点亮时，喜宴也"顺利"地结束了。

申时过半，端木纭和端木珩亲自送了客，尚书府也随之安静了下来。夜幕落下，万物寂静。

次日，莫氏给每房都送了些亲手做的女红，又去永禧堂给贺氏磕了头。

莫氏送给长房的礼是一副小巧精致的紫檀木座双面绣插屏，一面绣着仙鹤衔桃，另一面绣着喜鹊登枝，绣工可以说是出神入化，而且一看就极为费时、费心，可见莫氏对长房的敬重程度。

接下来的几天，关于莫氏的一些事不时地传入端木绯的耳中。比如，莫氏虽然相貌平平，却很有手段，很快就抓住了端木朝的心；比如，端木朝已经连续三天歇在她的院子里了；比如，本来还在称病的小贺氏终于按捺不住了，非要莫氏去侍疾……

琼华院里热热闹闹，端木绯实在顾不上理会，此刻正对着窗外的那个不速之客露出乖巧的笑容。

"封公子。"

端木绯笑得有多灿烂，心里就有多无力，真不明白这位公子哥怎么突然又惦记起她来了。她最近都乖乖地待在府里，再安分不过了。

封炎的目光落在端木绯捧在手里的南瓜形手炉上，嘴角不由得翘了起来。他就知道，他挑的手炉蓁蓁一定喜欢。

封炎心中雀跃，眉宇间透着一股少年特有的朝气与明朗，他兴致勃勃地说道："蓁……咱们去长安右门看热闹！"

看热闹？！什么热闹？！端木绯觉得自己其实一点儿也不喜欢看热闹，大冷天的，在家有炭盆和暖炕，多好啊，何必出门找冷讨累呢？

然而，当对上封炎那双明亮的凤眸时，她却怂了，只能乖顺地点头应了。

封炎来得像一阵风，走得也跟幽灵似的，一眨眼就没影了，好像从来没来过。可是，端木绯不敢放他的鸽子，急忙令碧蝉去备了马车。

两盏茶的工夫后，马车就驶出了尚书府，朝皇宫的方向去了。

长安右门与长安左门这两道门是皇城通往金銮殿的总门，平日里文武百官上朝，都要从这两道门进入，无论官居几品，功勋几何，都必须下马步行。

端木绯心里其实有几分好奇，到底是什么样的热闹，要去长安右门看？莫非什么官员要倒霉？

她没多想，反正到了地方自然就知道了。

然而，没等马车抵达长安右门，前方的道路就变得拥挤起来。不仅她的马车在往长安右门的方向赶，还有不少路人也在朝那边走，外面一片喧哗声，街道上人头攒动，熙熙攘攘。

端木绯见马车有几分寸步难行的感觉，干脆吩咐马夫停下了马车，披上斗篷，下了车，打算步行。

她一下马车，就看到前方几丈外，那个一身天蓝色锦袍的少年牵着一匹高大的黑马正看着她，黑马悠闲地甩着尾巴。

奔霄！端木绯顿时眼睛一亮，三步并作两步地上前，笑容璀璨。

端木绯掏出随身带的松仁糖，喂了奔霄，又摸了摸它发亮的黑毛，心满意足地收了手，却见指间多了一片白色的花瓣。

那小小的花瓣还没她的指甲盖大，洁白柔嫩……端木绯心念一动，欣喜地问道："公主府的白梅开了？"

封炎眨了眨眼，凤眸中闪过一道如流星般璀璨的光芒，道："前两天就一起开了，我娘说，等过两天下雪了，就该赏梅了。"

端木绯一听这话，眼睛更亮了，比那旭日还要灿烂。

公主府的白梅可是整个京城最好的树种，是当年先帝命内廷司从江南千里迢迢地运来的。白梅的花瓣配合当年的雪水，便能酿出最好的梅花酒，酒色清透，花香幽幽，口感柔和又不会醉人，绝对是上品。

端木绯目光灼灼地望着封炎——她也想去赏梅。

看着她这双仿佛会说话的大眼睛，封炎的心情更好了，他含笑道："到时候，我让我娘下帖子给你……和令姐。"

端木绯笑得更欢了，神采飞扬地说道："我会酿酒，我给殿下带些我酿的梅花酒。"

此刻，端木绯的脑子全被公主府的白梅所占据，她在心里暗暗盘算着：这梅花可不仅能酿酒，把白梅上的雪水收集起来，泡茶用也是极好的，梅花还可以做点心……

封炎怔怔地看着她灿烂的笑靥，眼睛有些发直。也就是说，他也可以喝到蓁蓁亲手酿的梅花酒了。

"怦怦！"

封炎的心跳不由得加快了两拍，如擂鼓般回荡在耳边。一瞬间，热气由心口急速蔓延开去，他的脸颊一下子又红了……

"咚！咚！咚！"

就在这时，前方骤然传来了如闷雷般的击鼓声，一下接着一下，连绵不绝。

旁边有一个声音高呼了起来："有人敲登闻鼓了！"

四周随之骚动起来，路人奔走相告，你一言我一语地说着话，神情激动：

"这些个举子，还真的去敲登闻鼓了啊！"

"大盛这都十几年没人敲响过登闻鼓了吧？"

"是啊，是啊！"

一片喧哗声中，端木绯怔了怔，朝前方鼓声传来的方向望去。

是了，长安右门外设有登闻鼓。百余年前，太祖皇帝设登闻鼓，让普通百姓可以击鼓鸣屈申冤。为防止无端刁民恶意上访，按照大盛律例，击登闻鼓者，若无功名，先廷杖三十。

大盛已经有十几年不曾有人敲响登闻鼓了，今上登基以来，这更是头一回！

"咚！咚！咚！"

鼓声还在一声声地传来，周遭的人群仿若一锅被煮沸的热水，沸腾了起来。后面的人激动地蜂拥而来，如海浪般朝长安右门的方向走去，彼此推搡着往前走，整条街道越来越拥挤、嘈杂。

"小心！"

眼看着一个中年妇人朝端木绯挤来，封炎想也不想地出手，把端木绯往他这边拉了拉，用他的身体挡住后方的人。

端木绯跟跄了两步，一只手扶着奔霄的脖颈才稳住了身体，直觉地说了一句："多谢封公子。"

封炎此刻才感受到手触到的软嫩感觉，蓁蓁的手小小的，那么细腻、柔嫩、温暖，与他满是糙茧的手不同。

这是蓁蓁的手！

封炎的脑海中忽然浮现出了一句话——执子之手，与子偕老！

"轰！"

仿佛有什么被点燃了一般，封炎只觉得脸颊更烫了，脑子里也是一片混沌。

"咯……我们回……赶紧过去吧。"他有些语无伦次地说着，又流连了一瞬，才放开端木绯的手。

二人一马顺着人流的方向，朝长安右门走去。

此刻，长安右门外的广场上人山人海，二三百名学子聚集在那里，四周还有更多围观的百姓。

忽然，击鼓声停止了。

"学生有冤！"一个举着木槌的灰衣举子站在最前方的登闻鼓旁，朗声高呼道，情绪高昂。

四周静了一瞬，紧接着，他身后的数百名学子也齐声呼喊道："学生有冤！"

那整齐划一的喊声，如雷般令空气都为之一震。

"咚！"

灰衣举子又高举木槌敲了一下，继续道："学生要状告长庆长公主荒淫无度！"

"学生要状告长庆长公主荒淫无度！"后方的学子们再次重复道。

这义愤填膺的怒斥声仿佛一道晴天霹雳骤然劈下，惊得四周围观的百姓以及守在登闻鼓旁的锦衣卫皆面色大变。

这罪名，他们闻所未闻啊！

锦衣卫简直头大如斗。按照大盛律例，一旦登闻鼓被敲响，案件就必须得到受理，如案件得不到受理而致击鼓人自残，那么，守鼓官就要被治罪。可是这个案子，他哪里敢接状纸啊！

锦衣卫只是犹豫了一瞬，那个灰衣举子就已经开始朗声念他们的申冤状纸了，事情的来龙去脉也随着他的字字控诉展现在众人面前。

灰衣举子姓祁，名叫祁子镜。

一个月前，祁子镜与同乡丁文昌千里迢迢地一起来到京城赶考，然而十天前，丁文昌忽然失踪了。祁子镜四处寻找丁文昌的下落，连找了三四天，最终在京中的一家当铺里发现了丁文昌的玉佩。经过一番调查，他发现玉佩是长庆长公主府里的一个下人拿来典当的。祁子镜找到了公主府的那个下人，没有直接质问对方，反而暗中调查了一番，发现那个下人最近手头松快了许多，花钱大手大脚，祁子镜觉得这其中必有蹊跷。

一日，祁子镜借着那下人喝酒的时候，故意与他搭桌，给他喂了不少酒，才从他口中得知，这个下人不久前发了一笔横财，在城北郊的乱葬岗上捡了一块玉佩……

于是，祁子镜就去了一趟乱葬岗，花了大半天时间，终于找到了同乡丁文昌的尸体。

人已经死了好几天，尸体发臭、浮肿，可是脖子上的勒痕是骗不了人的——丁文昌是被人勒死的。

祁子镜起初还以为是劫杀，就带着丁文昌的尸体去了京兆府，把来龙去脉说了，结果被一个好心的衙役劝住了。衙役悄悄地向他透露，这丁文昌十有八九是因为相貌俊俏，被长庆长公主抢进了府里，才会有此祸事……

长庆风流的事，京中无人不知，而这祁子镜是外乡人，听闻此事便目瞪口呆。

那衙役又告诫祁子镜，如果他还想考取功名，就莫要闹事了，毕竟长庆是皇帝的胞姐，素来受皇帝看重，这件事如果闹大了，谁也得不了好。

祁子镜最后还是听了衙役的劝，回了暂住的寺庙，然而心中的义愤难平。

一日，祁子镜与几位学子喝茶论诗，有人无意中提起了丁文昌之死，感慨他英年早逝，祁子镜终于还是没忍住，把真相说了出来。

这种荒唐事简直是旷古未有，学子们一时哗然，义愤填膺。没两天，此事就在赶考的举子之间传扬开去，传得沸沸扬扬。

丁文昌堂堂举子，万中取一，眼看就要在明年的春闱青云直上，竟然就这么冤枉地葬身在一个淫妇手中，天道不公啊！

举子们皆感唇亡齿寒之痛，所以自发地聚集了起来，今日一起来到这长安右门敲响登闻鼓。

这鼓声惊动大半个京城，此刻，身在皇城内的皇帝当然也听到了。

这件事已经闹大了，一个处理不慎，就会在史书上留下一笔，哪怕这件事涉及长庆，皇帝也没办法和稀泥。

皇帝大发雷霆。

御书房里，气氛阴沉得几乎要滴出水来，一片森冷的景象，仿佛一场暴风雨就要袭来。

"皇弟，你一定要严惩那帮学子啊！

"皇弟，那些个学子实在是太荒唐了，光天化日之下，竟敢如此诬蔑本宫！

"如果不严加惩处这些贱民，皇家的威严何在？！"

长庆不顾内侍的阻拦，气势汹汹地冲进了御书房，艳丽的脸庞涨得通红，也顾不上向皇帝行礼，恼羞成怒地说个不停。

皇帝的脸色一片铁青，只听"啪"的一声，他一掌重重地拍在了御案上，怒道："够了！"

长庆被吓了一跳，跟着又辩解道："皇弟，明明是他们……"

"来人，还不把二皇姐'请'出去！"皇帝不客气地打断了长庆，特意在"请"字上加重了音调。

内侍吓得赶忙上前，半是推半是劝地把长庆弄出了御书房。

长庆走后，御书房里安静下来。半个时辰后，锦衣卫指挥使程训离匆匆地来了，不到一盏茶的工夫，又匆匆地走了……

直到次日一早，程训离才再次来到了御书房里，仔细地向皇帝禀报锦衣卫调查了一天的结果——

"这丁文昌乃中州举子，与同乡暂寄住在白云寺里。半个月前，长庆长公主殿下去白云寺上香时偶遇了丁文昌，见其俊美，学识也不错，就与其搭了几句话，只是那丁文昌不识抬举……还把长公主殿下斥了一番。"

这件事涉及长庆，委实不好禀，程训离努力斟酌着用词，说话都有些不利索了。

"不知怎么的，杨羲知道了这件事，就把那丁文昌掳来，悄悄地送去了公主府，还给那丁文昌下了药助兴……"

程训离将头垂得更低了，出了一身冷汗，连中衣都被浸湿了。

这件事，若是把长庆和丁文昌的性别对调过来，更像是那些个纨绔公子调戏良家女的戏文。

他顿了一下后，略过了某段春宵情节，接着道："丁文昌的药性退下后，他倍觉羞辱，把自己关在屋里三天三夜，第三天夜里，就悬梁自尽了。等公主府的下人发现时，人已经断了气，长公主殿下就让下人把尸体丢到乱葬岗埋了。谁知那下人贪心，还捡了丁文昌的玉佩，卖去了当铺……"

由此，才有了今日之祸。

"荒唐！真是荒唐！"皇帝龙颜大怒，烦躁地在御书房里来回走动着，气得脸色发白，额头青筋乱跳。

这种腌臜事竟然发生在他的皇姐身上，简直让皇室丢尽了颜面，让天下人看他们慕家的笑话！

此刻，若是长庆和杨羲在场，皇帝恐怕早已抓起茶盅，直接扔过去了。

过了好一会儿，皇帝深吸一口气，在御案后坐了下来，看向站在程训离身旁的岑隐，吩咐道："阿隐，你去彻查此事……程训离，你们锦衣卫全力配合。"

"是，皇上。"

岑隐和程训离皆抱拳，齐声应道。

皇帝烦躁地挥了挥手，二人就退出了御书房。

屋子里温暖如春，外面则是寒风瑟瑟，一片萧条之景，程训离却不觉寒冷，反而松了一口气，浑身轻快了不少。

他擦了擦额头上的冷汗，小心翼翼地看着岑隐的脸色，询问道："督主，现在怎么办？"

岑隐眼帘半垂，他不以为然地抚了抚大红衣袖，只回答了两个字："搜府。"

立于屋檐下的岑隐被一片阴影笼罩着，妖冶的脸庞上神情晦暗莫测，眸中一片深沉，嘴角却微微翘起，带着几分漫不经心的冷冽感。

"是，督主。"程训离抱拳应声，心中大定。

一盏茶的工夫后，南宫门附近骚动了起来，以岑隐和程训离为首的一众东厂番子和锦衣卫齐聚在宫门外，面目森冷，气势凛然。

"嗒嗒嗒……"

着大红麒麟袍的岑隐率先策马而出，朝南奔去，其他人则高高地挥起马鞭，吆喝着紧随其后，数十人骑着高头骏马，一路飞驰，马蹄飞扬，声势浩大。

路人见了无不避让，胆战心惊。

这一路畅通无阻，一行人很快就来到了杨府，也是曾经的庆元伯府。

自打皇帝十月下旨，夺了庆元伯的爵位后，杨府的门面已大不一样，不仅正门上方写着"庆元伯府"四个大字的匾额被拆了下来，连曾经钉着七七四十九枚铜钉的代表公侯之家的朱门也被拆了，换上了簇新的黑漆大门。

不用岑隐吩咐，一众锦衣卫就自动分散开来，把整个杨府团团围住，又有一个锦衣卫下马，叩打门环。

"嗒嗒嗒！"

"吱呀"一声，西侧角门被打开，门房正要询问来人的身份，话还没出口，却发现对方竟然穿着飞鱼服，配着绣春刀。

这……这不是锦衣卫吗？！

门房被吓得脸色发白，再听对方说东厂厂督岑隐大驾光临，而府外全是厂卫，更是被吓得腿也软了。

"老刘，快去通禀老太爷，岑督主来了……"

门房一边扯着嗓门吼着，一边赶忙把正门打开了，恭迎岑隐、程训离等人入府。

沉重凌乱的脚步声纷至沓来，如一记记重锤，敲响在下人们的心口上。

很快，一个年近花甲的矮胖老者带着几个随从匆匆赶来。

老者身穿一袭褐色蜀锦锦袍，留着山羊胡，一双三角眼混浊而精明——此人正是原庆元伯杨羲。

"岑督主，许久不见。"杨羲恭敬殷勤地对着岑隐拱了拱手，却一头雾水，不知道自己到底什么地方冒犯了这位东厂厂督，"督主大驾光临，鄙人有失远迎，还请督主恕罪。"

"不必多礼，本座今日来此，只为搜府。"

岑隐嘴角噙着一丝妖冶的浅笑，绝美的脸庞上，肤光胜雪，眉目如画，带着几分漫不经心的感觉。

清晨的寒风"呼呼"地将他的袖子和袍裾吹得猎猎作响，仿佛一只展翅欲飞的血色彩蝶，散发着一种危险的气息。

杨羲顿时傻眼了，小心翼翼地又上前了半步，赔笑道："督主，不知所为何事？"他一边说话，一边以袖遮掩，悄悄地朝岑隐塞了两张银票。

岑隐只是眉毛一斜，一旁的一个小内侍直接就把杨羲的手推了回去。

杨羲正欲再言，岑隐随意地抬起右臂，做了个手势，身后两个手执刀鞘的东厂番子就皮笑肉不笑地朝杨羲走去，打算把他拖开……

"谁敢动手？！"这一次，杨羲顿时脸色黑了，对着二人厉声怒喝道："我要进宫去求见皇上，求见惠嫔娘娘！"说着，杨羲三步并作两步地朝大门的方向快步走去。

岑隐没有阻拦他，闲庭信步地继续朝府内走去。

他身后的一众厂卫气势汹汹，目露精光，仿佛嗜血的狼群。

"督主……督主留步！"

不一会儿，杨羲就灰溜溜地原路返回，气喘吁吁地追着岑隐来了，他那张蜡黄的脸上，一片灰败之色。

杨府的大门早就被东厂和锦衣卫的人封上了，他就像一只笼中之鸟，插翅难飞！难怪岑隐刚才没拦着自己！

杨羲脸色更差了，心里忐忑不安，如波浪起伏的海面：难道是自己抢占民女为妾，被御史弹劾了？还是自己借着放印子钱占了百亩良田的事传扬出去了？

不至于吧？

岑隐可是堂堂东厂厂督，总不至于为了这等鸡毛蒜皮的小事亲自出面吧？

杨羲气喘吁吁地跑到了岑隐跟前，脸上硬是挤出了一个比哭还难看的笑，躬身对着岑隐抱拳讨饶道："督主，鄙人若是有什么不是之处，或者得罪督主的地方，还请督主告知！"

岑隐又停下了脚步，却看也没看杨羲一眼，转头对身旁的小内侍温和地叮嘱道："小石子，你带几个人把府中的女眷们都安顿好，免得不慎被人冲撞了……"

"是，督主。"小内侍恭敬地抱拳应道，带着七八个东厂番子先离开了。

岑隐随意地掸了掸衣袖上根本不存在的灰尘，又道："其他人，搜！"

话音刚落，他像是又想起了什么，淡淡地提醒程训离道："程指挥使，让大家都小心着点儿，别弄坏了杨家的东西。"

"督主放心，小的们一定会小心办差，不会惊扰了府中之人。"程训离恭敬地应下，紧接着，一众厂卫井然有序地四散开来。

岑隐的态度非常和善，这些东厂番子和锦衣卫也一个个沉稳干练、彬彬有礼，哪里像是传闻中如狼似虎的厂卫？他们倒像训练有素、军纪严明的军人，行事有度。

不知为何，杨羲更慌了，心里仿佛被掏走了一块似的，感觉惶恐无措，似乎他无法控制的什么事要发生了……

"怦怦怦！"

激烈的心跳声回响在他的耳边，声声如擂鼓般。

不仅杨羲慌乱，其他杨家人亦然。

"走，走，走，都给咱家进去！"小石子摇着手里的拂尘，阴阳怪气地吩咐着，"大家都仔细点儿，别冲撞了几位老爷、夫人、姑娘，否则，咱家在督主那里不好交代。"

"是，石公公。"那些东厂番子连声应诺。

为了避免不必要的麻烦，他们干脆把杨家那些老爷、公子随着女眷一起聚集到了二门附近，好像赶牲畜一样，把他们都赶进了一间面阔三间的厢房里。

厢房里一阵骚动不安。形容狼藉的男男女女神色各异，面面相觑，有惊，有羞，有愤，也有恐惧……

一个十四五岁的粉衣姑娘不安地依偎在一个年近花甲的老妇身旁，嗫嚅道："祖母，这……这到底是怎么回事？"

其他人也齐刷刷地看向了老妇，心中有些没底。此刻，杨羲不在这里，杨太夫人就是他们的顶梁柱了。

杨太夫人拍了拍粉衣姑娘的手背，自信地安抚道："没事的，有惠嫔娘娘在，他们不敢拿我们杨家怎么样！"谁人不知，杨惠嫔在宫中最受皇帝的宠爱？

众人闻言，心便稍稍安定了下来，在心里对自己说：是啊，杨家还有惠嫔娘娘！

屋子里静了下来，落针可闻。厢房的门没有被锁上，门外有两个东厂番子守着，二人威严矗立，不苟言笑。

众人有些坐立不安看着外面的那些厂卫，看着他们来来去去地四处搜查，还有人时不时气势汹汹地高喊着："一个个都仔细搜，千万别放过任何一个角落！"那个人的神情与口吻，颇有一种打算掘地三尺的架势。

随着时间一点点过去，杨家人原本就悬在半空中的心提得越来越高，仿佛被一只无形的大手攥在掌心里似的。

气氛越来越紧绷，恐惧与忐忑无声地弥漫开来，浓得好似一片看不透的迷雾，压得人喘不过气来。

"母亲……"一个三十几岁的妇人惶恐地对着杨太夫人讷讷地道，"这该……该不会是要抄家吧？"

这句话说出了好几个人的心声，就如同一颗石子落入湖水中，一下子激起了一圈圈涟漪，波浪起伏。

众人的脸上都露出了浓浓的惶恐与不安之色。

杨家要是真的被抄家，男的要发配三千里，去边疆苦寒之地；然而最惨的还是女子，女眷十有八九会沦为官奴，或者被卖入教坊，那么，等待她们的将是人间地狱……

"惠嫔娘娘！我们杨家可是惠嫔娘娘的母家！"一个四十来岁的女眷激动地喊道，"惠嫔娘娘一定不会眼睁睁地看着杨家被抄家的！"

此时，对这一屋子的杨家人而言，一听到杨惠嫔的名字，他们就好像溺水的人看到了一根浮木。

坐在角落里的杨三公子杨旭尧的面色变了好几变，他忽然站起身来，大步走到厢房门口，粗着嗓子对守在外面的两个东厂番子喊道："喂，我是户部尚书端木大人的孙女婿……"

他的话才说了一半，声音就戛然而止，目光落在窗外的一道颀长的身影上。

那着大红色锦袍的丽色青年正穿过二门，闲庭信步地朝内院方向走来，似乎察觉到了什么，转头朝杨旭尧的方向看了过来。一瞬间，他深沉的目光似野兽盯上了猎物般，惊得杨旭尧双目一瞪，心中发寒。

杨旭尧再看过去时，对方又笑得淡然，仿佛刚才所见只是杨旭尧的错觉。

"岑督主……"杨羲根本就没注意到杨旭尧，仍旧紧紧地跟在岑隐的身后，小心地察言观色，欲言又止。

"督主！"另一道尖细的男声正好把杨羲的声音压了下去。

小石子带着两个东厂番子快步朝岑隐的方向走了过来，抱拳禀道："督主，小的刚才在府中西北方的一个院子里发现了一些……妙龄女子。"小石子的语气有些意味深长。

岑隐挑了一下眉，淡淡地斥道："不是让你带人把府中的女眷们先转移走吗？"

"督主，小的已经将女眷们全数转移到了前头的一间厢房里，"小石子诚惶诚恐地回话道，"那些不是府里的女眷……"说着，他神情复杂地看了岑隐身后的杨羲一眼。

这时，杨羲急忙上前一步，抱拳解释道："督主，那确实不是府里的女眷，是鄙人买来的扬州瘦马，打算进献给皇上的。"他讨好地看着岑隐，笑得近乎谄媚，接着道，"若是督主看得上，那就是她们的福气，督主随便挑就是！"

这宫中多的是与宫女结为对食的内侍，更有不少内侍心性扭曲，对女子有些不足为外人道的爱好。

此时此刻，杨羲巴不得岑隐就是这类人，这样便可以投其所好。

岑隐对着小石子随意地抬手挥了一下，机灵的小石子立刻心领神会，吩咐下头的人办事去了。

岑隐继续往内院的方向走去，步履不疾不徐。

杨府毕竟曾是伯府，先伯爷更是在先帝跟前获得过无限荣宠。府邸阔敞，占地至少有五六十亩，府内小桥流水，亭台楼阁，雕梁画栋，布置得恢宏又华贵。

小石子已经把府邸大致走了一遍，在前面给岑隐带路，偶尔介绍一下府内的院落与景致，说得有条不紊。这才不到一个时辰，小石子对这里熟得就好似自个儿家似的。

又穿过一个蛮子门，几个人沿着一条抄手游廊往前走去，忽然，右前方传来一阵嘈杂的喧哗声。

岑隐脚下的步子顿了顿，他闻声望去，便见四五丈外有一道敞开的大红如意门，门上写着"觅芳苑"三个大字。

觅芳苑的院门外守了两个锦衣卫，门内则人头攒动，闹哄哄的。

守门的锦衣卫一见岑隐就快步上来行礼，禀报道："督主，属下在这觅芳苑里发现了一些少年，打算把人赶去隔壁的'藏香苑'，和那些扬州瘦马暂时关在一起……"

话语间，四周更为喧哗，觅芳苑里的几个锦衣卫粗鲁地把里头的十几个少年推搡着驱赶了出来，喧闹嘈杂得好似菜市口一般。

"这位爷，您别这么粗鲁啊！奴家自己会走……"一个翠衣少年娇滴滴地说道，居然还对着一个锦衣卫抛了一个媚眼。

另一个蓝衣少年没好气地质问道："你们到底想干什么？！我要见老太爷……老太爷！"蓝衣少年朝岑隐和杨羲的方向看来，发出惊喜的呼声，飞奔了过来。

锦衣卫当然不敢让这少年冲撞了岑隐，其中一个锦衣卫往少年的腘窝踢了一脚，少年就痛呼着摔倒在地。

"老太爷……"蓝衣少年抬眼看向杨羲时，乌黑的眼眸中波光流转，楚楚可怜，原本就宽松的衣襟松松垮垮，露出一段修长的脖颈以及精致的锁骨，分外诱人。

岑隐似笑非笑，朝后方那些神情各异的少年扫了半圈。

只见那些少年一个个涂脂抹粉，长相或清秀，或妖娆，或俊朗，或妩媚，居然还环肥燕瘦，各有千秋。

很显然，这些少年是被精心挑选且调教过的。

"杨羲，你还真是好'兴致'啊！"岑隐负手叹道，淡淡地瞥了杨羲一眼。

"督主您误会了。"杨羲满头大汗，急忙解释道，"这些少年是……是……"

杨羲支支吾吾，似有忌惮，却见岑隐眉头一蹙，似有不耐烦的意思，吓得杨羲一着急，直接脱口而出道："这是给长庆长公主殿下备的……"

"哦？"岑隐淡淡地应了一声，也不知道是信了还是不信。

"我绝不敢欺瞒督主。"杨羲急忙强调道，讨好地笑着。

话一旦起了头，后面就简单了，杨羲就像是竹筒倒豆子般，一股脑儿地把原委说了出来。

觅芳苑里的这些漂亮少年，都是杨羲为了讨好长庆专门从各地搜罗来的，等他把人调教好了，再送去公主府给长庆。

杨羲一边说，一边小心翼翼地看着岑隐的神色，见岑隐脸上并无不悦之色，甚至还带着一丝隐约的兴味，心里暗暗地松了半口气：也是，这东厂本来就专门负责监视朝廷上下的异动，京中那些见不得人的隐私事，岑隐怕是知道个十之七八……

话语间，两个锦衣卫过来，一左一右地钳住那个蓝衣少年，又往藏香苑的方向拖去。少年被吓得眼泪鼻涕一起流，尖声唤着："老太爷，救救奴家！老太爷……"

"就这种货色？！"岑隐抚了抚衣袖，目光轻蔑地看着那个歇斯底里的蓝衣少年，语气更为清冷，"杨羲啊杨羲，你不会是在拿长公主殿下做幌子吧？"

岑隐阴柔的声音不紧不慢，却透着一股如刀锋般的锐利之意。

"督主，我就算是吃了熊心豹子胆也不敢啊！"杨羲心脏乱跳，急忙为自己辩解道，"您知道的，人吃多了山珍海味，偶尔也要尝些清粥小菜，二者各有风味，总要时不时地调剂一下……这不过是些个玩意儿，殿下尝个鲜也就罢了，他们上不了台面！"

"那这些算山珍海味，还是清粥小菜？"岑隐淡淡地随口问道。

杨羲怔了怔，没想到岑隐会这么问，眼神游移，又支吾了起来，不知道该如何回答。

如果他回答这些少年是"清粥小菜"，那么，"山珍海味"又是什么？！

"杨羲，看来你与长公主殿下的秘密还真是不少……"

杨羲又被岑隐的一句话吓得出了一身冷汗，连身上的中衣都湿了。

岑隐的话都说到这份上了，杨羲也瞒不下去了，或者说，就算他不说，以岑隐的本事，岑隐自然可以命手下的东厂番子去查，虽然费些功夫，但这些事肯定是瞒不过岑隐的耳目的，到时自己落不得一点儿好……

只是弹指间，杨羲已经心思百转，额头上的汗流了下来，整个人像在水里泡了一遍似的，湿答答的。

杨羲慌乱地擦了擦额头上的汗，咬着后槽牙，终于还是道出了其中的内情："督主，实不相瞒……"

这三四年来，他替长庆四处搜罗美男子，长庆若是看中了谁，只需要提一句，他就会替长庆把人"请"去公主府。

杨羲努力地斟酌着用词，不提掳人，也不说这些少年的下场，只是大致说了这么个事。

杨羲见岑隐久久不语，心又提了起来，目光急促地闪了闪。接着，杨羲想起了一件事！

十来天前，他又给长庆送了一个举子，本来将人送到之后发生什么就不关他的事了，谁知道那个举子竟然自尽了！

杨羲想着，眉头紧皱，暗暗地握了握拳。

这些年来，他给长庆长公主送的良家子没几十个也有十几个了，有几个人即便一开始有些不甘愿，后来还不是乖乖地顺了长庆的意？也就那个叫丁文昌的书生，不知道是不是读书读傻了，明明在公主府里吃香的喝辣的，只要能讨得长庆的欢心，就算春闱落榜，也可以求长庆帮着周旋周旋，以后的前途可谓一片大好。但他偏偏想不开，非要悬梁自尽！此人真真是榆木脑袋，愚不可及！

莫非，岑隐这次兴师动众地前来搜府是为了那个自尽的丁文昌？

杨羲虽然昨日就听说了学子们敲登闻鼓状告长庆长公主的事，可他从来没觉得这件事和自己有什么关系，也就没仔细打听。

如今……

难道那些学子闹事，也是因为丁文昌？

杨羲越发觉得不安，不敢打探，只能巴结地赔笑道："还请督主在皇上跟前帮我说些好话。这份恩情，我一定会记在心里，惠嫔娘娘也会记在心里的。"

岑隐不理会他，只用余光瞥了他一眼，然后大步流星地继续往前走去，对着小石子和几个东厂番子抛下一句话："给本座继续搜！"

"是，督主。"其他人恭敬地应诺。

杨羲更加忐忑不安，忍不住回头朝藏香苑的方向看了一眼。

很显然，岑隐对那些瘦马以及小倌都不感兴趣……也是，说来他们不过是不入流的贱籍罢了，岑隐又怎么会看得上？

"督主！"杨羲咬了咬牙，快步追上了岑隐，又提议道，"我有个小孙女，年方十四，不仅国色天香，而且冰雪聪明，琴棋书画，无一不精……对督主更是仰慕已久，若能伺候督主，那也是她三生修来的福气！"

杨羲说得好听极了，心里却在滴血。本来他打算把这个小孙女调教好后，代替他那个没福气的五孙女送进宫，现在却只能转而送给岑隐了……不过，岑隐如今也算权势滔天，他倒不算太亏！

岑隐转头看向杨羲，红艳的嘴唇微微勾起，与那白皙的肌肤形成了鲜明的对比，唇似火，肤如雪，透着一种极致的魅惑之感，仿佛那些志怪小说中勾人心魄的鬼魅。

杨羲几乎不敢直视岑隐，心里一喜：看来，这次他的话正中岑隐的心！

岑隐负手而立，轻描淡写地说道："杨羲，你还是下去休息吧。"

杨羲怔了怔，忍不住又揣测起岑隐的心意。然而这一次，杨羲没机会说什么就被两个东厂番子推着赶下去了。

看着杨羲狼狈的背影，岑隐红艳的嘴唇微翘。接着，他随意地甩了甩袖，朝另一个方向信步走去，乍一看，那颀长的背影透着闲庭信步之意，再一看，又似乎透着一股凌厉的杀机。

日头渐渐高升，厂卫们忙忙碌碌，将杨家的每一处都仔细地搜查了好几遍，亭台楼阁、花木假山、橱柜书架……一处不落，只差把墙拆了……

厂卫们从上午一直搜查到黄昏，岑隐始终没有离开，在正厅里坐镇，自有小内侍端茶倒水，服侍前后。

眼看着太阳开始西沉，府中再起波澜。

"督主……"一袭青衣的曹千户疾步走了过来，面露喜色，瞥了一旁的程训离一眼，对着上首的岑隐附耳禀道，"督主，刚刚发现了……"

岑隐才捧起茶盅，又放下了。

程训离立刻感觉不对，谨慎地问了一句："督主，有何发现？"

岑隐妖魅的黑眸中闪过一道如流星般的光芒，殷红如血的嘴唇微微抿了一下，接着他缓缓地道："密室。"

密室！密室自然代表着其主人有什么秘密不想让别人知道。

程训离瞳孔猛缩，精神一振。这朝堂上，有密室的勋贵官员不在少数，杨羲这前庆元伯又有什么不想让人知道的机密呢？

程训离目光一闪，他感觉这次搜查也许能有意外之喜，便小心翼翼地问道："督主，您看咱们是不是去瞧瞧？"

岑隐直接站起身来，随意地抚了抚衣袍。

曹千户立刻就明白了岑隐的意思，恭敬地在前面带路，朝着杨府的东北方走去，一直来到一个名叫"畅和堂"的院子。

畅和堂依湖而建，一侧是一湾湖水，碧波荡漾，另一侧树木葱郁，假山叠嶂，很是清幽雅致。

"督主，这畅和堂是先庆元伯杨晖的住处，杨晖过世后，空了十几年了。"曹千户一边带路，一边用尖细的嗓音向岑隐介绍。

荒废了十几年的畅和堂，虽然有仆人定期打扫，但还是萧条破败了。院子里空荡荡的，大部分家具、摆设早就被收到了库房里，只剩下空荡荡的屋子。

曹千户引着岑隐和程训离进了屋子东侧的书房，指着前方又道："督主，这书房里的东西都被搬空了，只剩两个固定在墙壁上的书架，两个小的试探着敲了敲，发现书架后的墙壁是空的……"

此刻，密室的机关已经被找到，暗门也已被打开，门后黑黢黢的一片，一股阴冷的霉味扑鼻而来。

密室还没有人进去过，所有人只等着岑隐的命令。

两个东厂番子急忙把那道暗门的四周稍微清理了一下，给岑隐清出一条道来。

"督主，小心下面……"

曹千户举着火把在前面带路，众人随后鱼贯地进了门。

门后的空气越发潮湿阴冷，昏黄的火光中，众人可见角落里结满一张张蛛网，灰尘满地——这个地方已经很久没有人来过了。

走下十几级石阶后，众人来到一间小小的密室中。四周墙壁斑驳，除了正前方的书桌和一把圈椅，靠西的墙面上还并排摆着三个红木橱柜。

岑隐慢悠悠地在密室中查看着，先将那张书桌上的文房四宝扫了一圈，接着亲手将橱柜一个个地打开，柜子里放着一些笔墨纸砚、书籍账册、衣物摆设……

当他打开第三个柜子时，一个一尺来宽的紫檀木雕花匣子映入他的眼帘，匣子上挂着一个小巧的鱼形铜锁。

岑隐随手把那雕花铜锁把玩了一番，然后右手一抬，曹千户就把一根粗粗的铜丝交到了他的手中。

岑隐把那根铜丝探入锁口，随意地转动了两三下……就听"咔嚓"一声，铜锁就被打开了。

三个人的目光都集中在这个紫檀木匣子上。

岑隐小心翼翼地打开了匣子，往里面看了一眼，又立刻盖上了。他的乌眸眯了眯，似有流光闪过。

跟着，他捧起了那个匣子，沿着石阶原路返回，只淡淡地吩咐了曹千户一句："继续搜。"

程训离看着岑隐的背影，心里其实有些好奇这匣子里的东西是什么。他看了面无表情的曹千户一眼，终究还是没敢打听，只是与曹千户一起齐声应道："是，督主。"

对于杨府的众人而言，这注定是一个无眠的夜晚。直到夜幕完全落下，厂卫们还是没有离去，举着一个个火把，在府内四处搜查着……

如墨染的夜空中月明星稀，寒冬的夜晚冷得刺骨，御书房里灯火通明。

那个紫檀木雕花匣子赫然出现在皇帝的案头。

昏黄的灯光中，皇帝俊朗的脸庞上神色有些复杂，他目光微沉地盯着那匣子，眼睛一眨不眨。

岑隐站在御案的另一边，道："皇上，臣以为，要是能借着这次的事顺便把杨家的事了了，也是永绝后患，因而便命人搜查杨府……臣在先庆元伯杨晖的旧居中发现了一间密室，这是在密室中找到的。"

在最初震惊后，皇帝慢慢地勾起了嘴角，眉眼也随之舒展开来，眸中掩不住浓浓的喜意，白日里的阴郁心情瞬间被一扫而空。

"阿隐！很好，很好！"皇帝朗声笑道，看着岑隐的眼神越发柔和。

皇帝身旁自然不乏能人异士，其中，天赋异禀者有之，才学武艺出众者亦有之，可是这么多人，也唯有岑隐最知圣心啊！

这么多年来，杨家仗着这东西故意拿捏自己，偏偏他又不能随随便便地派人封府搜查，那样只会惹人注意。还是阿隐聪明，知道利用这次的机会。

皇帝深吸一口气，慎重地打开了匣子，匣子里的红丝绒布上放着一道明黄色祥云纹绫锦的圣旨。

皇帝看着这道圣旨，不由得微微瞪大双目，眼眶一阵酸涩，连嗓子都有些干涩，一阵心潮澎湃。

一眨眼就十七年了……

许许多多的往事在皇帝的脑海中飞快地闪过，他的双手下意识地微微握紧，手背上青筋凸起。

他深吸一口气，定了定神，终于抬手拿出了匣子中的这道圣旨，将它"啪"的一声展开。

"十七年了……为了父皇的这道遗旨，朕担心了十七年，终于还是让朕找到它了……"皇帝喃喃自语着。

这么多年来，他迈过了一个又一个坎，渡过一道接一道难关，终究还是清扫了一切阻碍在他前方的东西，终究还是坐稳了这个皇位，稳住了这个宣隆盛世。

须臾，皇帝又慢慢地把圣旨卷了起来，眸中绽放出炫目的异彩，容光焕发。

"朕，果然是天命之子！"他的声音激动得微微沙哑。

是啊，他才是真命天子，才是名正言顺的天子！

皇帝又看了那卷起的圣旨一眼，就毅然把它丢进了一旁的火盆中。

橘红色的火焰陡然蹿起，将那明黄色的锦帛一点点地吞噬。火焰熊熊燃烧着，没多会儿，就把那道圣旨烧得面目全非，最后烧成了灰烬。

皇帝从始至终都盯着那个火盆，一颗心终于彻底定了下来，嘴角勾起。

　　岑隐也垂眸看着火盆，跳跃的火光映在他乌黑如墨的眼眸中，映得那双眸子比红宝石还要璀璨耀眼。

　　"皇上，杨家要如何处置？"岑隐突然问道。

　　皇帝没说话，御书房陷入一片沉寂之中，只有宫灯里的烛火偶尔爆出细微的"刺啦"声。

　　过了许久，皇帝开口了，却不答反问："阿隐，你还查到什么了？"

　　"回皇上，臣在杨府里发现了一些漂亮的小倌。杨羲还招认，他私下里经常为长庆长公主……"岑隐把杨羲和长庆私底下那些见不得人的事都如实说了。

　　皇帝的脸上一阵青，一阵白，一阵红，一阵紫，色彩剧烈地变化着。然后他目光深沉地怒道："胆大妄为，掳劫良民……好你个杨羲，简直目无王法，太让朕失望了！"

　　瞧皇帝一副"杨家有负圣恩"的样子，岑隐心里有数了：皇帝十有八九是想把罪名都归到杨家的身上，尽可能地择出长庆，也顺便洗清皇家的污名。

　　岑隐的唇角弯起了一个微不可见的弧度，接着他隐晦地提了一句："皇上，只怕狗急了会跳墙……"

　　皇帝慢慢地转着拇指上的玉扳指，转了一圈又一圈。

　　也是，现在他虽然拿到了先帝的遗诏，但若是逼急了杨家人，说不定他们会"胡说八道"……

　　皇帝眯了眯眼，目光深沉，幽幽地叹息道："这些年来，朕对杨家着实不薄……当年，先庆元伯为朕所做的事，朕一直记着。"

　　顿了一下后，皇帝抬眼淡淡地问道："阿隐，你觉得如何处置为好？"

　　岑隐的眼睫如蝶翼般微颤了几下，他不紧不慢地说道："皇上，杨羲胆大妄为，掳劫良民，以致丁文昌不堪其辱，悬梁自尽。杨羲罪无可恕，自当按律处置。"他停顿了一下，意味深长地继续说道，"至于杨家的其他人，臣以为，看在先庆元伯有功的分上，还是应该继续施恩。"

　　皇帝一边头痛地揉了揉眉心，一边吩咐道："阿隐，此事就交给你了。"

　　当务之急还是要尽快地处置了杨羲，以安抚那些学子，皇家的尊严怎么都不能让这等腌臜事玷污了！

　　皇帝想着，纷纷扰扰的想法沉淀了下来，再无一丝犹豫。

　　岑隐应道："是，皇上。臣就先告退了。"

　　岑隐退下的同时，对着侍立在一旁的两个小内侍做了一个手势。小内侍立刻心领神会，一个把地上的那个火盆捧了起来，另一个则抱走了御案上的紫檀木匣子，二人悄无声息地跟在岑隐身后，退出了御书房。

一出门，其中一个小内侍就小心翼翼地请示道："督主，这匣子当如何处置？"

岑隐仿若未闻，抬眼望着夜空中的圆月，不知道在想什么。

过了好一会儿，当小内侍以为岑隐不会回答时，就听他微凉的声音响起："烧了。"

"是，督主。"小内侍恭敬地俯首应了一声。

然后，岑隐负手离去，毫不留恋。

只听另一个小内侍轻声抱怨道："你刚才说的什么话啊？这匣子有什么用？你当督主这是买椟还珠啊？"

一阵瑟瑟的寒风猛地拂来，把那火盆中的灰烬吹得飞了起来，如鹅毛大雪般在半空中飞扬……

夜色浓稠如墨，远处传来了二更天的梆子声。

"咣！咣！"

整个京城陷入了深深的安眠中，夜深人静。然而，这场骚动还远远没有平息。

接下来的几日，杨府被东厂和锦衣卫搜府的事在整个京城迅速地传扬开来，成为京中各府茶余饭后的话题，闹得沸沸扬扬。这件事就出在学子们敲登闻鼓状告长庆长公主的事之后，哪怕是不知道缘由的人也不禁揣测二者之中有什么关联。

京城中纷纷扰扰，尚书府的日子则又恢复了往昔的平静。此时已经是腊月中旬了，府中的众人都为了迎接新年而忙碌着。

端木绯也很忙。

自从天气越发冷了以后，她就很少去闺学了，这几天都专心致志地忙着酿她的梅花酒。

梅花酒的做法不复杂，她只需先用糖蜜腌渍鲜梅花瓣，然后再把糖渍梅花瓣浸在白酒中，密封一段时日，梅花酒就酿好了。

其实，梅花酒最好放到来年的夏日，用来解暑最妙。不过，端木绯急着试味道以改进酿法，故而酿了几日就迫不及待地要开酒坛。

端木绯拿着一个小巧的榔头，轻轻地敲松坛口的黄泥，小心地清理了坛口，再去掉覆盖在坛口上的荷叶。

随着荷叶一点点被揭开，酒香四溢出来，其中还带着一股梅花独有的幽香。

端木绯耸了耸小巧的鼻头，闻着那清幽的酒香，微微勾唇。

绿萝捧着一个木托盘步履轻快地进来了："姑娘，银酒樽取来了。"

托盘上放着三个精致的三脚银酒樽，酒樽的一边雕着一只朱雀，以雀爪和雀尾为樽脚，很是雅致。

碧蝉用酒吊从坛中打了一勺酒水，小心翼翼地倒入银酒樽中。

"哗啦啦……"

清澈晶莹的酒液朝银酒樽倾泻而下，朵朵白梅漂浮在透明的酒液中，宛如初绽，伴着沁人心脾的冷香，让人不由得口涎分泌，食指大动。

"饮梅花酒果然当用银酒樽！"端木绯一边感慨着，一边拿起了酒樽，嗅其香，品其味。

酒液香醇淡雅，酸甜适中，带着白梅独有的清淡、甘洌的气息，让人饮后唇齿留香、心旷神怡。

端木绯饮了半杯后，就放下了银酒樽，歪头看着那个酒坛子，惋惜地叹道："还差了一口气……"

不过，等端木绯拿着梅花酒给端木宪尝鲜后，端木宪却赞不绝口："妙！"

"四丫头，这梅花酒清甜又不醉人，妙啊！"端木宪一口气饮完剩余的半杯酒水，眸中闪过一道精光。

"祖父喜欢的话，那我……"

端木绯本想说再给他送一壶酒过来，话说了一半就被端木宪打断了，他目光灼灼地看着她，迫切地说道："四丫头，你这坛梅花酒干脆送给祖父如何？"

端木绯怔了怔，眼中露出一丝讶色。

端木宪回过神来，也觉得有些尴尬，便清了清嗓子，把玩着手中的酒杯，解释道："皇上酒性浅，更喜欢这种不烈的酒，所以，我想着，送一坛子去你们的姑母那儿……"

这两天，端木宪正为杨家被搜府的事心烦，虽说端木绮和杨旭尧的这门婚事是皇帝的意思，他也知道是因为杨家对于皇帝还有用，才用端木绮来安抚杨家，但这种事他又不能到处跟别人说……偏偏杨家现在被卷进那种腌臜事中，以后杨家的名声彻底被毁了，而在外人的眼里，端木家是杨家的姻亲，也会被这污名所累。

说来说去，都怪小贺氏折腾出这么大一个麻烦！

现在，他就希望皇帝在贵妃那里喝到这酒的时候，能念端木家的好，早早地让端木家摆脱这门"姻亲"。

"碧蝉，你去把那坛梅花酒取来。"端木绯爽快地吩咐碧蝉道。

端木绯本来打算将这坛梅花酒带给安平，但是端木宪既然这么提了，她也就应了。

不能送酒的话，她干脆就做些梅花点心带去公主府好了！

端木绯想着，抬眼朝窗外看去。外面的天空阴沉沉的，已经飘起零星的雪花来，稀稀疏疏地向下飞舞着……

看着那漫天的雪花，端木绯弯了弯嘴角。

那日，封炎带她去长安右门看完"热闹"后不久，安平长公主就给她下了帖子，约她雪霁赏梅。

现在开始下雪，明晚雪就该停了，正好后日一早，她就可以去公主府赏梅、采梅了。

渐渐地，天空就成了银白一片，密密匝匝的雪花纷纷扬扬地飘扬着，落在窗外的屋檐上、树枝上……

窗外，几枝白梅在寒风中微微颤动，缕缕幽冷的梅香随风而来。

端木绯耸了一下鼻子，这尚书府中的白梅还是差了那么一点儿，等她采到安平长公主府的白梅，肯定能做出更好喝的梅花酒，到时候，她再送安平长公主一坛好了！

端木绯越想越期待，恨不得时间过得再快一点儿。

到了约好的日子，端木绯一大早就坐上马车前往安平长公主府。

昨日刚下了一场大雪，今早天公作美，雪已经停了。

虽然街上的积雪被扫到了街道的两边，但是马夫怕雪后的街道打滑，还是特意放缓了车速。

雪后的天气更冷了，抱着手炉的端木绯却觉得暖烘烘的，于是挑开窗帘的一角，欣赏着雪后银装素裹的京城……

一炷香的工夫后，马车突然慢了下来，前方隐约有一片喧阗声传来。

碧蝉还没发问，就听车夫紧张的声音自外面传来："碧蝉姑娘，前面锦衣卫封路了，我们怕是得绕路。"

马车在车夫的吆喝声中，开始往左边的另一条街拐去……

看着雪后陌生而熟悉的街道，端木绯骤然想起前面应该是杨府。

前方的路空荡荡的，有人折了回来，也有人如他们的马车般，往另一个方向绕道而行。毕竟谁吃了熊心豹子胆，敢跟锦衣卫对上呢？

以前，祖父楚老太爷闲暇时，会与她说些朝堂往事。

庆元伯乃五十多年前因西南战事而封的伯爵，深得帝宠，尤其是先庆元伯杨晖，很受先帝重用。

十七年前，先帝去五台山参佛，突然旧疾复发，病重去世，当时，随侍在旁的重臣只有杨晖。先帝驾崩后，杨晖指出，先帝垂危时传口谕废太子，立皇次子为新君。

这件事曾在当时的朝堂上掀起一番风波。

几位内阁大臣商议后，认为杨晖所传的只是口谕，并非圣旨。太子是先帝所立，告祭了太庙，也昭告了天下，并无过错，是名正言顺的皇位继承人，理应登基。

太子登基后，杨晖告老辞官而去，以至世人皆传：太子无诏即位，绝非正统。

一年后，杨晖意外去世。当年，京中就有流言揣测杨晖是被灭口的，新帝得位不正的传言也更盛了……直到今上拨乱反正。

自先庆元伯杨晖去世后，庆元伯府就再没有一个提得起的男丁，短短十余年就败落至此，只能靠一些龌龊的手段来维持杨家的荣华富贵。

端木绯的脑海中零星地闪过她上次在公主府里听到的封炎和温无宸那似乎不咸不淡的只言片语。

唉！

端木绯在心中幽幽地叹息，长庆长公主这些年做过不少荒诞事，害的人也并不只有丁文昌，可偏偏唯有丁文昌的事被闹出来，还一呼百应地激起了举子们的公愤，进而举子们敲响了登闻鼓，事情震动了整个京城。

这一连串的事，要说没有封炎和温无宸在幕后推动，打死她她都不信。

但是，他们的目的又是什么呢？

表面上，这件事的起因是学子们为了丁文昌之死愤然状告长庆，然而发展至今，长庆的公主府一点儿事没有，被东厂和锦衣卫围了三天也搜了三天的却是杨家。

莫非，封炎是想从杨家的宅子里找什么？

等等！

一阵寒风猛然刮来，刺骨的寒意吹得端木绯捏着窗帘的指尖微微发疼。

她赶忙放下了手中的窗帘，整个人瞬间回过神来。

她怎么犯傻了呢？！

她想那么多干吗？自己知道得越多，难免就会在言行间露出马脚，那不是给自己平添麻烦吗？

人生在世，何必想那么多呢？她糊涂点儿才好，糊涂点儿，小命才安全。

端木绯在心里如此告诫自己，努力放空大脑，只装作什么也没发生过。

对，她是来吃……赏梅的！

恍惚间，马车再次缓了下来，安平长公主府到了。

门房的婆子早就在门口候着了，直接就把端木绯的马车迎了进去。端木绯熟门熟路地去了玉华堂。

"殿下，这是我做的点心，可好吃了，您尝尝。"端木绯如今与安平熟悉了，便不拘礼节，直接亲手把食盒捧到了安平跟前。

安平自然喜欢端木绯对她亲近，亲热地接过并打开了食盒。

食盒里，五色点心用五个花瓣形的碟子摆成了梅花的形状，粉嫩的梅花糕、金黄的油炸馃子、雪白的枣泥山药糕、剔透的水晶饺以及五彩粳米粥，五样吃食皆热气腾腾，香气四溢，显然是端木绯一早起来做的。

安平明艳的脸庞上顿时露出赞叹之色，漂亮的凤眸熠熠生辉。

她直接隔着帕子拿起了一块油炸馃子，玉齿轻轻地咬破酥脆的外皮后，里面是软嫩的奶油蛋黄馅，掺着淡淡的梅花香，入口即化，香甜可口。

奶香、蛋香、梅花香以及外面的油炸香味完美地混合成一股无与伦比的滋味，让安平一口接着一口地吃，欲罢不能，一双与封炎相似的凤眸满足地眯了眯。

整个暖阁中弥漫着一股浓浓的香甜味，令人食指大动。

安平一样一样地吃了过去，等吃到水晶饺的时候，眼睛一亮，似乎发现了什么，含笑问道："绯儿，原来你做的是'梅花宴'啊？"

安平已经吃过的三样点心中，都被巧妙地加入了白梅和红梅的花瓣，有的为主料，有的则些微点缀了一下香气。

比如这水晶饺，外皮和内馅里都不见梅花，是用泡过梅花瓣的雪水做的水晶面皮，是以她吃起来觉得嘴里暗香浮动。

听端木绯毫不藏私地一一说着这些点心的做法，安平赞不绝口："绯儿，你这般巧思，本宫真是有口福了！"

端木绯的眉眼弯了弯——做点心的人最高兴的事就是看到别人捧场了。端木绯忍不住滔滔不绝地多说了几句："可惜了，时间有些紧，这次我来不及做梅花茶……最妙、最雅、最香的当是梅花茶啊！

"做这梅花茶须采摘最鲜嫩的梅花蓓蕾，在花口、蒂心都点上一点儿微熔的蜂蜡，让蜂蜡将花苞包裹住，如此，当热水冲泡时，蜂蜡熔化，花蓓就会一瞬间在茶盏中绽放，夹着蜜香的梅香飘溢，美不胜收，是为'浮香汤'也！

"殿下，下次有机会我再请您饮梅花茶……"

端木绯摇头晃脑地说着，那张精致的小脸儿容光焕发，然而下一瞬，随着一阵挑帘声蓦然响起，她的声音像是被吃掉似的，戛然而止。

"娘。"一道颀长挺拔的身影大步流星地走入暖阁中，见屋内有客，来人步子倏然顿了顿，脸上似有几分意外之色，眉头微挑，"原来端木四姑娘也在啊。"

封炎装作一副若无其事的样子，好像全然不知端木绯今日会来。

"封公子……"端木绯仿佛被瞬间冻住似的，嘴唇都有些不听使唤了。

怎么会这样？！她明明特意打听过，今天不是封炎休沐的日子。她还想着天公作美，选了这么好的雪霁日子，怎么偏偏就这么不巧……她这还真是为了几朵白梅，铤而走险了！

若非屋子里还有其他人在，她的小脸儿差点儿垮下来。

"端木四姑娘是来赏梅？"封炎心里志得意满，眼睛里透着毫不掩饰的欢喜之色。蓁蓁喜欢什么，他还不了解吗？他就知道蓁蓁会来。

知蓁蓁者，封炎也！

说到赏梅，端木绯不禁又想到了他约她去长安右门看"热闹"的事，想到了杨家……

思绪一不小心就要失控，端木绯好像念咒似的，在心里告诫自己：别胡思乱想，想多了容易睡不着的。

端木绯干咳一声，挺了挺腰板，笑眯眯地说着客套话："封公子，真是叨扰了。"

赏梅的话题就这么被她用寥寥数语终结了，封炎却还不死心，闻香而动，目光看向了那个食盒。

封炎的眸子一亮，接着他拿起一个金黄色的油炸馃子吃了起来。

此刻，油炸馃子只是微微温热，外皮也没那么酥脆了，但封炎还是吃得津津有味，殷切地赞道："端木四姑娘，这点心真是不错！"

"公子和殿下喜欢就好。"端木绯微微笑着，嘴角维持着一样的弧度，"殿下，待会儿我仔细写张做法给贵府的厨娘。"

又一个话题被端木绯轻轻松松地带到了安平身上。

封炎灰溜溜地又拈起了一个水晶饺，一口咬住，安平仿佛看到了这孩子小时候跟自己撒娇时的模样……

她这个傻儿子啊！

对上绯儿，他就这么屁、这么傻？光凭他自己，他要什么时候才能娶到媳妇呢？

想着，安平有点儿愁了。

不过幸好，他还有自己这个娘，关键时候，还是得靠自己这个当娘的。

安平暗暗垂眸，眼珠子滴溜溜地一转，笑吟吟地说道："比起这油炸馃子，绯儿，本宫倒是对你适才说的'浮香汤'更为好奇，这'浮香汤'真的能令花苞在热茶中绽放？"

"那是自然。"端木绯理所当然地点了点头。这是她在一本古籍上看到的，去冬，她还曾亲手泡给祖父祖母喝过。

安平眸中的笑意更浓了，她接着说道："本宫一直以来所喝的梅花茶都是由梅花与绿茶窨制而成的，虽然清香怡人，却完全不似绯儿你说的这般……"

被安平这么一说，端木绯也来了兴致，自告奋勇地说道："殿下，雪霁，梅花经过一番霜雪后，是香味最清幽的时候。我去给您摘些梅花来，亲手给您泡一杯，您就知道这'浮香汤'真乃茶如其名也！"

端木绯眸生异彩，跃跃欲试。

安平却似有迟疑，最后看向封炎道："阿炎，绯儿对公主府不熟，你领绯儿去梅林吧。"

端木绯呆呆地眨了眨眼睛——她这是不是挖了个坑给自己跳？

封炎却又精神一振，对安平投以感激的眼神。

安平笑吟吟地眨了眨眼，仿佛在说：儿子，你放心，有我给你敲边鼓！

话都说到了这份上，端木绯只得欲哭无泪地欠了欠身，谢过封炎。两个人正要出门，门帘再次被人从另一边打起，子月带着一个着青色劲装的女子进来了。

女子没想到这里还有陌生人，看了端木绯一眼，封炎已经道："千颐，出了什么事？"

千颐便不再迟疑，直接回道："殿下、公子，大理寺在一炷香的工夫前贴了告示，说已查明了谋害中州举子丁文昌的真相，乃杨羲不甘失了爵位，想要讨好长庆长公主，才让公主府的刁奴有了可乘之机，假借长公主的名义唆使杨羲为非歹，在绑架的过程中，不慎勒死了丁文昌。

"皇上刚刚下了一道圣旨，令锦衣卫将杨羲拿下，天牢收监，三日后，发配充军三千里；又斥长庆长公主御下不力，没有管束好下人，罚了长公主一千两白银，并为丁文昌厚葬；而那下人，被判秋后问斩。

"那些学子虽然有几分将信将疑，但见大势所趋，也见好就收，怕是很快就会陆续散去。"

闻言，端木绯默默垂眸，抿了抿嘴角，心里暗暗叹息：以皇帝的为人，这个结果在自己的意料之中。长庆是皇帝的胞姐，宫中又有太后在，除非牵涉谋逆大罪，否则，皇帝总会保下长庆。而那些学子虽有书生意气，但终究还是畏惧皇权，想着来年春闱还要货与帝王家。

不过……

她瞥了一旁的封炎一眼，只见封炎似笑非笑地勾了勾唇，随意地挥了挥手，千颐就快步退下了。

封炎似乎并不在意由杨羲担了这个罪名，莫非，他要找的东西被找到了？！

糟糕，她不能再想了！

端木绯赶紧再度放空自己，恍惚地由碧蝉伺候着，披上了一件厚厚的斗篷，领口和帽子处一圈雪白无瑕的兔毛温柔地贴着她小巧的下巴和耳根，衬得她一张小脸儿白玉无瑕，肤光胜雪，让安平母子俩都恨不得在她软绵绵的团子脸上捏一把。

来日方长。这一刻，母子俩如此心有灵犀地想着。

# 第二十五章　赏　梅

外面，雪后的天空渐渐明亮了起来，瓦楞上、树枝上、墙墩上、地面上，厚厚的积雪被阳光反射，一片晶莹，仿佛四周都亮了不少。

因为下雪，端木绯今日特意穿了一双里层加了羊毛的鹿皮短靴，短靴踩在雪地上，发出"嘎吱嘎吱"的细微声响，有趣极了。

端木绯把注意力放在足下，步履就轻快了不少，嘴角噙着一丝盈盈浅笑。

封炎只是这么看着她笑，就仿佛浑身浸泡在温泉中似的，暖烘烘的。他唇角微扬，那精致的五官在阳光白雪的掩映下，光彩照人。

二人在银装素裹的公主府中穿过一道道游廊、小径、月亮门，经过一片片假山、亭台、花木，约莫一盏茶的工夫后，偌大的花园就出现在了小径的尽头。

公主府的梅林在花园的西北角，依着一片湛蓝的湖水，一大片连绵的蜡梅、白梅与红梅迎风怒放。

寒梅映雪，一株株遒劲的梅树上覆盖着皑皑白雪，那朵朵如玉雕琢的花朵在寒风中幽幽绽放，越是风欺雪压，梅花就开得越是精神抖擞，馥郁清冽的梅香随风而来……

端木绯再也顾不上封炎，快步上前，踮起脚尖，鼻尖凑向枝头的白梅，嗅了嗅……

"咔嚓！"

一只修长的右手越过她的头顶，直接把那枝梅花折了下来，原本覆在枝丫上的白雪随之"簌簌"落下，枝头的五六朵白梅微微颤动，看着像是受惊的小可怜……

封炎直接把那枝白梅朝端木绯递去，端木绯直愣愣地看着枝丫上新鲜的断口，好一会儿没说出话来。

封炎疑惑地眨了眨眼，又把那枝白梅往前送了送。

端木绯的眼角不由得微微抽搐了一下。

按照封炎这个辣手摧花的狠劲，这一树林的白梅都不够他折的。

端木绯看着他手里的那枝白梅，想了想，委婉地说道："我记得，殿下的屋子里有一个天青釉刻花梅瓶，这枝白梅用来插瓶，想来相得益彰。"

封炎扬了扬眉，心道：我们不是来摘梅泡茶的吗？！不过蓁蓁怎么说，我怎么办就是！

他顺手把那枝白梅递给了一旁的碧蝉，吩咐道："喂，你给我娘送去。"

这一句话说得端木绯主仆二人傻了眼。端木绯很想说，碧蝉是她的丫鬟，不是公主府的，却没敢说出口。

主子不放话，碧蝉在封炎那迫人的威压下，只能接下了白梅，然后把手中的竹篮递给了自家姑娘。

等碧蝉走远后，这片梅林中就只剩下了端木绯和封炎。四周静得出奇，端木绯心中不免又生出一种搬起石头砸自己的脚的感觉。

"簌簌簌……"

又一阵寒风猛然刮了过来，吹落了枝头和花间的白雪，片片雪花如无数鹅毛般飘落，仿佛又下起了一场小雪。

封炎眼明手快地打开了一把大红色的油纸伞，撑在了二人的上方。伞面挡住了纷纷扬扬的雪花，也挡住了被寒风吹落的梅花……

幸好自己带了伞，没让蓁蓁淋到雪。封炎沾沾自喜地想着，空闲的左手随性地往前一伸，两朵随风飘落的红梅就恰好落在了他修长的指尖上。

他把玩着那两朵娇艳的红梅，目光却看向了伞下的少女。她白皙的脸颊泛着健康的红润，如同红梅柔软的花瓣。

端木绯看着他指间的红梅，心里有些为难：这两朵花如同刚才那枝梅，也不适合泡梅花茶。

她又想了想，用更为谨慎的语气说道："梅花茶当选花苞，方能留其香。这花虽开得娇艳，只适宜观赏、把玩。"说着，她仔细地把自己说的话又回味了一遍，确信自己的意思表达得非常明确。

然而下一瞬，少年再次抬手，这一次，指尖停留在了她的鬓发间……

端木绯浑身一僵，由着少年的手指在她柔软的头发上轻轻摆弄了两下。她的头皮敏感得有些发麻，长翘的眼睫微颤了两下。

"簪花刚刚好。"

封炎满足地笑了，他的蓁蓁就如这寒冬的红梅般，越是寒冷，就开得越是娇艳。

封炎明亮的凤眸中笑意荡漾，俊美的脸庞也随之柔和、旖旎了起来，闪着淡淡的光泽，仿若瑟瑟寒冬中的一抹朗月。

端木绯一时看呆。封炎还真是继承了安平长公主的好容貌。

又一阵寒风吹来，一片冰凉的雪花飘进她的后颈，她猛地惊醒过来，清了清嗓子，若无其事地说道："封公子，麻烦你从花瓣上扫些雪。"说着，她就从篮子里取出了一支羊毫和一个瓷罐。

封炎疑惑地侧首看着她："不摘花了吗？"

梅花她当然是要摘的，只不过封炎似乎不太胜任这项任务……端木绯心中暗暗道，脸上却笑眯眯地说着："分工合作。"

四周又静了一瞬，时间仿佛停滞。

端木绯几乎要怀疑，这么大材小用的活儿是不是让封公子觉得他被看轻了。她眨了眨眼，正迟疑要不要给自己找个台阶下时，封炎却动了，接过了她手中的笔和罐子。

"好，我来扫雪。"封炎笑了，笑得明媚。

这还是蓁蓁第一次使唤他，他可得把这件差事办好了！

封炎兴致勃勃地举起羊毫，对着梅花轻轻地扫起梅间雪来，眉宇间透着几分顽童般的稚气。端木绯愣了愣，一瞬间想起了记忆中那个年幼的封炎，那个对猫、马那么温柔地爱护的男孩。

思绪一闪而过，端木绯很快就把注意力集中到了枝头的白梅上，在那怒放的花朵中寻觅含苞待放的花蕾，轻轻地以指甲掐下花苞，放入青花瓷碗中……

她聚精会神，全情投入，所以并不知道封炎不时地放下笔，含笑地看着她。

也不知道碧蝉是什么时候回来的，约莫一个时辰后，三个人才离开了梅林，满载而归。

旭日越升越高，四周的气温却越来越低。端木绯丝毫不觉得冷，脸上、眸中神采焕发，已经迫不及待地想去给安平泡茶了。

她微微笑着，阳光抚上她的脸庞，给这丝璀璨的笑意镀上了一层箔金般的色彩，散发着一种如梦似幻的光泽。

封炎含笑看着她的侧颜，深吸了一口冰冷的空气，心口一片炽热。

忽然，端木绯停下了脚步，转头对上封炎深沉的眼眸。她的眸子比他的还要明亮。

"封公子，你听到没……"她朝西南方的某个凉亭望去。

园子里，寒风阵阵，不仅吹得枝叶摇曳，也送来了一阵悠扬清澈的琴声。这琴声如同阵阵清风拂过青葱的竹林，又好似清泉在山间跳跃，洗去飞扬的尘埃。

封炎也顿足，侧耳倾听后薄唇轻扬，肯定地说道："这是无宸在抚琴。"

琴声还在连绵不绝地传来，端木绯微微仰起小脸儿，享受地闭了闭眼，似乎已经沉浸在琴音中。

见状，封炎唇畔的笑意蔓延到了眼角、眉梢，他提议道："端木四姑娘，我们去瞧瞧……"

他话音未落，就见前方来了一个着青色宫装的女子。

"公子、端木四姑娘，"子月给二人行礼道，"殿下请二位去暖亭。"

在子月的引领下，他们绕过一座假山，又走过一条狭窄的青石板小径，那个暖亭就完全映入了眼帘中。

前方八角亭的四周环绕着几座琉璃大屏风，只留了一扇门大小的空隙。端木绯一眼就看到，暖亭中，一男一女坐在一张石桌旁，男的抚琴，女的执笔，二人正是温无宸和安平，皆相貌出众，气质卓然。

安平显然看到了封炎和端木绯，抬起左臂，对着他们招了招手。

女子对发式和首饰的感觉最为敏锐，安平一下子注意到，端木绯左侧的发髻边比刚才在玉华堂时多了两朵红梅，只是佩花的位置似乎偏高了些，不像女子揽镜自怜时插于鬓发间的，倒像是有人从高处戴上去的……

莫非……

安平戏谑的目光在儿子的俊脸上扫了一下，嘴角勾起一丝意味深长的微笑。看来阿炎还算是孺子可教，知道给女孩子簪花来讨人欢心了！

在安平笑吟吟的目光中，子月带着二人走入亭中。

暖亭的地下埋了暖炉，所以温暖如春。

端木绯驻足聆听琴音，甚至忘了解下身上的斗篷。

背对他们的温无宸像是全然不知道有人来了，修长的手指随意地抚动着琴弦。悠扬的琴声自他指下潺潺流出，好似从深山幽谷里飘来阵阵馥郁的花香，渐渐地，琴声变得深沉起来，让听者的心也随之沉了下去……

琴声婉转，又透着一丝激昂之意。

端木绯的目光随着琴声的起伏而闪烁地变化着，她沉浸其中……直到琴音骤然一凛，仿佛有石子被人随意地丢入了湖面，她的眉梢微微一挑，下一瞬，琴音戛然而止，亭中就静了下来。

端木绯还有几分意犹未尽。

温无宸把按在琴弦上的手收了回来，沉吟道："这段果然还是不太顺畅……"

"许是调子转得太急了。"安平一边说，一边提笔在手边的一张曲谱上记了几笔，那张谱子上，新旧墨迹交错着，被人涂涂改改了好几回。

端木绯一看就知道这两个人应该在补一曲残谱，眸子更亮了。

她微微仰首，脑海中回想着刚才的那段琴音，放在体侧的手指不由得微微弹动了两下，有些跃跃欲试……

封炎一直在看着她，瞧她那细微的眼神、表情与动作，就明白了什么，提议道：

"端木四姑娘可有什么'指教'？"

温无宸和安平的目光齐刷刷地看向了端木绯，端木绯不由得抿了抿小嘴，露出了乖巧的浅笑，习惯地谦虚了起来："指教不敢当。我倒是有个想法，也许可以试试……"

几个人说话间，碧蝉服侍端木绯脱下了那件大红斗篷，端木绯步履轻盈地走到琴的另一边，俯首看着琴弦，饶有兴致地伸指在琴弦上随意地拨了两下……也没有弹奏，只是几个简单的手势。

温无宸看着她跳跃的指尖，细长的眼睛一亮。

有趣！

他再次将双手置于琴上，腰杆挺得笔直，眼观鼻，鼻观心。只是这么一个简简单单的姿势，他就散发出一种雅士特有的优雅与出尘气质，宛如谪仙下凡。

端木绯知道他这是要弹琴，下意识地退了两步，眸子里闪烁着期待的光芒，比天际的流星还要璀璨。

在温无宸优雅的指尖拨动下，琴弦微颤，动人心弦的琴声再次响起，仿佛流淌进了人的心中……

端木绯的嘴角如新月弯弯，她没有说话，任由自己沉浸在优美流畅的琴声中。

这一次，琴曲有始有终，琴声在逐渐减弱的颤音中消逝在空气里，似被寒风吹散，又仿佛被流水淹没……

琴声止，她的心弦却仿佛还在被拨动着、弹跳着……

余音绕耳，犹有余韵。

端木绯怔怔地垂眸回味着，琴曲的结尾似生命自然消逝，又似乎在逝去时带起了另一股生机，有什么东西在寒冬后蠢蠢欲动……

安平执笔在曲谱上又改了两笔后，抬眼看着端木绯笑道："绯儿，今天你请本宫喝梅花茶，这曲谱就作为本宫的回礼，你可喜欢？"

闻言，端木绯顿时回过神来，两眼发亮地福了福身："喜欢！"

安平笑得更欢，对着身旁一头雾水的温无宸道："无宸，你今日可有口福了！"

不用安平吩咐，子月就带着丫鬟备了一个红泥小炉、一个紫砂壶、几个青花瓷茶盏，还有蜂蜡等。

骤然间，原本还算宽敞的暖亭拥挤了不少。

封炎自告奋勇地给端木绯看炉子、烧雪水，端木绯仔细地用蜂蜡点着花苞，眼中再无他物。

看着端木绯认认真真的样子，封炎心不在焉地往炉子里加着银骨炭，眸子盯着她柔和的侧颜，心绪几度起伏，从雀跃到痴迷，又渐渐地变得祥和与安宁。

他的蓁蓁真是可爱。

紫砂壶里的水微微地响了起来……

封炎在看端木绯，安平则静静地看着这两个孩子，眼神祥和。

片刻后，将曲谱重抄了一遍的温无宸抬起头来，正好看到了这一幕。

温无宸细长的眼眸微微闪烁，其中似乎藏着比浩瀚星辰还要神秘复杂的锋芒。他放下了笔，搁笔时发出的声响引得安平朝他看来。

温无宸挑了挑右眉，看了端木绯一眼后，以眼神无声地询问着：这孩子……是阿炎自个儿挑的？

安平含笑地对着他眨了一下右眼，眸中的笑意快要溢出来了，自豪而满足，仿佛在说：你看，这两个孩子是不是很配？

温无宸顺着她的目光，看了封炎和端木绯好一会儿，忽然莫名其妙地问道："安平，阿炎都十四了吧？"

十四年了……安平怔了怔，双目微沉地看向了封炎。

是啊，阿炎十四岁了，她得尽早筹谋，免得皇帝对他的婚事起不该有的念头……

然后，安平再次朝端木绯望去，盯着她如娇花般的小脸儿……这朵解语花可不能让别家摘了去！

紫砂壶里的烧水声更响了，似乎连水壶都在轻轻地震动着。

一阵急促的步履声从不远处传来，隐约夹着粗粗的喘气声："公子！"

落风随着喊叫声沿着小径小跑了过来。焦急的声音也吸引了端木绯的注意，她放下手中刚封好蜂蜡的花苞，稍微活动了一下筋骨。

落风很快走入暖亭中，恭敬地对着封炎禀道："公子，西城兵马司那边派人来找您，说几个学子在华上街出事了……"

安平和封炎母子俩不由得互看了一眼，挑了挑眉，神色中皆带着几分似笑非笑之意。

"怎么回事？"封炎懒懒地问着，又随意地往炉子里添了块银骨炭。

端木绯一边活动着手指，一边想道：如果她没记错的话，那华上街好像离大理寺很近，出事的学子不会是……？

落风立刻证实了端木绯心中的猜测："公子，出事的是那几个敲登闻鼓告御状的学子。"

落风说着，神色变得更为凝重。他理了理思绪，飞快地将事情的经过大致说了一遍："早上，那几个学子看了大理寺贴出的公告后，就三三两两地离开了大理寺，其中的五六人才出了一条街，就在华上街被一伙地痞拦下了。

"那伙地痞只说看他们不顺眼，没说上几句话，就打起人来。那些学子一个个手无缚鸡之力，哪里是这些地痞流氓的对手？他们被打得不轻，一个名叫罗其昉的举子还被踩断了手……

"公子，那罗其昉是江南宿州人，在南方学子之中素有才名和威望。这次敲登闻鼓告状的领头人，就是他和丁文昌的同乡祁子镜。"

落风禀完来龙去脉后，暖亭里就只剩下了"呼呼"的烧水声，紫砂壶就像在喘粗气似的，听得人心里也跟着躁动。

须臾，安平淡淡地说道："长庆这一回做得太过了。"

虽然五城兵马来公主府禀事的人没提长庆，只说此事是一伙地痞干的，但是在场的几个人全都是聪明人，用脚指头想想都能猜到学子们在这个时候突遭此难是因为什么。

封炎皱了皱眉，面露不悦之色。他这个姨母啊，还真是会挑日子，非要拣着蓁蓁上门的日子给他闹事！

封炎慢吞吞地站起身来，掸了掸衣袍上的尘土，心不甘情不愿地说道："娘、无宸，我去看看。"

安平一看就知道儿子心里在想什么，又是一阵忍俊不禁，随意地挥了挥手，戏谑地说道："去吧，去吧，我们也不缺你这个看炉子烧水的人。"

封炎依依不舍地看了端木绯一眼。唉，他宁可留在这里给蓁蓁烧水呢！

封炎饶是再不情愿，还是随落风走了。

没一会儿，就有两骑黑马从公主府的一侧角门里飞驰而出。

"嗒嗒嗒嗒……"

奔霄似乎知道主人心急，马蹄子撒得飞快，把来传话的西城兵马司士兵甩下了整整三四个马身，让封炎以最快的速度赶到了城西的华上街。

此刻，华上街上几乎看不到什么路人，街道的两头暂时被西城兵马司的人封了，街道上一片狼藉，地上随处可见被打翻的摊位、瓜果、菜叶，像龙卷风过境了似的。但是，现场显然已经被西城兵马司的人控制住了，七八个地痞模样的青年被麻绳捆成了一长串的"蚂蚱"，形容狼藉，嘴里还在骂骂咧咧。

一家茶楼的门口，五个头戴方巾、着书生袍的学子鼻青脸肿，狼狈不堪，身上的衣物被扯得松垮凌乱，还沾了不少血迹和泥土。

众人紧张地围着一个坐在石阶上的青衣学子，七嘴八舌地说着：

"罗兄，你的手……现在怎么样？得快点儿请大夫才行！"

"再过几个月就要春闱了，伤筋动骨一百天，真是造孽啊！"

"光天化日，朗朗乾坤！他们竟然如此目无法纪！"

"真是斯文扫地啊！"

那些惨遭横祸的学子一个个义愤填膺，指着几个地痞痛心疾首地怒斥着。

四周的街道上，无关的路人虽然暂时被驱逐了，但是那些店铺、茶楼、酒楼里的伙计和客人还都在，一个个从屋子里探出脑袋来，对着地痞和学子指指点点，议论纷纷。

可想而知，接下来的京城又不缺茶余饭后的话题了。

封炎扫视了一圈，又听西城兵马司指挥使把经过大致说了一遍，然后目光望向那个坐在石阶上的青衣学子。对方以左手抱着自己的右臂，那右小臂诡异地扭曲着，显然是被打得骨折了。

那种彻骨之痛，封炎可想而知，青衣学子的五官近乎扭曲，脸上惨无血色，只有如雨滴的冷汗汩汩而下……

此人就是那个断手的罗其昉。

封炎没有上前与几个学子说什么，直接吩咐道："先去给这几个书生请个大夫看看，把犯事之人都带回去……还有，哪门哪户有磕碰的，也都一并报到五城兵马司。"

说着，封炎目光冷冽地朝那些地痞流氓瞥了一眼，意味深长地说道："天子脚下，胆敢如此放肆，可不能太便宜他们了……"要不是他们，他还好好地在家里和蓁蓁喝茶呢！

那些地痞只觉得自己像被丛林中的一只猛兽盯上似的，胆战心惊地移开了目光。

五城兵马司的人从前懒散惯了，封炎到任后，狠狠地收拾过他们几顿，如今，他们也算是被打服了，至少不敢不听封炎的话。

封炎一声令下，立刻就有人把几个学子先送去了街尾的黎家药铺，随后那些地痞也被拉走了。

骚动渐渐平息，封炎正琢磨着快点儿回公主府，就听东边传来一阵马蹄声。马蹄声越来越响亮，还伴着"啪啪"的挥鞭声。

封炎循声望去，只见几匹矫健的高头大马朝这边飞驰而来，最前面的红马上是一个白面无须的内侍，内侍身后跟了几个禁军打扮的男子。

前面封街的五城兵马司的人一看这几个人的架势，就知道这几个人是从皇宫来的，不敢阻拦。那几个人畅通无阻地飞奔过来，然后在几丈外"吁"的一声勒住了马绳。

马儿发出不安的嘶鸣声，马首抬得高高的，很快就停了下来。

"封指挥使，"红马上的内侍也不下马，随意地对着封炎拱了拱手，笑吟吟地说道，"皇上宣您即刻进宫觐见！"

奔霄打了个响鼻，不耐烦地踱了两下铁蹄。

相比之下，封炎神色淡淡，随意中带着几分洒脱，爽快地说道："那就劳烦公公带路了。"

话音未落，他胯下的奔霄已经自动掉转了方向，率先飞驰了出去，去的不是公主府，而是皇宫。

马蹄飞扬，混着尘埃的雪水飞溅，路上泥泞不堪，少年郎鲜衣怒马。

随着凌乱的马蹄声渐行渐远，华上街也彻底恢复了平静，路人如往常般来来去去，行色匆匆……

日头高悬，积雪渐渐融化，等封炎来到皇宫时，已经是正午了。

皇宫也是白茫茫的一片，屋檐上的黄色琉璃瓦被积雪覆盖住，屋檐下垂吊着长短不一的冰挂，整个皇宫仿若一座晶莹剔透的水晶宫，冷得彻骨。

"封公子，皇上在里头等您。"在御书房里服侍的小内侍恭恭敬敬地对封炎行了礼，在前面带路。

封炎似有几分魂不守舍，在檐下停下了脚步，回头朝空中的太阳看了一眼——这个时辰，蓁蓁想必和娘、无宸一起用上午膳了吧？

想着，封炎幽幽地叹息了一声，终于慢悠悠地撩起衣袍，跨过了门槛。

御书房里与外面的冰天雪地相比，仿佛是另一个世界，气氛压抑沉闷，只有皇帝一人来回走动的脚步声，透着几分烦躁之意。

"皇……"

封炎如往常般给皇帝行礼，然而才说了一个字，就被皇帝不悦地打断了："阿炎，朕委你五城兵马司的总指挥使之职，总管京中治安，可你又是怎么当的差？！"

皇帝越说越火冒三丈，步子踱得更快，怒道："天子脚下，皇城根上，竟然发生此等恶劣事件，传出去，真是贻笑大方！这件事，必须给学子们一个交代！你……"

"皇上舅舅说得是。"封炎抬眼看着皇帝，一本正经地抱拳附和道，漂亮的脸庞上义愤填膺，自然而然地打断了皇帝的话，"这贼子胆大包天，敢在天子脚下猖狂，若非傻得不要命了，就是有所倚仗，此事定有幕后主使！"

皇帝停下脚步，眼神深沉地看向了几步外的少年。

封炎毫不闪躲地与皇帝对视，如黑曜石般的眸子通透无瑕，嘴里还在愤愤地说着："皇上舅舅，那些地痞如此猖狂，根本就没把皇上舅舅您放在眼里，必须杀一儆百，方能以儆效尤！

"您放心，您既然把京中治安交给外甥，外甥怎么也不能辜负圣恩！我一定会给今日受害的学子们一个交代！

"还请皇上舅舅给外甥五天的时间，外甥一定将贼人捉拿归案！"

三言两语间，封炎就对皇帝立下了军令状，神态坚决，带着一种少年勇往直前的意气。

话音刚落，御书房里静了下来，只剩下几个人浅浅的呼吸声。

负手而立的皇帝脸色变了好几变，眼神更是阴沉不定。

他一开始只不过是想借此事压压封炎，借着处置他玩忽职守，把世人的目光从长庆的身上拉回来，可是现在……

封炎的话说得义正词严，让人挑不出错。他若是不让封炎查，难道要包庇那伙地痞流氓不成？他若是让封炎查了，查出来的结果恐怕不会是他想看到的，届时，只会让皇家丢尽脸面，成为天下的笑柄……

皇帝的眸中一片幽暗之色，暗潮汹涌。

随着沉默蔓延，空气沉甸甸的，阴沉得几乎要滴出水来，仿佛一场暴风雨即将来袭。

御书房的一角，一道颀长的身影静立在书柜与书柜间的阴影中。沉默时，他似鬼魅般毫无存在感，此刻，他上前一步，从阴影中走出，那昳丽的容颜、红艳的衣袍瞬间就变得璀璨夺目起来。

"皇上，臣以为，此事理应交由京兆府处置。"岑隐开口道。

对啊！皇帝顿时双眸一亮，差点儿拊掌。

和封炎不同，京兆尹是个老油条，自己只需要一个暗示，他就知道什么该查，什么不该查。

而且，这件事就发生在京城里，由五城兵马司负责可以，交给京兆府也没错！

皇帝心里有了主意，接着撩袍在窗边的圈椅上坐下，神色也沉稳了下来，淡淡地道："阿隐说得是，京兆府就该管京城脚下的事，这件事理该交给京兆府去查。"

封炎没有说话，反倒抬眼看向了一旁的岑隐，目光明亮而锐利，颊畔的几缕碎发透着一丝桀骜不羁的意味。

二人的目光在半空中相撞。岑隐始终神色淡淡，嘴角微微翘起，一派云淡风轻的模样。

须臾，封炎才移开了目光，抱拳缓缓地道："是，皇上舅舅。那外甥先告退了。"

皇帝随意地挥了挥手，示意他：去吧。

封炎大步流星地离开，绣着五爪金龙的锦帘随着他打帘的动作一起又一落，帘子上的金龙张牙舞爪，仿佛在叫嚣着、挣扎着……

皇帝随意地捧起了一旁的珐琅粉彩茶盏，慢悠悠地用茶盖轻轻拨去浮在茶汤上的茶叶，神色却有几分心不在焉，他迟迟没有将茶盏凑到嘴边。

也不知道过了多久，皇帝忽然问道："阿隐，你说阿炎刚才是不是故意的？"

"臣记得封公子才满十四吧？"岑隐似是答非所问，语气轻描淡写。

皇帝看着茶汤中沉沉浮浮的茶叶，怔了怔，眼神一时变得恍惚。

是啊，封炎现在不过是舞勺之年。

皇帝终于把茶盏凑到了唇畔，啜了一口热茶，浑身渐渐暖了起来，胸口却还有一口气梗着，不上不下，心里对长庆恼怒不已：我这个胞姐啊，真会给自己惹麻烦。

外面寒风呼啸，吹得窗外庭院里光秃秃的树枝疯狂地起舞，发出"啪啪"的声响。

封炎丝毫不觉寒冷，心口一片火热。离开皇宫后，他没去五城兵马司，而是策马径直回了公主府。

然而，等他急不可耐地来到玉华堂时，看着眼前空荡荡的屋子，他却傻眼了。

安平清了清嗓子道："绯儿用了午膳后就回去了。"

封炎仿若未闻，直愣愣地站在原地，就像被冻僵了似的。

安平无力地扶额，心里觉得又好笑又无语：真是个傻儿子！

…………

当天，皇帝下旨处置了杨羲的事就在京城中传开了。

听说，东厂的人在杨家搜出了数不尽的妙龄少女和少年，一个个才貌双全、人间罕见。

听说，这些少年少女都是杨家派人从各地拐来的，就等着把他们调教好了，再送给有权有势的人，为自家谋富贵。

听说，杨羲曾以这些少年贿赂长庆长公主，被长公主严词拒绝，这才起了绑架今科举子丁文昌的念头。

也有人感慨地说：杨家难怪会被夺了爵位，原来如此腌臜龌龊！什么大户人家？其实根本就是个藏污纳垢之所！

传言在京中传得沸沸扬扬，同样也传到了端木家。

端木绮听到这些传言，一下子就崩溃了："祖母，您帮帮孙女吧！"

端木绮脸色惨白地冲到了永禧堂，却被丫鬟、婆子拦在了屋檐下，只能"扑通"一声直接跪在了冷硬的地面上。

本来，端木绮对于这门亲事已经认命了，想着怎么也是皇帝的圣旨赐婚，杨旭尧看着也算年轻有为，并非不能过日子之人。

然而，嫁给一个破落户和嫁给一个罪臣之子可不是一回事！

倘若杨家只是一时不得志，她还可以熬着，指望杨旭尧能争气，指望杨惠嫔能提拔杨家，又有娘家人帮衬着，说不定将来杨家还能有翻身的机会，可是这声名尽毁的罪臣之家，自己要是真嫁了过去，今生都别想有出头之日了。

端木绮越想越绝望，整个人如坠冰窖，冷得浑身微微颤抖着。

下人们面面相觑，有些为难。

贺氏的大丫鬟夏芙正想安抚端木绮几句，就瞥见了两道熟悉的身影，连忙福礼道："大姑娘、四姑娘……"

端木纭和端木绯姐妹俩不知何时来到了院子门口，不疾不徐地携手朝这边走来。

此时已经是日暮西山，天空中一片昏黄，是府中众人给贺氏定省的时间了。

"两位姑娘里边请。"夏芙上前，恭敬地引着二人往屋子里走去。

姐妹俩只是随意看了端木绮一眼，就一言不发地绕过她，一前一后地进了左稍间。

"祖母安。"

两个人齐齐地对着炕上的贺氏福身见礼。

贺氏看起来面色不大好看，正有些疲惫地揉着眉心。她如何不知道端木绮正跪在外面？她其实心疼极了。

端木绮是她最喜爱的孙女，从小在她的膝下长大，看着这丫头受苦，她心如刀割。

若非万不得已，她又怎么忍心委屈端木绮？

贺氏比端木绮更早知道杨羲被治罪的事，也早就去求过老太爷端木宪，但是端木宪说什么也不答应，就连儿子端木朝也是一副别有苦衷的样子，支支吾吾了半天，却还是什么都没说。

贺氏实在无可奈何，只能作罢。

贺氏心里幽幽地叹着气，此刻根本就没心情搭理端木纭和端木绯，只淡淡地说了声"乏了"，就把姐妹俩打发了。

姐妹俩从进去到出来也不过一盏茶的工夫。两个人出来时，端木绮还是一动不动地跪在那里，神情憔悴，瘦弱的身子摇摇欲坠，整个人如同一朵凋零的花儿，惨淡至极，哪里还瞧得见一丝平日里的骄蛮样子？

院子里的下人还在好言劝端木绮起身，可是端木绮就是不肯，只是咬牙说着："我要见祖母！祖母要是不肯见我，我就不起来！你们都不用劝我……"

端木绮倔强的声音越来越远，也越来越轻，到最后被呼啸的寒风吞没了……

端木纭和端木绯并不在意端木绮的事，慢悠悠地沿着原路返回湛清院，神色悠然。

出了永禧堂后，端木纭想到了什么，回头看了一眼，提醒道："蓁蓁，这几天，你二姐姐要是敢找你麻烦，你可别忍着……杨家刚出了事，你二姐姐怕是心里正怨着。她啊，就是个'窝里横'。"

"姐姐，我明白。"端木绯用力地点头应了，亲昵地晃了晃姐妹俩牵在一起的手。

在端木纭跟前，端木绯一向是最乖巧听话的妹妹，唯姐姐之命是从。

端木纭一下子就被妹妹可爱的模样吸引了注意力，看着她发髻上插的两朵红梅，笑着问道："公主府好玩吗？"

　　一说到安平长公主府，端木绯的眸子一亮，她兴致勃勃地说自己在公主府摘梅、扫雪、煮茶，还从无宸公子那里得了一首曲谱。

　　"等我学会了曲子，就弹给姐姐听！

　　"姐姐，我还从公主府带了好多白梅回来，明天我就酿梅花酒，这一次肯定能酿出最上品的梅花酒！"

　　姐妹俩说笑着到了湛清院，锦瑟正在院子前候着，低眉顺眼地送上了刚烧好的手炉。

　　自从上次的事情以后，锦瑟就乖顺了一些，平日里除了给端木绯伺候笔墨，也开始留心起生活琐事，渐渐有了几分贴身丫鬟的自觉。

　　端木绯抱着暖烘烘的手炉，发出了满足的喟叹声。

　　端木纭看着妹妹手里那个精致可爱的南瓜形手炉，兴致勃勃地说道："对了，蓁蓁，今天你在公主府的时候，闽州那边送来了年礼，有外祖父特意给你备的礼物……我们去看看吧！"这么多年来，她们这还是第一次收到闽州的节礼呢！

　　端木纭说风就是雨，立刻吩咐张嬷嬷和紫藤把那些年礼都搬了过来。

　　下人们进进出出，没一会儿，东次间里就被搬进来二三十个大大小小的箱子、匣子，足足堆了半个屋子，一眼望去，连坐的位置都没有了。

　　"蓁蓁，你看看这些，"端木纭带着端木绯来到三四个匣子前，"来送礼的人说了，这几个是专门给你的。"

　　话语间，绿萝和碧婵帮着打开了几个匣子，一匣子是珠花，另一匣子是干果、茶叶，还有一匣子是一副棋盘和一本书……

　　端木绯从匣子里拿出了那本薄薄的书册，翻了两三页后，欢喜地说道："姐姐，外祖父知道我喜欢下棋，还给我寻了这本棋谱！"

　　说话间，她不动声色地捏了捏比寻常书册明显稍厚的封皮，嘴唇微翘。

　　看妹妹喜欢，端木纭也笑了："定是攸表哥告诉外祖父你喜欢下棋……"

　　姐妹俩说说笑笑地看着节礼，外面的院子里传来小丫鬟的声音："下雪了！又下雪了！"

　　端木绯不由得抬眼朝窗外望去，不知何时，天空中又飘起了雪花，雪花如絮，随着寒风大片大片地落了下来。

　　这场雪来势汹汹，不到一炷香的工夫，府内原本被清扫干净的青石砖地面上又蒙上了一层白雪。

　　端木绮还是一动不动地跪在风雪中，仿若石雕。直到夜幕落下，一更天的梆子声敲响时，端木绮身子一软，朝一边倒下，昏厥了过去。

整个永禧堂顿时炸开了锅。

贺氏赶紧命人把失去意识的端木绮抬进屋子里，又是请大夫，又是亲自在榻边照顾。端木绮高烧不退，嘴里一直叫着"祖母"。

贺氏心疼极了，等大夫给端木绮看完病，端木绮又喝了汤药后，就让人把端木宪请来了。但是，就算如此，端木宪依然毫不动容，不肯松口。

这一晚，贺氏辗转难眠，心口火烧火燎的。次日一早，她就进宫求见了贺太后。

姐妹俩的感情一向很好，也不知道贺氏和太后是怎么说的，当天她回来后不久，端木绮就忽然"药到病除"地退了烧。

傍晚，又一个消息在府里传开了——太夫人明早要带着二姑娘和四姑娘进宫给太后请安。

一时间，府里议论纷纷，惊讶于曾经的傻儿如今成了府中两位老祖宗的宠儿。

这个消息来得急，下人们急急忙忙地为主子们进宫的事忙活起来。

一夜飞逝，天方亮，尚书府的一侧角门就被打开了，马车缓缓驶出，载着祖孙三个人驶向了皇宫。

连着几天下雪，包括皇宫在内的整个京城一片冰天雪地，街头巷尾都清冷了不少。

在内侍的恭迎下，祖孙三个人径直来到了慈宁宫。

慈宁宫里弥漫着浓浓的檀香，上品的老山檀香袅袅散开，令闻者心绪平和。大理石地面光鉴如镜，晨光透过半透明的琉璃窗户照进殿内，温柔明媚。

一个穿着绛紫团形寿字纹缂丝褙子的中年妇人端坐在炕上，白皙细腻的肌肤保养得当，乍一看，她好似才四十多岁，风韵犹存。一头青丝被整齐地梳成了一个圆髻，她戴着一对白玉扁方，神情恬淡，手里慢悠悠地捻着一串佛珠。

世人皆知，太后笃信佛法，每年都要数次离京，赴洛阳、五台山等地礼佛。

"参见太后娘娘。"祖孙三个人都恭恭敬敬地给贺太后行了礼。

贺太后抬了抬手，示意她们免礼，跟着，亲昵地对端木绮招了招手："绮姐儿过来，哀家看看。"太后是看着端木绮长大的，一直对她疼如亲孙女。

端木绮依言上前两步，走到太后身旁。

她病了一场，现在精神看着尚好，脸颊却瘦了一圈，下巴尖尖的，在一身娇艳的绯红衣裙的映衬下，没了从前的张扬、明媚，反而显得柔弱可人。

"你这孩子，瘦了！"贺太后握着端木绮的小手，眸中闪过一丝心疼的神色。

贺太后拉着端木绮嘘寒问暖，还时不时和贺氏说上两句。三个人亲热地说着话，一不小心就把端木绯冷落在一旁。

端木绯垂眸，怡然自得地欣赏着鞋面上精致的蝴蝶刺绣。蝴蝶的样子是端木绘亲手所绘，然后吩咐针线房绣上的，针线房还特意用珠绣来绣蝴蝶的触须，看着别致又好看。

也不知道过了多久，太后像是忽然想起这殿内还有一人似的，抬眼看向了端木绯。

为了进宫，在端木绘的主导下，端木绯今日精心打扮了一番——她穿了一件粉色绲边百蝶穿花对襟褙子，里头一件白色小竖领袄子，下头搭配一条梅红色绣花马面裙，让小姑娘看着如同严冬寒风中的一朵粉梅，清新又可爱。

贺氏在一旁含笑道："太后娘娘，这是臣妇的四孙女，单名一个'绯'字，也是阿朗留下的遗孤。"

"小丫头，过来让哀家瞧瞧。"贺太后的神色温和而慈祥，若非眉宇间隐约透着一丝高高在上的贵气，她看起来就是一个普通的官宦门第的贵夫人。

端木绯屈膝应了一声，然后落落大方地走到了贺太后的另一边，由着对方上下打量着她，神情自若。

贺太后有些意外，寻常的闺秀见到她总会拘谨几分，可这个在边疆之地长大的小丫头倒是不卑不亢，就连刚刚被刻意冷落都没能让她有丝毫的局促与不安的表现。

"真是个标致的小姑娘，长得有几分像妹夫。"贺太后笑着拍了拍端木绯柔嫩的小手，眼角和唇角泛出的笑纹透露了几分她的真实年纪。

昨天贺氏进宫求见，为的当然是端木绮和杨家的亲事。

贺太后与这个胞妹自小关系就好，端木绮又一向得她欢心，打从一开始知道皇帝指婚，她就极力反对。然而，在明白皇帝的一番"苦心"后，她也只得勉强认了。

直到贺氏亲自进宫来求她。

从小到大，妹妹没怎么求过她，这叫她怎能忍心拒绝？

反正皇帝只是想要安抚杨家，没必要一定用端木绮啊，端木家那么多孙女，随便挑个和妹妹没血缘关系的姑娘就行了。

话虽如此，与杨家结亲的人选也需要谨慎挑选，再不能出任何乱子了。

这个人选不能是庶女，也不能是嫡长女——对任何家族来说，嫡长女都是非常重要的，妹夫一定不会肯。

所以，她把端木家的姑娘排了个遍，才挑了眼前这个小丫头。

这个小丫头是长房的嫡女，年纪又小，及笄前当然是嫁不了的。这么拖上个四五年，等到这件事彻底被平息了，就让皇帝撤了指婚的旨意。

贺太后自以为想得很周全，反正不过是让这小丫头担个名，大不了，等她以后出嫁时，自己多赏赐些嫁妆，给她份体面便是。

贺太后随意地自腕上褪下一只通透的玉镯,赏赐给端木绯,然后笑容满面地对贺氏道:"三妹,你家的丫头都被养得不错,一个个跟玉人儿似的。"

"太后娘娘过奖了。"贺氏笑着看了看端木绯,和蔼地说道:"还不谢过太后娘娘?"

端木绯捧着那个犹带着体温的羊脂白玉镯,笑吟吟地福了福身:"谢太后娘娘。"她两眼忽闪忽闪的,一副天真得不知愁滋味的模样。

"小姑娘家家就是该被娇养,姑娘家被养得好了,这也是自家的体面。"

"太后娘娘说得是。"贺氏应诺。

"绮姐儿,"贺太后含笑看着端木绮道,"你们两个小姑娘别在这里闷着了,带你妹妹去贵妃那里,和涵星玩去吧。"

"是,太后娘娘。"端木绮目光发亮地盯着贺太后,整个人焕发着一种异样的神采。

她知道贺太后有话要和贺氏私下说,才把她和端木绯打发了,十有八九是为了自己的事。

想着,她微微翘起唇角,"温和"地对端木绯说道:"四妹妹,你随我来。"她一副熟门熟路的样子,带着端木绯离开了慈宁宫。

外面的天色犹有几分阴沉之意,天际层层叠叠的阴云似乎随时要坠下来。

端木绮迈出慈宁宫后,面色马上一变,嘴角的笑意霎时就不见了,脚下的步子一顿,目光阴沉地看向了端木绯,脸色比此刻的天色有过之而无不及。

"端木绯,"端木绮咬牙切齿地念着端木绯的名字,恨恨地道,"太后一定会帮我的。别以为你和你姐姐能踩着我往上爬!"祖母既然带她来找太后求情,依太后对她的疼爱,太后一定会帮她说服皇上的。

说完,她也不管端木绯会有什么反应,冷冷地甩了一下身上的大红斗篷,仰着下巴,昂首阔步地继续往前走去。

端木绯看着离去的端木绮,晶亮的眸子闪着饶有兴致的光芒。她抿嘴浅浅一笑,跟在端木绮身后,朝钟粹宫的方向走去。

慈宁宫在内廷西部,钟粹宫却属于东六宫之一,两个宫殿之间相隔甚远,端木绯与端木绮又只能步行,所以这一走就超过了一炷香的工夫。

终于,两个人到了金碧辉煌的钟粹宫。

比起宁静祥和的慈宁宫,钟粹宫里热闹非凡。

东侧的暖阁里,除了端木贵妃,四公主涵星坐在一旁,笑吟吟地看着端木绯与端木绮并肩走来。

"给贵妃娘娘、四公主殿下请安。"

待二人行礼后，端木贵妃便含笑招呼二人起身："都是自家人，不必多礼。绮姐儿、绯姐儿，你们也许久没来看本宫了。"

端木贵妃看着二人，神态与语气一样亲昵。

端木贵妃早就从涵星那里听说了在西苑猎宫里发生的那些事，知道若非端木绯及时求岑隐救下涵星，后果不堪设想。如今再看端木绯，端木贵妃的神情就比五月时多了几分真切之意。

"绮表姐、绯表妹。"涵星一边唤着，一边招呼端木绯在她身旁坐下，惋惜地说道，"绯表妹，你怎么没带小八一起来？我家琥珀可想念它了。"

端木绯很想说，就算她想带进宫，那也要看守宫门的禁军准不准。她嘴上却无奈地说道："这两天下雪，小八哪里愿意出门？"

"说得也是。"涵星发出一阵清脆的笑声，"我家琥珀也怕冷，最近都不吵着让我给它开窗了。"

端木绮的眉心微蹙了一下，她在涵星和端木绯身上来回地看了看。

家中的几个姐妹里，涵星自小与她最要好，如亲姐妹般。可是今天，涵星第一句话就是对着端木绯说的，而且神情愉悦，对她显然没以前那么亲近了。

端木绮仔细回想，好像涵星自秋猎归来后，就很久没与自己一起玩耍了，反而不知何时和端木绯变得这般熟稔、亲热！

端木绮这样想着，双手在袖中握了握，眸色微黯，心口的一簇火苗骤然被点燃了。

"涵星，我也好些日子没见琥珀了，想念得紧，琥珀是不是又长大了些？"端木绮若无其事地插话道。

"它现在已经比我的拳头大一圈了。"说到自家的爱鸟，涵星的眸中泛着动人的光彩。

"琥珀长得真快。"端木绮拊掌道，"涵星，你可知道曾三姑娘也养了一对黄莺？她与我说，明年她打算孵一窝小黄莺，我已经先找她预定了一只。涵星，你把琥珀养得这么好，可要教教我才好。"

"绮表姐，小黄莺很娇贵的，你须得仔细照顾才行……"涵星兴致勃勃地与端木绮说起了养鸟经，端木绮不时询问一句，看着很认真。

表姐妹俩说得投契极了，端木绯隐约猜到了端木绮的那些小心思，径自捧起一旁的茶盏。

茶盖一打开，普洱清醇的香味扑鼻而来，橙黄色的茶汤清澈透亮，端木绯陶醉地嗅了嗅茶香，轻轻地啜了一口茶汤，回味着口中清新的茶香。

端木贵妃笑道："绯姐儿，冬日喝普洱茶好，正好暖胃驱寒。"

"贵妃娘娘，这是五十年的普洱吧？我可真是有口福了！"端木绯放下茶盏，乖巧地说道。

见端木绯识货，端木贵妃更欢喜了，招呼道："饮普洱茶容易饿，配些蛋黄酥吃吧。"

端木绯便拈起一块蛋黄酥。

蛋黄酥香甜浓郁，平日里她吃半块就觉得有些甜腻，可是此刻，搭配着口感微苦的普洱浓茶一起吃，恰到好处。

端木绯满足地眯了眯眼，像一只餍足的猫似的。

吃完一块蛋黄酥后，端木绯用帕子擦了擦嘴角，含笑道："贵妃娘娘，我吃着，这蛋黄酥里加了些许梅花瓣，清香怡人，宫里的御厨还真是巧思。"

端木贵妃还没说话，一旁的涵星听到了，接话道："什么巧思？他们不过是应景罢了。最近宫里的吃食都硬加些梅花，根本就是牵强附会。"

涵星一向有话直说，完全不知道委婉为何物。

她又道："倒是前些日子，外祖父送了一坛梅花酒来，我闻着酒香清冽，水酒与梅花搭配得恰到好处。绯表妹，听说那酒是你酿的？"

端木绯点了点头，明眸生辉，笑吟吟地说道："祖父说皇上喜爱这种梅花酒，皇上尝过了没？"她弯了弯嘴角，神色间透着一分得意、两分期待。

端木贵妃闻言，原本笑得明艳的脸庞顿时有些僵硬，她淡淡地说了三个字："还不曾。"皇帝已经很久没有到钟粹宫来了，这梅花酒再好，也是英雄无用武之地。

"皇上一定是还没见到这酒，"端木绯有些遗憾地说道，"不然肯定会喜欢的。"

涵星也是这么认为的，惋惜地叹道："正所谓'酒香还怕巷子深'呢！"这么好的酒，内廷司送来的那些贡品梅花酒根本比不上，她都馋了好几天了。

"涵星表姐，这你可说错了。"端木绯摇了摇白嫩嫩的手指，一本正经地说道，"我这梅花酒最特别不过了，只要在酒水中加适量的梅花花瓣，再用红泥小火炉温上一会儿，就能酒香千里，一点儿也不怕'巷子深'！"

涵星的眸子更亮了，她娇声道："父皇真没口福！母妃，不如咱们一起喝了吧？莫要辜负了这好酒！"

端木贵妃似乎动了心思，问道："这酒香当真如此浓郁？"

端木绯一双杏眸熠熠生辉，她仰着小巧精致的下巴，自信满满地说道："那是当然。"

端木贵妃不免有些心动。

她伴驾多年，自然知道皇上每日午膳前都会在御花园的湖边散散步，很少有例外。若是这酒香真能如端木绯说的那样，皇上说不定真能闻香而来……

"母妃。"涵星干脆起身来到端木贵妃身旁，撒娇地晃了晃端木贵妃的胳膊。

涵星三言两语就磨得端木贵妃心软了，端木贵妃笑道："那好吧，我们就去御花园的暖亭里烧个红泥小炉，温壶酒，观雪品酒，倒也雅致。"她若是能见到皇上一面，自然是好，不然，就当哄女儿了。

贵妃一声吩咐下去，殿内的宫人们就里里外外地忙碌了起来。不消片刻，一行人便带上酒壶、食盒和小炉，往御花园行去。

从琼苑东门进入御花园后，一路往前，就是一片清澈的湖水。湖面结了冰，宛若明镜般倒映出蓝天白云以及湖边的假山、梅林和暖亭。

那暖亭就在湖的西北方，依着一处嶙峋的假山和十几株红梅。此刻，园中万物皆被白雪覆盖，假山与红梅在雪中互相依偎，看着倒有几分刚柔并济的味道。

宫人服侍在侧，一切井然有序，有人负责看炉子，有人管烧水的瓷罐，有人给主子们沏茶、暖手。

宫女小心地把采来的梅花花瓣撒入梅花酒中。

当炉子上的水初沸时，宫女手疾眼快地把盛着酒水的青瓷酒壶放入热水中，并把炉子的火势调得小了些，然后拿着一把蒲扇，小心地扇着。

不一会儿，炉子上的水又发出了"咻咻"的声音，随着袅袅升起的白气，一股淡淡的酒香从酒壶的小口散发出来，弥漫在空气中，越来越浓郁。

那是一种非常独特的酒香——醇香中掺杂着甘润绵柔，醇厚中又带着一丝梅花独有的清冽的味道。这种香味十分诱人，又不带侵略性，让人不由得心生向往……

"绯表妹，你这梅花酒也太香了吧！比我以前喝过的梅花酒、桂花酒、玫瑰酒都要香上许多！"涵星忍不住拊掌赞道，精致的脸庞神采焕发。

"那是自然。"端木绯扬扬得意地仰了仰小下巴，"涵星表姐，我酿的这梅花酒可不是普通的梅花酒，你可有口福了！"

见她这副可爱的模样，端木贵妃不由得抿唇轻笑。

这时，宫女从热水中取出青瓷酒壶，然后拿出预先烫好的酒杯，把壶中的酒水倒入酒杯中。

随着斟酒声"哗啦啦"地响起，那馥郁的酒香更浓了，环绕在暖亭四周，久久不散。

端木绯拿着一个温热的酒杯，轻轻地把玩着，赏酒中白梅，嗅美酒奇香。

她酿的这酒看起来不过是梅花酒，却比普通的梅花酒更芬芳馥郁。这是因为，她根据一本古籍的记载，在酿酒时加入了蜂蜜、月见草和香雪兰，一来可以让酒的口感更温润，更适宜入口；二来温酒时，能让酒香四溢，香传千里。

端木绯把酒杯凑到唇畔，饮了一口琼浆玉液。

她仰首时，又一阵微风拂来，吹得她鬓角的发丝飞扬。端木绯的小脸儿上透着一丝自信的神采。

涵星平日里娇滴滴的，饮起酒来，却有一分豪迈之气。她一口气就饮尽了杯中的酒水，如玉的小脸儿上泛起了淡淡的红晕，脱口赞道："好酒！"

少女娇嫩的声音正好与一个浑厚的男音重叠在一起，亭中众人均愣了愣。

对她们而言，这个男音太熟悉了，不用抬头，端木贵妃和涵星就可以确信来人的身份。

亭中的四个人皆起身，出亭相迎。

七八丈外，身穿一袭明黄色龙袍的皇帝带着一个小内侍绕过假山的西侧，健步如飞地朝暖亭的方向走来，俊朗的脸庞上带着明朗的笑意。

皇帝刚处理完国事，就来御花园中散散心、赏赏雪。适才，他在前面的白梅林里看到一片梅雪相映，正诗兴大发，却在寒风中闻到一阵清洌的酒香。

这酒香很独特，淡而不散，香而不艳，醇香幽雅，就如同一个在梅林中翩翩起舞的蒙纱美人，颇有一身清冷的傲骨。

皇帝肚里的馋虫顿时就被勾了出来，他想尝一尝这美酒到底是何滋味，便闻香而来。他走得越近，那酒香越是勾人，仿佛有一根羽毛在他的心头轻轻地撩动着，荡起一片涟漪……

皇帝不由得咽了咽口水，目露异彩。

"参见皇上。"

"参见父皇。"

四个人齐齐地屈膝给皇帝行礼。

"爱妃免礼。"皇帝抬了抬手，含笑道。他心里也有些意外，原来是端木贵妃带着几个孩子在此煮酒赏雪。

皇帝亲昵地携端木贵妃一起进了暖亭，三个姑娘则跟在二人身后。

"爱妃在此赏梅、看雪、饮酒，还真是好兴致！"看着暖亭中的火炉和小酒，皇帝撩袍坐了下来。

"皇上见笑了，臣妾这也是一时酒兴大发。"端木贵妃笑得大方灿烂，眉眼飞扬。

许是刚饮了酒的缘故，端木贵妃明艳的脸颊上泛着如梅般的红晕，眸子里波光流转，与往日相比更添几分旖旎、几分娇艳。

皇帝的目光在端木贵妃的丽颜上流连一瞬，然后才转向了石桌上的美酒。此刻，他坐在这里，那酒香更是勾人心魄，仿佛蒙纱美人终于开始解下面上的薄纱，半遮半掩……

皇帝的眸子明亮得闪烁着光芒。

那宫女知情识趣，立刻就给皇帝也倒了一杯梅花酒。

皇帝兴趣盎然地拿起了青瓷酒杯，观其色，闻其香，然后才试探地饮了一口，顿时锐目一亮，嘴角也翘了起来，又轻轻地啜了一口，仔细地品味着口腔中的酒液。

小巧的酒杯里不过四五口酒水罢了。皇帝饮完杯中之物，还有几分意犹未尽，赞道："好酒，果然是好酒！比御贡的梅花酒还要好！"

这梅花酒口感香醇、细腻、柔和、清冽，不浓不猛，回味悠长，便是此刻，酒已入腹，杯间还萦绕着淡淡的酒香与梅香，久留不散，令人回味无穷。

他还不曾饮过如此特别的梅花酒！

端木贵妃含笑地指了指立在一旁的端木绯道："皇上，此酒是臣妾这四侄女亲手酿的。"

说话间，宫女又自觉地温起一壶酒来，酒香再次随着酒温的升高而飘逸开去……

皇帝饶有兴致地看向端木绯，神色难免惊诧："小丫头，你除了会下棋，还会酿酒？"他的言外之意是：你这丫头片子，懂得倒不少。

端木绯一本正经地点了点头："皇上，臣女每天要学很多东西的。"

皇帝只当她在说琴棋书画、女红厨艺什么的，忍俊不禁，随口逗她："小丫头，你这么忙，今日怎么得空进宫来陪你贵妃姑母？"

端木绯笑眯眯地福了福身，回道："回皇上，臣女是陪祖母来向太后娘娘请安的。"

"太后在宫里寂寞，你们无事就多进宫看看她。"皇帝笑道。

"是，皇上。"端木绮急切地接话道，"祖母还在慈宁宫陪着太后，臣女就和四妹妹一起来给贵妃娘娘请安了。"

皇帝循声看向了端木绯右手边的端木绮，像是此刻才注意到她似的，眼眸如一汪深不可见的潭水，目光带着几分审视、探究……与疑虑之意。

四周静了一瞬，皇帝把玩着手中的酒杯，漫不经心地问道："杨家如今出了事，你们两个小丫头想必也知道了吧？对于两家的这桩赐婚，你们怎么看？"

闻言，端木绮顿时眼睛一亮，本来以为要等着太后那边的消息，没想到皇帝竟然主动提起此事！这可是取消婚约的好机会！

"皇上，"端木绮盈盈一福，正色道，"臣女以为这杨家……"

"雷霆雨露，皆是君恩。"端木绯朗声打断了端木绮，然后对着皇帝乖巧地笑了笑，"皇上，祖父在家里时常与臣女这般说。"

皇帝怔了怔，有些意外，跟着便心情大好地笑了，爽朗的笑声回荡在暖亭中，周围的寒意似乎也被驱散了不少。

皇帝眸中的那丝疑虑瞬间尽消，端木绯只是一个十岁的小姑娘，如白纸般，所以不会像那些大臣一样满口阿谀奉承之辞。既然她这么说了，那么肯定是平时端木宪在家里也谨言慎行，孩子们方能耳濡目染。

皇帝如此想着，看着两个小姑娘的眼神中就多了一分长辈般的亲切，问道："哦？那你祖父还说了什么？"

端木绯歪了歪脑袋，沉思了一下，然后眸子一亮，笑着拊掌道："臣女想起来了！臣女还漏了半句，全句应该是，"她清了清嗓子，学着端木宪的口吻说，"'皇上心系天下，为国为民；臣子心系皇上，为主分忧。正所谓"天为君而覆露之，地为臣而持载之"。雷霆雨露，皆是君恩。'"她故意拖长音调的模样仿佛一个小学究，逗得皇帝又大笑不已。

然而，一旁的端木绮心中暗恨，眼帘半垂，乌黑的眸子中波涛汹涌。

若非皇帝和贵妃在场，她几乎要扑上去，质问端木绯为什么要故意害她……刚才明明是一个大好机会，只要她跪下求一求，以皇帝对太后的尊重以及对贵妃的喜爱，皇帝一定会同意取消赐婚的！

现在事情却被端木绯搅和了！

端！木！绯！端木绮在心中暗暗地念着端木绯的名字，恨意翻腾，仿佛火山快要喷发一般。

端木贵妃不动声色地把皇帝这寥寥数语间暗藏的波澜看在了眼里，心绪随之剧烈起伏了好几回，此刻总算放下心来。

她陪伴皇帝十余年，最了解皇帝，知道他有试探端木家的意思。刚刚端木绮开口的时候，她紧张得手都在发抖，想打断又怕皇帝不悦。幸而端木绯是个聪慧的小姑娘，年纪虽小，却机灵得很，会说话，逗得皇帝如此开怀。

涵星完全没听懂里面的机锋，笑吟吟地凑趣道："父皇，您看这亭中正好有酒、有点心，不如让御膳房再上些个下酒小菜，您也随我们一起饮酒赏雪吧！"

涵星自小受宠，看向皇帝的小脸儿上没有惧色，只有孺慕之情，她撒娇道："父皇，儿臣都好些天没见父皇了。"

小姑娘的声音娇滴滴的，眸子里更是情真意切，让皇帝大为受用。他豪爽地笑道："好，朕就与你们共饮一番。涵星，你也坐下吧。"

端木贵妃喜形于色，赶忙吩咐内侍去备小菜。

内侍领命，匆匆离去。与此同时，又一壶香气四溢的梅花酒被温好了，宫女仔细地为皇帝等人斟着酒。

如同端木宪所言，皇帝的酒量确实一般，他饮了三杯后，颊上就泛起了淡淡的红晕。

皇帝浑身舒畅，举杯笑道："冬日赏雪，还须饮这梅花酒，方是人生一大雅事。"

"皇上此言差矣。"端木绯却不以为然地摇了摇头，说得头头是道，"其实，将这梅花酒藏于冰窖中，于夏日饮用，更宜消暑。冬日里，最适合饮的不是梅花酒，而是碧芳酒。"说着，她抿了抿小嘴，似乎有些垂涎欲滴，那可爱的模样就像一只嘴馋的小奶猫。

皇帝看着她的神情觉得有趣，好奇地问了一句："碧芳酒？朕怎么从不曾听闻过此酒？"

"皇上，这碧芳酒真乃琼浆玉液也！"端木绯的眸子更亮了，如夜空中的繁星粲然生辉。

"臣女在一家书铺里，偶然淘到了一本残破的古籍，那古籍是数百年前一位酿酒大师所著，却被不识货的书铺老板拿来垫了书架，幸好臣女的眼睛够亮，才不至于明珠蒙尘。

"这碧芳酒不仅香醇，口感清冽如泉，而且可以和血益气，除风散寒，辟邪延岁……古语有云，'酒为百药之长'。皇上每日为政务烦劳，最适合饮这种酒了，可以消哀息怒，宣言畅意，延年益寿。"

端木绯一时兴起，简直把这碧芳酒说得神乎其神。

皇帝也没当真，只当乡野逸事听了，笑问道："既然碧芳酒这般好，你可会酿？"

"当然会了！"端木绯唇角微扬，一副自信满满、自己什么都会的得意样。

见状，皇帝脸上的笑意更深了。他一边饮着醉人的梅花酒，一边笑吟吟地说道："小丫头，那就替朕酿一坛试试。酿得好了，朕重重有赏。"皇帝的话中带着几分玩笑意味，他只是逗逗小姑娘罢了。

"臣女遵命！"端木绯郑重其事地屈膝领命，接着侃侃而谈，"酿这碧芳酒所需时间不长，就是用料繁多，其中有一味叫'芝雪草'的材料最是罕见，少了这一味材料，就算是臣女会酿这酒也酿不成。幸好，前两天外祖父从闽州送来的年礼里就有……"

端木绯乐滋滋地勾唇笑了，喜不自胜地说着："这还是臣女来京城后，第一次收到外祖父和外祖母送来的年礼呢！"

听端木绯提起她的外祖父，皇帝这才记起，闽州李家正是端木绯的外家。

他心生疑惑，蹙眉道："朕若是没记错的话，你们到京里也该快四年了吧？怎么会是第一次在京城收到李家的年礼？"

端木绯愣了愣，目光游移了一瞬，继而眨了眨大眼睛，若无其事地笑道："许是臣女和姐姐这几年一直在守孝吧……"

皇帝上下打量着端木绯，眸中露出一丝沉思之色，心里觉得此事甚为可疑。

虽说上次他压下了李家私卖军粮一事，但是，这件事总归在他心里埋下了一根刺，时不时就会冒出头扎他两下。

两个无父无母的孤女被留在京城里，李家作为外家，竟然连着几年没送年礼，也不闻不问，这实在太可疑了！

若说从前，皇帝听到这些话，多半只会一笑了之。

他堂堂一国之君，哪里有那么多的精力去管臣下送不送节礼的小事？可是现在，因为心里的那根刺，哪怕是一个小小的疑点，也能在他的心中不断地膨胀……让他越发不舒坦。

皇帝眯了眯那双精明、深沉的眼眸。他得派人再暗中查查李家，瞧瞧这李家是不是还有什么不为人知，甚至不可告人之事。

不查个清楚明白，他实在不能放心。

皇帝心里有了打算，面上却不显，戏谑地又道："小丫头，你好好酿，朕可就指望着你了。"

端木绯微微一笑，好像松了一口气，笑得更甜了，直点头道："皇上您放心。臣女今日回府就去酿酒，等酿好后，送来给贵妃娘娘，让皇上尝尝鲜。"

皇帝欣然应允："好，就这么一言为定。"

端木贵妃的唇角越翘越高，看向端木绯的眼神也越发柔和了。这个四侄女真是太懂事了，虽然与自己是隔房，但终究是姑侄，心里始终还是有自己这个姑母的。

"皇上，"端木贵妃的脸上露出大方的浅笑，她试探着说道，"臣妾那里还有半坛梅花酒，难得皇上喜欢，待会儿臣妾就命人给皇上先送去。年关将近，皇上政务繁忙，闲暇时也可以饮杯酒水，去去乏气。"

皇帝看着端木贵妃明艳的脸庞，心念一动，摆了摆手，说道："酒放在你那里便是，朕晚上去你那里用膳。"

端木贵妃心中更喜，她含笑应了："那臣妾就让御膳房多备几道皇上喜欢的吃食……"

"母妃，那儿臣呢？"涵星眨了眨眼，娇嗔着问道。

"少不得你一口饭吃。"

皇帝闻言又是一阵大笑。

亭子里其乐融融。此时此刻，皇帝、贵妃和四公主就仿佛最普通的一家人般，言笑晏晏。

端木绯也不再说话，自得其乐地饮着杯中之物，唯有端木绮看似抿嘴笑着，眼中却阴晴不定，始终接不上话。

她心中更凉了。这大概就是人走茶凉，世态炎凉。

她如今与那等人家有了婚约，等于没了前途，所以连贵妃姑母也没有从前疼自己了。

而端木绯这傻子一步步混得风生水起，得了祖父的青眼，连皇帝、贵妃和涵星也对她另眼相看……

渐渐地，端木绮只觉得四周似乎有一层无形的屏障，把她和其他人隔离开来。

亭子里的阵阵欢声笑语仿佛是另一个世界，而她仿若一粒弃子般，被人遗忘了……

也不知道过了多久，一个宫女的声音似远还近地传来："皇上、贵妃娘娘，太后请两位端木姑娘过去慈宁宫陪她用膳。"

既然贺太后来唤人，皇帝也就没再留她们，端木绯和端木绮皆屈膝告退，随着宫女一路西行，朝慈宁宫走去。

一路上，两个人沉默无语。端木绮还在记恨端木绯乱说话，坏了她的好事，再也没搭理她，包括在慈宁宫时，也只假装天真地哄着贺太后。

用了午膳后，贺氏就带着两个孙女向贺太后告辞，回了尚书府。

此时不过是申时，天色还亮堂着。

端木绘早就在湛清院里等着端木绯了，见妹妹回来，就让丫鬟奉上了香喷喷、热腾腾的香菇鸡丝面。

"蓁蓁，快吃碗面，填填肚子。"端木绘心疼地看着妹妹，觉得她在宫里肯定没好好吃上一顿饭。

这碗香菇鸡丝面用在炉子上煨了大半天的鸡汤作为汤底，鸡汤已经被小火熬成了浓郁诱人的奶白色，再加入筋道的手工鸡蛋面，配以鲜嫩的缕缕鸡丝、香菇以及酸菜，食材天然的鲜香味混着一种难以言喻的酸味扑鼻而来，令人垂涎欲滴。

端木绯本来觉得自己不饿，可看着这碗汤面，忽然就觉得饥肠辘辘，"呼噜呼噜"地吃了大半碗。

她漱了口，又饮了半盏茶消食，才兴高采烈地与端木绘说起了此次进宫的见闻，其中也包括皇帝与酒的二三事。

听说皇帝让妹妹酿什么碧芳酒，端木绘微微蹙眉，觉得妹妹平日里要上闺学，要去祖父那里做功课，要练字、练琴，偶尔还要帮着自己掌家，已经够忙了，现在还要特意给皇帝酿酒，委实太辛苦了。

不过看端木绯兴致勃勃的样子，端木绘不会给妹妹泼冷水，只是不露声色地提议道："蓁蓁，这碧芳酒需要备些什么食料？你列张单子，我让人去准备。"

"谢谢姐姐。"端木绯笑得灿烂，"等我的酒酿好了，给姐姐第一个试酒。姐姐这些天辛苦了，饮些碧芳酒，和血益气，除风散寒。"

碧蝉在一旁涎着脸对端木绯道："姑娘，可不可以也赏奴婢一……不，三杯啊？"

"你这小酒鬼！"绿萝有些好笑，指着碧蝉的鼻子笑道。

丫鬟们笑作一团，端木绯大方地挥手道："放心，这院子里的人，见者有份！"

随着端木绯归来，整个湛清院被注入了一股活力，笑声不断。

端木绯在内室里歇了一个下午觉，直到黄昏时端木宪回来了，她才重新洗漱了一番，一如既往地去了端木宪的外书房。

幽静的书房里，只有端木宪一人。

外面天色阴沉，天空中又零落地飘起了小雪。丫鬟已经把屋子里的宫灯点亮了，橙黄色的灯光把端木宪儒雅的脸庞照得越发柔和，他满面红光，仿佛一下子年轻了好几岁。

很显然，端木宪的心情很不错。

"四丫头，今儿去宫里怎么样？"端木宪笑容满面地问，与端木绯闲话家常。

下午，端木宪被皇帝宣召去了御书房，皇帝心情不错，对他好生夸赞了一番，夸他谨言慎行，体恤圣意，为主分忧，接着又赏了他文房四宝和茶叶及茶具。

端木完被夸得当时就蒙了，不明所以。后来，还是贵妃派了一个内侍在宫门口等着他，悄悄地把今日在御花园里发生的事告知了他，他才知道了事情的来龙去脉。原来，端木绯在君前应答得当，使皇帝对他的赤胆忠心大感满意，是以龙心大悦。

回想着内侍所言，端木宪心里感慨万分。

他这个四孙女虽小，但是冰雪聪慧，机灵乖巧，又才学出众，算学、围棋、书画皆是翘楚，每一样拿出来，都可以令整个京城为之俯首折腰，更难得的是，她的"机灵"能对家族有所助益……

也难怪似楚氏这样的簪缨世家，如此看重对家中嫡女的教养。女孩子被养好了，可不是只有联姻的作用，更可以在细微之处体现一个家族的教养与气度。

只怪他明白得太晚了，二房和三房的绮姐儿、缘姐儿都已被养歪了，现在，只能从四房、五房的嫡女抓起，看看她们之中有没有可造之材了。

所幸姑娘们还小，不急，他且慢慢看看她们的品性，品性不端又无自知之明的人，就会如小贺氏般给家里招祸！

端木宪正心不在焉地思忖着，就听端木绯脆生生地抛出一句惊人之语："若是孙女没猜错的话，祖母可能是打算让孙女代替二姐姐，同杨三公子结亲。"

端木宪闻言，瞳孔微缩，难掩惊色，再一想，又恍然大悟，目光微凝。

皇帝的赐婚圣旨已下，端木绮与杨旭尧的亲事在不知情的外人看来，自然是板上钉钉的事，因此，之前端木宪也没往端木绯说的这个方面想。

此刻，被端木绯这么一提醒，他也觉得贺氏的行为蹊跷得很。

贺氏是贺太后的胞妹，平日里，逢年过节都会去给太后请安，也时常带上端木绮、端木缘一起，可是带上端木绯，这可是头一回。

再联想杨羲被皇帝治罪，以及前两日端木绮又跪又病的事，端木宪一瞬间就把其中的关键之处想透了。

端木绮这是不满意这桩亲事，就玩起了一哭二闹三上吊的把戏。而贺氏终究是心软了，就把馊主意打到了端木绯的头上。虽然端木绯委婉地说是"可能"，但端木宪心里已经觉得这件事八九不离十，以贺氏的性子，这恐怕就是她心里的打算。

端木宪想着，心一点点地沉了下去，眸中瞬间掀起了一片狂风怒浪，嘴角的笑意也没了。

他对贺氏太失望了！

明明他早已同贺氏说得明明白白，不得更改这桩婚事，贺氏居然还敢背着他搞鬼，根本就没把他放在眼里。

端木宪如此想着，眸中滑过一丝冷厉的神色。

更可恶的是，她竟然敢打端木绯的主意！

端木绯似是不觉，笑眯眯地继续补充道："祖父，我以为祖母和太后应该也不是真想让孙女替嫁，许是太后跟祖母透了底，知道同杨家这门婚事成不了，过个几年，皇上就会收回成命，因孙女的年纪比二姐姐小，能多拖几年，所以祖母就想让孙女先顶上呢。"

端木宪上下打量着端木绯，见她始终微微笑着，不见一丝惊慌的神色，他的心里也随之平静下来。

"四丫头，"端木宪看着她，饶有兴致地问，"你怎么想？"

端木绯这个时候当然不会与端木宪客气，直白地说道："祖父，羊肉虽然鲜美，可是我只爱吃，不爱当替罪羊。"

"四丫头，你和你二姐姐可是姐妹。"端木宪的语气别有深意。

端木绯听出这是端木宪在考校自己，下巴微抬，道："祖父，古语有云'子孙不患少，而患不才；产业不患贫，而患难守。门户不患衰，而患无志；交游不患寡，而患从邪。'……"

端木宪确实存着考校之心，端木绯的回答却再一次出乎他的意料，这让他不禁面色微凝。

是啊，子孙不患少，而患不才……

屋子里寂静无声，只有宫灯里的烛火微微摇曳着。

须臾，端木宪朗声大笑。

"四丫头，说得好。"他重重地拊掌两下，看着端木绯的眼神越发慈爱，"这件事，祖父……定不会姑息。"

然而，端木宪的话还没说完，端木绯就笑着打断了他："每次都是祖父您出面打压，她们永远都不会觉得自己做错了。"

"她们"指的不仅是端木绮，也包括贺氏和小贺氏。她们每次做错了事，自作自受，却只会觉得端木宪偏心，从来不懂得反思。

若要端木绯用通俗的词来形容她们，就是三个字：不记打。

端木宪深深地看着端木绯，接着，目光从她身旁穿过，落在了她身后的一个红木雕花匣子上，那里放的是今日皇帝刚赏赐下来的东西。

端木绯认真地说道："祖父应该不希望我们端木家在您之后，就再无建树吧？唯有世代簪缨，方为世家。"

端木宪心中一凛。

端木宪寒门出身，靠科举入仕，用了数十年才爬到如今的地位，哪怕再进方寸，也是艰难至极。他这一生最大的期望就是让端木一族发扬光大，有朝一日成为如楚氏般的世家大族！

如今的他已经是知天命的年纪，哪怕日后坐上首辅之位，也不可能永远庇护端木家。而端木家想要世代簪缨，靠的并不是自己，而是子孙后代。

为了端木家的未来，自己绝对不能再手软了！

人总要痛到根子上，才会知道自己做错了什么。

"好。"端木宪沉声应下，"这件事祖父就交由你办了。"

端木绯笑了，笑得如往常般天真可爱，福身谢过了端木宪。

她的眸子熠熠生辉，如星辰，似刀芒。

她大冷天进了一趟宫，可不是为了陪太后她们玩的，为的当然是一件更重要的事。

希望皇帝不要让她失望……

# 第二十六章　约　定

窗外不知何时飘起了雪花，起初是小雪，渐渐就变成鹅毛大雪。

这雪一下起来，就没完没了，停了下，下了又停，如此连续地下了好几天。

腊月二十九日，由钦天监选了吉时，一众内阁学士在乾清门摆黄案，郑重其事地举行了封宝封笔仪式，擦洗印玺，放入宝匣。

年底封宝，代表皇帝接下来的七天都不会再办公了，皇宫上下，喜气洋洋。

当晚，锦衣卫指挥使程训离面色凛然地进了御书房。

那日，端木绯和贺氏她们离宫后，皇帝就吩咐程训离去查了李家的节礼的事。程训离当日就回禀说，端木家姐妹俩自四年前来到尚书府后，确实没有收到过李家的节礼，直到今年李廷攸赴京，两家才恢复往来。

皇帝越想越可疑，就命程训离派人快马加鞭地去了一趟闽州。

半个多时辰前，程训离得了闽州那边的消息，立刻就进宫来求见皇帝。

"皇上，臣刚刚收到了闽州那边的飞鸽传书，"程训离抱拳禀道，"说发现肃王世子在闽州湄城出现了。"

湄城是闽州的主城，李家便住在湄城。

程训离微微低头，不敢看御案后的皇帝。

皇帝瞳孔猛缩，脸上难掩惊色。

肃王是他的三叔，先帝在时，肃王南征北讨，立下赫赫战功，一度被称为"战王"，在军中乃至朝堂上威名赫赫。当年，为了皇位，皇帝曾与肃王有过合作，初登大宝后，他也确实对肃王多有施恩，没想到反而养大了肃王的野心……多年来，肃王不但不肯交还兵权，还经常在朝堂之上给他使绊子。

当年，蒲国来犯，接连打下了陇州与西州，归根到底，就是因为肃王一派的人从中作梗，在朝堂上百般为难，才会让援军和粮草增援不及……以至宣国公世子都战死在了陇州临泽城。

肃王不臣之心早已有之，这些年来，皇帝防了又防，没想到，竟然连他一手提拔起来的李家也与肃王有所勾结？！

再想起李家盗卖军粮的事，皇帝心中发寒，如坠冰窖。

皇帝定了定神，沉声再问："你还查到什么？"

程训离继续禀道："三天前，有一批吃水极重的货物被送到闽州的湄城港，李家对外称是江南来的丝绸，但末将派去的人夜探过一次，发现其中暗藏着兵器。"

大盛朝对兵器的控制十分严格，兵器基本上是国有管制，由兵部负责督造。

民间私铸兵器，李家其心可诛！

"李家这是想助肃王谋逆？！"皇帝破口怒道，手微微发起抖来，眼神一点点变得深沉、暴戾，眼中似乎正在酝酿一场风暴。

上次，御史弹劾李家盗卖军粮，皇帝曾派人去闽州查过，回报说李家在闽州尽忠职守，他信了。

如今看来，李徽父子根本就是狼子野心，如此有负皇恩，实在是百死不能赎其罪！

程训离不敢吭声，头俯得更低了。

"传朕的旨意，给朕把李徽和李传应押解进京！"皇帝霍地站起身来，额头青筋乱跳。

"皇上，已经封宝封笔了。"这时，在一旁静立许久的岑隐出声提醒了一句，声音不轻不重。

原本怒火中烧的皇帝仿佛被当头泼了一桶冷水，面沉如水：难道他堂堂大盛天子，因为封宝封笔，就要束手束脚，再忍李徽父子七日吗？！

那这个年，他还过得安生吗？！

皇帝差点儿就要脱口而出，命人去开宝开笔，可是话到嘴边，又迟疑了。

大盛朝百余年都没有这个先例，群臣定会阻拦，这要是真闹起来，岂不是要闹得满朝皆知李家之事？！

若李家真和肃王有所勾结，自己现在派人大张旗鼓地去押解李徽父子进京，会不会反而激得李家直接反了？！万一李家不肯应旨，而是背靠肃王直接在闽州占地为王，那恐怕后患无穷！

皇帝慢慢冷静了下来，在心里对自己说：事关重大，朕必须冷静谨慎地处理才行。

皇帝在御书房里来回地走着，步履中难免透出一分烦躁、两分沉思之意。

过了好一会儿，四周只剩下皇帝一人的步履声。

程训离低眉垂首，身子绷直，如拉满的弓弦；岑隐负手而立，悠然自若，如一缕清风。

皇帝来回走了两遍后，步履蓦然停下，先望向了程训离，吩咐道："程训离，你亲自去一趟闽州……"

说着，皇帝又看向了岑隐，问道："阿隐，李廷攸可还在京中？"

"回皇上，李廷攸昨日刚离京。"岑隐回道。

皇帝眸中闪过一道精光，他果断地沉声下令道："程训离，你先去把李廷攸追回来，让他别回闽州了，就留在京中过年。你就跟他说，新年宫宴时，朕会嘉赏他。还有，阿隐，你去查查肃王，朕准你便宜行事。"

皇帝的最后四个字透着意味深长的叮嘱之意，说完，他的眼神又变得深沉、复杂起来，仿佛要把人吸进去似的。

御书房里再次陷入了死寂之中。程训离急忙告退，以最快的速度召集了十几名锦衣卫，从京城的南城门驰出，一路快马加鞭，连夜赶路，终于在五十里外，赶上了投宿在驿站里的李廷攸。

半夜时，大雪又纷纷扬扬地下了起来，众人踏着风雪，在天亮时赶回了京城。

新的一天在热热闹闹的爆竹声中开始了，除夕终于来临了。

京城的街头巷尾皆大红灯笼高高挂，与四周一片洁白的冰天雪地形成了鲜明的对比。

李廷攸在锦衣卫的护送下，回到了祥云巷的李宅中。

程训离办完了差事，就先回宫复命去了，留下了四个尾巴守在李宅的门口。

李廷攸对此毫无异议，嘴角始终噙着一丝优雅得体的浅笑，宛若翩翩贵公子。

他进了宅子后，先悠闲地洗漱了一番，又换了一身簇新的宝蓝色锦袍，束上玄色嵌白玉镶边锦带。少年公子闲庭信步之间，一派风度翩翩的样子。

随后，李廷攸大大方方地带着小厮出了门。

除夕的午后，京城大街更为热闹了。路上人来人往，皆容光焕发，一个个步履轻盈，浑身洋溢着过年的喜悦气息。

街上的铺子里，客来客往，不少人还在紧急地为晚上的年夜饭添补些什么，那些掌柜、伙计一个个笑得合不拢嘴，逢人就说着"发财"之类的喜庆话。

李廷攸出手阔绰，买起年货来全然不问价钱，没一会儿，跟在他后头的马车就被装了大半车。消息传得极快，他才走到昌兴街的中段，后头大半条街的铺子的人就都知道街上来了一个"财神爷"，得好好招呼着。

"这位公子请，不知公子想看些什么？我们绣芳斋可是有口皆碑的，屏风、荷包、帕子、扇套、抹额……应有尽有。"绣庄的伙计热情地招呼着李廷攸，恨不得一口气把绣庄里的东西都告诉这位"财神爷"。

铺子里还有两个姑娘在，正对着一个小小的紫檀木插屏品头论足。

听到有人进来了，两个姑娘闻声望去，其中一人不禁愣住了，唤道："攸表哥！"

端木纭难掩惊讶地看着李廷攸，原来，刚刚别人说的"财神爷"是他啊！可是，李廷攸不是前日就启程回闽州了吗？他怎么还在京城里？！

端木绯歪着脑袋，浅浅地笑着，冲李廷攸调皮地眨了眨眼，仿佛在说：我都等你很久了。

"纭表妹、绯表妹。"李廷攸大步上前，优雅地与二人见礼。

他显然看出了端木纭的疑惑，笑吟吟地解释道："皇上召我参加新春宫宴，我就回来了。"

绣庄的伙计是一个三十余岁的妇人，见这位客人是两位主家的亲戚，笑着道："原来是表公子啊，三位慢慢聊，小的先去招呼客人。"

伙计识趣地退下了，又跑去铺子口招揽客人。

李廷攸含笑打量着这小小的铺子，问道："纭表妹、绯表妹，这是你们开的绣铺？"

端木纭应了一声，嘴角微微翘了起来，颇为自豪地含笑道："攸表哥，你别看我们这绣芳斋小，麻雀虽小，五脏俱全。表哥，我和蓁蓁带你四下看看。"

绣芳斋不仅卖绣品，也卖一些料子，因为绣庄小，人少，东西不多，不过样样精致新颖。最近这两个月，绣芳斋也稍稍打出了一些名声，不时有回头客登门。

李廷攸做出一副饶有兴致的样子，在铺子里看了半圈后，笑道："绯表妹，我想买个荷包在新年时佩戴，不如你给我挑一个怎么样？"

端木绯笑眯眯地应下了，从柜台上的一堆荷包里挑了一个绣着白鹭的碧蓝色葫芦形荷包，递给了李廷攸："攸表哥，这个不错。"

李廷攸抬手接过，趁着拿过荷包的一瞬，悄悄把一张叠得小小的绢纸塞到了她的手里。端木绯若无其事地捏住绢纸，翻手就藏进了袖口。

李廷攸漫不经心地扫了那葫芦形荷包一眼，就把它放下了："绯表妹，这荷包太素净了。我打算赴宫宴时佩戴，最好喜庆些。"

这时，伙计又带着一个中年举子进来了，恭敬地说着："这位爷，您看看，我们绣铺卖的绣活都是独一份的，绝对独一无二。"

"这个荷包不错！"中年举子一眼就看到了那个被李廷攸放在柜台上的荷包，急切地上前拿过了，目光灼灼地打量起来，叹息道，"'一行白鹭上青天'，直上青天，不错，这个荷包的寓意好！"

荷包上，三只白鹭正在白云之间斜飞穿行，可不就是应了一句"一行白鹭上青天"？这对于明年的春闱来说实在是个好兆头。

"这个荷包我买了，给我包起来。"中年举子越看越喜欢，果断地说道。

李廷攸不由得嘴角抽了一下，与端木绯大眼瞪小眼。端木绯却弯了弯嘴角，笑眯眯的眼神仿佛在说：你瞧瞧别人多识货。

伙计用一个青色布袋把荷包装好，那中年举子把它仔细地揣进了怀中，对着伙计说道："你们这铺子的眼光不错，荷包用的料子应该是今年江南最新的碧云锦吧？不错，不错，不似有些铺子，就知道用大红大紫的过时料子，趁着新年忽悠人。"

中年举子一边侃侃而谈，一边在伙计的恭送下出了铺子。

李廷攸听着，浑身都僵住了，想起了六月自己抵达京城时给端木纭和端木绯姐妹俩送的那一车大红大紫的料子。难道说，那些是早就过时的料子？！

也就是说，他被那个布庄的掌柜蒙骗了？两个表妹既然在此开绣庄，想必也看出来了吧？

那么，他岂不是第一次见面时，就在两个表妹的心里留下了"傻大个"的印象？！

想到这里，李廷攸几乎石化，好一会儿说不出话来。

"喀喀。"他把右拳放在唇畔，干咳了两声清清嗓子，若无其事地看着端木纭和端木绯道，"照我看，那什么碧云锦还是太过素净了，像纭表妹和绯表妹这般年纪的小姑娘，就该穿得艳丽点儿，才显朝气蓬勃。"他一本正经地说着，试图粉饰太平。

端木绯如何看不懂他的心思？她无语地瞥了他一眼。

李廷攸又干咳了一声，假装没看到，还是文质彬彬地笑着，随手拿起一个火红色的荷包道："这个荷包就挺适合绯表妹的。"

荷包上赫然绣着一幅猴子抱桃图，这种荷包一般都是买给小娃娃的。

端木纭好不容易才控制住脸上的表情，心里暗道：表哥平日里看着衣着、打扮都落落大方，没想到审美与喜好这么"别具一格"。

就在这种沉寂而怪异的气氛中，铺子外忽然传来一阵阵喧哗声。表兄妹三个人皆循声看去，见斜对面的百草堂里似有几个人在争执着。

李廷攸顿时眼睛一亮。他虽然对别人吵架不感兴趣，但此时此刻，这阵喧闹声正好给他解围了。他想也不想就连忙道："纭表妹、绯表妹，我去看看发生了什么事。"话还没说完，人已经匆匆出去了。

端木纭看着他急切的背影，喃喃道："原来表哥这么喜欢看热闹啊。"

端木绯闻言，掩嘴闷笑了两声，接着就饶有兴致地看起柜台上的荷包来。刚才李廷攸倒是说对了一句：新年该悬个新荷包才是。

她挑了挑，拿起一个月牙形的荷包给端木纭比了比："姐姐，我看这个荷包与你新做的那条石榴红马面裙很配。"

紫藤附和着："是啊，奴婢看这荷包上绣的梅花，也正好与裙脚的绣花很匹配……"

主仆几个人兴致勃勃地讨论着衣裳与荷包的搭配，说话间，外面的街上越来越嘈杂，不少人陆陆续续地朝斜对面的百草堂围了过去，那些路人的交谈声凌乱地传了进来：

"哎哟，真是造孽啊！"

"我听说是个举子断了胳膊？"

"是啊，是啊，好好的一个举子，本来年后就要下场了，说不定就能中个进士郎光宗耀祖……偏偏就这么倒霉，断了胳膊又没养好。这还真是祸不单行，倒大霉了。"

姐妹俩一听到有赶考的举子断了手，注意力便从那些荷包上移开了。两个人面面相觑，跟着就朝百草堂方向看去。

端木绯目光一闪，想起了一个人——那个在华上街被地痞踩断了手的举子罗其昉。

"姐姐，我们也瞧瞧去？"端木绯若无其事地提议道，看着很是好奇。

端木纭点头应下了，姐妹俩披上斗篷就带着两个丫鬟斜穿过街道。

百草堂的门口围了十几个路人，正交头接耳地议论纷纷。端木绯和端木纭目标明确地朝李廷攸走去，想问问他到底发生了什么事，可是话还没出口，就听百草堂里又有了骚动。

"走，走，走！"

随着一阵不耐烦的驱赶声，两个儒生打扮的年轻人被人粗鲁地从医馆的大堂里推搡了出来，脚下狼狈地踉跄了几步。

其中一个蓝衣学子二十四五岁的样子，面如冠玉，高挑俊朗，只是脸庞瘦得微微凹了进去，苍白的脸上泛着一种不正常的红晕，整个人看来有些虚弱，摇摇欲坠，仿佛随时会昏厥过去似的，最让人触目惊心的，是他那微微扭曲的右小臂。

"罗兄小心！"另一个灰衣学子紧张地扶住了蓝衣学子，惊呼道。

蓝衣学子虚弱地扯了扯嘴角，安抚友人道："我没事。"

"庸医误人！"灰衣学子义愤填膺地朝医馆门口一个伙计打扮的男子瞪去，怒斥道，"你们把罗兄的胳膊治成这样，现在还要动粗，实在是目无王法！"

"胡说八道！"那百草堂的伙计挺了挺胸，粗鲁地又推了灰衣学子一下，没好气地拔高嗓门说道，"这京中，谁人不知我们百草堂最擅长接骨了，这个书生的胳膊本来就是弯的，关我们百草堂什么事？！我看你们就是故意跑来捣乱的！"

说着，伙计嘲讽地撇了撇嘴，指着二人的鼻子骂道："你们俩是不是没钱过年了，就想伺机来我们百草堂讹一笔好过年？！"

"你……"灰衣学子被气得脸上一阵青一阵白，胸膛起伏不已，"你信口雌黄！"

双方各执一词，争论不休。四周围观的人也越来越多，里三层外三层，熙熙攘攘。

一个满是皱纹的青衣老妇尖声道："这百草堂在京中也开了几十年了，别的不说，在骨伤外伤上，一向有口皆碑。要说百草堂把这书生治坏了，我是不信的。"

"这位大姐说得是。"另一个身材圆润的中年妇人附和道，"我瞧着，这后生有几分眼熟。他是不是前些日子在华上街被一伙地痞打折了手？怕是在别处没看好骨伤，他就赖上百草堂了吧？"

"你这么一说，我也想起来了。华上街还被封了一个时辰呢！"

众人说得热闹，端木绯的眼眸微微一沉，眼神有几分复杂。

看来，眼前这个姓罗的学子就是那个罗其昉了！

她早就听说过，此人是江南宿州人，据说是江南四大才子之一，年纪轻轻就写得一手好文章，逻辑严谨，言之有物，去岁，她还曾在祖父楚老太爷那里看过他的文章。之前在安平长公主府里，听闻他手折时，她在心里还可惜过，不过想着对方年纪还轻，三年后沉淀一下再来，也许不是坏事，没想到他的右臂竟然变成了这样……

就在这时，百草堂里又走出一个高大健壮的中年大汉，嘴里骂骂咧咧地说着："你们两个穷书生怎么还不走？！难道还要本大爷拿扫帚赶人不成？！"那大汉说着，撸了撸袖子，随手抓起了一把沾满灰尘的竹扫帚。

"斯文扫地！斯文扫地啊！"灰衣学子仰首对着大汉怒目而视，"朗朗乾坤，你们这黑心的医馆就不怕遭天谴吗？"

"徐兄……"罗其昉虚弱地看着灰衣学子，嘴唇惨白得没有一点儿血色，额头渗出了一片虚汗，"算了吧，我们走吧。"

"可是罗兄，你的胳膊要是再不治……"灰衣学子痛惜地看着挚交，这些日子，他们的银子都给了这家黑心医馆作为药钱，如今早已囊中羞涩，而罗其昉的伤不能再拖了！

端木绘也把这一幕看在了眼里，眉宇深锁。且不说到底是不是百草堂把这个举子的胳膊治坏了，就看对方蛮横的态度，已经让人觉得忍无可忍。

端木绘吩咐丫鬟道："紫藤，你去拿十两银子给他们，让他们赶紧去别家医馆。"

这举子的伤须得尽快医治才行。

"此事还是交给我吧。"李廷攸微笑着朝姐妹俩走近了一步，然后又抬头看了看西斜的日头，提议道，"纭表妹、绯表妹，你们俩先回去吧，天色不早了。"今日是除夕，时人都讲究这一天要赶在天黑前回家祭祖。

这件事由李廷攸出面肯定更为合适，端木纭二话不说就应了："表哥说得是。"

李廷攸拱了拱手以示告辞后，就大步流星地朝两个学子走去。

"两位兄台，且听我一言……"

李廷攸完全无视百草堂的人，直接与那两个学子说着话，对方脸上露出感激之色，皆郑重其事地对着李廷攸深深作揖。

接着，李廷攸就带着两个学子沿着昌兴街往前走去。

"姑娘。"车夫很快就把马车赶了过来。端木绯正打算上车，余光正好瞟见不远处的罗其昉忽然转过头，面无表情地朝百草堂的方向望了一眼。

他那黑漆漆的眸子深沉，如寒潭，似深渊，没有一丝光亮。

"罗兄？"灰衣学子疑惑地唤道。罗其昉平静地转回了头，跟随李廷攸和灰衣学子渐行渐远。

两个学子离去了，百草堂的人也回了大堂里，一切又归于平静。

其他人见热闹散场，便纷纷四散而去，还七嘴八舌地说着刚才的事。

昌兴街上渐渐空旷起来，车夫高高地甩起马鞭，"啪"的一声，马车就"嗒嗒"地往前驰去，一路顺畅地回了尚书府。

酉初的天还亮着，彩霞满天。

姐妹俩下了马车后，就直接去了永禧堂。

贺氏笑吟吟地受了二人的礼。

"纭姐儿、绯姐儿，"贺氏知道她们今日出门是要去皇觉寺，笑着与二人闲话家常，"今儿可在皇觉寺求了签？"

本来贺氏就随口这么一问，以示亲近，却不想端木绯神情肃然地答道："回祖母，孙女今天特意给府里求了一签。"

她板着一张小脸儿，神情和语气甚是凝重，引得贺氏心中一阵惊疑不定，也跟着紧张了起来。

"绯姐儿，这签文如何说？"贺氏谨慎地问道。

莫非签文有什么不妥？

端木绯幽幽地叹了一口气，道："祖母，签文上说，'冲风冒雨去还归，役役劳身似燕儿。衔得泥来成叠后，到头叠坏复成泥'。孙女看着签文，百思不得其解，就特意请了寺内的高僧解签。大师说，'天命自有天定，天命不可违背，若是强求，轻则累及至亲，重则祸及满门'。"

闻言，端木纭惊讶地挑了挑右眉。她们今天上午的确去了趟皇觉寺，但只是捐了些香油钱，可没求过什么签啊。

端木纭不动声色地暗暗瞥着端木绯，却见端木绯飞快地冲她眨了一下眼。

端木绯从怀中掏出了一张签文，又正色道："祖母，大师说了，若是不信，可将这签文放在佛龛下供着，今日内必会有天雷示警。"说着，她就恭敬地把签文呈给了贺氏。

贺氏看着签纸上雄浑的字迹，扫了一眼签文后，目光直愣愣地停顿在最后那句上——"到头叠坏复成泥"。

她瞳孔微缩，眼神中露出一丝敬畏之色……

永禧堂里静悄悄的，夕阳的余晖映得满室昏黄。

端木绯和端木纭早已告退，宴息间中，只剩下贺氏和游嬷嬷主仆二人。

贺氏的右手还捏着那张微微泛黄的签纸，目光在签文上反反复复地不知道看了多少遍，她突然问身旁的游嬷嬷道："你说，这是不是真的？"

游嬷嬷在心里暗暗念了声佛，可不敢乱说话，只得含糊地说："皇觉寺的高僧佛法高深。"

比起五台山、灵隐寺、白马寺这些天下名寺，皇觉寺只能算京城小庙。可是百余年来，皇觉寺能深受大盛皇家贵胄敬重，自然有其高明之处，比如，如今在大雄宝殿为香客解签的远智大师佛法高深，解签素有独到之处，精准犀利得很。

贺氏笃信佛法，这些事无须游嬷嬷开口，她自己也清楚。

屋子里又静了下来，落针可闻。

贺氏的另一只手慢慢地捻着佛珠，一颗接着一颗。她心里还在回想着端木绯转述的那几句话。

天命自有天定……

贺氏的嘴唇动了动，她无声地念着，眸中闪过一丝若有所思之色。

天，这大盛能称得上"天"的，唯有"天子"，也就是皇帝了。

天命，指的难道是皇帝那道指婚的圣旨？

贺氏这样想着，下意识地用力捏紧了签纸，眯了眯那混浊的双眼，目光尖锐如刀芒，神色犀利如鹰隼。

这时机也太巧了吧？会不会是端木绯知道了自己和贺太后的念头，所以拿签文来故弄玄虚？

这个猜测刚浮现，又立刻被贺氏否决了：不会的！

就连端木绮都只知她求了太后，却不知晓其中的细节，端木绯又怎么可能会知道？！

贺氏的神情渐渐地坚定了起来，心里有了盘算：她现在想再多也没用，既然大师说供在佛龛下会有惊雷示警，那她试上一试就是。

贺氏缓缓站起身来，朝一侧的锦帘走去，游嬷嬷步履无声地跟了上去，主仆俩穿过两道锦帘，来到了一个小小的佛堂里。

正前方，靠墙放着一张雕莲纹的紫檀木案几，案上的佛龛里供奉着一座端庄肃穆的白玉观音像。

案几上燃着檀香，缕缕青烟自香台上的珐琅三足香炉里袅袅升起，让原本就幽静的佛堂显得更为庄严神圣……

贺氏亲自把那张签纸供奉在了佛龛里的观音像前，又点了三支香，跪在了蒲团上，双手合十握住香，微举过头，虔诚地面向观音菩萨拜了三拜，然后把香插进了观音像前的香炉里，嘴里念念有词："请南无大慈大悲救苦救难广大灵感观世音菩萨显灵……"

在贺氏轻轻的念佛声中，天色渐渐暗了下来，太阳快要落山了。

游嬷嬷在一旁小声地提醒道："太夫人，时辰差不多了。"

贺氏慢悠悠地睁开了眼，退出了佛堂。

外面的天色已然暗下，日落月升，然而，整个尚书府随着夜幕落下，不静反闹。

仪门后的庭院里已经摆好了祭桌、牌位和丰盛的供品，周遭高高挂起的大红灯笼映得庭院里红彤彤的，府外，间或传来热闹的爆竹声。

除夕夜，月明星稀，众人在端木宪的带领下，恭敬而虔诚地对月祭祖。

之后，所有人又移步至永禧堂，按照长幼尊卑，给端木宪和贺氏磕头行礼，先是主子们，接着是姨娘们，最后轮到府里的嬷嬷、丫鬟们。

贺氏身旁的几个管事嬷嬷用一筐筐的银锞子打赏了众人，连着半个多时辰，正堂里都是热热闹闹、喜气洋洋的。

过了一更天，众人才又说笑着去九思楼，享用了丰盛的年夜饭……

过年的杂事烦琐细碎，端木纭第一次管家，这一晚上下来，竟然无一丝差错，无一丝慌乱，把一切都安排得井然有序。端木宪看在眼里，颇为满意，只觉得端木纭与端木绯一般，皆孺子可教也。

贺氏看似神情怡然，其实从祭祖开始，就有一分心不在焉，目光不时地看向外面的天色。

月光柔和，夜色迷人，根本就没有要打雷的迹象。也是，这大冬天的，哪里会有什么雷？自己果然是想多了，那怎么可能呢？贺氏心里瞬间就松了一口气，如释重负，嘴角也有了一丝笑意，捧起桌上的岁寒三友珐琅粉彩茶盅，凑到了唇畔。

"轰隆隆……"

突然间，外面的天空中炸响了一阵闷雷。

"啪！"

贺氏心一跳，手一滑，手中的茶盅从指间滑落，径直地摔落在光鉴如镜的青石板地面上，热茶和碎瓷片瞬间四溅开来，沾湿了贺氏的裙裾和鞋面，也弄得一地狼藉。

"刺啦……"

又一道巨大的闪电从夜空中劈下，一瞬间照得屋子里亮如白昼，也照得贺氏惊骇的脸庞有些诡异。

闷雷闪电后，厅堂里一瞬间有些沉寂。

端木朝关心地问道："母亲，您没事吧？"

贺氏的面色委实有些难看，不过是摔了个茶杯，那模样却好似见了鬼。

"阿敏，你若是身子不适，可别忍着，让王大夫过府看看吧。"端木宪正色劝道。

贺氏捏了捏手里的佛珠，勉强挤出笑容，声音有些僵硬："我没事，只是被这冬雷惊了一下……"

除了贺氏，大概唯有游嬷嬷知道这是怎么回事了，游嬷嬷差点儿直接跪下去拜拜老天爷。

夏芙急忙吩咐小丫鬟清理地上的狼藉，没一会儿，地面上就又恢复了原本的整洁模样。

可是，贺氏的心情再也无法恢复如初了。

她只觉得心口像被什么东西揪住似的，浑身动弹不得，脑海中反复回响起那一句"到头叠坏复成泥"。

这燕巢都崩坏了，沦为烂泥……那么，覆巢之下，安有完卵？！

莫非……那签文真的是上天示警？！

"轰隆隆，隆隆……"

又是一阵连绵不绝的雷声由远而近地传来，贺氏紧紧地掐在掌心里的指尖提醒她，这不是一个梦，一切都是现实。大冬天的，天上真的响起了轰雷！

紧接着，暴雨倾盆落下。

外面的爆竹声自然而然地消停了，暴雨如瀑似帘，激烈地打在了瓦楞上、树枝上、地面上，洗去这旧年的尘埃。

屋子里的几个孩子觉得无趣，端木绡嘟着小嘴咕哝道："下这么大雨，岂不是不能放烟花了？"

大年三十，少了烟花爆竹，她总感觉缺了点儿什么。

其他几个孩子也纷纷响应，蜂拥到厅堂门口，嘀咕着"这雨什么时候停""这雨不会是要下过夜吧"云云。

孩子们的嘀咕声就像无数只蚂蚁在贺氏的心口爬过，让她惶惶不安，心落不到实处。

端木绯瞥了一眼心神不宁的贺氏，自顾自地吃着消食的陈皮腌酸梅，那酸酸甜甜的味道溢满口腔，把她的眼睛都酸得眯了起来。

"说来，京中已经十几年没响过冬雷了。"一旁的端木宪捋着胡须，蹙眉道，"天有异象，恐有不吉。"

端木宪欲言又止，心里想起一句古语：天冬雷，地必震。

万一真的地龙翻身，那可是会动摇江山社稷的大不吉之事。

说者无心，听者有意。贺氏闻言，不由得朝端木宪看去，瞳孔猛缩。

是啊，十几年没响过冬雷，偏偏就在今晚……贺氏心中忐忑，下意识地用力，几乎捏碎了手里的紫檀木佛珠。

见贺氏的神色不对，端木朝再次提议道："母亲，您今晚不如早点儿歇息吧？别守夜了，明早您还要进宫朝贺呢。"

贺氏魂不守舍，怔了怔，才反应了过来。

她站起身来，随口叮嘱了几句，让他们也别熬得太晚了。跟着，她就在游嬷嬷的搀扶下离开了。

外面大雨倾盆，雨水沿着屋檐泼了下来，密集如一道道水帘。

"刺啦！"

贺氏才跨出高高的门槛，就见天上又有一道闪电近乎竖直地劈了下来。四周刹那间一亮，那闪电似远犹近，仿佛朝她劈来似的，惊得贺氏脚下一个趔趄，幸好游嬷嬷稳稳地搀着她，她才不至于失态。

贺氏抬头看了看狂风骤雨的夜空，身体僵硬地沿着抄手游廊走了。

这场暴雨来得快，也去得快，贺氏一走，雨就停了。屋子里的孩童们一阵欢声笑语，这下又可以放烟花了。

有端木珩看着几个放烟花的弟弟妹妹，端木绘也就不挂心了。三更的时候，她带着端木绯回了湛清院。

姐妹两一起窝在暖阁里守夜，说说话，饮饮茶，吃吃点心，好不休闲。

远处忽然传来一阵阵响亮的鞭炮声，不知不觉中，已经是子夜了，这是新旧年的交替时刻，京城的家家户户都在燃放烟花爆竹。

那震耳欲聋的声音此起彼伏地响彻京城的上空，许久没有停歇。

姐妹两站在大敞的窗户前，看着夜空中绚烂的烟花，脸上皆露出灿烂的笑容，有着一种尘埃落定的喜悦感。

对于端木绯而言，这是"她"的第一个新年，也是她的一个新生。

端木绯转头看向了身旁的端木纭，笑得如天上的新月。

"姐姐（蓁蓁），新年快乐！"姐妹俩心有灵犀地脱口而出。

姐妹俩彼此对视，皆笑容更深，端木纭抬手揉了揉妹妹的发顶，说了一个字："乖。"

然后，她把一个荷包塞进了端木绯的手里，又笑着道："压岁钱。"

端木绯捏着荷包，黑瞳中的笑意满得快要溢出来了。

这个荷包一看就是端木纭亲手做的，雪青的绸布上绣了一幅八哥冬梅图，啄着冬梅的小八哥逗趣得很。

端木绯兴致勃勃地说道："我来看看姐姐送了我什么……"

话音未落，随着"咕"的一声，一道黑影闪过，端木绯手中还没焐热的荷包就被一只黑鸟叼走了……

端木绯看着空荡荡的双手，傻眼了。

"咕咕！"小八哥发出欢喜而得意的叫声，抓着荷包飞走了，那神态与语气仿佛在说：我的，都是我的！

看着妹妹蒙掉的小模样，端木纭忍俊不禁，欢笑声久久不散……

在小八哥的叫声中，旧的一年结束了；也是在它不甘寂寞的叫声中，新的一年开始了。

"咕咕！"


贺氏揉了揉眉心，头痛欲裂。

这一大早的，也太不吉利了，外头那嘶哑的鸟叫声让她的额头一阵阵抽痛。

"见过祖母。"

端木绯和端木纭齐齐给贺氏请安。

今天是大年初一，贺氏需要随端木宪一起进宫朝贺，府中的小辈们虽然不用去，却要恭送两位长辈出行。因此，天空才露出鱼肚白，端木绯和端木纭就抵达了永禧堂。

她们俩一早就被小八哥吵醒，由于来得早，永禧堂里还静悄悄的，其他人都还没到。

贺氏已经换上了从一品诰命夫人的大妆，通身打扮得雍容华贵，神色却蔫蔫的。她随意地挥了挥手道："坐下吧。"

她昨晚明明很早就回永禧堂歇息了，脸色却有几分憔悴，厚厚的脂粉也挡不住她眼窝处的阴影，眉目流转间，有些惶惶之色，似乎一晚上没睡好。

端木绯只当没看到，皱着眉头说："祖母，我昨晚一夜没睡好，一直想着天雷示警的事……皇觉寺的大师没有说错，那个签文真是太灵了。"顿了一下后，她有些急切和慌张地问道，"祖母，要不要禀告祖父一声？祖父深谋远虑，想必知道何为天命……"

贺氏被端木绯说得更忐忑了，近乎粗鲁地打断了她，问道："大师还说了什么？"

端木绯歪了歪脑袋，抿着小嘴似在回想什么，然后才缓缓地道："大师还说，'花开花落自有时，天有定数，人有命'。"

别人听着，可能没觉得这句话有什么不对，贺氏却激灵灵地打了个冷战，只觉得背后一阵发凉。

端木绮的生辰是二月初二，乃花朝节，也就是花神节。端木绮出生时，贺太后就曾戏言是花神下凡了。

大师的这半句"花开花落自有时"莫非指的就是端木绮？

贺氏还要再问，就听外面传来丫鬟的行礼声："见过二姑娘、三姑娘。"

贺氏又惊了惊，抬眼望去，只见帘子一翻，端木绮和端木缘步履轻快地进来了。

"祖母。"端木绮瞥了端木纭和端木绯一眼后，笑吟吟地上前福了一礼，然后就亲昵地依偎着贺氏，坐在炕上，又是问候，又是撒娇，看着娇俏可人。

贺氏却有几分心神恍惚，一会儿想起昨晚的冬雷，一会儿又想起大师的那番警语，脸上只是勉强地笑着。明明是大年初一，新年伊始，贺氏却觉着心沉得仿佛压了一座大山似的，喘不过气来。

她们祖孙没说上几句话，很快，其他女眷就陆续地来了，屋子里坐得满满当当。等时候差不多了，众人就把贺氏一直送到了仪门处。

天已经完全亮了，天气清冷得很，带着一股刺骨的寒意。

端木宪和几个男丁先贺氏一步抵达了仪门，夫妻俩依次坐上了马车，尚书府的正门大开，马车在众人的恭送中驶出了大门，一路朝皇宫的方向驶去。

马车声渐行渐远，尚书府的大门也在"吱呀"声中被关闭了。

众人都回了各自的院子，端木纭与管事嬷嬷们议事去了，端木绯则躲回屋子里睡回笼觉。

这一睡就是日上三竿，端木绯彻底睡饱了，再睁开眼时，眸子清亮，精神奕奕，心道：小八倒是变乖了，没再吵她睡觉。

看来，新的一年，小八大了一岁，也乖了一些。

端木绯坐起身来，伸了个懒腰，余光忽然瞟到内室里似乎还有一道人影，吓得她差点儿喊出声。

窗边的圈椅上正坐着一个少年，他穿了一件单薄的樱草色元宝纹镶边锦袍，头束白玉簪，腰间挂着一个绯色的荷包，手腕上戴着一串一百零八颗白玉的佛珠，高贵中透着几分不羁，骄矜中又透着几分清冷，悠然自得。

少年手里正拿着一个眼熟的雪青色月牙形荷包，随意地把玩着。

他身旁是一只黑色的小八哥，小八哥在桌子上可怜兮兮地踱着步子，平日里傲娇的金色眸子此刻看起来可怜兮兮的。

端木绯深切地体会到了它的心情，彻底蒙了，迟疑着是不是该倒回去继续装睡。

然而，少年已经看到她了，对着她露出比外面的旭日还要灿烂的笑容："你醒啦？"

他与她闲话家常，仿佛浑然不觉自己所处的地方有什么不对。

端木绯心里欲哭无泪，却只能做出若无其事的样子，干巴巴地应了一声。

端木绯身上只穿着单薄的小衣，觉得不自在极了，赶忙披上了披风，捧起一旁的衣物就躲到了屏风后。

封炎眼睛一眨不眨地看着端木绯的一举一动，直到屏风后传来"窸窸窣窣"的衣物摩擦声，他才骤然想到了什么，顿时口干舌燥，整张脸都热了起来，好像泡在装满热水的浴桶中。

"怦怦怦！"

封炎心跳如擂鼓，浑身都僵住了，他不敢再多想。

他僵硬地收回了视线，目光朝桌上的小八哥看去，耳尖发烫，只听那"窸窸窣窣"的声音好似被无限放大一样回荡在耳边。

小八哥仰着脑袋看着他，也僵住了。

一人一鸟，大眼瞪小眼。

等端木绯换好衣裳从屏风后走出来的时候，看到的就是这么一幕，心里莫名其妙地心疼了小八哥一下。

封炎听到步履声，又转头看去，端木绯换了一身簇新的绯色遍地缠枝玉兰花缂丝斜襟袄子，脸比花娇，乌溜溜的头发被她编成了黑油油的麻花辫，让封炎只是这么看着就有些手痒痒，目光发直。

端木绯"镇定自若"地走到封炎身旁，拿起了那个被封炎放在一旁的雪青色荷包道："真是多谢封公子了。小八昨晚把这荷包抢走后，就一直不肯还给我了。"

"咕……"小八哥下意识地叫了一声，跟着又畏缩地朝封炎看了一眼，叫声戛然而止，很是狼狈。

封炎看着笑吟吟的，其实心绪还混乱着，伸出手指在小八哥的脖颈处抚了一下，随口说了一句："以后要听话。"

端木绯和小八哥同时打了个激灵，一时间，都觉得这话是对自己说的。

端木绯咽了咽口水，想问封炎是来干吗的，他总不会是来给她拜年的吧？话还没出口，门帘外面传来一阵急促的脚步声："姑娘……"

来人是碧蝉。

门帘一翻，碧蝉进来了，端木绯再看窗边，少年已经如幽灵般消失了。

"咕咕！"小八哥轻快地叫了两声，好像身上无形的束缚瞬间被解开，拍着翅膀在内室里绕起圈子来。

端木绯一脸莫名其妙地眨了眨眼睛，就听碧蝉禀道："姑娘，夏芙姐姐过来请您去永禧堂。"

端木绯笑道："碧蝉，你给我梳个头。"

一盏茶的工夫后，重新梳好一对双螺的端木绯乐滋滋地随着夏芙出了湛清院，发髻上的一对粉色绢花随着走动微微发颤，那绢花花瓣和金丝花蕊闪着莹润的光泽，看起来灵动俏丽。

屋檐上，一双明亮的凤眸目送端木绯远去，封炎满心不悦：还让不让蓁蓁好好过个年了！

进了永禧堂，端木绯总算没有那种芒刺在背的感觉了，浑身一轻。

永禧堂的暖阁里，除了贺氏，端木绮也在，就坐在一旁的红木圈椅上。

端木绯若无其事地走到了近前，不动声色地打量着贺氏。贺氏这一趟进宫，几个时辰折腾下来，眉宇间透着浓浓的疲惫之意，脂粉几乎浮在了肌肤上，神色黯淡，脸色比早上进宫前还差。

"祖母、二姐姐。"端木绯还是笑眯眯的，只当作没看到。

贺氏揉了揉眉心，身子既僵硬又疲惫，淡淡地道："绮姐儿、绯姐儿，我叫你们俩来，是想让你们陪我抄经，初三时拿去皇觉寺供奉。"

昨晚，贺氏一夜辗转难眠，好不容易咬牙熬过了今早的朝贺，才独自去钟粹宫见了女儿端木贵妃。端木贵妃看出她精神不好，就问了几句。本来贺氏是不打算说的，支支吾吾地想蒙混过去，但是知母莫若女，贵妃一眼看穿，还问贺氏是不是做了什么。

对于女儿，贺氏自然是信得过的，就装作无所谓地说了端木绮的婚事以及她和贺太后的打算，连签文和冬雷的事全数都说了，并一再对贵妃声明，这只是件小事，是巧合，不可能是真的，却被贵妃好生教训了一番。

"娘，您真是糊涂啊！年前，杨惠嫔刚刚晋位为杨惠妃，您可想过这意味着什么？这意味着皇上还是要用杨家的。

"这桩婚事本来就是绮姐儿她娘瞎胡闹，才会走到这种地步，皇上之所以赐婚，只是小惩大诫。

　　"娘，您想想，一旦让皇上知道您和太后打算用绯姐儿去顶包，皇上会怎么想？！皇上不可能会怪太后，只会觉得端木家的心太大了，意图通过太后来左右圣心。皇上一向厌恶朝臣揣度圣意，更别说操控、左右圣心了！

　　"娘，这可是大忌啊！"

　　端木贵妃说的一字字、一句句都让贺氏心惊不已，原本就忐忑的心更为动摇了……

　　贺氏只要一闭眼，眼前就浮现出昨夜那道朝她劈来的闪电，令她心口乱跳，颈冒虚汗。

　　回府的路上，她琢磨着抄卷经书，送去皇觉寺供奉，也好给家里解祸，让上天知道她的诚心。

　　贺氏的眸中一片深沉之色，如同表面平静的海面下汹涌的暗潮。

　　端木绮俏脸一僵，心想：这大过年的，抄什么经啊？

　　若是从前，她早就撒娇不干了，但是如今想要摆脱这门婚事，就只能靠贺氏了，便不敢再耍小性子。

　　"是，祖母。"端木绮乖顺地应了。

　　贺氏的神色稍微缓和了一些，接着她起身带着端木绯和端木绮一起去了小佛堂边的一侧耳房里。

　　耳房里燃着淡淡的檀香，幽静而肃然，靠墙放着三张花梨木长桌。

　　端木绯研墨，端木绮裁纸，贺氏闭目念佛。

　　墨香萦绕，与檀香交杂在一起，耳房内一派虔诚的气氛。

　　研墨裁纸后，祖孙三个人沐手敬书，分别跪在一张长桌前的蒲团上，默默地抄起《金刚经》来。

　　佛经有云："书写经之一行半句，能够成就大愿。"

　　抄经者必须虔诚，必须恭敬，必须全神贯注。贺氏一边在心里诵读《金刚经》，一边抄起经书来。

　　贺氏认认真真地抄完了一页经书，然后放下笔，神情平静，把抄好的那页经书放到一边晾干，接着再次铺纸、执笔。

　　耳房里寂静无声，时间在沉默中悄悄流逝。

　　也不知道过了多久，贺氏抄完了第二张经书，再次放下笔，正打算把第二张也放到一边去晾，却发现了一件不可思议的事。

　　"不见了！"

贺氏震惊地脱口而出，声音在这寂静的耳房里分外突兀，惊得端木绮手一抖，笔尖一颤，某个字上就多了一笔……

端木绮皱了皱眉，抄经是绝不允许涂改的，也就是说，这张好不容易抄了大半页的经书算是报废了。

她心里不由得一阵烦躁，但想着说话的人是贺氏，就忍下了。她放下笔，转头关切地问道："祖母，怎么了？"

贺氏的脸色难看极了，她直愣愣地看着方才抄好的第一张经书，说道："我抄的经文不见了。"

那原本写满了字的纸张上，此刻空空如也，竟然一个字也没有了。

"这上面的字都不见了……"贺氏表情古怪地又道。

这怎么可能呢？！端木绮怔了怔，下意识地朝地面看去，心想：许是抄好的那页经书掉在地上了。

可是地上空空如也，整洁得连一点儿灰尘也没有。

端木绮朝四周看了一圈，跟着也花容失色地惊呼了起来："这怎么可能呢？！"

端木绮刚才抄好的第一页经书也变成了一张白纸，上面一个字也没有！

她莫非见鬼了不成？！

端木绮觉得背后凉飕飕的，好像四周藏着什么看不见的东西一样。

贺氏想到了什么，朝端木绯看了过去，问道："绯姐儿，你的呢？"

这时，端木绯刚好不紧不慢地收了笔。她把笔放在一边的笔搁上，疑惑地朝贺氏看去，一头雾水："祖母，怎么了？"

贺氏顾不上回答，急切地走过去，看了看端木绯跟前刚抄好的经书，一张、两张。

两张经书都完好无损，一个字也没少。

这……贺氏的眼神闪烁不定，心跳"怦怦"加快，这难道是……？

端木绮也凑了过来，震惊地看着那两张字迹满满的经书，质问道："你写的字怎么没有消失？"

端木绯歪着脑袋看着端木绮，表情奇怪地反问道："二姐姐，写好的字怎么会消失呢？"

是啊，写好的字怎么会消失呢？贺氏愣了愣，她们该奇怪的不是端木绯的字为何好好的，而是她和端木绮写的字为什么消失了……

贺氏想着，不由得朝佛堂的佛龛方向看了过去，佛龛里的观音还是如平日般慈祥而庄严。

贺氏目光怔怔地盯着观音像嘴角那丝意味深长的笑意，眉宇紧锁。

端木绯顺着贺氏的视线看了过去，问道："祖母，那张签纸还在佛龛里？"

"什么签纸？"端木绮疑惑地问道。

贺氏心事重重，恍若未闻。

见贺氏神情怪异，端木绮觉得肯定是端木绯惹贺氏不悦了，问道："四妹妹，是不是你在佛龛里放了什么东西，触怒了神佛？！"

端木绯也看了贺氏一眼，低头道："二姐姐，你还是别问了。"

有什么事是自己不能知道的？！端木绮眉头紧皱，怒道："我倒要看看你在佛龛里到底放了什么！"

说着，端木绮气势汹汹地朝佛龛的方向走去。

"绮姐儿！"贺氏回过神来，想喊住端木绮，然而晚了一步。

端木绮已经走到了佛龛前，一眼就看到了一张压在香炉下的签纸，伸手就去拿那张签纸。

"刺——"

签纸脆弱得好似竹膜般，端木绮只是这么一捏、一拉，它就被撕成了两半。

这不过是一张签纸，端木绮本来没在意，可是下一瞬，那张签纸的撕裂处竟骤然出现了一簇赤红的火苗。

"啊！"端木绮受惊地低呼一声，俏脸发白，下意识地松了手，并踉跄地退了好几步。

签纸上的火苗迅速地扩大，眨眼间就把签纸燃烧殆尽，只剩下灰烬飘飘扬扬地落了下来……

贺氏瞳孔猛缩，那张保养得当的脸庞上瞬间血色全无，一股怒火猛然蹿了上来。她走上前，对着端木绮怒喝道："绮姐儿，瞧你做了什么好事？！"

那张签纸竟然无端自焚了，这又代表着什么？！莫非是上天在传达它的不满？

贺氏感觉心口像被什么揪住似的，惶恐不安，又道："绮姐儿，你还不快跪下？"无论如何，她们要先下跪，诚心向上天祈求恕罪才行！

端木绮看着飞扬的灰烬，本来正心慌，不想祖母竟然让她跪下，心里顿时委屈极了，觉得祖母有些小题大做。

这不就是一张签文纸吗？

以前祖母从不曾这么怒斥过她……果然时不同往日，自她沾上杨家这门亲事后，连祖母也看轻了她……

端木绮的指甲深深地嵌入了柔嫩的掌心，她咬牙道："祖母，我没错，我不跪！"又不是她想和杨家结亲的！

端木绮这一句话仿佛火上浇油般，让贺氏更怒了：自己为了这个孙女如此尽心，不想她却是这么个不识好歹的人。

贺氏一气之下，直接就甩出去一个巴掌。

"啪！"

一记干脆的掌掴声回荡在寂静的小佛堂里，清脆响亮。

然后，四周一片沉寂，静得只有贺氏急促的呼吸声。

端木绮白皙的脸颊瞬间就浮肿了起来，赤红的五指印清晰可见，眼眶里一下子就盈满了泪水。

端木绮难以置信地瞪着贺氏，"哇"的一声哭了出来，提着裙裾，头也不回地跑出了小佛堂。

贺氏看着她离去的背影，气得胸膛一阵起伏，但心里又隐约有一丝后悔。端木绮是她自小娇宠长大的，别说打了，她连骂一句都舍不得……

须臾，贺氏揉了揉眉心，声音有些干涩地说道："绯姐儿，你先回去吧。"抄经者须静心，此刻的贺氏怎么也不可能静下心了。

端木绯却有几分迟疑，问道："祖母，我可以把刚抄好的两页经书拿回去继续抄吗？"

闻言，贺氏有些惊讶。端木绯继续道："听说寂宁大师初四那日会去皇觉寺讲经，我想抄好了经书，等初四去听大师讲经时顺便供奉了。"

"寂宁大师？"贺氏心念一动，脱口问道，"难道是洛阳白马寺的寂宁大师？"

"是啊，祖母。"端木绯双手合十，虔诚地说道，"寂宁大师佛法高深，这次来皇觉寺讲经，真是几年难得一回。"

贺氏意有所动，随口应了一句："你有这向佛之心，不错。"

端木绯拿起那本《金刚经》和适才抄的两页经书，就告退了。

她从永禧堂出来的时候，也才未时初。

端木绯捧着经书，嘴角带着一丝浅浅的笑意，反手摸了摸藏在袖中的暗袋。

昨晚响冬雷的事在贺氏心中留了刺，今天贺氏进宫肯定会去见贵妃。贵妃是聪明人，对于皇帝的心思最明白不过，自然会劝贺氏。

果然，贺氏一回府，就派人来叫自己抄经，于是她早就备好的一些小玩意儿便派上了用场。

那张签纸本来就被她涂抹了一种磷粉，只要被撕扯、摩擦就容易自燃。刚才，她特意在端木绮用的笔杆上也加了点儿，因此，当端木绮跑去撕扯签纸的时候，它才会突然自燃。

不仅是签纸，连她们俩抄经用的墨水也是她亲手调配的，这种墨水一旦被暴露在空气中，一段时间后，墨色就会褪去。

这些小玩意儿都是她以前在楚家时看了藏书阁里的一些杂书后试着做的，还曾拿来逗祖父一乐，祖父没说她顽皮，反而还夸奖了她。

端木绯想着，唇角翘得更高了，弯弯的眸子里闪烁着狐狸般狡黠的光芒。

迎着阵阵寒风，端木绯好像一只猫儿般，踩着优雅、轻快的步子回了湛清院。

她一进内室就听到了嘶哑的叫声，紧接着，一只黑鸟拍着翅膀朝她飞来，稳稳地停在了她的右肩上，又亲昵地用毛茸茸的鸟首蹭了蹭她的脖子。

"小八……"

端木绯惊讶之余，又有几分受宠若惊。这只小八哥平日里傲娇得紧，从来没有这般小鸟依人过。

惊讶的情绪只是一闪而过，下一瞬，端木绯就知道原因了，笑容僵在了嘴角。

封炎坐在窗边的棋盘边，慢悠悠地拈着黑白棋子，自己与自己下着棋，神态悠然。

端木绯完全没想到封炎竟然还在。她去了永禧堂近一个时辰，还以为封炎肯定走了，可是他为什么还在这里？

难道他是在等自己回来？

一想到这种可能性，端木绯就觉得步子沉甸甸的。她若无其事地走到了封炎跟前，笑吟吟地说道："封公子真是失礼了，我竟然忘了给公子奉茶。"

封炎不以为意地挥了挥手："又不是外人。"

他这是在提醒自己，他俩是一条船上的人吗？！端木绯这般想着。

忽然，封炎站起身来，惊得端木绯肩上的小八哥身子一缩，一对尖爪微微用力，扒紧了主人的肩膀。

封炎看着那被小八哥抓皱的衣料，微微蹙眉，忽然有些后悔了：蓁蓁喜欢这些猫、狗、鸟、马，可是他应该把这只蠢八哥调教好了再送给蓁蓁才对。

不过，他今日的礼物，蓁蓁一定会喜欢的。

"蓁……正月初一，城南的正阳坊有庙会，黄昏时还有舞狮队经过。"封炎笑着开口道。果然，他这一句话就引起了端木绯的兴趣。

端木绯的眸子瞬间闪闪发亮，心里像揣了只小兔子，"怦怦"乱跳。

舞狮……这可是她以前不曾看过的！

从前的她自小身子不好，除了进宫和礼佛，很少出门，更别说在大冬天的正月里出去玩，祖父、祖母是绝对不会让她出宣国公府的。

封炎一看她明亮如星辰的眼眸，就知道自己的提议正中她的心意，心情越发飞扬，道："那我们一起逛庙会去！"

端木绯想也不想地直点头，等封炎轻快地跳出了窗子，她才骤然意识到自己刚才答应了什么，心里就像打翻了五味瓶一般，复杂极了，不知道该后悔还是该期待。

唉！

她长叹了一口气，对肩上的小八哥说："有的玩总比没有好，你说是不是？"

"咕？"小八哥疑惑地叫了一声，拍拍翅膀，就丢下端木绯飞走了。

反正端木绯也没打算带它出门，整了整衣裳后，就让丫鬟备马车出了门。

听着单调的马蹄声与车轱辘声，她心中越发期待了。

若非封炎提醒她，她根本就没想过庙会的事。以前听舞阳和楚家的几个弟弟妹妹提起时，她一直梦想着有机会可以去庙会逛逛。人生在世数十载，她不指望做什么轰轰烈烈的事，只想去看看她没看过的东西，走走她没去过的地方，吃吃她不曾吃过的美食……

马车直接去了城南的正阳坊。

下了车，端木绯一眼望去，就见刻着"正阳坊"三个大字的牌楼后人来人往，两旁店铺林立，各色招幌在寒风中飞舞，沿街小贩的吆喝声不绝于耳，整条街热热闹闹的。

这就是庙会啊！

端木绯的瞳孔熠熠生辉。

忽然，一串糖葫芦被递到眼前，把她的视线吸引了过去。

"给。"少年笑容灿烂地把糖葫芦往她的方向送了送。

她乖巧地笑了笑，伸手接过，咬了一口冰糖葫芦，那甜里裹着酸的滋味让她不由得眯起了眼。

蓁蓁果然跟小时候一样喜欢糖葫芦！封炎心里扬扬得意地想着，尾巴都快翘到了天上。他伸出一根手指指着前方道："穿过正阳坊就是正阳河，届时，舞狮队会沿着正阳河表演……时间还早，我们慢慢走过去就好。"

顿了一下后，他又叮嘱了一句："这里人多，你可要跟紧了，别走丢了！"

她只要紧紧地跟着奔霄就好！端木绯看着高大英武的奔霄，声音甜糯地应了一声："嗯。"

她那乖巧的样子看得封炎心口一热，他转开脸，率先往前走去。

端木绯见他没牵奔霄，就自觉地牵起奔霄的缰绳，屁颠屁颠地跟在了他身后，奔霄矫健的身躯衬得她的身子更为娇小。

封炎当然也看到了她去牵奔霄，余光不由得盯着她牵着马绳的小手，眸中闪过一丝灼热之色，面上却不动声色。

二人一马顺着人流往前走去。

街道四周熙熙攘攘，摊位上卖什么的都有，面具、料子、绣品、灯笼、胭脂水粉、油纸伞、折扇、团扇……只是这么看着，端木绯就有一种目不暇接、不知该如何下手的感觉。对她而言，每一样东西都是那么新鲜有趣。

她只顾着看，根本就忘了买东西。

封炎似乎兴致很好，看到什么顺眼东西的就直接掏银子买下。没一会儿，奔霄的身上就挂了不少箱袋，整匹马几乎被封炎买的东西淹没了。

等他们穿过正阳坊，已经是大半个时辰后了。

见端木绯的小脸儿上露出些许疲色，封炎就带她去正阳河边的一个廊亭里小坐。

"待会儿舞狮队会从这里经过，我们就在这里等着吧。"封炎一面说，一面想起刚才端木绯多了几眼的糖画，"你先在这里歇着，我去买些东西，很快就回来。"

封炎抛下这句话后，留下了奔霄就急匆匆地走了。

坐在廊亭里的端木绯看着他离去的背影，有些无语，心道：他还真是喜欢买东西，难怪跟自己那位攸表哥处得还不错！

此刻，太阳已经开始西沉，彩霞满天。

倒映在河面上的红日看起来如同一个巨大的红色圆盘，在寒风的吹拂下，河面波光粼粼。

正阳河上，稀稀拉拉地行驶着几艘画舫，其中两三艘停在河岸边，估计是特意候在这里等舞狮队。

端木绯只是随意地扫了那些画舫一眼，又朝远方望去，欣赏着夕阳下的正阳河。

突然，她身后传来一个有些耳熟的女音："嫣妹妹，你看这马雄壮矫健，四肢有力，威风凛凛，实在是难得的好马。"

端木绯的眉头一动，她隐约觉得在哪里听过这骄横的声音，却又一时没想起来，于是循声望去。

紧接着，另一个娇嫩清脆的女音道："九华姐姐，这马看着确实不错。"

这时，端木绯看到了声音的主人，只见在廊亭外吃草的奔霄身旁多了三个裹着镶貂毛的大红斗篷的少女，一个骄横，一个俏丽，一个清秀，正是九华县主、封从嫣和曾三姑娘。

九华饶有兴致地看着奔霄，上前一步，试图摸奔霄，可是奔霄根本就不给面子，狠狠地打了个响鼻，长长的马尾"啪"的一声甩在九华白皙的素手上，在她的手背上留下了一道红印子。

九华被吓了一跳，下意识地退了半步。

"九华姐姐，你没事吧？"封从嫣急忙道，"这马也太凶了，怕是疯马吧？"

九华却不以为意地说道："名马当如是。"

她目光灼灼地盯着奔霄："古有燕昭王千金买马骨，如果是这匹马，当得起千金。”

曾三姑娘迟疑着说道：“县主，咱们也不知道这马的主人是谁。”

“无论是谁的马，本县主要的东西，从来就没有得不到的！”九华漫不经心地挥了挥手，“再说了，凡夫俗子如何配得起这样的好马？”

端木绯听着，却有些无语。这位九华县主怎么老是看上别人的东西啊？！不过，她倒是说对了一句，奔霄这样的名马不是凡夫俗子配得上的。奔霄可是马王！

“县主，这是我的马！”

端木绯一边说，一边从廊亭里走了出来，一直走到奔霄的身旁，伸手摸了摸奔霄油光发亮的脖颈。

奔霄与她已经很熟了，亲昵地蹭了蹭她，与刚才对九华的孤高、暴戾的态度迥然不同。

“端木四姑娘！”封从嫣和曾三姑娘惊讶地脱口而出。

九华目光沉沉地看着端木绯和她身旁的黑马，不由得想起了西苑猎宫的事：那日，她也不过是找端木绯买个纸鸢罢了，却被对方冷嘲热讽地好一阵奚落。像这么不讲理的丫头，又怎么会愿意把马卖给她呢？！

端木绯笑吟吟地对着三个人福了福身，算是见礼：“县主、封姑娘、曾三姑娘。”

端木绯的举止十分得体，然而在九华看来，她唇畔那浅浅的笑意充满了嘲讽的意味。

九华的整张脸都黑了，她感觉好像当着封从嫣和曾三姑娘的面被端木绯打了一巴掌似的，下不来台。

见九华面露不悦之色，封从嫣上前半步，柔声劝端木绯道：“端木四姑娘，有道是‘宝马还须英雄配’，我看你的骑术不佳，不如把马让给县主吧？”

“算了吧。”九华没好气地瞪了封从嫣一眼，“她的马，本县主不稀罕！”这封从嫣难道还想让自己在端木绯这里自取其辱吗？！

“县主……”封从嫣俏脸一变，试图解释什么。

九华冷哼了一声，转头对着曾三姑娘丢下一句话：“我们走！”

九华将袖子一甩，大步流星地朝岸边的一艘画舫走去，一副怒气冲冲的样子。

封从嫣跺了跺脚，蹙眉看了端木绯一眼，然后朝九华追去，喊着：“九华姐姐！”

封从嫣才小跑了两步，就听曾三姑娘发出紧张的惊呼声：“县主，小心！”

端木绯听着也是一惊，下意识地抬眼一看，只见五六丈外，走到岸边的九华脚下一个趔趄，朝河面的方向跌去，嘴里发出惊恐的尖叫声。

“县主！”后面的丫鬟和画舫上的婆子看到了这一幕，也尖声喊道。

九华适才走得急，这一切发生得实在太过突然，令周遭的下人反应不及。

这时，一道蓝色的身影从廊亭后的一棵大树旁快步走出，青年以迅雷不及掩耳之势，大臂一伸，一把抓住了九华的右臂，稳住了她往河面摔去的娇躯。

"县主。"

丫鬟快步上前，又扶住了九华的腰，九华这才站稳，而那蓝衣青年也立刻松开了手，退了两步。

虽然脚踏实地了，但是九华还有几分惊魂未定，俏脸一片惨白，呼吸有些急促。

"县主，您没事吧？"丫鬟搀着九华的左臂，紧张地问道。

想到自己刚才差点儿摔下湖，九华甩开了丫鬟，想要发火，可又想到了什么，抬眼朝几步外的蓝衣青年望去。

那是一个二十出头的学子，身影挺拔如修竹，一身儒生打扮，斯文俊朗，目光清亮，一副文质彬彬的样子。

九华的小脸儿染上了些许红晕，她优雅地福了福身道："多谢公子救命之恩，敢问公子高姓大名？"

"只是举手之劳。"蓝衣学子微微一笑，更显温文儒雅，夕阳在他身上裹了一层血色的光晕。

不远处的端木绯惊讶地看着他，视线落在他右袖中微微扭曲的手臂上。

这不是那个罗其昉吗？！

端木绯眼睛一眨不眨地看着岸边说得颇为投机的二人，也不知道罗其昉说了什么，九华赧然一笑，羞涩地低下了头。

端木绯的目光随着九华低头下移了一些，蓦地她注意到了什么，于是目光继续下移，直愣愣地看着。在夕阳的余晖下，岸边的一层冰霜闪着寒芒……

端木绯眯了眯眼，眸中闪过一丝若有所思的神色。

一只大掌忽然在她的眼前晃了晃，吓得沉思的端木绯像受惊的猫一样跳了一下，封炎急忙握住了她的小手，忙道："是我。"

这是他第二次握到蓁蓁的手……封炎被那温软的触感勾得心头一阵荡漾，将她的手掌包裹在自己的手心里。

封炎并没有吓唬端木绯的意思。他在后面叫了她好几声，可是她似乎在发呆，根本就没听到。

看到封炎熟悉的面庞，端木绯镇定了下来，有些腼腆地笑了笑，露出颊畔的一对笑涡，那可爱的模样一时又把封炎看傻了眼，他脑子里一片空白，完全忘了松手。

端木绯不敢缩手，浑身僵住了，心道：我是不是该提醒他一下？

"锵咚锵，锵咚锵咚锵咚锵……"

远处传来了一阵阵喧嚣的锣鼓声，越来越响亮，那利落而欢乐的节奏让人不禁情绪高昂。

端木绯闻声望去，一支金灿灿、红艳艳的舞狮队不知何时出现在了百来丈外，正缓缓地朝这边前进。

"舞狮队来了！"

"快看啊，舞狮队来拜年了！"

随着一阵阵高呼声，正阳坊附近的人流都朝这边拥了过来，路人分散在河岸的两边，一个个伸长脖子看着舞狮队的方向，翘首以待。

锣鼓声震耳欲聋，舞狮队也越来越近。只见两红、两金一共四头"狮子"追逐着一个彩球朝这边舞来，几只狮子一会儿站起，一会儿趴下，一会儿摇头，一会儿翻跟头，还不时地眨眨眼、张张嘴、摇摇尾，脖子上挂的大铃铛"叮当"作响。

舞狮人的身手灵活极了，把狮子的姿态舞得既逼真又风趣。

四周围观的人朗声叫好，掌声热烈。

此时此刻，端木绯早就顾不上封炎了，急切地挣脱了封炎的手，也热烈地鼓起掌来。

封炎觉得右手顿时有些空，心头一阵失落，下一瞬，就见她转头对着他灿烂地笑了，指着一只躺在地上的红狮道："快看，那只狮子在打滚呢！"

她眉飞色舞的模样足以驱散封炎心头所有惆怅与失落的情绪。

他也笑了，指着最前方的那头金狮子道："你看，它抓了彩球后，抖动着满身的金毛，是在炫耀呢！"

端木绯又瞪大眼睛去看那金狮子，瞳孔如金毛狮子般闪闪发光。

渐渐地，那支舞狮队走远了，锣鼓声也随之远去，越来越轻，有的人散了，有的人追着舞狮队去了，有的人还在唾沫横飞地交谈着。

夕阳已经落下了大半，四周一片昏黄。平日里，此时已是百姓休息的时候，今日，正阳坊一带却更热闹了，来逛庙会的人越来越多。

端木绯怔怔地望着舞狮队离去的方向，心里还有几分意犹未尽……

"拿着。"

随着一声简单的吩咐，一支琥珀色的糖画被递到了她眼前。

端木绯眨了眨眼，下意识地接过，打量着手里的糖画。

这是一只以糖勾勒而成的狮子，狮子仰头长啸，活灵活现，顿时把端木绯心里的惆怅情绪冲散了不少。

她端详着手里的狮子糖画，根本就舍不得吃。

封炎看着她欢喜的神情，心里更得意了，笑道："等十五那晚，我带你去看花灯！"

花灯？！端木绯眼睛发亮地看向了封炎，急切地点头道："好！"她还从没在元宵那天出门看过花灯呢！

"那就一言为定？"封炎抬起手，做出击掌为誓的手势。

端木绯正要抬手，却呆住了——她刚刚说了什么啊……她怎么想也不想就答应了和封炎一起看花灯呢？她现在再反悔还来得及吗？

盯着封炎那双漂亮的凤眼，端木绯有些迟疑，耳边回响起舞阳的赞叹声：

"辞姐姐，元宵灯会的花灯好看极了，那些走马灯、玉兔灯、葫芦灯、孔雀开屏灯什么的只是小意思，今年的灯王九莲宝灯真是令人叹为观止。

"还有那些灯谜也被玩出了不少新花样……不过，辞姐姐，如果你去的话，肯定什么灯谜都难不倒你。

"晚上护城河上还放了莲花灯，就像一片星河，绚烂、好看极了。"

想着那些话，端木绯不由得一阵心神向往，更纠结了：虽然封炎很可怕，可是花灯很好看……

封炎疑惑地挑眉看着她，又把右手放低了一点儿。

这个手势看在端木绯眼里，顿时变成威吓，她不再纠结了，以最快的速度抬起了手，赔笑道："一言为定。"

"啪！"

白皙的小手与小麦色的大掌轻轻地拍在了一起。只是接触一瞬，但这对于封炎而言，足矣！

他的唇角勾出了一丝令人眩晕的浅笑。

# 第二十七章　佛　偈

正月初二，出嫁女儿回娘家，几位出嫁的姑奶奶都拖家带口地来尚书府拜了年。

正月初三，小年朝，不扫地，不乞火，不汲水，与岁朝同。

这大过年的，尚书府里每天都热热闹闹的，唯有贺氏一直心神不宁。自从心里有了怀疑后，她就觉得样样都是上天在示警，偶然听下人说起西仓库进了些蚂蚁，毁了好几袋米，都觉得心惊肉跳，连着几夜辗转反侧，精神越来越差。

正月初四一大早，贺氏就带着端木绮和端木绯去了皇觉寺。

平日里，贺氏与端木绮一起出门都是谈笑风生，一派祖孙和乐的气氛，今日马车里却出奇地安静。贺氏闭目捻着佛珠，端木绮只顾着盯着自己的锦绣鞋尖，空气沉甸甸的，连游嬷嬷也不敢说话。

几个人一路无话，马车里一片寂静。直到马车缓了下来，外头传来一片喧闹声，一股浓浓的檀香味透过帘子的缝隙飘了进来。

皇觉寺到了。

皇觉寺里一向香火鼎盛，本来正月里上香的人就多，今日更是络绎不绝，寺门口停满了各府的马车。皇觉寺虽然没有大肆宣扬，但是京中各府的女眷中笃信佛法的信徒众多，她们口耳相传，特意赶来皇觉寺，就是为了听寂宁大师讲经。

皇觉寺预先派了不少知客僧、小沙弥在寺门口守着，饶是如此，还是有些手忙脚乱。

贺氏一行人在寺门口等了一炷香的工夫，才被一个满头大汗的知客僧迎进了寺内，知客僧也知道贺氏的身份，连连致歉。

端木绯和端木绮陪着贺氏先去了中间的大雄宝殿敬香。

知客僧客气地问道："太夫人可要求支签？"

这本是一句再寻常不过的话，贺氏听在耳里，心中却"咯噔"一下，不免有一

<u>丝迟疑。</u>

"祖母。"端木绯笑着捧着一个签筒朝贺氏走来。

端木绮见状,眸中闪过一丝阴郁之色,小脸儿上却笑得温婉可人。她若无其事地出手,从端木绯那里夺过签筒,再递给贺氏,笑道:"祖母,难得来皇觉寺,还是求一签吧。"

贺氏目光一闪,终于还是接过了沉甸甸的签筒。她的手微微颤动着,连着签筒中也发出了细微的竹签碰撞声。

贺氏深吸一口气,闭目轻轻摇了两下,一支细长的竹签从签筒中掉了出来。

游嬷嬷忙将竹签捡了起来,递到她的手里。

贺氏定睛一看,只见蜡黄的竹签上赫然写着四句签文——"蜃楼海市幻无边,万丈擎空接上天;或被狂风忽吹散,有时仍聚结青烟。"

贺氏瞳孔猛缩,脸色微白。这支签,她一看就是下下签。

知客僧也知道这是下下签,脸色有些微妙,但还是问道:"太夫人,可要小僧带您去解签?"

贺氏又凝视了竹签一会儿,就把那竹签放下了。这支签的意思已经再明确不过,哪里还需要解?!

贺氏淡淡道了声"不必了"。游嬷嬷知道贺氏的心事,急忙把话题岔开了,又添了厚厚的香油钱,那知客僧暗暗地松了一口气。

从大雄宝殿出来后,贺氏看向端木绮的表情和眼神有些古怪。

下了几级台阶后,贺氏蓦地停下了脚步,道:"绮姐儿,我和绯姐儿要去法堂听寂宁大师讲经,你要是觉得闷,就在寺里随意玩玩。"

端木绮对于听经什么的一点儿兴趣也没有,可是一听说端木绯要陪贺氏去听经,她就眉头微蹙。她不知道端木绯到底给祖母下了什么迷魂药,才讨得祖母欢心,甚至祖母还……

想到初一那日,祖母不分青红皂白地就打了自己一巴掌,端木绮的心中就好一阵激荡起伏,委屈、憋闷、愤恨、羞恼……各种情绪交缠在一起。

可是母亲说得对,父亲如今有了莫姨娘,心早就偏了,在这尚书府里,她们能倚靠的人唯有祖母。

她必须讨好祖母,不能让端木绯这臭丫头有机会在祖母的身旁煽风点火!

端木绮定了定神,温顺地微微一笑,道:"祖母,我和四妹妹一起陪您听经去。"

贺氏点了点头,没说什么,游嬷嬷就让那个知客僧在前面带路。

法堂在寺庙的东北方,一行人从东侧绕过大雄宝殿,再沿着一条青石砖小径往前走,一片金黄色的竹海就出现在前方。两边的竹林夹着林间小道,将四周映得一片金黄，与不远处一栋飞檐翘角的殿宇遥遥相望，彼此映衬，显得古朴幽静。

这是一片金镶玉竹林。

金镶玉竹可是竹中珍品，金黄色的竿，碧绿色的沟，如同金条上镶嵌着块块碧玉，竹如其名，清雅可爱。

贺氏似是心事重重，目不斜视地往前走着，端木绯却饶有兴致地欣赏着两边的竹林。

突然，端木绯脚下的步子一缓，余光瞟到右边的竹林中有一男一女正在说话。男的着石青色直裰，长身玉立，俊逸斯文；女的披着青莲色镶狐狸毛的斗篷，娇美俏丽，高贵大方。

女子从袖中掏出一个月白色的葫芦形荷包，亲手束在了男子的腰侧，然后仰首对着男子粲然一笑，缱绻缠绵。

这一对璧人真是男才女貌。

端木绯眨了眨眼，认出了二人——这不是九华县主和罗其昉吗？

端木绯只看了一眼就收回了视线，很快随贺氏和知客僧走出了竹林，继续朝着庄严肃穆的法堂走去。

偌大的法堂里，居中设立着莲花法座，法座后方挂着一幅释迦牟尼在菩提树下说法传道的彩画，两侧是一溜整齐的蒲团，供香客们听法。

法堂里早就聚集了不少香客，多是些上了年纪的太夫人、夫人，相比之下，端木绮和端木绯这样的年轻小姑娘就成了绿叶堆里的两朵鲜花，一时引来了不少关注。

这京城说大不大，说小不小，能来皇觉寺听经的人本来就出自高门大户、官宦人家，香客中有好几个女眷都认识贺氏，便笑着与贺氏寒暄，又把两个小姑娘狠狠地夸奖了一番，说她们孝顺，小小年纪就静得下心云云。

若是平常，贺氏难免有几分得意。可是此刻，她心绪不宁，只是虚应了几句，就在蒲团上跪坐下来。

待到巳时，一个胡须雪白、慈眉善目的老僧在一众僧人的簇拥下来到法堂，堂内顿时寂静无声，气氛也随之庄严肃穆起来。

信徒们虔诚地跪坐在蒲团上，聆听寂宁大师宣扬佛法。今天，大师讲的是《金刚经》。

寂宁大师对佛学的造诣果然高深，讲得深入浅出，娓娓道来，令一众香客以及寺内僧人皆沉浸其中。法堂里，除了寂宁大师的声音，一点儿声响也没有。

贺氏眼睑半垂，看起来眼观鼻、鼻观心，其实她脑海里还想着那支签的事，细细地品着每一句签文。

"蜃楼海市幻无边"，难道这是暗示端木家金玉其外，外表风光，实际上根底不深，随时都会"或被狂风忽吹散"，毁于一旦吗？

还有最后那句"有时仍聚结青烟",青烟虚浮,不能长久也,哪怕眼前虽好,却实无归结。

她仔细想想,觉得这四句签文字字正中要害,要是因为这桩赐婚触怒圣颜,连累了贵妃和大皇子的话,那么端木家就会摇摇欲坠……

四周蓦地静了一瞬,敲击木鱼的声音响起。

寂宁大师已经讲完了经,温和地询问众人可有什么疑惑。贺氏右手边的一位夫人便站起身来,向寂宁大师提问。

贺氏瞥了对方一眼,正好看到跪在蒲团上的端木绮难耐地蠕动着身体,试图给膝盖调整一个稍微舒服点儿的姿势。

贺氏皱了皱眉,面色微沉。

绮丫头如此不虔诚,那还不如不来!当着神佛的面,她这样敷衍了事,这不是让天上神佛觉得端木家不诚心吗?!

贺氏不动声色地收回了目光,再次垂下眼帘,眼神阴晴不定。

四周又有香客、僧人陆续地站起身来,行礼后向大师提问,求大师解答。

寂宁大师还了礼,不厌其烦地一一作答,声音婉转流畅:

"一切有为法,如梦幻泡影。如露亦如电,应作如是观。

"欲求如来净圆觉心,应当正念,远离诸幻。先依如来奢摩他行,坚持禁戒,安处徒众,宴坐静室,恒作是念,我今此身,四大和合……"

寂宁大师徐徐道来,为信徒们解惑,法堂里气氛祥和。

相比之下,贺氏的心中却似翻起了一片惊涛骇浪,什么"如梦幻泡影""应当正念,远离诸幻""坚持禁戒",在她听来,句句皆是佛偈,发人深省。

贺氏目光怔怔,直到散场,还是端木绮在她耳边唤了一声"祖母",她才猛然回过神来。在端木绮的搀扶下,贺氏从蒲团上缓缓地站起身来。

寂宁大师已经率领众僧人离去了,然而,佛堂里的众女眷还沉浸在佛法无边的无上美好中,惊叹行善积德的种种神迹。

一位雍容华贵的老夫人感慨地说道:"老身早就听说,这寂宁大师是洛阳城俗讲第一人,果然名不虚传啊!"

"是啊,刘太夫人。"一位中年夫人点头道,"我早就想去白马寺听大师讲经,一直抽不出空来,这一次真是沾了皇觉寺的光。听说远空大师与寂宁大师是知交,这一次也是远空大师特意请了寂宁大师来京……"

夫人们说笑着出了法堂,声音渐远……

须臾,佛堂里就只剩下了十来个人。端木绮虽然站了起来,但是腿脚还酸涩着,看着还跪在蒲团上磨磨叽叽的端木绯,略不耐烦地催促道:"四妹妹,我们该走了。"

端木绯跪在蒲团中间，收腹挺胸，上身挺直，一双小手规规矩矩地放在膝盖上，整个人看起来姿态优美，气质端庄。

她腼腆地笑了笑，慢吞吞地站了起来，赧然地解释道："祖母、二姐姐，我的膝盖都跪麻了。"

端木绮不以为然地撇了撇嘴，心道：就你娇贵。

对上贺氏时，端木绮又是一副孝顺、温婉的嘴脸，扶着贺氏道："祖母，我已经让寺里安排了歇息的厢房，我扶您过去用些斋饭，歇息片刻吧。"

贺氏淡淡地应了一声，在端木绮的搀扶下，跨出了法堂。端木绯慢悠悠地跟在二人身后。

在法堂的佛香、佛烛环绕中，贺氏还毫无所觉，此刻出了法堂，才发现外面的天色不知何时阴沉了下来，阴云层层叠叠的。

贺氏下意识地停下了脚步，几乎是下一瞬，天空一亮，乌云间忽然炸起一道巨大的闪电，紧接着，远处传来"轰隆隆"的雷声。

刹那间，贺氏仿佛被那道闪电劈中了似的，浑身动弹不得，脑子里"轰轰"作响，眼睛直愣愣地看着天际。

"轰隆隆……"

雷声轰鸣不止，一下又一下地打在贺氏的心口上，她的身子如风雨中的柳枝，微微颤动着，脑海中思绪万千：除夕夜的冬雷、消失的墨迹、自燃的签纸、适才她求的那支下下签，还有那句句意味深长的佛偈……

贺氏心神恍惚，隐约听到身旁似近还远地传来一阵抱怨声："这大冬天的，怎么又打雷啊？！"

妇人说着，嘀嘀咕咕地走了。不知不觉中，这法堂里外就只剩下了端木家的几个人。

"哗啦啦……"

屋檐外，瓢泼大雨骤然自空中倾盆而下，水花"噼里啪啦"地砸在地面上，飞溅起来。外面水蒙蒙的一片，像一片巨大的屏障阻挡在她们的前方。

贺氏的心如这雨水般往下掉，似是掉进了一片无底的深渊中，不断下沉，再下沉……

上天已经一次次地降下了示警，如果她再执迷不悟，违背天意，接下来等待端木家的恐怕就是灭顶之灾了！

大师说得对，"一切有为法，如梦幻泡影""欲求如来净圆觉心，应当正念，远离诸幻。先依如来奢摩他行，坚持禁戒……"

贺氏的嘴巴喃喃念动着，平日里精明的眸子里尽是惊魂未定之色。

"祖母……"端木绮低低地唤了贺氏一声。

贺氏身子一颤，好似猛然惊醒过来，用一种"尘埃落定"的目光看着端木绮。不知为何，端木绮心里泛起一股刺骨的寒意。

跟着，贺氏淡淡地道："我要留在皇觉寺里吃斋念佛，今天就不回府了。"她的声音中透着一丝干涩感。

听了贺氏这句话，端木绮和游嬷嬷都吃了一惊，不知道贺氏怎么突然有了这个念头。唯有站在后方的端木绯抿着小嘴，但笑不语。

端木绮欲言又止，见贺氏面色不悦，就没有多说。

因为暴雨突袭，知客僧便领着祖孙三个人去法堂后方的一个小院子里小憩。没一会儿，贺氏就打发了端木绯，只留下端木绮在厢房里。

"祖母，"端木绮见贺氏打发了端木绯，心里有几分得意，觉得自己毕竟是祖母的亲孙女，端木绯那烂瓦怎么也不能比，"您要吃斋念佛，在府里也是一样的……"

端木绮正柔声劝着贺氏，却听贺氏硬声道："绮姐儿，杨家的这门婚事就先这么着吧，反正也就是拖上几年的事。"

端木绮傻眼了，简直不敢相信自己的耳朵，初一那日被贺氏甩了一巴掌的左脸又开始发疼，疼得她连心口也一抽一抽的，好像被千万根针扎。

她那曾经美好的世界瞬间崩塌了……

祖母怎么会说这种话？！

这怎么可能呢？！

端木绮如遭雷击般站立了许久，过了好一会儿才问道："祖母，是端木绯给您灌了什么迷魂汤？您这是被鬼迷了心窍吗？！"

贺氏本来心里对端木绮还有一分内疚感，听她这么说，内疚感瞬间就烟消云散了。贺氏被气得脸颊通红，手将一旁的案几拍得"啪啪"作响，怒道："孽障！佛门圣地，你在说什么胡话？！"

贺氏双手合十，虔诚地念了声佛，心里对端木绮更为失望：这丫头对神佛毫无敬畏之心，难怪会触怒上天！

想起最近上天降下的一次次示警，贺氏的心沉甸甸的。

端木绮更委屈了，心中像火烧般，一口气无处可发，拿起一旁的茶盅就朝地上砸了下去。

"啪！"

瓷片和茶水在地上飞溅开来，可是端木绮犹未解愤，把一旁的花瓶、盆栽、碗碟全数扫在了地上，形容癫狂。

"我不嫁！"端木绮不甘心地怒道，两眼通红，"明明是端木纨惹出来的麻烦，凭什么让我给她擦屁股？"

看着一屋子的狼藉，贺氏被气得胸口一阵剧烈起伏，眸中怒意翻滚。还从不曾有人敢在她跟前这般放肆，绮姐儿真是被她娘宠坏了！

"圣旨已下，你想不想都得嫁！"贺氏的眸子更深沉了。

绮姐儿的性子这么浮躁，嘴上没个把门的，这朝堂之事和皇帝的顾忌，看来自己是不能与她说了……这孩子也该受点儿教训了！

端木绮感觉自己好像又被贺氏狠狠捅了一刀，受伤地看着贺氏。

"杨家那种破落户……我就算铰了头发做姑子，也比与那等人家扯在一起好！"端木绮跺了跺脚就从厢房里冲了出去。

贺氏的脸色阴沉得简直要滴出水来，游嬷嬷忙在一旁轻抚她的胸口，替她顺气，说着"二姑娘还小"云云。

外面的雨已经停了，雨后的空气清新极了，像是被洗去了污浊般。

端木绯正在庭院里仰首欣赏着雨后的蓝天。天空蓝得空明通透，蓝得沁人心脾。

似一阵风冲出厢房的端木绮狠狠地瞪了端木绯一眼，然后就提着裙裾跑了，鞋子带起了地上的泥水，溅湿了她的裙角。

"姑娘！"丫鬟急忙追着端木绮，也跑了，声音渐行渐远。

端木绯似是不觉，只顾专注地望着蓝天，嘴里喃喃道："碧空如洗，今天应该会有彩虹……"

"姑娘，刚才的雷可真大啊！"碧蝉在一旁轻声嘀咕道，"吓死奴婢了。"说着，碧蝉朝厢房那边看了一眼，也不知道到底是在说哪个雷。

"待会儿喝点儿姜汤压压惊。"端木绯歪着脑袋对碧蝉莞尔一笑，黑白分明的大眼睛忽闪忽闪的，戏谑地随口道，"放心吧，我夜观天象，掐指一算，接下来到元宵，都不会下雨了。"

说着，端木绯朝端木绮离去的方向望去，嘴角弯出一个狡黠的弧度，扬扬得意得好像一只偷到鱼腥吃的猫。

她夜观天象，早知除夕夜和今日会有冬雷，便顺势借了东风。刚才也是她趁着去捧签筒的机会，在签筒的口子里粘了一支预先备好的下下签。

不过，今天幸好恰逢寂宁大师来皇觉寺讲经，否则，她还得再琢磨用什么法子才能让贺氏来皇觉寺。

端木绯懒洋洋地伸了个懒腰，嘴角的笑意更浓了。说起来，寂宁大师的经讲得是真好，字字珠玑，她真是不虚此行啊！

后方传来轻轻的脚步声，端木绯转头看去，游嬷嬷从厢房里走了出来，含笑对着端木绯福了福身，道："四姑娘，太夫人打算留在寺里吃斋念佛，为府里祈福，您和二姑娘就先回府吧。太夫人有些乏，已经歇下了，让您也不用给她行礼了。"

端木绯心知贺氏是不想让她看到那满屋子的狼藉，所以才让游嬷嬷出来打发她，但她不会说穿，于是甜美地笑道："那我就不叨扰祖母了。"

端木绯对着厢房的方向福了福身，算是对着贺氏告辞，然后就带着碧蝉不疾不徐地出了院子，气定神闲地往前走着，欣赏着雨后的皇觉寺。

地上还是湿漉漉的，空气中弥漫着浓浓的水汽，随处可见一个个小水洼。

没走一会儿，端木绯那身八九成新的粉色马面裙就被地上的泥水溅得一片污浊，碧蝉有些心疼地合掌拜了拜老天爷，道："承姑娘吉言，这几天可千万别再下雨了。

"奴婢不担心别的，就担心万一皇后娘娘的迎春宴下了雨，那多扫兴啊！

"姑娘，今年的迎春宴会在千雅园举行吧？奴婢听说千雅园比皇宫还要大……"

在碧蝉笑吟吟的声音中，马车载着两位姑娘回了尚书府。

正值午初，门房没想到两位姑娘这么快就回来了，手忙脚乱地又是开门，又是迎马车入府安顿。

端木绮一下马车，就怒气冲冲地走了，完全没理会端木绯。

端木绯也不在意，径自去了外书房见端木宪。

这几日，端木宪过年休沐在家，难得闲暇。端木绯进去的时候，端木宪正独自站在窗边的书案后作画，画的是一幅《观音大士》。

端木绯也不着急，静静地在一旁坐着，自得其乐地饮饮茶、吃吃点心，等端木宪画完后，才不紧不慢地起身给端木宪行礼："祖父。"

端木宪放下画笔，对着她招了招手："四丫头，来看看祖父这幅《观音大士》画得如何？"

端木绯走到端木宪身旁，含笑欣赏着桌上那幅用色淡雅的画作。

画中的观音盘腿坐在莲花宝座上，法相庄严，姿态随意，神情祥和。身后有圆形背光，一旁的净瓶里插着一截青翠欲滴的柳枝，衬得观音有一种轻逸绝尘、冰清玉洁的气质。

"刚柔并济，亦实亦虚，清净无尘，"端木绯笑吟吟地说道，"只是还少了点儿……"

端木绯指了指观音的头饰："祖父，我以为，在头饰上加些金粉润饰方能雅俗共赏。"

端木宪怔了怔，抚着胡须朗声笑了："说得好，这观音像是当雅俗共赏。"他这四孙女果真灵巧得很，想来皇帝也会喜欢这幅《观音大士》。

端木宪的目光流连在自己的画作上，他随口问道："四丫头，你找祖父有什么事？"

"祖父，我和二姐姐今天陪祖母去了皇觉寺听经，祖母说她要留在皇觉寺吃斋念佛，为府里祈福。"端木绯简洁明了地禀道。

端木宪闻言，顿时直起了身，注意力从画上移开，他转头看向端木绯，眼神中透出一丝意外、一丝审视。

端木绯毫不避讳地与端木宪对视，目光清澈明净，有种无所隐藏的坦然感。

端木宪是聪明人，一下子就想到了前些日子端木绯特意和他报备的事，眼神深沉如幽潭，有些感慨。

他没多问，只是微微点头，然后淡淡地道："四丫头，你去转告你大姐姐，多送些供奉去皇觉寺。"

端木宪看向端木绯的眼神又柔和了一分。端木绯果然行事有分寸，和风细雨间就把事情解决了，没闹起来。现在无论对外还是对内，说起来，都是贺氏自己要去礼佛的。

唉——

端木宪暗暗叹气，贺氏最近也浮躁了些，是该好好静静心。

"是，祖父。"端木绯脆声应道，小脸儿上始终笑吟吟的。

她当初之所以提前知会端木宪，就是为此。

贺氏是端木宪的嫡妻，堂堂尚书府的尚书夫人，无论做什么最后都逃不过端木宪的眼睛。一旦被端木宪查到了真相，不管她的意图是什么，只会让端木宪有所芥蒂。

与其如此，她倒不如和端木宪说开了，这样行事才无后顾之忧。

以端木宪的为人和行事做派，为了端木家，他自当有所选择。

端木宪又朝那幅画看了看，沉思片刻后，就把丫鬟召来，吩咐了几句。

丫鬟立刻领命而去，不消片刻，府里各房的小辈们就集中到了书房旁的一间敞厅中，坐得满满当当。

端木宪把贺氏要留在皇觉寺祈福的事说了，除了早就从端木绮那里知道此事的小贺氏，其他人全都蒙了，各种声音戛然而止。

厅堂里静了一瞬。

上首的端木宪抿了一口茶后，放下了手里的青花瓷茶盅，目光扫了四周一圈，道："老二媳妇，你和绮姐儿一起去尽尽孝心吧。"

小贺氏的脑中一片空白，她一时间傻眼了。

端木家不是那种为难儿媳的人家，平日里，无论是端木宪还是贺氏，都很少教儿媳规矩，没想到端木宪竟会让她去皇觉寺侍候贺氏礼佛！

自打莫姨娘过门，端木朝有一半的时间歇在了莫姨娘那里，自己要是走了，还不知道几日才能回来，回来后，府里还有她落足的地方吗？！

小贺氏越想，眼神越是晦涩，心也沉到了谷底。

她暗暗咬牙，温顺地说道："父亲，儿媳自当前往孝敬母亲，可是绮姐儿已经定亲了，年纪也不小了，理应留在府里准备亲事才是。"

端木绮的脸色难看极了，手紧紧地绞着帕子。虽然她早上跟贺氏赌气说宁可铰了头发去做姑子，可这不过是一时的气话。

府里好吃好喝、舒舒服服的，她又怎么会愿意去过青灯古佛的寂寞日子？

端木绮睁着一双雾蒙蒙的眸子，乞求地看着端木宪，差点儿跪下去。

端木宪看着小贺氏母女俩，睿智深沉的眸子如同一汪深邃的幽潭，清冷无波，没有一丝温度。

沉默的气氛蔓延着……

须臾，端木宪才意味深长地说道："那绮姐儿就别去了。"

小贺氏长舒一口气，欠了欠身，谢过端木宪，心中却隐约明白，端木宪是在以女儿拿捏自己，而自己别无选择……

小贺氏想着，又有几分心凉，一股浓浓的苦涩情绪弥漫在心中。

其他人皆面面相觑，神情各异。

一个多时辰后，小贺氏就坐上马车去了皇觉寺，还带着贺氏的行囊以及大量的香油钱。

随着小贺氏离去，整个端木府都知道了贺氏和小贺氏要在皇觉寺吃斋念佛的事，府中瞬间就如寒风拂动的湖面般，泛起了层层涟漪……

正月初六，交泰殿内摆设供案，皇帝在钦天监选的吉辰拈香行礼，进行开笔开宝仪式，又给众大臣书"福"赐字，那些领了"福"字的王公大臣、宗室勋贵皆叩首谢恩，一个个喜气洋洋。

当日，杨羲被押解出京，围在杨府外的锦衣卫也随后散去了，杨府内外一片萧条之色。

至此，举子在长安右门击登闻鼓申冤一案就算是结束了，而华上街举子被地痞殴打之事也由京兆府结案，京兆府裁那些地痞已经认下敲诈伤人罪，被判了发配边关，皇帝允了。

尽管已经开笔，但皇帝这七八天来逐渐冷静了下来，准备等程训离从闽州调查回来再议李家之事，反正他已经借着封赏把李廷攸留在京城做质子了。

正月初七，因端木贵妃宣召，端木绯独自进了宫。

钟粹宫的暖阁里，四公主涵星不在，只有端木贵妃独自坐在炕上。

端木贵妃穿了一身石榴红鸾凤团花纹对襟翟衣，绾着繁复的牡丹髻，簪着金托底红宝石的朝阳五凤挂珠钗，落在颊畔的赤金流苏明晃晃的，让她看着明艳妩媚，光彩照人。

端木贵妃挺直腰板，优雅地端坐着，手里捧着一个白瓷浮纹茶盏，十指的指甲用凤仙花汁染成了火红色，在白瓷茶盏映衬下，娇艳欲滴。

"见过贵妃姑母。"端木绯行了礼后，端木贵妃声音淡淡地道了声"免礼"，又赐了座。

过了好一会儿，暖阁里静得只有茶盖轻抚茶盏的声响。

端木贵妃明亮的眼眸一眨不眨地看着端木绯，她没有一句寒暄，就启唇问道："绯姐儿，本宫听说你祖母前几日去了皇觉寺祈福？"

端木绯欠了欠身，笑吟吟地说道："贵妃姑母，祖母一向笃信佛法，听说白马寺的寂宁大师来了皇觉寺讲经，初四那日，就带着我和二姐姐去皇觉寺听大师讲经……"

端木贵妃皱了皱精心修剪过的柳眉，直接打断了端木绯："你祖母既然是去听经的，怎么又突然留在皇觉寺里不回来了？"

端木贵妃的语气中透着一丝咄咄逼人的味道，仿佛在质问是不是端木绯惹了贺氏。

端木绯的目光闪了闪，她觉得有些不对劲。

她虽然只进宫见过端木贵妃两次，姑侄俩也不过说了屈指可数的几句话，她却对这位贵妃娘娘圆滑机敏的性情有几分了解。

后宫三千佳丽，其中不乏出身高贵的名门贵女。端木贵妃能成为仅屈居于皇后之下的贵妃，绝不仅仅是因为太后和端木家。

端木绯的目光落在了端木贵妃那身光彩炫目的织金翟衣上。贵妃平日里也精心装扮，却第一次穿华贵的翟衣，翟衣是礼服，不是常服，本身就透着慎重之意。

贵妃不过是召见自己这么一个无品无级的小姑娘，哪里需要如此郑重其事？

只是弹指间，端木绯心思飞转。刚才她就觉得今日的钟粹宫静得出奇，比如刚才领她进殿的宫女几乎连呼吸都屏住了，蹑手蹑脚的。

难道说，贵妃和这里的宫女都在忌惮什么？

这里可是贵妃的钟粹宫，除了皇帝、太后和皇后，还有谁能让堂堂贵妃忌惮呢？

思绪如流星般一闪而过，端木绯不动声色，叹了一口气道："贵妃姑母，实不相瞒，祖母在大雄宝殿求了支下下签，皇觉寺的签一向灵验，祖母就觉得有些不吉利……"

说话的同时，端木绯不着痕迹地打量着四周，目光停在了东北边一座紫檀架子大理石五扇的大插屏上，屏风下方，隐约可见一双玄色绣着金丝云纹的靴尖。

这是一双男靴。果然隔墙有耳！

只不过，皇帝想知道什么呢？端木绯的眸中闪过一道流光。

这时，宫女手脚利索，低眉顺目地奉上了茶，铁观音的茶香随着氤氲的热气袅袅升起，给这温暖的暖阁增添了一分闲雅的气息。

端木贵妃的神色也缓和了一些，她再问道："绯姐儿，那签文里说了什么？"说话的同时，她飞快地朝屏风的方向看了一眼。

瞧贵妃那个眼神，端木绯就知道她猜对了，于是眼睛一眯，眸中的波光明明暗暗。

看来，贺氏突然去皇觉寺小住一事还是引起皇帝的怀疑了。不过，皇帝特意让端木贵妃把自己叫来，显然不单单为了这件事。

端木绯一边想着，一边露出为难之色，皱着小脸儿道："贵妃姑母，祖母求签的时候，我只站在边上瞥了一眼，也没看全，好像有一句'或被狂风忽吹散'。"

端木贵妃垂眸饮着茶，似有沉思之色。

端木绯还在继续说："祖母当时脸色就不太好看，心里很是担心，想要留在寺里吃斋几日，但想着现在大过年的，就有些犹豫。没想到听完大师讲经，一出门就是一阵惊雷，祖母更忧心了，当下就决定留在寺里吃斋念佛，为家里祈福。"

见端木绯乖巧地有问有答，答得还恰到好处，不该答的一句没答，端木贵妃原本抿紧的红唇微微翘了起来，明媚的眸子里闪着盈盈的笑意，身子也随之放松了不少，她不动声色地说道："原来是这样。你祖母没事，本宫就放心了。"

下一瞬，她想到了屏风后的皇帝，笑容又收敛了起来，只是温声道："绯姐儿，吃些点心吧。这海棠酥是御膳房的拿手点心，色泽如花，外酥内甜，松软可口。"

端木绯拈起了一块粉色花朵状的海棠酥，津津有味地吃了起来，赞道："贵妃姑母，这海棠酥真是好吃。"

"待会儿你回去的时候，也带些给你姐姐吃。"端木贵妃含笑道，跟着，似有几分感慨地与端木绯闲话家常，"你们姐妹俩也不容易……这俗话说得好，'姑舅亲，辈辈亲，打断骨头连着筋'。如今，你们李家表兄来了京城，以后也算是彼此有个照应了。"

端木绯吃完了一块海棠酥，优雅地用帕子拭着手指，心里知道，现在才算真正地进入了正题。

端木绯笑吟吟地说道："贵妃姑母，您别看我这李家表哥平日里总是一副温文有礼的样子，其实啊，他就是个冤大头……"

说着，她掩嘴轻笑了一声，就把当初李廷攸上京时送了她们一车在京里买的过时料子的事当趣事说了，逗得端木贵妃也忍俊不禁。

"这男孩子啊，自然对料子、首饰什么的一窍不通。本宫瞧着你们这李家表哥倒是个有心人。"端木贵妃笑着赞了一句，然后又似想到了什么，说道，"绯姐儿，本宫记得你上次说，你们在京里这些年，都没有收到过李家的年礼……"

端木绯抿了抿小嘴，脸上露出一丝犹豫之色，须臾，才轻声唤道："姑母，"她略去了"贵妃"两个字，以示亲近，"其实攸表哥一来，我就忍不住问了他。表哥与我说，并非外祖父家不想送年礼，只是李家身为武官，又被下放在外，执掌一州兵权，与尚书府还是不能太过亲近，免得有军政大臣结党之嫌。不过，现在攸表哥来京城了，就没那么多顾虑了。"

端木贵妃看着端木绯的眼神更柔和了，笑着继续与她道家常："姑舅之间是该多多往来才是，免得亲戚之间生分了。本宫记得你这李家表哥今年是在京中过年吧？"

端木绯点了点头："表哥今年是在祥云巷过的年，不过李家没有长辈在京，我和姐姐就没去那边，是表哥初三那日来府里拜的年，还送了一车年礼来……不过，他啊，又被人诓得买了些过时的东西。"

看着端木贵妃疑惑地挑了一下眉，端木绯就苦着脸解释道："那店家与他说羊角银锞子做得可爱，送给小姑娘打赏奴婢最好了，表哥就买了一匣子送给我们。"

可问题是，今年是猴年，又不是羊年。

这一点，端木贵妃当然也明白，忍不住朗声笑了："本宫看你那李家表哥斯文得好像书香门第的公子，看来，骨子里终究是武将家的孩子，性子粗率得很啊！"

顿了一下后，端木贵妃戏谑地勾起了唇角，又道："那你这李家表哥现在岂不是觉得咱们京城的人刁滑得很，怕是想要回闽州了吧？"

"表哥才不要回闽州呢！"端木绯随意地摆了摆手，笑得眼睛都眯成了新月，"表哥来拜年时，还与我和姐姐抱怨说，每年新年，闽州那边就有讨厌的人过去拜年，每次应酬起来，好生麻烦。"

"他可说了是谁？"端木贵妃目光一闪，漫不经心地问道。

端木绯歪着头想了想，眨巴眨巴大眼睛，然后摇了摇头："表哥倒没说是谁，只说对方是京里过去的贵人，说外祖父和大舅父免不了要应酬那个人几句，所以他能不回去就不回去了，省得连新年也过不安生……"

接着，端木绯突然抿了抿小嘴，有些激动地拊掌道："对了，表哥还说了，'有的人真是没有自知之明，明明是刘表，却自以为是刘备在三顾茅庐呢'！"

她笑得一脸天真，又有些懵懂："不过，我也不知道这是什么意思。"

"咯嗒……"

紫檀木座屏风的方向传来一声轻微的响动，似乎是椅子在大理石地面上磕碰了一下。

端木贵妃清了清嗓子，急忙又吩咐宫女给端木绯添茶。

屏风后的皇帝慢悠悠地捧起了茶盅，看着茶汤里沉沉浮浮的茶叶，眸中一片深沉之色。

去了闽州的程训离还没有回来，所以皇帝到现在还不知道闽州的具体情况，虽然说不能打草惊蛇，但是他这些天总是心神不宁，也担心李廷攸过年没回闽州会引起怀疑。

然而，皇帝又不能召李廷攸进宫试探，就想到了端木家的两个小丫头是李廷攸的表妹。李廷攸一个年轻气盛的少年郎，说不定会无意中与两位表妹说起些闽州的事，他这才让端木贵妃把人叫来问话。

想着刚才端木绯所言，皇帝眉头微蹙地沉思着：李廷攸说的那个"刘表"是谁呢？难道是肃王？

皇帝心不在焉地把茶盅送到了唇畔，与此同时，屏风外的端木贵妃也同样端起了茶盅，心里松了一口气。皇帝让她问的，她已经都问完了，那么接下来……

她飞快地用余光瞥了一眼屏风的方向，想看看皇帝的意思。

端木绯当然看到了，却只作不知地捧起了茶盅，默默饮茶。

就在这时，外面传来少女轻快的声音与步履声："母妃，绯表妹来了？"

锦帘一翻，穿着一件嫣红色缠枝绣莲花纹袄子的涵星携着一股淡淡的香风快步走了进来，少女如莺啼般清脆欢快的笑声一下子让暖阁里的气氛如春暖花开般明媚。

涵星笑着走到端木贵妃跟前，福身行礼后就撒娇说道："母妃，绯表妹难得来宫里，上次匆匆忙忙的，不如今天儿臣带绯表妹去御花园好好走走吧。"

端木贵妃看着涵星娇俏的样子，有些好笑。她还记得端木绯第一次来钟粹宫时，涵星心不在焉，根本就懒得理会端木绯，现在对端木绯却比亲姐妹还亲。

见皇帝没有再示意什么，端木贵妃笑着挥了挥手，顺势说道："好了，好了，你们两个孩子自个儿出去玩吧。"

涵星登时喜笑颜开，牵着端木绯的小手就说说笑笑地出门了，她好似一阵风地来，又好似一阵风地走了。皇帝从屏风后走了出来，看着两个小姑娘离去的方向，笑着摇了摇头。

涵星带着端木绯，熟门熟路地从琼苑东门进了御花园。

这些天，天气晴朗，积雪已经化了，比起端木绯上次来时，御花园仿若另一个世界。

两个小姑娘手里揣着暖乎乎的手炉，身上披着厚厚的斗篷，脖颈上围着貂毛围脖，裹得严严实实的。

两个人在梅林里赏了会儿梅后，涵星就提议道："绯表妹，我们去暖亭里坐一会儿吧。"

端木绯自然毫无异议地应下了。

表姐妹俩沿着湖边往暖亭的方向走去。这个时候正处于冬去春来的交替时节，御花园与之前相比实在有几分失色。

涵星一边走，一边随口问道："绯表妹，过些天的迎春宴你应该会去吧？"

端木绯点了点头道："祖父让大哥哥带我和姐姐一起去。"

说话间，表姐妹俩就在暖亭里坐下了。

刚才四下走了一炷香的工夫，两个人的小脸儿上都泛着健康的红晕，浑身暖乎乎的。

涵星从亭中环视着四周的景致，撇了撇嘴道："今年的迎春宴设在千雅园里，千雅园的景致可比这御花园的要好多了！"

涵星声音清脆，说话率直，大概也只有她这样的天之骄女能用这种嫌弃的口吻来评价御花园了。

端木绯也不附和，只是笑道："涵星表姐，祖父也曾与我赞过千雅园巧夺天工，举世无双。"

千雅园是皇家园林，是皇家避暑游乐之地。皇帝经常带着一些宗室重臣去千雅园避暑游玩，端木宪作为天子近臣，自然也曾数次随驾。

说起千雅园，涵星来劲了，笑容满面地直点头道："千雅园里处处独具匠心，你去了自然就知道了。待迎春宴时，我带你在园中好好走走……"

说话间，宫女给二人奉上了热茶，涵星正觉得口渴，就捧起了茶盏。

茶香袅袅，微风徐徐，茶香随风而去，同时，微风也送来了一个女子娇嗔的细语声："外祖母，您一定要帮帮我啊！求您了！"

这娇滴滴的女声她们听着有几分耳熟。涵星和端木绯皆眉头一动，循声望去。

暖亭后方是一座座怪石嶙峋的假山，声音正是从假山后传来的。

表姐妹俩面面相觑，紧接着，又听到一个慈祥的女音不紧不慢地说道："九华，哀家就知道你今天突然进宫是无事不登三宝殿……不过，这个举子不成！"

这皇宫里，自称"哀家"的人也唯有贺太后了。

涵星和端木绯只得站起身来，走出暖亭，朝假山的方向走去，就听九华娇声又道："外祖母，您一向最疼我了，只要您下一道懿旨为我俩赐婚，又有什么不成的？"

九华这话里的意思，她应该是在求太后给她和一个举子下懿旨赐婚。

贺太后一向对外孙女九华有求必应，今日却不然："九华，迎春宴马上要到了，多的是世家子弟、年轻俊才，你在迎春宴里挑个更好的人就是。"贺太后的声音里带着一丝安抚的意味。

太后和九华说语间，端木绯和涵星绕过了假山，就看到几丈外贺太后和九华正站在一棵梧桐树下，九华挽着贺太后的胳膊撒娇道："外祖母，求求您就成全我吧！"

九华心里明白，她的母亲长庆是肯定不会答应这门亲事的，但是只要贺太后同意了，下了懿旨，那么连母亲也没办法反对。

"九华，你不必再多说了。"贺太后雍容华贵的脸庞上，是没有一点儿商量的余地的表情。

九华的脸色不太好看，她咬了咬下唇，还想说什么，余光却瞟到了不远处朝她们走来的端木绯和涵星，俏脸瞬间就沉了下来，闭上了嘴。

端木绯和涵星不紧不慢地走到了贺太后跟前，齐齐地对着贺太后屈膝见礼道：

"太后娘娘。"

"皇祖母。"

贺太后含笑着让二人起身："都起来吧。"

又是她！九华目光沉沉地看着端木绯，眸中波涛汹涌，不由得心想：刚才端木绯可有听到她跟太后说了什么？

九华想着，心中又羞又恼，胸口正好有一口气憋着，上不上，下不下，此时看着端木绯，这股气就更让她憋得慌了，她的眸中闪过一道戾气。

"外祖母，这端木四姑娘为人骄横得很！"九华仰首对着贺太后抱怨道，"上次我在猎宫时，看到她有一对很漂亮的纸鸢，就想买过来，也好献给外祖母把玩把玩。这端木四姑娘不但不卖，还出言不逊地羞辱我！实在是毫无教养、无礼至极！"

九华不客气地指着端木绯的鼻子，道："外祖母，她对我如此无礼，您可要给我做主啊！"

贺太后是什么人？她又怎么会不知道外孙女的那点儿小心思？她想着自己才刚拒绝了外孙女的请求，让小姑娘不开心了，因此便心念一动，想用端木绯逗外孙女开心。

贺太后瞬间板起脸来，不怒自威地看向了端木绯，缓缓地问道："可有此事？"

四周的气氛瞬间冷了下来，空气似乎凝固！

在太后和九华咄咄逼人的目光下，端木绯眨了眨眼，浓密的睫毛又长又翘，嘴角弯弯。

她福了福身，却答非所问："太后娘娘，前几天，臣女陪着祖母去了皇觉寺，听了寂宁大师讲经，心里也有几分感悟。大师说，'世事皆因缘，有因必有果'。世间万物看似不相干，彼此却是有因果的，比如伍子胥过昭关，间接致使楚国衰而吴国起……'一饮一啄，莫非前定；一言一行，皆成因种。'太后娘娘，佛法无边，我祖母也是深有感悟，才决心留在皇觉寺里祈福的。"

听到"伍子胥"三个字时，太后皱了皱眉，原本慈祥的面容微微一沉。

伍子胥是春秋名士，他的故事市井小民也耳熟能详。

这则典故说的是楚平王贪恋美色，夺太子之妻，事情败露后，楚平王不仅派人去杀太子，而且还打算灭了太师伍家满门，唯有太师之子伍子胥幸免于难，从楚国经由昭关逃到吴国，后来伍子胥助吴王治理吴国，在数年后灭了楚国。

楚国的灭国之祸便起源于楚平王夺人所爱，以致心生魔障。

端木绯是在拐着弯告诫自己"君子不夺人所好"吗？贺太后的嘴紧紧地抿在了一起，她看着端木绯天真的小脸儿，心头骤然生出一股不喜之意。难怪妹妹那么厌烦长房的这两个孤女，现在看来，这个小丫头倒是有种恃宠而骄的乖戾了！

一旁的九华也听明白了，俏脸上通红一片，不知道是怒还是恨。

涵星差点儿笑出来。姑母长庆勾三搭四，品行不端，连着九华也受了影响。九华仗着贺太后对她的宠爱，一向跋扈，看到什么好的东西就想占为己有，即便对几位公主也骄横得很。

贺太后很快就冷静了下来，淡淡地对端木绯道："哀家听你说起佛经来头头是道，想来你也与佛有缘。你祖母去寺里吃斋念佛了，你这丫头怎么不去在旁侍奉？真真是不孝！"

涵星嘴角的笑意霎时收敛，她正想帮着圆一下场面，端木绯已经开口说道："太后娘娘，您有所不知……"

端木绯睁着一双黑白分明的大眼睛，一本正经地解释道："祖母之所以留在皇觉寺里祈福，是听了大师讲经后有所感召。唉，臣女愚钝至极，没有佛祖的感召，不敢随意行事，以免惹恼了佛祖，反而不美了！"

说着，端木绯双掌合十，仰着那张精致可爱的小脸儿，抬眼看了看上天，一副虔诚乖顺的样子。

闻言，贺太后心中好不容易平息的怒意又猛然蹿了上来，她大声喝道："谁说你祖母是被感召？"

端木绯愣在了原地，似乎傻眼了。过了好一会儿，她表情懵懂地眨了眨眼，疑惑地反问："敢问太后娘娘，那祖母又是为何？"

贺太后一时哑然。

她也不知贺氏为何突然跑去礼佛，但贺氏被佛祖感召是以留在皇觉寺里祈福是对外的说法。她若要追究个清楚明白，万一牵出什么后宅阴私之事，反而麻烦。

贺太后直直地看着端木绯，眸色幽暗深沉。她久久没说话，心里有些猜不透端木绯是不是故意堵她的话。这丫头才刚满十岁，心眼会这么多吗？！

九华一会儿看看端木绯，一会儿看看贺太后，见贺太后沉默不语，心里越发不痛快，气愤地捏紧了拳头，额角抽了一下。

九华正要说什么，后方突然传来一个熟悉的明朗男音："皇祖母、四妹妹、九华……"

众人循声望去，便见几丈外，一个着橙黄色蟒袍的俊朗少年笑容满面地朝这边走来，正是大皇子。

大皇子健步如飞地走到近前，恭敬地对着太后作揖行礼："皇祖母安。"

"祐显。"贺太后一看到大皇子，原本沉下去的脸上瞬间就又有了笑意，眉目舒展开来，脸上多了几分慈爱之色。

"大皇兄！"

涵星上前半步，也是一喜——其实是她派宫人把大皇子叫来的。

她瞧端木绯平日里喜欢看些乱七八糟的杂书，就想让大皇子带她们一起去文渊阁逛逛。文渊阁是宫里的藏书阁，皇子们可以随意进去借阅书籍，而没有帝后的令牌，几位公主是不可以随便进去的，因此，涵星才会特意把大皇子叫过来帮忙。

九华和端木绯也很快给大皇子见了礼，气氛和乐。

贺太后的视线不动声色地在大皇子和九华之间游移了一下。虽然她刚才跟九华说，要在迎春宴里给九华挑个合适的年轻俊才，但是实际上，贺太后是希望撮合九华和大皇子，亲上加亲。

贺太后目光一闪，她抚了抚衣袖，淡淡地打发道："涵星，你和你表妹玩去吧，哀家这里有你大皇兄和九华就可以了。"

涵星抿了抿小嘴，飞快地看了大皇子一眼，心里不快，但还是乖乖地行礼退下了："是，皇祖母。"

端木绯也屈膝向贺太后告辞。表姐妹俩携手离去，朝着钟粹宫的方向原路返回，只是气氛不如之前那般轻快、欢乐。

绕过那几座假山后，涵星忍不住回头朝贺太后、九华那边看了一眼，眸中闪着不悦的光芒。

对于贺太后的那些心思，涵星也心知肚明。

涵星眉头紧皱，微微噘起红润的樱唇，不满地嘀咕道："哼，九华哪里配得上我大皇兄？"

话一旦起了头，就像是决了堤的洪水般倾泻而下。涵星忍不住抱怨起来：

"九华生性骄蛮霸道，皇祖母和长庆皇姑母还一直惯着她。

"除夕那天，父皇给我们几个姐妹每人送了一整套羊脂白玉头面，九华看到了，也非要讨一个，逼得七皇妹把她那一套'让'了出来！

"也就皇祖母觉得她这外孙女样样都好！

"而且，九华方才不是都说她有心上人了吗？！有道是，'强摘的果子不甜'！皇祖母又何必强人所难？"

涵星的声音中有掩不住的嘲讽与轻蔑之意。皇帝一向敬重贺太后，涵星也担心皇帝被贺太后说服，一旦皇帝下了指婚的圣旨，一切就没有挽回的余地了……

想着，涵星眉头紧锁，面色微凝，喃喃自语道："既然九华有了心上人，那我要不要做做好事，撮合一下这对有情人？"

说话间，涵星忽然发现身旁的端木绯露出了神秘兮兮的笑容，便疑惑地挑眉看向了她："绯表妹……"

端木绯歪了歪小脸儿，压低声音道："涵星表姐，其实初四那天，我在皇觉寺偶然看到九华县主和一个书生站在一起说话，"顿了一下后，她又补充道，"我远远地看着，那个书生似乎右手折断了，还没养好……"

断了手？涵星心念一动，想起了一件事：年前，几个举子在华上街被一伙地痞殴打的事闹得满城风雨，听说京兆府刚刚结案。

涵星缓缓地眨了眨眼，难掩惊讶之色。

而且，母妃说过，那个举子是被长庆皇姑母找人打断手的！

涵星乐了，仰首看着蓝天，意味深长地叹道："有趣，太有趣了！想必他们两个人是'有缘人'，也不需要我当月老去撮合了。"涵星心中的抑郁情绪被一扫而空。

端木绯走在她身旁，天真烂漫地笑着，似是无忧无虑。

涵星身在宫中，一言一行恐怕逃不过宫里的众多耳目，若是让贺太后知道涵星在背地里动手脚，必会迁怒，所以端木绯才特意把这件事告诉了她。

涵星的性子急，气来得快，去得也快，很快她就不再想九华的事，只是惋惜道："绯表妹，我本来想好了带你去文渊阁的，现在大皇兄不在，咱们进不去了……"

那么，这大冷天的，她们还能做些什么呢？

涵星环视着四周，琢磨着，蓦地注意到端木绯的发髻上戴了一对桃花状的春幡，随着轻快的步履，绢布做的春幡在她的乌发间微微颤动。

时人向来有佩戴各种春幡迎春的习惯。

涵星眉头一挑，她笑嘻嘻地拊掌提议道："绯表妹，今天尚衣监那边刚送来了几件新衣裳，要在迎春宴时穿。大皇姐那边想来也收到了，干脆咱们一起去凤阳阁试衣裳！"

说着，涵星的小脸儿上神采焕发，她转身对身后的宫女吩咐了一句，宫女就匆匆领命而去。

于是表姐妹俩又临时掉转了方向，携手朝着舞阳的凤阳阁去了。

她们到的时候，舞阳正在准备试新衣裳。

屋子里，二人目光所及之处堆放着一件件摊开的新衣裳，一眼望去，花团锦簇、姹紫嫣红，看得人眼花缭乱。

"绯妹妹，你今日进宫怎么也不与我说一声？我也好去找你和四皇妹一起玩。"舞阳神色惊喜地看着端木绯，放下了手里那件石榴红的宽袖褙子。

端木绯笑着眨了眨眼，道："现在我和涵星表姐来找舞阳姐姐，不也是一样吗？"

一旁的宫女青枫凑趣地提议道："四公主殿下、端木四姑娘，殿下正在犹豫迎春宴里穿哪身衣裙好，不如两位替殿下挑一身吧？"

涵星饶有兴致地看着堆了一室的衣裙，扫了半圈，就利索地从里头挑了一件红色的褙子，语气肯定地说道："大皇姐，我瞧这件好看，一定很衬皇姐的肤色。"

端木绯顺势搭配了一条嫣红色的百褶裙，道："舞阳姐姐，试试配这条裙子吧。"

两个宫女立刻服侍舞阳试衣裙，屋子里一阵"窸窸窣窣"的换衣声。须臾，焕然一新的舞阳从一座红木嵌大理石雕花屏风后走了出来。

她换上了一身红色金凤缠枝纹云锦褙子，搭配一条嫣红色撒金花百褶裙，优雅的步履间裙袂翻飞，如彩蝶飞舞般，衬得她肌肤如玉，娇艳动人。

"舞阳姐姐，这身衣裙可真好看！"端木绯笑吟吟地拊掌赞道。

"那是！"涵星扬扬得意地昂了昂下巴，眸生异彩，"我的眼光错得了吗？"

青枫也赞不绝口，跟着就急切地询问舞阳道："殿下，您可觉得有没有哪里不合适的？距离迎春宴还有几天，还可以赶紧送去尚衣监修改！"

又有一个青衣嬷嬷急急地捧着一件茜色金银丝织锦对襟袄子凑过来道："殿下，您也试试其他几身吧？"

涵星看着这些宫人郑重其事的样子，眼珠子滴溜溜一转，掩嘴笑了，笑声清脆明快。

"绯妹妹，你还不知道吧？"涵星看着端木绯，挤眉弄眼地笑道，"这次的迎春宴别有玄机哟！"

舞阳显然也知道涵星在说什么，俏脸微红，干脆就仰着下巴把话挑明了："母后说，给我挑了几个人选，打算在迎春宴里看看。"

"看看"当然是"相看"的意思。

舞阳是皇长女，今年就要及笄了。虽然公主不愁嫁，但是这适龄的年轻俊才不等人，皇后也琢磨着要早点儿给女儿相看起来，更要仔细地观望对方的人品，最重要的还是女儿喜欢。

闻言，涵星的眸子更亮了，她好奇地问道："大皇姐，对方都是哪府的公子？等迎春宴时，我和绯表妹也帮着皇姐把把关！"

舞阳似笑非笑地瞥了涵星一眼，吩咐了青枫一句，自己则转身去屏风后换下一身衣裙。

不一会儿，青枫就拿来了几张写得满满当当的绢纸，呈给了涵星。

涵星兴味盎然地挑了挑眉，对着端木绯招了招手，也让她过来一起看。

皇后娘娘办事当然是极为稳妥的，把给舞阳挑的三个人选的各种信息都列成了单子，包括姓甚名谁、父母祖宗、在家中的排行、姻亲、读书习武的先生、如今当的什么差事、平日里的嗜好……写得详详细细，一目了然。

涵星和端木绯没看那么仔细，只大致看了看到底是哪几户人家的公子——

有茂国公府的三公子、威远侯府的六公子，还有柳首辅家的柳二公子。

端木绯一看，就明白了皇后的一片慈母心。皇后并不打算让舞阳下嫁长子嫡孙，操心一大家子的事，只望舞阳此生过得富足如意。

换上了茜色金银丝织锦对襟袄子的舞阳又从屏风后出来了，蹙眉道："这一身的腰头好像太紧了。"

涵星看着却眼睛一亮，随手放下那沓单子，上前仔细地替舞阳抚了抚衣裙，满意地说道："这样的腰身刚刚好！这样才显得大皇姐纤腰如柳！"说完，她急忙叮嘱青枫道："不许改啊。"

涵星说得不错，这修身的袄子勾勒出了少女修长玲珑的身段，让舞阳看起来多了一分女子的柔美气质。

几个宫女忍不住掩嘴笑了，青枫忙一本正规地屈膝领命："是，四公主殿下。"

涵星挺了挺胸脯，颇有一种大权在握的满足感，又吩咐道："这首饰也得与衣裳配套才行。青枫，你去取大皇姐的首饰匣子来，我来替大皇姐好好挑挑。"

青枫等几个宫女便又急忙去取了四五个首饰匣子。

这些匣子里面是皇后为了迎春宴专门替爱女打的新首饰，无论是样式、手工还是用料，都是顶尖的。一溜的匣子被打开后，珠光宝气盈满一室。

涵星气定神闲地东挑挑西拣拣，与端木绯商量着挑了一套红宝石的头面，又选了一个金镶玉的项圈与之搭配。

"大皇姐，你快来试试……"

涵星话音未落，外面就传来一阵凌乱的脚步声。

青枫微微蹙眉，下一瞬，锦帘一翻，一个十三四岁的蓝衣宫女进来了。

见这一屋子的人都齐刷刷地看向了她，蓝衣宫女咽了咽口水，有些紧张地低眉敛目。

她上前了几步，对着舞阳屈膝行礼，却用余光偷瞥着涵星和端木绯，面露迟疑之色。

青枫看了一眼舞阳的脸色，就直接问那蓝衣宫女道："出了什么事？"

蓝衣宫女这才一口气禀道："殿下，威远侯府的六公子今早惊了马，茂国公府的三公子突然重病不起，还有柳二公子刚得了外祖母重病的消息，一早就出了京……"

蓝衣宫女说着，头一点点地低了下去，紧张得几乎不敢呼吸。

端木绯刹那间就蒙了，差点儿下意识地去看那几张被放在炕上的单子，也就是说，单子上提到的三个公子都不会参加今年的迎春宴了。

一屋子的人都沉默了，四周静得可怕，时间似乎停住了。

不用蓝衣宫女把话挑明，这屋子里的所有人都明白，这绝非巧合！

端木绯抿了抿嘴，粉嫩嫩的小脸儿皱成一团，有些担忧地朝舞阳看去。

皇后挑的三个人选接连出事，若说有人想要破坏舞阳的婚事，应该不太可能，毕竟天下男子何其多，没了这个，帝后还可以给舞阳挑别的。

所以——

难道这三户人家都不愿意被皇帝指婚公主？！

端木绯可以理解某些人家不想自家男儿娶公主，可是连着三户人家都是如此，就让人不得不深思了。

舞阳不紧不慢地在炕上坐下，嘴角泛起一丝冷笑，漫不经心地道："我也不是非嫁这些人家不可的，但是我必须弄明白，是谁在背后阴我！"

舞阳挺直腰板端坐在那里，眸子如浩瀚星辰般璀璨透亮，气质高贵，带着一种天之骄女的骄傲气息。

涵星也被她的气势所感染，又是精神一振，自告奋勇道："大皇姐，干脆让大皇兄去查一查……"

舞阳考虑了片刻，然后摇了摇头，果断地说道："此事不宜由皇家出面，只能请阿然帮个忙了。"

"大皇姐，你这个主意好！"涵星拊掌附和道，眼眸亮晶晶的，"反正简王世子最喜欢凑热闹了！想必他还乐得办这件差事！"

"青枫……"舞阳随意地抬手做了个手势，青枫就急匆匆地亲自出宫办事去了。

舞阳不想再说这些扫兴的事，看着匣子里的珠花，随意地拈起了一朵红玉珠花道："绯妹妹，我看着这朵珠花适合你，来，戴上试试。"

舞阳摘了端木绯发髻上的春幡，把珠花戴了上去，满意地打量着。

涵星打量了一番说："还差了点儿。"她往匣子里又看了看，然后眸子一亮，取了一支垂着一串串珍珠流苏的点翠华胜，"再配上这个点翠华胜，肯定好看。"

端木绯才刚回过神来，又蒙了，只好任由这姐妹俩在她的头上动手动脚。

两位公主来了劲，兴致勃勃地替端木绯打扮了一番……待到黄昏从皇宫离开时，端木绯从头发到衣裳再到首饰，全数换了个样。不止如此，她还随身多了一个被装得满满的黄梨木雕花匣子，里面都是舞阳和涵星给她挑的首饰和香包，她可谓满载而归。

时间飞快，在平静中过了几日后，迎春宴终于到来了。

皇后年年都会举办迎春宴，邀请京城各府的公子、姑娘迎春赏玩，只是地点不定，有时候选在宫中的御花园里，有时候选在京郊的几处行宫里。

今年的选址是千雅园。

天方亮，尚书府的马车就在端木珩的护送下从一侧角门驶出。

等到了西城门附近，四周的车马就渐渐密集了起来，马匹高大矫健，马车华丽雅致，皆目标明确地朝着西郊的千雅园驶去。

今年的迎春宴与往年不同，除了各府的公子、姑娘，皇后还特意从那些进京赶考的举子中选了一些才学出众的学子邀请，这些学子都是未及弱冠且尚未婚配的年轻俊才。

各府都在私下揣测着，大公主舞阳已近花期，帝后会在宴中为舞阳择驸马，所以才会广邀才子赴宴。

端木绯不免想起了皇后给舞阳挑选的三户人家，漫不经心地用白嫩的手指把玩着鬓角的一缕碎发，觉得自己此行还真是身负重任。

她要操心的不仅仅是舞阳，还有这马车里的另一个人。

端木绯放下了窗帘，抬眼看向对面的端木绘，如墨玉般的瞳仁闪闪发亮。

今日的端木绘精心地打扮了一番，海棠红缠枝杏榴花缂丝褙子搭配一条水红色挑线长裙，头上精致地梳了个百合髻，戴着石榴珠花。

端木绘天生丽质、玉肤红唇、明眸生辉，不需要怎么打扮，顾盼之间就有一股明艳夺目的光彩。

端木绘马上要及笄了，端木绯暗暗琢磨着，一定要趁今天这个大好机会好好给端木绘挑挑……

千雅园坐落在京城西郊的向山一带，向山山脚有七湖，山清水秀，自前朝起，这方圆数十里就是皇家园林所在。

今上登基后，以周围的山湖为基址，兴建了两座山水园林，千雅园就是其中之一。千雅园占地四千余亩，恢宏雄壮，是皇家逢年过节、避暑游乐之地。

此刻，千雅园的正门外停了一串长长的车马，宛如一条蜿蜒曲折的长龙，一眼望去，看不到尽头。

除了那些公主、亲王府的朱轮车得了些许优待，优先被宫人迎入园中，大部分的车马规规矩矩地在外面候着。

足足等了大半个时辰，尚书府的马车总算是进了园。

姐妹俩下了马车后，有几个宫人上前相迎，其中一个客气地笑着道："还请姑娘随意挑一朵珠花。"

后方的两个宫人捧着红漆木托盘上前，只见托盘上摆满了由赤金镶各色宝石制成的珠花，有红宝石、蓝宝石、祖母绿、青金石、猫眼石、珍珠、石榴石以及各色玛瑙玉石等。在旭日的璀璨光芒下，托盘上珠光宝气，光彩夺目。

端木绯和端木绘互相看了一眼，皆眉眼含笑，分别挑了一朵石榴石珠花和红玛瑙珠花。

之后，姐妹俩就和端木珩分道而行，在宫人的引领下一路往东走去。

正月十二日的天气还清冷得很，千雅园内却不见萧条之色，四周的亭台楼阁、廊榭桥舫、山石花木等，看得人目不暇接。这些建筑的格局与京城的迥然不同，多是仿建江南园林及山水名胜，让人置身其中，仿佛来到了江南水乡。

引路的圆脸宫女知道这两位是端木尚书府的姑娘，很是恭敬地向她们介绍着千雅园的景致。

　　她们在园中不知道弯弯绕绕地走了多久，前方出现了一个小小的池塘，池塘上架着一座只能供两个人并行的拱形石桥，过了石桥，就是一栋飞檐翘角、金碧辉煌的建筑。

　　圆脸宫女抬手指着前方，道："两位姑娘，皇后娘娘就在前面清涟堂的暖阁里。"

　　说话间，她们走上了拱形石桥，从石桥上可以看到清涟堂中人头攒动，聚集了不少姑娘，周遭还有一些姑娘出来透气，四下赏景漫步。

　　石桥另一边的一个凉亭里，此刻就有三个姑娘正朝清澈的池塘里撒鱼食，她们的说话声也随风飘来。

　　"封姑娘、李姑娘，最近京里刚出了一出新戏，叫《凤女参佛》，你们可曾听过？"其中一个粉衣姑娘似笑非笑地说道。

　　封从嫣和李姑娘不由得面面相觑，封从嫣好奇地看着对方问道："徐姑娘，什么《凤女参佛》？我怎么没听说过这出戏？"

　　粉衣的徐姑娘撒掉了手里最后一撮鱼食，随意地拍了拍手，笑道："这《凤女参佛》啊，说的是凤女偶然去寺庙里礼佛，遇上了一个年轻俊俏的僧人，一见如故，相谈甚欢。此后，僧人就时常拜访凤女的宅邸，为她讲经说法……"

　　封从嫣和李姑娘听得一头雾水，只觉得这出戏乍一听无趣极了，再细想什么"年轻俊俏""一见如故"云云，皆是意味深长。

　　这凤女就是公主，难道徐姑娘是在暗示哪位公主？！

　　几步外，石桥上的端木绯也把这一句句闲谈收入了耳内。她挑了挑眉，紧接着，就听前方一个骄蛮的女音尖声怒斥道："放肆！"

　　四周顿时静了下来，似乎连风都停止了。

　　一道窈窕的身影不知何时出现在了凉亭的另一边，来人正是九华县主。

　　裹着一件镶着圈紫貂毛的大红绣蝶戏牡丹斗篷的九华狠狠地瞪着凉亭中的三个人，小脸儿因为怒气变得通红。

　　凉亭里的三个姑娘急忙起身，想给九华行礼，然而，九华已经大步冲进了凉亭，抬起胳膊，挥手就是一掌。

　　九华的巴掌狠狠地甩了出去。

　　"啪！"

　　清脆响亮的掌掴声回荡在凉亭里，一朵赤金镶猫眼石珠花随之高高地飞了出来，掉在了凉亭外，周遭静得可怕。

　　徐姑娘白皙秀丽的脸庞上浮出一个清晰的五指印，脸颊很快肿了起来。她又羞又愤地捂着左脸，看着两步外的九华，眼眶里浮现一层朦胧的泪雾，样子楚楚可怜：

"县主，您怎么随便打人？！"

九华不屑地冷哼了一声，冷笑道："打的就是你这种在背后道人是非的长舌妇！"

"你……我……"徐姑娘的嘴巴张张合合，欲言又止，最后她狠狠地跺了跺脚，捂着小脸儿飞奔离去。

封从嫣和李姑娘面面相觑，见九华面黑如锅底，急忙解释："九华姐姐，你别误会……"

"误会什么？封姑娘。"九华冷冷地打断了封从嫣，俏脸阴沉得可以滴出水来。

"九华姐姐……"

那圆脸宫女也没想到，她们偶然经过就看了这么一出大戏，故而表情有些古怪。她清了清嗓子，若无其事地说道："两位姑娘，请跟奴婢往这边走。"

圆脸宫女目不斜视地引着端木绯和端木纭走下了石桥，然后往位于清涟堂东边的暖阁去了。

姐妹俩由丫鬟服侍着解下斗篷后，走入暖阁中，前面一个宫女仔细地为她们打了帘，就听帘子后传来皇后不冷不热的声音："这么说来，令郎还真是飞来横祸啊。"

"皇后娘娘，伤在儿身，痛在娘心啊。"接着，一个妇人的叹息声响起。

端木绯白生生的指头随意地卷了卷手里的丝帕，她心道：这莫非是皇后给舞阳挑的第四个人选？这么巧"又"出了意外？也不知道君然那边查得怎么样了。

思绪间，端木绯跟在端木纭身后进了内间，内间里面弥漫着一股淡雅的熏香，着一袭深青色织金翟衣的皇后优雅地坐在金漆凤座上，嘴角轻翘，雍容大气。

皇后的下首坐着舞阳。

今日的舞阳明丽动人，穿着初七那天涵星和端木绯为她挑选的那一袭红色金凤缠枝纹云锦裙子，发髻上的红宝石华胜、珠花交相辉映，整个人仿若展翼的鸾鸟，鲜艳夺目。

除了舞阳，两边还坐了四五个雍容华贵的夫人，皆身姿笔挺。

其中一个四十余岁、身穿秋香色裙子的丰腴妇人义愤填膺地说着："唉，这些个打架生事的地痞委实可恶，真该让京兆府好好治治他们，小儿被他们砸伤了脑袋，到现在还头痛欲裂……"妇人说着，心疼地捏着一方帕子，拭了拭眼角的泪花。

舞阳正捧着一个蝶戏牡丹粉彩茶盅饮茶，茶盅后的嘴角勾起一丝冷笑，目光像月光般清冷。对于这些人玩的把戏，她心知肚明。

"本宫也是当母亲的，深有体会啊。"皇后淡淡地道，"既然令郎伤得这么重，不如本宫让太医院的刘太医去府上给令郎诊治诊治，也免得外头那些庸医耽误了令郎的病情。"

中年妇人丰润的脸庞僵了一瞬，眼中闪过一丝慌乱的神色，她急忙欠了欠身道：

"多谢皇后娘娘的好意，臣妇已经请千金堂的大夫给小儿看过了。千金堂是百年药堂，治疗外伤那是出了名的，大夫说小儿是头部受了撞击，难免需要静养个十天半个月，才能慢慢好起来……"

"人没事就好。"皇后意味深长地叹道。

"皇后娘娘说得是。"中年妇人诚惶诚恐地应着，出了一身冷汗，冷汗几乎浸湿了中衣。

这时，中年妇人用余光瞟到两个眉目如画的小姑娘进来了，随即转头，笑着转移了话题："咦，这是哪家的小姑娘？漂亮得好似花骨朵一般！"

其他几位夫人听皇后刚才那番绵里藏针的话皆暗暗心惊，也想着快点儿把这尴尬的场面圆过去，于是一位头发花白的老夫人笑着附和道："是啊，好一对漂亮的姐妹花！"

端木绯与端木纭浅笑盈盈地上前两步，恭敬地给皇后行礼："参见皇后娘娘。"

皇后知道舞阳与端木绯处得好，因此笑容十分和蔼亲切，抬手示意道："端木家的两个丫头，免礼。"

闻言，那几位夫人又是面色一僵，谁人不知端木贵妃与皇后之间关系微妙？没想到这两个落落大方的小姑娘竟然是端木尚书家的。

看着端木绯和端木纭来了，原本百无聊赖的舞阳眸子一亮，眉飞色舞地对着她俩眨了眨眼，眉宇间瞬间就有了这个年纪该有的活泼样子。

舞阳随手放下了茶盅，笑吟吟地站起身来，向皇后告退道："母后，阿纭和绯妹妹第一次来千雅园，儿臣领她们四处走走吧。"她目不斜视，看也没看那些中年妇人。

皇后维持着高贵温和的笑容，对着舞阳慈爱地说道："去吧，今日好好玩。"

三个姑娘又给皇后屈膝行礼后，就鱼贯地退出了暖阁。

# 第二十八章 反　目

"阿纭、绯妹妹，"舞阳笑容满面地看着二人说道，"这千雅园，园如其名，美不胜收。不过，这个季节最值得一游的还是沁香园。"

端木绯笑着接话道："舞阳姐姐，我听说沁香园是一处暖房？"

沁香园是千雅园中最大的一间暖房，一年四季皆繁花似锦、百鸟争鸣、芳馨醉人。

"是啊，"舞阳点了点头，笑容可掬地说道，"现在外面百花还未盛开，可这沁香园里已是百花齐放、满园春色。"

舞阳对端木姐妹俩描绘起沁香园的种种美景，说得绘声绘色、美轮美奂。端木绯与端木纭皆听得津津有味。

姑娘们说说笑笑，似乎连迎面而来的春风都没那么寒凉了。

不一会儿，一个一面依山的清澈大湖就进入她们的视野中，湖面水波荡漾，碧蓝如天色，可谓"天水共一色"。这是向山山脚景致最美的一个湖——向阳湖。

千雅园中，以向阳湖为中心，四周建了不少适宜赏山、赏湖的亭台楼阁，依湖而建的沁香园就是其中之一。

舞阳带着端木姐妹俩从沁香园的东门进入。

沁香园里通透明亮，园子上方由一块块透明琉璃嵌成，明媚的阳光透过琉璃直接照进园中，而那透着寒意的春风则被隔绝在外。

园子里百花绽放、姹紫嫣红，数以万计的花朵在翠色欲滴的叶子间点缀出一片欣欣向荣的花海，空气中弥漫着怡人的花香，沁人心脾。

端木绯看得目不暇接，陶醉地眯了眯眼，嗅着那空气中的花香，含笑叹道："这里可真香啊！当得起沁香园这个名字！"

"就是啊，这'沁香园'里这么香，你就不能笑一下吗？……"

端木绯的话音刚落，几个人就听前方的几株桃花后传来一个男子清朗戏谑的说笑声，那不正经的音调听着很是耳熟。

那是君然，说话的人肯定是君然。

端木绯先是一喜，心道：正好我可以问问君然把事情查得怎么样了……

可是下一瞬，她就听君然说的最后两个字慢悠悠地飘了过来："阿炎？"

两个俊朗的少年郎一前一后地从桃花树后信步走了出来。走在前面的是着一袭宝蓝色锦袍、腰环碧玉带的君然，他右手惯常地摇着一把折扇，风流倜傥；封炎跟在君然的身后，着一袭亮紫色蜀锦长袍，镶金边，绣金叶，头上箍着金丝嵌宝发箍，金光闪闪，如同一只展屏的孔雀般花枝招展。

"舞阳、两位端木姑娘。"君然收起折扇，对着三个人笑眯眯地眨了下眨眼，透着一丝戏谑之色。

"君世子、封公子。"

端木绘和端木绯也给二人见了礼，端木绯对着封炎露出讨好的微笑，就像一只乖巧的猫对着主人轻轻地摇了摇尾巴。

封炎顿时心花怒放，眸子如宝石般璀璨，眼波流转间闪耀着令人无法直视的光芒，差点儿闪瞎君然的眼睛。

君然又打开折扇，挡了挡脸。

封炎目光灼灼地盯着端木绯，几乎舍不得眨眼。

他本来还想着要到元宵才能见到蓁蓁呢，后来得知蓁蓁得了迎春帖，就干脆蹭了君然的帖子一起来了。

幸好自己来了！封炎在心里暗暗庆幸着。

封炎看着端木绯耳朵上戴的那对耳珰，不由得勾唇笑了。

那是一对做工非常精致的耳珰，赤金嵌白玉被做成比指甲盖还要小巧的猫首，下面以一串金流苏垂着一个金色的月牙儿。

端木绯走动时，月牙儿会随着金流苏轻轻地来回晃动，好看极了。

这对耳珰是封炎送给端木绯的压岁礼，初一那日他去找她时，就悄悄地把这对耳珰放在了那个被小八哥叼走的荷包里。

果然，他就知道蓁蓁会喜欢的！

想着，封炎脸上的笑意更浓了，他得意得差点儿飘了起来。

端木绯只觉得自己的耳朵快被封炎的目光看得烫了起来，这时就听身旁的舞阳开口问道："阿然，你查到了没？"

舞阳嘲讽地撇了撇嘴，意味深长地说道："今天又有一个人遭了点儿'意外'，来不了迎春宴了……"

端木纭虽然不知道到底是怎么回事，但是听舞阳这么一说，就自然而然地想起了在皇后那里听到的那番对话，以及那位被砸了脑袋来不了迎春宴的公子……

君然又摇起了折扇，一下又一下，但是速度显然慢了一些。他迟疑地看了看端木绯和端木纭。

舞阳不以为意地耸了耸肩，眼神如清泉般明亮清澈，朗声道："我凡事无不可对人言的。"

既然舞阳这么说了，君然就不再迟疑，停下摇扇的动作，问道："殿下，您在葫芦巷是不是有个御赐的宅子？"

端木绯与端木纭下意识地互看了一眼。她们俩也记得葫芦巷的那个宅子了，腊月里从状元楼出来去安平长公主府时，正好经过葫芦巷，听涵星提起过皇帝赐了座宅子给舞阳。

舞阳没想到君然会提起这宅子，怔了怔，接着点了点头。

君然的眼神有些微妙，他又晃起了折扇，道："你那座宅子现在已经在京里被传遍了……"

舞阳听得一头雾水，心里生出浓浓的疑惑，想不通这件事情怎么就和那宅子牵扯上关系了。

"如今啊，京里有流言说，你在那处宅子里安置了几个年轻俊俏的僧人，还有人信誓旦旦地说亲眼看到有僧人进出宅子，说你和……长庆长公主一样……"

君然说到这里，就没再往下说。

后面的话肯定不是什么好话，说舞阳骄奢傲慢，荒淫无度，不知廉耻；说她还未出嫁已经有面首三千；说她放了话，驸马不过是她的附庸……

四周静了下来，四个人的目光都集中在了舞阳身上。

端木绯的小脸儿皱成一团，透着担忧之色。

舞阳当然生气，气极之后，却失笑："所以说，那些少年公子纷纷装病，就是为了逃避指婚？"她讥诮地勾唇笑了，"人云亦云，不辨是非。"

皇后挑的这四户人家表面上看着是不错，然而，只凭逃避指婚这一点，他们就已经不足以让舞阳托付终身。

端木绯见舞阳神色明朗，暗暗地松了一口气，心里不由得想起了一件事，出声道："舞阳姐姐，其实今天我和姐姐在清涟堂附近，听到有人在说《凤女参佛》的事……"

端木绯就把事情一一说了，也包括九华愤然打了徐姑娘一巴掌的事。直到此刻，她才恍然大悟——原来这"凤女"指的不是长庆，而是舞阳！

九华这件阴错阳差的小插曲本来听着有些好笑，可是这件事涉及舞阳，众人倒是笑不出来了。

君然沉思了一下，又道："不过，这件事到底是谁传出来的，我还没查到……"

如果此事是有心人背后设计的话，恐怕也不容易查到。

四周又静了静，万籁俱寂。

君然"啪"的一声收起了折扇，自信满满地笑道："舞阳你放心，以本世子的本事，这些个小事可难不倒本世子，你就等着本世子的好消息吧！"

随着他轻快的声音，气氛又轻快了不少。

封炎眼尾微挑，眼中闪过一丝笑意，他淡淡地道："阿然，你一年里有三百天在边关，在京城也没什么人脉……这幕后之人若是有心为之，藏得谨慎，你去哪儿查？"

君然一时语塞，接着他眼珠滴溜溜一转，嬉皮笑脸地说道："阿炎，这不是还有你吗？"

君然转着手里的折扇，笑得两眼眯成了缝儿，仿佛一只狡黠的狐狸，对着封炎吹捧道："在这京城里，你是地头蛇，现在又有五城兵马司的人给你跑腿，这件事要是由你出手，肯定一查一个准！"

君然这么一说，舞阳也心念一动，抬眼询问地看着封炎："炎表哥……"

封炎偷偷将目光瞥向眉心微蹙的端木绯，心中了然：蓁蓁和舞阳要好，以蓁蓁的性子，她此刻只怕比舞阳还要气愤。

为了蓁蓁，这件事他也不能就这么算了！

封炎微微弯着薄唇，颔首道："这件事就交给我。"

其实，五城兵马司在京中不算耳目最广的，还有个法子可以更快地查清此事……蓁蓁应该会高兴的吧？

封炎目光一闪，嘴角翘得更高了。

"那就拜托炎表哥了！"舞阳笑着拱了拱手，明亮的眼眸如宝石般熠熠生辉。

她整个人看起来镇定、从容，释放出一种天之骄女的璀璨光芒。

这次关于僧人的流言虽然惹得舞阳不悦，她却没因此郁结于心。在她看来，清者自清，她问心无愧，真正令她发怒的是那些居心叵测地散布流言之人。

既然把事情交托给了封炎，舞阳也不再多想，又道："我们不说这些扫兴事了。阿纭、绯妹妹，咱们四下走走，别辜负了这一园的繁花！"

说着，舞阳从枝头摘了朵桃花下来，信手戴在端木绯的耳后，笑道："春天当饰春花。"

娇艳粉嫩的桃花被戴在端木绯的鬓角，点缀出少女纯净如水的气质，封炎看得两眼发直，真恨不得和舞阳调换一个位置。

众人绕过前面的几株桃花树，继续往前走去。

端木绯下意识地摸了摸鬓角的那朵桃花，大眼睛忽闪忽闪的，笑着抚掌道："舞阳姐姐，我今天还特意带了一坛我酿的好酒来，等得闲时，我请你们喝。"

端木绯答应给皇帝酿的碧芳酒已经酿好了，一坛在两天前被送去了钟粹宫，另一坛她带来了千雅园，想着与舞阳、涵星共饮。

"好酒？"君然一听有好酒，肚里的酒虫一下子就被勾了起来，但又有几分将信将疑，调侃道，"小丫头，你喝过酒吗？可不是什么香甜的糯米酒、果子酒就能称为'好酒'的！"

话音刚落，君然就觉得芒刺在背，后颈的汗毛都竖了起来，让他差点儿就要以扇为剑做出防御姿态。

唉——

君然在心里幽幽地叹息，默默地看着正瞪着自己的封炎，挑了挑眉，意思是：我就是开个玩笑，阿炎，你有必要这样吗？

封炎淡淡地瞥了君然一眼，在他身旁信步走过，那眼神似乎在说：我家蓁蓁酿的酒，当然就是绝世美酒！

端木绯没注意到两个少年之间的眼神交流，笑眯眯地用一种神棍般的语气说道："区区酿酒算什么？我上知天文，下知地理，中晓人和……"

"明阴阳，懂八卦，晓奇门，知遁甲，运筹帷幄之中，决胜……噗！"她话还没说完，君然已经忍不住替她接了下去，只不过说了一半就笑场了。

沁香园里萦绕着男子爽朗轻快的笑声，久久不散……


在园子里逛了半个时辰后，几个人从沁香园的西门出来，此时春日高照，阳光明媚。

舞阳看了看天色，提议道："今日母后把宫里的南府戏班也请到了千雅园里，这个时辰，戏班也快开戏了，干脆我们去清音台看戏吧。"清音台是千雅园中的戏楼，大盛皇室素来爱听戏取乐，宫里不仅建了三座戏台，还专门养了戏班子。

端木绯、君然他们反正闲着无事，就都应下了。

一行人谈笑风生，在一个宫女的带领下，沿着向阳湖畔一路往西，朝清音台的方向缓缓行去。

封炎落后了一步，目光灼灼地看着端木绯的笑脸儿，想把她的每一个笑靥、每一个神情、每一句话语都深深地铭刻在心里……直看得端木绯觉得自己的耳尖又开始发烫了。

幸而这时引路的宫女在前方喊道："前面就是清音台了。"

前方，一个两层的戏楼出现在了几十丈外的竹林间，竹影水光映在楼台、廊柱和栏杆上，流光溢彩，仿若彩虹一般，整个清音台显得雅致幽静。

待几个人再走近些，就听到里面传来宾客们的语笑喧阗声，好不热闹。

几个人簇拥着舞阳走入戏楼的大门，只见一楼、二楼的席位上人头攒动，衣香鬓影，人们三三两两地聚在一起闲聊着，只等着开戏。

进了楼后，舞阳带着端木绯和端木纭沿着东边的一道楼梯朝二楼的廊庑走去，封炎和君然则往一楼大堂临湖的席位去了。

"大皇姐！"

一声清脆的高呼声让二楼的人都朝舞阳的方向看了过来，二公主倾月、四公主涵星，还有云华郡主、丹桂县主等人靠着廊庑的栏杆站起身来，纷纷与舞阳见了礼。

她们一个个神采焕发，一双双明亮的大眼睛如宝石般璀璨。这些青春少艾的姑娘不需要太多脂粉、首饰装点，便如一朵朵盛开的名花般娇艳！

这戏楼仿佛春日的园子般，百花齐放，姹紫嫣红。

一阵见礼后，舞阳就在居中的凤座旁坐下了，在戏楼里服侍的宫女们赶紧给她们上了热茶，布上了瓜果点心。

"舞阳，你可算来了，"云华笑吟吟地盯着舞阳，指了指戴在胸口的那朵珍珠珠花，逼问道，"快说说，今天皇后娘娘给大伙儿发了这么多珠花，到底有什么打算？"

舞阳慢悠悠地捧起了茶盅，但笑不语。

端木绯一头雾水地看着云华。

涵星在一旁解释道："绯表妹，你还不知道吧？迎春宴里，每年皇后娘娘都会安排我们玩个小游戏，热闹热闹。去年的迎春宴在元宵前一天，皇后娘娘就让我们亲手做了元宵花灯……"

丹桂数着白皙纤细的手指，接话道："前年是以'春'为题赋诗一首，大前年是画百花迎春，再往前一年是投壶……"

听丹桂一一道来，其他贵女也有几分怀念。仔细想想，皇后娘娘为了迎春宴，还真是费了不少心思！

说笑间，众女便又看向了舞阳，追着舞阳你一言我一语地询问着。

忽然，楼下的大堂里"窸窸窣窣"地骚动了起来。

戏楼外一条青石板小径的尽头，一群衣着华贵的人众星捧月地簇拥着一袭翟衣的皇后朝这边缓缓走来，随行的人还有端木贵妃、大皇子、二皇子和四皇子等人，看起来声势赫赫。

楚青语正和其他姑娘一起站在窗边，静静地俯视着七八丈外的皇后一行人。

"县主，"身旁的曾三姑娘神秘兮兮地压低声音，对着九华说道，"我听说，皇上和贵妃娘娘似乎也有意为大皇子选正妃，您听过没？"

楚青语不由得朝曾三姑娘看去，脸上不动声色，眸子里一片深沉，如一汪无底深潭。

九华似有心事，心不在焉地说了一句："那又关本县主什么事？"

九华坐在栏杆旁，根本就没起身，手里随意地揉着一方绣花丝帕，脑海里还在想着《凤女参佛》的事。

一个时辰前，她乍听徐姑娘说起那出《凤女参佛》时，还以为对方是在讽刺自己的母亲，可是没过多久，她就从女眷之间的流言蜚语中得知，原来那个什么《凤女参佛》的主角，暗指的竟然是舞阳……

九华眯了眯眼，似笑非笑地朝舞阳的方向看了一眼，眸中闪过一道锐芒。

这时，皇后和端木贵妃已经"噔噔噔"地上了楼，众女皆起身给二人行礼。

待皇后坐下后，众人也纷纷坐下，跟着，就有嬷嬷殷勤地奉上了烫金的戏折子，含笑道："还请皇后娘娘点戏。"

皇后随手打开了戏折子，还没看，就听一个骄横、清亮的女音从右边传来："皇后娘娘，听说最近京里有一出戏叫《凤女参佛》，有趣得紧，不如让他们演来看看，如何？"

说话的人正是九华。

闻言，不少人倒吸一口冷气，全场顿时陷入一片诡异的安静中，气氛凝滞。

这戏楼里，已经有近半的人听说了舞阳和僧人的那些"风流事"，那些不知道的人也会审时度势，心知有些不对劲。

九华却仿佛没感觉到四周那种诡异的气氛，仰着下巴，嘲讽地瞥了瞥舞阳。

她和舞阳自小就不和，舞阳一向骄纵，心眼又小，知道皇帝舅舅和太后娘娘疼爱自己，就事事为难自己，事事与自己争。今天难得抓到这个机会，她自然要好生奚落舞阳一番！

别人会怕舞阳，她可不怕！

皇后的脸色瞬间就阴沉了下来。

迎春宴前，她给舞阳挑的三个公子陆续出事，因此不能来参加迎春宴，皇后自然察觉到了不对劲，立刻就命人去查，这才得知京城有一些关于舞阳和僧人的流言，还有几处戏班子在演一出新戏，叫什么《凤女参佛》。这分明就是在暗指舞阳！

皇后怒极，又派人去查这流言到底从何而起，只是至今还没有结论。

这些个腌臜事，皇后没告诉舞阳，怕脏了女儿的耳朵，更怕女儿这样一个未出嫁的姑娘知道了这件事，会羞愤欲绝。

皇后的面色越来越难看，眼睛一眨不眨地瞪着几步外的九华。

九华不以为然地与皇后对视——这出戏又不是她整出来的！

两个人能的目光相撞时，空气中火花四射。

端木贵妃静静地坐在皇后的身侧，捧着一个粉彩茶盅，举止优雅地饮着茶。

这些流言她也听闻过，只不过事不关己，她就装聋作哑罢了。

端木贵妃飞快地瞅了九华一眼，手里的茶盅恰好挡住了嘴角的那一丝异色。

年前，贺太后就找过她，私下与她说想把九华许给大皇子的事。

当时端木贵妃就不太乐意，九华骄纵任性，不识大体，平日里，即便是对着自己这堂堂贵妃，也毫无一丝对待长辈的尊敬之意！

这样的姑娘怎么配得上自己的儿子，堂堂皇长子？！

端木贵妃虽然不喜九华，却没有当面拒绝贺太后。

长庆和贺太后在皇帝面前一向说得上话，一旦大皇子娶了九华，那在贺太后的扶持下，就极可能被立为太子，将来君临天下！

对端木贵妃而言，这是一个天大的诱惑，所以，她迟疑了……

然而，此刻看着与皇后对峙的九华，端木贵妃的心绪变得更为复杂。

九华目无尊长，性子未免也太过分了点儿。要是有这样的儿媳妇，自己怕是有的气受！

而且，有其母必有其女。长庆这么荒淫无度，不知所谓，谁知道以后九华会不会有样学样？

"咯嗒。"

桌椅的细微碰撞声突然响起，在这寂静的戏楼里显得尤为刺耳，一时间，那些公子、姑娘都循声望了过去。

在众人的目光中，端木绯站起身来，一双黑白分明的大眼睛盯着不远处的九华，瞳孔中仿佛凝聚着刀锋般的锐芒。

九华显然也为母亲长庆蓄养面首的行为感到羞耻，但管不了长庆，就想着再拖一个皇族公主下水，搅乱这一池浑水……

这个人简直可恶！

端木绯抿了抿樱唇，恭敬地对着皇后福了福身，假装迟疑地道："皇后娘娘，臣女有一言，不知当不当说。"

当沉默被打破后，皇后也冷静了些许，眸中翻滚的怒意渐渐平息下来，右手下意识地抓住了扶手，手背上紧绷的青筋凸起，淡淡地道："端木四姑娘，有话直说吧。"

端木绯仰着那张精致可爱的小脸儿，一本正经地说道："皇后娘娘，其实臣女也曾在戏园里听过县主说的这出戏。臣女以为，这出戏对太祖皇帝不敬，理应取缔才是。"

端木绯自然没有看过这戏，只是刚刚瞥了一眼戏本子。

此言一出，不仅皇后怔了怔，其他人也面露惊讶之色，那些看过戏的人皆暗道：这不过是一部讲述情情爱爱的文戏罢了，怎么会和太祖皇帝扯上关系？

端木绯继续道："臣女记得，这出戏的第一折有这么一句，'不染尘埃，自九天之上垂云而下。'"

一些人登时就想了起来，这句是戏里凤女第一次遇上僧人时，感叹对方惊为天人而发出的赞叹之语。不过，这句话并不出奇，常被人用来赞颂大师佛法高深，不似凡尘之人……

忽然，一个姑娘想到了什么，轻声嘀咕了一句："天生圣人，自九天之上垂云而下。"

一石激起千层浪，众人都想了起来。

传闻中，太祖皇帝年少家贫，曾被叔伯送去寺庙里当和尚，当时住持看到他，就赞了那句："天生圣人，自九天之上垂云而下。"那位住持没让太祖皇帝剃度，而是留他在寺庙里带发修行，太祖皇帝正是在寺庙中度过了年少时的艰难岁月……

端木绯抬眼看着皇后，大义凛然地正色道："皇后娘娘，太祖皇帝英明神武，前无古人，后无来者，声名不容一丝瑕疵！切不可让这等轻浮的戏文污了太祖皇帝的英名！"

端木绯清脆的声音响彻整个戏楼，周遭只剩下她一个人的声音。

皇后听着，嘴角慢慢翘了起来。

皇后是聪明人，当然明白端木绯这是剑走偏锋，其意图不过是用一个可以摆在明面上的理由彻底把这出戏禁了，以绝后患。

毕竟，一旦牵扯太祖皇帝，又有谁敢犯忌？！

很好，这个法子再好不过，不仅快刀斩乱麻，又可以避免把舞阳牵扯进来！

皇后如此想着，看向端木绯的眼神顿时柔和如春水。舞阳没看错人，端木家的这个小丫头确实值得相交！

舞阳得意地对着皇后眨了眨眼，那眼神仿佛在说：我的绯妹妹好吧？

皇后从女儿的这一个眼神里看出了很多东西，看来女儿也知道那些流言了……

皇后心里如针扎般痛，看向九华的目光顿时变得冰冷如利箭。

皇后不客气地蹙眉训道："九华！对太祖皇帝如此不敬的戏文，你竟赞誉有加？！你是堂堂县主，自当以身作则，为闺秀之典范，怎么如此鲁莽？传出去岂不是让人笑话？！等回府后，你好好抄上十遍《女训》《女诫》，以后记得谨言慎行才是！"

随着皇后的声声斥责，九华的脸色一阵青，一阵白，也不知是气还是怒，四周那一道道目光好似针一般扎在她的脸上。

偏偏，她又不能说什么。

大盛朝历代皇帝皆敬重建下大盛江山的太祖皇帝，今上也不例外。每逢祭拜帝陵，今上都要御笔书写祭文，好生将太祖皇帝歌功颂德一番。

端木绯挑了事后，就默默地坐下了。她有些口干，饮了半盅茶后，又拈起一块枣泥山药糕，悠然自得地吃起来，边吃边笑吟吟地看热闹，一副事不关己的样子。

满堂静默之时，一个骄横高傲的女音骤然自楼梯的方向传来——

"弟妹，你还真是好大的脾气！"

一个三十来岁、穿着海棠红宽袖褙子的艳丽妇人款款地走上了通往二楼的楼梯。

她绾了堕马髻，髻上簪着金累丝嵌红宝石双鸾头面，红宝石光华流转，衬得她艳若桃李，华贵逼人，此人正是长庆长公主。

她不知何时也进了清音台，此刻正提着裙裾缓缓上楼，浑身释放着一种高高在上的气势。

众人继续静观其变，一部分人暗暗地面面相觑。谁都知道长庆的身后有贺太后为她撑腰，就算是皇后也忌惮她三分。

在众人灼灼的目光中，长庆走到了二楼的廊庑上，腰板挺得笔直，身姿优雅，娇艳的脸庞上眉头紧蹙，毫不掩饰脸上的不悦之色。

她的女儿还轮不上皇后来训斥！

她随意地扫视了一圈，目光停在了端木贵妃明艳的脸庞上。

"贵妃，本宫以为你为人行事一向有度，如今看来，真是本宫高看你了，你连自家人都护不住！"长庆皱了皱眉，目露不悦之色，话语间透着一丝咄咄逼人的味道。

她知道贺太后想把九华嫁给大皇子亲上加亲，也知道贺太后已经私下和贵妃通了气，没想到端木贵妃如此懦弱无能！九华是贵妃未过门的儿媳，皇后打九华的脸，就是打贵妃的脸，贵妃却视若无睹，无动于衷！

她的女儿怎么能给这种女人做儿媳！

长庆想着，朝下方的大皇子看了一眼，心里有些遗憾：本来她也觉得这个大皇子俊朗挺拔、文武双全，又是皇长子，配得上她女儿……可惜啊，他偏偏有这么一个目光短浅的母亲！

"母亲！"九华一边委屈地唤着，一边快步走到长庆身旁，如获救星般挽住了长庆的右臂，想让长庆为自己做主。然而，她才刚要启唇，目光微凝，忽然注意到长庆的鬓角多了一支金嵌七宝蝴蝶簪。

九华瞳孔猛缩！她可以肯定，今天早上她出门的时候，母亲的头上还没有这支蝴蝶簪，那么，这蝴蝶簪又是从何处而来？！

这才短短两个时辰，母亲又勾搭上谁了？！

九华原本就因为被皇后训斥而憋了一肚子火，此刻，这蝴蝶簪仿佛火上浇油般，让她心口的火苗熊熊燃烧了起来。

她再也待不下去了，愤然地一把推开了长庆，然后提着裙裾匆匆下了楼……

长庆一时错愕，看着女儿的神色似有不对，急忙追了过去。

"九华……九华！"

母女俩一前一后地冲出了清音台，把那些审视的目光抛在了身后。

九华沿着前面的青石板小径越跑越快，长庆只能咬牙追上……

绕过一栋殿宇后，长庆突然觉得右袖口一紧，回头看去，就见她的袖口被一丛迎春花钩住了，她只能停下脚步。

只是眨眼间，九华就跑得不见人影了。

长庆跺了跺脚，正要去扯那被钩住的袖口，就听一个温润的男声随着春风飘入她耳中："这位夫人，小心衣袖！"

一个身穿宝蓝色直裰的儒雅青年不疾不徐地自一丛迎春花后走出，伸出左手捏住了长庆的宽袖，轻轻地一绕一解，迎春花的枝条就从衣袖上分离开来……

"这不就好了？"青年缓缓地抚了抚衣袖，右臂有些僵硬。完事后，他对着长庆微微一笑，气质温润如玉。

长庆怔怔地看着眼前的这个俊朗斯文的青年，只觉得如沐春风。

她眼尾一挑，眼波流转，带着一股成熟妇人独有的妩媚风情，柔声道："多谢公子出手相助！"


长庆和九华母女俩虽然已经离去，但是清音台里原本热闹的气氛早已不复存在，周遭的空气显得宁静而诡异。

戏楼里，上上下下的宾客们皆沉默着，端详皇后的神色，不敢出声。

"母后，"一片寂静中，舞阳落落大方地出声道，"不如就先唱一出《木兰从军》怎么样？欢喜又热闹！"

皇后随手合上了烫金的戏折子，含笑应道："好，就先唱《木兰从军》的第一折好了。"

皇后说着，就把戏折子递给了端木贵妃。

端木贵妃随意地翻了翻，顺口点了《穆桂英挂帅》的第一折，之后，戏折子就被传到了倾月、涵星等几位公主的手中。

随着公主们的欢声笑语，气氛又渐渐地活跃了起来，冲散了之前的沉寂与尴尬感。

四周不少命妇皆暗暗地打量着舞阳，眸中不由得露出几分赞叹之色。

平日里，她们只是觉得这位大公主贵气中带着一分高傲，可是如今看来，大公主倒是沉稳端庄、落落大方。

很快，戏台上的锣鼓声响起，英气勃勃的花木兰登场。

端木绯一边看戏，一边笑吟吟地吃着各色点心，白色的杏仁糕、金灿灿的炸香油馃子、黄澄澄的橘子、绿油油的艾米果、红彤彤的红豆糕……还有那银绿青翠、沁香怡人的碧螺春，让人胃口大开。

端木绯喜欢热闹的戏段子，不耐烦着那些悲春伤秋、无病呻吟的戏。戏台上唱的《木兰从军》让她看得很是愉快，她忍不住将手里的橘子一瓣接着一瓣地送入口中。

封炎看她吃得欢，也拿起一个橘子，一点点地剥了起来，又仔细地去了那丝丝缕缕的橘络……

可惜，这剥好的橘子他不能给蓁蓁送去……

封炎愤愤然地把橘子对半掰开，随着端木绯的节奏，慢悠悠地吃起橘子来，一瓣接着一瓣……

不仅封炎在看端木绯，端木贵妃也在暗暗地打量着端木绯，纤纤红酥手慢悠悠地扇着手里的团扇，目光烁烁。

从前，母亲贺氏总说长房的四丫头是个傻子，可是照她这段时日看来，端木绯这丫头明明有颗七窍玲珑心，也不知道母亲是看走眼了，还是心里对长兄端木朗和其母宁氏始终有根刺，恨屋及乌……

端木贵妃想着，心里有一分感慨：自己这母亲啊，什么都好，就是一直对父亲的原配宁氏耿耿于怀。

端木贵妃思绪间，那边传来涵星清脆的笑语声和鼓掌声："好，翻得好！绯表妹，你看，这花木兰演得英气勃发……"

端木贵妃不禁朝女儿望了过去，目光温和。

她的女儿是堂堂大盛公主，她的掌上明珠，自是金尊玉贵。

涵星自小就骄纵，从前和端木绮交好的时候，性子骄横；如今和端木绯走得近了，耳濡目染，看着倒是变得懂事了些，娇柔中多了一分贴心。

昨晚，皇帝来钟粹宫时，涵星还体贴地给皇帝捶肩，逗得龙心大悦，赞端木贵妃教女有方。

这几天，皇帝几乎天天来她的钟粹宫，为的不是别的，正是端木绯特意给她送来的碧芳酒。这碧芳酒委实是妙，不仅香醇可口，而且益气去乏，让皇帝赞不绝口。

虽然端木贵妃有儿女傍身，早已不在意是否有帝宠了，但是皇帝的恩宠对于她的一双儿女以及端木家而言，总是有百益而无一害的！

端木贵妃嘴角微翘，手指漫不经心地摩挲着手里的团扇。

戏台上的那些戏子可不知道这戏楼中的众人的心思，一折接着一折地唱着，在热热闹闹的敲锣打鼓声中，四周不时地响起宾客的叫好声与鼓掌声。

唱了四五折喧闹的武戏后，气氛一转，两个浓妆艳抹的戏子款款地登上了戏台，唱起了《女驸马》。

这一折戏讲的正好是女驸马金榜题名，中了探花郎，在进士杏园初宴中，与另一个少年进士一起被皇帝指名为探花使，前往园中采折名花时与公主偶遇的故事。

待这幕落下后，皇后便笑着拊掌赞道："是谁点的这出戏？真是应景得很！"

可不就是！

今日是迎春宴，马上春闱又近，这一折戏确实应景得很。

端木绯赶忙咽下嘴巴里的橘子，站起身来福了福，应道："皇后娘娘，是臣女点的戏。"

皇后含笑看着端木绯，随手摘下左腕上一个赤金缠丝明珠猫眼石的镯子，道："这出戏点得好！"说着，就把那镯子赏给了端木绯。

端木绯接下了镯子，恭敬地谢了恩，引来四周一道道艳羡不已的目光。

大部分的宾客心知肚明，皇后哪里是因为端木绯的戏点得好？她分明是为了《凤女参佛》的事，随便寻了个借口赏赐端木绯罢了。

在周围姑娘们灼灼的目光中，端木绯捧着那只赤金镯子，又坐回涵星和端木纭之间的位子上，与二人说着话，笑语盈盈。

端木贵妃怔怔地看着这对姐妹花。俗话说："没娘的孩子早当家。"无论是端木绯还是端木纭，都要比端木绮懂事多了。

母亲贺氏曾经提议把端木绮嫁给大皇子，但是端木贵妃觉得不合适，就直接拒绝了。

她仔细想想，若是把人选换成长房的端木纭，似乎不错。

端木纭样貌出挑，性子稳重，处事干练，把端木家的内务管理得井井有条，且是端木家的女儿，与皇儿亲上加亲，又有闽州李家为外家，可为助力……

端木贵妃心念一动，对着身旁的宫女做个手势，宫女立刻凑了过来，聆听贵妃的吩咐，然后朝端木纭的方向去了。

忽然，四周又起了一片异动。

明明戏台上的戏子还在如火如荼地唱着，声音高亢嘹亮，鼓掌声与叫好声却瞬间消失了。

再没人在意戏子唱着什么，众人的目光皆看向了戏楼的正门口。

长庆又回来了。

她不是独自回来的，然而陪在她身旁的人不是九华县主，而是一个二十余岁的儒雅青年。这青年长身玉立，眉清目秀，浑身散发着一种文质彬彬的气质，丰神如玉。

这个青年看着面生得很，但瞧他的打扮与气质，众人皆心中有数——这人十有八九是今科举子中的佼佼者，所以才有幸接到皇后的迎春帖。

不过，这举子怎么会和长庆长公主在一起？！

四周那些审视的目光变得复杂起来，有惊讶，有鄙夷，有嘲讽……大部分人不过是作壁上观，等着看好戏罢了。

端木贵妃的目光在长庆和青年之间徘徊了一瞬，面露不屑之色。

有长庆这样的母亲，九华决计不能被列入大皇子妃的人选……九华想嫁，自己还要担心将来她会乱了皇家血脉呢！

端木贵妃捏了捏手中的团扇。这时，端木纭随宫女过来了，行礼后，就依贵妃所言坐了下来。

端木贵妃不再看长庆，含笑与端木纭道起家常来。

其实今日也不过是姑侄俩第二次见面，二人却相谈甚欢，气氛颇为和乐。

涵星却不然，兴致勃勃地只顾着来回打量着长庆和那儒雅青年，连戏都不想看了。

忽然，她目光一滞，紧紧地盯着青年僵直得不太自然的右臂，发现青年宽松的袖子下，右小臂似乎微微扭曲着。

等等！

涵星骤然想起了一件事——绯表妹说过，她曾经看到九华和一个断了右臂的举子在皇觉寺中相会，九华对那举子可谓情真意切，不惜冲到贺太后跟前，祈求太后下懿旨指婚……

难道说……

涵星的手指在身旁的雕花小方几上轻轻地叩了两下，试图吸引端木绯的注意力。

正美滋滋地含着一颗酸梅的端木绯朝她望了过来，把手边那碟子酸梅往涵星那边送了送，意思是让她也尝尝。

涵星拈了一颗酸梅入口，跟着指了指青年的右袖，意味深长地对着端木绯眨了眨右眼，无声地问道：这个人是不是他？

端木绯明白涵星在问什么，也眨了眨右眼，肯定了涵星的猜测。

这个人真的是那个举子？！涵星的嘴巴张张合合，她差点儿被嘴里的酸梅噎到，口中发出一阵干涩的轻咳声，宫女急忙将茶水捧到她的嘴边。

端木贵妃闻声望了过去，无奈地暗暗摇头：涵星这丫头，还是没长大，这么一惊一乍的。

至于长庆，她一向不在意其他人的目光，坦然地与罗其昉一起走进戏楼的大堂，随便挑了一张窗边的桌子坐下了。宫人目不斜视地给二人奉了茶、上了点心。

四周其他人看了一会儿，觉得没趣，注意力又渐渐转回到戏台上，唯有二楼的楚青语还目光怔怔地盯着这二人。

罗其昉。

楚青语在心里默默地念着罗其昉的名字。从罗其昉出现的那一瞬，她就把他认了出来。

罗其昉是今科春闱的探花郎，之后会是长庆女婿的左膀右臂。

在她的记忆里，长庆本来打算把女儿九华县主许给大皇子慕祐显，却被端木贵妃拒绝了，最后九华嫁给了二皇子。

此后，在长庆和贺太后的助力下，二皇子差点儿被立为太子，没想到杨云染生的八皇子后来者居上，胜了一筹，得了圣心。

可即便如此，二皇子还是在罗其昉的精心谋划、辅助下，一步步地冉冉升起，被群臣尊称为贤王，在朝野中的地位几乎和太子平起平坐。可谁知，这罗其昉竟在紧要关头莫名其妙地死了……

楚青语想着，眼神变得复杂起来，心中掀起一片惊涛骇浪。

罗其昉怎么会和长庆搅和在一起？

这些日子以来，已经有很多事偏离了她记忆中的轨道，这让楚青语一度有些怀疑，她所知道的一切会不会只是一场白日梦……

不！楚青语深吸一口气，让自己不再多想。

没有几天了，她还是耐下心来再等等，看那件事会不会发生吧……

戏台上的吟唱声、锣鼓声，还有四周的说笑声、掌声似乎都离她远去，时间在不知不觉中流逝……

又听了两折戏后，皇后和贵妃就先后走了，其他人也陆陆续续地离开了清音台。

端木绯和端木纭姐妹俩与舞阳、涵星、云华等人用了些午膳后，也各自散去。


端木绯和端木纭随着舞阳去了沉香阁。

这次的迎春宴要持续三日，也代表宾客们要在这里小住一段时日，所以舞阳就邀了姐妹俩去她的宫室暂住。

沉香阁就在皇后住的永春宫后方，距离向阳湖步行不过一盏茶的工夫，在这千雅园中，其位置是极好的。

当姑娘们抵达沉香阁时，院子里外早就被打扫好了，包括给端木纭和端木绯住的厢房，都被收拾得整整齐齐、井然有序。

端木绯对屋子十分满意。屋子外间雅致大方，可以待客；内间以碧纱橱隔断开来，一半是寝室，一半是小书房，小书房里摆了笔墨纸砚和棋盘，温馨安逸。窗台边的方几上，还放了一个鲤鱼戏水草花纹的青花瓷小鱼缸，鱼缸里养了三尾红白相间的蝶尾金鱼，鱼儿正悠闲地摆动扇子般的尾巴，在青翠的水草间游来游去。

端木绯伸手，以食指的指尖轻触水面，金鱼以为有鱼食，立刻摇着尾巴游了过来。

她调皮地伸指一弹，那三尾金鱼受了惊，原本就圆鼓鼓的金鱼眼似乎瞪得更大了，它们快速地朝四面游开，水面上荡起了圈圈涟漪……

端木绯"扑哧"一声笑了出来，小脸儿上露出一丝顽皮之色。

下一瞬，她感觉眼前一暗，好像有什么东西挡住了窗外的阳光。

端木绯抬起头来，嘴角的笑意瞬间就僵住了。

因果报应来得可真快。

端木绯猛地睁大了如墨玉般的眼眸，那模样与鱼缸里的金鱼有几分神似。

端木绯的眼睛一眨不眨地看着与她仅仅隔着一扇琉璃窗户的紫衣少年。

两个人相距咫尺，近得端木绯都能看清少年脸上细细的绒毛，那绒毛在阳光下近乎透明。

端木绯被惊得差点儿后退一步，只见少年漫不经心地伸指在琉璃窗户上弹了一下。

"噔！"

他似乎在不耐烦地催促她开窗。

端木绯的眼角抽了一下，她觉得自己就是鱼缸里那几尾可怜的金鱼……不，不，金鱼还能躲在鱼缸里，而她只能——乖乖地抬手给对方打开窗户。

"封公子！"端木绯又习惯性地赔着笑，浓密长翘如蝉翼的睫毛扑扇扑扇的，眉眼弯弯，如月牙般可爱。

封炎将方才在窗户上弹了一下的手指藏在了身后，似是负手而立，凤眸中藏着一丝微不可察的羞窘之色。

其实，刚刚他是想摸一下蓁蓁的脸，却一时忘了两个人之间还隔着窗户。

封炎清了清嗓子，做出若无其事的样子，心里忍不住想着：也不知道自己什么时候才能光明正大地去摸蓁蓁的脸颊……

封炎把左手往窗台上一撑，再轻轻一跳，就身轻如燕地越过了窗台和方几，姿态轻松极了。

端木绯却低呼了一声，紧张地盯着那个青花瓷鱼缸，怕他不小心打翻了鱼缸。

鱼缸里的金鱼"咕噜噜"地在水里吐着泡泡，悠闲极了，仿佛完全没有感受到刚才的"危机"。

见端木绯又去看那缸金鱼，又想着刚才她调皮地逗弄金鱼的样子，封炎眉眼含笑地想：蓁蓁一向喜欢金鱼……以前因为楚太夫人养着那只叫雪玉的猫，所以不便养鱼，如今不同了。

嗯，他得去寻几条罕见的金鱼送给蓁蓁才好！

封炎心里一下子就打定了主意，眸子灿若繁星，熠熠生辉。

他笑吟吟地看着那缸金鱼，随口道："这是十二红蝶尾吧？"封炎一边说，一边悠然地在方几旁坐下。

端木绯眸子一亮，有些惊讶地点了点头道："封公子也懂鱼啊？"一般人看了这缸鱼，只会以为它们是普通的红白蝶尾，却不知道这其实是珍贵的十二红蝶尾。

所谓"十二红蝶尾"，就是通身银白的金鱼身上有十二处呈火焰般的赤红色条纹，分别为两眼圈、两绣球、两胸鳍、两腹鳍以及四叶尾鳍，而且其尾鳍必须为四尾。

封炎又扫了那缸金鱼一眼，心里暗自得意：他得知阿辞喜欢金鱼后，就特意学过，保管与她聊上一天半天也不会词穷。

"龙睛为算盘珠形，四叶尾鳍舒展如蝶翼，白如霜，红似火，是难得的上品十二红蝶尾。"封炎微微点头，赞了一句。

端木绯频频点头，翘起了唇角，眸放异彩："这缸十二红蝶尾也是我几年未见的珍品了！封公子，你看这尾形……"

说着，她笑吟吟地伸手指着其中一尾金鱼的尾巴，示意封炎去看，可是当封炎真的凑过来时，端木绯又僵住了……糟糕！她怎么莫名其妙地就和封炎聊起鱼经了？

理智回笼，端木绯笑意微凝，不太自然地转移话题道："瞧我，只顾着说鱼，倒是忘了问，公子来找我可是有什么要事？"

封炎本来还想继续与端木绯聊鱼经，闻言，心里不免有些失望，但还是乖乖地答道："葫芦巷那个宅子的事，已经有了消息。"

端木绯顿时精神一振，亲自给封炎倒了杯花茶，接着在方儿的另一边坐下，殷切地看着他："封公子，这到底是怎么回事？"

封炎喝了一口暖暖的花茶后，满足得一双凤眼都眯了起来，心里妥帖极了。蓁蓁倒的茶，果然香甜如蜜。

放下茶杯后，他开始说起事情的来龙去脉——

葫芦巷的那个宅子是皇帝随便赐给舞阳的，这宅子到现在尚未修整好，舞阳还一次没去过。

但是，自腊月起，已经有不少人看到一个俊秀的僧人在宅子的里外进进出出了。

原本没人知道那座宅子是皇帝赐给大公主的。偏偏大年初三那天，翰林院的傅大人正好在葫芦巷附近遇上了二皇子，交谈间，二皇子偶然提起那是大皇姐的宅子，他是特意来此拜访大皇姐的。

当时，附近有一些路人也听到了对话，再结合那宅子里年轻僧人不时进出的情形，一传十，十传百……这才慢慢地演变为舞阳豢养僧人为面首的传闻。

封炎握拳放在唇畔，干咳了两声，目光微闪，含糊地总结道："这件事只是阴错阳差的巧合，并没人在暗中算计舞阳……"

"可是，二皇子怎么会去那里？"端木绯疑惑地问道，感觉封炎的结论来得有些突兀。

封炎当然知道端木绯没有那么好蒙混，只不过，他实在是有点儿不知道该怎么往下说，怕"那些事"脏了端木绯的耳朵。

但是他不说也不行。他不说，端木绯也可以找别人打听二皇子，这么一想，还是由他来说吧，他好歹可以斟酌语句，说得委婉点儿……

封炎的俊脸皱在了一起，心里好一阵纠结。

端木绯狐疑地歪了歪脑袋，莫非自己问了一个让封炎很为难的话题？

她正迟疑着要不要别问了，封炎却开口了："二皇子最近认识了一个僧人，一见如故，想着舞阳的宅子里没人住，就暂时把人安置在了那里……初三那天，他也是去那里见那个僧人，不巧竟然遇上了傅大人。许是做贼心虚，他才会随口说他是去探望舞阳的。总之，二皇子的本意只是想蒙混过去，也没想到事情会闹得那么大！"

端木绯两眼发直地看着封炎，许久才眨了眨眼，有些蒙，傻乎乎地附和了一句："没想到二皇子是信佛之人……"

说完，她心不在焉地抿了一口花茶，觉得封炎说的每个字她都听懂了，怎么连在一起，她就觉得他的话有些怪异呢？

二皇子信佛归信佛，去寺里烧香听经念佛就好，为何要把一个僧人藏在舞阳的宅子里呢？

封炎闻言，差点儿被口水呛到，表情变得更古怪了，心知蓁蓁大概是没听懂……也是，无论是楚青辞，还是端木绯，都不会有人在她跟前说龙阳之好、断袖之癖的那些事。

封炎不知道第几次地清了清嗓子，也捧起了花茶，对自己说：反正这个话题他带过去就好！

端木绯又垂眸啜了一口茶，没注意封炎那怪异的神色，思绪飞转。

她一向不纠结，想不通的事也就不想了。祖父楚老太爷说了，做事要分主次。二皇子蓄养僧人的用意不重要，反正她只要知道舞阳是被二皇子连累的就行。

无论如何，二皇子有心也好，无意也罢，这件事她不能就这么算了，总不能让舞阳平白无故地背了这个黑锅，污了名声吧？

不过……

她悄悄地用余光瞥了封炎一眼，心里又隐约生出一种复杂的感慨：这才过去短短几个时辰，封炎竟然已经把事情的来龙去脉查了个一清二楚。

五城兵马司里多是些混日子的纨绔子弟，办起事来估计没这么雷厉风行，所以这消息的来源，封炎十有八九靠的不是五城兵马司……

封炎在京中的眼线，恐怕堪比东厂了吧？端木绯既心惊，又叹服。

那"赞叹"的眼神看得封炎一下子把腰板挺了起来，俊美的脸庞上唇角翘得更高了，眉飞色舞。

这件事他办得如此漂亮利索，蓁蓁果然高兴了吧？

封炎心情飞扬，他决定顺势把事情办得更圆满一点儿，便自告奋勇地说道："这件事就交由我来办好了……"

看着封炎那跃跃欲试的模样，端木绯忽然有些"担心"二皇子的安危。

"不急！"端木绯急忙道，生怕下一瞬他就跑去"办事"了，"我想，还是得先问问舞阳姐姐，看看她的意思……"

这件事的当事人毕竟是舞阳，究竟要如何处理，还是要由舞阳自己来决定。

封炎怔了怔，瞬间就明白了端木绯的心意，然后笑了，眸子里闪动着熠熠流光，神色柔和得不可思议。

他的蓁蓁一直都是这样的人，从来没有变过！

封炎的耳尖微微发烫，他猛地站起身来，丢下一句话："那……就晚上见！"

话音未落，他又是熟练地往窗台上一撑，身子就轻盈地跃到了窗外，快得端木绯的眼睛几乎捕捉不到。

封炎背对着她，挥了挥手以示告别，很快就借着一棵大树，三两下地爬上了后墙……

端木绯看着墙上那道紫色的背影，默默地叹气，默默地关窗，跟着，看向她的那一缸金鱼，才蓦然想到某个不对劲的地方——

"奇怪，他怎么跑来找我……而不是直接去找舞阳？"端木绯垂首，对着鱼缸里的金鱼自言自语道。

封炎轻快地自高墙上跳了下去，整了整衣袍后，忍不住回头朝身后的屋子看了一眼，就吹着口哨，步履轻快地走了，心里还琢磨着：我到底送什么鱼给蓁蓁好呢？是乌云盖雪、蓝蝶尾、玉顶银狮，还是朝天龙水泡？

思绪间，他闲庭信步地绕过两栋殿宇，脚下的步子忽然一缓，看到正前方十来丈外的一个八角凉亭里，有两道熟悉的身影。

一个人着明黄色的龙袍，另一个人着大红色的麒麟袍，正是皇帝和岑隐。

坐在亭子里的皇帝也看到了封炎，抬眼对着他微微一笑，然后招了招手，示意他过去说话。

封炎的目光闪了闪，接着他大步流星地朝亭子走去，嘴角噙着一丝浅笑。

皇帝含笑凝视着封炎朝他走来，深沉的眸中闪过一道精光，低声叹道："这岁月不等人啊，一晃孩子们都长大了，舞阳、祐显都要择亲了……朕也过了而立之年了。"

皇帝的声音越来越轻，待到封炎走到近前时，已经低不可闻，只有侍立在一旁的岑隐听到了皇帝方才的叹息声。

"皇上舅舅。"封炎若无其事地对着皇帝抱拳行礼，声音清朗。

"阿炎，坐下说话。"皇帝深深地看着身姿挺拔的封炎，慈爱地笑道，"朕记得你今年也十四了吧？你有没有看中的姑娘？"

"沙沙沙……"

微凉的春风轻轻拂来，吹得凉亭四周的树枝花木婆娑起舞，摇摆着发出声响。

封炎率性地撩袍在亭子里坐下，目光在腕上的红色结绳上一扫而过，微风肆意地吹拂着他的鬓角，几缕乱发迎风飞舞，衬得眉目如画的少年透着几分不羁感。

封炎耸了耸肩，漫不经心地说道："皇上舅舅，只要我娘看中的，都成！"

皇帝不由得失笑，指着封炎的鼻子摇了摇手指，调侃道："你啊，还是个没开窍的！"

皇帝倒也不意外，毕竟封炎不过是十四岁的少年而已。

皇帝转了转拇指上的玉扳指，唇角翘得更高，笑得慈祥温和，敛去了一身威仪，就像一个普通的舅父般，又道："阿炎，你年纪也大起来了，身边不能没人伺候，朕先给你挑两个伺候的……"

皇帝的言外之意，就是要给封炎送两个通房丫鬟。

"外甥谢过皇上舅舅的好意。"封炎姿态随意地对着皇帝拱了拱手，俊脸上却是一本正经的表情，"我娘说了，要是我敢像父亲那样……她就一鞭子抽死我。"

封炎称呼安平是"娘"，称呼封预之却是"父亲"，与双亲的亲疏关系一目了然。

一说到安平，皇帝的嘴角抿了抿，神色便有些怪异，他干咳了一声，又道："你娘一向有主见……"

皇帝似有叹息，倒是没再继续这个话题，心里想的却是：少年血气方刚，就没有不喜漂亮姑娘的。安平拦得了一时，还能拦一世不成？

封预之就是前车之鉴。

不过，阿炎都十四了，自己也该给他定下亲事了，也好让他"安定"下来。

四周随着皇帝的沉默而安静下来。

皇帝忽然站起身来，掸了掸身上的龙袍，随性地笑道："阿炎，你陪朕去向阳湖边走走。"

封炎应下了，也跟着起身。

皇帝率先走出了凉亭，封炎和岑隐紧随其后，跟着，一个守在亭子旁的小内侍和两个侍卫也不近不远地跟在了后面，步履悄无声息，仿佛根本就不存在似的。

一行人朝着向阳湖的方向闲散惬意地走去。此时正是申时过半，太阳西斜，温暖而不灼热。

当他们来到向阳湖畔时，晚霞已经快落到湖面上，映得湖面一片波光粼粼。

皇帝眺望着前方的夕阳，静立在湖畔，直到身后不远处传来一阵熟悉的呼喊声："皇上舅舅！"

一道裹着大红斗篷的身影朝他们迎面小跑过来，少女跑得气喘吁吁，粉面染霞，鬓角的红宝石珠花随着她的步履微微晃动着。

"皇上舅舅！"九华激动地冲到了皇帝的跟前。

她似乎根本就没看到皇帝身旁的封炎和岑隐，急切地一把拉住了皇帝的右胳膊，撒娇道："皇上舅舅，您一定要帮帮我啊！"

皇帝对这个外甥女一向疼爱如亲女，慈爱地拍了拍她的素手，安抚道："九华，怎么了？有事慢慢说，有朕给你做主！"

九华深吸几口气，调整了一下呼吸，素手还是攘着皇帝的衣袖，急忙道："皇上舅舅，求您给我与……与一个举子赐婚吧。"

九华仰着小脸儿，眼睛一眨不眨地看着皇帝，一脸殷切之色，殷切中又透着一丝慌乱与紧张。

刚刚，母亲长庆特意去她住的流筋苑找她，说起了她的婚事……

九华心乱如麻，长庆那傲然专断的声音清晰地回荡在她耳边：

"九华，你的婚事你无须担心。这次迎春宴，本宫会请皇上为你赐婚。

"哼，那端木贵妃自以为是，自视甚高，还以为本宫要紧扒着他们母子不成？！皇弟膝下多的是皇子，区区一个大皇子而已，只有他配不上我儿的份！

"既然如此，二皇子也成。九华，你放心，对方是不是皇长子不重要……等你嫁过去以后，你一样是太子妃，是未来的皇后，将来是这大盛朝最尊贵的女子！"

可惜，长庆想得虽美，却不懂女儿的心。

九华才不要嫁二皇子，也不想当什么太子妃！她的心里只有她的罗哥哥！

想着她的情郎罗其昉，九华咬了咬下唇，面色红艳欲滴，晶莹的眸子里波光流转，仿佛蕴了一池春水般，春情荡漾。

大皇子、二皇子再好、再尊贵，也不是她的罗哥哥。

她的罗哥哥俊雅斯文、温柔体贴，年纪轻轻就才华横溢，出口成章，虽然出身寒门，却落落大方，处变不惊，气宇非凡，根本就不是那些迂腐的书呆子可以相比的。

既然贺太后不肯为她做主，她只好来求皇帝。皇帝一向唯才是举，一定能慧眼识良才。

九华居然看中一个举子，还让自己赐婚。皇帝惊讶地挑了挑眉，跟着，面露沉思之色，一时没说话。

站在皇帝左手边的封炎对另一边的九华视若无睹，随手从湖边的柳树上折了一根枝条，百无聊赖地以柳枝拨着湖面，湖面荡起了层层涟漪……

九华见皇帝没直接反对，赶紧又道："皇上舅舅，您只要见了他就知道了，罗……他才思敏捷，过目不忘，年纪轻轻已经学富五车。若非上届春闱时要为其父守孝，他早就高中了！"

说着，九华就为心上人感到心疼。今科，罗哥哥又遭飞来横祸，不慎伤了手臂，再次无缘春闱……

九华暗暗握了握拳，罗哥哥伤了手臂的事，她决不能告诉皇帝，否则怕是皇帝真的不会同意这件婚事了。

其实，手伤又如何？罗哥哥才学过人，容貌俊雅，只要皇帝给一个机会，他就能一飞冲天，让天下人知道他的名字！

皇帝负手而立，随口问道："九华，那举子姓甚名谁？"

闻言，九华的眸子更亮了，如宝石般熠熠生辉，她娇声道："罗其昉，他叫罗其昉。"

只要皇帝肯召见她的罗哥哥，一定会知道他有多么出色，他绝对是人中龙凤！九华骄傲地翘了翘嘴角。

"罗其昉……"皇帝又是眉头一动，觉得这个名字有点儿耳熟，就转头问岑隐道，"阿隐，你可知此人？"

岑隐立即答道："回皇上，据臣所知，这罗其昉是江南宿州人，与包括闻二公子在内的三个人并称江南四大才子。他的文章写得不错，臣曾经读过他的《论耕读传家》，可谓观点鲜明，有理有据，言之有物。"

春闱将即，皇帝也耳闻了一些举子的才名，读过几篇文章。岑隐一说这篇文章的题目，皇帝就隐约想了起来，好似是曾翻阅过这么一篇。

"原来是他。"皇帝缓缓地道。

"皇上舅舅，您就成全我吧。"九华撒娇地晃了晃皇帝的胳膊，祈求道，"罗举人他真的有状元之才，是文曲星下凡！"

九华目光灼灼地看着皇帝。皇帝没有像太后一样直言反对，这让九华心里燃起了一丝希望。

皇帝皱了皱眉，细长的眼眸里似有迟疑之色。

皇帝只有长庆这么一个同胞姐姐，也就九华这么一个亲外甥女，九华是被皇帝看着、宠着长大的，说尊贵如公主也不算夸大。

就算是罗其昉确有真才实学，待他今科金榜题名，也不过是从小小的庶吉士开始，根本就配不上堂堂九华县主！

封炎轻轻甩着柳枝，就像把玩着马鞭一样，拍打着水面。

"啪，啪，啪。"

那轻微的声响带着一种奇异的节奏，引得湖面上水花飞溅。岑隐闻声望去，只见封炎似笑非笑，漫不经心地搅动着一池春水……

二人的视线对视了一瞬。

岑隐眯了眯那双魅惑的眼眸，莞尔一笑，道："皇上，臣听县主这么说，这罗其昉好似文曲星下凡的王子淳一般。"

这王子淳本是布衣出身，因为被太祖皇帝重用提携，青云直上，为官几十年，一直做到了一人之下万人之上的首辅，太祖皇帝和王子淳君臣两相宜的事迹也被传为美谈。

皇帝心念一动，挑了挑右眉。

是啊，这罗其昉虽然是一个举子，但若真有些才学，有自己这个堂堂天子在，必能将其提携一二。

待来日，罗其昉就算做个封疆大吏也不在话下。英雄不问出处，这大盛天下都是他的，罗其昉配不配得上九华，也不过是他的一句话而已……

皇帝想着，心情明快了不少，嘴角微翘。

"九华，"皇帝看向九华，温和地笑了，松口道，"这件事待朕见了那罗……"

皇帝话才说了一半，就听一个尖锐刺耳的女音怒道："不行！绝对不行！"

长庆挺胸快步朝这边走来，艳丽的脸庞被怒意染红，一双明眸瞪得浑圆，那瞳孔中的怒意像是狂暴的龙卷风，几乎能摧毁一切。

长庆的胸膛剧烈地起伏着，她先是狠狠地瞪了九华一眼，然后就强硬地对皇帝说道："皇弟，本宫要把九华许配给祐昌！"

慕祐昌正是文淑妃所出的二皇子。

皇帝看着几步外的长庆，眉头一抽。他这个姐姐越来越不知所谓了！

皇帝还没说什么，九华已经激动地开口道："娘，我不要！"

九华倔强地紧抿着嘴角，毫不示弱地与长庆对视着。

母女俩的目光在半空中激烈地碰撞在一起，火花四射。

长庆被气得胸膛又是一阵起伏，额角青筋跳动，忍着怒意道："九华，本宫是为你好。本宫吃的盐比你吃的米还多，你一个小孩子家家的，莫要一时意气用事。"

说着，长庆又转头看向了皇帝，忙道："皇弟，你尽快下旨赐婚吧。"

本来长庆还在迟疑要不要再观望一下二皇子，但是看女儿这忤逆的样子，她不敢再拖延下去了。

迟则生变，只要皇帝下了赐婚圣旨，木已成舟，女儿自然就会歇了那点儿心思，听从自己的安排。

"皇上舅舅，不要啊！"九华声嘶力竭地哭喊着，眼里泛起一层朦胧的泪光，委屈地说道，"娘，我就这么一个小小的请求，您为何不肯成全我？！"

"九华，就这件事，本宫绝不能答应！这关系到你的一生！"

"娘，您也说关系到我的一生，不是您的一生！"

母女俩你一言我一语，各执一词，情绪都越来越激动，听得皇帝的头都隐隐抽痛起来。

封炎看着这对母女一时吵不完，干脆就悠然地在湖畔席地而坐，琢磨着是不是干脆弄根鱼竿来钓鱼算了。

须臾，一个叫小蝎的内侍快步朝这边走来，步履生风。小蝎来到岑隐身旁，附耳说了几句，岑隐眉头微动，长翘的眼睫轻颤了两下。

跟着，岑隐便又朝皇帝走了两步，作揖道："皇上，臣有事要禀。"

皇帝一看岑隐这姿态、这语气，知道他有要事要禀，便瞥了他一眼，对着长庆挥了挥手道："皇姐，你和九华先退下……此事朕自有决断。"

长庆眉宇紧锁，还想说什么，可也知道朝事要紧，无奈地应了一声，就想招呼九华一起走。九华却恼怒地瞪了她一眼，对着皇帝福了福身："是，皇上舅舅。"

说完，九华甩袖离去，俏脸绷得紧紧的。

今天若非母亲刻意破坏，她肯定已经说服皇帝舅舅下旨给她和罗哥哥赐婚了！

九华越想越气，不顾长庆在后方喊她，一阵风似的小跑着离开了。

"皇上舅舅，既然您这里有事，那我也先退下了。"

封炎拍了拍屁股，从地上轻快地一跃而起，对着皇帝抱拳行礼后，也毫不回头地离去了。

向阳湖畔只剩下了皇帝和岑隐，夕阳的余晖柔和地洒在二人的身上，给他们镀上了一层金红色的光晕……

其他的内侍和侍卫都自觉地往后退了好几丈远。

岑隐作揖，不紧不慢地禀道："皇上，臣刚刚得了消息，滇州总兵苏一方反了，杀了监军太监张仪，投诚了南怀人，还亲自带兵解除了南安关的布防。南怀人在其铺排下一路北上，进入南安关，占领了整个滇州。"

岑隐阴柔的声音被风轻轻一拂就散去了……

大盛东边靠海，另外三面则被数十个小国包围，大部分小国不成气候，对大盛俯首称臣，岁岁朝贡。

然而，北有北燕，南有南怀，西北又有蒲国，这三个蛮夷大国数百年来都对中原虎视眈眈。

北燕在与大盛交战数十年后，终于在去年年初停战议和；蒲国因为新乐郡主和亲，这十年来，也不再大动干戈。

唯有南怀仍是大患。

几十年来，南怀不时突袭大盛，两国之间从未真正太平过。大盛仗着滇州总兵苏一方擅打防卫战和南安关一带的天险，才将南怀人阻挡在外。

现在，大逆不道的苏一方竟然自毁长城，放南怀人入关了！

黄昏，湖边的晚风吹得更猛烈了，在皇帝的耳边"呼呼"作响，一旁的柳枝更是如乱麻般交缠在一起。

皇帝面色大变，阴沉得仿佛暴风雨前乌云密布的天空。

皇帝沉思一下后，就立刻下令道："立刻宣内阁来此觐见！"

"是，皇上。"岑隐领命后，吩咐了小蝎一句，小蝎就又匆匆地离去了。

"回瑞圣阁。"

皇帝一声令下，一行人就朝皇帝暂住的瑞圣阁去了。

夕阳西沉，大片大片赤红的火烧云染红了大半的天空，西方的天际仿佛着了火似的，散发着一种不祥的气息。

不知道绕过了多少亭台楼阁后，皇帝脚下的步子一缓，他沉声问道："阿隐，肃王那边怎么样？"

岑隐垂首回道："皇上，肃王如今在京中肃王府中，这段时日并无异动，肃王世子也已经从闽州那边回京了。"

皇帝的眸色深沉复杂。

岑隐最懂帝心，在一旁又道："皇上可是觉得苏一方谋反与肃王有关？"

皇帝又沉默了片刻，转头看向了岑隐，道："本来朕也不想怀疑的……"

皇帝的声音低沉沙哑，透着一丝不容忽视的锐气。

"但是，若这件事真和肃王有关，那么肃王必和南怀有了某种协议。肃王和李家走得这般近，一旦李家再反，两广在两面夹击下怕是很快就会沦陷……那么，大盛危矣！"

顿了一下后，皇帝又下了一道指示："阿隐，你再派人把李廷攸给朕叫到千雅园里来。"

夕阳落下了一半，前方的假山挡住了夕阳的余晖，在假山的阴影下，皇帝的脸色一片晦暗，有乌云蔽日、山雨欲来之势。

如同上方那暗沉了一半的天空般，夜正在临近……


等李廷攸来到千雅园时，夜幕刚刚落下。

正月十二日的月亮已近浑圆，夜空中，月明星稀，月亮洒下了银色的光芒，初春的夜晚清冷得很。

"劳烦几位相送了。"李廷攸下了马后，笑吟吟地对着"护送"自己的锦衣卫道谢，彬彬有礼，神态怡然。

随行的六个锦衣卫完成了任务，也暗暗地松了一口气，留着络腮胡的林总旗笑着与李廷攸寒暄了几句，就带着兄弟们下去歇息了。

"李三公子请。"一个小内侍在前方为李廷攸带路，"小的领公子去江月阁安顿。"

李廷攸跟在小内侍的后方，抬眼看着明月，心中犹豫着是先去江月阁小憩，还是去找那个黑芝麻馅的小表妹。

今天的事情实在有点儿莫名其妙，又来得毫无预警，他得让小表妹好好分析分析。

李廷攸的眼珠滴溜溜地一转，他随口与小内侍打听起了今晚园子里有什么热闹可以凑。

小内侍说大公主、四公主、简王世子他们今晚在沁香园里摆小宴喝酒，李廷攸就笑吟吟地让小内侍带他去沁香园凑热闹。

二人立刻改道，朝向阳湖的方向去了。

千雅园中，每隔一段距离就点着大红灯笼，仿佛夜空中的繁星一般，为人指明前路。

此刻，向阳湖畔的沁香园里，一片灯火通明。

远远地，李廷攸就听到里面传来一阵悠扬的琴声，明朗如高山流水，清脆如珠落玉盘，在这寂静的夜晚中显得分外清晰。

他再走近些，鼻子微动，闻到了一股淡淡的酒香，这酒香中似带着某种果香，又似透着一种花香，再闻，又觉得是山间清泉的香味……勾得他腹中的酒虫蠢蠢欲动。

君然他们倒是会享受，不知道从哪里找了如此好酒！

李廷攸想着，步子迈得更快了。

当他走到沁香园的东门时，就听里面时有时无地传来众人的说笑声，一片喧哗热闹的样子。

沁香园里，百花盛开，芳香怡人。

置身于这片繁花似锦中，那股酒香非但没有淡去，反而显得更为诱人，仿佛傲视群芳的百花之王。

李廷攸眯了眯眼，闻香而去。

绕过几株桃树后，他看到前方的一片杏树下摆了一张方桌，七八个年轻的少年少女正围在一起说说笑笑，吃吃喝喝，空气中的酒香更浓了。

"廷攸，来，来，来，快过来！"

君然第一个看到李廷攸，对着他挥了挥手。君然显然已经喝了不少酒，脸颊绯红，眸子晶亮。

他随意地做了个手势，后面弹琴的乐师就停了下来，琴声戛然而止。

其他人的目光也都齐刷刷地顺着君然的视线看向了李廷攸，其中也包括原本背对李廷攸的端木绯。

看到李廷攸突然来了，端木绯难免有些意外。她知道的事情比其他人多，想的事自然也就更多一些。

端木绯目光闪了闪，思绪飞转，却不动声色。

李廷攸一边上前，一边彬彬有礼地对着众人拱了拱手："各位，我刚到。"

封炎的右手拿着一个小小的酒杯，他对着李廷攸微微抬手，举了举酒杯，就算是打了招呼。

封炎又举杯饮了小半杯酒，余光再次看向自家蓁蓁，一双眸子已经染了酒意，波光潋滟。

酒香飘来，从鼻腔直钻入李廷攸的心里，像根羽毛般挠啊挠的，但他还是笑得温文尔雅。

"廷攸，这边坐。"君然热情地招呼李廷攸坐下。

李廷攸笑着道："阿然，你们可真有兴致，"说着，他看向了桌上的白瓷酒壶，"这是何处寻来的好酒？我倒是从来不曾闻过这样别致的酒香……"

君然怔了怔，好像是听到了什么笑话般，"扑哧"一声笑了出来。不仅是他，舞阳、涵星、云华她们也是忍俊不禁。李廷攸心中暗暗不解，不知道自己说错了什么话。

封炎嘴角翘起，勾出一个引以为傲的弧度，他始终目光灼灼地看着自家的小姑娘，慢慢饮酒。蓁蓁酿的酒，自然是别处没有的佳酿！

"廷攸，你还不知道吧？"君然神秘兮兮地眨了眨眼，拿起白瓷酒壶，亲自给李廷攸斟酒。

"哗啦啦"的斟酒声回荡在四周，酒香四溢，萦绕鼻间。

君然卖够了关子，这才慢悠悠地说道："这酒啊，是你那个上知天文、下知地理……总之无所不知的小表妹酿的！"

舞阳一听到什么上知天文下知地理，就跟着掩嘴笑了起来。姑娘们笑作一团，脸上皆洋溢着娇花般的红晕。

看着她们笑靥如花的样子，端木绯也被传染，忍不住跟着弯了弯嘴角。

李廷攸错愕地看着端木绯。虽然他知道这个喜欢装团子的小狐狸表妹懂得着实不少，却没想到她居然还会酿酒。

李廷攸很快就若无其事地笑了，仿佛刚才那张错愕的脸根本就不是他的。

他拿起酒杯，闻了闻酒香，又尝了尝美酒，然后赞道："犹胜杜康！绯表妹，此酒何名？"

说着，李廷攸看向了端木绯，飞快地眨了眨眼，眼神意味深长。

"碧芳酒也。"端木绯歪着头，也对着他眨了眨眼，接着随意地问道，"攸表哥，你怎么突然来了？"

李廷攸领会了她的意思，若无其事地笑道："皇上刚宣我来的，还命锦衣卫亲自护送我过来。"

端木绯抿了抿嘴，没再说话，眼帘半垂。

悦耳的琴声又响了起来，环绕在四周，时急时缓，时高时低，端木绯的心也随之起伏波动着。

看来她没有猜错，这个时候，李廷攸会被皇帝突然宣来，还特意被锦衣卫护送，显然皇帝并非为了让他来参加迎春宴，而是为了就近"圈禁"。

这就代表着皇帝对李廷攸更不放心了，可是按他们原来的计划，现在还远不到这一步。

情况不太对……

端木绯的心一点点地沉了下去，第一个想法就是怀疑闽州是不是出了什么"大事"。

不，应该不是。她立刻否定了这个猜测。

李家在闽州经营多年，外祖父和大舅父他们都知道现在是关键时期，容不得一点儿差错，不可能会让闽州此刻出现什么问题。

可是皇帝又明显在防着李家，也就是说，是南边什么地方出事了，而皇帝怕李家也牵扯在内。

那么，到底会是哪里出事了呢？

闽州东侧靠海，西侧是章州，往西南就是两广，两广再过去就是——滇州！

端木绯想到滇州的特殊性，眸子不由得眯了眯，瞳孔中明明暗暗。

滇州南边与南怀接壤，数十年来，两国年年都要打上两三场仗。不过，滇州南部有南安关作为大盛最坚实的屏障，这么多年来，南怀始终无法突破！

难道说，是南怀破了南安关，滇州危急，皇帝怀疑肃王与南怀有所瓜葛，担心李家也跟着反，致使南方陷入危境，所以才会……？

只是弹指间，端木绯思绪百转，她一下子就想通了其中的关窍，眉头又稍稍舒展了一些。

尽管这和他们计划的不一样，但也不算太糟，就是——

如今该怎么走，她得好好想想。

# 第二十九章　破　局

"啪嗒，啪嗒……"

夜空下起了绵绵细雨，淅淅沥沥地落在了沁香园上方的琉璃顶上，雨声与琴声交织在一起，别有一番韵味。

园子里烧着地龙，通风处又摆了几个烧着银骨炭的炭盆，与外面寒冷的雨夜相比，仿佛是两个世界。

端木绯仰首，直愣愣地看着上方的琉璃顶。雨水把透明的琉璃浇得一片水气朦胧，她的思绪飞转，如同纷乱淋漓的细雨。

忽然，她耳边传来一阵热烈的欢呼声与鼓掌声。

"五红一黑，李三公子的木射玩得不错啊！"舞阳笑容满面地鼓掌道。

她身旁的涵星傲娇地挑了挑右眉，不服输地说道："与我相比，他还是差了那么点儿……"

端木绯回过神来，循声望去，只见摆放在十几丈外的那些红黑交杂的木桩被击倒了五六根，一只碗口大的木球滴溜溜地在木桩附近滚动着，李廷攸不知何时加入了舞阳他们，也玩起了木射。

所谓木射，就是让玩家将木球着地滚出，击打前方的一排木桩，击倒一根红色木桩计一分，击倒一根黑色木桩，则反扣一分。

刚才李廷攸的这一球，击倒的木桩是五红一黑，也就是一球就得了四分。

李廷攸对着众人微微一笑，谦虚地拱了拱手："见笑了。"说着，他就朝着端木绯走来，笑得温文尔雅，问道："绯表妹，你可要来玩玩？"

李廷攸又对着端木绯眨了眨眼，意思是：表妹啊，对于皇帝的心思，你可有什么想法？

只可惜，这一次端木绯完全没有接收到他的眼神，她的注意力已经转移到了木射上。

"我来试试。"端木绯跃跃欲试地站起身来，两眼发亮地说道。

看端木绯兴致勃勃的样子，舞阳和涵星心里却"咯噔"一下，彼此下意识地互看了一眼，想起了同一件事来。

两个公主都朝李廷攸瞪了一眼，意思是：你真是哪壶不开提哪壶啊！

李廷攸被她们瞪得莫名其妙，无辜地摸了摸鼻子。他这是招谁惹谁了？

"咕噜噜……"

端木绯很快就把一个木球滚了出去，众人都闻声望去，目光集中在了木球上。

"啪。"

一根木桩被滚动的木球撞得倒了下去，然而，舞阳和涵星的神色更复杂了。

那根木桩是黑色的。

也就是说，端木绯非但没得分，还倒扣了一分。

周遭一片寂静，落针可闻，空气凝滞。

舞阳和涵星都不由得想起了端木绯在西苑猎宫里时把毽子踢得如小鸟乱飞般的情景，抿了抿嘴，一时不知道该说什么。

端木绯倒是不沮丧，反而沾沾自喜地弯着嘴角笑了，拊掌道："木射还真是有趣！"

她才第一次玩，就击倒了一根木桩，很好！

看着小姑娘白皙无瑕的脸上笑出了一对深深的酒窝，一旁的封炎一不小心就看直了眼，眸子比流星还要璀璨。

"端木家的小丫头，本世子瞧你是第一次玩木射吧？"君然摇着折扇站起身，一派风流倜傥的姿态，"干脆本世子来指点指点你好了。不过，你这碧芳酒得送本世子一坛，怎么样？"

君然的眼珠子滴溜溜地转着，心里的如意算盘打得响亮极了。

舞阳不禁掩嘴笑了，他想当绯妹妹的师父，可没那么容易。舞阳和涵星又互看了一眼，一边嗑瓜子，一边等着看好戏。

端木绯歪着脑袋笑了，爽快地说道："拜师酒自是理所应当的。"

君然一听来劲了，"啪"的一声收起了折扇，将其丢到桌上，又撸了撸袖子，大步流星地来到一个竹编箩筐前。

君然随手从箩筐中拿起一个打磨得油光发亮的木球，轻松地把球掂了掂，又转了转，勾唇笑了，接着就自信满满地把木球就地滚了出去，姿态潇洒随意……

紧跟着，众人就听到"砰咚啪啦"的一阵倒地声。

那一整排的木桩倒下了一大片，有一个宫女立刻报数道："八红一黑，总计七分。"

这已经是几个人中最好的成绩了。

端木绯看着剩下还伫立在地上的二红四黑六根木桩，目瞪口呆，好一会儿才反应过来，眸子亮晶晶地拊掌赞道："君世子，你玩得可真好！"

"那是自然。"君然扬扬得意地仰了仰下巴，"什么投壶、蹴鞠、马球、捶丸、射覆，就没有本世子不精通的。比如这木射啊，本世子说第二，就没人敢……"

君然本来还说得眉飞色舞、神采飞扬的，但是话说了一半，声音就戛然而止——他的目光对上了几丈外封炎那双似笑非笑的凤眸。

封炎只是勾唇浅笑，眉尾微扬，却看得君然心中警铃大作，暗道不妙。

哎哟喂！他差点儿忘了，这位端木家的四姑娘在场的时候，封炎这家伙就跟公孔雀似的，动不动就想开屏炫技……

果然，下一瞬，封炎就放下手里的酒杯，不紧不慢地站起身来，又掸了掸身上根本就不存在的灰尘，漫不经心地说道："阿然，不如我与你比比？"

君然的眼角一抽，他感觉自己的碧芳酒似乎已经长了翅膀，马上就要飞走了……

封炎没等君然答应，就信步走到了那个竹编箩筐前，俯身一个个地挑拣起木球来，掂掂这个，试试那个……似乎在做一件极为重要的事。

趁着众人的目光都落在了封炎身上，李廷攸抓住机会，悄悄地走到了端木绯身旁，压低声音问道："绯表妹，你可想到了什么？"

端木绯抬眼看着他，在灯光的映衬下，乌黑的瞳孔闪着耀眼的光华，她也不卖关子，缓缓地说道："滇州可能出事了……"

闻言，李廷攸不禁双目微瞠，目光快速地闪了闪。他是聪明人，端木绯稍微一提点，他一下子就想到滇州可能出什么事了。

端木绯卷着一缕头发，笑眯眯地接着说道："攸表哥，皇上这是不放心外祖父和大舅父他们，所以才会到哪儿都把表哥带上呢！"

李廷攸的眼睛瞠得更大了，浑身微微僵直，眼眸深沉如一汪幽潭。滇州危急，这可是一件足以令大盛震上一震的大事！

"攸表哥，你先别妄动。"端木绯又提醒道，"反正，你最爱装模作样了，现在装忠心就行了！"

端木绯对他眨了一下右眼，浓黑的睫毛扑扇如蝶翅，那眼神仿佛在说：表哥，我相信你，你可以的！

李廷攸心中的震撼感被她的三言两语一扫而空，他嘴角抽了抽，说道："表妹你真是客气了，要论'装'，我哪里能比得上表妹你啊？"

听到这话，端木绯忍不住朝他瞪了过去，两眼瞠得浑圆。

李廷攸也不客气地回瞪她。

就在这时，急性子的涵星在一旁忍不住催促封炎道："炎表哥，你到底挑好球了没？"

封炎自顾自地把双手中的两个木球比了比，心道：他要让蓁蓁知道，他玩木射可比君然那家伙厉害多了，当然不能轻视。

封炎沉思了一瞬，这才果断地扔掉了左手的那个球，然后就期待地朝端木绯看去，见她正眼睛一眨不眨地看着自己，心口登时如小鹿乱撞般跳了几下。

接下来，他得好好表现才行！

封炎优雅地站定，然后一气呵成地将木球抛出……

在一阵凌乱的撞击声后，只剩下五根黑色的木桩还伫立在地上，四周瞬间响起众人热烈的掌声，连端木绯的小手都拍得有些发疼。

她那双仿佛会说话的大眼睛里充满了崇拜之色，似乎在无声地表示着：厉害，真是太厉害了！

君然在心里默默地为他的碧芳酒哀悼了三息，很快就又振作了起来，拿起自己的折扇摇了摇，笑眯眯地说道："端木家的小丫头，你看，阿炎玩木射的本事比本世子要强上那么一点点，干脆就让他来指点你好了！"

君然一边说，一边飞快地对着封炎使了个眼色。

封炎的嘴角翘了起来，他从筐里拿起了一个木球，看向端木绯笑道："端木四姑娘，如果不嫌弃的话……"

嫌弃？！端木绯就算吃了熊心豹子胆，那也不敢嫌弃封炎啊！

端木绯若无其事地站起身来，笑吟吟地说道："劳烦封公子了。"

"不麻烦，不麻烦！"君然在一旁故意说道。

阿炎巴不得呢，又怎么会觉得麻烦！

舞阳也笑着附和道："绯妹妹，你不必和炎表哥那么客气。"说着，舞阳给了封炎一个同情的眼神：要指点绯妹妹，那可不容易啊！

封炎只是笑，在宫灯的荧荧光辉中，俊美的脸庞泛着一层珍珠般的光泽，眉眼精致得仿佛画中的人。

端木绯慢吞吞地走到了封炎身旁。封炎拿着那个木球，对她说了一番话，从如何站立、如何滑步说到如何摆臂掷出以及木球滚动的线路，还特意为她又演示了两遍投掷之法。

端木绯很快就听得入了神，不时地点着头，小脸儿全神贯注，认真极了。

然而，等她再次出手的时候——

第一球落了空。

第二球击中了一根红色的木桩。

第三球击中了一红一黑两根木桩。

"很好，每一球都有进步！"封炎一本正经地赞道。

君然已经不忍直视了：阿炎这家伙根本就是在睁眼说瞎话！

君然摇摇头，饮了一口酒水，就听封炎接着道："端木四姑娘，你学得可比当年的君然要快多了！"

闻言，君然嘴里的酒水差点儿被喷出去，他再次无语地朝封炎看去。

他堂堂简王世子英明神武的形象，不容玷污！

君然咽下酒水，刚想反驳，就见封炎淡淡地朝他抛了一个警告的眼神，意思是：你还要不要小马驹了？

君然在心里把小马驹和自己的形象放在秤上称了称，有了答案，欲哭无泪地点头道："是啊，端木家小丫头，本世子当年还不如你呢。"

原来君然当年连木射都玩不好啊！这还真是看不出来。舞阳同情地看着君然。

李廷攸忍俊不禁地笑了，接着若有所思地眯了眯眼睛，摸着下巴嘀咕道："现在……还是零分吧？"

这一句话端木绯和封炎没听到，舞阳和涵星却听得一清二楚，不由得朝他瞥了一眼。

唉，可不就是吗？

端木绯从最初那一球的倒扣一分，到零分、一分，再到最后的一正一负，也就是说，她玩了四次，一分也没得。

两位公主不约而同地收回了视线，默默地各自饮着碧芳酒。反正绯妹妹玩得开心就好！

园子里，木球的滚地声与撞击声此起彼伏。第四球、第五球、第六球……端木绯在封炎的指点下继续玩着木射，等到半个时辰后，已经可以一球击倒三根木桩了。

她玩得小脸儿泛起了一片红艳艳的飞霞，才容光焕发地回到了自己的位子上。

瞧她那满足的小模样，李廷攸和君然都有几分不忍心。

他们俩闲着没事，就一边喝酒，一边给端木绯计分。她玩了半个时辰，但最后的总分还是零分。

这还真是不容易啊！

李廷攸不知不觉地把酒壶喝空了，忍不住涎着脸问："绯表妹，这碧芳酒你还有吗？"

闻言，君然也目光灼灼地看了过来。

端木绯看着李廷攸，有些无语。他的心还真是够大的，他是不是忘了，他来找她可不是为了喝酒的？

李廷攸看出了她的意思，耸了耸肩，似乎在说：你不是让我别妄动吗？

李廷攸的目光闪了闪，他转头看向了瑞圣阁的方向。

端木绯也顺着他的视线望了过去，眯了眯眼，思绪不由得又动了起来。

如果自己对南怀和滇州的猜测属实，那么，皇帝肯定会再有动静的，想来不会太久……

透过沁香园四周透明的琉璃墙，端木绯可以看到，外面的细雨不知何时停了，明月又从云层后探出了头。月下，瑞圣阁里灯火通明，彻夜未灭……

自次日起，整个园子仿佛笼罩在一层淡淡的阴影中，气氛透着一种古怪与压抑。

这种氛围也影响到了在园子里的其他人，有些敏锐的人隐隐感觉到形势有些不对劲。

整个千雅园就像海面，看似平静，暗潮却渐渐地汹涌起来……

这种诡异的气氛完全没有影响到端木绯，她用了早膳后，就坐在青花瓷鱼缸旁喂金鱼。

细细的鱼食自她白皙的指间滑落，被纷纷扬扬地撒在鱼缸的水面上。那三尾金鱼立刻摇着蝶尾游了过来，鱼尾摇曳，荡起一圈圈的水波。

端木绯用一只手托着小巧的下巴，看得津津有味。

碧蝉站在一旁，一边看着那几尾活泼的金鱼，一边笑吟吟地禀着：

"姑娘，正月十二搭灯棚，昨晚向阳湖的西北侧搭好了一片灯棚，您说，皇后娘娘会不会在园里办一个灯会？

"听说昨天几位皇子带着一些公子去马场打马球，大皇子那队胜出了！

"姑娘，听说今天清音台里演百戏，您要不要和大姑娘一起过去凑凑热闹？"

听到有百戏可看，端木绯饶有兴致地眉尾一扬，正要应下，就听外面传来一阵急促的步履声，碧蝉忙挑帘出去接待。不一会儿她就回来了，急急地禀道："姑娘，皇后娘娘刚下了口谕，传召众宾客前去向阳湖游园。"

端木绯翘了翘嘴角，随口吩咐道："碧蝉，去把我那身青莲色的袄子拿来……配那条丁香色的马面裙吧。"

碧蝉立刻去翻衣柜，跟着，又急急忙忙地伺候端木绯换了衣裳，幸好不用重新梳端木绯的头发，只需在发髻上又缠些珊瑚珠子。

端木绯刚装扮好，端木纭就来了。她满意地打量了妹妹一番后，就带着妹妹去了舞阳那儿，三个人一起朝向阳湖的方向出发了。

昨晚下了细雨后，今早的天气变得更凉了。

空气里带着一丝寒意，她们行走在路上，只觉得寒意从脚底往上渗，一丝丝一缕缕地弥漫至全身。

姑娘们都全副武装，裹了斗篷，又在袖中揣上了暖乎乎的手炉。

她们才走出院子，就见裹着一件玫红色斗篷的涵星昂首阔步地迎面而来，嘴里唤着："大皇姐、纭表姐、绯表妹……"

四个人见了礼后，涵星亲昵地挽上了舞阳的胳膊，一边走，一边压低声音悄悄问道："大皇姐，你知不知道？今日一早，父皇就把北燕二王子叫来了。母妃说，父皇是想把两国和亲的事尽快定下来。"

舞阳当然也听说了此事，嘴角紧抿，神色有些复杂。

涵星嘟了嘟嘴，娇声抱怨道："听说今天大伙儿都被叫去游园了，这莫非还想让那北燕二王子随便挑一个不成……长庆皇姑母不是和他两情相悦吗？让长庆皇姑母嫁过去不就成了吗？"

舞阳心里也觉得奇怪：长庆和耶律辂的那些风流事闹到那个地步，就算长庆不肯嫁给耶律辂，也不应该再换成别人……

舞阳沉思片刻，只能含糊地劝了涵星一句："四皇妹，总之，避着点儿没错。"

涵星眉头一皱，心里有些憋屈，粉润的樱唇噘得更高了。

然而，哪怕她心里再不满，也得一起去游园。

跟在两位公主身后的端木纭和端木绯姐妹俩听到了这一番对话后，端木绯抿了抿嘴，一双水灵灵的大眼睛忽闪忽闪的，心中却了然：长庆和耶律辂是一个人不肯嫁，另一个人不肯娶，因此，两国和亲的事才在双方的默契下被拖延到了现在……

如今，皇帝再提此事，必然是事出有因。

就像她所猜测的，皇帝果然有了动作，这也就在无形间验证了自己昨晚关于滇州的推测。

果然，南怀大军打进了滇州！

而且，前方战局恐怕相当不妙，所以皇帝才会想尽快定下和亲的事，以免北燕再出岔子……一旦北境再起战乱，那么大盛就会处于被南北夹击的险境，到时情况便岌岌可危了。

端木绯半垂眼帘，眸中飞快地闪过一道精光，不动声色地和端木纭一起继续往前走着。

越靠近向阳湖，周遭的人就越多。

一些姑娘纷纷上前给舞阳和涵星行礼，然后簇拥着两位公主浩浩荡荡地前往向阳湖畔的碧澜厅。

碧澜厅距离沁香园不远，众人从沁香园北门走过一段曲折的游廊，就到了碧澜厅。

公子、姑娘们分别进了左右两间厅堂中，此刻，一些早到的人正坐在里面，悠闲惬意地彼此闲聊着。

厅堂中的气氛还算活跃，大部分人只以为这是一场普通的游园会。

端木绯随意地打量了一下四周，目光在厅堂的西北角停顿了一下，看到了一道熟悉的倩影。

穿了一件艾绿色绣缠枝玉兰花袄子的楚青语正独自坐在窗边，目光怔怔地望着窗外波光粼粼的向阳湖。

清晨的向阳湖上弥漫着一层淡淡的雾气，在春风的拂动下，湖面荡起一圈圈的涟漪，久久不息……

楚青语特意命人留心千雅园中的异动，所以一早就得知几个阁老赶到了千雅园里，她立刻发现了不对劲之处。

别人不知道，她却明白，南方的南怀大军来犯了——就如她记忆中一般！

现在，她终于可以肯定她的记忆没有错。

那一切，果然不是她在白日做梦！

楚青语心里总算长舒一口气，放下了压在心头近两个月的大山：虽然有些事与她记忆里的有所不同，但改变的原因也许就是她自己。

佛曰："有因有缘而后有果。诸法因缘生，诸法因缘灭。"

她所谋划的每一件事都有可能对未来产生不可预估的影响，但是，这世道的大势所趋从来没有变过。

所以——封炎也不会变！

楚青语想着，眸子变得深沉，眼神也坚定沉着起来。

只要封炎不变，那么大盛的未来也不会变，一定会走向她记忆中的模样！

而她，也该摆正心态了，不能再为了一些鸡毛蒜皮的小事一惊一乍。

她必须着眼于大局，必须谨慎地计划她的每一步路，不能倚仗自己可以预知就过于轻慢。

可她殊不知，别人也会因为她的改变而改变……

厅堂里响起一片骚动声，众女纷纷起身，上前给舞阳和涵星行了礼。

楚青语听到四周的动静，也转头朝舞阳和端木绯她们的方向望去，眸色微沉，然后勾唇笑了。

她徐徐地站起身来，款款地走到了两位公主跟前。

此刻，其他贵女已经散开，回了她们的位子上，聊天的聊天，喝茶的喝茶，赏景的赏景。

"见过大公主殿下、四公主殿下。"

楚青语优雅地盈盈一福，看起来很有世家贵女的从容不迫的姿态。

"楚三姑娘免礼。"舞阳不冷不热地说道。

突然看到楚青语对她如此礼数周全地见礼，舞阳还真是有种黄鼠狼给鸡拜年的感觉。

楚青语这才不紧不慢地直起身来，视线不经意地从端木绯身上扫过，目光微闪，嘴角始终噙着一丝浅浅的笑。

她在心里对自己说：不要着急，这个端木绯注定是早夭的命，应该也活不了多久了，自己不需要为了一个注定早死的人而乱了方寸。

然而，她心里虽然是这么想的，却始终有一分忐忑，目光在端木绯那笑吟吟的小脸儿上停滞了一瞬，眸中闪过了许许多多的思量情绪。

上一世，在楚青辞早逝后，封炎终生没有忘了她，独守一生。倘若现在端木绯突然夭折了，结局会不会还是一样？

端木绯会不会取代楚青辞，成为封炎心中那颗唯一的朱砂痣？

一想到这种可能性，楚青语瞳孔再次猛缩，下意识地攥紧了手里的帕子，将帕子绞得一团皱。

倘若真的如此，那自己费心费力地除掉楚青辞，岂不是竹篮打水——一场空？！

楚青语心中又生出一股恼意，让她烦躁得几乎无法冷静思考。

"舞阳！"

碧澜厅外传来了一个少年明朗轻快的声音，人未到，声先到。

众人循声望去，两个高大俊朗的少年正并肩朝碧澜厅的方向走来，一个着碧衣，另一个着蓝袍，昂首阔步，如清风朗月，意气风发。

刚刚出声喊舞阳的人，正是简王世子君然。

君然的手里如平日般拿着一把折扇，他漫不经心地摇着。这大冷天的，他和封炎一样，都只着了一袭单薄的锦袍，步履间却不见一丝瑟缩之意，十四五岁的少年郎血气方刚，阳火正旺。

封炎和君然的出现，一时间吸引了不少人的目光。

不过，封炎的眼中根本就看不到别人，他只顾着看端木绯，觉得她今日这身青莲色的衣裳真是好看极了，衬得她的肌肤白皙似雪。跟着，他心里又有些后悔，早知道，他今日也穿这个颜色的衣裳了！

一旁的楚青语抓着机会上前了一步，对着君然和封炎盈盈一福，温柔地笑道："世子爷、封公子。"

此刻，楚青语的眼神早不复之前那般冰冷，望着封炎的眸子里水波流转，似含着夜空的璀璨星辰，红润的嘴角微微翘起，笑容清浅温雅，端的是光华逼人。

君然对着任何人都是一张笑脸，笑眯眯地微微领首，算是打了招呼："楚三姑娘。"

楚青语又不动声色地看向了封炎，得体地说道："封公子，腊月时我在露华阁偶遇令堂安平长公主殿下，与殿下相谈甚欢，不知道殿下最近可好？"

她知道封炎最敬重的人就是安平，想要与封炎搭上话，就必须投其所好。

楚青语仰着小脸儿，殷切地看着封炎，嘴角的笑意更深了。

谁承想，封炎恍若未闻，仍目光怔怔地看着端木绯，眉头微拧。

四周静了一瞬。

楚青语的笑容差点儿僵住，外表看着还是从容大方，指尖却已经掐进了柔嫩的掌心里。

君然笑眯眯地摇着折扇，早就见怪不怪了。

阿炎这张脸啊，长得像他娘，一贯地招蜂引蝶。

"端木家的小丫头，"君然利落地收起了折扇，对端木绯笑道，"今天还要不要继续玩木射啊？"

端木绯先是眸子一亮，然后无奈地摇了摇头，皱着一张小脸儿说："我的右胳膊有些酸痛……"

封炎的眸中掠过一道流光，薄唇微抿。

果然，他刚才就觉得蓁蓁的右臂有些不自然，是他大意了。

君然怔了怔，戏谑地说道："端木家的小丫头，本世子告诉你，你这是平日里动得太少的缘故，这个时候啊，就要以毒攻毒，再多动……"

君然话说了一半，戛然而止，俊脸上瞬间就露出一言难尽的表情。

某人真是太狠了，在他的右脚上狠狠地踩了一脚。要不是为了自己光风霁月的形象，君然早就抱着脚跳起来了。

"别听他的，"封炎一本正经地说道，"蓁……正好我那里有药酒，我让人去给你取来。"封炎说着，就做了个手势，小厮落风知情识趣，立刻领命离去。

端木绯其实想说她那里也有药酒，偏偏封炎根本就没给她说话的机会。

"蓁蓁，待会儿我给你揉揉胳膊。"端木纭温和地看着妹妹，安抚道，"多用药酒揉揉，就会好起来的。"

舞阳、涵星几个人你一言我一语地都围着端木绯说着话，把一旁的楚青语忘得一干二净。

楚青语僵立在原地，看着封炎和端木绯二人的眼神与话语间流露出来的那一丝不同寻常的意味，眼眸又渐渐变得幽暗起来，似乎又酝酿起了一场无形的风暴。

楚青语捏了捏拳，樱唇微动，还想说什么，却见前方忽然飘来一片明黄色的"祥云"。

前方十来丈外，一群人如众星捧月般簇拥着皇帝和皇后朝这边走来。跟在帝后身旁的，除了几个皇子，还有身着异族服饰的耶律辂和耶律琛等北燕使臣。

后方的几名内侍高高地举着两个明黄色的华盖，为帝后遮挡阳光，一行人看起来声势赫赫。

碧澜厅顿时骚动了起来，一众公子、姑娘，包括舞阳、端木绯，纷纷出厅相迎。

"参见皇上、皇后娘娘。"

"参见父皇、母后。"

众人皆俯身，或作揖或屈膝地给帝后行礼。

"免礼！"皇帝抬了抬手，看似随意地说道，"今日游园赏春，大家都别太拘谨了，莫要辜负这难得的迎春宴！"皇帝嘴角含笑，仿佛与平日里没什么差别。

众人自然又是一番谢恩，这才直起身来。

游园赏春？站在皇帝右侧的耶律辂似笑非笑地看了皇帝的侧脸一眼，嘴角暗暗地勾出一个讥诮的弧度。

"耶律二王子，"这时，皇帝转头看向了耶律辂，笑着问道，"你来大盛也有几个月了，可曾坐过我们中原的画舫？"

耶律辂不动声色地收回了视线，对着皇帝微微一笑，用标准的大盛话说道："大盛皇帝陛下，还不曾。今日本王可要借陛下的光，领略一番画舫春光了。"

皇帝发出一阵爽朗的笑声，率先跨出步子，朝向阳湖的方向走去。

向阳湖畔已经停了一艘两层高的巨大画舫，足有二三十丈长。画舫上张灯结彩，雕梁画栋，飞檐朱窗，描金绘彩，仿佛一栋华丽的殿宇漂浮在湖面上，波光潋滟之间，更给它添了几分朦胧与华美的气息。

看着前方富丽堂皇的画舫，公子、姑娘们皆眉飞色舞，交头接耳地说着话，人群中的端木绯也看着同一个方向，一张小脸儿容光焕发，神采飞扬。

她还不曾坐过画舫呢！

此刻，倒春寒的微风虽冷，可是端木绯似乎已经感觉不到了，她的眼里只有那雕梁画栋的画舫，眸子如宝石般闪着璀璨的光芒。

封炎只是这么看着她，嘴角就抑制不住地翘了起来。

帝后和耶律辂走在最前方。皇帝一边走，一边随意地与耶律辂闲聊着："耶律二王子，你在大盛这段日子可还习惯？"

"多谢陛下关心，我们北燕人一向随遇而安。"耶律辂淡淡一笑。

皇帝干咳了一声，又道："之前你刚到大盛，朕怕你水土不服，如今你休息了一段时间，朕也放心了，这两国和亲之事也早该议一议了。朕知道你和长庆皇姐两情相悦，若是两国能因此永结同好，那也是一桩美谈啊！"

耶律辂听到此话，却骤然停下了脚步，真诚地说道："大盛皇帝陛下，您误会了，本王与长庆长公主之间，只是一场你情我愿的露水姻缘而已，早就已经结束了。"

皇帝闻言，头不由得抽痛了起来，笑意微僵。

对于和亲之事，他本来以为挺容易的。

按大盛惯例，和亲一事由皇帝选一个合适的宗室女册封为公主或者郡主嫁出去就是，没想到耶律辂一来就先与长庆纠缠不清，后又觊觎起安平，把那些风流艳事弄得尽人皆知，最后发展成这样上不下的尴尬局面……

偏偏，现在南怀占了滇州，军情十万火急。无论如何，身为皇帝的他必须赶紧定下大盛和北燕的和亲之事。

皇帝目光闪烁，含糊地安抚了一句："此事还须从长计议。"

话语间，他们已经来到了岸边，一块长长的木板从岸边一直延伸到画舫上。

众人踩着木板上了画舫。

画舫一层的船舱如同一间宽敞的厅堂，两边的窗户嵌着一块块透明的琉璃，里面一片通透明亮，布置得华贵雅致，桌椅案几也摆放得错落有致。

皇帝率先撩袍在主位的御座上坐下，皇后自然坐在皇帝身旁的凤座上，其他人也在宫人的指引下，按照身份高低落座。

端木绯和端木纭两个无品无级的小姑娘借了舞阳和涵星的光，位子还算靠前。同时，又有宫人手脚利索地给宾客们上了茶水、点心、瓜果。

茶水与点心的香味渐渐弥漫在船舱里，约莫一炷香的工夫后，画舫就破开湖面，缓缓朝东前进，在湖面上荡起一大片涟漪……

那些公子、闺秀皆兴致勃勃地看着窗外，若非帝后在场，这些少年少女恐怕早就纷纷跑出船舱，去甲板上尽情欣赏这一湖美景了。

在四周一张张雀跃欢欣的脸庞的映衬下，耶律辂却出奇地安静，慢悠悠地饮着白水。

今早，皇帝特意急召他来此游园，耶律辂已经感觉到了不对劲，刚才才知，原来皇帝是想重提"和亲"啊。

耶律辂褐色的眼眸中闪过一道锐芒。

从去年秋猎归来后，耶律辂的心中其实积累了相当多的不满情绪。

大盛皇帝非要把长庆塞给自己，自己拒绝后，这和亲也就没下文了。两个月来，大盛皇帝就把自己一行人"随意"地晾着。

如今看来，必是大盛出了什么事，所以大盛皇帝才急了，才要加快和谈。

既然如此，他倒要看看大盛皇帝对他们北燕的"诚意"有多足，如此才能知道，在两国和谈上他还能多加些什么样的条件……

"大盛皇帝陛下！"耶律辂放下手里的青瓷茶杯，又看向了皇帝，像是闲话家常，然而，那声音又响亮到足够整个船舱的人都听到，"素闻大盛女子琴棋书画无一不精，今日难得大家在迎春宴上齐聚一堂，不知道本王可有幸见识一番？"

耶律辂的意思是，要在场的大盛闺秀当场为其抚琴。

皇帝捧着茶盅送到嘴边，半垂的眼帘下目光微闪，似有沉思之色，也不知道是在考虑还是在迟疑。

在场的姑娘们不由得面面相觑，小脸儿上再不见笑意。

要是皇帝应下了耶律辂的请求，那么，她们哪怕技惊四座也不能成为一则佳话，反而会引人非议。

舞阳更是整张小脸儿都黑了，面沉如水。

当初在西苑猎宫里，耶律辂就曾对她开口，要求她一展琴艺，却被她直接拒绝了。如果说那时候耶律辂是初来乍到，不懂大盛中原的规矩，那现在他故技重施，分明就是明知故犯，蓄意挑衅！

舞阳眉头一皱，正要启唇，却感觉右袖口一紧，低头望去，就见一只白皙的小手轻轻地拉了拉她的袖口。

端木绯笑眯眯地拊掌道："耶律二王子，我大盛乐伎的琴艺的确出色，不仅琴声，歌声也是一绝。昨日，我们刚听过一曲《阳关三叠》，真是绕梁三日啊。"

她三言两语就把弹琴之人从闺秀换成了乐伎。

舞阳一下子就心领神会，含笑道："父皇、母后，不如去唤几个乐伎过来，也好让耶律二王子见识一下我们大盛的琴曲。"

皇帝缓缓地放下了茶盅，看着舞阳，眼神明亮，勾唇笑了，显然对女儿的表现很是满意——这才是他们大盛公主该有的风范！

皇后顺势说道："皇上，正好这船舱里太静了，找几个乐伎热闹一下也好。"

皇后吩咐下去，在一旁侍候的内侍就匆匆地退下去唤乐伎了。

这一船的闺秀们则暗暗地松了一口气。

不愧是他的蓁蓁！封炎直直地看着端木绯，漂亮的凤眼中只有满满的骄傲之色，那副"没出息"的样子看得君然暗暗叹气：阿炎啊阿炎，你栽到这坑里，怕是一辈子也爬不出来喽！

不仅封炎在看端木绯，耶律辂也同样在打量着端木绯，他那深沉的目光中带着一分审视、两分不悦、三分刺探之意。

耶律辂与端木绯相距不过两三丈远，端木绯当然察觉到了他的目光。她弯了弯嘴角，大大方方地任由他打量，该吃就吃，该喝就喝。

不远处的人群中，还有一道愤懑而不甘的目光反复地在封炎和端木绯之间扫动着，一遍又一遍，不厌其烦……

楚青语手里的帕子早就被她揉烂了，掌心更是留下一个个月牙形的指甲印。

她一直在看着封炎，封炎看了端木绯有多久，她就看了封炎有多久……

封炎对端木绯的在意，似乎比她原以为的还要重一分，不，是三分！

楚青语又掐了掐掌心，用疼痛使自己冷静下来。

她算是看出来了，这个端木绯看似模样、性格、出身都与楚青辞迥然不同，却有一个共同点——都要强，爱出风头。

别的事，她可以少安毋躁地慢慢来，但是，她绝不能眼睁睁地看着端木绯在封炎的心里刻下烙痕！不然，她岂不是白白重活这一遭？！

楚青语深吸一口气，垂下了眼睑，眸子里深沉如渊，仿佛十八层地狱。

没一会儿，内侍带着两个着青蓝色襦裙的乐伎进了船舱，一个抱着琴，另一个抱着琵琶，皆薄施粉黛，明艳动人。

悠扬的琴声与琵琶声很快响起，怀抱琵琶的乐伎一边弹奏琵琶，一边唱起了柔美清越的曲子。

歌声从船舱里飘扬出去，随着寒凉的春风飘荡在湖面上，那荡漾的波纹似乎也在为优美的歌声伴奏……

随着乐声与歌声渐入佳境，船舱里的气氛也随之变得轻快起来，不少公子开始闭目聆听，还不时用手中的折扇敲打着掌心。

端木绯一边饮茶，一边聆听歌声，只见一只黄澄澄的橘子突然骨碌碌地滚到了她的鞋边。

她下意识地俯身捡起了橘子，朝那橘子滚来的方向望去，就见斜对面的李廷攸意味深长地对着她眨了两下眼，然后负手转身往船舱外走去，放在身后的手还对着她勾了勾食指，显然是在叫她出去说话。

端木绯不动声色地掏出一方帕子，把橘子仔细地擦了擦，方站起身来，也出了船舱。

比起温暖如仲春的船舱，外面的甲板上要冷多了，"呼呼"的寒风迎面吹来，冷得端木绯下意识地打了个哆嗦，没出息地裹紧了斗篷。

李廷攸没心思取笑她，眉头皱成了"川"字，心事重重。

"绯表妹，"李廷攸压低声音道，"今早皇上宣了我，试探了很多……"

又是一阵风猛地吹来，李廷攸鬓角的头发肆意飞舞着，让他平日里俊雅的脸庞上多了一分桀骜不驯之色。

端木绯一边剥着橘子，一边问道："攸表哥，皇上问了什么？"

李廷攸握了握拳，看向前方那似近还远的向山，神色复杂地缓缓道：

"皇上先问我可想回闽州；又问我，要是他把李家调离闽州，我觉得如何；还说祖父这些年在闽州剿匪有功，他打算调任祖父去两广，升为两广总督。"

听到最后一句话，端木绯原本还在剥橘子的手瞬间停住了，她半垂眼帘，盯着手中才剥了一半的橘子，静立不动，目光却快速闪动着，思绪飞转……

总兵虽然执掌一州兵力，但两广总督可是封疆大吏！

乍一听，皇帝要调李徽为两广总督是荣升，是皇帝给李家的恩宠，然而细思之后就会明白，皇帝这是忌惮李家在闽州扎根多年，战功赫赫，在闽州军民心中积威甚重。皇帝把李徽调离闽州，就可以分裂李家在闽州的势力。

这是皇帝决心瓦解李家的第一步！

"不能再等了！"端木绯当机立断地说道，小脸儿上有着罕见的凝重之色，一双大眼睛浓黑如墨，透着一种令人信服的力量。

是的，她不能再等了！她等得已经够久了……

"攸表哥，接下来……"

端木绯定了定神，正打算跟李廷攸说接下来该做什么，李廷攸却抬手做了个噤声的手势，转头朝船舱的方向看去。

一角宝蓝色的衣袂从船舱里飘了出来，跟着，少年那颀长的熟悉身影就进入了端木绯和李廷攸的视野中。

少年闲庭信步，悠然自得，似乎只是出来透透气而已。

"阿炎。"李廷攸脱口而出地唤道，双目一眨不眨看着几步外的封炎，眉头微蹙，身体仍紧绷着。

虽然平日里他和封炎、君然处得不错，但那是因为双方没有利害关系。这件事涉及李家满门，他绝不敢有一丝轻怠。

刚才他和端木绯在商谈的事，封炎到底有没有听见？！

端木绯看着封炎，如遭雷击，小手一滑，那个剥了一半的橘子就径直掉了下去……

封炎机敏地往前一个跨步，在橘子距离地面还有一尺的位置时，轻松地接住了橘子，勾唇笑了。

太好了，他终于可以给蓁蓁剥橘子了！

封炎对着端木绯微微一笑，修长的手指慢悠悠地剥起橘子来。

端木绯实在不知道自己能对他说什么，只能放空脑袋，傻乎乎地弯着嘴笑："封公子，你也出来透气吗？"

封炎终于剥好了橘子，又利索地清了清橘络，满意地笑了。

他随手把橘子掰成了两半，接着，就把其中一半往端木绯那边送去，笑得更温柔了。

"需要我帮忙吗？"他学着端木绯常有的样子，歪着脑袋问道。这种看着有些孩子气的表情与动作由他做出来，竟然一点儿也不违和，还透着一股灵动的狡黠与活泼之意。

果然，封炎听见了！

李廷攸瞳孔猛缩，放在身侧的拳头随之握紧，浑身紧绷，仿佛拉满的弓弦。

他不由得朝端木绯看了一眼，那眼神仿佛在说：你觉得封炎的这句话，可是想试探什么？

然而，端木绯的大脑已经彻底空了，眼睛里只剩下封炎递来的那半个橘子，小脸儿上的表情傻乎乎的……

见端木绯瞪大了眼睛一动不动，封炎干脆把那半个橘子塞进了她的小手中，嘴角翘得更高了。

金灿灿的阳光下，少年如风，笑靥如花。

接着，封炎又随手从剩下的半个橘子上掰下一瓣，塞入薄唇间，笑眯眯地对着端木绯说道："端木四姑娘，若是为了李总兵之事，我可以帮忙！"

他目光灼灼地看着端木绯，眉眼斜飞，凤眸熠熠生辉，比四周波光粼粼的向阳湖还要潋滟。

蓁蓁，相信我，我可是很能干的！封炎对着端木绯殷切地眨了眨右眼，试图用眼神传达这个信息。

只可惜——这些看在端木绯的眼里，却仿佛是黑白无常对着自己伸出了锁魂链，铁链子清亮的碰撞声清晰地回荡在她的耳边，久久不息……

本来，她当初无意中听到了封炎的秘密，小命就已经在他的手里了。

现在，她又被他当场抓到了把柄……

端木绯的肩膀忍不住垮了下来，整个人像一只萎靡得垂下耳朵的小奶猫，蔫蔫的。

自己这辈子，怕是真的要和封炎坐同一艘船了……

一阵风又猛地拂来，吹得船身微微荡漾了一下，似乎在提醒着端木绯：他们此时此地，本来就同在一艘大船上！

甲板上，只余下"呼呼"的风声萦绕在四周。

端木绯和李廷攸还是不说话，不知道封炎到底知道了多少事……

封炎慢悠悠地又吃了一瓣橘子，似乎看出他们的顾忌，耸了耸肩，又道："不就是李家有人勾结肃王盗卖军粮吗？"

他的语调很是随意，好像这只是一件鸡毛蒜皮的小事，与李廷攸、端木绯如临大敌的样子形成了鲜明的对比。

封炎的这句话让端木绯和李廷攸的脸色变得更加微妙复杂了，尤其是李廷攸，他几乎不敢相信自己的耳朵。

他一开始只是担心封炎听到了什么不该听的内容，但是很显然，从封炎的这句话可知，封炎知道的远比他以为的要多得多！

"端木四姑娘，我来帮你吧。"封炎一本正经地再次自荐，就像是一只猎犬在热情地对着主人甩尾巴。

事情都到了这个地步，自己难道还有选择的余地吗？端木绯有些欲哭无泪地想着。以这位封公子说一不二的性格，难道他能接受自己的拒绝吗？！

是啊，自己也没什么好纠结的了……自己本来也没有别的选择了！端木绯破罐子破摔地想着。

这才短短不到半盏茶的工夫，她就觉得自己的小心脏像狂风暴雨的海面上的一叶孤舟，上上下下地起伏了许多回……

不过，下定决心把封炎也列入她的计划中后，她的眼神、心绪就急速地冷静、沉淀下来。

其实，对她而言，封炎的加入是一件好事！

她原本制订的计划有点儿复杂，因为她手上实在没有什么可用的人，而李家在京城的根基又太弱了，也没有人手。

一旦有封炎这个助力在，她就可以改用一种更简单且更有效的办法……

端木绯想着，黑白分明的眸子越来越明亮，有几分跃跃欲试之意。她用空闲的左手对着封炎招了招手，示意他附耳过来。

封炎立刻屁颠屁颠地又上前了两步，俯身附耳，随着她娇嫩清脆的声音，一股温热的气息吹拂上他的耳际……

封炎的耳朵以肉眼可见的速度红了起来……

一旁的李廷攸根本就没有说话的机会，事情就已经在端木绯和封炎三言两语间一锤定音了。

李廷攸比端木绯要想得开。既然事情发展到这个地步，他就坦然且欣然地接受了封炎的好意，于是对着封炎微微拱了拱手。

接着，三个人倚在画舫的栏杆上，商议起细节来。

他们把声音压得低低的，湖面上不时有微风拂过，一下子就把三个人的声音吹散了……

画舫慢慢悠悠地沿着湖畔继续行驶着，陆陆续续地有不少人也从船舱里出来透气，所以大多数人没太在意端木绯、封炎和李廷攸，只以为他们在赏景、聊天。

又过了片刻，连帝后和几个北燕使臣也出来了，他们的身后跟着浩浩荡荡的人群，甲板上一下子变得热闹拥挤起来。

端木绯三个人混在众人中，就如同湖水中的三尾小虾米，越发不起眼了。

大概也唯有某些有心人在注意着三个人，比如刚才随众人一起出来的楚青语。

一来到甲板上，楚青语就注意到了倚着栏杆相谈甚欢的端木绯、封炎和李廷攸三个人。

她幽黑的眼睛瞬间变得深沉，目光沉沉地瞪着端木绯。

这个端木绯应该是命中注定落水早夭的，若她现在就落了水，那该有多好……

如此想着，楚青语下意识地往端木绯的方向走了两步，却见另一道颀长的身影抢在她前面，走到了端木绯跟前。

"小丫头，我看你有些眼熟，"耶律辂笑吟吟地对端木绯说道，"本王记得你，你与本王下过棋，是不是？"

楚青语赶忙收住了脚步，深吸一口气，若无其事地稍稍偏离了方向，走到了画舫东北边的栏杆旁，看似在欣赏着四周的湖光山色，其实余光在暗暗地留意着端木绯和耶律辂那边的动静。

"耶律二王子的记性真好！"端木绯对着耶律辂福了福身，一本正经地应道。

端木绯的这句话，乍一听只是寻常的寒暄罢了，但是在场不少人的眼神都有些微妙。他们都知道，耶律辂曾经输给端木绯一局快棋，他就算不记得其他人，也不可能忘记端木绯。

耶律辂微笑着，又道："端木四姑娘，本王听说你在西苑猎宫里曾经摆了一局残局，难倒了猎宫里的一个大盛高手，不知本王可否见识一下此残局？"

虽然都是"见识"，但"见识"大盛闺秀的琴艺与"见识"棋艺是完全不同的两件事，前者透着高高在上的轻蔑之意，后者却是一种讨教与切磋。

棋，是君子之艺。

其他人闻言，也都被挑起了兴致。

那些姑娘、公子在一旁窃窃私语，知情者兴味盎然地与不知者说起了关于猎宫里那局残局的二三事。一时间，四周的气氛仿佛冬去春来般活络了起来。

画舫的船舱里就有现成的棋盘和棋盒，宫人们立刻把棋盘连着一个雕花方几以及几把交椅一起搬到了端木绯身前，倚栏而置。

端木绯喜欢下棋，也不在意摆摆棋谱、静静心。

她优雅地在一把红木交椅上坐下，跟着，随手从棋盒里拈起一枚黑子，"啪"的一声落在棋盘一角，然后是白子。黑白子依次落下，不紧不慢，她整个人带着一种闲云野鹤般的潇洒气息。

小姑娘始终嘴角弯弯，仿佛在做一件特别有趣的事，在规律的落子声中，那种由心而发的喜悦自然而然地散发了出来，让看者的心也跟着静了下来。

一片宁静闲适的气氛中，时间弹指而逝。

端木绯落下最后一枚白子后，就抿嘴看向了耶律辂，伸手做了个"请"的手势，意思是：请你随意"见识"吧。

耶律辂这才阔步走到了棋盘前，高高在上地俯视着这个棋局，只漫不经心地扫了一眼就笑了。

"这么一个儿戏的棋局，就把你们大盛人难住了？"耶律辂嘴角的笑意更浓了，其中带着毫不掩饰的轻蔑之意，"今日，本王就破了此局！"

说完，耶律辂就撩袍在端木绯的对面坐下了，胸有成竹地拈起一枚黑子，"啪"的一声落下，颇有雷厉风行之势。

端木绯的这局棋，早在去年秋猎时耶律辂就已经在西苑猎宫里见识过了，起初也把他难住了，所以他之前从不曾主动对外提起这局棋。

在仔细思索了一个多月后，他才找到了破局之法，终于可以借着今天这个机会一雪前耻。

四周鸦雀无声，空气微僵，连皇帝的脸色都不太好看。耶律辂分明就是一再地挑衅大盛，挑衅自己！

可偏偏众人皆无言以对。

耶律辂是输给端木绯一局快棋，但也连续赢了三个棋力高明的年轻公子。耶律辂确实是在大放厥词，却并非不知天高地厚。

接下来，就看他是不是真的能破解这局棋了！

众人皆期待地看向了端木绯，只希望这位端木四姑娘能好好教训一下这个狂妄无礼的北燕二王子，但是瞧耶律辂扬扬得意的样子，这期待中又难免多了一丝担忧……

大概也唯有封炎信心满满地看着自家蓁蓁，心道：蓁蓁棋力非凡，这耶律辂不过是再次自取其辱罢了！

端木绯似乎完全没有感受到众人灼热的目光，嘴角弯弯，笑得如猫般可爱。她没说什么，直接就拈起一枚白子，随意地落下了。

接着，又是耶律辂落下黑子，再是端木绯的白子……

众人便见那黑子一子子地发起进攻，白子一子子地对应防守，一攻一守间，形势变化多端。

比起上次与端木绯下的那局快棋，这一次，耶律辂落子显然慎重了许多，每一子都下得不紧不慢，气定神闲，似乎一切皆在他的掌握中。

四周静了下来，连船舱里的乐声都停下了，众人听着二人的落子声，目光都集中在这里对局的二人身上。

落子声与画舫的划水声交织在一起，显得很是宁静祥和。

然而，耶律辂的神情渐渐变了，从自信满满到笑意渐收，再到面如土色……

短短不到一炷香的工夫，他的脸色红了又青，青了又白，白了又灰，色彩剧烈变化，好不精彩。

耶律辂落子的速度越来越慢，他难以置信地瞪着眼前的棋局，那震惊的眼神仿佛在说：这怎么可能？！

哪怕是不太懂棋的人，也能从端木绯接连吃下黑子的行为中看出她占了上风。

耶律辂猛地自交椅上站了起来，近乎失态地说道："这样的棋局，根本就没人能破！"

本来他对破局很有自信，却没想到真的与端木绯对局起来，就发现这棋局别有玄机。每一次他自觉能把端木绯逼入绝境时，端木绯却又能从别处再顺势开出一条生路，生生不息……

"这是一局死棋！"耶律辂肯定地说道。

所谓死棋，就是注定救不活的棋局，这黑子已经没有活路了，必败无疑！

观棋之人议论纷纷，一方面，觉得耶律辂无耻得紧，明明对局前还口口声声地说这局棋是儿戏，眼看着棋局破不了，又改口说这是一局死棋；另一方面，也难免怀疑事实是不是真的如耶律辂所说的那样。

"耶律二王子，"端木绯轻描淡写地说道，精致的小脸儿上露出了无辜的笑容，"此局，无宸公子早已破了。"

"这怎么可能？！"耶律辂脱口而出，眉头微蹙，脸色有些难看。连自己都破不了的棋局，大盛竟然还有人能破？！

无宸公子破了这局棋！大盛人都没想到会在端木绯的嘴里听到这个名字，不由得露出震惊之色，跟着，又觉得理所当然：是啊，以温无宸的棋力，他能破解这局棋也不出奇！

端木绯歪着可爱的小脸儿，不紧不慢地说道："耶律二王子，你自己棋艺不行，可咱们大盛棋力非凡之人不胜枚举，不要以己度人。"

闻言，皇帝的嘴角翘了起来，他满意地摸着人中处的短须。两国正在和谈，有些话，皇帝不便说，万一被耶律辂抓住话柄上升到国事，怕是不美。

端木绯这么个小姑娘却可以只说"棋"，不说国事。

舞阳笑眯眯地接话道："耶律二王子，你不是我们大盛人，想必不知无宸公子之名。无宸公子聪明绝顶，君子六艺，独冠天下。"

"我这点儿微末伎俩，在无宸公子跟前，实在是班门弄斧。"端木绯频频点头，十分谦虚地说道。

然而，这些话听在耶律辂的耳朵里，充满了讽刺。

耶律辂的面色更难看了，身体僵直。耶律琛走了过来，娇声对端木绯说道："你说这棋局被破了就破了吗？空口无凭！"

她这么一说，就收到了四周一道道不赞同的目光，目光仿佛在说：无宸公子就是凭证，你们北燕人真是孤陋寡闻，那可是无宸公子啊！

他才华横溢，智计无双，棋力更是超凡！

端木绯幽幽地叹了一口气，用一种"那我就好心告诉你"的表情说道："耶律二王子，我这局要破局是不易，却也并非一局死棋。生生死死，虚虚实实……黑棋的生机就在此虚实之间。"

端木绯漫不经心地伸指，往棋局的一角点了一下。

经端木绯稍微一点拨，耶律辂的面色又是一变，他盯着棋局上的那个位置，若有所思，嘴里喃喃道："虚虚实实，似是而非，变化莫测……无为有处有还无。"

耶律辂的嘴里念念有词，眼神涣散，神情恍惚，那样子竟像着了魔一般。

君然慢慢地摇着折扇，心里忍不住笑了：哎哟喂，端木家的四姑娘果然不简单，三言两语就弄疯了一个……

仿佛在验证他心里的想法般，耶律辂的身子突然摇晃了一下，然后他失去平衡，一头栽向了一旁的向阳湖……

"扑通！"

一个七尺男儿坠入湖中，如同一石激起千层浪，一下子就溅起大片的水花，水花飞溅到甲板上，湿了大片。

大部分人傻眼了，这耶律二王子不过是输了一局棋，竟然受不了刺激，想不开投湖了？！

四周一时哗然，众人面面相觑，乱成一团。

耶律琛激动地抓住栏杆，朝下方的湖面望去，用北燕语尖声叫道："二王兄！二王兄……"

此刻的向阳湖再不复之前的平静祥和，耶律辂狼狈地在清澈的湖水里不断地扑腾着、挣扎着，也是以北燕语喊道："救命！救……"

他一张嘴，一大片冰冷的湖水就从他的鼻子、嘴巴灌了进去，导致他难受地呛起水来。

北燕地处内陆，不靠海，境内多草原，北燕人擅骑射，却大多没学过泅水。

耶律辂窘迫艰难地在水里扑腾着，沉沉浮浮，连露在水面上的头颅都湿透了，样子狼狈不堪……

众人皆看着水中的耶律辂，端木绯也不例外，她长翘的眼睫微微地扇动着，眸子亮晶晶的，灿若繁星。

耶律辂自去岁抵达大盛后，对大盛以及大盛人的轻慢让端木绯心头的不满越来越强烈。尽管如今两国之间要避免再燃战火，但是能让耶律辂稍微吃点儿苦头，那也是一件大快人心的事！

端木绯想着，转头给了封炎一个崇拜的眼神。

刚才，她与耶律辂站得近，耶律辂正对着棋局恍神时，她的余光分明瞥到一枚棋子打在了他的胭窝上，这才让他失去了平衡，一个踉跄跌下了画舫……

端木绯循着棋子飞来的方向望去，就看到封炎对着她意味深长地眨了眨眼。很显然，是他暗中出手教训了耶律辂。

封炎这次干得真是漂亮极了！端木绯的小脸儿上的笑容更深了，嘴角弯弯。

见状，封炎心里受用极了，乐得差点儿跳起来，回以璀璨的笑容。

至于那些北燕使臣，他们心里很焦急，可惜都不会泅水，其中一个黑脸膛的高壮大汉急忙对着皇帝抱拳道："大盛皇帝陛下，劳烦陛下赶紧派人下水搭救鄙国二王子！"

皇帝在惊讶后回过神来，赶忙吩咐道："来人！还不下水救人？！"

皇帝一声令下，立刻就有两个锦衣卫从画舫上同时跳下了湖。

皇帝眉宇紧锁，目露凝重之色。

刚才耶律辂虽然自己失足落水，可是，若真的死在大盛领土上，无论原因为何，此事都会被北燕人视为大盛对北燕的挑衅，那么这次的和谈恐怕就……

皇帝想着，面沉如水地朝湖面望去。

湖里的耶律辂挣扎得越来越无力，面色惨白，身子就像被蛛网缠住的昆虫一般，一点点地沉了下去。

正月的湖水冰冷刺骨，将他的全身包裹了起来，冻得他嘴唇发紫，右腿上传来一阵尖锐的刺痛。

糟糕！他知道自己这是抽筋了！

耶律辂挣扎得越发用力了，随手抓向一个朝他游来的锦衣卫，死死地拽住了对方的胳膊。

那锦衣卫面色一变，营救溺水者的人最怕的就是对方为了求生失去理智，最后反而会连累自己跟着溺水。

这时，另一个锦衣卫低声道了一句："得罪了……"

话音未落，他的右掌化为手刃，猛地劈在了耶律辂的后颈上。耶律辂两眼一翻，失去了意识……

接下来的救援就容易多了。

两个锦衣卫彼此帮衬着，把浑身湿透、昏迷不醒的耶律辂送到了画舫的甲板上，很快，就有内侍帮着把耶律辂的身子翻过来，用膝盖挤压他的腹部……

"喀喀……"

耶律辂很快就狼狈地咳起水来，喉头有艰涩的灼烧感，仿佛连内脏都要被咳出来了，浑身轻颤不已，就像风雨中的落叶般，哪里还有一分之前意气风发的样子？

"二王兄！你还好吧？"耶律琛跪在甲板上，紧张地看着耶律辂，花容失色。

脸上惨白得没有一丝血色的耶律辂对着耶律琛露出虚弱的笑容，气息微弱，脑子里一片混沌，根本就无法思考。他甚至记不清自己是怎么落水的，只觉得右小腿还在抽着筋，这让他不自觉地微微蜷缩着身子……

耶律琛赶忙给耶律辂披上了厚厚的斗篷，跟着，一众北燕使臣就把耶律辂送入了船舱，接着又有宫人急忙给耶律辂准备替换的新衣和姜汤。

画舫上忙忙碌碌，再也回不到之前的悠闲景象。

尽管众人还有几分意犹未尽，但画舫游湖还是因为耶律辂的意外落水而匆匆结束了……

那些公子、姑娘一上岸，就迫不及待地找家人、友人分享起发生在画舫上的一件件事，一个个说得绘声绘色，流言渐渐地传开了。

有人说，北燕二王子因为两次输给一个十岁的小姑娘，怒极攻心，羞愤欲绝，所以才会一时冲动跳湖自尽。

有人说，那耶律辂分明是因为耗尽心神也解不开那局残局，深陷局中，以致走火入魔，心神不稳，才会吐血投湖。

也有人感慨地说，无宸公子不愧是谪仙下凡，聪明绝顶，这局残局可以说难倒了一城之人，却被他毫不费力地破解了……

# 第三十章　风　云

关于端木绯、耶律辂和温无宸的种种传言没一会儿就在千雅园中传得沸沸扬扬，可是到了次日，就被另一个石破天惊的消息盖过了——

皇帝把九华县主赐婚给了皇次子慕祐昌为正妃。

谁也没想到，大皇子的亲事还没着落，皇帝就先定下了二皇子的亲事，对象还是九华县主。

九华当下就被气得砸了手里的茶盏，愤愤地冲去找母亲长庆理论了一番。

母女俩大吵了一架后彻底闹开了，九华的一张俏脸涨得通红，她抬手指着长庆的鼻子，怒道："娘，为什么你就可以一天换一个面首，我连真心喜欢一个人都不行？！"

九华十分激动，心里既委屈又愤怒，更有不甘，各种情绪交织在一起，让她情绪失控，浑身颤抖不已，声音中透着几分声嘶力竭的感觉。

长庆难以置信地瞪大了眼睛，娇躯微颤，感觉脸颊生疼，就像被自己的女儿狠狠地在脸上抽了一巴掌似的。

"九华，你在说什么？！"长庆再次重重地拍案，恼羞成怒道，"你以前哪里会如此忤逆本宫？是不是那个男人教唆你与本宫离心？！"

"他才不会！娘，你这是以小人之心度君子之腹！"九华气愤地跺了跺脚。

她的罗哥哥君子如玉、光风霁月，又怎么可能会与她说母亲的不是？相反，罗哥哥还好生劝她，说她娘都是为了她好……

九华退了一步，目露失望地看着长庆。罗哥哥错了，娘为的根本就不是她这个女儿，而是为了娘自己的私心！

说到底，娘不过是希望她能嫁给太子罢了……

九华心凉如水，再也不想面对长庆。她咬了咬下唇，只决然地抛下一句话：

"娘，反正我是绝不会嫁给二皇子的！"

话音未落，九华就提着裙裾飞似的跑了。

"九华……九华！"长庆一边高喊着，一边无奈地站起身来。她这个女儿，真是太不懂事了。

长庆几乎咬碎一口银牙，却也只能追着女儿去了。

长庆追着九华跑出了沉香阁，又穿过两道曲折的游廊，再穿过一道月洞门，就失去了九华的踪迹。

长庆停下脚步，在原地静立了许久，跟在后方的宫女急忙给她披上了一件镶了圈貂毛的紫色斗篷，小心翼翼地说道："殿下，外面风寒，小心着凉了。"

长庆拢了拢厚厚的斗篷，深吸一口气，定了定神。

只要女儿成了亲，自然就能明白自己的苦心了！

长庆沉思了一下就掉转方向，直冲向千雅园中央的瑞圣阁。

内侍在她还没进门的时候，就机灵地急忙先跑去找皇帝通传，时间把握得刚刚好，一刻没耽误地引着长庆进了暖阁见皇帝。

这两日皇帝的心情一直不好，他淡淡地瞥了长庆一眼，径自饮着茶。

不用他问，长庆就开口说道："皇弟，依本宫之见，九华和祐昌这两个孩子的年纪也差不多了，不如你下旨让他们尽早成婚吧！说来，咱们慕家也许久没办喜事了，正好热闹热闹……"

皇帝听着长庆连珠炮一般的声音，心里觉得更烦了。他眉宇紧锁，抬手揉了揉太阳穴。

他只想打发了长庆，于是干脆地应道："好，等朕回京后，就下旨让内廷司尽快为他们操办婚事……"

长庆见皇帝应得爽快，原本烦躁的心绪稍微平静了一些，干脆又趁机道："皇上，本宫看过皇历，这上半年就有不少好日子……"

皇帝微微皱眉，皇子娶正妃，又不是平民百姓娶媳妇，磕头拜堂就可以成就好事，怎可如此粗率？

皇帝没心思与长庆多说这个话题，就敷衍道："婚事不急在这两天，等回京后再议不迟。"

长庆不满地抿了抿嘴，正欲再劝，就见门帘一翻，一道着大红麒麟袍的顾长身影挑帘走了进来。青年眉如墨，唇若丹，那张完美的脸庞美得雌雄莫辨，倾倒众生，顾盼之间，似能摄人心魄。

来人正是岑隐。

一看到岑隐，长庆顿时就噤声了，一下子把九华和二皇子的事忘得一干二净。

长庆仿佛瞬间换了一张脸似的，眼中波光潋滟，含笑带媚，染着娇艳的春色。她痴痴地望着岑隐，心里赞叹：岑隐真乃人间绝色也！

她那指甲染着鲜红凤仙花汁的双手不自觉地揉起了手里的那方真丝绢帕。

岑隐目不斜视地走到皇帝跟前，作揖道："皇上，臣有要事禀。"

皇帝一听这话，神色就变得凝重了起来，额头又开始一阵阵抽痛。

皇帝抬眼对长庆道："皇姐，你先回去吧……朕还有政事要处理！"

长庆欲言又止地看了岑隐一眼，最终还是一步三回头地走了。

待外间的脚步声渐渐远去，岑隐才再次作揖禀道："皇上，京卫大营那边有异动。"

京卫大营虽不属于禁军三大营，却是由先帝从三大营中抽调出的最精锐的士兵组建而成的，其后，更是每隔五年都会由三大营补充精锐。京卫大营共有十二营，每营一千四百人，驻扎于京城郊外，卫戍京城。

京卫大营的人数虽远比不上三大营，士兵却个个骁勇善战，有以一敌十之能，无疑是皇帝重要的臂膀之一。

自今上即位后，就把京卫大营交托给了亲信，至今已经整整十四年了。

皇帝闻言，登时瞳孔猛缩，脸色大变，心里浮现出一个念头——孙明鹰竟然背叛了自己！

孙明鹰是现任的京卫大营提督，总管着十二营。

十四年前，孙明鹰还是京卫大营参将，曾一剑杀了当时的京卫大营提督，使当时的京卫大营大乱，难以支援伪帝。之后，孙明鹰深受今上的信任，被委以重任，擢升为京卫大营提督。

屋子里又静了下来，落针可闻。

皇帝好一会儿没说话，目光沉沉地看着手边的茶盅，脑海中不由得想起一事——年前，他吩咐岑隐去调查肃王时，岑隐曾回禀过，孙明鹰的夫人王氏的一个侄女在两年前被纳进了肃王府。

彼时，皇帝只把此事当作过耳风，并没怎么在意，京城里各府之间的这种盘根错节的关系太多了，孙家与肃王府也算不上姻亲。

直到此刻，听闻京卫大营有异动，皇帝才惊觉，莫非肃王和孙明鹰早就勾结在一起了？

皇帝心口一紧，忍不住站起身来，在屋子里来回走动着。

自己此次御驾出行，本来计划两三日就归，所以只带了三千神枢营的精锐骑兵，加上行宫原有的兵力部署，也就堪堪不到五千人。

肃王若是真的能调动起京卫大营，虽不能直接打下京城，但足以赶来千雅园，逼宫犯上！

皇帝想着，心跳猛地加快如擂鼓，颈后的汗毛竖立，身上更是出了一身冷汗，几乎浸湿了中衣。

如今自己要怎么办？！

岑隐又缓缓地道："皇上，臣以为，此刻不宜回宫……"

"阿隐，你说得对。"皇帝回过神，猛地收住了脚步。

是的！他若在这个时候回宫，万一在路上被偷袭的话，自己的随身护卫根本挡不住京卫大营，自己的处境只会更危险、更被动；而若留在千雅园里，这里背靠行宫，自己可保暂无大忧。

皇帝当机立断地吩咐道："来人！即刻传朕口谕，就说今天先不回京了，令禁军封锁千雅园，任何人等无旨都不得随意进出。"

小内侍匆匆而来，又匆匆领命退下，传皇帝的口谕去了。

皇帝又在御案后坐了下来，说道："阿隐，看来得去京卫所调兵。"

"皇上，"岑隐细长魅惑的眸子里掠过一道精光，他说道，"如今，肃王尚不知臣已盯上了京卫大营，我们若是从京卫所调兵，怕是会打草惊蛇。"

皇帝怔了怔，喃喃道："你说得是。"

京卫大营只是有所异动，还并未行事。

若孙明鹰真被肃王收买，皇帝现在去京卫所调兵，只会让肃王发现他已经提前知晓了肃王的意图，到时候，肃王若要来个鱼死网破就不好了。

这一次，自己占了先机，局势还可控，大可以从容部署，让肃王和那些逆臣再无翻身的可能！

岑隐察言观色，再度提议道："皇上，臣以为，可以从冀州卫所调兵前来护驾。"

皇帝的眸子微亮，冀州卫所离京城最近，他派人快马加鞭赶去，几天内就能调到大军前来护驾，而且不会被肃王觉察。

"好！"皇帝一边说，一边从一旁的紫檀木匣子里取出一道巴掌大的金牌令箭，扔在了御案上。

只见那金牌令箭上雕着代表皇帝的五爪金龙，上面还刻着四个字——如朕亲临。

"阿隐，你让人即刻赶往冀州……不行，这件事得你亲自跑一趟，朕才放心！"

"是，皇上。"

岑隐双手郑重地捧起了那道金牌令箭，在金灿灿的令箭的映衬下，修长如竹节的手指如玉般泛着光泽。

岑隐微微俯首，长翘的睫毛低垂着，在眼窝处投下两道扇形的阴影，乌黑的瞳孔中闪着一缕幽光，清冷如水……

"嗒嗒嗒……"

着一袭大红织金麒麟袍的岑隐一马当先地带着数十名厂卫和近百名禁军跃马扬鞭地驰出了千雅园，一路南下，浩浩荡荡地往冀州卫所的方向飞驰而去……

数百马蹄齐踏路面，扬起一大片尘土，纷纷扬扬，如同一片浓浓的灰雾弥漫在半空中。

一行人快马加鞭，马不停蹄地奔驰着，直到金乌西沉、月兔高升，他们才来到野外的一处驿站小憩。

此时，夜幕已经彻底落下，四周都是黑漆漆的一片，只有他们手中的一支支火把照亮了方圆百丈，马匹的嘶鸣声和奔驰声打破了夜的寂静……

赶了大半天的路，一行人已是人疲马乏。

众人一下马，就听一个三十来岁的东厂千户拔高嗓门提醒道："大伙儿赶紧吃点儿干粮，给马喂点儿干草和水，一炷香的时间后就继续上路！"

驿站外，随行的众人忙忙碌碌，乱成了一锅粥。

驿站内，岑隐早已被驿站的驿丞迎进大堂小憩，驿丞捧上了刚泡好的茶水，又上了些简单的吃食。

这荒野驿站里又能有什么好茶？岑隐抿了一口茶，微微蹙眉，就把手里的青瓷茶盅放下了。

东厂千户吩咐完下属后，就快步走进驿站向岑隐回禀。

马厩旁，一个国字脸的禁军把总一边喝着水囊里的清水，一边瞥着虞千户的背影。

他随手把水囊丢给了手下，跟着虞千户快步走进了驿站。

一进门，他就听到岑隐的方向飘来了虞千户带着几分义愤的声音："……肃王……不轨……皇上……"

那禁军把总顿时瞳孔微缩，若无其事地上前了两步，想听个究竟，可是虞千户已经循声朝他看了过来，瞬间就噤声，然后改口道："督主，属下这就去安排。"

虞千户对着岑隐又抱了抱拳，就飞快地退下了，与刚进门的禁军把总交错而过。

"督主，"那禁军把总径直走到岑隐跟前，笑容满面地抱拳行礼道，"这一路上真是辛苦督主了。"

岑隐随意地瞥了他一眼，细长魅惑的眸子里透着几分漫不经心的神色，淡淡地道："厉把总，都是为皇上办事，何言辛苦？"

"督主说得是！"厉把总略带谄媚地赔笑着，就差往自己脸上打一个嘴巴子以赔罪认错。

岑隐又慢慢地饮了一口茶水，绝美的脸庞上仍是那副闲适悠然的表情。他举手投足间高贵优雅，仿佛此刻并非身处于一个小小的破旧驿站之中，而是身处于富丽堂皇的宫廷殿宇中。

见岑隐没有真的动怒，厉把总暗暗地松了一口气，殷勤地给岑隐添了茶水，然后试探地又道："督主，末将刚才似乎听虞千户提到了肃王，难道是肃王在冀州那边出了什么事，因此皇上才要您亲自出马跑一趟？"

岑隐挑眉看着他，阴柔的声音似是含笑，又似是训话："厉把总，这为官之道啊……上头让你办事，你就听着，不该问的，就别问那么多……"

厉把总顿时心下一惊，面色微白，心瞬间就沉了下去。

"督主，您别误……"

厉把总正想为自己解释几句，就见岑隐勾了勾唇，抬手打断了他："好了，疑人不用，用人不疑，本座既然点了你办这趟差事，自然是信得过你的。有些事，本座就与你多说一句，你仔细盯着你下面的人，这一趟的差事……事关重大，绝不能出一点儿差错。"

厉把总瞳孔猛缩，额头上冷汗涔涔，战战兢兢地急忙抱拳道："多谢督主教诲，末将明白了！末将一定不会让督主失望的！"

他表面诚惶诚恐，内里却心急如焚：岑隐可是一人之下万人之上的秉笔太监兼东厂厂督，皇帝派这尊大佛亲自出马前往冀州，所图必然不小。

刚才，他分明听到虞千户提到了肃王，难道说皇帝偷偷从冀州卫所调军，是想对主子下手？！

不行，他必须尽快回禀主子才行！

就在这时，一个东厂番子大步流星地进来了，禀道："督主，大伙儿已经准备好了！可以继续上路了！"

岑隐又慢悠悠地啜了一口茶后才不紧不慢地站起身来，随意地掸了掸肩头根本就不存在的尘土，决然地甩袖道："我们走！"

岑隐大步流星地率先走出了驿站。刚刚静坐时，他看着优雅如世家公子，此刻，踏着稳健的步伐往前走去，举止间又隐隐散发出一种武将般的豪迈气息，英姿飒爽。

一行人马才歇了一口气，就声势赫赫地再次上路了。

一匹匹吃了干草又饮了水的高头大马皆生龙活虎，撒腿在官道上尽情肆意地奔驰着。在这夜深人静的时候，马蹄声似乎更响亮了……

夜越来越深了，漆黑如墨的夜空中，银色的明月浑圆明亮得几乎没有一丝瑕疵，静静地俯视着地面。

"嗒嗒嗒……"

周遭只剩下单调乏味的马蹄声回荡在众人的耳边，一行人皆追随着前方那道大红色的挺拔身影。

"吁——"

忽然，一阵哀凄的马儿嘶鸣声从随行的人群中传出。

下一瞬，就听"砰"的一声巨响，一匹矫健的黑马如同一座小山般轰然倒地，震得官道上的尘土飞扬起来。那匹马上的东厂番子收不住往前的冲劲，整个人弹飞了出去，重重地摔在了布满砂石的官道上，又狼狈地滚了好几圈，嘴里发出痛苦的闷哼声。

官道上仿若一滴冷水倏然间掉入热油锅般，炸开了锅！

后方的两匹马接连被那匹倒地的黑马绊倒，马背上的两个人一前一后地摔了出去，他们手中的火把也被甩飞了，零落地掉在了地上。

有的人赶忙"吁"了一声，勒住了马绳；有的人急忙拉着马绳掉转方向，避开混乱的中心……

一时间，数匹骏马惊慌的嘶鸣声、人群中不明所以的咒骂声、男子痛苦的呻吟声……各种声音凌乱地交织在一起，骚动久久未息。

原本策马骑在最前方的岑隐听到后方的动静，也停下了马，掉转马头，看着后方一片混乱的场景，微微蹙眉，目光清冷如水。

银色的月光柔和地洒在他身上，与四周红色的火光糅合，给他镀上了一层荧荧的光晕，绝艳、魅惑、阴柔、冷冽……在他身上交织成一种独特的魅力。

他，似乎天生就属于暗夜。

"督主，"虞千户策马来到岑隐身旁，面色有些僵硬地抱拳禀道，"天色太暗，末将手下的一个番子刚才在赶路时，骑的那匹马的马蹄不慎踏进路上的一个坑洞，这才摔了马，还因此连累了后面两个禁军的弟兄……"

"也怪末将骑得太快，没看路，所以才反应不及，没能避开……真是让督主见笑了。"另一个男音紧接着响起。

厉把总形容狼狈地走了过来，他的脸上、头上、衣袍上都布满了灰蒙蒙的沙土，发髻凌乱，右手的手肘以一种怪异的角度扭曲着。

他的脸色看起来一片青白，冷汗自额角涔涔地落下，显然他正忍受着莫大的痛苦。

看着厉把总狼狈不堪的样子，那虞千户不免面露尴尬之色，毕竟这是他手下的番子惹出来的麻烦。

他们几个人说话的同时，周遭的骚动总算渐渐平息了下来。

三匹摔倒的骏马被扶了起来，另外两名摔马的男子也围了过来。所幸他们只是摔了一跤，脸上、手上有几道擦伤，人无大碍。

岑隐面无表情地在马上俯视着几步外的厉把总，红艳的薄唇紧抿着，脸庞上看不出喜怒。

　　厉把总咬牙，忍着钻心的痛楚，恭敬而体贴地又道："督主，末将这副样子，就算勉强上路，也只会连累督主。皇上的差事耽误不得，还请督主先行一步！"

　　岑隐随意地拉了拉马绳，姿态悠闲，胯下的红马打了个响鼻，急躁地踏着步子，透着几分急切之意。

　　岑隐眯了眯眼，似是沉思了一下，当机立断，一挥手，下令道："我们走！"

　　话音未落，岑隐已经策马又转了过去，然后一夹马腹，胯下的红马飞驰而出，眨眼间就冲出了火光的包围。

　　在丝丝缕缕的月光映衬下，岑隐那双深沉如渊的眸子里闪着清冷、淡漠的光芒。

　　经过这次意外停留后，一行人继续策马飞驰，不眠不休……

　　他们一路奔驰了一日两夜，终于在正月十六日的凌晨抵达了冀州卫的大营外。

　　冀州卫的大营位于霍城北郊的翠香山脚下，一大片深青色的帐篷如山脉一般蔓延开去，连绵不绝，错落有致。

　　旭日将金红色的光芒肆意地洒在那一片片帐篷上，远远看去，帐篷似乎被染上了一片血色。

　　绣着"冀"字的军旗高高地飘扬在半空中，随风飞舞着，猎猎作响。

　　远远地，岗楼上放哨的士兵望见一众东厂厂卫带着近百禁军浩浩荡荡地朝这边飞驰而来，登时心惊肉跳，以最快的速度向后方传递着信号，又有人急忙去通禀上将。

　　岑隐一行人刚到大营正门外，就有十几个身穿铜甲铁盔的将士疾步朝这边走来，为首的是一个四十岁出头的短须中年男子，他笑得一双三角眼都眯了起来，仿佛见到多年老友似的。

　　"督主！"中年男子快步上前，郑重其事地抱拳行礼道，"督主大驾光临，末将有失远迎，实在是失敬失敬！"中年男子用的是下级见到上官的礼节，恭恭敬敬，客客气气。

　　岑隐只是微微颔首，算是与对方打了招呼："邓总兵，多礼了。"

　　"督主，请进帐说话。"邓总兵笑得更为热情，迎着岑隐几个人往中央大帐的方向去了。他心里其实有几分忐忑，实在拿不准平日里政务繁忙的堂堂东厂厂督怎么会抽空亲临他这小小的冀州卫？

　　莫不是他有什么地方得罪了东厂？

　　可是东厂一向跋扈，他们要是来拿人的，哪里会像此刻这般规规矩矩、井然有序地跟在岑隐身后，无一丝挑衅动手的迹象？

众人很快鱼贯地进了中央大帐，邓总兵忙道："还请督主上座。"他直接把帅案和帅座让给了岑隐，自己则坐到了下首，其他几个副将、参将也依次入座，皆看着岑隐。

众人明明什么都没说，却已经表现出了一副以岑隐为尊的做派。

岑隐慢慢地喝着还在冒白气的茶，随口赞了声"好茶"，眉目似乎稍稍舒展了些。

他不说来意，也没人敢问这个，邓总兵只笑着说些寒暄话，比如"这茶是上好的黄山毛峰，若是督主喜欢，我就让人去取些，赠予督主"云云。

过了好一会儿，岑隐才放下了茶盅，缓缓地道："本座此行，乃奉皇命来找邓总兵借兵的……"

闻言，帐子里登时静了下来，气氛有些古怪，几个将士飞快地互看了一眼。

在大盛，总兵挂帅印，执掌一州兵权，却没有权力让他的兵随意走出他的辖区，当然，更不可以暗中借兵给其他州。关于兵权的调派，须全听命于皇帝。

在大盛百余年的历史上，往往是由皇帝或者太子兼任天下兵马大元帅，今上也不例外。

岑隐说奉皇命借兵，可是空口无凭啊，圣旨呢？！

没有圣旨，那他可就是谋反啊！

邓总兵面露为难之色，却又不敢开口问岑隐有没有圣旨。迟疑之间，岑隐眉头一挑，从袖口掏出了一道金牌，随意地晃了晃……

他的动作仿佛就是在说：邓总兵，这兵你是借还是不借？

"敢问督主要借多少兵？"邓总兵急忙问道，背后出了一身冷汗，心里一方面埋怨岑隐既然有"如朕亲临"的金牌在手，为什么不早点儿拿出来；另一方面，也暗暗地松了一口气。

岑隐沉思了一瞬，淡淡地道："冀州卫五万大军，除了戍守各城的，如今有多少骑兵和步兵在这大营中？"

"回督主，共有一万骑兵，其中五千精骑，另外还有两万步兵，随时可以由督主调派！"邓总兵站起身来，郑重其事地对着岑隐抱拳回道。

岑隐眯了眯那双妖魅却睿智的眸子，接着吩咐道："好！邓总兵，那本座就先带那五千精骑急行一步，由你率领剩余五千骑兵以及辎重部队整装后行，前往千雅园护驾！"

"是，督主。"

男子铿锵有力的声音回荡在帐子里。

没一会儿，隆隆的战鼓声就在营中被敲响了，那是紧急召集营中五千精骑的信号。仅仅一炷香的工夫，数以千计的士兵就牵着他们的战马聚集在了大营中央的空地上，一个个锐气四射，杀气凛然。

又过了半个时辰，那五千冀州卫精骑就声势赫赫地策马出发了，一眼望去，一匹匹矫健的战马就像破堤的洪水倾泻而出……

一众骑兵浩浩荡荡地朝京城的方向奔去，来时的那支队伍一下子多了五千人，为首的仍是那道颀长的红色身影。

邓总兵要留在冀州卫安排剩余的五千骑兵以及辎重部队，因此特意派了亲信雷副将随行在岑隐身侧，全权听候岑隐的调遣。

雷副将策马紧跟在岑隐的身后，如影随形。但当他们一路疾行了二十里后，雷副将就发现不太对劲了。

通往京城最近的路不是左边这条途经晔城的官道吗？走右边的这条路，他们岂不是要从熙城绕一个圈子，多走上一天？

"督主……"

雷副将双腿一夹马腹，稍稍追了上去，谨慎地落后岑隐一个马头，试图提醒他走错了。

"哦？"岑隐漫不经心地朝雷副将瞥了过来。

阳光下，岑隐看起来越发妖娆艳丽，魅惑的眸中带着冷厉的神色，只是这么一个轻飘飘的眼神，就看得雷副将心中陡然一寒，如坠冰窖。

雷副将不由得想起了关于这位岑隐的种种传闻，听说他心狠手辣、睚眦必报、专横霸道……要是自己的提醒惹岑隐不悦了，那可怎么办？！

再说了……

岑隐此次带来的那道金牌令箭清晰地浮现在雷副将的脑海中。

金牌令箭代表着皇帝，"如朕亲临"这四个字也意味着手持金牌的人有权先斩后奏。

想着，雷副将咽了咽口水，在心里对自己说：岑隐既然选择走右边这条路自然有他的道理，说不定这是圣命呢？！

岑隐权势滔天，自己不过是一个小小的副将，胳膊扭不过大腿，自己要是不识趣地问多了，就平白无故地得罪了岑隐，得不偿失！

雷副将终于下定了决心，把已到嘴边的那些话咽了回去。

"嗒嗒嗒……"

五千精骑"隆隆"地在官道上经过，马蹄声如雷声赫赫，震得连地面也跟着颤动。随着那"隆隆"的马蹄声，空气也渐渐变得凝重起来，天上的灿日不知何时被阴云阻挡，天空中灰蒙蒙、阴沉沉的，似风雨欲来……

数百里外的千雅园亦然。这个元宵节，千雅园里冷清又寂寥，之后的两天，千雅园中的气氛越来越沉重、压抑，园中人心惶惶。

正月十四日下午，皇帝突然下旨把众人留在了千雅园中。众人本来以为皇帝临时打算留在这里闹元宵，没想到的是，紧接着，千雅园四周竟然被禁军封禁了起来，禁止任何人出入。

如今，整整两天过去了，仍旧没有人知道皇帝究竟是为了什么这么做、这里发生了什么，就连几位皇子和公主也不知道其中的缘由。

这才短短的两日三夜，众人就颇有种度日如年的感觉，仿佛被囚禁在一个巨大的牢笼中，私下里议论纷纷，却始终得不到答案。

众人的心都悬在了半空中，不上不下，猜疑与不安如同一层层浓重的阴云笼罩在千雅园的上方……

其中最受影响的人，大概就是皇帝了。

许是因为心事重重，皇帝昨夜辗转难眠，只小睡了一两个时辰，因此正月十七日一早，皇帝起得比平时还要早。

早上的御膳一如既往地丰盛，一张圆形的红木雕花大桌上摆满了热腾腾的吃食，咸的香菇瘦肉粥、甜的南瓜小米粥、蟹黄小笼包、豆沙麻团、枣泥山药糕、糖霜小米糕……个个色香味俱全。

然而，皇帝才抬起手，还未动筷，就有内侍快步进来禀说：“陛下，回京查探的斥候回来了。”

皇帝放下刚拿起的筷子，抬起头来，近乎急切地说道：“宣，给朕宣！”

通往外间的那道锦帘一掀一落，再一掀一落，不一会儿，小内侍就带着一个相貌平平的青衣男子进来了。

青衣男子身量中等，步履无声，不出声时就仿佛一缕幽魂。

“参见皇上。”青衣男子恭敬地给圆桌后的皇帝俯首行礼，接着立刻禀道，“小的从十四那日起，就一直盯着京卫大营。今早天刚亮，肃王世子就进了京卫大营，到现在还没出来……”

皇帝这几晚都睡得不太踏实，总是半夜惊醒，整个人看起来憔悴了不少。此刻听这斥候这么一说，他的面色霎时变得更难看了，额角青筋凸起。

之前岑隐禀说，京卫大营那边有异动，他虽然怀疑肃王收买了孙明鹰，却也还是有三分不确定。

只是为了防微杜渐，他才命岑隐赶去调冀州卫来千雅园，又吩咐随驾的神枢营副提督将千雅园仔细布防了一遍。

但他没想到，这一切都是真的！

孙明鹰真的暗中投靠了心怀不轨、意图谋反的肃王!

看来,倒是他这些年来太过信任孙明鹰了,以致把孙明鹰的心也养大了,孙明鹰已经不满足这区区的京卫大营提督之职,也不知道肃王到底许了孙明鹰什么好处?!

"孙……明……鹰!"皇帝恨恨地念道,心里怒意翻涌,差点儿抬手把一桌的吃食都扫落在地。

四周服侍的两个内侍和那青衣男子皆垂首,不敢发出一点儿声音。

皇帝深吸一口气,渐渐地冷静了下来,思绪飞转。

这千雅园倚靠着向山,具有地势高的天然优势,整个园子的四周都砌有高高的院墙,还有六道城关可供禁军把守,易守难攻。

就算肃王与孙明鹰真的率京卫大营的大军攻来了,以园中现有的兵力,抵挡个三五日是不成问题的……届时,阿隐也该带兵回来了!

皇帝一想到亲赴冀州的岑隐,原本汹涌着怒浪的眸子又温和了不少。

他总算没信错人!

他让阿隐查肃王,阿隐就认认真真地去办了,还查出了此等机密之事……再想到岑隐从杨家密室中搜出的那道圣旨,皇帝眯了眯眼,眼神又柔和了不少。

还是阿隐最为可靠,不负自己的信任和重用!

皇帝转了转左手拇指上的玉扳指,目光微闪。

现在,他最担心的就是不能一口气把肃王一网打尽,一旦肃王和滇州叛贼苏一方里应外合,再有南怀虎视眈眈,对于大盛而言,才是真麻烦!

皇帝想着,心情又焦虑了起来,恨不得现在就立刻派兵拿下肃王……

他相信阿隐不会让他失望的,等阿隐从冀州卫借了兵回来,一定可以尽快将肃王、孙明鹰一党拿下!

皇帝的眉目总算舒展开来,身体也放松了不少,手下的玉扳指转得更快了,他似乎在筹划着什么。

接下来的几天,千雅园里越发冷落、萧条了。

园子里,除了巡逻的禁军,众人几乎看不到什么别的人,气氛越来越沉重。

唉——

端木纭叹了一口气,看了一眼已经熟睡的妹妹,轻轻地吹熄了烛火。

自打行宫开始布防后,端木纭就搬到了端木绯这里,免得一旦有什么事,二人不能及时照应。

她按捺住心中的忐忑心情,蹑手蹑脚地走到榻边,睡下了。

夜色如墨，天空中的星月被厚厚的云层所掩盖。

不知过了多久，远处忽然传来了"隆隆"的步履声。

"咚咚咚……"

似乎有许许多多身着重甲的人在园中匆匆地奔跑着，在一片死寂的半夜里，这声音分外刺耳。

端木绯猛然睁开眼，转头朝窗户的方向看去，然而，入目的是端木纭那清丽的鹅蛋脸。

端木纭也醒了，给了端木绯一个温暖的笑容："蓁蓁，别害怕，姐姐在这里。"她从被窝里伸出手来，握住了妹妹的小手。

端木纭心里暗自庆幸，幸好自己有先见之明，不然妹妹一个人肯定害怕。

漆黑的屋子里，端木纭的眼眸明亮如熠熠生辉的宝石，眼角、眉梢之间透着温和与坚毅之色。

端木绯对着端木纭露出乖巧可爱的浅笑。

姐妹俩相视一笑，很快就从床榻上坐了起来，端木纭扬声唤道："紫藤！"

紫藤快步挑帘进来了，没等端木纭发问，就禀道："大姑娘、四姑娘，大公主殿下派了宫女过来，请两位姑娘去她那边……"

紫藤的表情有些复杂。本来三更半夜听到外面的脚步声就让人有些不安，现在，大公主殿下又突然派人过来请两位姑娘过去，这在无形中验证了众人的某种猜测——这行宫中，怕是发生了什么事！

这就仿佛某个隐患在暗处蛰伏了好多天，此刻终于爆发。

这一点连紫藤都想到了，端木纭和端木绯当然心知肚明，然后飞快地交换了一下眼神。

"现在是什么时候了？"端木纭一边从床榻上起身，一边随口问道。

紫藤立刻回道："四更天了。"

姐妹俩也没怎么梳妆，端木纭随意地绾了个松松的纂儿，端木绯扎了条油光水滑的麻花辫，又披上了斗篷，就一起出了内室，跟随一个宫女往舞阳的宫室走去。

夜幕漆黑，星月仍旧藏在云层后。远处传来士兵们"隆隆"的步履声，无数火把照亮了半边天，那如血的火光透着一种不祥的气息。

端木纭心里越发不安了。

等她们到了舞阳的宫室，端木纭忍不住再次朝火光的方向望了一眼，这才进了屋。

内室里，两盏昏黄的八角宫灯被点着，照亮了四周。

披着一件斗篷的舞阳正站在内室的窗边，望着火光的方向，乌黑的秀发只是随意地用一条丝带束在脑后。显然她也是匆匆起身，并没有梳妆。

听到后方的挑帘声，舞阳转过身来，对着姐妹俩露出一丝安抚的浅笑，道："阿纭、绯妹妹，今晚你们就睡在我这里吧……不用担心。"

姐妹俩互看了一眼，接受了舞阳的好意，一起在窗边坐下了。

又有宫女进来，给三个人上了热茶，茶香随着热气在内室中弥漫开来。

端木纭捧着热茶放在嘴边，还没啜一口，就放下了，试探地问道："舞阳，你可知道……"

她没有再说下去，又怕事关重大，不便相问。

舞阳又笑了笑，直言不讳道："母后只派人跟我说，让我好好地待在沉香阁里。"

她似乎担心端木纭和端木绯不安，又信心满满地补充了几句："阿纭、绯妹妹，这千雅园上下，包括内侍、上十二卫、禁军等，足有五千人，不会有事的。"

端木绯慢慢地捧起了一个茶盏，垂首吹了吹茶汤上的浮叶，那双明亮的眼眸倒映在琥珀色的茶汤上，随着茶汤的荡漾，秋水般的双瞳里浮现出些许涟漪，一圈接着一圈……

随着那一圈圈涟漪，她的眸子渐渐变得深沉，她抬眼朝窗外瑞圣阁的方向望去……

此时已近黎明，东边的天际隐约泛着一丝鱼肚白。

瑞圣阁里一片灯火通明，隐约可以听到夜风送来远处的阵阵喊杀声与金戈交击声，杀气腾腾……

瑞圣阁上上下下都处于一种紧绷的情绪中。

急躁的脚步声和胄甲的相撞声不时地响起，身着重甲的禁军将士一个接着一个地前来瑞圣阁，向皇帝通禀前方的最新战况：

"皇上，孙明鹰那逆贼见迟迟打不下朝云门，刚刚调了八千兵力，朝西侧的明霞门去了！"

"皇上，尹副提督已经派钱副将率两千兵马前往明霞门支援……"

"皇上，叛军施调虎离山之计，正以火箭齐攻朝云门。"

…………

这一声声禀报，听得皇帝心烦意乱，坐立不安，他烦躁地负手在暖阁中走来走去。

午夜时，孙明鹰带领京卫大营的将士们出现在千雅园的正门朝云门外，发动突袭，幸好千雅园早就布好了城防，才不至于被他们打得措手不及。

皇帝虽然用理智告诉自己，孙明鹰的叛军想要攻下这千雅园，也不是一时半会儿的事，他却还是心神不宁——算算日子，只要再一天……再一天，阿隐肯定能带援军赶到这里，而自己也不至于像此刻这般被动……

皇帝皱紧了眉头，就怕下一刻有人跑来说"城关被破了！"。

不仅皇帝心慌意乱，暖阁里的七八个勋贵重臣也面色凝重，不敢轻易出声，唯恐被皇帝迁怒。

永昌伯心里真是悔得肠子都青了，他们怎么就遇上逼宫了呢？早知如此，何必当初？自己怎么就一时兴起来千雅园给皇帝请安了呢？自己要是跟其他人一样留在京里，不就没事了？

两个武将则暗暗地交换着眼神，揣测皇帝这几日特意令禁军布防是早知道会有人逼宫。那么，他们是不是有援军呢？

封炎和李廷攸此刻坐在没人在意的角落里。

封炎捧着茶盅就没放下过，看着像是看茶汤，想的却是自家蓁蓁。

这茶还真是寡淡得很，还不如蓁蓁窖制的花茶呢……嗯，听说蓁蓁这几天制了不少花茶，等会儿他就找蓁蓁讨茶去！

封炎想着，嘴角在茶盅后微微地翘了起来。他又低头抿了一口茶后，余光瞟到皇帝凌厉的目光在他和李廷攸之间扫视了一下……

封炎目光一闪，嘴角染上了一丝淡淡的嘲讽之意。皇帝特意把他召来时，说得好听，什么"瑞圣阁里最为安全"，说到底，不过是怕他与外面的人里应外合。实际上，皇帝恨不得把他锁起来才放心。

这时，外面又响起了士兵沉重的步履声和盔甲撞击声，一个年轻的禁军小将未经通传就气喘吁吁地跑了进来。

皇帝一下子就停下了脚步，闻声望去。

"皇上，孙明鹰之子孙友兴暗中带兵去了东来门，东来门只有一千守兵，尹副提督已经亲自带兵赶往东来门……"那小将抱拳禀道。

皇帝的脸色瞬间沉了下去。

四周的几个勋贵重臣不禁面面相觑，紧接着，永昌伯突然站起身来，道："皇上，军情险极，有道是，'君子不立于危墙之下'。臣以为，应让禁军护送皇上即刻从北霞门撤离千雅园。"

"臣以为不妥。"吏部尚书游君集立刻出声反对道，"万一北霞门也有叛军暗中埋伏，那皇上岂不是自投罗网？这千雅园易守难攻，定能再撑上几日……"说着，游君集忍不住朝窗外被火光染红的天空看了一眼。

"皇上，不如即刻派人前往五军营求援，末将愿意前往！"

"皇上，就算现在去五军营求援，这一来一回，没两天，大军也赶不到此处……"

…………

几个臣子你一言我一语地争吵着。也不知道过了多久，游君集突然出声道："皇上，外面静下来了！"

众人又是一惊，四周陷入一片死寂的状态。

他们仔细一听，这才注意到远处的厮杀声似乎变轻了不少。

几个勋贵大臣的心都提了起来，他们几乎不敢呼吸，心中越发忐忑：难道说叛军被尹副提督带兵制服了，还是说，叛军一下子突破了千雅园的几道城关？

想到这种可能性，皇帝瞳孔猛缩，心沉了下去。

皇帝的嘴唇动了动，永昌伯再次道："皇上，事不宜迟，请皇上速速撤离千雅园！"

另外三四个大臣也齐声附和道："请皇上速速撤离千雅园！"

唯有游君集似有几分心不在焉，不时焦急地看着外面。

皇帝看着几个人，眸中闪过一道利芒，心里终于有了决定："来人，传朕……"

"皇上！"一个小内侍气喘吁吁地跑了进来，上气不接下气，苍白的脸上似是惊魂未定，"皇上，岑督主回来了！"

岑隐？！皇帝顿时噤声，脸上一喜，把没说出口的话都咽了下去。

"岑督主带着援军赶到了！已经平定了东来门的叛军！"小内侍一鼓作气地又道，眉飞色舞。

皇帝顿时喜形于色，连声道："好！好！好！"

直到此刻，皇帝的眸子里才算又有了神采，他意气风发地撩袍在御案后坐下了，屋子里的气氛也随之变得轻快了起来。

几个大臣在惊喜之余，脸上皆掩不住讶色。有的人惊讶于岑隐怎么会在这个时候刚好率领援军来了，有的人则暗道皇帝果然派人去请了援军，还有的人对这件事的来龙去脉一清二楚，比如游君集。

他心中不禁暗叹：千盼万盼，岑隐终于带援军赶到了，那么，局势应该也不会再生变了！

外面的天越来越亮了，旭日在东方冉冉升起，灿烂的阳光扫平黑暗，照进了屋子里，宫人悄悄地熄灭了宫灯里的烛火。

渐渐地，外面的厮杀声越来越轻，越来越轻，似乎在告诉众人，局势已经得到了控制。

不知道过了多久，外面又传来一阵整齐的步履声，夹杂着甲胄的相撞声，越来越近，又伴着内侍惊喜的声音："岑督主来了！"

很快，岑隐那大红色的身影映入众人的眼帘。

他大步流星地朝皇帝走去，风尘仆仆，身上还隐约散发着些许血腥味。

"皇上受惊，恕臣救驾来迟！"岑隐对着皇帝作揖禀道，那阴柔的声音还是如平日般不紧不慢，"臣已经拿下了逆贼孙友兴。"

皇帝看岑隐赶到，本来就喜不自胜，又听闻他拿下了孙友兴，脸上的笑意更浓了，连道了两声"好"，心里只觉得：果然还是岑隐最值得自己信任！

有岑隐在身旁忠心地辅助自己，这些心怀不轨的牛鬼蛇神根本就不足为惧！

岑隐还在继续禀道："臣已经派冀州卫赶往朝云门平乱，定可以尽快拿下逆贼孙明鹰！"

一听到孙明鹰这个名字，皇帝心头的怒火瞬间被点燃，他霍地站起身来，道："阿隐，随朕去朝云门看看！"

他要亲眼看看孙明鹰这逆贼是如何被擒下的！

没给其他大臣反对的机会，皇帝就大步流星地走了出去，岑隐紧跟了上去。

其他几个勋贵大臣面面相觑，也纷纷站起身来。皇帝都去了，他们总不能不去吧？

"咯噔"一声，椅子撞击大理石地面的声音骤然响起，引得众人循声看去，也包括前方的岑隐。

封炎站起身来，伸了个懒腰，漫不经心地说道："反正闲着也是闲着，廷攸，我们要不要也一起去朝云门看看热闹？"

说着，封炎似笑非笑地朝岑隐看了一眼，笑容灿烂。

李廷攸怔了怔，也站了起来，伸手做请状，看起来彬彬有礼，从容不迫。

众人簇拥着皇帝浩浩荡荡地出了瑞圣阁。此刻，外面一片宁静，春风阵阵，花香怡人，园中的景致一如往常，仿佛之前的危机从来没有发生过。

待渐渐走近朝云门，众人就闻到了风中传来的血腥味，那血腥味弥漫在空气中，越来越浓郁……

再走近些，众人就看到落在地面上、树干上的一支支羽箭，高墙下方躺着的一具具士兵狰狞的尸体，尸体伤口处流出的鲜血浸湿了下方的青石砖地面。有的文臣哪里看过这样的场面？他们纷纷观之欲呕。

皇帝却面不改色，目标明确地走到朝云门的城关上，朝外面俯视……

千雅园外，一片残破萧条之象，除了叛军的尸体，那些曾经恢宏精致的石雕、花木、建筑也七零八落，仿佛被一场暴风刚刚肆虐过。远处，一群身穿不同铠甲、手持兵刃的士兵在彼此对峙着，兵刃交接声、厮杀声和马的嘶鸣声交错着传来，血腥味更浓了……

几个勋贵臣子多面色惨白，有的人干脆移开了视线，更有人终于忍不住，发出了呕吐声，声音此起彼伏。

岑隐静静地站在皇帝的身旁，俯瞰着这一幕，眼尾斜挑，嘴角微勾，仿佛他面对的不是丑陋的战场，而是一片繁花似锦的景象。

有人暗暗心惊，也有人不以为然地撇了撇嘴，心里暗想：这岑隐不愧是执掌东厂之人，手底下也不知道有多少冤魂。

忽然，一阵"噔噔噔"的脚步声急促地自石阶方向传来。

雷副将步履匆匆地来了，朝皇帝的方向看了一眼，但终究没敢直接上前，先到岑隐的耳边禀了一句。

岑隐微微眯了眯细长的眸子，上前对皇帝禀道："皇上，逆贼孙明鹰已经被拿下！"

皇帝的脸上一喜，他急忙道："把人给朕提上来！"

不一会儿，两个士兵押着一个高大健壮的中年将领来了。那将领四十多岁，留着虬髯胡，此刻，他的发髻凌乱，身上的盔甲也沾满了血污和尘土……

一个士兵在那中年将领的腘窝上踢了一脚，中年将领就狼狈地跪在了地上，眼神涣散，嘴里喃喃着："不该是这样的……不该是这样的……"

那又该是怎样？！皇帝听了这话，心中更怒，近乎一字一顿地念道："孙，明，鹰。"他的声音寒冷如冰，"亏朕对你如此信赖……你竟然倒行逆施，助肃王谋反，你还有什么话可说？！"

孙明鹰握了握拳，满脸的不甘之色，仰起头激动地反驳道："肃王没有谋反！"

皇帝面沉如水，冷笑道："你们这都带兵逼宫了，还说没有谋反？！"

孙明鹰嘶吼道："要不是皇上要对肃王出手，我们又如何会被逼得出手？"

孙明鹰形容癫狂，双眼血红。若非皇帝的铡刀已经高高举起了，他们根本不会在如今这毫无准备的情况下贸然出手。为了尽快赶到千雅园，他麾下的京卫大营只能轻装简行，放弃了不少攻城利器，根本就没有发挥出京卫大营真正的实力！

"本座算是知道什么叫颠倒是非黑白了！"岑隐淡淡地插话打断了他，"你这是想说皇上在铲除异己吗？"

"好你个指鹿为马的孙明鹰……"皇帝狠狠地瞪着孙明鹰，气得一脚踹在了孙明鹰的心口上，把他踹得狼狈倒地。

孙明鹰痛苦地捂着心口，呕出了一口鲜血。

皇帝犹不解气，胸口剧烈起伏：明明是肃王先谋反，竟然还要反赖到自己身上，让堂堂天子被人质疑！

"把孙明鹰给朕押下去！"皇帝冷声道，顿了一下后，又补充了一句："阿隐，他就交由你们东厂好生审问！"

地上的孙明鹰闻言，脸色惨白，心知他这回到了东厂手里，没死也要去半条命……不过，肃王一定会派人来救他的！

"是，皇上。"岑隐抱拳领命，阴柔的声音还是如往常一般轻描淡写。

两个东厂番子粗鲁地把孙明鹰拖了起来，押了下去。

皇帝沉思一下后，继续下令道："阿隐，你亲自带人查抄肃王府！"

"臣遵旨。"岑隐再次应声，转身下了城关。

四周一下子空旷了不少，只剩下七八道身影还站在城关上，皇帝的目光越过众人看向了李廷攸，眼神中带着一丝探究与审视的意味。

刚才，他当着李廷攸的面审了孙明鹰，也提起了肃王谋反的事，李廷攸却从头到尾都从容镇定，好像这一切都与他没有任何干系。

难道说，李家没有勾结肃王？

皇帝的眸色更为幽深复杂，他忽然出声问道："李廷攸，你觉得该如何处理孙明鹰此等逆贼？"

李廷攸上前一步，抬起明亮的眸子坦然地与皇帝对视，大义凛然地抱拳回道："回皇上，微臣以为，孙明鹰罪不可恕，当满门抄斩，以儆效尤！"

看李廷攸一派忠心耿耿的样子，皇帝心里更加吃不准了。他又凝视了李廷攸片刻，转身下了城关，径直回了瑞圣阁。

对于禁军和冀州卫而言，这场战乱已经结束，只剩下清扫战场、清点士兵、重新布下城防；而对于皇帝而言，这件事才刚刚开始。

皇帝一回到瑞圣阁，就发下了数道口谕，宣几位阁臣和亲王速速来千雅园觐见。

千雅园的众人此刻也知道了事情的来龙去脉，一个个只觉得劫后余生，义愤填膺地将肃王、孙明鹰这一干逆党痛斥了一番，整个园子的阴霾一扫而空，恢复了勃勃生机……

未时，岑隐从京城快马加鞭地又赶了回来，带来了一个让皇帝大惊失色的消息——

"皇上，肃王此刻不在京中！"

皇帝面色大变，惊得差点儿摔了手中的茶盅。

屋子里的几个重臣也面面相觑。

岑隐继续禀道："臣已经拿下了肃王世子，查封了肃王府，一干家眷、家奴皆已被押入大狱……"

皇帝不悦地放下手里的茶盅，沉声道："传唤肃王世子。"他的脸色阴沉得可以滴出水来。

须臾，一个二十出头的紫袍青年被两个东厂番子押了进来。

肃王世子直接跪在地上，形容狼狈，如寒风中的落叶，微微颤抖着。

"说，你父王在何处？"皇帝冷声问道，不怒自威。

肃王世子瞳孔猛缩，咽了咽口水，颤声道："父……父王他去了闽州。"

闽州？！皇帝的脸色黑如锅底，他目光沉沉地看向了坐在厅堂一角的李廷攸，眸中似有一场风暴在酝酿着……

正月二十一日，旭日方升，千雅园中一片朝气蓬勃之景，圣驾终于要启程回京了。

在一番惊涛骇浪中，原本计划举行三天的迎春宴延长了一倍有余。如今，一切尘埃落定，犹有几分惊魂未定的众人总算可以随着圣驾安心回京了。

在前日赶到的三万禁军的护卫下，圣驾浩浩荡荡地从千雅园出发了，从最前面皇帝的銮驾出朝云门，一直到车队的最后一辆马车离开，足足花费了一个时辰。

士兵沉重的步履声、马蹄声与车辖辘声交织在一起，如同海浪般潮起潮落，连绵不绝。

马车里的端木纭忍不住微微掀开窗帘一角，打量着朝云门外的景致。

战场早已经被禁军清扫过了，但是空气中仍弥漫着一股挥之不去的血腥味。朝云门的四周满目疮痍，破败萧条，建筑上、花木上留下的那一道道战乱的痕迹，触目惊心，让人看着浮想联翩。

端木纭回头看着渐渐远去的千雅园，目色深沉，按捺着叹气的冲动，放下了窗帘。

她们的马车一路颠簸不已，如同风雨中的一叶小舟。端木纭感觉自己就坐于那叶孤舟之上，心绪复杂……

距离逼宫才过去短短两天两夜，这期间就发生了很多事。

据说，除了肃王本人至今没有被拿下，肃王、孙明鹰一脉已经通通被东厂和锦衣卫拿下。这些事其实与端木纭并不相干，让端木纭耿耿于怀的，是李廷攸的安危。

皇帝也同样拿下了李廷攸，昨日，李廷攸就被东厂先行押往了京城。

端木纭想着，眉头紧锁，忧心忡忡。

她实在不明白，明明是肃王联合孙明鹰父子谋逆，皇帝为何要拿下表哥李廷攸？

端木纭的心里沉甸甸的，仿佛被压了一座大山似的，令人喘不过气来，可她又不敢在妹妹的面前表现出一丝一毫。从前日起，她就不时安慰妹妹："蓁蓁，皇上拿下攸表哥，应该是有什么事要问询……攸表哥去年中才初抵京城，与肃王一脉素无往来，一定会没事的。"

…………

这略显苍白无力的一字字、一句句，不知道她是在安慰端木绯，还是在宽慰自己。

当日正午前，皇帝一行的车驾就抵达了京城，文武百官出城，恭迎圣驾。一番烦琐的仪程后，等端木绯一行四个人返回尚书府安顿下来时，已经临近未时了。

经过这一番舟车劳顿以及前几天惊心动魄的事，照理说，姐妹俩应该好好歇息一番，端木纭却坐在了小书房的书案前，对着铺好的纸和磨好的墨犹豫不决，一支狼毫被她拿起又放下，连端木绯进来都没意识到。端木绯的小手在她的眼前晃了晃，然后，一盅热乎乎的安神茶被送到了她跟前。

端木纭这才骤然回过神来。

隔着热气腾腾的白气，看着妹妹可爱的小脸儿，端木纭开口道："蓁蓁，我想写信给外祖父……"她当然是为李廷攸的事。

"姐姐，皇上会查明真相的。"端木绯睁着一双黑白分明的大眼睛，盯着端木纭正色道，"这个时候，做多错多……"

端木纭看着端木绯，若有所思地点了点头。她大概明白妹妹的意思：在这个风口浪尖上，考虑到端木家是李家在京城唯一的姻亲，她们姐妹俩难免会成为别人关注的对象。

万一她送信去闽州的行为引来有心人的猜疑，弄不好，反而会影响到李廷攸……

此时，也许她什么都不做，以静制动，才是上策。

"蓁蓁，我明白了。"端木纭放下狼毫，抬手揉了揉妹妹柔软的发顶。

"姐姐，你喝点儿安神茶吧！"端木绯笑吟吟地把那盅安神茶往端木纭的方向送了送。

端木纭喝了妹妹亲自泡的安神茶后，心下越发熨帖，跟着，就立刻把府里的管事嬷嬷们都召了过来。

这两日，肃王谋反逼宫的消息早就传遍了京城的街头巷尾，府里上下也得知了此事，心里皆有些惶惶不安。尤其是贺氏和小贺氏"礼佛"未归，端木宪也一直未回，府里难免有些私议。

端木纭如今管着府里的内务，自然不能放任不管。召来几个管事嬷嬷后，端木纭仔细地敲打、叮咛了一番，又让她们把最近府里的状况禀了一遍……

湛清院里，几个管事嬷嬷进进出出，好不热闹。

端木绯心里觉得，能有些事让姐姐分分神也好，就没帮忙，只吩咐碧蝉出府去坊间探听一二。

"姑娘，外面都说肃王府自十九日起就被东厂的人团团围了起来，府里上上下下都被押去了诏狱。

"听说东厂的人从肃王府里搜出了不少东西，那金子、银子跟山似的，足足堆了一屋子……

"听说肃王府还有一条挖掘了一半的密道，直通向城外！"

在碧蝉清脆如雀鸟的声音中，太阳渐渐西斜，璀璨的霞光随之弥漫天际。

但是对于城西的肃王府而言，此刻的夕阳如血染般，透着一股不祥而压抑的气息。

肃王府四周被东厂的人围得水泄不通，东厂番子已经在偌大的王府中搜了一天一夜，现在还在继续着，里里外外连一寸也不肯放过。在他们掘地三尺的搜寻行动下，曾经恢宏的王府早已面目全非，凌乱不堪……

不仅是肃王府，肃王的一干姻亲、党羽等也陆续被搜府查抄。

东厂所经之处，一片风声鹤唳，又是抄家又是拿人，雷霆万钧，声势赫赫。

这件事也引来了不少百姓围观。那些曾经光鲜靓丽的官老爷、官夫人如今狼狈不堪，对着东厂又哭又闹，又跪又求，最后一个个都被铐着押进了囚车，成了阶下之囚。

百姓对着囚车指指点点，义愤填膺地骂他们"谋反""大逆不道""罪有应得"云云，闹得满城风雨。

街头巷尾的百姓在茶余饭后都在讨论这个话题……


如此喧喧闹闹地过了两三日，正月二十四日一早，岑隐亲自来了早朝，在金銮殿上，当着文武百官的面，仔仔细细地向皇帝禀告着这几日的收获："皇上，臣在肃王府的库房、地窖、夹墙私库……一共查抄到金银共计两百多万两，已经交由户部清点；另有金银珠宝、古董字画等二十二箱，交由内承运库；其他账册、肃王和南怀的书信、肃王党的名单，还有肃王世子、孙明鹰父子的口供等，臣已经整理备案，一并交由皇上过目……"

随着岑隐说出这一字字、一句句，金銮殿上的众臣皆心情复杂。

这几日，朝堂上风起云涌，人人自危，那些与肃王沾亲带故的大臣皆一朝跌落至谷底，还连累了家族，从此怕是永无翻身之日。

相对地，这一次，东厂和冀州卫的人立下大功，待此案盖棺定论之后，就是皇帝大赏他们的时候。

很显然，经此一遭，岑隐怕是更如日中天，越发得皇帝的信任了。

众人暗暗地彼此交换着眼神，心思各异。楚老太爷垂首立在官员的队列中，嘴角紧抿，藏在袖中的拳头紧握，眸中一片深沉，似有一股暗潮汹涌起伏……

站在金銮殿中央的岑隐还在继续禀着："皇上，臣在肃王和南怀的书信里，发现了一封八年前的书信，信中提及当年蒲国来犯大盛之事！"

一听到"蒲国"，皇帝以及满朝上下皆是一惊，一道道探究的目光都望向了岑隐，其中也包括楚老太爷的。

在一道道灼灼的视线中，岑隐的嘴角依旧噙着一丝淡淡的浅笑，脊背挺得笔直，纵然身处万众瞩目的金銮殿上，他的身姿依旧挺拔如修竹，那细长乌黑的眼睛如大海般，深不见底。

岑隐利落地从袖中抽出了一封书信，交由一个小内侍呈给御座上的皇帝。与此同时，他不紧不慢地当众将那封书信中所隐藏的秘密一一道来——

根据信中所书，肃王早在八年多以前就和南怀勾结在一起了，当年蒲国来犯大盛西北，南怀得知蒲国攻下了大盛西州，就暗中给肃王写信，让肃王设法令大盛和蒲国两败俱伤，如此，南怀才能乘虚而入。

因此，在大盛与蒲国一战中，肃王才会费尽心机，百般为难，拖延军情，最终导致大盛连失西州、陇州两州，国力大损。若非当时新乐郡主和亲蒲国，两国休战，恐怕真会如了南怀和肃王的意。

一想到这种可能性，朝堂上的群臣不由得倒吸一口凉气，跟着就是一片哗然，一个个难掩震惊之色。

皇帝飞快地看完了手中的书信，面色阴沉得快要滴出水来，目光阴鸷如狼。

一个中年大臣立刻昂首从队列中走出，慷慨激昂地作揖道："皇上，肃王与番邦南怀勾结，叛上谋乱，罪恶滔天，当满门抄斩！"

"臣附议！"另一个大胡子武将也站了出来，义愤填膺地朗声说道，"皇上，肃王因一己之私，害得西北无数将士惨死战场，陇州无数百姓家破人亡，流离失所，真是罪无可恕！"

想到肃王所为，武将们皆觉得齿寒。

作为武将，他们难免征战在外，比起面对强敌，更可怕的是后方援军、粮草运送不及导致众将士命丧他乡，那真是死不瞑目！

"皇上，肃王这种为了一己之私不惜卖国求荣之人，实在是万死不足以赎其罪！"

"皇上，还有那孙明鹰，他身为天子近卫，辜负圣意，助纣为虐，逼宫谋反，亦是罪无可恕！"

…………

几个文武官员皆满腔义愤，一个个直抒胸臆，讨伐肃王与孙明鹰的种种罪状。

不少臣子皆交头接耳地窃窃私语，殿上一片喧哗嘈杂声。唯有楚老太爷仿若未闻般静立在一侧，半垂的眼帘下，双眸幽黑如墨汁，似暗夜，又好像无底深渊……

他的心口仿若被千万根针刺了一般，痛不欲生，往事如走马灯似的在眼前飞快地闪过。

八年前，蒲国大军从西州一路打到陇州西境临泽城，他的长子楚君羡带领全城军民死守城门，却迟迟等不到大盛援军到来。

在城破那日，长子决然殉城……

楚老太爷早就心知肚明,长子会死得如此惨烈是因为肃王从中作梗。然而,当年肃王义正词严地以粮草、军备不足为由,推卸责任。哪怕自己位居一品国公,也难以让真相大白于天下,令肃王伏法……

想着,楚老太爷的心中又泛起一股浓浓的苦涩情绪,这苦涩迅速地扩散开去,一直蔓延到舌尖。

至今,他都清晰地记得,当年才年仅七岁的阿辞泪流满面地对他哭喊着:

"祖父,难道因为没有证据,就让爹娘平白送了性命,让临泽城一城的军民枉死吗?!

"祖父,父母之仇,不共戴天。此等血海深仇,若是不报,孙女死不瞑目!

"祖父,若是国公府不便出面,那我来!"

阿辞坚定而决然的声音犹在耳边,但当时的楚老太爷只能叹一口气,拉住她的小手,告诉她,她是楚家的嫡长女,绝不能任性行事。

于是,那之后,小小的阿辞就再也不曾哭过,哪怕是在送父母出殡的时候……

楚老太爷的拳头握得更紧了,心也更痛了。

如今,连阿辞也不在了……

他的阿辞,自小就聪慧、乖巧、贴心的阿辞,是他和妻子最疼爱的孙女,偏偏慧极必伤啊……

楚老太爷的眼眶发酸,眼睛微红,心绪又是一阵剧烈起伏。

如今,肃王府已经彻底垮台,长子、长媳还有阿辞的在天之灵也该安息了!

只可惜……肃王至今还没有被拿下!

楚老太爷眯了眯眼,情绪稍微冷静了一些。

现在他就担心,若是肃王真的得到闵州李家的庇护,一路逃往滇州,事情就麻烦了……

想着,楚老太爷抬起头来,眉宇紧锁,眸中晦暗不明。

不过是短短几息时间,四周众臣的情绪越发激昂,一个接着一个的大臣从队列中站了出来,都俯首说着"臣附议",群情激愤地请求皇帝严惩肃王一脉。

忽然,一个高亢的男音从一道道声音中跃然而出,昌平侯大步站了出来,请命道:"皇上,末将愿带兵前往闵州,为皇上拿下那逆贼肃王和李徵!"

闻言,楚老太爷双目微瞠,不由得抬眼朝御座的方向望去。

宝座上的皇帝额角青筋乱跳。他想着肃王所为,不禁捏皱了手中的那张信纸,心头的怒意就如暴风雨夜的巨浪般,一浪还比一浪高。

"啪!"

皇帝愤怒地一掌拍在金漆雕龙扶手上,拔高嗓门对着下方的群臣道:"肃王一党欺君叛国，绝不能姑息。还有，闽州李家……"

皇帝的话说到一半，众人就见殿外一个禁军将士步履匆匆地朝这边跑来，那盔甲撞击声尤为刺耳响亮。

"皇上，"那禁军将士大步跨入殿内，声音洪亮地对着高高的御座抱拳禀道，"锦衣卫指挥使程训离求见！"

程训离从闽州回来了？！皇帝怔了怔，急切地朗声道："宣程训离！"

那禁军将士抱拳领命之后，又疾步离去。

众臣则面面相觑。不少人知道锦衣卫指挥使程训离已经离京好一阵子，想必他是奉皇命办差去了。

可是程训离此刻回京后，没等着下朝后与皇帝私下禀报，反而急着冲来金銮殿，莫非是有什么要事？！

众臣心中疑窦丛生，四周一片静默，落针可闻。

在这种古怪安静的气氛中，一身飞鱼服、乌纱帽的程训离风尘仆仆地朝金銮殿走来，整个人看起来消瘦了一圈，却精神奕奕，目露异彩。

在众人的注视下，程训离昂首阔步地走进了金銮殿。

给皇帝行了礼后，程训离就迫不及待地抱拳禀道："皇上，肃王图谋不轨，与南怀勾结，已被闽州总兵李徽拿下，正被押来京城。臣先行一步，前来禀报皇上……肃王再过数日，便能被押解至京！"

程训离的声音铿锵有力地回荡在金銮殿四周，如同平地一声旱雷起，炸得众人久久没回过神来……

金銮殿上，满堂寂静。

连皇帝都被惊得呆若木鸡，坐在御座上一动不动，一时没反应过来。

时间在这一刻似乎停滞了，沉默蔓延，空气微凝。

许久之后，皇帝才清了清嗓子，缓缓问道："程训离，这到底是怎么回事？"语调还有些僵硬。

程训离仰首看着皇帝，理了理思绪，有条不紊地说起了事情的来龙去脉。

半个月前，程训离快马加鞭地抵达了闽州后，本来想暗访一番，却无意中发现肃王也暗中来了闽州，并屡次进出总兵府。

起初，程训离以为肃王和闽州总兵李徽勾结，打算悄悄地搜集二人勾结的证据。没想到，后来李徽竟突然出手，以肃王意图谋反为名，雷厉风行地拿下了肃王。现在，李徽正押着肃王从闽州赶来京城。

程训离说完后，就从袖中取出了一本奏折，又道："皇上，这是李徽上的奏折。"

程训离恭敬地俯首，双手高抬，呈上了那本奏折。

一个内侍急忙接过奏折，转呈给了皇帝。

皇帝急切地打开了那道折子，一目十行地往下看着。

李徽在奏折里详细地陈述了事情的来龙去脉，说肃王大逆不道，屡次意图唆使自己为其效力，似有谋反之意。而自己深受皇恩，焉能有负陛下之心？他便只是虚与委蛇，不曾应下。

三番五次后，肃王见李家不从，记恨在心，就伪造账册，告李家盗卖军粮之罪，想把李家从闽州总兵的位置上拉下来。幸而，皇上圣恩，信任李家，肃王才没有得逞。

此次，肃王再访闽州，李徽从肃王的言语间探知，肃王与南怀勾结由来已久。如今滇州危急，他深觉事关重大，就贸然先行拿下了肃王，并恳求皇帝恕罪云云。

皇帝反复地将那折子看了两遍，才有了些许真实感。

皇帝眯了眯眼，眸色深沉，沉思片刻后，才缓缓地再次问道："李徽是何时拿下肃王的？"

"回皇上，乃正月十二。"程训离回道。

皇帝微微颔首，目光一闪，耳边不由得响起正月初七那日端木绯在钟粹宫里随口说的话：

"表哥来拜年时，还与我和姐姐抱怨说，每年新年，闽州那边就有讨厌的人过去拜年，每次应酬起来，好生麻烦。"

这李廷攸所指的"讨厌之人"，果然就是肃王了！

真相竟然是这样！

皇帝在恍然大悟的同时，又有几分感慨：如此看来，倒是自己误会李家了。

原来，这些年肃王一直在暗中拉拢李家，但李家对自己忠心耿耿，才没让肃王的阴谋得逞！

也是啊……若李徽真有二心，此次也不会，更不敢亲自押送肃王进京。

皇帝想着，眼神渐渐沉淀了下来。他想起自李家到了闽州后，闽州水师连连大捷，将那为患一方的海匪倭寇彻底镇压，闽州这才安定了下来。

李徽本有五子，其中，李三爷和李四爷于几年前战死海上。说起来，李徽也是白发人送黑发人，为大盛鞠躬尽瘁，死而后已……

能有如此忠臣在闽州为大盛镇守一方，是自己，也是大盛之福啊！

皇帝的神情放松了不少，嘴角微勾，他感叹道："李家真是一片赤胆忠心啊！"

话音刚落，殿上的气氛又陡然变了。

皇帝既然这么说了，就代表着李家从肃王党中被彻底择了出来，甚至还在这次的"肃王谋逆案"中立下了大功。

朝臣们暗暗地彼此对视着，心道：李家这次怕是要更上一层楼了……

"皇上，"岑隐又对着皇帝作揖道，"那李廷攸……该如何处置？"

皇帝这才骤然想起李廷攸还在东厂的诏狱里待着，直接打断岑隐道："阿隐，即刻释放李廷攸……还有，命人亲自送他回府，莫要怠慢了。"

等到李廷攸从诏狱中出来，已是正午。乍一看，他与之前没什么差别，不胖不瘦，身上还穿着原来的那袭蓝袍，只是浑身隐隐散发出一种腌咸菜的味道。

李廷攸闻了闻自己的袖子，皱了皱眉，就在几个东厂番子的护送下，迫不及待地回了祥云巷，梳洗一番后，便立刻策马去了尚书府。

"姑娘，李家三少爷被放出来了！刚刚被迎进府了！"碧蝉喜滋滋地冲进来禀道。

端木绯正坐在小书房的窗边，闻言身子顿时微颤，手里的黑子滑落，"咚"的一声掉在地上，骨碌碌地滚了出去。端木绯却像毫无察觉般，抬眼看向了西方的天空……

碧空如洗，万里无云。

端木绯用一种几不可闻的声音喃喃自语道："父亲、母亲，阿辞终于为你们报仇了！"

她眼睛一眨不眨地看着碧蓝的天空，红润的樱唇扬了起来，嘴角露出一对浅浅的梨涡，笑得灿烂。

她那黑白分明的瞳孔中却浮着一层朦胧的水雾，在阳光下，水光似要溢出来……

早春微凉的风徐徐吹来，拂在端木绯白皙的小脸儿上，她裹在一件绯色的绣花斗篷里，朝花园的方向走去。小脸儿被风吹着，泛起了一片淡淡的红霞，她越走越快。

筹谋了四个多月，也忍耐了四个多月，她总算大仇得报！

端木绯的眸子如天上的灿日般明亮。走到园子口时，她骤然停下脚步，远远地看着暖亭的方向，端木绲和李廷攸已经在亭子里坐下了，正在寒暄着。

端木绯眼睛一眨不眨地望着李廷攸挺拔的背影，漆黑的眼眸中泛起了一圈圈涟漪。

九月初，大舅父李传应和二舅父李传庭发现大舅母李大夫人暗中盗卖军粮，于是亲自跑了一趟京城来见自己。

为了找到藏在大舅母背后的指使者，让李家从这件事上脱身，端木绯提出了一个计划——他们可以先"怂恿"皇帝开放海禁，再在合适的时机，着人弹劾李家盗卖军粮之罪。

海禁既然已开，皇帝就需要李家来平定闽州，那么，无论皇帝对李家盗卖军粮一事是信还是疑，都会把这件事压下去，以"顾全大局"。

而对于李家而言，这不但可以借此消除这个被人拿捏的把柄，还可以顺藤摸瓜地引出幕后之人。

果然，在外祖父借着皇帝的圣旨大张旗鼓地彻查盗卖军粮一事后，大舅母坐不住了。外祖父他们进而查到，原来是肃王暗中蛊惑大舅母私卖军粮，并想以此作为把柄，在必要的时候要挟李家。

　　得知这个消息时，端木绯立刻发现，这是一个为枉死的双亲报仇的好机会。

　　之后，她所做的一切就不仅仅是为了李家，也是为了报仇！

　　想着，端木绯长翘浓密的眼睫在风中微颤了两下，乌黑的瞳孔中闪着冷冽而坚定的光芒……

　　"蓁蓁！"

　　前方的亭子里响起了端木纭清亮明快的声音，端木纭看到端木绯进了园子，对着她招了招手，明艳精致的脸庞上露出灿烂的笑容。

　　端木纭的笑就如一股暖流般涌入端木绯的心田，端木绯不由得也跟着笑了，笑得如早春的迎春花般清新怡人。

　　端木绯加快脚步，朝暖亭走去，端木纭站起身来，出亭相迎。

　　"蓁蓁，"端木纭亲昵地拉住了妹妹的小手，发现妹妹的小手冰凉，不由得嗔道，"天这么冷，你怎么也不带个手炉出来？"

　　说着，端木纭就把自己的手炉塞到了端木绯的小手中。

　　端木绯的心头更暖了，她乖巧地笑道："谢谢姐姐。"

　　说着，姐妹俩一起走进了暖亭，端木绯的目光也自然而然地看向了正坐在石桌旁的李廷攸。

　　李廷攸穿了一件簇新的湖蓝色云纹镶边锦袍，乌黑浓密的头发被束得高高的，眼窝下有一片淡淡的阴影，显然这两天没休息好，但他精神不错，一双乌黑的眼眸十分明亮。

　　"攸表哥。"端木绯笑眯眯地对着李廷攸福了福身。

　　"绯表妹。"李廷攸也笑眯眯地对着端木绯拱了拱手。

　　表兄妹俩彼此凝视了片刻，交换着只有他们才懂的眼神。

　　李廷攸既然被皇帝释放，那就表示闽州那边事情进展顺利，肃王应该已经被外祖父拿下，皇帝也对李家彻底放下了戒心。

　　端木绯的嘴角翘得更高了，颊畔露出一对浅浅的梨涡。

　　她特意把破局的关键放在过年前，为的就是每年过年时，皇帝都会按祖制封宝封笔。

　　端木绯先是以年礼为由，放大皇帝对李家的怀疑，让皇帝派人前往闽州查探。另一边，端木绯则让外祖父假意接受肃王的招揽，并趁机让皇帝的人发现。

　　彼时，既然已经封宝封笔，皇帝也无法立刻"处置"李家，能做的只有继续调查并"搜集证据"。

果然，皇帝又派了锦衣卫指挥使程训离赶往闽州……

与此同时，外祖父则以需要和肃王谈条件为由，把肃王诓到了闽州。

按原定的计划，接下来程训离会在闽州看到外祖父"大义凛然"地拒绝肃王的招揽，以肃王图谋不轨为名将其拿下，以洗脱李家的嫌疑……

然而，一个变故突然发生了。

端木绯也没想到滇州生变，这让她不得不临时改变计划。更没想到的是，她和李廷攸在画舫商量此事的时候，不慎被封炎发现了。

事已至此，端木绯干脆破釜沉舟。

想着这些天发生的事，表兄妹俩笑得眸子都眯了起来，好像两只狡黠的狐狸。

这时，丫鬟捧着红泥小炉、紫砂壶、茶杯、茶叶等来了，暖亭里一下子就热闹拥挤了不少。

没一会儿，亭子里就弥漫起浓浓的茶香，香气随风飘散……

李廷攸啜了一口热茶后，道："绘表妹、绯表妹，我今日冒昧登门，一来是想让两位表妹安心，我已无事；二来也是想告诉两位表妹一声，祖父和大伯父还有几天就要抵京了。"

李徽和李传应要进京的事，端木绯早就心里有数，此刻也不过是走到了明面上罢了。

端木绘却是此刻才知道这个喜讯，顿时喜形于色，笑如春花绽放，转头对端木绯说道："蓁蓁，外祖父和大舅父就要来京城了！当年，外祖父带着几位舅父离开墨州去闽州时，你还是个小婴儿，没记事。细较起来，这回才算是你第一次见外祖父。"

端木绯确实不曾见过李徽，只是听祖父楚老太爷随口说过几句，他赞李徽经文纬武，谋勇双全，晓兵法，知地利，精器械，可谓才也！

想想闽州以及沿海一带这些年来一派平和安定的形势，端木绯觉得祖父所言应该不算过誉，心里对这位李家外祖父也有几分好奇。

她眨了眨眼，眸子里闪烁着如繁星般的光彩，笑容满面地提议道："姐姐，外祖父要来了，我们做些点心送给外祖父吃好不好？"

端木绘眼睛一亮，她拊掌表示赞同，跟着又看向了李廷攸："攸表哥，与我们说说外祖父的口味吧。外祖父可有什么忌口的？"

李廷攸正要开口，余光正好瞟到一道眼熟的身影，抿嘴一笑，忙站起身来。

姐妹俩也顺着李廷攸的目光望去，只见着一袭天青色常服的端木宪正笑吟吟地朝这边走来。

暖亭中的三个小辈赶忙出了亭子，上前相迎，纷纷给端木宪行了礼。

"无须多礼，到里面坐下说话。"端木宪捋着胡须，发出爽朗的笑声。

很显然，今天他的心情不错。

过去这几天里，端木宪一直在宫中，没回尚书府。当他得知李家竟然也牵涉"肃王谋逆案"后，心就悬了好几天……所幸最后柳暗花明，李家不仅被择了出来，还立下了大功！

端木宪想着，眉眼间的笑意更浓了，温和慈爱地看着李廷攸，安慰了几句："廷攸，你这次遭罪了，不过总算是否极泰来。事情既然过去了，你以后莫要因此郁结于心，做事瞻前顾后……"

"多谢老太爷的关爱。"李廷攸郑重其事地对着端木宪作揖，彬彬有礼地道，"这次晚辈身在狱中，也多蒙老太爷通融关照，让晚辈不曾受到怠慢。"

端木宪随手撩袍坐下，笑着摆了摆手道："廷攸，你是纭姐儿和绯姐儿的表哥，大家都不是外人，何必如此客气？再说，你独自在京，我这做长辈的，关照一二也是应该……"

"很快，表哥就不是'独自在京'了。"端木绯笑眯眯地插话道，笑得一脸孩子气，"祖父，刚才攸表哥说了，过几天，外祖父和大舅父就要进京了，我和姐姐想一起去南城门迎他们……"

她眨了眨眼，殷切地看着端木宪，小脸儿上有掩不住的期盼之色。

端木宪朗声笑了，毫不迟疑地欣然应允："那就和你姐姐一起去吧，记得找一家城门附近的茶楼订间雅座，免得被闻讯过去看热闹的人冲撞了……"

"谢谢祖父。"端木绯乖巧应道，又笑吟吟地吩咐丫鬟给端木宪上茶，自己也捧起了身前的粉彩茶盅，凑到唇畔。

她的嘴角在茶盅后紧紧地抿了起来，笑意瞬间消失。

她想去南城门最主要的目的，既不是迎接李徵和李传应父子来京，也不是看热闹，而是去看看肃王。

她要亲眼确认，肃王已经落网了！

端木绯想着，心绪又是一阵剧烈起伏，好一会儿才渐渐冷静下来。

这一次的事，她不得不说，多亏了封炎。

当日，因为有封炎的"自告奋勇"，她才提出了这样一个近乎兵行险着的计划。

整个计划都取决于皇帝与肃王长年以来彼此间的忌惮和提防——先是让皇帝误以为肃王要在迎春宴上逼宫谋反，"逼迫"皇帝有所行动，再借着肃王府在禁军安排的内应，让肃王府认定皇帝发现肃王擅自离京，正在调兵，打算一举铲除肃王府。肃王不在京中，肃王世子不如其父老谋深算，情急之下，只会兵行歪着，仓促出手……肃王世子却不知"逼宫"之举就等于坐实了他们父子谋反的罪名，让他们再无翻身的可能性！

端木绯浅浅地启唇，抿了一口热茶，眼帘半垂，浓密的眼睫在眼窝的下方形成一片阴影，让她的小脸儿看起来多了一分恬静与庄严。

她其实也没做什么，肃王府早有不臣之心，皇帝则一向对肃王忌惮颇深，而她，只是激化了双方的矛盾。

虽然迟了八年多，她终于还是为爹爹、娘亲报仇了！

茶水的热气袅袅地升腾，端木绯慢慢地饮着茶。随着一口口热茶入腹，她的周身变得暖和了起来，嘴角也又有了笑意。

# 番 外 　别 　辞

清晨，二月的春风带着寒意，吹得官道两边的树林"簌簌"作响。

天气晴朗，金色的阳光倾泻而下。

官道边的三里亭中，坐着五六个衣着华丽、形貌出众的少年少女，年龄大多十一二岁，亭子边，还有数十个护卫牵着马在一旁候着。

"炎表哥，你此次去北境，一定要小心！"舞阳一边对封炎叮嘱着，一边从宫女手中接过一把匕首，"炎表哥，这把匕首吹毛断发，削铁如泥，祝你旗开得胜。"

封炎接过匕首，随意地插在了腰间。

"炎表弟，这是护心镜。"大皇子慕祐显把一个护心镜递给了封炎，"战场上，明枪易躲，暗箭难防，你可千万不要轻忽。"

其他几个少年少女也都纷纷送上了他们的送别礼。

封炎一一谢过，余光不动声色地瞟着舞阳身旁的少女。

十三岁的少女亭亭玉立，着一袭绣着兰草的蓝色襦裙，梳着双平髻，发髻间只戴着两朵翡翠珠花，相貌清丽动人，如一朵幽兰悄然绽放。

蓝衣少女优雅地上前了两步，示意丫鬟把一个篮子放在石桌上，然后亲自打开了篮子的盖子。

"封公子……"

"喵呜！"

一声软绵绵的猫叫声让少女把后面的话忘得一干二净。

篮子里，蜷着一个洁白如雪的毛团。

那是一只两个月大小的白色狮子猫，浑身长满雪白的长毛。小奶猫一边叫着，一边懒洋洋地打了个哈欠，睁开一双碧绿的猫眼，瞳孔漂亮得好似绿宝石。

那软糯的猫叫声把舞阳和几个姑娘家都吸引了过去。

舞阳看着那只可爱的小奶猫，问蓝衣少女道："辞姐姐，你要把这只猫送给炎表哥？"

"我……"封炎长翘浓密的眼睫颤动了两下，瞳孔越来越亮，如夜空中的寒星。

"不是，这是我祖母的猫。"楚青辞失笑地摇了摇头，伸手在小奶猫的额心点了一下："雪玉，你这个调皮鬼。"

说着，楚青辞把小奶猫从篮子里抱了出来："应该是我今早去给祖母请安时，它偷偷躲进去的。"

小奶猫被抱起后，众人这才看到篮子里还放着一个书册大小的点心匣子。

楚青辞用空闲的另一只手把点心匣子取了出来，递向封炎，微微一笑，道："封公子，这是我做的芸豆卷，无论是凉的还是热的，都好吃。"

舞阳顺口道："辞姐姐做的点心可好吃了，算你有口福！"

封炎"嗯"了一声，眼睛更亮了——他确实有口福。

他清了清嗓子，目光缓缓地从楚青辞清丽的面庞上下移，看向了她臂弯里的那只小奶猫："阿……楚姑娘，你养猫了？"

楚青辞一边把小奶猫放回篮子里，一边解释道："上个月，它被猫妈妈丢在了祖母的院子里，祖母就养了它。"

舞阳也凑了过来，以指尖逗弄小奶猫。

"舞阳，后天我们还是不去鸟市了。"楚青辞伸指在小奶猫的下巴上轻轻挠了两下，小奶猫满足地把小脑袋昂得高高的，眼睛眯了起来。

"辞姐姐，你不是说要养鸟吗？"舞阳疑惑地眨了眨眼，"养个会说话的八哥或鹦鹉挺好的，它可以陪你解解闷。"

"猫和鸟是天敌。"楚青辞勾唇笑了，精致的眉眼弯成了一对月牙，眸中的神色一片柔和，似春水，如月光，"你是不知道啊，这个小家伙才这么丁点儿大，就天天追着鸟跑。我要是真的养只鸟，岂不是天天都'鸟飞猫跳'的？"

"说得也是。"封炎轻轻地说道，似在自言自语。

楚青辞隐约听到他在说什么，朝他看来。这时，一个宫女把刚斟好的酒捧了过来，一股淡淡的酒香随即弥漫开来。

"炎表弟，"慕祐显率先捧起了石桌上的一个白瓷酒杯，温声道，"我们敬你一杯，当作为你饯行！"

舞阳和其他人也纷纷去取酒杯，其中也包括那只不安分的小奶猫——它从篮子里灵活地爬了出来，凑过去想闻闻酒味。

封炎眼明手快地一把抓住了它的后颈，将它提了起来。

小奶猫登时就像被捏住了要害似的，动弹不得。看着它那副傻乎乎的样子，楚青辞"扑哧"一声笑了出来。

"调皮鬼！"楚青辞笑吟吟地从封炎手里接过了小奶猫，又把它放回了篮子里。

"喵呜！"

小奶猫软绵的叫声将亭子里的离愁别绪冲散不少。封炎的唇角微微翘着，此时的他心中一片明朗、安宁。

"炎表弟，我们敬你！"

"祝你一路顺风，早日凯旋！"

众人皆高举酒杯，然后将杯中的酒水一饮而尽，封炎亦然。

放下酒杯后，封炎深深地看向了不远处的楚青辞，坚定地吐出三个字："我走了！"

两年，只要两年，我就会回来……

封炎在心里对自己暗暗发誓，乌黑明亮的凤眸仿若燃着两簇火焰，闪闪发亮。

两年后，阿辞就及笄了，他会在那个时候凯旋，亲自去楚家求亲！

封炎翻身上了马，嘴角翘了起来，瞳孔中熠熠生辉，背着那冉冉升起的旭日，飞驰而去。

马蹄飞扬，少年挺拔如竹的背影渐渐消失在滚滚沙尘中……

"嗒嗒嗒……"


"铛！铛！铛！"

三更天的锣声在外面骤然响起，封炎猛地从榻上坐了起来，呼吸粗重，胸膛起伏不已，一双凤眼在黑暗中闪着淡淡的泪光。

身下这熟悉而又陌生的床榻告诉他，他已经不在北境，已经回到京城了。

封炎转头望向窗外，窗外的夜空中高悬着一轮皎洁的圆月，银色的月光透过窗口洒在青石砖地面上。

他又梦到两年前见到阿辞的最后一幕了。

当时，他以为等他归来，就可以去楚家向阿辞求亲，却不想回京后，他从母亲那里听闻的第一个消息就是——宣国公府的楚大姑娘香消玉殒了！

阿辞，她死了！

他再也见不到她了……

—本册完—